Um das Jahr 985 segelte Erik der Rote, aus Island vertrieben, nach Grönland und ließ sich mit der Besatzung seiner 25 Schiffe in den südlichen Ausläufern der riesigen Insel nieder. Die Nachkommen dieser Nordmänner lebten die folgenden fünfhundert Jahre dort in einer aufblühenden agrarischen Gesellschaft, sie zogen Rinder und Schafe, jagten und trieben Handel mit Europa. Als im 14. Jahrhundert der Schwarze Tod auf dem Festland Europas wütete, kamen immer seltener Handelsschiffe in den nordwestlichen Atlantik, und schließlich brach die für die Grönländer lebenswichtige Verbindung nach Norwegen und zur norwegischen Kirche ab. Als der Bischof der Grönländer starb, wurde dieses Amt nicht mehr besetzt, und die Siedlung geriet in eine völlige Isolation, überdies bedroht durch einen Klimawechsel, der eine kleine Eiszeit ankündigte.

Im frühen 17. Jahrhundert segelten dänische Seefahrer nach Grönland und fanden dort niemand mehr – nur die Ruinen aufgegebener Höfe und verlassener Kirchen. Die Einwohner waren verschwunden, eine ganze Gesellschaft untergegangen. Was geschah, warum es geschah, ist der Stoff von Jane Smileys epischem Roman.

Die Grönland-Saga umspannt in ihrer Handlung etwa die Jahre 1345 bis 1415, dem wahrscheinlich endgültigen Niedergang der Siedlung. Der verlassene Webstuhl Margrets, einer der Hauptgestalten, ist das letzte Symbol dieses Untergangs einer Zivilisation.

Jane Smiley wurde in Los Angeles geboren, wuchs in St. Louis auf und studierte Volkskunde und skandinavische Sprachen am Vassar College sowie an der Universität von Iowa, wo sie heute unterrichtet. Sie spricht fließend Norwegisch und arbeitete sich jahrelang in die Welt der norwegischen Sagas ein. Durch ein Stipendium wurde ihr ein einjähriger Aufenthalt auf Island zum Studium der alten Sagas ermöglicht.

Im Fischer Taschenbuch Verlag liegt der Erzählungsband *In den Jahren der Trauer* (Bd. 10171) vor; bei S. Fischer erschien im Herbst 1992 ihr Roman *Tausend Morgen*, für den Jane Smiley den National Book Award und den Pulitzer-Preis erhielt.

Jane Smiley

Die Grönland-Saga

Roman

Aus dem Amerikanischen von
Karin S. Rausch

Fischer
Taschenbuch
Verlag

Einmalige Sonderausgabe
Veröffentlicht im Fischer Taschenbuch Verlag GmbH,
Frankfurt am Main, Mai 1993

Lizenzausgabe mit freundlicher Genehmigung des
S. Fischer Verlags GmbH, Frankfurt am Main
Die amerikanische Originalausgabe erschien 1988
unter dem Titel *The Greenlanders*
im Verlag Alfred A. Knopf, New York

Umschlaggestaltung: Balk/Heinichen/Walch
Umschlagabbildung: Wassily Kandinsky,
»Szenische Komposition Schwarz-weiß, Bild I, Weiß«, um 1909
Musée National d'Art Moderne, Paris

Druck und Bindung: Clausen & Bosse, Leck
Printed in Germany
ISBN 3-596-11910-3

Gedruckt auf chlor- und säurefreiem Papier

Dieses Buch ist Elizabeth Stern, Duncan Campbell, Frank Ponzi und dem Andenken an Knud-Erik Holm-Pedersen in Zuneigung gewidmet.

Der Plan dazu entstand, als ich 1976 und 1977 mit einem Fulbright-Hays Full Grant for Study Abroad in Island war. Ich bin der Stiftung für diese Unterstützung zu Dank verpflichtet.

Par munu eftir
undrsamligar
gullnar töflur
í grasi finnask
pærs í árdæga
áttar höfðu

Hernach werden sie finden
die Schachfiguren
wunderbar und golden im Gras
dort wo die alten Götter
sie ließen.

»*Völuspá*«
(»Die Erzählungen der Prophetin«)

Verzeichnis der Personen

Die Leute von Gunnarshof und ihre Angehörigen

Asgeir Gunnarsson, *ein reicher Bauer*
Helga Ingvadottir, *seine in Island geborene Frau*
Margret Asgeirsdottir, *ihre Tochter, geboren 1345*
Gunnar Asgeirsson, *ihr Sohn, geboren 1352*
Birgitta Lavransdottir, *seine Frau, geboren 1357*
Ihre Töchter: Gunnhild Gunnarsdottir, *1374*
Helga Gunnarsdottir, *1376*
Astrid Gunnarsdottir, *1381*
Maria Gunnarsdottir, *1384*
Johanna Gunnarsdottir, *1386*
Ihr Sohn: Kollgrim Gunnarsson, *1378*

Thorkel Gellison, *Asgeirs Vetter*
Jona Vigmundsdottir, *seine Frau*
Ihre Söhne: Skeggi, Ingolf, Ogmund, Ofeig

Die Leute von Ketilshof

Ketil Erlendsson, *ein anderer reicher Bauer, Asgeirs Nachbar und Rivale*
Sigrun Ketilsdottir, *seine Tochter, Mutter von Ketil dem Unglücklichen*
Erlend Ketilsson, *sein streitsüchtiger Sohn*
Vigdis, *Erlends Frau oder Gefährtin*
Thordis, *Vigdis' Tochter*
Ihre Söhne: Geir, Kollbein, Hallvard, Jon Andres (geboren 1374)

Die Leute von Gardar *(Priester)*

Ivar Bardarson, *Norweger, Verwalter des Bischofssitzes von Gardar*
Bischof Alf, *Bischof von Gardar, aus dem Bezirk Stavanger in Norwegen*
Sira Jon, *Priester, Neffe von Alf*

Sira Petur, *ein Priester, nach dem Schwarzen Tod in Norwegen eilig geweiht*
Sira Pall Hallvardsson, *ein anderer Priester in Alfs Gefolge, von gemischter isländischer und flämischer Abstammung*
Sira Audun, *ein Grönländer, zum Priester ausersehen, doch nicht geweiht*
Sira Eindridi Andresson, *ein anderer Grönländer, Sira Auduns Vetter, ausersehen, doch nicht geweiht*
Sira Andres, *Sohn des Sira Eindridi*
Larus, der Prophet, *ein Grönländer, ursprünglich ein Kuhhirte*

Die Leute von Solarfell

Ragnvald Einarsson, *erster Besitzer von Solarfell*
St. Olaf der Grönländer, *sein Enkel*

Bjorn Bollason, *aus Dyrnes, zweiter Besitzer von Solarfell*
Signy, *seine Frau*
Sigrid, *ihre Tochter*
Ihre Söhne: Bolli, Sigurd, Hoskuld, Arni

Isländer

Bjorn Einarsson Jorsalfari
Solveig, *seine Frau*
Einar, *ihr Ziehsohn*

Snorri, *Kapitän eines isländischen Schiffes*
Thorstein Olafsson, *ein Geschichtenerzähler*
Thorgrim Solvason, *ein bekannter Isländer*
Steinunn Hrafnsdottir, *Thorgrims Frau*
Thorunn Hrafnsdottir, *Steinunns Schwester*

Norweger

Thorleif, *Schiffsherr, von den Grönländern ›Der Herrliche‹ genannt*
Skuli Gudmundsson, *ein junger Mann auf Thorleifs Schiff, später Gefolgsmann von Kollbein Sigurdsson*
Kollbein Sigurdsson, *letzter Stellvertreter des Königs von Norwegen in Grönland, 1373–1376*

Reichtum

Asgeir Gunnarsson bebaute das Land von Gunnarshof nahe der Kirche von Undir Hofdi am Austfjord. Sein Hoffeld war fast ebenso groß wie das Hoffeld von Gardar, dem Sitz des abwesenden Bischofs, und dazu besaß er noch ein anderes großes Feld. Von der Zeit an, da er nach dem Tode seines Vaters den Hof übernahm, war dieser Asgeir unter den Grönländern bekannt für seinen Stolz. Es geschah, daß er als junger Mann auf des Königs Knarr nach Norwegen ging, und als er zwei Jahre später nach Gunnarshof zurückkehrte, hatte er eine isländische Frau bei sich, deren Name war Helga Ingvadottir. Sie brachte zwei Wandbehänge mit und sechs weiße Mutterschafe mit schwarzen Gesichtern sowie andere wertvolle Güter, und was den Stolz anbelangte, so sagten die Leute, daß sie darin sehr gut zu Asgeir passe.

Asgeir baute für die isländischen Schafe einen besonderen Stall am Rande seines zweiten Feldes, und diesen Stall konnte man vom Hof aus sehen. Asgeir liebte es, jeden Morgen die Tür des Hofes zu öffnen und zu seinen Schafen hinüberzuschauen, die das saftige Gras seines zweiten Feldes fraßen, und wenn Helga ihm seine Schale Sauermilch brachte, dann pflegte er sich umzudrehen und den Blick auf ihren erlesenen Kopfputz zu richten und auf die silbernen Spangen, die sich an ihren Hals schmiegten. So sann er über sein Glück nach. Etwa um diese Zeit gebar Helga Ingvadottir ein Kind, das sie Margret nannten, und es war ein kräftiges, stilles Kind und eine Quelle großen Stolzes für die Mutter.

Von der Tür des Hofes aus sah man auch die Sodenhütte der Thorunn Jorundsdottir, und das Stückchen Land, welches diese Hütte umgab, schnitt eine Kerbe in den Besitz von Gunnarshof, eben an der Stelle, wo er an den Besitz von Ketil Erlendsson grenzte, Asgeirs nächstem Nachbarn. Jene Thorunn war eine alte Frau, die nur eine Kuh hielt und ein paar Schafe und Ziegen. Sie besserte ihre mageren Vorräte auf, indem sie zu den nahegelegenen Bauernhöfen ging und sich von da und dort etwas erbettelte. Sie hatte auch einen großen Hang zum Tratschen, und die Leute in der Gegend waren nicht abgeneigt zu hören, was sie zu sagen hatte, waren aber abgeneigt, mit ihr darüber zu reden.

Es gab nichts an dieser Thorunn, was Helga Ingvadottir mochte, weder ihr Tuscheln, noch ihr Betteln, noch die Aussicht auf ihre elende Hütte am Horizont, und auch nicht, daß die eine Kuh und die paar Schafe und Ziegen oftmals unter den Tieren von Gunnarshof herumstreunten. Eines Tages kam Thorunn zum Gunnarshof, so wie sie es immer tat, und bat Helga um ein wenig von der frischen Milch. Helga stand in der Tür der Milchstube, und überall um sie herum waren Bottiche mit frischer Milch, doch sie schlug die Bitte ab, denn sie hatte in diesen Tagen verspürt, daß wieder ein Kind sich in ihr regte, und es war wohlbekannt unter den Grönländern, daß eine Frau, die auf einen Sohn hoffte, nur frische Milch trinken soll. Thorunn blickte auf die Bottiche mit Milch und ging murmelnd davon. Später, als Asgeir zum Abendfleisch auf den Hof zurückkehrte, sprach Helga bittere Worte gegen die alte Frau, bis Asgeir ihr zu schweigen gebot.

Aber es schien so, als hätte Thorunn in der Tat die Leute vom Gunnarshof verflucht, denn nicht lange danach trat eines von Asgeirs Pferden in eine Kuhle und brach sich ein Bein, und man mußte ihm die Kehle durchschneiden, und dann, obwohl die Knechte die Kuhle zugeschaufelt hatten, trat ein anderes Pferd in dieselbe Kuhle und brach sich das gleiche Bein, und man mußte auch ihm die Kehle durchschneiden. Und dann kam die Zeit der Helga Ingvadottir, doch die Geburt verlief nicht sehr gut, das Kind lebte zwar, doch seine Mutter nicht. Das war im Jahre 1352, nach der Rechnung des Runenkalenders in Gardar.

Asgeir nannte das Kind Gunnar, denn seit der Zeit Eriks des Roten, als Erik seinem Freunde Hafgrim den ganzen Austfjord und den nördlichen Teil von Vatna Hverfi, dem reichsten Bezirk von ganz Grönland, übergeben und Hafgrim ein Stück davon seinem Vetter, dem ersten Gunnar, abgegeben hatte, hatte es auf Gunnarshof immer einen Gunnar oder einen Asgeir gegeben. Das Kind Gunnar war nicht besonders klein und nicht besonders groß. Seine

Amme war eine Dienstmagd mit Namen Ingrid. Margret war zu dieser Zeit an die sieben Winter alt.

Das Kind Gunnar gedieh nicht sehr gut, und als es hätte laufen sollen, konnte es nur sitzen, und als es mit den anderen Kindern auf dem Hof hätte spielen sollen, trug Margret es immer noch in einem Tuch auf dem Rücken herum. Asgeir bedauerte, daß er das Kind Gunnar genannt hatte, und sprach davon, es in Ingvi umzubenennen.

Asgeir Gunnarsson hatte einen Bruder, der ebenfalls auf Gunnarshof lebte, und sein Name war Hauk. Hauk hatte kein Weib, er liebte alle Arten der Jagd, das Fallenstellen und das Fischen. Er war in den Nordsetur gewesen, weit im Norden der westlichen Siedlung, wo die Grönländer gern Walrosse jagten und Narwale und Eisbären, und solche großen Tiere waren sehr wertvoll für den Bischof und die Schiffe, die vom Erzbischof von Nidaros und vom König von Norwegen kamen. Im Sommer wie im Winter zog es Hauk in diese eisigen, öden Gegenden, und seine Fähigkeiten machten Gunnarshof besonders wohlhabend. Er sprach wenig. Asgeir sagte, bei seinem Bruder höre sich das Erlegen eines Eisbären so an wie ein Tag beim Buttern. Hauk war der größere der beiden Brüder, sehr gerade gewachsen und von hellem Aussehen. Asgeir drängte ihn oft, sich ein Weib zu suchen, aber Hauk sagte zu diesen Vorschlägen nichts, so wie er zu den meisten Vorschlägen nichts sagte. Er war wegen seiner Fähigkeiten bei den Grönländern sehr beliebt, und man warf ihm seine eigenbrötlerische Art nicht vor, denn die Grönländer leben weit draußen am westlichen Ozean, und sie wissen, was es heißt, in allen Dingen auf sich selbst angewiesen zu sein.

Eines Tages versammelte Asgeir eine Gruppe von Männern. Zur Dämmerung hin umringten sie Thorunns kleinen Hof und riefen sie heraus. Als sie kam, eine Schüssel in der Hand und wie üblich vor sich hin murmelte, da sagte Asgeir, er habe genug von ihren Flüchen, und er tötete sie mit seinem Schermesser. Gunnar war drei Winter alt. Er begann jetzt zu laufen und benahm sich immer mehr wie andere Kinder. Asgeir redete nicht mehr davon, seinen Namen in Ingvi zu ändern. Die Leute in der Gegend redeten wenig über diese Tötung. Thorunn hatte eine Nichte, die mit einer kleinen

Tochter in Petursvik am Ketilsfjord lebte, weit im Süden, doch keine männlichen Anverwandten, die Rache üben konnten. Es war offensichtlich, daß sie das Kind mit einem Zauberspruch belegt hatte, und viele lobten Asgeir für sein entschlossenes Handeln, auch Hauk Gunnarsson, der in Isafjord gewesen war und der Tötung nicht beigewohnt hatte. Nachdem Thorunn nahe der Kirche von Undir Hofdi begraben worden war, sandte Asgeir seine Knechte zu ihrem Haus, und sie mußten es niederreißen, und die Kuh und die Schafe gab er Nikolaus, dem Priester der Undir Hofdi-Kirche, und dazu alle Gegenstände aus Thorunns Hütte. Auf diese Weise wurde die Grenze zwischen Gunnarshof und Ketilshof begradigt, und vom Gunnarshoftor konnte man das häßliche Haus nun nicht mehr sehen. Nach diesen Ereignissen schien es Asgeir, als habe er sein Glück wiedererlangt, und er war sehr zufrieden mit sich.

Als Kind war es Margrets Gewohnheit und Vergnügen, in den Hügeln über dem Gehöft umherzuwandern und nach Kräutern und Blaubeeren zu suchen, und die meiste Zeit trug sie Gunnar in einem Tuch mit sich herum, denn sie war mit ihren elf Wintern groß und stark, weit größer als Ingrid und nicht sehr viel kleiner als Asgeir selbst. Es geschah an einem solchen Tage, ein Jahr nach der Tötung von Thorunn, der Hexe, daß Margret weiter umherstreifte als gewöhnlich und Gunnar, der vom Spielen in den kleinen, plätschernden Bächen und in dem Gewirr von Birkengestrüpp müde war, in einen tiefen Schlaf fiel. Es war weit über die Zeit für das Abendfleisch, als Margret das schlafende Kind zurück zum Hof trug, und es drohten ihr Prügel von Ingrid, doch statt dessen fand sie den Hof verlassen, und alles war still.

Die Amme Ingrid war eine große Geschichtenerzählerin, und sie hatte Margret viele Geschichten über die Skraelinger erzählt und wie bösartig sie waren und vom traurigen Leben der kleinen Mädchen, die die Skraelinger raubten und mit in den Norden nahmen, noch weiter nördlich als in die Nordsetur, wo Hauk Gunnarsson nach Walroß und Narwal jagte. Nun saß Margret mit dem Rücken an die Sodenwand des Hauses gelehnt und malte sich aus, wie die Kinder dieser kleinen Mädchen nie getauft würden und wie man sie im dunklen Winter hinaustragen und den Elementen ausliefern würde. Diese kleinen Mädchen würden geschlagen, wenn sie es wagten zu beten, und sie müßten jedem Mann zu Willen sein, der sie begehrte. Sie würden Jahr für Jahr niemals ein Bad nehmen, und sie würden nur Tierhäute tragen, und wenn sie starben, erhielten sie nicht die Sterbesakramente, und so müßten sie das ewige Leben in derselben Dunkelheit und Kälte verbringen und mit derselben Sorte teuflischer Gefährten, wie es die Skraelinger waren. Für Margret war es in der Tat nicht ungewöhnlich, sich Gedanken wie diesen zu überlassen, denn obwohl sie sie schreckten, waren sie doch irgendwie anziehend. Es machte keinen Unterschied, daß Asgeir über Ingrids Geschichten lachte und behauptete, sie habe in ihrem Leben noch keinen Skraelinger gesehen (denn die Skraelinger kamen nicht in die Nähe der Höfe von Nordmännern und hatten es nie getan), oder daß Hauk Gunnarsson selbst zu den Dämonen häufigen Kontakt hatte und ihre Jagdkünste bewunderte und die Wärme ihrer Kleidung. Andererseits hatte Margret gehört, wie Ivar Bardarson, der Priester, welchem Gardar bis zur Ankunft des neuen Bischofs unterstand, mit Asgeir darüber redete, was der westlichen Siedlung widerfahren war, denn Ivar Bardarson war mit einigen Männern in einem Boot dorthin gesegelt, und sie hatten alle Höfe verlassen und sämtliches Vieh tot oder in der Einöde verstreut vorgefunden. Und Margret hatte mehr als einmal gehört, wie die beiden die Skraelinger erwähnten. Sie stand auf, unter dem Vorwand, ein paar Stückchen gedörrten Fisch und Butter für Gunnar zu suchen, denn er wimmerte vor Hunger, doch in Wirklichkeit wollte sie in alle Winkel des Hofes schauen. Es war niemand zu sehen, weder Mensch noch Dämon. Es dämmerte. Sie setzte sich wieder hin und nahm Gunnar auf den Schoß. Er fing an zu essen, und sie nickte ein.

Die beiden Kinder wurden vom grellen Licht der Fackeln und von Asgeirs donnernder Stimme geweckt. »Also«, sagte er, »hier seht ihr die einzigen am ganzen Einarsfjord, die nichts von dem großen Ereignis wissen.« Er lächelte im zitternden Licht der Fackeln. »Ein Schiff ist gekommen, meine Tochter, und obwohl es keinen Bischof bringt, werden wir es erst dann zurückschicken, einen zu holen, wenn wir es entladen haben.«

Nun drängten sich Leute ins Haus, nicht nur die Leute vom Gunnarshof, sondern auch vom Ketilshof, denn dieses Ereignis war so interessant, daß es die ganze Nachbarschaft anlockte, und man redete darüber und stellte Vermutungen an. Gunnar saß mit großen Augen auf der Bank, während Margret, Ingrid und die Mägde für die Gäste Sauermilch und andere Erfrischungen auftrugen. Ketil Erlendsson sprach. »Doch es ist nur ein einziges Schiff und auch nicht vom König gesandt.«

»Und auch nicht vom Bischof«, sagte einer der anderen Männer.

Asgeir sagte: »Aber es ist groß genug, daß für jeden von uns etwas darauf sein muß.« Er lachte. »Und ganz sicher etwas, von dem wir bis jetzt noch nicht wußten, daß wir es brauchten.«

Jetzt sprach ein Mann, den Gunnar nie zuvor gesehen hatte, von dunklem und mürrischem Aussehen mit seltsam gekräuseltem Haar. »Es heißt, daß König Magnus den Thron jetzt an König Hakon abgetreten hat, obwohl Magnus noch lebt.« Er sprach ungehalten, und Gunnars Vetter Thorkel grinste und sagte: »Erlend Ketilsson, du hörst dich an, als hätte er ebensogut dir den Thron abtreten können, wenn die Ereignisse anders verlaufen wären.« Gunnar hatte den Namen des Mannes, Erlend Ketilsson, viele Male gehört, und er machte seine Augen in dem flackernden Licht weit auf, um ihn recht gut zu sehen. Erlend schien den Blick wie die Berührung einer Hand zu spüren, denn der junge Mann drehte sich sogleich um und starrte zurück. Jetzt führte Gunnar seine Hände zum Gesicht und zog seine Wangen herunter, bis die Augen aus ihren Höhlen glotzten, dann streckte er die Zunge fast bis zur Wurzel heraus. Es war die Tat eines Augenblicks. Thorkel sah es und lachte laut auf. Erlend grollte. Ketil sagte: »Das wird nicht die einzige Neuigkeit bleiben, dessen seid gewiß, und der Rest wird noch schlimmer sein.«

»Wenig Güter und schlechte Nachrichten«, sagte Asgeir, »doch ich bin es zufrieden. Das ist mir genug, wenn es sonst nichts mehr gibt.« Die anderen Männer nickten, aßen die Sauermilch auf und gingen davon.

Am nächsten Tag strömten alle Grönländer nach Gardar, um die Norweger zu sehen und die Waren zu tauschen, die sie seit vielen Jahren angesammelt hatten. Der Kapitän des Handelsschiffes, ein

Mann aus Bergen namens Thorleif, schien die ganze Zeit über zu lachen. Er brüllte geradezu vor Lachen, als er die Tauschwaren der Grönländer sah: Seehundhäute und Walroßzähne und Bahnen von selbstgewebtem Stoff, Berge von Schaffellen und Rentierhäuten und lange, gedrehte Narwalzähne. Er trat nah an die Leute heran, schaute sie sich genau an und lachte dann. Die Matrosen wirkten dagegen zu ernsthaft und hatten kaum ein Wort zu sagen. Tatsächlich starrten sie die Grönländer an und standen auf dem Feld von Gardar wie die Tölpel herum, als hätten sie nie eine Kathedrale gesehen oder einen Kuhstall oder eine Halle wie die große Halle von Gardar oder Schafe und Ziegen und Kühe, die an den Berghängen weideten, oder Pferde in ihren Ställen oder eine Anlegestelle oder gar einen Fjord oder solch hohe, dunkle Berge, wie sie sich überall erhoben. Als Ivar Bardarson Käse und Sauermilch und gekochtes Rentierfleisch und gedörrtes Seehundfleisch brachte – in den Augen der meisten Grönländer ein Festessen –, da starrten sie lange Zeit darauf, bevor sie anfingen zu essen.

Asgeir sagte zu Thorleif: »Sind deine Männer denn solche Bauernjungen, daß sie niemals Reichtum wie diesen gesehen haben?« und Gunnar dachte, Thorleif würde vor Lachen über diesen Witz ersticken.

»Nein, Grönländer«, sagte er schließlich. »Es liegt nur an dem, was sie über diesen Ort gehört haben. Manche Leute sagen, daß alle Grönländer ein bißchen bläulich seien, und darum würde man euch Grönländer heißen. Wieder andere Leute sagen, ihr würdet von Eis und Salzwasser leben, und daß diese Nahrung euch erhielte, weil ihr daran gewöhnt wäret.«

Jetzt setzte Asgeir ein breites Grinsen auf und sagte: »Diese Dinge mögen auf die Männer von Herjolfsnes zutreffen, denn sie leben weit unten im Süden und bleiben unter sich. Das mußt du dir selbst anschauen.«

»Vielleicht werde ich das tun. Unsere Reise war nicht so kurz, daß ich diesen Sommer zurückkehren kann, wie ich hoffte.« Thorleif schaute sich um und lachte wieder. Asgeir sagte: »Den meisten Leuten vergeht das Lachen, wenn sie an einen grönländischen Winter denken.«

»Aber sie dürfen lachen, wenn sie daran denken, daß sie für den Rest ihres Lebens Geschichten darüber erzählen können.«

Das Tauschen ging schnell vonstatten, und es gab wenig Streit. Bauern kamen mit ihren Waren aus entfernten Orten wie Siglufjord und Alptafjord, und Thorleif hatte scheinbar immer noch mehr anzubieten. Die Gunnarshofleute hatten eine Menge zu tauschen, denn Asgeir hatte viele Schafe aufgezogen und geschoren, und Hauk war dreimal in den Nordsetur gewesen. Das große Boot, das sie nach Gardar brachten, war beladen mit Tauen aus Walroßhaut und Bottichen voll Tran, mit Federn, Daunen und Häuten. Als Thorleif ein zweites Mal kam, um über das Elfenbein zu verhandeln, bat Asgeir ihn, sich hinzusetzen, und holte einen Käselaib hervor. »Nun, Kapitän«, sagte er, »du mußt das hier versuchen, wenn du glaubst, die Grönländer leben von Salzwasser und Eis, und dann mußt du mir ein paar Neuigkeiten berichten. Wir Grönländer haben uns jetzt zehn Jahre lang bemüht, diese Waren abzustoßen. Ihr seid es, die den wahren Reichtum besitzen, und das sind Nachrichten von anderen Orten.«

»Das ist eine Währung, die ihr vielleicht ungern entgegennehmen werdet, wenn ihr erst gehört habt, was ich euch zu berichten habe.«

»Du mußt es dennoch sagen.«

»Ist nicht eine große Seuche hierher zu euch nach Grönland gekommen?«

»Keine schlimmere als gewöhnlich, doch es ist nicht so viele Jahre her, daß schlechte Bedingungen die Leute aus der Westsiedlung vertrieben haben, und sie haben sich hier bei uns niedergelassen.«

»Die Hand Gottes ist also nicht schwer auf euch gefallen?«

»Kapitän, die Hand Gottes liegt immer schwer auf den Grönländern, und das kannst du mir glauben.«

Nun wurden die beiden von einem Bekannten Asgeirs unterbrochen, dessen Name war Lavrans Kollgrimsson vom Hvalseyfjord. Die Leute hielten Lavrans für ziemlich dumm aber gutmütig, und Asgeir teilte diese Ansicht. Er bot Lavrans ein wenig Käse an.

»Nein«, sagte Lavrans. »Ich bin hier wegen der Sache mit dem

Bärenfell, und ich werde so lange vor diesem Norweger stehenbleiben, bis er mir gibt, was ich begehre.«

Thorleif erwiderte: »Alter Mann, du bist ein Narr. Die Leute sagen mir, daß dieses Bärenfell dich erhebliche Mühen gekostet hat, und alles, was du dafür willst, ist eine Bahn roter Seide, keine Radnaben oder Pech oder Waren aus Eisen.«

»Es wäre großartig gewesen, dem König von Norwegen einen lebenden Bären zu senden, wie es die Grönländer in früheren Zeiten taten, aber das Tier ist in meinem Kuhstall gestorben, jedoch nicht, ohne vorher einen meiner Knechte zu verstümmeln. Ich aber habe mein Herz an dieses Stück glänzendes Rot verloren, denn niemand in ganz Grönland besitzt so etwas. Mein Weib ist wieder guter Hoffnung, und es ist kein Geheimnis, daß sie dreimal ein Kind verloren hat. Vielleicht bringt es Glück, wenn dieses Banner von weither sichtbar über ihrer Bettnische weht, so ihre Zeit gekommen ist. Niemand kann mich davon abbringen.« Und da willigte Thorleif ein, die Seide, die er dem Bischofssitz von Gardar zugedacht hatte, mit Lavrans Kollgrimsson zu tauschen, einem armen Bauern aus einer armen Gegend. Die Leute meinten, daß Lavrans wenig für seine Mühe mit dem Bären bekommen hätte, doch Lavrans gab wie gewöhnlich nichts auf die Meinung seiner Nachbarn. Osmund Thordarson aus Brattahlid aber, der auch ein Bärenfell hatte, und noch dazu ein großes, das er dem Bären in freier Wildbahn geraubt hatte, bekam dafür zwei Sack Hafersaat, ein eisernes Axtblatt, einen Bottich Pech und ein Messer mit einer stählernen Klinge. Doch Osmund war als ein vom Glück begünstigter Mann bekannt, der für seine Meinung stets offen einstand. Der Bruder seiner Mutter, Gizur Gizursson, war der Gesetzessprecher, doch man wußte sehr wohl, daß Osmund die Gesetze besser kannte als jeder andere Mann in Brattahlid.

Es wurde getauscht und gehandelt, und darüber war es fast dunkel geworden, ehe Thorleif dazu kam, seine Neuigkeit zu erzählen, und es war dann wirklich eine wundersame Neuigkeit. Denn der Zorn Gottes war in der Tat über die Norweger gekommen, und nicht nur über sie, sondern auch über alle anderen Menschen in der Welt, Mann und Weib und Kind, Reich und Arm, Stadt und Land. Es war ein solches Übel, daß niemand je auch nur Ähnliches gesehen hatte: Da gab es Familien, sagte Thorleif, die waren zum Abendessen gesund und starben vor Tagesanbruch, alle miteinander; da waren ganze Bezirke, in denen alle Seelen aller Gemeinden innerhalb von Tagen starben, vielleicht mit Ausnahme eines Kindes oder eines alten Mannes. Die Straßen von Bergen seien jetzt in der Segelzeit weniger belebt als einstmals mitten im Winter, so erzählte er Asgeir, der schon einmal dort gewesen war. Jeder Seemann hatte Eltern verloren oder Kinder oder Weib oder Bruder; jeder Seemann hatte die Büßerkolonnen gesehen, die von Stadt zu Stadt zogen und unter großem Wehklagen beteten und um Almosen bettelten. Thorleif hatte das Todesschiff selbst gesehen, ein kleines Schiff aus England, das in den Hafen von Bergen eingelaufen war – alle Seeleute trugen das Zeichen des Todes, und dann waren sie alle tot, und dann begannen die Leute in der Stadt wegzusterben, und andere flohen, doch die Seuche folgte ihnen in jedes Tal und in jeden Fjord. Und da war noch mehr: Brunnen waren vergiftet, Menschen wurden auf dem Scheiterhaufen verbrannt, Priester tot auf ihren Altären gefunden, Tote lagen auf der Straße, und es gab niemanden, der sie in ihre Gräber schaffte oder ein letztes Gebet für sie sprach. Hatte nichts davon die Grönländer berührt? Nein. Die Seeleute staunten darüber, und die Grönländer ihrerseits waren sprachlos und gingen nach Hause und dachten viele Tage lang über diese Kunde nach.

Ivar Bardarson, der ein guter Freund Asgeirs war, fand in Thorleif einen unterhaltsamen Gefährten und nahm ihn recht oft mit, wenn er Asgeir in Vatna Hverfi besuchte, und Asgeir antwortete ausgelassen auf Thorleifs Fragen. Wie kam es, daß die Grönländer so groß und dick waren? (Viel Seehundfleisch.) Wie kamen sie ohne Brot aus? (Viel Seehundfleisch.) Warum hatten ihre Häuser so viele Zimmer und Gänge? (Damit man sie leichter mit Seehundtranlampen erwärmen konnte.) Warum waren die Schafe und Ziegen so groß und die Kühe und Pferde so klein? (Weil sie immer schon so gewesen waren, seit Erik der Rote auf seinen Schiffen Siedler von der Westküste Islands hergebracht hatte.) Was taten die Grönländer, um einen Bischof zu bekommen? (Sie warteten weiterhin, wie sie es seit zehn Jahren taten, seit dem Tod des letzten Bischofs namens Arni.) Warum hatten die Grönländer keine

Schiffe? (Das Gesetz des Königs und der Mangel an Holz.) Auch hätten sie keine Katzen oder Hühner oder Schweine, obwohl einige Bauern eine edle Zucht von Hirschhunden besaßen, die Thorleif bewunderte. Die Grönländer waren so arm an Waffen, wie schafften sie es zu jagen? (Selbst die besten Jäger, wie Hauk Gunnarsson, benutzten eher Schlingen und Fallen als Speere oder Pfeile.) Auch hätten sie keine Schwerter. Thorleif wunderte sich. »Es gibt andere Wege, Streit auszutragen«, sagte ihm Asgeir, »und Grönländer ziehen die friedfertigen auch nicht mehr vor als andere Leute.«

»Und wie«, fragte Thorleif mehr als einmal, »seid ihr der Seuche entkommen, die den Rest der Welt heimsucht?« Darauf hatte Asgeir keine Antwort.

Einige Seeleute überwinterten in Vatna Hverfi, und einer von ihnen, ein Junge namens Skuli Gudmundsson, blieb auf Gunnarshof. Er war sehr geschickt, und immer hatte er ein Stückchen Holz oder Speckstein in der Hand. Für Margret schnitzte er einen Spinnwirtel in der Form eines grinsenden Gesichtes, von dem Ingrid sagte, es sei sündig und götzendienerisch. Für Asgeir schnitzte er einen Satz Schachfiguren. Doch hatte er wenig Interessantes zu erzählen, denn er hatte bis genau zu dem Tag, an dem er mit Thorleif auf dem Schiff nach Grönland gesegelt war, auf seines Vaters Hof in der Nähe von Bergen gelebt.

Nun war der Herbst jenes Jahres für Asgeir besonders ertragreich. Das Gras stand hoch in den Feldern, es gab viele Lämmer zu schlachten, Hauk brachte von der herbstlichen Seehundjagd soviel Seehundfleisch und Speck mit, daß sich die Trockengestelle darunter bogen, und so kündigte Asgeir an, daß er vorhabe, zu Jul ein Fest für den Priester Ivar Bardarson, für Thorleif und für seinen Vetter Thorkel Gellison zu veranstalten, welcher gerade seinen Hof im südlichen Teil von Vatna Hverfi in Besitz genommen hatte. Und in der Tat hatte Asgeir seit seiner Heimkehr, als er seine Vermählung mit Helga Ingvadottir gefeiert hatte, kein Fest mehr auf Gunnarshof gegeben.

Eines Abends, als Hauk und Ingrid und die anderen Mitglieder des Haushaltes zusammensaßen, ging Asgeir in den Vorratsraum und kam mit einem Fäßchen Honig zurück, das er von Thorleif im

Tausch gegen zwei Walroßzähne erhalten hatte. Die anderen, die gedöst oder sich mit Rechenperlen beschäftigt hatten, wurden aufmerksam, und Hauk sagte: »Mir scheint, wir werden das wohl nicht auf unsere Sauermilch schöpfen.«

»Wahrlich nicht«, sagte Asgeir, und er mischte den ganzen Honig, was eine große Menge war, mit etwas frischem Wasser und einigen Portionen gegorener Blaubeeren und stellte ihn dann weg.

Ingrid schaute ihn an und sagte: »Dieses Metbrauen wird noch böse Folgen haben.«

»Das wird eine gelungene Überraschung für Ivar Bardarson sein«, erwiderte Asgeir.

»Ihr wollt den Kapitän mit den Errungenschaften der Grönländer beeindrucken. Grönländer laufen immerzu hinter Leuten aus anderen Ländern her, als wären sie Heilige aus dem Himmel.«

»Wir wissen, was sich für ein Fest geziemt, so wie andere auch, und wenn wir es bieten können, so tun wir es sehr gern.«

»Wenigstens werden wir sehen«, sagte Ingrid, »wer den Kopf fürs Trinken hat und wer nicht.«

Jetzt meldete sich Hauk zu Wort und sagte: »Wird die Ketilshofsippe zum Fest geladen sein?«

»Wenn man sie nicht lädt«, erwiderte Asgeir, »dann wird Ketil auf seinem Zaun stehen und unsere Gäste zählen, wenn sie in den Hof kommen, und seiner Meinung nach wird er die Köpfe seiner Feinde zählen. Es ist besser, wir haben ihn auf dem Hof, wo wir auf ihn achten können.« Obwohl Ketilshof und Gunnarshof ganz nah beieinander lagen, war es doch eine Tatsache, daß Asgeir und Ketil schlechte Nachbarn waren, die immer eine Menge Anlässe für Unstimmigkeiten fanden.

Hauk lächelte, und Asgeir schaute ihn kurz an und sagte dann: »Mein Bruder, mir scheint, du suchst einen Grund, dich von der Versammlung fernzuhalten und die Einöde aufzusuchen, sogar mitten im Winter.«

»Ganz sicher gibt es eine Menge Beschäftigungen, die mir lieber sind als mit vielen Leuten im Hause herumzusitzen, die an Lampendunst und Gerede fast ersticken.«

»In der Einöde wirst du aber nie ein Weib finden, es sei denn, sie wäre ein Geist oder ein Schneeungeheuer.«

Hauk antwortete nicht, und da sprach Ingrid und sagte: »Ein Weib würde sich schämen, mit einem Manne zu gehen, der gefiederte Vogelhäute auf seiner Haut trägt, wie es die Skraelinger tun.«

»Und eine alte Frau sollte sich schämen«, sagte Asgeir, »nach den Unterkleidern eines jungen Mannes zu schielen«, und er lachte fröhlich, denn er war über die Aussicht auf sein Fest sehr vergnügt, und es schien ihm, als habe er Ingrid die Prophezeiungen über den Met geschickt vergolten.

Nun war der Tag des Festes gekommen, und viel Volk strömte von Gardar und anderen Gehöften nach Gunnarshof, und es war Margrets Aufgabe, beim Auftragen zu helfen und ein Auge auf Gunnar zu haben. Sie setzte ihn auf eine Bank mit Skuli und Jona Vigmundsdotter, Thorkels Weib. Obwohl Jona nur wenige Jahre älter war als sie, war Margret ein bißchen schüchtern gegenüber Jona, zum Teil, weil Jona verheiratet war, doch hauptsächlich, weil Jona in der Westsiedlung geboren war. Diese Menschen waren in vielen kleinen Booten von dort gekommen, ihre Schafe und Ziegen an die Brust gepreßt, und saßen auf dem, was von ihrem Reichtum geblieben war, und sie brachten Kunde von schlechtem Wetter, Jahr für Jahr – den ganzen Winter Regen und Eis, Wind und fliegender Sand den ganzen Sommer – Kunde von Kämpfen in den Jagdgebieten der Nordsetur, zwischen Nordmännern mit Äxten und Skraelingern mit Pfeil und Bogen. Sie waren dünn gekommen, und die meisten waren dünn geblieben, hatten verlassene Höfe in den südlichen Teilen der Ostsiedlung bezogen oder waren in Brattahlid oder Gardar in Dienst gegangen. Einstmals, so sagte Asgeir, war es die Westsiedlung, wo die reichen Grönländer lebten, doch jetzt konnten nicht einmal die Lockungen der Nordsetur, wo die Männer Narwale, Eisbären und Walrosse jagten, den schwindenden Viehbestand auf dem Hoffeld wettmachen. Männer müßten Hammel und Käse essen und Milch trinken. Die Ernährung aus der Wildnis machte sie zu Dämonen. Jetzt gingen nur noch wenige der verwegenen Seelen, wie Hauk, in die Nordsetur, und die meisten Menschen suchten die östliche Einöde auf, obwohl das Wild dort nicht so zahlreich war.

Sogar die Tatsache, daß Jona in so einem frühen Alter verheiratet worden war, verriet sie als eine Westsiedlerin, denn diese Bauern aus dem Westen waren ängstlich darauf bedacht, ihre Töchter loszuwerden und ihnen einen Platz an anderer Leute Tisch zu besorgen. Gunnar saß ihr gegenüber, und Margret stellte eine große Schale mit Sauermilch und eine kleine mit Honig zwischen die beiden. Jona hatte ein Kind, Skeggi, etwa zwei Winter alt, das neben ihr saß. Gunnar vertrieb sich die Zeit damit, dem Kind Gesichter zu schneiden, und Skeggi, der ein frecher, trotziger Junge war, lachte nur über alles, was Gunnar ausprobierte. Bald nahmen ein paar junge Männer von Gardar an der Bank Platz, und als Margret ihnen Schalen mit Essen brachte, sagten sie, daß ihre Namen Olaf Finnbogason und Halldor Karlson seien. Halldor war ein anderer von den Jungen auf dem Schiff, und er und Skuli freuten sich sehr, einander zu sehen.

Margret wußte von Olaf, obgleich sie ihn nie gesehen hatte. Er war ein Junge von Brattahlid, dessen Vater bei der Seehundjagd umgekommen war, und seine Mutter hatte ihn nach Gardar gesandt, damit er Priester werde. Er war ein ruhiger Junge, dick und klein von Statur, etwa in Margrets Alter. Sein Löffel, den er recht verstohlen aus seinem Löffelkästchen nahm, war aus grönländischem Horn, und ein Stückchen von der Kelle war abgebrochen. Die Matrosenjungen hatten hölzerne Löffel, und Skulis war besonders schön, aus norwegischem Eschenholz geschnitzt und mit Weintrauben verziert. Margret hatte ihn schon zuvor bewundert. Sie ging fort, um andere Leute zu bewirten, dann setzte sie sich neben Gunnar, um ihr Fleisch zu essen.

Skuli und Halldor hatten Honig in ihre Sauermilch gelöffelt, und Halldor sagte gerade mit lauter Stimme: »Wer sind denn diese Grönländer, daß sie nie zuvor Honig gekostet haben?« Zu Olaf sagte er: »Nur wegen der Farbe glaubst du, es sei Pferdepisse?«

Olaf saß wie versteinert mit rotem Gesicht da, und Halldor und Skuli fingen an zu lachen. Gunnar fiel mit ein. Margret löffelte etwas Honig auf ihre Sauermilch und schaute ermutigend zu Olaf hinüber, doch er beachtete sie nicht. Gerade da kam Unruhe auf, und man konnte sehen, wie Ivar Bardarson etwas aus dem Sack nahm, den er bei sich hatte. Es waren drei Stücke, groß und rundlich, wie Steine, und sie hatten auch etwa die Farbe von Stein. Die Gäste tuschelten und lachten. Ivar Bardarson hatte Brot mitgebracht, und so etwas hatten die meisten Grönländer nie gesehen, denn Grönländer haben weder Korn noch Hefe, und sie behelfen sich mit gedörrtem Seehundfleisch zu ihrer Butter. Asgeir erhob sich mit einem Aufschrei und rief den Knecht, der den Bottich hereinbringen sollte. Es war ein großer Erfolg. Ivar und Asgeir hatten jeder den anderen überrascht, und die Gäste waren mehr als gespannt. Die Norweger hatten seit einem halben Jahr nichts getrunken. Einige Grönländer hatten nie in ihrem Leben ein geistiges Getränk gekostet, da es in Grönland weder Bienenstöcke noch Trauben noch Gerste gibt und die Männer sich nur mit Wasser und Milch erfrischen können.

Als Margret zu ihrem Platz zurückkehrte, war Olaf still, und Jona sprach mit Skuli über die Reise.

»Wie lang war eure Reise?« fragte sie.

»Sechs Wochen, nach Thorleifs Runenkalender.«

»Ist das lang für so eine Reise?«

»Wir waren ziemlich hungrig, als wir hier ankamen.« Skuli und Halldor grinsten.

»Hat es Stürme gegeben?«

Halldor erwiderte: »Thorleif sagt, daß es auf jeder Überfahrt so viele Stürme geben muß, wie das Schiff aushält.« Plötzlich griff Olaf Finnbogason nach dem Honiggefäß und goß den ganzen Inhalt über sein Fleisch.

»Hoho! Grönländer!« rief Halldor, laut genug, um die Aufmerksamkeit von Leuten an anderen Bänken zu wecken. »Du hast dein Fleisch in Pferdepisse getränkt und für uns andere nichts übriggelassen!« Und er schlug mit seiner Faust auf Olafs Löffel, der zwischen ihnen beiden lag. Der Griff des Löffels brach an der Kelle ab. Gunnar fing als erster an, über Olafs Verlegenheit zu lachen, dann Skeggi und dann sogar Jona, denn Olafs Gesicht war wirklich bis zum Haaransatz purpurrot angelaufen. Andere lachten und riefen durcheinander. Margret stand auf, doch sie wußte wirklich nicht, was sie tun sollte, denn alle Löffel auf Gunnarshof wurden zum Anrichten gebraucht, und außerdem war es üblich, daß ein Mann seinen eigenen Löffel bei sich trug. In dem Moment rief Skuli Gudmundsson aus: »Halldor, es ist immer so, daß du mehr Ärger als Freude bereitest«, und er langte mit seinem Fuß unter den Tisch und stieß Halldor rückwärts von der Bank. Dann schob er, während die Gäste lachten und prusteten, Olaf seinen Eschenholzlöffel hinüber und sagte: »Nimm diesen hier, Olaf Finnbogason. Er ist aus hartem Holz geschnitzt und wird obendrein in dein Löffelkästchen passen.« Olaf murmelte seinen Dank und starrte auf den kunstvoll geschnitzten Löffel, nahm ihn aber nicht in die Hand.

Der Hof war in großem Aufruhr. Es schien Margret, als würde ein jeder schreien, und es wunderte sie nicht, daß Gunnar auf ihren Schoß kletterte und sich furchtsam an sie schmiegte. Überall riefen die Männer einander zu, lachend und grollend, und schütteten den Met hinunter, den auch Margret gekostet, aber zu süß gefunden hatte. Asgeirs Gesicht strahlte und glänzte nur so, und Margret sah, wie er dem Kapitän immer wieder auf den Rücken klopfte. Margret hatte ihren Vater noch nie so gesehen. Margret hielt Gunnar ganz fest.

Nun kam Ingrid herein und brachte die Kinder, auch Jona und Skuli und Halldor, in einen der anderen Räume des Hauses, wo es zwei Bettnischen gab. Alle setzten sich an die Türen der Bettnischen und warteten darauf, eine Geschichte zu hören.

Ingrid erzählte ihnen eine ihrer besten, die Geschichte von Thorgils, dem Ziehsohn des Orrabein. Selbst Jona lauschte mit offenem Mund der vertrauten Geschichte vom großen Schiff, das mit Thorgils und seinen etwa dreißig Leuten an Bord Island verließ. Sie gerieten spät im Jahr in einen gewaltigen Sturm, und die See ging so hoch, daß sogar der Himmel nicht mehr zu sehen war, es sei denn, man legte sich auf den Boden des Schiffes und schaute geradewegs nach oben. Zwei Leibeigene wurden von den Wellen über Bord gespült, und noch einer wäre ihnen gefolgt, hätte ihn Thorgils nicht am Hemd gepackt, als die Welle ihn gerade ergriff. Der Sturm dauerte viele Tage und Nächte, was bewies, daß es ein Zaubersturm war, die Folge eines Fluches, und sie waren wirklich verflucht, denn sie strandeten an der Ostküste von Grönland, weit entfernt von den Siedlungen, und ihr Schiff zerbrach an Eisschollen. Es gelang Thorgils und seinen Leuten, vor Ausbruch des Winters eine Hütte zu bauen und ein paar von den vielen Seehunden zu erlegen, die häufig in die Gegend kamen, und die Seehunde waren in Wirklichkeit keine Seehunde, denn sie lachten wie Menschen und kamen nah an die Hütte heran. Die Leute konnten drinnen das Zischen und Klatschen der Seehunde hören, die immer wieder die Hütte umkreisten. Aber Männer müssen essen, und so aßen sie das Seehundfleisch doch, obwohl Thorgils' alte Mutter sagte, daß es die Seelen der Männer seien, die über Bord gespült worden waren. In jenem Jahr starben viele von Thorgils' Männern an der Blutkrankheit, doch Thorgils' Weib gebar einen Sohn, den sie Thorbjorn nannten.

Eines Tages sandte Thorgils seinen Verwalter mit den Leibeigenen zum Fischen, während er selbst zum nächsten Eisfeld hinaufkletterte, um das Packeis sehen zu können. Als er zurückkehrte, mußte er feststellen, daß der Verwalter und die Leibeigenen mit dem Rettungsboot verschwunden waren und alle Nahrungsvorräte mitgenommen hatten. Thorgils' Weib fanden sie gemordet auf einer Bank in der Hütte, und das Kind säugte an dem Leichnam.

An dieser Stelle – obwohl alle Grönländer die Geschichte recht gut kennen, denn es ist eine wahre Geschichte – stießen die Kinder kleine Schreie aus, und Margret zitterte.

Thorgils nahm sein Messer und schnitt sich in seine eigene Brustwarze und legte das Kind zum Säugen an. Zuerst kam Blut, dann Blutwasser, dann, endlich, Milch, und Thorgils säugte daraufhin sein Kind selbst und entdeckte, was in Grönland alles möglich ist, wo die Leute neue Wege gehen oder sterben müssen.

Jetzt hatte sich das Geschrei in der Halle gelegt, und Ingrid sagte, daß es schon längst Schlafenszeit sei. Die Halle des Bauernhofes war in großer Unordnung, Bänke waren umgestoßen und umgedreht, und Männer und Frauen saßen zusammengesackt da und schliefen. Ingrid schaute herum. »Es ist in der Tat unwahrscheinlich, daß dieses Durcheinander die einzige Folge dieses Metgelages sein wird, die man wird bereinigen müssen.«

Einige Zeit später sprach es sich im Bezirk herum, daß Sigrun Ketilsdottir in der Nacht des Festes von Ragnar Einarsson, einem der Männer Thorleifs, vergewaltigt worden war. Manche sagten, Ragnar wäre vielleicht nicht der erste Beschuldigte, wäre Sigrun in der Vergangenheit empfängnisbereit gewesen, aber andere sagten, Thorleifs Männer benähmen sich gar nicht so gut, wie sie sollten, und außerdem seien Seeleute nun einmal so, wie sie sind.

Nun geschah es, daß Ketil und sein Sohn Erlend eines Tages Ragnar im südlichen Teil des Bezirks überraschten, wo dieser bei einigen Grönländern überwinterte, und sie entführten ihn nach Ketilshof und verprügelten ihn. Nur das Eingreifen ihrer Knechte hinderte sie daran, den Seemann im Zorn zu töten, und dann hätten sie eine Entschädigung zahlen müssen, anstatt eine zu erhalten.

Jetzt war schon die Fastenzeit gekommen, aber Ivar Bardarson fuhr auf Skiern von Gardar nach Gunnarshof, und er und Asgeir kamen überein, daß man den Fall in Vatna Hverfi im Stillen regeln und nicht vor das Thing bringen müsse, wo die meisten Fälle geregelt wurden. Nicht nötig, die Sache bis zum Sommer schmoren zu lassen, meinte Ivar, denn es sei nicht eine so große Sache, wie Ketil tat. Ketil war als streitsüchtiger Mann wohlbekannt. Die beiden gingen früh am nächsten Morgen um den Hügel herum nach Ketilshof, und die Folge war, daß Ketil für die Vergewaltigung seiner Tochter eine Entschädigung bekam, die sich auf sechs große Schafe, sechs Ziegen und drei gute Milchkühe von Asgeir belief, denn der Trank, den man auf seinem Fest gereicht hatte, war Ragnar zu Kopf gestiegen, und aus Thorleifs Vorrat an nicht getauschten Waren erhielt er eine kleine Menge Gerstensaat, einen Bottich Pech und vier eiserne Radnaben. Ragnar bekam die Erlaubnis, Ketilshof zu verlassen und nach Gardar zurückzukehren, wo, wie manche Leute sagten, Thorleif vollenden sollte, was Ketil und Erlend begonnen hatten. Aber Thorleif lachte nur über Ragnars Dummheit und tat nichts.

Sobald der Schnee schmolz und das Gras im Frühjahr grünte, ließ Asgeir die Südmauer des Kuhstalls niederreißen. Die Kühe wurden auf das Hoffeld hinausgetragen. In diesem Frühjahr war gar kein Heu mehr übrig, doch das Gras färbte sich früh, und einige der jüngeren Kühe konnten beinahe sogleich aufstehen, als Asgeir und Hauk sie absetzten. Andere waren nicht so kräftig, aber Asgeir sagte, daß sie sich wieder gesundfressen würden, und er ließ Gunnar und einige der anderen Jungen das saftige Gras rupfen und es den abgemagerten Tieren bringen. Nach vier Tagen waren bis auf ein altes Tier alle Kühe wieder auf den Beinen und weideten im Hoffeld. Das war für einen Winter kein großer Verlust, und auch die Schafe und Ziegen hatten gut und ohne Krankheit durchgehalten. Skuli Gudmundsson sagte, daß sein Vater und andere Bauern in seinem Bezirk in Norwegen nichts vom Einmauern der Kühe im Winter hielten, und Asgeir überraschte das, denn die Grönländer wissen sehr gut, daß Wintergras für einen Kuhmagen nicht geeignet ist und darüber hinaus das Winterlicht ihren Augen schadet und empfindlichere Tiere gar geblendet haben soll. Skuli sagte, er habe von solchen Dingen nie gehört.

Margret mochte ihren Onkel Hauk Gunnarson besonders gern, und in diesem Frühjahr verbrachten sie in den Bergen über dem Gehöft viel Zeit miteinander, da Hauk nicht oft in die Einöde ging. Sie waren von gleichem Gemüt, und manchmal gingen sie einen ganzen Tag lang, ohne zu reden. Solche Tage waren für Margret eine Erholung, denn die Amme Ingrid ermahnte sie immer, zu reden oder sich sanfter zu gebärden, denn bald schon würde sie einen Gatten wollen, und es sei gut, früh genug liebenswerte Gewohnheiten zu entwickeln.

Hauks Tapferkeit bei der Jagd war den Grönländern wohlbekannt, und Asgeir hatte mehr als einmal darüber gewitzelt, daß er lieber nicht genau wissen wolle, welche Schliche der Skraelinger sein Bruder womöglich übernommen habe. Man konnte ja nie wissen, was ein Christenmensch von den Dämonen im Norden alles lernen mochte. Und auch Margret stellte keine Fragen, aber sie beobachtete ihn mit heißer, doch verhohlener Neugier, wenn er eine Schlinge legte oder eine Falle stellte, jedesmal wenn er eine Pflanze befühlte oder pflückte und in seine Tasche steckte. Sie folgte ihm in seinem gleitenden, ruhigen und stillen Gang und eiferte ihm in der vollkommenen Ruhe seiner Haltung nach, wenn er einhielt, um dem Geräusch eines Hasen oder eines Fuchses im Unterholz zu lauschen. Einige Male hatte sie ihn gesehen, wie er sich plötzlich bückte und einen Hasen am Bein packte oder einen Fuchs am Hals, doch er schätzte seine eigenen Fähigkeiten gering – Skraelinger, so sagte er, könnten bewegungslos wie ein Stein über dem Atemloch eines Seehunds stehen, manchmal zwei Tage und Nächte, und sogar dann seien sie noch fähig zu spüren, wie der Seehund durch das Wasser hochgleitet, und dann plötzlich eine Harpune hinunter zu werfen, um ihn zu erlegen. Ein Skraelinger könne so leise über das Eis eines Fjordes gehen, daß ihn die Seehunde, die darunter schwimmen, nicht hörten, so hellhörig sie auch seien. »Es könnte sein«, so sagte er, »daß wir Grönländer mit unseren Schafen und unseren Kühen und unseren großen Kirchen aus Stein gar nicht so gut dran sind, wie wir denken, und die Skraelinger mit ihren heulenden Hunden und ihrem rastlosen Wandern sind vielleicht nicht so schlecht dran, wie wir denken.« Und das war alles, was Margret je von ihm über dieses Thema hörte.

Eines Tages kam ein Matrosenjunge, Skuli, zu Margret und überreichte ihr einen Vogelkäfig, den er aus Weidenruten angefertigt hatte, und er sagte ihr nur, daß ihr Onkel ihn gebeten habe, einen zu machen, und ihm gezeigt habe, welche Form er haben solle. Margret dankte ihm für seine Arbeit, und ihr Onkel trat hinter sie und nickte dazu, aber er sagte nicht, wofür der Käfig bestimmt war. Einige Tage später, als Margret mit Hauk in den Hügeln war und er Schlingen für Schneehühner legte, da sah sie, wie er etwas tat, was sie nie einen Mann hatte tun sehen – er streckte die Hand nach einer Lerche aus, die auf einem Birkenzweig saß, und nahm den Vogel in die Hand. Dann schloß er die andere Hand sanft darüber und schob ihn in seine Tasche. Als sie zum Hof zurückkamen, nahm Hauk die noch lebende Lerche aus der Tasche und setzte sie in Margrets Käfig. »Nun«, sagte er, »wenn der Vogel für dich singt, nimm sein Lied, als erzählte dein Onkel dir eine Geschichte, denn wenn ich mir hätte aussuchen können, in welcher Gestalt ich geboren werden wollte, dann hätte ich die Gestalt einer Lerche gewählt.«

Bevor Skuli nach Gardar zurückkehrte, überreichte er Gunnar zum Abschied ein großes Geschenk, ein Geschenk, wie es kein Kind in der Ostsiedlung hatte – ein geschnitztes Ebenbild von Thorleifs Schiff mit sechs Männern darin und einem Segel aus grauem Wadmal, das man herunterlassen und wieder hochziehen konnte, und Thorleif selbst stand am Bug. Der winzige Mund der Figur war geöffnet, so als lachte sie. Er hatte auch ein kleines Geschenk für Asgeir, ein winziges Stück Speckstein in der Form eines Seehundes, das so glatt, glänzend und naß aussah wie das Tier in Wirklichkeit, so sagte Asgeir.

Thorleif und seine Männer arbeiteten hart, sie teerten und überholten ihr Schiff, nähten Risse im Segel, obwohl es im Eriksfjord noch eine Menge Treibeis gab. Thorleif, Asgeir und Ivar Bardarson sprachen vom Winter, wie es Männer tun müssen, die sich zum ersten Mal im Frühjahr wieder treffen. Die Halle von Gardar war während der ganzen Julzeit und noch eine Weile danach fast vollständig von einer Schneewehe bedeckt. »Nicht so schlimm«, sagte Ivar, obwohl Thorleif mit den Augen rollte. War nicht am Isafjord ein altes Ehepaar auf seinem eigenen Hof vor Kälte gestorben, obwohl noch Seehundtran in den Lampen gewesen war? »Die Leute von Isafjord«, sagte Asgeir, »befürchten immer das Schlimmste, und häufig tritt es dann auch ein.«

Das Fest des St. Hallvard kam heran, und Margret war zwölf Winter alt. Trotz aller gegenteiligen Beteuerungen hielt sich Thorleif weiter in Gardar auf, und seine Seeleute waren noch immer in Vatna Hverfi. Margret, so sagte Ingrid, müsse aufhören, in den Hügeln umherzustreifen, und sich lieber dem Weben und Spinnen zuwenden und dem Anlegen von Vorräten, Dingen, denen sich alle Frauen ganz und gar widmeten. Und Gunnar. Asgeir blickte finster auf Gunnar. Gunnar durfte nicht weiter so aufwachsen, auf dem Hof herumsitzen und den Mägden Geschichten erzählen, sondern sollte die Feldarbeiten verrichten, zu denen er fähig war.

Und noch etwas mußte sich ändern: Gunnar sollte nun nicht mehr länger in Margrets Bettnische schlafen. Er konnte bei Karl schlafen, einem der jüngeren Knechte, oder allein.

»Nicht einmal Hunde schlafen allein«, sagte Gunnar. Aber er wollte nicht bei Karl schlafen, und so lag er jede Nacht allein in der großen Bettnische mit den geschnitzten Pferdeköpfen.

Nun geschah es, daß der junge Olaf Finnbogason von der Anlegestelle bei der Undir Hofdi-Kirche jenseits des Hügels kam, und Asgeir sagte, Olaf sei gekommen, um Gunnar das Lesen zu lehren, und wenn Gunnar wolle, könne er Olaf mit in seine Bettnische nehmen. Da nahm Gunnar eine kleine Specksteinschale vom Eßbrett und warf sie an die Steinwand, doch er wurde nicht bestraft, und alle gingen aus dem Haus, und als Gunnar später hinausging, war jedermann eifrig bei der Arbeit.

Olaf bekam von Asgeir als Entlohnung ein neues Hemd, neue Strümpfe und neue Schuhe. Man gab ihm eine Bettnische, einen Platz an der Bank und einen eigenen Becher und ein Eßbrett. Er brachte den Eschenholzlöffel mit, den Skuli ihm geschenkt hatte, und zwei Bücher aus Gardar. Sieben Tage lang saß er mit Gunnar jeden Morgen eine Weile beieinander und zeigte ihm die Bücher. Gunnar sagte, daß es armselige Dinger seien, und ärgerte Olaf ununterbrochen, er wolle nach draußen gehen oder etwas zu essen oder zu trinken holen, und ließ sich jede Menge von Tätigkeiten einfallen, die er dem Enträtseln der Wörter vorzog, welche Olaf ihm zeigte. Schließlich sagte Asgeir, daß sie die Bücher einmal für einen Tag weglegen könnten. An diesem Tag half Olaf, das Hoffeld zu düngen, und Gunnar half beim Auflockern des zweiten Feldes für die Aussaat der Gerste und des Hafers, die sie von Thorleif im Tausch erhalten hatten. Am folgenden Tag wachte Asgeir früh auf und stellte fest, daß die Kühe in das Hoffeld eingebrochen waren, und man verbrachte fast den ganzen Tag damit, die Kühe einzufangen und den Steinzaun auszubessern. Danach sagte Asgeir, das Lesen sei ein Wintervergnügen, aber Olaf müsse nicht eher nach Gardar zurückkehren, bis der alte Priester nach ihm verlange.

Sigrun Ketilsdottir war mit ihrem Kind von Ragnar Einarsson jetzt schon hochschwanger. Auch war es so, daß Ketils Herde in jenem Winter von Krankheiten schwer getroffen war, und fünf der sechs Schafe, die er als Entschädigung erhalten hatte, waren eingegangen. Erlend Ketilsson, der gern im Bezirk herumging und seine Füße unter anderer Leute Tisch steckte, hatte über diesen Vorfall eine Menge zu sagen. Asgeir zuckte die Schultern und zeigte auf seine gesunde Herde. Viele Leute sagten, seine Kinder hätten Ketil keinen Segen gebracht. Nur Glück, so sagten sie, hätte Sigrun bislang vor der Mutterschaft bewahrt, und Erlend sei ein Angeber und ein Nörgler. Dennoch meinten die Leute, Ragnar Einarsson täte gut daran, Sigrun zu heiraten und sich auf Ketilshof niederzulassen oder Sigrun gar mit nach Norwegen zu nehmen. Sigrun selbst sagte: »Die Leute leben in Norwegen ebenso gut wie in

Grönland.« Aber Thorleif sagte, soweit er wisse, sei keiner seiner Leute nach Grönland gekommen, um sich ein Weib zu suchen. Es war klar, daß Thorleif und seine Seeleute darauf brannten, die Rückreise anzutreten. Ihr Schiff war vollständig wiederhergestellt und seetüchtig, und Thorleif legte Vorräte an und beendete seine Tauschgeschäfte.

Bei den Grönländern aus allen Teilen der Ostsiedlung war es Brauch, daß sie sich von Zeit zu Zeit weit unten im Süden an der Öffnung des Alptafjords versammelten, wo es große Vogelklippen gab und im Frühjahr viele Eier. Für Asgeir jedenfalls waren diese Eier ein Schmaus, und es ergab sich dabei immer eine Gelegenheit, mit den Leuten aus dem Süden über alles mögliche zu plaudern. In diesem Frühjahr zog es ihn erstmals seit einigen Jahren wieder zum Eiersammeln, und er bestimmte, daß Margret und Gunnar ihn begleiten sollten. Bei Thord Magnusson in Siglufjord, nahe den heißen Quellen, werde man übernachten. Auch Thorkel Gellison werde mitgehen.

Die Nistplätze befanden sich auf der seewärts gelegenen Seite der Insel. Westlich dieser Insel, so erzählte Thorkel Gunnar, liege Markland. Gunnar hatte nie zuvor das offene Meer gesehen; es war tief und blau, und es schlug tosend gegen die Vogelklippen. Es gab weder Birkengestrüpp noch anderen Pflanzenwuchs – die Felsen leuchteten weiß im grellen Sonnenlicht, es wimmelte von Skuas und Möwen. Der Himmel ertönte von Vogelgeschrei und schlagenden Flügeln.

Gunnar trug einen kleinen moosgefüllten Weidenkorb an einem Riemen über der Schulter, und Asgeir nahm ihn fest bei der Hand und zog ihn die glitschigen Felshänge hinauf zu den Nistgründen. Vor ihnen auf der Klippe waren Kristin, die Frau von Thord Magnusson, und ihre beiden Kinder. Kristin war sehr flink. Sie nahm ihren Korb hoch und schrie, dann bückte sie sich und nahm ein oder zwei Eier aus dem Nest, wog sie in ihrer Hand und hielt sie gegen das Sonnenlicht. Einige behielt sie, andere legte sie ins Nest zurück. Asgeir erklärte Gunnar, diese Eier seien zu alt – die Vögel in ihnen hätten bereits zu wachsen angefangen. Er nahm eines auf und wog es in seiner Hand, dann zerbrach er es. Innen konnte Gunnar eine gelbe Masse mit Füßen und einem Schnabel erkennen. Asgeir nahm ein anderes Ei auf und hielt es für Gunnar gegen das Licht. Hinter der durchsichtigen Schale waren keine Schatten zu sehen. Asgeir nickte, und Gunnar legte es in seinen Korb. Als Gunnar eine Weile später Asgeir zeigte, daß er zehn gute Eier gesammelt hatte, sah Asgeir ihn an und sagte: »Mein Sohn, wenn es jeden Tag Eier zu sammeln gäbe, dann sähe ich ein wenig Hoffnung für dich.«

Einige Zeit später nahm Asgeir Gunnar bei der Hand und führte ihn behutsam an der Seite des Felsens hinunter. Unter ihnen am Strand lagen viele andere Boote von vielen anderen Höfen der Ostsiedlung. Leute standen im Sand herum und redeten und aßen. Erkühnt durch Asgeirs Lob sagte Gunnar: »Mein Vater, können denn alle diese Leute Grönländer sein?«

»Nach Ivar Bardarsons Schätzung gibt es allein in der Ostsiedlung etwa einhundertneunzig Höfe, und das war noch, bevor die Leute aus der Westsiedlung gekommen sind. Ivar Bardarson hat davon gesprochen, einen großen Bericht über die Grönländer zu schreiben, durch den alle Menschen in der Welt erfahren sollen, wie es wirklich um uns steht.«

»Dann hat Ivar Bardarson also gelernt zu lesen, wie Olaf?«

»Und eine gefällige Handschrift zu schreiben und Bilder zu malen, um seine Worte zu schmücken. Das ist eine schöne Kunst.«

Gunnar saß bei seinem Seehundfleisch und den Käsestücken und dachte darüber nach.

Nun kam jemand den Felsen herunter und rief, daß eine Gruppe von Männern Thorleif und seine Leute, die auch auf dem Felsen Eier sammelten, in die Enge getrieben hatte und drohte, die Norweger zu töten. Asgeir stellte seine Schüssel hin und sagte: »Es ist immer dasselbe mit Ketil Erlendsson, er nimmt seine Unzufriedenheit mit, wo er geht und steht.« Und er und Thorkel und Thord und einige andere Männer ergriffen alles, was sie an kleinen Waffen bei sich hatten, und machten sich auf.

Einige Tage später geschah es, daß Ivar Bardarson mit Thorleif auf Gunnarshof erschien. Der Kapitän hatte eine anständige Prellung im Gesicht und humpelte. Asgeir und Ivar stellten ihm Erfrischungen hin und setzten sich dann zu ihm, einer an jeder Seite. Thorleif lachte nicht. Asgeir sagte: »Iß dein Fleisch, mein Thorleif, und hör mir zu. Die Frau wird dicker, und Ketil sagt, sie sei jetzt mehr wert. Einen Bottich Pech und zwei Radnaben sowie sechs weitere gesunde Schafe.«

Thorleif rutschte auf seinem Stuhl hin und her. »Ragnar hat auch keine Entschädigung bekommen.«

»Und mir scheint«, sagte Asgeir, »die Geschäfte, die ich im letzten Sommer gemacht habe, waren nicht so günstig, wenn ich die Zahlungen über den Winter dazurechne.«

»Und doch hat Ragnar nichts für seine ersten Prügel bekommen, und jetzt ist er wieder verprügelt worden«, sagte Thorleif. »Vielleicht sind die Grönländer diese Prügel gewöhnt. Aber ich zahle nicht mit meinen Waren für das Vergnügen herumzuhumpeln. Und Ragnar ist mir ein wertvoller Mann.«

»Diese Sache hat im Bezirk böses Blut gemacht. Ketil lauert auf jede nur erdenkliche Kränkung.«

Thorleif zuckte die Schultern. »Wir sind ohnehin schon bald fort.«

Ivar sagte: »So wie Ketil sind auch andere erzürnt. Deine Matrosen haben den Winter über eine Menge gegessen. Die Leute wüßten ganz gern, welchen Nutzen sie davon haben.«

Thorleif wollte schon sein Eßbrett wegstoßen, doch mit einem Lächeln füllte es Asgeir wieder und sagte: »Wahrlich, laß es dir schmecken, Kapitän.«

Früh am nächsten Morgen, als Thorleif noch schlief, versammelten sich einige Männer draußen vor dem Haus. Sie hatten Messer und Keulen und alle möglichen anderen Waffen bei sich, und sie redeten leise miteinander. Als Ingrid aufstand und die Männer sah, weckte sie Gunnar und Margret und brachte sie schnell ins Badehaus, aber sie konnte nicht verhindern, daß Gunnar zuschaute. Tatsächlich gab es dann doch keinen Kampf. Als Thorleif aus dem Haus kam, um sich zu waschen, blieb er vor der Truppe stehen, und dann lachte er ziemlich laut. Später zerstreuten sich die Grönländer. Als Hauk Gunnarsson zwei Tage später aus der Einöde zurückkehrte, erzählte ihm Asgeir, daß Thorleif und seine Matrosen und eine Gruppe von Grönländern nach Markland fahren würden, um Holz zu holen, denn Ketil hatte dies als weitere Entschädigung verlangt, und viele Grönländer brannten darauf, die Gelegenheit für eine solche Reise zu nutzen, wie sie seit Jahren nicht stattgefunden hatte.

Als man sich einmal für die Fahrt entschieden hatte, gewann Thorleif seine gute Laune zurück und meinte zu Ivar Bardarson, über eine Fahrt nach Markland könne er sogar noch mehr Jahre erzählen als über eine Grönlandfahrt. Es war bekannt, daß die Wälder von Markland reich waren an Zobel, Schwarzbär, Marder und anderen begehrten Felltieren, und Thorleif freute sich darauf, sein Glück zu machen. Das Schiff war für die Rückkehr nach Norwegen bereit, und so trat man die Reise umgehend an. Viele Boote begleiteten das Schiff nach Herjolfsnes, und viele Augenpaare folgten den roten und weißen Segeln, wie sie am Horizont verschwanden. Unter den Grönländern, die mitfuhren, waren Hauk Gunnarsson, Odd, der Bruder des Thord vom Siglufjord, Osmund Thordarson, der schon einmal in Markland gewesen war, Ketil Erlendsson und sein Sohn Erlend. Aber man kann wohl sagen, daß alle Grönländer gern mitgefahren wären, denn jeder Grönländer weiß von den berühmten Abenteuern des Leif Eriksson und seiner Sippe und von dem Paradies, das im Westen liegt.

Eines Tages gegen Mitte des Sommers, als das Schiff schon eine Weile fort war, kam eine Magd vom Ketilshof nach Gunnarshof und suchte nach Ingrid mit der Kunde, daß Sigrun Ketilsdottirs Niederkunft bevorstehe und daß die Frauen auf dem Hof unfähig seien, die Geburt herbeizuführen. Trotz der Feindseligkeit zwischen den beiden Höfen ging Ingrid mit, und Margret begleitete sie.

Ketilshof war ein großes Gehöft mit einer Reihe von Vorzügen. Am Fuße des Hoffeldes plätscherte der Austfjord, und man konnte gleich außerhalb des Hofes ausgezeichnet fischen. Das Hoffeld jedoch fiel nach Norden ab und grünte erst spät jedes Jahr. Ketils Pferde fraßen Seegras, und Asgeir meinte, daß es deshalb schwer sei, mit ihnen umzugehen. Ketilshof lag in Sichtweite eines anderen Hofes, der zur Kirche von Undir Hofdi gehörte. Aus diesem Grund neigte Ketil dazu, nach Gunnarshof zu schielen, wenn er mehr Land begehrte, jedenfalls sagte Asgeir das oft.

Sigrun Ketilsdottir war bleich und, abgesehen von ihrem großen Bauch, so knochig wie eine Kuh am Ende des Winters. Sie lag mit geschlossenen Augen zwischen den Wehen, und jede Wehe schien ihren Körper auszupressen. Die Frauen saßen um sie herum. Ingrid ging zu ihr und nahm ihre Hand und sagte: »Meine Sigrun, es scheint mir, daß das Kind groß ist, denn es hat dich von innen aufgezehrt. Aber es wird gut schlafen und gedeihen, wenn es erst geboren ist.« Sigrun nickte und wurde von einer neuen Wehe ergriffen. Hinter sich hörte Margret, wie eine der Frauen vom Hof murmelte: »Sie ist von Geistern besessen, was immer die Leute auch reden vom Schlafen und Gedeihen.« Und eine andere Frau sagte: »Dieses Kind hier hat mehr Fleisch auf den Knochen.«

Es schien Margret, als laste Sigruns Bauch auf ihr wie ein Wal und erdrücke sie, denn wie sehr die Frauen sie auch hochzogen oder stützten, Sigrun sackte kraftlos unter seinem Gewicht zusammen. Die ersten Wehen hatten zum Abendfleisch zwei Nächte zuvor eingesetzt, und kurz danach war das Fruchtwasser gekommen. Margret entnahm dem Geflüster der Frauen, daß sie wenig Hoffnung für Mutter und Kind hatten.

Doch Ingrid hatte im Bezirk einen guten Ruf als Geburtshelferin bei schwierigen Entbindungen, und sie machte sich in der gewohnten Weise an ihre Arbeit. Sie strich die Decke glatt und entwirrte Sigruns Gewand, überzeugte sich davon, daß in ihren Kleidern keine Knoten waren. Die Tür und die Fenster des Hofes waren geöffnet, und die Frauen gingen mit ihrem Spinnzeug ein und aus. Von Zeit zu Zeit verabreichte Ingrid der Gebärenden einen warmen Trunk aus gemahlener Rotalge, gemischt mit einigen anderen Kräutern. Sie ließ ein kleines Messer unter das Stroh in der Bettnische gleiten, das sollte die Schmerzen abschneiden. Der Nachmittag verging, und um die Zeit des Abendessens griff Ingrid in Sigrun hinein, und mit drei Fingerspitzen ertastete sie den Kopf des Kindes. Die Mägde liefen und holten ein sauberes Schaffell, um das Kind aufzufangen, und Ingrid schickte nach Nikolaus, dem Priester von Undir Hofdi. Sigrun hatte aufgehört zu schreien, obwohl ein jeder die Zuckungen unter ihrem Gewand sehen konnte. Aber sie schienen nicht zu der Frau in der Bettnische zu gehören, deren Augen fast geschlossen waren und die die warme, kräftige Algenmixtur fast ebenso schnell wieder aus den Mundwinkeln rinnen ließ, wie die Mägde sie ihr einflößten. Alle Frauen waren jetzt voller Seufzer. Die Nacht brach an, und Nikolaus, der alte Priester, kam nach seinem Abendfleisch und stand neben der Bettnische und betete auf eine Weise, die jedermann das Ende erraten ließ.

Die Frauen hielten Sigrun an den Schultern und am Rücken hoch, um dem Kinde den Weg zu erleichtern, und sie war vollkommen kraftlos. Das Kind wurde geboren, mit dem Schaffell aufgefangen und schnell in ein Stück feines Wadmal gewickelt. Es war überhaupt nicht groß, und Margret fürchtete sich, das Kind anzuschauen, mit seinen schräggestellten Augen und mit dem schwarzen Haar, das den ganzen Rücken hinunter wuchs. Nachdem es geboren war, begann Sigrun leuchtend rotes Blut zu verlieren, sie durchnäßte ihr Hemd und das Stroh der Bettnische, und dann war sie tot.

Das Kind wurde zu Vigdis gebracht, einer der Frauen des Hofes, die im späten Winter ein Kind geboren hatte, und es wurde ihr an die Brust gelegt, doch Vigdis sagte, daß es nicht zu saugen verstehe, und schließlich mußten die Frauen durch den Schaft einer Adlerfeder Schafsmilch in seinen kleinen Mund träufeln. Nikolaus der Priester taufte den Säugling auf den Namen Ketil und war wie die Frauen der Meinung, daß es sterben werde.

Aber es starb doch nicht, und Vigdis gelang es, das Kind mit nahrhafter Schafsmilch ganz satt zu füttern. Nicht nur das, es ließ zweimal einen großen, schwarzen Stuhl, und es sah allmählich immer mehr wie andere Kinder aus. Vigdis und ihr eigenes Kind Thordis, das dick und fröhlich war, zogen mit dem Neugeborenen auf den Hof. Nun wurde berichtet, daß der Geist von Sigrun drei Nächte hintereinander um das Gehöft geschlichen und hereingekommen war, um das Kind an sich zu reißen. Also legte Vigdis ihre Thordis in die Wiege, und als Sigrun sie ergriff, schrie Thordis kräftig, und Vigdis sprang aus ihrem Bett, rang den Geist zu Boden und sagte: »Sigrun, dein Kind ist im Namen Christi getauft worden und muß leben.« Danach verließ Sigruns Geist Ketilshof, und Vigdis wurde weit und breit für ihre Findigkeit gelobt.

Inzwischen beglückwünschten einander in Markland die Reisenden, wie gut ihre Fahrt verlaufen war – günstige Winde, ausgezeichnete Jagd und eine Menge Bauholz in den dichten, dunklen

Wäldern, und die einzigen Anzeichen von Skraelingern waren mindestens ein Jahr alt. Jede Nacht saßen die Seeleute um das Feuer herum, das sie gemacht hatten, und die Grönländer saßen um das Feuer herum, das sie gemacht hatten, aber diese Feuer waren nicht so weit voneinander entfernt, daß die beiden Gruppen nicht freundlich miteinander sprechen oder auf Bemerkungen antworten konnten, die die andere Gruppe vielleicht machte. Die Eßbretter der Männer waren so voll von geröstetem Fleisch, daß sie nicht alles essen konnten, und alle waren zufrieden.

Eines Nachts fragte Thorleif, was für eine Art von Geschöpfen die Skraelinger wären, und Osmund Thordarson, der einzige Mann, der schon einmal zuvor nach Markland gereist war, erwiderte, daß er selbst in Markland niemals Skraelinger gesehen habe, doch man erzähle von ihnen, daß sie groß und wild seien. Auf früheren Entdeckungsfahrten an die Küste von Markland hatte es viele Kämpfe gegeben. Sicher hatte Thorleif von Karlsefnis berühmter Fahrt gehört, als die Männer gehofft hatten, sich in Markland niederlassen und Höfe bauen zu können? Nein, Thorleif hatte nicht davon gehört. Kurz gesagt, hatte Karlsefni das Land fruchtbar und milde vorgefunden – zum Beispiel konnte das Vieh den ganzen Winter über draußen auf der Weide bleiben, da es keinen Schnee gab –, aber im Frühling kamen Skraelinger mit Flotten von Fellbooten und schwenkten Knüppel, die einen gewaltigen pfeifenden Lärm machten, und sie kamen mit vielen, vielen Häuten, begierig zu tauschen, besonders gegen rotes Tuch, und wie es mit Skraelingern so üblich ist, konnten die Nordmänner das Tuch in immer kleinere Stücke schneiden, und die Skraelinger gaben für das kleine wie das große doch dasselbe. Und dann war Karlsefnis Bulle aus dem Wald gekommen und hatte gebrüllt, und die Skraelinger waren entsetzt davongerannt.

Die Nordmänner lachten ob der Unwissenheit dieser Dämonen, aber, wie Osmund erzählte, lachten sie nicht mehr so herzlich, als die Skraelinger drei Tage später wiederkamen, und zwar in größerer Zahl – es waren so viele, daß das Wasser schwarz war von ihren Booten, und diesmal schwenkten sie ihre Knüppel in die andere Richtung, und sie stürmten an Land und griffen an, und sie hatten so viele und fremdartige Waffen, und sie wußten so gut, sie zu benutzen, daß diesmal die Nordmänner die Beine in die Hand nahmen, und Osmund erinnerte Thorleif daran, daß sich dies in den alten Tagen abgespielt hatte, als Eisen nicht so rar gewesen war und alle Männer Äxte und Schwerter und auch Schilde besaßen.

Zu der Gruppe gehörte eine Frau mit Namen Freydis, welche die Tochter von Erik dem Roten und die Schwester von Leif dem Glücklichen war, und sie hatte in ihrer Koje geruht. Als sie den Aufruhr vernahm, so wurde erzählt, kam sie aus der Koje und schrie den fliehenden Nordmännern ihre Verachtung nach, aber sie kamen nicht zurück, um ihr zu helfen, und so machte sie sich hinter ihnen her, obwohl sie schwanger war und sich schlecht fühlte. Die Skraelinger verfolgten sie. Doch sie stolperte zufällig über den Leichnam von einem der Nordmänner, und sie zog das Schwert aus seiner Hand und drehte sich um. Die Skraelinger hatten sie fast eingeholt, doch sie riß sich ihr Gewand vom Leib und schlug sich mit der flachen Seite des Schwertes auf die Brüste und brüllte die ganze Zeit, und die Skraelinger erschraken sehr über diese Vorführung und flohen.

Thorleif fand diese Geschichte sehr unterhaltsam.

»Es verhält sich so«, sagte Osmund, »daß die Grönländer seitdem immer wieder in Markland gewesen sind, und die Skraelinger in Markland waren immer wieder genauso zahlreich und unberechenbar wie am Anfang, und die Grönländer waren immer weniger zahlreich und schlechter bewaffnet, daher können sich die Grönländer in diesem Land nicht zu Hause fühlen, obwohl es wirtlicher ist als ihr eigenes.«

Nun sprach Hauk Gunnarsson, und er sagte, daß die Skraelinger in den Einöden von Grönland nicht so wild und so fremd seien wie diese Markland-Skraelinger. Nun war es schon spät, und so rollten sich die Reisenden in ihre Felle ein und schliefen.

Am nächsten Abend sprach Osmund Thordarson wieder und sagte: »Wahrlich, Markland ist durchaus reich, doch auch dunkel. Und wir haben gefunden, was wir hier gesucht haben.«

Die Männer nahmen diese Bemerkung schweigend auf. Osmund fuhr fort: »Doch wenige Menschen haben ein Land wie Vinland gesehen, das im Süden liegt.«

»Aber ich kann weit genug sehen«, sagte Thorleif. »Kleine Inseln, schmale Meerengen und emporragende Felsen sind für das Segeln nicht günstig.«

Die Männer aßen weiter, schweigend und schläfrig.

Nun richtete sich Erlend Ketilsson auf und beugte sich im Feuerschein vor. »Mir scheint, daß der Norweger in dem vergangenen Winter eine Menge Lob geerntet hat. Was für ein guter Mann, was für ein schönes Schiff, was für eine Menge Güter er uns gebracht hat.« Er schwieg, und einige der Grönländer setzten ihre Schalen neben sich in den Sand. »Hauptsächlich schwatzen die Leute jedoch darüber, was für ein guter Seemann der Bursche ist, daß er durch das Öhr einer Nürnberger Nadel segeln könnte, wenn er wollte. Und jetzt lehnt sich dieser Thorleif zurück und löffelt sein Lob wie Sauermilch mit Beeren.«

Da entstand ein langes Schweigen, und alle Männer, Norweger wie Grönländer, waren still, und die Stille war voll von den dunklen Lauten des großen Markländer Waldes, und dann lachte Thorleif in seiner üblichen Art, doch so laut und plötzlich, daß die Männer auf ihren Plätzen zusammenzuckten. Doch er gab dem Erlend keine Antwort, und bald danach legten die Männer sich zur Ruhe.

Am Morgen sagte Thorleif: »Wenn dieser Ort mit dem Namen Vinland so reich ist, dann könnte es ja sein, daß so arme Leute wie wir ihn gegen Bergen eintauschen wollten, wohin viele Deutsche auswandern, oder selbst gegen Gardar, obwohl die Grönländer von Gardar sagen, daß es gleich neben dem Paradies liege. Aber wir können diesen Handel nicht machen, bevor wir dieses berühmte Land gesehen haben, stimmt's?«

»Mir scheint«, sagte Odd vom Siglufjord, »daß wir gut daran täten, unseren Aufenthalt hier zu beenden und nach Gardar zurückzukehren. Gestern noch hielten wir uns für reiche Männer, weil wir uns so viele Felle und so viel Holz beschafft haben. Und diese Geschichten von den Skraelingern machen mir keine Lust darauf, ihnen zu begegnen.«

Thorleif schaute Hauk Gunnarsson an, doch Hauk sagte nichts, also sagte Thorleif: »Heute morgen sind wir wieder arm. Wir sind wie die Leute, die eine Menge nahrhaftes Fleisch verschlungen haben und hören, daß anderswo noch ein besseres Festmahl wartet.«

Osmund drängte sie. »Wir haben in dieser Gegend keine Spuren von Skraelingern gesehen, und obwohl schon Männer auf der Suche nach Vinland gestorben sind, was sind wir denn für Männer, wenn wir es uns nicht selbst anschauen? Es heißt, das wogende Gras stehe so hoch wie die Hüfte eines Mannes, und wilde Trauben seien nur die besten der vielen Beeren, die man dort finden könne. Die Bucht wimmle von Fischen und Schalengetier aller Art, und die Rentierherden brauchten Tage, um an einem vorbeizuziehen. Und all die Sorten von Holz, die man zum Schiffbau benötigt, wüchsen zusammen an einem Ort.«

Erlend sagte: »Leif der Glückliche hat sich einen Garten Eden gesucht, das steht fest.«

Aber Odd sagte: »Kein Priester war jemals in Vinland selbst, nur in Markland, und darum kann man es nicht so einfach einen Garten Eden nennen.«

Nun schaute Thorleif wieder zu Hauk, und Hauk schaute zu ihm und sagte: »Ich würde dieses Land gern sehen.«

Also schichteten sie die Stapel von Holz, vergruben die Felle vor den Aasfressern und brachen auf, und am ersten Tag segelten sie leicht und geschwind dahin. Am zweiten Tag jedoch kam so plötzlich ein Sturm auf, daß sie keine Zeit hatten, irgendwo zwischen den verräterischen kleinen Inseln und Felsenketten anzulegen, und sie saßen in der Falle. Der Sturm währte bis tief in die Nacht hinein, das Schiff wurde gegen viele Felsen geworfen, und seine Planken wurden eingedrückt und barsten. Der Mast stürzte um, und Ketil Erlendsson und ein Matrose, Lavrans mit dem schwarzen Bart, wurden auf der Stelle getötet. Der Wachtposten wurde ins Meer geschleudert und ertrank, und ein anderer Matrose wurde von einer Woge mit solcher Kraft gegen die Reling geworfen, daß es seinen Arm zerschmetterte.

Nach diesem Unglück gab es keinen Frieden mehr in der Gruppe. Der Wachtposten war ein beliebter Mann mit scharfen Augen gewesen, und Lavrans war mit einigen anderen Matrosen verwandt. Sie waren über seinen Tod nicht erfreut. Ketil, so sagten die Matrosen, hätte seinen wohlverdienten Lohn dafür empfangen, daß er diese Reise angestiftet hatte, die unter einem schlechten Omen stand, und daß er überhaupt solch eine kokette Tochter aufgezogen hatte. Erlend, so sagten sie, sei ein Unruhestifter gewesen, und es sehe den Grönländern ähnlich, sich von solch einem Menschen beeinflussen zu lassen. Thorleif mischte sich nicht in diese Streitereien, doch bei sich meinte er nur: »Ich bin nicht der erste Mann, der das Glück suchte und das Unglück fand.«

Das Land war sehr waldreich, und nach Holz zum Ausbessern mußte man nicht weit suchen. Während die Seeleute damit beschäftigt waren, zurrten die Grönländer einen großen Bottich zusammen, füllten ihn mit Wasser, zerteilten die Leichen und begannen, das Fleisch von den Knochen zu kochen, damit diese nach Gardar zurückgebracht und in geweihter Erde begraben werden konnten. Zwei der Seeleute suchten das Ufer ab, doch der Leichnam des ertrunkenen Mannes tauchte nicht auf, und so schnitzten die Grönländer ihm einen Runenstab und gaben diesen in einen Sack mit den Knochen der anderen für das Begräbnis bei der Kirche. Als das Schiff instandgesetzt war, hatten sich die Grönländer und die Seeleute nicht mehr viel zu sagen.

Thorleif segelte nordwärts an der Küste entlang, legte von Zeit zu Zeit an, um nach Wild und Fisch zu suchen, aber alles schien wie durch einen Fluch verschwunden. Als sie nach sechs Tagen die Hölzer und die Felle fanden, die sie gesammelt hatten, schienen ihnen diese Schätze irgendwie von geringem Wert und lästig noch dazu. Hauk und ein paar Männer legten an dieser Stelle Schlingen für Wild aus, doch sie hatten kein Glück. Nach einigem Hin und Her, weil es schon spät im Jahr war, legte das Schiff ab, mit nur wenig Proviant, etwas frischem Wasser und ein bißchen gedörrtem Seehundfleisch. Die Seeleute verspotteten die Grönländer und sagten: »Erzählt uns jetzt eure Geschichten.« Aber die einzigen Geschichten, die den Grönländern jetzt einfielen, handelten von Schiffen, die Grönland völlig verfehlt hatten und sich in Island wiederfanden, oder schlimmer, in Irland, nach Wochen des Treibens. War nicht Thorvald, ein mächtiger Wikingerheld, der mit Karlsefni auf seiner berühmten Reise gesegelt war, nach Irland verschlagen und dort versklavt worden?

Nachdem sie drei Tage langsam und mit Vorsicht gesegelt waren, brachte Thorleif sie für die Nacht auf die Bäreninsel, und dort brach zwischen zwei Matrosen und zwei Grönländern, einem Mann aus

Herjolfsnes und Erlend Ketilsson, ein Kampf aus. Erlend verlor zwei Zähne. Osmund versuchte, Thorleif zum Abbruch des Kampfes zu bewegen, doch Thorleif sagte: »Ein abgebrochener Kampf wird wieder aufgenommen, wenn die Männer noch zorniger sind. Wenn sie sich jetzt gegenseitig die Knochen brechen, so müßten sie sich später gegenseitig umbringen.« Am Morgen erwachten die Seefahrer wieder hungrig und stellten fest, daß Hauk Gunnarsson verschwunden war.

Von allen Leuten war Hauk Gunnarsson auf der Reise nur zu Odd vom Siglufjord freundlich gewesen, den er seit seiner Jugend kannte. Mit den anderen sprach er nur selten oder schaute sie nicht einmal an, und die Grönländer, die mit Hauk Gunnarssons Art vertraut waren, nahmen das nicht übel. Die Matrosen jedoch sprachen schlecht von Hauk und warfen ihm Hochmut vor. Besonders einem Mann namens Koll, der durch den Tod seines Vetters Lavrans in aufgeheizter Stimmung war, schien es großes Vergnügen zu bereiten, Hauk beim Essen und in den Ruhezeiten zu ärgern. Die Laune dieses Burschen Koll wurde durch die schwindenden Nahrungsvorräte nicht gerade besser, doch Thorleif übte keinen Druck auf ihn aus, denn das war nicht seine Art. Nun fing Koll an, ihnen einzureden, daß so bald kein günstigerer Wind wehen würde als der, den sie jetzt hatten, und daß sie gut daran täten weiterzusegeln, denn offensichtlich sei Hauk Gunnarsson weggespült oder von Trollen fortgelockt worden. Die Grönländer spotteten darüber und erwiderten, daß Hauk zweifellos auf der Jagd sei.

Und in der Tat hatte Hauk Gunnnarsson eine Unmenge von Vögeln über die Klippen der Insel fliegen sehen, und er war aufgebrochen, um ein paar mit Schlingen zu fangen, das Werk eines Morgens, doch als er sich erst einmal vom Schiff entfernt hatte, fand er viele Spuren von Bären. Die Geschichte seines Jagdausflugs ist berühmt, denn seitdem die Männer nicht mehr nach den Nordsetur gingen, war die Bärenjagd in Grönland selten geworden, und nur wenige Männer wußten, wie man sich diesen Tieren nähert, sie ins Wasser lockt und sie tötet, wenn sie schwimmen, denn im Gegensatz zu den Skraelingern konnten die Grönländer mit Fellbooten nicht umgehen und jagten nicht besonders gern im Eis und im Meer. Hauk Gunnarsson kauerte am Boden und legte eine Schlinge für einen Vogel, als er den Geruch von Bären wahrnahm, und dann kam eine kleine Bärin mit ihrem einzigen Jungen über die Klippe nahe der Stelle, wo er sich in einer Felsspalte versteckte. Während er sich still verhielt, kam die Bärin näher, roch ihn nicht und sah ihn nicht, und er nahm leise eine Schlinge aus Walroßhaut von seinem Gürtel, warf sie über den Kopf der Bärin, wickelte das Tau geschwind um einen vorspringenden Felsen und riß dabei den Kopf der Bärin nach hinten. Dann packte er schnell seinen kurzen Speer und stach ihn der Bärin in die Brust, und das alles geschah so rasch, daß die Bärin keinen Laut von sich gab, und das Junge, das weiter unten an den Klippen nach Futter suchte, schaute sich nicht einmal um. Danach wartete Hauk hinter der Bärin auf das Junge, und als es kam, nahm er die Schlinge aus Walroßhaut und legte sie wie bei einem Hund um den Hals des Jungen. Das andere Ende band er an die Tatze der Bärin, und das Junge lief hinterdrein, als Hauk die Bärin zur Anlegestelle zog. Inzwischen war es fast Abend geworden, und die Grönländer stritten sich mit den Seeleuten darüber, ob man segeln sollte oder nicht.

Der Anblick des Bären und die Aussicht auf geröstetes Fleisch ließ alle verstummen. Hauk gab Thorleif das Bärenjunge, Thorleif goß das Wasser aus seinem größten Faß und setzte das Junge hinein. Und so kam zum letzten Mal ein zahmes Bärenjunges nach Bergen und endete schließlich im Schloß von Mehun-sur-Yevre, denn der Herzog von Berry war ein Sammler wilder Tiere, und dieser Bär, so erzählt man sich, lebte viele Jahre und starb lange nach Hauk Gunnarsson.

Von der Bäreninsel segelte man in sechs Tagen nach Grönland, doch zwei Stürme brachten Thorleif vom Kurs ab, und die Reise dauerte zweimal so lang. Immerhin war Thorleif ganz zufrieden, daß sein Schiff in einem Stück angekommen war, denn, so sagte er: »Mit einem Schiff ist Bergen ein bißchen näher als ohne ein Schiff.«

Hauk gerbte das Fell der Bärin und warf es über seine Bettstelle, und dieses Bärenfell blieb viele Jahre bei der Sippe von Gunnarshof. Ketils Knochen und Schädel wurden in Undir Hofdi nahe Sigruns Grab beigesetzt, und die Knochen und der Schädel von Lavrans, dem Matrosen, und auch der Runenstab des ertrunkenen

Matrosen wurden in Gardar begraben. Viele waren über den Tod von Ketil bestürzt, denn er war ein reicher Mann, der immer recht viel Glück gehabt hatte. Manche sagten, daß es immer Unglück bedeute, wenn man ein Kind nach einem lebenden Menschen benannte. Wie auch immer, der Mann Ketil war tot, und von dem Kind Ketil Ragnarsson sagte man, daß es schwach und häßlich sei. Nachdem Erlend zurückgekommen war, blieb die Bäuerin Vigdis mit ihrem Kind Thordis auf dem Hof, und sie und Erlend lebten zusammen wie Mann und Frau, doch kein Priester vermählte sie. Erlend, der von Natur aus widerspenstig war, wurde noch finsterer, und übers Jahr bekam niemand die Sippe von Ketilshof zu Gesicht.

Hauk Gunnarsson hatte in dem Jahr wenig Lust auf die Jagd; dennoch war er bei der Seehundjagd im Herbst sehr erfolgreich und fing viele Vögel mit Schlingen. Zum ersten Mal seit vielen Jahren half er bei der Herbstarbeit auf dem Hof und beim Sammeln von Seegras und Beeren für das Vieh und zum Einlagern. Er bereitete sich nicht auf eine Winterreise zu den Jagdgründen vor, und als das Heu eingebracht war, die Kühe eingeschlossen und die Schafe von den Hügeln heruntergetrieben waren, da setzte er sich manchmal zu Gunnar und Olaf und schaute ihnen über die Schulter in die Lesebücher. Zur Julzeit verlegte sich Gunnar darauf, in Hauk Gunnarssons Bettnische zu schlafen, und war nun weniger freundlich zu Margret und Ingrid als bisher.

Nach Jul wurde das Wetter besonders in der Gegend von Gardar sehr grimmig, und es gab tiefen Schnee, so daß die Schafe ihn nicht bis zum Gras darunter aufscharren konnten. Selbst die riesigen Heuvorräte, die Ivar Bardarson eingeholt hatte, waren schnell erschöpft, und viele waren froh, als plötzlich ein gründliches Tauwetter einsetzte. Asgeir jedoch schüttelte mißtrauisch den Kopf, und in der Tat folgte dem Tauwetter schnell ein harter Frost, der die Felder in Eis verwandelte und die Schafe auf der Suche nach Seegras und anderem Futter zu den Fjorden trieb. Viele von ihnen verloren auf den vereisten Klippen den Halt, fielen ins Meer und ertranken oder wurden fortgespült. Ivar Bardarson schätzte, daß er so ein Viertel der Schafe von Gardar verloren hatte und zwei oder drei seiner besten Pferde. Andere Bauern verloren noch mehr. Auf Gunnarshof waren die Schneestürme so dicht, daß fünf Schafe am Schnee erstickten, der ihnen aus allen Richtungen ins Maul und in die Nasenlöcher getrieben wurde, und als das Futter zu Ende ging, sogar das Haferstroh vom zweiten Feld, verhungerten vier Kühe. Die Pferde fraßen, was die Familie aß, vor allem Dörrfleisch und Seegras. Eine der Mägde starb nach einem Sturz auf dem Eis, und einer der Schafhirten verschwand in einem Sturm. Zur Zeit des Eiersammelns war es immer noch ungewöhnlich kalt, aber dann schlug das Wetter um, und der Sommer war sonnig und heiß. Gunnar war jetzt sechs Jahre alt, und Asgeir sprach davon, Margret zum Siglufjord hinunterzuschicken, damit sie bei Kristin, der Frau von Thord, leben und lernen könne, daß Frauen ihre Zeit nutzen müssen.

Thorleif machte sein Schiff für die Abreise bereit. Früh im Sommer, kurz nach der Zeit des Eiersammelns, gingen die Leute von Gunnarshof nach Gardar hinüber, um ein paar letzte Tauschgeschäfte zu tätigen und zuzuschauen, wie die Güter auf das Schiff verladen wurden. Nun hatte Ivar Bardarson zum ersten Mal seit zehn Jahren den Knechten von Gardar aufgetragen, die Ostmauer der größten Scheune niederzureißen, Rasensoden und Stein, und das dauerte einen ganzen Tag. Dann begannen die Knechte und die Matrosen, Sachen auf das Schiff zu tragen. Die Kinder standen da und machten große Augen, und die Erwachsenen bald auch, und sie fragten einander, wer wohl gedacht hätte, daß Grönland solchen Reichtum besitze. Einhundertvierundzwanzig Paar Walroßzähne, in feines Wadmal von rötlich-brauner Farbe gewickelt, kamen zuerst hinein, denn das sei Elfenbein und ganz besonders wertvoll, sagte Ivar Bardarson, und es mache den größeren Teil des Zehnten aus, den der Bischofssitz von Gardar dem Papst für die letzten zehn Jahre schuldig sei. Dazwischen schichtete man neunundvierzig gedrehte Narwalzähne und dann, obenauf, als Polster und Schutz die beiden Eisbärfelle von Lavrans Kollgrimsson und Osmund Thordarson und noch drei weitere, die Männer in den Tagen vor dem Ende der Westsiedlung erbeutet hatten. Auch sie waren sehr wertvoll und würden wahrscheinlich an den Erzbischof in Nidaros gehen oder sogar an den Papst selbst. Darüber legte man aufgerollte Taue aus Walroßhaut, die von der einen Seite des Schiffes zur anderen und fast vom einen Ende zum anderen reichten, und darauf Ballen über Ballen von gewebtem Wadmal in vielen Farbtönen. Gunnar zeigte Margret den typischen Farbton von Gunnarshof, ein tiefes, bräunliches Purpurrot, ganz ähnlich der Farbe der Kleider, die sie trugen, und Margret sagte, daß einige dieser Ballen sicherlich von Helga Ingvadottir gewebt und als Asgeirs Zehnten zum Bischofssitz geschickt worden waren. Jetzt war das geräumige Lager des Schiffes fast voll, und die Matrosen legten die Deckplanken über die Güter. Auf die Planken kamen Stapel von Rentierhäuten und Seehundfellen, blaue und weiße Fuchsfelle, ein Käfig mit sechs weißen Falken, Ledertaschen voll mit Seehundspeck und Bottiche mit Waltran, Ledertaschen mit gedörrtem Seehundfleisch, etwas Butter und Sauermilch für die Rückfahrt und Käselaibe von den Höfen in Gardar für den Erzbischof von Nidaros. An einem besonderen Platz lag ein großes Paket, in gelbliches Wadmal gewickelt, das, so sagten die Leute, die Felle enthalte, die Thorleif aus Markland mitgebracht hatte und die man in Grönland nicht fand, und schließlich wurde der Bär in seinem Käfig gebracht, wo er die Zeit der Reise verbringen würde, obwohl er von einem der jungen Knechte Ivar Bardarsons, der auch mitkam, fast ganz gezähmt worden war. Dazu noch ein Grönländer aus Herjolfnes, der Matrose werden wollte, und Odd, der Bruder von Thord aus Siglufjord, meinte, daß man mit Thorleif sein Glück machen könne. Gunnar fragte Hauk, ob er auch mitfahren werde, denn Asgeir sagte immer wieder, daß ein alleinstehender Mann ohne Kinder gut daran täte, sich in der Welt umzusehen, doch Hauk hielt nicht viel von der Welt, nach dem, was er über sie gehört hatte, doch er behauptete, er würde bestimmt mitfahren, wenn er sicher sein könnte, daß Thorleifs Schiff vom Kurs ab nach Vinland getrieben würde. Thorleif fehlten nur drei Matrosen zu einer vollzähligen Mannschaft (denn neben Lavrans und dem Wachtposten waren zwei Matrosen an einem Fieber gestorben). Skuli und ein anderer Junge hatten in Grönland beträchtlich zugenommen, und so hatte er wenig Sorgen. Sie legten ab, und viele Leute waren froh, sie los zu sein. Ingrid sagte, in der Jugend ihrer Großmutter seien jedes Jahr zwei oder drei Schiffe zu den Grönländern gekommen, doch Asgeir sagte, das könne nicht einmal in jenen Tagen so gewesen sein, als Grönland, wie jedermann wußte, an den Gestaden des Paradieses gelegen war.

In dem Sommer, als Thorleifs Schiff nach Bergen zurückfuhr, ging Margret Asgeirsdottir mit Kristin, der Frau von Thord Magnusson, nach Siglufjord, und Hauk Gunnarsson stellte fest, daß es für seinen Neffen Gunnar höchste Zeit sei zu lernen, wie man Vögel aufspürt und mit Schlingen fängt, denn selbst die Knochen von Vögeln waren als Nadeln und Haken auf dem Hof nützlich, gar nicht zu reden von ihrem Fleisch, den Federn und Daunen. Hauk saß Gunnar am Tisch gegenüber und schaute ihn an. »Die Vögel auf dem Hof sind ziemlich argwöhnisch, nicht wie die Vögel in den Nordsetur und in Markland, die kommen und sich auf deinem Arm und Kopf niederlassen, wenn du lang genug still sitzt. Aber mit ein wenig Geschick kann man sie doch fangen.« Gunnar nickte, doch es schien ihm eine mühsame Angelegenheit, bis weit oben in die Berge zu streifen. Nicht einmal die Hunde begleiteten sie, denn Hauk zog es vor, ohne Hunde zu jagen, wie es die Skraelinger tun.

Die beiden verließen Vatna Hverfi und wanderten westwärts, hinauf in die Berge hinter der Kirche, und sie nahmen ihr Fleisch für den Tag mit; Hauk weigerte sich, Gunnar zu tragen, wie Margret es getan hatte, und zwang ihn dazu noch, mit ihm Schritt zu halten. Als Gunnar darüber nicht wenig erzürnt war, antwortete Hauk auf seine Klagen mit gleichmütigem Schweigen, so daß sie mit der Zeit weniger wurden und bei dem Tempo und der Mühe des Laufens schließlich ganz verstummten. Einmal gähnte Gunnar. Gerade da sagte Hauk wie zu sich selbst: »Alle Bauern werden draußen auf dem Feld sein und Dung verteilen und in den Boden harken. Eine knochenharte Sache, so ein Arbeitstag, wenn du mich fragst.« Gunnar stapfte hinter ihm her.

Bald hatten sie eine unfruchtbare, kieselsteinige Gegend erreicht, die oberhalb der niedrigen Blaubeerbüsche lag, welche Gunnar von seinen Wanderungen mit Margret kannte. Hier und dort wuchsen in Felsspalten niedrige Birken und Buschweiden. Ohne ein Wort ließ sich Hauk in einer der Spalten nieder und machte sich daran, aus Seehunddarm Vogelschlingen herzustellen. Die legte er auf den Boden, bedeckte sie mit Kieselsteinen und

Blättern und befestigte sie geschickt an gekrümmten Birkenzweigen, dann brachte er Gunnar zu einer anderen Felsspalte und wartete geduldig im Unterholz. Gunnar wagte nicht zu sprechen und nickte ein. Nach einer Weile wurde er von einem lauten, schnatternden Chor aus dem Schlaf gerissen, und er hob den Kopf und sah, wie sein Onkel vier braunen Schneehühnern den Hals umdrehte und sie mit einem Stück Walroßseil zusammenband. Dann hob er die übrigen Schlingen auf und bedeutete Gunnar, ihm an eine andere Stelle zu folgen. Einmal sagte Hauk: »Seehunddarm ist für Schlingen am besten geeignet.« Eine Weile später sagte er: »Schneehühner sind im Winter nur gut, wenn man Hunger leidet, denn ihr Winterfleisch ist bitter und schmeckt nicht.« Gunnar nickte und gähnte. Er schaute sehnsüchtig nach Hauks Eßbeutel, denn er hatte gesehen, wie Ingrid ihn mit Ziegenkäse und Dörrfleisch gefüllt hatte.

Als sie spät am Abend zurückkamen, waren Asgeir und Ingrid schon zu Bett gegangen. Hauk hängte seine dreizehn Schneehühner am Dachvorsprung des Hauses auf, und Gunnar schlief bei seinem Abendfleisch auf der Bank ein. Und so ging es noch vier Tage weiter, bis Hauk dem Asgeir sagte, Gunnar habe wenig Neigung zum Jagen und sei selbst bei den einfachsten Aufgaben ungeschickt und laut. Obwohl Asgeir nicht darüber redete, sagten die Leute auf dem Hof unter sich, daß er sehr zornig darüber sei, wie Gunnar aufwuchs, denn auch Olaf hatte es nicht geschafft, dem Kind etwas beizubringen, und auf dem Hof war Gunnar nicht gerade fleißig. Er blieb für sich und wollte nicht mit den anderen Kindern spielen. Auch freundete er sich nicht mit den Pferden an, wie Kinder es zuweilen tun. Obwohl man manchmal hören konnte, wie er in Hauks Bettnische dem Onkel mit aufgeregter Stimme Geschichten erzählte, war seine frühere Redseligkeit verschwunden. Alles in allem war er faul und ungesellig, und er und Asgeir gingen sich aus dem Weg. Asgeir hatte oft Olaf bei sich, denn Olaf war jetzt zu einem stämmigen, anspruchslosen Burschen herangewachsen, der zwar nicht besonders ansehnlich sei, so sagte Asgeir, doch das natürliche Gespür eines Bauern habe, besonders für die Kühe. Asgeir hatte es nicht eilig, ihn nach Gardar zurückzuschicken und ihn als Priester zu sehen, und Olaf selbst sprach nicht oft von Gardar, wo, so sagte man, die Priester ohne Butter auskommen mußten und keine Milch zu trinken hatten, während es auf Gunnarshof viele Sorten Fleisch gab und Käse und Butter und gesammelte Beeren und Kräuter. Am Ende des Sommerhalbjahres kam Margret aus Siglufjord zurück, und die Familie verbrachte den ganzen Winter über ruhig auf Gunnarshof.

Nun geschah es im Frühjahr, etwa vier Jahre nach Thorleifs Ankunft, daß in Gardar ein anderes Schiff ankam, aber diesmal war es kein Handelsschiff, und es hatte nichts geladen außer einigen Geschenken für Ivar Bardarson, einigen Altargegenständen für die Kathedrale und Neuigkeiten aus England, denn der Kapitän des Schiffes war ein englischer Mönch namens Nicholas, der aus Neugierde nach Grönland gekommen war. Als man diese Neuigkeit hörte, gab es viel Gerede über die Neugierde. Der Bischof, so sagten die Leute, sei nicht einmal neugierig auf sein Land und seine Höfe, viel weniger noch auf seine Schützlinge, denn seit dem Tod des letzten Bischofs seien jetzt zwanzig Jahre vergangen, und es befänden sich ganz sicher viele, denen nicht daran gelegen sei, im Zustand der Todsünde, ohne es zu wissen, und ein Mönch könne so einfach aus reiner Neugierde von England kommen, doch ein Bischof könne nicht einmal kommen, um Gottes Werk zu tun.

Aber der Mönch Nicholas war ein liebenswürdiger Mann, und er hatte viele Geschichten über die Kirche zu erzählen und vom Leben seit dem Schwarzen Tod in England und anderswo, wie in Frankreich und bei den Holländern, denn er war ein weitgereister Mann. Manche sagten, daß seine Geschichten anders seien als die der meisten Mönche, denn er wußte nicht, welche Kleider die Frauen trugen und wie reiche Leute ihre Häuser einrichteten. Er stellte den Grönländern viele Fragen und ermutigte Ivar Bardarson nicht nur, ihm alles zu erzählen, was er über die Ostsiedlung und die Westsiedlung wußte, sondern er sollte ihm unbedingt auch alles aufschreiben, wovon er gesprochen hatte, denn, so sagte Nicholas, die Leute in Europa glaubten kaum, daß Grönland noch existiere. Und das war der Beginn von Ivar Bardarsons Vorhaben, das den folgenden Winter in Anspruch nahm.

Nun geschah es eines Tages, daß der Mönch Nicholas in Gunnarshof auftauchte und Hauk Gunnarsson ausfindig machte, der in den Bergen mit Schlingen Kaninchen fing, und er war voller Fragen: Wieviele Tage segelte man nach den Nordsetur? Wie war in dieser Jahreszeit das Wetter zum Segeln? Stimmte es, daß Ivar Bardarson und einige Männer in sechs Tagen zur Westsiedlung gerudert waren? Wie weit war Hauk je nach Norden gelangt? Was für Menschen waren die Skraelinger dort? Sprachen sie ihre Gebete von hinten nach vorn, und wichen sie beim Zeichen des Kreuzes zurück? War es ihre Kleidung, die aus Fell bestand, oder waren sie selbst mit Fell bedeckt wie die Tiere? Wo im Norden wurde das Eis zu Feuer, so wie es alten Büchern zufolge sein mußte? Und Hauk sagte auf all diese Fragen nach den nördlichen Gebieten immer nur: »Das weiß ich nicht. Die Jagd ist gut dort.« Später, als Nicholas nach Gardar zurückgekehrt war, sagte Hauk: »Dieser Bursche scheint mir ein Narr zu sein. Natürlich kann jeder in den nördlichen Gebieten jagen und es zu Wohlstand bringen, aber was er sich vorstellt, hat keinen Sinn und Zweck.«

»Man kann sagen«, erwiderte Asgeir, »daß die Engländer oft so sind: Sie reden nur, um zu reden, und sie gehen müßig auf große Reisen, nur um sich die Gegend anzuschauen.«

Einige Tage danach erschien Nicholas wieder, und er traf Hauk bei seinem Morgenfleisch an, und er setzte sich sofort zu ihm und beugte sich vor und schob das Eßbrett zur Seite, obwohl Hauk gerade beim Essen war, und er sagte: »Hauk Gunnarsson, es ist meine feste Absicht, noch diesen Sommer nach Norden zu segeln, und ich wünsche, daß du mich begleitest.« Hauk lachte, und er sagte, daß es für so eine Reise zu spät im Sommer sei.

»Aber«, sagte Nicholas, »es ist meine feste Absicht, die Tiefebene von Grönland zu finden, und wenn es Skraelinger dort gibt, dann will ich sie auch sehen, denn aus diesem Grund bin ich nach Grönland gekommen.«

Hauk lachte wieder und sagte, daß er sein Vorhaben aufschieben müsse, denn niemand habe die Absicht, ihm Folge zu leisten.

Und Nicholas kam ein paar Tage später zurück, und er sagte, daß er eine Mannschaft von Grönländern gefunden habe, die in den alten Jagdgründen jagen wolle, und der bekannteste unter ihnen sei Osmund Thordarson aus Brattahlid. Eindridi Gudmundsson und Sigurd Sighvatsson wollten unbedingt auch mitkommen, denn sie waren schon früher im Norden erfolgreich gewesen. In der Tat erinnerten sich viele Leute des Reichtums aus den alten Tagen, da die Männer jedes Jahr nach Norden fuhren und große Mengen von Walroßhaut und Narwalzähnen mitbrachten, und die Siedlung war damals reich an Gütern gewesen, die für den Erzbischof von Nidaros und die Händler aus Bergen von Interesse waren. Thorleif hatte alles mitgenommen, was im Vorratshaus des Bischofs gelagert hatte, und nun waren die Leute gezwungen, mit Schaffellen, Käse und Wadmal zu begleichen, was sie einst in Häuten und Seilen und Stoßzähnen bezahlt hatten. Hauk sagte zu Asgeir, daß Nicholas auf das Unternehmen wie verrückt sei. »Die Tiefebene wird voller Treibeis sein, und bald wird man im Dunkeln überhaupt wenig sehen, weder vom Eis, das zu Feuer wird, noch von Skraelingern, die zu Dämonen werden.« Und nun kam Nicholas mit Osmund, und sie sagten, das Schiff sei bereit. Osmund ging mit Hauk ein Stück zur Seite, und er sagte: »Die Reise nach den Nordsetur ist ein bißchen anders als eine Reise nach Markland, denn die Winde sind gewöhnlich günstig, und es herrscht kein Mangel an Verpflegung. Gibt es nicht immer noch Schafe und Ziegen auf den Weiden der Westsiedlung? Wahrlich, mein Freund«, sagte Osmund, »du bist seltsam unwillig, wo du doch selbst oft zu jeder Jahreszeit nach Norden gezogen und dort geblieben bist.« Nun kam Asgeir zu ihnen, und er hatte mit Nicholas gesprochen, und er sagte: »Mein Bruder, werden die Matrosen nicht Grönländer sein, alle außer Nicholas selbst? Grönländer wissen so einiges über die Eigenheiten des Eises. Und ein paar Walroß- und Narwalzähne könnten die Schwierigkeiten mit dem Zehnten erleichtern. Im letzten Winter haben wir sieben Kühe verloren, und die Schafe werfen weniger Lämmer als früher.« Und so wurde Hauk Gunnarsson überredet, sich mit dem Engländer einzuschiffen und das Schiff nach Norden zu steuern, damit Nicholas sich die Dinge einmal anschauen konnte.

Sieben Tage nachdem sie Gardar verlassen hatte, legte die Schiffsbesatzung am Lysufjord in der Westsiedlung an, und die Männer ruderten zur Sandnes-Kirche, wo sie das Boot auf den Strand zogen und sich nach einem Platz umschauten, wo sie für einen Tag ausruhen konnten. Die Höfe waren verlassen, und viele Dächer und Wände waren eingestürzt. Das Gras auf den Feldern war an manchen Stellen dicht, aber an anderen war Sand hineingeweht. Die Schafe und Ziegen, die die Grönländer zu finden gehofft hatten, waren tot oder fortgezogen, doch es gab viel Kabeljau im Fjord, und die Reisenden aßen gut und bereiteten sich in einem großen Gehöft mit vielen Räumen ihr Lager. Ein Mann fand an seiner Schlafstatt einen Spinnwirtel und ein Webgewicht, und er behielt sie, obwohl viele sagten, daß solche zurückgelassenen Dinge ein schlechtes Omen seien und der Reise Unglück bringen würden. In der Nacht erwachte Hauk Gunnarsson, der seit der Abreise von Gardar wenig geredet hatte, schreiend aus einem bösen Traum. Darin, so sagte er, war eine Riesin mit einem Walroßgesicht auf einer Eisscholle, die einen kleinen Jungen bei lebendigem Leibe zerstückelte und fraß. Als er den Traum erzählte, da erklärten viele Grönländer, es sei das Klügste, die Reise abzubrechen und in die Ostsiedlung zurückzukehren, doch der Mönch Nicholas spottete über ihre Ängste und sagte, nicht alle Träume seien Gesichte, und viele Träume seien eine Folge der Handlungen des vergangenen Tages oder einer Speise, die der Träumende zufällig gegessen habe. Tatsächlich, so sagte er, beweise das Eintreten des Traumes im ersten Teil der Nacht, daß er kein Gesicht sein könne, denn die alten Bücher sagten alle, daß Gesichte nur gegen Morgen eintreten könnten. Da Nicholas ein sehr gelehrter Mann war und Hauk Gunnarsson versicherte, daß er nichts dagegen habe weiterzufahren, blieben sie noch einen Tag in der Siedlung und ruderten dann aus dem Lysufjord und traten ihre Reise nach Norden an, fort von den Siedlungen und Häusern der Menschen.

Sie fuhren einige Tage nordwärts die Küste entlang, wobei sie häufig mit der Harpune Seehunde erlegten, Vögel mit Schlingen fingen und Eisbären und Rentiere sichteten. Der Mönch Nicholas zeichnete den Stand der Sonne auf, mit einem merkwürdigen Instrument, das keiner der Grönländer berühren durfte, denn es sei selten und sehr kostbar, sagte Nicholas, und man nenne es Astrolabium. Von Zeit zu Zeit sichteten sie von weitem die Fellboote der Skraelinger, aber sie konnten nicht nah genug an die kleinen Boote herankommen, so daß Nicholas seine Neugierde auf diese Wesen hätte befriedigen können.

Nun kamen sie zu einer Walroßinsel, auf der einige der älteren Männer schon früher gewesen waren, und sie sahen, daß auf dieser Insel viele Walrosse eng zusammengedrängt lagen, Weibchen, Männchen und halberwachsene Kälber in riesigen Mengen. Es erschien den Grönländern, als wäre dies genau das, wofür sie nach Norden gefahren waren, nämlich Walrosse zu erlegen, und sie fingen an zu beratschlagen, wie sie diese Jagd angehen sollten. Tatsächlich verstanden nur Hauk Gunnarsson, Sigurd Sighvatsson und Eindridi Gudmundsson etwas von der Walroßjagd, doch die anderen waren sogar noch begieriger, ihr Können zu erproben, und so gab Hauk eine Anleitung, und sie machten es folgendermaßen.

Kurz vor der Flut, jedoch nach Einbruch der Dunkelheit, ruderten sie das Boot auf die Insel und kletterten auf das Riff, das etwa zwei Ellen über die Wasseroberfläche ragte, aber bei Ebbe acht Ellen aus dem Wasser ragen würde. Die Walrosse waren in ihrer herbstlichen Stimmung, und die ist träge und unaufmerksam, dennoch hoben einige der Bullen immerzu ihre riesigen Köpfe und schauten herum, so daß die Grönländer sich auf die Bäuche legten und vom Strand her in die Gruppe hineinrobbten, und sie bewegten sich, ohne zu sprechen, und wenn in der Nähe ein Bulle den Blick hob, dann bewegten sie sich nicht.

Als die Männer sich verteilt hatten und ihre längsten Speere in den Händen bereithielten, schauten sie zu Hauk, und als er ihnen das verabredete Zeichen gab, sprangen die Männer auf und rannten auf die Walrosse zu, stießen ihnen die Speere in die Brust und ließen das Herzblut herausspritzen, denn so muß man ein Walroß töten, nicht mit Schlägen auf den Kopf wie einen Seehund, da das Walroß einen Kopf hat wie aus Stein, und es ist dort unverwundbar. Sobald die ersten getroffen waren, erwachten alle Walrosse und begannen, sich unter lautem Gebrüll und dem Geräusch von an Felsen schabendem Fleisch umherzuwerfen. Einige der Tiere strebten zum Wasser, und die Männer gaben acht, daß sie ihnen nicht in den Weg gerieten, doch andere Tiere bewegten sich in ihrer Panik vom Wasser weg, und die Männer verfolgten sie und erlegten sie mit ihren Speeren, und die nassen Felsen waren bald glitschig von Blut. Und es geschah, daß Sigurd Sighvatsson stolperte und vor zwei Walroßbullen stürzte, und er wurde von ihren Stoßzähnen aufgespießt und von ihrem Gewicht zerquetscht, aber alle anderen Grönländer blieben auf den Beinen, und man verlor keinen weiteren Mann.

Nun ging die Sonne auf, und die Männer begannen, sich über das Schlachten der Tiere zu besprechen, denn obwohl ein gutes Stück Walroßtau wertvoll ist, muß man dafür große Unannehmlichkeiten in Kauf nehmen, nämlich ein Bad im Blut dieser Tiere. Andererseits kann man den erbeuteten Tieren auch einfach nur schnell die Stoßzähne und die Köpfe abschneiden, und die Hälfte der Grönländer hätte das auch lieber getan, während andere sich das Tau holen wollten. Nun sagte Hauk Gunnarsson: »Wir können schlachten, bis die Flut wieder steigt, und nur die Stoßzähne nehmen, oder wir können schlachten, bis die Flut zum zweiten Mal steigt, und etwas von dem Tau holen, aber wenn die zweite Flut kommt, müssen wir mit Gesellschaft rechnen, also müssen wir an der Küste Wachtposten aufstellen, die nach Bären Ausschau halten.« Denn im Norden ist es so, daß Bären nur aus einem Grund zusammenkommen, nämlich um die Walrosse zu fressen, die die Menschen getötet haben.

Aber die Grönländer konnten sich nicht einigen und vergeudeten ihre Zeit mit Zanken, und so war die erste Flut vorüber, ehe alle Stoßzähne abgeschnitten waren, und dann dachten sie, es könnte auch nicht schaden, wenn man noch etwas von der Haut mitnähme, und so zogen sich drei Männer bis auf die Unterkleider aus und gingen zu den Walrossen und fingen an, ihnen die Haut abzuziehen. Und das Blut floß in Strömen, und von den Tieren stieg Dampf auf und hielt die Schlächter recht warm, und bald waren die Männer rot und blutbesudelt von Kopf bis Fuß. Hauk Gunnarsson half nicht bei dieser Arbeit, sondern blieb nahe der Küste und hielt nach Bären Ausschau, denn er dachte, daß er vielleicht einen im Wasser töten könnte, aber damit hatte er kein Glück. Da stieg die Flut wieder, und jetzt krochen auch die Bären aus dem Wasser, und die Männer nahmen alle Beutestücke und liefen zum Boot und sprangen hinein. Aber als alle Männer im Boot waren und sie bereits von der Küste wegsteuerten, da entdeckten sie, daß sie vor lauter Gier nach Walroßbeute und aus Furcht vor den Bären die Knochen von Sigurd Sighvatsson zurückgelassen hatten. Und es galt als großes Unglück, den Leichnam eines Mannes als Futter für Bären zurückzulassen und keinen seiner Knochen für ein anständiges Begräbnis nach Gardar zu bringen.

Nicholas wollte immer weiter nach Norden fahren, obwohl die Grönländer ihm versicherten, daß das Schiff bald das Gebiet am Fuße der grönländischen Tiefebene erreichen würde, und sie zeigten ihm, wie sich die Küste nach Westen wandte, und bei gutem Wetter konnte man die Westküste auch sehen. Und es schien wirklich, daß sie das Ende des Ozeanfjordes erreicht hatten, und Nicholas war im Begriff umzukehren, als sie eines Morgens erwachten und sich in einem weiten Fjord befanden, beziehungsweise in einem flußähnlichen Gewässer mit starker Strömung. Nach Nicholas' Ansicht verlief der Fjord genau nach Norden. Doch die Nacht war zu diesem Zeitpunkt in das Land zurückgekehrt, und die Grönländer zögerten, weit in diesen nordwärts führenden Fjord einzudringen. Als es Zeit zum Schlafen war, nahm Nicholas Osmund beiseite und hielt ihn wach, indem er lange mit ihm sprach, und es schien, als brauchte Nicholas keinen Schlaf, denn er war wieder ganz verrückt auf sein Unternehmen, und er drängte und redete unentwegt auf Osmund und Hauk und die übrigen Grönländer ein, bis sie schließlich bereit waren, einen Tag Richtung Norden zu segeln. Und an diesem Tag sichteten sie so manche Narwale und dazu vier Eisbären, und so dachten die Grönländer, daß man hier wohl gut jagen könnte.

Die Grönländer segelten weiter, mieden das Treibeis, den einen Tag jagten sie und segelten am nächsten, und sie waren recht zufrieden, und als sie endlich das offene Meer erreichten, da sagte Nicholas, daß sie sich, wenn man von den Sternen und der Sonne ausging, auf dem Gipfel der Welt befänden, doch die Grönländer glaubten eher, daß sie nur eine weitere große Bucht gefunden hätten. Hier wendete das Schiff und begann, wieder südwärts zu segeln. Obwohl seit ihrer Fahrt nach Norden nur wenige Tage vergangen waren, gab es nun viel mehr Treibeis im Fjord, und die Wasserrinnen zwischen den Eisschollen öffneten und schlossen sich von einem Moment zum nächsten. Eis, das wußte jeder Grönländer, konnte sich plötzlich erheben und in der Luft zerbersten, als würde es vom Zauber der Hexen und Trolle hochgeschleudert. Ab und zu mußten die Männer das Schiff verlassen und es über das Eis in offenes Gewässer schleppen. Es war auf einem dieser Abstecher, daß sie einer Gruppe von Skraelingern begegneten, in Schlitten, die von Wolfsrudeln gezogen wurden. Weil diese Wölfe heulten, konnte man sich ihnen nicht nähern, bis ein Skraelinger zu seinem Rudel ging und mit einem Knochenknüppel auf die Tiere einschlug. Die Skraelinger hatten Stapel von Narwalhäuten und Stoßzähnen bei sich, die die Grönländer neidisch beäugten, doch nur Hauk Gunnarsson war bereit, auf sie zuzugehen, denn, so sagte er, von früheren Reisen in den Norden kenne er ein wenig von ihrer teuflischen Sprache. Am Ende tauschten die Skraelinger eine beachtliche Menge Stoßzähne und etwas Seehundspeck gegen zwei Speere mit Eisenspitzen und drei der Messer mit eisernen Klingen, die dem Engländer gehörten, und es schien, daß sie sich gut bezahlt fühlten. Eines der Messer hatte eine gehärtete Klinge und einen silbernen Griff mit einer Darstellung von St. Matthäus darauf, und einige der Grönländer lachten, wenn sie sich einen Skraelinger mit solch einem Messer vorstellten. Nicholas murrte, daß Hauk gern alle seine astronomischen Instrumente eingetauscht hätte, aber dennoch schien er sehr zufrieden damit, daß er dieses teuflische Volk der Skraelinger gesehen hatte, und er zählte sie mit Sicherheit zu den Bewohnern der Hölle, wie es die alten Bücher sagten. Er ließ sich von den Grönländern versprechen, daß die Narwalknochen sofort bei der Ankunft in Gardar geweiht würden.

Nun drängten die Grönländer, nach Hause zurückzukehren, denn die Tage wurden jetzt schnell kürzer, doch das Schiff geriet zwischen einige Inseln, die kein Grönländer je gesehen hatte, wo die Strömung stark und das Eis dick und trügerisch war. Das Schiff saß viele Male in Nebel und Eis fest, und die Reisenden begannen um ihr Leben zu fürchten, da der Winter immer näher rückte. Nur Nicholas und Hauk waren zuversichtlich, der eine um der Gnade Gottes willen, für die er jeden Tag laut und lang betete, und der andere, weil er schon früher im Norden überwintert hatte und wußte, daß es selbst in der Dunkelheit der langen Winternacht viel

Wild gab. Aber die anderen waren nicht so zuversichtlich und wollten bei jeder nur möglichen Gelegenheit die Fahrt nach Süden fortsetzen.

Jetzt mußten sie das Schiff jeden Tag viele Male aus dem Wasser hieven und über das Eis ziehen, und in der weißen Einöde war es schwer festzustellen, welcher Weg der sichere war, obwohl sie doch durch Nicholas' astronomische Instrumente immer wußten, welche Richtung Süden und welche Richtung Osten war. Zwei Männer liefen dem Schiff immer ein Stück voraus, man konnte sie zwar sehen, ihnen aber nichts zurufen, und sie konnten sich auch gegenseitig sehen, aber sich nichts zurufen, und sie prüften die Festigkeit des Eises und hielten Ausschau nach Wasserrinnen zwischen den Schollen. Jeder Mann bis auf Nicholas mußte dies tun, denn der Mönch Nicholas verstand nichts vom Eis. Das ging viele Tage lang gut, und die Grönländer schöpften wieder Hoffnung, daß sie offenes Gewässer und ihren Weg zurück zur Ostsiedlung finden würden. Einmal, als Hauk Gunnarsson mit Njal Ingvason zu seiner Linken voranging, da schaukelten zwei Brocken Packeis, stießen zusammen und brachen auseinander, und Hauk Gunnarsson verschwand. Einen Tag später fand man seinen Leichnam, er war durch den Aufprall etwa drei oder vier Ellen hoch auf ein Eiskliff geschleudert worden, so daß die Männer klettern mußten, um ihn zu bergen. Wenig später erreichten die Reisenden den Ozean und konnten ungehindert südwärts segeln, zuerst zur Westsiedlung und dann nach Gardar, und Hauk Gunnarssons Knochen wurden in Vatna Hverfi begraben, gleich unter der Südmauer der Kirche.

In diesem Sommer war da noch eine andere Geschichte, die in der Siedlung immer wieder über die Leute auf Gunnarshof erzählt wurde, doch nicht in Hörweite von Asgeir Gunnarsson, und zwar war Gunnar eines Morgens früh aufgestanden, trotz seiner Gewohnheit, so lang wie möglich zu schlafen, und dann hatte er viel Zeit damit verbracht, die Felle und Umhänge vom Bett zu ziehen und sie wieder darüber zu breiten, bis sie zu seiner Zufriedenheit geordnet waren. An jenem Abend ging er nach dem Essen in die Bettnische, die er mit seinem Onkel teilte, und schien sich schlafen zu legen, doch als die anderen sich zur Ruhe begaben, hörten sie seine aufgeregte Stimme, so als spräche er zu Hauk, aber natürlich war Hauk mit Nicholas im Norden. Am nächsten Tag war alles wie immer, und Asgeir fragte den Jungen nicht, wie er die Nacht verbracht habe, und auch der Junge sagte von sich aus nichts, aber als das Schiff mit dem Toten zurückkehrte, schien Gunnar von Gunnarshof gar nicht überrascht. Danach nahm der große Wohlstand auf Gunnarshof ab, denn Asgeir war kein leidenschaftlicher Jäger, und er mußte sich immer mehr auf den Reichtum verlassen, den er aus seinem Land erwirtschaften konnte. Doch besaß er in der Tat eine große Menge Land, und er hielt sich auch jetzt noch für einen glücklichen Mann.

Der Mönch Nicholas blieb diesen Winter und noch den nächsten bei Ivar Bardarson, und die ganze Zeit über stellte er Messungen an und machte Aufzeichnungen mit Hilfe der Instrumente, die er mitgebracht hatte. Die englischen Matrosen hielten zuerst nicht viel von den Grönländern, und sie hatten eine besondere Abneigung gegen das Fleisch und andere Sachen, die sie essen mußten, denn Dörrfleisch, so sagten sie, sei kein Ersatz für Brot, und Milch kein Ersatz für Wein und Bier, woran die englischen Matrosen so gewöhnt waren. Die Leute meinten, die Engländer würden vom Essen der Grönländer schon fett genug, und am Ende des zweiten Winters nahmen sie dann auch soviel mit, wie sie nur auf ihr kleines Schiff laden konnten, und gar nicht ungern. Nach ihrer Abreise betonten nicht wenige, die Grönländer hätten gerade mit diesem Kirchenmann ein schlechtes Geschäft gemacht, denn sie hatten kaum mehr als ein paar Sachen für die Kathedrale bekommen, und das für fast zwei Jahre Unterkunft und Verpflegung, und außerdem hatte das verrückte Unternehmen des Mönchs die Siedlung zwei gute Männer gekostet, deren Verlust sie sich nicht leisten konnte – und einen dritten, wenn man die Abreise von Ivar Bardarson, dem Priester, mitzählte, der sich entschlossen hatte, nach Norwegen zurückzukehren, nachdem er zwanzig Jahre lang den Hof und die Kathedrale des Bischofs verwaltet hatte.

Nicholas' Berichte, so erzählte er Asgeir, hätten in ihm große Sehnsucht nach Nidaros geweckt, wo er einige Jahre seiner Jugend verbracht hatte, und nach Bremen, dem Ort seiner Ausbildung. Er sei auf dem Wege, ein alter Mann zu werden, und befürchte, daß er bald zu alt sein werde, um Gardar zu verlassen, und so reiste er ab. Viele Leute wiesen darauf hin, daß Gizur Gizursson, der Gesetzessprecher, der in Brattahlid lebte und von dem Ivar die Erlaubnis bekommen hatte, sich zwanzig Jahre lang um die Angelegenheiten der Ostsiedlung zu kümmern, viel älter sei als Ivar, zu alt, so sagte man, um sich an alles zu erinnern, was das Gesetz und das Schlichten von Streitigkeiten erfordere. Und nun wurde noch viel mehr darüber gemurrt, daß der Erzbischof es versäumt hatte, einen Bischof nach Gardar zu entsenden, denn es gab niemanden in der Siedlung, der im Namen der Kirche oder des Königs hart durchgreifen konnte. Den Leuten fiel jetzt auf, in welch schlechtem Zustand sich die Kirchen befanden und daß die kostbaren Altargegenstände in vielen Kirchen trüb und verbogen und zerbrochen waren, denn Ivar Bardarson hatte die Güter des Bischofssitzes nur verwalten dürfen, er besaß nicht das Recht, mit ihnen zu wirtschaften. Auf dieselbe Weise, so hieß es, seien die Seelen des Volkes von Sünde getrübt und verbogen vom schlechten Handeln und gebrochen von der enttäuschten Hoffnung auf einen neuen Bischof, und es gab einige, die drohten mit der Rückkehr zur alten Religion von Thor und Odin und Frey, obwohl ihre Nachbarn sie auslachten und sagten, daß dieser Glaube noch hoffnungsloser wäre. Und so ging es mit den Grönländern weiter, sechs Sommer lang, einige gute Jahre und einige kalte, und dann kam ein Schiff aus Norwegen, und darauf war Bischof Alf, der gekommen war, um den Sitz in Gardar einzunehmen und jene Irrtümer zu berichtigen, denen die Seelen von Grönland verfallen sein mochten.

Asgeir war unter den ersten Bauern, die nach der Ankunft des neuen Bischofs nach Gardar gingen, und er brachte viele Geschenke mit: ein paar Narvalzähne, die er von Hauks letzter Reise zurückbehalten hatte, viele dicke Schaffelle in einer Reihe von Farbtönen, Ballen von feinem Wadmal und einen kunstvoll geschnitzten Becher, den sein Vater Gunnar Asgeirsson noch zur Zeit des letzten Bischofs aus einem Walroßstoßzahn gefertigt hatte. Der Bischof, so berichtete er, habe diese Geschenke wohlwollend entgegengenommen und festgestellt, daß die Grönländer ihm schöne Dinge für seinen Haushalt gebracht hätten.

Alf war älter, als Asgeir erwartet hatte, fast so alt wie Ivar Bardarson, doch größer und dünner, mit Backenknochen wie rote Beulen und Augen von der blassen Farbe des Frühlingshimmels über den Fjorden. Er habe nicht, so erzählte Asgeir Ingrid, die ungezwungene Art eines Mannes, der an Geselligkeit gewöhnt sei, und er spreche von Grönland, als wäre es am Ende der Welt oder als wären die Grönländer eine Art von Trollen. Als Asgeir darüber gescherzt hatte, daß die Leute zum alten Glauben an Thor und Odin zurückkehren würden, habe der neue Bischof gedacht, er meine das ernst, und Asgeir sei das peinlich gewesen, und er habe begonnen, Erklärungen abzugeben. Außerdem sei das Schiff, mit dem er gekommen war, klein und habe nur wenige Güter mitgebracht, etwas Pech und etwas Hafersaat, von beidem nicht genug für alle Höfe am Eriksfjord, gar nicht zu reden von der ganzen Siedlung. Es gab auch ein paar Radfelgen, Naben und Achsen, auf die Asgeir ein Auge geworfen hatte, doch es waren eine Menge Bauern dort gewesen, und alle hatten sie den Mangel an Gütern gesehen.

Immerhin brachte der Bischof einige junge Priester mit, die vom Erzbischof selbst ordnungsgemäß geweiht und ordnungsgemäß ausgebildet waren, und nur einer von ihnen war ein älterer Mann, der nach dem Schwarzen Tod überstürzt zum Priester gemacht worden war, denn zu der Zeit von Ivar Bardarsons Abreise war die Pest wieder nach Norwegen und England und in das übrige Europa zurückgekehrt, doch niemand konnte Asgeir berichten, ob sein Freund ihr zum Opfer gefallen war. Er hatte auch nach Thorleif gefragt, denn die Grönländer sprachen jetzt oft von Thorleif und seinem wunderbaren Schiff mit seinen unerschöpflichen Vorräten an genau solchen Dingen, die ein jeder brauchte, doch niemand hatte von Thorleif gehört oder von Skuli oder von irgendeinem der anderen Matrosen, an die man sich erinnern konnte.

Die jungen Priester hatten viele Bücher für die Bibliothek von Gardar mitgebracht, und alle, die den neuen Bischof besuchten, waren der Meinung, daß Gardar bald wieder ein ebenso geschäftiger, belebter Ort sein werde, wie er es zur Zeit des alten Bischofs gewesen sei, und Asgeir meinte, Olaf Finnbogason werde bald dorthin zurückkehren müssen, denn man würde sich in Gardar plötzlich wieder an ihn erinnern und sich fragen, wohin er geraten sei. Olaf lachte darüber, doch die Leute auf dem Hof meinten, sicher habe er wenig Lust, seine Zeit damit zu verbringen, sich über Bücher den Kopf zu zerbrechen, die er nicht gelesen hatte, und das mit fremden Leuten, die er nie zuvor getroffen hatte.

Margret war jetzt dreiundzwanzig, groß und hellhäutig, und während der Sommer in Siglufjord hatte Kristin ihr alles beigebracht, was eine gute Bauersfrau an Fertigkeiten besitzen muß. Sie trug Schuhe und Strümpfe und Kleider, die sie selbst gewebt, gefärbt und genäht hatte, und ihr Haar war mit Bändern zusammengehalten, die sie an den Abenden aus leuchtend gefärbten Garnen angefertigt hatte. Dazu hatte sie von Ingrid viele Verwendungsarten für Kräuter und Pflanzen gelernt, für die Geburt, zur Heilung der Frühjahrsblutkrankheit und noch für viele andere Dinge. Sie arbeitete jeden Tag mit den anderen Frauen, spann, webte, machte Käse und Butter, und es gab eigentlich keinen Grund dafür, warum man sie nicht verheiratet hatte oder auch nur versprochen, doch es war so. Es war richtig, daß Helga Ingvadottir schon vierundzwanzig Jahre alt war, bevor sie mit Asgeir nach Grönland kam, aber sie war eine halsstarrige, eingebildete Frau gewesen, welche keinen Gefallen an den Männern gefunden hatte, die sie kannte. Kristin sagte zu Asgeir, daß Margret nicht wisse, wie man sich verführerisch zeige, und Asgeir meinte, daß sein Reichtum eigentlich verlockend genug sein sollte, denn jedermann wisse doch, daß mit dem Reichtum und der tüchtigen Frau auch der Sohn kommen müsse.

Gunnar war jetzt sechzehn, und obwohl er groß war und gut aussah, war er doch auf dem Hof immer noch vollkommen nutzlos. Man konnte ihn Zäune ausbessern oder Felder düngen lassen, und er verrichtete diese einfachen Arbeiten fröhlich, aber langsam, und er versuchte immer, einen anderen, der mit ihm arbeitete, dazu zu bringen, neben dem eigenen auch seinen Anteil zu verrichten. Er schlief lang, selbst mitten im Sommer, und manchmal schlief er auch tagsüber ein. Man nahm ihn niemals mit auf die Jagd, denn er konnte sich nicht bewegungslos und lautlos verhalten. Er verbrachte viele seiner Tage bei Ingrid am Feuer sitzend, denn die Amme war jetzt sehr, sehr alt und steif in den Gelenken, fast blind und dem Tode nah, und Gunnar war ihr einziger Freund, und nur er sorgte sich darum, daß sie das Fleisch bekam, welches sie mochte, und daß sie es warm hatte. Viele Tage verbrachten sie miteinander flüsternd, während die anderen in den Scheunen oder auf den Feldern waren, und Gunnar verfiel gar darauf, wie eine Frau Wolle zu spinnen, um seinen Platz am Tisch zu verdienen, denn Ingrid sagte, daß er irgend etwas tun müsse. Asgeir meinte, alle Männer würden tun, was sie tun, und ihr eigenes Geschick finden, doch andere in der Siedlung meinten, er habe kein Glück mit seinen Kindern. Die Knechte und Mägde behandelten Gunnar, als wäre er schwachsinnig, sie lachten über ihn und sprachen mit lauter Stimme zu ihm, und man war so sehr daran gewöhnt, daß Asgeir nichts dagegen sagte, auch Margret nicht und nicht einmal Gunnar selbst.

Unter den Priestern, die mit Bischof Alf nach Grönland gekommen waren, befand sich Pall Hallvardsson, den man nach Vatna Hverfi geschickt hatte, damit er Nikolaus, dem Priester der Undir Hofdi-Kirche, zur Hand gehe, der wie alle anderen Priester in Grönland nun schon ziemlich alt war, doch immer noch gesund und freimütig. Sira Pall Hallvardsson war kein Norweger, sondern Flame, doch sein Vater war Isländer gewesen, und er selbst war als Junge, zur Zeit des letzten Bischofs, einmal auf einem Handelsschiff nach Grönland gereist. Nur wenige Priester, so erzählte Pall Hallvardsson Asgeir, baten von sich aus um Versetzung nach Grönland, und der Erzbischof hatte ihm daher gern diesen Wunsch erfüllt. Pall Hallvardsson hatte in Gent studiert und war, seitdem seine Mutter kurz nach seiner Geburt an der Pest gestorben war, in Obhut und in Diensten der Kirche gewesen.

Von den anderen beiden Priestern war Sira Jon etwa in Margrets Alter, und er war der Neffe des Bischofs. Die Leute sagten, es liege ihm immer besonders viel daran, den Bischof zu erwähnen, »selbst wenn es darum geht, wie ihm seine Suppe schmeckt«. Petur war der Pestpriester, und obschon gerade erst geweiht, war er fast so alt wie Asgeir. Er drängte sich nicht in den Vordergrund, und viele in der Siedlung sagten, das sei auch besser so, denn man ärgerte sich, weil der Erzbischof nach so vielen Jahren einen alten Mann an einen Ort schickte, wo es schon viele alte Männer gab.

Gegen Ende des Sommers, als die Herden aus den Bergen heruntergetrieben wurden, kam ein Bote zu allen Höfen in Vatna Hverfi und Einarsfjord bis nach Gardar und lud die Bauern mit ihren Sippen zu einem großen Fest nach Ketilshof. Asgeir war, wie viele andere auch, die seit Ketils Tod in Markland mit Ketilshof zu tun hatten, kein Freund von Erlend, denn Erlend war ein harter Mann, und seine Frau Vigdis war um nichts freundlicher. Die beiden waren stets bereit, über alle möglichen Kleinigkeiten wie streunende Schafe und Milchbottiche zu streiten. Doch der Bote versprach ein großes Fest, denn Erlend mußte vor dem Winter noch viele Schafe schlachten. Auch der Bischof und die neuen Priester wollten nach der ersten Festmesse, die der Bischof in der Kirche von Undir Hofdi halten würde, nach Ketilshof kommen.

Und in der Tat schien der Bischof mit Erlends Fest sehr zufrieden, denn Erlend und Vigdis machten viel Aufhebens um ihn und seine Begleiter, sie überließen dem Bischof den Hochsitz und reichten ihm die erlesensten Fleischstücke. Jedesmal, wenn der Bischof sprach, ließ Erlend den Blick über die Gesellschaft schweifen, und sie verstummte, obwohl viele zu weit vom Bischof entfernt waren, um dessen Worte hören zu können. Die beiden Kinder, Vigdis' Tochter Thordis und Ketil, sowie ein drittes Kind, Geir, waren mit weißen Gewändern herausgeputzt, ihre Haare mit gewebten roten und weißen Bändern zurückgebunden, und man hatte ihnen aufgetragen, dem Bischof das Fleisch vorzulegen. Jedesmal, wenn er etwas nahm, knieten sie nieder und dankten ihm dafür, daß er es genommen hatte. Dem Bischof gefiel offenbar ihr Gehorsam, und die anderen Grönländer bemühten sich, ihr Lachen zu unterdrükken. Erlend saß zur einen Seite des Bischofs und Vigdis zur anderen, und neben den beiden saßen Leute, die Asgeir nicht kannte, aber Osmund flüsterte ihm zu, daß es Freunde von Erlend aus Petursvik weit unten im Süden seien und daß sie jetzt viel Zeit auf Ketilshof verbrächten. Osmund sagte, daß Asgeir sie allerdings kennen sollte, denn die Frau sei Hjordis, eine Nichte von Thorunn, der alten Hexe, und das Mädchen sei ihre Tochter Oddny, und der Mann sei Sigmund, Hjordis' Ehemann. Asgeir lachte gequält und meinte, dies sei allerdings ein schlechtes Zeichen, und dann verlor er kein Wort mehr darüber.

In dem Winter wurde die Julmesse zum ersten Mal seit Jahren in der Kathedrale von St. Nikolaus gehalten, und die Grönländer konnten sehen, daß sie frisch und schön hergerichtet war, mit neuen Wandbehängen und einer neuen Altardecke und einem neuen Meßkelch. Der Bischof hatte prächtige Gewänder mitgebracht, und mit einigen Knaben von Gardar hatte er schöne Weisen für die Messe eingeübt. Die Leute sagten, das sei unter dem alten Bischof auch so gewesen, doch zu der Zeit von Ivar Bardarson seien die Noten für die Lieder verlorengegangen. Weitere Messen wurden zum Neujahr und zum Fest der Beschneidung gehalten, und der Bischof trug immer wieder andere Gewänder und hielt eine große, eindringliche Predigt über Ketzerei und Sünde und die Abweichungen vom rechten Glauben. Waren nun, so rief er aus, die Seelen der Grönländer der Sünde anheimgefallen? Wahrlich, das waren sie, und dafür sei ganz besonders die Kirche verantwortlich, doch endlich habe die Heilige Mutter das laute Schreien dieser Seelen vernommen, und nun rief sie ihnen zu, in seiner, des Bischofs Person, daß sie von den alten Gewohnheiten ablassen und zu Gehorsam und zu Widerstand gegen das Böse zurückkehren sollten. Man fand dieses Thema sehr passend für eine Neujahrspredigt.

In den folgenden Gottesdiensten während der Fastenzeit sprach der Bischof anschaulich über die Heimsuchung durch die Pest in Norwegen und Deutschland und von der furchtbaren Sündhaftigkeit, mit der die Menschen Gott beleidigt hatten, so daß er sie strafte, und daß solches durch den Willen Gottes jedem sündigen Volke jederzeit widerfahren könne. Gott sei so gnädig, sagte der Bischof, daß Er die Not Seines Volkes in Grönland gesehen habe und daß sie jeglicher Führung beraubt waren, und Er habe lange gezögert, doch nun sei ihr Hirte gekommen, der Bischof selbst, und Gott werde sie mit Peitsche und Geißel auf dem rechten Wege halten, so wie Er es mit der übrigen Welt auch tue. Als eine Folge dieser Predigten trat eine Reihe von Männern und Frauen in das Kloster von Arosvik ein und in das Nonnenkloster bei der Vagar-Kirche, und damit man sie alle unterbringen konnte, mußte man die Häuser erst in Ordnung bringen. Es war in diesem Halbjahr, daß Sigmund Sigmundsson von Petursvik den Asgeir Gunnarsson beim Bischof wegen des Mordes verklagte, begangen vor vierzehn

Jahren an Thorunn Jorundsdottir, die viele Jahre lang in Undir Hofdi gelebt hatte.

Zu dieser Zeit hatten die Grönländer drei Arten von Recht, das Thingrecht, das Bischofsrecht und das Königsrecht, wovon die letzten beiden zuweilen verbunden waren, je nachdem, ob der Bischof oder der Vertreter des Königs gerade in Grönland weilte. Thingrecht und Bischofsrecht sollten sich mit den verschiedenen Angelegenheiten des säkularen Rechtes und des Kirchenrechtes befassen, doch manchmal war das Thing weniger mächtig, und manchmal war der Bischof nicht anwesend, und so machten die Männer der meisten Fjorde ihre Streitigkeiten unter sich aus, und daran hatten sich die Grönländer gewöhnt, seit der letzte Bischof gestorben und der Gesetzessprecher Gizur, der in Brattahlid lebte, in die Jahre gekommen war.

Zunächst einmal ging Asgeir für einige Tage zu Gizur nach Brattahlid. Als er zurückkehrte, brachte einer der Männer von Brattahlid eine Botschaft zum Ketilshof, die besagte, daß Sigmunds Klage unrecht sei, denn Tötungen seien Sache des Thing, und Sigmund habe sie auf dem Thing, das gerade zu Ende gegangen sei, nicht vorgebracht. Einige Tage später schickte Sigmund an Gizur, an den Bischof und an Asgeir die Botschaft, daß Thorunn außerhalb ihres Hauses auf Kirchengrundbesitz getötet worden sei und daß Asgeir sich diesen Grundbesitz angeeignet und ihn verbotenerweise genutzt und den Zehnten dafür seit vielen Jahren nicht bezahlt habe. Daraufhin ging Asgeir zum Bischof und sprach allein mit ihm und mit Nikolaus, dem Priester von Undir Hofdi. Danach wurde die Botschaft an Erlend geschickt, daß Asgeir dank der Jagdkünste von Hauk seinen Zehnten und seinen Peterspfennig all diese Jahre voll bezahlt habe und daß die Tötung also keine kirchliche Angelegenheit, sondern eine Sache des Thing sei, und Sigmund könne seine Klage gern im nächsten Jahr beim Thing in der üblichen Weise vorbringen. Erlend nahm diese Botschaft zunächst schweigend hin, aber dann, gerade als die Leute aufgehört hatten, von der Sache zu reden, gab Sigmund bekannt, daß Thorunn der Hexerei beschuldigt und ohne kirchliche Untersuchung als Hexe getötet worden sei, und daher sei der Bischof für ihre Tötung zuständig. Der Bischof und der Gesetzessprecher stimmten dem zu, und Asgeir machte sich daran, Anhänger zu suchen, die ihn bei seinem Fall unterstützen sollten.

Der Tag, den der Bischof für die Anhörung des Falles angesetzt hatte, fiel in die Zeit des Frühjahrsdüngens, kurz nach dem Lammen, wenn noch späte Lämmer geboren werden. Dennoch war die Schar der Anhänger groß, die Asgeir auf dem Feld vor der Kathedrale in Gardar versammelte, und viele waren von weit entfernten Höfen am Hrafnsfjord und Siglufjord gekommen. Diese Männer legten, wie es beim Thing üblich ist, alle ihre Waffen auf einen Haufen und gingen unbewaffnet umher, damit sichergestellt war, daß keine Kämpfe ausbrechen konnten. Von den wenigen Anhängern Sigmunds war nur Erlend ein reicher Bauer mit viel Land. Die anderen waren wie Sigmund kleine Bauern aus dem Süden, von denen einige ursprünglich in der Westsiedlung gelebt hatten. Die beiden Gruppen hatten sich wenig zu sagen, doch sie kämpften nicht miteinander, wie es vielleicht auf dem Thing geschehen wäre. Erlend sprach für Sigmund, und Asgeir sprach für sich selbst, obwohl Gizur, der Gesetzessprecher, von Zeit zu Zeit ein Wort für ihn einlegte.

Nun kam der Bischof aus der Eingangstür der Kathedrale, schaute sich um und sagte: »Zu wem gehören all die Männer, die hier versammelt sind?«

Und Asgeir erwiderte: »Sie sind ihre eigenen Herren, aber sie sind in diesem Fall meine Anhänger.«

»Wessen Männer sie auch sein mögen«, sagte Erlend streitsüchtig, »sechs von ihnen hinderten mich daran, mein Boot auf den Strand zu ziehen, und drohten damit, mich und Sigmund ins Wasser zu werfen.«

Asgeir erklärte: »Das hast du allein deiner eigenen Unart zu verdanken, daß du, wie jeder weiß, mit den Leuten über Belanglosigkeiten streitest. Ich brauchte meinen Anhängern nicht vorzuschlagen, daß sie die Klage verhindern sollten, denn das habe ich nicht nötig.«

Der Bischof sagte nun: »Wir müssen wissen, was für eine Person diese Thorunn war.«

»Die alte Frau pflegte meine Schafe zu verzaubern«, sagte Asgeir, »und vor allem auch zwei schöne Pferde, die ich hatte, so daß beide, Flosi und Gulli, in dieselbe Kuhle traten und sich das gleiche Bein brachen, obwohl meine Männer nicht versäumt hatten, die Kuhle nach dem ersten Unfall wieder zuzuschaufeln. Und Thorunn machte, daß dies geschah, denn sie war sehr verärgert, weil meine Frau Helga Ingvadottir ihr keine Milch gegeben hatte, als sie zum Hof gekommen war und welche haben wollte. Aber jeder weiß, daß ein Weib, welches einen Sohn empfangen will, die erste Milch ihrer Kuh für sich behalten und trinken muß.« Er blickte auf die Männer im Gras und sagte: »Auch andere haben damals Thorunns Flüche zu spüren bekommen, und sie hat im Bezirk verbreitet, daß sie Liebe und Tod herbeizaubern könne. Aber dennoch war ich es, der sie tötete, weil sie mein Kind Gunnar verfluchte, so daß es nicht laufen konnte und sogar bis ins dritte Lebensjahr auf allen Vieren ging. Und der beste Beweis für ihre Schuld ist, daß der Knabe sich auf die Füße stellte und genauso herumlief wie andere Kinder, sobald die Frau getötet war.«

»Nein«, sagte Erlend. »Diese Thorunn war keine Hexe, sondern eine alte Frau, die wenig Reichtum und Macht besaß, und Helga Ingvadottir redete überall im Bezirk darüber, wie ärmlich und häßlich das Haus wäre und daß man es entfernen sollte. Mir scheint, Asgeir Gunnarsson war nur darauf aus, das Stückchen Land seinen eigenen Feldern einzuverleiben, was er dann auch getan hat, obwohl das Stück auf einer Längsseite an das Hoffeld von Ketilshof grenzt und auf einer Schmalseite an das Land der Kirche von Undir Hofdi. Man hätte der alten Frau keine Verwünschungen nachweisen können, deshalb hat es keine kirchliche Untersuchung gegeben.« Erlend schaute Asgeir auf seine verbitterte Art an. »Und wenn wir schon bei Dingen sind, die jeder im Bezirk weiß, dann müssen wir auch über den Knaben Gunnar reden, der heute genauso langsam ist wie damals und dessen Geist schwach ist. Die Tötung mag angekündigt worden sein, wie es das Gesetz vorschreibt, doch sie war ungerechtfertigt, und daher verlangen Hjordis und Oddny durch Sigmund von Petursvik und mich selbst Entschädigung von Asgeir.«

»Wer in Grönland hätte denn zu der Zeit«, sagte Asgeir, »das Wissen oder die Gerichtshoheit besessen, um Hexerei aufzudekken und zu bestrafen? Wenn es keinen Bischof gibt, dann müssen die Grönländer ihre Streitigkeiten selbst austragen, und das haben sie immer getan.«

Gizur nickte. »Das ist allerdings wahr«, sagte er.

»Und noch etwas ist wahr«, sagte Asgeir, »Sigmund hätte seinen Freund Erlend nicht so leicht zu dieser Klage überreden können, wenn Erlend in einem anderen Bezirk wohnte, an einem Ort, wo er nicht von seiner Eingangstür aus begierig auf die Felder seines Nachbarn von Gunnarshof schauen könnte. Dann hätte er vielleicht jemand anderen wegen eines anderen eingebildeten Verbrechens verklagt.« Und Asgeir zeigte seine Zähne in einem bitteren Lächeln.

Der Bischof wandte sich an Sira Jon und sprach ein paar Minuten ruhig mit ihm und stellte dann die folgenden Fragen: »Hat man von Thorunn je gehört, daß sie schlecht von Jesus Christus sprach, oder sah man sie auf das Bild Christi spucken oder es auf andere Weise beleidigen?«

Gizur und Asgeir standen schweigend da.

»Hat man je gesehen, wie die Frau in der Nacht hinausflog oder sich in eine Katze oder eine Ziege oder irgendein anderes unreines Tier verwandelte?«

Gizur und Asgeir standen schweigend da, denn sie wußten nichts von solchem Treiben.

»Diese Thorunn«, sagte der Bischof, »hatte sie je Umgang mit Dämonen oder sah man je, wie sie Leichname von Beerdigten ausgrub oder Kinder verschwinden ließ?«

Schließlich sagte Asgeir: »Die Hexe hatte keine Freunde außer dieser Nichte Hjordis, und es ist an die zwanzig Winter her, daß sie in den Süden zog.«

Der Bischof verkündete, er werde in die Kirche gehen und für seine Entscheidung beten. Auf dem Weg in die Kirche blieb er noch einmal stehen und warf einen Blick auf Asgeirs Anhänger, die im Gras lagen, und Asgeir sagte, dieser Blick sei ein schlechtes Omen und er denke nicht, daß die Sache gut für ihn ausgehen werde.

Der Bischof blieb fast den ganzen Tag in der Kirche, manchmal rief er Jon zu sich oder Gizur, den Gesetzessprecher. Margret, Gunnar und Olaf saßen bei Osmund und Thord vom Siglufjord, doch

Asgeir blieb nicht bei ihnen, sondern er ging von Gruppe zu Gruppe, war gutgelaunt und machte Witze. Erlend und seine Anhänger blieben für sich und hielten sich in der Nähe ihres Bootes am Strand auf.

Als es dämmerte, kam der Bischof heraus und stellte sich auf einen kleinen Hügel vor der Kathedrale und hub an zu predigen.

Ein Knecht, so sagte der Bischof, geht im tiefen Winter aus dem Haus seines Herrn. Es ist ein klarer, frostiger Tag, so daß er auf dem verharschten Schnee gut laufen kann, und es ist Vollmond, so daß er selbst vor Anbruch des Tages alle Dinge erkennen kann. Seine Arbeit ist einfach. Er will nur den Kühen und Pferden etwas Heu geben und einen Bottich Sauermilch aus der Scheune in den Hof bringen, wo der Haushalt ihn erwartet. Er hat ein gutes Leben, denn er ist Knecht auf einem reichen Bauernhof, wo er gut ernährt und selten geschlagen wird, und sein Herr beobachtet ihn genau und ist gerecht und gnädig.

Plötzlich verdunkelt eine Wolke den Mond, und ein starker Wind kommt auf, und die Sterne sind verborgen, und ein Sturm hebt an. Der Knecht kann in der Dunkelheit den Kuhstall gerade noch erkennen, und nur mit Mühe lenkt er seine Schritte durch den Sturm dorthin. Er hat große Angst, denn er glaubt, Stimmen zu hören, die zu ihm rufen, und er erinnert sich an einen Traum, den er oder ein anderes Mitglied des Haushalts einmal geträumt hat, von einem wandelnden Geist, der den Menschen die Augen aus dem Kopf reißt, wenn sie versuchen zu sehen, und ihnen die Kehlen herausreißt, wenn sie versuchen zu sprechen. Der Knecht hat solche Angst, daß er sich kaum rühren kann, doch er weiß, daß die Kühe und Pferde Hunger leiden, wenn er sie nicht füttert. Er spricht ein Ave Maria und ruft unseren Herrn Jesus Christus an, aber der Sturm wird immer stärker und die Stimmen immer lauter, so daß er durchgeschüttelt wird, bis er nicht mehr weiß, wo er ist, in der Nähe des Kuhstalls oder in der Nähe der Scheune oder in der Nähe des Badehauses. Nun kniet er nieder und betet inbrünstig zu Christus, daß Er ihn retten möge, und er wird gerettet, doch der Sturm wird noch mächtiger, und es donnert und kracht und blitzt immer wieder, so daß er schreckliche Angst hat, und da ruft er Thor an, daß er ihn retten möge, und verspricht Thor, ihm ein gutes

Schaf oder eine Ziege oder gar eine Kuh zu opfern, obwohl die Tiere seinem Herrn gehören, wenn Thor doch nur mache, daß der Sturm sich ein wenig abschwäche. Und der Sturm wird tatsächlich schwächer, und der Knecht dankt Thor und behauptet, daß Thor mächtiger sei als Jesus Christus.

Und dann bahnt sich der Knecht seinen Weg durch die Dunkelheit zum Kuhstall, und er sieht zwischen den Kühen einen Mann, von dem er glaubt, daß er eine Kuh stehlen will, und so schleicht sich der Knecht in der Dunkelheit, während der Wind heult und die vielen Stimmen in seinen Ohren dröhnen, an den Mann im Kuhstall heran, und er schlägt ihm mit einer großen Keule, die ihm vielleicht dank Thor in die Hände gefallen ist, auf den Kopf, und der Eindringling fällt besinnungslos zu Boden. Und dann legte sich der Sturm, und die Mitglieder des Haushaltes kommen mit Fakkeln und Lampen heraus und suchen ihren treuen und schwer arbeitenden Knecht, und sie finden ihn im Kuhstall und entdecken, daß er nicht einen Eindringling geschlagen und getötet hat, sondern den einzigen Sohn des Herrn, der den Hunger der Tiere gesehen hatte und dabei war, sie zu füttern. Und der Bischof erklärte, diese Geschichte sei wahr und sie habe sich auf einem Hof in Vik zugetragen, als der Bischof selbst ein Junge auf einem benachbarten Hof gewesen sei. Da wandte sich Asgeir an Thorkel Gellison, der neben ihm stand, und sagte: »Dieser Fall bedeutet meinen Tod, und das ist die Wahrheit.«

»Und folglich«, sagte der Bischof und schaute Asgeir an, »erlag der Knecht zwei Versuchungen. Die erste war die Versuchung zu glauben, daß unser Herr Jesus Christus keine Macht hätte, obwohl sein Gebet doch gleich erhört wurde und er gerettet ward. Das war die Versuchung, welche Thorunn zu Hexerei und Zauberei verleitete. Doch die andere Versuchung, die Versuchung, unwissend anstelle seines Herrn zu handeln, war eine noch größere und noch bösere Versuchung, denn jedermann kann seinen Glauben an Dämonen wie Thor öffentlich widerrufen, doch kein Mensch kann den Mord am einzigen Sohn seines Herrn ungeschehen machen.«

»Es mag sein«, fuhr der Bischof fort, »daß die Tötung von Thorunn ordnungsgemäß angekündigt war und also Asgeir nicht des Mordes schuldig ist und dafür nicht geächtet werden kann. Und es mag sein, daß Thorunn eine Hexe war und sich der schädlichen Zauberei schuldig gemacht hat. Diese Dinge können nach vierzehn Jahren nicht mehr klar bewiesen werden. Es gibt keine Beweise dafür, daß die alte Frau ihrem Erlöser abschwor, einen Pakt mit dem Bösen schloß oder sich der Hexerei bediente, wie sie vor kurzer Zeit bei den Italienern und den Deutschen und den Franzosen von den heiligen Inquisitoren der Kirche definiert worden ist.«

Der Bischof hielt inne und blickte über das Feld von Gardar und auf die vielen Anhänger von Asgeir. »Und auch in dieser Klage«, so sagte er, »zeigt Asgeir Gunnarsson eine Neigung zur Gewalt und den Wunsch, unsere Entscheidung durch eine Zurschaustellung von Stärke zu beeinflussen. Wir halten nichts von solchen Drohungen. Diejenigen, welche drohen, tun es, weil sie fürchten, daß sie das Recht nicht auf ihrer Seite haben.«

»Asgeir selbst«, sagte der Bischof, »ist ein geachtetes Mitglied unserer Gemeinde, doch am Ende eines langen Winters, da der Hirte viele Monate nicht bei seiner Herde war, sind viele Schafe vom Weg abgekommen, und manche haben sich weiter in die Berge verirrt als andere und laufen Gefahr, für immer verloren zu sein. Asgeir, der alles leicht und lustig nimmt, ist eines von ihnen.

Doch der Frühling ist gekommen, und der Hirte in seiner Kraft ist zurückgekehrt. Er geht hinaus in die Einöde und sucht seine Schafe, und sein Wunsch ist nicht, sie zu strafen, sondern sie heimzuholen und in Sicherheit zu bringen, also«, verkündete der Bischof, »werden wir gnädig in unserem Urteil sein.« Das Gemurmel verstummte unter denen, die auf dem Feld standen, und man konnte sogar hören, wie das Fjordwasser am Rumpf von Erlends kleinem Boot plätscherte.

»Asgeir«, sagte der Bischof, »besitzt zwei große Felder. Von diesen darf er das größere Hoffeld für sich und seine Erben behalten, doch er muß das zweite Feld an die Kirche von Gardar abtreten, und das Heu von diesem Feld wird wie folgt aufgeteilt: Ein Drittel geht an den Bischofssitz von Gardar, ein Drittel an die Kirche von Undir Hofdi, und ein Drittel geht an Sigmund und Oddny und deren Erben, das Ganze wird für ein Fünftel des gesamten Heus, welches auf dem Feld wächst, von Erlend Ketilsson als dem nächsten Nachbarn verwaltet. Nach neun Jahren darf Asgeir das Feld von der Kirche zurückkaufen, der Preis wird vom Bischof zu einem späteren Zeitpunkt festgesetzt werden, und wenn er nicht zum Kauf in der Lage ist, dann darf ein jeder in der Siedlung das Feld erwerben.« Darauf betete der Bischof und zog sich zurück, und die Versammlung auf dem Gardarfeld nahm die Waffen wieder an sich, und man machte sich auf, denn es war jetzt dunkel, und die Leute waren hungrig und wollten ihr Abendessen.

Danach ging man wie jedes Frühjahr auf die Seehundjagd, und da kreisten viele Gespräche um Asgeirs Pech, und die Männer waren verblüfft darüber, wie die Sache ausgegangen war, und daß es ihnen also nicht straflos erlaubt sein sollte, in eigener Sache zu handeln. Später, im Herbst, schlachtete Asgeir viele Lämmer und Kälber und eines seiner Pferde, denn er meinte, das Heu werde nicht reichen, um die Tiere über den Winter zu bringen. Erlend Ketilsson erntete unter großen Mühen das Heu auf dem zweiten Feld, denn es war von seiner Scheune und seinem anderen Feld weit entfernt. Nikolaus, der Priester der Kirche von Undir Hofdi, schickte drei seiner Knechte, die bei der Ernte helfen sollten. Der Ertrag des Feldes war ausgezeichnet, und eine Menge ging an Erlend selbst, weil der Bischof ihm erlaubte, im Tausch gegen ein Stück von Vigdis' Brettchenweberei und drei Specksteinschalen das Drittel von Gardar neben seinem eigenen Fünftel zu behalten. Das zusätzliche Heu bildete einen riesigen Schober vor Erlends Scheune, und die Leute sagten, es werde lange dauern, bis seine Pferde wieder Seegras fressen müßten. Über diese Dinge sprach Asgeir nicht, nur einmal, als er am Morgen sein Hemd anzog, sagte er mit einem Lachen: »Ich finde, daß ich immer dünner und schwächer werde«, doch er hatte soviel Fleisch auf den Knochen wie immer.

In diesem Winter verbrachte er viel Zeit mit Olaf, und zum Julfest machte er ihn zu seinem Ziehsohn, denn Olafs Mutter war gestorben. Nach Jul gab es starkes Tauwetter, dem ein harter Frost folgte, und die Schafe mußten auf der Suche nach Zweigen und Grasbüscheln weite Strecken zurücklegen. Einige irrten sogar auf den zugefrorenen See hinaus und mußten behutsam zurückgeführt werden. Einmal, als er dies tat, brach Asgeir durch das Eis. Andere waren in der Nähe, doch niemand hörte ihn rufen. Einige

Leute sagten, er habe überhaupt nicht gerufen. Als Olaf und einer der Knechte ihn gegen Einbruch der Dämmerung fanden, da war sein Leichnam hart gefroren, die Arme waren um den Brustkorb geschlungen und Mund und Augen weit geöffnet. Sie mußten ihn ins Badehaus legen und dort Feuer machen, damit er auftauen konnte. Und das war der Tod von Asgeir Gunnarsson von Gunnarshof. Er wurde gleich unter der Südmauer der Undir Hofdi-Kirche neben seinem Bruder Hauk beerdigt, und viele sagten, daß die Speisen bei seinem Begräbnis so köstlich und reichhaltig gewesen seien wie seit Jahren bei keinem Begräbnis mehr, denn Margret Asgeirsdottir hatte die Sommer bei Kristin verbracht, der Frau von Thord, welche als eine der geschicktesten und großzügigsten Bauersfrauen in der ganzen Siedlung bekannt war. Thorkel Gellison erzählte im ganzen Bezirk, was ihm Asgeir nach der Predigt des Bischofs gesagt hatte: daß der Fall sein Tod sein werde.

Nicht lange nach Asgeir Gunnarssons Tod (durch Ertrinken und Erfrieren) verkündete der Bischof, den Seelen der Grönländer drohe die Gefahr der Verdammnis, denn nicht einer von fünf Menschen, so sagte er, halte sich an die vorgeschriebenen Fastentage, ganz besonders während der vierzig Tage der Fastenzeit. Es hieß, Sira Jon habe Knechte von des Bischofs eigenem Tisch dabei überrascht, wie sie große Mengen Fleisch aßen und ausgelassen feierten, als sie eigentlich hätten fasten und der Leiden des Herrn Jesus Christus gedenken sollen. Der Bischof war besonders an den Skraelingern interessiert und hielt eine ganze Reihe langer Predigten über Dämonen und Teufel und Heiden und behauptete, daß sündiger Umgang von christlichen Männern mit Teufelinnen in den Augen unseres Herrn so schwarz sei wie die schwärzeste Nacht, und daraufhin begannen die Grönländer sich umzuschauen und sahen die Skraelinger nun mit anderen Augen. Einige Männer hörten tatsächlich auf, sich mit Skraelingerweibern abzugeben, andere jedoch nicht, wiewohl ihre Besuche jetzt nicht mehr so offen und auch nicht mehr so häufig waren.

In diesen Jahren war es so gekommen, daß die Grönländer immer häufiger auf die Skraelinger trafen, ganz besonders beim Jagen in der Einöde, und Menschen und Dämonen gerieten manchmal aneinander, doch die meisten Leute sagten, daß die Skraelinger am glücklichsten in ihren Fellbooten auf dem offenen Meer wären. Das sicherste Zeichen ihrer dämonischen Natur sei, daß ihnen die wildesten Stürme nichts anhaben konnten. Männer hatten Skraelinger beobachtet, wie sie mit ihren Booten ganz in den Wellen verschwanden und viele Ellen weiter wieder auftauchten, und es war ihnen nichts geschehen. Viele sagten, das Furchterregendste an den Skraelingern sei ihre täuschende Angewohnheit, über alles zu lächeln, und ihr Schweigen sei ein Zeichen, daß sie gegen die christlichen Grönländer irgendwelche Pläne ausbrüteten. Es wurde viel über diese Dinge geredet, doch es lief darauf hinaus, daß jeder, der mit den Skraelingern handeln wollte, es auch tat, und jene, die Angst hatten, ließen es lieber sein.

Nachdem der Bischof zunächst verkündet hatte, daß man keinen Umgang haben dürfe, änderte er seine Ansicht und sagte, es sei die Pflicht aller Christen, sich zu bemühen, die Heiden zu Christus zu führen. Drei Männer brachten Skraelingerfrauen heim, ließen sie taufen und heirateten sie, und manche Männer sagten, daß diese Frauen gutmütige und willige Ehefrauen abgäben und weniger eigensinnig seien als christliche Frauen. Diese Frauen lebten friedlich auf den Höfen der Siedlung. So kam es, daß man in Gardar nur noch über die Skraelinger und ihre Sitten redete, und die Grönländer hatten eine ganze Menge Spaß daran.

Eine Frau gab es, die nicht verheiratet war, und das war Margret Asgeirsdottir vom Gunnarshof. Ein gewisser Arnkel von einem Gehöft am Siglufjord hatte erklärt, daß er sie heiraten wolle, aber dann hörte man nichts mehr davon, und Arnkel kehrte auf seinen Hof zurück. Die Leute in Vatna Hverfi sagten, wie hübsch Margret sei und wie groß ihre Mitgift gewesen wäre, hätte Asgeir es geschafft, seinen Hof zusammenzuhalten, doch jetzt würde jeder Mann, der Margret nähme, eine ganze abhängige Familie dazu bekommen, die seinen eigenen Reichtum aufzehren würde. Es stimmte, daß Gunnar und Margret viele schöne Dinge besaßen, denn die Männer ihres Geschlechtes waren im Ausland gewesen, und die Frauen waren geschickte Handwerkerinnen, doch gab es mehr schöne Dinge im Hause als Schafe auf den Feldern oder Kühe im Stall. Die Leute erinnerten sich auch daran, wie stolz Helga Ingvadottir gewesen war und wie entschlossen, ihren Willen durchzusetzen, und manchmal, so hieß es, kämen diese Eigenschaften nicht heraus, bevor eine Frau Haus und Milchstube ihr eigen nannte. Arnkel erzählte den Leuten am Siglufjord, er habe mit der Frau einige Male gesprochen, doch tatsächlich fühlte er sich nicht wohl mit ihr, mit ihrer Art, wie sie lange mit der Antwort wartete, wenn er gesprochen hatte und ihm dabei die ganze Zeit ins Gesicht schaute, so daß er verführt war, immer mehr zu sagen, und sich am Ende wie ein Dummkopf vorkam.

Etwas anderes tat Margret noch, das für eine Frau nicht üblich war, sie ging nämlich zu jeder Jahreszeit in die Berge über Gunnarshof und kam nicht nur mit Kräutern und Heilpflanzen zurück, sondern sie hatte auch Vögel mit Schlingen gefangen und Eier gesammelt. Wie ihr Onkel Hauk war sie mehr draußen als drinnen, und immer war sie hinter irgendeiner Beute her. Fünf Weidenkäfige hingen im Wohnhaus von Gunnarshof von den Balken, und darin waren Margrets kleine Vögel, Steinschmätzer und Lerchen, die den ganzen Winter so zwitscherten und lärmten, daß die meisten Nachbarn meinten, es bringe Unglück und sei auch nicht schön.

Im Frühjahr nach Asgeirs Tod waren sehr viel weniger Leute auf Gunnarshof, und es blieben nur Margret, Gunnar, Olaf und Ingrid sowie ein Schafhirte, Hrafn, und zwei Mägde, Hrafns Frau Maria und Gudrun, ein junges Mädchen. Es gab auch noch zwei Knechte, die Olaf bei der Landarbeit halfen. Hrafn und Maria hatten zwei Kinder, Jungen, die mit ihrem Vater früh im Sommer auf die Schafweiden gingen. Ingrid verbrachte jetzt ihre Tage und Nächte in ihrer Bettnische, denn sie konnte nicht mehr stehen und nicht einmal aufrecht sitzen. Man brachte ihr keine Fackeln oder Lampen, denn sie konnte den Tag von der Nacht nicht unterscheiden, und von Zeit zu Zeit rief sie nach Gunnar, damit er ihr etwas Sauermilch bringe und gedörrtes Seehundfleisch mit Butter gemischt zum Frühstück oder zum Abendessen, wenn Frühstück oder Abendessen längst vorüber waren. Gunnar tat es immer, und Ingrid erzählte ihm dann Teile von alten Geschichten, an die er sich aus seiner Kindheit erinnerte. Zu anderen Zeiten saßen Nikolaus, der Priester von Undir Hofdi, und seine »Frau« bei ihr und beteten mit ihr, denn sie war seit einigen Jahren nicht mehr in der Kirche gewesen.

Der Hof gehörte Gunnar, aber er arbeitete so wenig auf den Feldern wie eh und je und kümmerte sich genauso wenig um die Schafe, obwohl er manchmal eines der alten Pferde ritt, während er die beiden jüngeren Olaf überließ. In seiner freien Zeit spann er mehr Garn, als Gudrun und Maria zu Stoff verweben konnten, und so lernte er auch das Färben und das Weben, und wenn die Leute darüber lachten, lachte er auch. Die Leute im Bezirk sagten, daß Gunnarshof ein Haushalt sei, der auf dem Kopf stehe, und das bringe Unglück, doch tatsächlich waren die Winter nach der Ankunft des Bischofs so kalt und stürmisch und die Sommer so kurz, daß in allen Haushalten der Siedlung Dinge getan wurden, wie sie nie zuvor getan worden waren. Nur in Gardar und auf wenigen anderen Höfen hatten die Leute genug Heu und andere Vorräte, die das kalte Frühjahr über reichten, und viele Grönländer waren so geschwächt vom Hunger und von der Blutkrankheit, daß sie an Erbrechen und Husten litten, als wären es Seuchen.

Es schien, als könne nichts in der Welt Gunnar zum Arbeiten bewegen. Wenn es kalt war, lag er, anstatt nach Treibholz zu suchen, still unter seiner Eisbärdecke, bis sie warm wurde. Wenn er hungrig war, wartete er, bis Ingrid nach Essen verlangte, und aß dann, was immer sie übrig ließ. Wann immer etwas verlorenging, wie wertvoll es auch sein mochte, dann erklärte er, daß es schon irgendwann auftauchen würde. Er trug Hemden und Strümpfe, die wohl niemand anderer mehr haben wollte, obwohl er diese Dinge sehr gut selbst nähen konnte. Er sagte, das Julfest werde bald kommen oder Ostern oder der erste Tag des Winters oder eine andere Gelegenheit für Geschenke, und dann würde er schon von irgend jemandem ein neues Hemd bekommen, und er könne leicht darauf warten. Und so kam es, daß die Knechte ihm nacheiferten, und auf dem Hof wurde wenig gearbeitet. Zäune bröckelten ab, Soden kamen herunter, Gebäude begannen zu verfallen. Die Scheunen leerten sich und wurden nicht mehr aufgefüllt, das Badehaus wurde nicht mehr benutzt, die Kühe und Pferde wurden zur Futtersuche hinausgeschickt, auch wenn die Felder mit Eis bedeckt waren. Weder Gunnar noch Olaf gingen im Frühjahr oder im Herbst auf die Seehundjagd. Alle Bemühungen von Olaf konnten den Fluch der Faulheit nicht von Gunnar nehmen, obwohl er selbst ein geschickter und kräftiger Bauer geworden war, wie es Asgeir gewesen. So ging es mehr als ein Jahr nach Asgeirs Tod, und die Nachbarn stellten fest, daß Margret und Gunnar bald in Dienst gehen müßten, denn sie würden sich so kaum noch einen Sommer erhalten können, geschweige denn noch einen Winter.

Jetzt kam die Zeit für das Thing, und Gunnar erklärte, er sei jetzt neunzehn Jahre alt und bereit, nach Gardar zu gehen, damit er erfahre, was man als Mann tun müsse. Er nähte sich ein neues Hemd und neue Strümpfe, und er nahm einen der Knechte mit und, um kurz zu sagen, was sich ereignete, kam sieben Tage später mit der Kunde nach Haus, daß er eingewilligt habe, ein Weib zu nehmen, nämlich Birgitta Lavransdottir von Hvalseyfjord, die vierzehn Jahre alt war und als Mitgift zwei Schafe und einen Ballen rote Seide mitbringen würde.

Die Leute sagten, Lavrans Kollgrimsson müsse entweder viele Jahre nicht auf Gunnarshof gewesen sein oder er möge seine Tochter nicht besonders. Andere behaupteten jedoch, daß Lavrans selbst ein armer Mann sei, obwohl er gutes Hvalseyland bearbeitete, und er werde auch alt, so daß für eine eigensinnige Frau wie Birgitta Lavransdottir jede Heirat gut genug wäre.

Birgitta Lavransdottir galt unter den Grönländern als ziemlich hübsch, sie war rotbackig und wohlgenährt, blond wie Gunnar, doch von kleinem Wuchs, so daß sie ihm nur bis zur Mitte der Brust reichte und Margret nur bis an die Schulter. Die Ehe wurde in der neuen Kirche am Hvalseyfjord geschlossen und das Hochzeitsfest auf Lavranshof gefeiert, der über dem Wasser des Innenarms vom Hvalseyfjord lag, direkt gegenüber der Kirche, die nach St. Birgitta benannt und von den Hvalseyfjordern in der Zeit des Königs Sverri erbaut worden war. Gunnar schenkte Birgitta viele schöne Dinge, darunter einen silbernen Kamm, den sein Großvater Gunnar aus Irland mitgebracht, und das aus Birkenholz geschnitzte Boot mit den Matrosen, das Skuli Gudmundsson ihm gegeben hatte, als er ein kleiner Junge war. Birgitta schien sich über dieses Spielzeug ganz besonders zu freuen und auch über den dicken grauen Umhang, den Margret ihr genäht hatte. In Lavrans Boot kamen die beiden mit ihren Schafen und dem Ballen Seide nach Vatna Hverfi, an einem Spätsommertag ruderten sie langsam den Einarsfjord hinaus, und der Fjord war so ruhig und klar, hieß es, wie Wasser in einem Kelch. Das Blöken der beiden Schafe hörte man über das Wasser in jedem Bauernhof, und wenn Gunnar die Ruder eintauchte, konnte man selbst das auf unheimliche Weise vernehmen, so daß viele Familien beim Abendfleisch über das kleine Boot sprachen, das vorübergefahren war.

Nun veranstalteten die Leute von Gunnarshof zu Ehren der Ankunft von Birgitta Lavransdottir ein schönes Fest, und als alle zufrieden an ihren Eßbrettern saßen, nachdem sie sich sattgegessen hatten, sagte Gunnar zu Margret: »Wo wird nun Birgitta Lavransdottir schlafen, da sie jetzt hier wohnt?« Darauf platzten Olaf und Maria, die Frau von Hrafn, laut heraus. Birgitta blickte auf, die Augen voller Neugier, und Margret sah sie an. Dann schickte sie Olaf und Maria aus dem Haus und schaute ihren Bruder und das Kind an, das seine Frau war. Birgittas Kopfputz, das Vorrecht einer verheirateten Frau, saß ihr schwer und ein bißchen schief auf dem kleinen Kopf. Margret wandte sich Gunnar zu. »Meine eigene Bettnische«, sagte sie, »ist am größten. Ich werde für sie Platz darin machen.« Und sie stand auf und zeigte Birgitta die Bettnische mit ihren Schnitzereien von Angelikablättern und dem kleinen Bord, das um das Kopfende herum lief, damit man eine Seehundtranlampe daraufstellen konnte oder andere Dinge, die man gern während der Nacht um sich hatte.

Auf dieses Bord legte nun Birgitta nebeneinander ihre Hochzeitsgeschenke, den silbernen Kamm, ein Halsband aus Glasperlen, ein aus Elfenbein geschnitztes Spindelgewicht, das die Form eines Seehundes mit erhobenem Kopf hatte, bei dem der Faden aus dem Maul kam, ein kleines Messer mit einem gehämmerten Eisengriff und zwei oder drei gewebte, farbige Bänder für ihren Kopfputz, sowie das kleine Schiff. Daneben schichtete sie ihre gefalteten Unterkleider und Strümpfe, und neben diese stellte sie ihre neuen Schuhe; dann, nachdem sie ihre Gebete aufgesagt hatte, legte sie sich nieder und zog ihren neuen grauen Umhang bis zum Kinn, wandte das Gesicht ihren neuen Sachen zu und schlief ein.

Von allen Hausbewohnern war Olaf am meisten so, wie Asgeir gewesen war. Jeden Morgen stand er früh auf und nahm seine Mahlzeit aus gedörrtem Rentierfleisch und Sauermilch mit aufs Feld und fing an zu tun, was gerade zu tun war. Im Frühjahr waren es er und Hrafn, die die Kühe aufs Hoffeld trugen. Er war es, der die Pferde vor den Wagen spannte und Mist ausfuhr. Es war Olaf, der mit dem Birkenbüschel den Mist rechte, um ihn zu verteilen und unter die Erde zu mischen, und er besserte die Zäune aus, um zu verhindern, daß die Kühe die frischen Grashalme fraßen. Wenn Schafschurzeit war, dann ging er zu Hrafn und den Schafen in die Berge, half ihm beim Scheren und zog die Vliese nach Hause, damit Maria und Gudrun sie waschen und kämmen konnten. Er half auch beim Melken und Buttern und Käsemachen. Am Ende des Sommers mähte er das Gras, und Maria und Gudrun harkten es zusammen, dann bündelte er das Heu und stapelte es vor dem Kuhstall.

Eines Tages kam ein Mann namens Audun mit der Nachricht von Gardar nach Gunnarshof, der Bischof wünsche Olaf zu sehen, und er wünsche, daß Olaf sogleich mit dem Boten nach Gardar komme. Olaf schickte den Boten um einige Erfrischungen ins Haus und hielt sich dann mit seiner Arbeit auf, bis es fast dunkel war und zu spät für die Reise.

Dieser Audun war ein Bursche aus dem Süden, und den ganzen Abend beschwerte er sich scherzend darüber, daß er die Nacht an einem solch armseligen Ort verbringen und auf dem Boden schlafen müsse, den Kopf unter dem Tisch und die Füße fast zur Tür hinaus, mit nur einer einzigen Rentierhaut zum Einwickeln. Gardar, so sagte er, sei jetzt recht prachtvoll, seit der Bischof dort residiere. »Tatsächlich«, so sagte er, »verrichten viele der Knaben überhaupt keine Landarbeit mehr, sondern verbringen ihre Tage damit, aus den Häuten von Kälbern Pergament zu machen und zu lernen, wie man Handschriften kopiert und aus Bärentrauben Tinte herstellt. Es gibt drei Knaben, die ihre Zeit mit Singen verbringen, und mir kommt es vor, daß ihre Stimmen engelhaft süß klingen. Sira Jon ist darin ein Meister, und wenn er ihnen ein wenig vorsingt, um ihnen zu zeigen, wie man es macht, dann hören alle Schreiber und Pergamentmacher mit ihrer Arbeit auf, nur um zuzuhören. Der Bischof wacht persönlich über die Schreiber, und Sira Pall Hallvardsson geht dort ein und aus, und auch Sira Petur, obwohl diese Priester sich meist in Brattahlid oder Isafjord aufhalten.« Während Audun so weiterplauderte, packte Olaf seine wenigen Sachen, seinen Eschenholzlöffel, seine Bücher, den Becher, den Asgeir ihm gegeben hatte, und seine besten Strümpfe, Beinkleider und Schuhe in ein Bündel. Als es am Morgen für die beiden Männer Zeit wurde, um den Hügel herum zur Undir Hofdi-Kirche zu gehen, da sagte Olaf zu Gunnar: »Ich glaube, ich würde lieber die Füße aus der Tür stecken als meinen Kopf voller Gesang haben.« Und zu Margret sagte er: »Ich kann mir nicht vorstellen, wie die Schafe von den Hügeln herunterkommen oder wer die Kühe im Kuhstall einmauern soll, wenn ich nicht da bin, um es zu tun.«

»Und das«, sagte Margret, als sie ihn davonziehen sah, »ist das Ende von Olaf.«

Olaf war jetzt seit vierzehn Jahren nicht in Gardar gewesen, und der Hof des Bischofs hatte sich in der Tat verändert. Nichts, was man nicht dringend brauchte, wurde im Haus gehalten, denn alle die Räume, in denen sich früher einmal Bottiche und Schalen und Häute und Stoffballen befunden hatten, beherbergten nun Priester und Knaben. Man führte Olaf in einen von ihnen, wo er auf dem gestampften Boden eine geflochtene Schilfmatte vorfand, darauf zwei Rentierhäute, die eine zum Daraufliegen, die andere zum Zudecken. Es gab auch zwei kleine Borde, eines für eine Tranlampe und das andere für Bücher. Auf dieses stellte Olaf seinen Becher, legte er seinen Löffel und seine drei schmalen Bände, in die er seit sechs Jahren nicht mehr geschaut hatte. Er schaute auch jetzt nicht hinein, denn der Einband und die Seiten waren so steif, als wären sie zusammengeklebt. Wenn der Bischof danach fragen sollte, mußte er sicherlich sehen, daß sie beinahe auseinanderfielen.

Olaf hatte den Bischof nur einmal von weitem gesehen, bei der Verurteilung von Asgeir Gunnarsson. Sonst hatte er sich von Gardar ferngehalten und auch von allen Besuchern auf Gunnarshof, die Geschichten über ihn zum Bischof zurücktragen mochten. Jetzt, da er hier war, kam es ihm so vor, als wäre ein jeder vollkommen vertraut mit ihm und als hätten alle ihn früher oder später zurückerwartet, so daß seine Hoffnungen die eines Kindes gewesen waren, welches die Augen bedeckt und glaubt, dann könne man es nicht sehen.

Olaf trat gerade rechtzeitig aus dem Wohnhaus ins Sonnenlicht, um zu sehen, wie die Kühe des Bischofs in einer Doppelreihe vom Kuhstall, wo sie gemolken worden waren, aufs Feld geführt wurden. Es waren fünfzig, und auf dem Feld waren schon zahlreiche Kälber und Färsen. Es waren gute Kühe, fett und von dunkler Farbe, und die beiden Knechte, die die Milchbottiche zur Milchstube trugen, hatten alle Hände voll zu tun, aber es waren alles Knechte – die Knaben, welche die Kühe führten, die Knaben, die die Milch trugen, der Kuhhirte und sein Gehilfe, die in der Tür zum Kuhstall standen. Keine Priester darunter, denn die Priester waren alle im Wohnhaus, sie lasen und schrieben im Schein kleiner, rauchiger Lampen. Doch das stimmte auch nicht ganz, denn Pall Hallvardsson trat hinter ihn: »Jetzt bist du also gekommen, mein Olaf«, sagte er. »Die Leute hier haben diese vierzehn Winter auf dich gewartet.« Er grinste.

»Naja«, sagte Olaf, und er holte einen Käse hervor, den Margret als Geschenk für den Bischof mitgeschickt hatte. Pall Hallvardsson hielt den Käse gegen das Licht und stellte fest: »Die Käse vom Gunnarshof sind für einen einfachen Priester zu gut, nicht wahr? So weiß und sahnig, wie Käse nur sein kann.« Und Olaf konnte sich nicht enthalten zu seufzen, denn er hatte wirklich eine große Liebe zum Essen, und auf Gunnarshof hatte er vierzehn Jahre lang gut gegessen.

Dann nahm Pall Hallvardsson ihn mit hinein und setzte ihn mit einigen der jüngeren Knaben und ihren Büchern an einen Tisch. Er erzählte den Knaben, daß Olaf ihnen beim Lesen helfen werde, doch Olafs Augen waren noch von der Sonne geblendet, und seine dicken Finger konnten sich nicht daran gewöhnen, wieder die Seiten umzublättern, und das Ergebnis war, daß die Knaben Radau machten und Jon, der an einem anderen Tisch gegenüber saß, kommen und sie beruhigen mußte, und so lernte er Olaf kennen, den er noch nicht gesehen hatte. Er sagte: »Oh, du bist also Olaf!«, als wäre viel über ihn geredet worden, Gutes und Schlechtes. Nachdem Jon gegangen war, beruhigten sich die kleinen Jungen und lasen ihre Aufgaben, doch Olaf hätte nicht sagen können, ob sie richtig lasen oder nicht, denn er konnte die Buchstaben nicht gut genug erkennen, um die Wörter zu entziffern.

Obwohl im großen Raum viel Betriebsamkeit herrschte, kam der Tag Olaf lang und ermüdend vor, und seine Knochen taten ihm weh vom Sitzen. Alle standen zweimal auf, um in einer Reihe zum Gottesdienst in die Kirche zu marschieren, und es gab nichts zu essen bis nach der Abendandacht, als es schon fast dunkel war. Olaf fühlte sich viel hungriger als gewöhnlich, und es tat ihm zunehmend leid, daß er Pall Hallvardsson Margrets Käse gegeben hatte, anstatt ihn in seinem Zimmer zu verstecken oder wenigstens ein Stückchen in seiner Tasche zu behalten. Das Abendessen langte gerade, um den Mund einmal zu füllen, wie Asgeir gesagt hätte, und so wußte Olaf, wie müde er auch war, daß er schlecht schlafen würde. Seine Schlaflosigkeit machte es ihm jedoch nicht leichter, in der Kälte und Dunkelheit zur Morgenandacht aufzustehen. Weder hatte er die Hingabe Pall Hallvardssons noch die Gewohnheit eines alten Priesters, der in die Kathedrale schlurfen und aufrecht auf seinem Platz sitzen konnte, ohne überhaupt wach auszusehen. Dennoch lag Olaf nach der Andacht bis zum Morgen wach in seiner Zelle und dachte an die Eigenheiten der einzelnen Kühe und Schafe und Pferde auf Gunnarshof, von denen nur er wußte und die zu erwähnen er vergessen hatte, bevor er fortging. Und wem würden sie auch auffallen?

Nach den Nonen verlangte der Bischof, Olaf in seinem Raum zu sehen, und dort ließ er den Finger über die Seite eines Buches gleiten und trug Olafs eigene Geschichte vor, mit dem Tod des Vaters, der Abreise der Mutter und der Schwester zum Ketilsfjord, wo beide unterdessen an der Hustenkrankheit gestorben waren, mit seinen Pflichten in Gardar zur Zeit von Ivar Bardarson, seiner Ausbildung und dem durch Ivar verfügten Auftrag, den Gunnar Asgeirsson auf Gunnarshof das Lesen zu lehren. Von Zeit zu Zeit schaute der Bischof dann zu ihm auf, und Olaf nickte. »Und«, sagte der Bischof, »hat nun Gunnar Asgeirsson das Lesen gelernt?«

»Nein«, sagte Olaf mit seinem rauhen Brummton. »Asgeir Gunnarsson hat die Lesestunden abgebrochen, als Gunnar keine Neigung dafür zeigte.«

»Und warum bist du dann nicht zurückgeschickt worden, wenn deine Dienste doch nicht länger gebraucht wurden?«

Und Olaf antwortete nicht, denn er wußte es wirklich nicht. Schließlich sagte er: »Sira, zu der Zeit war ich auch nur ein Kind, und Ivar Bardarson hat nicht nach mir geschickt.«

»Was hast du, mein Olaf, denn vierzehn Jahre lang auf Gunnarshof gemacht?«

»Sira, ich habe die Kühe betreut und auf dem Hof geholfen«, sagte Olaf.

Nun drehte sich der Bischof um und ging durch den Raum, und dann kam er zurück und sagte: »Asgeir Gunnarsson war ein Mann, der tat, was ihm gefiel«, aber er sagte das mit einer leisen, zornigen Stimme, nicht wie Asgeir es von sich selbst gesagt hätte, laut und grinsend. Olaf murmelte, daß Asgeir ihn nach dem Tod seiner Mutter zu seinem Ziehsohn gemacht habe, aber der Bischof erwiderte nichts darauf, und Olaf war nicht sicher, ob er es gehört hatte.

Der Bischof wandte sich jetzt wieder ab und stand mit seinem Rücken zu Olaf, er betrachtete den Stuhl, der in einer Ecke seines Raumes stand, und Olaf sah, daß es ein prächtiger Stuhl war, mit einer dreieckigen Sitzfläche und geschnitzten Figuren an der Rückenlehne und den Armlehnen, doch seine Augen konnten die Figuren nicht erkennen, sie waren das gedämpfte Licht drinnen nicht mehr gewohnt. »Es gibt einen solchen Bedarf an Priestern, die das Werk Gottes verrichten«, sagte der Bischof, »wie es ihn seit den Tagen der Apostel nicht mehr gegeben hat.« Er wirbelte herum, und Olaf wich zurück. »Denn die Erde ist verwüstet und geschwächt durch den Schwarzen Tod, so daß der Bischofssitz von Nidaros selbst – also, es gab einmal, mein Olaf, dreihundert Priester dort, die ihre Gebete zum Himmel schickten und Zahlen in die Bücher eintrugen.« Er lächelte kurz. »Weißt du, wie viele es heute sind? Wie viele es waren, noch bevor ich selbst und Sira Jon und Sira Pall Hallvardsson und Sira Petur abgezogen wurden?« Olaf schüttelte den Kopf. »Drei Dutzend oder weniger. Tatsächlich sind in jedem Fjord Norwegens ganze Gemeinden ausgelöscht worden, oft bis auf ein Kind, das man zuweilen in den Wäldern fand. Andere Male sind ganze Landstriche vom Tode leergefegt worden.« Er schaute Olaf von oben bis unten an und fuhr dann fort. »Jetzt ist die Zeit gekommen für Männer wie Petur, die zwar guten Willens sind, aber nicht ausgebildet, daß sie vortreten und sich Gottes Werk verschreiben, oder für Männer wie Pall Hallvardsson, Fremde und Waisen, daß sie Länder und Menschen verlassen, die sie lieben, und dorthin gehen, wo sie gebraucht werden. Wir selbst haben erwartet, unsere Jahre in Stavanger beenden zu können, nahe unserem Geburtsort, und nun sind wir auf der anderen Seite des Nordmeeres in Gardar.« Olaf nickte.

Der Bischof ging zu seinem Stuhl zurück und lächelte Olaf an. Er riß die Augen weit auf, so daß sie plötzlich aus den Höhlen traten und Olaf veranlaßten, noch einmal einen halben Schritt zurückzutreten. »Und doch«, sagte der Bischof, »äußert sich die wunderbare Gnade unseres Herrn nicht darin, daß die Menschen auch in dieser düsteren Zeit mit Stoff für die Arbeit versorgt werden, selbst in den entferntesten Winkeln des westlichen Ozeans.« Er schaute wieder herunter auf die Seite in seinem Buch und las, was dort geschrieben stand, vielleicht von Ivar Bardarson selbst. »Olaf Finnbogason«, sagte er, »kam spät als Schüler zu uns, doch er liest sehr gut und lernt, mit großen, doch sorgfältigen Buchstaben zu schreiben.« Jetzt lächelte der Bischof wirklich. Nicht zu Olaf hin, sondern in sich hinein, wie ein Mann, der ein Faß herstellt, lächelt, wenn er die letzte Daube einpaßt. »Wer ist besser geeignet als du, mein Olaf«, fuhr er fort, »die kleinen Knaben anzuleiten, während du selbst für deine langersehnte Priesterweihe studierst?«

»Wirklich, Sira, ich habe seit vielen Jahren nicht mehr gelesen. Mir scheint, daß meine Augen sich an größere Entfernungen gewöhnt haben. Auch sind meine Hände von der vielen Landarbeit derb geworden.« Er sprach mit seiner gewohnten, murmelnden Brummstimme, und der Bischof schien ihn nicht zu hören oder ihn vielleicht nicht zu verstehen. Nach einer kurzen Zeit sagte Olaf lauter: »Sira, als Junge gab Gott mir das Geschenk eines großartigen Gedächtnisses, so daß ich, wenn man mir einen Abschnitt laut vorlas, ihn Wort für Wort wiederholen konnte, doch ich konnte wenig mit dem Geschriebenen anfangen und nicht verstehen, was ich sagte, wenn der Abschnitt lateinisch war.«

Jetzt schaute der Bischof ihn an und sagte: »Der Priester ist das Sprachrohr Gottes, und der Herr spricht durch ihn, auch wenn er selbst nicht versteht, was der Herr sagt. Das Wort ist wie Wein, der nicht einmal verschüttet wird, wenn der Kelch zerbrochen ist.« Seine Augenlider senkten sich über die Augen, und er schaute Olaf freundlicher an und sagte mit leiserer Stimme: »Du kannst auf den Herrn vertrauen, daß er dich erleuchte.«

Somit war Olaf entlassen, doch er ging nicht. Er sagte laut: »Sira, ich bin der Margret Asgeirsdottir versprochen, und wir haben wie Mann und Frau zusammengelebt.«

Jetzt schaute der Bischof auf, überrascht, und sagte, daß er noch nicht davon gehört habe, doch habe er tatsächlich seit einigen Wochen nicht mit Nikolaus, dem Priester der Undir Hofdi-Kirche, gesprochen. Olaf erwiderte, daß die Verlobung dem Nikolaus noch nicht verkündet worden sei, sondern nur dem Gunnar als Herrn von Gunnarshof und der Ingrid, in Anbetracht ihres hohen Alters. Da blieb der Bischof stehen und näherte sich dann Olaf, und seine Augen glühten in ihren Höhlen wie Sterne und suchten Olafs. Olaf richtete sich auf, wie er es tun würde, wenn er einen störrischen Bullen an die Kandare nehmen wollte, und nach einer Weile drehte sich der Bischof um, entließ Olaf in seine Zelle und befahl ihm, Sira Jon hereinzuschicken.

Am Tage von Olafs Abreise ging Margret Asgeirsdottir in die Berge über Vatna Hverfi, und Gunnar saß mit seiner Frau Birgitta vor dem Wohnhaus in der Sonne und erzählte ihr Geschichten.

Nachdem Maria und Gudrun die Kühe gemolken hatten, setzten sie sich in ihre Nähe, und gemeinsam mit Birgitta lauschten sie Gunnar. Ab und zu stand eine der Frauen auf, oder auch Gunnar selbst, und ging zu Ingrid, um ihr irgend etwas zu bringen. Nachdem Gunnar seine Geschichten erzählt hatte, legte er sich ins Gras zurück und schlief ein, und die beiden Mägde machten sich in der Scheune und in der Milchstube an ihre Arbeit. Birgitta Lavransdottir legte den Kopfputz ab, der ihr schwer und unbequem war, und sie kämmte sich mit ihrem silbernen Kamm das blonde Haar, welches dunkler war als das Gunnars und ihr bis zur Taille reichte. Während Gunnar schlief, flocht und band sie es auf verschiedene Weise, stand ab und zu auf, um in einer Wassertonne, die unter dem Dachvorsprung des Hauses stand, ihr Spiegelbild zu betrachten.

Zu diesem Zeitpunkt, kurz nach ihrer Hochzeit, war Birgitta Lavransdottir erst vierzehn Winter alt. Doch bei den Leuten von Hvalseyfjord stand sie in dem Ruf, daß sie kein Blatt vor den Mund nahm und von ihrer Meinung sehr überzeugt war, denn Lavrans war ein verschwenderischer Mann, der sein einziges Kind jedoch nur mit Meinungen hatte verwöhnen können. Was solche Fragen betraf wie die Farbe ihrer Kleidung und wie sie ihr Haar frisierte und ihre Habseligkeiten ordnete, darin war sie sehr bestimmt, und darüber hinaus äußerte sie auch Ansichten zu vielen anderen Dingen, was die Männer – und auch Lavrans – manchmal hinter vorgehaltener Hand zum Lachen brachte. Alle Leute in Hvalsey waren sich jedoch einig, daß Birgitta ganz besonders scharfsichtig war und ein feines Gehör besaß und daß sie früher als alle anderen vom Zug der Vögel und Fische wußte und wann Besucher kamen. Später, als Birgitta erzählte, was sie auf dem Hoffeld von Gunnarshof gesehen hatte, während die Mägde bei ihrer Arbeit waren und Gunnar neben ihr schlief, da erinnerten sich die Leute wieder an diese Dinge.

Das erste, was Birgitta bemerkte, war ein Kreis aus gelben und weißen Blumen in einiger Entfernung auf einer kleinen Erhebung im Feld. Obwohl es schon spät im Jahr war, kurz vor Beginn des Winterhalbjahres, schienen es Anemonen und Goldfaden zu sein. Die Sonne schien direkt darauf. Dann nahm Birgitta eine Frau in weißem Gewand und mit weißem Kopfputz wahr, die zwischen den Anemonen wandelte, und zuerst dachte sie, es wäre Margret, die von ihrem Ausflug zurückkehrte, doch dann erinnerte sie sich, daß Margret einen braunen Umhang trug, und diese Frau hatte auch keinen Beutel bei sich. In diesem Moment warf Birgitta einen kurzen Blick auf Gunnar, um zu sehen, ob er vielleicht aufwachte, und als sie wieder hinschaute, da sah sie, daß die Frau ein Kind in den Armen hielt, das etwa einen Winter alt und ebenfalls weiß gekleidet war. Die Frau hob das Kind in die Höhe und küßte es, dann setzte sie es mitten in die Blumen ins Gras. Das Kind lachte, dann stand es vorsichtig auf und torkelte vorwärts, die Arme in der Luft. Nun dachte Birgitta, die beiden müßten vom Ketilsfjord sein oder von einem anderen Nachbarhof, denn sie war noch nicht lange in der Gegend und hatte noch nicht alle Leute kennengelernt. Doch das Merkwürdige war, daß, während das Kind vorwärtstorkelte und stolperte, zu seinen Füßen immer mehr Anemonen und Goldfaden aus dem Boden schossen und die Sonnenstrahlen ihm folgten.

In dem Moment rief Maria aus der Milchstube, um Birgitta zu bitten, sie solle ihr etwas bringen. Birgitta verstand nicht, was sie holen sollte, und abgelenkt schaute sie weg. Als sie wieder hinsah, waren Mutter und Kind verschwunden.

Schon bald kehrte Margret wirklich zurück, und erst als der Haushalt beim Abendfleisch saß, erzählte Birgitta in ihrem üblichen, überzeugten Ton, was sie auf dem Hoffeld gesehen hatte. Und das war die erste Erscheinung der Birgitta Lavransdottir von Gunnarshof, die später in dem Ruf stand, das zweite Gesicht zu haben.

Am Morgen des dritten Tages nach Olafs Abreise brachen Sira Jon und sein Mitbruder Pall Hallvardsson in dem kleinen Boot des Bischofs frühmorgens von Gardar auf. Beide Priester hatten kräftige Arme und waren gute Ruderer, und sie glitten flink durch das Wasser des Einarsfjord und wichen dabei geschickt dem Eis aus, das sich hier bereits bildete. Sie gingen bei der Kirche von Undir Hofdi an Land und ließen ihr Boot bei Nikolaus dem Priester; dann gingen sie zum Gunnarshof und kamen noch vor Mittag an. Die Gunnarshofleute standen gerade erst auf, und Birgitta war noch im Nachtgewand. Gunnar saß bei Ingrid und versuchte, sie zu ein wenig Sauermilch zu überreden. Margret kam den beiden Priestern an der Tür entgegen.

Es schien den beiden Priestern nicht so, als sei sie überrascht, und daraus schloß Sira Pall Hallvardsson, daß sie wußte, was Olaf dem Bischof mitgeteilt hatte, doch dann begann sie, unverständlich zu reden: »Wirklich, Sira Jon, jedermann auf dem Hof hat das

Feld genau untersucht und nichts gefunden, aber Ihr könnt das Mädchen selbst fragen.«

Birgitta redete in ihrer üblichen, überzeugten Art: »Ob Ihr sie sehen könnt oder nicht, es waren jedenfalls Anemonen und Goldfaden auf dem Hoffeld, zuerst ein Kreis und dann ein Pfad, dort wo die beiden gegangen sind.«

Sira Jon richtete sich auf und schaute auf die kleinere Frau herunter und sagte: »Wer waren die beiden, mein Kind?«

Margret sprach. »Eine Mutter und ein Kind, und das Kleine war in einem weißen Hemd, und die Mutter hatte einen weißen Umhang um. Doch ich halte es für wahrscheinlicher, daß es Thora Bengtsdottir gewesen ist, die Zwillingstöchter hat und hier im Bezirk wohnt.«

»Meine Schwester, es waren keine Zwillinge, die ich gesehen habe«, sagte Birgitta, und sie ging weg, um sich Kleid und Schuhe anzuziehen. Sira Pall Hallvardsson schaute Sira Jon an und sah, daß dieser bis in die Haarwurzeln errötet war und seine Hand, die vorn auf seinem Gewand lag, leicht zitterte. Da sagte Sira Jon mit lauter Stimme: »Ich habe schon früher dergleichen gehört, und zwar dreimal. Und nur in Norwegen ist die Jungfrau mehreren kleinen Mädchen erschienen, die Freunden von mir bekannt waren. Eines dieser Mädchen lebte auf einem Bauernhof in den Trondelag und zwei in Jaemtland. Und diese Blumen, die Art und Weise, wie sie erschienen, das ist ein Merkmal dieses Wunders. Diese sprießenden Frühlingsblumen. Das Mädchen in den Trondelag pflückte im Schnee wilde Erdbeeren und trug sie nach Hause, und diese Erdbeeren werden in einem Reliquienschrein in der Gemeindekirche sorgfältig aufbewahrt.« Margret und Sira Pall Hallvardsson sahen ihn fest an, und er senkte den Blick und sagte: »Ich habe sie nicht gesehen, aber wir könnten ins Hoffeld gehen und uns die Stelle genau anschauen, nicht wahr?«

Das taten sie auch, und das Gespräch über Olaf ließ sich nur langsam an. Sira Jon lenkte jedes Gespräch immer wieder auf die Erscheinung, und er quälte Birgitta mit Fragen, bis sie zur Milchstube ging und sich darin einschloß. Schließlich fragte Pall Hallvardsson Margret ganz direkt: »Ist es wahr, meine Tochter, daß du dem Olaf Finnbogason versprochen bist?« Und ohne mit der Wimper zu zucken verkündete Margret: »Das stimmt, Sira Pall, das ist so seit vier Wochen.« Die Magd, die hinter Margret gestanden hatte, hob einige Käselaibe auf und ging hinaus.

Da suchte Pall Hallvardsson auf den Feldern nach Gunnar, und Sira Jon lief hinter ihm her, und sie fragten, ob dieses Verlöbnis »zwischen Margret Asgeirsdottir und Olaf Finnbogason« ihm ordnungsgemäß verkündet worden sei, und Gunnar sagte: »Ich habe wohl davon gehört«, und er sprach die Worte fest, ohne seinen Blick von Pall Hallvardssons Gesicht abzuwenden.

»Wann soll die Hochzeit stattfinden?« fragte Sira Jon unvermittelt.

»Zur Julzeit, wenn Lavrans Kollgrimsson zum Festmahl kommt«, behauptete Gunnar, und jetzt schaute er Sira Jon fest an.

»Aber«, sagte Sira Jon, »wir müssen noch mit Ingrid sprechen, um zu sehen, ob die Botschaft auch ihr verkündet wurde.«

Jetzt trat Gunnar Sira Jon, der sich schon umgedreht hatte, um zum Haus zu gehen, in den Weg, richtete sich energisch auf und sagte freundlich und mit lächelndem Gesicht: »Meine alte Amme schläft fast den ganzen Tag, sie ist sehr schwach, und ihr könnt nicht zu ihr gehen.«

Und Sira Jon schaute sich um, so daß sein Blick auf die Stelle im Hoffeld fiel, wo die Jungfrau mit dem Kinde gewandelt war, und er bestand nicht mehr darauf. Bald danach schickten sich die Priester zum Aufbruch an, denn sie wollten vor Einbruch der Nacht wieder in Gardar sein. So kam es, daß Olaf nach Gunnarshof zurückkehrte, doch viele Leute sagten, wenn Jon gleich die Frage gestellt hätte, die er hätte stellen sollen, nämlich ob Margret Asgeirsdottir einen Grund dafür kenne, warum Olaf Finnbogason seine Studien nicht weiterführen und zum Priester geweiht werden sollte, dann hätte Margret Asgeirsdottir keine Antwort darauf geben können.

Als Olaf zurückkehrte, sagte er nur, daß es in Gardar fünfzig Milchkühe gebe und daß sie fett und glänzend und gepflegt seien und daß die Pferde dicke Mähnen und große Schenkel hätten und daß alle Tiere besser genährt waren als die Priester.

Zu Jul wurde im Beisein von Lavrans und seiner Sippe die Hochzeit von Margret Asgeirsdottir und Olaf Finnbogason gefeiert. Dieses Mal sprach Lavrans viel mit seiner Tochter Birgitta, und daraufhin trug Birgitta ihre Hochzeitsgeschenke in Gunnars Bettnische und kroch zusammen mit ihrem Ehemann unter Hauks Eisbärfell. Kurz nach dem Julfest starb Ingrid Magnusdottir im Schlaf, und sie wurde am Südende der Kirche von Undir Hofdi neben Hauk Gunnarsson, ihrem Lieblingspflegling, begraben.

Der Frühling brachte für Olaf und die Leute vom Gunnarshof die Belohnung für ihr sparsames Haushalten, und das war die Geburt von sieben Kälbern und neunzehn Lämmern. Drei davon tauschte Olaf mit Magnus Arnason aus Nes in Austervik gegen eine junge Stute. Diese Stute war von einer merkwürdigen Farbe, gräulich mit einem dunklen Streifen auf dem Rücken. Olaf nannte sie Mikla, und er mochte sie sehr.

Ketilshof war jetzt der größte Bauernhof im Bezirk Vatna Hverfi, denn Erlend Ketilsson war ein fleißiger Bauer, und seine Frau Vigdis arbeitete nicht weniger als er. Fünf Kinder lebten bei ihnen: Thordis (Vigdis' Tochter), Ketil Ragnarsson, den man den Unglücklichen nannte, Geir Erlendsson, Kollbein Erlendsson und Hallvard Erlendsson. Zwei andere Kinder, zwei Mädchen, hatte Vigdis kurz nach der Geburt verloren. Vigdis war inzwischen sehr dick geworden, und es hieß, ihre Tochter Thordis sehe genauso aus wie Vigdis früher, so daß sie wie Zwillingsschwestern aussahen. Nur Ketil dem Unglücklichen sah man die Abstammung von Erlends Familie an. Die anderen waren wie Vigdis hell und kräftig mit großem, rundem Gesicht und großen Zähnen, und viele hielten sie für eine sehr stattliche Familie. Thordis, obgleich nicht Erlends leibliche Tochter, war sehr begehrt, denn Erlend hatte ihr eine große Mitgift zugedacht, und jedermann sah, daß sie gleich Vigdis eine gesunde, arbeitsame Ehefrau abgeben würde. Da sie nahe bei der Kirche wohnten, besuchten sie jede Messe, und Thordis trug oft ein langes, rötliches Gewand mit hoher Taille, das sie selbst entworfen und genäht hatte. Viele Leute im Bezirk sprachen davon, was für ein guter Bauer Erlend geworden sei, und viele zählten sich zu Erlends und Vigdis' Freunden, obwohl nach wie vor alle darüber einig waren, daß die Ketilshofleute ungewöhnlich kleinlich und fordernd sein konnten.

In dem Sommer nach der Hochzeit von Olaf und Margret hielt sich erstmals eine große Anzahl Skraelinger in der Nähe vom Ketilshof auf, denn es war ein wohlhabender Hof mit Blick über den Fjord. Fast jeden Tag konnte man die Fellboote der Skraelinger auf dem Wasser oder am Strand liegen sehen, und die Skraelinger machten Feuer und kochten dann auf Erlends Land. Einmal schlachteten und brieten sie auch eines von Erlends guten Milchschafen, doch meistens fischten sie ganz einfach im Fjord. Erlend war einer von den Grönländern, die nichts von der Skraelingersprache gelernt hatten, und auch Vigdis verstand kein Wort, und wenn Erlend hinausging, um den Skraelingern entgegenzutreten und sie von seinem Land zu vertreiben, da konnte er nur so zu ihnen sprechen wie zu einem anderen Nordmann. Sie begrüßten ihn stets fröhlich und sehr freundlich und mit viel Gelächter, aber sie benahmen sich immer so, als verstünden sie nicht im geringsten, was er sagte oder was er meinte. Einige Nachbarn lachten darüber, denn es war bekannt, daß Skraelinger oft viel von der Sprache der Nordmänner verstanden. Erlends Hof war nicht der einzige, den die Skraelinger heimsuchten, doch weil Vigdis und Erlend so fordernd waren, machte es ihnen mehr aus als allen anderen, gerade so, sagten die Leute, als wäre ihnen jedesmal, wenn die Skraelinger einen Fuß auf ihr Land setzten, etwas mehr als nur das eine Milchschaf gestohlen worden.

Noch dazu lief einer der Skraelingerjungen oft der Thordis nach, manchmal in einiger Entfernung, und manchmal kam er auch näher, obwohl er offenbar verängstigt wegrannte, wenn das Mädchen ihn davonscheuchte und ihm Gesichter schnitt. Nachbarn, die etwas von Skraelingern verstanden, behaupteten, daß diese Dämonen stämmige Frauen sehr bewunderten. Und wirklich gab es bei den Skraelingern keine Frau, die so beeindruckend aussah wie Thordis oder Vigdis.

Vigdis behauptete, daß man Dämonen nicht bestechen könnte, denn sie hatte von Nikolaus dem Priester gehört, daß ein Dämon, wenn er einmal etwas von dir bekommen hätte, immer wieder zurückkäme und mehr wollte, bis sich dein Reichtum in Nichts aufgelöst hätte. Darum, so sagte Vigdis, gebe sie den Dämonen keine Milch und keinen Käse, wie einige Höfe es taten, und es kamen ihr auch keine Waren der Skraelinger in die Scheunen. Ein paar Grönländer hatten sich angewöhnt, mit den Skraelingern Stoff und Butter gegen Häute und Stoßzähne zu tauschen, da sie selbst solche Dinge nicht mehr auf der Jagd erbeuten konnten, seit keine Reisen nach den Nordsetur mehr unternommen wurden. Aber Vigdis wollte nichts davon haben.

Erlend sagte, daß man die Dämonen in die Flucht schlagen müsse, und er überredete Hafgrim Hafgrimsson vom Eriksfjord, der eine Skraelingerfrau geheiratet hatte, zu ihm zu kommen und an seiner Statt mit den Skraelingern zu reden. Hafgrim tat es, und er erzählte den Skraelingern, daß Erlend und Vigdis einen jeden, den man fortan auf Ketilshof antreffe, verletzen oder töten würden, und ungefähr einen Tag lang blieben die Skraelinger weg, aber dann kehrten sie zurück wie die Würmer in einen verfaulenden Kadaver, und natürlich hatte Erlend nicht die Macht, sie töten zu lassen, denn die Grönländer hatten zu dieser Zeit nur wenige Waffen und waren von den kriegerischen Tagen Eriks des Roten oder Egil Skallagrimssons sehr weit entfernt und nicht mehr sehr kampftüchtig.

Erlends ohnehin reizbare Natur wurde durch die Schwierigkeiten mit den Skraelingern in diesem Sommer nicht gerade besänftigt, und als sie im Herbst so geheimnisvoll verschwanden, wie sie gekommen waren, da machte ihn ihre Abwesenheit auch nicht viel umgänglicher. Und eines Tages im Herbst fand man Mikla, die neue Stute vom Gunnarshof, mit Erlends Hengst auf seiner Pferdekoppel. Erlend stellte fest, daß die Stute rossig war, und als er das Pferd nach Gunnarshof zurückführte, verlangte er von Gunnar zwei gute Lämmer für das Decken, denn er sagte, ein Fohlen von seinem Hengst sei besser als jedes andere Pferd, das Gunnar besaß, und es sei rechtens, daß Gunnar für diesen Vorteil gut bezahle. Gunnar lachte darüber und sagte: »Weder Ketil Erlendsson noch Erlend Ketilsson haben Thorleif für die Zeugung von Ketil dem Unglücklichen bezahlt, und ich werde mich auch an diese Regel halten. Widerspenstige Stuten, die herumstreunen, nehmen, was sie kriegen können.« Erlend war über diese Antwort nicht sehr erfreut, und er ging auf Gunnar los, als wollte er ihn schlagen, doch da tauchte Olaf in der Tür der Milchstube auf, und Erlend trat zurück und sagte: »Auf dem Thing wird Zeit genug sein, um die Sache zu besprechen.« Gunnars Bemerkung machte die Runde im

Bezirk, und die Leute fanden sie sehr treffend. Und Erlend wurde noch vor dem Frühjahr überredet, seine Klage fallenzulassen, denn zu der Zeit waren die Zuchtabsprachen zwischen den Höfen recht zwanglos, und man hielt Erlends Pferd nicht für so gut, daß es für seine Dienste Bezahlung verdiente. Die schlechte Stimmung zwischen den beiden Höfen, die scheinbar ein wenig abgeklungen war, lebte jedoch wieder auf, und es war eine ungute Geschichte.

In diesem Herbst starb Gizur, der Gesetzessprecher von Brattahlid. Er war sehr alt und hinterließ keine Kinder, und so wählten die Grönländer auf dem Thing Osmund Thordarson, der auf einem anderen großen Hof an der Öffnung des Eriksfjords lebte, zum neuen Gesetzessprecher. Osmund war ein unternehmungslustiger Bursche, ein guter Freund von Bischof Alf und ein Neffe von Gizur Gizursson. Es kamen jetzt nur noch wenige Fälle vor das Thing, und Bauern von entlegeneren Fjorden fanden neuerdings, daß sie zuviel zu tun hatten, um die weite Reise auf sich zu nehmen. Gardar lag zentraler, und immer mehr Leute, die miteinander reden und handeln wollten, gingen zu Ostern, also vor Beginn der Frühjahrsarbeit, und zum Fest des St. Michael, das auf die Heuernte und die herbstliche Seehundjagd folgte, nach Gardar. Viele kamen auch zu Jul auf Skiern, wenn die Fjorde zugefroren waren und der Schnee verharscht war. Alle, die kamen, bemerkten die Veränderungen in Gardar, und die meisten waren darüber erfreut; zwar mußte man nun die Knie mehr als früher beugen, nicht nur vor dem Bischof, sondern auch vor Jon, seinem Stellvertreter, doch es war ein so lebhaftes Treiben, so viele Priester und Knaben liefen hin und her, es gab so viele schöne Tiere, so viele Gebäude waren in guten Zustand gebracht, und so viele neue und schöne Dinge gab es im Wohnhaus und in der Kathedrale, daß die Grönländer einander erzählten, die Kirche würde sie nie wieder im Stich lassen.

Nach und nach hatte der Bischof die Eigenarten der Grönländer kennengelernt, und oft beurteilte er Fälle, wie es die Grönländer selbst getan hätten. Das einzige, was man gegen ihn sagen konnte, war, daß er es mit den Fastentagen etwas zu genau nahm, aber wiederum nicht genau genug, wenn es um die »Frau« des Nikolaus von der Undir Hofdi-Kirche ging, die in Wirklichkeit dessen

Konkubine war, doch sie lebte schon so lange mit ihm zusammen, daß sie offen mit ihm auftrat und sogar in allen Angelegenheiten für ihn sprach, auch wenn es um solche Dinge ging wie richtiges Verhalten und Befolgung von Geboten. Außerdem verbrachte jetzt eine der Mägde von Gardar ihre Zeit mit Petur dem Pestpriester, der schon einmal, so hieß es, verheiratet gewesen war. Der Bischof erlaubte auch dies, und tatsächlich war es so, daß Petur immer noch genauso vielen oder noch mehr Grönländern die Sakramente spendete als früher, denn er galt als ein freundlicher Mann, als verschwiegener und gnädiger Beichtvater.

Pall Hallvardsson kam oft nach Gunnarshof, und er freundete sich zunächst mit Birgitta Lavransdottir an, die mit ihm plauderte und scherzte wie ein Kind, und dann mit Gunnar und dem übrigen Haushalt. Er genoß es vor allem, wenn Gunnar die Geschichten erzählte, die er von Ingrid gehört hatte, und ab und zu erzählte Pall eine von seinen Geschichten, die sehr beliebt waren, obwohl es merkwürdige Erzählungen waren, von Menschen mit komischen Namen, die in Ländern weit unten im Süden lebten, wo es gar keinen Schnee gab. Die Leute vom Gunnarshof priesen Pall Hallvardsson als guten Geschichtenerzähler, doch er lachte nur und sagte, daß er die Geschichten anderer Menschen in Büchern gelesen habe und daß er sich außerdem kaum an die Einzelheiten erinnere. Gunnar sagte, er sei überrascht, von solchen Büchern zu hören, denn die einzigen Bücher, die er je gesehen habe, enthielten nichts als Gebete und Listen von Geboten. Solche Bücher waren es, die Olaf bei sich gehabt hatte, als er zum erstenmal nach Gunnarshof kam. Pall Hallvardsson versprach, daß er bei seinem nächsten Besuch ein Buch mit ausgezeichneten Geschichten mitbringen werde, welches ihm selbst gehöre, und das tat er auch. Das Buch hieß auf Lateinisch »Metamorphosen«, und daraus erzählte Pall Hallvardsson eine Geschichte, wobei er, während er sprach, das Lateinische ins Nordische übertrug. Es sei ein Buch, das zufällig ihm gehöre, sagte er, doch es gebe noch andere Bücher in der Bibliothek des Bischofs, und einige seien bereits auf Nordisch geschrieben, sowohl Erzählungen der Nordmänner als auch Erzählungen von anderen Völkern, die isländische Mönche in Skalholt und Holar übersetzt hatten.

Jetzt hörte Gunnar mit dem Spinnen auf, kam zu Pall Hallvardsson herüber und nahm das Buch in seine Hände. Es war kunstvoller, als Olafs Bücher gewesen waren, mit kleinen Bildern in verblichenen, doch anziehenden Farben auf einigen Seiten. Pall Hallvardsson sagte, er selbst habe das Buch als Schüler abgeschrieben und einer seiner Freunde habe die kleinen Bilder gemalt. Das war bei den Belgiern in Gent gewesen. Nach einer Weile gab Gunnar das Buch zurück und bat um noch eine andere Geschichte, und so blätterte Pall Hallvardsson die Seiten durch, fand eine und fing wieder an zu übersetzen, was dort stand. Es war eine Geschichte über einen Fuchs und einen Hahn, und Olaf und Birgitta fanden sie sehr lustig. Gunnar lachte, doch er sagte, es sei eine Kindergeschichte, nicht wie die Geschichten von den Isländern und Grönländern, die er von Ingrid hatte. Pall Hallvardsson wollte eine hören, und so erzählte Gunnar die Geschichte von Atli, die bei den Grönländern jeder kennt und die zu ihren Lieblingsgeschichten gehört.

Es war eine Frau, die hieß Gudrun, begann er, und sie war die Schwester von Gunnar und Hogni, das waren große Helden aus der Zeit von Egil Skallagrimsson und Erik dem Roten, und sie waren sehr reich. Gudrun, fuhr er fort, war mit einem reichen Bauern namens Atli verheiratet, der im Osten lebte, wie die Geschichte erzählt, aber damit war wohl der Osten von Island gemeint, denn bei den Grönländern wird Atli nicht weiter erwähnt. Atli hatte auch ein großes Gehöft mit vielen Schafen und Kühen und Pferden, und sein großes Haus hatte viele Räume und hohe Holzbalken, so hoch wie die in Gardar, und es war reich ausgestattet. Er hatte auch viel Gesinde, dennoch war er es nicht zufrieden, und er war entschlossen, sich den Reichtum der Brüder seiner Frau anzueignen, die viel Gold und Silber besaßen. Und so befahl er seiner Frau, ihre Brüder zum Julfest einzuladen, und da er seine Pläne geheimhielt, gehorchte sie ihm, und sie kamen auf ihren Pferden ohne Begleitung zum Hofe des Gatten ihrer Schwester, in der freudigen Erwartung eines großen Festes mit viel Bier und Ale und Fleisch.

Sobald Gudrun sie ins Haus führte, ergriffen Atlis Knechte die beiden Männer und banden sie, und Atli kam zu ihnen und wollte wissen, wo sie den Schatz versteckt hielten, und Atli drohte

Gunnar, ihn und auch den Bruder zu töten, wenn er das Versteck nicht verriete, aber Gunnar gab es nicht preis. Da sagte Atli zu Gunnar, daß Hogni wirklich getötet worden sei und daß es nichts nützen würde, weiter hart zu bleiben, denn Hogni hätte vor seinem Tod den Ort des Schatzes preisgegeben, und Gunnar sagte zu Atlis Knechten, sie sollten ihm Hognis Herz auf einem Eßbrett bringen. Da die Knechte Hogni nicht getötet hatten, denn er war ein großartiger Kämpfer, ergriffen sie einen der Ihren und töteten ihn und schnitten ihm das Herz heraus und brachten es Gunnar. Das Herz jedoch zitterte auf dem Eßbrett, und Gunnar behauptete, das sei nicht Hognis Herz, sondern das Herz eines Feiglings, also bezwang Atli selbst den Hogni, schnitt ihm das Herz heraus und brachte es Gunnar. Und Gunnar erkannte das starke Herz seines Bruders und verkündete, daß er nun niemals sprechen werde, denn jetzt kenne nur er das Geheimnis. Und dabei nahm er sein eigenes Messer und schnitt sich die Zunge heraus. Da ergriffen Atli und seine Männer den Gunnar und warfen ihn in eine Schlangengrube, wo er von Nattern und anderen giftigen Schlangen zu Tode gebracht wurde.

In dieser Nacht ging Atli sehr betrunken zu Bett und bemerkte das Schwert nicht, welches seine Frau zwischen sie gelegt hatte. Als er eingeschlafen war, erhob sie sich und stieß ihm die Klinge in die Brust. Dann öffnete sie die Tür des Hauses, weckte alle Hunde und schickte sie hinaus und verbrannte Atli und seine Knechte in ihren Betten.

Während Gunnar seine Geschichte erzählte, ging er auf und ab, denn es war eine seiner Lieblingsgeschichten, und er freute sich sehr daran. Am Ende lächelte Pall Hallvardsson. »Das ist eine blutige Geschichte«, sagte er, »aber wohl nicht sehr geeignet für einen Priester, außer als Beispiel für das Leben der Menschen vor der Ankunft ihres Erlösers Jesus Christus.«

»Ist es denn nicht wahr«, fragte Gunnar mit erregter Stimme, »daß die Menschen immer noch sehr gierig und mörderisch sind, sogar die, welche jeden Sonntag in die Kirche gehen und sich bei den Priestern beliebt machen?«

»Wenn es auch solche Menschen gibt«, sagte Sira Pall, »so denkt doch Gott schlecht von einem Menschen, der einen Feind in seinem Herzen pflegt und sich an den Verletzungen erfreut, die andere ihm zufügen, als wären sie ein wertvoller Besitz.«

»Mir scheint, Gudruns Geschichte ist eine gute Geschichte, denn wenn ich sie erzähle, dann schwillt meine Brust von dem Unrecht, das ihr angetan wird, und von ihrer kühnen Entschlossenheit zur Rache.« Danach redeten sie nicht mehr von dieser Geschichte, und Gunnar bat Pall Hallvardsson, ihm in dem kleinen Buch einige Bilder und Wörter zu zeigen.

Nun wurde Nikolaus der Priester sehr krank, und er verbrachte fast den ganzen Winter im Bett. Diese Krankheit war der Anlaß für noch häufigere Besuche von Pall Hallvardsson, denn er wurde vom Bischof beauftragt, sich der Gemeindemitglieder von Vatna Hverfi anzunehmen, der ein dicht besiedelter Bezirk war. Auf einem seiner Besuche brachte er ein Geschichtenbuch mit, das in der nordischen Sprache geschrieben war, und er begann, Gunnar das Lesen zu lehren, und Gunnar war ein sehr viel eifrigerer Schüler, als er es viele Jahre zuvor bei Olaf gewesen war. Und als Nikolaus der Priester im Frühjahr wieder auf den Beinen war und Pall Hallvardsson nicht mehr kam, da konnte Gunnar fast das ganze Buch lesen, das dieser mitgebracht hatte, und Birgitta, die jünger und scharfsichtiger war, konnte es ganz lesen, so daß die beiden zusammen alle Geschichten von Pall Hallvardsson besser kannten als er selbst. Als sich das im Bezirk herumsprach, gab es viel Gerede, denn jedermann kannte Gunnar Asgeirsson als faul und dumm. Einige schrieben seine neuen Fähigkeiten der Erscheinung von Unserer Lieben Frau auf dem Hoffeld von Gunnarshof zu, und andere sagten, daß seine Sinne sich nur etwas verspätet entwickelt hätten. Die meisten Leute sprachen ein Weilchen darüber, und dann vergaßen sie die ganze Sache wieder, denn sie sagten, das Lesen sei ohnehin eine geringe und unnütze Fähigkeit, und wenn Olaf nicht da wäre, würde auch kein Buch die Leute von Gunnarshof vor dem Verhungern bewahren, wie es schon einmal zuvor beinahe geschehen war.

In diesem Winter gab es eine schlimme Krankheit, und viele Leute starben. Der Verlauf der Krankheit war rasch, sie dauerte nur drei oder vier Tage, und häufig waren es die alten Leute und die Kinder, die überlebten, und die in der Blüte ihrer Jahre standen, starben. Das erste Zeichen war immer starkes Erbrechen, so daß das Opfer nicht einmal den kleinsten Tropfen Sauermilch oder ein Stückchen Fleisch bei sich behalten konnte, sondern es, kaum genossen, sogleich wieder herauswürgen mußte. Begleitet wurde dies von einem hohen Fieber, so daß der Kranke meinte, sein Körper stünde in Flammen, und er weder die Berührung einer Hand auf der Wange noch das Gewicht selbst der leichtesten Decke ertragen konnte. Diese Merkmale waren ähnlich wie bei anderen Krankheiten des Erbrechens, die so häufig auftraten, doch diesmal waren sie sehr viel stärker.

Eine der ersten, die erkrankten und starben, war Thordis vom Ketilshof, und auf ihrem Begräbnis hielt Pall Hallvardsson, der noch immer einen Teil der Pflichten von Nikolaus dem Priester übernahm, eine Predigt über Thordis' rotes Kleid und ihre lebhafte Art, die Jahre guter Gesundheit und Reichtum zu versprechen schienen und ihr doch nichts als das Grab gebracht hatten. Und so, sagte er, geht es uns allen. Und die Leute im Bezirk waren von der Wucht dieser Predigt sehr niedergeschlagen, und man redete viel über die Pest in Norwegen. Auf Ketilshof starb auch noch Geir Erlendsson an der Krankheit, und dann begannen überall im Bezirk die Leute krank zu werden und starben, gewöhnlich einer oder zwei auf jedem Hof. Auf Gunnarshof starb Maria, die Frau von Hrafn, und Birgitta und Olaf wurden krank, doch sie überlebten, obwohl Birgitta sehr schwach war und viele Tage in der Nähe ihres Bettes blieb. Petur der Pestpriester starb auch, und zwei von den Sängerknaben des Bischofs und zwei von den anderen Knaben starben, so daß die Messen nicht mehr so waren wie bisher. Pall Hallvardsson und der Bischof selbst wurden auch krank, doch Pall Hallvardsson nahm nichts zu sich außer Wasser von einem kleinen See hoch in den Bergen und wurde bald wieder gesund, und der Bischof folgte seinem Beispiel und wurde auch gesund.

Die Krankheit verließ die Grönländer erst nach Ostern, und auf vielen Bauernhöfen blieben nur ein, zwei Leute zurück, die nach überstandener Krankheit die Felder bearbeiteten, sich um das Lammen und Kalben kümmern und die ganze Frühjahrsarbeit überwachen mußten, und so wurden in diesem Frühjahr einige Höfe verlassen, und wie es so geht, wurden sie nie wieder bearbeitet, und auf vielen anderen Höfen wurden Kälber und Lämmer und Zicklein vernachlässigt und gingen ein, und man ließ das Gras auf den Feldern wuchern, wie es wollte. In diesem Sommer ließ Gunnar erstmals sein Spinnen und seinen Müßiggang und arbeitete lange auf den Feldern und übernahm Aufgaben, an die er nicht gewöhnt war und für die er wenig Begabung zeigte.

Kurz vor dem Morgenessen kam er immer in Olafs Bettnische und fragte ihn, was an dem Tag getan werden müsse, und Olaf sagte dann zum Beispiel, daß Gunnar an der Südmauer des Hoffeldes entlanggehen und alle Steine ersetzen solle, die heruntergefallen waren, und Gunnar rief dann immer aus, daß er diese Arbeit schnell erledigen werde, und ging hinaus in das frostige Morgenlicht. Aber das Gehen im Schnee war nicht leicht, und die Steine waren schwer und nicht einfach einzupassen, so daß einige, die er eingefügt hatte, wieder herausfielen, sobald er sich umdrehte. Gegen Mittag schließlich ging Birgitta mit seinem Essen hinaus und fand ihn, wie er einen Stein mit Blicken fixierte und versuchte, die richtige Lage zu erfassen, und wenn sie dann zurückkam, sagte sie, daß er es ganz gut mache und sicher bald fertig sein werde. Oder er sollte den Mist im Kuhstall zusammenharken, und er harkte ihn dann unter die Füße der Kühe, so daß sie darauf herumtrampelten und ihn wieder verteilten, noch bevor er fertig war. Als kurz nach Ostern das Gras grün wurde, war es Gunnar, der die letzten Reste der Kuhstallwand herunternahm und die Kühe auf das Hoffeld trug. Hrafn und seine Söhne, die nicht erkrankt waren, halfen den Mutterschafen beim Lammen, doch Gunnar mußte die drei Kälber holen, von denen eines sein Hinterbein zuerst zeigte und starb, aber Hrafn und Olaf, der sich geschwächt von seinem Bett erhob, schafften es gemeinsam, die Kuh zu retten. Von nun an stand Olaf immer häufiger auf und fing auch wieder an aus dem Haus zu gehen, und dann begann er ein wenig zu arbeiten, half Gunnar hier und da, immer häufiger, besonders als Hrafn und seine Söhne die Schafe auf die Bergwiesen geführt hatten und Olaf und Gunnar allein auf dem Hof waren, und am Ende war Gunnar, als die Heuernte kam, seit Anfang der Fastenzeit nicht einen einzigen Morgen lange im Bett geblieben, und darüber gab es viel Gelächter.

Als im Sommer der Stellvertreter und Ombudsmann von König Hakon und Königin Margarethe mit einem Schiff aus Norwegen kam, fand er die Siedlung sehr ausgezehrt vor. Die beiden Höfe des Königs, Foss im Süden und Thjodhildshof am Kambshoffjord, waren in sehr schlechtem Zustand, und Kollbein Sigurdsson, so hieß der Ombudsmann, war nicht wenig verstimmt, als er sah, daß die Grönländer nicht in der Lage waren, seine Gebäude sogleich wieder instandzusetzen und die Bewässerungsanlage wieder auszugraben. Seine großen Wandteppiche blieben zusammengerollt und seine goldenen Gefäße eingepackt und in Gardar verstaut, und er arbeitete mit seinen Matrosen auf den Feldern. Er war ein Mann von jähzornigem Gemüt, der, nachdem er sich den Unmut von Königin Margarethe persönlich zugezogen, wie es hieß, einen wohlhabenden Bezirk in Norwegen verlassen hatte und nach Grönland gekommen war, doch die ganze Geschichte ging nicht schnell genug herum, um die Neugier der Grönländer zu befriedigen.

Viele Bauern in den Bezirken Vatna Hverfi und Hrafnsfjord waren der Ansicht, daß es eine Menge für sich habe, wenn man seine Zwistigkeiten im Bezirk und außerhalb der Sichtweite des königlichen Steuereinnehmers beilegte, wie sehr auch immer man den König achtete.

Nicht lange nach der Ankunft des Schiffes erschien auf Gunnarshof ein Mann in Matrosenkleidung und behauptete, daß man ihn hier kenne, doch weder Birgitta noch Gunnar noch Olaf erkannten sein Gesicht oder seinen Namen, aber sie boten ihm dennoch eine Stärkung an und luden ihn ein, die Nacht über zu bleiben, wie es anständige Leute gegenüber Reisenden zu tun pflegen. Margret war in den Bergen und sammelte Kräuter, denn Birgitta war guter Hoffnung, und das Kind, sagte Margret, schien nicht zu gedeihen. Da es Sommer war, kam Margret erst spät zurück, als Olaf und Birgitta schon in ihre Bettnischen gegangen waren. Nur Gunnar war noch mit dem Matrosen auf und fragte ihn nach seinen Abenteuern in Norwegen und anderswo und erzählte ihm vom Tode Asgeirs und Ingrids. Sie saßen draußen in den langen Strahlen der späten Sonne, als Margret mit ihrem Beutel erschien und auf sie zukam. Dann blieb sie plötzlich stehen, drehte sich um und verschwand wieder. Einige Zeit später tauchte sie hinter ihnen auf, aus der Richtung des Hauses, und stellte Gunnars kleines Boot vor die beiden auf die Bank, es war noch immer hübsch geschnitzt, doch jetzt fehlten zwei Matrosen und der hohe Knauf des Bugspriets. Dann sagte sie, bevor Gunnar zu Wort kam: »Guten Abend, Skuli Gudmundsson, willkommen auf Gunnarshof.« Jetzt erinnerte sich auch Gunnar daran, wer Skuli war, denn das kleine Boot war sein Lieblingsspielzeug gewesen, als er noch ein Kind war, und er umarmte den Besucher.

Skuli grinste und zog die Geschenke aus der Tasche, die er aus Norwegen mitgebracht hatte: vier kunstvoll geschnitzte hölzerne Becher, aus Jerusalemer Olivenholz, wie Skuli sagte, und ein kleines scharfes Messer mit einem silbernen Griff, das Skuli für Asgeir mitgebracht hatte, doch jetzt Gunnar schenkte. Skuli erzählte Margret von Thorleif und anderen, an die sie sich erinnern konnte. Die Geschichte von Thorleif war die unglücklichste, denn kurz nach seiner Rückkehr aus Grönland nach Bergen war er dort mit einer Gruppe von Kaufleuten aneinandergeraten, die man die Hanseatische Bruderschaft nannte. Das waren Deutsche, die den gesamten Handel in Bergen an sich reißen wollten und die mit anderen Händlern hart umgingen, wenn sie glaubten, es sich ungestraft erlauben zu können. Diese Gruppe von ausländischen Händlern zählte zwei oder mehrere Tausend, wie manche sagten, und sie trugen Waffen, weigerten sich zu heiraten und blieben unter sich. Als Thorleif mit seinem vollbeladenen Schiff aus Grönland zurückkehrte, war seine Ladung so wertvoll, daß der Erzbischof von Nidaros selbst sich für deren Sicherheit verbürgt hatte, doch als die Ladung gelöscht war, blieb Thorleif der Hanseatischen Bruderschaft auf Gedeih und Verderb ausgeliefert, und sie verbrannte heimtückisch sein Schiff bis zur Wasserlinie, und als er mit dem Geld aus dem Grönlandunternehmen ein neues Schiff bauen ließ, stürmten sie die Werft und schnitten den Männern, die es bewachten, die Kehlen durch und zerstörten das Schiff mit Äxten, so daß nicht ein Holzspan auf dem anderen blieb. Danach war Thorleif sehr entmutigt, und er redete davon, sich nach England einzuschiffen, doch dann starb er am Schwarzen Tod des Jahres 1362. Diese Geschichte bedrückte Margret sehr, und sie und Skuli sprachen über Thorleifs lautes Lachen und seine herausfordernde Art, und Margret sagte, daß nie wieder ein Schiff so beladen mit Schätzen gekommen sei wie Thorleifs Schiff. Skuli erinnerte an die Reise von Thorleif und Hauk Gunnarsson nach Markland, und Margret erzählte ihm von dem englischen Mönch Nicholas und von Hauks Tod zwischen den Eisschollen der grönländischen Tiefebene.

Skuli erzählte von sich. Nachdem er aus Grönland zurückgekehrt war, hatte er wieder auf dem kleinen Hof seines Vaters gearbeitet, ein, zwei Jahre lang, doch nach seinen Reisen war ihm die Arbeit dumpf erschienen, und Tagelöhner, die bei der Feldarbeit halfen, waren nur schwer zu finden und verlangten einen Lohn, den nur die reichsten Leute im Bezirk zahlen konnten, daher war Skulis Vater bei einem wohlhabenden Vetter in Dienst gegangen, und Skuli hatte sich einem anderen Mann aus der Gegend angeschlossen, der unbedingt sein Glück bei dem neuen jungen König Hakon und der Königin Margarethe machen wollte, obwohl die Königin lieber Dänen und Deutsche um sich sah. So hatte Skuli die meisten der letzten Jahre in großen Häusern verbracht und getan, was man ihm auftrug, und er hatte die Tochter eines Mannes geheiratet, die gleich ihm von geringer Herkunft war, aber nützliche Fähigkeiten besaß. Ihr Name war Hrefna, und sie hatte ihm vier Söhne geboren. Doch unglücklicherweise war Hrefna vor kurzer Zeit im Kindbett gestorben, bei der Geburt einer Tochter, die ebenfalls starb, und die kleinen Jungen hatte er zu Hrefnas Bruder geschickt, der in den Trondelag einen großen Hof hatte und für sein täglich Fleisch nicht von den Launen anderer Leute abhängig war. Jetzt war Skuli im Dienste dieses sehr mächtigen Mannes, Kollbein Sigurdsson, der aus seinem Dienst für den König in Grönland viel herauszuholen trachtete, und nach dieser Reise würde Skuli mit einigem Reichtum auf den Hof seines Vaters in der Nähe von Bergen zurückkehren und es noch einmal versuchen, denn sein Vater war gestorben, und der Hof gehörte jetzt ihm.

Zu diesem Zeitpunkt hatte sich die Sonne dem Horizont genähert und begann wieder zu steigen, und die Vögel hatten nach einer kurzen Ruhe wieder mit ihrem heiseren Geschrei begonnen.

Gunnar war eingeschlafen. Margret zeigte Skuli einen Platz zum Schlafen, doch sie selbst blieb auf und verlas, was sie gesammelt hatte, und hängte Pflanzenbüschel an den Balken des Hauses auf. Es hieß im Bezirk, daß Margret viele Dinge über die Eigenschaften und Kräfte der Pflanzen wisse, obwohl ihre Kenntnisse nicht so tief wie Ingrids waren. Bald stand Olaf auf, und Margret setzte ihm sein Morgenfleisch vor, mit einem zusätzlichen Stück Butter zu seinem Dörrfleisch, und dann ging sie zu ihm und setzte sich ungewöhnlich nah neben ihn. Jetzt schaute Olaf seine Frau an und lachte und sagte: »Hast du wohl von deinem eigenen Zaubertrank probiert und dich für meine Dummheit und mein dunkles Aussehen blind gemacht?« Margret hatte keine Antwort darauf, und Olaf ging hinaus.

Es gab einen Mann, der hatte auf der Nordseite vom Eriksfjord einen großen Hof, und dieser Hof hieß Solarfell, weil seine Felder an einem Südhang lagen. Der Hof lag auf der anderen Seite vom Eriksfjord, genau gegenüber der Anlegestelle von Gardar, und die Leute vom Solarfellhof pflegten mit den Leuten von Gardar Umgang wie mit jedem anderen. Es war ein blühender Hof, und Ragnvald Einarsson, der Herr auf diesem Hof, hatte viele Leute und sechs gesunde Söhne. Eines Tages während der Ernte erspähte einer der Söhne, ein erwachsener Mann namens Vestein, der den Ruf eines einfachen Burschen hatte, einen Skraelinger, der allein in seinem Fellboot im Eriksfjord paddelte und mit Pfeil und Bogen spielte. Dieser Vestein begann nun dem Skraelinger vom Ufer her in der Sprache der Skraelinger zuzurufen: »Laß mal sehen, ob du mich von so weit her treffen kannst.« Zu dieser Zeit weilte hinter Solarfell, etwa auf halbem Weg den Isafjord hinauf, eine große Gruppe von Skraelingern, und viele Grönländer, die in der Nähe wohnten, kannten ein bißchen von der Skraelingersprache, und diese Bauern bereicherten sich an den Gütern, mit denen die Skraelinger handelten, denn die Dämonen schienen ihre eigenen Güter sehr niedrig zu schätzen, die Güter der Grönländer jedoch sehr hoch.

Als der Skraelinger dem Vestein wenig Beachtung schenkte, sprang dieser von seinem Netz auf und fing an, lauter zu rufen, so daß Ragnvald aus dem Kuhstall kam. Vestein schrie jetzt aus Leibeskräften und sprang herum, und andere Leute vom Hof hielten mit ihrer Arbeit inne, um zuzuschauen, bis schließlich Ragnvald dem Skraelinger zurief: »Mach schon, wenn er es so will, dann ziele!« und es ist wahr, daß viele Väter ihre Söhne lehren wollen, was Dummheit ist, indem sie ihnen erlauben, deren Auswirkungen zu spüren. Der Skraelinger legte den Vogelpfeil auf die Kerbe seines Bogens, und er zielte wirklich gut, denn der Pfeil traf Vestein unten an der Kehle, und er fiel tot um. Ragnvald rannte zum Ufer hinunter und nahm Vestein in seine Arme, doch dem Skraelinger im Boot rief er zu: »Wir beschuldigen dich nicht, denn du hast nur getan, was man von dir verlangt hat!« Dennoch gingen viele der Skraelinger, die sich in der Nähe niedergelassen hatten, kurz danach fort.

Über diesen Vorfall wurde unter den Grönländern viel geredet, und die Schuld wurde allen drei Beteiligten zugesprochen, doch besonders dem Skraelinger, der so bereitwillig einen Christen gemordet hatte. Vigdis und Erlend sagten, jeder hätte das erste Opfer der Skraelinger sein können, es hätte auch einen ihrer Söhne treffen können, in jenem Sommer, als die Skraelinger so viel Zeit auf Ketilshof verbracht hatten. Als Lavrans Kollgrimsson seine Tochter auf Gunnarshof besuchte, da berichtete er, daß Vebjorn und Oli, Vesteins Brüder, im Beisein vieler Leute schlecht von ihrem Vater gesprochen und ihn für seine Rede gegenüber dem Skraelinger einen Feigling genannt hätten, und einige Leute vom Hvalseyfjord und aus dem Brattahlid-Bezirk erzählten, der Skraelinger hätte ohne Herausforderung mit seinem Pfeil auf Vestein geschossen.

Nach ein paar Tagen des Geredes konnte man ohne Schwierigkeiten den wahren Sachverhalt herausschälen, und die Geschichte war jedermann zu Ohren gekommen, auch Kollbein Sigurdsson auf Thjodhildshof am Kambhoffjord, und obwohl die Ernte in vollem Gange war, beschloß Kollbein, mit einigen Männern Ragnvald einen Besuch abzustatten, um ihn im Namen des Königs über die Sache zu befragen.

Nun wußten die meisten Grönländer nicht recht, was sie von Kollbein Sigurdsson halten sollten. Er ging stets in leuchtende Farben gekleidet umher, wie auch die Höflinge, welche er mitgebracht hatte, und er trieb großen Aufwand auf Thjodhildshof, so daß Grönländer, die ihn dort besuchten, von großen Mengen aller Sorten Fleisch berichteten, von schönen Wandbehängen an den Wänden und herrlichen Einrichtungsgegenständen, die hier und da herumstanden. Aber in Wirklichkeit war alles in großer Unordnung, und inmitten der Pracht nahm Kollbein immer die Leute beiseite und beschwerte sich darüber, wie schnell sein Vieh dahinschwinde oder wie kläglich der Ertrag seiner Felder sein werde oder wie geizig die Grönländer mit dem Seehundfleisch und dem Rentierfleisch seien, das sie ihm zugestanden. Und er sprach immer von einer Sache, und das waren die Nordsetur, wo die Männer einst ein Vermögen an Walroßelfenbein erbeutet hatten und an Narwalzähnen und Eisbärfellen und weißen Falken. Außerdem kam es den Grönländern so vor, daß er immer nach Unterhaltung an anderer Leute Tisch schielte. Wenn er eingeladen war, dann vergaß er niemals, einen Großteil seines Haushaltes mitzubringen.

Am Abend von Kollbeins Ankunft auf Solarfellhof (mit fünf seiner Männer und sechs Pferden) gab Ragnvald für ihn ein großes Fest und zeigte ihm den Hof, und Kollbein war sehr beeindruckt davon. Er sprach überhaupt nicht von der Sache mit Vestein, sondern nur über die Vielzahl von Ragnvalds Schafen und Ziegen und Rindern und von den Trockengestellen, die überall standen und von der Pracht des Hofes und darüber, wie gut Ragnvalds Weib und seine Söhne aussahen.

Doch am Morgen des zweiten Tages sonderte sich Kollbein mit Ragnvald ab und noch einmal am Nachmittag bis zum Abendessen.

Am Morgen des dritten Tages sprach Kollbein ausführlich mit Vebjorn und Oli, mit dem einen am Morgen und mit dem anderen am Nachmittag.

Am Morgen des vierten Tages sprach Kollbein wieder mit Ragnvald, und am Nachmittag saß er bei einem seiner Männer, und dann hielt er ein Nickerchen.

Am fünften Tag kamen alle Männer und Frauen, welche Kenntnis von dem Vorfall hatten, zu Kollbein in das Badehaus, wo er saß, und man sprach darüber, was er oder sie gesehen hatte.

Am sechsten Tag gab es mitten am Tag ein großes Fest. Die

Skraelinger waren fortgezogen, und Ragnvald zeigte keine Neigung, ihnen nachzustellen, und so war das Ergebnis von Kollbeins Besuch, daß Vebjorn und Oli sich im Beisein von Kollbein bei Ragnvald entschuldigten. Während dieser Tage bedienten sich alle fünf Männer Kollbeins und ihre sechs Pferde tüchtig von Ragnvalds Vorräten, und viele Leute im Bezirk sagten, daß Ragnvald nun zur Genüge dafür bestraft worden sei, daß er einen dummen Sohn unter sechsen hatte.

In diesem Herbst nach der Seehundjagd gingen die Bauern vom Brattahlid-Bezirk und vom Dyrnes-Bezirk zum Bischof und erhielten Erlaubnis für eine große Rentierjagd auf Hreiney, einer Insel, die am Eingang des Einarsfjord lag und auf der es zu dieser Jahreszeit von Rentieren nur so wimmelte. Jeden Herbst gingen die meisten Bauern in den Wiesen nördlich der Siedlung auf Rentierjagd oder auf den Inseln am Eingang der Fjorde, doch seit einer Reihe von Jahren hatte es keine große Rentierjagd gegeben, und der Bischof hatte für das Erlegen von Tieren auf Hreiney keine Erlaubnis erteilt. In diesem Jahr hörte er sich jedoch die Berichte über die Nöte der Bauern an und verkündete, daß er nach den vielen Toten des Frühjahrs und der mageren Ernte dieses Sommers ihre Befürchtungen für den kommenden Winter teile. Er bestimmte auch, daß jedes zehnte Tier an die Kirche zu gehen hatte. Viele fanden, das sei ein ganz schöner Preis, mit dem Zehnten noch dazu, doch andere sprachen mit glühenden Worten von dem Überfluß an Rentieren auf der Insel und kümmerten sich wenig um den Preis.

Gunnar und Hrafn, der Schafhirt, der ein guter Jäger war, sollten mitgehen und den Anteil von Gunnarshof einfordern, und Olaf sollte zurückbleiben und sich um die Tiere auf dem Hof kümmern. Gunnar suchte alle Werkzeuge und Waffen und Messer des Hofes zusammen und legte sie zum Ausbessern und Schärfen vor dem Haus ins Gras. Viele dieser Werkzeuge hatten Hauk Gunnarsson gehört – zwei kleine Speere und ein großer Speer, drei Handmesser mit langen Klingen, wobei die Klinge des einen vom Gebrauch und vom vielen Schärfen schon mondsichelförmig war, ein großer Bogen und achtzehn lange Pfeile, neun davon mit Eisenspitzen und neun mit geschärften Spitzen aus Knochen, und ein kleiner Bogen und acht stumpfe Pfeile für die Vogeljagd, ein Beil, zwei längere

Messer und Netze von verschiedener Größe. Es gab auch noch zwei weitere Handmesser, die Asgeir gehört hatten, und noch zwei kleine Bogen, die Asgeir und seinem Vater Gunnar Asgeirsson gehört hatten. Das Schermesser, mit dem Asgeir die Hexe Thorunn getötet hatte, konnte man nicht finden. Hrafn besaß einen eigenen Bogen mit Pfeilen und ein großes Schermesser mit einem Griff aus geschnitztem Rentiergeweih.

Nachdem sie die Waffen geschärft und eingefettet hatten, machten sich Gunnar und Olaf an die beiden Boote von Gunnarshof. Beide waren uralt und recht klein, doch sie waren aus Planken zusammengesetzt, die aus markländischem Holz gesägt waren, und nicht aus mit Seehundhäuten bespanntem Treibholz. Asgeir und sein Verwalter hatten mit Koll, dem Schiffsbauer – einem Mann vom Isafjord, der sich durch seine Arbeit und bei der Herstellung von Fässern und Hausbalken einen guten Ruf erworben hatte –, das bessere der beiden Boote noch kurz vor der Ankunft des Bischofs auseinandergenommen und wieder zusammengebaut. Beide Boote waren so seetüchtig, daß man sie in den Fjord und aufs offene Meer hinausrudern konnte, und beide wollte man auf die Jagd mitnehmen, denn einige Höfe besaßen keine Boote mehr, die in gutem Zustand waren. Für diese beiden Boote bereiteten Gunnar und Olaf Seehundteer, sie hoben in der Nähe des Badehauses eine große Grube aus und füllten sie mit Seehundtran, den sie dann zum Sieden brachten, indem sie glühendheiße Steine hineinwarfen. Als die Masse abgekühlt war, strichen sie sie auf den Boden der Boote, um diese wasserdicht und gleitend zu machen. Seit Jahren, seit der Zeit von Thorleif, hatte niemand den Grönländern Pech mitgebracht, doch viele Männer sagten, daß Seehundteer sich für diese Arbeit ebensogut eignete.

Hreiney war der einzige Ort in Grönland, wo man wie in Norwegen Fallgruben für Rentiere ausgehoben hatte, denn die Grönländer kannten viele andere Arten der Rentierjagd, und Rentiere gab es in der Nähe der meisten Bezirke im Überfluß. Diese Fallgruben wurden jedoch für wertvoll gehalten, und in früheren Zeiten kamen die Männer von Gardar oft nach Hreiney und räumten sie aus. Das hatte man seit vielen Jahren nicht mehr getan. Die meisten Männer im Bezirk meinten jedoch, daß man mit den Gruben wenig Schwierigkeiten haben werde, denn sie waren gut gemacht und tief. Neununddreißig Höfe schickten Männer und Hunde auf die Jagd, und von Gardar machten sich der Priester Pall Hallvardsson und zwei Knechte auf, die Erfahrung mit Wild hatten. Es waren einundvierzig kleine Boote, fast alle aus Planken gebaut. Erstaunt rief Gunnar dem Hrafn zu: »Ich hätte nicht gedacht, daß die Grönländer so gut mit Booten ausgerüstet sind. So hat es doch ausgesehen, als Harald Harfagri nach England aufgebrochen ist, findest du nicht auch?«

»Das kann ich nicht sagen«, erwiderte Hrafn, »aber es wird uns schlecht gehen, wenn wir Haralds Glück haben.«

Es war jetzt die Jahreszeit, in der die Tage zur Hälfte hell sind und zur anderen Dunkelheit herrscht und in den Fjorden sich langsam wieder Eis bildet. Gerade als die Sonne sich hinter dem Einarsfjord erhob, erreichte die Flotte von Booten die Anlegestelle der Insel, wo das Meer zwischen Hreiney und Stone-ey tief einschneidet. Sie zogen die vielen Boote an den Strand und schwärmten auseinander, um die größten Wildherden zu suchen, doch tatsächlich ist Hreiney zu dieser Jahreszeit von einem Ende zum anderen eine einzige große Wildherde, und sie mußten nicht lange suchen. Gunnar erstarrte vor Staunen, denn von solchen Mengen hatte er nur in Erzählungen über Markland und Vinland gehört. Die Jäger waren in bester Laune, und einige stürzten sich sofort mit Speeren auf das Wild, voller Begierde, es sobald wie möglich zu erlegen. Auf diese Weise geschah es, daß der junge Thorbjorn Thorgilsson von erschreckten Tieren niedergetrampelt wurde, so daß er fortan humpelte, und bis zu seinem Lebensende hörte sich sein Atem an wie Äste, die aneinander schaben. Andere Jäger hatten mehr Glück, und fünf Tiere wurden erlegt, bevor noch Hoskuld Hrutsson aus Dyrnes und Osmund Thordarson aus Brattahlid, der die Jagd geplant hatte, die alten Gruben fanden.

Die Gruben, sieben in einer Reihe, waren mit Weidengestrüpp überwuchert und zum Teil mit Sand gefüllt, doch Osmund behauptete, sie seien recht brauchbar. Jetzt bildeten die Männer einen großen Halbkreis und marschierten ein ganzes Stück, so daß sie hinter den Tieren in einer Reihe auftauchen und sie auf die Gruben zutreiben konnten. Zuerst schien es, als würden sie mit diesem Plan wenig Erfolg haben, denn es waren so viele Rentiere, daß keines von ihnen sich auf die Gruben zubewegen wollte, sondern die Herde sich nur unruhig bewegte und zusammendrängte. Endlich jedoch bekam eine Gruppe Angst und brach aus, und den Grönländern gelang es, sie mit Hunden und Pfeilen auf die Gruben zuzutreiben. Bald waren die Tiere auf der Flucht, und die Grönländer rannten mit ihren Hunden hinter ihnen her, schrien und schwenkten ihre Speere und machten ein großes Getöse. Bei den Gruben wartete eine andere Gruppe von Männern, die Kapuzen aus Rentierhaut trugen und sich behelfsmäßig getarnt hatten, darunter auch Gunnar und Hrafn. Diese Männer versteckten sich nun am Rand der ersten Grube, die man mit Weidenreisig und Rasensoden verdeckt hatte. Als die ersten Tiere der anstürmenden Herde hier angelangt waren, blieben sie stehen, warfen die Köpfe hoch und versuchten umzukehren, doch der Druck hinter ihnen war zu groß, und sie rutschten aus und stürzten in die erste Grube. Andere drängten nach und kletterten über sie hinweg, nur um in die zweite Grube zu fallen oder in die dritte. Es gab ein lautes Gebrüll. Gunnar, Hrafn und die übrigen Männer stürmten nach vorn, als die Herde vorbeigelaufen war, und schlugen mit Speeren, Messern und Äxten wild um sich und versuchten, so viele Tiere wie möglich zu töten, bevor diese wieder auf die Beine kamen und sich aus der Grube befreiten, doch waren sie immer vor den zurückgeworfenen Geweihen und den ausschlagenden Hinterbeinen auf der Hut. Bald stand Gunnar, der von den kämpfenden Tieren Prellungen und Verletzungen erlitten hatte, bis zu den Knien im Blut.

Das war die Jagd am ersten Tag. Durch den schlechten Zustand der Gruben konnten viele Tiere entkommen, die man sonst hätte erlegen können. Nachdem die getöteten Tiere ausgeweidet und gezählt waren, stellte man fest, daß nicht einmal eines pro Hof übrigblieb, wenn man den bischöflichen Preis und den bischöflichen Zehnten abzog, also berieten sich Osmund und Hoskuld und Pall Hallvardsson miteinander und beschlossen, es auf die Art zu versuchen, wie man oft in der Westsiedlung gejagt hatte, wo es das Wild sogar in noch größerem Überfluß gab als in der Ostsiedlung.

Noch bevor es am nächsten Morgen hell wurde, zogen die Männer die Hälfte der Boote ins Wasser nah am Strand, und in jedem Boot saß ein Mann mit einem Paar Ruder und ein zweiter mit einer Waffe. Andere Männer bildeten wieder einen Halbkreis und schlichen sich hinter eine Gruppe von Tieren, diesmal eine sehr große, die viele Köpfe zählte, und die trieben sie in die Richtung der Boote, ohne sie in die Nähe des flachen Strandes zu lassen, und mit viel Gebrüll und Geklapper zwangen die Männer die Tiere, an der Stelle über die hohe Klippe zu springen, wo die Boote schon warteten, und schon bald schwammen die Tiere im Meer. Jetzt ruderten die Männer in den Booten und mit ihnen andere, die Knüppel und Speere und Pfeile trugen, mitten unter die Tiere und packten sie bei den Geweihen, rissen ihnen die Köpfe nach hinten und schnitten ihnen die Kehle durch oder stachen ihnen einen Speer in den Hals. Auch die Treiber auf dem Land bestiegen die anderen Boote und halfen bei dieser Arbeit. Bald schäumte die See vom Auskeilen der Tiere und war rot von ihrem Blut. Obwohl einige verlorengingen, weil sie versanken, bevor man sie in die Boote ziehen und an Land bringen konnte, erlegte man auf diese Weise viele Tiere. Als alle Rentiere gezählt waren, stellte sich heraus, daß jeder Hof fünf Stück bekommen würde und der Bischof mehr als vierzig, obwohl einige Männer klagten, daß die See nicht dem Bischof gehöre und Gardar also nur den Preis für die Nutzung der Gruben erhalten sollte. Andere wieder sagten, es sei die Insel selbst, die dem Bischof gehöre und daher auch die Rentiere darauf, und überhaupt sei die Wahrscheinlichkeit gering, daß der Bischof, wenn man ihn in diesem Fall um eine Entscheidung bäte, gegen sich selbst entscheiden würde.

Keiner der Jäger wurde getötet, und nur Thorbjorn war schwer verletzt, obwohl drei andere von den kämpfenden Tieren auf die Hörner genommen oder getreten worden waren. Die Grönländer verbrachten den Rest des Tages damit, die Tiere auszuweiden, und gegen Abend machte sich der Zug der beladenen Boote auf den Weg den Einarsfjord hinauf nach Vatna Hverfi und Gardar. Gunnar wußte nur wenig zu sagen, er ruderte mit Hrafn am Ende der kleinen Flotte.

Nun wurde für ein paar Tage alle Landarbeit beiseite gelegt, damit man sich um die Rentiere kümmern konnte. Olaf spannte die Häute mit der Fellseite nach unten auf dem Gras des Hoffeldes, und Margret hängte Fleischstreifen auf die Trockengestelle. Die Knochen wurden gründlich ausgekocht und mit den Geweihen in der Scheune gestapelt. Aus den Hufen wurde Suppe gekocht, die Köpfe wurden wie Schafsköpfe gehäutet und abgesengt, und das Blut lief heraus und wurde zu Blutwurst gemacht, und davon mußte Birgitta zweimal am Tag essen, was ihr nichts ausmachte, denn sie mochte Blutwurst besonders gern. Das Fleisch von dieser Jagd und von der letzten Seehundjagd war den Grönländern in diesem Jahr besonders willkommen, denn es gab nicht so viele Schafe zu schlachten wie früher, und wenn die Leute auf den Höfen sich gegenseitig besuchten, sprachen sie davon, diese Jagd von jetzt an jedes Jahr durchzuführen, denn tatsächlich blieben auf Hreiney, auch nachdem man Dutzende Tiere erlegt hatte, immer noch so viele übrig, wie Wasser im Ozean ist, wenn man einen Schöpflöffel voll herausgenommen hat, und sie dachten daran, wie reich an Wild und Seetieren ihr Land war, und dankten Gott für seine großzügigen Gaben im westlichen Ozean.

In diesen Tagen meinte es das Wetter gut mit den Leuten, die ihr Wild verarbeiteten, denn der Himmel war hoch und klar, und Tag für Tag glänzte die Sonne auf den Feldern und auf den blauen Eisbergen, die in den Fjorden trieben. Aus dem Osten wehte beständig ein frischer, trockener Wind, und das Fleisch auf den Gestellen trocknete in weniger als einem Tag. Die Leute konnten gut bei Nacht arbeiten, denn der Mond schien hell und voll und hatte keinen Hof. Jede Nacht flackerten und blinkten am Himmelsgewölbe die Nordlichter. In einer dieser Nächte erhob sich Birgitta Lavransdottir von ihrer Bettnische, das Hemd bis zur Taille von Fruchtwasser durchnäßt, und Margret stand mit ihr auf und gab ihr ein wenig Sauermilch mit Honig gemischt. Dann machten sie sich an ihre Spinnarbeit, um auf die Wehen zu warten, doch auch nach vielen Stunden und bis in den Morgen hatten sie noch nicht eingesetzt. Nach dem Frühstück nahm Birgitta ihren Kopfputz ab und bürstete und ordnete ihr Haar, dann ging sie wieder in ihre Bettnische. Margret ging nach draußen, um das Auskochen der Rentierknochen zu überwachen, die später auf dem Hof sehr nützlich sein würden. Sie ließ Svava Vigmundsdottir bei Birgitta, eine alte

Amme, die von Kristin in Siglufjord nach Gunnarshof gekommen war, eine wirklich häßliche, alte Frau mit einem Buckel und einem schielenden Auge, doch wußte sie eine Menge über Kinder und hatte viel Erfahrung mit Geburten.

Nach dem Abendessen sagte Svava, man müsse Birgitta dazu bringen, hin und her zu gehen, denn manchmal würden die Wehen dadurch einsetzen, doch Birgitta weigerte sich, und es sah wirklich so aus, als könne sie kaum aufrecht stehen. Da sagte Svava, daß sie einmal in einem solchen Fall gesehen habe, wie der Mann sich zu seiner Frau gelegt habe, und bald danach seien die Wehen gekommen und das Kind wurde geboren, doch Margret sagte, Gunnar und Birgitta würde das sicher gar nicht gefallen, und sie hatte Angst, die beiden zu fragen. Während sie sprachen, war Birgitta eingeschlafen, und sie schlief bis zum Sonnenaufgang, aber als sie erwachte, waren die Wehen immer noch nicht gekommen. Da hoben Svava und Margret sie aus ihrem Bett und zwangen sie, zwischen ihrem Zimmer und Margrets Kammer hin und her zu gehen, doch sie mußten sie dabei stützen, und Birgittas Beine bewegten sich kaum.

Nun fing das Mädchen an, ihren Kopf hin und her zu werfen und zu murmeln, und ihre Wangen wurden ganz rot und fühlten sich heiß an. Als die beiden sie ins Bett legten, stieg ein übler Geruch von ihr auf, so daß Margret wenig geneigt war, ihr Hemd hochzuheben. Als Margret ihr kühles Wasser aus einem Becher gab, trank sie begierig ein wenig davon, aber dann warf sie den Kopf zurück, so daß der Rest auf den Boden floß. Gunnar kam jetzt herein, schaute das Mädchen auf dem Bett an und ging wieder hinaus. Nach einer Weile kam er mit der »Frau« von Nikolaus dem Priester und zwei ihrer Mägde zurück. Diese Frau ging gleich zu Birgitta und öffnete das Oberteil ihres Hemdes. Dann legte sie ihre Hände auf Birgittas Brüste und begann, sie heftig zu reiben, obwohl Birgitta aufschrie und den Kopf schüttelte und versuchte, sie wegzustoßen. Als die Frau des Priesters nicht mehr genug Kraft hatte, löste eine der Mägde sie ab, und dann machte Margret weiter und dann wieder die Frau. Svava hielt ihre Hand auf Birgittas Bauch, und die andere Magd stand mit einem Stück Stoff neben Birgittas Kopf und trocknete ihr Tränen und Schweiß. Nach einiger

Zeit fühlte Svava, wie der Bauch unter ihrer Hand hart wurde und ein wenig später noch einmal. Aber die Frauen hörten nicht mit dem Reiben auf, denn Nikolaus' »Frau« sagte, wenn sie das täten, würden die Wehen auch aufhören, und dann würde das Kind niemals geboren werden – sie hatte davon gehört, daß manche Kinder aus ihren Müttern herausgeschnitten werden mußten, obwohl sie das natürlich noch nie gesehen hatte.

Es war schon recht spät in der Nacht, als Svava verkündete, sie könne jetzt den Kopf des Kindes sehen, und es war fast Morgen, als das Kind geboren war, ein Junge so klein wie ein junger Hund, und seine Nasenflügel bebten, und seine Brust hob und senkte sich wie bei einem Pferd, das sich gerade in Schweiß gelaufen hat. Die »Frau« schaute einmal hin und flüsterte ihrer Magd etwas zu, die lief, um Nikolaus den Priester zu holen. Margret bückte sich und fragte Birgitta, ob sie das Kind sehen wolle, doch Birgitta konnte nicht sprechen und lag mit geschlossenen Augen da, und so ging Margret mit dem Kind auf und ab, das keuchte und zitterte und manchmal kleine Schreie ausstieß. Svava blies ihm sanft ins Gesicht, und nach einer Weile trugen sie es zu Gunnar hinaus und fragten ihn, wie es heißen solle, und er sagte, Asgeir. Und dann kam der Priester, gerade als das Baby still in Margrets Armen lag, und er taufte es auf den Namen Asgeir Gunnarsson, dann segnete er es und betete über ihm, und dann wickelte er das Kind fest in ein Stück Wadmal und legte es in seine Krippe, und Gunnar beugte sich darüber, und dann stand er auf und sagte, sie würden es in der Nähe des Hofes begraben, wo man in vergangenen Zeiten schon andere Kinder begraben habe, und daß er und Olaf dies am Morgen tun würden.

Nun verließen die Leute den Hof, und Gunnar ging in seine Bettnische, doch Margret und Svava konnten nicht schlafen und setzten sich an den Tisch, um sich ein wenig zu erfrischen, und Margret sagte: »Erinnerst du dich an die Geburt von Ketil dem Unglücklichen?«

»Nein«, sagte Svava, »aber man kann schon sagen, daß die meisten Kinder für die Frauen, die ihnen das Leben schenken, Unglück bedeuten. Ich habe in meinem Leben genug schwere Geburten gesehen. Es bringt Unheil, darüber zu sprechen.«

»Kristin hat vier Kinder, und es gibt Leute, die noch mehr haben.«

»Trotzdem – seit ich zwölf Winter alt bin, sorge ich für die Kinder anderer Leute, und es ist kein Zufall und auch nicht, weil ich so häßlich bin, daß ich niemals einen Mann gekannt habe, denn meistens gibt eine christliche Frau ihr Leben für das ihres Kindes hin, und wenn nicht für das erste, dann für ein späteres. Hafgrim Hafgrimsson hat jetzt drei Kinder, und es heißt, die Frau hat sich für die Geburten kaum hingelegt. Diese Skraelinger sind anders, und es spielt keine Rolle, ob sie getauft sind oder nicht.«

»Aber die Leute werden immer heiraten, und dann müssen sie auch Kinder kriegen.«

»Nein«, sagte Svava, »mir scheint, daß die Leute vor allem eines wollen, und das ist, Güter für sich zu haben und sie festzuhalten, und dann wundern sie sich über die Kosten dieser Güter, weil die Kosten beinahe höher sind, als sie bezahlen können, oder tatsächlich höher, als sie bezahlen können.« Jetzt verstummte sie für eine Weile, und dann schaute sie Margret über den Tisch hinweg an und sagte: »Ich bin mein Leben lang von Hof zu Hof gegangen und habe niemals etwas für mich selbst genommen, und ich bedaure es nicht.«

Es dauerte viele Tage, bis Birgitta Lavransdottir wieder auf den Beinen war. Svava ging zum Siglufjord zurück, und tagsüber kam ein Knecht von Nikolaus dem Priester, um bei der Pflege des Mädchens zu helfen. Als Margret über das Kind sprach und über seinen Tod, da schaute Birgitta sie lange an und sagte dann, daß sie nicht sehr überrascht sei, denn an dem Tag, als Svava Vigmundsdottir gekommen sei, habe sie Margret davonlaufen und mit einer fremden Frau zurückkommen sehen, und dann, so schnell wie ein Augenzwinkern, habe die Frau sich in ein loderndes Feuer verwandelt, und Margret habe ihre Hand in das Feuer gehalten und wie eine brennende Fackel wieder herausgenommen, und Birgitta habe solche Angst gehabt, daß sie ohnmächtig umgefallen sei. Seitdem habe sie wenig Hoffnung für das Kind gehegt und sei Gott recht dankbar, daß er ihr Leben verschont habe, denn sie habe dem Tod mit Gewißheit entgegengesehen. Danach redeten Margret und Birgitta nicht mehr über diese Dinge, und keine von beiden erwähnte sie Gunnar gegenüber. Zu Jul war Birgitta kräftig genug, daß man sie wieder in die Kirche bringen konnte, und sie konnte auf eigenen Füßen vorwärtsgehen und trug den grauen Umhang, den sie zu ihrer Hochzeit bekommen hatte, und ihren Mann zur Linken und ihren Vater Lavrans zur Rechten ging sie voran. Und das war die Geschichte von Gunnars erstgeborenem Sohn.

Zu dieser Zeit hatten die Gunnarshofleute viel Abwechslung durch die Besuche Skuli Gudmundssons, dessen Pflichten im Dienste des Königs auf Thjodhildshof nicht sehr schwer waren. Skuli hatte eine Menge über den königlichen Hof in Norwegen zu erzählen, wo er viele Jahre gelebt hatte, und auch über Kollbein den Ombudsmann, und er erzählte diese Geschichten auf eine Art, daß sie wie Narren wirkten. Margret zog ihn manchmal damit auf und fragte sich, wie er wohl hinter ihrem Rücken über Gunnarshof sprach, wenn er auf Thjodhildshof war, doch Skuli runzelte die Stirn und tat so, als wisse er von nichts.

Er erzählte ihnen auch, was für Sachen die Leute von Königin Margarethes Hof trugen, denn, so sagte er, der Hof kleide sich immer reich und farbenprächtig, selbst wenn es kein Fleisch auf dem Tisch gebe und kein Holz für das Feuer. Königin Margarethe selbst, sagte Skuli, sei klein und dunkel und überhaupt nicht hübsch, obwohl alle Höflinge sagten, daß sie es sei, doch sie habc eine aufmerksame Art, die zeige, daß sie wisse, worauf es ankomme. König Hakon sei eher gutaussehend, so wie sein Vater Magnus, und Skuli meinte, die Leute hörten deshalb mehr auf ihn, anstatt lieber die Königin im Auge zu behalten, und genau das habe dem Ombudsmann Kollbein, der als Steuereinnehmer in den Trondelag ein reicher Mann geworden war, das Genick gebrochen. Er hatte zwei Güter fast umsonst erworben, obwohl sie gute Ställe und reich ausgestattete Kapellen hatten und die Bewässerungsanlagen in ausgezeichnetem Zustand waren. Es war die Königin, welcher der Reichtum dieser Güter auffiel, und sie verglich ihn mit den verhältnismäßig mageren Steuereinnahmen dieser Jahre. Zwar hatte Kollbein für diese Güter in Wirklichkeit viel weniger bezahlt, als es den Anschein hatte, und vermutlich hatte er auch das Schatzamt nicht hintergangen, doch er hatte soviel Zeit damit verbracht, den König zu umschmeicheln, und so wenig Zeit, die Königin zu umschmeicheln, daß diese seinen Protesten kein geneigtes Ohr schenkte und ihn, als er Widerspruch einlegte, zur Strafe nach Grönland schickte und ein paar Dänen als »Verwalter« auf seine Höfe setzte.

»Wir sollten ihn für dieses harte Geschick bedauern«, sagte Margret, »doch die Leute lachen ihn nur aus.«

»Er weiß nicht, was er mit Thjodhildshof und Foss anfangen soll«, sagte Skuli, »obwohl es stattliche Grundstücke sind. Er redet ununterbrochen nur von Bärenfellen und Walroßzähnen. Und er hat fast alle Schafe geschlachtet, die die Grönländer ihm gegeben haben. Es kommt den Matrosen nicht so vor, als würden die Grönländer noch einmal so großzügig sein. Uns alle erwarten leere Bäuche.«

Jetzt sprach Olaf und sagte: »Dieser Kollbein ist schließlich der Steuereinnehmer des Königs. Er muß doch wissen, daß es auch noch in anderen Bezirken Höfe gibt, und übrigens geht es hier nicht um Großzügigkeit.«

Früher hatte Skuli viel von seiner verstorbenen Frau gesprochen und besonders von seinen vier Söhnen, aber jetzt tat er es nicht mehr so oft, vielleicht weil das Kind Asgeir Gunnarsson vor so kurzer Zeit gestorben war. Er war sehr freundlich zu Birgitta Lavransdottir und schnitzte ihr eine kleine runde Dose mit einem Deckel aus der Platte eines großen Rentiergeweihs. Rundherum marschierten die Figuren eines Eisbären und eines Seehundes und eines Mannes mit Pfeil und Bogen. Für Margret schnitzte er aus Vogelknochen sechs spitze Nadeln, und sie waren sehr geschickt gemacht, so daß das Öhr kaum breiter war als die Nadel selbst, doch groß genug für Garn aus Seehunddarm. Obwohl diese Geschenke für die Gunnarshofleute etwas Besonderes waren, redete Skuli fast ununterbrochen, während er sie fertigte. Dafür nähten Margret und Birgitta ihm aus dem dicksten und wärmsten Gunnarshofwadmal, das Gunnar selbst gewebt hatte, ein Paar rötliche Beinkleider, und die Leute von Gunnarshof betrachteten Skuli als einen alten und guten Freund.

Auch Pall Hallvardsson besuchte sie weiterhin, und Skulis

Geschichten riefen ihm manchmal Geschichten in Erinnerung, die er noch nicht erzählt hatte, aus seiner Kindheit unter belgischen Priestern und über die Dinge, die er dort gelernt hatte, das Singen und das Illuminieren von Handschriften. Von Zeit zu Zeit jedoch sprachen er und Skuli über den Schwarzen Tod und die Sündhaftigkeit der Städte, wo Menschen, die nachts ungeschützt durch die Straßen gingen, sehr wahrscheinlich überfallen und ihrer Habseligkeiten beraubt oder gar getötet wurden und wo außer den Höchstgestellten niemand einen solchen Überfluß an Nahrung kannte, wie er bei den Grönländern außer in den strengsten Wintern immer herrschte.

»Was den Überfluß angeht«, sagte Margret von ihrem großen Webstuhl her, »so hat niemand je Überfluß erlebt, der nach Ivar Bardarsons Zeit zu den Grönländern gekommen ist und seit die Männer nicht mehr in den Nordsetur jagen. Als Thorleif nach Norwegen segelte, hat es einen ganzen Sommertag gedauert, bis alle Güter der Grönländer aus den Scheunen des Bischofs verladen waren, und das waren nicht nur Reichtümer, sondern auch Fleisch und Sauermilch und Speck und Eier und andere gute Dinge. Thorleif hat selbst zu meinem Vater Asgeir gesagt, das Schiff liege so tief im Wasser, daß die Matrosen sich ihren Weg nach Norwegen essen müßten.«

»Das war in der Tat eine fette Reise«, sagte Skuli lachend, »nicht wie unsere Überfahrt mit Kollbein Sigurdsson, mag er auch des Königs Stellvertreter sein. Mir scheint, daß die Königin ihn mit dem Geld für die Vorräte absichtlich kurzgehalten hat, damit die Matrosen auf der ganzen Fahrt murren.« Und so redete man viele Abende hindurch, während Margret und Birgitta webten und spannen und Skuli dieses und jenes schnitzte und Gunnar Einrichtungsgegenstände ausbesserte.

Einmal, ganz zu Anfang des Winters, als Margret in den Bergen über Vatna Hverfi Rebhuhnschlingen legte, da kam plötzlich ein Mann auf sie zu, und sie erschrak sehr. Er trug ein Hemd und eine dicke Schaffellkapuze, die ihm ins Gesicht fiel, so daß sie ihn nicht erkannte, und als er aus einem Weidendickicht hervortrat, wo er sich zu schaffen gemacht hatte, da stieß sie einen Schrei aus und sprang zurück. Dabei rutschte ihr Fuß auf einem lockeren Stein aus, so daß sie beinahe gefallen wäre, doch der Mann fing sie am Ellbogen auf und hielt sie fest.

Zu der Zeit lebte oberhalb des Vatna Hverfi-Bezirks ein Mann, der vom Thing auf drei Jahre geächtet worden war, weil er das Verbrechen begangen hatte, seinen Vetter bei einem Pferdekampf zu töten, doch durften Geächtete in Grönland am Rande der Siedlungen leben, manchmal auch bei den Skraelingern, denn man konnte nicht mehr ins Ausland gehen wie in alten Zeiten. Diesen Mann nannte man Thorir den Finsteren, und als Margret ihr Gleichgewicht wiedergefunden hatte, sagte sie: »Danke, Thorir Sigmundsson«, und sie wich vor ihm zurück, denn man konnte nicht wissen, wie er die Zeit seiner Ächtung ertragen hatte. Doch obwohl sie Angst hatte, nahm sie drei fette Schneehühner aus ihrem Beutel, legte sie nebeneinander auf einen flachen Felsen zu ihren Füßen und sagte: »Du würdest mir eine große Gunst erweisen, wenn du diese armseligen Vögel annehmen würdest, Thorir Sigmundsson.« Dann zog sie sich langsam zurück, wobei sie den Geächteten nicht aus den Augen ließ und mit den Füßen ihren Weg ertastete. Der Mann schaute sie weder an, noch hob er die Vögel auf, und nach einer Weile war sie aus seinem Blickfeld entschwunden und rannte den Rest des Weges nach Gunnarshof.

Als sie am nächsten Abend aus der Milchstube zurück ins Wohnhaus kam, lagen die drei Vögel sauber gerupft auf der Bank neben dem Feuer. Margret ging sofort zur Tür und schaute suchend über das Hoffeld nach Zeichen des Geächteten, denn solche Besuche waren aus vielen Gründen zu fürchten, und die Tatsache, daß sie gegen das Gesetz waren, war nicht der unwichtigste. Vidgis, Erlends Frau, würde sich zum Beispiel freuen, wenn sie etwas gegen die Leute von Gunnarshof vorbringen könnte. Außerdem war einmal ein Geächteter, der über dem Isafjord lebte, in einen abgeschiedenen Bauernhof eingedrungen und hatte aus der Küche und der Scheune eine Menge Nahrung gestohlen, obwohl die Geschichte, daß er ein Mitglied der Familie getötet habe, sich als falsch herausgestellt hatte. Doch es war kein Mensch zu sehen außer Olaf und Skuli, die in der Nähe des Kuhstalls standen. Margret trug die Vögel aus dem Haus und vergrub sie mit einem Spaten auf dem Misthaufen.

Danach kam Birgitta aus ihrer Bettnische, und die beiden Frauen bereiteten das Abendessen, in Brühe gesottenes Rentierfleisch, Sauermilch und mit Butter vermischte Algen auf Dörrfleisch. Bald kam Olaf herein und setzte sich vor sein Eßbrett, schaute einmal hin und sagte: »Was gibt es denn sonst noch zu essen? Ich sehe kein schönes gebratenes Schneehuhn.«

Birgitta lachte. »Du kannst suchen, soviel du willst, aber du wirst es wahrscheinlich nicht finden, bevor wir uns alle am Rentierfleisch sattgegessen haben.«

Olaf schaute sich noch einmal um. Der Röstspieß stand aufrecht und unbenutzt neben dem Feuer. Die einzigen Vögel im Raum waren die Steinschmätzer und die Lerchen in Margrets Weidenkäfigen. »Nun«, drängte Olaf, »wo sind die Vögel, die uns Skuli Gudmundsson gerupft und ausgeblutet gebracht hat? Ich habe sie selbst auf die Bank gelegt.«

Jetzt schaute Margret Skuli an, der herzlich in seinen Bart lachte. »In der Tat«, sagt er , »habe ich gehört, daß von Zeit zu Zeit ein Gespenst zwischen ein Geschenk und seinen Empfänger treten kann, und so ist es wohl der bessere Weg, es demjenigen, für den es bestimmt ist, direkt in die Hände zu legen.«

Olaf knurrte: »Alles ist möglich, aber ich habe mich wirklich den ganzen Nachmittag auf gebratenes Geflügel gefreut.«

Später an diesem Abend ging Margret zu Skuli und sagte ihm, daß es sich nicht für ihn schicke, ganz besonders als einem der Männer des Ombudsmannes, sich mit Geächteten abzugeben, und als Antwort ging Skuli nach draußen und brachte ein großes Schaffellhemd mit einer Kapuze daran, und Margret mußte es bewundern, wenn es auch ärmlich war, denn eine der jungen Frauen auf Thjodhildshof hatte es für ihn genäht, und er glaubte, daß es im Winter sehr warm sein werde. Darauf errötete Margret und drehte sich um, und was mit den drei Vögeln auf der Bank geschehen war, blieb ein Geheimnis, über das die Leute vom Gunnarshof noch etwa einen Tag lang redeten.

In diesem Herbst zählten Gunnar und Hrafn einhundertundzweiundsechzig Schafe und Ziegen, vierunddreißig Kühe und vier Pferde, einschließlich Mikla, die jetzt Gunnarshof gehörte. In diesem Herbst brachte Hrafn auch eine neue Frau namens Katla von einem anderen Hof in Vatna Hverfi heim. Altersmäßig lag Katla irgendwo zwischen Birgitta und Margret, doch die meiste Zeit redete sie Unsinn, und so hielten die Leute vom Gunnarshof sie für dumm. Sie war jedoch gefällig und arbeitete gut, wenn jemand in ihrer Nähe stand und ihr half, ihre Gedanken bei der Sache zu halten. Nun kam Hrafn zu Gunnar und bat, ob man eines der Außengebäude für ihn und seine neue Frau herrichten könne. Die Jungen, die jetzt elf und neun waren, würden weiterhin neben dem Kuhstall schlafen, wie Hrafn es getan hatte, als er mit Maria verheiratet gewesen war. Maria war zur Zeit von Asgeir Gunnarsson auf Gunnarshof geboren, und sie hatte es vorgezogen, im Wohnhaus zu schlafen, weil sie es immer getan hatte, aber das gehöre sich für eine Fremde nicht, erklärte Hrafn. Nun gingen Olaf und Gunnar mit Hrafn durch alle Gebäude und versuchten eines auszuwählen, das groß genug war und nur weniger Ausbesserungen bedurfte, denn Gunnar wollte für diese Arbeit niemanden zusätzlich einstellen, obwohl weder er noch Olaf im Hausbau besonders geschickt waren.

Bald hatte man ein Gebäude ausgewählt, etwa zehn Ellen lang und acht Ellen breit, das zur Zeit Gunnar Asgeirssons, dem Vater von Asgeir Gunnarsson, einmal als Scheune gedient hatte. Das Mauerwerk an diesem Gebäude war noch in gutem Zustand, und Soden konnte man leicht in der Nähe stechen. Außerdem war die Ostmauer dieses Hauses in einen Hügel gebaut, so daß die einzige wirkliche Schwierigkeit darin bestand, die beiden verrotteten Balken unter dem Dach zu ersetzen. Als Olaf seinen Finger hineingesteckt hatte, war das Holz zu Staub zerfallen. Nun mußte sich Gunnar überlegen, woher er zwei stabile Balken bekommen konnte und was er dafür bezahlen mußte. Als Pall Hallvardsson und Skuli das nächste Mal zu Besuch kamen, lehnte sich Gunnar nach dem Abendessen zurück und erwähnte beiläufig, daß er vorhabe zu bauen, wenn er das Holz dafür besorgen könnte. Pall Hallvardsson sagte, er habe gehört, daß das auch andere vorhätten, nicht nur Kollbein der Ombudsmann, der immer irgend etwas vorhabe, sondern ein Bauer vom Eriksfjord, der eine neue Scheune errichten wolle, und ein Bauer in der Nähe von Gardar, der an sein Haus zwei Räume anbauen wolle. Er wußte nichts von den Leuten in

Vatna Hverfi oder in den südlichen Bezirken, doch es war allgemein bekannt, daß Holz knapp war und daß man erst alte Häuser abreißen mußte, bevor man neue errichten konnte. Gunnar antwortete nicht darauf, und danach sprachen sie von anderen Dingen.

Wenn Gunnar einen anderen Bauern traf oder in die Kirche ging, erwähnte er nun immer, daß er vorhabe zu bauen, wenn er das Holz dafür besorgen könnte, und nach und nach erfuhr er, wer sonst noch Holz haben wollte und wer etwas anzubieten hatte, aber es gab mehr von den ersteren als von den letzteren. Danach gingen Gunnar und Olaf wieder um die Gebäude von Gunnarshof herum und versuchten zu entscheiden, welches man abreißen könnte, damit sie ihr eigenes Holz verwenden konnten, aber die Gebäude, die nicht benutzt wurden, waren so alt, daß ihre Balken nicht besser als die in Hrafns Haus waren, so daß man wohl mit irgend jemandem ins Geschäft kommen mußte, und viele, die Gunnar im Bezirk fragte, meinten, daß man nur mit Erlend handeln könne, denn Erlend hatte tatsächlich noch sechs große Holzbalken aus Markland, die niemals verwendet worden waren, und das war mehr als jeder andere Bauer hatte, doch Gunnar sagte, er werde nicht zu Erlend gehen.

Nun kamen Lavrans und seine Knechte aus dem Bezirk Hvalsey, um Birgitta zu besuchen, und Lavrans behauptete, daß ein Bauer in seinem Bezirk einen Holzbalken in ausgezeichnetem Zustand besitze, den er für vier gute, vom Gunnarshofbullen gezeugte Färsen eintauschen würde, und Gunnar fragte, ob Lavrans das Holz gesehen habe, und Lavrans sagte, ja, die Balken seien wirklich solide, der Mann sage darin die Wahrheit, allerdings seien sie nur acht Ellen lang. Gunnar willigte in den Tausch ein, unter der Bedingung, daß der Mann, der ein reicher Bauer mit vielen Knechten war, den Balken nach Vatna Hverfi bringen und die Färsen selbst mit zurücknehmen würde, und Lavrans verbürgte sich dafür.

Nun kam Gunnar zu Ohren, daß Erik Thorleifsson sich von einem Bauern am Isafjord Bauholz für seine Scheune besorgt und acht Balken eingetauscht habe, mehr als genug für die Scheune, und Gunnar sagte verärgert, das komme ihm sehr gierig vor, doch

Pall Hallvardsson sagte, es heiße, daß er für jeden Balken sechs Kühe bezahlt habe und daß das Holz alt und nicht besonders stabil sei. Danach kam von Thord Magnusson vom Siglufjord die Kunde, daß in Alptafjord ein Balken zu haben sei, doch Gunnar wußte nicht, ob er ihn in eines seiner eigenen kleinen Boote bekommen konnte, und der Bauer, dem das Holz gehörte, besaß kein Boot. Nun hörte man eine Zeitlang nichts Neues, und Hrafn kam zu Gunnar und sagte, Katla klage Tag und Nacht darüber, daß sie neben dem Kuhstall schlafen müsse, und er bat Gunnar, zu Erlend zu gehen und von ihm das Holz zu besorgen, aber Gunnar war damit nicht einverstanden. Statt dessen besserten er und Olaf und Skuli an dem neuen Haus aus, was sie konnten, und hofften auf neue Kunde.

Es war schon bald Jul, und jeden Tag war jetzt der Boden mit Rauhreif überzogen, doch bislang war noch kein Schnee gefallen. Die Kühe grasten immer noch auf dem Hoffeld und waren noch nicht in den Kuhstall eingemauert worden. An einem dieser Tage schaute Gunnar hinaus und sah, daß Vigdis im Anmarsch war, und er wandte sich Olaf zu und sagte: »Ein fremdes Schiff segelt in den Gewässern von Gunnarshof.«

Nun schaute Olaf hinaus und antwortete: »Es ist ganz sicher ein Unglücksschiff, und ein Drehen des Windes wird es vermutlich nicht forttragen.«

Margret kam aus der Scheune und ging auf Vigdis zu und begleitete sie zum Haus. Ein wenig später schlenderte Gunnar an der Haustür vorbei, die geschlossen war, und tat so, als stolpere er, so daß er dagegen stieß. Margret öffnete. Drinnen saß Vigdis auf einer Bank und trank einen Becher Sauermilch. Vor ihr standen verschiedene andere Erfrischungen. Margret sah Gunnar an und zog die Augenbrauen hoch. Gunnar trat ein und setzte sich. Vigdis musterte ihn von oben bis unten, ohne zu lächeln oder finster zu blikken, trank bedächtig ihre Milch aus und vergaß auch nicht, sich mit dem Ärmel ihres Gewandes die Oberlippe abzuwischen. Schließlich sagte sie höflich: »Mir ist, als hätte ich vom Tod des Kindes Asgeir Gunnarsson gehört.«

Gunnar nickte.

»Es ist ein Unglücksjahr für Kinder.«

Gunnar nickte wieder.

Nun schob sie den Becher von sich weg und auch die anderen Dinge zum Essen und schaute Margret an, aber sagte zu Gunnar: »Man erzählt im Bezirk, daß du vorhast zu bauen und daß du in Alptafjord Balken gefunden hast.«

»Es gibt tatsächlich einen stabilen Balken in Alptafjord zu erwerben, und um nur einen geringen Tauschpreis.«

»Aber Alptafjord ist weit weg.«

»Nicht weit von den Vogelfelsen, wohin mein Vater uns immer zum Eiersammeln mitgenommen hat.«

»Die Zeit des Eierlegens ist sogar noch weiter entfernt.«

Gunnar zuckte die Schultern.

Vigdis schaute ihn an. »Es ist schön, gleichgültig zu sein, wenn man kann. Es heißt, daß Katla nicht gleichgültig ist.«

»Es gibt Bettnischen auf Gunnarshof, die des Nachts leer stehen. Katla braucht nicht ihre Nachbarn zu bitten, solche Dinge für sie herauszufinden.«

»Fünf Kühe sind nicht viel für einen Balken, der ganz nah ist.«

»Braucht denn im Bezirk jemand einen Balken?«

»Es gibt ein halbfertiges Haus im Bezirk, das vor Jul schon wetterfest sein könnte.«

Nun lehnte Gunnar sich mit dem Rücken an die Hauswand und ließ die Augen zufallen. Nach einer langen Weile sagte er: »Wir haben auf unserem Hof zufällig ein neues Gebäude. Aber wir brauchen keine Balken.« Dann war er eine lange Zeit still, als wäre er eingeschlafen. Nach einer Weile bedeutete Vigdis Margret, ihr auf die Beine zu helfen. Als Margret dies tat, sagte Vigdis: »Ich bin der Meinung, daß die Leute vom Gunnarshof in dieser Angelegenheit wenig getan haben, um sich Freunde zu machen, und jeder im Bezirk weiß, wie sehr Gunnar Asgeirsson alte Streitigkeiten pflegt.« Sie blickte einmal oder zweimal zu Gunnar, doch seine Augen öffneten sich nicht. Margret begleitete sie ein Stück auf ihrem Weg zurück nach Ketilshof. Bald ging Gunnar zurück zu dem neuen Gebäude und machte sich daran, Olaf beim Verlegen der Soden zu helfen. Der Boden war jetzt zu fest gefroren, um neue zu stechen, und Olaf stellte fest, daß die Jahreszeit schlecht für eine solche Arbeit sei. An dem Abend nach dem Essen verkündete

Gunnar, da Hrafns Söhne alt genug seien, um allein neben dem Kuhstall zu schlafen, wenn ihr Vater auf der anderen Seite des Feldes in einem neuen Haus sei, dann könnten sie auch allein dort schlafen, wenn ihr Vater und Katla in Ingrids alter Bettnische schliefen, und Hrafn stimmte dem zu, und so zogen Katla und Hrafn für den Winter zu ihnen ins Haus.

Nun kam die Julzeit heran, und da der Boden hart und gut zu begehen war und es bis jetzt nur weiter nördlich geschneit hatte, am Isafjord, kamen viel mehr Seelen zur Christmette und zum Festmahl in die Kathedrale nach Gardar. Da die Fjorde zugefroren waren, kamen viele auf Schlittschuhen aus Rentierknochen und andere kamen zu Pferd, und die Pferde wurden auf das riesige Hoffeld von Gardar geschickt. Von den Gunnarshofleuten blieben nur Olaf und Hrafns Söhne zurück und kümmerten sich um das Vieh. Olaf erklärte, in Gardar seien ihm zu viele Leute und zuviel Bischof. Dann sagte auch Margret, daß sie zu Haus bleiben werde, und schließlich ging sie doch, da Birgitta Lavransdottir es wünschte.

Nun hatten viele der Grönländer zum ersten Mal die Gelegenheit, den Kollbein Sigurdsson und seine Gefolgsleute und Matrosen, die zusammen in der Nähe von Kollbeins Hochsitz saßen, genauer zu betrachten. Margret sah, daß Kollbein ein dunkler Mann mit rundem Gesicht und kleinen runden Augen war, der sich wie der Bischof in Pelze kleidete, doch er trug sie gelassen, halb von der Schulter geworfen und nicht in erster Linie, um sich zu wärmen. Margret sah auch, daß Skuli neben ihm saß, und wiederholt wandte sich Kollbein an Margrets Freund und fragte ihn, wer die Anwesenden wohl seien. Einmal oder zweimal fiel sein Blick auch auf Margret, und einmal sah sie, wie Skulis Lippen die Worte »Margret Asgeirsdottir« formten, doch obgleich ihr Freund sie direkt anschaute, hob sein Blick sie in keiner Weise hervor. Kollbeins Blick glitt schnell über Gunnar hinweg, verweilte aber bei den reicheren Bauern wie Erlend Ketilsson, bis er fast starrte. Birgitta Lavransdottir, die Scharfsichtige, beobachtete Kollbein auch, und sie flüsterte Margret zu, daß der Ombudsmann aussehe, als zähle er Erlends Kühe, wie sie der Reihe nach zum Winter in den Kuhstall marschierten. Erlend und Vigdis lächelten dem Bischof und

Jon dem Priester, denen sie sechs Käselaibe vom Ketilshof gebracht hatten, freundlich zu.

Tatsächlich machten die Geschenke der Grönländer an Gardar eine stattliche Menge aus, obwohl der Großteil der Dinge aus bescheidener Heimarbeit stammte – Ballen von Wadmal, Schaffelle und einige kunstvoll gewebte Bänder als Schmuck für Meßgewänder. Dies war kein Jahr, in dem sich auf den Bänken der Halle von Gardar Bärenfelle und Walroßelfenbein und Silber aus Irland und Handschriften aus der Normandie und aus York und Seide aus Italien und Wein aus Frankreich türmten wie einst, als die Grönländer noch weithin in alle Richtungen gereist waren. Dennoch nickten die Bauern und ihre Frauen und schauten mit großen Augen auf die Geschenke und redeten genauso wie nach der Rentierjagd über den Reichtum ihrer Heimat.

Nun stand der Bischof auf und segnete das Festmahl, und seine Stimme, obwohl tiefer als sonst, war noch immer durchdringend, und wenn er den Blick über die versammelten Gäste schweifen ließ, dann glühten seine Augen mit dem gewohnten Feuer. »Herr«, hauchte er, »segne besonders das Brot und den Wein, welche die sichere Ankunft von Kollbein Sigurdsson uns beschert hat. Und segne Kollbein selbst, den verehrten Stellvertreter des großen Königs Hakon und seiner Frau Königin Margarethe und des alten Königs Magnus, die manchmal ihre treuen Untertanen in Grönland zu vergessen scheinen, doch derer sie sich in diesem Jahr so angemessen erinnert haben. Und wir erbitten, oh Herr, auch Deinen besonderen Segen für das Rentierfleisch von der großen Jagd auf Hreiney, welches uns allen den Reichtum der ganzen Schöpfung vor Augen führt. Für die andere, alltäglichere Kost erbitten wir auch Deinen Segen, denn dies ist das Fleisch, von dem Deine Gemeinde lebt, von Tag zu Tag, oft in Fülle und oft in Kargheit, doch immer unseren Bedürfnissen zur Genüge.« An dieser Stelle ließ sich der Bischof in seinen Hochsitz zurücksinken, und die Stimme von Sira Jon ertönte: »Dafür und für alle Wohltaten, oh Herr, danken wir Dir.« Da reckte Margret ihren Hals, um den Bischof zu sehen, wie es alle um sie herum taten. Doch der geschwächte Bischof gab ihnen ein Zeichen, daß sie beginnen sollten, und bald war die Halle vom Lärm des Festmahls erfüllt.

Als nun die Schalen und das Brot weitergereicht wurden, erschien Margret die Halle bald sehr heiß und zu verräuchert, und die Stimmen von Gunnar und Birgitta Lavransdottir neben ihr waren zu laut, um erträglich zu sein, und gleichzeitig zu leise, um sie verstehen zu können, denn Margret war in diesen Dingen tatsächlich wie ihr Onkel Hauk, sie machte sich nichts aus Festmählern und großen Menschenansammlungen. Sie stand auf und suchte den Weg ins Freie.

Das große Hoffeld von Gardar war hart gefroren und glänzte, es erstreckte sich bis zum Ufer und zu dem bleichen, leuchtenden Eis hinunter, und Margret atmete die frische Luft ein paarmal tief ein. Und dann drehte sie sich um und sah, wie Skuli auf sie zukam, und er war in sein blaues und rotes höfisches Gewand gekleidet, und sein Haar war mit blauen und roten Bändern ordentlich hochgebunden. Er schien Margret sehr hell, so hell, wie er ihr vor vielen Jahren erschienen war, als er auf Gunnarshof weilte und ihr eine Spindel in der Form eines grinsenden Gesichtes geschnitzt hatte, die sie aus Scheu nicht benutzt, doch viele Jahre in ihrer Tasche bei sich getragen hatte. Als er sich ihr nun näherte, erschien er ihr viel heller als Olaf Finnbogason, und jene ferne Zeit war der Gegenwart viel näher als all die Jahre dazwischen.

Nun kam Skuli zu ihr, und er stand nah bei ihr und sagte: »Margret Asgeirsdottir, mir schien, daß du in der Halle blaß geworden bist und das Festmahl ganz plötzlich verlassen hast. Ist dir nicht wohl? Ist dir von dem Brot übel geworden? Es ist in der Tat kein sehr gutes Brot.«

»Nein.« Nun wandte sie sich von ihm ab und schaute über das Hoffeld von Gardar zu dem riesigen Kuhstall hinüber, wo die vielen Gardarkühe eingemauert waren und in behaglicher Wärme auf den Frühling warteten. Da trat Skuli einen Schritt zurück und sagte wieder mit seiner gewöhnlichen Stimme: »In den Jahren seit der Ankunft des Bischofs hat Gardar an Wohlstand gewonnen, doch anderen erging es nicht so, das weiß ich.«

»Es ist wahr, daß es anderen nicht so ergangen ist, und die Leute geben diesem und jenem die Schuld dafür. Aber mir scheint, der Bischof ist wie ein Sturm oder ein Gottesurteil, dessen Kommen Gutes oder Schlechtes bringt, und ich fühle keine Bitterkeit gegen ihn, obwohl mein Gunnar es vielleicht tut. Doch darüber wird nicht oft gesprochen.«

Da sahen sie, wie Knechte aus der Scheune kamen und Heu zum Kuhstall brachten, auf großen Häuten, die sie über den gefrorenen Boden zogen. Skuli meinte, daß es ihn immer noch erheitere, wie die Grönländer Futter beförderten, doch Margret unterbrach ihn: »Kennst du die Geschichte, wie Olaf nach Gunnarshof zurückkehrte?«

»Nein.«

»Eines Tages kam dieser Audun, der jetzt Priester ist, aus Gardar, um Olaf zu holen, damit er seine Studien für das Priesteramt fortsetze und vom Bischof zum Priester geweiht werde, und nach vielen Jahren auf Gunnarshof mußte Olaf fortgehen. Am ersten Tag nach Olafs Abreise liefen unsere Leute ziellos herum wie die Schafe, nicht nur Gunnar und Birgitta, die damals noch ein Kind war; ich selbst konnte mich kaum erinnern, wie man die Mahlzeiten serviert und die Molke rührt, Dinge, die ich seit meinem fünften Winter getan habe. Gunnar hat sich erst einmal hingesetzt und eine Geschichte erzählt, und Birgitta und die Mägde und Knechte haben den ganzen Morgen mit Zuhören verbracht. Ich bin in die Berge gegangen, um Schlingen zu legen und Kräuter zu sammeln, doch meine Schlingen haben sich verheddert, und ich habe auch nichts gesammelt.« Sie schaute Skuli an. Er war sehr stattlich. Sie fuhr fort: »Da war ich verzweifelt, denn ich sah, daß der wunderbare Hof meiner Väter in die Hände von Narren gefallen war und daß Gunnar und ich und Birgitta, ein unschuldiges Kind, bald verhungern würden. Und so ging es noch zwei Tage weiter, so daß wenig Arbeit getan wurde und es ein Glück war, daß die Tiere noch in den Bergen weideten. Mir scheint, wir hätten nicht einmal den Verstand besessen, sie wenigstens zu füttern, wenn das alles zu einer anderen Jahreszeit geschehen wäre.

Und dann, am dritten Tag, kamen die Priester Jon und Pall Hallvardsson zu uns, und ich wußte sofort, daß sie wegen Olaf gekommen waren, obwohl sie lange Zeit über etwas anderes sprachen. Und wir hatten das Glück, daß Pall Hallvardsson, der ein Freund war, zuerst sprach und mich direkt fragte, ob ich Olaf anverlobt sei, und ich konnte in seinen Augen lesen, daß Olaf in Gardar so unglücklich war, wie wir es waren, ihn dort zu wissen, also sagte ich, daß es so wäre. Und eine der Mägde schlüpfte hinaus und brachte die Nachricht zu Gunnar, so daß er, als Jon mit ihm sprach, ebenfalls ein ordnungsgemäßes Verlöbnis bestätigte. Und so kehrte Olaf ungefähr einen Tag später zurück, und wir mußten doch nicht verhungern, sondern gelangten zu Wohlstand, sogar in diesem Jahr, wo kaum jemand in der Ostsiedlung das gleiche von sich behaupten kann.«

»Mir scheint, daß ihr nicht schlecht daran getan habt, einen so begabten Landmann in die Familie aufzunehmen, doch am Hofe von Königin Margarethe und in anderen großen Häusern in Norwegen und Dänemark ist es nicht verpönt, wenn ein Mann eine verheiratete Frau bewundert, zum Beispiel etwas Anmutiges in ihrer Gestalt erkennt oder etwas Kostbares in der Farbe ihrer Augen.« Da berührte er mit einem Finger eine ihrer Flechten und sagte: »Wahrlich, es ist selten, daß das Haar einer Frau nach ihrer Jugendzeit schwerer und heller wird, doch deine Flechten sind dicker als die Handgelenke eines Mannes und so hell wie Stroh in der Sonne.«

Da spürte Margret, wie ihr Gesicht heiß wurde, und sie sagte: »Auf Gunnarshof vernachlässigen die verheirateten Frauen manchmal den Kopfputz, und das ist eine Schande für uns.«

»Die Augen eines Mannes fügen doch einer tugendhaften Frau keinen Schaden zu, und was er ihr zu Ehren oder ihr zum Wohle tun mag, gefährdet nicht ihren Ruf.«

»Mir scheint aber nun, daß wir zu lange geredet haben und man uns beim Festmahl vermissen wird.« Und sie drehte sich um und ging wieder hinein, ohne ihn noch einmal anzuschauen.

Nach dem Julfest wurde es in diesem Jahr sehr kalt, und es gab soviel Schnee, daß die Pferde und Schafe ihn nicht wegscharren und das Gras darunter erreichen konnten. Wegen der Brechkrankheit im Jahr zuvor gab es nur wenige Leute, die helfen konnten, Seegrasfutter zu sammeln und die Schafe zu suchen, die sich zu den Fjorden verirrt hatten. Viele saßen in ihre Umhänge und Pelze gehüllt neben dem Feuer und erklärten, in diesem Jahr müsse Gott für die Schafe sorgen. An einigen tiefergelegenen, feuchten Stellen waren die Kuhställe fast ganz von Schneewehen bedeckt, und man mußte wieder und wieder Löcher zu den Luftkanälen graben. Auch sonst schien es ein besonders scharfer Winter zu sein, und das war bis zum Fest des St. Thorfinn das Hauptgesprächsthema, als sich in Eriksfjord eine sehr bestürzende Geschichte zutrug. Dort lebte ein Bauer namens Helgi Grimsson mit seinem Sohn auf einem kleinen Bauernhof, der Mel hieß. Eines Tages ging dieser Helgi nach einem Schneesturm hinaus, um seine Schafe zu suchen, und fand sie nicht weit vom Wohnhaus, und alle sechsundzwanzig lagen mit durchschnittenen Kehlen gefroren im Schnee.

Kurz danach träumte Helgi zwei Nächte hintereinander denselben Traum, und darin zog eine Feuerwand sein Hoffeld den Hügel hinauf wie eine Armee von Männern und verbrannte alles, was ihr in den Weg kam, einschließlich Helgi, der sich selbst brennen sah und das Brennen auch spürte. Am zweiten Morgen nach seinem Traum riß Helgi trotz des Schnees die Südmauer seines Kuhstalls nieder und führte die Kühe ins Freie und gab ihnen etwas Heu. An dem Abend weigerte er sich, die Kühe zurückzubringen, obwohl er nicht sagen konnte, warum. In der Nacht brach im Kuhstall ein Feuer aus, und der ganze Mist und die getrockneten Soden verbrannten, doch durch Helgis Klugheit waren die Kühe gerettet. Da weigerte Helgi sich, noch länger auf Mel zu wohnen, und verdingte sich als Knecht in Gardar, und seinen Sohn übergab er dem Bischof, auf daß er als Priester ausgebildet werde. Über diese Ereignisse wurde viel geredet, und viele warteten auf ähnliche Geschehnisse in Gardar, als Helgi und der Junge dorthin zogen, doch alles blieb ruhig. Und so kam der Frühling.

Eines Tages kurz vor Beginn der Frühjahrsarbeit nahm Gunnar eines der Pferde und ritt nach Gardar, wo er die Nacht verbrachte. Am nächsten Tag sprach er mit seinen alten Freunden, doch man sah ihn auch im Gespräch mit dem Bauern Helgi. Dann kam er nach Hause. Und so kam es, daß nach Ende der Frühjahrsarbeit, als die Schafe auf der Sommerweide und die Fjorde eisfrei waren, mit dem großen Boot von Osmund Thordarson vier Balken nach Gunnarshof gebracht wurden, und diese stammten aus dem Wohnhaus von Mel, denn Helgi hatte beschlossen, das Unglückshaus niederzureißen, und Gunnar hatte die Balken für eine Kuh das Stück gekauft. Diese Kühe wurden im selben Boot nach Gardar gebracht und mit Helgis anderen Kühen in der Herde von Gardar gehalten. Da sagten viele Leute in Vatna Hverfi, Gunnar habe ein gutes Geschäft gemacht und er habe nicht weit dafür gehen müssen, doch wieder andere sagten, daß die vorsätzliche Beleidigung von Erlend Ketilsson gegen Gunnars Sparsamkeit schwer ins Gewicht falle. Nun machten Olaf und Gunnar das alte Nebengebäude für Hrafn und Katla fertig, und Gunnar gab bekannt, daß er drei Holzbalken zu tauschen habe. Die merkwürdigen Ereignisse auf Mel wurden niemals aufgeklärt, obgleich die Leute eine ganze Weile darüber sprachen.

Skuli Gudmundsson war nicht sehr angetan von Kollbein Sigurdsson, der sich ständig über die Unannehmlichkeiten auf Thjodhildshof beklagte, die sicherlich größer wären als die am Hofe oder auf den beiden Gütern Kollbeins in Norwegen und auch größer als auf allen anderen grönländischen Höfen außer den ärmsten. Kollbein versuchte immer, Einladungen nach Gardar oder Brattahlid herauszuschinden, und immerzu erkundigte er sich nach den wohlhabenden Bauern in den anderen Bezirken – wie groß ihre Häuser waren, wieviel Heu sie für den Winter hatten, wieviele Schafe und Kühe und Pferde und Knechte. Er sprach immer von Erhebungen – der König müsse durch seinen getreuen Steuereinnehmer erfahren, was diese Grönländer besaßen und wieviel sie ihm schuldeten, aber außer daß er von Zeit zu Zeit mit seinem Schreiber, einem Engländer namens Martin of Chester, beisammen saß, unternahm er nichts, um diese Erhebungen anzustellen, sondern verschwendete, was seine Nachbarn ihm zum Unterhalt beisteuerten. Mit der Zeit wurden diese Sitzungen mit Martin immer seltener, und der König und sein Hof schienen ihm immer weiter entfernt.

Kollbeins Gefolgsleute waren allesamt Seeleute und in der Stadt geboren, außer Skuli und noch zwei anderen Bauernsöhnen namens Egil und Erik aus dem Vestfold. Diese drei erwähnten oft, was für schöne Höfe Thjodhildshof und Foss einst gewesen seien, mit großen, gutgedüngten Feldern, stattlichen Häusern und einer guten Wasserversorgung, doch es ging über ihre Kräfte, den Hof allein zu besorgen, so unachtsam wie Kollbein war, und als Folge zogen

Egil und Erik wie auch Skuli es vor, so wenig wie möglich auf Thjodhildshof zu sein.

In diesem Frühjahr begann Skuli Gudmundsson, sich mit Margret Asgeirsdottir in den Bergen über Vatna Hverfi zu treffen, wo sie gewöhnlich umherstreifte und Schlingen auslegte und Kräuter sammelte. Immer sprach er in einer Weise über ihre Gestalt und ihr Antlitz, wie sie es nie zuvor gehört hatte, und bald schon verzehrte sie sich danach, diese Dinge zu hören. Oder er erzählte ihr Geschichten vom Leben mit Kollbein, die sie zum Lachen brachten, oder Geschichten von Norwegen und dem Hof von Hakon und Margarethe, die sie verwirrten, oder kleine Dinge über sich und seine Gedanken, die sie faszinierten. Und immer machte er ihr Geschenke. Seine Hände waren niemals müßig.

Diese Treffen waren weder häufig noch selten, und sie hatten keinen Einfluß auf Skulis Besuche bei den Gunnarshofleuten, die ihn so selbstverständlich wie immer empfingen und sich besonders über seine Hilfe beim Bau des neuen Hauses freuten. Nur Margret fürchtete sein Kommen, und doch wartete sie ständig auf ihn und war niedergeschlagen, wenn drei Tage ohne einen Besuch verstrichen. Manchmal schaute Birgitta, die Scharfsichtige, sie an und stellte fest, daß sie fiebrig und ängstlich aussehe. Der Hausbau und das Lammen und Kalben sowie die Geburt eines großen grauen Fohlens von seiner Lieblingsstute Mikla und die übrige Arbeit, die auf dem Hofe zu tun war, hielten Olaf Finnbogason oft vom Haus fern. Olaf war inzwischen ziemlich rund geworden, doch er hatte den Ruf eines sehr starken Mannes, und manchmal wurde er zu anderen Höfen gerufen, um störrische Bullen und Hengste zu zähmen. Von siebzehn Jahren Landarbeit waren sein großer Bauch fest und seine Schenkel kräftig geworden.

Skuli sah ganz anders aus als Olaf. Wo der eine dunkel war, war der andere hell. Wo des einen Kraft in den Beinen und Hüften lag, war die des anderen in Armen und Schultern. Wo der eine sein Haar kurz schnitt und barhäuptig ging, trug der andere sein Haar bis zu den Schultern und eine farbenprächtige Kappe, wie man es am Hofe in Norwegen tat. Wo der eine selten redete und dann nur, um einen Witz zu machen, sprach der andere oft und über alles.

Wo der eine nur in Gardar und auf Gunnarshof gelebt hatte, hatte der andere an vielen Orten gelebt und noch mehr gesehen. Wo der eine sein ganzes Leben ein Grönländer bleiben und bis zu seinem Tod denselben Gewohnheiten folgen würde, würde der andere bald fort sein, so wie er schon einmal gegangen war. Wo die Arbeit des einen das ganze Jahr über immer wieder und wieder getan werden mußte, formte der andere hin und wieder einmal einen nützlichen geschickten Messergriff, dann eine gelungene Schachfigur, Dinge, die man in die Hand nehmen und mit Freude immer wieder anschauen konnte. Wo der eine das Hoffeld und den Kuhstall und das Wohnhaus und die Milchstube und die Familie und Margret als eine unter den anderen sah, da sah der andere nur Margret, oder manchmal sah er Margret gar nicht, sondern statt dessen ihr Haar und ihre Augen und ihre Hände und ihre Brüste, oder die Rundung ihrer Hüften und das Wiegen ihres Ganges, oder sogar noch kleinere Dinge wie den Fall ihres Umhangs in einem Moment oder die Drehung ihres Kopfes in einem anderen. Wenn sie zusammen gewesen waren, nahm auch Margret diese Dinge wahr – ihr Handgelenk, ihren Rock, der um sie schwang, und sie spürte eine Verwirrung und eine Aufgeregtheit, die sie, wenn sie nachließ, sehnsüchtig wieder spüren wollte.

Auch Skuli empfand eine tiefe Neugier für Margret Asgeirsdottir und spürte stark den Wandel, der zwischen dem Besuch von Thorleif und dem Besuch von Kollbein in ihr vorgegangen war, so daß sie für ihn zwei Wesen in einem war, eine Frau und der Schatten eines Mädchens oder ein Mädchen und der Schatten einer Frau. Das führte dazu, daß er sie sehen und seine Neugier befriedigen wollte, wenn er nicht bei ihr war, doch wenn er bei ihr war, wurde seine Neugier doch nicht befriedigt, sondern verstärkt, und so prägte er sich dies und jenes über sie ein, doch indem er davon sprach, entglitt es ihm wieder, und er mußte von etwas anderem reden. Er bedauerte, daß er kein gelehrter Mann war, denn er hatte Gedichte gehört, die Frauen gewidmet waren und ihre Tugenden priesen, doch er konnte sie nicht auswendig. Und er hatte einmal eine Predigt gehört, der als Text die Sprüche des Königs Salomo über die Kirche zugrunde lagen, aber auch die hatte er nie gelernt, und er schämte sich, Sira Pall Hallvardsson mit solchem Ansinnen zu belästigen und den Priester zu bitten, ihn mit der Heiligen Schrift zu entzünden.

Zudem war Margret so anders als seine Frau, daß er bei der Grönländerin ständig an die andere denken mußte. Er erinnerte sich an sie und an seine Söhne in einem Maße, wie es ihm allein unmöglich gewesen war, und er sehnte sich immer lebhafter nach ihnen, bis ihm schien, als könne nur Margret, die doch ganz anders aussah und sich ganz anders benahm als seine Frau (denn die eine hatte viel geredet und gescherzt, und die andere war ruhig und ernsthaft), den bohrenden Schmerz dieser Sehnsucht besänftigen. Und so kam es, daß im Frühjahr, nachdem der Boden sich erwärmt hatte und das Kräutersammeln Margret täglich einen Vorwand für ihre Ausflüge in die Berge bot, Skuli und Margret als Mann und Frau beieinander lagen, und Margret gestand, daß sie, seit ihr Bruder Gunnar Asgeirsson sie an ihrem Hochzeitstag zum Altar geführt hatte, niemals so mit Olaf zusammen gewesen war.

Von Gunnar Asgeirsson und seiner Frau Birgitta Lavransdottir ist zu berichten, daß sie in dem Winter nach dem Tod des Säuglings endgültig aufhörten, Kinder zu sein. Gunnar war jetzt zweiundzwanzig Jahre alt und ganz erwachsen, so groß wie Hauk Gunnarsson, und mit seinen langen Armen und Beinen war er Hauk in der Erscheinung ähnlicher als Asgeir, und er hatte etwas von Hauks anmutiger Art, sich zu bewegen, obgleich er sich beim Jagen und Fallenstellen immer noch ungeschickt anstellte. Birgitta Lavransdottir paßte gut zu ihm, und die Leute sagten, sie seien ein recht schönes Paar. Birgitta war klein, aber nicht schmächtig, sondern für eine Frau behende und kräftig. Ihr Haar war dunkler und feiner geworden, und sie vergaß ihren Kopfputz nicht mehr. Sie war siebzehn Jahre alt.

Eines Tages im Frühjahr rief sie Katla zu sich und gab ihr zwei Stücke Wadmal für Gewänder und noch ein Stück für Hrafns Söhne. Dann gab sie ihr einen schönen geschnitzten Hornlöffel in einem verschließbaren Kästchen und lobte sie für ihre gute Arbeit und ihre treuen Dienste. Nun gingen sie in die Milchstube und zählten die Käse und Butterstücke und Sauermilchbottiche, und Birgitta erklärte, zur Zeit Asgeir Gunnarssons habe ein solcher

Überfluß an diesen Dingen geherrscht, daß man neben der Milchstube noch ein weiteres Lagerhaus benötigt habe, nur um die Erträge eines Sommers unterzubringen. Dann gingen sie zu dem Lagerhaus für das gedörrte Seehundfleisch, und der Vorrat war sehr geschrumpft, denn der Winter war gerade vorbei, und das Frühjahr hatte soeben erst begonnen, und Birgitta erklärte, daß gedörrtes Seehundfleisch schon bald bis zur Decke reichen würde, das ganze Jahr über, so daß man die schlechten oder verdorbenen Stücke ohne nachzudenken wegwerfen könne. Danach schauten sie sich die Tonnen mit ausgelassenem und gepökeltem Seehundspeck an und die Gestelle mit gedörrtem Rentierfleisch und anderen Sorten Trockenfleisch. Dann holten sie alle Ballen von Wadmal hervor und alle Häute und Schaffelle, und Birgitta schaute sich alles genau an, bevor sie es zurücklegen ließ. Dann ging sie auf dem Hof umher und schaute sich sorgfältig alle Gebäude an und das Vieh und die beiden Boote und den Karren mit Rädern und die Steinmauern, die das Hoffeld umgaben, und sie starrte eine lange Zeit auf Erlends Feld, das seine Knechte gerade düngten und das über Generationen das zweite Feld von Gunnarshof gewesen war und Gunnarshof mit allem versorgt hatte, was man Reichtum nennen konnte – alles, was mehr als lebensnotwendig war. Zwei Tage war sie damit beschäftigt.

Nun saß sie beim Abendfleisch und sagte zu Gunnar: »Ein armer Mann ist wie ein Bauer, der auf einer tiefliegenden Insel arbeitet. Wenn der Fluß seine Felder überschwemmt, hält er sich für glücklich, weil er seine Schafe noch hat, denn er hat sie an eine höher gelegene Stelle gebracht, und wenn der Fluß seine Schafe fortträgt, beglückwünscht er sich dazu, daß er seine Kühe zum Grasen auf das Dach des Kuhstalls geführt hat, und nachdem ihm die Kühe ertrunken sind, dankt er dem Herrn, daß er ein Boot hat, in das er seine Kinder setzen kann. Wenn das Boot gesunken ist und die Kinder fortgespült worden sind, dann hält er sich für glücklich, weil er schwimmen kann, und die ganze Zeit glaubt er an sein Glück, bis ihn die Kräfte verlassen und auch er untergeht. Doch ein reicher Mann ist ein Mann mit genügend Weitblick, der niemals von Glück spricht und hoch oben am Ufer sein Land bearbeitet und weiß, daß der Fluß jedes Jahr über die Ufer tritt.«

»Da ist wohl etwas Wahres dran«, sagte Gunnar.

Da schaute Birgitta ihn an und sagte: »Ich habe Lavrans zu Ostern gefragt, wann sein Vater immer die Kühe aus dem Kuhstall geholt hat, und er sagte, daß es stets zu Beginn der Sommernächte gewesen sei, doch ein- oder zweimal sogar viel früher, kurz vor Beginn der Fastenzeit. Aber wir können die Kühe oft nicht einmal vor dem Fest des St. Hallvard hinaustragen, und nie vor der Fastenzeit. Einmal haben wir die Kühe in der Woche nach Ostern hinausgebracht und konnten uns dafür schon glücklich schätzen.«

»Ich habe auch von solchen Dingen gehört, aber alte Männer erinnern sich oft nicht genau.«

»Es gibt noch eine andere Geschichte, die du vielleicht hören magst.«

»Warum nicht.«

Birgitta schaute zu ihm auf und sagte: »Lavrans' Vater, dieser Kollgrim, hat seine Kühe meist gar nicht aufs Feld getragen, sondern sie geführt, denn in jenen Tagen hat das Heu immer den Winter über gereicht, und die Kühe konnten es sich ganz allein holen und haben es im Frühjahr aufgefressen.«

»Das könnte in der Tat so gewesen sein.«

Da sagte Birgitta: »Eine steigende Flut kann viele Formen annehmen.«

Danach machte es sich auch Gunnar zur Gewohnheit, die Arbeit auf Erlends Feld zu beobachten, und Birgitta störte jede Art von Verschwendung nun ebenso, wie man es von Vigdis sagte, so daß die Leute vom Gunnarshof manchmal lachten und sie zu sich riefen, um ihr die Eßbretter zu zeigen, wenn sie ihr Fleisch restlos aufgegessen hatten. Doch sie war nicht geizig und gab jedem großzügig zu essen, denn sie kochte jetzt meistens anstelle von Margret, und Katla half ihr dabei. In diesem Sommer schickte sie Hrafns älteren Sohn mit zwanzig Mutterschafen und Lämmern nach Hvalseyfjord, und dort grasten die Tiere auf Lavrans' fetter Weide, und so hielt man es viele Jahre, so daß es in manchen Jahren auf Lavranshof mehr Schafe vom Gunnarshof gab als Lavranshofschafe. Die Herde vom Gunnarshof wurde immer größer und näherte sich dem Umfang von Asgeirs Herde zu der Zeit, als Helga Ingvadottir ihre Schafe mitgebracht hatte, aber im Herbst mußten sehr viel mehr geschlachtet werden, als Asgeir zu schlachten pflegte, denn es gab nicht genügend Winterheu.

In diesem Frühjahr gingen Birgitta und Katla auch jeden Sonntag, an dem Gottesdienst war, zur Kirche, und Birgitta freundete sich zum erstenmal, seit sie nach Vatna Hverfi gekommen war, mit einigen Frauen aus dem Bezirk an. Darauf lobten viele ihr Aussehen und ihre Auffassungsgabe, denn sie zeigte sich begierig, den Rat dieser Frauen in allen möglichen Dingen zu erfragen, vom Kochen bis zur Empfängnis gesunder Kinder, und oft beklagte sie ihre Unwissenheit im Vergleich zu deren Weisheit. Manche sagten nun, der dumme Gunnar habe Glück gehabt, so eine Frau zu finden, doch andere sagten, es sei ja auch möglich, daß der Ehemann nicht so dumm war, wie er ihnen immer vorgekommen sei.

Eines Tages traf Margret Skuli in den Bergen, und wie gewöhnlich sprachen sie von vielen Dingen, bis das Gespräch auf Königin Margarethe und ihre Hofdamen kam. Das einzige, was diesen Damen wichtig sei, erklärte Skuli, seien ihre Kleider, und sie trachteten immer, leuchtende Farben zu tragen, schöne Pelze und schmeichelnden Kopfputz, der dem Margrets in Form und Zweck nicht unähnlich sei, doch sei er in der Wirkung ganz anders, er sei nämlich eher dazu geeignet, die Blicke der Männer auf sich zu ziehen als sie wegzulenken. Die Farben, zum Beispiel purpurrot, rot, rosarot, schienen auch den Wangen der Damen Farbe zu geben und sie noch schöner zu machen. Es gebe auch noch andere gewagte Dinge, so zeige zum Beispiel die Form der Ausschnitte die Rundungen der Brüste, welche mit einem feinen Tuch verschleiert würden, und die Taillen seien hoch angesetzt und eng geschnürt. Die Königin liebe ganz besonders solche Ärmel, die oben an der Schulter eng anliegen und locker zur Hand herabfallen und manchmal bis zum Boden reichen. Im Winter würden sie mit Pelz in verschiedenen Farben verbrämt, aus Rußland vielleicht, und im Sommer würden die Ärmel abgeschnitten und bestickt, und diese Arbeit sei es gewesen, welche seine Frau für Margarethe getan habe. Skuli sprach ruhig, während er Margret beim Schlingenlegen beobachtete, und selbst als er von seiner Frau sprach, war sein Ton leicht. In Frankreich, so habe er gehört, seien noch ausgefallenere Dinge in Mode – Schuhe, in denen man kaum gehen könne,

Kleider, die eher wie Hemden aussahen, mit Strümpfen von verschiedener Farbe an jedem Bein. Eine Weile erzählte er so weiter, dann begann er über Hunde zu reden, denn König Hakon besaß ein großes Rudel irischer Wolfshunde, die wie richtige Wölfe aussahen, jedoch frei im Palast herumliefen und Besucher verschreckten. Bald war es Zeit, sich zu trennen, und Margret schwankte anmutig unter der Last von kleinen Tieren und anderen Dingen, die sie gesammelt hatte, und ging fort, ohne sich noch einmal umzusehen. Wie so oft aß Skuli in der Undir Hofdi-Kirche zu Abend und verbrachte dort auch die Nacht, denn die »Frau« von Sira Nikolaus mochte ihn ganz besonders.

In jener Nacht nahm Margret eine kleine Seehundtranlampe und stahl sich aus ihrer Bettnische, nachdem alle schlafen gegangen waren. Da ging sie von Truhe zu Truhe, öffnete und durchsuchte sie sorgfältig und schloß sie wieder, doch alle Truhen waren nach Birgittas Durchsicht neu gesäubert und geordnet worden. Schließlich aber fand Margret den Ballen roter Seide aus Bergen, den Birgitta als Mitgift mitgebracht hatte, und sie nahm ihn heraus. Von Zeit zu Zeit kam ein Gespräch darüber auf, was man mit dieser Seide tun sollte. Manchmal schlug Gunnar vor, daß man sie dem Bischof oder der Undir Hofdi-Kirche als einen Teil des Zehnten geben sollte, aber dann wollte Birgitta sie immer für ihre Kinder aufbewahren. Wenn Birgitta geneigt war, sie herzugeben, wie etwa nachdem sie die Jungfrau und das Kind im Hoffeld gesehen hatte oder nach dem Tod ihres Kindes, dann war es Gunnar, der die Seide aufbewahren wollte, und so hatte man bis jetzt gar nichts damit getan. Es war schließlich der einzige Stoff seiner Art im Bezirk Vatna Hverfi. Margret hielt ihn an ihre Wange und legte ihn sich um den Hals, dann rollte sie ihn wieder auf und legte ihn weg, dieses Mal in ihre eigene Truhe. Es schien ihr, als sei sie in einer Art Fieber, das nur die Kühle der Seide löschen könne.

Nun wartete sie auf eine Gelegenheit, in der niemand im Wohnhaus sein würde, und die kam recht bald, als Birgitta und Katla das nächste Mal in die Undir Hofdi-Kirche zum Gottesdienst gingen, denn Gunnar war gerade in Gardar, und Olaf war mit Hrafn und seinen Söhnen in den Hügeln und schor die Schafe. Da holte Margret die Seide hervor, breitete sie aus und stürzte sich wie wild darauf, und in ganz kurzer Zeit hatte sie sie für ein Gewand in Stücke geschnitten. Dann lehnte sie sich zurück, und das Fieber war gelöscht, und sie sah, was sie getan hatte, und bekam schreckliche Angst, also rollte sie die Stücke zusammen und legte sie wieder in ihre Truhe.

Nicht lange danach traf sie Skuli wieder in den Bergen, und er trug ein besonders farbenprächtiges Gewand in hellblau und grün, während Margret wie immer das Gewand aus purpurrötlichem Gunnarshofwadmal anhatte, und sie fragte ihn wie nebenbei: »Wie bist du zu Kleidern in solch ausgefallenen Farben gekommen?«

Skuli trat zurück und schaute an sich hinunter und lachte. »Mein früherer Herr wäre wenig erfreut über deine Worte, denn jeder Gefolgsmann auf seinem Gut trug täglich diese Farben, bis auf die Leute, die die Feldarbeit verrichteten. Solch leuchtende Kleidung wird jetzt in Norwegen sehr geschätzt, und niemand geht als Wikingerprinzessin umher wie du.« Dann nahm er sie in seine Arme, und sie sprachen nicht mehr über Kleider, sie schliefen miteinander, doch das half nicht, das Fieber zu lindern, das Margret überkommen hatte, und sie trennte sich schnell von Skuli und ging nach Hause zurück.

Das Haus war aber voller Leben, denn alle waren da, und besonders Birgitta ging aus und ein, plauderte und stellte Fragen. Aus diesem Grund hielt sich Margret von ihrer Truhe fern, die in ihren Augen wie Glut leuchtete und sie ebenso anzog, wie Skuli es tat. Zuerst wurde das Abendessen vorbereitet, dann wurde gegessen, und danach saßen Gunnar und Olaf an ihren Eßbrettern und sprachen ausführlich darüber, wie Olaf die Schafe schor. Dann setzte sich Birgitta an Gunnars Seite und bat ihn um eine Geschichte, und so erzählte er die Geschichte von den beiden Frauen, Gudrid Thorbjarnardottir und Freydis Eriksdottir, die beide mit Leif Eriksson dem Glücklichen verwandt waren.

Das ist nun bei den Grönländern eine berühmte Geschichte, denn sie behandelt zwei ihrer Lieblingsthemen, nämlich Vinland und die Sippe Eriks des Roten. Und in dieser Geschichte kommen eine gute und eine schlechte Frau vor, und so erzählen die Leute sie oft als ein Lehrstück über den Willen der Frauen, denn Freydis

Eriksdottir war immer entschlossen, ihren Willen durchzusetzen, und verursachte den Tod einer Reihe von Männern und tötete eigenhändig sieben Frauen mit einer Axt. Obwohl diese Geschichte lang dauerte und Olaf und Hrafn einschliefen und Katla zu ihrem Haus ging, mußte Margret immer weiter zuhören, obwohl es ihr unerträglich vorkam. Gunnar beendete seine Geschichte so: »Für Gudrid verliefen die Dinge ganz anders, denn sie hatte drei Ehemänner, die alle reich starben, und auf jeden folgte einer, der noch schöner und liebenswürdiger war als der letzte, bis Gudrid in ihrem Bette starb, und ihre Söhne, darunter Snorri, der in Vinland geboren war, standen ihr zur Seite.« Und Birgitta kniff ihn in den Arm und gähnte und sagte: »An so eine lange Geschichte habe ich nicht gedacht. Bestimmt«, lächelte sie, »hätte Vigdis diese Geschichte gefallen, denn sicher hält sie sich für eine Frau wie Gudrid, wohlhabend und fromm. Aber Gunnar, du mußt mir erzählen, wie es kommt, daß jene sieben Frauen, die Freydis gemordet hat, stillhielten, und wie kommt es, daß zwanzig Männer dabeigestanden und zugeschaut haben? Diese Freydis muß wirklich wild gewesen sein.« Gunnar zuckte die Schultern und lachte, und so gingen die beiden in ihre Bettnische, und ihr Reden wurde nach einer Weile leiser.

Da ging Margret zu ihrer Truhe und öffnete sie und zog ein Stück roter Seide und einen Spinnwirtel heraus, und sie begann, Fäden aus der Seide zu ziehen und zu Garn zu spinnen. Im Halblicht der Frühlingsnacht war solche Arbeit leicht getan, und ihre Hände bewegten sich flink, mal spannen sie, und mal wickelten sie den gesponnenen Faden auf ein Stück Rentiergeweih. Ein- oder zweimal stand sie auf und wollte die Seidenstücke weglegen, die sie nicht zum Spinnen verwendete, doch jedesmal setzte sie sich mit dem Stoff in der Hand wieder hin. Als sie fertig war und alle Fäden zusammengesponnen hatte, blieb sie mit der Rolle in den Händen sitzen. Kurz bevor Olaf zur Morgenarbeit aufstand, legte sie alles wieder in die Truhe.

Wie üblich ging Olaf hinaus, während Margret seine Morgenmahlzeit auftrug. Es gab viele Dinge, die sie ihm sagen konnte, wenn er zurückkam, wie sehr Asgeir ihn geliebt hatte und wie vertraut und wichtig er ihnen auf Gunnarshof war und wie dankbar sie ihm dafür war, daß er sie schon einmal vor dem Verhungern gerettet hatte, und wie sehr sie alle sogar jetzt noch aus demselben Grunde von ihm abhängig waren. Einige dieser Sätze formte sie mit ihren Lippen, probierte aus, wie sie es sagen würde, wenn er vor ihr säße. Aber als er dann vor ihr saß und mit einem Stück gedörrtem Seehundfleisch seine Sauermilch löffelte, sagte sie nichts davon, denn solche Dinge konnte sie nicht diesem Olaf sagen, der ein Band aus Wadmal um seinen Kopf wickelte, damit ihm der Schweiß nicht in die Augen rann, und dessen Schultern über seinem Eßbrett hingen, als wollte er es vor Eisbären beschützen. Schon bald teilte er ihr mit, daß er den restlichen Tag das Hoffeld düngen werde, zog sich vom Tisch hoch und ging mit einer Ledertasche voll Käse und gedörrtem Rentierfleisch hinaus.

Margret lief zu ihrer Truhe und zog die Seidenstücke heraus. Sie so schnell wie möglich zusammenzunähen, schien das einzige, was zählte. Mit Skulis feinster Nadel machte sie feine Stiche, und der Faden, den sie gesponnen hatte, zog sich durch die Seide, als wäre sie Wasser. Birgitta und Gunnar standen spät auf und waren gutgelaunt, und Margret hatte eine lange Naht genäht.

Eines Tages, nicht lange danach, ging sie in die Berge und trug ihren Mantel, obwohl die Sonne warm auf den steinigen Berghängen lag, und dann verweilte sie hier und dort in Felsspalten, wo Skuli sie gewöhnlich traf. Da sah sie ihn am Fuße des Hügels, wie er über die Schulter zur Undir Hofdi-Kirche zurückschaute. Dann drehte er sich um und kletterte den Pfad hinauf. Er trug einfache blaue Kleider, die sie schon oft an ihm gesehen hatte, und ein reichverziertes Band aus blauweißer Brettchenweberei im Haar, das ihm üppig bis auf die Schultern fiel. Er kletterte sicher, wußte ohne zu schauen, wo er hintrat. Von Zeit zu Zeit hob er Zweige auf und warf sie wieder fort. Außer Treibholz war kein grönländisches Holz zum Schnitzen geeignet, doch Margret gefiel es, daß er die Stücke dennoch gern anfaßte. Nun schaute er auf, und vielleicht hatte er sie erblickt, denn er schien zu lächeln und seine Schritte zu beschleunigen. Margret trat in ein Dickicht von Weidenbüschen, legte ihren Umhang ab und wartete. Das rote Kleid war zu lang und fiel in Falten über ihre Schuhe, eine geeignete Mode für Hofdamen, die nichts zu tun hatten, doch in Grönland von wenig Nutzen, aber es gefiel ihr, wie die rote Seide fließend und kühl auf ihrer Haut lag.

Dann das Knistern von Skulis Füßen auf den Steinen, einen Fuß konnte sie bereits sehen, blau beschuht, dann den anderen. Er sprach ihren Namen. Sie streckte die Hand aus und schob einige Äste des Weidengebüschs zur Seite, und sein Gesicht war so nah, daß sie vor Schreck schnaubte. Er wandte sich ihr zu, und zuerst hatte sein Gesicht gar keinen Ausdruck, und dann sah sie, wie sein Kinn herunterfiel und er voller Bewunderung und Überraschung die Augen weit aufriß, und so etwas hatte sie nie zuvor in ihrem Leben auf seinem oder irgendeinem anderen Gesicht gesehen, und da sie es als Sünde und Eitelkeit erkannte, überkam sie gleichzeitig die schreckliche Angst, daß sie in seinem Gesicht nie wieder solch einen Blick sehen würde.

An diesem Nachmittag blieben die beiden viel länger zusammen als gewöhnlich, sie spazierten an den Hängen hin und her und sprachen von vielen Dingen. Skuli erzählte Margret von ein oder zwei Männern am Hof, die sich sehr in Frauen verliebt hatten, welche mit anderen Männern verheiratet waren, und einer dieser Männer war der Bruder des Königs von Schweden. Durch eine List sahen sich der Ritter und seine Dame zwei- oder dreimal im Jahr, und für den Rest des Jahres blieb die Frau bei ihrem Mann und ihren Kindern, und der Ritter verwaltete seine Güter, und es hieß, der kluge Verstand, mit dem er alles tat, sei die unmittelbare Folge seiner Liebe zu dieser Frau, und diese Liebe zeige ihm die wahre Liebe zu Gott, so daß er niemals grausam zu seinen Pächtern war und immer gastfreundlich und großzügig zu Fremden und Besuchern. Und auch die Frau war frei von Zorn und Stolz und Neid und Trägheit, und man hielt sie für eine ausgezeichnete Ehefrau und liebende Mutter, und diese Liebe zwischen den beiden dauerte viele Jahre, bis das Haar der Frau ergraut und ihre Kinder erwachsen waren. Doch als am Ende der Schwarze Tod über die Welt kam und die Frau krank daniederlag und bereit war, all ihre Sünden zu bereuen, da war die einzige Sünde, die sie nicht freimütig bereuen konnte, ihre Liebe zum Bruder des Königs, und so behielt sie sie in ihrem Herzen und starb ohne Absolution von dieser Sünde, und ihre Zofen hatten erst Angst um ihre Seele, doch nicht lang nach ihrem Tod, als ihr Körper auf der Bahre lag und die Zofen ihn wuschen, da stieg von ihm ein wunderbarer Duft auf wie von den reinsten Frühlingsblumen, und das Haus der Frau war von einem angenehmen Geruch erfüllt, und auch nachdem die Frau beerdigt war, blieb dieser Duft viele Jahre in ihrem Zimmer, und man betrachtete ihn als ein Zeichen ihrer Tugend. Und niemand, der in ihren letzten Tagen bei ihr gewesen war, starb an der ansteckenden Krankheit, denn der Duft half schlechte Lüfte aus dem Hof zu vertreiben.

Es gebe noch eine andere Geschichte, sagte Skuli, von einem armen Mann, der an einem Kreuzzug gegen die Türken teilnahm, und auch er war sehr verliebt in die Frau eines anderen Ritters, der zu Hause geblieben war. Und dieser Mann war sehr tapfer auf dem Kreuzzug, so daß er viele Ungläubige erschlug und daheim in Dänemark, wo seine Konkubine lebte, mit vielen Ländereien belohnt wurde, doch seine Liebe für die Frau bewegte ihn dazu, diesen Lohn der Kirche zu vermachen und für sich nur sein Pferd und soviel Beutegut zu behalten, daß er sich und seinen Knappen versorgen konnte. Es geschah nun, daß er nach zwanzig Jahren des Kampfes schwer verwundet wurde, und als sein Knappe ihn dem Tode nahe vom Feld trug, da schmerzte ihn mehr als alles andere der Gedanke, daß er seiner Dame kein Andenken von sich senden konnte außer einem Stückchen Stoff von einem grünen Banner, das er an diesem Tag in der Schlacht errungen hatte. Sein Knappe schwor ihm, dieses der Dame zu bringen, und das tat er auch, und seine Reise dauerte fünf Jahre. Aber als er wieder zu Hause war, entdeckte er, daß die Dame nicht mehr lebte, und als er nahe der Kirche ihr Grab fand, sah er, daß sie an demselben Tag wie der Ritter gestorben war und daß von ihrem Grab ein Ärmel wehte, in demselben unverblaßten Grün wie das der Fahne, und das Stück von der Fahne paßte in den Ärmel, als wären sie aus einem Stück Stoff geschnitten. Margret konnte von solchen Geschichten gar nicht genug hören, und als Skuli mit denen, die er kannte, am Ende war, da bat sie ihn, alle noch einmal zu erzählen, was er gerne tat. Als sie nach Gunnarshof zurückkehrte, war das Abendessen schon vorüber, und alle Gunnarshofleute schliefen. Margret war nicht wenig erfreut über diesen Glücksfall.

Nun überredete Skuli den Kollbein Sigurdsson, ihm zu erlauben, daß er bei der Undir Hofdi-Kirche wohnen und dem alten Priester Nikolaus bei der Sommerarbeit helfen dürfe. Kollbein tat dies nur recht ungern, da er selbst andere Pläne mit Skuli hatte, doch Skuli wies darauf hin, daß Nikolaus' Hof günstig gelegen sei, um all die anderen Bauernhöfe im Bezirk Vatna Hverfi aufzusuchen, und man könne von dort aus bequem den Reichtum des Bezirks abschätzen. Kollbein mußte dies einsehen und gab Skuli die Erlaubnis zu gehen. Dennoch verschob dieser die Abreise für ein paar Tage, und er kam sich selbst beinahe ängstlich vor, doch fand er den Gedanken an Margret Asgeirsdottir so unwiderstehlich verlockend, als hätte sie sich in eine Person verwandelt, die er nie zuvor gesehen hatte. In dem roten Kleid schien sie ihm wie ein Phönix aufzusteigen, alles um sich herum zu verbrennen, schöner als alle Frauen am Hof, die er je gesehen hatte, und doch war sie gar nicht hochmütig, sondern hatte genausoviel Angst vor ihm wie er vor ihr. Die Geschichten, die er ihr erzählte, strömten nur so aus ihm heraus, ob er wollte oder nicht, solche, die er ziemlich gut kannte, und solche, an die er sich kaum erinnerte, und sie versetzten ihn in ein Gefühl des Rausches, das er in Grönland noch nie verspürt hatte, denn es gab hier kein Ale und kein Bier. Wenn sie auch nur den kleinsten Zweifel zeigte, dann steigerte er sich in die Vorstellung hinein, daß alles, was er sagte, die reine Wahrheit sei. Aber nach einer Weile schien es ihm wieder, daß sie niemals auch nur irgendeinen Zweifel zeigte.

In diesem Frühling hatten Pall Hallvardsson der Priester und Jon der Priester eine Auseinandersetzung um einige der Abgaben der Hvalsey-Kirche, wo Pall Hallvardsson jetzt lebte und predigte. Durch den vielen Schnee in den vergangenen beiden Wintern waren die Kirche und besonders das Haus des Priesters in sehr schlechtem Zustand, so daß die Gemeinde Regen und Wind ausgesetzt war, wenn sie zum Beten niederkniete, und außerdem waren drei der sechs Räume in Pall Hallvardssons Haus die meiste Zeit des Jahres unbenutzbar. Gunnar Asgeirsson willigte ein, drei Holzbalken beizusteuern, und einige Männer vom Hvalseyfjord erklärten sich bereit, die Kirche auszubessern und zumindest einen der Räume im Haus des Priesters, wenn diese Dienste gegen den Zehnten und den Peterspfennig verrechnet würden, den man Gardar schuldete. Aber Jon erklärte, daß der Bischof es sich nicht leisten könne, auf diese Einkünfte zu verzichten, denn in Gardar selbst sei die Lage schlechter als noch vor der Krankheit. Jon sagte, das Wichtigste sei, Gardar wieder zu dem Reichtum und Glanz zu verhelfen, den es vor zwei Jahren gehabt habe, zur größeren Ehre Gottes, und daß vorläufige Reparaturen an der Hvalsey-Kirche bis zum nächsten Jahr halten würden. Die Männer vom Hvalseyfjord waren darüber sehr erzürnt, denn sie sagten, das zeige, wie gering sie und ihre Familien in Gardar geschätzt würden, und außerdem zeige es, wie wenig Jon und vielleicht auch andere seit ihrer Ankunft über Grönland gelernt hätten, denn wenn der Wind und der vom Wind getragene Sand erst einmal hereinkämen, ginge es ganz schnell, bis ein grönländisches Haus vollkommen verwüstet sei, und die in Gardar hätten wenigstens vier feste Wände um sich herum, wenn sie beteten.

Eines Tages bestieg Pall Hallvardsson sein Pferd und ritt nach Gardar, um sich mit Jon zu treffen, denn obwohl er es gewohnt war, sich dem anderen Mann zu beugen, war er doch von den Klagen seiner Gemeinde sehr beunruhigt. Als nun Pall Hallvardsson angekündigt wurde, zog sich Jon in seine Zelle zurück und legte das Gewand eines Monsignore sowie den Ring und die anderen Zeichen seines Ranges an, damit Pall Hallvardsson klar wurde, daß es ihm zwar erlaubt sei, um Abhilfe zu ersuchen, daß es aber bei Jon liege, diese zu gewähren oder vorzuenthalten, besonders jetzt, da der Bischof schwach und krank war. Als der Diener Pall Hallvardsson in Jons Arbeitszimmer brachte, saß Jon sehr aufrecht auf seinem Stuhl. Pall Hallvardsson ging zu ihm und küßte seinen Ring und erkundigte sich höflich nach seiner Gesundheit und der des Bischofs.

Jon schaute auf ihn herab. »Dem Bischof fällt es schwer, die Frühjahrskrankheit zu überwinden, und er bleibt zumeist in seinem Bett und schläft viel. Es liegt in diesen Tagen in unserer Macht, alle Entscheidungen zu treffen bis auf die allerwichtigsten.« Verärgert schloß er kurz die Augen. »Wir hielten es nicht für angebracht, seinen Frieden mit den unvernünftigen Forderungen der Bauern vom Hvalseyfjord zu stören.«

»Eine Tagesreise von der Hvalsey-Kirche hierher zu rudern ist eine weite Strecke, und wenn man einmal in den festen Mauern von Gardar ist, kann man sich vielleicht nur schwer vorstellen, wie eine Kirche in einem solch schlechten Zustand sein kann, daß die Betenden von einem plötzlichen Schauer völlig durchnäßt oder von einer steifen Küstenbrise gebeutelt werden können. Gardar liegt tief und ist warm und feucht, aber St. Birgitta liegt höher und ungeschützter und ist dem offenen Meer näher.«

»Gardar sieht für manche Leute tatsächlich reich aus, doch die vor der Brechkrankheit fortgegangen sind, können gar nicht wissen, wie sich das tägliche Leben hier verändert hat. So viele sind weggestorben, daß überhaupt keine Handschriften mehr abgeschrieben werden und auch nicht mehr gesungen wird. Die Gottesdienste in der Kathedrale sind eine karge und armselige Angelegenheit und eine Schande für die Ehre Gottes und Seines Sohnes. Der Bischof ist sich, dem Herrn sei Dank, dieses Niedergangs nicht so bewußt.« Er wurde plötzlich still und fuhr dann fort: »Bis zum Ende des Sommers müssen so viele Reichtümer wie möglich in Gardar angesammelt werden. In Wirklichkeit« – er schaute Pall Hallvardsson gerade ins Gesicht – »kommen wir den Hvalseyfjordern schon entgegen, wenn wir nicht mehr Abgaben als gewöhnlich von ihnen verlangen, sondern ihnen erlauben, mit dem Zusätzlichen, das vielleicht verlangt worden wäre, ihre eigene Kirche auszubessern. Und dein Haus ist groß genug, mag es nun sechs Räume haben oder drei.«

»Haben denn die Grönländer etwas Zusätzliches zu geben? Mir scheint, daß alle Höfe in großer Bedrängnis sind.«

»Es wird nicht mehr verlangt, als die Bauern abliefern können. Der Bischof hat den Bauern in seiner Großzügigkeit vor dem Julfest eine große Gunst erwiesen, als er ihnen erlaubte, auf Hreiney Rentiere zu jagen. Alle Höfe, die daran teilgenommen haben, besitzen reichlich Fleisch und Häute. Aber selbst wenn das nicht so wäre, so haben wir doch mehr als einmal bemerkt, daß die Grönländer dem Reichtum der Erde mehr Beachtung schenken als dem Reichtum des Himmels. Mehr als ein Hof ist fast ebenso reich wie Gardar, und jeder Bauer sieht zu, wie er mehr Besitz anhäufen kann. Kaum jemand gibt der Kirche oder dem König aus freien

Stücken etwas ab. Alle leben so, als wären sie ihre eigenen Herren, hier und in Ewigkeit.«

»Es ist wahr, daß die Grönländer es gewöhnt sind, ihre eigene Meinung zu haben und zu tun, was ihnen gefällt.«

»Und nun, wo sie die Gelegenheit haben, Gott in seinem Tempel auf Erden zu ehren, da murren und knurren sie sogar noch mehr als die Franzosen, obwohl sie sehr viel weniger opfern als die Franzosen und obwohl das Gebäude, das sie wagen, Kathedrale zu nennen, bei den Franzosen gar nichts wäre, ebenso wie bei den Engländern und den Deutschen und jedem anderen Volk auf der ganzen Welt, das einem einfällt.«

»Die Grönländer sind ganz anders als die Franzosen.«

Nun stand Jon auf, und sein Antlitz war von Empörung verdüstert. Pall Hallvardsson hob die Hand und sagte ruhig: »Bruder, mir scheint, du bist so überzeugt davon, daß die Grönländer Euren Zorn verdienen, und du bist dabei, voreilig über Dinge zu urteilen, die sorgfältig bedacht sein wollen, besonders im Lichte der Tatsache, daß du und ich wahrscheinlich hier bei den Grönländern sterben und weder die Franzosen noch die Deutschen und nicht einmal die Norweger je noch einmal besuchen oder bei ihnen leben werden.«

Jon setzte sich wieder und schwieg eine ganze Weile, und dann sagte er endlich mit leiser Stimme: »Bruder, es ist viele Wochen her, seit mir die Beichte abgenommen wurde«, und gemeinsam gingen die beiden Männer in die Kathedrale.

Da kniete Sira Jon hinter dem grauen Wadmalvorhang des Beichtstuhls, und er sprach mit leiser, leidenschaftlicher Stimme: »Mir scheint«, so sagte er, »daß zwei Sünden in meinem Herzen gleich Zwillingen wachsen, und das sind Zorn und Hochmut. Diese Forderungen der Hvalseyfjorder berühren mich genau an diesen beiden Punkten, denn was sie vorenthalten, so scheint mir, wird zur Erniedrigung Gardars und des Bischofs selbst führen, und ich bin in diesen Tagen sein Stellvertreter.«

Nun schwieg er lange Zeit, und Pall Hallvardsson hörte, wie er auf seinem Platz hin und her rutschte und stöhnte. »Wie immer wir darüber denken, der Bischof hat doch bestimmte Ansichten über den angemessenen Reichtum der Kirche. Es ist doch wahr, daß er die ketzerische Ärmlichkeit der Franziskaner verachtet? Es ist auch wahr, daß die ungewöhnliche Lage der Grönländer auf dem Antlitz der Erde ihnen solch verderblichen Einfluß erspart hat, doch sie macht sie auch besonders stolz auf sich selbst!« Und nun stöhnte er laut und verkündete: »Hörst du in meiner Stimme den Zorn, der mich quält? Mit dem ich jeden Tag kämpfe? Jedesmal wenn ich etwas mit einem Grönländer zu schaffen habe? Unter all den Männern des Bischofs ist es meine Aufgabe, die Güter für den Zehnten einzusammeln, und darum fällt es auch mir zu, die Tücke und den Widerstand und die Dickköpfigkeit der Bauern erleben zu müssen. Tatsächlich werden sie immer schwerhöriger, wenn ich ihnen die Summen nenne, die sie wirklich schulden, und immer vergeßlicher, je näher der Tag der Zahlung rückt. Behalte ich diese Abgaben etwa für mich? Ist nicht Gott Selbst der Empfänger? Warum glauben sie, daß sie dadurch etwas verlieren? Wissen sie nicht, daß sie im Himmel Schätze anhäufen?

Doch dieser Zorn ist nicht meine schwerste Sünde, diese Sünde ist vielmehr etwas, das die Grönländer in mir sehen und zu Recht verachten.« Und nun wurde seine Stimme lauter: »Denn ich bin gedemütigt, weil ich hier in Gardar bin, anstatt in Nidaros oder gar in Paris. Dahin sollte meine Ausbildung mich führen und nicht hierher. Oh, Bruder, was bedeutet es denn, wenn ich mich immer kurz vor dem Einschlafen oder Erwachen in einer Kathedrale wie der von Reims sehe, wie von ganz hoch oben, als kleines Insekt, das einen Anzünder von Kerze zu Kerze trägt, und gleichzeitig sehe ich die riesige Kuppel des Daches, die verflochtenen Gitter, die in die Düsternis zurückweichen und verschwinden, und an einem solchen Ort scheint kein Platz für Hochmut zu sein, und der große Raum der Kathedrale ist vom Glanze Gottes erfüllt, und ich bin wie eine Fliege in diesem Raum, versehe glücklich meine Aufgaben und denke nur die einfachsten Gedanken. Dieses Bild kommt ungerufen zu mir. Es kommt zu mir, obwohl ich es wegschiebe, und vertreibt jeden besseren Gedanken, den es da gibt, und das Ergebnis ist, daß mir die steinige Düsternis von Gardar und sein Sodengeruch so schäbig vorkommen, eine Schmach für Gott und Seinen Sohn, dieser grobe Altar und diese zerfetzten Wandbehänge! So verbinden sich Stolz und Erniedrigung, und das, wonach ich mich sehne, scheint einmal rein und einmal besudelt durch meine Sehnsucht.«

»Auf dem fruchtbaren Boden der grönländischen Fjorde wächst eine achte Todsünde, und das ist die Sünde des Verlangens. Dem Menschen bleibt nur, seine Sehnsucht immer mehr auf Gott zu richten und auf den Tod.«

»Oh, ich bin nur ein junger Mann, erst neunundzwanzig Winter alt. Ist das nicht zu jung, um nach dem Tod zu verlangen? Die meisten Menschen verlangen nach Reichtum und Frauen und gutem Essen, doch durch lange Gewöhnung mache ich mir nichts aus alldem. Darf ich mir keine Vergnügen der einfachsten Art gönnen? Keine Blicke auf blühende Obstgärten oder das geschnitzte Antlitz der Heiligen? Darf ich nicht die Bände aus Leder und Pergament schwer in meinen Händen fühlen? Nicht den Klang geistlicher Musik in meinen Ohren haben, sondern nur das nicht enden wollenden Geblöke der Schafe und das Geräusch des Windes, der um die Häuser pfeift, und dazu die ewigen Klagen dieser Grönländer, die glauben, Gott und Sein Sohn lebten weit weg in Rom und könnten sie nicht sehen?«

»Und doch ist der Schwarze Tod niemals bis hierher gekommen, aber er hat immer wieder die Orte heimgesucht, von denen du sprichst. Gott muß in den Grönländern irgendeine Tugend sehen, die dir verborgen ist.«

»Ja, und ich sehe in dieser Rede, daß ich nach Reue strebe, ohne zu bereuen, und daß ich zu lieben trachte, was ich nicht liebe.« Und das war das Ende ihres Gespräches über dieses Thema, und Jon bat weder um Absolution, noch erhielt er sie. Später, nach dem Abendessen, als sie wiederum über die Hvalsey-Kirche sprachen, wiederholte Jon, daß die Abgaben geleistet werden müßten, und hatte seine Ansichten in dieser Sache keineswegs geändert. Als Pall Hallvardsson dies seiner Gemeinde mitteilte, da erklärten sie, daß sie den Wert ihrer Arbeit berechnen und genau soviel von ihrem Zehnten einbehalten würden, und auf diesem Entschluß beharrten sie, und nichts, was Pall Hallvardsson sagte, konnte sie davon abbringen.

Kunde von diesen Vorgängen gelangte über Lavrans und seinen Knecht nach Gunnarshof, als diese nach Vatna Hverfi kamen, denn Birgitta erwartete wieder ein Kind, und Lavrans kam häufig zu Besuch und brachte etwas zum Essen und Heilmittel, welche die Frauen in der Nachbarschaft von Lavranshof für eine gesunde Geburt empfahlen. Doch diesmal schien es, daß wenige Heilmittel notwendig waren, denn Birgitta nahm sehr schön zu, wie eine Kuh, die man im Hoffeld grasen läßt, sagte Lavrans, und ihre Wangen waren rosa und rund wie ihr Bauch, und auch ihr Haar schien dicker und glänzender zu werden. Die Frauen, die Birgitta in der Kirche traf, sagten nun die Geburt eines Mädchens voraus, denn, so meinten sie, bei manchen Frauen sei es so, daß sie die Jungen bekämpfen und mit den Mädchen erblühen oder die Mädchen bekämpfen und mit den Jungen erblühen. Andere widersprachen dem und wiesen darauf hin, daß im Jahr der Brechkrankheit viele Säuglinge gestorben seien, Jungen und Mädchen, und manche seien tot geboren worden und hätten kaum wie Säuglinge ausgesehen. Tatsache war, daß die Leute immer das sahen, was sie sehen wollten, doch es war Gott Selbst, der Kinder gab und sie fortnahm.

Bei den Frauen hieß es auch, daß sich Vigdis, die Frau von Erlend, besonders für dieses Kind interessiere, vor allem im Hinblick auf die Feindseligkeit zwischen Gunnar und Erlend, und daß sie sich oft nach Birgitta erkundige – wie sie aussehe und wie sie sich denn fühle –, und das stimmte, denn wenn Birgitta in der Kirche war, schaute sie manchmal auf und traf den Blick der älteren Frau, die sie nach Belieben von oben bis unten musterte und sich dann wegdrehte. Da kam es Birgitta in den Sinn, daß Vigdis vielleicht das Kind verzaubern wollte, und sie bekam Angst, in die Kirche zu gehen, obwohl sie und Katla sich daran gewöhnt hatten, jede Woche zu gehen. Eines Tages, als sie von der Kirche nach Hause gingen, fragte Birgitta Katla, ob ein böser Zauber denn auch in den geheiligten Mauern wirken könne, doch Katla wußte es nicht. Die Frauen sprachen auf dem ganzen Heimweg über Vigdis, doch Birgitta zögerte, mit Gunnar darüber zu sprechen, denn sie fürchtete sich davor, wie er reagieren würde. Danach beschloß Birgitta, Nikolaus den Priester um Rat zu fragen, doch er konnte nichts mehr verstehen bis auf das, was seine »Frau« sagte, und da diese Frau eine gute Freundin von Vigdis war, behauptete Birgitta, sie sei nur gekommen, um für die Gesundheit des Kindes eine Gabe darzubringen, und sie ließ die zwei Käselaibe, die sie mitgebracht hatte, auf dem Altar. Als Lavrans das nächste Mal kam, überredete sie ihn dazu, sie in seinem Boot mit nach Hvalseyfjord zu nehmen, damit sie ihre alten Freunde besuchen und sich um die vierundzwanzig Schafe und Lämmer kümmern könne, die auf den Feldern von Lavranshof weideten.

Birgitta blieb nun viele Tage auf dem Hof ihres Vaters, und es war seit ihrer Heirat ihr erster langer Besuch dort. Sie redete mit dem alten Verwalter ihres Vaters ausführlich über ihre Schafe, und er lobte deren Größe und Zähigkeit und daß die Lämmer so schnell wuchsen. Gegen den Wunsch von Lavrans ging Birgitta mit einem Mann namens Jonas hinaus auf die Bergwiesen hinter dem Hof und schaute sich jedes Schaf und jedes Lamm genau an, und Jonas sagte ihr, welches von ihnen gut über den Winter kommen würde und welches man lieber schlachten sollte. Birgitta hörte diesen Ausführungen aufmerksam zu und beobachtete genau, wohin Jonas zeigte. Es hieß, Jonas sei ein merkwürdiger Mann, denn mehr als einmal hatte man ihn mit dem Gesicht nach unten im Gras gefunden, seine Kleidung vom Regen durchnäßt und seine Schafe weit in der Gegend verstreut, manchmal durch ein Unglück zu Schaden gekommen. Wenn er dann wieder aufstand, erinnerte er sich nicht daran, wie lang es her war, daß er etwas bemerkt hatte, ob weniger als einen Tag oder mehr. Und so kam es, daß er trotz seines reichen Wissens über die Haltung und Zucht von Schafen nur bei wenigen Bauern Arbeit finden konnte, wenn nicht überhaupt nur bei einem, Lavrans, den man allgemein für einen nachlässigen Mann hielt. Doch auch Jonas wußte nichts über Zauberei.

An einem anderen Tag folgte Birgitta der Milchmagd ihres Vaters, einer jungen Frau namens Kristin, die häßlich war und einen Klumpfuß hatte, doch ganz gut Butter und Käse machen konnte. Diese Frau war ein wenig älter als Birgitta, und Birgitta hatte sich sehr um ihre Freundschaft bemüht, als sie zusammen aufwuchsen, doch nun schien sie schüchtern gegenüber Birgitta zu sein und war kaum zu bewegen, mit ihr über Neuigkeiten vom Lavranshof oder von Hvalseyfjord zu sprechen, geschweige denn über Zauberei.

Nachdem Birgitta einige Tage gezögert hatte, fuhr sie schließlich über das Wasser zur St. Birgitta-Kirche und suchte Pall Hallvardsson auf, der sie vergnügt begrüßte und über ihr gutes Aussehen sehr erfreut war. Sie sprachen kurz über Gunnarshof und die Leute in Vatna Hverfi, und Birgitta sagte, daß sie Nikolaus den Priester besucht habe, doch daß er nicht in der Lage gewesen sei, sie zu hören, oder ihre Grüße zu verstehen, doch Pall Hallvardsson fragte sie nicht, warum sie den Priester aufgesucht hatte. Danach sprachen sie über Lavrans und sein Vieh und über seine Sorgen um Birgittas ungeborenes Kind, obwohl Birgitta behauptete, daß sie sich nicht solche Sorgen mache außer einer ganz bestimmten, doch Pall Hallvardsson fragte nicht nach dieser ganz bestimmten, sondern begann statt dessen, über andere Leute aus dem Bezirk zu reden, die er kürzlich gesehen hatte. Birgitta hörte geduldig zu, während er sprach, doch selbst in dem Moment hätte sie nicht sagen können, über wen oder worüber er redete. Dann war da etwas über Gardar und Jon den Priester und die Männer vom Hvalseyfjord, doch Birgitta hörte auch das nicht, und Pall Hallvardsson stellte fest, daß er ebensogut eine Predigt halten könne, denn sie schlafe ja über seinen Neuigkeiten fast ein, und Birgitta lachte darüber, doch sie konnte noch immer nicht über das reden, weswegen sie eigentlich gekommen war, und so sagte sie nach einer Weile dem Priester Lebewohl und kehrte zum Hof ihres Vaters zurück.

Birgitta war jetzt acht oder neun Tage auf Lavranshof, so daß dort kaum noch etwas für sie zu tun war, und es gab viel Arbeit, besonders in der Milchstube, die sie nach Gunnarshof zurückrief, doch einmal träumte sie mitten am Tage, als ihr nicht einmal bewußt war, daß sie fest schlief, und in diesem Traum erschien Vigdis, und sie war so fett, daß sie den ganzen Vatna Hverfi-Bezirk bedeckte. Nach diesem Traum widerstrebte es Birgitta noch mehr, nach Hause zurückzukehren, doch sie lief wie zerstreut auf Lavranshof herum, saß nicht länger als einen Augenblick still und war doch unfähig, irgend etwas Nützliches zu tun, sie ging ständig ein und aus, manchmal trieb es sie zur Kirche und dann wieder weg von dort. Eine Nacht schlief sie wie tot bis in den Morgen hinein, und in der nächsten stand sie andauernd auf und legte sich wieder hin, so daß die Knechte und Mägde sich beklagten und am nächsten Tag bei ihrer Arbeit gähnten. Da verließ Lavrans den Hof und tauchte kurz darauf mit Sira Pall Hallvardsson wieder auf, und er schloß den Priester und seine Tochter zusammen in der Milchstube ein und verriegelte die Tür und sagte, daß sie wieder herauskommen könnten, wenn das Mädchen von seiner Gereiztheit geheilt sei.

Birgitta behauptete in ihrer eigensinnigen Art, daß Vigdis Markusdottir sie in ihren Träumen heimsuche und den bösen Blick auf ihr ungeborenes Kind werfen wolle und daß sie sich erst sicher fühlen werde, wenn sie ein geeignetes Mittel dagegen gefunden habe.

»Schämst du dich nicht, Birgitta, Böses zu suchen, wo es keines gibt?« Und obwohl er mit leiser, beruhigender Stimme zu ihr sprach, blitzten Sira Pall Hallvardssons Augen in dem gedämpften Licht, als wäre er äußerst böse auf sie. Birgitta hob den Kopf und streckte das Kinn vor. »Denke an die Jungfrau, in deren Leib der Herr Jesus Christus auf wunderbare Weise durch die Wirkung des Heiligen Geistes gelangte. Marias Augen waren gesenkt und ihre Gedanken bei sich, denn sie vertraute dem Herrn, und ihre Seele frohlockte. Auch suchte sie nicht nach Feinden, beschwor nicht grundlose Furcht und verleumdete nicht ihre Nachbarn, sondern die Liebe zu allen Menschen wuchs mit dem Kinde in ihr.«

»Ich habe von dieser Geschichte gehört.«

Pall Hallvardsson nahm ihre Hand in die seine und hob sie hoch, so daß sie sie in dem Lichtstrahl sehen konnte, der durch das einzige hohe Fenster in Lavrans' Milchstube fiel. »So wie diese Hand durch den Willen von Pall Hallvardsson oder Birgitta selbst ans Licht gelangen kann, so kann Birgitta ihre Furcht an das Licht der sorgenden Jungfrau bringen, denn das Gebet ist der Arm und die Schulter und die Kraft, die solch einfache Tat vollbringt, und das rechtschaffene Herz wendet sich dem Gebete zu wie ein Dürstender dem Wasser.«

»Es muß so sein, wenn der Priester sagt, daß es so ist.«

Da beugte sich der Priester vor und sprach ruhiger in Birgittas Ohr: »Der Stamm der Asgeirssons ist bekannt für seinen Hang zu Eigensinn und Unabhängigkeit. Auch reden viele Leute im Bezirk über die Feindseligkeit zwischen Gunnar Asgeirsson und Erlend Ketilsson und meinen, daß diese Feindseligkeit im Herzen von

Gunnar Asgeirsson liebevoller gepflegt wird als im Herzen seines Nachbarn.« Er hielt inne. »Es ist schon wahr, daß Erlend ein jähzorniger Mann ist, doch er ist auch voreilig und nicht so hart, wie er an der Oberfläche erscheint.«

»Davon weiß ich nichts, doch Gunnar sieht ein paar Dinge sehr genau, nämlich wessen Knechte es sind, die auf einem bestimmten großen Feld herumlaufen, und wessen Karren es ist, den sie hin und her ziehen, und wessen Kuhstall es ist, der das fette Heu birgt, das sie im Herbst von dem Feld geholt haben. Nicht ein einziges Mal ist dieser Karren zum Kuhstall von Gunnarshof gefahren, eine Geste, die manch einer nachbarlich nennen würde.«

Da wurde Sira Pall Hallvardsson sehr wütend. »Mir scheint, daß die Leute vom Gunnarshof selber viel Schuld daran haben, daß sie dastehen und mit gierigen Blicken die Arbeit unschuldiger Leute verschlingen, die nur im Interesse des Bischofs und des Rechtes handeln, das er den Grönländern gebracht hat. Bist du geworden wie die, denen Galle so süß schmeckt wie Wein?«

Da senkte Birgitta die Augen und sagte nichts mehr, sondern küßte nur Pall Hallvardssons Ring, als ihr Vater kam, um die beiden aus der Milchstube zu lassen. Und Sira Pall Hallvardsson sagte später zu Lavrans: »Das Herz einer Frau kennt nur Gott, und es bleibt denen, die diese ewigen Fremdlinge durch das Leben geleiten müssen, ein großes Rätsel.« Und die beiden Männer schüttelten in traurigem Einvernehmen die Köpfe. Früh am nächsten Morgen kehrte Birgitta nach Gunnarshof zurück, und danach ging sie sehr entschlossen und zielstrebig ihrer Arbeit nach. Die Leute von Hvalseyfjord, darunter auch Lavrans, waren sich einig, daß Pall Hallvardsson von allen Priestern der weiseste sei und derjenige, dem man am meisten vertrauen könne, und manchmal sprachen sie unter sich darüber, was geschehen würde, wenn der Bischof stürbe.

Nicht lange danach ging Birgitta zu Gunnar ins Hoffeld, wo dieser einen Graben aushob, denn Gunnar und Olaf hatten beschlossen, die Bewässerungsanlage des Hofes zu erweitern, und sie erzählte ihm von Vigdis und deren Absichten, und so kam es, daß Birgitta und Katla nicht mehr in die Undir Hofdi-Kirche gingen und Birgitta bis zum Ende ihrer Schwangerschaft ruhig zu Hause blieb. Eines Tages ritt Gunnar frühmorgens vom Hofe weg und kehrte erst in der späten Sommerdämmerung zurück. Einige Zeit darauf hieß es im Bezirk, jemand habe sich an einer von Erlends dreißig Kühen zu schaffen gemacht, ihre Ohren und Zitzen seien mit einem Messer eingeritzt und ein breites Band sei fest um ihre Augen gewickelt worden, und sie sei in den See, der recht kalt war, geführt und über Nacht dort festgebunden worden, direkt vor Erlends Haus. Als die Zeit der Seehundjagd kam, hörte das Gerede auf, und kurz nach Beginn des Winterhalbjahres wurde Birgitta eine Tochter geboren, und man nannte sie Gunnhild, und alles ging gut mit ihr. Kurz darauf, am Fest des St. Andreas, wurde Vigdis auf Ketilshof ein Sohn geboren, und das war eine große Überraschung, denn Vigdis war so dick geworden, daß man das Wachsen des Kindes nicht bemerkt hatte. Das Kind wurde Jon Andres genannt, und es ging ihm recht gut, wenn man bedachte, daß Vigdis beinahe vierzig Winter alt war.

Kurz nach Beginn der Fastenzeit spürte Margret Asgeirsdottir, wie sich Leben in ihr regte, und sie rechnete aus, daß das Kind etwa zum Fest der Maria Magdalena zur Welt kommen würde, aber sie redete nicht darüber, weder zu irgend jemandem auf Gunnarshof noch zu Skuli Gudmundsson, der manchmal zu Besuch kam.

Skuli hatte es sich, seit er im Bezirk Vatna Hverfi war, zur Gewohnheit gemacht, von Hof zu Hof zu reiten und überall ein paar Tage zu bleiben, denn er galt als der Stellvertreter von Kollbein Sigurdsson, welcher wiederum der Stellvertreter des Königs war. Skuli hatte zunächst vorgehabt, bei Nikolaus und seiner »Frau« in der Undir Hofdi-Kirche zu wohnen, aber diesen beiden alten Leuten fiel es schon schwer, sich um seine Belange zu kümmern, doch sie waren zu höflich, ihn für sich selbst sorgen zu lassen. Es sei für ihn nicht leicht, so erzählte er Margret, durch das Geräusch von Unns langsamen, humpelnden Schritten zu erwachen, wenn sie ihm eine Schale Sauermilch in seine Bettnische brachte, und zu wissen, sie wäre gekränkt, wenn er aufstehen und ihr helfen oder auch nur so aussehen würde, als schliefe er nicht mehr.

Die anderen Bauern empfingen ihn zunächst mißtrauisch, und obwohl sie alle Gebote der Gastfreundschaft beachteten, so ließen sie ihn doch deutlich spüren, welche Härte sein Kommen für sie bedeutete, sie gaben seinem Pferd augenscheinlich das letzte bißchen Heu, kratzten auf dem Boden der Kochtöpfe, damit das Fleisch am Abend auch für alle reichte, behaupteten, daß bestimmte gesunde Kühe nicht ihnen, sondern Nachbarn gehörten. Skuli schien jedoch nicht das Vieh zu zählen oder die Höfe zu begutachten und betrachtete irgendwelche schönen Gegenstände im Hause nicht länger, als es höflich war, und nach einer Weile, nachdem man herausgefunden hatte, wie nützlich er sich machen konnte, indem er ein paar Nadeln herstellte oder Spielfiguren schnitzte oder alles ausbesserte, was aus Holz war, da gab es auch mehr Heu und mehr Essen, und es stand plötzlich Milch auf dem Tisch, die gelb und voller Rahm war. Das führte zum einen dazu, daß Margret ihn häufiger sehen konnte, denn er hielt sich immer im Bezirk auf. Es führte aber auch dazu, daß andere Leute mehr nach ihm Ausschau hielten, besonders jene mit heiratsfähigen Töchtern, und daher häufiger bemerkten, wo er sich gerade aufhielt.

Viele Leute hielten Vatna Hverfi für den weitaus schönsten von allen Bezirken, weil es hier viele Seen gab, große und kleine, die jede Kluft und Senke zierten. Zwei dieser Seen waren sehr groß, und die meisten Höfe lagen verstreut an ihren Ufern. Gunnarshof und Ketilshof lagen jedoch weiter nördlich, jeder an einem eigenen kleinen See. Die beiden Höfe waren zwar abgeschiedener, doch sie lagen auf dem Weg vom Vatna Hverfi-Bezirk sowohl nach Gardar als auch zur Undir Hofdi-Kirche, und daher kamen häufig Reisende vorbei, die zu einem dieser beiden Orte wollten, und sie blieben manchmal eine Weile, um sich zu stärken. Zur Zeit von Gunnar Asgeirsson und dessen Sohn Asgeir Gunnarsson, als der Hof noch groß und wohlhabend war und die Bauern sich über jede Gesellschaft freuten, geschah das sehr oft, doch seit dem Tode Asgeirs war die Gastfreundlichkeit dort nach Ansicht der Reisenden eher wechselhaft und der Gastgeber ein nicht gerade fröhlicher Geselle, und daher kehrten die meisten Leute im Bezirk auf Ketilshof ein. Wenn Erlend Ketilsson auch kein von Natur aus großzügiger Mensch war, so kannte er doch den Einfluß der Berichte, die die Reisenden von ihren Aufenthalten mitbrachten. Außerdem hörte Vigdis sehr gern Neuigkeiten und klagte oft darüber, wie weit

Ketilshof von allem Geschehen entfernt sei. Und so kam es, daß der Weg von Vatna Hverfi zur Kirche und zum Fjord in einem großen Bogen um Gunnarshof verlief, und die Gunnarshofleute bekamen oft tagelang niemand anderen zu Gesicht. Skuli Gudmundsson war von dieser Einsamkeit sehr berührt, und er bemerkte oft, wenn er auf Gunnarshof war, daß er sich fühlte, als wäre er gar nicht im Bezirk.

Skuli besaß ein sehr gutes Pferd, es war stark und schnell und recht groß, doch weder besonders schön noch besonders auffallend gezeichnet. Margret glaubte, daß Pferd bringe ihnen Glück, und sie mochte es sehr gern, doch Skuli dachte immer an die schönen, roten Pferde des Königs Hakon, die aus Flandern kamen und ganz besonders stattlich waren, und manchmal bedauerte er, daß sein Pferd so bescheiden aussah. Seitdem er im Bezirk lebte, hatte er die meisten Pferde der meisten Bauern gesehen, und ganz sicher alle guten, denn lieber noch, als sie ihre glänzendsten Kühe und die wolligsten Schafe oder sogar ihre Kinder vorführten, holten die Bauern ihre Pferde aus dem Stall, um sie von Besuchern bewundern zu lassen. So kam es, daß in ihm ein starker Wunsch nach dem grauen Hengst des Thorkel Gellison wuchs. Thorkel wußte sehr wohl um den Wert dieses Tieres, denn es war groß und temperamentvoll und auch schön, und Thorkel wurde für das Decken gut bezahlt und hatte auch viel Spaß am Pferdekampf mit seinen Nachbarn. Skuli sprach sehr oft und voller Wärme von diesem Pferd und lobte es in den höchsten Tönen, wann immer er konnte.

Und so wurde das Pferd für die Zucht immer begehrter und brachte Thorkel eine Menge ein, und daher kam er eines Tages zu Skuli, als dieser gerade im südlichen Teil des Bezirkes weilte, und bot ihm an, das Pferd ohne Gegenleistung mit einer seiner Stuten zu paaren und Skuli das Fohlen zu schenken. Skuli dankte ihm, doch er sagte, daß er an eine bestimmte Stute denke, die er für die beste im ganzen Bezirk halte, und das sei Mikla, die Stute von Olaf Finnbogason auf Gunnarshof. Thorkel willigte ein und überließ Skuli das Pferd, damit er es zum Decken nach Gunnarshof bringen und dann nach Belieben jederzeit wieder zurückbringen könne. Ein paar Tage später ritt Skuli das Pferd nach Gunnarshof, und der Hengst war so herrlich, wie Skuli erwartet hatte. Skulis eigenes

Pferd sollte bis zu seiner Rückkehr auf Hesturhof bleiben. Als Skuli auf den Hof ritt, kam Margret Asgeirsdottir ihm entgegen und sagte: »Mein Skuli, du hast dein Glück verschenkt, denn mir scheint, daß dieses graue Pferd dein Tod sein wird.« Skuli lachte darüber. »Das Pferd ist nur geborgt«, sagte er, und weil niemand in der Nähe war, küßte er sie auf den Mund, und dann ging er fort, um Olaf zu suchen.

Seit Skuli in den Bezirk gezogen war, hatte Margret gelernt, ihre Gefühle vollkommen zu verstecken, sogar vor den scharfen Augen der Birgitta Lavransdottir, so daß sie sich selbst wie zwei Personen vorkam, einem pelzgefütterten Umhang gleich, der zwei Umhänge in einem ist – bescheidenes, bräunliches Wadmal außen, mit einfacher Kapuze und schlichten beinernen Knöpfen, doch dichter, glänzend weißer Fuchspelz darunter. Ihre Leidenschaft hatte nicht abgenommen und war, das erkannte sie, auch durch Skulis Gegenwart nicht zu stillen. Sie wurde auch nicht von seiner Verehrung des äußeren Scheins gedämpft (wie es sich in den beiden Pferden ausdrückte) oder von seiner Leichtsinnigkeit, was sie beide betraf (indem er ihr in Gegenwart von Birgitta oder gar Olaf gefährliche Blicke zuwarf). In dem Jahr ihrer Verbindung war er, so dachte Margret, übermäßig stolz geworden, und doch erregten sie seine prächtigen Kleider und seine stürmische Geselligkeit, selbst jetzt, als seine eindrucksvolle Erscheinung hoch auf dem grauen Hengst in den Hof ritt und sie mit Bewunderung erfüllte, die sie kaum verbergen konnte.

Olaf war von dem Pferd sehr beeindruckt, und es lag ihm viel an der Paarung mit Mikla, doch er meinte, es werde noch einige Zeit dauern, bis die Stute rossig werde, denn das war bei ihr oft später der Fall als bei anderen Pferden, und sie hatte gerade eben ein Fohlen geboren. Skuli war darüber nicht enttäuscht, denn auf diese Weise konnte er den Hengst länger behalten, und er hatte vor, Thorkel einen Dienst zu erweisen, indem er noch weitere Zuchtgebühren einbrachte, solange das Tier in der Gegend war. Das Pferd wurde nicht mit den anderen hinausgelassen, sondern sorgsam im Pferdestall gehalten, und Skuli untersuchte es täglich dreimal auf Schrammen und kleine Verletzungen.

In diesem Jahr mit Margret hatte Skuli nach und nach gelernt, einige Dinge anders zu sehen, und das galt vor allem für die Zeit seit der Ankunft in Vatna Hverfi. Aus Gründen der Sparsamkeit oder schlicht aus Faulheit kam Kollbein Sigurdsson nicht in den Vatna Hverfi-Bezirk, er schickte seinem Stellvertreter auch keine Boten, und die meiste Zeit gab es von Fosshof und Thjodhildshof überhaupt keine Nachrichten. Skulis Verbindung zu Kollbein und dadurch auch zum Hof des Königs in Norwegen schien sich zu lockern, schien schwächer zu werden, fast ganz zu verschwinden. Er dachte jetzt kaum noch an seine Frau oder sogar an seine Kinder und an sein Land auf den Hügeln in der Nähe von Bergen. Seine Freundschaft mit Margret erschien ihm wie eine Ehe, so wie seine Tätigkeit im Bezirk für ihn Geschäft bedeutete. Er interessierte sich für das Vieh einiger Bauern, so wie er sich für sein eigenes interessiert hätte, und war gewissenhaft in seinen Ratschlägen. Und genauso kam Thorkel Gellisons Hengst ihm wie sein eigener vor, während er in seiner Obhut war, und er war sehr stolz auf ihn.

Es schien Skuli, als ob dieses Leben ewig dauern oder sanft in ein anderes hinübergleiten könnte, mit Margret als seiner anerkannten Gefährtin, einigen Kindern von ihr, dem Besitz eines Hofes in Vatna Hverfi und einer Pferdezucht im Stall, die von Mikla und dem grauen Hengst abstammte. Von Zeit zu Zeit sprach er zu Margret davon, und sie bemerkte, daß er sich in unbeobachteten Momenten so verhielt, als wären diese Unmöglichkeiten bereits verwirklicht. Olaf war zum Beispiel zu Skuli freundlich, und Margret konnte sehen, wie Skuli oft vergaß, daß Olaf ihr Ehemann war. Und jetzt kamen die beiden Männer wegen der geplanten Paarung des Hengstes mit der Stute sehr häufig zusammen.

Gunnhild war ein eigensinniges und lebhaftes Kind, das Birgittas ganze Aufmerksamkeit erforderte und auch Svava Vigmundsdottir, die kurz vor der Geburt nach Gunnarshof zurückgekehrt war, fast voll beanspruchte. Die beiden Frauen waren ständig damit beschäftigt, sich verlockende Köstlichkeiten für das Kind auszudenken, ihm nachzulaufen und es vor Gefahren zu schützen, denn Svava behauptete, sie habe niemals ein Kind mit einer solchen Vorliebe für verbotene Dinge gesehen. In diesem Jahr lag das Osterfest früh, und gleich danach brach plötzlich das Eis im Fjord, und die Bergwiesen wurden zeitig grün. Olaf und Gunnar waren darüber sehr froh, und sie halfen Hrafn und seinen Söhnen, den größten Teil des Viehbestandes, der jetzt sechs Pferde, achtzehn Kühe und einhundertundfünf Schafe und Ziegen umfaßte, in die Berge zu treiben. Wiederum wurden zwanzig der besten Mutterschafe mit ihren Lämmern zum Hvalseyfjord gebracht, und das war eine Dreitagereise. So kam es, daß Margret drei Tage allein auf dem Hof war und tun und lassen konnte, was sie wollte, und so kam es auch, daß sie und Skuli häufig ihren gewohnten Treffpunkt aufsuchten. Skuli schien das Wachsen des Kindes nicht zu bemerken. Gewöhnlich ritt Skuli früh am Morgen auf dem grauen Pferd los, und Margret machte sich etwas später auf den Weg. Wenn sie sich trafen, legte er dem Pferd die Fußfesseln an, und es durfte nach Belieben grasen.

So geschah es, daß eines Tages Reisende, die auf Ketilshof Halt machten, Vigdis zutrugen, man habe Thorkel Gellisons grauen Hengst oft in den Bergen nördlich von Gunnarshof umherstreifen sehen, und einer der Reisenden machte einen Vers:

Der graue Hengst sucht Stuten, wo keine sind
Doch der Gefolgsmann, der Weiber sucht,
weiß, wo er sie findet.

Vigdis hatte viele Kinder geboren, und Jon Andres' Treiben war für sie daher nicht so interessant, daß es andere Unterhaltung ausschloß. So kam es, daß Vigdis jeden, der vorbeikam, fragte, was er denn über die Vorgänge auf Gunnarshof wisse, und bald schon wußte sie, welche Frau in dem Vers wohl gemeint war. Der Vers selbst kam zwar niemals über ihre eigenen Lippen, doch verbot sie ihren Bediensteten und ihren Kindern auch nicht, ihn zu wiederholen. Sie hatte nicht vergessen, wie sie die halberfrorene Kuh mit den verbundenen Augen im See gefunden hatten, auch nicht die beabsichtigte Kränkung und die vermutlichen Täter.

Einige Zeit danach saß Gunnar an dem kleinen See, an dessen Ufern Gunnarshof lag, und besserte ein Seehundnetz aus. Hrafns Frau Katla trat zu ihm und schaute zu ihm herunter und wiederholte den Vers, der inzwischen im ganzen Bezirk bekannt war.

Gunnar sagte nichts und arbeitete weiter an seinem Netz. Er blieb fast den ganzen Tag dort sitzen, und bis zum Abendessen war das Netz vollkommen wiederhergestellt. Er legte es fort und ging ins Haus, um zu essen. Bei Tisch fragte er Birgitta, wo Margret wohl sein könnte. Birgitta antwortete, daß Margret in die Berge gegangen sei, um Schneehühner zu fangen. Dann fragte Gunnar, wo Skuli sein könnte. Birgitta sagte, daß Skuli den grauen Hengst zum Hof von Axel Njalsson gebracht habe, der kaum einen kurzen Morgenritt von Gunnarshof entfernt war. Nun schaute Olaf von seinem Eßbrett auf und sah Gunnar an. Sie aßen zu Ende. Danach suchten sie Katla, und etwas verängstigt wiederholte die den Reim für Olaf. Ein wenig später kehrte Margret mit fünf Schneehühnern zurück. Skuli kam am nächsten Morgen.

Die Leute vom Gunnarshof saßen noch beim Morgenfleisch, als Skuli hereinkam, und Gunnar begrüßte ihn mit den Worten: »Du bist immer hier und da, mein Freund. Wo wirst du dich als nächstes nach Einnahmen für den König umsehen?«

»Ich bin noch nicht auf dem Hof des Stein Sigmundsson gewesen.«

»Das ist ein armer Hof«, sagte Gunnar. »Ich bezweifle, daß man deinen Besuch dort sehnsüchtig erwarten wird.« Die beiden Männer lachten. »Du bist uns ein so guter Freund, daß wir es lieber sähen, wenn du dich auf Gunnarshof aufhalten würdest, zumindest bis zum Decken der Stute.«

»Solches Fleisch und solche Gespräche, wie ich sie von Gunnarshof gewohnt bin, kann man wohl kaum ausschlagen, und das ist die reine Wahrheit«, sagte Skuli und lachte verschmitzt.

Und da sagte Margret: »Ist nicht dein geschäftlicher Rundgang von größerer Wichtigkeit, Skuli Gudmundsson?« Doch Skuli lachte, streckte sich auf der Bank aus und langte nach der Schale mit Sauermilch. »In der Tat«, so sagte er, »habe ich in diesem Bezirk mehr Geschäfte für Kollbein gemacht als in allen anderen Bezirken zusammen.«

Margret schwieg.

Danach blieben alle, einschließlich Margret, einige Tage auf dem Hof, und Margret erklärte, daß genügend Vögel in den Scheunen hingen und auch Kräuter zum Trocknen. Sie lief hinter dem Kind her, das herumkrabbelte, und erzählte Birgitta Geschichten aus Gunnars Kindheit, aber Gunnhild war bis auf ihr Äußeres wirklich ganz anders als Gunnar. Birgitta war sehr stolz auf sie und richtete im Haus und im Hof vor dem Haus alles so ein, daß es sicher und kurzweilig für sie war, auch wenn es Gunnar und Olaf ärgerte, ihre Werkzeuge und Vorräte an merkwürdigen oder abgelegenen Stellen wiederzufinden. Niemals schlug man das Kind oder redete auch nur streng mit ihm, und vielleicht war es aus diesem Grunde sehr fröhlich. Eines Tages ritt Skuli kurz nach der Morgenmahlzeit auf dem grauen Hengst aus.

Kaum war er fort, verging der Vormittag für Margret sehr langsam. Mit großer Mühe hörte sie Birgitta und Svava zu, obwohl deren Gerede sie fast nur ärgerte. Sie ging in die Scheune und machte sich mit ihren Kräutern und mit anderen Vorräten zu schaffen, die sie dort vorfand. Sie verspann ein bißchen Wolle und saß eine Weile am Webstuhl. Sie lief dem Kind hinterher und ging um das Hoffeld herum, doch es gab wenig zu tun, und was es gab, war ihr nicht vertraut, da sie schon seit der Zeit vor Asgeirs Tod fast jeden Sommer in den Bergen verbracht hatte. Auch bestand die Gefahr, daß sie sich zu oft dem Blick von Birgitta Lavransdottir aussetzte, denn ihre Taille wurde immer fülliger, und die Nähte an ihrem Alltagskleid spannten schon (was das betraf, so war sie ein wenig ängstlich, die Nähte auszulassen, denn das Kleid war so abgetragen, daß man neue Nähte sofort gesehen hätte). Außerdem dachte sie immerzu an Skuli, wie er in den Bergen an ihren Lieblingsplätzen umherstreifte und sich nach ihr ebenso sehnte wie sie sich nach ihm.

Da ging Margret zu ihren Vogelkäfigen und sprach zu den Vögeln, gab ihnen zu trinken und wischte die Käfige aus. Sie hatte sechs Vögel in drei Käfigen – zwei Lerchenpärchen und ein Steinschmätzerpärchen. Während sie sie betrachtete, dachte sie darüber nach, wie sie es zuweilen tat, wenn Skuli nicht da war, und niemals, wenn er da war, wie schändlich sie der Versuchung erlegen war und wie wenig sie in jeder Phase widerstanden hatte, sondern ihm gleich beim ersten Mal so gern in die Arme gesunken war und es seitdem jedesmal noch lieber tat. Sie dachte daran, was für eine Sünderin in den Augen des Herrn aus ihr geworden war und wie fröhlich sie ihre Sünde angenommen hatte, so daß das letzte Jahr so schnell verflogen war, als wäre die Zeit gar nicht vergangen, und sie fühlte sich noch genauso wie die unschuldige Seele, die sie einmal gewesen war. Sogleich sehnte sie sich danach, daß das Jahr nicht vergangen wäre, damit sie selbst wieder die wahrhaft unschuldige Person sein könnte wie zuvor, doch nicht etwa, so erkannte sie gleich, um diesmal der Versuchung zu widerstehen, sondern nur, um jeden Moment des letzten Jahres noch einmal besitzen zu können. Dann nahm sie einen Vogel nach dem anderen auf den Finger und sprach zu jedem, und als sie damit fertig war, holte sie ihren Umhang, legte ihn sich um die Schultern und ging in die Berge. Skuli war da und wartete auf sie, und sie rechnete auch mit Gunnar und Olaf, aber die beiden waren nicht zu sehen. Nun wurden ihre Treffen wieder so waghalsig wie zuvor.

Schon bald machte Ketil der Unglückliche, der ein gescheiter, doch spöttelnder und verdrießlicher Mann geworden war, noch einen Vers:

Der Fremde ohne Land mit den bunten Kleidern hat nur
Das Dickicht der Hügel, wo er die blonde Hure pflügen kann.
Die Grönländer werden nachlässig,
Wenn sie ihre Pferde und ihre Frauen eintauschen
Für so wenig.

Bald nachdem dieser Vers entstanden war, schoren Hrafn und Olaf auf den Sommerweiden die Schafe. Katla ging mit Olaf, um ihren Mann zu besuchen und beim Waschen der Wolle zu helfen. Als Olaf zurückkam, nahm er Gunnar beiseite und sprach mit ihm über diese Angelegenheit und sagte Gunnar den Vers auf. Er erklärte auch, Hrafn habe ihm gedroht, sich einen anderen Hof zu suchen, wenn man diese Sache nicht bereinigen würde, denn es sei für alle Leute auf dem Hof eine große Schande, wenn solche Verse umgingen und der Herr und der Ehemann machtlos zuschauten.

Da dachte Gunnar ein paar Minuten ruhig nach. Dann sagte er zu Olaf: »Mein Olaf, ich bin bekannt dafür, daß ich ein träger Mensch bin, und ein träger Mensch hat es am liebsten, wenn alle

Morgen und Abende und Nächte so vergehen wie die vorherigen, und am liebsten macht er mit seinen trägen Händen immer wieder die gleiche Arbeit, die er schon immer gemacht hat, betrachtet mit seinem trägen Blick dieselben Kühe, dieselben Schafe, dieselben Pferde und dieselben Leute, die auf dem Hof hin und her gehen, aus der Sonne in den Schatten und wieder hinaus, so wie sie es immer getan haben. Ein träger Mensch wird immer vor einer neuen Aufgabe zurückschrecken, und ganz besonders vor einer Arbeit, in der er keine Übung hat, wie zum Beispiel das Töten und Beerdigen eines Freundes.«

»Aber ich war niemals träge, und doch bin auch ich unsicher, ob ich diese schwierige Aufgabe angehen soll.«

Und die beiden Männer saßen da, und ohne Zögern weinten sie, doch nachdem sie geweint hatten, gingen sie in ihren Werkzeugschuppen und wählten zwei Äxte aus und schärften sie sorgfältig, dann stellten sie sie neben die Haustür und riefen die Leute vom Hof zusammen und teilten ihnen ihren Entschluß mit. Als sie geendet und auch die beiden Verse wiederholt hatten, sagte Birgitta, die die kleine Gunnhild auf dem Arm hielt: »Ihr beide seid offenbar solche Feiglinge, daß ihr die Erlaubnis eurer Knechte und Mägde braucht, um zu tun, was getan werden muß.« Dann bestieg Gunnar die Stute Mikla und Olaf sein altes Pferd Noddi, und sie banden die Äxte an ihren Sätteln fest und ritten davon.

Margret und Skuli saßen Seite an Seite auf dem Hügel und redeten. Skuli trug die in blau und grün gehaltene Tracht des Hofes und Margret das rote Seidenkleid, das sie selbst genäht und seitdem ab und zu getragen hatte. Das graue Pferd graste ein Stück entfernt und war von weitem deutlich sichtbar, da sein glänzendes Fell das Sonnenlicht zurückwarf. Margret war nur wenig überrascht, als sie Olaf und Gunnar erblickte, da sie die beiden schon seit geraumer Zeit erwartet hatte, doch es überraschte sie, daß auch Skuli das Erscheinen der beiden mit einer Gefaßtheit aufnahm, die ihrer nicht unähnlich war. Er erhob sich und pfiff dem grauen Pferd, wie er es mit seinem eigenen Pferd gewöhnlich tat, doch der Hengst gehorchte nicht und trabte noch ein Stück weiter weg. Skuli ging auf ihn zu und stieß dabei leise, schnalzende Laute aus, denn seine einzige Waffe, ein Messer, war am Sattel befestigt. Das Pferd trabte davon. Nun hatten Olaf und Gunnar zweifellos Margrets leuchtendes Kleid gesehen, denn sie fingen an, den Hügel heraufzugaloppieren. Der Hengst hob beim Geräusch der Hufe seinen Kopf, dann wieherte er laut und begann seinen Artgenossen entgegenzutraben. Kurz darauf hatte Olaf das Pferd eingefangen und an eine verkrümmte Birke gebunden. Gunnar und Olaf näherten sich im Trab. Skuli ging zunächst weiter, dann blieb er mitten auf dem Hügel stehen.

Er trug seine grüne Kappe, und sein helles Haar fiel ihm weich auf die Schultern. Als nun Olaf, dicht gefolgt von Gunnar, nah genug an ihn herangekommen war, da versetzte er dem Norweger einen harten, streifenden Hieb an die Schläfe. Der Mann fiel hin, und Gunnar gab ihm mit einem weiteren Schlag ins Genick den Rest. Blut spritzte in das Weidengebüsch. Da gingen Olaf und Gunnar auf Margret zu, und ihre Pferde und Beine waren mit frischem Blut bespritzt. Gunnar schmierte mit der Hand ein wenig von diesem Blut auf Margrets Wange und wandte sich ab.

Olaf stieg vor seiner Frau vom Pferd. »Nun«, sagte er und schaute sie von oben bis unten an, »sind meine Augen geöffnet, und ich sehe, daß diese Schande bald Früchte tragen wird.« Und dann spuckte er ihr ins Gesicht. Danach drehte er sich um und galoppierte hinter dem anderen Mann her, und zuerst ritten sie nach Ketilshof, dem nächstgelegenen Anwesen, und verkündeten die Tötung von Skuli Gudmundsson, wie es die Gesetze vorschrieben.

Kollbein Sigurdsson war über die Tötung von Skuli Gudmundsson sehr wütend und erfragte den Rat vieler wohlhabender Bauern, um entscheiden zu können, welche Klage er vorbringen konnte und wo – vor dem Thing, das seiner eigenen Gerichtsbarkeit als Stellvertreter des Königs unterstand, oder in Gardar mit der Gerichtsbarkeit des Bischofs. Skuli Gudmundsson, sagte er, sei einer seiner vornehmsten Männer gewesen, und das Gefolge sei ohne ihn viel schäbiger. Viele der Männer in der Gegend von Thjodhildshof hielten es für den klügsten Weg, Kollbein in dieser Angelegenheit zu unterstützen und schwere Ächtung für Gunnar Asgeirsson und Olaf Finnbogason zu erwirken. Doch die Bauern, die weiter entfernt lebten, waren der Meinung, daß Gunnar und

Olaf im Recht seien und daß im Gegenteil Skuli die Ächtung riskiert habe, indem er eine Verbindung mit einer verheirateten Frau eingegangen war.

Die Zeit des Thing folgte rasch auf die Tötung, doch die vier Versammlungstage vergingen nacheinander, und es wurde keine Klage gegen Gunnar und Olaf erhoben, obwohl Kollbein geschäftig von einem Bauern zum anderen ging und redete, immer mit ruhiger, ernster Stimme. Alle Bauern mit Ausnahme von Kollbeins nächsten Nachbarn erklärten, daß, ja, manch einer die Tötung für bedauerlich halten mochte, daß andererseits aber die Tötung eines Norwegers nicht notwendig zwischen Grönländer treten sollte, insbesondere die Tötung eines Diebes, der als Freund auf den Hof gekommen war. Keines der Argumente, die Kollbein vorbrachte und die Skulis Stellung als sein Vertreter im Bezirk Vatna Hverfi und seine Stellung als Vertreter des Königs betrafen, war stark genug, um die Grönländer zu beeindrucken, und Gunnars und Olafs Anhänger schienen überall auf dem Thing zu sein, und sie umlagerten Gunnars Zelt, das ganz neu war und aus fast weißen, ausgefallen gezeichneten Rentierhäuten gefertigt. Nun geschah es, daß am Morgen des letzten Tages, bevor das Thing sich auflösen sollte, das Zelt verschwunden war. Als ein Nachbar Kollbeins das sah, meinte er, daß Kollbein Glück haben könnte, wenn er seine Klage in Abwesenheit des Angeklagten vor das Gericht bringen würde.

Obwohl der Grönländer das im Scherz gesagt hatte, nahm Kollbein ihn beim Wort und brachte die Klage am Ende des letzten Tages vor. Er verlangte, daß Gunnar Asgeirsson und Olaf Finnbogason vom Gunnarshof in Vatna Hverfi für die Tötung des Skuli Gudmundsson, Gefolgsmann und Stellvertreter des Kollbein Sigurdsson, selbst direkter Stellvertreter des Königs, geächtet werden sollten und ihre gesamten Besitztümer beschlagnahmt, und er verlangte außerdem, wie es sein Recht war, daß die vorsitzenden Richter, dreizehn an der Zahl – drei aus jedem Bezirk im Norden und im Süden und einer aus Gardar –, noch vor dem Ende der Versammlung über das Urteil abstimmten. Seine Anhänger meinten, daß er es klug angestellt habe und so vielleicht einen Fall gewinnen könne, den man für aussichtslos gehalten hatte. Die Richter hatten gerade begonnen, sich untereinander zu beraten, als eine große Gruppe von Männern, darunter auch Gunnar und Olaf, unter der Führung von Thord vom Siglufjord und Thorkel Gellison aus Vatna Hverfi auf das Gerichtsfeld stürmte und Gehör verlangte. Die Männer trugen nun die Geschichte von Margret Asgeirsdottir und Skuli Gudmundsson vor, worauf die Richter alle Strafen ablehnten, und Kollbein Sigurdsson war von den überholten Bräuchen, wie er es nannte, vollkommen aus der Fassung gebracht, denn in Norwegen oder sogar in Island besaß das Thing schon lange keine Macht mehr, da dort die Oberhoheit des Königs anerkannt war. Die Grönländer freuten sich und bezeugten jetzt Kollbein noch weniger Respekt als zuvor, und einige Bauern machten dem Ombudsmann sogar Vorschriften in der Verwaltung seiner Ländereien und in der Viehhaltung und verweigerten ihm neue Tiere, wenn er die anderen durch eigene Dummheit losgeworden war. Es war Gunnars Idee gewesen, das neue Thingzelt am letzten Tag abzubauen und oberhalb des Gesetzesfeldes von Gardar zu verstecken, in der Hoffnung, daß Kollbein dann seine Klage vorbringen würde, und die Leute hielten das für sehr schlau.

An einem Tag ganz kurz nach dem Thing brach Gunnar mit Margret im Gunnarshofboot auf. Sie nahmen fünf Schafe und einige Haushaltsgegenstände mit. Am Ende des Morgens kamen sie in Gardar an, doch sie hielten sich nicht dort auf, um zu reden, sondern sie nahmen nur ihre Sachen auf den Rücken und trieben die Schafe die kurze Strecke über die Halbinsel Gardar, wo der Bischof sein Eriksfjordboot angelegt hatte, und das borgten sie aus. Nun ruderten sie fast den ganzen Rest des Tages, bis sie im Norden über dem Fjord die roten Steinhäuser von Brattahlid sehen konnten und einen grauen Gletscherfluß im Süden. Die Schafe lagen ganz still am Boden des Bootes, und obwohl Gunnar von Zeit zu Zeit Margrets Gesicht suchte, wollte er ihr doch nicht in die Augen schauen. Als sie zu einer kleinen Anlegestelle kamen, blieb Gunnar ruhig im Boot sitzen, während Margret ihre Sachen nahm und sie an das steinige Ufer brachte. Dann führte sie die Schafe an Land. Sobald alles ausgeladen war, stieß Gunnar das Boot ab und begann wegzurudern, und als sie sich trennten, schaute keiner den anderen an oder sagte ein Wort des Abschieds.

Dieser Hof gehörte zu Gardar, denn die Familie, die ihn bewohnt hatte, war zwei Generationen zuvor ausgestorben. Zusätzlich zum Zehnten mußte Margret nun ein weiteres Zehntel des jährlichen Ertrages als Miete entrichten. Dafür waren Pall Hallvardsson, Jon oder Audun (einer von den drei Grönländern, die der Bischof zu Priestern geweiht hatte) verpflichtet, dreimal im Jahr, zu Ostern, Jul und zum Fest des St. Michael, zu ihr hinauszurudern, ihr die Beichte abzunehmen und die Kommunion zu spenden. Diese Regelung hatte Gunnar mit Jon getroffen, und sie galt als ungewöhnlich, noch ungewöhnlicher als Ehebruch und Tötungen.

Das rote Seidenkleid verschwand. Es war in keiner der Gunnarshoftruhen zu finden. Nicht ein einziges Stück davon, auch kein Stoffrestchen, wurde zur Verzierung von Gunnhilds Kleidchen verwendet. Der Stoff erschien auf keinem Altar, auch nicht in ein priesterliches Meßgewand eingenäht. Er war auch nicht unter den Dingen, die nach Steinstraumhof geschickt worden waren, denn Birgitta hatte sie selbst gepackt und Margret nicht erlaubt, irgend etwas anzurühren, bevor sie die Sachen aus dem Boot laden mußte. Die Leute sagten, Birgitta sei ganz schön knauserig gewesen und habe Margret die ältesten und leicht zu entbehrenden Töpfe und Einrichtungsgegenstände überlassen. Nur eines von den Dingen war dick und prächtig gemacht, und das war der graue Umhang, Margrets Brautgeschenk an Birgitta.

Den kleinen Hof, Steinstraumhof genannt, fand Margret in ganz schlechtem Zustand vor. Von den drei Räumen im Haus besaß nur einer alle vier Wände, und keiner war trocken und gemütlich und fest überdacht. Der Lagerraum war der kleinste und daher am einfachsten in Ordnung zu bringen, und Margret machte sich sogleich daran – sie setzte Steine ein, schnitt Soden zu und wechselte sie aus, und mit einem hölzernen Spaten und einem Besen aus Weidengestrüpp, welches mit Rentiersehnen fest zusammengebunden war, kehrte sie den Boden. Der Raum war jedoch dunkel und eng, und eine einzige Öllampe machte ihn rauchig und warm, so daß Margret wenig Zeit dort verbrachte, nachdem er sauber war und sie ihre Vorräte geordnet hatte. Danach sah sie sich den Stall an, der einmal solide gebaut worden war, mit vier Ständen für vier Kühe. Da sie keine Kühe besaß und auch nicht plante, welche zu halten, konnte sie den Stall weitgehend so lassen, wie er war, und sie räumte nur einen geschützten Platz für Heu und Seegras frei, das sie zu finden hoffte, und an der Nordwand schichtete sie Soden auf, um ihre fünf Schafe vor den ärgsten Winterstürmen zu schützen. Ihre eigene Kammer bereitete mehr Schwierigkeiten, denn sie war groß und hatte fast kein Dach, und die eingebaute Bettnische, denn es gab eine wenn auch sehr grob gezimmerte, war auf zwei Seiten eingedrückt. Für ein paar Tage ließ sie die Dinge so, wie sie waren, und folgte nur ihren Schafen zu den neuen Weiden, erst den Fluß entlang und dann in die andere Richtung, die zum Ende des Eriksfjord führte. Diese neuen Wege machten ihr ein wenig Freude, und sie brachte die Schafe am Ende eines jeden Tages zurück, nur, um ein wenig zu schlafen, die Tiere zu melken und dann wieder aufzubrechen. Das Kind in ihr bewegte sich nur leicht, wenn sie ging, und manchmal war sie sich ganz sicher, daß es gestorben war. Wenn sie sich aber setzte oder sich schlafen legte, dann drehte es sich und strampelte, bis sie aufstehen mußte.

Der einst zum Teil bebaute Hang war niemals so fruchtbar gewesen wie das Gunnarshofland oder die anderen Höfe in Vatna Hverfi, und jetzt war er von Kräutern und anderen Pflanzen ganz überwuchert, darunter auch solchen, die sie in Vatna Hverfi nur selten gesehen hatte. Der Fjord am Fuße eines kleinen Abhangs vor ihrer Haustür war voller Kabeljau und Meeresforellen, hingegen war der Gletscherstrom, nach dem der Hof benannt war, schlammgetrübt und führte wenige Fische. Das Ufer war schmal und steinig und stieg jäh und steil an. Margret besaß kein Boot.

Das Kind bereitete ihr wenig Probleme. Die Schmerzen und Unannehmlichkeiten der Schwangerschaft, so wie Birgitta und Svava sie beschrieben hatten, kannte sie nicht. Besonders Birgitta hatte oft geklagt, daß der Kopf des Kindes sie direkt unter dem Herzen drücke und sie keine Luft zum Gehen hätte, zuweilen nicht einmal zum Sprechen. Einmal, eher gegen Ende der Schwangerschaft, hatte ein plötzlicher, gedehnter Schmerz Birgitta gepackt, der fast den ganzen Morgen andauerte und von ihrem Herzen bis in die Beine fuhr. Es sei das Kind, das sich für die Geburt auf den Kopf stelle, so hatte sie gesagt, und das sei schlimmer als alle Geburtsschmerzen. Svava hatte an Kristin vom Siglufjord erinnert, deren

Füße aus den Schuhen gequollen seien und deren Beine nicht mehr in die Strümpfe gepaßt hätten, und manches Mal habe es so ausgesehen, als wollte die Haut selbst platzen, denn ihre Zehen seien so dick wie Webgewichte gewesen, und das bei jedem einzelnen Kind, vom ersten Lebenszeichen bis zur Geburt. Es gab noch schlimmere Sachen, und Svava kannte die meisten. Dagegen waren die Unannehmlichkeiten, über die sie und Birgitta gesprochen hatten, fast lächerlich, doch selbst die erlebte Margret nicht. Sie war einfach sie selbst, mit einem großen Bauch, in einem losen Gewand und sehr wohl in der Lage, ihren Schafen zu folgen, so weit sie auch immer umherstreifen mochten.

Eines Tages blieb ein ziemlich großes Stück Treibholz, V-förmig und an beiden Enden abgerundet, als wäre es viele Jahre im Wasser getrieben, unterhalb des Hauses am Ufer hängen, und als sie es sah, war ihr erster Gedanke, daß Skuli Gudmundsson es gut gebrauchen könnte, denn es war ein großes Stück Holz, maß sechs oder acht Ellen in der Länge und an der breitesten Stelle mindestens eine Elle und hatte überhaupt keine Äste, und sie erinnerte sich daran, wie er davon gesprochen hatte, ihr einen Stuhl zu schnitzen, mit Fischen als Armlehnen und einem flach eingeschnitzten Wal auf der Rückenlehne, aber niemals war ihm ein geeignetes Stück Holz für eine solche Arbeit in die Hände gefallen. Und nun packte sie eine Sehnsucht nach ihm, wie es ihr seit seinem Tod nicht mehr geschehen war, denn das Stück Holz dort unten nahm nun die Form von zwei zappelnden Fischen an, gebogen und glänzend, in dem Holz gefangen wie in Eis oder in Bernstein oder wie in erstarrtem Wasser. Die beiden Fische schienen sich aufzubäumen und in die Freiheit zu streben, wie sie es in einem Netz tun, das man aus dem Wasser zieht, und Margret konnte den Blick nicht abwenden. Als die Fische sich nach einer kurzen Zeit nicht mehr bewegten und wieder zu den beiden Hälften des Treibholzes wurden, kam eine solche Trauer über sie, daß sie schrie und schrie, bis sie schließlich wie in einem Anfall vornüber fiel, und so geschah es, daß ihr klar wurde, welche Veränderungen um sie herum vorgegangen waren, daß Skuli Gudmundsson tot war und daß sie für den Rest ihres Lebens mit ihrem Kind allein sein würde.

Die ganze Zeit seit der Tötung hatte sie an kaum etwas anderes gedacht als an die Dinge, die sie nach Steinstraumhof mitnehmen und wie sie dort leben würde. Während der Tötung selbst und als der Leichnam geholt und begraben worden war und auch während der ganzen Zeit bis zu ihrer Abreise, die sie in Undir Hofdi und auf Gunnarshof verbracht hatte, war sie ganz ruhig gewesen, wie tot, doch nicht unglücklich. Sie hatte vielen Befehlen gehorcht – Birgittas Befehlen, ihre kleinen Vögel freizulassen und das rote Kleid Naht für Naht auseinanderzureißen, Pall Hallvardssons Befehlen, Gott um Vergebung zu bitten und auch ihren Ehemann und ihren Bruder sowie Kollbein Sigurdsson dafür, daß sie seinen Gefolgsmann zur Sünde verführt und seinen Tod verschuldet hatte. Selbst Olaf hatte ihr Befehle gegeben. Er hatte ihr befohlen, in Ingrids alter Bettnische zu schlafen und sich niemals im Hause aufzuhalten, wenn er drinnen war, und niemals draußen zu sein, wenn er draußen war. Tag für Tag hatte sie alle Pflichten erfüllt, die man ihr auferlegte, und danach war sie immer in einen Schlaf gesunken, wie sie ihn bis dahin nicht gekannt hatte, traumlos und schwarz. Dann war sie in Gunnars Begleitung nach Steinstraumhof gekommen, seinem Befehl gehorchend, ihn nicht anzusprechen und so lange die Sachen, die Birgitta für sie gepackt hatte, nicht anzuschauen, bis er fort war.

Nach ihrer Ankunft hatte es soviel Neues gegeben, und sie war so damit beschäftigt gewesen, sich einzurichten, daß sie nicht viel nachgedacht und noch nichts geträumt hatte, doch jetzt, nachdem sie den im Treibholz gefangenen Fisch gesehen hatte, kamen jede Nacht Träume zu ihr, von Skuli Gudmundsson, heil und schön, und manchmal war es, als wäre er wieder auferstanden, und noch häufiger, als hätte es die Tötung gar nicht gegeben. Die Sehnsucht nach ihm, die sie seit ihren ersten Begegnungen niemals ganz verlassen hatte, wurde immer größer und größer, so daß sie nicht sitzen und nicht gehen, nicht laufen und nicht liegen oder beten oder essen oder schlafen oder einen Stein auf den anderen setzen konnte. Sie mußte an Geschichten denken, die sie gehört hatte, von feurigen Dämonen, die manchmal in die Menschen fuhren, und daß diese dann wohl genauso aussahen wie zuvor, doch wenn sie starben, wie sie es am Ende doch mußten, war ihr Inneres schwarz und faulig, gar nicht so wie das Fleisch von gottesfürchtigen Seelen. Einige Grönländer blieben dabei, daß die Skraelinger solche Menschen seien, andere wieder meinten, daß sie es nicht seien und daß man diese Dinge weit unten im Süden, in heißen Ländern, häufiger sehen könne. Wie auch immer, Margret dachte, die Überwältigung durch einen solchen Dämon müßte sich genauso anfühlen wie ihre Sehnsucht und wäre sicher ebenso schwer wieder loszuwerden. Das V-förmige Stück Treibholz lag viele Tage lang wie verzaubert auf dem schmalen Uferstreifen. Stürme und Fluten schienen es nur noch höher zu heben und trugen es nicht fort. Margret fing an es zu fürchten und auch zu lieben, doch sie näherte sich ihm niemals und berührte es nicht.

Eines Tages, als Margret mit ihren Schafen von der Weide kam, sah sie ein kleines Boot, das ans Ufer gezogen war, und eine alte Frau und ein junger Mann saßen auf dem Hang vor dem Haus. Die beiden waren Marta Thordardottir, die Schwester von Osmund Thordarson, dem Gesetzessprecher, und ihr Sohn Isleif Isleifsson. Beide lebten im Bezirk Brattahlid, und Isleif war einer der Grönländer, die der Bischof zu Priestern geweiht hatte. Marta war keine alte Frau, doch ihr Mann war bei einer Hustenepidemie gestorben. Daher lebte sie nun in stattlichen Verhältnissen auf Osmunds Hof in Brattahlid, und ihr anderer Sohn, Ragnleif, bewirtschaftete ihren alten Hof. Margret ging auf ihre Besucher zu, hieß sie auf Steinstraumhof willkommen und lud sie ein, sich an Schafsmilch zu laben. Die beiden begrüßten sie freundlich, und Marta sagte: »Meine Margret, du hast nur wenig Ähnlichkeit mit meiner Freundin Helga Ingvadottir. Der Stamm von Gunnarshof hat von einer Generation zur anderen immer gleich ausgesehen, und niemals war ein einziger Sproß der mütterlichen Linie ähnlich.«

»Mir scheint, daß auch ich dein Gesicht gut kenne, Marta Thordardottir, obwohl ich dich seit vielen Jahren nicht gesehen habe.«

Isleif war mit seinem hellen Haar und den geraden Zähnen nicht unschön, doch Margret sah, daß er schwache Augen hatte, denn wenn er etwas anschaute, kniff er sie immer zusammen, als wollte er seinen Blick schärfen. Er sagte: »Und ich würde dich auch an deinen vielen Tugenden erkennen, Margret, von denen Pall Hallvardsson voller Wärme erzählt hat.«

Als sie ihre Milch ausgetrunken hatten und Marta sich mit dem

Saum ihres Ärmels den Mund abgewischt und sich auf den Hang gesetzt hatte, fragte sie Margret, wann sie ihre Niederkunft erwarte. Margret antwortete, sie habe sich irgendwann einmal den Tag der St. Maria Magdalena ausgerechnet, doch inzwischen habe sie die Zeit aus den Augen verloren und wisse jetzt nicht mehr, wann das sein werde. Isleif sagte, sie hätten soeben das Fest des St. Peter und Paul gefeiert, und Margrets Zeit werde daher in etwa zwanzig Tagen kommen. Weder Marta noch Isleif sprach zu ihr mit Verachtung, doch während sie über diese Dinge redeten, saß Margret mit gesenktem Blick da und empfand eine Scham, die sie kein bißchen verspürte, wenn sie allein war. Marta lud nun Margret nach Brattahlid ein, wo sie lebte, und Margret sollte so lange bei ihr bleiben, wie sie wollte, Osmund würde das Kind in Pflege nehmen oder, wenn es Margret lieber wäre, auch Ragnleif oder sogar Isleif im Namen der Kirche. »Andernfalls«, sagte sie, »werden alle Leute im Bezirk Brattahlid, doch besonders Freunde von Asgeir Gunnarsson und seinem Vater, der Meinung sein, daß es eine Schande für sie sei, wenn Margret Asgeirsdottir in so ärmlichen Verhältnissen lebe, ständig in Gefahr, zu verhungern oder zu verunglücken oder gar den Skraelingern in die Hände zu fallen, und das alles auf einem so winzigen Hof in ihrer Nähe.«

Da schaute Margret auf und sah Marta ins Gesicht, um herauszufinden, ob das als ein Befehl gemeint war, doch Marta und Isleif lächelten sie an, und sie wußte, daß sie es ihnen abschlagen konnte, doch wenn sie es tat, dann würde man es ihr nicht noch einmal anbieten. Schließlich sagte sie: »Der Fall liegt so, daß ich meinem Bruder und meinem Mann schon genug Schande gemacht habe, auch mir selbst und meinem Kinde. Ich habe Vatna Hverfi aus freiem Willen verlassen und bin auf diesen ärmlichen Hof gekommen, obwohl es auch wahr ist, daß mein Bruder und mein Mann nichts anderes wollten als dies. Mir scheint, daß es meiner Familie in den Augen der Grönländer nicht zur Ehre gereichte, wenn ich nach Brattahlid käme, denn die Leute würden sagen, daß meine Familie mich von Ort zu Ort gehen lasse, damit ich um Almosen bitte. Auch müßten sie finden, daß ich aus meiner Sünde einen Vorteil gezogen und ein stattlicheres Zuhause gewonnen hätte, als ich verdiente.«

Marta sah, worauf Margrets Antwort hinauslief, und sie sagte: »Aber keine Frau kann allein entbinden, ohne Hebamme und ohne Priester. Das hieße den Tod herausfordern und noch Schlimmeres, und man muß deinen Leuten den Vorwurf machen, daß sie dich einer solchen Gefahr aussetzen.«

Margret lächelte: »Meine Sicherheit war nicht unsere größte Sorge, und, um die Wahrheit zu sagen, Dinge, die noch nicht geschehen sind, scheinen immer besonders weit entfernt.«

»Du stellst dir jetzt vor, daß alles gut gehen wird.«

»Oder daß alles, was geschieht, gut genug sein wird.« Aber sie sah, daß diese Worte Marta und auch Isleif nicht gefielen. Sie senkte wieder den Blick. Nach einer Weile sagte sie: »Ich wünsche mir keine einsame Niederkunft, obwohl ich mich darum, wie um vieles andere, nicht gekümmert habe. Aber ich möchte auch Steinstraumhof und meine fünf Schafe und mein kleines Haus nicht verlassen, denn bis zum Winter gibt es hier noch viel zu tun, und jeden Tag tue ich eine Kleinigkeit.«

Da blieb Marta Thordardottir eine Weile still sitzen und sah den Schatten der Wolken über dem Fjord zu, wie sie über die Oberfläche von Brattahlid zogen. Schließlich seufzte sie und sagte: »Die Fahrt über den Fjord ist nicht so weit, und einer der Knechte von Brattahlid könnte bis zur Geburt des Kindes jeden Morgen kommen, und danach können wir noch einmal über die Regelung deiner Angelegenheiten reden. Aber es scheint mir noch immer die weniger befriedigende Lösung.« Margret freute sich sehr darüber, und sie nahm Marta Thordardottirs Hand und küßte ihr die Finger und dankte ihr herzlich. Dann sprach Sira Isleif mit Margret und nahm ihr die Beichte ab und betete mit ihr, und die beiden Besucher stiegen in ihr Boot und ruderten nach Brattahlid zurück, und Margret sah ihnen den ganzen Weg nach. Doch danach schämte sie sich sehr und sehnte sich noch mehr nach Skuli Gudmundsson. Es hieß, Osmund Thordarson habe sich nicht besonders darüber gefreut, daß sich einer seiner Knechte jeden Morgen die Zeit für einen solchen Auftrag nehmen sollte, doch wie immer habe seine Schwester auch in dieser Sache ihren Kopf durchsetzen müssen.

Margret Asgeirsdottir wurde von einem Knaben entbunden,

und alles ging gut mit ihm. Er wurde von Sira Isleif getauft, und sein Name war Jonas Skulason. Ein Mädchen namens Asta Thorbergsdottir kam, um bei Margret zu wohnen, und sie war so stark, daß sie gern mit Jungen und Männern um die Wette schwamm und andere Kraftproben vollführte, obwohl sie bereits über das Heiratsalter hinaus war. Viele lachten über sie, und Osmund sagte, er sei froh, sie los zu sein, obwohl sie die Enkelin seines Vetters war. Außerdem kamen eines Tages noch ein Tischler und ein anderer von Osmunds Knechten, und sie reparierten Margrets Bettnische und das Dach des Zimmers, in dem sie und Asta schliefen. Margret war Marta Thordardottir für all diese Wohltaten sehr dankbar und liebte sie fortan bis zu deren Tod wie eine Tochter die Mutter.

Eines Tages nahm Olaf Finnbogason das kleine Gunnarshofboot und ruderte nach Gardar. Seit vier Sommern war er nicht dort gewesen, und daher überraschte ihn die Veränderung dort sehr, doch die Leute grüßten ihn wie immer, als wäre er nur ein paar Tage fort gewesen. Hier in Gardar stand das Gras für die Heuernte auf dem riesigen Hoffeld natürlich so grün und dicht wie immer – so dicht, daß ein Mann mit den Fingern kaum die Erde unter dem Gras finden konnte. Doch es waren nur wenige Knechte, Knaben oder Priester zu sehen. Die Kuhherde war wohl ein wenig kleiner geworden – etwa dreißig Kühe und fünfzehn Kälber weideten auf dem Hang über dem Hoffeld. Aber es waren schöne, große Tiere mit glänzenden roten Rümpfen und weißen Schecken, die sich wie Schnee über ihre Hälse und Schultern breiteten. In einem abgetrennten Gehege graste der Bulle von Gardar, so groß wie ein Ruderboot, und wachsam, wie er war, konnte er gleichzeitig fressen und das Kommen und Gehen der Kühe beobachten. Er beäugte Olaf. Olaf fand eine Menge Bewundernswertes an dem Tier – der Gunnarshofbulle war alt und sanft, und Olaf mochte ihn, doch es schien ihm eine herrliche Aufgabe, sich um dieses Tier hier zu kümmern, eine tägliche Probe des Willens, die zu verlieren nicht ungefährlich war. Olaf sah den Bullen lange Zeit an, dann ging er zur Halle.

Nur eine einzige Gestalt beugte sich da über etwas Geschriebenes, und niemand sang. Sira Pall Hallvardsson lebte jetzt am Hvalseyfjord, und diesen Mann, der wie ein Priester gekleidet war, kannte Olaf nicht. Eine Magd namens Anna Jonsdottir trat zu ihm, wischte sich die Hände an ihrem Gewand ab und begrüßte ihn mit seinem Namen und fragte, was er wolle. Olaf erkundigte sich nach dem Bischof. Anna erwiderte, daß der Bischof schlafe, doch daß ohnehin Sira Jon alle Besucher empfange, und sie ging mit ihm, den Priester zu suchen.

Als Sira Jon ihm entgegentrat, nahm Olaf die Mütze ab, fiel wenig anmutig auf die Knie und küßte des Priesters Ring. Jon schaute Olaf einen langen Augenblick an und erklärte dann: »Olaf Finnbogason, du hast dich so verändert, daß ich dich beinahe nicht erkannt hätte, obwohl ich mich von deinem letzten Besuch her gut an dich erinnere.«

»Das sagen viele von mir, und sie fragen mich, ob ich krank gewesen bin, doch das war ich nicht«, sagte Olaf. Nun fragte Sira Jon nach Neuigkeiten vom Gunnarshof und schickte Anna Jonsdottir nach einer Schale Milch und anderen Stärkungen und lud Olaf in seine Kammer ein. Die Kleidung des Mannes war so schmutzig und schäbig, daß Jon nicht umhin konnte, sie anzustarren, denn die Gunnarshofleute waren bekannt dafür, daß sie sich gut kleideten, in das dicke purpurrötliche Gunnarshofwadmal, das so begehrt war. Selbst Leute, die über Gunnars weibische Weberei lachten, waren schnell bei der Hand, wenn sie etwas davon eintauschen konnten. Die beiden Männer saßen da und sprachen kein Wort, bis Olaf zu Ende gegessen hatte. Olaf hielt seinen Blick gesenkt und aß bedächtig, denn selbst wenn diejenigen, welche ihn als Kind in Gardar gekannt hatten, schon lange gestorben waren, erinnerte Gardar ihn doch daran, wie man ihn damals gehänselt hatte, weil er wie ein Tier aß, in sein Essen schnaubend und schnüffelnd, als hätte er in seinem Leben noch keinen Löffel gesehen.

Nach dem Essen schob Olaf seine Schüssel weg und wandte sich an Sira Jon. »Ich bitte Euch«, sagte er, »auf den Bischof einzuwirken, daß er mich jetzt zum Priester machen möge, denn ich bin erst dreißig Winter alt, und das ist dasselbe Alter, in dem Petur der Pestpriester seine Ausbildung begann.«

Jon lehnte sich zurück und starrte ihn an.

Olaf fuhr fort, noch immer mit gesenktem Blick: »Einst habe ich alles im Gedächtnis behalten, jedes Buch, das man mir vorgelesen hat, Wort für Wort, so daß ich, selbst wenn meine Augen nun schlecht zum Lesen geeignet sein mögen, doch weiß, was man sagen muß und wann man es sagen muß. Die Dinge, die ich vergessen habe, könnte ich wieder erlernen, und wenn auch mein Gedächtnis nicht mehr das ist, was es war, so ist es doch immer noch besser als das der meisten Menschen, und ein Versuch würde es beweisen.« Er schaute auf. »Meine Mutter hat mich schließlich zum Priester bestimmt, wie der Bischof selbst sehr wohl weiß.«

Sira Jon räusperte sich. »Es ist wahr«, sagte er, »daß von den sieben Kirchen in der Ostsiedlung nur vier, einschließlich Gardar, einen eigenen Priester haben, und Sira Nikolaus von der Undir Hofdi-Kirche hätte sich bestimmt schon eher zur Ruhe gesetzt, wenn diese Dinge in Grönland so geregelt würden wie in Norwegen. Aber warum hast du dich anders besonnen? Warum willst du so plötzlich Gott dienen, wo du doch diesen Wunsch bislang nicht hattest?«

»Wahrlich, Sira Jon, ich glaube nicht, daß ich bislang meine eigenen Wünsche kannte, denn ich war jung und bin wie blind den Zeichen Gottes ausgewichen. Seitdem hatte ich allen Grund, meinen Fehler zu bereuen, und von ganzem Herzen möchte ich ihn nun wieder gutmachen.« Während er sprach, drückte er seinen Löffel auf einen Tropfen Sauermilch und führte ihn zum Mund. Sira Jon wandte sich ab und rief Anna, damit sie die Schüsseln abräumte.

Als sie wieder fort war, sprach Jon zu Olaf wie folgt: »Es ist bekannt, daß der Bischof krank gewesen ist, sowohl im Sommer als auch die meiste Zeit des letzten Winters. Die Geschäfte, die ich für ihn alltäglich erledige, würden über seine Kräfte gehen, obwohl er klar und oft über wichtigere Angelegenheiten nachdenkt, und wir haben große Hoffnung, daß er wieder gesund werden wird. Bis dahin jedoch können wir keine neuen Schüler aufnehmen, denn nur der Bischof kann die wahre Natur ihrer Berufung erkennen, und nur er kann ihre geistliche Ausbildung leiten. Wenn sie ausgebildet sind, kann nur er sie weihen und ihre weitere Entwicklung lenken. Grönland ist voller Knaben, die ihre Ausbildung mit einem zweijährigen Dienst zu vergüten gewillt sind.« Seine Stimme verlor sich in der Stille, doch die Bedeutung dieser letzten Worte entging Olaf nicht. Wieder saßen sie schweigend da.

Nach einer Weile sagte Olaf: »Ich könnte auch als Knecht nach Gardar kommen. Im Bezirk Vatna Hverfi habe ich den Ruf eines guten Kuhhirten, und man läßt mich oft holen, wenn beim Kalben etwas schiefgeht oder ein Bulle schwer zu bändigen ist. Übrigens«, Olaf lächelte, »ist mir der Gardar-Bulle aufgefallen, als ich zum Wohnhaus kam. Ich habe nie zuvor solch ein Tier gesehen, und damit meine ich nicht nur seine Größe und Kraft, sondern seinen Charakter, wie sein Blick alles sucht und wie seine Haut über seinen Muskeln in der Sonne zuckt.«

Sira Jon runzelte die Stirn: »Jetzt sprichst du mit größerer Wärme über den Bullen als vorhin von unserem Herrn.«

Olaf schwieg wieder, und Jon stand auf und begann im Zimmer hin und her zu gehen. Schließlich ließ er Olaf wissen, daß er um eine Entscheidung beten und ihm Nachricht senden werde. Olaf erhob sich und setzte seine Mütze auf. Als Jon sich ihm zuwandte, sagte Olaf: »Aus diesen Worten entnehme ich, daß für mich kein Platz in Gardar ist«, und seine Stimme klang wie gewöhnlich tief und rauh und hörte sich an, als sei er wütend.

Sira Jon war durchaus erfreut gewesen, Olaf zu empfangen, und bereit, seinen Bitten Gehör zu schenken, doch jetzt packte ihn ein solcher Zorn, daß er am liebsten hinter dem Mann hergelaufen wäre und ihm den tödlichen Streich versetzt hätte. Er dachte gar nicht mehr an Olafs Worte oder sein Auftreten, sondern nur an seine respektlose Kleidung und seine mürrische Art zu reden. Es war nicht der erste Anfall dieser Art, der den Priester überkam. So sachte wie möglich schloß er die Tür seiner Kammer und warf sich der Länge nach vor das geschnitzte Elfenbeinkruzifix an der Ostwand, doch Satan selbst hinderte ihn daran, den Blick zu dem lieblichen, melancholischen Antlitz des Erlösers aufzurichten, so wie er Jons Seele daran hinderte, sich aus der Glut und der Schande seines Zorns zu erheben. Dieser Zorn erschien ihm wie ein See in der Tiefe eines Abgrunds, und jeden Tag seines Lebens in Grönland verbrachte er damit, sich auf einem schmalen und steinübersäten Felsvorsprung um diesen flammenden Bergsee herumzuschlängeln. An vielen Tagen stieß Satan ihn hinein, forderte ihn fast unmerklich und immer überraschend heraus und spornte ihn an, und diese Tage wurden mit der Zeit nicht weniger, und das Feuer brannte auch nicht minder heftig. Schlimmer noch, diese Zornesausbrüche wurden nicht gebeichtet und nicht vergeben, da Jon sich aus verschiedenen Gründen nicht überwinden konnte, sie dem Bischof in ihrem ganzen Ausmaß zu beschreiben und auch nicht Pall Hallvardsson, diesem jedoch aus anderen Gründen.

Nun lag er lange Zeit unbeweglich flehend im Gebet verharrend auf dem Boden, den Blick niemals zum Kruzifix erhoben, doch war es ihm so vertraut wie das Klopfen von Anna Jonsdottir, die ihn zum Bischof rief. In den letzten Tagen hatte er es aufgegeben, Satan zu wehren, er hoffte jetzt nur noch, ihn in seiner Kammer und in seinem Leib verschlossen zu halten.

Der Bischof saß neben seiner Bettnische auf einem Stuhl, den ihm sein Bruder, als sie beide noch jung gewesen waren, in Norwegen geschnitzt und den er überallhin mitgenommen hatte. Nun war der Stuhl in Grönland, und der Bischof lehnte sich schwer gegen die Rückenlehne, anstatt, wie er es sonst immer getan hatte, aufrecht zu sitzen und die Stütze zu verschmähen. Die eine der Armlehnen lief vorn in dem geschnitzten Kopf eines Schweines aus, für St. Antonius, und die andere in einem Löwenkopf, für St. Hieronymus. Die Augen des Bischofs waren halb geöffnet, und Anna Jonsdottir sprach zu ihm, während sie ihm kleine Bissen von gedünstetem Fisch in den Mund schob. »Das sind wirklich gute Stückchen«, sagte sie. »Genau wie Eure Exzellenz sie mag, mit ein wenig Butter und Thymian.« Seine Kiefer bewegten sich stockend, doch es fiel nichts herunter, und wenn sein Mund voll war, dann schluckte er. »Nicht die kleinste Gräte«, sagte sie, und das stimmte, denn sie entfernte ganz sorgsam selbst die feinsten Gräten. Wenn das Füttern dadurch verzögert wurde, dann stöhnte er auf, als wäre das Warten ihm unerträglich. Manchmal hielt sie ihm einen Becher mit Milch an die Lippen, und er nahm kleine Schlucke. Endlich flogen seine Arme in die Höhe, zum Zeichen, daß er genug hatte. Anna nahm rasch das Eßbrett weg, damit es nicht durch das Zimmer geschleudert wurde, wie es schon geschehen war, und sie half dem Bischof, sich aufzusetzen, denn er war weit nach unten gerutscht. Er öffnete die Augen ein wenig mehr. »Na also«, sagte sie, »das bißchen Fisch hat Euch gekräftigt«, obwohl sie bei sich dachte, mit Seehundspeck und Rentierfleisch ginge es einem besser. Sein Gewand war vorne durch ein weißes Mundtuch geschützt, und das entfernte sie. Nun war es Zeit für Sira Jon, und sie horchte auf die Schritte des anderen Mannes. Bischof Alf schien auch zu lauschen, doch die Mägde im Haus wußten sehr wohl, daß er kaum noch etwas hören konnte. Anna selbst hatte einmal einige Gegenstände und einen schweren Eisentopf fallen lassen, als sie über eine Unebenheit im Boden gestolpert war, und der Bischof, der auf seinem Stuhl saß, hatte sich überhaupt nicht erschreckt. Jetzt wandte sich Anna vom Bischof ab und machte sich daran, die Pelze und Decken in seiner Bettkammer zu ordnen. Der Geruch ließ ihre Nase zucken.

Sira Jon trat ein, sein Gesicht war weiß, doch tat er geschäftig, und Anna knickste und zog sich zur Wand zurück. Jon fing sofort an zu reden und sagte, wie wohl Seine Exzellenz heute aussähen und daß er hoffe, der Bischof habe angenehm gespeist. Er sprach immer so zum Bischof, ohne auf irgendeine der Fragen, die er stellte, eine Antwort zu erwarten und ohne dem Bischof ins Gesicht zu schauen. Dennoch schien es Anna, als sei er überzeugt, daß der Bischof ihn verstand und beide den Gedanken des anderen folgten. Und tatsächlich war es wohl so, daß der Bischof schon vor seiner Krankheit wenig gesprochen und von Jon erwartet hatte, daß dieser seine Gedanken erriet. Die Mägde tratschten oft miteinander darüber, wie komisch doch diese Norweger seien, und einige schrieben deren Verhalten einfach dem Umstand zu, daß sie Norweger waren, andere behaupteten wieder, das käme von ihrer geistlichen Ausbildung. Bald gab Sira Jon Anna ein Zeichen, daß sie gehen könne, denn er hatte gewichtige Dinge mit dem älteren Mann unter vier Augen zu besprechen.

So war es immer, wenn Jon zu seinem Onkel kam, und immer setzte er sich auf einen kleinen Schemel zu Füßen des älteren Mannes. Als der Bischof an seine Bettnische gefesselt war, hatte Jon auf demselben dreibeinigen Schemel am Kopfende des Bettes gesessen und sich zum Bischof gebeugt, um jedes Wort zu erhaschen, das er äußerte. Als der Bischof noch gesund auf seinem Hochsitz gesessen hatte, hatte Jon mit gesenktem Blick auf demselben Schemel sitzend einen ähnlichen Bericht gegeben. Als der Bischof, damals noch kein Bischof, sondern ein einfacher Priester, in das Haus seiner Schwester im Bezirk Stavanger gekommen war, hatte der Knabe Jon so zu seinen Füßen gesessen und ihm über seinen Fortschritt beim Lernen und in der Frömmigkeit berichtet.

Nun begann er mit dem Vieh. »Mein Onkel«, sagte er ohne aufzuschauen, »ich weiß es vom Jungen des Hirten, daß der Fuchs zwei Lämmer geholt hat, und das ist eines weniger als im letzten Jahr. Alle Kühe sind gesund, und die Krankheit, die die Herde im Frühjahr befallen hat, nahm durch Gottes Gnade ihren Lauf, und leider haben nur fünf Kälber überlebt, doch sind es alles große Tiere, als hätte die Krankheit die Schwachen ausgesondert. Sicher zeigt sich auch darin die Sorge des Herrn für Seine Diener. Stein glaubt, daß er jede Kuh und jedes Kalb über den Winter bringen wird. Von den Pferden ist zu berichten, daß Lofti ein wenig am linken Hinterbein lahmt und Nonnis Auge immer noch eitert, obwohl man nichts darin finden kann, auch keinen Kratzer. Soviel zu den Tieren, sie sind den Umständen entsprechend in gutem Zustand.« Und so redete Sira Jon weiter, als nächstes über die Mägde, dann die Knechte, dann die Knaben (es gab nur zwei, doch sehr brave Knaben aus wohlhabenden Brattahlider Familien, die viel Besitz mitgebracht hatten), dann über den Hilfspriester Audun, den Grönländer, dem man als erste Aufgabe gestellt hatte, den liturgischen Kalender abzuschreiben (obwohl nicht sehr elegant oder schön, war seine Handschrift doch klar und lesbar, vielleicht eine Eigenschaft, die bei den Grönländern notwendiger war als andere Eigenschaften).

Der Onkel stöhnte und scharrte über ihm mit den Füßen, doch es war nicht Jons Art, den Blick zu erheben. Dann sprach er von Olaf, obwohl er ihn nicht beim Namen nannte, und sagte: »Die Sache ist so, daß ein älterer Mann mit dem Ansuchen gekommen ist, daß man ihn zum Priester ausbilden solle, doch wahrlich, er zeigt wenig Respekt vor Gott und Seinen Dienern, denn er trägt zerfetzte, schmutzige Kleider, und es gelüstet ihn mehr nach Essen als nach Wissen über die Wege des Herrn.« Hier hielt Jon inne, doch der Bischof sagte nichts. »Der Mann«, sagte Jon, »sieht aus, als sei er nur für die niedrigsten Arbeiten geeignet, und er besitzt nichts, was er mitbringen könnte, um damit den Bischofssitz zu bereichern. Insgesamt, wenn man die beschränkten Verhältnisse der letzten Zeit in Betracht zieht, sollte ein Platz, der jemand anderem offenstünde, nicht diesem Mann offenstehen.« Wieder schwieg Jon abwartend, denn der Bischof hatte ihn von Zeit zu Zeit dafür getadelt, daß er hart und anspruchsvoll sei und sich von der Oberfläche der Dinge verwirren ließe. Doch jetzt sagte der Bischof nichts, und es ist eine Weisheit aus alten Büchern, daß im Schweigen Zustimmung liegt.

Nun ließ sich Jon über ein Unternehmen aus, das ihm schon einige Zeit am Herzen lag. »Mein Onkel, das Fest des St. Bartholomäus steht kurz bevor, und ich wünsche an diesem Tag die Messe in der Kathedrale zu lesen und möchte im Hinblick darauf die Kathedrale säubern und alle Altargegenstände polieren lassen, und nicht nur das, ich möchte auch einige der selten benutzten Wandbehänge und Meßgewänder hervorholen.« Der Bischof gab keine Antwort, und es kam Jon in den Sinn, daß im Schweigen auch Ablehnung liegen mochte, und er sagte: »Das wäre eine Gelegenheit, den Grönländern den Herrn und Seine Ankunft eindringlicher vor Augen zu führen, besonders da der Zeitpunkt heranrückt, wo die Pacht und der Zehnte fällig werden. Solch ein feierliches Hochamt liegt mir schon lange als eine Gelegenheit am Herzen, den Grönländern die Gedanken an den Herrn wieder näherzubringen, denn jetzt ist die Zeit, die von Jul und Ostern am weitesten entfernt ist, und die Gedanken der Grönländer kreisen nur um die Ernte und die Seehundjagd und das Schlachten. Wahrlich, mir scheint, sie legen beim Schlachten eine heidnische Wildheit an den Tag.« An dieser Stelle, über diese Dinge grübelnd, erwartete Jon, daß der Teufel ihn wieder in den See des Zornes werfen würde, doch es geschah nicht; er steuerte sicher daran vorbei.

Nun blieb er eine Weile schweigend zu Füßen des Bischofs sitzen, und dann kniete er nieder und betete, und wie immer in Gesellschaft seines Onkels erhob sich sein Herz, und die Worte seines Gebetes flogen wie Vögel aus seinem Mund, und seine Seele schlüpfte mühelos in die Andacht Gottes, und das machte die große Frömmigkeit des Bischofs, daß seine Gegenwart wie die Sonnenstrahlen die Menschen um ihn herum erhellte, und die Seele glitt auf diesen Strahlen dahin wie ein Schiff, das zum Himmel hinauf segelt. Mehr als alles andere war es das, was Jon daran hinderte, dem Bischof seine Sünde zu offenbaren, obwohl der Bischof sein Beichtvater war – in Gegenwart des Bischofs war es nicht leicht, sich das Wesen seiner Sünde zu vergegenwärtigen. Es war, wie seine Mutter immer gesagt hatte – die Frömmigkeit von Sira Alf vertrieb alles andere, wie die Sonne die Dunkelheit vertreibt, und so war es viel besser, die schwersten Sünden, die mächtigsten und dunkelsten Sünden, einem anderen Priester zu beichten, einem Mann von größerer Schwermut, wie es der Gemeindepriester des Knaben Jon gewesen war. Und nach diesem Gebet küßte Jon den Ring des Bischofs und ging hinaus.

Als Anna Jonsdottir hereinkam, war der Bischof tief in seinen Stuhl gesunken und allem Anschein nach eingeschlafen. Sie half ihm in seine Bettnische und zog ihm die Decken und Pelze bis unter das Kinn, denn er fing an zu zittern. Und so ging es mit dem Bischof weiter, an manchen Tagen besser und an manchen Tagen nicht so gut, und die Grönländer sagten, daß er bestimmt auf dem Wege der Besserung sei, und zu Beginn des Winters würde er gewiß wieder die Messe lesen, oder vielleicht zum Julfest.

In diesem Herbst kehrten die Skraelinger zurück und schlugen ihre Lager an Eriksfjord und Isafjord auf und fischten und trieben Handel mit den Nordmännern, als hätte die Tötung von Vestein nie stattgefunden. Sie hatten eine Menge Pelze zu tauschen und vor allem auch Stoßzähne, und die meisten Bauern waren recht froh, sie zu sehen, und lobten ihre Tugenden als Jäger und Fischer. Doch vor Jul paddelte ein Skraelinger mit seiner Jagdausrüstung in seinem Fellboot nahe dem Ufer von Solarfell. Diesmal war es so, daß ein Mann namens Solmund Skeggjason, der Ehemann von Ragnvalds Tochter Gudny, am Ufer Muschelschalen und Treibholz sammelte. Es war nach Mittag, und das Wasser des Fjords warf das grelle Sonnenlicht in seine Augen, und so konnte er den Skraelinger nicht sehen. Als er mit seinem Korb aufstand, warf der Skraelinger seinen Speer, der sich in Solmunds Eingeweide bohrte, und Solmund fiel um. Der Skraelinger paddelte flink davon, und Solmund richtete sich auf und zog sich den Schaft aus dem Bauch, doch die Speerspitze hatte Widerhaken für den Walroßfang und blieb im Fleisch stecken. Da kroch Solmund langsam den steilen Hang zum Haus hinauf, und als er zur Tür kam, kratzte er daran. Als Ragnvald öffnete, fiel sein Schwiegersohn ihm entgegen und sagte: »Mein Vater, bei meiner Arbeit habe ich eine Speerspitze gefangen, und nun kann ich sie nicht mehr finden.« Dann starb der Mann, und man trug ihn ins Haus.

In der Folge ereigneten sich ungewöhnliche Dinge in Ragnvalds Haus. Jedesmal, wenn einer der Söhne oder ein Knecht zum Haus kam, öffnete sich die Tür, um ihn einzulassen, doch niemand kam heraus. Und es war auch ungewöhnlich, daß die Skraelinger nicht fortzogen, sondern in ihren Lagern blieben und wie gewöhnlich ihren Geschäften nachgingen, und keiner von denen, die mit den Skraelingern handelten, hörte irgend etwas von dieser Tötung, und so hieß es später, daß der Skraelinger die Geschichte für sich behalten und auch seinem Häuptling nichts davon erzählt habe. Auch lebten die Skraelinger in ihren Winterhäusern, sorgfältig gebauten Steinhütten, die sie zu dieser Jahreszeit nicht verlassen konnten und die man auch nicht so einfach mitnehmen konnte wie Fellzelte.

Einige Zeit nach der Tötung, als der Fjord von einem Ufer zum anderen voller Eis war, überraschte eine Gruppe von zweiundzwanzig Grönländern die Skraelinger in ihrem Lager und überwältigte eine Gruppe, darunter den Täter, in ihrer Hütte. Es waren sieben Männer und Jungen und vier Frauen. Einer der Männer rannte hinaus und wurde mit einer Axt erschlagen, und danach zündeten die Grönländer an den Fenstern und Türen der Hütte Reisig an, so daß die Dämonen von Rauch überwältigt hinausgetrieben wurden, und die Skraelinger wurden getötet, als sie zu fliehen versuchten. Zwei von ihnen entkamen jedoch im Schutze des Rauchs und der Dunkelheit und liefen auf dem Eis in den Fjord hinaus. Sie rannten den ganzen Weg zum anderen Ufer hinüber, obwohl einer von ihnen immer wieder hinfiel. Gegenüber von Solarfell lagen zwei Strände, einer eine flache, steinige Halbinsel, die einen kleinen Hafen bildete, und der andere der steile Geröllhang eines Berges. Die Nordmänner trieben die beiden Skraelinger zu dem steileren Ufer, und der eine, der immer wieder hingefallen war, wurde gefangen und getötet. Dem anderen gelang es, etwa zwölf oder fünfzehn Ellen den glitschigen Abhang hinaufzuklettern. Da kam Ragnvald bei dem toten Skraelinger an und trennte mit einem Axthieb dessen linken Arm ab, hielt ihn hoch und rief: »Skraelinger! So lange du lebst, wirst du deinen Bruder gewiß nicht vergessen!« und dann war es dunkel, und die Nordmänner gingen heim und ließen die Leichen der Dämonen draußen in Eis und Schnee. Als die Nordmänner am nächsten Tag erwachten, waren die Skraelinger vom Eriksfjord verschwunden, und einen Tag später waren sie vom Isafjord verschwunden, und in dem Winter wurden sie nicht mehr gesehen.

Kollbein Sigurdsson war über Ragnvalds Taten sehr verärgert, und er sagte, daß sie die ganze Siedlung in Gefahr brächten, denn nun erwarte er, daß die Skraelinger schon bald aus dem Norden zurückkommen würden, und zwar zahlreicher, als den Grönländern lieb wäre. Auch andere Leute, darunter besonders jene, die sich am Handel der letzten Zeit bereichert hatten, mißbilligten das Vorgehen der Solarfeller, doch noch mehr Leute meinten, Ragnvald hätte die zweite Tötung verdient, da er Vesteins Tod nicht gerächt habe und die Dämonen annehmen mußten, daß sie tun und lassen könnten, was sie wollten. Man erinnerte sich an die viele Jahre zurückliegende Schlachtung von Erlend Ketilssons Schaf und auch an andere Diebstähle und kleinere Zusammenstöße, und es hieß, in ihnen offenbare sich ein Muster zunehmender Dreistigkeit. Die Grönländer zeigten auf die leeren Hütten der Skraelinger, die solide gebaut und bekanntlich warm und trocken waren – allerdings wärmer, als ein Nordmann ertragen konnte, denn die Skraelinger, Männer und Frauen, saßen darin ja nackt wie die Wilden herum –, und behaupteten, hinter der Art und Weise, wie man die Hütten gebaut und verlassen hätte, stecke ein Plan, nämlich daß man erstens die Höfe und Weiden der Grönländer einnehmen und zweitens Verstärkung holen und zurückkehren wollte. Und so waren sich Kollbein und die Grönländer einig darüber, was man zu erwarten habe, doch blieb man weiterhin uneinig darüber, wie Ragnvald und seine Männer sich hätten verhalten sollen. Dieses Thema wurde den ganzen Winter über heftig erörtert, und man hielt jeden Tag nach Skraelingerhorden in ihren

Fellbooten Ausschau, doch es geschah nichts, und in der Siedlung blieb es ruhig.

Jener Winter war eine Zeit großen Hungers, besonders für die Tiere, denn die trockene Ernte war spärlich ausgefallen, und das Heu war von geringer Güte, und dann schneite es früh und stark, vor allem um den Eriksfjord, so daß es für die Schafe erst schwer und dann ganz unmöglich war, sich zu ihrem Futter durchzuscharren. Dreimal vor Jul lief Margret Asgeirsdottir mit Asta Thorbergsdottir auf Skiern über den Eriksfjord, und das Kind trug sie in einem Tuch auf dem Rücken, wie sie als junges Mädchen Gunnar getragen hatte. Jedesmal schleppte sie soviel Heu nach Hause, wie Marta erübrigen konnte, doch beim letztenmal war ihr klar, daß sie die Bitte nicht noch einmal wagen konnte, ohne die Tiere von Brattahlid zu gefährden. Außer Heu gab ihr Marta noch eine große Menge gedörrtes Rentierfleisch, doch Margret wußte, daß auch das nur schwer zu entbehren war, denn es lebten viele Menschen auf Brattahlid. Daraufhin erklärte Margret Asta, daß sie nicht mehr über den Fjord gehen würden, sondern mit ihren Vorräten sparsam umgehen und für Gottes Gaben beten wollten. Dann starben die Gunnarshofschafe, und unter der dicken Wolle konnte Margret die Rippen und die Wirbelsäule fühlen, so als hätten die Tiere überhaupt kein Fleisch auf den Knochen. Vor dem Beginn der Fastenzeit kam ein Knecht aus Brattahlid mit einigen Vorräten zu ihnen – etwas Butter, Käse und gedörrtes Seehundfleisch. Margret sah, daß er ausgezehrt und erschöpft von der Überquerung des Fjords war, ein Weg, den die Leute in anderen Jahren an schönen Wintertagen zum Vergnügen unternahmen.

Das Kind Jonas war nun fast ein halbes Jahr alt und hatte gerade den ersten sehr feinen Flaum auf dem gewölbten Kopf, und Asta behauptete, es würde einmal einen dichten Haarschopf bekommen. Asta mochte Jonas sehr und redete von morgens bis abends zu Margret über das Kind. Die Beschreibung seiner Vorzüge brachte Margret dieselben Vorzüge seines Vaters so lebhaft in Erinnerung, daß Skuli in ihrer kleinen Behausung ganz gegenwärtig schien, wie in den alten Geschichten die Menschen, die nicht in ihren Gräbern bleiben wollten und auf Dachgiebeln ritten und Türen bewachten und die lebenden Bewohner des Hofes quälten.

Asta konnte gar nicht genug über die Hände des Knaben reden, welche groß und ihrer Meinung nach außergewöhnlich geschickt waren. Tatsächlich nahm der Kleine am liebsten irgendwelche Dinge in die Hände und starrte sie an. Doch Margret erinnerte das zu sehr an Skuli und sein ewiges Schnitzen, und ihr war sein offensichtliches Vergnügen ein brennender Schmerz, der sich zum Schmerz ihrer Träume gesellte, welche den Norweger weiterhin unbeeinträchtigt Nacht für Nacht auferstehen ließen, so daß er jeden Morgen von neuem starb, nur um seinem heftig an der Brust saugenden Sohn Platz zu machen.

Nach dem Besuch von Martas Knecht aßen die Frauen nur noch eine Mahlzeit am Tag, und die bestand aus zwei Bissen Rentierfleisch für Margret und einem für Asta, etwas Käse für jede, ein paar Stückchen gedörrtem Seehundspeck für Margret und einer kleinen Schale Sauermilch mit getrocknetem, geriebenem Seegras. Trotz des Seehundspecks, von dem die Leute sagten, daß er immer einen reichlichen Milchvorrat sicherstelle, trank Jonas nun immer häufiger, so daß er fast ständig an der Brust war, und doch wurde er immer dünner und war jetzt kleiner als zu Anfang des Winters. Asta sprach nun seltener über den Jungen und ständig über das Essen auf Marta Thordardottirs Tisch, wo, wie sie sagte, jede Mahlzeit ein Fest sei und alle Knechte und Mägde soviel essen könnten, wie sie wollten.

Eines Tages nahm Margret Jonas auf den Rücken und erklärte, sie werde Schneehühner fangen gehen, denn erstmals seit Tagen war das Wetter schön, und es schneite nicht, und es ging kein stürmischer Wind. Das Kind jammerte wie jetzt immer, um die Brust zu bekommen, doch durch die Bewegungen von Margrets Skiern im Schnee schlief es bald ein. Schneehuhnspuren waren leicht zu erkennen, und sobald sie sie erblickte, lief ihr das Wasser im Mund zusammen, so daß sie sich beim Gedanken an das Essen keuchend hinsetzen mußte, obwohl Schneehühner im Winter oft bitter schmeckten. Diese Vögel, das wußte sie, waren stets fett wie die Dämonen, selbst in den schneereichsten Wintern. Margrets Finger zitterten, als sie die Schlingen knüpfte, und sie war merkwürdig ungeschickt, brachte ihre Schnüre durcheinander und zertrampelte den Schnee und fuchtelte mit den Armen herum. Sie hatte erst fünf Schneehühner und befand sich noch immer gerade in Sichtweite des Hauses, als sie eine solche Müdigkeit überkam, daß sie nur noch an Schlaf denken konnte, und sie war nahe daran, sich hinzulegen, um ein Nickerchen zu machen, doch Jonas wurde wach und schrie nach der Brust, und das weckte sie auf. Die Entfernung, die sie vom Haus zurückgelegt hatte, war sie im Sommer gelaufen, ohne darüber nachzudenken, doch jetzt ging es an die Grenzen ihrer Kräfte und sogar ihrer Willenskraft. Sie nahm Jonas vom Rücken und machte ihre Brust frei, um ihn zu säugen, doch er legte den Kopf beinahe sofort wieder zurück und schrie, und sie konnte keine Milch auf seinen Lippen sehen, und auch ihre Brust war nicht prall und fest, wie sie es einst gewesen war. Langsam, denn sie war sehr müde, richtete sie sich und das Kind so ein, daß es an der anderen Brust saugen konnte, aber auch die hatte keine Milch. Da zerrieb sie etwas Schnee in den Händen, bis er schmolz, und tupfte ihn auf Jonas' Lippen. Er nahm ihn gierig auf, so daß sie ihm noch etwas davon gab, und er war eine Weile zufrieden. Als er aufhörte zu schreien, machte sie die Augen zu, denn sie konnte sie nicht länger offenhalten.

Es traf sich, daß Asta so fest an Schneehühner dachte, die am Spieß brieten, daß sie beinahe das Fett spritzen hörte und den Geruch des bratenden Fleisches in der Nase hatte. Bald wurde sie ungeduldig und stand von ihrer Bettstatt auf und ging zur Tür, doch Margret kam nicht, und so ging sie zum Bett zurück und legte sich wieder hin. Doch dann schien es ihr, als hörte sie Geschrei, so wie von Männern an ihren Eßbrettern, und sie ging wieder zur Tür und schaute hinaus. Alles war nur weiße Wüste, und sie aß etwas von dem Schnee. Sie ging zum Bett zurück und legte sich hin, doch kaum hatte sie ihre Pelze hochgezogen, um sich zu wärmen, da trieben sie das Geräusch und der Duft der gebratenen Vögel wieder aus dem Bett und zur Tür, und ihr kam der Gedanke, daß Margret vielleicht ein paar Vögel gefangen hätte und draußen auf dem Hang briet, um sie ganz für sich allein zu haben. Da zog sich Asta Umhang und Schuhe an und ging aus dem Haus. Sie folgte Margrets Spur, und der Schnee war tief und pulvrig, und sie kam nur mühsam voran, weil sie vergessen hatte, ihre Skier anzubinden. Und als sie zu der Stelle kam, wo Margret und Jonas saßen, zusammengekauert und schlafend und ohne zischende und bräunende Schneehühner am Spieß, da brach sie in Tränen aus und begann, Margret an den Schultern zu rütteln.

Jonas saugte jetzt ständig an der Brust, morgens und abends, doch es schien, daß er nur etwas bekam, wenn Margret gerade aufgewacht war. Zu anderen Zeiten am Tag, wenn er hungrig war, gaben sie ihm Schnee, und sie aßen auch selbst viel Schnee, und Asta sagte manchmal, daß ihrer wie Sauermilch mit Blaubeeren schmecke, doch Margret sagte, daß ihrer nie so schmecke, obwohl es schön sei, sich so etwas vorzustellen. Jonas spielte nicht mehr die gewohnten Spiele, auch versuchte er nicht mehr zu sitzen oder zu krabbeln wie zuvor, und nur manchmal nahm er etwas in die Hand und schaute es an, während er sich an ihrer Brust abmühte, doch schon recht bald fiel es ihm wieder aus der Hand, weil sein Griff ohne Kraft war. Eines Tages aßen sie den letzten Rest des Seehundspecks und bald danach den letzten Käse und die letzte Butter. Jetzt bestanden ihre Vorräte aus ein paar Stücken gedörrtem Rentierfleisch, ein wenig Sauermilch und einigen Angelikastengeln, und sie aßen beide jeden Tag einen Bissen Dörrfleisch und nahmen einen Schluck Sauermilch, und dann lagen sie unter ihren Fellen im Bett, alle zusammen, denn jede Berührung der Kälte ließ sie so sehr erzittern, daß sie nicht einmal einen Löffel halten konnten. Margrets Brüste waren so flach, daß sie aussahen, als wären sie nie gewesen, nur daß die Brustwarzen vom ständigen Saugen des Kindes wund waren. Und an einem dieser Tage, als Margret am Morgen nach einem langen Schlaf erwachte, schlief Jonas noch in ihrem Arm, und seine Hand war in den Schlitz ihres Kleides gerutscht und lag gespreizt auf ihrer Haut, und sein Arm war so dünn wie ein Vogelknochen, obwohl sein Bauch dick und rund war, und sie sah, daß er in Wirklichkeit nicht schlief, sondern daß in der Nacht das Leben von ihm gewichen war, und sie legte ihre Hand auf seine Hand, die auf ihrer Haut lag, und sie wickelte ihn fester in ihren Umhang und lag still da und wartete, bis Asta aufwachte.

Einen Tag später kam ein Knecht aus Brattahlid mit Neuigkeiten, und er fand Margret und Asta in der Bettnische, wo sie wie gewöhnlich dösten, und sie waren so erschöpft, daß sie sich beim besten Willen nicht aufsetzen konnten. Margret fragte ihn, ob schon Fastenzeit sei, und er lachte und sagte, es sei kurz vor Ostern. Die andere Nachricht war, daß zwei Tage zuvor auf dem Eis nahe dem Eingang vom Eriksfjord ein Wal gestrandet war und alle Männer der Siedlung damit beschäftigt waren, den Koloß zu zerlegen, und er brachte ein paar andere Vorräte von Marta Thordardottir, die die Zeit überbrücken sollten, bis das Walfleisch im Hause eintreffen würde.

An diesem Osterfest feierten die Grönländer die Auferstehung ganz besonders inbrünstig, nicht nur die Auferstehung des Herrn, so hieß es. Die Toten in Eriksfjord und Isafjord, wo der Schnee am tiefsten gewesen war, zählten fünfzehn, dagegen war das Wetter im Bezirk Vatna Hverfi und südlich davon milder gewesen, und nur das Rindvieh war aus Futtermangel verendet. Jonas Skulason wurde gesegnet und an der Ostseite der Thjodhildskirche in Brattahlid begraben, denn Marta Thordardottir bestand darauf, obwohl ihr Bruder Osmund dagegen sprach.

In diesem Frühjahr, nicht lange vor Ostern, wurde der Birgitta Lavransdottir noch ein Kind geboren, und dieses Mädchen wurde gesegnet und nach Helga Ingvadottir auf den Namen Helga getauft. Helga Gunnarsdottir war nicht so fröhlich wie ihre Schwester Gunnhild, sie schrie und jammerte jeden Tag, und das von morgens bis abends, bis zum Hochsommer, als sie schließlich durch die folgende Behandlung wie durch ein Wunder von ihren Schmerzen erlöst wurde: man rieb ihr den Bauch mit einer Mischung aus angewärmtem Schafsurin und Angelikablättern ein und umwickelte ihn fest mit einem Band. Täglich versorgte Birgitta die kleine Helga auf diese Weise, da sie Angst hatte, daß die Schmerzen wiederkommen würden, und sie bereitete diesen Wickel lange Zeit, bis das Kind vier Winter alt war. Nach der Genesung des Kindes erwarb sich Birgitta allmählich den Ruf, daß sie die Fähigkeit zu heilen besäße, und sie ging zu anderen Höfen im Bezirk und empfahl Heilmittel bei den verschiedensten Krankheiten vor allem der Kinder. Da sie immer große Stücke vom guten Gunnarshofkäse und Ballen von Gunnarshofwadmal mitbrachte (denn sie war ganz überzeugt davon, daß es gut war, wenn man den kranken Körperteil fest einwickelte), und dank ihrer Fähigkeiten war ihre Hilfe bald sehr gefragt. Die Leute sagten, was sie für den Bauch tue, wiege alles andere auf, und dieses andere war gewöhnlich ziemlich harmlos.

Unn, die »Frau« von Nikolaus dem Priester war jetzt so alt und blind, daß sie das Priesterhaus kaum verlassen konnte, und den Unterschied zwischen einer Fistel und einem Fieber hatte sie ohnehin nie gekannt. Trotzdem gingen einige Frauen zu ihr, wenn sie krank waren, denn Unn gab sehr gern Ratschläge. Es hieß, Nikolaus und seine »Frau« seien neunzig Jahre alt, sie gingen in der Tat schon auf die Hundert zu und könnten sich noch an die Zeit von König Erik erinnern, aber wenn das stimmte, dann sprachen sie doch niemals darüber. Es hieß auch, Nikolaus und Unn seien erst knapp über sechzig Jahre alt, sie könnten sich also demnach nur bis zu König Magnus zurückerinnern, was nicht so selten war, und dennoch galten diese beiden wohl als die ältesten Leute in der Ostsiedlung.

In diesem Sommer setzte Kollbein Sigurdsson für den Gewinner eines Schwimmwettkampfes einen schönen Preis aus, da seine Matrosen sich in Grönland sehr langweilten. Dieser Preis sollte entweder ein farbenprächtiger Wandbehang sein oder ein Altar aus geschnitztem Elfenbein mit zwei ausklappbaren Flügeln, so klein, daß der Sieger ihn in die Tasche stecken konnte, wenn es ihm gefiel, und außerdem war ein großes Fest geplant, das drei Tage dauern sollte; jeden Tag würde ein Schwimmwettkampf ausgetragen, so daß der Sieger erst am letzten Tag feststehen sollte. Als Austragungsort wählte man die heißen Quellen in Hrafnsfjord. Grönländer waren es nicht sehr gewöhnt zu schwimmen, außer denen, die in der Nähe der heißen Quellen wohnten, denn das Wasser in Grönland ist kälter als in Island oder anderswo, und ein Mensch kann dort selbst im Sommer erfrieren, doch die norwegischen Matrosen wollten unbedingt ihr Können zur Schau stellen.

Wie es so geht, kamen zu den Schwimmwettkämpfen noch andere Wettkämpfe, darunter zum Beispiel im Rudern, worin die Grönländer ausgezeichnet waren, doch Kollbein erklärte, daß der Preis nur für die Schwimmer bestimmt sei. Das und auch alles andere, was der Ombudsmann tat, zeigte, wie knauserig und dumm der Norweger war. Als der Zeitpunkt des Wettbewerbs gekommen war, freuten sich die meisten Leute von den meisten Höfen dann doch darauf, am Hrafnsfjord zusammenzukommen und die heißen Quellen und das Festmahl zu genießen.

Am ersten Tag gab es zwei Wettkämpfe in Ausdauer, einmal mußte man im kalten Wasser des Hrafnsfjord so lange hin und her schwimmen, bis Arme und Beine so kalt waren, daß man sie nicht mehr bewegen konnte, und dann wurden die Männer herausgeholt und zum Wiederbeleben in die heißen Quellen getragen. Der Sieger dieses Wettbewerbs war ein Matrose namens Egil Halldorsson. Im zweiten Wettkampf ging es darum, wie lange man unter Wasser den Atem anhalten konnte. In diesem Spiel wurde ein Mann von zwei anderen unter Wasser gehalten, während zwei Schiedsrichter die Zeit auszählten, und wenn der Mann anfing zu kämpfen und um sich zu schlagen, ließ man ihn zum Luftholen nach oben kommen. Jeder Mann hatte drei Versuche, und der Sieger dieses Wettkampfes war Ingvi Thordarson, der junge Sohn von Thord und Kristin vom Siglufjord. Nach diesen Wettkämpfen wurden vor den Zelten Bänke aufgestellt, und alle aßen mit großem Genuß. Als die Bänke weggeräumt waren, begannen die Matrosen zu singen und im Kreis zu tanzen. Diese Lieder waren wohl unanständig, doch melodisch und heiter. Dann holte ein Mann namens Steinthor, der von Isafjord zu dem Fest gereist war, eine Flöte hervor, die er aus einem Narwalzahn geschnitzt hatte, und spielte eine Weile darauf. Andere Grönländer sangen ihre grönländischen Lieder, und Gunnar Asgeirsson und Axel Njalsson erzählten jeder eine Geschichte. Kollbein Sigurdsson erklärte, das sei gute Unterhaltung für einen Ort, an dem es so wenig Bier und andere freudespendende Stärkungen gebe.

Am zweiten Tag mußten die Wettkampfteilnehmer tauchen, zuerst nach einem schweren, gekennzeichneten Stein, den sie heraufholen mußten, und dann nach einem kleinen Gewicht aus Speckstein, das sie finden und heraufholen sollten. Viele nahmen an diesem Wettkampf teil, und so viele konnten den großen Stein heraufholen, daß man das Spiel dreimal wiederholen mußte, jedesmal mit einem größeren und noch unhandlicheren Gewicht. Auch diesen Wettkampf gewann Egil Halldorsson, denn er war in diesen Sportarten der geschickteste unter den Matrosen. Ein anderer Matrose mit Namen Olaf Bogulfsson gewann den Wettkampf, bei dem man das kleine Webgewicht finden mußte. Danach lieferten sich sechs Ruderboote ein Rennen von der Anlegestelle eines Bauern aus über den Fjord und zurück. Dieses Rennen gewann ein grönländisches Boot. Nach diesen Veranstaltungen gab es wieder ein Festmahl, und man kam auf vergangene Feste zu sprechen, besonders auf das große Fest von Gunnarshof, wo alle, sogar die Frauen, sich an Asgeirs Met ganz betrunken hatten, und das Ergebnis war die Vergewaltigung von Sigrun Ketilsdottir mit all ihren Folgen gewesen. Die Norweger erzählten voller Sehnsucht von den Festen in ihren Heimatbezirken, und mit diesen Gesprächen endete der Abend.

Am dritten Tag gab es nur einen einzigen Wettkampf, doch der dauerte den ganzen Tag. Alle Teilnehmer sollten gemeinsam in die Quelle steigen und versuchen, sich gegenseitig unter Wasser zu halten, bis der geschickteste Mann mit der stärksten Lunge übrig war. Wenn am Ende auch das Egil Halldorsson wäre, dann würde er den Preis gewinnen, sollte jedoch ein anderer Mann der stärkste sein, dann würden dieser und Egil anschließend sogleich, ohne auszuruhen, zwischen zwei bezeichneten Punkten um die Wette laufen, und das würde entscheiden, wer der Stärkste war. Es traf sich, daß Kollbein Sigurdsson ganz gegen den Rat seines englischen Schreibers, Martin of Chester, und seiner anderen Freunde, Grönländer wie Norweger, darauf bestand, an diesem Wettkampf teilzunehmen.

Die Quelle, die man ausgewählt hatte, war groß und tief, doch nicht so warm wie die anderen. An einigen Stellen war sie so tief, daß niemand je den Grund berührt hatte, und überall war sie tief genug, daß kein Mann von einem anderen hinuntergedrückt und auf den Boden gepreßt werden konnte. Auf ein Zeichen eines der Männer aus Kollbeins Gruppe sprangen alle Wettkämpfer ins Wasser, das vom Springen und Tauchen und Schwingen ihrer Arme sofort zu brodeln begann. Eine Zeitlang kämpften alle mit großem Eifer, und niemand hob den Arm, um anzuzeigen, daß er herauskommen wollte, denn das war die Regel, daß jedermann der beste Richter seiner eigenen Kraft und seines Atems sei. Einige ältere, starke Männer, die nicht mitmachten, waren bestimmt, am Rand des Wassers zu stehen, um die heraufzuholen, die vielleicht während des Kampfes die Besinnung verloren. Die Leute finden solche Spiele immer unterhaltsam, und es gab nicht wenig Geschrei und Gejohle bei den Zuschauern. Nach einer Weile kamen dann Hände hoch, und Männer wurden jetzt Wasser spuckend und hustend aus dem Teich gezogen. Bald waren nur noch vier von den dreißig übrig, und das waren Egil Halldorson, zwei andere Matrosen und ein großer Mann vom Siglufjord namens Starkad der Starke.

Einer der Matrosen hatte einen dichten, schwarzen Bart, und Starkad schwamm sofort von hinten auf ihn zu und packte ihn am Bart, drückte ihm den Kopf in den Nacken und tauchte ihn unter. Der Matrose zog jetzt die Füße an den Kopf und versuchte, mit seinen Fersen nach Starkad zu treten, doch er konnte seinen Bart nicht aus den Fingern des Grönländers befreien und begann mit den Armen zu fuchteln. Bald flog seine Hand hoch, und Starkad lockerte seinen Griff. Der Mann hatte viel Wasser geschluckt und kam hustend heraus. Er warf sich ins Gras und keuchte. In der Zwischenzeit schwamm Egil zu dem anderen Matrosen und legte seine Beine fest um die Taille des Mannes, hakte die Füße zusammen, so daß der andere nicht aus seiner Umklammerung ausbrechen konnte. Dann packte Egil ihn bei den Ohren und drückte seinen Kopf herunter, während er gleichzeitig den Körper mit den Beinen nach unten zog. Dieser Matrose, Egils Freund und mit dessen Kniffen vertraut, hieb Egil seine Handkanten fest in die Rippen und brachte ihn dazu loszulassen, doch nun packte Egil den Mann an Kiefer und Zähnen, hielt seine Zunge fest, so daß er nicht zubeißen konnte, und zwang ihn unter Wasser. Immer noch umklammerten seine Beine die Taille des Mannes. Sehr bald schon kam die Hand des Matrosen nach oben, und er wurde aus dem Wasser gezogen. Der Kampf war jetzt zwischen Egil und Starkad, und Starkad war der größere von beiden, einer der größten Männer in Grönland, und man nahm allgemein an, daß die Grönländer durchweg größer seien als die Norweger. Starkad hatte auch den Ruf eines guten Läufers, und die Leute sagten, es wäre eine schöne Sache, wenn ein solcher Preis, wie Kollbein ihn ausgesetzt hatte, in den Besitz eines Grönländers gelangte.

Sobald Egil seinen Gegner losgelassen hatte, war Starkad bei ihm, und er griff mit einer Hand nach dem Haar und mit der anderen nach der Nase des Norwegers und drückte sein Gesicht ins Wasser, doch Egil zog unter Wasser seine Beine hoch und versetzte Starkad einen harten Stoß in den Unterleib, so daß der Grönländer die Nase des Matrosen losließ und dieser Atem schöpfen konnte. Jetzt flogen Egils Arme auf Starkads Schultern herunter und drückten ihn ein wenig unter Wasser, dann, so schnell wie ein Blitz, kamen seine Beine hoch und umschlossen den Kopf des Grönländers. Er verhakte seine Füße, und es schien wenig Hoffnung für den Grönländer zu geben, da der Körper seines Gegners außer Reichweite war. Er ging unter, und das Wasser wurde still. Dann folgte ein langer Moment, in dem Starkad darum kämpfte, die Umklammerung des anderen Mannes zu brechen, und es gelang ihm, aber er tauchte nicht an der Oberfläche auf, und Egil fand sich wassertretend allein in der Mitte des Teiches. Da kam Starkad wieder an die Oberfläche, holte Luft und tauchte wieder unter. Als er das zweite Mal hochkam, brachte er etwas Großes mit, und das war, wie sich herausstellte, der Leichnam von Kollbein Sigurdsson.

Die Menge geriet in große Unruhe. Starkad und Egil trugen den Ombudsmann aus dem Wasser und legten ihn ins Gras. Die Leute überlegten, wann er zuletzt gesehen worden war, und die Wettkämpfer erinnerten sich an ihre Kämpfe mit ihm, aber alle behaupteten, daß sie den Mann aus Angst vor seiner Stellung kaum angerührt, sondern ihn nur ein wenig hinuntergedrückt hätten, um dem Spiel Genüge zu tun, und ihn dann wieder nach oben gelassen hätten. Mehrere Männer bezeugten, gesehen zu haben, wie andere Kämpfer sich in dieser höflichen Weise verhalten hätten. Starkad der Starke erzählte, wie er, als Egil ihn unter Wasser gezwungen hatte, sich nach oben abgestoßen und mit dem Fuß den Körper des Ombudsmannes gespürt habe, der am Grund des Teiches lag. Man richtete den Ombudsmann auf und brachte ihn dazu, Wasser aus dem Schlund zu speien, doch das belebte ihn nicht wieder.

Es gab zu jener Zeit ein Gesetz in Grönland, daß ein Ertrunkener, wenn er aus dem Wasser geborgen wurde und nicht gefroren war, sechs Tage lang vor dem Altar des St. Nikolaus in der Kathedrale aufgebahrt werden mußte, denn St. Nikolaus war der Schutzheilige der Matrosen und Ertrunkenen, und nicht wenige der Unglücklichen hatte man durch die Fürsprache des Heiligen wieder dem Tode entreißen können. Doch einige Norweger und einige Grönländer begannen darüber zu streiten, wie man den Ombudsmann auf dem schnellsten Wege nach Gardar bringen könnte, und die Norweger wollten aus dem Hrafnsfjord um die Halbinsel herum und den Einarsfjord hinauf rudern, während die Grönländer lieber mit einem kleineren Boot den Weg über die Flüßchen und Teiche von Vatna Hverfi nehmen wollten, was bedeutete, daß man den Leichnam einen Teil des Weges tragen müßte, doch er wäre wohl in einem Tag anstatt in zwei Tagen dort gewesen. Der Streit wurde bald erbittert geführt, und die Norweger behaupteten, die Grönländer wollten dem Ombudsmann ihre Respektlosigkeit bezeugen, während die Grönländer andererseits die Unkenntnis der Norweger verspotteten, die nichts von den Tücken des offenen Meeres zu dieser Jahreszeit wußten, besonders wenn man es mit so kleinen Booten herausforderte, wie sie gerade jetzt am Hrafnsfjord zur Verfügung standen. Danach begannen die Norweger, diejenigen Grönländer der Blindheit und Dummheit zu bezichtigen, deren Aufgabe es gewesen war, die in Not geratenen Wettkämpfer zu beobachten, und einige Männer fingen an, miteinander zu ringen, und es gab niemanden mit genügend Einfluß, der die Rauferei hätte beenden können, denn Osmund Thordarson, der Gesetzessprecher, war zu Hause in Eriksfjord geblieben, und der Bischof befand sich natürlich in Gardar. Nun breitete sich der Kampf über das ganze Feld aus, und einige Frauen, die in Gruppen zusammenstanden, wurden umgestoßen, man trampelte auf dem Leichnam herum, und da ließen die Kämpfer schamrot voneinander ab.

Der Leichnam wurde in ein kleines Boot mit vier Ruderern gelegt, zwei Grönländern und zwei Norwegern, und man ruderte den Hrafnsfjord hinauf bis zum Wasserfall im Süden des Bezirks Vatna Hverfi, und von dort ging es über mehrere Flüsse und Seen zum Einarsfjord und nach Gardar, wo der Tote vor den Altar gelegt wurde, doch wachte er nicht wieder auf, und so wurde der Ombudsmann an der Südseite der Kathedrale bestattet, und man redete viel darüber, wer wohl jetzt zum Stellvertreter des Königs von Norwegen ernannt werden würde. Martin of Chester und die Norweger fanden, daß diese Stellung wieder einem Norweger zufallen sollte, doch unter sich erklärten die Grönländer, daß man jetzt, wo Kollbein Sigurdsson und Skuli Gudmundsson nun beide tot waren, in Grönland ruhig weniger Aufhebens um König Hakon und Königin Margarethe machen könnte.

Schon bald war das Ende des Sommers gekommen, und die Norweger schauten sich in dieser Schneewüste um, und im Frühjahr setzten sie die Segel und fuhren nach Bergen. Die Grönländer fanden, ihr Schiff sei in schlechtem Zustand und habe nicht genügend Vorräte an Bord, und kein Grönländer wollte mit ihnen fahren. In späteren Jahren sagten einige, das Schiff sei auf dem Eis bei Kap Farvel gestrandet, und Teile des Wracks seien nach Herjolfsnes zurückgetrieben, und andere wieder sagten, das Schiff sei spät im Jahr mit der ganzen Besatzung an Bord sicher in Norwegen angekommen. Aber diese Geschichten waren nur Grönländergeschichten, und die Wahrheit wurde niemals aufgedeckt.

Und es begab sich, daß auf den Tag genau ein Jahr nach dem Tod von Kollbein Sigurdsson, also zwei Tage vor dem St. Bartholomäustag, Bischof Alf von der Magd Anna Jonsdottir tot in seinem Bett aufgefunden wurde, als sie am Morgen zu ihm kam, und sie sah, daß seine Augen weit offen standen, und seine Hände hielten die Decke so fest, daß sie sie nicht aus seinem Griff lösen konnte. Anna blieb eine ganze Weile still bei der Bettnische stehen, denn obwohl sie eine alte Frau war und wie jeder Grönländer viele Tote gesehen hatte, so scheute sie doch sehr davor zurück, Sira Jon die Nachricht zu überbringen, denn sie hatte noch niemals einen Menschen wie ihn gekannt, Priester oder Laien. Das Gesinde redete darüber, daß er nicht einmal wisse, wie krank der Bischof wirklich sei, so wenig Notiz nehme er anscheinend von dem alten Mann, und dabei spreche er doch jeden Tag zu ihm über die bischöflichen Belange. Auch bereite er seinen Onkel nicht auf den Herrn im Himmel vor, was die Magd für seine Pflicht hielt, spreche keine Gebete mit ihm oder nehme dem alten Mann die Beichte seiner Sünden ab, sondern rede und rede über Messen und Vieh und das Wetter und die Finanzen, als hätte Alf das alles nicht schon vor Monaten oder

Jahren hinter sich gelassen. Anna schaute sich das Gesicht des Bischofs an und den Griff seiner Hände. Es hieß bei den Grönländern, daß jeder Mensch im Moment seines Todes etwas sah. Anna stellte sich immer vor, daß sie ihren Bruder Bjartur, der als Kind ertrunken war, sehen würde, wie er inmitten der Heiligen stand.

Anna ging aus dem Zimmer und suchte den Priester Audun und brachte ihm die Nachricht. Noch ehe sie vorschlagen konnte, daß er es Sira Jon mitteilen sollte, sagte er: »Sira Jon wird das wissen wollen. Er sitzt in der großen Halle«, schlüpfte in seine Kammer und schloß die Tür hinter sich.

Anna ging über den Hof in das Küchengebäude, wo die Mägde Seife kochten. Da schauten die fünf Frauen Anna ins Gesicht, und nach einem Moment nickte sie, und die anderen Frauen hielten beim Seifenkochen inne und schüttelten die Köpfe und waren sehr niedergeschlagen, und eine von ihnen, ein Mädchen mit einer Hasenscharte, sagte: »Der Herr verläßt uns«, doch eine ältere Frau behauptete, solche Worte seien Unsinn, denn der Herr verlasse niemals die, die ihn liebten. Da ging Anna zur großen Halle.

Sira Jon saß an einem Tisch unter dem Fenster und beugte sich blinzelnd über sein Rechnungsbuch. Einen Moment lang bedeckte er sein Gesicht mit den Händen, und dann machte er sich wieder an die Arbeit. Wie immer war er ordentlich gekleidet, seine Gewänder waren sauber und sorgfältig hergerichtet und viel farbenprächtiger als die Kleidung der Grönländer. Sie trat vor ihn hin, und er lächelte sie an. So hatte sie ihn manchmal zum Bischof gerufen. Nun sagte sie: »Sira, heute morgen bin ich zum Bischof gegangen, und ich habe ihn in seinem Bett gefunden. Ich habe gesehen, daß die Heiligen ihn zu sich genommen haben.«

Sira Jon starrte sie an, immer noch das Lächeln im Gesicht, und er blieb so lange in dieser Haltung sitzen, daß Anna Angst bekam, doch dann sagte er: »Ich danke dir, Anna Jonsdottir, ich werde zu ihm gehen. Du kannst wieder zu den anderen Frauen gehen und mit den Vorbereitungen für die Aufbahrung des Leichnams beginnen.« Anna knickste und wollte sich zurückziehen, als der Priester plötzlich die Augen schloß und stöhnte: »Herr, Du hast uns wirklich verlassen«, und Anna war so erschrocken, daß sie rückwärts stolperte. Da erhob sich Sira Jon und schwankte auf die Kammer des

Bischofs zu, und er sah aus, als seien ihm die Sinne geschwunden. Anna lief zur Tür von Sira Auduns Kammer und klopfte daran und rief den Namen des jungen Priesters, aber es kam keine Antwort, bis Anna laut rief, sie wisse, daß der Grönländer drinnen sei. Er kam schüchtern zur Tür.

Sie fanden Sira Jon in der Kammer des Bischofs, und die Tür stand offen. Er hatte die Augen des Toten geschlossen und betete jetzt laut, und Sira Audun trat in das Zimmer und begann, mit dem älteren Priester zu beten, doch beim Ton seiner Stimme drehte Sira Jon sich um und schaute ihn so verbittert an, daß er sich so würdevoll wie möglich erhob und an Anna vorbei hinausging und erklärte, es gebe viele Dinge zu tun. Anna ging zum Küchengebäude, und die Frauen ließen das Seifenkochen, um andere Dinge zu erledigen. Einige Knechte machten sich zu Pferd und mit Booten nach Brattahlid auf, nach Vatna Hverfi, Hvalseyfjord und in andere Bezirke, um die Neuigkeit zu verbreiten. Die Grönländer, die zwei Sommer lang nichts vom Bischof gesehen hatten, waren nicht sehr überrascht. Sira Pall Hallvardsson begleitete den Hvalseyfjordboten zurück nach Gardar und kam spät am Abend dort an. Sira Jon, so sagte man ihm, sei immer noch beim Leichnam des Bischofs und habe verkündet, daß er ihn in die Kathedrale tragen und vor dem Altar des Heiligen aufbahren lassen werde und dafür beten wolle, daß er durch ein Wunder wieder auferweckt werde.

Sira Jon konnte sich nicht von den Frauen fernhalten, die den Leichnam aufbahrten, und er ging immer wieder um sie herum, riß sich an den Haaren, rang die Hände und sprach nicht über den Bischof, sondern von der Kraft der Reliquien. Er sprach in einem sachlichen Ton, doch die Tränen liefen ihm die Wangen hinunter. »Warum haben die Grönländer nicht etwas Blut von St. Nikolaus«, sagte er. »Es ist eine große Schande, daß die einzige Reliquie, die dem Bischofssitz gehört, das letzte Glied des kleinsten Fingers der linken Hand von St. Olaf ist.« Die Frauen gaben keine Antwort, und Sira Jon schien auch keine zu erwarten, denn er fuhr fort: »Die Reliquien eines mächtigen Heiligen wie St. Nikolaus, die geben wohl eine Kraft ab, die wie ein Duft ist, der sich um die Reliquien herum ausbreitet und Öllampen heller brennen läßt, und Edelsteine werden reiner und tiefer in der Farbe.« Seine Stimme gewann an Kraft und Leidenschaft. »Dinge, die man in die Nähe stellt, werden schwerer. So etwas hat man gemessen. Wir brauchen diese Kraft hier in Grönland, wo jedes Wagnis gefahrvoller ist als anderswo.« Er hielt inne und schaute auf den Leichnam herab. »Was kann eine Fingerspitze ausrichten?« Er stieß einen lauten Schrei aus und begann wieder hin und her zu gehen. Die Frauen wußten nicht, was sie davon halten sollten.

In seiner alten Kammer erwachte Sira Pall Hallvardsson auf einem Stapel von Rentierhäuten, die man aus den Lagerhäusern geholt hatte, und richtete sich auf. An der Ostwand des Zimmers hing ein kleines metallenes Kreuz. Er kniete davor nieder und sagte seine Morgengebete und schloß mit einem langen Dankgebet für Gottes Gnade an Bischof Alf, der sich wie alle Menschen sehnte, in das Haus des Herrn einzugehen, nachdem er viele Jahre in der Wüste der irdischen Welt umhergeirrt war. Pall Hallvardsson hatte Gardar nicht mehr gesehen, seit er Jon im Sommer zuvor bei seiner St. Bartholomäusmesse ministriert hatte, denn zu Jul hatte es kein Fest gegeben, und Ostern hatte Pall Hallvardsson in der Hvalsey-Kirche gefeiert. Nach dem Gebet strich er seine Kleider glatt und ging hinaus in den Hof, um sich zu waschen.

In diesem Sommer war das Gras auf dem Hoffeld so dicht wie jedes Jahr, und im Gehege gab es viele Tiere mit glänzendem Fell. Fünf Ruderboote, in der Größe gestaffelt vom Ein-Mann- bis zum Fünf-Mann-Boot, waren am Einarsfjord festgemacht. Während er zuschaute, liefen zehn Männer und Jungen mit ordentlich gebött-cherten Eimern und einbeinigen Schemeln zum Pferch und begannen die Kühe zu melken. Nach dem bescheidenen Wohlstand von Hvalseyfjord mußte ein solcher Anblick einen Menschen verwirren. Bald wurden die Eimer an Schultertragen im Laufschritt zur Milchstube gebracht, wo die Milch in große Bottiche geschüttet wurde, und die Melker liefen auf das Feld zurück und pickten ohne das geringste Zögern jede ungemolkene Kuh heraus und ließen keine einzige aus. Nach einer Weile, die ihm ganz kurz vorkam, spülten sie die Eimer aus und gingen in das Küchengebäude, um ihre Morgenmahlzeit einzunehmen. Von allen Männern und Frauen, die er sah, konnte Pall Hallvardsson nicht mehr als ein halbes Dutzend ausmachen, deren Namen er kannte.

Nachdem er sich Gesicht und Hände in dem kalten Wasser des Waschbottichs gereinigt hatte, nahm er einen einfachen hölzernen Kamm aus seiner Tasche und fuhr sich damit durch das Haar. Er sah weder wohlhabend noch gepflegt aus. Die große St. Birgitta-Kirche in Hvalseyfjord, die jüngste in der Siedlung und mit Ausnahme der Kathedrale auch die schönste, war so ungefähr alles, was die Leute im Bezirk unterhalten konnten. Die Ländereien um die Kirche herum waren recht klein und die Berge dahinter hoch und rauh. In jüngster Zeit hatten Ausbesserungen am Kirchendach schließlich die Kürzung der Zuwendungen für Pall Hallvardsson bedeutet, da die Gemeindemitglieder dem, was er selbst an Wadmal und Ausstattung aufbringen konnte, weniger als sonst hinzufügten, doch es gab genügend zu essen für ihn und sein Vieh und die beiden Knechte, die er bei sich hatte. Einer der Knechte, wegen seines Buckels Magnus der Krumme genannt, war ein ausgezeichneter Fischer und Jäger. In diesen Dingen lag das Glück von Sira Pall. Sira Jon jedoch würde ihn bald in rote Seide gekleidet empfangen, auf dem Hochsitz des Bischofs und mit vielen schönen Dingen umgeben, und er würde vor einem solchen braunen, geflickten Kapuzengewand, wie es Pall Hallvardsson trug, wenig Achtung empfinden. Tatsächlich würde er wohl über Sira Palls Kopf hinwegschauen und den Blick nur widerstrebend auf Palls bescheidene Gestalt senken. Nachdem er sich diese Dinge überlegt hatte, bat Pall Hallvardsson um Vergebung für seine Sünde des Zorns und ging fort, um den anderen Priester zu suchen.

Es gelang ihm jedoch nicht, Sira Jon zu überraschen, denn zwei Knechte und Audun hielten ihn auf und begleiteten ihn, so daß Sira Jon in der Tat schon auf dem Hochsitz saß, prächtig geschmückt und von blendend glitzernden Waltranlampen umgeben, die es einem aber zunächst erschwerten, sich im Raum umzusehen. Pall Hallvardsson ging auf den Hochsitz zu. Er sagte: »Unser Schmerz ist gelindert durch die Gewißheit der Liebe, mit der der Herr ihn in den Himmel aufgenommen hat.«

Sira Jon nickte.

»Und was uns angeht, so mag es wohl sein, obgleich es schon spät im Jahr ist, daß ein Schiff als Antwort auf unsere Gebete eintreffen und diese Nachricht nach Nidaros bringen wird.« Er lächelte. »Ist es nicht für uns Grönländer eine Wahrheit, daß Schiffe immer vom Herrn gesandt sind und uns Seine Gnade bringen und manchmal unseren Geist auf die Probe stellen? Wenn irgendein Ort das vollendete Abbild der Welt darstellt, dann muß es Grönland sein.«

Sira Jon sprach mit leiser Stimme. »Es ist zumindest wahr, daß kein Schleier der Schönheit das Böse vor unseren Blicken verbirgt.«

»Und doch behaupten die Grönländer, daß es ein blühender und wunderschöner Ort ist, und so wie alle Menschen betrachten sie die Erde um sich herum und fühlen sich zu Hause.«

»Und alle werden getäuscht.« Jon sagte das in so bitterem Ton, daß Pall Hallvardsson näher herantrat. Jon richtete sich höher auf und schien sich gegen die Rückenlehne des Sitzes zu stemmen.

Pall Hallvardsson trat zurück und sprach mit ruhiger Stimme weiter. »Man muß sagen, daß Gardar unter deiner Verwaltung blüht. Die Grönländer sagen, sie haben den Garten Eden in ihrer Mitte.«

»Der neue Bischof, wer immer der sein mag, muß einige Reliquien mitbringen. Der Bischofssitz ist viel zu arm an solchen Dingen, und die Leute leiden darunter.«

»Vielleicht...«

»Als ich noch ein Junge war, wurde in Nidaros ein alter Mann auf der Bahre in die Kathedrale getragen und für einen Augenblick in der Nähe der Knochen des St. Olaf abgestellt, so daß man das Grab öffnen konnte, und in diesem Moment gab St. Olaf in seiner Gnade ihm das Leben zurück, und danach lebte er als Laienbruder elf Jahre lang im Domkapitel, und er war vierundachtzig Jahre alt, als er starb, und dieses Wunder ist beurkundet.«

»Ein jeder hat natürlich von solchen Dingen schon gehört, doch nicht jeder Mensch kann hoffen, dem Tod zu entkommen.«

»Kein rechtdenkender Mensch hofft, der Vereinigung mit dem Herrn zu entkommen, doch bei Gott, alle die in großer Armut auf Erden leben, wünschen sich sehr, der Tod möge...« Er hielt inne und fuhr dann fort: »Möge der Herr gnädig auf Seine hilflose Herde herabsehen.« Endlich schaute er Pall Hallvardsson lange an, dann sagte er: »Sira Pall Hallvardsson, du magst dich setzen. Der Kummer läßt mich nachlässig werden.«

Pall Hallvardsson zog unter dem Tisch neben sich einen Schemel hervor und ließ sich darauf nieder. Auf dem Tisch lag ein Stapel Bücher, und Pall Hallvardsson wußte, daß Jon darin immer die Abrechnungen aufgezeichnet hatte. Es waren drei, und sie waren so groß, daß die Geschäfte eines Jahres in Jons winziger Handschrift gewöhnlich nur die Spanne von zwei Seiten umfaßten. Die Bücher selbst waren recht wertvoll – meist wurde in Grönland auf Pergamentrollen geschrieben, und alle Bücher befanden sich im Besitz des Bistums oder der Leute, die jenseits des Ozeans gewesen waren. Es war der Wunsch des Bischofs gewesen, daß einige der grönländischen Jungen die Kunst des Buchbindens erlernten, doch als Folge der Brechkrankheit und aller möglichen anderen Dinge war das nicht geschehen. Obwohl es in Grönland eine Menge Häute von Kälbern und Ziegen gab, waren die Handschriften, die in Gardar oder im Kloster illuminiert worden waren, schlecht gebunden und grob und leicht zu beschädigen.

Pall Hallvardsson sagte: »Ich erinnere mich gut an diesen Sommer vor neun Jahren, als wir mit dem Bischof nach Grönland aufbrachen, und an all die Schätze, die er mitnahm. Nur er hatte geahnt, wie tief die Dinge hier gesunken waren. Die St. Nikolaus-Kirche war groß und kalt, ihre Wandbehänge zerfetzt und schwarz von Schimmel, ein Pilz überwucherte die Steine, die Altargegenstände waren trüb und verbeult, und das Gesinde und die anderen Leute kümmerten sich nicht um ihre Arbeit und die Schande, die sie über das Gotteshaus brachten. Der Bischof hat für Grönland eine so große Veränderung bedeutet, daß sein Verlust das nicht alles zerstören oder uns in frühere Zeiten zurückversetzen muß. Es mag sein, daß wir uns nach der Pracht sehnen, die von der Herrlichkeit Gottes zeugt, und das, was wir haben, uns ärmlich erscheint, doch der Herr sieht unsere Mittel und unser Mühen ebenso wie unsere Werke.«

Sira Jon wandte seinen Blick dem Priester zu und sagte: »Jeden Tag, sommers und winters, ging ich in die Kammer von Bischof Alf und unterrichtete ihn über alle Neuigkeiten des Tages.« Er hielt inne und fuhr dann fort: »Und an vielen Tagen hielt er es nicht für genehm, mir zu antworten oder als ein Zeichen die Hand zu erheben, und es war meine einzige Hoffnung, daß er einmal vor seinem

Tode noch meine Stimme hören und meine Gegenwart wahrnehmen würde. Hätte er seine Blicke auf mich geworfen, wäre ich über die Maßen zufrieden gewesen. Hätte sich seine Hand unter die meine geschoben, hätte ich mich auch damit begnügt, doch nichts geschah. Sein Fleisch war kalt und zog sich vor meiner Berührung zurück. Nicht ein Gebet, nicht viele Gebete verursachten auch nur das geringste Zucken eines Augenlides.«

»Manchmal sind die Menschen so alt und krank...«

»Mein Onkel war erst zweiundsechzig Winter alt. Er kam als starker und tatkräftiger Mann hierher. Du wirst nicht wissen, daß er einmal, und nicht etwa als junger Mann, auf Skiern von Stavanger nach Nidaros gelaufen ist, nur von einem Hund begleitet, und er brauchte dafür mitten im Winter gerade siebzehn Tage. Als er bei den Flamen lebte, war der Weg von Gent nach Brügge gar nichts für ihn, nicht einmal der Erwähnung wert. Auch meine Mutter war für zähes, zuversichtliches Wesen bekannt. Es hieß, daß ihr Vetter sich weigerte, den Schwarzen Tod zu sterben, und sich noch erholte, als er schon auf dem Karren zu den Bestattungsgruben lag.«

Pall Hallvardsson gab keine Antwort.

»Vielleicht ist das eine wahre Geschichte, vielleicht auch nicht. Während des Schwarzen Todes gingen viele Geschichten herum.«

Pall Hallvardsson nickte, dann sagte er: »Ist es nicht so, daß alle, die diese Zeit überlebten, selbst du und ich, die wir nur kleine Kinder waren, Gottes Gnade empfingen und ein Zeichen, daß unsere Arbeit auf Erden einen Wert hatte?«

»Vielleicht, doch die Bedeutung dieser Zeichen, die der Herr uns während des Schwarzen Todes schickte, ist sehr umstritten. Was kann man denn über Zeichen und Omen sagen? Es ist das Schicksal des Menschen, sich nach einer Antwort Gottes zu sehnen.« Nachdem er so gesprochen hatte, seufzte Sira Jon tief.

Da rutschte Sira Pall Hallvardsson auf seinem Schemel hin und her, denn noch niemals hatte er solche Rede von dem anderen Priester gehört. Nach einer Weile sagte er: »Ich erinnere mich auch an die drei Priester, welche der Bischof mitzunehmen beliebte. Ich habe oft daran gedacht, daß der erste, den wir verloren haben und der von uns das geringste Ansehen genoß, in Wirklichkeit der ehrlichste und zuverlässigste war. Seit Sira Peturs Tod habe ich diesen Tag heute noch mehr gescheut.« Jon schniefte hörbar. »Der Herr hat einem jeden Priester viel Arbeit in die Hände gelegt, aber ich sage in aller Bescheidenheit, daß diese Arbeit im westlichen Ozean eine Arbeit ist, vor der sich nicht wenige drücken würden. Und nicht wenige haben das schließlich auch getan, als Bischof Alf Priester suchte, die ihn begleiten sollten. Die Leute um uns herum sind sogar denen nicht ähnlich, mit denen sie die Sprache gemeinsam haben, den Norwegern. Sie sind Halbwilde, wie Pferde, die man in den Bergen läßt, auf daß sie sich selbst versorgen. Sie haben sich ihre eigenen Wege in der Wildnis gesucht, und sie sträuben sich vor jeder Führung. Und jeder, der sie führte, müßte manchmal eingestehen, daß die Wege, die sie gefunden haben, genauso gut sind oder besser als jene, auf denen er sie geleiten würde. Vielleicht sind sie gar nicht Menschen aus unserer Welt, wie die Menschen in Frankreich oder in Flandern oder Deutschland es sind, obwohl auch sie die Moden und Bräuche dieser Welt begehren und meinen, sie seien wie wir. Aber sie sind anders und doch gleichzeitig Wikinger. Für Petur war das alles selbstverständlich, und man mußte ihn nicht daran erinnern. Was mich betrifft, muß ich mir jedesmal, wenn ich unter ihnen bin, alles sehr genau überlegen, als lernte ich eine neue Sprache, nur wird es nicht mit jedem Tag weniger schwierig. Und du, bitte verzeihe mir, wenn ich das sage, du erwartest von den Grönländern, daß sie sich und ihre Gewohnheiten nach deinen Vorstellungen formen lassen. Doch sie sind wie Pferde, die kommen, wenn sie gerufen werden, weil solch merkwürdige Laute ihre Neugier wecken, und der Bauer ist stolz auf den Erfolg des Abrichtens.« Sira Jon saß stumm wie ein Stock da. »Und nun muß ich streng mit dir reden, denn die Aufgabe, diese Menschen zu führen, ist dir zugefallen und nicht mir. Nach dem Tod des Bischof Arni vergingen sechsundzwanzig Jahre bis zu Bischof Alf. Es war immer so, wenn Bischof Alf von dem Herrn sprach, dann sprach er von Ihm als dem König des Himmels, dessen Verwalter auf Erden der Bischof sei, so daß durch ihn die Macht des Göttlichen Gesetzes in die Siedlung der Grönländer fließe. Und die Grönländer erkannten das, zum größten Teil, als rechtmäßig und wahr an und kamen mit ihren Streitigkeiten und Vergehen zu ihm in seiner Weisheit. Aber du sprichst niemals von Gottes Gesetz. Du sprichst nur von Seiner Liebe und Seinem Mißfallen und Zeichen von Ihm, als wäre Er nur der Himmlische Vater und nicht der Himmlische König.« Nun hielt er inne und wartete auf eine Antwort.

Sira Jon sprach: »Du hast wenig Erfahrung mit vielen Bediensteten und einem großen Haushalt. Du bist unter Mönchen groß geworden. Du kannst nicht wissen, wie du die Mittel von Gardar verwalten würdest oder wie man Menschen anleitet.«

Pall Hallvardsson stand auf: »Das ist in der Tat nicht zu leugnen, und darin will ich dir niemals widersprechen, auch werde ich deine Amtsgewalt in Gardar und bei den Grönländern niemals in Frage stellen. Gern lege ich meinen Glauben und meine Freundschaft in deine Hände, und ich bitte nur darum, dem Bischofssitz dienen zu dürfen, wie du es für richtig hältst.«

Da atmete Jon tief ein und betrachtete Pall Hallvardsson mit einem Anflug von Wohlgefallen. »An einem Tag wie diesem ist es nicht leicht, auf alles zu hören, was die Leute uns sagen wollen. Aber diese Worte sind klar und leicht zu verstehen, und wir danken dir dafür. Sie werden die Stütze sein, die unseren Schritt festigt.«

Da ging Sira Pall Hallvardsson hinaus und suchte den Raum, wo der Bischof aufgebahrt lag, und er kniete zu Füßen des Leichnams nieder und sprach viele Gebete. Einige Tage später kehrte er zur Seehundjagd nach Hvalseyfjord zurück. Der Tod des Bischofs war der große Gesprächsstoff der Grönländer, insbesondere die Tatsache, wie jung er im Vergleich zu Sira Nikolaus und seiner »Frau« gewesen sei. Einige Leute lachten und sagten, daß Sira Nikolaus schließlich doch noch Bischof werden würde, wenn er lang genug aushielte. Die Leute empfanden es als beruhigend, daß alles in Gardar so weiterging wie bisher, ohne Änderung oder Einschränkung, denn alle fürchteten auch den geringsten Rückschritt und erklärten, dies würde einen noch steileren Abstieg in die Gottlosigkeit früherer Tage bedeuten. Familien beeilten sich, ihre Söhne zur Ausbildung nach Gardar zu schicken, und manche wurden auch aufgenommen, und man lehrte sie einige Buchstaben. Es gab vielleicht nicht mehr so viele Feste und Messen, doch die Leute sagten, das sei weniger wichtig als andere Dinge, wie zum Beispiel eine reiche Heuernte in Gardar, der gute Zustand der Gebäude und die Gesundheit des Viehs. Obwohl er nicht Bischof war, begann Sira Jon, Bischof Alfs Gewänder zu tragen, und er sprach jetzt erhabener und feierlicher, so wie der Bischof es getan hatte, und die Grönländer sprachen voller Anerkennung darüber und erinnerten daran, für wie unwichtig Ivar Bardarson sich gehalten hatte, so daß auch andere ihn, und sein Amt, für unwichtig gehalten hatten.

Es war so, daß Erlend Ketilsson einer der drei reichsten Bauern südlich von Gardar war. Er bewirtschaftete nicht nur Ketilshof, sondern auch noch zwei andere Höfe in Vatna Hverfi. Sigmund Sigmundsson von Petursvik, der Ehemann von Thorunns Nichte, war an der Brechkrankheit gestorben und hatte auch seinen Hof Erlend vermacht, weil ihm durch die Klage, die Erlend für ihn gegen Asgeir Gunnarsson gewonnen hatte, so hieß es, sein verfaultes gedörrtes Seehundfleisch geschmeckt habe wie gebratenes Lamm und seine Sauermilch wie Wein, und nie wieder sei er sich wie ein armer Mann vorgekommen. Doch der Hof verödete, denn Petursvik war weit weg, und die Leute dort waren in großer Bedrängnis, und Erlend konnte niemanden finden, der den Hof für ihn bewirtschaften wollte.

Wenn Leute starben oder Höfe verlassen wurden, wie es nach der Brechkrankheit und der Hungersnot immer häufiger geschah, kamen die Leute zuerst zu Erlend und Vigdis und baten um Arbeit und brachten ihr Vieh und ihre Habseligkeiten mit, und Erlend und Vigdis nahmen auch die meisten von ihnen auf. Erlend war so verschlossen wie eh und je und Vigdis so streng wie immer, und zudem mußten die Leute auch noch lange arbeiten, aber, so hieß es, die Menschen müßten immer lange arbeiten, und auf Ketilshof ende die lange Arbeit wenigstens mit einem vollen Eßbrett. Außerdem gebe es, wo viele Leute zusammenkamen, immer viel Gerede und Gespött und Geschichten, ob es dem Herrn nun gefalle oder nicht. Erlend hatte viele Freunde.

In diesem Jahr verlief die Seehundjagd besonders glücklich, man erlegte viele Seehunde, und kein Mann wurde getötet oder auch nur verletzt, und so sahen die Leute dem Winter mit größerer Zuversicht entgegen als in den Jahren zuvor. Auf Gunnarshof war ein drittes Kind unterwegs, und Birgitta Lavransdottir hatte in diesen Dingen jetzt soviel Erfahrung, daß sie ihrer Arbeit ohne Ermüdung und voller Freude nachging, denn ein Traum hatte ihr bedeutet, daß das Kind ein Junge sein werde. Svava Vigmundsdottir war jetzt ein ständiges Mitglied des Gunnarshofhaushaltes, und zwei Truhen mit ihrem Hab und Gut waren vom Siglufjord nach Gunnarshof geschafft worden. Sie hatte Margret Asgeirsdottirs Bettnische bekommen, und Olaf schlief in der, die Ingrid benutzt hatte.

Die Leute in Vatna Hverfi sprachen nun nicht mehr von Gunnar Asgeirssons Dummheit, sondern behaupteten, sie hätten im Gegensatz zu anderen niemals an Gunnars Zukunft gezweifelt, denn sie seien immer davon überzeugt gewesen, daß die Schlauheit von Asgeir Gunnarsson und dessen Bruder Hauk irgendwann in dem Jungen zum Vorschein kommen müsse. Gunnar war zwar nicht so mächtig und wohlhabend wie die reichsten Männer im Bezirk, doch die Scheunen waren fast so voll wie zu Asgeirs Zeiten und weit besser geordnet, denn Birgitta Lavransdottir, so hieß es, sei die Sorte Ehefrau, die immer wissen müsse, was sie besaß. Was die Tötung von Skuli Gudmundsson betraf, so wurde überall bemerkt, er sei schließlich ein Norweger gewesen und habe dazu geneigt, komische helle Kleidung zu tragen, wie alle Männer des Ombudsmannes, und außerdem habe sein Herr ihm zu wenig Arbeit gegeben. Entpuppten sich nicht die Norweger, die nach Grönland kamen, immer so – als Müßiggänger und Unruhestifter? Daß er ohne Feigheit dem Tod entgegengetreten sei, das müsse man jedoch loben.

Und natürlich hatte Skuli dem Thorkel Gellison einen großen Dienst erwiesen, denn nach der Tötung war sein Hengst der einzige, mit dem jedermann seine Stute paaren wollte, obwohl man zugeben mußte, daß die meisten Bauern verschämt zu Thorkel kamen, als wären sie wegen eines anderen Geschäftes gekommen. Thorkel hielt das große graue Pferd in einer runden Koppel direkt vor der Tür seines Hauses, er wickelte seine Geschäfte in der offenen Tür ab, und immer war es so, daß man zuerst über ein paar andere Dinge redete, und dann machte der Besucher eine Bemerkung darüber, wie herrlich das Pferd sei, dann erklärte Thorkel, das Tier bringe Unglück, denn es habe den Tod eines Menschen verursacht, darauf entgegnete der andere, daß es trotzdem ein wirklich schönes Pferd sei, und dann gingen sie gemeinsam hinüber und lehnten sich auf die Mauer des Geheges. Thorkel wurde sehr reich.

Gunnar war ein sehr schöner Mann, so schön wie Olaf Finnbogason häßlich war, und zumindest einen Kopf größer als sein Ziehbruder. Während der langen dunklen Wintermonate beschäftigte er sich immer noch mit Spinnen und Weben und Nähen und Geschichtenerzählen, und seine Kleidung war recht eigenartig, denn er entwarf sie selbst. Einmal hatte seine Kapuze ein Gesichtsteil mit Schlitzen für die Augen. Ein anderes Mal waren auf das Vorderteil seines Gewandes, von oben nach unten, Taschen von verschiedener Größe aufgesetzt, und in diese Taschen steckte er dann seine Werkzeuge. Wieder ein anderes Mal war sein Gewand sehr kurz, so wie die Norweger es trugen, mit dicken Strümpfen dazu, oder seine Schuhe hatten merkwürdige Laschen und Schließen. Er versuchte, eigenartig gefärbte Garne in das Gunnarshofwadmal einzuweben, und manchmal sah man die Gunnarshofleute in ausgefallenen Streifen. Zu all dem sagte Birgitta Lavransdottir nichts und schien sich auch nichts dabei zu denken. Wenn Gunnar Streifen trug, die von Arm zu Arm liefen oder sogar vom Hals zum Knie, dann trug Birgitta sie auch und kleidete die kleine Gunnhild und die kleine Helga ebenso. Sie trug sogar Gewänder, die Gunnar sich für sie ausdachte, doch sie zwang Katla und die anderen Mägde nicht dazu, so etwas anzuziehen.

Birgitta hatte jetzt sechs Mägde um sich, einschließlich Svava. Außer Hrafn und seinen Söhnen hatten Gunnar und Olaf noch einen neuen Mann eingestellt, der die Jagd und den Fischfang sehr liebte und der so aussah, als hätte er Skraelingerblut in den Adern, obwohl er Finn Thormodsson hieß und so sprach und sich kleidete wie ein Nordmann. Er war nicht mehr jung, und er war als zwölfjähriger Knabe aus der Westsiedlung gekommen. In der Ostsiedlung hatte er niemals Land besessen, sondern war von Hof zu Hof gezogen und hatte als Jäger und Gerber gearbeitet. Seit der Hungersnot waren solche Männer sehr gefragt, denn es hieß, das Vieh eines Mannes könne ihn nicht mehr über den Winter bringen wie einst. Gunnar schätzte sich glücklich, Finn zu haben, und er behandelte ihn gut.

Diese Leute saßen alle den Winter über auf Gunnarshof und halfen Gunnar, die Güter anzusammeln, die notwendig waren, um Asgeirs zweites Feld zurückzukaufen. Birgitta und die Mägde hatten zwei Winter lang fleißig an ihrer Brettchenweberei gearbeitet und ein grün-weißes Altartuch mit breitem Rand gewebt, das den Engel zeigte, wie er der Jungfrau Maria die Ankunft des Herrn verkündete. Olaf hatte einen großen Stapel Schaffelle zusammengebracht, die Hälfte weiß und die Hälfte schwarz, und die Milchstube hatte zwei Dutzend große runde Käselaibe beigesteuert. Es gab Rentierhäute von der großen Jagd und Säcke voll von Seehundspeck. Doch Finn war etwas gelungen, das nur wenige seit dem Ende der Nordsetur geschafft hatten, er hatte nämlich einen Narwalzahn besorgt und einen weißen Falken, den er abrichtete. Das waren sehr begehrenswerte und kostbare Güter, und Gunnar rechnete damit, daß sie Sira Jon gefallen würden, obwohl er kein Freund der Gunnarshofleute war.

Auf Gunnarshof vergingen die Tage ruhig, und der Winter war nicht kälter als vorherige, die Fastenzeit nicht länger und Ostern nicht wärmer. Die Schafe fingen gerade an zu lammen, als es Zeit wurde, daß Gunnar seine Güter nach Gardar bringen mußte, um Asgeirs zweites Feld zurückzuverlangen. Es war in solchen Fällen Brauch, daß der Schuldige, oder seine Erben, auf den Tag genau neun Jahre nach dem Tag der Urteilsverkündung mit Gütern in einem zuvor bereits festgelegten Wert erscheinen und sie übergeben mußte und daraufhin seine Rechte zurückbekam, doch wenn er an diesem Tag nicht erschien, dann verlor er seine Rechte für immer, und die Pflicht des Bischofs oder wie in diesem Fall seines Stellvertreters war es, den beschlagnahmten Besitz zu veräußern, wie er es für richtig hielt. Jedermann im Bezirk wußte, welcher Tag das sein würde – zwei Tage vor dem Fest des St. Hallvard von Oslo –, und Pall Hallvardsson ging selbst nach Gardar, um sich Sira Jons zu versichern.

Nun verpackte man am Abend vor dem Tag der Reise die Güter in Truhen und bereitete alles vor, da Gunnar und Olaf zwei oder drei Tage in Gardar bleiben wollten, und dann gingen die Leute in ihre Bettnischen und schliefen.

Als es dunkel war, kamen einige Männer von Süden her über die

Hügel, und es waren Knechte von Erlend Ketilsson, angeführt von Ketil dem Unglücklichen, der jetzt ein junger Mann war und im Bezirk einen schlechten Ruf genoß. Sie waren zu sechst. Ihre erste Tat war es, die beiden kleinen Gunnarshofboote nordwärts über die Hügel an den Fjord zu schleppen, wo sie sie treiben ließen. Danach kehrten sie zum Gunnarshof zurück und machten sich daran, die vier Pferde zusammenzutreiben, die sie in die Berge bringen und an einer Stelle, wo man sie nur schwer finden würde, mit Fußfesseln festmachen wollten, doch es geschah, daß die Stute Mikla sich nicht einfangen lassen wollte, und als vier Männer sie unter Einsatz all ihrer Kräfte fingen, begann sie zu wiehern und zu scheuen, so daß Ketil sein Messer hervorholte, ihr die Kehle durchschnitt und sie in der Koppel liegen ließ. Die anderen Pferde brachten sie zu der Stelle, wo Skuli Gudmundsson zu Tode gekommen war. Die Gunnarshofleute schliefen, als wären sie verzaubert.

Nun war es fast Morgen, und Ketils letzte Tat war es, den Zaun des Schafspferchs zu öffnen und die Herde auf das Hoffeld zu treiben, wo das Gras frisch und die Erde feucht von der Schneeschmelze war. Als Olaf etwas später aufstand, um sich für die Reise fertig zu machen, fand er die Tiere überall verstreut.

Auf Ketilshof machten Erlend und Vigdis ihre Güter bereit und ließen sie zu ihrem Boot tragen, das in der Nähe der Kirche im Einarsfjord vertäut war, und im Laufe des Morgens machten auch sie sich mit Ketil und ihrem Verwalter nach Gardar auf und kamen kurz nach Mittag dort an. Nun saßen alle friedlich in Gardar und warteten darauf, daß Gunnar und Olaf auftauchten, doch der Tag verging und versank in Dunkelheit, und sie kamen weder selbst, noch sandten sie eine Nachricht. Pall Hallvardsson saß bei Sira Jon, damit Erlend nicht an ihn herankam, und die beiden Priester blieben die ganze Nacht auf bis zum Morgenlicht, doch der Tag beschien nicht die Leute vom Gunnarshof, und Sira Jon kam hinaus in die Halle und grüßte Erlend und Vigdis und nahm ihre Güter entgegen, doch er bat sie, noch einen Tag länger zu bleiben, für den Fall, daß Gunnar doch noch auftauchte, denn Pall Hallvardsson war fest entschlossen, Gunnar nicht betrügen oder überlisten zu lassen.

Doch an diesem Tag, dem Tag vor dem Fest des St. Hallvard, fegte ein großer Sturm vom Eis, so daß es unmöglich war, eine Reise zu unternehmen, und die Leute es kaum vom Haus zum Kuhstall schafften, und die Schafe in Gardar suchten sich gerade diesen Tag aus, um ihre Lämmer zu werfen, und so gab es eine große Aufregung in Gardar. Dieser Sturm dauerte den ganzen Tag und auch den ganzen nächsten, und dann machten sich Erlend und Vigdis für die Rückreise nach Ketilshof bereit, und da es noch keine Nachricht von Gunnar gab, wurde ihnen das große Feld zugesprochen, das ihnen nun ganz allein gehörte. Als sie nach Vatna Hverfi zurückruderten, erspähten sie zufällig die beiden Gunnarshofboote, die vom Sturm zerschmettert waren.

Als sie Ketilshof erreichten, kam Erlends Schafhirte auf ihn zu und nahm ihn beiseite, und er teilte ihm mit, daß eine gewisse graue Stute mit einem dunklen Streifen auf dem Rücken mit aufgeschlitzter Kehle in der Pferdekoppel auf Gunnarshof entdeckt worden sei, und als Erlend das hörte, nahm er Ketil in die Milchstube und verprügelte ihn. Erlend war ein großer, schwerer Mann mit riesigen Händen, und Ketil war ein schmächtiger Bursche, der eher für seinen üblen Humor als für seine Stärke bekannt war. Und Erlend sagte: »Es ist gewiß nicht zu leugnen, daß du ein Unglücksmensch bist und unserer Sippe seit dem Tage deiner Geburt nur Schlechtes eingebracht hast. Wenn du und Vigdis eure Köpfe zusammensteckt, dann kann man sicher sein, daß nur Unheil dabei herauskommt.« Und Ketil mußte sich viele Wochen lang von diesen Schlägen erholen. Vigdis bemerkte Erlend gegenüber nur: »Die meisten Menschen sind froh, wenn sie bekommen, was sie wollen, ganz besonders wenn es bedeutet, gleichzeitig auch noch einen Feind zu schlagen.« Darauf erwiderte Erlend: »Ein Unglücksmensch wie Ketil Ragnarsson kann nur Unheil heraufbeschwören, und eines Tages wirst du das besser verstehen als jeder andere.«

Gunnar sprach wenig über sein Unglück. Eines Tages brachte er den Narwalzahn zu Axel Njalsson, einem mächtigen Mann, und tauschte ihn gegen ein kleines Boot in sehr gutem Zustand, das aus den Resten eines alten Schiffes gebaut worden war. An einem anderen Tag brachte er die Altardecke, die die Frauen gewebt und verziert hatten, zu Thorkel Gellison im südlichen Teil des Bezirks, und ein paar Tage später kam er mit einer schönen Stute an der Leine zurück, die von dem berühmten Hengst trächtig war. Den weißen Falken ließ man fliegen. Die anderen Güter in den Truhen wurden fortgeräumt, und man sprach nicht mehr davon. Das Hoffeld trocknete, doch es kostete viel Arbeit, die harten Klumpen aufzubrechen, die von den Schafen aufgewühlt worden waren, und die Heuernte wurde um etwa eine Woche verzögert. Häufig sah man Gunnar und Finn Thormodsson miteinander reden, doch das Thema ihres Gespräches kannte nicht einmal Birgitta, nicht einmal Olaf. Olaf begrub Mikla am Hang über dem Kuhstall und legte auf dem Grab einen kleinen Steinhügel an. Danach arbeitete er ununterbrochen, wenn er nicht gerade schlief, und niemals mehr aß er seine Mahlzeiten mit den anderen Leuten vom Hof. Es hieß im Bezirk, daß ihm der Tod seiner Stute mehr zu schaffen machte als die Trennung von seiner Frau, doch wenn es so war, dann sagte er zu niemandem ein Wort darüber.

Nun schickte sich Gunnar an, seine Klage für das Thing vorzubereiten. Er benannte Zeugen, die bestätigten, daß er Erlend Ketilsson vom Ketilshof zum einen für die Zerstörung von Eigentum in Form der Heuernte auf seinem Hoffeld auf leichte Ächtung verklagte und auf schwere Ächtung für die Zerstörung von Eigentum in Form von zwei brauchbaren Booten und einer ausgezeichneten Zucht- und Reitstute. Dann gingen Gunnar und Olaf im Bezirk herum und suchten nach Beistand für ihre Klage. Zunächst schien dieses Werben vielversprechend, denn Axel Njalsson wollte die Gunnarshofleute unterstützen, und er war ein reicher und mächtiger Mann. Außerdem sagten Thorkel Gellison und einer seiner Nachbarn, sie wollten Gunnar helfen, denn sie wohnten in einem Teil des Bezirks, in dem Erlend kein Land besaß. Doch den anderen Männern im Bezirk, besonders denjenigen, welche auf den Höfen an den Ufern der großen Seen, des Geweihsees und des Breiten Sees, lebten, war wenig daran gelegen, Erlend zu kränken, von dem sie jeden Winter Heu erbaten, wenn ihre eigenen Vorräte knapp wurden. Außerdem erinnerten sich einige an die Verstümmelung einer gewissen Kuh vom Ketilshof. So kam es, daß Gunnar in seinen besten, gefälligsten Kleidern von Hof zu Hof ritt und überall herzlich aufgenommen wurde, doch am Ende sah alles so aus wie am Anfang, und er besaß die Unterstützung von drei Männern und die Gewißheit, daß alle anderen im Bezirk hinter Erlend standen und damit seine Klage zunichte machen würden.

Da nahm Gunnar sein neues Boot und fuhr nach Hvalseyfjord und blieb ein paar Tage bei Lavrans. Am ersten Tag sprachen sie nur von den Gunnarshofleuten, vor allem von Birgitta, denn Lavrans konnte nie genug von Birgitta reden, über ihre Gesundheit und ihre adrette Art und ihre vielen Begabungen. Sie rechnete, wie Gunnar erwähnte, um den St. Bartholomäustag mit ihrer Niederkunft.

Am zweiten Tag sprachen sie über die Ereignisse auf Gunnarshof, die Tötung der Stute, die Zerstörung der Boote und das Zertrampeln des Hoffeldes, und Lavrans erklärte, von all diesen sei die letzte Tat die schlimmste, und er sagte zu Gunnar: »Wie hast du diese Klage vorgebracht?«

»Ich habe für die Zerstörung der Boote und die Tötung der Stute, die ein ausgezeichnetes Reit- und Zuchtpferd war, schwere Ächtung gefordert, und ich habe für das Zertrampeln des Hoffeldes leichte Ächtung gefordert.«

Lavrans schüttelte den Kopf und sagte: »Mein Sohn, du hast die geringere Strafe für das größere Verbrechen gefordert, und es kann sein, daß Erlend diesen Verfahrensfehler bemerken wird, denn er steht im Ruf, ein großer Kenner des Gesetzes zu sein. Wir werden sehen, was daraus wird.« Dann zog sich Lavrans für die Nacht in seine Bettnische zurück.

In Hvalseyfjord gab es sechs Bauernhöfe in der Nähe von Lavranshof, und am nächsten Tag machte sich Lavrans auf und gewann die Unterstützung der sechs wenn auch sehr armen Bauern, doch die Schwierigkeit war, daß Gunnar sie anschließend besuchen und ihnen Geschenke machen mußte. »Diese zwei Ballen Wadmal für deine schwangere Frau«, oder »Dieses Messer mit Elfenbeingriff und ziseliertem Silber als Dank für deine Dienste am Vater meiner Frau, falls er einmal krank ist«, denn es war zu jener Zeit ein Vergehen gegen das Gericht, Geld für die Unterstützung anzubieten. Lavrans riet jedoch, daß Geschenke nichts mit der Klage zu tun haben mußten, wenn alle Männer damit einverstanden waren. Am vierten Tag kehrte Gunnar nach Gunnarshof zurück und wartete auf das Thing.

Obwohl außer Gunnars Klage noch einige Tötungen aus Brattahlid vor dem Thinggericht behandelt werden mußten, waren die beteiligten Männer weder mächtig noch reich, und die Leute waren an der Klage gegen Erlend weitaus mehr interessiert, vor allem weil Erlend in prächtiger Aufmachung zum Thingfeld kam und für seine vielen Unterstützer vier große Zelte aufstellen ließ. Erlend war jetzt ein schöner Mann, denn sein Haar war fast weiß, und er hatte das finster drohende Aussehen seiner Jugend verloren. Er sprach zu jedermann auf dem Thing, sogar zu Gunnar, mit heiterer, lauter Stimme und trat überall in Erscheinung. An einem Mittag geleitete er Sira Jon feierlich von der Halle zu seinem Zelt und ließ ihn drinnen auf dem Hochsitz zu einer langen Unterredung Platz nehmen, während der die Türklappe des Zeltes für Vorbeigehende offenstand. Und so kam es, daß die dreizehn Richter, als Gunnar seine Klage vorbrachte, nicht einmal zögerten, gegen ihn zu entscheiden, mit der Begründung, daß sein Vorgehen fehlerhaft sei, und niemand konnte das anfechten, denn so war das Gesetz in Grönland. Danach löste sich das Thing auf, und alle kehrten nach Hause zurück.

Es begab sich, daß Gunnar und Birgitta eines Abends kurz nach Mittsommer am Ende eines schönen Tages mit Gunnhild und Helga draußen vor dem Haus waren. Die beiden kleinen Mädchen waren ganz damit beschäftigt, einen von Olafs Hirtenhunden, eine uralte Hündin mit Namen Nalli, zu sich zu locken. Nalli saß auf den Hinterbeinen und schaute an ihnen vorbei zum Kuhstall, wohin Olaf verschwunden war. Wenn die beiden sich der Hündin näherten, stand diese auf und lief weg, dann setzte sie sich wieder. Birgitta ging auf und ab. Wenn sie in die eine Richtung ging, dann wirbelte die Spindel nach unten und zog den Faden aus der Wolle, die sie hielt. Wenn sie in die andere Richtung ging, wickelte sie den Faden auf den Schaft der Spindel. Sie verspann eine Menge Wolle, seit ihr Bauch durch dieses Kind so groß geworden war, denn sie fühlte sich nur wohl, wenn sie in Bewegung war. Nah bei ihr saß Gunnar mit einem großen Stoß von geschorener Wolle und kämmte Grashalme und Zweige heraus. Nun schaute er zu ihr auf und meinte, wenn sie ihre Schere bei der Hand hätte, ließe er sich gern von ihr das Haar schneiden. Gunnars Haar war dicht und sehr blond, denn er trug in der Sonne keine Mütze, nur ein schmales Band um die Stirn.

Birgitta legte ihr Spinnzeug beiseite und holte die Schachtel, in der die Schere lag, sowie ein Stück Tuch für seine Schultern und einen Schemel, auf dem er sitzen konnte. Sie besaß einen feinen Elfenbeinkamm aus Bergen, der hübsch geschnitzt war und ebenfalls in einer Schachtel aufbewahrt wurde. Diesen Kamm hatte sie von ihrer Mutter geerbt, und es fehlten nur zwei Zinken. Nun setzte sich Gunnar auf den Schemel, und Birgitta fing an ihm das Haar auf die Schultern zu kämmen. Nalli stand auf und trabte den Abhang herunter, und Gunnhild begann hinter ihr herzulaufen und die kleine Helga hinterdrein. Immer wieder stolperte das kleinere Kind und purzelte, und jedesmal kam seine Schwester zurück und stellte es wieder auf die Beine. Der Hund erreichte das Ufer des Sees und lief auf den Kuhstall zu, ließ die Mädchen weit hinter sich, die blieben stehen und setzten sich mitten in die wilden Blumen auf dem Hang. Da sagte Gunnar: »Manche Leute würden sagen, daß schlechte Zeiten für uns angebrochen sind.«

»Zweifellos sagen das manche Leute«, erwiderte Birgitta.

»Manche Leute sagen, es gebe jetzt nur noch wenig Hoffnung, daß Gunnarshof den Platz zurückgewinnen könnte, den es einmal unter den Höfen von Vatna Hverfi eingenommen hat. Es ist wahr, daß Hafgrim selbst, der mit Erik nach Grönland kam, diesen Hof dem Gunnar Asgeirsson gab, und dazu gehörte immer ein großes Feld, das die Leute ernährte, und ein anderes großes Feld, mit dem man sich Wohlstand erwarb.«

Birgitta nahm die Schere heraus und begann an Gunnars Nakkenhaar entlangzuschnippeln. Sie sagte: »Manche Leute würden sagen, daß das eine Feld dich heutzutage im Sommer ernährt und das andere im Winter. Selbst auf den reichsten Höfen schlachtet man von den Zuchttieren, bevor der Winter vorüber ist, nicht nur auf mittelgroßen Höfen wie dem unseren.«

Nun wollte Birgitta die Schere wegräumen, doch Gunnar hielt sie zurück und bat sie, das Haar noch kürzer zu schneiden. Dann sagte er: »Trotzdem sind noch nicht die schlechtesten Tage angebrochen, wenn man seinen Kindern zuschauen kann, wie sie herumtollen und lachen, und wenn man seine Frau so sehen darf, wie ich dich jetzt sehe, und wenn man sich auf den eigenen Schemel setzen und es genießen kann, daß einem das Haar geschnitten wird.«

Birgitta lächelte.

»Gunnhild ist dir sehr ähnlich. Sie schaut sich um und erkennt, worauf ihr Blick fällt. Sie lacht wenig, doch sie lächelt oft, und sie macht sich viel Mühe mit ihrer Kleidung und ihrem Haar. Wenn ich mit ihr zusammen bin, dann scheint es mir, als sei sie mein liebstes Kind.«

Birgitta steckte den Kamm in das Haar und hob die Strähnen damit hoch, dann schnippelte sie ab, was der Kamm festhielt.

»Dann kommt Helga zu mir und klettert auf meinen Schoß und redet Unsinn, genauso als wäre es Geplauder, und dann schaut sie mir ins Gesicht und wartet auf eine Antwort, und mir scheint, daß sie mein liebstes Kind ist, obwohl sie Gunnhild gar nicht unähnlicher sein könnte.«

Jetzt fiel Gunnars Haar gleichmäßig bis zur Mitte des Nackens, und Birgitta ging wieder, um ihre Schere wegzulegen, doch er hielt sie auf und bat sie, es noch kürzer zu schneiden. Dann fuhr er fort: »Bald« sagte er, »wird mir noch ein Kind geschenkt werden, ein Junge, wie du mir von deinen Träumen berichtet hast, und dieses Kind wird so verschieden von den anderen sein, wie nur möglich, und genauso liebenswert. Und doch habe ich in letzter Zeit das Gefühl, daß ich es nicht mit Freuden erwarte, sondern nur mit Furcht, denn die schlimmsten Tage stehen uns noch bevor, und sie sind nicht so weit entfernt.«

Nun hatte Birgitta das Haar so kurz geschnitten, daß es aussah wie die Haartracht eines Priesters, und sie legte die Schere weg. Gunnar ließ seine Hände durch die Borsten gleiten. Sie sagte: »Diese Dinge werden geschehen, wie du sagst, denn nur du kennst deine Absichten.«

»Sira Pall Hallvardsson hat recht, in der Feindschaft liegt ein solches Vergnügen, daß man sie nach einer gewissen Zeit nicht missen kann, selbst wenn man sich dazu zwingen würde. Und es ist auch nicht zu leugnen, daß die Freunde dich zurückhalten und dir besonnene Ratschläge geben, wenn ein Streit frisch ist, doch wenn es ein alter ist, dann zögern sie das Ende hinaus und spornen die Gegner an.«

»Wenn du damit meinst, daß über alles, was im Bezirk vorgeht, geredet wird und daß jeder ein bißchen hinzufügen und zu allem seine Bemerkungen machen muß, dann ist das in der Tat wahr.«

Gunnar drehte sich um und schaute sie an, doch ihr Blick ruhte immer zur Hälfte auf den beiden kleinen Mädchen, die jetzt langsam den Hügel hochstapften. »Es könnte dazu kommen, daß Lavrans es bereuen wird, dich mir gegeben zu haben, wie die Leute es damals voraussagten.«

»Das mag sein, doch wenn es so ist, dann sollte er zu mir kommen und mich fragen, was ich darüber denke, so wie er es damals getan hat. Das ist meine Vorstellung, daß jeder Menschenseele etwas geschehen muß, und für alles, was geschieht, kann jede Menschenseele sich viele Möglichkeiten vorstellen, die hätten eintreten können, allesamt weniger schlimm als das, was sich tatsächlich ereignet hat. Die Menschen brauchen etwas, worüber sie nachdenken können, sonst wäre es ihnen unmöglich, auf den Himmel zu hoffen oder sich an das Paradies zu erinnern.«

Und darauf gab Gunnar keine Antwort, sondern trug seinen Schemel und das Tuch ins Haus. Bald darauf gingen Birgitta und Gunnhild und Helga in die Bettnische und machten sich zum Schlafen bereit. Birgitta fragte nicht, wie sie es sonst immer tat, wann Gunnar ins Bett kommen würde. Eine Weile später, als es dämmerte, ging er hinaus.

Neben dem Kuhstall traf Gunnar mit sieben Männern zusammen, und außer Olaf und Finn Thormodsson waren es Axel Njalsson mit den beiden Söhnen Bessi und Arni und dazu noch Thorkel Gellison und dessen Sohn Skeggi. Keiner der Männer trug eine Waffe, doch jeder hatte einen Spaten, und Finn trug etwas, das in ein Bündel zusammengeschnürt und in Rentierhaut gewickelt war. Nun gingen sie zu Asgeirs zweitem Feld, so nannte man es in der Gegend von Gunnarshof immer noch, und sie begannen, einen langen, tiefen Graben am Rande des Feldes auszuheben, wie eine Rentierfallgrube, jedoch breiter. Die Männer waren kräftig, und die Arbeit ging schnell voran. Als der Graben tief genug war, ging Finn am Graben entlang und verteilte darin den Inhalt seines Bündels, und das waren Rentiergeweihe und auch Rippen, die an einem Ende zu einer scharfen Spitze geschliffen waren. Als er fertig war, legten die Männer eine dünne Lage Weidenbüsche über die Öffnung und darauf Grasmatten, die Finn geflochten hatte, daß sie aussahen wie Soden.

Jetzt war es nicht mehr lang bis zum Sonnenaufgang, und die Männer gingen zum Ketilshof, wo sie alle Kühe losmachten, und eine tötete Gunnar und schlitzte ihr den Bauch auf, und hinein legte er eine kleine, aus Speckstein geschnitzte Figur eines Mannes. Nun stand die Gruppe der Männer ein wenig abseits, während Gunnar und Olaf zu den Türen des Hauses gingen, denn es war ein großes Gebäude mit zwei Türen, und sie schlugen daran und riefen: »Steht auf, Schläfer! Steht auf! Die Kühe sind in das Hoffeld eingedrungen!« Der erste, der draußen war, war Kollbein Erlendsson in seinem Nachthemd, und für ihn sang Gunnar den folgenden Vers:

Auf dem Hof liegt ein trächtiges Tier
Darin hockt der Sohn einer Hure.
Wie schwarz ist der Kochtopf?
Wieviele Löcher hat der Kessel?

Nun kam Hallvard Erlendsson heraus, gefolgt von zwei Knechten, und Gunnar und Olaf wichen zurück, denn sie sahen, daß die Knechte mit Äxten bewaffnet waren. Bald schon kam Ketil Ragnarsson selbst heraus, und auch er trug eine Axt, und er war der erste, der die Figur, die ihn darstellte, im Bauch der Kuh entdeckte. Nun waren alle auf den Beinen und versuchten, die Kühe vom Hoffeld zu treiben, doch die Ketilshofherde war groß, und die Kühe waren lebhaft und eigensinnig. Die Gruppe von Gunnarshofleuten war kaum noch zu sehen, als Erlends Söhne und Ketil sich und ihre Männer bewaffnet hatten und die Verfolgung aufnahmen.

Gunnars Männer liefen langsam und blieben immer in Sichtweite, und manchmal riefen sie den Verfolgern etwas zu, so daß Ketil bald vor Zorn außer sich war. Nun erreichten Gunnar und die anderen das zweite Feld und begannen, es zu überqueren. Gunnar schaute sich um und meinte zu Olaf, daß es noch immer ein schönes Stück Land sei, und Olaf nickte. Danach rannte Gunnar los, und Ketils Männer rannten hinter ihm her, und die Verfolger schienen aufzuholen. Die Gunnarshofleute liefen zwischen die Gräben, auf den schmalen Pfaden, die sie stehengelassen hatten, doch im blauen Licht des frühen Sonnenaufgangs waren diese für die anderen nicht so gut zu erkennen, und ganz ähnlich den Rentieren brachen sie durch das Gestrüpp in die Gruben, Ketil, Kollbein und Hallvard zuerst, denn sie waren die Vorhut, und einer ihrer Knechte hinterher, denn er war direkt hinter Ketil und fiel auf ihn, doch die anderen waren einen Schritt weiter hinten gewesen, und sie konnten sich gerade noch fangen.

Und so wurden die drei Brüder auf den Pfählen in den Gruben aufgespießt, und Gunnar und seine Männer rannten zu den Gruben zurück und hinderten die Ketilshofknechte daran, den sterbenden Männern zu helfen. Es gab ein großes Gestöhne, bis die Männer gestorben waren. Als das geschehen war, begaben sich Gunnar und seine Männer zu einem Hof in der Nähe, wo die Leute gerade aufstanden, und sie verkündeten die Tötung von Ketil Ragnarsson, Kollbein Erlendsson und Hallvard Erlendsson.

Auf Gunnarshof kam das Gesinde von den Schlafstellen, und Birgitta sah, daß Olaf und Finn nicht dabei waren, und sie bat die Frauen, den ganzen Haushalt in Truhen zu verpacken und auch die Kleidung und das Spielzeug der Kinder. Und als sie das getan hatten, ging sie zu Svava Sigmundsdottir und bat sie, zu Kristin nach Siglufjord zurückzukehren, und dann ging sie zu den Mägden und schickte sie alle zu anderen Höfen. Dann bat sie die Männer, die Truhen zu dem neuen Gunnarshofboot zu tragen, das am Austfjord lag. Und als Gunnar mit den Todesnachrichten zurückkehrte, war der Hof von allem Hausrat geleert.

Gunnar gab den Männern, die ihm geholfen hatten, seine vier Pferde – zwei Axel und seinen Söhnen und zwei Thorkel und Skeggi. Olaf rief seine fünf Hirtenhunde zu sich, und er tötete die drei alten, darunter Nalli. Danach gingen Gunnar, Olaf, Birgitta, Finn, Gunnhild und Helga zum Boot und stiegen ein, und sie ruderten zum Hvalseyfjord und verkündeten die Tötungen. Und dann lebten sie auf Lavranshof in Hvalseyfjord, und im Jahr darauf wurde Gunnarshof vom Thing beschlagnahmt und Erlend zugesprochen. Erlend überließ diesen Hof Vigdis, damit der Ort sie, wie er meinte, an die Folgen ihrer Ränke erinnerte. Erlend hatte in seiner Klage schwere Ächtung und den Tod für Gunnar gefordert, doch gewisse mächtige Männer, angeführt von Thorkel Gellison, sagten von Gunnar, daß er durch die Schäden, die man ihm auf Betreiben von Ketil Ragnarsson zugefügt habe, sehr gereizt worden sei, und so wurde er nur zu leichter Ächtung verurteilt, was die Zahlung von Entschädigung bedeutete, denn man konnte nicht in die Verbannung gehen.

Lavrans' Bauernhof in Hvalseyfjord war kleiner und ärmer als Gunnarshof, doch befanden sich Birgittas beste Tiere dort, die nun etwa fünfzig oder sechzig Stück zählten. Diese, zusammen mit Lavrans' eigener Herde, ergaben einen ansehnlichen Bestand. Und Finn Thormodsson war bei ihnen. Hier wurde Birgitta auch der Junge geboren, den sie erwartete, und in letzter Minute vor der Taufe erinnerte sie sich an Asgeir Gunnarsson, das Kind, das gestorben war, und der Name schien ihr Unglück zu verheißen. So bat sie den Priester, das Kind, nach Lavrans' Vater, Kollgrim zu nennen. Und Kollgrim Gunnarsson war ein rundes und fröhliches Kind, und alles ging gut mit ihm.

Der Teufel

Es geschah im Herbst jenes Jahres 1378, daß Ragnvald Einarsson, der mit seinen Leuten auf Solarfell am Eriksfjord lebte, immer mißtrauischer und ängstlicher wurde, so daß er zwischen den Eisbergen im Fjord häufig Erscheinungen sah, und den ganzen Sommer hindurch war er niemals so froh wie während der Zeit, als der Fjord eisfrei war, und niemals war er so gehetzt wie nach der Seehundjagd, als die Eisberge, kleine und große, zu kalben begannen und sich zwischen seinem Hof und den beiden Ufern drängten, dort wo er den einen Skraelinger getötet und den anderen hatte entkommen lassen. Gerüchte, daß Ragnvald Einarsson besessen sei, wurden überall in Eriksfjord und in Gardar mit Interesse aufgenommen, denn Ragnvald war ein wohlhabender und mächtiger Mann.

Eines Tages gegen Ende des Sommerhalbjahres, einige Tage nach St. Michael, waren die Leute auf Solarfell mit dem Schlachten der Schafe und anderen Vorbereitungen für den Winter beschäftigt. An diesem Tage schienen die Geister von Ragnvald zu lassen, und er starrte nicht mehr auf den Fjord hinaus, sondern bewunderte seine fetten Schafe und seine hübschen Kinder und vor allem seinen kleinen, im Herbst des Vorjahres geborenen Enkel Olaf Vebjarnarson. Spät am Morgen kam einer von Ragnvalds Knechten zu ihm und sagte, er habe ein fremdes Boot auf dem Wasser gesehen, ein Boot, das plötzlich aufgetaucht und wieder verschwunden sei, kein Fellboot zum Paddeln, wie es die Skraelinger benutzten, und kein Ruderboot aus Holz, wie es die Nordmänner hatten. Ragnvald erwiderte darauf, das müsse in der Tat ein komischer Anblick sein, und bei dem Gedanken daran lachte er herzlich. Doch seine Kinder und sein Gesinde wurden unruhig, und sie ließen immer wieder ihre Blicke über den Fjord schweifen.

Etwas später, als die meisten Schafe geschlachtet waren, machten Ragnvalds Leute ein Feuer und begannen, das Fell von den Köpfen der geschlachteten Schafe zu sengen. Ragnvald selbst beaufsichtigte diese Arbeit gemeinsam mit seiner Gattin, Svanhild Erlingsdottir, einer kräftigen Frau mit grauem Haar, die Ragnvald fünf Söhne und drei Töchter geboren hatte. Als diese Arbeit beendet war und man die Schafsköpfe im Lagerhaus verstaut hatte, gingen die Leute zum Abendessen ins Haus, und ein Knecht namens Gaut blieb beim Feuer, um es in Gang zu halten und einen großen Kessel Wasser zum Waschen von Wadmal zu kochen. Ganz plötzlich rannte Gaut zur Haustür und brüllte, die Skraelinger kämen, und Ragnvalds Leute liefen alle aus dem Haus, doch sie sahen nichts. Ragnvald selbst beruhigte sie und sagte: »Das ist nur, weil der Fjord so voller Eis ist.« Sie gingen zu ihrem Essen zurück, und Gaut machte sich wieder an seine Arbeit.

Während Gaut ganz damit beschäftigt war, Treibholz ins Feuer zu werfen, glitt ein merkwürdiger Eisberg ans Ufer, und heraus schlüpften ganz leise Gestalten und liefen ganz leise den Strand herauf, und eine dieser Gestalten, es waren doch Skraelinger, schlug Gaut mit einem Stein auf den Kopf. Blut und graue Masse spritzten ins Gras. Dann holten die Skraelinger die brennenden Scheite aus dem Feuer und trugen diese und noch weiteres Strauchwerk, das sie mitgebracht hatten, zu Ragnvalds Haus und setzten die Soden in Brand. Die Soden gingen sehr schnell in Flammen auf, denn es war das Ende des Sommers: es hatte noch nicht viel geregnet und gar nicht geschneit.

Die Skraelinger gingen sehr teuflisch vor und stopften Reisig und in Waltran getauchte Holzscheite in den Eingang, so daß alle, die durch die Tür entkommen wollten, verbrannten. Unter ihnen war Svanhild. Es begab sich jedoch, daß Ragnvald selbst mit seinem Enkel Olaf im Arm durch einen Hinterausgang entkam, und er floh zunächst in die Hügel gen Isafjord, doch die Skraelinger schnitten ihm den Weg ab, und so machte er kehrt und lief mit dem schreienden Kind in den Armen am Fjord entlang in Richtung Brattahlid. Viele Skraelinger verfolgten ihn, zu Fuß und in Fellbooten, und er verzweifelte immer mehr, denn er sah, daß viele Pfeile in ihren Köchern steckten. Ragnvald war sich des Todes gewiß, seines eigenen und seines Enkels, und es war viel darüber geredet worden, was die Skraelinger mit Menschenkindern machten, zum Beispiel rösteten sie sie wie Seehundfleisch und tranken ihr Blut, und weil Ragnvald für seinen geliebten Enkel ein solches Schicksal befürchtete, warf er das Kind, als er zum Fjord kam, ins Wasser und sprach dabei die letzten Gebete, wie es in den Gesetzen dargelegt ist. Das Kind ertrank, doch es war des Himmels gewiß, und Ragnvald lief weiter. Aber schließlich gelang es den Skraelingern doch nicht, ihn zu fangen, und er erreichte die Höfe des Bezirks Brattahlid. Die Anzahl der Getöteten, einschließlich Olaf Vebjarnarson, belief sich auf fünfzehn. Eine große Gruppe von Skraelingern ließ sich auf Ragnvalds Hof nieder und nahm zwei von Ragnvalds Hirtenjungen gefangen.

Jene Grönländer, die ständig mit den Skraelingern Handel trieben, hörten durch die Dämonen, mit denen sie handelten, bald von dem Kampf, und so erfuhren sie, daß ein Krieger namens Kissabi entschlossen war, Ragnvald selbst zu töten, denn Ragnvald hatte seinen Bruder getötet, den Arm des Bruders abgeschlagen und Kissabi dadurch gedemütigt. Außerdem fand man heraus, daß auch zwei Skraelinger in dem Kampf getötet worden waren. In jenem Winter zog Ragnvald auf einen verlassenen Hof an der südlichen Gabelung des Hrafnsfjord. Seine Kinder und die Leute von seinem Hof, die den Angriff auf Solarfell überlebt hatten, ließen sich mit ihm dort nieder, und das waren zwei seiner Töchter und ein Sohn und ein Schwiegersohn und neun Knechte und Mägde. Eine der Töchter hieß Gudny, und ihr Mann war jener Solmund gewesen, der von dem Pfeil des zweiten Skraelingers getroffen worden war, als er ganz unschuldig Muschelschalen sammelte. Sie war jetzt mit einem Mann namens Halldor Grimsson verheiratet, und die beiden lebten nun mit ihrem kleinen Kind bei Ragnvald am Hrafnsfjord.

Noch zu Jul, die ganze Fastenzeit über und bis nach Ostern redeten die Leute in allen Bezirken über den Angriff der Dämonen, denn es war seit vielen Jahren der schwerwiegendste Vorfall in Grönland, und jetzt blickten die Leute mit erneuter Furcht und Verachtung auf die Skraelinger. Einige Männer, darunter Erlend Ketilsson, erwarben sich große Hochachtung durch den Überfall, denn Erlend hatte sich immer geweigert, mit den Skraelingern zu handeln und auch nur das geringste bißchen von ihrer Sprache zu lernen, denn er sagte, jene, die die Sprache des Teufels sprächen, würden sehr bald auch das Werk des Teufels verrichten. Vigdis bekräftigte das und erklärte, sie erwarte den großen Kampf zwischen Gut und Böse noch zu ihren Lebzeiten, wenn die Skraelinger in Schwärmen aus dem Norden kommen und die Höfe der Menschen überrennen würden, und dann würden sie nicht mehr wie Menschen aussehen, so wie jetzt, sondern sich als Riesen und Trolle entpuppen. Zu dieser Zeit gab es ein Gebet während des Gottesdienstes, und das Gebet ging so:

Herr, in deiner großen Macht
Höher als der Berge weiße Pracht
Größer als der Meere Sturm
Der Du machtest Wal und Wurm
Wir rufen Dich an, Herr unser Gott
Vergiß uns nicht in unsrer Not
Die wir in diesen Bergen wohnen
gequält von Teufeln und Dämonen.

Dieses Gedicht war das Werk des grönländischen Priesters Sira Audun, und alle Grönländer schätzten es sehr hoch.

Es gab gewisse Männer, die dachten anders als Erlend, nämlich jene, die durch den Handel mit den Skraelingern reich geworden oder mit Skraelingerfrauen verheiratet waren und die Mütter ihrer Frauen bei sich auf dem Hof hatten. Diese Männer wiesen darauf hin, wie genau der Angriff der Skraelinger Ragnvalds Überfall auf die Skraelinger nach der Tötung von Solmund entsprach; doch die Tötung von Solmund war selbst ein heikles Thema, da sie grundlos geschehen war.

Eine andere Geschichte, die man immer wieder hören konnte, war die Geschichte vom Ertränken des Olaf Vebjarnarson, und man lobte Ragnvald sehr für seine Entscheidung, doch hatte man für das Ausmaß der Verzweiflung, in der er sich befunden hatte, auch großes Mitleid. Die Leute überlegten nun, wie man den kleinen Olaf dafür zum Heiligen machen könnte, und Sira Jon erklärte, daß man für Wunder Beweise brauche. Einige behaupteten, daß dort, wo Olaf ertrunken war, ein heiliger Schein aus dem Wasser aufsteige.

Nun war es so, daß die Grönländer nichts gegen die Skraelinger unternehmen konnten, die auf Solarfell lebten, da sie für einen richtigen Angriff nicht genügend Waffen besaßen, nicht genügend Boote, um vom Meer her zu kommen, und auch nicht genügend Skier, um über die Berge von Isafjord her anzugreifen, und so hielt man es für besser, die Skraelinger den Winter über in Ruhe zu lassen. Und bis zum Frühling war das heiße Blut abgekühlt, und die Männer dachten genauer über das Blutvergießen und den Tod nach, die ein solches Unternehmen mit sich bringen würde. Schließlich lebte Ragnvald weit unten im Süden am Hrafnsfjord und war zu weit weg, um den Zorn der anderen Bauern schüren zu können.

Ragnvald war den ganzen Winter über sehr niedergeschlagen und so besessen, daß er weder schlafen noch seinen Pflichten nachgehen konnte, sondern jede Nacht schreiend aufwachte und oft die Geister seiner Söhne und seiner Frau empfing, die ihm nach Süden gefolgt waren.

Die Leute am Hvalseyfjord beunruhigten diese Ereignisse sehr, denn es gab dort noch weniger Höfe, und der Bezirk war mehr als andere vom Kommen und Gehen der Skraelinger betroffen. Seit vielen Jahren pflegte eine Gruppe von Skraelingern an der Öffnung des Einarsfjord, wo es viele Inseln gab, Wale zu jagen. Diese Dämonen machten es so, daß sie sich in ihren Fellbooten zwischen einer Gruppe von Inseln versteckten, und ein Merkmal ihrer diabolischen Natur war es, daß sie sich in diesen Booten sogar bei schwerem Seegang lange Zeit vollkommen ruhig verhalten konnten, wenn sie wußten, daß eine Familie von Leviathanen sich näherte. Grönländer hatten sie ein- oder zweimal begleitet, doch Menschen waren nicht imstande, so ruhig dazusitzen wie die Skraelinger. Wenn die großen Meerestiere näherkamen, dann machten die Jäger ihre Harpunen bereit, und dann, so schnell wie der Blitz, wirbelten die Speere mit den Widerhaken durch die Luft und bohrten sich ins Fleisch eines jeden Wales, der an die Oberfläche kam. Und schon waren die anderen Boote wie ein Schwarm von Steinschmätzern zur Stelle, und die Dämonen töteten die

Tiere mit ihren Harpunen und banden ihre Boote zusammen und zogen die Tiere zum Ufer, wo die anderen Skraelinger warteten. Einige Grönländer beneideten sie sehr um diese Jagdkünste, denn von einem Wal konnten viele Leute viele Tage lang essen, doch diese Art des Jagens liegt nicht in der Natur der Menschen, und Wale werden den Christen nur durch die Gnade Gottes geschenkt.

Dieser letzte Punkt war manchmal das Thema großer Streitgespräche unter den Leuten am Hvalseyfjord gewesen, denn man war verschiedener Meinung darüber, ob Walfleisch, das man von den Skraelingern gehandelt hatte, bekömmlich sei, ohne daß man es segnete oder sogar nachdem man es gesegnet hatte. Manchmal wurde den Leuten übel davon und manchmal nicht. Sira Pall Hallvardsson hatte in seiner Schule bei den Flamen darüber nichts gelernt, und es überraschte die Leute sehr, daß solch eine wichtige Frage von den gelehrten Männern nicht behandelt worden war. Jedenfalls war es so, daß die Bauern am Hvalseyfjord immer etwas Walfleisch aufbewahrten, das sie von den Skraelingern getauscht hatten, und dieses Fleisch gab am Ende des Winters den Ausschlag über Leben und Tod.

Noch vieles andere im Leben am Hvalseyfjord unterschied sich von den Gebräuchen in Vatna Hverfi. Die Leute benutzten viel häufiger Boote als Pferde, und wirklich gab es auch nur ein Pferd im Bezirk, doch jeder Hof hatte zwei Boote oder mehr, und es wurde viel darüber geredet, auf welche Weise man diese Boote am besten wasserdicht und seetüchtig halten konnte. Die Männer brüsteten sich mit ihren Booten genauso, wie es die Männer im Bezirk Vatna Hverfi mit ihren Pferden taten. Die Hvalseyfjorder waren es auch gewohnt, sich auf große Mengen Fisch aus dem Fjord zu verlassen, und es gab Zeiten, in denen die Leute im Bezirk nur noch Fisch aßen, Tag für Tag, zum Morgen- wie zum Abendfleisch. Gunnhild Gunnarsdottir zum Beispiel hielt davon nur wenig und war oft unzufrieden. Die Hvalseyfjorder ihrerseits überraschte es sehr, wieviel Schafsmilch Birgitta ihren Kindern zu trinken gab, und prophezeiten, daß Kinder, die man so ernährte, bald an einem Überschuß von Blut leiden würden.

Auch wuchsen in der Umgebung der Höfe nicht so viele gute

Kräuter, denn die Hänge oberhalb der Höfe waren steil und felsig, und der Landstreifen neben dem Wasser war schmal. Oft lagen Morgennebel auf den Gipfeln, und die Winde, die diese Nebel fortbliesen, waren scharf und kalt, wenn sie aus dem Westen vom Ozean kamen. Aus diesem Grund hatten die Häuser kleinere Räume und waren insgesamt auch kleiner, denn die Leute mußten mit ihren Booten hinausfahren, um Soden zu schneiden, und die Soden mußten dick um die Steinwände geschichtet werden, denn der Wind konnte besonders im späten Winter, wenn die Leute hungrig waren, die kleinsten Ritzen ausfindig machen und Frost ins Haus bringen.

Die Hvalseyfjorder waren geschickte Bauleute, befand Gunnar, und wenn sie gerade nicht an ihren Booten herumbastelten, dann kletterten sie auf ihren Häusern und den Nebengebäuden herum und reparierten dieses oder erneuerten jenes. Aus diesem Grunde hatte auch Hvalseyfjord eine so große Kirche, die neueste und schönste in Grönland. Die Erbauer hatten etwas Ungewöhnliches getan. Sie hatten die Schalen von Muscheln zerrieben und mit Wasser vermischt und diese Masse in die Ritzen zwischen den Steinen gefüllt, so daß die Wände innen sehr glatt waren und man sie nicht mit Wandbehängen bedecken mußte. Auch hatten sie in die Ostwand ein Bogenfenster eingebaut, wie es nicht einmal die Kathedrale in Gardar besaß, und vom Fest des St. Eskil bis zum Fest des St. Thomas ging die Morgensonne in diesem Fenster auf und erfüllte die Kirche mit blendendem Licht. Birgitta freute sich sehr über diese Kirche und über Sira Pall Hallvardsson, der jetzt schon viele Jahre dort lebte, und da Lavranshof gleich am anderen Ufer gegenüber der Kirche lag, verbrachte sie nicht wenig Zeit dort, und bald übernahm sie die Aufgabe, die Ordnung der Kircheneinrichtung zu beaufsichtigen und Sira Pall Hallvardssons Haushalt zu führen.

Lavrans' Haus hatte vierzehn Räume, wenn man die zwei teilweise offenen Schafställe und die drei Lagerräume dazuzählte. Sie waren alle miteinander verbunden und erreichbar, ohne daß man ins Freie gehen mußte. Außerdem hatte das Gesinde seine Bettnischen im Haus, so daß zwölf Leute im Hause schliefen, und solche Beengtheit war für die Vatna Hverfier ungewohnt, selbst für

Birgitta, die inzwischen an eine geräumigere Umgebung gewöhnt war. Dazu kam das andauernde Blöken der Schafe, nachdem man sie für den Winter hereingeholt hatte, und der Geruch der lagernden Vorräte, des Aborts, der sich ebenfalls innerhalb der Mauern befand, und der Schafe selbst. Lavranshof hatte kein Badehaus, und die Leute aus dem ganzen Bezirk pflegten das Badehaus bei der Kirche zu benutzen.

Eines Tages, als draußen ein Sturm wütete, kam Olaf von der Arbeit herein, und er war sehr übelgelaunt und sagte: »Die Bauern vom Hvalseyfjord sind armselige Leute, sie besitzen zwar gutes Land und viele Tiere, doch sie gehen bei jedem Wetter hinaus, und es ist ihnen egal, ob sie draußen schlafen oder drinnen. Gerade eben hab ich Orm Guttormsson mit seinem großen Boot draußen im Fjord gesehen, und mir schien es, als würde er sich den Tod holen.«

»Ich habe Orm sehr gern«, sagte Birgitta, »und ich bin froh, daß ich ihn wieder zum Nachbarn habe.« Und sie legte ihre Hand auf Lavrans' Hand, die auf den Brettern des Tisches ruhte.

»Trotzdem«, sagte Olaf, »in diesen Hvalseyfjordhöfen treten sich die Leute dauernd auf die Füße, und es gibt kaum genügend Platz für den Ellbogen, wenn man den Löffel heben will.«

»Mir scheint«, sagte Birgitta. »daß du ständig vor Klagen überfließt«, und ihre Augen blitzten ihn an, und Lavrans wußte, daß sie bald anfangen würden zu streiten, und er machte es sich auf seinem Schemel bequem und erzählte eine Geschichte.

Es war einmal ein Mann, sagte Lavrans, dessen Name war Thorbjorn, und er lebte mit seinen Leuten im ältesten Haus des Bezirks, einem Haus, das von einem seiner Vorväter viele Jahre zuvor gebaut worden war, als die ersten Siedler zum Hvalseyfjord kamen. Es war ein langgestrecktes Haus, so wie man es in Norwegen und in Island baute, mit vielen wetterfesten Nebengebäuden rundherum, und Thorbjorns Vorfahre hatte viele Balken von den Gestaden Marklands herbeigeschafft, denn in jenen Tagen waren die Männer tüchtige Seefahrer und dachten sich gar nichts dabei, für ein oder zwei Ladungen Holz nach Markland zu fahren. Diese Balken wurden zu Brettern und Türpfosten zugeschnitten, an den Häusern angebracht und mit herrlichen Schnitzereien versehen, und die Leute bewunderten sie sehr und kamen aus anderen Bezirken herbei, um sich diese Holzarbeiten anzuschauen. Der Schnitzer war übrigens ein Norweger, den man Bjarni den Ostler nannte, und er ging nach seinem Aufenthalt in Grönland in seine Heimat zurück und machte sich dort als Holzschnitzer einen Namen. So kam es, daß dieser Hof in Hvalseyfjord in jeder Hinsicht genauso aussah wie die Höfe der großen Herren in Norwegen, mit einem Außen- und einem Innenhof und getrennten Gebäuden für jede Tätigkeit, nur waren die Mauern aus grönländischem Stein gebaut und die Außenwände mit Holz verkleidet. Dieser Vorfahre wollte von Soden nichts wissen.

Nun bemühten sich die Leute auf diesem Hof, ganz so zu leben, wie man in Norwegen lebte, mit Wandbehängen und vielen Stühlen, und das Vieh war überall auf dem Land verstreut, und so lebten sie zwei Generationen lang in viel größerer Pracht als alle übrigen Hvalseyfjorder. Beide Generationen hatten viele Seefahrer, und diese Männer brachten am Ende jeder Reise große Mengen an Gütern mit. Sie kämpften in vielen Kriegen, besonders in jenen zwischen den Königen und den Adeligen Norwegens, und sie empfingen reiche Belohnungen, und ihre Frauen wiegten die Kinder in Wiegen, die mit Gold und Silber verziert waren, und wickelten sie in farbenprächtige Seide. Sie segelten oft genug nach Markland, um ausreichend Marder- und Schwarzbärfelle für den Handel zu beschaffen, und natürlich stapelten sich immer große Holzbalken im Vorhof; so viel Holz war es, daß die Leute sich gar nichts dabei dachten, es im Winter zu verbrennen, um die Kälte zu vertreiben.

Recht bald schon wurden am Hvalseyfjord weitere Häuser gebaut, denn andere Bezirke füllten sich langsam, vor allem Vatna Hverfi. Diese neuen Bauern waren jedoch nicht so reich wie Thorbjorns Familie, und sie bauten bescheidener mit Stein und Soden, und alle Gebäude wurden miteinander verbunden, denn Schafe an der Nordseite und Kühe an der Südseite sind wie das schwache Glühen einer Waltranlampe – man nimmt erst, wenn sie nicht mehr da sind, wahr, daß das Haus dunkler als dunkel und kälter als kalt ist.

So kam es, daß diese Leute, die Thorbjorns Verwandte waren,

immer stolzer wurden, denn man hielt sie sogar in Norwegen für bedeutende Männer, und sie waren die ersten Grönländer, denen soviel Ehre zuteil wurde. Einer der Könige (hier schüttelte Lavrans den Kopf, denn er konnte sich an den Namen dieses Königs nicht erinnern) machte einen dieser Männer zu einem Lord am norwegischen Hof. Graf Skeggi sollte er genannt werden, doch der König fiel im Kampf, und Skeggi blieb Skeggi der Grönländer. In jenem Jahr, als Skeggi beinahe ein Graf geworden wäre, war Thorbjorn etwa fünfzehn Winter alt, und er war der Stolzeste in der ganzen Familie, obwohl er ein schwächlicher Bursche war und das kriegerische Leben seinen Onkeln und Brüdern überließ. Thorbjorn blieb in Grönland und verwaltete den Hof, und es hieß, er sei darin sehr geschickt.

In einem Herbst verließen zwei Schiffe Norwegen, mit allen seinen Brüdern und Onkeln an Bord, und man hoffte, zu Beginn des Winters in Grönland anzukommen, aber kurz gesagt war die Geschichte so, daß beide Schiffe verlorengingen, eines am Kap Farvel, und das andere verschwand weiß Gott wo. So kam es, daß von allen Männern seiner Familie, also von acht starken Männern und Thorbjorn, als einziger Thorbjorn übrig blieb.

Die Familie grämte sich natürlich sehr, doch Thorbjorn achtete darauf, daß das viele Vieh gut versorgt wurde, und die Frauen kümmerten sich weiter um den Haushalt, und so hielten sie sich für recht glücklich, denn der Hof war so reich, und es gab einen solchen Überfluß an Gütern, daß es jedem so vorkam, das Leben auf dem Hof könnte ewig so weitergehen wie bisher. Doch natürlich ging es nur zwei Winter lang so weiter wie bisher, und am Ende des zweiten Winters begannen die Knechte, die Schnitzereien herunterzureißen und ins Feuer zu werfen, denn die Menschen verabscheuen es zu frieren, wenn sie hungrig sind, und fast alle Kühe und Schafe waren schon geschlachtet, bis auf jene, die Thorbjorn für die Zucht verwenden wollte. Diese Menschen hatten niemals zuvor gehungert, und wenn es etwas zu essen gab, waren sie der Meinung, man sollte lieber alles aufessen und einen vollen Bauch haben, gerade so als könnte ein voller Bauch länger warten, bevor er wieder etwas zu essen verlangt, und so kam es, daß Thorbjorns Leute, obwohl sie dick und rosig waren, ständig über Hunger klagten und ihn baten, noch ein Schaf oder eine Kuh zu schlachten, denn irgend etwas mußte ja geschehen, damit die Kuh oder das Schaf ersetzt würde. Thorbjorn selbst war auch davon überzeugt, und er hielt immer noch Ausschau nach dem verschwundenen Schiff, das seinen Onkeln und Brüdern zum Verhängnis geworden war. Oft sprach er davon, was auf diesem Schiff alles sein würde und daß seine Leute gerettet wären, wenn es käme. Aber in jenem Sommer nach dem zweiten Winter kam es immer noch nicht, und im Herbst mußte man alles Gesinde wegschicken, und Thorbjorn kümmerte sich fortan selbst um die Tiere.

Zu Beginn dieses dritten Winters waren die geschnitzten Hölzer von sämtlichen Nebengebäuden aufgebraucht, und Thorbjorn riß jetzt das Holz vom Haupthaus herunter, und das reichte für ein paar Wochen, obwohl die Feuer immer kleiner wurden. Danach riß er die Verzierungen im Wohnhaus herunter und verbrannte sie, und die reichten ungefähr eine Woche. Dann warf er die Stühle ins Feuer, die geschnitzten Stühle mit ihren Armlehnen in der Form von Löwen- und Hundeköpfen und den Füßen in der Form von Klauen. Bei einem Stuhl pro Tag reichten die Stühle zwanzig Tage. Zu Jul fing Thorbjorn an, die Bettnischen zu zerhacken und das Holz ins Feuer zu werfen, und es gab davon so viele, daß Thorbjorn sicher war, sie würden bis zum Frühjahr und bis zur Rückkehr des zweiten Schiffes ausreichen. Die goldverzierten Wiegen kamen ins Feuer und Bänke und Fässer – Thorbjorns Leute trieben ihn wie wild und besessen an, denn es war ihnen niemals warm genug, und sie redeten nur darüber, wie warm ihnen früher gewesen sei. Die Wandbehänge kamen ins Feuer, die Eßbretter und endlich auch alle Bettnischen, und es war immer noch nicht Frühling, und es war keine Wärme in der Luft, und die frischen Winde vom Hvalseyfjord bliesen in jeden Spalt und jede Ritze, und die Leute wurden beinahe verrückt vor Kälte.

Nun hatte Thorbjorn noch immer zwei Kühe und einen Bullen, und eines Tages ging er hinaus in den Stall, um sie zu füttern. Es waren ungefähr zwanzig Schritt vom Haus zum Kuhstall, und als Thorbjorn dorthin ging, kam plötzlich ein großer Sturm auf, wie es in Hvalseyfjord häufig geschieht, und mitten in diesem Sturm sah

Thorbjorn einen Mann neben dem Kuhstall stehen, der einen schönen Umhang aus markländischem Marderfell trug. Der Mann kam zu ihm und sprach ihn an, und seine Worte waren leicht zu verstehen, selbst im Getöse des Sturms, und der Mann sagte: »Thorbjorn, du brauchst ein kleines Haus, das mit Soden bedeckt ist. Ich habe eines, darf ich es dir geben?« Und Thorbjorn sagte: »Nein, eine große Halle ist sehr schön anzusehen.«

Und da sagte der Mann: »Thorbjorn, ich habe ein paar Schafsfüße hier in meinem Beutel. Du könntest sie sieden und essen.« Und Thorbjorn sagte: »Ich bin zwar hungrig, aber ich habe mir noch nie etwas aus Schafsfüßen gemacht. Das ist Armeleutekost.«

Und der Mann sagte: »Hier in meinem Beutel habe ich auch diese kleine Lampe. Du könntest etwas Seehundtran hineingeben und hättest Licht und Wärme.«

»Nein«, sagte Thorbjorn. »Der Geruch von Seehundtran steigt mir in die Nase.«

Da lachte der Mann und sagte: »Thorbjorn, deine Nachbarn wollten dir in deiner Not gern helfen.« Und Thorbjorn sagte: »Sie sind von niedrigem Stand, diese Nachbarn, und keinen von ihnen hat der König von Norwegen zu einem Grafen gemacht. Es ist an uns, ihnen zu helfen, nicht an ihnen, uns zu helfen.« Und darauf schlug dieser Mann, welcher der Teufel in Person war, seinen großen schwarzen Umhang auf und sagte: »Mein Thorbjorn, das Licht deines Stolzes war mir wie ein Leuchtfeuer in der Dunkelheit, und ich bin gekommen, um dich mitzunehmen. Du kannst jetzt mit mir gehen. Deine Familie, das kann ich dir versichern, wird in Kürze nachkommen, einer nach dem anderen.« Und dann war es aus mit Thorbjorn.

Da lachten alle, die sich versammelt hatten, um Lavrans' Geschichte zu hören, und Lavrans selbst lachte auch, und Birgitta sagte: »Wirklich, mein Vater, am Hvalseyfjord hat es niemals eine solche gräfliche Familie gegeben wie diese.« Lavrans grinste und hob die kleine Helga auf seinen Schoß. Doch Olaf wurde durch diese Geschichte auch nicht zufriedener, und er grollte den ganzen Winter über.

Gunnar machte es sich zur Gewohnheit, an mondhellen Winterabenden auf Skiern oder Kufen den Fjord zu überqueren und den

Abend im Gespräch mit Sira Pall Hallvardsson zu verbringen. Und an einem dieser Abende war es, daß Gunnar den Priester fragte, an welche Gebräuche der Europäer er sich erinnere, denn nun, da er nicht mehr auf Gunnarshof war, verspürte er neue Sehnsucht, sich einzuschiffen, wie es sein Vater getan hatte, als er nach Norwegen und zu den Orkney-Inseln und nach Island gefahren und mit Helga Ingvadottir, Gunnars Mutter, zurückgekehrt war.

Da lachte Sira Pall Hallvardsson herzlich, und als Gunnar ihn fragte, warum er denn lache, da sagte er, daß er während der vielen Winter in Grönland niemals dazu verleitet worden sei, sich an seine Jugend und an seine Erziehung zu erinnern, denn kein einziger Grönländer habe ihn je zuvor darüber befragt.

»Es ist wahr«, sagte Gunnar, »daß wir Grönländer darin den meisten anderen Menschen gleichen, wir denken, daß alles Wichtige sich in Grönland abspielt. Und die Männer vom Hvalseyfjord sind genauso. Für sie sind die Streitigkeiten in Vatna Hverfi nebensächlich, kaum wert, ein Wort darüber zu verlieren, obwohl Vatna Hverfi ein größerer Bezirk mit größeren Höfen und reicheren Leuten ist.«

Sira Pall Hallvardsson sagte: »Und die Leute aus Vatna Hverfi sind der Meinung, daß Eriksfjord in den letzten Jahren viel von seiner Bedeutung verloren hat.« Jetzt lachten beide, Gunnar und der Priester. Gunnar sagte: »Als wir in den Süden fuhren, zu Kollbein Sigurdssons Schwimmwettbewerb bei den heißen Quellen, da waren die Bauern aus dem Süden ein wenig verblüfft über uns und unsere Sorgen und hielten Kollbein für einen merkwürdigen und unbedeutenden Mann, obwohl er der Ombudsmann des Königs war. Mir scheint, daß die Leute einen beschränkteren Blick haben als früher, zu Lebzeiten meines Großvaters Gunnar Asgeirsson. Auch mein Vater war noch sehr begierig auf Nachrichten von fernen Orten.«

Da wurde Pall Hallvardsson ernst und nickte und sagte, daß alle Dinge schlechter seien, als sie gewesen wären, und daß Autoritäten der Kirche den Abstieg der Menschheit aus einem Zustand der Gnade nachgewiesen hätten. Gunnar sagte: »Meine Frau und ihr Vater sagen, daß sogar das Wetter schlechter sei und jedes Jahr schlechter würde, obwohl Finn behauptet, daß es Seehunde und

Vögel und anderes Wild in solchen Mengen gebe, wie er sie nie zuvor gesehen habe. Ich weiß nur das eine, daß ein Mann, der sich einschiffen und fortsegeln wollte, auf der Suche nach Reichtum und Abenteuer, in früheren Jahren vielleicht nur ein Jahr warten mußte, und nun mag er die Geburt vieler Kinder sehen, bevor er auch nur ein einziges Schiff zu Gesicht bekommt.«

Einige Zeit danach begann Sira Pall Hallvardsson von seiner Schulzeit zu sprechen, denn an das, was vor seiner Schulzeit lag, konnte er sich nicht erinnern, doch es hieß, daß seine Mutter die Tochter eines flämischen Tuchfärbers gewesen sei und sein Vater ein Isländer, Mitbesitzer eines kleinen Schiffes, der Grönland als junger Mann besucht habe, noch vor Bischof Arnis Tod. Doch diese Leute, Pall Hallvardssons Vater und Mutter und auch deren Eltern und Bruder, waren alle während des Schwarzen Todes gestorben, wie viele der Einwohner von Tournai, wo sie gelebt hatten. Doch Pall Hallvardsson war zu den Augustinern von Drongen gebracht worden, und dieses ganze Kloster war dank Beten und Fasten wundersam verschont worden, und kein Mönch oder Knecht oder Schulkind war während der ganzen Zeit der ersten Heimsuchung durch den Schwarzen Tod gestorben.

»Flandern«, erklärte Pall Hallvardsson, »ist ein Ort, den ein Grönländer sich kaum vorstellen kann, nicht einmal jemand wie ich, dessen Auge sich an die Öde des westlichen Ozeans gewöhnt hat. In Flandern hat kein Mensch je darauf gewartet, daß Leute ihn besuchten, und niemand hielt vor seiner Tür Ausschau nach ihnen und blinzelte in den Wind und machte aus jedem Schatten den ersehnten Gast, sondern jeder war so belagert von Leuten, daß man sich eher wünschte, allein gelassen zu werden, damit man in Ruhe seinen Gedanken nachgehen könnte. Und all diese Menschen wurden tagtäglich viele Male von Wünschen und Sehnsüchten erfaßt, denn gerade dieser Handel, den sie miteinander trieben, versetzte sie in einen Taumel widersprüchlicher Vorstellungen. Alle rannten sie, so schnell sie konnten, umher, und dazu redeten sie auch noch schnell. Nun, diese Dinge sind für mich sehr fremdartig, wenn ich jetzt daran denke, aber als ich ein Junge war, da schienen sie mir ganz normal. Oft habe ich die Langeweile von Drongen beklagt. Wie ich mich danach sehnte, daß der Kellermeister des Klosters mich mitnahm, wenn er, um Geschäfte zu machen, nach Gent fuhr, das nicht weit entfernt war.«

Gunnar fragte: »War dieses Gent denn ein anderes, noch größeres Kloster?«

Pall Hallvardsson riß die Augen weit auf und fuhr sich mit der Hand über den Kopf. Schließlich sagte er: »Nein, wahrlich nicht. Gent ist eine solche Ansammlung von Menschen und Gebäuden und Tieren und Maschinen und Lärm und Gerüchen und Eindrükken und Farben, daß es in einem Augenblick die Hölle sein kann und im nächsten der Himmel.« Dann dachte er einen Moment lang darüber nach und fügte hinzu: »Oder die Hölle für den einen und der Himmel für den anderen. Denn auf der Straße liegen Menschen, die weder Arme noch Beine haben, sondern nur eine Stimme, mit der sie die Vorübergehenden um Almosen anbetteln, und Kinder erheben ihre Gesichter zu dir, wenn du vorbeigehst, und sie sind Aussätzige ohne Nasen und mit großen Wunden, die sich in ihr Fleisch fressen, und viele dieser Leute haben kein Zuhause, sondern sie lehnen sich nur an irgendein Stückchen Wand, Tag und Nacht, sommers und winters, bis sie nicht mehr da sind, bis sie gestorben sind und man sie in Massengräber geworfen hat, denn diese Städte bringen auch Totenstädte hervor.«

Gunnar fragte: »Aber es gibt auch den Himmel?«

»Auf eine Art, ja. Es gibt Häuser, in denen reiche Leute Besitztümer von solcher Anmut und Formschönheit zusammengetragen haben, daß das Auge sie mehr verschlingt als betrachtet. In manchen Gärten, wo blühende Bäume und ein Teppich von Blumen die Luft mit ihrem Duft erfüllen, stehen viele Statuen, und Springbrunnen sprühen feinen Nebel in den Himmel, und inmitten von all dem erhebt sich ein Haus dreißig Ellen in die Höhe, mit Türmen und Wendeltreppen und wehenden Bannern, und das Sonnenlicht wird von einem Sternenmeer erleuchteter Fenster zurückgeworfen. So etwas könnte man Himmel nennen, oder Paradies, obwohl die Menschen, die in diesen Häusern leben, wie alle Menschen durch die Sünde Adams Gefallene sind.«

Da überlegte Gunnar kurz und fragte: »Wenn du als Kind morgens hinausgeschaut hast, was hast du dann gesehen?«

Sira Pall Hallvardsson machte die Augen zu. »Weder Berge noch

Meere, weder Schafe noch Trockengestelle für Fisch, sondern immer dies, einen kleinen Fleck Grün zwischen dem Wohnheim und der Kirche, ein hübsches Muster von Kräutern und Gemüsen, in Form eines Kreuzes mit vier gleich langen Armen, angepflanzt in einem Kreis, der sich selbst wiederum in einem Viereck befand, und dahinter, vor der Kirchenmauer, eine Reihe von sehr alten Aprikosenbäumen. An diesem Garten entlang lief ein fein gepflasterter Pfad, und auf diesem Pfad sah ich, ganz gleich, wie früh ich auch immer hinausschaute, Mönche in ihren Kutten oder Knechte, die zwischen Wohnheim und Küchengebäude und Kirche und Pfarramt hin und her liefen, und wenn die Steine auf diesem Pfad nicht flach und glatt und sauber waren, dann hieß es, daß der Pfad zum Himmel genauso voller Schlingen sei und von Sünde überwuchert, es sei denn, alle übten sich in der höchsten Wachsamkeit, und so gingen die kleinen Jungen hinaus und zupften das Gras und das Moos aus, das zwischen den Steinen wuchs, und fegten die Steine sorgfältig mit Rutenbüscheln. Das ist etwas, an das ich mich deutlich erinnere.«

»Wo weideten denn die Schafe? Ließ man sie niemals auf das Hoffeld?«

Pall Hallvardsson lächelte. »Ich war ein erwachsener Mann und weit entfernt von jenem Ort, als ich zum erstenmal ein Schaf sah, obwohl die Mönche zwei Kühe hielten und ein paar Hühner und Gänse wegen der Eier. Gegenüber der Kirche stand ein kleines Hospiz für alte Menschen, und dahinter lag eine Reihe von Häusern. Vor der Kirche war eine Straße mit Kopfsteinpflaster, an deren anderer Seite entlang noch eine Häuserreihe verlief, also, verstehst du, Schafe hätten weit und breit kaum einen einzigen Grashalm gefunden. Und wenn ich nach oben blickte, dann sah ich Türme und keine Berge, denn die Erde war so flach wie die Oberfläche des Fjordes zu Mittsommer, und so war sie in alle Himmelsrichtungen, so weit ein Mensch sehen konnte.«

Manchmal erzählte Gunnar Olaf von diesen Wunderdingen, wenn sie die Steinzäune ausbesserten, oder Birgitta, wenn sie mit dem kleinen Kollgrim zwischen sich in der Bettnische lagen. Doch Olaf brummelte nur über die Neuigkeit, daß Pall Hallvardsson niemals ein Schaf gesehen hätte, bevor er ein erwachsener Mann war, und sagte: »So bewegt er sich auch zwischen seinen Schafen, als würde er es lieber nicht tun, wie ein Mann, der an einem Frühlingsmorgen in einen kalten Teich steigt.« Birgitta hörte genauer zu, doch dann stellte sie Gunnar Fragen, die er nicht beantworten konnte, wie etwa, wo waren die Mütter der Kinder, die keine Nasen mehr hatten, oder was taten die Leute in diesen Reihen von Häusern oder wie bekamen die Kinder, wenn alles so eng war, genügend Luft und Sonne, die sie zum Wachsen brauchten? Und hielt jede Familie eine Kuh, wo es doch keine Weide gab, und was aßen die Leute an so einem Ort? Ein paar Rüben, etwas Brot, Hafer mit Wasser gekocht, Grünzeug, Wein und Bier, sagte Gunnar nach seinem nächsten Gespräch mit Sira Pall Hallvardsson, und Birgitta antwortete, sie habe nie zuvor von solchen Dingen gehört und sie bedauere die Menschen, wenn das alles stimmte, denn Hunger und Entbehrungen seien zwar im Winter das Los der Grönländer und aller nordischen Völker, doch am Ende des Hungers, wenn ein Schneehuhn am Spieß briet oder Rentierfleisch in einem Eintopf schmorte, dann waren die aufsteigenden Düfte allein schon fast nahrhaft genug, um den Bauch zu füllen, und wie könnte ein bißchen Hafer mit Wasser dasselbe ausrichten? Von da an fragte Birgitta immer, wenn Helga sich über das Walfleisch beklagte und den Fisch, der mit Milch zu einer Art Suppe verkocht war, ob sie lieber mit Wasser gekochten Hafer essen würde, wie die Kühe und die Leute im Osten, oder ein bißchen grünes Gras, denn laut Sira Pall Hallvardsson war auch das ihr täglich Fleisch. So kam es, daß Helga fortan ohne zu klagen aß.

Einen Tag vor Jul kam ein Mann aus Gardar mit Grüßen von Sira Jon und einem fein geschnitzten Wasserkrug aus Speckstein, der Arbeit eines Knechtes in Gardar. Es gab auch noch andere Nachrichten aus dem Süden, denn dem Skraelinger Kissabi sei es gelungen, Ragnvald Einarsson in seinem neuen Haus am Hrafnsfjord zu töten, nachdem er ihn mit einem Dämonenzauber behext habe, so daß Ragnvald vor Angst umgefallen sei. Dann habe der Skraelinger aus geringer Entfernung einen Pfeil auf ihn abgeschossen, und dieser Pfeil habe sich in Ragnvalds Kehle gebohrt, und auch Ragnvalds Leute seien durch den Zauber in einen solchen Zustand versetzt worden, daß sie sich nicht verteidigen konnten und es zugelassen hätten, daß Kissabi habe ins Haus kommen und auch die Tochter Gudny töten können sowie ihren kleinen Sohn an ihrer Brust. Und dann hätte dieser Teufel Ragnvalds Arm abgetrennt und ihn hoch über seinen Kopf gehalten und einen Fluch in der Skraelingersprache ausgestoßen, und die Leute hätten nicht gewußt, was sie tun sollten, und hätten ihn entkommen lassen. Leute, die mit den Skraelingern handelten, sagten, daß er sich bereits in den östlichen Einöden befinde, wo er in den Horden seiner Sippe untergetaucht sei, und daß man ihn wahrscheinlich nie wieder zu Gesicht bekommen würde. Als Gunnar das hörte, sagte er nur, es überrasche ihn, daß ein angesehener Mann wie Ragnvald so tief gesunken sei und sich als so feige entpuppt habe. Lavrans handelte weiterhin mit dem Skraelinger, mit dem er immer gehandelt hatte, und auch Finn verkehrte mit den Dämonen wie bisher, doch das Julfest wurde nicht mit besonders großer Freude gefeiert, weder auf dem Hof noch in der St. Birgitta-Kirche oder irgendwo sonst in Hvalseyfjord.

Und dann gab es noch eine andere Neuigkeit, daß nämlich Isleif Isleifsson aus Brattahlid zu Sira Jon gekommen war und ihm im Vertrauen berichtet hatte, daß Margret Asgeirsdottir auf ihrem kleinen Hof wahnsinnig geworden sei. Doch Gunnar wollte nichts weiter davon hören und verbot Pall Hallvardsson, ihm die Geschichte zu erzählen, und er ging zur Haustür hinaus. Birgitta nahm gerade Kollgrim von der Brust. Sie setzte ihn sich aufs Knie und schaute zur Decke hinauf und sagte: »Wo ist mein Kollgrim? Wo ist mein Sohn Kollgrim?« Dann schaute sie hinter sich und sagte wieder: »Wo ist mein kleiner Kollgrim?« Gunnhild und Helga lugten aus der Bettnische hervor, wo sie es warm hatten, und sie fingen an zu lachen, und Birgitta schaute über die andere Schulter und sagte noch lauter: »Wo ist mein Kleiner? Oh, Kollgrim, wo bist du?« Und da gelang es dem Kleinen, hinauf zu ihrem Gesicht zu krabbeln, sie am Kinn zu packen und ihren Blick auf sich zu ziehen. »Ah! Mein Kollgrim! Da bist du ja! Warum läufst du einfach weg, daß deine Mutter dich nicht sehen kann?« Jetzt hüpften Gunnhild und Helga und lachten, und Lavrans und der Priester lachten auch, und Sira Pall Hallvardsson beugte sich vor und schaute Kollgrim ins Gesicht, so daß Kollgrim ganz große Augen machte und zurückstarrte, und dann kniff er dem Priester in die Nase.

Doch als es dämmerte und Sira Pall Hallvardsson aufstand, um zu gehen, da legte Birgitta Kollgrim zu seinen Schwestern in die Bettnische und folgte dem Priester nach draußen in den Schnee, und sie sagte, daß sie hoffe, Margret sei nicht vom Wahnsinn heimgesucht oder in ihrem Leiden alleingelassen, denn es heiße, die Teufel wählten sich die Einsamen aus und führen in sie hinein und nähmen ihre Seelen in Besitz, und das sei etwas, wovor sich Menschen, die weit weg von allen anderen lebten, ganz besonders fürchten müßten.

Sira Pall Hallvardsson befestigte wortlos die Riemen seiner Skier. Dann richtete er sich auf und schaute zu ihr herab, nahm einen Stock in jede Hand und fragte, was die Gunnarshofleute von Margret gehört hätten, seit sie fortgegangen sei, und Birgitta sagte, daß ihr nichts zu Ohren gekommen sei. Hätte Birgitta zufällig vom Hungertod des Jungen Jonas Skulason gehört? Birgitta antwortete, sie habe es nicht gehört, auch habe sie nicht gewußt, auf welchen Namen man den Jungen getauft hätte, ja nicht einmal, ob es ein Junge oder ein Mädchen gewesen sei. Sira Pall Hallvardsson ließ den Blick über das Eis zur Kirche hinüber schweifen und dann wieder zu Birgitta zurück und sagte: »Was ich Gunnar Asgeirsson erzählt habe, hat eine Magd mitgehört, und es wurde zwei oder drei Leuten weitererzählt, bevor es mich durch meinen Besucher aus Gardar erreichte, und so hat der Kelch viele Sprünge, und die Wahrheit ist schon fast ganz herausgelaufen, bevor wir daraus getrunken haben. Isleif Isleifsson lebt in Brattahlid bei seiner Mutter Marta, der Schwester von Osmund, dem Gesetzessprecher. Die Familie ist wohlhabend. Es heißt, Margret Asgeirsdottir verbringt den Winter bei diesen Leuten.« Dann fuhr er auf seinen Skiern davon, und Birgitta kehrte ins Haus zurück. Gunnar kam herein, nachdem das Abendfleisch abgeräumt war und die Leute schon zu Bett gegangen waren.

Birgitta lag mit geschlossenen Augen da und hatte sich und Kollgrim fest in ihren Umhang gewickelt. In der Bettnische daneben lag Thora, die Magd, mit den kleinen Mädchen, denn der Frost war in diesen letzten Nächten seit Jul besonders stark gewesen. Gunnar stapelte Soden auf dem Boden vor der Tür, damit es nicht hereinzog, und erneuerte den Seehundtran in der Lampe, die immer die ganze Nacht hindurch brannte, und dann schlüpfte er unter das Eisbärfell. Einen Moment später fragte er: »Wo ist sie?« Birgitta antwortete: »Bei Marta, der Schwester von Osmund Thordarson.« Und das war alles, was zwischen ihnen darüber geredet wurde.

In diesem Jahr packten Margret Asgeirsdottir und Asta Thorbergsdottir zu Jul ihre Sachen und begaben sich nach Brattahlid, wo sie für Marta Thordardottir arbeiteten. Margret sollte ihr ein großes Stück von feinem vierfädigem Wadmal weben und es dann mit einem breiten Band von Brettchenweberei verzieren, wie sie es bei Kristin vom Siglufjord gelernt hatte. Man kam überein, daß Margret nach der St. Hallvards-Messe mit Asta nach Steinstraumhof zurückkehren und zwanzig Brattahlidschafe zum Weiden oberhalb des kleinen Hofes mitnehmen sollte. Im Herbst würde sie dann die Mutterschafe mit den Lämmern nach Brattahlid zurückführen und dort wieder mit Weben und Spinnen den Winter verbringen. Marta war mit dieser Regelung sehr zufrieden, denn, so sagte sie, jemand, der bei Kristin vom Siglufjord gelernt habe, müsse die Muster kennen, die Kristins Mutter als Kind noch in Jaemtland gelernt hätte, und sie erzählte von dieser Frau mit Namen Ashild, die ihre Künste am Brettchen und am Webstuhl sehr eifersüchtig gehütet und ihren Mägden niemals erlaubt hätte, ihr zuzuschauen, wie sie das Schiffchen warf oder die Kettfäden spannte. Und Marta redete soviel über diese Ashild, daß Margret sich überzeugen ließ und ihre Tage an dem großen Brattahlidwebstuhl zubrachte.

Aber sie redete wenig und hatte wenig Fleisch auf den Knochen, und selbst nachdem sie vom St. Andreasfest bis zum St. Stephansfest bei den Brattahlidern gewesen war, sah sie immer noch abgezehrt aus, und so war Isleif, ohne Marta Thordardottir zu fragen, vor Jul zu Sira Jon gegangen und hatte ihm berichtet, daß die Frau vor Traurigkeit wahnsinnig sei, doch daß Marta es nicht gewohnt sei, solche Dinge zu bemerken noch, wie die Leute im Bezirk sagten, die Ansichten ihres Sohnes Isleif besonders ernst zu nehmen. Da Osmund immer nur seiner Schwester Beachtung schenkte, hatte auch er keinen Sinn für die junge Frau, und es interessierte ihn nicht sehr, wo sie saß oder wohin sie starrte, sondern nur, daß sie nicht im Weg war. Und Isleif fragte Sira Jon, ob er als der Beichtvater der Frau etwas tun könne, um sie darin zu bestärken, daß sie Hilfe bei Gott suche.

Es war nicht Sira Jons Gewohnheit, Gardar im Winter zu verlassen, denn Gardar lag tief und war feucht und warm, und alle anderen Orte in Grönland lagen hoch und waren trocken und frostig. Und so sagte Sira Jon, es höre sich für ihn nicht so an, als mache die Frau diesen Leuten in Brattahlid irgendwelche Mühe, sondern sie sei eben ruhig und unabhängig, und Isleif bestätigte das, und Sira Jon erklärte, es sei das Beste, sie im Auge zu behalten und abzuwarten, ob die Gnade des Herrn im Laufe des Frühjahrs über sie kommen werde. Darauf erwiderte Isleif, daß sie sich möglicherweise vor dem Ende des Frühjahrs zu Tode hungern könnte, doch Sira Jon sagte, das könne nicht geschehen, denn Untersuchungen der Kirche zeigten, daß das Fleisch am Fleische festhalten müsse und nicht durch einen Akt des Willens zu Geist werden könne, und so könne sich der Körper nicht des Lebens entledigen, und die Frau müsse am Ende doch essen. Darauf erwiderte Isleif, daß sie vielleicht von einem Teufel besessen sein könnte, und Sira Jon befragte ihn nach ihrem Verhalten. Doch sie sprach nicht laut in fremden Zungen oder wandte ihre Augen vom Kreuze ab oder sprach ihre Gebete von hinten nach vorn, und so konnte sie nicht in dieser Weise besessen sein, obwohl Jon zugab, daß die Nachlässigkeit, die sie zeige, allerdings eine offene Türe für Dämonen wäre. Und auf jede Frage, die Isleif stellte, antwortete Sira Jon mit Bekundungen von Autoritäten, die über solche Dinge Bescheid wissen mußten, und so ging Sira Isleif nach Brattahlid zurück, ein wenig verwirrt in seinen Gedanken, doch beruhigt.

Und so geschah es, daß Sira Jon während der Fastenzeit sehr unruhig wurde, und er beklagte sich bitter über die Kälte des Winters, obwohl andere Grönländer fanden, daß dieser Winter weniger hart sei als andere, denn es taute im Januar, so daß die Schafe an ein wenig Futter herankamen, und dann gab es noch einmal tiefen Schnee, doch keine Eisstürme, wie sie jeder Bezirk in jedem Winter erlebt hatte, nicht nur einmal, sondern dreimal und mehr. Der Priester war mit jeder Nachricht unzufrieden, ob sie nun gut war, wie die Nachricht, daß es genügend Heu für den Winter geben und sogar etwas übrig bleiben werde, das man noch ärmeren Leuten abgeben könnte, oder schlecht, so wie die, daß zwei Kühe auf dem großen Teich von Gardar durch das Eis gebrochen und ertrunken waren. Er hielt immer nach Leuten aus Brattahlid Ausschau, und wenn welche kamen, dann fragte er sie nach der Verrückten, die bei Marta Thordardottir lebte, und manchmal hatten sie Neuigkeiten über sie und manchmal nicht. Für die Fastenzeit erlegte sich Sira Jon strenge Fasten- und Gebetsregeln auf, so daß er sehr dünn wurde und große Augen bekam, und Sira Audun mußte sich um die täglichen Haushaltsangelegenheiten kümmern, obwohl die Leute sagten, daß sich die Magd Anna Jonsdottir nach so vielen Jahren um alles kümmerte, um das man sich kümmern mußte. Sira Audun, so hieß es, arbeitete an der Komposition einer neuen Hymne oder vielleicht an irgendwelchen anderen Versen.

Zu Ostern brach Sira Jon sein Fasten und feierte die Auferstehung des Herrn gemeinsam mit Sira Pall Hallvardsson in Gardar. Es begab sich, daß Sira Pall nach dem Festmahl Sira Audun zuflüsterte, alle Leute müßten den Tisch verlassen und nur Sira Jon solle zurückbleiben, und nach einer Weile geschah es so. Als sie allein waren, setzte sich Sira Pall Hallvardsson nah zu dem anderen Priester und sagte: »Mein Bruder, erinnerst du dich daran, wie wir zusammen in dem großen Gardarboot zur Undir Hofdi-Kirche ruderten? Ich saß vorn am Bug und bewunderte die Kraft deines Schlages.«

»Junge Männer sind stolz auf ihre Kraft, so wie junge Mädchen stolz auf ihre Schönheit sind, doch alle Formen des Stolzes sind sündhaft. Es scheint mir, daß die Aufgabe älterer Männer, wie wir es jetzt sind, darin besteht, den Stolz ihrer Jugend zu bereuen.«

»Mir scheint, daß du auf Kosten deines eigenen Fleisches bereust.«

Jetzt drehte sich Sira Jon um und schaute Sira Pall zum erstenmal an, und Sira Pall sah einen Ausdruck von Furcht und Bitterkeit in seinem Gesicht. Sira Jon sagte: »Ist unser eigen Fleisch nicht das erste, über welches wir Reue empfinden müssen?«

»Trotzdem ist es in Grönland nicht möglich, ohne ein recht großes Fleischpolster zu leben. Es ist die Gnade des Herrn, daß Er Seinen Geschöpfen hier eine stattliche Schicht Fett gibt und eine angenehme, rundliche Gestalt. Also ist auch Er den Menschen dieses Ortes gnädig, denn sie sind beleibter als andere Menschen und auch robuster.«

Sira Jon schwieg eigensinnig.

Da sprach Sira Pall mit leiser, tröstender Stimme und sagte: »Mein Bruder, du bist gelehrter, als ich es bin, doch es scheint mir, daß der Herr zwei Dinge von den Menschen verlangt, und das eine ist Reue, Hingebung und Opfer, doch das andere ist kluges Haushalten mit den Gütern der Welt, zum Wohle Seiner Diener und deren Schützlinge. Aber der Herr verlangt nicht beides von einem einzigen Menschen. Statt dessen hat Er in Seiner Kirche für Franziskus und Augustinus Platz gemacht, und keiner sitzt am Fuße Seines Thrones vor dem anderen.«

Da blieb Sira Jon eine lange Zeit sitzen, zuerst starrte er Sira Pall an, und dann starrte er weg. Schließlich sagte er: »Wenn das Fleisch im Halse steckenbleibt, dann muß man es ausspucken, und wenn die Gebete im Inneren brennen, dann muß ihr Rauch nach oben steigen.«

Und Sira Pall sagte: »Willst du mir nicht sagen, was dich bedrückt?«

Und Sira Jon saß schweigend da und wollte nicht sprechen.

Bald nach Ostern brach das Eis im Eriksfjord wie immer im Laufe etwa eines Tages, und ein warmer Wind vom Gletscher trieb das Eis zur Öffnung des Fjordes und hinaus ins Meer. Und bald danach nahmen Sira Jon und drei Knechte aus Gardar das große Gardarboot, und sie fuhren nach Brattahlid und statteten Osmund Thordarson einen Besuch ab.

Sira Jon ging mit seinen Männern in das Bauernhaus, und der Tisch war für sie gedeckt, und mehrere Frauen brachten ihnen das Essen. Keine von ihnen war Margret Asgeirsdottir. Isleif, so sagte man ihm, besuche gerade seinen Bruder Ragnleif und lese dort Messen. Kein Wort fiel über die Verrückte. Nachdem sie gegessen hatten, brachte Marta Thordardottir den Priester zum Hochsitz und ließ ihn darauf Platz nehmen, und dann fing sie an, ihn in ihrer gebietenden Art darüber zu befragen, was es Neues in

Gardar und in den anderen Bezirken gebe. Und sein Wunsch, etwas über Margret Asgeirsdottir zu erfahren, war so groß, daß er gar nicht davon sprechen konnte. Sein Begehren, etwas von ihr zu wissen, empfand er unerklärlicherweise wie eine Sünde, und sogar als Marta selbst den Namen erwähnte und Sira Jon ein wunderschönes Stück Stoff zeigte, das Margret im Laufe des Winters gewebt und verziert hatte, brachte er es nicht über sich zu fragen, und Marta sagte auch nicht von sich aus, ob die Frau gestorben oder fortgegangen sei oder einfach nur im Moment nicht anwesend. Nach dem Abendfleisch ruderten die vier Männer nach Gardar zurück und gingen in der Dunkelheit von der Anlegestelle am Eriksfjord bis zum Wohnhaus, und selbst als sie so gingen, überlegte Sira Jon noch immer, wie er sich nach der Frau hätte erkundigen können, wie er sich wohl verhalten und welche Worte er gewählt hätte, und er dachte daran, was er sagen würde, wenn er wieder nach Brattahlid käme – wie er seinen Kopf neigen und von Margret Asgeirsdottir sprechen würde als von »dieser Frau, die ihr im Winter bei euch hattet, wie war noch ihr Name? Ich glaube, Sira Isleif hat sie mir gegenüber erwähnt.«

Nun war es in der Tat Margret Asgeirsdottir gewesen, die Sira Jon während des Essens bedient hatte. Da er jedoch nach dem großen, blonden Mädchen gesucht hatte, welches zehn Jahre zuvor dem Olaf Finnbogason versprochen worden war, da hatte er eine gewisse alte Frau ganz einfach übersehen, denn genau das war sie für ihn, obwohl sie nicht älter war als er. Wäre er nicht so schnell abgereist, sondern über Nacht bei Osmund geblieben, dann hätte er sie an ihren Träumen erkannt, da sie jede Nacht wach wurde und weinte oder aufschrie, und es hieß, Skuli Gudmundsson hindere sie aus Bösartigkeit am Schlafen, denn es ist so, daß selbst Menschen, die einmal sanft und rücksichtsvoll waren, nach dem Tod grausame und haßerfüllte Geister werden. Obwohl solche Dinge herumgingen, erschien doch Skuli niemand anderem und tat keinem Menschen außer Margret Asgeirsdottir etwas zuleide, und so kümmerte sich weiter niemand darum, denn es hieß, daß ein Mensch den Zorn eines Geistes auf sich ziehen könnte, wenn er sich einmischte. Außerdem sprach Margret niemals über ihre Träume oder gab ihren Peiniger preis, und so fühlte sich niemand berufen, das Thema anzusprechen, nicht einmal Sira Isleif.

Nun begab es sich, daß wenige Tage nach Sira Jons Besuch, um die Zeit des St. Hallvardsfestes, Margret und Asta mit einer Herde von zwanzig Schafen nach Steinstraumhof zurückkehrten und sich anschickten, dort alles in Ordnung zu bringen. Wenn es so aussah, als wäre Margret dünner geworden, so war Asta Thorbergsdottir anscheinend dicker geworden, und ihre Kräfte, schon immer die eines Mannes, schienen jetzt so groß zu sein wie die von zwei Männern. Soden zu schneiden und aufzuschichten war gar nichts für sie, und sie stöhnte kaum, wenn sie die schwersten Steine aufhob. Ihre Arme waren so lang und so stark, daß sie zwei strampelnde Schafe ohne Mühe tragen konnte, und ihre Hüften waren so breit wie ein Boot. Sie war es gewohnt, immer Margret um Rat und Anweisungen zu fragen und ihren Blick immer auf sie zu richten, wenn jemand anderer, selbst Marta Thordardottir, sie bat, irgendeinen Dienst zu verrichten. An dem Tag, als sie über den Eriksfjord nach Steinstraumhof ruderten, fanden sie am Strand einen verlassenen Steinaufbau, wie ihn die Skraelinger errichten, wenn sie kochen wollen, und Asta ging zu diesen Steinen und trat mit den Füßen dagegen, und sie suchte noch einen Felsbrocken und hob ihn auf und legte ihn zwischen diese Steine, doch die beiden Frauen wechselten darüber kein Wort, sondern machten sich nur daran, das Haus auszufegen und sich einzurichten.

Einige Tage nach ihrer Ankunft schauten sie am Morgen hinaus und entdeckten drei Fellboote am Strand und zwei weitere im Fjord. Am Strand und in den Booten waren etwa zwölf oder fünfzehn Skraelingermänner und-jungen, doch nach kurzer Zeit schoben sie die gelandeten Boote wieder ins Wasser und paddelten flink davon. Margret war über diese Zeichen ziemlich verängstigt, denn abgesehen von den Berichten über Ragnvald Einarsson kannte sie aus den Geschichten ihrer Kindheit die Sorte von Demütigungen, die die Skraelinger den Menschenkindern zufügen konnten, ganz besonders den weiblichen, und sie zögerte nicht, Asta davon zu erzählen.

Es stimmte, so sagte sie, daß die Skraelinger ein besonderes Vergnügen daran fänden, ihre Gefangenen an der Verehrung des

Herrn zu hindern, und oft verzauberten sie diese Unglücklichen, so daß die alle ihre Gebete vergaßen. Auch behaupteten einige, darunter ihre alte Amme Ingrid, daß die Füße dieser Dämonen mit Fell bedeckt seien, ebenso wie die Haut unter ihrer Kleidung, und aus diesem Grund könnten sie Kälte so gut ertragen. Nur ihre Hände und Gesichter seien unbehaart, doch diese würden aus irgendeinem Grunde auch nicht frieren, und selbst im bittersten Frost trügen die Dämonen weder Kapuzen noch Fäustlinge. Asta blickte starr auf den Fjord, wo die Fellboote in der Ferne zu Punkten geworden waren. Sie antwortete nicht, sondern ging den Abhang hinunter und trat die Kochsteine noch weiter auseinander. Danach sahen sie lange Zeit nichts von den Skraelingern.

Es begab sich, daß Margret und Asta sich eines Tages um das Fest des St. Jon daran machten, die zwanzig Mutterschafe zu scheren, die sie nach Steinstraumhof mitgebracht hatten. Asta war darin sehr geschickt, im Gegensatz zu Margret, denn auf Gunnarshof hatten Hrafn und Olaf diese Arbeit verrichtet, und so war es Margrets Aufgabe, die Vliese zum Auskühlen und Lockern auf dem Hang auszubreiten, damit man sie zu Spinnwolle zerpflücken konnte. Diese Vliese wurden einen Tag lang ausgebreitet und bei Einbruch der Nacht wieder zusammengerollt und weggelegt. Das Blöken der Schafe und das Schreien der Lämmer verursachte einen solchen Lärm, daß Asta und auch Margret, die weiter unten am Hang war, die beiden herannahenden Fellboote erst bemerkten, als diese bereits auf den Strand gezogen und die Skraelinger darin schon ausgestiegen und dabei waren, auf einem Feuer, das sie angezündet hatten, eine Mahlzeit zu bereiten. Diese Gruppe von Dämonen bestand aus drei Männern, einer jungen Frau, einer alten Frau und zwei Kindern, und diese Kinder kamen den Hang herauf und überraschten Margret bei der Arbeit, so daß sie aufschrie. Da tauchte die junge Frau hinter den beiden auf und nahm sie bei den Händen und wich zurück. Anders als die Kinder von Menschen starrten diese Kinder Margret an, wie Katzen es vielleicht tun, die niemals blinzeln oder sich abwenden müssen. Die Dämonenfrau lächelte und nickte.

Da kam Asta den Hang herunter, in der Hand die große Schere, und zwei der Dämonenmänner kamen vom Strand herauf, einer hatte einen Bogen und einige Pfeile bei sich. Dieser Mann schien noch jünger zu sein als die junge Frau, vielleicht achtzehn oder neunzehn Winter alt. Er blieb wie angewurzelt stehen, als er Asta Thorbergsdottir sah, und er starrte sie eine Weile von oben bis unten an. Als Asta das vermerkte, schwang sie die große Schere drohend über dem Kopf, und die Skraelinger und ihre Kinder drehten sich um und gingen den Hang wieder herunter. Aber der junge Mann schaute sich noch zweimal nach Asta um, obwohl sie ihn ganz finster anblickte. Da trollte sich ein Schaf den Hügel herunter, und Margret und Asta sahen, daß die drei ungeschorenen Schafe aus dem Pferch entwichen waren und sich unter die geschorenen Schafe gemischt hatten und daß die Vliese drohten zertrampelt und zerrissen zu werden, also liefen die beiden Frauen auf dem Hügel hin und her und trieben die Schafe in den Pferch zurück. Sie dachten nicht mehr an die Skraelinger, bis Asta am nächsten Morgen aus dem Haus trat und ein schönes Seehundfell auf der Türschwelle entdeckte, das nur von den Skraelingern stammen konnte. Sie trug es zum Strand und warf es in den Fjord. Danach ging sie zur Kochstelle und trat die Steine wieder auseinander.

Nun brachte Margret die Schafe an Sommertagen gewöhnlich in die Hügel hinter Steinstraumhof, von wo man den steinigen Bach mit dem Namen Steinstraum sehen konnte und die von einem Gletscher so gut bewässert waren, daß sie den ganzen Sommer über grünten, und Margret trieb die Schafe jeden Morgen hinaus und jeden Abend zurück und pflückte auch Angelika und andere Kräuter, die sie am Wege fand, und steckte sie in ihren Beutel. Margret hatte zwar ihr mädchenhaftes Aussehen verloren, doch noch immer war sie wenig von Hüftschmerzen oder anderen Leiden des reiferen Alters geplagt, und sie lief noch genauso flink und mit derselben Anmut wie eh und je in den Bergen umher. Auch war es so, daß diese Bewegung ihr bei jedem Wetter Vergnügen bereitete, denn die Sonne und der Wind und der Regen vertrieben die Gedanken an Vergangenes. Es hatte für sie eine große Prüfung bedeutet, das Tuch für Marta Thordardottir zu arbeiten, denn es war ganz aus Erinnerungen und Reue gewebt, und wenn Marta es hervorholte und bewunderte, dann schmerzte Margret allein der Geruch des Stoffes, und sie ahnte schon, daß es im kommenden

Winter ebenso sein würde und in jedem folgenden, daß ihre Erinnerungen, immer gleich und immer wiederkehrend, sich um sie versammeln würden, wenn sie still am Webstuhl saß, und daß sie sich auf sie legen und sie erdrücken würden. Doch auch Marta wurde jetzt alt, und ihr Augenlicht wurde schwächer, und wenn sie Margret gern um sich haben wollte, dann wollte Margret ihr diesen Wunsch erfüllen.

Wenn sie jedoch mit den Schafen unterwegs war, dann glich das so sehr den Wanderungen ihrer Kindheit in den Bergen oberhalb von Gunnarshof, daß sie sich in diese Zeit zurückversetzt fühlte, und die Geistergestalt, die sie manchmal direkt vor sich oder halb versteckt im Birkengestrüpp erblickte, war niemand anderer als der Bruder ihres Vaters, Hauk Gunnarsson, der Vogelschlingen legte. Und diese Gestalt war so ruhig und so schwer faßbar, ganz wie Hauk es gewesen war, daß ihr Erscheinen sie kaum überraschte. Es treffe zu, so erzählte sie Asta manchmal, daß der Bruder ihres Vaters jeden Teil der Ostsiedlung besucht hatte, und er müsse auch Steinstraumhof und den steinigen Fluß gekannt haben, ebenso wie alles andere. Am Ende eines jeden Tages kehrte Margret mit den Schafen zum Hof zurück, um ihre Träume zu empfangen, und wenn die Nacht kam, wuchs die Schwermut, so daß sie nicht gern mit Asta redete, und Asta sprach nicht von sich aus.

Vielleicht war es die Folge dieser eingespielten Gewohnheiten, daß Margret kam und ging, ohne zu bemerken, wie sehr Asta die Aufmerksamkeit des jungen Skraelingers bedrückte. Er kam jeden Tag allein in seinem schönen Fellboot, und zuerst war er zufrieden, wenn er ihr, so dachte sie, sein Können vorführen konnte, damit sie es bewunderte. Mit dem Fellboot war er geschickt und sehr schnell, und seine Manöver grenzten an Zauberei. Natürlich wagte sie zunächst nicht einmal hinzuschauen und widmete sich weiter ihrer Arbeit, machte Käse, spann, besserte Soden und Gemäuer des kleinen Hauses aus, doch am Ende hielt sie es doch nicht aus, niemals hinzuschauen, denn solche Kunststücke wie die seinen hatte sie nie zuvor bei einem Menschen gesehen. Und wie der Teufel eben die Menschen Stückchen für Stückchen vom Wege des Herrn abbringt, so verführte dieser Anblick Asta Thorbergsdottir erst einmal dazu, vorsichtig hinzuschauen und dann zu gaffen und dann an den Strand hinunterzugehen und auf den Fjord hinauszustarren, wo der Dämon und das Boot sich wie verspielte Fische aufführten, aus dem Wasser sprangen und wieder hinein, in den Wellen verschwanden und wieder auftauchten, von einer Stelle zur anderen flitzten. So jedenfalls kam es Asta Thorbergsdottir vor, doch aus Angst, daß man sie für besessen halten könnte, hätte sie das vor niemandem zugegeben. Dennoch war Asta vernünftig genug, den Hang hinauf zu laufen, wenn der Skraelinger sich dem Ufer näherte, und außerdem warf sie jedes Geschenk fort, das der Teufel für sie hinterließ, ganz egal wie begehrenswert dieser Kram auch sein mochte, denn in Wirklichkeit verbarg die Schönheit dieser Dinge ihre eigentliche, verderbte Natur – wenn man zum Beispiel ein Stück Walfleisch aufschneiden würde, so ein Stück, das der Dämon als Geschenk hinterlassen hatte, dann könnte man sehen, daß es von Maden darin nur so wimmelte, und was noch schlimmer war, selbst Geschenke, die normalerweise nicht für solche Verwandlungen anfällig waren, wie eine Knochennadel oder ein Stück Walroßzahn, wurden von den Skraelingern in krabbelnde und verderbte Dinge verwandelt.

Nach einigen Tagen solchen Geplänkels war sie bereit einzuräumen, daß die Entstehung dieser Verderbtheit von den Skraelingern nicht beabsichtigt, sondern eine Folge ihrer dämonischen Natur war. Doch wenn der Skraelinger auftauchte, warf sie trotzdem entschlossen alles fort oder schwang, was immer sie gerade in der Hand hatte, mit der drohendsten Gebärde, die sie aufbieten konnte. Auch hielt sie an manchen Tagen Ausschau nach Sira Isleif und wünschte, daß er kommen und sie von ihren Ängsten befreien oder zumindest ihren Widerstand gegen den Skraelinger stärken möge, denn was immer man auch sagen mochte, sie war gekommen, um seine Geschenke und seine Possen im Fjord zu betrachten, denn das Leben auf Steinstraumhof war besonders nach dem Winter in Brattahlid ein einsames Unterfangen. An anderen Tagen wieder fürchtete sie, daß Sira Isleifs Besuch ihnen bevorstehen könnte und der Priester ihre Sünde, dem Dämonen überhaupt Beachtung zu schenken, geißeln würde, und sie machte sich Gedanken darüber, was sie zu ihrer Verteidigung sagen könnte, aber es blieb eine Tatsache, daß es für das Verlassen der

Wege des Herrn, selbst in Gedanken, keine Entschuldigung gibt. Und so wünschte sie an diesen Tagen den Besuch von Sira Isleif fort.

Margret und Asta hatten es sich zur Gewohnheit gemacht, mit der Sonne aufzustehen und die Schafe zu melken, dann gemeinsam ein Stück gedörrtes Seehundfleisch zu essen, bevor Margret die Tiere auf die Weide trieb, und an einem dieser Vormittage kam Asta auf den Gedanken, daß sie der anderen Frau von ihrem Kummer erzählen könnte, denn die Tage, an denen sie die Kochsteine der Skraelinger auseinandergetreten hatte, lagen weit zurück, und obwohl Asta die junge Frau und die beiden Kinder nur das eine Mal gesehen hatte, erinnerte sie sich deutlich an ihre Gesichter, doch nicht mit der Angst und dem Haß, die sie damals empfunden hatte. Beim Morgenfleisch hielt sie ein kleines Geschenk in der Hand, eine auf Skraelingerart aus einem Stück Elfenbein geschnitzte Männerfigur mit ein paar eingeritzten Linien, die den Anorak und die Fellstiefel und die Augenschlitze andeuteten. Sie hatte sich nicht dazu überwinden können, diese Figur wegzuwerfen, und gleichzeitig lastete sie doch schwer auf ihrer Seele. Darüber hinaus war Asta sich bewußt, daß der Skraelinger in seinem Versteck wartete, bis Margret aufbrechen würde, so wie er es an jedem Morgen in diesen letzten Tagen getan hatte, und er würde lächelnd auftauchen, sobald die kleine Herde über dem Hügelrükken verschwunden war. Würde sie das Amulett jetzt auf den kleinen Tisch legen, den sie für sich und Margret angefertigt hatte, dann, so wußte sie, würde Margret den Blick von dem Gegenstand erheben und Asta ins Gesicht schauen, und sie wäre gerettet, und doch behielt sie die Figur fest und warm in der Hand.

Margret Asgeirsdottir selbst war immer noch im Banne ihrer Träume, wie an jedem Morgen, und sie schaute Asta Thorbergsdottir mit demselben abwesenden Gesichtsausdruck an, wie sie es jeden Morgen tat. Sie sehnte sich danach aufzubrechen.

Nun begab es sich, daß Asta kurz nach Margrets Aufbruch aus dem Haus trat, um zum Abort zu gehen, und da sprang der Skraelinger hinter der Hausecke hervor und packte Asta beim Arm. Dann nahm er ihr Handgelenk und drückte es, so daß ihre Hand sich öffnete und die Elfenbeinfigur zu sehen war. Da stieß der

Skraelinger sogleich einen lauten Schrei aus und grinste auf teuflische Art, und dann packte er Asta zu ihrer großen Überraschung am Nackenhaar und fing an, sie hin und her zu zerren, und versuchte, sie auf den Boden zu werfen. Mit der anderen Hand schlug er ihr auf das Hinterteil, nicht fest, sondern so wie Thorkel Gellison die Flanken seiner Lieblingsstute tätschelte. Asta sah sofort, daß sie ein gutes Stück größer war als der Dämon und vermutlich auch schwerer, obwohl er wie alle Skraelinger sommers und winters in Pelze gekleidet war. Da wandte sie sich ihm zu und packte ihn um den Brustkorb, wie die Leute es in Ringerwettkämpfen tun, und sie drückte ihn, so fest sie konnte, und die ganze Zeit über, während er mit der Hand ihr Haar festhielt und ihren Kopf nach hinten riß, horchte sie auf das Krachen seiner Rippen. Das kam nicht, doch es gelang ihr, ihm den Atem zu nehmen und ihn zu überwältigen, so daß er auf die Knie fiel, und sein Gesicht wurde rot und schwoll an. Sie war ihrerseits beinahe überwältigt vom ranzigen Geruch des Seehundtrans an seinen Händen und seinem Gesicht, doch sie stieß ihn weg und drehte sich um und rannte den Hang hinauf. Etwas später schaute sie hinaus und sah, daß sein Fellboot fort war, und das war wirklich ein gutes Beispiel für den Lohn, der einen erwartet, wenn man mit dem Teufel geht, denn ein großes Büschel ihres Haars war ausgerissen, und ihr Hinterkopf pochte schmerzhaft. Am Abend erzählte sie Margret von ihrem Mißgeschick und weinte viele Tränen der Reue über ihre Schwäche. Doch als die beiden am nächsten Tag erwachten, da fanden sie nicht nur einen Skraelinger, sondern eine ganze Gruppe stand vor dem Haus, ausschließlich Männer.

Margret stand in der Tür und Asta hinter ihr, in jeder Hand eine schwere Specksteinlampe versteckt. Einer der Männer, dessen Haar grau wurde und der einen kleinen Kinnbart trug, trat vor und wandte sich mit folgenden Worten an Margret: »Alte Frau, wo sind eure Männer?« Sein Nordisch war fast unverständlich, und Margret trat zwei Schritte vor, um die Worte deuten zu können. Die Männer wichen zurück.

Sie sagte: »Wir haben keine Männer.« Da trat Asta vor sie und hielt die Steine über dem Kopf, als wolle sie sie werfen. Die Männer berieten sich untereinander, und der Anführer sprach noch einmal. Er sagte: »Es ist eine Schande für alle Männer, wenn sie mit Frauen verhandeln müssen.«

Margret zuckte die Schultern und wandte sich ab, um ins Haus zu gehen.

»Aber«, fuhr er fort, »es ist so, daß ein bestimmter junger Mann sein Herz an diese junge Frau hier verloren hat, denn sie ist ein schönes, dickes Mädchen, und er kann kaum seine Augen von ihr abwenden, und so möchte er sie zu seiner Hauptfrau nehmen.«

»Ich glaube«, sagte Margret, »daß ich deine Worte nicht verstehe.« Und wirklich war ihr das meiste von dem, was er gesagt hatte, entgangen, doch es schien, als würde er darum bitten, daß Asta Thorbergsdottir den jungen Skraelinger, der ihr das Haar ausgerissen hatte, heiraten solle.

Der Dämon sprach langsamer und zeigte auf den jungen Skraelinger, der vortrat: »Dieser Bursche, Quimiak, wünscht euer Mädchen zur Frau.«

Margret und Asta sahen einander an.

»Er ist ein guter Jäger und ein wohlhabender Mann. Bald wird er noch eine Frau haben, die ihr hilft, und ihr Leben wird leicht sein, obwohl es wahr ist, daß er noch sehr jung ist, um zu heiraten.«

Margret wandte sich an Asta und sagte: »Ich glaube, er heiratet auch noch jemand anderen.«

»Sein Werben dauert schon viele Tage an, und Quimiak möchte es dringend zu einem Ende bringen.«

Da sprach Margret mit lauter Stimme zu dem älteren Skraelinger: »Meine Freundin und ich werden uns darüber beraten.« Sie deutete mit der Hand zum Fuß des Hanges, und der Anführer sagte ein paar Worte. Bald waren die Skraelinger aus ihrem Blickfeld verschwunden, doch der Wind trug den beiden Frauen Gesprächsfetzen zu. Margret und Asta setzten sich auf einen Stein, der an der Südwand des Hauses lag, und ein wenig Zeit verging, bevor sie zu reden begannen. Schließlich sagte Margret: »Mir scheint, daß sich Dinge zugetragen haben, von denen ich nichts weiß.«

Da lächelte Asta und sagte: »Und mir scheint, daß sich Dinge zugetragen haben, von denen ich auch nichts weiß.« Und wieder saßen sie kurze Zeit schweigend da.

Margret sagte: »Dies ist ein sehr kleiner Hof, und niemals wird er uns beide im Sommer und im Winter ernähren, und Marta Thordardottir wird auch alt, und ich bezweifle, daß Isleif oder Ragnvald uns mit ebensolcher Freude aufnehmen werden, wie Marta es jeden Herbst tut.«

»Und obwohl er nicht zwei ernähren kann, so kann doch einer allein an so einem einsamen Ort nicht leben.«

»Das mag so sein oder auch nicht.«

»Niemand weiß, wie die Skraelinger leben. Und dieser roch wie altes Seehundfell, das man nicht richtig gesäubert hat, und doch ...« Aber sie schwieg.

»Und doch?«

»Und doch wird so eine wie ich kaum sehr viele andere Angebote bekommen.«

»Aber die Skraelinger sind keine Menschen. Sie sind Dämonen und tun die Werke des Satans.«

»Viele Männer heiraten Skraelingerfrauen und zeugen Kinder. Die Mütter ihrer Frauen leben mit ihnen auf ihren Höfen.«

»Und alle sind getauft, und sie leben wie die Nordmenschen und ändern ihre Namen und beten in der Kirche wie alle anderen.«

»Ich habe Jonas Skulason jedenfalls sehr gern gehabt.«

»Der Bruder meines Vaters, Hauk Gunnarsson, ist als junger Mann immer in die Nordsetur gegangen, und er hatte viel Umgang mit Skraelingern, und er hat immer gesagt, daß diese Leute, denn er hat sie für Menschen gehalten und nicht für Dämonen, daran gewöhnt seien, große Entfernungen zurückzulegen, wenn der Winter am dunkelsten ist, und an den Orten, zu denen sie gehen, scheint auch nach den langen Winternächten wahrhaftig niemals die Sonne.«

»Warum machen sie solche Reisen?«

»Sie haben keine Schafe und verbringen ihre Zeit mit dem Jagen von Walrossen und Walen, Seehunden und Bären.«

»Es könnte sein, daß sie niemals hungrig sind.«

»Das könnte sein. Der Bruder meines Vaters war von ihrem Können ziemlich beeindruckt.«

»Hauk Gunnarsson hatte selbst einen guten Ruf als Jäger.«

»Es könnte sein, daß sie niemals hungrig sind.« Da schaute Margret Asta fest an und sagte: »Sira Pall Hallvardsson würde eines sagen, und das ist, was nützte es dem Menschen, wenn er die Welt gewänne und verlöre doch seine Seele? Und es kann sein, daß es den Kindern Gottes bestimmt ist, in dieser Welt zu hungern. Es steht uns nicht an, mit Dämonen zu gehen, um volle Bäuche zu haben.«

»Es ist wahr, daß wir nur wenige Priester unter uns haben und daß es in der Einöde noch weniger sind. Und wir wissen nichts von diesen Leuten. Und doch denke ich viel an den kleinen Jonas. Mehr als früher.«

Margret sah Asta an, und dann schaute sie hinaus auf den Fjord. Schließlich sagte sie: »Mir scheint, der Schmerz solcher Gedanken verwandelt sich immer in Freude, und ihre Freude verwandelt sich immer in Schmerz.« Da standen sie auf und gingen den Hügel hinunter, und beim Geräusch ihrer Schritte wandten sich die Skraelinger zu ihnen um, und Margret verkündete dem älteren Mann, daß Asta für sich sprechen werde, und dann sagte Asta: »Es ist wahr, daß eine Tochter ihre Sippe verläßt und die Gebräuche der Sippe ihres Mannes annimmt, so wie die Skraelingerfrauen, die jetzt bei den Grönländern leben. Doch eine Tochter Gottes darf sich nicht von Ihm abwenden und gottlosen Gebräuchen frönen.«

Da sprach der ältere Skraelinger zu Quimiak, und dann sagte er zu Margret: »Dieses Mädchen ist merkwürdig unwillig, denn sie hat das Geschenk Quimiaks empfangen und es in ihrer Hand behalten. Wenn ein Mädchen dies tut, dann bedeutet das, sie hat einen Mann als ihren Ehemann angenommen. Verlangt diese Frau noch mehr Geschenke?«

Der größte Teil dieser Rede war Margret unverständlich, und sie antwortete so: »Es trifft zu, daß wir mit euren Gebräuchen nicht vertraut sind, und das Mädchen mag das eine getan und das andere gemeint haben. Dafür mögt ihr unsere Unwissenheit verantwortlich machen und uns verzeihen. Doch es war nicht ihre Absicht, diesen Quimiak zu ermutigen, und sie hat nicht den Wunsch, ihn zu heiraten.« Nun warf sie Asta einen Blick zu, und die beiden Frauen waren ein wenig ängstlich, denn die Skraelinger zählten mindestens ein halbes Dutzend, und alle hatten sie Skraelingerwaffen wie Bogen und Pfeile und Harpunen bei sich.

Der bärtige Mann nahm Quimiak zur Seite und fing an, mit ihm zu verhandeln, und Quimiak warf Asta viele bewundernde Blicke zu. Er war nicht groß, doch er war gerade gewachsen und in feine Pelze gekleidet, feinere als die einiger anderer Männer, obwohl diese älter waren als er. Margret sah, wie Asta ihn anschaute, und sie nahm Asta bei der Hand und trat mit ihr ins Haus zurück. Asta erklärte, es könnte auch diesmal so geschehen, wie sie es von anderen gehört habe, daß nämlich die Dämonen versuchen würden, sie mit Gewalt zu entführen, und Margret wußte nicht, was sie auf diese Bemerkung erwidern sollte. Aber die Skraelinger versuchten nicht, sie zu entführen, sondern der ältere Mann kam nach seinem Gespräch mit Quimiak zu ihnen und bedankte sich bei Margret dafür, daß sie ihre Bitte angehört hätten, und dann huschten die Skraelinger schweigend den Hang herunter, und einen Augenblick später waren sie mit ihren Fellbooten schon in der Mitte des Fjords. An diesem Tag hielt Margret die Schafe im Pferch und trieb sie nicht auf die Weide, und Asta ging ein wenig niedergeschlagen ihrer Arbeit nach.

Einige Tage danach geschah es, daß Margret und Asta nach Sira Isleif ausschauten, der zum Fest der Maria Magdalena zu ihnen kommen sollte, um ihnen die Beichte abzunehmen und das Abendmahl zu spenden. Da der Priester schlecht sah, warteten die beiden Frauen immer auf ihn, damit er sich nicht vom Strand allein den Hügel hinaufquälen mußte, denn das Weidengestrüpp war dicht und heimtückisch, und es gab nur wenige ausgetretene Pfade. Und so schauten sie an dem Morgen hinaus und erspähten auf dem Fjord ein kleines Ruderboot mit zwei Leuten, und als es zum Ufer kam, war nicht Sira Isleif einer dieser Männer, sondern Sira Jon aus Gardar. Margret war über diesen Zufall sehr verstimmt, denn sie und Asta hatten gerade Schafsdung im Pferch gesammelt und vor dem Haus auf einem flachen Stück Land ausgebreitet, das Margret als Hoffeld benutzen wollte. Außerdem war auch nichts vorbereitet, das man dem Priester zur Stärkung anbieten konnte. Sira Isleif saß gern im Haus und plauderte mit den Frauen, während sie ihm etwas zubereiteten, aber ein Mann wie

Sira Jon, das wußte Margret, der erwartete, daß man ihn zum Hochsitz führen und ihm verschiedene Fleischsorten vorsetzen würde, wovon er nach Belieben auswählen konnte.

Da begannen der Priester und sein Bediensteter den Hügel hinaufzuklettern, und Margret wischte sich die Hände an ihrem Gewand ab und ging ihnen entgegen, um sie zu empfangen und ihnen den nur schwach erkennbaren Weg zu zeigen. Doch als sie vor dem Priester stand, blieb dieser nur stehen und starrte sie an, so daß sie aus der Fassung geriet und vergaß, die passenden Begrüßungsworte zu sprechen. Der Bedienstete verkündete mit lauter Stimme, daß Sira Jon gekommen sei, um die unglückliche Margret Asgeirsdottir und ihre Magd Asta Thorbergsdottir zu besuchen. Und sie stiegen weiter den Hang hinauf, und bald kamen sie zu dem kleinen Hof, wo Sira Jon wieder suchend um sich blickte, erst starrte er Margret an und dann ihr Haus und dann ihre Schafe, die auf dem Hang verstreut waren und im Gestrüpp nach Futter suchten. Nun bot Margret zu essen an, was sie bei der Hand hatte – etwas gedörrtes Seehundfleisch und gedörrtes Rentierfleisch mit frischer Butter, die Schafsmilch vom Tage, in der Tat bescheidene Kost. Doch die beiden Männer aßen begierig. Als letzte Speise setzte sie ihnen süße getrocknete Blaubeeren vor, und die aßen sie und schauten dabei immer wieder Margret an, wie sie in dem winzigen Raum hin und her ging.

Nach dem Essen sagte Margret zu dem Priester: »Sira Jon, es ist unsere Hoffnung, daß Ihr gekommen seid, um uns die Beichte abzunehmen und die Kommunion zu spenden, denn wir leben hier wie die Menschen überall im Zustand der Sünde, und wir haben schon eifrig nach Sira Isleif Ausschau gehalten.«

Da lächelte Sira Jon und nickte und geleitete sie aus dem Haus, dann hieß er sie niederknien und die Beichte ablegen. Und als sie geendet hatte, fragte er sie: »Hast du mir nicht noch mehr zu sagen oder irgendwelche anderen Sünden zu beichten, hast du mir gar Neuigkeiten zu berichten, Fragen zu stellen, oder hast den Wunsch, dich mir anzuvertrauen?« Er bedrängte sie so sehr mit diesen Fragen, daß Margret begann, zum Haus hinüber nach Sira Jons Begleiter und Asta zu schielen, doch die beiden waren im Gespräch versunken und verhießen ihr keine Hilfe. Schließlich erklärte Sira Jon: »Es heißt, mein Kind, daß du unter Träumen und Schwermut leidest.«

Margret sagte nichts.

»Es könnte sein, daß du mir von diesen Träumen zu sprechen wünschst.«

Aber Margret erwiderte auch darauf nichts.

Da wurde Sira Jon doch recht ungeduldig und sagte: »Du stammst aus einer stolzen und eigensinnigen Familie. Dein Bruder hat Menschen getötet und ist von seinem väterlichen Erbe verjagt worden, und er ist der Ächtung nur knapp entgangen. Du ziehst es vor, entfernt von den Menschen zu leben und ihre Hilfe abzulehnen. Der Herr blickt mit geringem Wohlgefallen auf solches Tun, und Seine Strafe kommt schnell und gewiß. Es heißt zu Recht, daß der Stolz die größte Sünde ist.«

Da sprach Margret leise und sagte: »Meine Träume sind wie die der anderen, und meine Traurigkeit kommt und geht, was mir nicht ungewöhnlich scheint. Die Schlingen des Stolzes sind mannigfaltig und sehr verworren. Ihr mögt recht haben, es gelingt mir wohl nicht, sie zu meiden.«

Da wurde Sira Jon sanfter und beugte sich zu Margret hinunter. »Mein Kind, verzweifelst du an diesem Ort vor Einsamkeit, so daß es dir scheint, als hörtest du Stimmen oder sähest Gesichter, wo du weißt, daß keine dort sein können?«

»Es kann sein ...«

»Oder vielleicht hörst du auch manchmal Schreie im Wind, wie von gepeinigten Seelen, als hätte sich, vielleicht, der Eingang zur Hölle gähnend aufgetan und die Menschen könnten das Schreien der Verdammten hören?«

»Das hat nicht ...«

Da sank Sira Jons Stimme zu einem Flüstern: »Oder könnte es sein, daß der Teufel selbst in dein Ohr spricht, während du an andere Dinge denkst, und daß er dich zu etwas verführt, wovon du nicht sprechen kannst, denn seine Worte kann man nur undeutlich vernehmen, doch erfüllen sie mit Sehnsucht? Geschieht nicht solches mit dir?«

»Nein. Der Bruder meines Vaters geht manchmal im Birkengestrüpp umher, dort in den Bergen, wohin ich die Schafe treibe, doch es scheint mir, er war so vernarrt in diese Wildnis, daß er nicht einmal im Tod von ihr lassen kann.«

Sira Jon schaute den Hang hinauf, als suche er die Spuren Hauk Gunnarssons, dann sah er Margret so scharf an, daß sie gezwungen war, die Augen zu senken. Sie verkündete mit leiser Stimme: »Unsere Amme Ingrid erzählte uns immer viele Geschichten über Menschen, die aus unmäßiger Liebe zu ihren eigenen Höfen dort umgingen, und der Bruder meines Vaters mochte diese Wildnis so sehr wie andere Menschen ihre Höfe...«

»Wie sieht er aus? Was siehst du?«

»Ich weiß nicht, was ich sagen soll. Schatten in den Weiden, ein wenig Farbe in der Ferne, weiß oder das Purpurrot des Gunnarshofwadmals. Über diese Dinge habe ich nicht viel nachgegrübelt.«

Sira Jon beugte sich so nah zu Margret, daß sein Gesicht beinahe das ihre berührte, und flüsterte: »Es heißt, daß die, die nicht in ihren Gräbern liegen können, ein schrecklicher Anblick sind, mit Blut besudelt vielleicht oder verstümmelt.«

»Es steht mir nicht zu...«

»Es heißt, daß du wahnsinnig bist. Ich könnte dir helfen, wenn du mich ließest.« Große Schweißperlen quollen aus der Stirn des Priesters, und auf beiden Wangen erschien ein leuchtend roter Fleck.

»Vielleicht sagen die Leute das. Es trifft zu, daß ich einst schwer versucht wurde, doch...« Hier hörte Margret auf zu sprechen, denn Sira Jon war ohnmächtig vornüber gesackt.

Da lief Margret zu dem Diener und brachte ihn zu Sira Jon in der Hoffnung, daß er ihr eine Erklärung dafür geben könne, doch der Mann schaute nur auf den Priester herab, der im Gras lag, und sagte nichts. Nach einer Weile kam Sira Jon wieder zu sich, richtete sich auf und schaute sich um, und es schien Margret, daß er sehr überrascht darüber war, wo er sich befand. Aber er war wirklich ein merkwürdiger Mann, denn er dankte ihr nur für ihre Gastfreundlichkeit und hielt ihr seinen Ring zum Kusse hin, und dann ging er ohne ein Wort über seinen Anfall fort. Margret war sehr verwirrt, und im Winter dachte sie manchmal über die Bedeutung des Priesterbesuches nach, aber in Brattahlid sprach sie zu niemandem darüber.

Und es begab sich, daß im Sommer des Jahres 1381 wirklich ein

Schiff mit norwegischen Händlern an Bord einlief, ein Schiff, das vom Kurs nach Island abgekommen war, und die Leute von diesem Schiff blieben im Süden in Herjolfnes. Noch ein anderes sehr stark beschädigtes Schiff tauchte im darauffolgenden Sommer auf, als die Leute von dem ersten Schiff noch in Herjolfnes waren, und die Leute von dem neuen Schiff blieben den Winter über in Brattahlid, und die Kapitäne dieser beiden Schiffe erklärten sich bereit, die Nachricht vom Tode des Bischofs zum Domkapitel in Nidaros zu bringen, und als Gegenleistung für diesen Gefallen gab Sira Jon jedem Kapitän etwas Wertvolles. Dem Herrn des ersten Schiffes, das *Olafssuden* hieß, gab er ein Paar Walroßstoßzähne, und dem Kapitän des beschädigten Schiffes, das *Thorlakssuden* hieß, gab er ein Paar weiße Falken, und das waren unter den Vorräten von Gardar Dinge von höchstem Wert, denn der Reichtum von Gardar war nicht mehr das, was er einst gewesen war, dennoch schienen die Schiffsherren von ihren Geschenken nicht besonders beeindruckt zu sein, und die Grönländer meinten, daß diese Norweger sehr von sich eingenommen wären.

Als es für die *Olafssuden* Zeit wurde, nach Norwegen zurückzukehren (die *Thorlakssuden* konnte mit dem vorhandenen Baumaterial nicht wiederhergestellt werden), machten sich die Schiffsherren daran, Vorräte für die Reise zu besorgen. Jedesmal, wenn man ihnen andere Güter zum Tausch anbot, dann lehnten sie ab, würdigten deren Wert herab und blieben dabei, daß sie ihre eigenen Güter für den Handel in Island behalten wollten. Für die Vorräte, die sie brauchten, boten sie nur sehr wenig Saatgut oder Pech oder Eisenwaren oder Holz an, viel weniger, als es dem Wert entsprach, den die Grönländer ihrem Käse und dem gedörrten Rentier- und Seehundfleisch beimaßen, und es hieß von diesen beiden Männern, sie seien eigensinnig und hart. Man erinnerte sich voller Wärme an andere Schiffsherren, besonders an Thorleif, und auch an Thorleifs Schiff, denn es war lang und breit und tief gewesen und hatte einen solchen Überfluß an Gütern und Schätzen an Bord gehabt, daß ein jeder Grönländer zufriedengestellt worden war.

In den letzten Tagen vor der Abfahrt dieser beiden im Sommer des Jahres 1383 ging der Herr der *Thorlakssuden*, ein Mann namens Arason, umher und sammelte die Bezahlungen für die Holzbalken und Spanten seines zerstörten Schiffes ein, und denjenigen, die sich weigerten zu bezahlen, wurde mitgeteilt, daß sie nichts von dem Strandgut bekommen würden. Das widersprach dem grönländischen Gesetz, das zu dieser Zeit besagte, Treibholz gehöre dem, auf dessen Strand es hängenbleibe, aber der Herr der *Olafssuden* behauptete, daß er sich nichts aus grönländischen Gesetzen mache und das Schiff bis zur Wasserlinie verbrennen werde, wenn man nicht bezahle. Und wirklich wurde die *Thorlakssuden* am Abend vor der Abreise der *Olafssuden* mit Äxten auseinandergehauen, und die Leute, die den Norweger bezahlt hatten, bekamen ihre Balken und Spanten, und mit dem Rest des Holzes wurde ein großes Feuer entzündet, und seine Matrosen standen mit Äxten um das Feuer herum, um zu verhindern, daß man Wasser hineingoß. Und die Grönländer hielten das für ein großes Verbrechen, doch sie waren nicht imstande, die Abfahrt der *Olafssuden* zu verhindern, und man sprach noch jahrelang über dieses Ereignis.

Ein anderes Gesprächsthema der Grönländer war, daß es nach der Tötung der Erlendssons durch Gunnar Asgeirsson in fünf Wintern noch sieben weitere Tötungen gegeben hatte, eine größere Anzahl von Tötungen als gewöhnlich, und darüber hinaus ereigneten sich Überfälle und einige Vergewaltigungen und die Entweihung des Kirchhofes bei der Herjolfnes-Kirche. Nicht alle diese Tötungen wurden rechtmäßig verkündet, und in vier Fällen blieben die Täter unentdeckt, oder zumindest ungestraft, denn es heißt zu Recht, daß die Leute mehr wissen, als sie zugeben. Es trifft auch zu, daß man die Matrosen der *Thorlakssuden* für die Täter hielt, die den Kirchhof entweiht hatten, und nach der Abreise der Männer des Norwegers gefiel es den Grönländern, diese Leute für alle möglichen Dinge verantwortlich zu machen.

Doch etwas anderes war auch nicht zu leugnen, die Grönländer spürten die Abwesenheit des Bischofs und im übrigen auch die des königlichen Ombudsmannes Kollbein Sigurdsson, und Auseinandersetzungen zwischen Männern wurden zu häufig auf der Stelle entschieden, ohne daß man den Rat der wohlhabenden Bauern eines Bezirks einholte. Seit der Ankunft von Bischof Alf hatten sich immer weniger Leute die Mühe gemacht, wie einst die langen Reisen zu unternehmen, entweder zu den Jul- oder Osterfeierlichkeiten zur Kathedrale nach Gardar oder im Sommer kurz nach der Johannesmesse nach Brattahlid, und Osmund Thordarson, der Gesetzessprecher, hatte selbst erklärt, er könne wenig tun, um die Männer zu überreden, daß sie mitten im Sommer, wenn es soviel Arbeit gab, ihre Höfe verließen. Andere sagten, vielleicht zu Recht, daß sich Osmund allerdings auch nicht sehr viel Mühe gegeben hätte. So kam es, daß Osmund in manchen Jahren das Gesetz vor nicht mehr als zwei Dutzend Männern vortrug, es wurden nur wenige Klagen vorgebracht, und ohnehin war nur die Hälfte der dreizehn Bezirksrichter anwesend.

Manchmal erklärten die Leute, dies sei eine große Schande, und dann sagten sie wieder, in ihren Bezirken oder in der Nähe ihrer Höfe seien schließlich keine Morde geschehen, oder nur einer, und der Mörder sei bekannt und würde nicht wieder töten, denn es ist auch nicht zu leugnen, daß die Zeiten, wie schlecht sie auch immer sein mögen, niemals so schlecht sind, wie sie sein könnten, und selbst Erlend und Vigdis lebten so dahin und gingen ihrer Arbeit nach und machten weiter wie bisher, und wenn diese beiden das konnten, wieviel eher konnten es dann andere, die nicht so gelitten hatten wie sie? Dennoch kam allmählich eine leichte Unzufriedenheit mit Osmund Thordarson auf. Er sei zu milde oder zu nachlässig oder zu alt – jeder beklagte etwas anderes, doch jedermann hatte etwas zu beklagen.

Es begab sich etwa zwei Sommer nach der Abfahrt der *Olafssuden*, daß wieder ein Schiff im Einarsfjord auftauchte, ein großes und reich verziertes Schiff mit einem schönen roten und goldenen Segel, sein Kapitän, ein wohlhabender Isländer namens Bjorn Einarsson, wurde Jorsalfari oder »Jerusalemfahrer« genannt, denn er war mit einem Schiff nach Jerusalem gereist und an viele andere Stätten, nach Rom und Spanien und auch zu den weniger außergewöhnlichen Orten. Was die Grönländer besonders interessierte, war, daß seine Frau, die sehr kostbar und modisch gekleidet war, ihn begleitete. Ein Schreiber, sein Ziehsohn Einar, reiste ebenfalls mit ihm und schrieb alle Abenteuer Bjorns und alle seine Entdekkungen nieder.

Neben Bjorn Einarssons schönem Schiff gehörten noch drei weitere Schiffe zu der Gruppe, und jedes dieser drei war ein seetüchtiges Boot in gutem Zustand, und die Grönländer waren von dem stattlichen Aufgebot ziemlich beeindruckt. Daß Bjorn ein Mann war, dem großes Glück beschieden war, wurde bald deutlich. Er war rotwangig, wohlbeleibt und temperamentvoll, und er selbst sagte, er sei froh, in Grönland zu sein, denn er habe zwar, wie er Sira Jon erzählte, Kurs auf Island genommen, doch sei Grönland ein Ort, an den nur wenige kämen, ein Ort, welcher, vor allem seit der Schwarze Tod gekommen sei und die Menschen in der Folge mehrfach heimgesucht habe, aus den Gedanken der Menschen verschwunden sei. Und in diesem Ton fuhr er fort. Sira Jon hieß ihn und seine Frau und seinen Ziehsohn herzlich willkommen, und man schickte die Matrosen mit Geschenken zu den Grönländern, und sie hatten eine Menge zu erzählen, darunter vieles über Bjorn Einarsson, denn er war ein Mann, um den sich Geschichten rankten, wo immer er auftauchte.

Als erstes fragte Bjorn, wer die besten Pferde in Grönland besitze, und man erzählte ihm von Thorkel Gellison auf Hesturhof und Magnus Arnason von Nes und Ragnleif Isleifsson von Brattahlid, denen die besten Pferde im nördlichen Teil der Siedlung gehörten, und Bjorn fuhr mit vier Ruderern und seiner Frau und seinem Ziehsohn in dem großen Gardarboot zunächst nach Brattahlid und dann in den Bezirk Vatna Hverfi, und überall tauschte er zwei schöne Pferde für sich und seine Frau, die man für ihn bereithalten sollte, wann immer er von Gardar herüberkommen und durch den Bezirk reiten wollte. In Brattahlid gab er zwei schöne silberne Kerzenhalter und dazu ein Paar eiserner Radnaben als Vergütung für die Pflege der Pferde. Thorkel Gellison gab er für die Pflege der Tiere ein geschnitztes Elfenbeinkruzifix und dazu einen Sack Roggensamen. Und die Leute staunten über Thorkel Gellison, denn er ließ sich zum Tausch seiner grauen Lieblingsstute und eines braun-weißen Hengstes überreden, von dem manch einer sagte, er sei sogar noch besser als der berühmte graue. Aber Thorkel sagte zu seinem Verwalter, daß dieser Isländer weder in Grönland bleiben noch Pferde auf eine Seereise mitnehmen würde, und es würde den Tieren guttun, wenn ein Glücksmensch auf ihnen reite.

Bjorns Frau, Solveig Ogmundsdottir, war nicht sehr hübsch. Doch trug sie Kleidung und Kopfputz, wie sie die Frauen in Grönland nie zuvor gesehen hatten, mit Gold und Silber bestickt und aus mit Goldfäden durchwirkter Seide. Ihre Schuhe waren besonders entzückend, ebenso farbenfroh wie die Kleider und weich und zierlich. Sie besaß ein Paar Schuhe, mit dem sie nur bei Matschwetter hinausging, und diese Schuhe waren aus violettem Leder und Holz gemacht, mit aufgemalten Mustern aus Vögeln und Blumen. Es gefiel ihr, den Leuten, die sich dafür interessierten, diese Dinge vorzuführen, und obwohl sie in einer merkwürdigen, wohl leicht gezierten Art redete, wurde wenig über sie geklatscht, man pries nur ihren Reichtum und ihre Erscheinung und ihre Liebenswürdigkeit. In dem Winter nach ihrer Ankunft gebar Solveig einen Sohn, und er wurde von zwei Kindern betreut, die Skraelingerkinder waren. Die beiden hatte man von einer kleinen Insel an der Öffnung des Eriksfjord gerettet, und sie hingen sehr an Solveig und Bjorn. Sie folgten ihnen überallhin, und sie lebten mit ihnen in Gardar, und Sira Jon sagte nichts zu dieser merkwürdigen Einrichtung.

Von den Neuigkeiten war die wichtigste, daß es jetzt zwei Päpste gab, einen in Rom, den manche Leute für einen Verrückten hielten, und in Avignon bei den Franzosen noch einen, der für manche nur das Werkzeug des Königs von Frankreich war und weit entfernt von Gott, und dieses Schisma dauerte schon etwa sieben Jahre. Sira Jon fragte, ob Papst Urban denn nun nicht mehr der Papst sei, da die Besatzung der *Thorlakssuden* über dessen Wahl gesprochen und berichtet hatte, daß Gregor vor einigen Jahren nach Rom zurückgekehrt sei, und Bjorn antwortete, daß Urban tatsächlich noch in Rom sei und von den Norwegern und Engländern und dem Heiligen Römischen Kaiser als Papst anerkannt werde, doch daß es in Avignon einen Papst Clemens gebe, der die Unterstützung der Franzosen und der Schotten und des Königs von Kastilien gewonnen habe, und dieser Clemens habe alle alten Kardinäle um sich versammelt, und Urbans Kardinäle seien alle neu, von ihm selbst ernannt, und was schlimmer sei, beide Päpste exkommunizierten fleißig jeden, der dem anderen treu sei; ganze Städte und Gegenden seien exkommuniziert worden, und unter der Landbevölkerung herrsche Ungewißheit darüber, ob die ausgeführten Zeremonien überhaupt wirksam waren. Bjorn selbst hatte in dieser Sache wenig zu sagen, er sei in Rom gewesen und habe es als das gesehen, was es sei, ein überlaufener, elender Schutthaufen, wo anständige Leute grundlos überfallen und verprügelt, ja totgeschlagen werden konnten, nur für ein paar Münzen oder wertlosen Kram. Und es treffe auch zu, daß jeder Kardinal kämpfende Männer um sich halte, und mehr als einer habe verschiedene Ausreden benutzt, um das Niedermetzeln unschuldiger Menschen anzuordnen, ja, dieser andere Papst, Clemens, habe die Bewohner einer bestimmten Stadt, die die Italiener Cesena nannten, niedermetzeln lassen. Der Fall sei so gewesen, daß der Kardinal Geiseln angenommen und sie als Zeichen seines guten Willens freigelassen habe, und dann habe er seine englischen Söldner gerufen und die Stadttore verriegeln lassen, und diese Engländer hätten drei Tage und drei Nächte lang gewütet wie die Berserker, vor lauter Morden und Brennen ganz wahnsinnig, denn wie man es auch drehe, die Engländer seien bekannt für ihre Gottlosigkeit. Es hieß, daß zehntausend Menschen oder noch mehr niedergemacht worden wären, das seien genauso viele oder noch mehr, als durch den Schwarzen Tod umgekommen seien, Bjorn wußte nicht, wieviele. Und noch mehr seien geflohen. Und viele schöne Dinge seien zerstört und verbrannt und gestohlen worden.

Diese Nachricht bedrückte Sira Jon sehr, und er sagte zu Bjorn, daß unter all den Hoffnungen der Menschen die kleine Hoffnung der Grönländer auf einen neuen Bischof nun wohl begraben werden müsse. Danach erzählte ihm Bjorn, um ihn aufzumuntern, von seiner Reise nach Jerusalem. Dort, so sagte er, scheine die Sonne so hell und heiß, daß die Leute am Tage im Hause bleiben müßten, damit sie nicht bei der Arbeit von der Sonne verbrannt würden oder ohnmächtig umfielen, und außerdem sei das Land um die Stadt herum von der übermäßigen Hitze sehr ausgedörrt. Dennoch erstrahle der Ort durch die Schönheit des Heiligen, und ein Mensch könne dort jahrelang an den geheiligten Stätten umhergehen und nie genug davon bekommen, denn mit fast jedem Schritt, den man gehe, trete man in die Fußstapfen von Abraham oder David oder von Josua, der die Zerstörung von Jericho verursacht hatte – was einmal eine große Stadt gewesen und jetzt nur noch ein kleines Dorf sei, wie Bjorn mit eigenen Augen gesehen habe –, oder in die Fußstapfen Johannes des Täufers oder von Unserer Lieben Frau oder Jesus Christus und von Petrus und den anderen Jüngern. Manchmal, wenn Bjorn sich an dies und jenes nicht erinnern konnte, gab sein Ziehsohn Einar Auskunft, denn Einar war auf diesen Reisen mitgefahren und hatte alles aufgeschrieben, und Bjorn hatte ihn in diesem Sinne erzogen.

Einar erzählte den Leuten die Geschichte von den Sarazenen, die man Mohammedaner nannte und denen Jerusalem durch die Sünden und Verfehlungen der Christen nun gehörte, denn es ist wohlbekannt, daß Gott den Christen Jerusalem nahm, weil sie sich nicht an seine Gesetze hielten, und daher besitzen nicht mehr die Christen sondern die Sultane der Sarazenen diesen Reichtum, wie ihn König Balduin einst dem König Sigurd vorführte, als er nach Jerusalem kam und sein Bruder Eystein König von Norwegen war. Ein jeder kennt die Geschichte von Balduin, der wertvolles Tuch auf die Straße nach Jerusalem legen ließ, um den Stolz Sigurds zu prüfen, und Sigurd ritt mit seinem Pferd darüber, als wäre es Schmutz, und befahl allen seinen Männern, dasselbe zu tun, und Balduin war sehr beeindruckt. Doch jetzt haben diese Mohammedaner all diesen Reichtum für sich allein, durch die Gerechtigkeit Gottes.

Diese Mohammedaner, sagte Einar, sähen dem Paradiese mit Ungeduld entgegen und behaupteten, daß jeder Mann im Paradies achtzig Frauen haben werde, alle jungfräulich, und er werde jeden Tag bei ihnen liegen, und sie würden immer wieder jungfräulich sein. Und außerdem seien ihre Gesetze in einem Buch festgehalten, *Alkoran* genannt, und eines dieser Gesetze besagte, daß sie einen ganzen Monat im Jahr fasten und sich von ihren Weibern fernhalten sollten, und ein anderes laute, daß Jesus niemals gekreuzigt, sondern vom Herrn in Judas verwandelt wurde, der für ihn gekreuzigt wurde, und daß Jesus ohne zu sterben in den Himmel gekommen sei, denn es wäre in den Augen Gottes ungerecht, Jesus kreuzigen zu lassen, ohne daß Er Schuld auf sich gehäuft habe, also könnte es nicht so sein. Ein anderes der Gesetze besagte, daß Jesus nicht der Sohn Gottes sei, sondern ein großer Prophet, wie Moses und Abraham, und daß ein anderer Prophet Mohammed sei, der Bote Gottes. Da die Mohammedaner viel von der Jungfrau und von Jesus und vom Evangelium wüßten, sei es leicht, sie zum rechten Glauben zu bekehren, wenn man ihnen zeige, wie man ihn richtig verstehe. Und nicht nur im Paradies hätten sie viele Frauen, sondern auch auf Erden, denn Mohammed sage, daß es recht sei. Doch nun nähmen sich die Männer viel mehr Frauen, als ihnen zuständen, und daneben noch Konkubinen. Über solche Gebräuche redeten die Grönländer viel, da sie ihnen so fremd waren. Und Einar erzählte auch, daß die Männer in jenem Land Bjorn Einarsson Jorsalfari schöne Frauen für die Ehe und als Konkubinen angeboten hätten, wenn sie seinen Reichtum sahen, doch Bjorn habe immer erwidert, daß Solveig bereits soviel wie sechs Frauen für ihn wäre. Und diese Mohammedaner staunten sehr über Solveig, denn sie ging mit unverhülltem Gesicht umher, während die Frauen in jenen Gegenden von Kopf bis Fuß verhüllt seien.

Eine Geschichte, die Sira Jon unbedingt hören wollte, war die von Bjorns Reise nach Bethlehem, und Bjorn erinnerte sich an eine Menge Dinge in dieser kleinen Stadt, die, wie er sagte, langgestreckt und schmal und von einer festen Mauer umgeben sei. Und Bethlehem liege in einem schönen Bezirk mit Ebenen und Wald und einer hübschen Kirche, die an dem Ort von Jesu Geburt erbaut worden sei. In der Kirche, haargenau an der Stelle, finde man eine reichgeschmückte Kapelle, die mit Silber, Gold, Azur, Karmesinrot und allen anderen Farben bemalt sei, die man sich nur vorstellen könne. Drei Schritte davon entfernt stehe die Krippe, und gleich daneben sei die Stelle, an der der Stern vom Himmel gefallen sei, der die drei Könige geleitet habe, damit sie das neugeborene Kind anbeteten. Hier unterbrach Einar und erklärte, obwohl den Christen diese Könige als Balthasar, Melchior und Kaspar bekannt seien, würden andere Menschen sie unter anderen Namen kennen, die Griechen nannten sie nämlich Galgalathe, Malgalathe und Saraphie, und die Juden nannten sie auf Hebräisch wieder anders: Appelius, Amerrius und Damasus. Diese Könige, sagte Bjorn, hätten eine wundersame Reise gehabt, denn an den heiligen Stätten erzählte jedermann, daß sie sich in einer Stadt namens Cassak getroffen hätten, welche weiter als dreiundfünfzig Tagesreisen östlich von Jerusalem liege, und doch wären sie nach zwölf Tagen in Bethlehem angekommen.

Aber es gebe auch andere Dinge in Bethlehem, wie das Beinhaus der Unschuldigen, in dem man all die Gebeine der Kinder, die Herodes töten ließ, aufbewahrte, und unweit davon das Grab von St. Hieronymus, und vor dem Grab stehe der Stuhl, auf dem St. Hieronymus gesessen habe, als er die Bibel und den Psalter vom Hebräischen ins Lateinische übersetzte. Und in der Nähe dieser Kirche stehe die Kirche von St. Nikolaus, wo die Jungfrau nach der Geburt geruht habe, und in deren roten Marmorsteinen könne man die weißen Spuren ihrer Milch sehen, denn als sie dorthin gekommen sei, hätten ihre vollen Brüste geschmerzt, und sie habe Milch herausgedrückt, und die Milch sei auf die roten Steine getropft. Bjorn habe das mit eigenen Augen gesehen. Bjorn hält Jerusalem für eine sehr schöne Stadt, und die Weingärten rundherum habe er sehr bewundert, denn Bethlehem sei nur von Christen bewohnt, die guten Wein anbauten. Hier unterbrach Einar wieder und erklärte, daß die Mohammedaner keinen Wein tränken, denn ihr Prophet Mohammed solle einen heiligen Mann im Rausch getötet haben. Auch äßen sie kein Schweinefleisch, sagte Einar, denn sie hielten Schweine für Brüder des Menschen, und obwohl die Grönländer darüber spotteten, blieb Einar doch dabei, daß es wahr sei. Dies waren einige der wunderbaren Dinge, die Bjorn Einarsson Jorsalfari und sein Ziehsohn erzählten, als sie nach Grönland kamen. Die Grönländer konnten von ihren Geschichten gar nicht genug bekommen.

Eines Tages fuhren Bjorn und Einar und einige Knechte auf Skiern nach Vatna Hverfi und Hvalseyfjord, wo sie die St. Birgitta-Kirche besuchten, denn sie hatten von ihrem Ebenmaß und dem ausgezeichneten Mauerwerk gehört, und Bjorn wünschte die Bekanntschaft von Sira Pall Hallvardsson zu machen. Als Pall Hallvardsson sie in die Kirche führte, war Birgitta Lavransdottir gerade mit ihrer Tochter Gunnhild dort, die jetzt elf Winter alt war. Außer Gunnhild, Helga und Kollgrim hatte Birgitta nun noch zwei weitere Töchter, Astrid und Maria, und ein sechstes Kind war unterwegs und schon weit gediehen. Obwohl sie bereits einiges von Reisenden aus anderen Bezirken gehört hatte, war dies das erste Mal, daß Birgitta Bjorn sah, und sie und Gunnhild knicksten höflich. Gunnhild starrte die Kleidung des Mannes mächtig an, denn sie war farbenprächtig, und sein Hut stieß oben an den Türstock, als er die St. Birgitta-Kirche betrat. Bjorn seinerseits starrte Gunnhild mächtig an, denn sie war zu einem schönen Mädchen herangewachsen, groß und blond wie Gunnars Familie, doch mit den weichen Rundungen von Birgitta. Als er sie sah, lachte Bjorn und sagte: »Ich hatte geglaubt, es gäbe keine Bäume in Grönland«, und Birgitta lächelte und sagte: »Die Bäume, die es gibt, wachsen in Klüften und Tälern, weitab von den Pfaden der Menschen.« Und so kam es, daß Pall Hallvardsson und Bjorn und Einar eingeladen wurden, Lavranshof zu besuchen und sich sämtliche Gunnarsdottirs anzuschauen, die alle Gunnhild sehr ähnlich waren, obwohl Birgitta Gunnhild für die Hübscheste hielt, und Kollgrim, der zwar nicht anders, aber eben ein Junge war und damit schwieriger und entzückender zugleich.

Lavranshof war jetzt etwas größer als früher, es gab zwei neue Räume, einen kleinen für Vorräte und einen großen, in dem alle Kinder schliefen. Lavrans selbst war alt und sehr gebeugt von der Gelenkkrankheit, und er litt im Winter arg unter der Kälte, die diese Krankheit noch schmerzhafter machte. Es war Helgas und Gunnhilds Aufgabe, neben ihm zu sitzen und Sachen für ihn zu holen und Kollgrim daran zu hindern, daß er den Großvater ärgerte, denn Kollgrim war darin ganz groß, und man konnte ihn nicht dazu bringen, die Leute in Ruhe zu lassen. Olaf sagte, der Junge sei von einem Kobold besessen, den man manchmal aus seinen Augen hervorlugen sehe, doch Birgitta war der Meinung, daß Olaf seit dem Tag, an dem sie Gunnarshof verlassen hatten, verbittert sei, und Gunnar sagte nichts dazu. Bjorn und Einar waren voll des Lobes über die Kinder, über ihren hohen Wuchs und die runden Wangen, und Birgitta erklärte, daß Gunnars Familie durch Finn Thormodssons Hilfe noch in keiner einzigen Fastenzeit Hunger gelitten habe, hingegen hätten andere Familien im Bezirk nicht soviel Glück gehabt, und sie sagte das so, daß Gunnar über sie lachte und feststellte, sie sei ganz angeschwollen, doch nicht von dem Kind in ihr, sondern vor Stolz.

Zu Beginn des Frühjahrs, etwa um das Fest der Heiligen Jungfrau, begab es sich, daß eine Gruppe von Männern, alle wohlhabende Bauern und aus allen Bezirken, nach Gardar kam, wo Bjorn Einarsson sich gerade aufhielt, und ihm vorschlug, die Stellung und die Pflichten des Bezirksrichters und des Steuerbeamten des Königs von Norwegen zu übernehmen. Und die Männer boten Bjorn folgende Vergütung: das Recht, Foss und Thjodhildshof zu bewirtschaften, und dazu einhundertdreißig Hammelkeulen und andere wertvolle Güter. Manche Leute sagten, daß die Grönländer vom Reichtum und der Tatkraft des Isländers zu geblendet seien und daß die Grönländer sich von den Schwierigkeiten, in denen sie sich befanden, ganz gut selbst befreien könnten, und zwar ohne dafür auch noch mit Hammelkeulen und anderen Dingen zu bezahlen. Doch andere sagten, daß Kollbein Sigurdsson die Höfe in schlechtem Zustand hinterlassen habe, und Bjorn sei ein tüchtiger Mann mit vielen Knechten und Matrosen, die man gut zur Arbeit heranziehen könnte. Diese Leute schauten auch auf Bjorns Schiffe und seine Güter und sein Wesen und erklärten, daß es sehr gut wäre, so einen nützlichen Burschen da zu haben, der jedoch ohne eine Vergütung durch Steuereinnahmen oder andere Mittel kaum bleiben würde. Und so überredete man Bjorn Einarsson Jorsalfari, einen berühmten und einzigartigen Mann, in Grönland zu bleiben, als er gerade vorhatte abzureisen. In dem Jahr tauschte er viele Dinge gegen die Güter der Grönländer ein, denn seine Schiffe waren voll von begehrenswerter Fracht, und es gab grönländische Waren, die er für sich haben oder für den Handel in Bergen mitnehmen wollte. Und außerdem war es grönländisches Gesetz, auf dem Thing nach der Abfahrt der *Olafssuden* verabschiedet, daß fremde Schiffe außer Proviant auch Handelsgüter mitnehmen mußten. Und noch etwas geschah, nämlich daß jene Grönländer, die nach dem Tod von Ragnvald weiterhin heimlich mit den Skraelingern gehandelt hatten, nun allmählich offener darüber redeten und ihre Güter hervorholten, und einiges davon – Elfenbein, feine Pelze – gefiel Bjorn außerordentlich.

Später im Frühjahr, nachdem sich Bjorn und seine Leute auf ihrem Hof niedergelassen hatten, kam Einar, Bjorns Ziehsohn, nach Hvalseyfjord, um Pall Hallvardsson zu besuchen und ihm etwas von der Niederschrift zu zeigen, die er auf seinen Reisen mit Bjorn angefertigt hatte, denn er hatte eine gute Ausbildung genossen und konnte sehr schön schreiben. Pall Hallvardsson bewahrte sechs Handschriften in der St. Birgitta-Kirche auf, vier davon hatte er selbst abgeschrieben, darunter ein kleines Buch, aus dem er Gunnar das Lesen gelehrt, ein weiteres, welches er als Geschenk zu seiner Weihe erhalten, und noch eines, ein sehr kleines, das er als junger Mann in Gent gekauft hatte, und dieses war sein Lieblingsbuch, denn es enthielt zwölf kleine Bilder, eines für jeden Monat des Jahres, die zeigten, was die Leute im Laufe des Jahres taten.

Danach ließ Einar Pall Hallvardsson seine Schriften ansehen, sie waren umfangreich und bestanden aus vielen Pergamentrollen, und Einar sagte, er fürchte sich sehr, diese Rollen aus der Hand zu geben, um sie abschreiben zu lassen, doch er selbst habe nicht die Zeit dazu. Während Einar neben ihm saß, las Pall Hallvardsson laut vor, was Einar über Spanien, Frankreich und England aufgeschrieben hatte, und Einar unterbrach ihn und fügte hier und da etwas hinzu, an das er sich erinnerte, zum Beispiel, daß der Bursche mit Namen Wat der Dachdecker, der hinter der Zerstörung und Verbrennung eines großen Palastes in London steckte, die Verteilung des kirchlichen Landbesitzes unter die Armen gefordert habe, und Priester und Bischöfe und sogar Erzbischöfe sollten zum Betteln auf die Straßen geschickt werden, und außerdem, daß solche Worte für die Engländer nicht überraschend seien und oft von anderen, angeseheneren Personen im Munde geführt würden. Doch Einar und Bjorn und Solveig hätten während dieser Unruhen im Hause bleiben müssen, denn es sei bei diesen wilden Bauersleuten so üblich, daß sie Menschen aus fremden Ländern verfolgten und totschlügen. Pall Hallvardsson erwiderte, daß es in der letzten Zeit auch in Grönland mehr Tötungen gegeben habe, ein sicheres Zeichen für die Sündhaftigkeit der Menschen und die Schlechtigkeit der Zeiten, doch Einar erklärte, daß diese Tötungen in England nicht wie die Tötungen unter Menschen seien, welche aufgrund von Fehden Feindschaft füreinander hegten; sie seien mehr wie eine Plage oder ein Fluch Gottes, denn die Mörder kämen in einer Gruppe und seien von einer flammenden Wut erfüllt, vielleicht wie die Berserker, und jede Handlung ihrer Opfer, ob Schwäche oder Herausforderung, entbrenne sie nur noch mehr, und das einzige, was sie dämpfen könne, sei die Furcht um ihr eigenes Leben, wenn sie sähen, daß bewaffnete Ritter zu Pferde mit Schwertern und Speeren auf sie zukämen. Dann würden sie davonrennen und einander mit Füßen treten und ihrerseits von den stürzenden Pferden getreten werden, und die ganze Zeit würden die Ritter lachen und johlen, denn auch sie seien wie die Wahnsinnigen von Haß entflammt. Da schwiegen Pall Hallvardsson und Einar, und sie dachten über die Engländer nach, die sich in allen Geschichten scheinbar an Gemetzeln ergötzten, wie es der Dichter Thorkel Skallason ausdrückt:

Es ist wahr, das Töten in England
wird eine lange Zeit nicht enden.

Und so blieb Einar Bjarnarfostri einige Tage als Gast von Sira Pall Hallvardsson in Hvalseyfjord, und jeden Tag sah er Gunnhild Gunnarsdottir und bewunderte ihr Aussehen und ihr Benehmen sehr, und so kam es, daß er am letzten Tag seines Besuches zu Gunnar Asgeirsson ging und ihn bat, mit dem Mädchen verlobt zu werden, obwohl sie erst zwölf Winter alt war.

»Ein jeder kann es sehen«, erklärte Einar, »mein Ziehvater Bjorn ist ein reicher Mann, dem großes Glück beschieden ist. Ich selbst besitze eigenen Grund in Island, nahe Bjorns Hof in Reykholar, und ich habe Knechte, die ihn bestellen, und Mägde, die die Arbeit meiner Frau erleichtern werden. Darüber hinaus wäre meine Frau eine gute Freundin und geschätzte Verwandte von Solveig Ogmundsdottir, die zu dem Mädchen gewiß wie eine Mutter wäre.« Und er lächelte, denn er war überzeugt, daß kein grönländisches Mädchen, selbst ein so hübsches wie Gunnhild, ein Angebot wie das seine noch einmal bekommen würde.

Die ganze Zeit über saß Gunnar abseits auf einem Felsen und besserte ein Fischernetz aus, und er fuhr mit der Arbeit fort, bis sie beendet war, dann legte er sie beiseite. Nun schaute er zu Einar auf und sagte: »Weil wir Grönländer sind, bedeutet das nicht, daß wir die Gebräuche in solchen Dingen nicht kennen. Kein Mann geht ohne Freunde zum Haushalt der Frau, die er begehrt, es sei denn, er schätzt diesen Haushalt recht gering.« Er stand auf und trug sein

Netz über den Hof in das Bootshaus, und Einar sah, daß er sehr gekränkt war. Am nächsten Tag kehrte Einar nach Gardar zurück, und man sprach nicht mehr über diese Angelegenheit.

Eines Tages, später im Frühling, als die Hänge grün wurden und nur noch kleine Eisberge im Fjord trieben, lief Birgitta mit der Spindel vor dem Haus auf und ab. Ihre Zeit war sehr nah, und sie war hochschwanger; es war ihr unerträglich, im Haus zu sein. Und wie sie so hin und her lief, schaute sie zum Wasser, wo die fünf Kinder Seegras sammelten, sogar Maria, die Jüngste, die erst zwei Winter alt war. Als sie die Kinder anschaute und an das Kind unter ihrem Herzen dachte, da schienen sie zu verschwinden, und ihr Geschrei verstummte, und der Strand war leer und das Meer dahinter kalt und grau. Da ließ Birgitta die Spindel fallen und legte die Hände vor das Gesicht, und als sie wieder aufschaute, war das Wasser im Fjord blau, und die Kinder waren wieder da wie zuvor, sie liefen herum und warfen Seegrasbüschel in den gelben Korb. Etwas später kamen Gunnar und Olaf vom Schafspferch herunter, und Birgitta nahm Gunnar am Ellbogen und hielt ihn fest, bis Olaf sich gewaschen hatte und ins Haus ging, dann sagte sie zu Gunnar: »Dieser Mann Einar ist wenig über dreißig Jahre alt und hat schon eine Frau gehabt, doch er ist sehr gebildet und einem wichtigen Manne verbunden. Vielleicht wird Bjorn Grönland gar nicht mehr verlassen. Vielleicht sind diese Höfe hier besser als seine eigenen in Island.«

Gunnar stand da und schaute starr auf die Kinder, die jetzt den Korb den Hang heraufzogen. Er sagte: »Ein Mann mit vier Schiffen muß wegfahren.«

Da schwiegen sie eine Weile, und dann sagte Birgitta: »Mir scheint, daß es Gunnhild bestimmt ist, mit ihm zu gehen, denn gerade eben sah ich, wie sie vor meinen Augen verschwand.« Danach sprachen sie nicht mehr über die Sache.

Nun kam der Sommer, und Birgitta gebar noch eine Tochter, und sie wurde auf den Namen Johanna getauft, und sie war das größte von allen Kindern und wurde mit einem vollen Haarschopf und mit einem Zahn im Unterkiefer geboren, und die Leute redeten darüber, denn es heißt, solche Kinder kommen mit eigenen Gedanken im Kopf auf die Welt. Birgitta empfand eine unerklärliche

Abneigung gegen dieses Kind und überließ seine Pflege weitgehend Gunnhild und Helga. Johanna wurde geboren, während Olaf, Gunnar und Finn auf Seehundjagd waren, und als Gunnar zurückkehrte, schaute er sich das Kind lange an, und es lag wach da und schrie nicht und sah ihn an, und er stellte fest, daß es ihm gefiel, und von da an hielt sich Johanna an ihren Vater, so wie Kollgrim immer seiner Mutter gefolgt war.

Von Kollgrim ist zu erzählen, daß er sehr viel umherlief, und er war auf allen Höfen der Umgegend und in Pall Hallvardssons Priesterhaus auf der anderen Seite des Wassers bekannt. Es begab sich zu der Zeit, als Gunnar auf Seehundjagd und Birgitta mit Johanna beschäftigt war, daß Kollgrim an einem benachbarten Hof vorbeiging und zwei Jungen, Hrolf und Hakon, mit ihrem Hund, einem großen, doch nicht ganz ausgewachsenen Jagdhund, aus dem Kuhstall kamen. Als dieser Hund Kollgrim erblickte, rannte er von den beiden Jungen weg auf Kollgrim zu, fletschte die Zähne und warf ihn um. Da ertastete Kollgrim mit der Hand einen Stein und nahm ihn auf und schlug dem Hund damit fest auf den Kopf, so daß der Schädel des Hundes brach und der Hund starb. Da liefen die Jungen herbei, und Kollgrim sprang auf und erklärte, daß es nicht sehr nachbarschaftlich sei, ein solches Tier auf einen unschuldigen Vorübergehenden zu hetzen, und er stürzte sich auf Hrolf, den älteren Jungen, doch ohne den Stein, und er verprügelte ihn. Dieser Junge war nicht ganz so alt wie Kollgrim und schon gar nicht so groß wie er. Hakon rannte weg, um einen Knecht zu holen, da der Bauer Harald auch auf Seehundjagd war. Dieser Knecht hatte einen Stock bei sich, und damit schlug er Kollgrim seitlich auf den Kopf, und da hörten die Jungen auf zu kämpfen.

Als Gunnar und Harald von der Seehundjagd zurückkamen, zahlte Gunnar an Harald zwei Seehundfelle als Ausgleich für den Hund und das Verprügeln von Hrolf. Birgitta war sehr verärgert darüber, daß sie nichts für den Angriff des Hundes und den Schlag auf Kollgrims Kopf erhielten, und Gunnar und Birgitta stritten darüber. Außerdem verbot man Kollgrim, Haraldshof zu besuchen, aber er ging trotzdem oft dorthin, denn es schien, als wollte oder konnte er es sich jetzt nicht verkneifen, diesen Jungen Hrolf zu ärgern, so wie er seinen Großvater und seine Schwestern und Olaf und alle anderen immer geärgert hatte.

Eines Tages kurz darauf setzte sich Birgitta neben Lavrans, der jetzt immer beim Feuer blieb, denn er war etwa fünfundsechzig Winter alt oder noch älter. Es war das erste Mal, daß Birgitta seit ihrer Niederkunft aufstand, und sie hatte das neugeborene Kind auf dem Arm, um es ihrem Vater zu zeigen. Lavrans hielt die Kleine ein Weilchen und bewunderte, wie groß sie war und wie schön angezogen, denn Birgitta hatte dem Kind einen neuen Schal gewebt und ihn mit feinen Bändern geschmückt. Dann beugte sich Birgitta über seine Schulter und legte dem Kind ihren Finger in den Mund und tastete sanft darin herum, bis sie den winzigen Zahn gefunden hatte, und sprach: »Sagen die Leute nicht, daß ein solcher Zahn der ganzen Familie Unglück bringt?«

Lavrans erwiderte: »In meiner Gegenwart hat niemand so etwas jemals gesagt, doch es mag zutreffen.«

»Ich habe Angst um die anderen.«

Da schaute Lavrans sie eine Weile an, und dann sagte er: »So stolz war ich auf dich, daß die Leute darüber lachten, und so sehr habe ich dich vergöttert, daß die Leute damals nur staunten, doch du zeigst dasselbe zehnfach, und das Fünffache davon für den Jungen allein. Die Priester sagen, daß es eine Sünde ist, ein Kind mehr zu lieben als Gott. Die Wahrheit ist, daß Gott eifersüchtig und mächtig ist, und es gefällt ihm, uns unsere Abgötter zu nehmen.«

»Ich kann nichts dafür, daß sie mich mit ihrer Schönheit und ihrem Liebreiz erfüllen.«

Da wartete Lavrans eine lange Zeit, und dann sprach er mit leiser Stimme: »Einer zumindest macht dich blind. Einer zumindest hat dir schon Unglück gebracht, mehr als ein neugeborenes Kind dir gebracht hat. Einer zumindest wird viel Schaden anrichten, bevor er Gutes tut, weil der Teufel ihn verlockt.«

»Er ist lebhaft, das ist wahr, doch er ist nicht boshaft veranlagt.«

»Er ist so veranlagt, daß er tut, was ihm gefällt, bis es allen anderen nicht mehr gefällt. Dann ist er zufrieden.«

Da stand Birgitta auf, und sie war sehr gekränkt, und sie nahm ihrem Vater das Neugeborene weg und legte es in die Bettnische, und danach redete Birgitta wenig mit ihrem Vater und sprach fortan in einem kühlen und unpersönlichen Ton zu ihm.

In der Mitte des Sommers, ungefähr um die Zeit des St. Benediktfestes, lief ein Schiff in den Hvalseyfjord ein, mit leuchtenden Farben bemalt und mit rot-weißen Segeln geschmückt, und wartete vor Lavrans' winziger Anlegestelle, bis Gunnar, der unten am Wasser die Schafe hütete, es zum Anlegen herbeiwinkte. Natürlich gehörte das Schiff Bjorn Einarsson, und Bjorn und Einar und zwölf andere Männer, darunter Thorkel Gellison, gingen an Land. Gunnar hieß sie willkommen und fragte nach Neuigkeiten aus Vatna Hverfi und Gardar, und Thorkel erzählte ihm die folgende Geschichte:

Am vorangegangenen Julfest hatte Vigdis, die Frau von Erlend Ketilsson, erklärt, daß sie von Erlend geschieden sei, obwohl die beiden nie von einem Priester getraut worden waren, und sie war von Ketilshof fortgezogen und hatte sich mit einem Verwalter und sechs Bediensteten sowie Jon Andres Erlendsson auf Gunnarshof niedergelassen, und wenn Leute vorbeikamen, Bettler oder Reisende, und Gastfreundlichkeit oder Klatsch erwarteten, dann schickte sie sie auf der Stelle und ohne eines von beidem wieder fort. Erlend andererseits schien jedermann im Bezirk bewirten zu wollen, und er schickte Boten aus, die die Leute nicht nur zu einem, sondern zu zwei Festen einluden, nur hatte Erlend, als die Leute zu dem ersten Fest eintrafen, keine Vorbereitungen getroffen und benahm sich, als hätte er niemanden eingeladen, und als die Leute zu dem zweiten Fest eintrafen, mehr um zu sehen, was los war, und weniger in Erwartung irgendwelcher Feierlichkeiten, da trug er eine Menge zu essen auf, aber es war alles fast verdorben oder schlecht zubereitet, und er machte die ganze Zeit viel Aufhebens um eine seiner Mägde, ein dickes Mädchen mit Zahnlücken, die sich in Vigdis' schönste Kleider hüllte, und zwar in alle auf einmal, eines über dem anderen.

Nach diesen Festen war Vigdis nicht mehr so unfreundlich, ja, sie lud sogar Leute nach Gunnarshof ein und ließ sich von ihnen über Erlend und Ketilshof und diese Magd erzählen, bis sie heiser waren, denn sie konnte von keiner Geschichte genug bekommen. Und darüber hinaus ließ sie die Knechte die Steinmauer um das große Feld abreißen, das Erlend einst Asgeir abgenommen hatte, und sie so wieder aufbauen, daß das Feld neuerlich ein Teil von Gunnarshof war, und jeder von Erlends Knechten, der versuchte, das Feld zu düngen, wurde von Vigdis' Knechten vertrieben.

Und nachdem Thorkel diese Geschichte erzählt hatte, die die Leute von Lavranshof sehr interessant fanden, nahm Bjorn Gunnar beiseite und bat um die Hand von Gunnhild Gunnarsdottir für seinen Ziehsohn Einar, und er zählte Einars Besitztümer in Island auf und sagte auch, daß er Einar das Schiff, mit dem sie in den Hvalseyfjord gesegelt waren, zum Geschenk gemacht hatte, ein Schiff, groß genug, um seetüchtig zu sein, und doch wendig und gefällig. Und Gunnar erwiderte wie alle Männer, daß er die Entscheidung seiner Tochter überlassen werde, obwohl er nicht an ihrer Zustimmung zweifle, doch er stellte mit Rücksicht auf das Alter des Mädchens die Bedingung, daß sie zu Hause bleiben könne, nur verlobt, bis sie so alt sei wie Birgitta bei ihrer Hochzeit, und sollte Bjorn sich entschließen, vor diesem Zeitpunkt Grönland zu verlassen, dann würde sie unter dem Schutz von Solveig Ogmundsdottir mit ihnen reisen und bei ihr wie eine Tochter leben, bis sie das angemessene Alter erreicht habe. Bjorn und Einar willigten in diese Bedingung ein, und danach blieben die Männer von dem Schiff zwei Tage lang und aßen und tranken und feierten die Verlobung.

Als die Zeit zur Abreise gekommen war, hatte Gunnar große Lust, mit ihnen auf das Schiff zu gehen, obwohl es nur nach Gardar fuhr, und es wurde beschlossen, daß er und Pall Hallvardsson an Bord gehen und mit Gunnars großem Boot zurückkehren würden, welches man mitziehen wollte. Und Gunnar hatte vor, etwa fünf Tage später zurückzukommen, am Abend vor Sira Pall Hallvardssons Sonntagsmesse. In letzter Minute beschloß man, daß Kollgrim auch mitfahren sollte.

Als sie an Bord gingen, war Gunnar sehr beeindruckt, denn das Schiff war viel tiefer und breiter, als es von außen den Anschein hatte, und es gab viel Platz für eine recht große Menge an Gütern. Darüber hinaus war es aus sechs verschiedenen Holzsorten gebaut, und der Mast war aus dem Stamm einer hohen, gerade gewachsenen norwegischen Tanne. Die Teile des Kiels waren sauber verbunden, und die Planken waren mit Holzstiften an den Schiffskörper genagelt. Dieses Schiff, erklärte Bjorn, sei noch niemals beschädigt worden, denn es sei erst sechs Jahre alt. In der Tat waren die Schnitzereien entlang dem Schandeckel und am Bug, springende Fische verschlungen mit galoppierenden Rentieren, noch frisch und deutlich erkennbar. Sämtliche Taue und Fässer und Planken und andere Ausrüstung waren von der besten Sorte.

Die Überfahrt, aus dem Hvalseyfjord hinaus und den Einarsfjord hinauf bis zur Anlegestelle von Gardar, dauerte nur einen halben Tag, denn Bjorn erwischte einen guten Wind, und das Schiff segelte schnell. In der Regel rechneten die Männer vom Hvalseyfjord mit einer Reise von zwei Tagen, wenn sie nach Gardar ruderten, sie übernachteten in Sudarstrand, wo Männer aus Vatna Hverfi eine Anlegestelle und etwas Weideland besaßen.

Als sie in Gardar eintrafen, sahen sie, daß Sira Jon nach ihnen Ausschau gehalten hatte, denn er lief selbst hinunter zur Anlegestelle, und sogleich begrüßte er Bjorn Einarsson und begann ihm Fragen zu stellen. Noch bevor das Schiff an Land gezogen war, führte er sie schon eilig in die Halle von Gardar, um ihnen Essen und andere Stärkungen vorzusetzen. Etwas später fragte er Bjorn, wie lange er bleiben und wie bald er zu den Höfen, die man ihm gegeben hatte, zurückkehren wolle, und für Gunnar war es augenscheinlich, daß Sira Jon den Mann nicht gehen lassen wollte.

Sira Jon sah jetzt viel älter aus. Das wenige Haar an den Schläfen war fast grau, und seine Wangen waren so eingefallen, daß seine Augen auffällig hervortraten, ein wenig wie bei Bischof Alf. Doch er ging nicht stolz aufgerichtet wie sein Onkel, sondern schien in Bjorns Gegenwart den Kopf hängen zu lassen wie ein Hund vor seinem Herrn. Sein Gesicht verzog sich zu jugendlichem Lächeln und eifernden Blicken, und Gunnar sah, wie Pall Hallvardsson ihn von weitem beobachtete. Nach dem Essen nahm er Bjorn beiseite und zeigte ihm die Rechnungsbücher und erzählte ihm die Neuigkeiten von Gardar, obwohl Bjorn nur etwa zehn Tage fort gewesen war. Auch sprach er voll Stolz über einen Traum, den er in der Nacht zuvor gehabt hatte. In diesem Traum, alle rundherum konnten es hören, wurde Sira Jon zur Kathedrale von Nidaros gebracht, nur war die Kathedrale im Traum noch prächtiger als in Wirklichkeit und sah aus wie die Kathedralen, die Bischof Alf als junger Mann gesehen und die er oft beschrieben hatte. In dieser Kathedrale saßen Hunderte von prächtig gekleideten Menschen im Gebet gebeugt, und das farbige Licht, das durch das Glas rundherum fiel, tanzte über ihnen. Da erhob sich am anderen Ende ein großer Priester, und das war der Erzbischof von Nidaros, obwohl sein Name nie erwähnt wurde, und er stand vor ihnen und verkündete, daß er seinen besten Bischof weihen und ihn auf einem riesigen Schiff nach Grönland schicken werde, und dieses Schiff werde alle Arten von Reichtümern nach Grönland bringen, angefangen vom schlichten Saatgut und Teer bis zu den wertvollsten und wunderschönsten goldenen Gefäßen und auch Wandbehängen, und dabei hob er eine der Tapisserien hoch, und die Farben des Glases drangen hindurch und glühten darin. Und dann hatte Sira Jon, wie durch ein Wunder, sich selbst gesehen, wie er zur Anlegestelle hinunterlief und diesen Bischof begrüßte und ihn willkommen hieß. Und da sei er aus seinem Traum erwacht und habe ein langes Dankgebet zum Herrn gesprochen, weil Er Sira Jon seine Absichten mitgeteilt habe, denn dieser Traum zeige alle Merkmale der Prophezeiung, vor allem, weil er ihn am Morgen geträumt und nur ganz sanftes und mildes Essen zu sich genommen habe, bevor er zu Bett gegangen sei.

Da gaben Sira Jon und alle anderen der Hoffnung Ausdruck, daß dieser Traum sich tatsächlich bewahrheiten und ein neuer Bischof bald ankommen würde, und manche Leute hielten den Traum für eine Prophezeiung und andere für eine Einbildung, doch Bjorn selbst hörte nur zu und nickte und beteiligte sich nicht an dem Gerede darüber. Nach diesen Ereignissen überbrachten Bjorn und Einar Sira Jon die Nachricht von Einars Verlobung mit Gunnhild Gunnarsdottir, und dann trat Gunnar vor und grüßte Sira Jon und wurde ebenfalls höflich begrüßt, nur blickte Sira Jon nach jedem Satz auf Bjorn, wie er einst auf Bischof Alf geblickt hatte. Dann holte Gunnar Kollgrim und stellte ihn vor, denn Kollgrim war das erste Mal in Gardar, und der Junge trat kühn vor und küßte Sira Jons Ring, und dann, anstatt zurückzutreten, blieb er stehen und schaute dem Priester offen und mit großen Augen herausfordernd ins Gesicht, denn Kollgrim hatte in der Tat nie gelernt, den Blick in höflicher Weise zu senken. Gunnar stand an seiner Seite, ein wenig hinter ihm, und griff nicht ein, sondern beobachtete nur den Priester und den Jungen mit offensichtlichem Vergnügen. Als Sira Jon sich schließlich abwandte, einigermaßen beunruhigt, lächelte Gunnar nur und sagte zu Sira Pall Hallvardsson: »So sind wir also auch durch diesen Sproß der Asgeirfamilie nicht bessere Freunde geworden.« Sira Pall Hallvardsson schüttelte mißbilligend den Kopf.

Kurz danach wurde es für alle Zeit, sich zurückzuziehen, denn die drei Priester, einschließlich Pall Hallvardsson, hielten die kanonischen Stunden ein, und daher führte man Gunnar und Kollgrim in eine kleine Kammer mit einem Seehundtranbehälter, der Licht und Wärme spendete, und einem Stapel Rentierhäute auf dem Boden, auf denen sie schlafen und in die sie sich einwickeln konnten. Kollgrim war voller Verachtung für die Einrichtung und behauptete, daß der Boden stinke, obwohl seit mehreren Wintern niemand mehr den Raum bewohnt hatte, und Gunnar fand ihn nicht besonders schmutzig. In dem trüben, flackernden Licht breitete Gunnar die Rentierhäute aus, um seinem Sohn ein weiches Lager zu richten, dann stopfte er die anderen Häute fest um den Jungen. Schließlich legte er sich hin und schickte sich an zu schlafen, aber Kollgrim wollte keine Ruhe geben. Er strampelte und zappelte herum und warf seine Decken ab und legte sich quer, so daß sein Fuß auf Gunnars Bauch zu liegen kam. Gunnar richtete sich auf und betrachtete ihn im Schein der Lampe und sah, daß der Junge, obwohl seine Augen offen waren, beinahe schlief. Gunnar legte sich wieder hin. Doch der Junge wälzte sich neben ihm herum, und jedesmal wenn der Schlaf kam, verscheuchte Kollgrim ihn wieder. Gunnar setzte sich auf. Kollgrim befand sich immer noch in diesem Zustand des Träumens mit offenen Augen, den er schon kannte, und Gunnar fühlte sich merkwürdig herausgefordert, obwohl er sich in der Regel nicht leicht zum Zorn hinreißen ließ. Es traf zu, daß meistens Kollgrim dafür verantwortlich war, wenn Gunnar sich ärgerte. Da schrie der Junge im Schlaf unwirsch auf, als hätte ihn etwas gestört, und Gunnar beugte sich über ihn und schüttelte ihn, bis er aufzuwachen schien, doch als ihn Gunnar mit schneidender Stimme beim Namen rief, da rührte sich der

Junge nicht. Gunnar schüttelte ihn noch einmal. Kollgrims Augen schlossen sich. Schließlich gab Gunnar dem Jungen einen Schlag an die Schläfe, und er wachte auf.

Wenn irgendein Beweis nötig war, daß ein Kobold teilweise Besitz von dem Jungen ergriffen hatte, dann war es der, daß nämlich Kollgrim, nachdem er so herumgezappelt und soviel Ärger bereitet hatte, einfach die Augen mit ihren dichten Wimpern aufschlug und Gunnar arglos fragend anblickte, so unschuldig und gutmütig, wie ein Kind nur sein kann, gerade so wie Johanna schaute, wenn sie am Morgen zwischen Birgitta und Gunnar aufwachte. Da sagte Gunnar: »Es ist wahr, mein Junge, daß mein Vater Asgeir sehr enttäuscht von mir war, und er ging herum und fragte, ob er meinen Namen von Gunnar, welcher der Name seines Vaters war, in Ingvi umändern könne, welcher ein fremder Name war, der Name eines Fremden, des Vaters meiner Mutter in Island. Doch es scheint mir, daß er an einem wie dir seine Freude gehabt hätte, denn du bist immer in Bewegung, selbst wenn du schläfst, so wie Asgeir auch an den längsten Tagen von Sonnenaufgang bis Sonnenuntergang in Bewegung war.«

»Lavrans sitzt den ganzen Tag auf einem Stuhl neben dem Feuer.«

»Lavrans ist beinahe siebzig Winter alt, und seine Gelenke schmerzen sehr. Doch mein Vater war etwa fünfundvierzig oder achtundvierzig Winter alt, als er starb, ein junger Mann noch mit hellblondem Haar, obwohl er mir damals so alt und erstarrt und verbittert vorkam wie Lavrans dir jetzt.«

»Ist er dir böse begegnet wie Lavrans mir?«

»Jedesmal, wenn er mich sah, ist seine Stimmung gesunken, denn alle Leute hielten mich für einen Nichtstuer, und es ist auch nicht zu leugnen, daß es eine Zeitlang schien, als läge ein Schlafzauber auf mir, besonders nachdem der Bruder meines Vaters auf dem Eis im Norden umgekommen war.«

»Ist er zu den Skraelingern gegangen?«

»Hauk Gunnarsson ging oft zu den Skraelingern und war ihren Eigenheiten nicht abgeneigt. Er trug Vogelhäute als Unterkleidung, und meine alte Amme war über so etwas sehr empört. Aber die Leute redeten damals nicht so schlecht über die Skraelinger wie heute, denn die Skraelinger hatten ihre wahre teuflische Natur noch nicht offenbart, und sie hatten noch keine Christen getötet, wie sie es jetzt getan haben. Auch waren sie damals nicht in so großer Zahl hier. Hauk Gunnarsson hat manchmal am Ende des Winters rohes Fleisch gegessen wie die Skraelinger, auch von Füchsen und Bären, und er hat gesagt, es sei keine Sünde, das zu tun, sondern eine Notwendigkeit im hohen Norden, wo die Welt von einem Jahresende zum anderen weiß ist.«

»Lavrans ist ein Nichtstuer, und doch bedienen ihn alle, Tag und Nacht.«

»Nach einem langen Tag ruht sich der Mensch am Abend aus. Nach einem langen Sommer spielen die Leute im Winter und sitzen herum. Nach einem langen Leben sitzen die Menschen am Feuer und halten sich warm, denn die Kälte des Todes ist ihnen nah, und sogar unter dem dicksten Bärenfell zittern sie noch.«

»Doch die Leute sagen, daß Lavrans niemals wohlhabend gewesen sei oder hart gearbeitet habe, und darum sei Lavranshof so schäbig. Und abends im Bett redet Gunnhild manchmal von Gunnarshof, und sie sagt, daß die Felder und die Seen dort wie die Wiesen des Paradieses seien.«

»Es ist wahr, daß Gunnarshof ein schöner Hof ist, und ein jeder sehnt sich von Zeit zu Zeit nach so einem Ort. Doch wenn ich Lavrans neben dem Feuer sehe, bin ich ihm sehr zugetan, denn damals, als ich nach dem Tod von Asgeir Gunnarsson zum Thing nach Gardar ging, war mein Zelt klein und aus einem Stück Wadmal gemacht und nicht aus Rentierhäuten wie jetzt. Obwohl Asgeir Gunnarsson mein Vater war und ich auf dem großen Gunnarshof lebte, drängten die Menschen sich an mir vorbei, ohne mich zu sehen, oder sie schauten mich von oben bis unten an und erinnerten sich daran, was man über mich erzählte, und lachten sich in den Bart. Und so geschah es, daß ich mich vom Thingfeld entfernte, und da sah ich ein junges Mädchen am Hang stehen, gleich auf dem Hang da draußen, wo der Gardarbach herunterkommt, bevor er sich teilt und auf das Hoffeld fließt.«

»War das Mädchen meine Mutter?«

»Ja, das war sie tatsächlich, und sie hatte gerade ihren vierzehnten Geburtstag gefeiert. Und da geschah es, daß ich sie anschaute, und sie drehte den Kopf und schaute mich an, und sogar aus dieser Entfernung konnte ich das Blau ihrer Augen sehen, und ich kletterte zu ihr den Hügel hinauf und schaute den ganzen Weg über in ihre Augen. Sie war anders als jedes andere Mädchen, das ich kannte, denn meine Schwester war groß und sehr in sich gekehrt, und ihr Haar war immer vollendet geflochten, als wäre ihr Kopf in Stein gemeißelt, aber Birgitta war zart und ziemlich zerzaust. Doch sie sah die Dinge an, als würde ihre Seele auf sie übergehen und sich daran heften. Und so setzte ich mich neben sie auf den Hang, und wir sprachen miteinander und wurden Freunde, und mir schien, daß dieses junge Mädchen und nur sie allein die Kraft haben würde, mich zu erretten und einen Mann aus mir zu machen.

Der nächste Tag war der letzte des Things, und den ganzen Morgen über bauten die Männer ihre Zelte ab und stiegen in ihre Boote und ruderten davon, und ich wußte, daß ich zu Lavrans gehen müßte, doch ich hatte keine Freunde, die ich mitnehmen konnte, und ich fürchtete mich. Ich wußte auch, daß Lavrans weit entfernt lebte, in Hvalseyfjord, an der Öffnung des Fjordes, und daß die Hvalseyfjorder gewöhnlich als erste abreisten. Doch ich lief voller Angst umher und näherte mich ihm nicht, und bald waren fast alle weg, und es wurde Zeit für mich, auch zu gehen, denn mit mir im Boot war ein Mann gekommen, der dringend abfahren wollte. Schließlich sah ich, daß Lavrans' Zelt noch stand, doch seine Knechte fingen gerade an, es abzubauen, also rannte ich erschrokken hin, er packte gerade seine Habseligkeiten ein, und ich sagte, daß Birgitta Lavransdottir mein einziger Freund auf der ganzen Welt sei, und ich wolle sie zur Frau haben. Also ein anderer Mann, wie Asgeir oder wie ich selbst heute, mit fünf hübschen Töchtern, hätte mich an seiner Stelle für solche Worte vielleicht verprügelt, doch Lavrans hat nie so wie andere Männer gehandelt. Er lächelte nur und schaute mich mit einem Blick an, der ein wenig wie der Birgittas war und doch irgendwie anders und weniger stark, vielleicht, weil Birgitta das zweite Gesicht hat und Lavrans nicht, und er entgegnete, daß er sich für seine Tochter etwas anderes gewünscht hätte, als sie geboren wurde, denn damals sei König Hakon noch unverheiratet gewesen, doch jetzt hörte man, leider, daß König Hakon Königin Margarethe zur Frau genommen habe, und so müsse Birgitta Lavransdottir sich anderwärts umsehen, und, kurz gesagt, er gab sie mir, und sie tat, was ich von ihr erwartet hatte, obwohl sie noch ein Kind war, und ich war sogar noch kindlicher, obwohl ich fünf Winter älter war.«

Da gähnte Kollgrim und erklärte, das sei zwar eine schöne Geschichte, die Gunnar da erzähle, doch nicht so schön wie die Geschichte von dem Eisbären in Sandnes, der auf einem großen Hof in der Westsiedlung immer zu den Leuten sprach, wenn sie gerade einschliefen oder aufwachten, und ihnen erzählte, was die Tiere über sie sagten. Kollgrim schlief an ihn gelehnt ein, und Gunnar bettete ihn unter die Rentierhäute. Dann nahm er dem Jungen zwei oder drei Häute weg und legte sich selbst darauf. Die Räume in Gardar waren mit Soden so gut gepolstert, daß die winzige Lampe und der Atem ausreichten, um sie die ganze Nacht über warm zu halten.

In Gardar herrschte geschäftiges Treiben, von Tieren und Menschen, und es ging um Angelegenheiten des Hofes und der Kirche und andere Dinge. Die Nachricht von Sira Jons Traum schien alle mit einem frischen Gefühl der Dringlichkeit zu erfüllen, und die Leute rannten hierhin und dorthin, besserten aus, putzten, polierten und richteten her, als wäre das Schiff des neuen Bischofs bereits im Fjord gesichtet worden. Dennoch spürte Gunnar, wie eine große Sehnsucht nach Lavranshof über ihn kam, so daß ihm jedes Gespräch ermüdend schien und alle Nachrichten, die er aufnahm, ihm abgestanden und zweifelhaft vorkamen. Kollgrim war besonders anstrengend, denn er weigerte sich, bei den anderen Kindern zu bleiben, und trieb sich immer zwischen den Kühen herum und machte sich im Wasser unterhalb der Anlegestelle naß. Der Tag zog sich in die Länge, und Gunnar verbrachte die meiste Zeit unten am Wasser und bewunderte Einars Schiff. Selbst neben Bjorns größeren Schiffen zog dieses eine den Blick durch seine klaren Formen auf sich.

Für Sira Pall Hallvardsson schien der Tag schmerzlich schnell zu vergehen, denn es gab viel zu bereden, nicht nur mit Sira Jon, mit dem Pall Hallvardsson natürlich Geschäftliches zu erledigen hatte, sondern auch mit Sira Audun und den anderen Jungen und mit

Leuten aus anderen Bezirken, die aus verschiedenen Gründen zu Besuch dort weilten. Tatsächlich konnte sich Sira Pall Hallvardsson zum ersten Mal des Schreckens vor der Rückkehr nach Hvalseyfjord und der Einsamkeit dort nicht ganz erwehren. Als er neu in Grönland war, ein junger Mann noch, da war er von einem Bezirk zum anderen gezogen, hatte abwesende Priester vertreten und viele Höfe besucht, doch nun taten das Sira Audun und sein Gehilfe Gizur, und sie beklagten sich bitter darüber. Es war schwer, Boote zu bekommen, schwer genug, die Leute zu überreden, daß sie ihnen Knechte als Ruderer borgten, und noch schwerer, zu den Kirchen zu kommen, von denen die meisten jetzt in sehr schlechtem Zustand waren, vor allem im südlichen Teil der Siedlung, so daß Sira Audun folgenden Vers geschrieben hatte:

Männer, die mit dem Priester Soden stechen
Männer, die mit dem Priester Steine schleppen
Frauen, die Sand aus der Kirche fegen
Frauen, die zerbrochene Lampen ersetzen
Sie sind gesegnet wie die Knienden
unser Herr vernimmt deutlich ihre wortlosen Gebete.

Doch Sira Pall Hallvardsson nahm an, daß der jüngere Mann sich nur nach den Annehmlichkeiten von Gardar sehnte, und es war nicht zu leugnen, daß man Sira Audun, einen Grönländer, kaum mit derselben Neugier empfangen würde, die einst ihm die Türen geöffnet hatte. Sira Auduns Vater war ein Mann, der im Süden für seine knauserigen Geschäfte mit den Nachbarn wohlbekannt war, und vielleicht war Sira Audun ein wenig wie sein Vater, oder man sah ihn so, was auf dasselbe hinauslief. Nichtsdestoweniger schätzte man seine Lieder und Verse.

Und nun hatte Sira Audun am Abend zuvor auf dem hohen Schemel in seiner Kammer gesessen und Sira Pall Hallvardsson für ein paar Minuten empfangen, und er hatte gesagt: »Wirklich, Bruder, ich möchte nicht von hier fort, und ich gehe immer mit einem Gefühl der Besorgnis und kehre mit einer bösen Vorahnung zurück. Ich halte nach den Gebäuden Ausschau, sobald man sie sehen kann, und nach Boten, die man mir entgegenschickt.«

»Was befürchtest du denn?« fragte Sira Pall.

»Nicht, daß er anderen etwas zuleide tut.«

Sira Pall brauchte nicht zu fragen, wer es sein könnte, der keinem anderen etwas zuleide tun würde. Er entgegnete: »Er ist rührig und hat alle Fäden des Bischofssitzes wohlgeordnet in seiner Hand.«

»Trotzdem.«

»Also was befürchtest du?«

Aber Sira Audun konnte es nicht sagen. Sira Pall ging ruhig weg, als schiebe er solche Sorgen fort, doch als er zu seiner Unterredung mit Sira Jon ging, mußte er sich den Priester einfach genauer ansehen.

Sira Pall sprach ausführlich über den Zustand der Kirche und ihres Hofes in Hvalseyfjord, die Lage der armen Leute im Schutze der Kirche und das Ausmaß der Abgaben, die er bislang in dem Jahr von den Hvalseyfjordern erhalten hatte. Sorgfältig beschrieb er die Ausbesserungen am Schafspferch von St. Birgitta und auch die Dienste des jüngeren Schafbocks vom Lavranshof, ein Tier aus Birgitta Lavransdottirs eigener Zucht, das außergewöhnlich gute Nachkommen zeugte, selbst wenn das Mutterschaf nicht sehr groß war oder nicht besondes dicke Wolle hatte. Sira Jon war über diese Einzelheiten verärgert und erklärte: »Du glaubst also, daß die Kirche mit solchen Kleinigkeiten ihrer Pflicht Genüge tut?« Doch Sira Pall Hallvardsson ließ sich nicht beirren und sagte nur mit milder und beruhigender Stimme: »Ja.« Außer den Dingen, fuhr Sira Pall Hallvardsson fort, die er aufgezählt habe, besitze die St. Birgitta-Kirche einen großen Überschuß an Walfleisch und Waltran, die vom Winter übriggeblieben seien, und diese Güter könnten leicht nach Gardar geschafft und dort verwendet werden.

»Dieses Fett verbrennt mit einem Gestank, der uns abstößt, schlimmer noch als Seehundtran. Und das Fleisch ist nach einem Tag nur noch gut für die Hunde, selbst wenn es gedörrt ist.«

Nach diesem Bericht kniete Sira Pall Hallvardsson vor dem anderen Priester nieder und dachte, daß der Mann sich niemals an das Leben bei den Grönländern anpassen werde, und dann legte er seine Beichte ab, und unter den Sünden, die er beichtete, war Neid gegenüber Einar, dem Ziehsohn von Bjorn Jorsalfari, denn selbst auf einer solchen Reise, wie sie die Besucher gerade unternahmen, umgebe sich Einar täglich mit Schriften und Büchern und Manuskripten, wie sie Pall Hallvardsson seit seiner Jugend in Gent nicht mehr gesehen habe, und er spreche von Dichtern und trage in Latein und Nordisch und Deutsch Teile von Gedichten vor, die Pall Hallvardssons Herz vor Sehnsucht entflammten. Außerdem sei Einar nun mit dem Mädchen Gunnhild Gunnarsdottir verlobt, einem Kind, das Pall Hallvardsson immer gekannt und sehr geliebt habe, da es schön und gutherzig sei und seiner Mutter in ihrer Gemütsruhe gleiche. Und der Gedanke an die Bücher und das Mädchen, gar nicht zu reden von den Reisen, quälte ihn, obwohl er Einar recht gern mochte.

Dieses Geständnis schien Sira Jon für eine Weile sprachlos zu machen, denn er sagte nichts, und sein Schweigen veranlaßte Sira Pall Hallvardsson, länger und genauer darüber zu sprechen, was er an dem Isländer beneidete. Da schnitt Sira Jon ihm mit einem kurzen Satz der Absolution das Wort ab, dann lief er plötzlich davon, und eine Weile später hörte Sira Pall Hallvardsson, wie er mit einer der Mägde sprach. Dem Abendessen saß er mit seiner üblichen selbstsicheren Art vor, nur schaute er wie immer häufig zu Bjorn, der neben ihm aß. Als Pall Hallvardsson aus der Halle trat, stand Einar im Hof ganz in der Nähe, und Pall Hallvardsson ging zu ihm, da er in der Tat nicht von dem Manne lassen konnte, denn, wie es heißt, wenn Neid nicht Haß erzeugt, dann erzeugt er Liebe, und das war es, was mit Pall Hallvardsson geschah.

Es gab Leute, denen lag nicht viel an Einar, denn er hatte gegen alles, was man sagte, etwas einzuwenden und nahm größeren Anteil an den Gesprächen, als manch einer für angemessen hielt. Außerdem konnte er sich nicht enthalten, Leute zu berichtigen. Wenn ein Mann behauptete, daß ein kühler, doch regnerischer Sommer besser für das Heu sei als ein sonniger, trockener, dann bestand Einar gewiß auf dem Gegenteil. Danach erzählten einige dann immer Geschichten von der Hungersnot acht Winter zuvor, als es nicht geregnet hatte, bis die ganze Heuernte versengt war, doch Einar blieb hartnäckig bei seiner Behauptung und erzählte Geschichten von Gras, das auf den Feldern verfaulte, und von Tierhufen, die weich wurden und sich auflösten, und seine

Geschichten machten stets einen so großen Eindruck, daß man verstummte.

Oder es ergab sich ein Streitgespräch über die Wirksamkeit bestimmter Reliquien. Da erinnerte man sich, daß St. Olafs Fingerknochen in Gardar einmal vom Wahnsinn geheilt hatte, und Einar behauptete dann, daß die Reliquien des St. Olaf bekannt für ihre Heilkraft bei Skrofulose und anderen Hautkrankheiten seien, aber nicht für die Heilkraft bei Wahnsinn. Daraufhin bestätigte dann jemand, daß sein Vater oder Großvater oder ein anderes Mitglied des Haushaltes dabeigewesen sei, als die Heilung stattgefunden habe, woraufhin Einar dann erklärte, daß es in diesem Fall nicht der Fingerknochen von St. Olaf gewesen sein könnte, sondern der eines anderen Heiligen, vielleicht des St. Hallvard oder sogar eines Heiligen aus Deutschland oder Frankreich, wie St. Klothilde oder St. Otto, und die Leute wußten nicht, was sie darauf antworten sollten, denn sie hatten nie von diesen Heiligen gehört und wollten das nicht gern zugeben. Einars Geschichten wirkten auf die Leute tatsächlich so, daß sie, wenn er geendet hatte, sich nicht gern eingestanden, wie wenig sie im Vergleich zu ihm wußten. Auch seinen Ziehvater verbesserte er häufig, wenn dieser Geschichten erzählte oder Reden hielt, doch Bjorn machte das nichts aus, und er dankte dem jüngeren Mann sogar, daß er ihn an Dinge erinnerte, die er selbst vergessen hatte.

Trotz allem war Einar, wie Bjorn, ein großzügiger und aufgeschlossener Mann, mit Geschichten und Geschenken aus fremden Ländern ebenso freizügig wie mit Ratschlägen. Und das Beste an ihm war, daß er dieses heitere Gemüt besaß, welches nicht erkennt, wenn es kränkt, und so empfand er keine Ablehnung für andere, und es wurde ihm auch keine entgegengebracht. Als die Leute von der Verlobung mit Gunnhild Gunnarsdottir hörten, da legten sie weise die Köpfe schief und stellten untereinander fest, daß der Gunnarshofstamm den Isländern gewiß ein wenig von der dringend benötigten Schönheit bringen werde. Doch in erster Linie war es eine glückliche Verbindung für Gunnar, der schließlich sonst nicht viel Glück hatte.

Nun begann Einar, mit Sira Pall Hallvardsson über das Vieh im Gardargehege zu sprechen. Es waren jetzt ungefähr vierzig Tiere, darunter zwei Kälber, die gerade entwöhnt wurden, und Einar war nicht sehr beeindruckt von ihnen; er hatte in Dänemark, Deutschland und sogar in Island bessere gesehen. Und nun erzählte er eine Geschichte aus Island, in der jemand, den er kannte, eine kleine Kapelle entweiht hatte, indem er sie zu Frühjahrsbeginn als Pferch zum Lammen für die Schafe benutzt hatte. Und dieser Mann lebte in der Nähe eines Vulkans, und eines Tages stiegen einige Dämpfe in der grauen Wolke aus dem Vulkan und legten sich auf die Weiden des Bauern, und danach wuchsen die Kühe und Schafe schnell, doch auf verzerrte und monströse Art – ihre Zähne wuchsen ihnen aus dem Maul, so daß sie nicht mehr fressen konnten, und ihre Hufe wuchsen lang und nach hinten zu den Fesseln gebogen, und ein oder zwei Beine wuchsen schneller als die übrigen, so daß die Tiere nicht stehen und gehen konnten und große Schmerzen hatten, und daher mußte der Bauer die, welche nicht eingingen, töten, und er wurde bettelarm und mußte als Knecht auf die Höfe anderer Leute gehen.

Sira Pall Hallvardsson hatte keine gleichwertige Geschichte zu erzählen, und so sagte er nur, daß es auf dieser Weide fast hundert Kühe gegeben habe, als er nach Grönland gekommen sei, alle fett und glänzend, mit den gleichen schönen weißen Zeichnungen. Und die Gardarschafe in allen möglichen Farben seien in die Hunderte gegangen, und außerdem habe es viele Ziegen gegeben, zehn Pferde und etwa ein halbes Dutzend Schweine und viele Hunde, sowohl von der Rasse der Rentierjagdhunde als auch von einer kleineren schwarz-weißen Rasse, die manchmal von Hirten benutzt wurden, um ihre Arbeit zu erleichtern, aber die finde man in Gardar oder Brattahlid nicht mehr oft, in den südlichen Gegenden von Vatna Hverfi jedoch häufiger.

Einar erklärte, daß diese Jagdhunde schöne Tiere seien, doch nicht so schön wie jene, die es bei den Iren gebe, Hunde, deren Rumpf einem Menschen bis zur Taille reichte und die auf Wölfe gehetzt würden, welche so groß wären wie sie selbst. Und dann erzählte er von Irland, wo alles größer sei als anderswo – das Gras sei grüner, die Wölfe und Hunde und Pferde seien größer, die Einsiedler enthaltsamer, die Menschen gewalttätiger, die Frauen schöner, die reichen Leute reicher und die armen Leute ärmer. Und so fuhr er fort, und Sira Pall Hallvardsson schien es, als schwelge er in einer Fülle von Wörtern. Da läutete die Glocke von Gardar zur Abendandacht, und Einar und Pall Hallvardsson schlenderten zur Kathedrale und sprachen über die Iren.

Am nächsten Morgen, als sie im Einarsfjord ruderten, der so still und blau war, daß die Eisberge wie Steine im Wasser lagen, sagte Pall Hallvardsson zu Gunnar, es werde erzählt, daß bei Margret und ihrer Magd Asta auch ein Knabe herumlaufe, etwa drei oder vier Winter alt, und es scheine den Leuten, daß er dunkelhaarig und flachwangig sei, als stamme er von den Skraelingern ab, und Gunnar antwortete nicht darauf, denn es war seine Gewohnheit, niemals über Margret zu sprechen und immer so zu tun, als hätte er nichts über sie gehört. Als sie am Ende des nächsten Tages zur Anlegestelle vor Lavranshof ruderten, freute er sich sehr, seine Frau und seine Töchter zu sehen, doch nicht so sehr, wie er erwartet hatte. Und an dem Abend, als er die Neuigkeiten erzählte, schien ihm Lavranshof ruhig und klein zu sein, und er konnte nicht umhin, sich nach Gardar mit all seinem Reichtum und geschäftigen Treiben zurückzusehnen.

Bei Margret und Asta auf Steinstraumhof lebte tatsächlich ein Kind, und sein Name war Sigurd. Es war der Sohn von Asta Thorbergsdottir. Der Vater dieses Kindes war der Skraelingerjunge, der einmal um ihre Hand angehalten hatte. Er hatte zwei Frauen, die Skraelinger waren, und er verbrachte die meiste Zeit im Osten oder Norden oder jedenfalls weit weg von Steinstraumhof, doch er besuchte Asta zweimal im Jahr, einmal zu Jul in Brattahlid, wo er reiche Gaben an Seehundfleisch, Pelzen und Walroßzähnen mitbrachte, und einmal im Sommer, und dann brachte er Kinderkleidung mit, die seine beiden Frauen angefertigt hatten, und auch Eßvorräte von seiner Sommerjagd. Er sprach kein Nordisch, und er kam immer allein. Asta sprach kein Wort der Skraelingersprache. Doch sie kleidete sich sorgfältig für diese Besuche, bereitete nahrhaftes Essen vor und hielt eifrig Ausschau nach seinem Fellboot. Obwohl sein Name Quimiak war, nannte sie ihn Koll.

Sie und Margret mochten Sigurd sehr. Er hatte keine regelmäßigen Pflichten und wurde stets von einer der beiden Frauen überallhin getragen und mußte nur essen, was er essen wollte, und durfte immer sprechen, egal, wer gerade sprach, und die beiden Frauen schwiegen dann und hörten sich an, was er zu sagen hatte, doch in der Regel war er wortkarg, wie es die Skraelingerkinder sind. Er war nicht hübsch, doch groß und stark wie Asta, und sah ihr bis auf das glatte, schwarze Haar sehr ähnlich. Die Brattahlider sagten, er sei recht eingebildet.

Sonst ist von Steinstraumhof noch zu berichten, daß Asta und Margret ihn zu einem einfachen, doch gemütlichen Heim gemacht hatten, und indem sie sehr sparsam lebten, gelang es ihnen, jedes Jahr von dem Zeitpunkt an, wenn das Eis im Eriksfjord brach, bis fast zum Julfest dort zu bleiben. Margret hatte sich zehn Schafe besorgt, und von der Milch machte sie eine beachtliche Menge Käse, denn das Weideland über dem kleinen Hof war saftig und wurde wenig genutzt. Alle Höfe auf der Seite des Eriksfjord waren verlassen, und sie konnte die Schafe ein gutes Stück den Fjord entlang weiden lassen und auch in den Bergen bis hin zum Gletscher. Zu Jul wurden sie über den Fjord nach Brattahlid gebracht und dort von Osmunds Schafbock gedeckt. Auch verspann Margret im Sommer eine große Menge Wolle, und im Winter webte sie daraus Wadmal für die Leute in Brattahlid und für ihre eigene Bekleidung, sowie für Astas und Sigurds. Am Webstuhl war sie geschickt und zeigte den Brattahlidmägden gern, soweit sie sich daran erinnerte, die Muster, die Kristin, die Frau von Thord in Siglufjord, sie vor langer Zeit gelehrt hatte. Ihr Haar war ganz weiß und ihr Körper so dünn und hart wie ein Walknochen. Sie war ungefähr vierzig Winter alt und hatte noch immer wenige oder keine Beschwerden in den Gelenken. Sie klagte nicht mehr über ihre Träume. Sie suchte nicht mehr Zuflucht bei Sira Isleif und hatte seit drei Sommern weder die Kommunion erhalten noch gebeichtet. Sira Isleif hatte Angst, sie in dieser Sache anzusprechen, denn er war ein scheuer Mann, besonders seit dem Tod von Marta Thordardottir etwa zwei Winter zuvor.

Einige Dinge hatten sich auf Steinstraumhof geändert, und eines davon kam so: als Sigurd eines Tages bei seinem Fleisch saß, kippte er seinen Becher mit Schafsmilch um, und die Milch versickerte auf dem Boden des Hauses im Moos. Sofort fing er an zu schreien, denn er mochte seine Milch sehr und wollte nicht gern darauf verzichten. Da geschah es, daß Asta, ohne zu fragen oder auch nur nachzudenken, den anderen Becher Schafsmilch nahm, der auf dem Tisch stand, und ihn vor Sigurd hinstellte, und der trank ihn aus. Dieser Milchbecher gehörte Margret, und als Asta das klar wurde, war sie von Scham überwältigt, und einige Augenblicke starrten sie und Margret einander wortlos an. Dann lächelte Margret, denn sie war belustigt, und sie sagte: »Obwohl du meine Magd bist, Asta, scheint mir, daß du allmählich jeden Winkel dieses Hauses ausfüllst, und alle Dinge hier fließen Sigurd zu. Wir verbringen unsere Tage damit, für sein Wohlbefinden zu sorgen, wie Diener es mit einem mürrischen Herrn tun. Du wächst und gedeihst so gut wie Angelikakraut an einem klaren Bach, und mir scheint, daß ich schrumpfe und verhärte und schrumpfe und verhärte, und wenn ich sterbe, dann werde ich ein kleiner Kieselstein sein, und diese Vorstellung ist nicht beängstigend, sondern angenehm für mich.«

Und Asta, weil sie ihr Kind neben sich hatte, das sich an sie drückte, und sie die Wärme seines Körpers an dem ihren spürte, war von dieser Bemerkung ein wenig gekränkt und erwiderte nichts. Als Sigurd aufsprang und aus dem Haus lief, da stand sie auch auf und ging zu dem Bottich mit der Schafsmilch vom Morgen und schöpfte noch einen Becher voll für Margret. Margret trank ihn, und für den restlichen Abend blieb Asta Margret auf den Fersen und half ihr bei Aufgaben, die diese gewöhnlich allein erledigte, und sie hieß Sigurd ruhig sein oder schickte ihn fort, wenn er Margret zu ärgern schien, doch am nächsten Morgen, beim Erwachen, war das alles vergessen, und Asta dachte in allem wieder zuerst an Sigurd. Margret nahm sich etwas Käse mit und lief den ganzen Tag mit den Schafen herum und aß Blaubeeren in den Bergen, und das machte ihr große Freude.

Auf dem Hof wartete Asta schon auf Kolls Besuch, denn zu diesem Zeitpunkt im Sommer und bei diesem Wetter, frisch und hell, kam er oft zu ihr. Dieses Warten war ihr nicht sehr angenehm, denn Furcht mischte sich mit Begierde, so daß sie sich vor dem ersten plötzlichen Auftauchen abwechselnd fürchtete und es herbeisehnte. Einerseits hatte sie sich an Kolls Gesicht gewöhnt, so daß es ihr wie jedes andere nordische Gesicht vorkam, das sie kannte, und sie mochte es beinahe. Andererseits hatte sie sich nicht an den Geruch gewöhnen können, der von seiner Kleidung und seinen Händen und seinem Haar ausging, und der kam wie eine Wolke über sie, jedesmal von neuem. Glücklicherweise schien er aber zu verschwinden, wenn Koll eine Weile in ihrer Nähe war. Koll schien auch ihre Zuneigung für Sigurd zu teilen, den er mit einem Namen der Skraelingersprache rief. Immer brachte er dem Jungen erlesene Geschenke mit, schönere noch als die, welche er Asta gebracht hatte, um sie zu erobern. Der Junge schlief in schneeweißen Bärenfellen, und als Baby hatte man ihn in eine Decke aus blauen und weißen Fuchsfellen gewickelt. Es gab auch Elfenbeinschnitzereien und zwei Lampen nach Skraelingerart sowie verschiedene Waffen und Werkzeuge, mit denen Asta nicht viel anfangen konnte, die sie aber für den Jungen aufbewahrte.

Als Gegengewicht zu dieser Vorfreude hatte Asta große Furcht vor einer anderen Vorliebe, die Koll zeigte, wenn er sie sah, denn er kam, um bei ihr zu liegen, das war offensichtlich, und diese Tätigkeit kam ihr komisch und recht anstößig vor. Als er etwa ein Jahr nach dem Heiratsantrag zum ersten Mal wieder aufgetaucht war, hatte sie die Erfahrung gemacht, daß es ihn lediglich entflammte und seine Kraft steigerte, wenn sie wegrannte oder schrie. Und immer noch ließ das Eindringen selbst, wenn er ihre Arme auf den Boden drückte und sein Körper sich gegen den ihren drängte, sie nach Luft schnappen und würgen. Das war etwas, das er bei jedem Besuch viele Male tun wollte. Jedesmal, wenn er es tat, dachte Asta an Isleif und bereute ihre Sünde, denn gewiß war es Sünde, doch jedesmal, wenn es vorbei war, schien es ihr im nachhinein eine Kleinigkeit und eine geringe Vergütung für solche Segnungen wie Sigurd und die Geschenke und sogar Kolls Zuneigung selbst, wie er ihr auf die Schenkel klopfte und sich ihres Körpers erfreute und in der Skraelingersprache darüber plauderte, als bedeute er für ihn große Schönheit und Stolz.

Da setzte sie Sigurd mit einem Bottich Wasser und einigen anderen Gefäßen, heilen und angeschlagenen, vor das Haus, und er fing an, mit den Gefäßen Wasser hin und her zu gießen. Dann ging Asta ins Haus und trug alle Häute von den beiden Betten ins Freie und legte sie auf dem Hang in die Sonne. Dann sammelte sie einige

Birkenzweige und band sie mit einer Weidenrute zusammen und klopfte die Häute aus, damit die Flöhe und Läuse sowie Schmutz und Staub herauskamen. Danach nahm sie einen Kamm und machte sich daran, das restliche Ungeziefer aus Sigurds Bärenfellen zu kämmen, und das tat sie vier- oder fünfmal im Sommer, häufiger als die meisten Leute, denn sie legte viel Wert auf solche Dinge.

Während sie damit beschäftigt war, stand Sigurd von seinem Spiel auf und kam zu den Fellen herüber und legte sich darauf und rollte sich hin und her, dabei lachte er fröhlich, denn die Felle waren weich und sauber und sanft auf der Haut, und obwohl er Astas Arbeit zunichte machte, war sie nicht imstande, böse auf ihren Sohn zu sein, und sie lachte nur mit ihm und kniete sich hin und zerzauste sein Haar und legte ihr Gesicht an seines und schaute ihn an. Die Bewunderung seiner Mutter ließ den Jungen aufspringen, und er rannte auf dem flachen Stück vor dem Haus hin und her, so schnell er konnte. Dann fing er an, kleine Steine zu sammeln, und warf sie den Hügel hinunter zum Wasser, denn es war sein größter Wunsch, direkt vom Haus aus einen Stein bis ins Wasser zu werfen, obwohl der Hang etwa fünfzig Schritt breit war. Er warf diese Steine mit großer Bedachtsamkeit, einen nach dem anderen. Asta ging wieder an ihre Arbeit und kämmte weiter die Bärenfelle aus und trug sie dann wieder ins Haus.

Im Schatten des Hauses stand ein Bottich mit Schafsmilch vom Morgen und daneben ein kleinerer vom Abend zuvor. Asta ging hinüber und sah nach der Milch, dann sammelte sie ein paar Stücke Treibholz und einen Klumpen Schafsdung und machte ein kleines Feuer. Darauf setzte sie einen Specksteintopf, und da hinein goß sie die Abendmilch und erhitzte sie so weit, daß sie den Finger gerade eben noch hineinstecken konnte. Dann goß sie sie auf die Morgenmilch. Nun ging sie ins Haus und holte ein kleines Gefäß mit Buttermilch vom Buttern tags zuvor und goß diese in die Milch. Danach trug sie Sigurd weiter den Hang hinunter, damit er auf keinen Fall an den Milchbottich stoßen oder ihn irgendwie erschüttern konnte. Sie saß bei ihm unten am Hang, schaute hinüber nach Brattahlid, und sie spielte mit ihm ein Spiel für vier Hände, wobei sie sich die eine Hand aufs Knie legte, und er legte eine

Hand auf die ihre, dann legte sie ihre andere Hand darauf, und er legte seine andere obenauf. Dann zog sie ihre Hand unten weg und legte sie obenauf, und er tat dasselbe, und sie machten das abwechselnd, immer schneller. Das war das einzige Spiel, an das sich Asta aus ihrer Kindheit erinnerte, und Sigurd gefiel das sehr, und er konnte es sehr schnell spielen, ohne durcheinanderzugeraten. Dann stand Asta auf und stieg den Hang wieder hinauf und schaute in den Milchbottich, und sie steckte den Finger in die Mischung, so daß ein Loch entstand, das sich mit Molke füllte, und daran erkannte sie, daß die geronnene Milch geschnitten werden konnte. Sie ging ins Haus und kam mit einer langen Klinge zurück, die aus dem Schulterknochen eines Rentieres gemacht und geschärft war, und sie schnitt die geronnene Milch viermal und vergaß nicht, Sigurd die Stücke zu geben, die er haben wollte, denn frischer Quark war eine seiner Lieblingsnaschereien. Und so fuhr sie mit dem Käsemachen fort bis zum Ende des Tages, als sie den Käse in ein Stück sauberes Wadmal gewickelt zum Abtropfen an einem Haken aus Rentiergeweih am Dachvorsprung des Hauses über einem Bottich aufhängte. Und an diesem Tag tauchte Koll nicht auf.

Margret kehrte mit den Schafen zurück und sperrte sie in den Pferch, und Sigurd ging zu ihr und freute sich, sie zu sehen, und brachte ihr ein paar Steine von eigenartiger Form und schenkte sie ihr. Dafür gab sie ihm ein uraltes Bockshorn, das sie in der Nähe des alten Hofes weiter oben am Fjord gefunden hatte, und als sie das Haus betrat, sah sie, daß Koll noch nicht gekommen war, und darüber war sie irgendwie froh, denn es war, so schien ihr, wenn er kam, ihre Aufgabe als Hofherrin, diesen Besuchen ein Ende zu setzen, und doch konnte sie sich nicht dazu überwinden und fand viele Entschuldigungen, und so kam er jedes halbe Jahr und zog Herrin und Magd immer tiefer in die Sünde.

Und nachdem sich Sigurd in die Bettnische begeben hatte, saßen die beiden Frauen vor der Tür des Hauses und spannen im späten Licht der Sonne, und obwohl sie das fast an jedem Abend des Jahres taten, selbst in Brattahlid, taten sie an diesen letzten Abenden auch noch etwas anderes, sie warteten. Und durch dieses Neue, das sie taten, kam Margret das gewohnte Spinnen besonders ermüdend und schwierig vor. Sie sah, daß man die Leute dazu bringt, sich etwas zu wünschen, von dem sie wissen, daß sie es nicht haben dürften, indem man sie darauf warten läßt, so daß sie, wenn es endlich kommt, egal wie finster und sündhaft und abstoßend es auch sein mag, es doch gern willkommen heißen.

Es kam so, daß Bjorn Einarsson Jorsalfari ein Jahr ums andere bei den Grönländern blieb, und er führte seine Geschäfte als Steuereinnehmer des Königs ganz nach ihren Wünschen, denn er nahm ihnen nur wenige Steuern ab, und keine, die er nicht mit Dingen vergütete, welche die Grönländer gern haben wollten. Von Zeit zu Zeit handelte er mit den Skraelingern und erhielt gute Waren von ihnen. Außerdem sorgte er für die Bestrafung zweier Männer, die im südlichen Teil von Vatna Hverfi einen dritten getötet hatten, und ebenso für die eines Mannes, der seine Frau im Zorn getötet hatte, ein Mann, der hinter Brattahlid lebte, wo der Fluß in den Isafjord mündete. Einige Jungen hatten das Boot eines Nachbarn beschädigt, und von ihnen verlangte Bjorn, das Boot wieder in Ordnung zu bringen, und im Süden, in Herjolfnes, regelte er auch noch eine andere Sache, die etwas mit einem Streit über einen gestrandeten Wal zu tun hatte (denn Herjolfnes liegt an den äußeren Ausläufern des Herjolfsfjords, und die Leute dort haben oft solche Streitigkeiten), und in Arosvik legte er eine Auseinandersetzung bei, die zwischen den Bauern und der Kirche über die Gottesdienste, die in der Kirche abzuhalten waren, entbrannt war, denn das Kirchengebäude selbst befand sich in einem sehr schlechten Zustand, und Sira Audun hatte sich geweigert, dort zu predigen, und statt dessen darauf bestanden, daß die Arosviker, etwa vierzig Menschen, zur Messe nach Petursvik fahren sollten. Bjorn Einarsson rügte beide Seiten, die Arosviker und Sira Audun, stiftete Frieden zwischen ihnen und entschied auch andere Fälle in einer so umsichtigen Weise, wie man es sich nur wünschen konnte. Als er am Ende des zweiten Sommers nicht abreiste, hörten die Leute auf, Vermutungen darüber anzustellen, wann er wohl Grönland verlassen werde. Er war bei jedermann sehr beliebt.

Nun geschah es, daß während der Fastenzeit in Bjorns drittem grönländischem Winter eine Hungersnot herrschte, ähnlich der

Hungersnot zwölf Winter zuvor, nur verlief sie anders, so daß diesmal die Menschen in Vatna Hverfi und im Süden sehr davon betroffen waren, während die Menschen in Brattahlid und Gardar und am Hvalseyfjord, wo das Sommerwetter trockener und schöner gewesen war, nicht so sehr darunter litten. Und der erste, der in dieser Hungersnot starb, war Erlend Ketilsson. Und das kam so. Erlend und Vigdis lebten immer noch getrennt, er auf Ketilshof und sie auf Gunnarshof, und einige der Knechte und Mägde lebten hier und einige dort, doch Erlends Gesinde verließ ihn gewöhnlich und übersiedelte nach Gunnarshof, denn es ging dort geordneter zu, und Vigdis behandelte trotz ihrer knauserigen Art alle gerecht. Es herrschte ein reger Austausch zwischen dem Gesinde beider Höfe, und wenn die Knechte und Mägde, die bei Erlend geblieben waren, mit denen klatschten, die bei Vigdis waren, dann wurden sie häufig dazu überredet, den Ort zu wechseln. Vigdis freute das sehr, und sie belohnte jeden, der zu ihr kam, mit zusätzlichem Essen und mit angenehmen Pflichten. Unterdessen sprach sie schlecht über die Magd Ulfhild, die kürzlich eine Tochter von Erlend bekommen hatte.

Nun war diese Ulfhild etwa achtzehn Winter alt und selbst die Tochter einer Magd, und es war offensichtlich, daß die Vielfalt der Geschäfte auf Ketilshof nicht wenig über ihre Kräfte ging. Sie verstand nicht, wieso die Scheunen, die einst voll gewesen, jetzt leer waren, und das Gesinde, das einst glücklich mit seinen Eßbrettern auf den Bänken gesessen hatte, fortgegangen war. Was Erlend betraf, so hieß es, daß er ohne zu rasten und zu ruhen über das Mädchen herfiel, selbst zu der sündigen Zeit, als sie in anderen Umständen war. Seine Flausen riefen im Bezirk eine Menge Gelächter hervor, und man erinnerte sich daran, wie rasch Vigdis eine Tochter und vier Söhne bekommen hatte, obwohl nur einer von ihnen noch am Leben war.

Auf Gunnarshof waren Vigdis' Leute früh auf den Beinen, trotz des kühlen und feuchten Sommers, und sie düngten fleißig die Felder, wo es nur möglich war, machten Ausflüge zum Fjord, um Seegras zu sammeln, und in die Berge, um Angelika und Blaubeeren zu suchen. Auf Ketilshof gab es das alles nicht, und was das verbliebene Gesinde an Arbeit verrichtete, das tat es spät und lustlos, denn das Gesinde sah den Müßiggang des Herrn und ahmte ihn nach.

Kurz gesagt, kam es so, daß Ketilshofschafe sich verliefen, der Käse ungemacht blieb, Kühe beim Kalben verendeten, weil niemand da war, der ihnen dabei half. Die Vögel in den Bergen wurden nicht gefangen, Kräuter und Beeren nicht gesammelt, und Ulfhild verteilte mitten im Sommer Vorräte aus den Scheunen. Dennoch waren alle im Bezirk überrascht, als Erlend keine Boten mit Einladungen zu dem üblichen Ketilshoffest ausschickte, und sie waren es wieder, als nur ein paar der Ketilshofleute in der Undir Hofdi-Kirche zum Julgottesdienst von Sira Audun erschienen. Auch war es nicht zu leugnen, daß Erlend jetzt manchmal Leute abwies, wenn sie nach Ketilshof kamen, und so hatte niemand Lust, dorthin zu gehen. Es hieß, selbst noch so viele junge Frauen könnten eben Ketils Gemüt nicht beeinflussen, das immer schon verdrießlich gewesen sei, jetzt verdrießlich sei und immer verdrießlich sein würde. So vergingen die Tage vor und nach Jul, bis Vigdis schließlich nachgab und einen ihrer Knechte mit einer Nachricht nach Ketilshof schickte, und dieser Mann fuhr auf Skiern dorthin und fand die Tür des Hauses vom Schnee verweht, und als er sie aufbrachte, entdeckte er nur die Hunde noch lebend, und das, weil sie die Knochen der Menschen abgenagt hatten, fünf waren es – Erlend, Ulfhild, zwei ältere Knechte und das Kind. Diese Geschichte wurde einige Wochen lang im Bezirk Vatna Hverfi eifrig erzählt, bis es während der Fastenzeit klar wurde, daß sie in dem Winter vielleicht nicht die letzte ihrer Art bleiben würde.

Diesem Unglück folgte noch ein anderes, diesmal in Hrafnsfjord und Siglufjord, wo der Nonnenkonvent und das Kloster lagen. Hier kam es, daß dem Tauwetter im Januar ein starker Regensturm folgte, der die Schafe, die man zur Futtersuche hinausgelassen hatte, durchnäßte und ihre Augen und Nasen verstopfte, so daß sie verstört und verschreckt waren, und viele stürzten über die Klippen in den Fjord oder stolperten in Felsspalten und brachen sich das Genick und verendeten, und als der Regen vorbei war und die Leute ihre verirrten Schafe gefunden hatten, waren die Kadaver wegen des warmen Wetters schon verwest, und so ritten Thord Magnusson vom Siglufjord und vier andere Bauern durch den tiefen Schlamm nach Norden in den Bezirk Vatna Hverfi, und sie versuchten, Nahrungsmittel von den Leuten in Vatna Hverfi zu bekommen, die jedoch selbst wenig entbehren konnten. Danach fuhren Thord und seine Freunde und zwei Männer aus Vatna Hverfi auf Gleitern nach Gardar, obwohl nach dem Tauwetter viele das Eis auf dem Einarsfjord für heimtückisch und dünn hielten. Aber Thord ließ sich nicht davon abbringen, und die Männer kamen heil in Gardar an, und in Gardar war alles so wie immer, und die Leute standen von ihrem Fleisch gesättigt auf, bevor es noch aufgegessen war. Da schickte Sira Jon einen Boten zu Bjorn Einarsson nach Thjodhildshof, und etwa drei Wochen später erschienen zwölf Eriksfjordbauern mit zwanzig Knechten, die Schlitten über das Eis zogen, welche mit Dörrfleisch und Käse und gesäuerter Butter beladen waren, und Sira Jon legte dazu, was er konnte, und das war nicht wenig, und so wurden die Leute im Süden gerettet, und nur die auf Ketilshof und drei weitere, die auf entlegenen Höfen lebten, darunter ein Geächteter, kamen in dieser Hungersnot ums Leben.

Nun kam der Frühling, das Eis brach durch die Winde vom Inlandeis und wurde aus den Fjorden geschwemmt. Im Süden hatten die Höfe nun viel weniger Schafe und Ziegen und vor allem Kühe, und so kam es, daß einige Höfe am Alptafjord und am Eingang vom Ketilsfjord verlassen wurden, und die Bewohner dieser Höfe brachten ihr Hab und Gut den Fjord hinunter nach Herjolfnes, wo eine reiche und mächtige Familie wohnte, nach vielen Generationen noch immer die Sippe von Herjolf und Bjarni Herjolfsson, welcher der erste Mann war, der Markland gesehen hatte. Weil ihr Haus nahe am Ozean gebaut worden war, hatten diese Herjolfnesleute schlechte Jahre erlebt, die stürmischer, und gute Jahre, die reicher gewesen waren als die der meisten Leute, und zudem waren sie eine Familie von Seefahrern. Herjolfnes war stets die erste Anlegestelle für Schiffe gewesen, die nach Grönland kamen, und auch die letzte für jene Schiffe, die abfuhren. Die Leute von Herjolfnes trugen die ausgefallenste Kleidung, und sie rühmten sich, immer zu wissen, was anderswo in der Welt der Menschen vorging. Das Oberhaupt dieser Familie hieß Snaebjorn, und er hatte drei Söhne namens Ari, Sigtrygg und Flosi. Diese Männer waren alle erfahrene Seehundjäger und Walfänger, und die Herjolfnesleute ergötzten sich noch mehr als die Hvalseyfjorder an Seehund- und Walfleisch. Sie verstanden auch etwas davon, wie die Skraelinger mit ihren Fellbooten umgingen, doch besaßen sie natürlich nur wenig von deren Können, denn dieses ist den Dämonen vorbehalten und den Köpfen der Menschen verschlossen. Jedenfalls lebten die Herjolfnesleute zwischen den Seehunden und den Walen und den Vogelklippen und der Ankunft der von weither kommenden Schiffe ein recht eigenartiges Leben, und es hieß in anderen Bezirken, daß der Hunger in Alptafjord hart gewesen sein müsse, wenn er die Leute nach Herjolfnes getrieben habe.

Ein weiteres Ereignis nach dieser Hungersnot war, daß Bjorn Einarsson Jorsalfari erklärte, er wolle das ganze Jahr auf Thjodhildshof bleiben, welcher am Kambhofsfjord gelegen war, anstatt einen Teil des Jahres auf dem einen und einen Teil des Jahres auf dem anderen Hof zu verbringen, denn er habe nicht genügend Männer, um aus beiden Höfen etwas zu machen, und er ziehe die Lage von Thjodhildshof vor, denn sie biete seinen Schiffen leichten Zugang zum Meer sowie auch nach Brattahlid und Gardar. Und daher werde Gunnhild Gunnarsdottir nur eine Tagesreise von ihrem eigenen Zuhause entfernt sein, wenn sie den Sommer bei Solveig verbringen würde. Sie sei jetzt vierzehn Winter alt, also sei es notwendig, diesen Weg einzuschlagen, auf daß sie die Gebräuche ihrer neuen Familie erlerne, die schließlich keine grönländische sei und aus diesem Grunde die Dinge anders handhaben würde, als man es in Grönland gewohnt sei.

Gunnhild war jetzt einen halben Kopf größer als ihre Mutter und schon ausgewachsen, so daß sie drei oder vier Winter älter aussah, als sie war. Ihr Stolz und ihre Zurückhaltung ließen sie auch weniger mädchenhaft erscheinen, und sie konnte gut spinnen und weben und nähen und Käse machen und buttern und kleine Kinder versorgen, und als sie eines Tages zu Birgitta kam und Johanna in die Arme nahm, nachdem Birgitta dem Kind die Brust gegeben hatte, da lächelte Birgitta sie an und behauptete, sie trage die Kleine mit einer solchen Selbstverständlichkeit, als wäre es ihr eigenes Kind.

»Vielleicht«, sagte Gunnhild, »könnte ich doch noch einen Sommer zu Hause bleiben, denn Johanna ist bei mir glücklicher als bei Helga, und sie schreit nach mir, wenn ich fortgehe.«

Da lächelte Birgitta und sagte: »Ja, aber Johanna lernt jetzt zu laufen, und jeder weiß, daß ein Kind, wenn es laufen lernt, zuallererst von denen wegläuft, die für es sorgen. Und das ist ein guter Zeitpunkt, um sich zu trennen.«

»Lavrans hat gesagt, daß man dich nicht fortgeschickt hat, bevor du verheiratet warst.«

»Aber ich bin wirklich in deinem Alter verheiratet worden, und außerdem sind Gunnarshoftöchter schon immer fortgegangen, und darum ist es auch für sie nicht so schwierig, wenn sie für immer fortgehen. Es ist deine Art, dich anfangs immer zu sträuben, aber ist der Anfang erst gemacht, dann bist du zufrieden. Ich habe mehr Vertrauen in dich als in Helga, die sich auf alles stürzt und im nachhinein voller Reue ist.«

»Helga kann Kollgrim und Astrid nicht zu ihren Pflichten anhalten.«

»Wenn du fort bist, wird sie lernen, wie man es macht.«

Johanna, die auf Gunnhilds Hüfte saß, beugte sich jetzt vor und schrie und wollte heruntergelassen werden, und so stellte Gunnhild sie auf die Füße, und die Kleine ging ein paar Schritte und begann, um die Bettnische herum zu laufen, hielt sich dann fest, schaute Birgitta und Gunnhild an und wollte gelobt werden. Das lenkte Gunnhild von ihren Gedanken ab, und sie fing an zu lachen, und Birgitta sprang auf und machte sich davon, denn in Wirklichkeit beunruhigten sie die Pläne, die sie für Gunnhild gemacht hatte, und sie fand es recht anstrengend, mit der Tochter zu sprechen. Seit der Verlobung und Bjorns Übersiedelung nach Thjodhildshof hatte man sich einige Male gegenseitig besucht, und es hatte Festessen und Geschichten und die üblichen Unterhaltungen gegeben. Birgitta und ihre Familie taten ihr Bestes, um bei den Thjodhildshofleuten einen heiteren und gastfreundlichen Eindruck zu erwecken, und Bjorn und Solveig hielten es ebenso, doch wenn Birgitta und Gunnar den anderen Hof besuchten, ärgerten sie sich darüber, wie steif und gezwungen dort alles war, und über Solveigs gezierte Art, und wenn Bjorn und Solveig bei ihnen zu Besuch waren, dann merkte Birgitta, daß die Einarssons, und ganz besonders Solveig, sich bemühten, dies und jenes aus bewußter Großzügigkeit zu übersehen. Solveigs Augen schweiften unentwegt mit verhohlener Bestürzung durch den Raum, und wenn sie dann auf Gunnhild fielen, wußte Birgitta, daß die andere Frau dachte, wenigstens das Mädchen sei lieblich anzuschauen. Von Solveig konnte man das nicht sagen, und das störte Birgitta zunehmend, denn jedesmal wenn sie die andere Frau anschaute, meinte sie nur ihr wabbelndes Kinn zu sehen und die komische Art, wie sie beim Sprechen schnüffelte und zwinkerte. Während des Besuches und hinterher betete sie stets inbrünstig um die Gnade, an Solveigs irdischer Erscheinung vorbei in deren Seele schauen zu können, doch beim nächsten Mal gelang es ihr wieder nicht, obwohl Solveig von außerordentlicher Freundlichkeit war.

Auch Einar hatte etwas nicht sehr Anziehendes, von dem Birgitta wußte, daß andere es nicht so sahen wie sie, und zwar hatte er sich durch das viele Schreiben und Lesen zu schielen angewöhnt. Nicht einmal Gunnhild hatte das wirklich gesehen, doch ein Mädchen sieht nicht mit der Klarheit einer Ehefrau, das wußte Birgitta nur zu gut. Als sie selbst mit Gunnar verlobt worden war und Gunnar dann geheiratet hatte, da hatte sie vor allem nur Gunnars Kleidung bemerkt und die Geschenke, die er ihr machte, und die Geschenke, die ihr Vater ihr machte, und ihre eigenen Kleider und das Gewicht der Schafe, die sich in dem Boot gegen sie lehnten, als sie nach Vatna Hverfi ruderten, und dann das seltsame Gefühl, in einer anderen Bettnische zu schlafen als jener, an die sie gewöhnt war, und die Gestalt neben ihr war Margret gewesen und nicht die Milchmagd vom Lavranshof, neben der sie einige Jahre geschlafen hatte, bevor sie nach Gunnarshof zog.

Eine Zeitlang hatte sie diese Leute und all ihre Gebräuche gehaßt und sich nur nach den Besuchen ihres Vaters gesehnt, doch als Lavrans zum ersten Mal kam, da hatte er ihr mit harten Worten, so schien es ihr, gesagt, daß es für eine Frau notwendig und richtig sei, mit ihrem Mann in einem Bett zu schlafen, und er hatte erst sie gerügt und dann sich selbst, und er hatte sich für die Regelung, die man auf Gunnarshof getroffen hatte, sehr geschämt. Und Birgitta hatte gelernt, daß diese Sache, die sie nach der Hochzeit getan hatten, ungeschickt und schmerzhaft, nicht etwas war, das die Leute einmal machten, sondern oft, nur daß es weniger schmerzhaft und ein bißchen weniger ungeschickt wurde. Am Anfang war sie über die Entlastung froh gewesen, die die Schwangerschaft ihr beschert hatte, und später war es ihr gleichgültig geworden, und zwischen Maria und Johanna war es ihr angenehm erschienen, nur geschah es selten genug, da Astrid und Maria zwischen ihr und Gunnar in der Bettnische geschlafen hatten.

Aber es war wohlbekannt, daß man einige Jahre brauchte, um sich in eine neue Familie einzuleben und einen Ehemann und seine Eigenheiten und sein letztes Wort in allen Dingen anzunehmen, und es war ebenso wohlbekannt, daß ein Mädchen früh damit beginnen mußte, bevor ihre eigenen Gewohnheiten sich ausgebildet hatten. Es war kein Geheimnis für Birgitta, daß es in Vatna Hverfi eine Menge Gerede über Margret Asgeirsdottir gegeben hatte, und die Leute hatten mehr als einmal gesagt, daß sie zum Zeitpunkt ihrer späten Heirat bereits gewöhnt war, ihren Willen durchzusetzen, und als Skuli Gudmundsson aufgetaucht sei, habe sie ihren Willen auch in dieser Sache durchgesetzt, und nach seinem Tod habe sie sich alles so eingerichtet, daß sie auch weiterhin ihren Willen durchsetzen konnte, trotz ihrer Sünde. Obwohl Birgitta sich nicht an dem Gerede beteiligt hatte, war sie doch weitgehend derselben Meinung und verabscheute Margrets Verhalten. Darüber hinaus war es deutlich, daß Olaf jetzt ein anderer Mensch wäre, weniger unleidlich für jedermann, wäre Margret nicht in solche ungezügelten Gewohnheiten verfallen. Über diese Dinge konnte Birgitta jedoch nicht mit Gunnhild reden, denn sie gingen über das Verständnis eines Kindes hinaus.

Und was Gunnhild betrifft, so paßte sie weiter auf Johanna auf, als Birgitta nach draußen ging, und sie versuchte, die Kleine durch Lächeln und ermunternde Worte von der Bettnische weg durch den nicht sehr großen Raum zu locken. Ein wenig später kam Kollgrim herein, und während Johanna Gunnhilds Bitten absichtlich überhört hatte, drehte sie sich sogleich um, als sie den Jungen erblickte, und wackelte direkt auf ihn zu, eine Sache von etwa vier Schritten. Und als er das Kind hochnahm, Gunnhild in die Arme gab und dann wieder hinausging, da fing Johanna an, hinter ihm her zu schreien, und das brachte Gunnhild auch zum Weinen.

Einige Tage später begleitete Gunnar seine Tochter nach Thjodhildshof. Sie ruderten über den Hvalseyfjord zum Hof von Orm Guttormsson, der in einem Tal auf einer Landenge zwischen dem Hvalseyfjord und dem Kambhofsfjord lebte. Nachdem sie sich gestärkt und Orms Neuigkeiten angehört hatten, gingen sie durch das Tal zum Kambhofsfjord, dann am Fjord entlang und durch ein weiteres Tal zum Thjodhildshof, wo Einar, Bjorn, Solveig, das neugeborene Kind und einige Männer und Bedienstete sie erwarteten. Für diesen Weg brauchte man ungefähr einen halben Tag. Solveig bot ihnen wiederum einige Stärkungen an, darunter ausgezeichneten Ziegenkäse, wie ihn Asgeir sehr gern gegessen hatte, und Sauermilch mit Honig und Beeren. Danach war Gunnar sehr guter Laune und sprach mit Einar über seine Aufzeichnungen und Schriften. Solveig nahm Gunnhild mit und zeigte ihr ihre Bettnische und ihre Truhe und machte sie mit den anderen Leuten auf dem Hof bekannt. Die Felder fielen nach Norden ab, und es war viel Eis im Fjord zu sehen.

Einar und Gunnar saßen auf einer Bank in einem der Räume des Hauses, und Einar holte ein paar der Schriften, die er kurz zuvor vollendet hatte. Sie handelten von den Bezirken Grönlands. Langsam las Gunnar vor:

»Einer der vielen Bezirke Grönlands, ein besonders großer und dicht bevölkerter, ist Vatna Hverfi, mit etwa zwanzig Höfen im nördlichen Teil und etwa fünfzehn im südlichen, und diese Höfe liegen ziemlich nah beieinander, verglichen mit dem Abstand in Island, doch der Boden ist in diesem Bezirk so fruchtbar, und die Seen sind so zahlreich, daß alle Höfe recht gut davon leben können. Dieser Bezirk hat nur eine Kirche, genannt Undir Hofdi, und diese zählt nicht zu den größeren Kirchen in Grönland, denn sie wurde vor vielen Jahren erbaut und weder umgebaut noch erweitert wie andere Kirchen. Die Leute dieses Bezirkes halten viele Kühe und Pferde und auch Schafe. Einige der reicheren Bauern des Bezirks sind Thorkel Gellison, Erlend Ketilsson und Magnus Arnason.«

Da unterbrach Gunnar und fragte Einar, ob er über jeden Bezirk so geschrieben habe, und Einar bejahte das. »Aber«, sagte Gunnar, »Erlend ist im letzten Winter gestorben, und du hast darüber nichts gesagt.« Doch Einar lächelte und sagte, daß Geschichten über Männer, die niemand kenne, ihn nicht sehr interessierten. Wenn er nach Island zurückkäme, dann wollten die Leute wissen, wie groß die Höfe seien und wie die Leute darauf lebten. Gunnar saß eine Weile schweigend da. Dann sagte er: »Früher, als der Bischof noch lebte, da stellten die Knaben in Gardar Pergament her und lernten, darauf zu schreiben, doch ich fürchte, daß jetzt nur noch Sira Audun diese Fähigkeit besitzt.«

»Das mag sein. Gardar scheint mir unter der Führung des Priesters Jon nicht zu gedeihen. Aber es mag sein, daß der neue Bischof bald erscheint.«

»Das mag in der Tat sein.« Und Gunnar befühlte ein Stück Pergament. »Ich habe gehört, daß die Herstellung von Pergament schwierig ist und große Fähigkeiten verlangt.«

»Die meisten Menschen haben diese Fähigkeiten. Es sind die Fähigkeiten eines Bauern.« Er hob eine Rolle hoch und legte sie wieder hin. »Die Buchstaben zu formen, das ist eines Priesters Fähigkeit. Die Gedanken zu formen, das ist etwas Selteneres.«

»Im Moment wäre manch einer schon zufrieden, wenn er nur Pergament herstellen könnte.«

»Das ist schnell gelehrt.«

Und so versäumte Gunnar sein Abendfleisch, denn er verbrachte auf Thjodhildshof soviel Zeit damit, Einar zuzuschauen, wie der die Schafhäute mit Schnüren auf einen Rahmen spannte, den er aus Island mitgebracht hatte, und sie dann mit einem schönen, gebogenen Messer abschabte, daß er erst nach Lavranshof zurückkehrte, als alle Bewohner dort schon in ihren Bettnischen lagen. Nun machte er es sich zur Gewohnheit, nach Thjodhildshof zu gehen, wann immer die Arbeiten des Sommers ihm etwas Zeit dazu ließen. Ihm schien, daß Gunnhild recht gut beschäftigt war. Wann immer er sie sah, ging sie gerade von der Milchstube zum Haus oder von der Scheune zur Milchstube, oder sie saß bei dem Kind und den beiden Skraelingerkindern, die es fütterten, oder sie spann und redete dabei mit Solveig über dieses und jenes. Sie hütete sich davor, viel Aufhebens um seine Besuche zu machen oder ihn gar zu bitten, mit ihm nach Lavranshof gehen zu dürfen, nicht einmal für ein paar Nächte. Und so ging der Sommer ruhig dahin, und es gab keine Tötungen oder andere Aufregungen im Bezirk, und nach dem Ende des Thing blieb Bjorn Einarsson die meiste Zeit zu Hause.

Und auch der Winter verging ruhig, nur war Gunnar jetzt damit beschäftigt, Schafhäute auf einen Rahmen zu spannen, den er aus einem Walknochen gefertigt hatte, und er schabte sie mit einem gebogenen, aus dem Schulterblatt eines Rentiers geschliffenen Messer ab, und Gunnhild, die zurückgekehrt war, als die Sommernächte zu Ende gingen, half ihm bei dieser Arbeit. Die Werkzeuge waren überraschend gut geeignet, so daß sein Pergament glatt und hell wurde und den feinsten Strich von Bärentraubentinte annahm, und nach Jul begann Gunnar, mit großen und ungelenken Buchstaben darauf zu schreiben, und das erste, was er schrieb, war folgendes:

»Ein Mann namens Erlend Ketilsson lebte auf Ketilshof im Bezirk Vatna Hvefi in ständigem Streit mit seinen Nachbarn. Alle hielten ihn für einen übellaunigen und streitsüchtigen Burschen. Er war ein sehr wohlhabender Bauer, der ein großes Haus mit vielen Nebengebäuden besaß. Sein ganzes Leben lang hurte er mit einer Magd namens Vigdis, und als sie alt wurde, nahm er sich eine andere, um mit dieser zu huren. Und um die Julzeit eines bestimmten Jahres verhungerten er und seine Magd und das Kind seiner Magd und zwei andere Leute als Folge seiner Sünde, und sie wurden zum Teil von ihren Hunden gefressen.«

Gunnar war mit dieser Niederschrift sehr unzufrieden und kratzte sie wieder von dem Pergament ab. Und was Gunnhild betraf, so war sie mit allem auf Lavranshof sehr unzufrieden und beklagte sich unentwegt darüber, wie eng die Räume seien und wie bescheiden alle Einrichtungen des Hausstandes. Stets hatte sie Geschichten von Solveig und dem Baby und von Bjorn auf den Lippen, und so quälten Helga und Kollgrim sie, indem sie Solveigs Zwinkern und Reden nachäfften, und die beiden wechselten einander ab und unterbrachen die Rede des anderen mit Berichtigungen und Bemerkungen, wie es Einars Angewohnheit war. Selbst Johanna gefiel Gunnhild nicht mehr, denn die Kleine begrüßte die ältere Schwester nach so langer Zeit wie eine Fremde und klammerte sich an Astrid, die eine sehr ausgelassene Amme war und Spiele und Albernheiten liebte.

Nun gab es ein paar Tage vor Jul unter den drei älteren Geschwistern einen großen Streit, an dessen Ende alle drei weinten, und Birgitta war es klar, daß zwar Helga und besonders Kollgrim ihre Schwester ärgerten, Gunnhild es aber herausforderte, indem sie an den letzten beiden Tagen die Art und die Kleidung der beiden und alles andere an ihnen verurteilt und ihr Bestes getan hatte, daß diese sich schäbig und unwert vorkamen. Als sie nun alle in verschiedene Bettnischen geschickt worden waren, kam Gunnar sehr zornig zu Birgitta und klagte über die Unruhe und vor allem über Gunnhild. Birgitta holte tief Luft und warf einen Blick durch das Zimmer, auf ihren Vater, der beim Feuer schlief, auf den Rauch in den Lichtstrahlen, die von den Lampen an die Sodenwände geworfen wurden, und auf die Tücher und Wandbehänge, die man aufgehängt hatte, um den Wind abzuhalten. Ein paar Schemel waren in der Ecke gestapelt, und der Boden war ein Haufen von Moos und anderem Zeug, das man besser nicht genau anschaute, und sie sah diese Dinge, wie ihr schien, mit Solveigs Augen, und mit Gunnhilds, und sie seufzte. Dann wandte sie sich an Gunnar und erklärte, man könne von einem Kind von nur fünfzehn Jahren nicht verlangen, daß es zwei Dinge gleichzeitig im Kopf behalte, nämlich das Leben auf Thjodhildshof und das Leben auf Lavranshof. Und da eines dem anderen Platz machen müsse, sei es notwendig, daß das Neue komme und das Alte gehe. Und so kam es, daß Gunnhild und Gunnar zum Fest des St. Stephan auf Skiern über den Fjord nach Thjodhildshof fuhren, und Gunnhild blieb dort, als Jungfrau, und kam nicht mehr nach Hause. In dem Durcheinander der Abreise hatte sie nicht ein einziges Mal über die Schulter zurückgeschaut, und auch nicht ihren Bruder und ihre Schwestern und ihre Mutter gesehen, die ihr nachwinkten, sondern war nur nach vorn geschritten, auf ihr neues Zuhause zu, und da hatte Birgitta eine unerklärliche Trauer überwältigt, mochte sie auch noch soviel gebetet und sich eingeredet haben, dies sei der Schmerz, den das Gebären von Töchtern mit sich bringe, und ein jeder müsse sich daran gewöhnen. Zu Mittsommer erklärte Bjorn

Einarsson, daß seine Unruhe ihm unerträglich werde und daß er sich entschlossen habe, nach Island und Norwegen zurückzufahren. Und da sein Entschluß so plötzlich kam, war für Gunnhilds Hochzeitsfest keine Zeit mehr, doch Solveig versprach, daß man ihr ein wunderschönes in Island geben werde.

Und noch etwas geschah, nachdem Bjorn Einarsson, Einar, Solveig, das Kind, Gunnhild und die anderen auf ihren vier schönen Schiffen abgereist waren. Der Bauer Orm Guttormsson hatte eingewilligt, einige von Bjorns Schafen und Lämmern gegen eine Anzahl von Schaffellen entsprechend der Anzahl der Schafe zu tauschen, doch da gerieten ihm seine Seehundfangnetze durcheinander, und er konnte den Weg nach Thjodhildshof erst einen Tag nach Bjorns Abreise antreten. Bei seiner Ankunft erwartete er, die Schafe in ihrem Pferch vorzufinden, und das war auch so, doch bevor er sie nach Hause trieb, wollte er sich ein wenig auf dem Hof umsehen und nachschauen, ob die Isländer irgend etwas Nützliches zurückgelassen hatten, denn Bjorn und seine Familie besaßen sehr viele Dinge. Und er fand auch etwas, eine schön geschnitzte, kleine Lampe, geeignet als Lichtquelle, doch nicht als Wärmespender. Und er fand auch noch etwas anderes, die Leichname der beiden Skraelingerkinder, die Solveigs Baby betreut hatten. Es schien Orm, als wären sie auf einen Felsvorsprung über der Thjodhildsbucht geklettert und hätten sich in den Fjord gestürzt. Die Leiche des Jungen trieb im flachen Wasser und hatte sich am Strand gefangen, und die Leiche des Mädchens war mit dem Kopfputz an einem Felsen hängengeblieben. Orm wußte nicht so recht, was er mit den Leichen tun sollte, und so fischte er sie aus dem Wasser, legte sie in den Kuhstall, und etwa einen Tag später ging er dann zu Sira Pall Hallvardsson und erzählte ihm von seiner Entdeckung. Diese Kinder waren auf die Namen Josef und Maria getauft worden, und daher ging Sira Pall Hallvardsson mit Orm und Gunnar und einem weiteren Mann und holte die Leichen. Es gab einiges Gerede darüber, ob man die Kinder bei der Kirche begraben sollte oder nicht, denn nach grönländischem Gesetz war dies verboten, falls sie sich umgebracht hatten. Und so verbrachten die Männer fast einen ganzen Tag damit, auf dem Hof hin und her zu gehen und sich die Stelle anzuschauen, wo Orm die Kinder gefunden hatte, und sie hörten sich Orms Geschichte immer wieder an.

»Vielleicht«, sagte Gunnar, »sind diese Kinder nur ins Wasser gelaufen und von der Kälte übermannt worden«, denn der Kambhofsfjord war zu jeder Jahreszeit kurz vor dem Zufrieren. Doch nein, es war offensichtlich, ihre Körper waren durch den Sturz zerschmettert, wie Orm gesagt hatte.

»Vielleicht«, sagte Hakon, der vierte Mann, »sind sie nur auf den Felsen geklettert, um das Schiff zum letzten Mal zu sehen, als es davonsegelte.« Und es schien nicht unmöglich, daß sie sich aneinander geklammert hatten und so eines das andere hinabgezogen hatte, doch als Sira Pall Hallvardsson auf den Felsen kletterte, da sah er, daß der Aufstieg so leicht und voller Stellen war, an denen man stehen oder sich festhalten konnte, daß dort niemand einfach ins Wasser fiel.

Da sagte Orm: »Nur ich habe sie gesehen, und nur wir haben darüber gesprochen. Wenn die Leute fragen, können wir ihnen sagen, daß die Kinder vom Felsen gefallen sind.« Doch Sira Pall Hallvardsson machte ein finsteres Gesicht, und er schüttelte den Kopf, denn das Auge Gottes sieht in der Tat alles, auch falsches Erbarmen. Und so wurden die Skraelingerkinder, Maria und Josef, einen Bogenschuß weit von der Hoffeldmauer von Thjodhildshof und in Sichtweite des Fjords begraben, unter ein paar Steinen und abseits vom Wasserlauf, der zum Haus herunterfloß. Sira Pall Hallvardsson sprach einige Worte, und alle Männer waren merkwürdig verzagt.

Als sie zu Orm Guttormssons Hof zurückgingen, kamen Sira Pall Hallvardsson und Gunnar über Gunnhild ins Gespräch. »Niemals«, sagte Pall Hallvardsson, »kann es in Grönland viele Jungfrauen wie Gunnhild gegeben haben, so schön, daß es einem Manne den Atem verschlägt, und obendrein so bescheiden und in ihrer Arbeit geschickt wie ein Mädchen, das doppelt so alt ist.«

Gunnar lächelte ein wenig und dachte an Gunnhilds Streitereien mit Helga und Kollgrim, doch er sagte nur: »Birgitta Lavransdottir hat sich ihr Fortgehen sehr zu Herzen genommen, denn wir haben in der Tat ihre Sachen zusammengepackt und ihren Schwestern gegeben, was sie nicht mehr brauchte, so als würde sie in ihr Grab gehen. Wir müssen uns eingestehen, daß wir sie wahrscheinlich nie mehr wiedersehen werden.«

»Es kann sein, daß Bjorn zurückkehren wird, oder Einar.«

»Die Leute sagen das.«

»Bjorn selbst hat es auch gesagt. Vielleicht fährt er nach Norwegen und bringt den König und die Königin dazu, ihn anzuhören. Sie würden ihn gewiß zurückfahren lassen, denn nicht jeder Steuereinnehmer und Ombudsmann kommt gern hierher.« Und die beiden lächelten im Angedenken an Kollbein Sigurdsson.

»Vielleicht«, sagte Gunnar, »doch Bjorn selbst hat mir erzählt, es sei unter Seeleuten allgemein bekannt, daß die Meere jedes Jahr tückischer werden. Er sagt, jeden Sommer seien zwanzig Schiffe von Bergen nach Island gesegelt, doch jetzt sei Bergen sehr geschrumpft, und wie die Leute schon früher gesagt haben, sind diejenigen, welche Schiffe schicken, an Island und Grönland nicht interessiert, denn es sind Deutsche und keine Nordmänner.«

»Es ist wahr, daß die Deutschen sich wenig aus dem Meer machen, doch sie machen sich viel aus dem Handel.«

»Vielleicht werden die Leute sehen, was Bjorn aus Grönland mitgebracht hat, und wollen es auch für sich haben. So etwas hat es schon früher gegeben.«

»Vielleicht«, sagte Sira Pall Hallvardsson, »will auch Bjorn selbst mehr davon haben.«

Da warf Gunnar ihm einen Blick zu. »Hast du im letzten halben Jahr seines Aufenthalts an ihm nicht den Ausdruck eines Mannes bemerkt, der sich sattgegessen hat? Der sich halb angeekelt vom Tisch mit den restlichen Speisen abwendet? Birgitta Lavransdottir sagt, daß Bjorn ein Mann mit großem Appetit für das Neue ist, nicht so sehr für das Gewohnte.« Er seufzte. »Nein, es ist am besten für Leute wie uns, die ihre Kinder dem hinterherschicken, was wir uns einst selbst gewünscht haben, daß wir uns entscheiden und diese Kinder aufgeben.« Dann sagte er mit leiserer Stimme: »Und selbst wenn Bjorn oder Einar wirklich zurückkehrte, das Leben der verheirateten Frauen ist am stärksten gefährdet.«

»Dann«, sagte Sira Pall Hallvardsson, »müssen wir uns mit der Gewißheit unseres himmlischen Wiedersehens zufriedengeben.«

»Das müssen wir in der Tat. Doch mir scheint, für einen Vater ist das sehr schwer, denn was mich so besonders zu den Kindern hinzieht, ist ja, wie die Tage vergehen und über sie hinweghuschen, so daß sie wohl sie selbst sind und doch nicht mehr die, die sie waren. Wenn wir dereinst unseren Leib ablegen und im Gewand unserer ewigen Seele erscheinen, dann werden wir uns vielleicht nach dieser irdischen Eigenart sehnen.«

»Es ist uns versprochen, daß wir keine Sehnsucht verspüren werden.« Und in Sira Pall Hallvardsson lag eine solche Sehnsucht, daß Gunnar ihn scharf ansah, und als er nach Hause kam, erklärte er Birgitta, daß Sira Pall Hallvardsson in Gunnhild verliebt sei. Doch Birgitta wollte lieber etwas über die Skraelingerkinder erfahren, und sie grübelte lange Zeit über das nach, was Gunnar ihr erzählt hatte, und dann, als sie unter das alte Bärenfell in ihre Bettnische krochen, sagte sie: »Mir scheint, daß selbst ein solcher Schmerz wie der ihre kaum groß genug für dieses Ereignis war, und ich habe Angst.« Doch Gunnar wußte nicht, was er auf diese Bemerkung antworten sollte, und er sagte nichts.

Nach der Abreise von Bjorn Einar Jorsalfari fiel es wieder Osmund Thordarson zu, seine Stellung als Gesetzessprecher wahrzunehmen, und das tat er mit dem Beistand seines Neffen Isleif. Einerseits sahen die Leute dieses unübliche Verfahren nicht gern, doch andererseits war es offensichtlich, daß Osmund es nicht mehr lange machen würde und bereit war zu sterben, und es gab keinen anderen Bauern in Brattahlid, der die Stellung des Gesetzessprechers annehmen wollte. Fridjon, der Sohn von Gizur, dem einstigen Gesetzessprecher, war zwar ein reicher Mann, doch hatte er nie die Gesetze gelernt und war zu alt, um noch damit anzufangen, und Ragnleif, Isleifs Bruder, befand, daß er zuviel Arbeit auf seinem Hof habe, obwohl die Leute meinten, daß er auch nicht mehr als jeder andere zu tun habe. Es war vorauszusehen, daß die Stellung Isleif zufallen würde, und das schon bald, denn Osmund war alt, und Isleif kannte die Gesetze, doch Isleif war Priester und fast blind, und er hatte keine mächtigen Freunde in anderen Bezirken. In dem Herbst nach Bjorns Abreise berief Osmund ein außerordentliches Thing ein, und mit Isleifs Hilfe trug er mit schwacher, dünner Stimme an den drei Tagen je ein Drittel der Gesetze vor. Zwanzig Bauern und ihre Knechte und Männer, alle aus den Bezirken Brattahlid, Vatna Hverfi und Dyrnes, waren da und hörten ihm zu. Sira Jon war anwesend, und Sira Pall Hallvardsson und Gunnar Asgeirsson trafen am zweiten Tag ein. Und gleich nach dem Ende des Thing gab es einen Sturm im Eriksfjord, und das Boot mit den drei Bauern und ihren Knechten aus Dyrnes kenterte und brach auseinander, und alle Männer ertranken, und der Wind trieb das ganze Holz des Bootes aus dem Fjord, und auch dieses ging verloren.

Als Birgitta Lavransdottir dies von Sira Pall Hallvardsson hörte, der es von Orm Guttormsson hatte, welcher wiederum Verwandte im Bezirk Dyrnes hatte, war sie sehr niedergeschlagen und wollte den ganzen Tag nur in ihrer Bettnische bleiben, obwohl sie diese Männer gar nicht gekannt hatte. Die Herbstarbeit ließ sie für andere liegen. Und am dritten Tag kam Gunnar zu ihr und bat sie aufzustehen und ging wieder hinaus, doch sie stand nicht auf, und auch als es Zeit für das Abendfleisch war, stand sie weder auf, um es zuzubereiten, noch zu essen, was Helga und die Magd hergerichtet hatten. An diesem Abend verlor Gunnar kein Wort darüber, auch ließ er Birgitta seinen Zorn nicht spüren; dennoch war er sehr beunruhigt. Lavrans döste neben dem Feuer. Olaf saß mit Kollgrim über dem Schachbrett. Helga und die Mägde spannen, und Astrid und Maria spielten mit Johanna ein Spiel, bei dem das kleine Mädchen im Kreis herumgewirbelt wurde und dann von einer Schwester zur anderen taumelte, und alle drei Kinder kreischten vor Vergnügen. Als es schließlich so aussah, daß Kollgrim Olafs Geduld auf die höchste Probe stellen würde, fing Gunnar an, die folgende Geschichte zu erzählen:

Es war zu der Zeit Eriks des Roten, daß in Grönland eine junge Frau mit Namen Skadi lebte, die mit ihrem Vater Thorir auf einem von Eriks Schiffen gekommen war. Und dieser Thorir suchte für seinen Hof ein großes Stück Land in der Westsiedlung aus, und in der Tat waren er und Skadi die ersten Siedler dort. Außerdem nahmen sie sich ein Stück Land im nördlichen Teil der Siedlung, weit entfernt von der Kirche und nahe dem Inlandeis, denn Thorir war ein ausgezeichneter Jäger, und er und seine Tochter bevorzugten dieses Land aus Eis und Schnee. Thorir war ein großer, starker Bursche, und auch seine Tochter war so groß wie ein Mann, mit mächtigen Armen und mächtigen Beinen, aber auch mit mächtigen Brüsten und langem, fließendem Haar, und sie war auf ihre Art nicht unschön. Thorir war ein einfältiger Bursche, und als er einmal Erik in Brattahlid besuchte, geschah es, daß ein Mann namens Larus ihn dazu verführte, drei silberne Äpfel aus einer von Eriks Truhen zu stehlen und sie ihm, Larus, zu geben.

Es ist wohlbekannt, daß Erik der Rote ein zorniger, unduldsamer Mann war, und als eine der Mägde ihm erzählte, Thorir habe diese Äpfel gestohlen, die sehr wertvoll waren und von ihrem Besitzer sehr geschätzt wurden, da ging er zu Thorir und versetzte ihm mit dem Schwert einen schweren Schlag, denn in jenen Tagen trugen alle Nordmänner Schwerter, und viele wußten, wie man eine Klinge härtet und schärft, und Thorir wurde von dem Hieb schwer verwundet und starb bald darauf, obwohl Erik seinen Zorn bereut und den Mann selbst gepflegt hatte. Da sagte Erik zu seiner Frau Thjodhild, man müsse etwas für die Tochter Skadi tun, denn sie würde auf Rache sinnen, wenn sie die Nachricht vom Tode ihres Vaters bekäme, und natürlich würde diese Kunde sich verbreiten, sogar bis nach Thorishof, und zwar so schnell wie ein Augenzwinkern oder ein Atemzug. Und tatsächlich tauchte Skadi ein paar Tage später in einem Sechs-Mann-Boot auf, und sie ruderte das Boot ganz allein, so stark war sie.

Skadi ruderte den Eriksfjord hinauf, und auf dem ganzen Weg konnten die Leute auf den Höfen lautes Brüllen vernehmen, denn sie weinte und klagte um Thorir, ihren Vater. Dann legte sie in Brattahlid an und rief Erik aus dem Haus. Als er vor ihr auftauchte, sagte er, noch bevor sie sprechen konnte: »Nun, Skadi, was ist der Preis für den Tod deines Vaters? Ich habe viel Gold und werde dir das Urteil überlassen.«

Doch Skadi sagte: »Mein Vater war ein ausgezeichneter Jäger und ein reicher Mann. Und ich bin seine einzige Erbin. Dein Geld bedeutet mir nichts.« Und die ganze Zeit über ruhte ihr Blick auf Leif dem Glücklichen, der nach allem, was man hört, schön anzusehen war. Und Erik sagte: »Was willst du dann haben? Denn ich bereue meinen Zorn sehr.«

»Ich werde mich mit einem Ehemann und einem Lachanfall zufriedengeben«, sagte Skadi, und wieder schaute sie Leif sehnsüchtig an. Doch Erik hatte andere Pläne mit Leif, und auch Leif selbst war dieser Frau nicht sehr zugeneigt, die in der Tat einen halben Kopf größer war als er. Also sagte Erik: »Dann sollst du den Mann deiner Wahl heiraten, doch unter einer Bedingung, du mußt ihn nach seinen Füßen auswählen, und du darfst den Mann, den du geheiratet hast, erst nach der Vermählung sehen.« Skadi willigte ein, und alle Männer des Hofes stellten sich hinter einen Wandbehang, und Skadi suchte sich das wohlgeformteste Paar aus und wurde damit verheiratet. Doch ihr Mann entpuppte sich nicht als Leif der Glückliche, sondern als ein anderer Mann namens Njord, Eriks bester Lotse. Er war wohl ein guter Mann, doch ein wenig alt und wettergegerbt, denn er war sein ganzes Leben auf See gewesen. Skadi behauptete, daß man sie betrogen habe, und sie war sehr wütend. Njord dagegen freute sich über seine Frau und lächelte sie warm und freundlich an. Sie trat zurück und öffnete den Mund, und er sagte: »Gib acht, Frau. Denke daran, daß dies die ersten Worte deiner Ehe sind.« Und so schwieg Skadi, und Erik sagte zu ihr: »Du hast einen guten Mann gefunden, einen, den Larus nicht hätte hereinlegen können. Du hättest in der Tat Larus wählen können, wenn du weniger Glück gehabt hättest.«

»Aber«, sagte Skadi, »ich habe noch nicht gelacht, und ich werde es wohl auch nicht mehr.«

»Bringt Larus her«, sagte Erik. Einige Männer holten ihn. »Nun«, sagte Erik, »liegt es an dir, diese Frau zum Lachen zu bringen, denn du bist schuld an ihrem Schmerz.«

»Sie sieht nicht aus wie eine, die gern lacht, Herr«, war Larus' Antwort.

»Dann wird dein Lohn um so größer sein«, sagte Erik.

»Doch laß mich erst erzählen, was mir zugestoßen ist«, sagte Larus zu Erik, und er nahm ein dünnes Walroßhautseil aus der Tasche. »Erinnerst du dich, wie du mir gesagt hast, ich soll die Ziege da drüben auf der oberen Weide anbinden?« Jetzt schaute Larus Skadi an. »Du weißt, wie Ziegen sind, meine Liebe. Launisch und eigensinnig.« Er lief über das Feld zu der Ziege und band das eine Ende des Seils an den Bart der Ziege. »Aber natürlich hatte ich noch andere Sachen zu tragen, wie immer, und so ist mir nur eine Möglichkeit eingefallen, wie ich die Ziege führen könnte.« Er band das andere Ende des Seils an seine Hoden. »Und außerdem war es auch noch früh am Morgen, und die Fliegen und Flöhe haben ziemlich wild zugebissen.« In dem Moment sprang die Ziege davon, und das Seil zwischen den beiden spannte sich. Larus kreischte laut auf und zog an dem Seil. Da begann die Ziege sich zu ärgern, wie das Ziegen so tun, und sie fing an, rückwärts zu gehen, und auch Larus ging rückwärts, und bald war das Seil so fest gespannt, daß es gesummt hätte, hätte man daran gezupft. Und da schüttelte die Ziege den Kopf, und Larus schritt erneut zurück, und er wurde rot im Gesicht und kreischte wieder. Dann sagte er: »Wahrlich, Herr, das ist eine ungesunde Art, eine Ziege zu führen«, und plötzlich verlor die Ziege den Halt, dann fing sie sich wieder und rannte auf Larus zu und warf ihn um, direkt in die Arme von Skadi, die laut auflachte. Und da verzieh sie ihm, daß er den Tod ihres Vaters verursacht hatte.

Da hielt Gunnar inne, denn er hatte aus der Bettnische, wo Birgitta im Dunkeln lag, einen Laut vernommen, doch danach hörte er nichts mehr. Die Geschichte war zu Ende, und die Leute gingen in ihre Bettnischen, und es war Birgitta nicht anzumerken, ob sie die Geschichte gehört hatte oder nicht, doch am Morgen stand sie auf und ging ihren Pflichten nach, obwohl jedermann sehen konnte, daß sie immer noch gedrückter Stimmung war.

Die Winternächte kamen, und Gunnar saß wieder über seinem Pergament, und dabei verspürte auch er Sehnsucht nach Gunnhild, die ihm noch ein Jahr zuvor beim Pergamentmachen geholfen hatte. Und dann fiel ihm noch etwas auf, nämlich, daß ihn seine Gedanken an Gunnhild zu Margret Asgeirsdottir führten, der Gunnhild in Gestalt und Wesen ähnelte, und als er so ruhig bei seiner Arbeit saß, vermischten sich die beiden ein wenig in seinem Kopf – Gunnhild, wie sie ein Jahr zuvor gewesen war, und Margret, wie sie viele Jahre zuvor gewesen war, sie dreizehn und Gunnar sechs Winter alt, wie Astrid jetzt, und Hauk Gunnarsson, der kam und ging, und Ingrid und sein Vater standen bei jeder Bewegung über ihm.

Asta hatte noch ein Kind des Skraelingers geboren, und dieses Mädchen, Bryndis, war jetzt etwas mehr als einen Winter alt. Im Jahr nach der Geburt hatte Margret viel Zeit mit Sigurd verbracht, der jetzt etwas über sieben Winter alt war. Bryndis war nämlich bei der Geburt so klein gewesen, daß sie Platz auf Astas Handfläche hatte, und die beiden Frauen hatten geglaubt, das Kind werde gewiß sterben. Sira Isleif, der auf das Signalfeuer, das sie entzündet hatten, gekommen war, hatte das Kind getauft und ihm gleichzeitig die Sterbesakramente gegeben. Koll, der in der Nähe geblieben war und auf die Geburt eines weiteren Sohnes gewartet hatte, war über diese Tochter nicht sehr erfreut gewesen, und Asta hatte ein wenig Angst gehabt, daß er das Kind stehlen und aussetzen könnte, was die Skraelinger angeblich mit Mädchen taten. Doch tatsächlich hatte Bryndis kräftig gesaugt und tief unter Fuchsfellen geschlafen und war am Ende doch nicht gestorben, sondern gewachsen, und hatte gelernt zu sitzen und zu krabbeln und zu laufen, genauso wie andere Kinder. Sie sah aus wie Sigurd, doch sie war sehr klein und in ihrer Winzigkeit sehr fein, wie eine Figur aus Elfenbein. Asta mochte sie sehr und trug sie wie die Skraelinger auf dem Rücken herum, denn als Koll sah, daß das Kind nicht sterben würde, da ließ er einen Gurt für das Baby machen, wie ihn seine Frauen benutzten. Dann ging er fort, wie immer.

Sigurd blieb bei Margret und machte ihr wenig Mühe. Im Winter in Brattahlid lehrte sie ihn zu spinnen, und er saß neben ihrem Webstuhl und spann Fäden von verschiedenfarbiger Wolle zusammen. Im Sommer nahm sie ihn mit in die Berge und zeigte ihm Blaubeerbüsche, und sie aßen sich daran satt. Manchmal sammelte sie anderes Grünzeug, und sie erklärte ihm, wozu man es gebrauchte, und er hörte genau zu. Er war nicht wie andere Kinder, die sie gekannt hatte und die entweder an ihr klebten und plauderten oder wegliefen und Dummheiten machten. Er war von Natur aus schweigsam wie sie, doch dabei aufmerksam und artig. Wenn er verspielt wurde, dann zeigte er eine Art von innerlichem Vergnügen über sie oder irgendein ungewöhnliches Ereignis. Dann lachte er gewöhnlich so lange in sich hinein, bis Margret auch lachen mußte, obwohl sie selten wußte, worüber sie eigentlich lachte. Er war in Brattahlid nicht beliebt, und in dem Herbst nach Bjorn Einarssons Abreise verschob Margret daher die Fahrt zu dem Anwesen auf der anderen Seite des Fjords von einem Tag auf den anderen.

Jetzt, wo Marta Thordardottir tot war, spürte Margret wenig Verlangen, bei Osmunds Familie zu leben. Osmunds junge Frau Gudrunn war eine irgendwie unterwürfige und hinterhältige Person, die dennoch starke Zu- und Abneigungen hatte, und wie es häufig vorkommt, stellte sich nach dem Tod der Schwester ihres Gatten heraus, daß sie alle die Dinge nicht mochte, die die andere Frau gemocht hatte. Osmund selbst war alt und zittrig, besonders seit dem außerordentlichen Thing im Herbst, denn das Vortragen der Gesetze hatte seine Kräfte überstiegen, und er verbrachte fast den ganzen restlichen Herbst in seiner Bettnische. Sira Isleif blieb bei der Familie des Bruders seiner Mutter und hielt Gottesdienste und Beerdigungen bei der Thjodhildskirche, doch er war nicht mehr so angesehen wie einst. Gudrunn warf ihm sein trübes Augenlicht vor und hielt ihn für ungeschickt und lästig, und außerdem ärgerte es sie, daß er so stolz auf sich war. Bald schon würde er zu Ragnleif gehen und bei ihm leben müssen, doch würde der Weg zur Thjodhildskirche dann weiter sein, und seine Pflichten wären mühsamer zu erfüllen, und so schob er seinen Umzug immer wieder auf. Unterdessen war er nicht sehr herzlich zu Margret, denn seit Martas Tod hatte sie seinen Dienst und Rat nicht mehr angenommen.

Während Margret die Reise von Tag zu Tag aufschob, schien es ihr immerhin möglich, daß sie den Winter auf Steinstraumhof verbringen könnten, wenn sie sich den ganzen Sommer über darauf vorbereiteten und wenn der Winter kurz und schneereich wäre und wenn man einige große Stücke Treibholz besorgen und das Haus mit einer weiteren Schicht von Soden umgeben würde, und wenn, um ehrlich zu sein, Koll nach Jul mit zusätzlichem Proviant auftauchte. Allerdings würde er sie in Brattahlid suchen. Und das war auch noch eine Herausforderung für Gudrunn, der alljährliche Besuch von Koll, den sie »den Dämon dieser Magd« nannte. In dieser Hinsicht wurde sie wie sonst nie von Sira Isleif unterstützt.

Und so kamen die ersten Winternächte, doch sie kamen früher, als Margret jemals nach Brattahlid gegangen war. Und dann kam, nach dem Runenkalender, den Margret selbst gemacht hatte, das Fest des St. Kolumban und schon recht bald danach das Fest des St. Andreas. In den letzten Jahren hatten sie zu diesem Zeitpunkt immer den Fjord überquert. In den ersten Jahren hatte Marta sogar

Knechte geschickt, die ihnen über das Eis halfen, denn der Fjord war ganz zugefroren, eine glatte Fläche für Schlittschuhe und Skier. Doch der kälteste Teil des Winters hatte noch nicht eingesetzt, und den vieren ging es recht gut. Es vergingen noch ein paar Tage, und dann kam das Fest des St. Nikolaus; der Advent hatte begonnen. Sie setzten sich zu ihrem Morgenfleisch, und Margret sah, daß es nur noch drei Käse und etwas gedörrtes Seehundfleisch gab, und außerdem konnten die Schafe nicht mehr mit den Hufen durch den Schnee bis zum Gras scharren, da der Schnee zu tief war. Margret sagte: »Morgen werden wir zwei von diesen Käsen zu Gudrunn Jonsdottir bringen.« Asta nickte.

Doch als sie am nächsten Tag aufwachten, versperrte ihnen ein Schneesturm die Sicht, und dieser Sturm dauerte noch einen weiteren Tag, und am Morgen des dritten Tages gab es nur noch einen einzigen Käse, den sie nach Brattahlid mitnehmen konnten, und obendrein war noch eine Ecke herausgeschnitten. Margret überlegte – was sie zu Lebzeiten von Marta Thordardottir nie getan hatte –, was sie tun könnte, damit man sie willkommen hieße, oder um wenigstens der Verachtung zu entgehen, bis sie etwas gewebt haben würde. Sie durchsuchte ihre Habseligkeiten, um irgendein kleines Geschenk zu finden, und ihr Blick fiel auf ein Stück Brettchenweberei, eine Borte für ein Umhängetuch in Blaugrau und Weiß, und sie faltete sie zusammen und legte sie in ihr Bündel.

Die beiden Frauen hatten beschlossen, daß Asta ihre Tochter Bryndis und dazu einige Sachen auf dem Rücken tragen und einen Beutel aus Seehundfell mit ein paar notwendigen Dingen hinter sich herziehen solle. Margret und Sigurd würden die fünf Schafe vor sich hertreiben, und die Reise würde einen Vormittag oder etwas länger dauern. Als sie jedoch aus dem Haus traten, sahen sie, daß der Schnee viel tiefer war als zu dem Zeitpunkt, da sie ihre Pläne gemacht hatten, und daß auch Sigurd auf dem Rücken getragen werden mußte, und zwar auf Margrets, obwohl er fast zu groß dafür war. Und so banden sie sich ihre kurzen Skier unter, und mit den Tieren vor sich schafften sie es den Abhang hinunter bis zum Fjord. Sigurd hockte, wie einst Gunnar, in einem Stück Wadmal, das um Margrets Rücken und Hals gewunden war. Die Schafe waren schwach vor Hunger, was den Vorteil hatte, daß sie keine Lust hatten, herumzutollen oder sich zu entfernen, und den Nachteil, daß selbst unter den besten Bedingungen wohl eines oder mehrere nicht den ganzen Weg nach Brattahlid schaffen würden. An einem Sommertag waren die roten Häuser von Brattahlid am anderen Fjordufer deutlich sichtbar, Schatten, die auf dem Hang spielten, und manchmal konnte man sehen, wie Menschen darauf hin und her liefen, aber an einem Tag wie diesem, da jede Fläche von Weiß verhüllt war, gab es kein Ziel, das sie vorwärtstrieb oder ihren Blick anzog und den Weg kurz erscheinen ließ.

Nur einmal wagte es Margret, sich nach Steinstraumhof umzuschauen, und als sie es tat, da sah sie ihren eigenen Hang, wie er sich drohend hinter ihr erhob. Einen Moment lang kam es ihr vor, als glitte das Eis, auf dem sie ging, unter ihren Füßen nach hinten, und wie immer sie auch ausschritt, das Eis trüge sie doch wieder zurück. Sie schüttelte das Gefühl ab und schaute Bryndis an, die in Fuchsfell gehüllt war, so daß nichts von ihr zu sehen war, außer der Bewegung, die ihr Atem an dem Fuchsfell hervorrief. Sicher war sie durch Astas Gang und die Wärme der Pelze eingeschlafen. Margret wandte sich ganz diesen Gedanken zu, dem Anblick des kleinen schlafenden Mädchens, das es zwischen den Fellen schön warm hatte, und sie dachte voller Hingebung daran, und als sie sich entfernen mußte, um eines der Schafe näher an die Gruppe zu treiben, sehnte sie sich danach, Bryndis schlafen zu sehen, als wäre es ihre eigene warme Bettnische oder ein Platz neben dem Feuer. Sigurd hockte still und ruhig auf ihrem Rücken, wie Gunnar es nie getan hatte. Asta kämpfte sich vorwärts, vor die Schafe, und bahnte sich einen Weg durch die Schneewehen. Margret erkannte, daß sie nur mit Glück über den Fjord kommen würden, und sie mußte an ihr Glück denken, das alles in allem recht bescheiden war. Doch dann dachte sie an Skuli Gudmundsson und mit ihm an etwas, das ihr Vater oft gesagt hatte, daß sich das Glück eines Menschen für ihn nämlich anders offenbare als für seine Nachbarn. Und in diese Gedanken versunken, bemerkte sie plötzlich, daß sie bereits mehr als die Hälfte des Weges über den Fjord zurückgelegt hatten.

Nicht lange danach stolperte eines der Schafe und stürzte und stand nicht wieder auf. Margret rief nach Asta, die sich umdrehte und das Schaf sah, das mit geschlossenen Augen auf der Seite lag. Und Asta bahnte sich den Weg zu dem Schaf zurück und packte es unter den Arm und trug es weiter. Doch dann fiel noch ein Schaf um, und zwei konnte man einfach nicht tragen. Margret ging zu dem zweiten Schaf, und geduldig begann sie, das Schaf zum Aufstehen zu bewegen, und es kam auch kurz auf die Beine, während sie es tätschelte und bedrängte, denn Schafe sind ängstliche Tiere und mißtrauen der Berührung von Händen. Doch nachdem das zweite Schaf einen Schritt oder zwei gestolpert war, fiel es wieder in den Schnee, und Margret sah, daß sie es dort liegen und erfrieren lassen mußten.

So schleppten sie sich vorwärts, und eine Weile später erreichten sie die Anlegestelle von Brattahlid, und Margret schaute sich nach einem Knecht um oder jemandem, der ihnen helfen konnte, denn in der Tat fühlte sie sich so, als müßte sie unter dem Gewicht von Sigurd auf ihrem Rücken zusammenbrechen, aber es war niemand da, und so kletterten sie den steilen Hang zu Osmunds Haus hinauf und hielten nur einmal beim Stall, um ihre Schafe zu den anderen in den Pferch zu sperren und ein paar Hände voll Heu aus dem Stadel vor dem Stall für sie zu holen. Und Margret erfüllte der Anblick der Gebäude nicht mit dem Verlangen hineinzugehen, sondern mit der falschen Gewißheit, daß sie entdeckt und gerettet werden würde, wenn sie auf der Stelle zusammenbräche. Und da wußte sie, daß sie auf der Reise über den Fjord dem Tod nahe gewesen war. Auch Asta mühte sich unter Schmerzen den Hügel hinauf und hielt nach Leuten Ausschau, konnte aber niemanden erblicken.

Und so begab es sich, daß sie zur Tür des großen Wohnhauses kamen und immer noch keinen Menschen in den Ställen und in den Scheunen und in der Milchstube gesehen hatten, und niemand sammelte Schnee, der zu Trinkwasser geschmolzen wurde. Asta drückte mit der Schulter gegen die Tür, sie sprang auf, Asta trat ein, und Margret war gleich hinter ihr. Der Raum war feucht und warm, doch dunkel, denn es waren keine Lampen angezündet. Margret und Asta blieben reglos stehen und spähten umher. In der Elternbettnische raschelte eine Gestalt unter den Fellen, und dann hörte man eine dünne, hohe Stimme: »Wer ist da? Wer ist gekommen?«

Und Margret sagte mit leiser Stimme zu Asta: »Dieser Gestank erinnert mich an etwas vor vielen Jahren. Dieser Gestank kommt von der Brechkrankheit, und es ist zweifellos zu einem Teil der Gestank des Todes.« Dann sprach sie lauter und sagte: »Margret Asgeirsdottir und Asta Thorbergsdottir sind hier. Wir haben große Angst vor dem, was wir hier entdeckt haben.«

»Ihr hättet besser daran getan«, sagte die dünne Stimme von Gudrunn Jonsdottir, »wenn ihr geblieben wäret, wo ihr wart, anstatt herzukommen, selbst wenn ihr hungern mußtet«, und ihre Stimme wurde schwächer, als sie in die Bettnische zurückfiel. Da legte Asta Bryndis in ihren Fuchsfellen auf die Bank, und Sigurd kauerte sich neben sie, und Asta deckte die beiden mit allen Fellen zu, die sie nur finden konnte, damit es ihnen wieder warm würde, und dann gingen Margret und sie zu den Bettnischen und verschafften sich einen Überblick über die Bewohner, und die folgenden waren tot: Osmund, seine Tochter, zwei Mägde und ein Knecht; Gudrunn schien es nicht so schlecht zu gehen, und ihr Sohn Ozur sah aus, als schliefe er. Eine Magd und drei Knechte waren geschwächt, doch auf dem Wege der Besserung, denn die Brechkrankheit verläuft immer geradeaus. Wenn ein Mensch ganz nach unten kommt und nicht stirbt, dann wird er mit der Zeit wieder nach oben gelangen.

Und nun machten sich Margret und Asta mit einigem Grauen daran, den Lebenden zu helfen und sich um die Toten zu kümmern. Asta trug Osmund und die anderen hinaus und begrub sie fürs erste unter einer Schneewehe. Margret ging in die Scheunen und brachte Rentierfleisch und Sauermilch. Aus dem ersten kochte sie eine Brühe, und darin sott sie auch ein paar Stücke Hammelfleisch, und sie fand etwas Salz, das sie dazugab, denn Brattahlid war ein reicher Bauernhof, und manchmal im Sommer, wenn man für andere Zwecke ein Feuer machte, wie zum Beispiel beim Schlachten oder Wäschewaschen, gewannen die Mägde Salz aus dem Wasser des Fjords. Außerdem fand Margret eine Menge getrockneter Rotalge und getrocknetes Angelikakraut, und beides gab sie an die Suppe, so daß diese dickflüssig und nahrhaft wurde, und von diesem Essen, erst Suppe, dann Fleischstückchen und dann Sauermilch, kamen die Leute vom Hof allmählich wieder zu

Kräften. Sira Isleif, so erzählten sie, habe sich mit einem Knecht zu Ragnleifs Hof aufgemacht, als er gehört habe, daß Ragnleif krank sei. Das sei vor sechs oder sieben Tagen gewesen.

Nachdem Margret und Asta die Leute gefüttert hatten, wuschen sie sie mit erwärmtem Wasser, denn alle waren voll von Erbrochenem und anderem Schmutz. Dann putzten sie die Böden und Bänke und klopften die Felle in allen Bettnischen aus und brachten Schnee für frisches, sauberes Wasser ins Haus. Und das alles dauerte den ganzen Rest des Tages und einen Teil der Nacht, so daß die beiden Frauen sehr müde waren, als sie schließlich in die Bettnische gingen, die sie gewöhnlich teilten. Sie lagen da, Sigurd auf der Innenseite neben Asta und Bryndis in ihren Fuchsfellen zwischen ihnen. Da sagte Margret zu Asta: »Kennst du die Geschichte von Sigurd Njalsson, der zu der Zeit von Bischof Arnald in den Nordsethur war und dort das Schiff von Arnbjorn, dem Norweger entdeckte?« Doch Asta kannte diese Geschichte nicht. Margret sagte: »Das hat Sigurd erzählt: ›Nichts ist sicherer, als daß die stinkende Luft in einem geschlossenen Raum, in dem Menschen an einer Krankheit gestorben sind, völlig vernichtend ist.‹« Und Asta sagte: »Wenn er recht hat, dann werden wir das bald genug herausfinden.« Und die beiden Frauen schliefen ein.

Die nächsten Tage vergingen in der gleichen Weise, es wurde viel gekocht und etwas geputzt, und die Tiere wurden gefüttert, denn Brattahlid besaß einen großen Stall mit vielen Kühen. Sechs Pferde liefen in einem ummauerten Feld umher, und die Schafe wurden in einem geschützten Pferch gefüttert, denn in Brattahlid gab es eine Menge Futter, so wie in Gardar. Und jeden Tag kamen ein oder mehrere Besucher von einem der Nachbarhöfe, um Neuigkeiten zu bringen und Verpflegung zu erbitten, und auf jedem Hof gab es einen oder zwei Tote, doch nicht so viele wie auf Brattahlid. Margret fragte alle Besucher nach Sira Isleif und seinem Knecht, doch niemand wußte, was auf Ragnleifs Hof vorgegangen war. Margret gab einem jeden großzügig von dem Seehundfleisch und Speck, bis es Gudrunn so gut ging, daß sie aufrecht sitzen und diese Dinge selbst austeilen konnte. Gudrunn war sehr bedrückt über den Tod ihrer Tochter, die ein sehr hübsches und gefälliges Kind gewesen war, weniger über den Tod von Osmund, denn darauf habe sie, wie sie sagte, schon den ganzen Herbst über gewartet. Sie klammerte sich an Ozur, und der klammerte sich an sie, und Margret sah, daß man sie nicht leicht würde bewegen können, die Verwaltung des Hofes zu übernehmen.

Nach dem Kalender von Brattahlid, den Sira Isleif selbst gemacht hatte, war das Julfest da, obwohl es nach Margrets Kalender noch acht Tage bis Jul waren, und Gudrunn bat Margret und Asta, zwei Schafe für das Fest zu schlachten und zu braten, wie es auf Brattahlid und in der Tat auf den meisten wohlhabenderen Höfen zu Jul Brauch war. Und als sie sich anschickten, ein Feuer aufzuschichten, da begann Asta zu erbrechen, und die Brechkrankheit überkam sie, und kurz nach ihr das Kind Bryndis, und innerhalb von drei Tagen waren beide tot. Inzwischen war einer der Knechte wieder ziemlich genesen, und er trug Asta aus dem Haus und begrub sie mit Bryndis in ihren Armen in der Schneewehe neben den anderen. Margret wurde zu keinem Zeitpunkt von der Krankheit heimgesucht, und Sigurd wurde nur ein wenig krank, doch es gelang ihm, das Essen bei sich zu behalten, und auf diese Weise, so sagte Margret zu Gudrunn, würden die Leute wieder gesund, indem sie das Essen bei sich behielten, damit es sie stärke. Da es noch immer keine Nachricht von Ragnleifs Hof gab, machte sich ein Knecht auf, der eine Tochter hatte, die auf dem Hof lebte, um zu schauen, wie die Dinge dort standen.

Eines Tages setzte Gudrunn sich in ihrem Bett auf und trank etwas Brühe, und sie sagte zu Margret: »Wie machst du es, daß du mit solcher Kraft deinen Arbeiten nachgehst, wenn du erst kürzlich den Tod von Asta Thorbergsdottir erlebt hast? Doch die Leute sagen, das ist nicht der erste Tod, den du erlebt hast.«

Margret antwortete nicht.

»Die Leute sagen, daß du dem Tod deines Geliebten gleichgültig zugeschaut hast, obwohl das Blut auf dein Kleid gespritzt ist.« Doch sie sprach mit unbeteiligter Stimme, so als wäre sie nur neugierig.

Margret sagte: »Jeder Mensch hat viele Gelegenheiten, um Erfahrungen mit dem Tod zu sammeln. Wenn du sie nicht hast, dann bist du in der Tat eine Seltenheit unter den Grönländern.«

»Ist es dann also Erfahrung, die dich so kalt sein läßt?«

Margret schlug den Ärmel ihres Gewandes zurück und entblößte ihren Arm. Das Fleisch war dünn und zäh, die Haut weiß und trocken. Margret hielt Gudrunn ihren Arm hin. »Viele Tode haben mich ausgelaugt, und bald werde ich so knochig und hart wie der Tod selbst sein. Dann werde ich in der Tat kalt sein.« Sie nahm die Schale, in der die Brühe gewesen war, und wandte sich ab.

An demselben Tag kam der Knecht von Ragnleifs Hof zurück, und er brachte die Kunde, daß Ragnleif doch nicht krank gewesen sei, lediglich leicht verletzt von einem Sturz aufs Eis, doch etwa fünf oder sechs Tage nach Sira Isleifs Ankunft seien viele Leute auf dem Hof gleichzeitig krank geworden, und nur Sira Isleif, der gesund geblieben sei, und ein alter Knecht hätten sich um die Kranken kümmern können. Kurz gesagt war es so, daß Ragnleifs Frau Finna und sein jüngstes Kind Steinthor, sowie eine Magd und ihr Kind und zwei junge Bedienstete, Brüder, gestorben waren, alle anderen befanden sich auf dem Wege der Genesung. Und noch etwas war vorgefallen: als die Krankheit auf dem Höhepunkt war, hatten einige unbekannte Männer in Ragnleifs Scheune eingebrochen und das gesamte Hammelfleisch und das gedörrte Rentierfleisch und die Hälfte der Sauermilch gestohlen, so daß die Vorräte auf dem anderen Hof nun knapp waren. Und als sie das hörte, wurde Gudrunn sehr böse auf Margret und schalt sie, weil sie so großzügig Essen an alle und jeden ausgeteilt hatte, denn nun würden sie damit bestraft, daß sie fremde Leute fett und zufrieden sehen müßten, während ihre nahen Verwandten hungerten.

Einen Tag später kam ein Bote aus Gardar mit Nachrichten von Sira Jon für Osmund Thordarson, doch das Schicksal von Osmund überraschte ihn nicht sehr, wie er sagte, denn in Gardar sei man darauf gefaßt gewesen. Es hieß, daß ein Bauer mit einem Hof in Dyrnes zwei verlassene Höfe nicht weit entfernt von Solarfell übernehmen und Gesetzessprecher werden würde. Und außerdem redete man darüber, daß die Brechkrankheit in Hvalseyfjord schwer gewütet hätte, wo es etwa zwanzig Tote gegeben habe, und im südlichen Teil von Vatna Hverfi und in der Herjolfnesgegend. Sechs Menschen seien in Gardar gestorben, und dreißig hätten überlebt. Und Gudrunn zählte die Toten von Brattahlid und Isafjord zusammen, von denen sie gehört hatten, und sie kam auf ungefähr fünfundzwanzig. Gudrunn sagte: »Auf den einsameren Höfen wird es noch mehr geben, von denen wir erst nach Ostern hören werden.« Doch das waren in der Tat nur wenige, und die meisten Sterbefälle hatten sich auf den größten Höfen in den am dichtesten besiedelten Bezirken ereignet. Nachdem der Bote mit Gudrunn gesprochen hatte, nahm Margret ihn beiseite und fragte ihn nach Gunnar und Birgitta, die auf Lavranshof am Hvalseyfjord lebten, doch der Junge hatte ihre Namen nicht unter denen der Toten gehört. »Was ist mit dem Namen Olaf Finnbogason?« fragte sie, und der Junge sagte, das sei auch kein Name von einem der Toten. Von Vatna Hverfi redete er pausenlos weiter. Er erzählte ihr, Sira Nikolaus von der Undir Hofdi-Kirche sei dahingerafft worden, ebenso seine »Frau«. Und die Leute schätzten, daß er hundert Jahre alt geworden sei. Zumindest stimmte es, daß er verschrumpelt gewesen sei wie ein neugeborenes Kind, als sie ihn hinausgetragen hätten.

Nicht das kleinste der Übel dieser verbreiteten Krankheit war es, daß sie die Leute so früh im Winter heimgesucht hatte, und Menschen und Tiere mußten noch viele Wochen Schnee und Sturm durchstehen, bevor der Frühling kam. Viele, die geschwächt waren, starben, und Tiere vieler Höfe mußten zu lange und zu früh in der Jahreszeit darben, um überleben zu können, und so war es ein schlimmer Winter mit Toten und Hungersnöten, die sich bis nach Ostern erstreckten. Am Hvalseyfjord waren Orm Guttormsson unter den Toten und Astrid Gunnarsdottir und Maria Gunnarsdottir, eine war am Morgen des St. Stephansfestes und die andere am selben Abend gestorben, und nachdem man ihre Leichname eingewickelt und in eine Schneewehe gelegt hatte, kam Birgitta zu Gunnar und erzählte ihm von dem Gesicht, das sie vor so vielen Monaten gehabt hatte, bei dem alle Kinder vor ihren Augen verschwunden waren, als sie Seegras am Ufer sammelten. Und sie sagte: »Es kann sein, daß ich für meinen Stolz bestraft werde, denn ich war ganz hingerissen von Gunnhilds Schönheit und von Astrids Unbeschwertheit und von Marias Zuneigung zu mir, und jetzt habe ich Angst, die anderen auch nur anzuschauen, und suche nach Wegen, meinen Stolz zu bezähmen, um die Strafe abzuwenden.«

Gunnar fragte, ob sie mit irgend jemandem über dieses Gesicht gesprochen habe, vor allem mit Sira Pall Hallvardsson, und Birgitta sagte, das habe sie nicht, da sie sich gefürchtet habe, darüber zu reden. Und Gunnar sagte: »Gewiß kann der Priester dir eine Buße auferlegen oder dich einige Gebete sprechen lassen.«

»Aber«, sagte Birgitta, »als ich sah, wie sie verschwanden, hatte ich Johanna in mir, und es kam, daß sie vor Freude strampelte, weil ich es mitansehen mußte, und darum scheint es mir, daß sie Unglück bringt und es verbreitet wie etwas Ansteckendes, obwohl sie selbst darunter nicht leidet.«

»Und dafür liebst du sie nicht sehr, das ist ganz deutlich zu sehen.«

»Mir scheint, daß die anderen sterben werden, und sie wird leben, ebenso wie sie von allen als einzige nicht krank geworden ist, und sie geht zu allen Bettnischen und schaut mit ihren neugierigen und immer gleichbleibenden Blicken hinein.«

Doch Gunnar wollte nicht zugeben, daß die Krankheit diesmal etwas anderes bedeutete als die üblichen Ausbrüche der Brechkrankheit, wo immer viele überleben und einige sterben und kein Mensch im vorhinein sagen kann, wie es für ihn ausgehen wird. Dennoch konnte Birgitta sich nicht von der Vorstellung befreien, daß Johanna ein unheimliches Kind war, und sie ging ihr aus dem Weg, wann immer sie konnte.

Nun kam der Frühling, und Sira Jon schickte Boten aus, die in allen Bezirken verkündeten, daß er zu Ostern eine Messe lesen und ein Festmahl in Gardar veranstalten werde, um die Auferstehung des Herrn und die Auferstehung der Seelen aller Toten zum himmlischen Leben zu feiern, denn, so berichtete der Bote, Sira Jon spreche oft zu den Leuten in Gardar und erkläre, daß Gott für jene vieles bereithalte, die in den Einöden der Erde litten und sich zu Seinen Ehren dort plagten.

In Gardar lebte eine Frau mit Namen Olof, die Tochter von Anna Jonsdottir, welche den Haushalt geführt hatte, und obwohl sie erst etwa zwanzig Winter alt war, als Anna im ersten Jahr nach Bjorn

Einarssons Ankunft starb, hatte Olof die Stellung ihrer Mutter übernommen und kümmerte sich nun um Sira Jon und Sira Audun, und in Erwartung des neuen Bischofs reinigte sie das bischöfliche Gemach nach Sira Jons Anweisungen. Sira Jon selbst war in eine kleine, dunkle Kammer gezogen, die ganz anders war als sein bisheriges Zimmer und deren ganze Einrichtung aus einigen Fellen und Wadmaldecken und einer kleinen Lampe bestand, und das Zimmer war gerade groß genug, daß er darin stehen und liegen konnte, und Olof hatte den Eindruck, daß er es sehr mochte, denn er verbrachte viel Zeit darin.

Sira Jon verfiel häufig in einen Zustand, den die Leute »nicht ganz bei sich« nannten, und wenn er sich in dieser Verfassung befand, dann war er besonders empfindlich für Töne und jede Täuschung des Lichts, und er schaute sein Gesinde an, als durchleuchte er es. In diesen Zeiten konnte sich nur Olof ihm nähern; dann schloß er sich in seiner winzigen Kammer ein und kam ein wenig beruhigt wieder heraus. Besonders ungeduldig war er in solchen Zeiten auch mit seinem Verwalter, einem Mann namens Petur, der etwa in seinem Alter war, er schrie ihn wütend an, ganz gleich, was ihm berichtet wurde; ob nun zwei Kühe prächtig gekalbt hatten oder ob siebzehn Lämmer und Ziegen verendet waren, Jon nahm die gute wie die schlechte Nachricht mit dem gleichen Zorn auf. Und so kam es, daß das Gesinde in Gardar seinen Herrn noch genauer beobachtete, als es sonst üblich ist, und jeden Morgen und jeden Abend war das große Gesprächsthema, wie Sira Jon sich wohl fühlte. Sira Audun trat seine Reisen in andere Bezirke oft ganz plötzlich an, wenn es allgemein hieß, daß Sira Jon »nicht ganz bei sich« sei. Die Leute meinten, die beiden Priester wären nicht befreundet, doch auch noch nicht verfeindet.

Während der Krankheit war es so, daß die meisten Leute in Gardar krank wurden, doch einige erkrankten nicht, Sira Jon nicht, aber Sira Audun, der jedoch wieder gesund wurde, und Petur der Verwalter wurde nicht krank, aber Olof, und als das geschah, ging Sira Jon eines Tages zu Petur, der bei den Schafen stand, und er schalt Petur: »Wahrlich«, sagte er, »du bist von Teufeln besessen und vom Herrn verlassen, und darum solltest du, Petur, sterben und deinen Platz in der Hölle einnehmen.« Und dann verkündete er: »Es ist mir im Traum erschienen, daß sich die Tiere des Feldes und des Fjordes erheben und siegen werden, und Pferde werden dich zertrampeln, Kühe dich durchbohren, und dann werden Dutzende von Schafen auf dir herumtreten, ein Walroß wird dich in seiner Umarmung zerquetschen, und dann wird ein Wal dich in die Tiefen des Meeres ziehen, aber selbst wenn all das getan ist, wird immer noch ein Kern von Übel in dir sein, und so wird man dich in die Eiswüste bringen und dich dort liegen lassen.« Und obwohl Petur ein starker Mann war, erschreckte ihn diese Rede ein wenig, und er begann vor seinem Herrn zurückzuweichen, was Sira Jon noch mehr erzürnte, so daß seine Stimme, die bislang leise gewesen war und nur an Petur gewandt, sich nun erhob und ein jeder in der Nähe sie hören konnte, und ein anderer Mann, ein alter Diener, führte den Priester fort. Jemand ging, um Sira Audun zu suchen, doch die Tür zu seiner Kammer war geschlossen, und auf ein Klopfen antwortete niemand, und er war nirgends zu finden. Als Olof von ihrem Krankenlager aufstand, ging es Sira Jon besser, und er schenkte Petur ein paar Schaffelle. Es war dieses Wunder gewesen, die Genesung von Olof, das Sira Jon veranlaßt hatte, Ostern mit einem Festmahl zu begehen.

Sira Jon war von dem bevorstehenden Ereignis ganz begeistert und schien tatsächlich nur noch selten »nicht bei sich« zu sein. Ganz besonders gerne ging er zu den Vorratstruhen und nahm schöne Seidentücher und Wandbehänge heraus und schmückte damit den Altar und die Wände der Kathedrale. Für sich selbst nahm er zwei Meßgewänder heraus, ein mit Goldfäden durchwirktes weißes für die Frühmesse und ein goldenes mit scharlachroten Borten für die Spätmesse. Diese Gewänder hatte man sorgfältig aufbewahrt, und sie waren daher mit Ausnahme von ein oder zwei Rissen, wo der Stoff abgetragen war, in gutem Zustand. Nach den Meßgewändern schaute er sich sämtliche Altargegenstände an, die je erworben worden waren, und wählte die allerschönsten Stücke aus, ohne Beulen oder fehlende Teile, und er säuberte diese eigenhändig mit feinem, reinem Sand, den man einige Jahre zuvor für diesen besonderen Zweck herbeigeschafft hatte. Danach ging er ins Küchengebäude und zu den Scheunen, und er überprüfte alle gelagerten Nahrungsmittel und alten Weingefäße, und er holte Bottiche mit Honig hervor und Wein aus der Zeit des Bischof Arni.

Als die Zeit näher rückte, schien es, als wolle er sich sogar die Räume ansehen, in denen die Gäste wohnen würden, und zuschauen, wie die Mägde die Rentierhäute ausklopften und die Böden fegten. Doch als es Karfreitag wurde, schien es Olof, als sei Sira Jon zunehmend »nicht bei sich«, und das Gesinde fürchtete sich vor seinem Kommen, und Petur der Verwalter wollte sich erst gar nicht in seine Gegenwart begeben. Da lief Olof zu Sira Auduns Kammer und hämmerte gegen die Tür, damit er es nicht überhören konnte, und nachdem sie eine Weile so geklopft und gerufen hatte, öffnete er und ließ sie ein. Und Olof teilte Sira Audun mit, was sie zu tun wünsche, um gute Messen und ein schönes Festmahl zu gewährleisten, doch sie sagte auch, daß sie das nicht alles allein tun könne, denn Sira Jon sei ihr Herr und sie gehöre zum Gesinde und sei obendrein eine Frau. Sira Audun sträubte sich sehr, und Olof saß fast den ganzen Morgen bei ihm und wollte sein Zimmer nicht verlassen, obwohl er es ihr befahl. Das war am Morgen des Karfreitag. Und weil Sira Audun Pflichten zu erfüllen hatte, stimmte er Olof endlich zu, und sie ging fort.

An jenem Abend brachte Olof Sira Jon ein besonders nahrhaftes Mahl in sein Zimmer, viele verschiedene Speisen, mehr als er essen konnte, und dann ging sie hinaus und schloß wie gewöhnlich die Tür. Dann sperrte Sira Audun sie zu, damit der andere Priester sie nicht öffnen konnte, und Sira Jon blieb drinnen, manchmal schrie er auf, und manchmal schwieg er, bis zur Dämmerung am Ostermorgen. Als sie ihn herausließen, war er keineswegs »nicht bei sich«. So kam es, daß die Leute, die zum Fest nach Gardar kamen, sich mit Sira Jon sehr zufrieden zeigten und bemerkten, wie ruhig er ihnen vorkomme, und selbst Sira Pall Hallvardsson war mit dem Verhalten des anderen Priesters zufrieden.

Viele Leute brachten die besten Geschenke mit, die sie sich leisten konnten, und legten sie als ein Dankesopfer auf den Altar vor den Fingerknochen von St. Olaf, da er sie über den Winter gebracht hatte. Thorkel Gellison gab einen Schemel, aus Jerusalemer Olivenholz geschnitzt, welches sein Urgroßvater aus Irland mitgebracht hatte, wohin es durch die Kreuzzüge gelangt war, und in diesen Schemel waren in östlichem Stil viele wundersame Tiere eingeschnitzt. Thorkel war froh, daß er mit seiner Frau den Winter überlebt hatte.

Snaebjorn Bjarnarson von Herjolfnes und seine beiden Söhne, die nicht gestorben waren, schenkten einen zerlegbaren französischen Altar aus Elfenbein, den die Männer der Familie auf ihren Seereisen immer bei sich geführt hatten und der ihnen sehr viel Glück gebracht hatte. Diese Männer dankten für das Überleben ihrer Kinder, im ganzen elf, obwohl Sigtrygg und zwei der Ehefrauen gestorben waren.

Magnus Arnason konnte sein Geschenk nicht in die Kirche bringen, denn es war ein großer und schöner, braunweiß gezeichneter Hengst, etwa fünf Winter alt und als Zug- und Reitpferd abgerichtet, der beste aus Magnus' gutem Stall und einer der besten aus der Nachkommenschaft von Thorkel Gellisons altem grauen Hengst. Magnus bezeugte seinen Dank für das Leben seiner Konkubine und auch seiner anderen Bediensteten, denn seine von den Skraelingern abstammende Frau war schon viele Jahre zuvor gestorben.

Bjorn Bollason, der neue Gesetzessprecher, gab einen Stuhl, auf dem der Priester während der Messe sitzen konnte, und dieser Stuhl war aus Treibholz gemacht, das man über mehrere Jahre gesammelt hatte, und in die Rückenlehne waren ein Adler und ein Bär geschnitzt, für St. Jon und St. Kolumban. Dies war, wie es sich gehörte, das prächtigste Geschenk, und viele Leute drängten sich, um einen Blick darauf zu werfen.

Vigdis von Gunnarshof und Ketilshof gab eine Specksteinschale, die aus zwölf einander an den Händen haltenden Figuren geformt und geschnitzt war, und das waren die zwölf Apostel. Einst war auf dem Boden der Schale ein Gesicht gewesen, das Gesicht von Jesus, doch Vigdis hatte das Gesicht wegschleifen lassen, denn sie behauptete, es sei eine Sünde, ein solches Gesicht mit Sauermilch oder Brühe zu bedecken. Diese Schale hatte zur Ketilshofeinrichtung gehört, solange man denken konnte, und ihr Ursprung und Schöpfer waren unbekannt.

Ragnleif und die Frau seines Onkels, Gudrunn Jonsdottir, brachten ein gemeinsames Geschenk, und das war ein Paar Walroßzähne, welches viele Jahre Osmund Thordarson gehört hatte, seit eine Gruppe von Männern das letzte Mal in die Nordsetur gezogen war, und die beiden erklärten auch, es sei ihre feste Absicht, sich am kommenden Julfest zu vermählen, und während einigen Leuten die Eile nicht gefiel, mit der sie das Freien angingen, sagten andere, die Zeit höflicher Förmlichkeiten sei für die Grönländer endgültig vorbei, und eine Frau und ein großer Hof sollten nicht ohne einen kräftigen Bauern für die Sommerarbeit sein.

Gunnar Asgeirsson und Birgitta Lavransdottir schenkten eine Bahn roter Seide, zu einem Priesterrock vernäht. Man konnte sehen, daß viele kunstvolle Stiche die Stellen verbargen, wo die Bahnen zusammengestückelt waren.

Es gab auch zahlreiche andere Geschenke von Wadmal und Weberei und Pelzen und Seehundfellen, und viele wurden von unbekannten Leuten gegeben, im Dunkel der Nacht, und darunter war auch ein hübscher geschnitzter Becher aus Olivenholz, in eine gewebte blauweiße Borte gewickelt. Und nachdem Margret Asgeirsdottir ihn zu den anderen Dingen gelegt hatte, besaß sie nichts mehr, das einst Skuli Gudmundsson gehört hatte.

Nach der Darbringung der Gaben hielt Sira Jon die erste Messe, und Sira Audun ministrierte und sprach das folgende Gebet:

Herr, wir liegen in unseren Häusern aus Soden
Wie in Gräbern schneebedeckt,
Und unsere Gebete fliegen zu Dir,
Laut wie die Stimmen der Toten.

Herr, brich Du das Eis für uns
Und locke das grüne Gras hervor,
Und dann erheben wir uns und kommen
aus unseren Häusern und singen.

Doch die Leute fanden dieses Gebet nicht so gut wie andere Verse von Sira Audun, und nur wenige lobten es.

Auf diesem Fest war nun neben der Krankheit und dem harten Winter das Thema Bjorn Einarsson in aller Munde, und die Leute erinnerten sich, wie er gehandelt hatte, und an den Besitz, den er mitgebracht und an die Kleidungsstücke, die Solveig bei jedem

Wetter getragen hatte. Leute, die sich für Schiffe und Boote interessierten, wie die Hvalseyfjorder, erinnerten sich an die klaren Formen und schönen Schnitzereien seiner vier Schiffe. Die Leute aus Vatna Hverfi erinnerten sich daran, wie er sich fachmännisch die allerbesten Pferde im Bezirk ausgesucht hatte. Thord vom Siglufjord erinnerte an die Verpflegung, die Bjorn in der Hungersnot von 1388 geschickt hatte – nur nahrhafte und feine und schmackhafte Speisen, nichts aus den hinteren Ecken der Scheunen. Die Leute aus Gardar erinnerten an seine Geschichten von Rom und Jerusalem und Frankreich und Island, und an Einar, wie dieser immer bereit war, die Geschichten zu berichtigen und zu ergänzen. Sira Audun erinnerte daran, wie Bjorn einige Späße gemacht hatte, als er den Streit mit den Alptafjordern über den Ort des Betens beigelegt hatte, und andere fühlten sich dabei an Kollbein Sigurdsson erinnert und an dessen törichte Ausführung dieses Amtes, so daß jeder sich betrogen fühlte, wenn Kollbein geendet hatte, während jeder sich im Vorteil wähnte, wenn Bjorn fertig war. Jene, die Bjorn nicht gekannt oder ihn nur von weitem gesehen hatten, erzählten ihren Nachbarn, was sie über ihn gehört hatten. Es war ein Streitpunkt, ob Bjorn auf seinen vier Schiffen ebenso viele Güter nach Grönland gebracht hatte wie Thorleif auf dem einen, und man war verschiedener Meinung darüber. Und so kam es, daß es den Leuten am Ende des Abends so vorkam, als seien Besucher wie Bjorn zu gut, um wahr zu sein, und einige Leute bezweifelten insgeheim, daß der Mann mit seinen Schiffen und seinen Geschichten wirklich jemals bei ihnen gewesen war, oder sie behaupteten, daß er kein Mensch gewesen sein könne, sondern ein Geist oder ein Engel oder ein Teufel gewesen sein müsse, der geschickt war, die Grönländer zu prüfen oder zu segnen, und als sie in ihre Zelte und Kammern zurückkehrten, erinnerten sich die Leute an andere unheimliche Dinge, solche, die sie nicht gesehen, und solche, die sie gesehen hatten.

Nachdem die Besucher sich eine kurze Weile ausgeruht hatten, standen sie im Dunkeln auf und gingen wieder zur Messe, und Sira Jon trug sein goldenes Meßgewand, und Sira Audun wiederholte sein Gebet vom Morgen, und so wurden die meisten Leute in ihrer Abneigung bestätigt, während einige es gar noch mehr lobten als zuvor, vielleicht um sich auf Kosten ihrer Nachbarn zu vergnügen. Nach dieser zweiten Messe waren wiederum Stärkungen auf den Tischen in der Halle vorbereitet, und die Leute nahmen ihre Eßbretter und saßen auf Bänken an den Wänden oder auf dem Boden, und bei dieser Zusammenkunft wurden Nachrichten ausgetauscht, Pläne geschmiedet und Geschichten erzählt. Und Sira Jon saß mit einer Schale Sauermilch und einem geschnitzten Löffel in seinem Hochsitz und ließ den Blick über die Köpfe der Leute schweifen, und so kamen einige der reicheren Bauern herüber und setzten sich, wie es sich eben gehörte, in seine Nähe. Doch er fing nicht an zu essen, und so konnten die Bauern auch nicht essen, und sie blieben höflich sitzen und warteten. Bald begann Sira Jon, einen Bauern nach dem anderen anzustarren, und ein jeder zögerte, den Blick zu erwidern und unfreundlich zu erscheinen, und einige hielten Ausschau nach Sira Pall Hallvardsson und Sira Audun und Olof, auf daß sie zu ihnen kämen, doch Olof gab Essen aus, Sira Pall Hallvardsson sprach mit einer Gruppe von Vatna Hverfi-Bauern, und Sira Audun war nirgendwo zu sehen. Endlich erhob Thorkel Gellison die Stimme und sagte: »Priester, die Schalen enthalten prächtige Speisen, und Ihr seid nach Eurer großen Anstrengung gewiß hungrig«, und die Leute bemerkten, daß Thorkel die höfliche Form der Anrede verwendete, und sie lobten ihn für sein Geschick. Doch Sira Jon starrte nur in seine Schale und aß nicht daraus. Und gerade als Thorkel den Mund wieder aufmachte, um zu sprechen, hob Sira Jon an und sagte: »Ich habe eine Geschichte zu erzählen«, und dies war Sira Jons Geschichte:

Es war einmal, so sagte er, ein junger Mann namens Alf aus Stavanger in Norwegen. Als er siebenundzwanzig Winter alt war, machte er eine Reise nach Dänemark und dann nach Aachen in Deutschland, und dort ging er zum Palast des Bischofs und bat darum, den Prälaten sehen zu dürfen, doch die Wächter an der Tür schlugen ihn und schickten ihn fort. Und so kam er am nächsten Tag um dieselbe Zeit wieder und bat darum, den Bischof sehen zu dürfen, und wieder schlugen die Wächter ihn, nur dieses Mal mit Stöcken, und schickten ihn fort. Und doch ging er am dritten Tage wieder hin, und sobald die Wächter ihn sahen, fielen sie über ihn her und wollten ihn gerade schlagen, als der Bischof mit einer Jagdgesellschaft aus dem Tor trat und sah, was da vorging, und er hieß seinen Verwalter die Wächter zurückrufen. Da ritt dieser deutsche Bischof zu Alf herüber und schaute ihn an und sah eine solche Frömmigkeit in seinen Augen, daß er vom Pferde stieg und den jungen Mann in den bischöflichen Palast tragen ließ, und während Alf sich von den Schlägen erholte, führten die beiden Männer Gespräche über heilige Angelegenheiten, und der Bischof war von Alfs Verständnis für alles, was die Kirche betraf, so sehr beeindruckt, daß er, als Alf sich erholt hatte, ihm die höheren Weihen erteilte und ihm Pfründe gab, welche er verleihen konnte. Und so lebte Sira Alf sechs Jahre lang, bis er dreiunddreißig Jahre alt war, das Alter unseres Herrn Jesus Christus, in dem er für unsere Sünden in Jerusalem gekreuzigt wurde. Und das alles ist bekannt und in den Annalen des Bischofssitzes von Aachen niedergelegt. Und außerdem waren die Leute in Aachen der Meinung, daß ihr Bischof durch die Ankunft von Sira Alf wie verwandelt sei, von einem in Sünde versunkenen jungen Mann in eine fromme und tugendhafte Persönlichkeit, und das hielt man für ein Wunder, denn im Jahr zuvor hatte dieser Bischof vier Bastarde gezeugt und einem jeden Pfründe vermacht, obwohl sie erst neugeborene Kinder waren. Sira Alf verkündete, daß der Name Aachen ihm im Traume erschienen sei, während er eine Straße entlangging, und er habe den Namen davor noch niemals gehört.

Die Zuhörer begannen sich umzuschauen und auf ihren Stühlen hin und her zu rutschen, denn sie glaubten nicht sehr an solche Geschichten von Bischof Alf, der zwar ein recht guter Bischof gewesen war, doch kein Heiliger, und in Grönland hatte er keine Wunder vollbracht. Einige fingen auch an zu essen, denn es gilt nicht als unschicklich zu essen, wenn eine Geschichte erzählt wird. Sira Jon fuhr fort.

Nun kam die Zeit für Sira Alf, Aachen zu verlassen, obwohl der Bischof und die Leute ihn nur sehr ungern gehen ließen, und sie gaben ihm viele prächtige Geschenke, die er seinerseits der Kathedrale von Aachen übergab, und für sich behielt er nur wenige Dinge. Es begab sich, daß er nach Bremen aufbrach, mit der Absicht, von dort in Richtung Norden nach Bergen weiterzureisen und von dort nach Nidaros.

Und so machte er sich an einem Frühlingstag, in sein Priestergewand gekleidet, mit einem Esel auf den Weg nach Bremen, und der Esel war mit vielen Geschenken für die Bischöfe bepackt, die er auf dem Wege treffen würde, doch wollte er keine Begleiter und sagte, der Herr werde ihn bewachen. Der erste Tag verging ohne Vorfälle, bis er zu einem bestimmten Heiligtum kam, zu dem er eine Wallfahrt unternehmen wollte. Dort geschah es, daß eine schöne Frau sich ihm in der Dämmerung näherte, in die reichsten und farbenprächtigsten Gewänder gekleidet, und sie begann scheu und unschuldig mit ihm zu reden, doch er durchschaute sogleich ihr täuschendes Verhalten und erkannte sie als eine Hure, und er begann liebevoll mit ihr zu sprechen und bewegte sie dazu, ihre reichen Kleider abzulegen und ein einfaches Gewand aus Wadmal anzulegen, und sie bekehrte sich auf der Stelle zum Herrn. Und am nächsten Morgen zog Sira Alf weiter.

Gegen Abend des zweiten Tages wurde Sira Alf gewahr, daß er wohl mit dem Esel die Nacht auf der Straße verbringen mußte, denn sie waren fern von jeder Ortschaft. Und so suchte sich Sira Alf einen abgeschiedenen Platz, legte dem Esel Fußfesseln an und kniete nieder, um seine Abendgebete zu sprechen. Und während er mitten im Gebet war, kamen Diebe und machten sich daran, die Geschenke, die Sira Alf mit sich führte, vom Esel zu laden und fortzutragen, doch Sira Alf war so fromm und in seine Gebete versunken, daß er gar nicht bemerkte, was geschah. Und als das Tier entladen und selbst von seiner wertvollsten Bürde befreit war, einem Reliquienschrein mit dem Kieferknochen des Joseph von Arimathäa, da begann es laut zu brüllen, als würde es um Hilfe schreien, so laut, daß einem Menschen die Haare zu Berge stehen mochten, doch anstatt von seinem Gebete aufzustehen, rief Sira Alf: »Oh, ungläubiges Tier, dein Geschrei ist vergeblich, denn niemals wird es den Sinn unserer Verfolger ändern, noch wird es uns Helfer herbeirufen. Bete lieber zum Herrn, deinem Schöpfer, daß er die Herzen dieser Diebe bewegen möge!« Und so betete Sira Alf weiter, und der Esel war ruhig. Doch als der Priester am Morgen erwachte, da lagen die beiden Bündel ordentlich zusammengeschnürt am Weg, und es fehlte nichts. Er lud sie auf den Esel und machte sich auf.

Und am dritten Tage kamen sie in die Stadt Köln, in der es eine große und schöne Kathedrale gibt. Und in der Dämmerung gingen sie durch die Stadttore, die gerade geschlossen wurden, und wollten sich zur Kathedrale begeben. Doch als Sira Alf die Stadt betrat, fielen sogleich Mörder mit Dolchen über ihn her, und diese Männer erklärten, daß sie den Priester töten und seine Güter stehlen wollten. Doch Sira Alf schaute sie ruhig an, und er schrie nicht vor Angst, sondern sagte nur mit leiser Stimme zum Esel: »So nähern wir uns also der Hoffnung des Himmels.« Da geschah es, daß just in dem Moment ein Sturm über ihren Köpfen losbrach, und ein Blitz kam herunter und traf den Anführer dieser Mörderbande und warf ihn um und blendete ihn. Und die anderen Mitglieder der Bande bekamen große Angst, sie wichen zurück und ließen Sira Alf aufstehen. Da schlug der Norweger wild mit den Fäusten um sich, und er schlug viele Männer dieser Mörderbande bewußtlos, und so begab sich Sira Alf weiter zur Domfreiheit, wo schon der Bischof in Person wartete, um ihn zu empfangen. Der Bischof sagte, er habe drei Träume von Sira Alf gehabt, einen Traum von einer Hure, einen Traum von Dieben und einen Traum von Mördern, und jedesmal habe Sira Alf wie ein frommer Mann gehandelt, denn ein frommer Mann sei jemand, der sich von der Sünde abwende, einer, der auf den Herrn vertraue, und einer, der die Feinde des Herrn mit allen ihm zur Verfügung stehenden Mitteln bekämpfe. Und Sira Alf wurde in die Kathedrale aufgenommen und lebte ein Jahr lang dort, führte Gespräche mit dem Bischof, und bei den Messen in jenem schönen Dom ministrierte er.

Nun schwieg Sira Jon und begann, die Sauermilch aus seiner Schale zu essen, und der Versammlung gefiel die Geschichte, die gut erzählt war, ob dieser Alf nun der Alf war, den sie kannten, oder nicht. Und nun erinnerten die Leute sich daran, daß Sira Jon etwa dreiundzwanzig Winter bei ihnen war, obwohl es ihnen kaum so lang vorkam, und sie priesen ihn für das Festmahl und für die Verwaltung von Gardar, welches er in größerer Pracht erhielt als Ivar Bardarson zu seiner Zeit. Und unter vielem Gerede solcher Art begaben sich die Leute zu Bett.

Nach diesem Fest kam der Frühling, und er war heiß und färbte das Gras ganz plötzlich, und es gab wenig Regen, doch soviel

Schmelzwasser vom vorangegangenen Winter, daß die Felder fruchtbar und schlammig waren. Für Margret Asgeirsdottir wurde es nun Zeit, mit Sigurd nach Steinstraumhof zurückzukehren, und sie ordnete ihre Habseligkeiten. Am Tage ihrer Abreise, als sie gerade mit einem der Knechte besprach, wie sie das Boot zu beladen wünsche und wieviel sie zu tragen habe, kam Gudrunn Jonsdottir zu ihr und sagte dies: »Die Dinge haben sich hier geändert, denn Osmund Thordarson ist tot, und sein Hof ist jetzt ärmer als zu Lebzeiten von Marta Thordardottir. Außerdem übersiedeln fast alle Leute auf Ragnleifs Hof, wo niemand dich kennt und du nur wenige Freunde hast. Darum mußt du dir für den Winter einen anderen Platz suchen oder zu deinem Bruder nach Hvalseyfjord zurückkehren, und das scheint mir die beste Lösung zu sein. Aber damit die Leute nicht denken, ich sei keine großzügige Frau, gebe ich dir sieben Schafe als dein Eigentum mit, nicht nur fünf, und alle diese Schafe tragen Lämmer.« Und sie wartete darauf, daß Margret ihr dankte. Und Margret sagte: »Diese Neuigkeit kommt nicht unerwartet, denn du hast mich in dieser Zeit hier mit wenig Achtung behandelt, obwohl ich alle Leute auf dem Hof, nachdem ich sie sterbend vorgefunden hatte, wieder gesund gepflegt habe. Zwei Schafe mehr, als ich gewöhnlich bekomme, sind in meinen Augen eine recht geringe Entschädigung für den Tod von Asta Thorbergsdottir.« Und dann wurden die Schafe den Hang hinuntergeführt und ins Boot getragen, und Margret fuhr ab.

Doch es zeigte sich, daß der Herr mit den Grönländern noch nicht fertig war, denn nach dem Fest erkrankten einige Leute, die daran teilgenommen hatten, an der Magenkrankheit, bei der die Leute erbrechen und viel Zeit auf dem Abort verbringen und schwitzen und große Schmerzen im Bauch haben. Die Leute, die als erste erkrankten, waren aus Vatna Hverfi und Dyrnes, und schon bald nach dem Fest erkrankten andere aus diesen Bezirken ebenfalls, und einige alte Leute und einige Kinder starben. Dann kam die Krankheit nach Brattahlid und Hvalseyfjord, und danach in den Süden nach Herjolfnes, und obwohl nur wenige starben, war die wichtigste Folge der Krankheit, daß die Leute auf dem Abort waren, anstatt ihre Felder zu düngen, und anschließend waren viele nicht imstande, an der Seehundjagd teilzunehmen, und so wurden weniger Seehunde erlegt. Doch das Gras auf den Feldern sah so dicht und saftig aus, daß die Priester in der Kirche davon sprachen, wie der Herr von uns nimmt und dann in anderer Gestalt wieder gibt. Auf Lavranshof hatten alle die Krankheit, doch nur Lavrans wurde völlig geschwächt, und er starb nach drei Tagen, und die Leute rundherum staunten darüber, wie er in so kurzer Zeit so hatte schrumpfen können, denn seine Haut hing faltig und lose von seinen Knochen, und er hatte kaum noch Fleisch auf den Rippen, wiewohl er stets ein kräftiger Mann gewesen war. Von den anderen Haushalten in Hvalseyfjord traf die Krankheit Sira Pall Hallvardsson am ärgsten, und Leute, die nicht viel in die Kirche gingen, hatten es am wenigsten, und viele bemerkten, wie seltsam das sei.

Auf Lavranshof war es so üblich, daß Finn, Gunnar und Olaf auf Seehundjagd gingen, doch in diesem Jahr waren Olaf und Gunnar durch die Magenkrankheit ans Bett gefesselt, und so sollte Finn allein gehen, da die Krankheit bei ihm leicht verlaufen war und er sich bereits erholt hatte. Kollgrim war noch keine zwölf Winter alt, doch er war groß und breit, von Gestalt wie Hauk Gunnarsson, und er kam zu Birgitta und bat, sie möge ihm erlauben, mit Finn auf die Seehundjagd zu gehen. Birgitta erklärte, er könne nicht gehen, aber er quälte sie die nächsten drei Tage ununterbrochen, so daß sie schließlich nachgab, doch ohne es Gunnar zu erzählen, der wenig Vertrauen in Kollgrims gutes Betragen hatte und noch weniger in Finns Fähigkeit, den Jungen zu lenken, denn Finn freute sich oft an Kollgrims Possen und sah keinen Grund, ihn zu bändigen.

Doch kurz vor der Abreise kam Kollgrim aus eigenem Antrieb zu seiner Mutter und schwor, daß er Finns Anweisungen folgen und sich besinnen und sehr bemühen werde, der Lavranshoffamilie keine Schande zu machen, denn Kollgrim war, wie Birgitta oft sagte, nicht böswillig, sondern neigte nur dazu, sich hinreißen zu lassen, und nachdem er etwas Böses getan hatte, bereute er es mehr als jeder andere. Solcherart waren ihre Entschuldigungen für ihn. Dennoch war sie nicht sehr überzeugt, daß er an der Seehundjagd teilnehmen würde, ohne Ärger zu verursachen, und sie bereute es, seinen Launen nachgegeben zu haben.

Am Abend nach der Abreise kam Gunnar zu sich und fühlte sich ein wenig besser als zuvor, und er rief Helga und bat sie, ihm etwas zu essen in seine Bettnische zu bringen, denn die Magenkrankheit macht die Menschen so hungrig, daß man sie manchmal auch Hungerkrankheit nennt, und doch fürchten sich die Leute vor dem Essen, egal wie hungrig sie sind, denn niemand kann im voraus sagen, ob das Essen brennen und ihn peinigen wird oder nicht. In diesem Fall stellte Gunnar erfreut fest, daß er seine Brühe wirklich essen konnte, die sehr heiß war und würzig – Lumme, die Finn gefangen hatte, des Fetts wegen mit einer Seehundflosse gekocht, und mit Kräutern gewürzt. Während er aß, saß Helga neben ihm und plauderte über Johanna, die in die gekämmte Wolle geraten war und sie im Hauptraum des Hauses verstreut hatte, während Birgitta auf dem Abort war, und dann hatte die Kleine, erschreckt darüber, was sie angestellt hatte, Birgittas Spindel hervorgeholt und versucht, die Wolle zu verspinnen, und dadurch hatte sie alles verheddert, ungesponnene Wolle und gesponnene Wolle und Schmutz. Helga fand das sehr lustig, und auch Gunnar fing an zu lachen, als er sich das vorstellte. Nachdem er seine Suppe aufgegessen hatte, sagte er zu Helga, sie solle Kollgrim zu ihm schicken, denn er habe einige Anweisungen für den Jungen, und Helga schlug die Augen nieder, so daß Gunnar wissen wollte, in welche Schwierigkeiten Kollgrim nun wieder geraten sei, und Helga sagte: »Keine, von denen wir wüßten, doch Birgitta hat große Angst, denn sie hat ihm erlaubt, mit Finn auf die Seehundjagd zu gehen.«

Da sprang Gunnar trotz der Schmerzen in seinem Bauch aus der Bettnische und rief nach Birgitta, die von der Milchstube hereinkam, wo sie Quarkkäse geschnitten hatte. Und auch Birgitta schlug die Augen nieder, denn sie kannte den Grund für Gunnars Zorn. Und danach weigerte sich Gunnar sechs Tage lang, mit Birgitta zu sprechen, und die beiden warteten voller Furcht auf Nachrichten von der Seehundjagd. Und keine Kunde irgendwelcher Art erreichte Birgitta, im Träumen oder im Wachen, und das ließ sie doch wieder auf ein gutes Ende hoffen.

Es war bei den Grönländern Brauch, daß sie ihre Boote zur Öffnung des Alptafjordes ruderten und zwischen den Inseln versteckten, bis sich die Seehunde in großer Zahl von Süden her näherten. Dann lenkte man die Boote in einer Reihe vorwärts und in die Seehundherde hinein und versuchte, die Tiere gruppenweise in kleine Buchten und Fjorde zu treiben, wo man sie mit Speeren und Keulen erlegen und rasch herausschleppen konnte, bevor sie untergingen. Bei dieser Arbeit war Finn nicht bereit, sich unterhalten zu lassen oder Kollgrim Gunnarsson irgendwelche Einmischung zu erlauben, und so kam es, daß er dem Jungen die Hände am Dollbord festband und ihm gebot, nur zuzuschauen. Und Kollgrim blieb drei Tage lang so angebunden, und nur des Nachts, wenn die Boote aus dem Wasser gezogen und die Leute mit Schlachten und Traneinkochen beschäftigt waren, wurde er losgelassen. Und wenn Finn den Jungen losmachte, sagte er nur, daß Kollgrim am Boot bereitstehen solle, wenn es Zeit werde loszufahren, denn Finn konnte nicht auf ihn warten und die Seehunde zu weit vorbeiziehen lassen. Und so war Kollgrim des Nachts sich selbst überlassen.

In einer dieser Nächte war Kollgrim zwischen den Lagerplätzen der Männer unterwegs und schaute sich um, und einige Leute riefen ihn zu sich und fragten nach seinem Namen, wie es oft vorkam. Er starrte ihnen kühn ins Gesicht und sagte, daß alle, die überhaupt irgend etwas wüßten, auch wissen müßten, daß er der Kollgrim Gunnarsson vom Lavranshof am Hvalseyfjord sei und daß der Jäger Finn Thormodsson, den sie sicher kannten, ihn mitgenommen habe, damit er bei der Seehundjagd helfen könne. Da lachten die Männer, und einer von ihnen sagte: »Ist dein Vater also Gunnar, der berühmte Mann, der doch nur auf einem armseligen Hof lebt, welcher ihm durch seine Frau zugefallen ist?«

»Jeder Mann kann um sein väterliches Erbe betrogen werden, und das ist wahrhaftig so. Gewisse Leute, die das zweite Gesicht haben, sehen, daß es an uns zurückfallen wird.«

»Mir scheint, daß Gunnar Asgeirsson nur ein Mörder und ein Narr ist, und der Bezirk Vatna Hverfi ist jetzt schöner, da er fort ist.« Die Männer lachten weiter, und keiner lauter als jener, der das Wort führte.

Da bückte sich Kollgrim und nahm einen großen Stein auf und hob den Arm, um ihn zu werfen, doch ein anderer Mann, der in der Nähe stand, packte Kollgrims Arm und lenkte das Geschoß ab, so daß es mit einem scharfen Knall einen nahen Felsblock traf.

Da sagte der Mann, der gesprochen hatte: »Der Apfel fällt nicht weit vom Stamm. Nun, hier ist jemand, den du kennenlernen solltest.« Und er trat zur Seite, und auf einem Felsen hinter ihm saß ein Mann und aß. Dieser Mann schaute nun auf. Er war ein stämmiger, dunkler Bursche, doch dabei hatte er eine so schöne Haltung, daß Kollgrim ihn einige Augenblicke lang wohlgefällig musterte. Der vorlaute Mann brüllte ihn an: »Das ist der, auf den du deinen Stein werfen solltest, Junge, das ist der Kerl, der auf Gunnarshof lebt, Jon Andres Erlendsson, und er ist wirklich ein wilder Bursche. Es ist kein Stein, der ihn aufhalten wird, wenn er es auf etwas abgesehen hat, das er haben will.«

»Schon gut, Ofeig Thorkelsson, was ich will, ist mein Essen, und du machst eine Menge Lärm«, sagte Jon Andres. Dann schaute er Kollgrim an. Es war so, daß Kollgrim zwar groß für sein Alter, doch immer noch ein Junge war. Jon Andres Erlendsson war inzwischen zum Manne geworden, mit der Gestalt und auch der Größe eines Mannes. Er schaute Kollgrim einige Augenblicke streng an, während er sein Essen löffelte, dann stellte er seine Schale beiseite und sagte: »Weißt du eigentlich, Junge, daß dein Vater meine drei Brüder verwundet hat, so daß sie Qualen litten, ehe sie das Glück hatten zu sterben, und daß dieser Bursche Finn Thormodsson der Unhold war, welcher den Plan zur Vernichtung ausgebrütet hat?«

»Ich weiß, daß dein Vater und deine Mutter drei Söhne geopfert haben, um in den Besitz unseres großen Hofes zu kommen. Es war ein kleiner Preis dafür, jedenfalls haben das die Leute damals gesagt.« Doch Kollgrim konnte in der Tat seinen Blick nicht von Jon Andres abwenden. »Und da ist noch eine Geschichte. Daß dein Vater und seine zweite Hure von Hunden abgenagt worden sind. Welchem Nachbarn gibst du dafür die Schuld?«

Da fing der Mann Ofeig an zu lachen und sagte: »Ich glaube wirklich, dieser Junge ist zur Hälfte ein Fuchs. Lieber beißt er, als daß er stirbt.«

Da schaute Kollgrim ihn an. »Hast du denn vor, mich zu töten, Ofeig Thorkelsson? Indem du meinen Kopf unter deinen Bauch drückst und mich erstickst?« Und es war so, daß Ofeig ein wenig dick war. Nun bückte sich Kollgrim wieder und hob noch einen Stein auf.

Da hub Jon Andres an zu sprechen und sagte: »Es ist nicht mein Wunsch, einen Kampf mit einem Jungen anzufangen. Du bist unerwartet zu uns gestoßen, und wir wollten nur wissen, wer du bist, und haben gar nicht daran gedacht, daß es etwas mit uns zu tun haben könnte. Am besten gehst du zu Finn Thormodsson zurück und vergißt, daß wir uns begegnet sind.«

Da schaute sich Kollgrim um, und in der späten Dämmerung, denn es war kurz vor dem Fest des St. Kolumkili und die Tage waren sehr lang, sah er unten am Ufer einige Vögel, die in den Abfällen der Grönländer herumpickten, und er schrie und hob den Arm, und die Vögel flogen hoch, und er warf den Stein und brachte einen von ihnen zur Strecke, so wie Finn es ihm beigebracht hatte. Und danach wandte er sich an Jon Andres und sagte: »So einer bin ich«, und ging weg, doch er blickte zwei- oder dreimal zurück, als widerstrebe es ihm. Einer der Männer um Ofeig namens Mar ging zum Wasser herunter und hob den Vogel auf. Als er ihn Ofeig brachte, sahen sie, daß der Kopf des Vogels zerschmettert war.

Am nächsten Morgen band Finn Thormodsson Kollgrim die Hände wieder am Dollbord fest, und sie fuhren los. An diesem dritten Tag plante man, die Seehunde in den Hvalseyfjord und in den Kambshoffjord zu treiben, und es war so üblich, daß alle Jäger den Seehunden bis zum Ende der Jagd folgten, damit sichergestellt war, daß die nördlichen Höfe ebensoviel Seehundfleisch bekamen wie die südlichen. Doch Finn beabsichtigte, am Lavranshof Halt zu machen und sich frische Kleider zu holen, denn was er trug, war naß und blutgetränkt und voller Seehundfett.

Bevor die Sonne noch sehr hoch stand, waren sie fast beim Lavranshof, und Finn schaute Kollgrim an und sagte: »Es kann sein, daß Gunnar inzwischen schon wieder auf den Beinen ist, und es mag sein, daß er dich packen und dich daran hindern wird, den Rest der Jagd mitzumachen.«

Kollgrim erwiderte: »Möchtest du, daß er das tut?«

Da lächelte Finn und zeigte eine Menge Zähne und sagte: »Du machst mir keine Mühe, wie immer du den Leuten aus anderen Bezirken auch vorkommen magst.«

»Es kann sein, daß die Leute aus anderen Bezirken mich nicht mehr beleidigen und bedrohen werden.«

»Oder es kann sein, daß sie aus lauter Unfug tun, was ihnen gefällt. Leute aus anderen Bezirken handeln oft in unverständlicher Weise.«

»Mir gefällt dieses Jägerleben jedenfalls sehr. Es erstaunt mich, daß mein Vater und Olaf es nicht mögen.«

Und so setzte Finn Kollgrim am Strand ab, in einiger Entfernung von der Lavranshofschen Anlegestelle, und sagte ihm, daß er bald zurück sein werde, und das war er auch, in anderen Kleidern, und er brachte auch für Kollgrim frische Sachen mit. Und als Kollgrim ins Boot kletterte, band Finn ihm die Hände wieder am Dollbord fest, dann ruderten sie schweigend aus der Öffnung des Fjordes, und dieser Umweg hatte sie nur wenig Zeit gekostet, und Finn holte die Boote rasch ein, die die Seehunde zwischen die Inseln an der Öffnung des Eriksfjords trieben, und er redete nicht über das, was er auf Lavranshof vorgefunden hatte, obwohl Kollgrim ihn neugierig und fragend anschaute.

Nun brachten sie eine Seehundherde in eine geeignete Bucht, die an der Öffnung weit war und sich stark verengte und in einen flachen Sandstrand auslief. Nur wenige Boote genügten, um viele Seehunde aus dem Wasser auf den Strand zu treiben, wo sie liegen bleiben und sanftmütig die Grönländerspeere erwarten würden. Doch die weite Öffnung der Bucht war trügerisch tief, und Männer mit Jagderfahrung erlegten die Seehunde niemals hier im Wasser, denn die Tiere gingen mit Sicherheit sofort unter und rissen die Speere mit sich. Da geschah es, daß jemand in einem Boot, ganz in der Nähe von Finns Boot, der Versuchung durch die rundherum wimmelnden Seehunde erlag, denn man brauchte nur die Hand auszustrecken, um ihre glatten Körper berühren zu können, und er stieß seinen Speer in den Rücken des ihm nächsten Seehundes – ein fleischiges, halbausgewachsenes Tier. Doch der Seehund drehte sich jetzt und zog dem Mann den Speer aus der Hand, und ohne nachzudenken langte der Mann danach und wurde aus seinem schlingernden Boot ins Wasser geschleudert, mitten hinein in die brodelnde Seehundherde. Und dieser Vorfall schien einige der Seehunde aufzuschrecken, und mehr als die Hälfte der Herde machte kehrt und brach durch die Reihe der Boote und schwamm auf das offene Meer zu, so daß der Fang erheblich geschmälert war, und zudem hatte man einen Mann und einen Speer verloren, und die See, aufgewühlt durch die schwimmenden Seehunde, warf sein Boot gegen einen Felsen und drückte es ein.

Mitten in diesem Geschehen beugte sich Finn vornüber und machte Kollgrim die Hände los, damit er das Gleichgewicht im Boot besser halten konnte, und als sie die Seehunde auf den Strand getrieben hatten, da gab Finn dem Jungen einen kurzen Speer, und so machte sich Kollgrim zwischen die kraftlos daliegenden Tiere und durchbohrte ihnen die Kehle, und das Blut spritzte heraus und auf seinen Speer und seine Hände, und der Speer wurde glitschig und schwer zu halten, und Kollgrim packte einen großen Felsbrocken und schmetterte diese Waffe auf die Köpfe der Seehunde, auf große und kleine, weiße und braune. Als er geendet hatte, kamen Finn und ein anderer Jäger zu ihm und lobten ihn sehr, denn er hatte an die fünfundzwanzig Tiere getötet, genug für den Hof, um über den Herbst und bis mindestens Jul zu kommen. Und da sagte Finn: »So ist es nun wahr geworden, was ich Gunnar Asgeirsson heute morgen sagte, daß du auf dieser Fahrt mehr Hilfe als Behinderung bist.«

Am nächsten Tag folgten sie den Seehunden zur nördlichsten Siedlung, wo die Menschen sehr ärmlich lebten und zu ihrer Erhaltung fast ganz auf Seehunde und gestrandete Wale angewiesen waren, und sie besaßen nur wenige Hunde und überhaupt keine Kirche, und einen Tag später kehrten die beiden nach Hvalseyfjord zurück, mit etwa fünfzehn Tieren, die sie im Boot und im Schlepptau hatten, nicht so viele, wie sich die Leute erhofft hatten, doch Kollgrim war es, als versänke er in Tran und verschwände in einem Berg von Seehundfleisch. Finn erzählte Gunnar, daß Kollgrim keinen Ärger verursacht und keinen auf sich gezogen habe, und noch viele Tage danach blickte Gunnar mit ungewohntem Wohlgefallen auf seinen Sohn.

Bald kam das Fest des St. Bartholomäus, und die Sonne stand immer noch hoch und schien heiß, doch es war, als ziehe das Gras am Hvalseyfjord die Feuchtigkeit aus den Tiefen der Erde, denn es blieb grün und dicht, und so war es auch in anderen Bezirken, und in diesem Sommer erlaubte Gunnar seinem Sohn immer häufiger, mit Finn fortzugehen und Schlingen für Vögel zu legen oder Hasen und Füchse zu fangen, und es traf sich, daß Kollgrim besonders gern im Einarsfjord jagte, obwohl dort nicht der beste Ort zum Jagen war, und auf diesen Jagdausflügen gelang es Kollgrim, Blicke auf die Undir Hofdi-Kirche und auf Gunnarshof und Ketilshof zu werfen und auf die Leute, die auf diesen Höfen umhergingen, und Finn bemerkte diese Neugier, doch er sagte Gunnar schließlich nichts davon, und der Sommer verstrich ohne besondere Ereignisse, und im Herbst waren die Schafe sehr fett und gesund, und als die Winternächte nahten, waren die Grönländer ganz von der Magenkrankheit befreit, und niemand hatte sie oder kannte jemanden, der sie hatte, und zu Beginn des Winters gab es mehr Feste als gewöhnlich.

Margret Asgeirsdottir blieb mit Sigurd nur bis zum Ende der Sommernächte auf Steinstraumhof, dann trieb sie die Schafe am Nordufer des Eriksfjords entlang und an der Spitze des Fjords über den Fluß, der den Namen Geflochtener Fluß hatte, und dann trieb sie die Tiere an der Südseite des Fjords entlang, ihre restlichen Habseligkeiten auf dem Rücken und Sigurd an der Hand, und sie machte auf jedem Hof halt und bot ihre Dienste im Weben an, dazu fünf ihrer zwölf Schafe und Lämmer als Vergütung für die Winterherberge, und bevor sie Brattahlid erreichte, wanderte sie über Land den Fluß entlang und fragte auf den im Inland gelegenen Höfen zwischen Eriksfjord und Isafjord, und es traf sich, daß sie einen Platz bei einem alten Ehepaar fand, das einen närrischen Sohn hatte und einige Knechte, doch keine Magd. Und dort verbrachten Margret und Sigurd den Winter. Allerdings war Margret der alten Frau zu schweigsam, denn die suchte immer jemanden, mit dem sie reden und Neuigkeiten austauschen konnte, und im Frühjahr kamen sie daher überein, daß dies keine regelmäßige Einrichtung werden sollte, doch könne Margret zurückkommen, wenn es ihr nicht gelänge, im folgenden Herbst einen anderen Platz zu finden.

In diesem Winter nahm Gunnar auch das Pergamentmachen und das Schreiben wieder auf, so wie er es in den beiden Wintern zuvor getan hatte, und er war jetzt mit seiner Handschrift und seinen Worten ein wenig zufriedener. In diesem Winter schrieb er seine Erinnerungen an Hauk Gunnarsson und an seine Reisen in die Nordsetur und nach Markland nieder und an die Fahrt mit dem englischen Mönch Nicholas in den hohen Norden. Doch war diese Arbeit in der Tat recht anstrengend, nicht so vergnüglich wie das Spinnen und Weben, sein alter winterlicher Zeitvertreib, und nicht so geschätzt von Birgitta Lavransdottir, die sich über das Durcheinander beklagte, und auch nicht von Olaf Finnbogason, der dieser Anstrengung nur geringen Wert beimaß.

Nun war Sigurd Kollsson in diesem Sommer über neun Winter alt, und er sah groß und stark aus, wie es Asta gewesen war. Auf Steinstraumhof war er Margret eine große Hilfe, und sie mochte ihn sehr. Er hatte eine so ungewöhnliche Art, scheinbar vor jedem Ereignis oder Ding einen Schritt zurückzutreten und es einen Moment lang in sich aufzunehmen, bevor er handelte. Es schien Margret, daß diese bedächtige Art ein Erbteil von Quimiak sein müsse, den Asta Koll genannt hatte. Quimiak selbst hatte sie vor etwa zwei Jahren, noch vor Asta Thorbergsdottirs Tod, das letzte Mal gesehen, und sie erwartete nicht wirklich, ihn je wiederzusehen, da die Skraelinger wie wilde Tiere waren, die viele Jahre nacheinander immer wieder auftauchten und dann auf unerklärliche Weise verschwanden, vielleicht, um wieder zu erscheinen, vielleicht auch nicht. Die Leute redeten manchmal darüber, daß die Rentiere verschwanden und sogar solche Tiere wie Füchse und Hasen, nachdem man sie nur ein Jahr zuvor überall gesehen hatte. Jedenfalls machte sich Margret keine Gedanken über Quimiak und dachte nur manchmal an ihn, wenn sie Sigurd anschaute.

Steinstraumhof zerfiel. Viele harte Winter hatten die Soden an den Wänden des Hauses beschädigt, so daß sie zerbröckelten, wenn man sie berührte, und im Wind davonflogen und vom Regen weggespült wurden. Margret hatte weder die Mittel noch die Kenntnisse, um Soden schneiden zu können, nicht einmal so, wie es Asta zuweilen, wenig fachmännisch, beim Ausbessern getan hatte. Andere Dinge, die sie bekommen hatten, als sie hier ankamen, oder die Margret mitgebracht hatte, wie Schüsseln und Dekken und Löffel, waren in einem ebenso schlechten Zustand, und die Leute, bei denen Margret den Winter zuvor verbracht hatte, besaßen selbst nichts, was sie ihr hätten geben können, und in der Tat hatte der alte Mann geseufzt, als er Margrets fünf Schafe gehen sah, obwohl sie ihm drei Jährlingsschafe gelassen hatte, einen Bock und zwei Weibchen. Die Frau hatte, wie zuvor ausgemacht, alle Webereien angenommen und sie in ihre Truhen verpackt und Margret bei der Abreise nichts davon angeboten, wie es sogar Gudrunn in Brattahlid getan hatte, doch die Kleidung dieser Familie war ärmlich und zerschlissen, und wegen der Gelenkkrankheit war die alte Frau seit Jahren nicht mehr imstande gewesen, zu weben oder gar zu spinnen. Jedenfalls waren Margrets und Sigurds sämtliche Habseligkeiten, angefangen von ihrer Kleidung (denn Margret hatte auf Steinstraumhof keinen Webstuhl) bis zu ihrem Haus, Stück für Stück in einen immer schlechteren Zustand geraten, und die Frau und der Junge besaßen weder die Fähigkeit noch die Kraft, viele Dinge in Ordnung zu bringen. Doch die Schafe warfen vier gesunde Lämmer und gaben viel Milch, und so machte Margret eine Menge Käse.

Und in der Mitte des Sommers schickte Sira Isleif ein Boot aus Brattahlid und ließ ihr mitteilen, daß er jetzt vollkommen blind und ans Haus gefesselt sei, denn das Licht bereite ihm pochende Kopfschmerzen, doch er sandte Margret seine guten Wünsche und dazu eine Bootsladung gedörrtes Seehundfleisch von der Jagd, die in diesem Jahr besonders gut ausgefallen war. Er ließ auch ausrichten, daß er im Herbst eine Bootsladung Rentierfleisch schicken werde. Der Knecht hatte viel Klatsch von Ragnleif und Gudrunn zu erzählen, die, so sagte er, nicht zueinander paßten, doch recht zufrieden mit der Größe ihres Hofes seien, und das halte sie zusammen. Sira Isleif, obwohl er Ragnleifs Bruder sei, werde von Gudrunn so wenig beachtet, daß er zuweilen nicht einmal sein Abendfleisch bekomme, aus Versehen, und wenn jemand darauf aufmerksam mache, dann antworte Gudrunn: »Dafür kann er ja morgen früh mehr essen«, und ließe keinen der Bediensteten die Sache in Ordnung bringen. Es treffe zu, daß Sira Isleif ein nörgelnder und jammernder Pflegefall geworden sei, der wenig zur Arbeit auf dem Hof beitragen könne, doch es gebe einfach zu viel Arbeit auf den vielen Feldern, ohne Unterlaß müsse Mist geharkt und auf den Feldern verteilt und untergemengt werden, Zäune müßten ausgebessert, Schafe gehütet und Käse gemacht werden. Zu wenig Gesinde und zu viel Land.

Da fragte sich Margret laut, ob Gudrunn wohl im Herbst Hilfe brauchen würde, doch der Knecht schaute sie zweifelnd an und sagte, sie solle lieber woanders hingehen, denn alle früheren Lieblinge von Marta Thordardottir hätten es jetzt schwer und würden für alles beschuldigt, was schiefging, und Ragnleif habe keinen Einfluß darauf, auch nicht auf viele andere Dinge, nicht einmal darauf, wie man die einzige ihm verbliebene Tochter von seiner ersten Frau behandelte, die das Leben einer Magd führte, obwohl sie erst zehn Jahre alt sei. Da saßen die beiden eine Weile schweigend nebeneinander, und dann fragte Margret laut: »Wie kommt es dann, daß Sira Isleif eine solche Menge Seehundfleisch schicken konnte?«

Der Knecht zuckte die Schultern und lächelte. Einen Augenblick später sagte er: »Sira Isleif hat einen oder zwei Freunde unter dem Gesinde, soviel kann man sagen, die ihre eigenen Listen für dies und das haben.«

»Aber Gudrunn Jonsdottir wird auf euch wütend sein.«

»Es gibt aber auch genügend Arbeit auf dem Hof, und Erfahrung ist wertvoll. Sie wird zwar wütend sein, aber sie wird ihrer Wut keinen freien Lauf lassen.«

Dann wandten sie sich anderen Leuten zu. Unter den Gästen der letzten Zeit war auch der neue Gesetzessprecher gewesen, und man hatte ihm große Ehren erwiesen. Er war ein sehr junger Mann, nicht älter als etwa fünfundzwanzig Winter, dieser Bjorn Bollason. Er hatte schon eine Tochter und zwei Söhne von seiner Frau, welche ungefähr fünf Winter älter war als er. Er war ein stolzer Mann, gut gekleidet und hochmütig, dennoch war ihm sehr an Sira Isleif gelegen, mit dem er die meiste Zeit seines Besuches verbracht hatte, und es stellte sich heraus, daß Sira Isleif ihn einige der Gesetze gelehrt hatte, denn er wußte nicht die Hälfte von dem, was er hätte wissen müssen. Es hieß, daß Gudrunn vorhabe, Sira Isleif im Winter zu dem Mann zu schicken, da er ihn so mochte, und Sira Isleif habe nichts dagegen. Aber nichts von diesen Dingen war laut ausgesprochen worden, das Gesinde hatte nur darüber geflüstert. »So tief, wie die Leute auch immer gefallen sein mögen«, sagte der

Knecht, dessen Haar grau war und der die Angewohnheit hatte, seine Finger zu reiben, denn er litt an der Gelenkkrankheit, »einen Priester und einen Bruder und einen Blinden in die Obhut von Fremden zu schicken, das ist immer noch etwas, vor dem sie zögern, bevor sie es tun.«

Nachdem der Knecht mit dem Versprechen abgereist war, sich umzuhören, ob irgendein Hof über den Winter Bedienstete brauche, sagte Margret zu Sigurd, sie fühle sich ungewöhnlich niedergeschlagen, denn es war das Ergebnis unerwarteter Gesellschaft, daß man das Schweigen mehr spürte als zuvor und sich noch weiter entfernt von anderen fühlte. Margret konnte sich nicht erinnern, jemals zu irgend jemandem über solche Dinge gesprochen zu haben, nicht einmal zu Skuli Gudmundsson, denn sie hatte immer einen Hang zur Schweigsamkeit gehabt, so sehr, daß alle Leute, die sie je gekannt, sich darüber beklagt hatten, doch in der Tat war Sigurd, anders als alle Leute, die sie je gekannt, so zurückhaltend wie sie, und wenn also geredet werden sollte, dann mußte sie nachhelfen.

Ebenfalls anders als alle Leute, die sie je gekannt hatte, konnte Sigurd sie manchmal verärgern, und meistens geschah das auf die Weise, daß der Junge sich etwas in den Kopf setzte und davon nicht mehr abzubringen war, egal welche Arbeit auf dem Hof begonnen oder beendet werden mußte. Einmal hatte Margret das Melken der Schafe beendet und die Milch auf die Schattenseite des Hauses gestellt und wollte gerade mit den Schafen auf die Weide gehen. Eines der jüngeren Schafe erschrak, weil Margret hinter ihm ein Geräusch verursacht hatte, es scherte aus der Herde aus, und Margret hielt nach Sigurd Ausschau, der das Tier zurücktreiben sollte. Sie sah, daß der Junge begonnen hatte, Steine ins Wasser zu werfen, und sie rief ihn herüber, doch in der Tat hatte er nicht die Absicht, sein Spiel zu unterbrechen, erwiderte nicht einmal ihren Ruf, sondern stand da und warf Steine, als wäre er entrückt. Ein anderes Mal, später im Sommer, wollte der Junge früh am Morgen nicht aufstehen, sondern lag mit offenen Augen da, beachtete sie nicht, und bei dieser Gelegenheit gab sie der Versuchung nach, ihn zu schlagen, nicht, weil er sich weigerte, ihr zu helfen, sondern weil er kein Interesse für sein Morgenfleisch zeigte. Tatsächlich machte er dann doch, was er wollte, wie es alle Leute tun, ob sie nun ganz erwachsen sind oder nicht, und Margret beschloß, ihn nicht mehr zu schlagen.

Kurz nach diesem Vorfall tauchte Quimiak wieder auf. Er war jetzt ganz verändert, hatte nichts mehr von einem Jungen an sich, und auf der Oberlippe trug er stolz ein paar lange Schnurrbarthaare nach Art der Skraelinger. Seine Pelze waren kostbar. Er sprang den Hügel herauf, als Margret die Schafe zur Nacht einpferchte, und ohne mit ihr zu sprechen, denn Skraelinger sprechen ungern mit Frauen und schauen sie nicht an, wenn sie nicht müssen, suchte er überall auf dem Hof herum und öffnete die Tür des kleinen Hauses. Margret wußte, daß er Asta und Bryndis suchte, und mit Gesten bedeutete sie ihm, daß die beiden an einer Krankheit gestorben seien. Da starrte er sie lange an, und es schien Margret, daß die Nachricht ihn sehr verstörte. Gerade da kam Sigurd hinter dem Haus hervor.

Da strahlte Quimiak, als sei er überrascht, und Margret verstand, daß er auch den Jungen für tot gehalten hatte. Vielleicht weil er nicht an Besucher gewöhnt war oder den Skraelinger nicht erkannte, rannte Sigurd zu Margret hinüber und drückte sich an ihr Gewand. Daraufhin trat Quimiak zu ihr und nahm den Jungen bei der Schulter, zog ihn von ihr weg und drehte ihn herum, und Margret sagte: »Wahrhaftig, Kind, du mußt gerade stehen, denn dies ist dein Vater. Du hast ihn schon viele Male gesehen und solltest dich an ihn erinnern.« Quimiak gefiel der Junge sehr, und er kniff ihn mit Zeigefinger und Daumen, ließ seine Hände an ihm herabgleiten, dann legte er dem Jungen eine Hand auf den Kopf und prüfte, wie groß Sigurd war. Dann begann er in der Skraelingersprache zu reden und lächelte. Danach zog er etwas unter seinem Fellhemd hervor, und das war ein kleineres Hemd von derselben Art wie sein eigenes, aus weißen Hasen- und blauen Fuchsfellen in einem Zickzackmuster zusammengenäht. Das gab er Sigurd, der Margret anschaute, als er es nahm. Margret sagte: »Das ist ein hübsches Geschenk, Sigurd, und dein Vater hat es dir aus den Nordsethur oder dem Land im Osten mitgebracht. Andere Kinder haben solche Dinge nicht.« Sigurd dankte Quimiak in der Nordsprache, und Quimiak schien den Kern der Antwort zu verstehen.

Dann streckte Quimiak die Hand aus, und mit einem Blick zu Margret legte Sigurd die seine hinein. Margret dachte, dies sei irgendein Skraelingerbrauch, und sie nickte und lächelte, doch dann war sie überrascht, als Quimiak Sigurd halb führend und halb ziehend den Hang herunter zu seinem Fellboot brachte. Als Sigurd sich sträubte, hob Quimiak ihn einfach auf und trug ihn. Da fing Sigurd an, nach Margret zu schreien, aber es war, als könne sie nicht antworten, sich nicht bewegen, als wäre sie durch einen Zauber gebannt, und plötzlich erinnerte sie sich an die gleiche Empfindung bei der Tötung von Skuli Gudmundsson, so frisch, als wäre sein Tod nur einen Tag her und nicht an die sechzehn Sommer. Erst als die beiden schon fast beim Boot waren, fiel ihr ein, daß sie hinter ihnen herlaufen sollte, und das tat sie auch, sie lief durch das unwegsame Weidengestrüpp, in dem ihre Füße hängenblieben, und sie stolperte, und sie schrie auch, doch Quimiak kümmerte sich nicht darum und setzte den schreienden Jungen einfach in sein Fellboot. Margret fiel hin und stand wieder auf, und als sie endlich das Wasser erreicht hatte, war das Fellboot schon weit draußen im Fjord, und Sigurds angstvolle Stimme kam zu ihr herüber, durch das Wasser verstärkt, er rief nach ihr, daß sie kommen und ihn retten und ihm helfen solle, und der Klang dieser Schreie dauerte beinahe solange an, wie sie das Boot noch sehen konnte.

In diesem Sommer kamen zwei Boten aus Gardar zur St. Birgitta-Kirche, und das waren der Verwalter Petur und die Magd Olof, und sie sprachen einen Nachmittag und einen Abend und einen Vormittag mit Sira Pall Hallvardsson, und das Ergebnis war, daß Sira Pall Hallvardsson in das Gardarboot stieg und sie zur Bischofsresidenz begleitete. Man konnte nicht sagen, daß die Hvalseyfjorder sehr überrascht gewesen wären, aber sie waren verärgert, da sie sich an das geschäftige Treiben in der Kirche gewöhnt hatten und eine ganze Reihe von Bauern Sira Pall Hallvardsson ziemlich häufig besuchte.

Als Sira Pall Hallvardsson nach Gardar kam, fand er Sira Jon in seiner Kammer eingeschlossen, wie es Olof vorausgesagt hatte, und als Olof die Tür aufschloß und Sira Pall Hallvardsson eintrat und in der Tür des winzigen Zimmers stand, rümpfte er die Nase. Sira Jon hatte nichts an, und sein Körper war mit Kratzwunden bedeckt, die er sich mit den Fingernägeln beigebracht hatte, bevor Olof so klug gewesen war, sie ihm zu schneiden. Als Sira Pall Hallvardsson eintrat, stand Sira Jon, der an der Wand gesessen hatte, auf und näherte sich in seiner alten, hochmütigen Art. Sira Pall Hallvardsson grüßte ihn. Er hatte niemals gesehen, daß ein Mensch in Grönland nackt herumlief, außer um in den heißen Quellen im Süden zu schwimmen, so kalt war die Luft. Da gab Sira Jon ihm den bischöflichen Kuß auf die Wange und streckte die Hand aus, damit Sira Pall Hallvardsson sie küßte. Das hatte man von Sira Pall Hallvardsson nie zuvor gefordert, niederzuknien und den Ring des anderen Mannes zu küssen, oder in diesem Fall seinen Finger, denn es war kein Ring da. Sira Pall fügte sich mit Mühe, denn seine Knie waren stark von der Gelenkkrankheit betroffen. Der verrückte Priester stand ohne Scham da und fror offenbar nicht, denn die Arme hingen ihm locker an der Seite herunter, obwohl seine Haut bläulich war. Sira Pall Hallvardsson erhob sich. Sein Kopf streifte einen Balken der Decke.

Da sagte Sira Jon: »Willkommen, Pall Hallvardsson. Du bist gekommen, um Geld zu erbitten, wie ich vermute, da du immer nur deine Kirche auf Kosten aller anderen in der Diözese verbessern willst.«

»Wahrhaftig nicht, die Kirche ist in gutem Zustand, und sogar das Priesterhaus ist...«

»Es war allerdings ein großartiger Anblick.«

»Was?«

»Nachdem sie ihn hinausgetragen hatten, solch ein Dreck! Mäuse hatten sich in der Bettnische eingenistet und sein Haar tatsächlich für ihre Nester benutzt und seine Kleider für ihre Würfe. Die Leute sagten, er sei einhundertfünfzig Jahre alt gewesen, und sie nicht viel jünger. Es heißt, daß nur so eine Krankheit wie die Brechkrankheit ihn getötet haben konnte, wegen der Reliquien in der Kirche.«

»Die Reliquien in der Kirche?«

»Die aus Gardar gestohlen worden sind, als Bischof Arni starb. Darum haben sie so lange gelebt. Sie hatten die Reliquien in ihrer Bettnische. Die Bettnische erstrahlte von heiligem Glanz. Viele Leute haben es gesehen. Aber dann haben ein paar Mäuse die Reliquien aus dem Haus zu ihren Nestern getragen, und dann kam die Brechkrankheit, und die beiden waren so sterblich wie alle anderen, diese Dämonen.« Dann fing er an zu lachen.

»Diese Geschichten scheinen mir Gerüchte zu sein, die mit der Zeit aufgebauscht worden sind. Es trifft zu, daß Sira Nikolaus und seine Frau in ärmlichen Verhältnissen lebten und sehr alt wurden, aber nicht alles, was die Leute über sie sagen, entspricht der Wahrheit.«

»Wirklich?« Sira Jon lächelte. »Es ist ja deine Art, mir zu erzählen, was wahr und was falsch ist, und mich bei jeder Gelegenheit zu verbessern und in diesem respektvollen Ton allem zu widersprechen, was ich sage, und mich nicht anzuerkennen. Falsche Bescheidenheit und Dünkel sind ebenso sündhaft.«

»So sündhaft wie was?«

»Das möchtest du wohl gerne wissen, denn es wird allgemein angenommen, daß du ein neugieriger Bursche bist.«

»Würde es dich beruhigen, die Beichte abzulegen oder mit mir zu beten?«

»Sogar die Bretter waren verfault oder von Mäusen weggeknabbert. Und stell dir vor, die Hunde haben an ihren Knochen genagt.«

»Sira Nikolaus hielt keine Hunde.« Und in dieser Art ging das Gespräch weiter, manchmal ging es um Sira Nikolaus und manchmal um Sira Pall Hallvardsson und wie dieser Sira Jon in den letzten fünfundzwanzig Jahren bei jeder Gelegenheit hintergangen hätte. Was Pall Hallvardsson besonders merkwürdig vorkam, war nicht das Verhalten des anderen Mannes, ja, nicht einmal dessen Nacktheit, sondern die Überzeugungskraft, mit der dieser den Fall gegen ihn vertrat, denn Sira Pall begriff nun in der Tat, daß in all den Jahren seine heimliche Sünde das Vergnügen gewesen war, mit dem er den anderen Mann ins Unrecht gesetzt, dessen Selbstvertrauen und Stellung bei den Grönländern unterhöhlt hatte. Vielleicht sogar dann, wenn er zusah, wie Sira Jon sie falsch behandelte und sie sich belustigt abwandten. Endlich fragte Sira Jon Pall Hallvardsson, worauf er noch warte, und Pall Hallvardsson ging, um Sira Audun zu suchen.

Als er nun zweimal an Sira Auduns Tür geklopft hatte und keine

Antwort bekam und sich umdrehte, um ihn woanders zu suchen, da tauchte Olof auf und sagte leise zu ihm: »Er ist tatsächlich da drinnen, doch er wird sagen, daß er geschlafen oder euer leises Klopfen nicht gehört hat oder daß er in Arbeit oder im Gebet versunken war. Ihr müßt an die Tür hämmern, bis er es am Ende nicht mehr aushält und weiß, daß ihr nicht aufgeben werdet.« Und sie ging zur Tür und hämmerte immer wieder mit großer Kraft dagegen, und nach etwa zwei Dutzend Schlägen öffnete sich die Tür ein wenig, und Sira Audun spähte heraus. Als er Olof sah, machte er den Mund auf, um zu sprechen, doch als er Pall Hallvardsson sah, trat er zurück und ließ ihn ein. Da es so aussah, als wolle auch Olof eintreten, machte er ihr hastig die Tür vor der Nase zu.

Pall Hallvardsson war noch nie in Sira Auduns Zelle gewesen, und sie war zwar klein, doch mit Bedacht eingerichtet, eine kleine Lampe diente als Lichtquelle und eine größere als Wärmespender, eine alte Tür war als Tisch aufgestellt, und ein schön geschnitzter, dreibeiniger Schemel stand daneben. Der Boden aus festgetretener Erde war mit zwei Lagen von Rentierhäuten bedeckt, und weitere Felle waren in einer Ecke gestapelt und dienten als Bett. An einigen Haken aus Rentiergeweih hingen Sira Auduns zweites Gewand und noch einige andere Kleidungsstücke. Auf einem Regal, das von einem natürlichen Vorsprung in der Steinwand gebildet wurde, stand eine Reihe von geschnitzten Figuren aus Walroßzahn. Es waren dreizehn, und Pall Hallvardsson konnte erkennen, daß es Christus und seine Jünger waren, jeder mit seinem besonderen Kennzeichen, zwei gekreuzte Schlüssel, ein geflügelter Löwe, doch waren sie wie Grönländer gekleidet. Pall Hallvardsson stand davor und bewunderte sie. Es wurde bald deutlich, daß jeder der beiden Männer den anderen zuerst sprechen lassen wollte. Schließlich sagte Sira Audun: »Ich habe geschlafen, denn ich habe die Kirchen im Süden besucht. In der Tat habe ich mich darauf eingerichtet, morgen oder übermorgen nach Dyrnes zu reisen.«

»Du bist in den Süden gereist, als dies geschehen war?«

»Wie die Dinge lagen, bin ich etwa einen Tag vor dem Schlimmsten abgereist. Olof und ich dachten, es würde ihm besser gehen.«

»Aber in eben dieser Nacht war es, so sagte man mir, daß er in der Kathedrale wütete und die Wandbehänge herunterriß und im Hof herumlief und sich das erste Mal auszog, so daß Petur sich ihm nicht nähern konnte und auch kein anderer Knecht, nur Olof, ein junges Mädchen...«

»Man kann nicht behaupten, daß ich bis jetzt einen beruhigenden Einfluß auf ihn hatte. Wenn andere sich ihm nicht nähern können, dann kann ich es auch nicht.«

»Du hast sein Schicksal tatsächlich dem Gesinde und den Knaben überlassen, so daß ein jeder von der Schande seines Wahnsinns erfuhr.«

Es sah so aus, als wolle Sira Audun weiterhin widersprechen, denn er schaute finster drein und vergrub die Hände in den Taschen seines Gewandes, aber er sagte nur: »Ich bin wahrhaftig schuld daran, und ich danke dir, daß du meine Fehler geißelst.« Doch dann ging er zu seinem Schemel hinüber, setzte sich und beugte sich über seine Arbeit, als wäre Pall Hallvardsson nicht mehr da, und Pall Hallvardsson wußte, daß es in der Tat noch lang dauern würde, bis er wieder zum Hvalseyfjord zurückkehren könnte, und er wußte, daß sein Wunsch, die Verwaltung der Diözese in den Händen von Sira Audun zu lassen, vergeblich war. So ging er ohne ein weiteres Wort wieder hinaus, wo Olof auf ihn wartete.

Nun begann er mit einigem Widerstreben, sich um die Angelegenheiten des Hofes zu kümmern, er sprach mit Petur und Olof und dem übrigen Gesinde, wie ein Herr es tun würde, und fragte sie nach ihren Pflichten. In Hvalseyfjord hatte er das nicht so gemacht, denn zuletzt waren seine einzigen Bediensteten Magnus der Gebeugte und die Magd Gunna gewesen, deren Nichte, welche nicht weit entfernt auf dem St. Birgittahof lebte, ihr bei der Arbeit half, und jeder Bewohner des Hofes hatte gewußt, welche Arbeit zu tun war, und Pall Hallvardsson hatte seine Abrechnungen auf seine Weise gemacht – alles, was für Gardar gedacht war und als Zehnter und Peterspfennig, hatte er in einen Schrank gegeben, und was ihm und den anderen gehörte, die bei ihm lebten, das gab er in einen anderen Schrank, und für jedes Teil, das er in den einen Schrank legte, gab er das gleiche in den anderen Schrank, und wenn der Kirchenschrank voll war, brachte er diese Sachen zu Sira

Jon nach Gardar, damit sie dort gelagert würden, und wenn Sira Jon enttäuscht war und sich über die geringe Güte der Gaben beklagte, dann brachte er das nächste Mal etwas aus dem anderen Schrank zusätzlich mit. Nun schien es ihm immer wieder, als sollte er eine Liste von all den Dingen machen, die sich in jedem der beiden Schränke befanden, doch nach ein paar Tagen Schreibarbeit erschienen ihm gewöhnlich andere Aufgaben wichtiger, und das Listenschreiben hörte allmählich auf.

Nun schaute er sich Sira Jons Rechnungsbücher an, und er sah, daß diese peinlich genau geführt waren, mit Eintragungen selbst von jenem Tag, an dem er in der Kathedrale die Wandbehänge heruntergerissen hatte. Die Gesundheit aller Kühe und Schafe und Ziegen und Pferde und Bediensteten war pflichtgemäß aufgezeichnet. Fleisch und Sauermilch, die man für die Morgenmahlzeit aus dem Lagerhaus genommen hatte, waren vermerkt. Eine Bahn Wadmal, die ein Knecht bekommen hatte, war eingetragen, und so ging es weiter, Tag für Tag, seit dem Tage, an dem Jon und Alf und Petur und Pall Hallvardsson mit dem Schiff aus Bergen angekommen waren. Für jedes Jahr gab es eine einzige, zierlich beschriebenc Seite, und am Ende eines jeden Quartals waren jeweils die Güter, die zum Gebrauch und die für den Erzbischof in Nidaros bestimmt waren, zusammengezählt. Sira Jons Handschrift war so zierlich, daß Pall Hallvardsson sie kaum entziffern konnte, und obwohl er eine ganze Weile am Fenster im Licht saß und auf die Bücher starrte, leuchtete ihm Sira Jons Methode, mit der er zu den Zahlen kam, welche er aufgeschrieben hatte, überhaupt nicht ein, wiewohl es auf den ersten Blick recht einfach ausgesehen hatte. Doch wahrhaftig, Pall Hallvardsson dachte darüber nach, daß er jetzt etwa fünfundvierzig Winter alt war und seine Augen trüb wurden, und wenn er die Messe las, dann tat er das aus dem Gedächtnis.

Nachdem er sich eine Weile dieser Aufgabe gewidmet hatte, schaute er sich von seiner Ecke aus in der großen Halle von Gardar um. Es war ein Raum, mit dem er vollkommen vertraut war, doch nun sah er ihn mit einem anderen, neuen Blick. Auf dem Steinboden lag frisches Moos, das wohl alle zwei bis drei Wochen hereingekarrt werden mußte – oder noch häufiger, denn Pall Hallvardsson wußte nicht, wie oft das Moos ausgefegt und erneuert wurde, und es war eine ungeheure Menge Moos. Über seinem Kopf erstreckten sich die Holzbalken der Decke, uralte Tannenbalken aus Norwegen, wie Schiffsmasten geschnitten und schwarz vom Rauch von fast hundert Jahren. Würden sie bersten? Würden sie brennen? Würde sich unter seiner Verwaltung herausstellen, daß sie verfault waren? In der St. Birgitta-Kirche machten sich die Hvalseyfjorder immer mit diesem und jenem zu schaffen – bekämpften die Fäulnis, bevor sie noch einsetzte, besserten Soden aus, während sie noch zusammenhielten –, doch St. Birgitta war eine neue Kirche, erst ungefähr achtzig oder neunzig Jahre alt, und ein Gegenstand großen Stolzes. Durch Gardar liefen die Leute voller Bewunderung und in der Überzeugung, es wäre dauerhaft. In Sira Jons Büchern gab es seit fünfundzwanzig Jahren keine Eintragungen über Ausbesserungen an der Kathedrale. Vielleicht war sie wirklich für ganze Zeitalter gebaut, doch vielleicht ging dieses Zeitalter gerade jetzt zu Ende? Tatsächlich konnte das Moos auf dem Boden, tief und trocken, das Ende der ebenfalls trockenen Dachbalken bedeuten, sollte ein Feuer ausbrechen.

Und dann die Gobelins und Wandbehänge. Sie waren ziemlich zerfetzt. Hier und dort waren Risse sauber geflickt, doch nicht überall. Selbst von da, wo er saß, konnte er sehen, daß man für die Ausbesserungen einiger Behänge Stich an Stich würde steppen müssen, und selbst durch die geschicktesten Näherinnen in Grönland würden solche Ausbesserungen nicht notwendig schön. Einige der Risse beleidigten das Auge. Christus mit Seinem Kreuz auf der Schulter, einen Schluck Wasser nehmend, doch der Becher war den Lippen des Herrn entrissen, und der den Becher hielt, hing in einer Falte, die der Mauer zugewandt war. Sira Pall Hallvardsson stand auf, um den Stoff zu berühren, doch als er nähertrat, erkannte er, daß die Wolle der Berührung nicht standhalten würde. Ein anderer Wandbehang zeigte die Heilige Lucia mit ausgestreckten Armen, doch ihre Schale mit den Augen war verschwunden. Und wie konnte man sich solcher Gegenstände entledigen, sollte er Anweisung geben, sie herunterzunehmen? Selbstverständlich würde es dafür Regeln geben, doch wenn er sie je gelernt haben sollte, kannte er sie jetzt nicht mehr. Man hatte ihn nie in Verwaltungsdingen geschult.

Die Steine der Mauern machten einen dauerhaften Eindruck, doch aus seiner Erfahrung von St. Birgitta wußte er, daß ein feuchter Sommer, von einem kalten Winter gefolgt, wie durch einen Zauber ein Netzwerk von Rissen in den Steinen erzeugte. Dieselben Soden, die im Winter die Wärme hielten, stauten die Feuchtigkeit an der Außenseite der Steine bis weit in den Sommer hinein. Selbst Stein hielt hier nicht so lange wie in Europa, sondern brach und bröckelte. Doch ein Gebäude ohne Soden wäre in Grönland so kalt wie der Winter selbst, und kein Mensch könnte das ertragen.

Dann waren da die Bänke, an denen sich das Gesinde zu den Mahlzeiten versammelte und es sich des Abends gemütlich machte. Gardar war voll von Menschen. Er konnte in Sira Jons Büchern nachschauen und herausfinden, wie viele es waren, denn auch das war ordnungsgemäß vermerkt, aber er wußte, daß die Zahl ihn nur entmutigen würde. Diese Leute, deren Namen er nicht einmal kannte, würden bald zu ihm kommen, um Anweisungen für ihre Arbeit entgegenzunehmen. War dies das Ärgste, daß er keine Ahnung hatte, worin ihre Arbeit bestand? Noch eher würden sie ihren Platz beim Abendessen aufsuchen, und war dies das Ärgste, daß er für ihre Kleidung und Ernährung und für die Gesundheit ihrer Seelen verantwortlich sein würde?

Da kam Olof herein, die draußen vor der Tür gestanden und gesehen hatte, wie er sich umschaute, und ging auf den Priester zu. Sie stand ehrerbietig vor ihm und schlug die Augen nieder. Sie sagte: »Gudleif und Bjarni prügeln sich, Sira, und Bjarni hat sich die Schulter verletzt, so daß er die großen Bottiche für Ingibjorg nicht mehr heben kann. Der Verwalter Petur will, daß sie für ihre Prügelei Schläge bekommen, doch Sira Jon hat immer gesagt, ich möge zu ihm kommen, bevor man die Leute auf diese Weise bestrafen würde.«

»Wer sind Gudleif und Bjarni und Ingibjorg?«

»Ingibjorg ist die Köchin, und Bjarni ist ihr Helfer. Gudleif ist Bjarnis älterer Bruder, und er ist ein bißchen schwer von Begriff, und darum möchte Petur ihn verprügeln lassen, doch er wagt es nicht, den einen zu prügeln und den anderen nicht, sonst wäre

Gudleif wütend und würde, sobald sie allein sind, wieder mit Bjarni kämpfen.«

»Was tut ihr gewöhnlich mit ihnen?«

»Manchmal werden sie verprügelt und manchmal nicht, je nach Sira Jons Laune.«

»Hat Bjarni eine Kammer?«

»Er schläft in der Küche, Sira, und kümmert sich nachts um das Feuer. Gudleif schläft im Kuhstall mit den anderen Kuhhirten.«

»Gib Bjarni einen Platz zum Ausruhen und schick Gudleif zu mir.«

»Hier in die Halle? Sira Jon hatte es nicht gern, wenn die Knechte, die draußen arbeiten, in die Halle kommen.«

»Wo hat er denn mit ihnen gesprochen?«

»Er hat nur mit Petur gesprochen.«

»Er kann zu mir an den Eingang kommen.«

Und so ging er zum Eingang, doch er erkannte schnell seinen Fehler, denn viele Bedienstete waren im Hof versammelt, vielleicht wegen des Kampfes, und sein Gespräch mit Gudleif würde viele Zeugen haben.

Da näherte sich ein Mann der Tür, und die anderen, die herumstanden, machten ihm Platz. Er war klein von Gestalt, mit breiten Schultern und einem dichten, blonden Bart, doch als er seine Mütze abnahm, sah Pall Hallvardsson, daß er wenig Haar auf dem Kopf hatte. Er warf einen schnellen und verschlagenen Blick auf Pall Hallvardsson und schlug die Augen nieder. Pall Hallvardsson sagte mit etwas zu lauter Stimme: »Also, Gudleif, es heißt, daß du mit deinem Bruder gekämpft hast.«

»Ja, Sira, und es tut mir nicht sehr leid, nur schade, daß ich ihm nicht den Kopf eingeschlagen habe. Ich habe selbst zu wenig eigene Sachen, und er geht mir noch an meine Strümpfe und Handschuhe und bedient sich und läßt sie dann draußen herumliegen.«

»Das scheint eine Kleinigkeit zu sein, um dafür einen Bruder zu töten, wenn du ihm wirklich am liebsten dafür den Kopf eingeschlagen hättest.«

»So, für euch ist das also eine Kleinigkeit?« Gudleif schaute Pall Hallvardsson voll ins Gesicht. »Hätte er sich lieber mit meiner Frau herumtreiben sollen? Denn das hat er auch getan, obwohl keiner von den beiden es zugeben will. Sie lügen und heucheln und sagen nichts, anstatt schnell zu reden, und sie reden schnell, anstatt nichts zu sagen. Sicher sagt ihr mir, auch das sei eine Kleinigkeit.«

»Nein, das ist gar keine Kleinigkeit, doch jetzt hast du die Köchin verärgert, denn sie hat niemanden, der ihr die Bottiche trägt.«

»Wahrhaftig, Sira, so redet meine Frau mit mir, wirft mir immer die Köchin vor, denn die Köchin mag diese Schlange Bjarni und gibt ihm ein bißchen hier und ein bißchen da, und er verführt meine Frau damit und nimmt mir ihre Liebe weg. Doch ein Kuhhirt gibt nichts und kriegt auch nichts außer Scheiße an den Schuhen, darum darf er nicht einmal zum Essen in die Halle kommen wie die anderen, sondern muß mit seinem Eßbrett in den Händen an der Tür herumlungern.«

»Gudleif, du müßtest wissen, daß wir unseren Lohn nicht hier erhalten, sondern...«

»Ja, Sira, nicht hier. Diese Worte sind nur zu wahr.« Und damit drehte er sich um, und Pall Hallvardsson kam es vor, als wüßten sie beide, daß er zu Sira Jon nicht so gesprochen hätte. Und so richtete sich Pall Hallvardsson auf, obwohl es ihm schwerfiel, er erhob die Stimme, und auch das war mühsam, und er rief Gudleif zu sich zurück und sagte: »Gudleif, ich habe dich nicht aus meiner Gegenwart entlassen. Der Verwalter Petur will, daß du für die Prügelei Schläge bekommst, denn er glaubt, daß du sonst nicht lernen wirst, Bjarni in Ruhe zu lassen.«

»Nein Sira, ich werde es nicht lernen. Ich werde es so lange nicht lernen, bis Bjarni gelernt hat, was sein ist und was mein, also laßt mich ruhig schlagen, denn es macht mir nichts aus.« Da entfernte sich der Mann rasch von der Halle und ging den Hang herunter, doch die Augen der Leute folgten ihm nicht, sie blieben bei Sira Pall Hallvardsson, und es schien diesem, daß sie ihn mit Interesse und Vergnügen abschätzten, denn es ist eine typische Eigenschaft der Grönländer, den größten Spaß aus einem merkwürdigen Vorfall zu ziehen, über den man dann viele verschiedene Ansichten haben und austauschen kann. Sira Pall Hallvardsson drehte sich um und ging in die Halle zurück. Olof kam zu ihm, und er fragte: »Gibt sich Bjarni mit Gudleifs Weib ab?«

»Die Leute munkeln so etwas.«

»Tatsächlich, dann sollen sie beide Prügel bekommen.« Olof ging weg, und Sira Pall Hallvardsson schaute sich noch einmal im Raum um, und es verwunderte ihn nicht, daß Sira Jon sich hier dem Himmel weit entfernt gefühlt hatte. Und Bischof Alf? Ein Bild des Bischofs, wie er eine Predigt hielt, kam Pall Hallvardsson in den Sinn, die Augen des alten Mannes, die in feurigem Starren hervortraten, die Reinlichkeit seiner Kleidung und die Sorgfalt, mit der er auf seine Kragen und Ärmel achtete. Er war Pall Hallvardssons Beichtvater gewesen, doch hatte er nie auch nur ein Wort gesagt, nur in kühlem Schweigen verharrend dem, was Pall Hallvardsson zu sagen hatte, zugehört, dann hatte er die vorgeschriebene Buße auferlegt und in knappen, kühlen Worten die Absolution erteilt. Er war ein Mann von solch abstoßender Kühle gewesen, daß er fast nicht einmal zu Klatsch Anlaß gegeben hatte und, bis jetzt, noch viel weniger zu Nachdenken. Doch wo, in der Tat, hatte er denn geglaubt zu sein, wenn er sich in der Gardar-Halle umgeschaut und die Grönländer im Hof gehört hatte?

Am nächsten Tag ging Sira Pall Hallvardsson wieder zu Sira Jon in die Zelle und führte ein Gespräch mit ihm, und das wurde ihnen zur Gewohnheit. Sira Jon blieb achtsam stehen, um den anderen Priester zu grüßen, wenn er eintrat, und streckte ihm die Hand zum Kusse hin, und dann zog er sich wieder in seine Ecke zurück und begann zu sprechen, und manchmal verstand Sira Pall Hallvardsson dann die Anspielungen dieses Gesprächs und manchmal nicht, und wenn nicht, dann machte sich Sira Jon über seine Unwissenheit lustig. Was die Abrechnungen betraf oder Sira Jons Arbeitsweise oder Auskünfte irgendwelcher Art zur Verwaltung der Diözese, so war der verrückte Bischof von einer schadenfrohen Verschlossenheit und erklärte, daß solche Geheimnisse nicht für die Ohren eines Menschen wie Pall Hallvardsson bestimmt seien. Doch immer noch hielt Pall Hallvardsson an seinen Besuchen fest und konnte Sira Jon nicht fernbleiben. Den ganzen Sommer bedeckte Sira Jon seine Blöße nicht, und da er auf dem feuchten Boden schlief, war seine Haut allmählich wundverkrustet. Gegenüber Sira Pall Hallvardsson gab er nicht zu, daß er es bemerkte oder daß es ihm etwas ausmachte, obwohl Sira Pall Hallvardsson ihn manchmal weinend vorfand, und er dachte, daß diese Tränen Tränen des Schmerzes sein mochten. In anderen Angelegenheiten, solchen, die Petur und Olof ihm zutrugen, hatte Pall Hallvardsson sich angewöhnt zu sagen: »Macht es so, wie ihr es für richtig haltet.« Im Winter, wo es immer viel freie Zeit in Grönland gibt, würde er, so war sein Vorsatz, sich mit dem Bischofssitz vertraut machen und herausfinden, wie man überprüfte, was verbraucht und was gespart, was getan und was nicht getan wurde. Und so verging der Sommer, und es gab viele Geschichten über Sira Jons Abenteuer als Verrückter, denn manche Leute sagten, er hätte Visionen von dem, was kommen würde, und ließe Flüche auf die Köpfe seiner Feinde niederprasseln, und andere sagten, er sei wie ein Kind geworden und könne nicht mehr sprechen und laufen, nicht einmal mehr essen, und wieder andere sagten, daß er des Nachts über die Mägde in ihren Betten herfalle und bei ihnen liege, ob sie es wollten oder nicht. Jeder Bezirk hatte seine eigenen Geschichten, und die hielten über den Winter vor, denn der Winter war weder mild noch streng, und es gab wenig anderes zu bereden.

Nach der Rentierjagd kam Margrets Freund im Auftrag von Sira Isleif mit einigen Bündeln Rentierfleisch und den Häuten, die er für sie hatte besorgen können, nicht besonders schön oder auffallend gezeichnet, doch recht brauchbar. Margret hatte nach ihrem Freund Ausschau gehalten und sein Boot draußen auf dem Wasser erblickt, während sie mit ihren Schafen und Käsen und einem Bündel Kleidern an der winzigen Anlegestelle von Steinstraumhof wartete, und als er ans Ufer kam, ließ sie ihn seine Geschenke nicht ausladen, sondern bat ihn, sie mit hinüberzunehmen, denn sie wollte Steinstraumhof für den Winter verlassen, ja sogar für immer, da der Hof mehr Pflege verlangte, als sie geben konnte. Und während sie den Eriksfjord überquerten, erzählte ihr der Knecht von einigen anderen Höfen, die in diesem Jahr verlassen worden waren – drei oder vier in jenem Tal, das zum Isafjord führte, zwei weitere in Isafjord selbst und zwei auf dem Weg nach Solarfell, und das, obwohl die Skraelinger von Solarfell weggezogen waren und Bjorn Bollason, der Gesetzessprecher, Ragnvalds Hof beansprucht hatte. Es gab noch anderen Klatsch, genug, um sie auf der

Überfahrt zu unterhalten, und der Knecht rieb sich die Finger und ruderte immer langsamer, anscheinend litt er an der Gelenkkrankheit, doch in Wirklichkeit, so vermutete Margret, hatte er diesen Tag ganz für sich haben wollen, um sich mit ihr einmal richtig auszutratschen, und sie hatte seine freie Zeit verkürzt. Sie machte eine ihrer Taschen auf und nahm einen Käse heraus, und so saßen sie mitten auf dem Eriksfjord und aßen Käsestückchen.

Er berichtete ihr von Sira Jon. »Die Augen traten ihm aus den Höhlen, und die Arme schwangen in ihren Gelenken, und jeder, der es sehen wollte, sah, daß der Kerl vom Teufel besessen ist, darüber kann man nicht zweierlei Meinung sein. Und wahrlich, welche Rettung gibt es noch, wenn selbst der Priester da liegt, dem Übel ausgesetzt wie ein Eßbrett auf einer Bank? Und daher hat Sira Pall Hallvardsson jetzt die Führung übernommen, und vielleicht möchtest du dorthin gehen? Warst du nicht einmal mit Sira Pall Hallvardsson befreundet?«

»Und was sagen die Leute über Sira Pall Hallvardsson?« fragte Margret.

Der Mann lächelte. »Die Knechte und Mägde sagen, daß er recht zaghaft mit ihnen umgeht und sie tun läßt, was sie wollen. Mir scheint, daß alle den neuen Bischof vor langer Zeit schon erwartet haben und ziemlich froh sein werden, wenn er ankommt. Doch die Menschen haben die meiste Zeit meines Lebens auf neue Bischöfe gewartet, und nur ein einziger ist je gekommen.«

Margret schaute auf das Wasser hinaus. Eisberge, blau mit weißen Spitzen, waren schon im Fjord zu sehen.

»Du könntest dich auch Sira Isleif anschließen und zu Bjorn Bollason gehen, der dringend Hilfe braucht.«

»Hat sie ihn also fortgeschickt?«

»Noch nicht. Die Leute sagen, daß irgendein Priester im Haus immer noch besser sei als gar keiner, besonders im Winter, wenn die Leute sterben und die Sakramente bekommen müssen, und es sei besser, wenn man nicht nach draußen, sondern auf Strümpfen nur bis zu den Bettnischen gehen müsse. Aber Bjorn Bollason bedrängt sie und verspricht, ihr im Tausch zwei oder drei seiner Leute zu schicken und noch andere Geschenke dazu. Mir scheint, es geht bei ihrem Zögern nur um den Abstand zwischen dem, was sie für ausreichend hält, und dem, was Bjorn Bollason zuviel ist. Sie schaut sich unter ihren Leuten um und bemüht sich vorauszusehen, wer wohl in diesem Winter sterben wird!« Er lachte. »Ihr Sohn sieht recht gesund aus, und es ist gar nicht sicher, daß sie für Ragnleif nach einem Priester schicken würde!« Er lachte wieder, und Margret lächelte. »Doch in der Tat sagen die Leute, die dort zu tun haben, daß es in Bjorn Bollasons Haus fröhlich zugeht, und die Herren tun eine Menge, um sich mit dem Gesinde gut zu stellen, als wenn das Gesinde woanders hingehen könnte, was es übrigens tatsächlich könnte, das ist heutzutage nur zu wahr. Dort wäre der geeignete Platz für dich.«

»Nein, Sira Isleif würde sich zuviel um seine verlorenen Schafe kümmern. Keiner von diesen Höfen mit ihrem geschäftigen Treiben zieht mich an. Ich bin noch nie in Isafjord gewesen.«

»Isafjord ist bitterkalt, und du solltest lieber nicht dorthin gehen.«

»Es liegt nicht so weit entfernt von Eriksfjord, nur ein Stück hinter den Hügeln.«

»Aber das Stück ist genug. Die ganze Gegend fällt nach Norden hin ab, und der Fjord ist winters und sommers voller Eis. Selbst Leute, die dort geboren sind und viel Land besitzen, sehnen sich danach wegzukommen. Man kann wahrhaftig sagen, daß ein kleiner Hof in Vatna Hverfi einem Landsitz in Isafjord entspricht.«

»Dennoch möchte ich unbedingt hin.«

Da griff der Knecht nach den Rudern und sah Margret direkt ins Gesicht. Dann sagte er: »Es ist schon wahr, daß wir alt sind, du und ich, denn dein Haar könnte nicht weißer sein, und meine Finger sind gekrümmt, und meine Hüften schmerzen jetzt immerzu, Tag und Nacht, im Winter und im Sommer. Aber es gibt in diesen Tagen so viele verlassene Höfe, und einige sind trefflich gelegen, und ich würde dich gern heiraten und auf einen dieser Höfe ziehen.«

»Weißt du, daß ich schon mit Olaf Finnbogason vom Hvalseyfjord verheiratet bin? Ist dir zu Ohren gekommen, daß er gestorben ist?«

»Die Leute erfahren nicht viel von den Hvalseyfjordern, doch mir ist nicht zu Ohren gekommen, daß jemand dieses Namens gestorben ist.« Danach ruderten sie schweigend zur Anlegestelle von Brattahlid, und Margret stieg mit ihren Sachen aus dem Boot und packte sie sich auf den Rücken, und dann trieb sie ihre Schafe, es waren in diesem Jahr neun, einige Tage lang in Richtung Isafjord, und dort fand sie einen Winterplatz auf einem großen, doch etwas baufälligen Hof eines Mannes namens Eyvind, der vier Töchter hatte. Wie alle Leute, die sich verdingen, übergab Margret Eyvind ihre Schafe und Käselaibe und Rentierhäute und ihr Fleisch als Pfand für ihre Dienste, und er versprach, ihr den Wert dieser Güter zurückzugeben, falls sie in Zukunft anderswo hingehen müßte. Und die ganze Zeit über hielt Margret Ausschau nach Quimiak und Sigurd, denn es hieß überall, daß die Skraelinger Isafjord allen Bezirken Grönlands vorzogen und daß sie viel Zeit dort verbrachten, im Winter und im Sommer.

Es traf zu, daß die Isafjorder anders waren als alle anderen Menschen, die Margret je zuvor kennengelernt hatte. Eyvind und seine Töchter waren klein und dunkel, und die älteste Tochter, obwohl erst achtzehn Winter alt, war bereits von der Gelenkkrankheit gebeugt. Eyvind selbst prahlte damit, daß er die Gelenkkrankheit sehr schlimm in der Schulter gehabt habe, so daß sein Arm eine Zeitlang in der Gelenkpfanne wie festgefroren gewesen sei, doch im Frühling sei er dann hinausgegangen und habe die Frühjahrsarbeit mit besonderem Schwung verrichtet, und sein Arm habe sich selbst freigemacht. Als Margret meinte, seine Schulter sehe merkwürdig aus, so als sei der Arm aus dem Gelenk gesprungen, da lachte Eyvind und sagte, das sei er tatsächlich und das sei auch der Zweck seines Schwungs gewesen. Und da hob er den Arm über den Kopf und senkte ihn wieder. »Nun, alte Frau«, sagte er, »ein Mensch mag wohl den Schmerz wählen oder den Tod, und ein Mann mit einem Arm blickt in Isafjord dem Tod gewiß ins Auge. Doch die Priester erzählen uns, daß wir uns nicht für den Tod entscheiden sollen, wenn wir noch irgendeine Hoffnung auf den Himmel haben, und so entschied ich mich dafür, meine Schulter frei in meinem Fleische schwingen zu lassen, als Preis für das Leben, und das tut sie auch, und also lebe ich, und wenn sie zu weit schwingt, dann stupsen wir sie dahin zurück, wo sie hergekommen ist!« Da lachte Eyvind, und seine Töchter lachten mit ihm, und sie lachten wirklich über viele Dinge, gedrückt und klein und grau, wie sie waren. Das Essen an diesem Ort war karg, so war es immer gewesen, obwohl zu Eyvinds Hof gerade soviel Land gehörte wie zu Asgeirs in seinen besten Zeiten.

Die Töchter hießen Finna, Anna, Brenna und Freydis. Ihre Mutter und ihr Bruder waren kurz zuvor während der Magenkrankheit gestorben. Nachdem ein Bote aus Brattahlid alle Höfe in Isafjord besucht hatte, um zu sehen, wie es den Leuten erging, waren von den Gesunden einige krank geworden, und die beiden sowie drei Bedienstete waren gestorben. Die vier Töchter redeten gern jeden Tag über den Himmel und malten sich gegenseitig das Leben aus, welches die Seelen von Mutter und Bruder wohl führten. Täglich saßen sie bei ihren kleinen Mahlzeiten und fingen an:

»Was glaubst du, was unsere Mutter jetzt ißt?« fragte Finna.

»Der Priester sagt, Milch und Honig«, erwiderte Anna.

»Aber sicher auch andere Dinge«, sagte Finna.

»Oh, ja«, sagte Brenna. »Brot und Weintrauben und das Fleisch junger Kälber, würde ich sagen.«

»Und was«, fragte Finna, »wird sie heute weben?«

»Das Garn wird vor allem golden sein, denke ich«, sagte Anna, »aber ein wenig Silber ist hineingesponnen.«

»Mir scheint, den Engeln würde ein schöner, doppelt gezwirnter Köper gefallen.« Alle lachten fröhlich.

»Glaubt ihr«, fragte Brenna, »daß das Schiffchen von allein hin und her fliegt?«

»Vielleicht«, sagte Freydis, »ist sie schon fertig, sobald sie angefangen hat oder sobald sie auch nur an das Muster denkt.«

»Vielleicht gibt es andere Garne, Garne in den Farben des Regenbogens«, sagte Anna.

An manchen Tagen redeten sie den ganzen Vormittag darüber, wie warm genau es im Himmel sein würde. Es konnte wohl nicht so warm sein, daß die Seelen nackt herumliefen? Wenn die Seelen nackt herumliefen, warum dann all das Weben, und wenn sie nicht webten, womit beschäftigten sich die Seelen dann? Außerdem hieß es, die Hölle sei heiß und kalt zugleich, also mußte es doch so sein, daß der Himmel warm und kühl war, und dann sprachen sie darüber, ob der Himmel so warm sei wie ein Hang in der

Sonne oder so kühl wie ein kühler, sonniger Sommertag, mit einer leichten Brise oder ohne eine leichte Brise, mit viel Eis im Fjord oder mit nicht soviel Eis im Fjord. Und so redeten sie immer weiter und weiter, sie hätten nicht lebhafter sein können, und manchmal schien es Margret, als könnte sie die Mutter Hjordis auf den Feldern oder den Straßen des Himmels vor sich sehen. Manche Leute sagten, daß der Himmel eine heilige Stadt sei wie Jerusalem, und so stellten sich die Töchter vor, was eine Stadt war und was Jerusalem war und was für eine himmlische Stadt Jerusalem wohl sein mochte. Die Leute auf Eyvinds Hof plauderten unentwegt, und Margret fiel etwas ein, das Ingrid oft über die Armen gesagt hatte, als Margret noch ein Kind war, nämlich daß »sie Worte anstelle von Fleisch haben und wenig anderes«.

Eyvind war geübt darin, über den Winter zu kommen, und hatte es zur Regel gemacht, an Jul Schafe zu schlachten und in der Fastenzeit zu fasten, so daß ihm dann im Frühling immer drei Kühe und zwölf Schafe mit ihren Lämmern blieben. Während der Fastenzeit tat der ganze Haushalt, was Margret und Asta im Winter auf Steinstraumhof getan hatten, man blieb unter den Decken und Fellen im Bett, halb schlafend und sehr hungrig, und bewahrte für das Osterfest auf, was man konnte. Zur Zeit der Seehundjagd konnte Eyvind sich dann kaum noch aus dem Haus schleppen, doch er tat es trotzdem, so wie er auch seine Schulter wieder in Gang gebracht hatte, und er kam mit großen Mengen Fleisch und Fett zurück, und alle standen auf und aßen ein bißchen und am nächsten Tag ein bißchen mehr, denn da sie es jedes Jahr so machten, wußten sie von der Sünde der Völlerei und welche Strafe diese Sünde nach sich zog. Und so war es auf Eyvindshof in Isafjord, und wenn Margret von Zeit zu Zeit über andere Gebräuche sprach, dann staunten die Töchter und sogar Eyvind über die merkwürdigen Gewohnheiten der Menschen anderswo. In dem Winter und im folgenden Sommer sah Margret zwar eine Menge Skraelinger, doch keiner von ihnen war Quimiak oder eine seiner Frauen, noch in der Tat der so sehr geliebte Sigurd Kollsson. Dennoch entschloß sie sich, bei Eyvind und seinen Töchtern zu bleiben, denn sie mochte die Familie sehr und fand, daß der Hof ein guter Platz für sie war.

Nun kam die Zeit des Things, und eines Morgens sagte Eyvind: »Nun, ich werde in diesem Jahr hingehen, obwohl ich so viele Sommer nicht dort war, daß ich nicht mehr weiß, wieviele es waren. Doch in der Tat habe ich dieses Jahr drei oder vier Töchter aus Isafjord zu verheiraten, und es wird auch ein Vergnügen sein, den neuen Gesetzessprecher zu sehen. Ich habe sie zu meiner Zeit alle gesehen, Gizur Gizurarson und Bischof Alf und Ivar Bardarson persönlich und Osmund Thordarson.« Und so holten die Töchter ihre schönsten Kleider hervor und zogen sie an und machten sich zu Fuß auf den Weg nach Brattahlid, denn Eyvind besaß keine Pferde, da es keine Pferde in Isafjord gibt. Das Land kann sie nicht mehr ernähren, doch es heißt, daß es früher einmal viele Pferde dort gegeben hat. Die Töchter baten Margret, mit ihnen zu gehen, und sie mochte es ihnen nicht abschlagen, wollte sich aber in ihren Umhang hüllen und die Aufmerksamkeit der Menschen meiden.

Als sie nach Brattahlid kamen und anderen Leuten auf dem Weg zum Thing begegneten, besorgte Eyvind ihnen Plätze in einem der Brattahlider Boote, die nach Gardar fuhren, und Margret sprach höflich mit ihren früheren Gefährten, wenn sie angesprochen wurde, doch zumeist war sie damit beschäftigt, Brennas und Freydis' Ungeduld zu beschwichtigen, denn die beiden waren nie zuvor so weit von Isafjord weg gewesen, und Finna und Anna mußte sie trösten, da diese beiden mit ihren Kleidern erst zufrieden gewesen waren, es jetzt aber, beim Anblick der aufgeputzten reicheren Brattahlider, immer weniger waren. Doch Margret sagte, es stimme, daß einiges von diesem Putz aus Wadmal genäht sei, welches sie selbst gewebt und gefärbt habe, als sie bei Marta, Osmund und Gudrunn lebte, und es würde ihr Freude bereiten, solche Stoffe auch für die Eyvindsdottirs zu weben, und so vertrieben sie sich auf der Bootsfahrt nach Gardar die Zeit mit Gesprächen über Muster und Farben und Färbepflanzen, die in der Gegend des Eyvindshofes wuchsen. Finna und Anna gaben sich, wie es Frauen tun, mit dem Gedanken zufrieden, daß sie beim nächsten Mal weit besser gekleidet sein würden, falls sie bei diesem Thing keine Anträge bekommen sollten.

Als sie die Anlegestelle am Eriksfjord erreichten, die zum Bischofssitz gehörte, zog ein jeder sein Boot ans Ufer oder band es an einen der Felsen, die auf der Nordseite des Landeplatzes aus dem Wasser ragten. Dann gingen diese Menschen aus dem Norden über den Hügel nach Gardar, trafen andere, die vor ihnen angekommen waren, und sie verweilten ein wenig und schauten zurück über das Wasser und hielten Ausschau nach anderen, die nach ihnen kamen, und es gab eine Menge zu reden und zu klatschen, und die Leute, ganz besonders die Frauen, sahen Verwandte und Freunde wieder, die sie seit vielen Sommern nicht gesehen hatten. Es schien Margret, als hätten alle um sich geblickt und dasselbe gedacht wie Eyvind, daß nämlich dieses Jahr ein gutes sei, um zum Thing zu gehen, nachdem man so viele Jahre nicht gegangen war, und wenn auch nur, um sich Bjorn Bollason und seine Familie einmal richtig anzuschauen und seine Art zu sprechen und seine Kenntnis der Gesetze zu begutachten. Und als sie so gingen, erzählte ein alter Mann, den Margret nicht erkannte, eine Geschichte von Osmund Thordarson, die sie noch nie gehört hatte, und die ging so:

Ein Grönländer mit Namen Oskar Ospaksson war als kleiner Junge von Island nach Grönland gekommen, denn sein Vater war in Island ein armer Mann gewesen, außerdem war er zu leichter Ächtung verurteilt worden, weil er einen reichen Mann angegriffen hatte. Ospak erkannte, daß Island ihm wenig zu bieten hatte, also kam er mit der Vorstellung nach Grönland, daß er in den Nordsetur auf die Jagd gehen und einen reichen Mann aus sich machen würde, und das hatte er auch getan, und sein Sohn Oskar war bei ihm, doch seine Frau hatte er zurückgelassen. Und Ospak und Oskar verbrachten etwa fünfzehn Sommer in Grönland, die meiste Zeit in der Westsiedlung, die näher bei den Nordsetur lag. Und Ospak war kein schlechter Jäger und auch Oskar nicht, obwohl er kaum so gut war, wie er selbst von sich dachte, denn das hätte kein Mensch sein können. Diese Männer hatten einen großen Vorteil, sie hatten nämlich in weiser Voraussicht viele Eisenwaffen mitgebracht – Schwerter und Speere und Armbrüste und Pfeile mit Eisenspitzen –, in der Tat hatte Ospak sein väterliches Erbe für diese Waffen verkauft, und durch sie war er ein gemachter Mann.

Als nun Oskar etwa fünfundzwanzig Winter alt war, geschah es, daß Ospak eines Winters plötzlich krank wurde und starb, und Oskar blieb allein zurück, und ihm wurde klar, wieviel ihm tatsächlich fehlte, denn so pflegt es Menschen zu gehen, wenn sie nur einen Gefährten haben und dieser Gefährte stirbt. Also ging Oskar zum Thing der Westsiedlung, um sich eine Frau zu suchen, aber keines der Mädchen gefiel Oskar, und so nahm er sein Boot, ein offenes Boot, welches er selbst aus Nordseturschem Treibholz gebaut hatte, und er ruderte zur Ostsiedlung, wo das Thing sich beinahe schon aufgelöst hatte. Doch er war ein Mann, der sich immer zu helfen wußte, und er hatte einen Vorrat an feinen Waren aus den Nordsetur bei sich, und er benutzte diese Güter, um sich in den besten Häusern Brattahlids und Vatna Hverfis und auch in Herjolfnes Einlaß zu verschaffen, und er sah viele gutaussehende junge Frauen. Als der Winter vorüber war, blickte er in sein Herz und erkannte, daß er Gefallen an einer jungen Frau namens Oddny gefunden hatte, welche die Tochter des reichsten Mannes von Herjolfnes war, und natürlich hielt sie nicht viel von ihm, denn die Herjolfneser sind sehr stolz, vornehm und fremdartig, und nach Dingen, welche sie sich wünschen, halten sie eher in Norwegen und Frankreich Ausschau als in der Westsiedlung.

Nun war dieser Oskar sehr hartnäckig, und zwar so sehr, daß Oddny die Geduld verlor und ihrem Vater sagte, er müsse etwas tun, damit sie diesen unangenehmen Kerl loswerde. Oddnys Vater, ein Mann namens Kalf, fürchtete sich, einen so unberechenbaren Burschen wie Oskar zu beleidigen, also schwor er Oskar, daß er ihm Oddnys Hand geben werde, wenn Oskar etwas tun würde, was er noch nie zuvor vollbracht habe, um so zu beweisen, daß er wahrhaftig der beste Jäger in Grönland sei. Oskar fragte, was dies denn sein könne, und Kalf erklärte, Oskar solle nach Markland fahren und Güter von dort als Brautgeschenk für Oddny bringen, denn so wertvoll grönländische Güter zu jener Zeit für die Norweger auch sein mochten, soviel wertvoller waren doch Güter aus Markland. Aber Kalf wußte, daß es in Grönland keine Schiffe gab, denn damals hatte schon drei Jahre lang keines mehr angelegt, und so glaubte er, die Forderung wäre unerfüllbar, und er und Oddny waren zuversichtlich, daß sie den Mann aus dem Norden nun los wären.

Das war in der Fastenzeit am Ende des Winters, und nachdem

Oskar diese Worte vernommen hatte, ging er fort, und man hörte eine Weile nichts von ihm, und den Leuten in Herjolfnes war das ganz recht. Doch dann begann der Sommer, und es war gerade Zeit für die Seehundjagd, und kurz nach der Seehundjagd erreichte Kalf die Kunde, daß Oskar siebzehn Männer überredet hatte, in seinem offenen Boot mit ihm nach Markland zu fahren. Und Kalf lachte darüber und erklärte, Oskar habe den Tod gewählt und nicht Oddnys Hand.

Einer dieser Männer, die nach Markland fahren wollten, war Osmund Thordarson, der damals zweiundzwanzig Winter alt und ein großer, starker Bursche war, doch kein besonders guter Jäger. Aber er war ein guter Ruderer, daher ließ Oskar ihn mitfahren, und er war der Jüngste auf dem Boot. Ein offenes Boot nach Markland zu steuern, so etwas war noch nie zuvor unternommen worden, und viele Leute hielten Oskar für außergewöhnlich verwegen, doch man muß sagen, daß er wenig Mühe hatte, Leute zu finden, die mit ihm fahren wollten, besonders Leute aus dem Westen, die noch nie so bequem gelebt hatten wie die Leute im Osten.

Nun sah es so aus, als würden Kalf und Oddny kein Glück haben, denn die Männer in dem Boot hatten ganz besonders gutes Wetter, und sie erreichten die Wälder von Markland in sehr kurzer Zeit, in ungefähr zwanzig Tagen; neun Männer ruderten die eine Hälfte der Zeit, und die anderen neun die andere Hälfte der Zeit, und als sie dort ankamen, war die Jagd günstig, es gab keine Begegnung mit den Skraelingern, und sie erbeuteten so viele Felle, daß Oskar die Bänke aus dem Boot riß und an ihrer Stelle die Felle stapelte, und auf der Fahrt nach Hause saßen die Männer darauf. Nun geschah es, daß Osmund eines Nachts zu Oskar kam und sagte: »Mir scheint, unser Glück wird sich bald wenden, und wenn wir uns nicht gut darauf vorbereiten, werden wir alle diese Reichtümer verlieren, die wir schon in unserem Besitz wähnen und mit denen wir uns im Geiste bereits viele Dinge bezahlen sehen.« Doch weil Osmund der Jüngste auf dieser Reise war, lächelte Oskar nur und schenkte ihm wenig Beachtung. Vielleicht betrachtete Oskar, wie Osmund sagte, Oddny schon als die Seine und erfreute sich in seinen Träumen an ihr. Jedenfalls geschah wenig, was Osmunds Prophezeiung bestätigt hätte, denn das gute Wetter und das Glück hielten an, und sie verließen Markland um die Zeit des Festes der Maria Magdalena, wie sie glaubten, denn Oskar führte einen Runenkalender mit sich, den er im Winter zuvor angefertigt hatte. Und das Wetter war gut, und sie ruderten kräftig, und zu diesem Zeitpunkt zählte Oskar bereits seine Söhne und Töchter.

Nach einigen Tagen begab es sich, daß einige Männer in der Ferne Vogelschwärme sichteten, und Oskar nahm an, er wäre tatsächlich schon nahe vor Grönland, und da Herjolfnes der erste Anlegeplatz in Grönland ist, begann er zu prahlen, wie er in die Hafenbucht bei Kalfs Hof rudern und dem alten Mann die Felle vor die Füße werfen und dann seine Frau einfordern werde, doch während er noch sprach, verschwanden alle Vögel, und innerhalb weniger Augenblicke kam ein großer Sturm auf, ein Sturm, der ein Schiff versenken könnte, und erst recht ein offenes Boot, mit dem man auf den Fjorden der Ostsiedlung am Ufer entlang von Hof zu Hof fahren sollte. Viel Wasser schwappte in das kleine Boot, und die Männer fürchteten oft um ihr Leben, und es kam so, daß Osmund, der in der Tat darauf vorbereitet war, seine Stimme erhob und zum Herrn und zur Jungfrau und auch zu St. Nikolaus betete, der einmal ein Boot voll Matrosen gerettet und seitdem oft Fürbitte für sie eingelegt hat. Und so ruderte Osmund und betete und betete und ruderte, und nach einiger Zeit legte sich der Sturm, doch es gab in der Tat kein Zeichen von Land, und keiner der Männer sah irgend etwas, denn es gab nichts zu sehen, nur das offene Meer und ab und zu einen Eisberg. Und so trieben sie und ruderten viele Tage, und ihr Wasservorrat ging langsam zur Neige, und Osmund erhob mit ausgedörrten Lippen nun wieder seine Stimme zum Gebet.

Da beklagte Oskar sein Schicksal, gab jetzt Oddny die Schuld und behauptete, ihre Hand sei solch eine Prüfung kaum wert. Nach einigen Tagen, in denen sie sehr um ihr Leben bangten, wachten sie eines Morgens auf und entdeckten, daß sie in Sichtweite von Land getrieben waren – große schwarze Klippen und grüne Täler. Und dieses Land war Borgarfjord im Westen von Island, und sie waren nicht wenig erfreut, es zu sehen, und packten die Ruder mit neuer Kraft, obwohl sie von der Reise sehr geschwächt waren, und ruderten nach Borgarfjord.

Der Bauer, dem der größte Teil des Landes am Südufer von Borgarfjord gehörte, war Elias Egilsson, und er und seine Leute kamen zum Fjord herunter und begrüßten die Neuankömmlinge. Und als Elias Egilsson der Isländer das offene Boot sah, staunte er nicht wenig über die Reise, die die Grönländer unternommen hatten, und er zweifelte ihre Worte an, doch als Oskar in seiner ungestümen Art begann, die Felle auszuladen, die er aus Markland mitgebracht hatte, und mit ihnen zu prahlen, da packte Elias Egilsson die Gier, denn er sah in der Tat, daß die achtzehn Grönländer vor Hunger sehr geschwächt waren, und aus ihrer Erzählung schloß er, daß man sie für verschollen halten mußte. Er konnte die in Bündel geschnürten Felle nehmen und behaupten, sie seien an seinen Strand gespült worden und er habe daher ein Recht auf sie. Und so befahl er seinem Knecht, nichts von der Ankunft dieser Besucher zu erzählen. Doch den Besuchern zeigte er nur herzliche Gastfreundschaft, und alle Grönländer ließen sich täuschen und gratulierten sich gegenseitig zu ihrem Glück. Alle außer Osmund Thordarson, der sofort erkannte, daß Elias plante, sie zum Essen zu verführen, bis sie sich krank gegessen hätten, um sie dann in ihren Betten zu töten. Und so aß Osmund nur wenig und gab vor, viel zu essen und zu trinken, doch in Wirklichkeit schob er das Fleisch zwischen seinen Beinen den Hunden unter dem Tisch zu. Und die übrigen Grönländer waren vom berauschenden Getränk ganz außer Gefecht gesetzt, denn Grönländer sind daran nicht gewöhnt.

Dann gingen alle Männer zu ihren Bänken, um zu schlafen, wenn sie es überhaupt bis dahin schafften, so betrunken waren sie, und auch Osmund ging und gab vor zu schlafen, doch als alles ruhig war, schlüpfte er unter seinen Decken hervor, ballte sie nur zusammen, damit sie wie eine schlafende Person aussahen, und versteckte sich in einer Ecke bei den gestapelten Fellen. Etwas später öffnete sich leise die Tür des Gästehauses, und Männer kamen herein, Elias an der Spitze. Und als Elias mit erhobener Axt auf Oskar zuging, ließ sich Osmund weit ins Dunkel zurücksinken, legte einen Becher mit einem herausgebrochenen Boden an den Mund und stieß ein großes Geheul aus, benutzte dabei den zerbrochenen Becher, um die Töne zu verändern und in die Länge zu ziehen, so daß sie wie das Jammern eines Geistes klangen. Elias zögerte, denn er hatte doch ein wenig Angst vor Geistern. Das Geheul verstummte. Die Grönländer waren so berauscht, daß sie sich nur im Schlaf umdrehten. Elias hob wieder seine Axt, und Osmund fing wieder an zu heulen, dieses Mal lauter, so als würde er im Wind über den Fjord rufen, doch er heulte wirklich so laut und so unmenschlich lang, daß Elias überzeugt war, es befände sich ein Geist in dem Raum, und er ließ die Axt fallen und ging.

Als Oskar am Morgen aufwachte, berichtete Osmund ihm, was geschehen war, und Oskar war sehr wütend. An dem Abend war es für jeden offensichtlich, daß Elias es noch einmal versuchen wollte, denn mit verschwenderischer Großzügigkeit drängte er den Grönländern Essen und Trinken auf. Doch diesmal taten alle Grönländer, was Osmund getan hatte, und gaben zum richtigen Zeitpunkt vor, sinnlos betrunken zu sein. Sie gingen zu ihren Schlafbänken, und als alles ruhig war, standen sie auf, sammelten sich im Schatten bei den Mauern der Halle und warteten. Als Elias und seine Knechte eine Weile später hereinkamen, fielen Oskar und seine Männer über sie her und verprügelten sie, und Oskar legte Elias zur Strafe einen Riemen um den Hals und hängte ihn eine Zeitlang an den Dachbalken, tötete ihn zwar nicht, verletzte ihn aber sehr schwer. Und danach besetzten die Grönländer Elias' Hof für den Rest des Winters, und es kam dazu, daß Oskar im folgenden Frühjahr an den westlichen Fjorden von Island nach seinen Verwandten suchte, denn er war ein reicher Mann und ein Prahler, und er lernte eine betuchte Witwe kennen, seine Base zweiten Grades, die ihm einredete, er solle bei ihr in Island bleiben, und das tat er auch. Die anderen, darunter Osmund Thordarson, schifften sich nach Norwegen ein, wo sie ihren Anteil an den Fellen verkauften und sich eine Überfahrt nach Grönland suchten, und nach diesen Heldentaten war Osmund Thordarson ein reicher Mann, der für seine Schlauheit bekannt war, und es traf zu, daß er die Gesetze fast bis an sein Lebensende sehr gut kannte.

Und als diese Geschichte zu Ende war, kam die Gesellschaft in Gardar an, wo es so aussah, als wären auf dem Thingfeld die Zelte der ganzen Siedlung aufgereiht. Der Berg von Waffen – denn Männer legen ihre Waffen beim Thing ab, damit sichergestellt ist, daß es keine Kämpfe gibt – war groß und beeindruckend.

Eine von Eyvinds Töchtern, Anna, war hübsch und redegewandt, doch schmächtig. Eyvind fand am ersten Tag einen Ehemann für sie, einen Mann aus Dyrnes, nicht reich, doch nicht arm. »Das Wichtigste ist«, sagte Eyvind, »daß er kein Isafjorder ist«, und Anna war recht zufrieden, denn dieser Bursche mit Namen Ulf war obendrein jung.

Seit vielen Jahren hatten die Thingrichter jetzt wenig zu tun, denn der Bischof und Sira Jon und die Grönländer hatten in ihren eigenen Bezirken Fälle entschieden und Strafen verhängt. Doch nun erschien es einigen mächtigen Männern aus den größten Bezirken, daß man gewisse Vorteile der Thingversammlungen, die einst selbstverständlich gewesen waren, inzwischen entschieden vermißte, so etwa die Gelegenheiten, zukünftige Bräute zu begutachten oder mit Gütern zu handeln oder Pläne für die Jagd auf Seehunde oder Rentiere zu machen. Einer von diesen Männern war Bjorn Bollason, der neue Gesetzessprecher, und er hatte einige andere mächtige Leute um sich versammelt, die ebenso dachten und Boten ausgesandt hatten, um die Menschen zum Thing zu rufen. Vor den Zelten dieser Männer waren Tische mit Essen aufgestellt, und alle waren eingeladen, sich zu bedienen, und wenn jemand gerade etwas aß, begann meist einer dieser Männer, vielleicht sogar Bjorn Bollason selbst, ganz beiläufig über dieses und jenes zu reden, doch lief es immer auf die Frage hinaus, wie die Grönländer ihre Fälle abhandeln könnten, bevor der nächste Bischof käme. Und diese Männer waren sehr dafür, das Thing wieder wie in früheren Tagen nach Brattahlid zu verlegen und dem Bischofssitz die Macht aus den Händen zu nehmen, zumindest bis ein neuer Bischof in Erscheinung träte. Dann wurde auch viel über Erik den Roten geredet und Leif den Glücklichen und andere Grönländer aus alten Zeiten und über ihre Taten, und viel geredet wurde auch darüber, wie drückend der Zehnte und der Peterspfennig heutzutage auf den Bauern lägen, seit die Nordsetur ihnen verschlossen waren. Ein Mann brauchte sich nur in Gardar umzuschauen, und er könne sehen, daß der Hof schon jetzt der reichste in Grönland sei, mit dem saftigsten Gras, der vollkommensten Wasserversorgung, den Kühen mit dem glattesten Fell, den meisten Schafen und Ziegen. Und doch, so sagte Bjorn Bollason, erwarte man von einem armen Manne, hierher zu kommen, mit seinem kleinen Boot mühevoll gegen die Stürme im Fjord anzurudern, sein Boot aufs Spiel zu setzen, wenn nicht gar sein Leben, nur um noch mehr Güter dorthin zu bringen, wo bereits die meisten Güter in Grönland lagerten.

Und, so fuhr Bjorn Bollason oder einer seiner Freunde fort, war nicht jeder heutzutage ein mehr oder weniger armer Mann? Der Sommer komme jedes Jahr später, immer mehr Kühe würden fast tot aus dem Kuhstall getragen, das Gras wachse spärlicher, die Heuernte falle kleiner aus, der Sommer sei jedes Jahr kürzer, und dann, im Herbst, führen die Männer wieder hinaus, in ihren kleinen und klapprigen Booten, und sie fingen die Rentiere und bezahlten dafür nicht nur mit dem Zehnten, sondern auch noch mit einer zusätzlichen Gebühr. An dieser Stelle schwieg Bjorn Bollason dann, als denke er nach, dann sprach er wieder über etwas anderes, und das Ergebnis war, daß man auf diesem Thing viel darüber redete, wie hart die Bedingungen seien und wie prachtvoll Gardar sei, und wieviel Zeit (fünfzehn Sommer jetzt) schon seit Bischof Alfs Tod vergangen sei.

Einiges von diesem Gerede kam Sira Pall Hallvardsson zu Ohren, und die Leute beobachteten, wie er es aufnahm, in der Erwartung, er würde aufbrausen und die Redner verurteilen, da in der Tat einer im Namen Unseres Herrn sprechen muß, denn dieser ist sehr bedacht auf sein rechtmäßiges Eigentum. Doch Sira Pall Hallvardsson lächelte nur, wie er es gewöhnlich tat, und sprach höflich zu allen, und die Grönländer waren ein wenig erstaunt darüber.

Sechs Fälle wurden vom Thinggericht entschieden, und von den dreizehn Richtern, die hätten tagen sollen, waren zehn anwesend, da zwei im Jahr zuvor gestorben waren und einer erkrankt war, und um das Gericht zu vervollständigen, ernannte Bjorn Bollason zwei seiner Freunde aus Brattahlid und sich selbst zu Richtern und brach auf diese Weise mit den althergebrachten Regeln, welche festlegen, daß der Gesetzessprecher im Gericht keine Stimme hat, sondern nur als Ratgeber, der das Wesen der Gesetze kennt, beisitzen sollte, doch Bjorn Bollason ernannte sich selbst zum Vorsitzenden des Gerichts und Isleif Isleifsson, der das Gesetz kannte, zum

Ratgeber, und auf diese Weise wurde das Gesetz geändert. Doch es wurde wenig gemurrt, denn die Männer waren einfach froh, daß das Thing nach so vielen Jahren wieder in Gang kam. Bjorn Bollason war ein gutaussehender Mann, er hatte eine volle, tiefe Stimme und gefällige Umgangsformen, denn er sprach jeden Menschen beim Namen an, wenn er ihm einmal begegnet war, und erkundigte sich nach Frauen und Kindern und Gesinde, als wäre er ein alter Bekannter.

In zwei der sechs Fälle ging es um Tötungen, in einem um das Strandgutrecht bei Treibholz, ein Fall betraf die Annullierung einer Ehe, und zwei Klagen waren Streitfälle um verlassene Höfe, und in den Augen der meisten Grönländer wurden alle gerecht entschieden, doch man bemerkte auch, daß Bjorn Bollason sich sehr auf Isleif Isleifsson stützte, wenn es um die Feinheiten des Gesetzes ging. Einige Leute sagten, ja, das sei tatsächlich wahr und bedauerlich, doch andererseits sei Isleif erst seit Ostern auf Bjorn Bollasons Hof, und in einem weiteren Jahr könnte er wohl etwas mehr von seinem Wissen in den Kopf von Bjorn Bollason, dieses schön gearbeitete, doch offenbar leere Gefäß, fließen lassen. Im allgemeinen waren die Leute ganz zufrieden mit dem, was die Richter befanden und was sie selbst dazu zu sagen hatten.

Es begab sich, daß Margret am zweiten Tag nach dem Morgenfleisch mit Freydis draußen vor Eyvinds Zelt saß und ein großer Mann mit einem ebenso großen Sohn nah an ihr vorbeiging, so nah, daß sie ihr Gewand raffen mußte, damit niemand darauf trat, und der Mann mußte sich entschuldigen, und als sie aufschaute, schien es ihr, als sehe sie Gunnar Asgeirsson, den Mann, und Gunnar Asgeirsson, das Kind. Da sagte Gunnar: »Verzeih' uns, alte Frau, daß wir dir zu nah getreten sind, aber die Pfade zwischen den Zelten sind dieses Jahr schmal.«

Margret nickte und erwiderte: »Die Leute sind von so weit her gekommen, selbst aus Isafjord und Alptafjord. Ich hätte nicht gedacht, daß tatsächlich immer noch Leute in Alptafjord leben.«

Gunnar nickte und drängte seinen Sohn vor sich her, und Margret wußte, daß er sie nicht erkannt hatte, doch der Junge drehte sich um und schaute sie seltsam an, mit Birgittas Blick aus Gunnars Augen. Da schaute Freydis von ihm zu ihr, und als Gunnar und

Kollgrim fort waren, sagte sie: »Mir scheint, daß eine gewisse Magd vielen Leuten bekannt ist.«

Margret sagte: »Eine Magd geht oft von Hof zu Hof, das ist wahr.«

Freydis machte den Mund auf, um noch etwas zu fragen, doch dann seufzte sie und schwieg. Margret sah sie durchdringend an. Schließlich schaute Freydis auf und sagte mit ruhiger Stimme: »Mir scheint, es wird auch mein Schicksal sein, daß ich als Magd von Hof zu Hof gehe und den Kindern anderer Leute zum Strand folge und sie rufe, damit sie nicht ins Wasser fallen.«

»Doch deine Schwester hat in der Tat einen gesunden Burschen und einen hübschen Hof gefunden. Vielleicht wird auch das dein Schicksal sein.«

»Aber sie ist unser Schmuckstück. Finna hat jetzt schon einen Buckel und knotige Finger, Brenna leidet an der Hustenkrankheit wie unsere Mutter, und ich habe einen Hang zum Trübsinn, und jeder weiß, daß Ehemänner sich nichts aus trübsinnigen Frauen machen.«

»Du bist erst vierzehn Winter alt.«

»Unsere Mutter hat uns immer die Zukunft vorausgesagt, und es war nie eine gute. Eyvind hat darüber gelacht, doch es ist wahr, daß sie ihren eigenen Tod voraussagte.«

»Auch ich kann meinen eigenen Tod voraussagen, und das kannst du auch.« Doch auf diese Antwort schwieg Freydis, obwohl Margret sie sanft drängte, und sie wollte nicht weiter über diese Dinge reden. Sie neigte zur Schwermut, wie sie sagte, doch war sie in ihren Bewegungen wie ein Vogel und irreführend schnell bereit zu lachen. Und da kam Eyvind zu ihnen und verlangte nach seinem Morgenfleisch, und so endete ihr Gespräch, aber in diesem Fall war Margret froh darüber, denn es lenkte sie von der schmerzhaften Erkenntnis ab, daß Gunnar sie nicht erkannt hatte.

Später an diesem Tag, als Margret und Finna damit beschäftigt waren, Eyvinds Zelt herzurichten, um gewisse Ritzen zwischen den Rentierhäuten so gut wie möglich zu verdecken, da kamen zwei Männer zum Zelt, die Isleif Isleifsson führten und ihn auf einem Stapel Schaffelle neben dem Eingang Platz nehmen ließen, und Margret setzte sich eine Weile zu ihm, und sie tauschten Neuigkeiten von sich und gemeinsamen Bekannten aus. Über seine Zeit mit Gudrunn und Ragnleif sagte Isleif mit einem verstohlenen Lächeln: »Die letzten werden die ersten sein«, und: »Die Erniedrigten werden erhöht werden.« Zwar lachte er dabei, doch Margret erkannte, daß er seine neue Stellung genoß, denn er fragte sie, ob sie den Stoff seiner Kleider mochte, und Margret sah, daß er zwar von unauffälliger Farbe, doch sehr dick und warm und fein gewebt war. Danach hob Sira Isleif die Füße, einen nach dem anderen, betastete mit den Fingerspitzen seine Schuhe, um immer wieder das weiche Leder zu würdigen, dann strich er mit dem Finger über seine Strümpfe, und Margret sah, daß ein Muster sehr fein in den Stoff eingearbeitet war. Sie lächelte, sagte aber nüchtern: »So ist es uns versprochen.«

»Es ist jedoch wahr«, sagte Sira Isleif, »daß Gudrunn mir nützliche Geschenke und schöne Dinge zum Anziehen gegeben hat, als meine Zeit zur Abreise gekommen war. Jene, die Böses tun, tun es nicht immer mit Absicht.«

»Und jene, welche Gutes tun, tun es häufig für die Augen der anderen.« Und so plauderten sie, und Freydis schaute mit unverhohlener Neugier zu, denn jedermann kannte Sira Isleif, und man konnte gleich sehen, daß er mit Margret wie mit einer alten Freundin sprach.

Sira Isleif hatte viel über Bjorn Bollasons Haushalt zu erzählen. Bjorn Bollasons Frau Signy war eine sehr vornehme Frau, die früher mit einem anderen Mann namens Hrolf verheiratet gewesen war, dem jüngsten Sohn eines Mannes namens Hoskuld, welcher der wichtigste Mann in Dyrnes war. Hrolf war nur einen Winter nach seiner Heirat mit Signy umgekommen, als er in einem schweren Sturm nach ein paar Schafen gesucht hatte, und Signy hatte dann auf den Rat von Hrolfs Vater dessen Ziehsohn Bjorn Bollason geheiratet, und Hoskuld hatte ihnen als Mitgift Hrolfs Hof gegeben, doch dieser Hof sollte vertragsgemäß über Signy auf Hrolfs Sohn, Hrolf, übergehen, welcher nur kurze Zeit nach dem Tod seines Vaters geboren worden war und bei Hoskuld lebte. Dann riet Hoskuld Bjorn Bollason, ein Boot zu nehmen und sich von Fjord zu Fjord nach stattlichen Höfen umzuschauen, die erst seit kurzem leerstanden. Auf der ersten dieser Erkundungsreisen entdeckte

Bjorn Bollason Ragnvalds verlassenen Hof in Solarfell, und in der Tat waren auch keine Skraelinger in der Nähe, so daß Hoskuld den riesigen Hof für herrenlos erklärte und Bjorn Bollason ihn in Besitz nahm. Alle Dyrnesleute fanden es in Solarfell viel angenehmer als in Dyrnes und nahmen sich vor, weitere Höfe in der Umgebung in Besitz zu nehmen, wenn diese verlassen werden sollten. Und so hatte Hoskuld, ein ehrgeiziger Mann, seinen Ehrgeiz befriedigt sehen können, allerdings in Bjorn, nicht in seinen eigenen Söhnen, und aus diesem Grunde zog er Bjorn Bollason seinen eigenen Söhnen vor, und es gab eine Spur Bitterkeit zwischen ihnen.

Jedenfalls war Signy zumindest ebenso aufgeschlossen und würdevoll, wie es die berühmte Marta Thordardottir gewesen war, und ebenso gut gekleidet, vielleicht sogar noch liebenswürdiger, und wenn man sie kennenlernte, dann konnte man nicht glauben, daß sie aus Dyrnes stammte, sondern nahm an, daß sie in Brattahlid oder Vatna Hverfi aufgewachsen sei. Zwischen ihr und Bjorn Bollason, behauptete Isleif, herrsche eine tiefe Zuneigung, wie man sie gern sehe, und in den vier Jahren ihrer Ehe hätten sie vier Kinder bekommen, ein Mädchen, Sigrid, das sehr gescheit und reizend sei, und drei Jungen, sehr verwegene kleine Burschen, die besonders laute und lebhafte Spiele spielten, worin Mutter und Vater sie bestärkten. Signy und Bjorn Bollason hätten sich tatsächlich angewöhnt, einem Kind, sobald es sprechen konnte, während der Mahlzeiten Fragen zu stellen, zum Beispiel, was es in diesem und jenem Fall tun würde, auf der Seehundjagd oder auf der Rentierjagd oder auf der Reise nach Markland oder im Kampf mit Sarazenen im Heiligen Land, und Bjorn Bollason beurteilte dann die Antworten, und jene, welche Unsinn redeten, würden von den anderen geneckt. Und mit solchen Berichten verbrachte Sira Isleif den Vormittag in Eyvinds Zelt, und Margret sah, daß er vom Haushalt des neuen Gesetzessprechers in jeder Hinsicht sehr angetan war.

Am vierten Tag des Thing kam Eyvind am Nachmittag zum Zelt zurück und erklärte mit lauter Stimme, er habe noch einen Ehemann gefunden, obendrein einen Mann aus Vatna Hverfi, diesmal sollte er für Brenna sein, doch als der Mann mit seinen Verwandten kam, um die Braut zu sehen und Vereinbarungen zu treffen, da brachen sie eilig wieder auf, ohne sehr lange zu reden. Der junge Mann war ein wenig lahm, doch dabei stolz, und er schaute Brenna höhnisch grinsend an. Margret bemerkte, daß er ein Neffe von Magnus Arnason aus Nes war, der ihn begleitete und draußen vor dem Zelt wartete, während drinnen die unvermeidlichen Verhandlungen im Gange waren. Das Thing war fast zu Ende, und Eyvind verbrachte den ganzen letzten Abend damit, von einem Zelt zum anderen zu gehen und über dies und jenes zu plaudern, und am Ende hatten Brenna und Finna dann doch keinen Mann gefunden, aber Annas Hochzeit sollte ein paar Tage vor der Rentierjagd in Isafjord stattfinden, und es gab viel zu erledigen, bevor es soweit war. Als sie ihr Zelt abbrachen und sich aufmachen wollten, erklärte Eyvind, er habe eine Menge Arbeit getan und seine Bemühungen seien redlich belohnt worden, und er war sehr gut aufgelegt, doch seine Töchter waren nicht so fröhlich. Als er das bemerkte, fing er an, sie zu necken, bis sie erst finster dreinblickten, dann lachten und dann weinten, und dann sprach er ganz nüchtern zu ihnen und sagte: »Es ist nicht so, daß Töchter wie durch einen Zauber vom Hof ihres Vaters zum Hof ihres Mannes fliegen, es kostet Anstrengungen, an denen sich alle beteiligen müssen, denn ein Ehemann ist ein Vogel, den man mit einem fetten Köder in der Schlinge fangen muß oder mit List oder mit viel Mühe, und ersteres findet man nicht auf einem Isafjorder Hof.« Und so machte sich Eyvind an diese Arbeit wie an jede andere, denn er sah die Aufgabe als das, was sie war, und lieber steckte er am Anfang einen Rückschlag ein, als am Ende von Verlusten getroffen zu werden.

Als Margret den Hügel oberhalb von Gardar hinaufstieg, erblickte sie Birgitta Lavransdottir. Und sie sah, daß Birgitta sie sah. Dann kam Freydis und nahm Margrets Hand, und die beiden stiegen über den Hügelkamm. Als Margret sich umschaute, war Birgitta bereits unten an der Einarsfjordanlegestelle und belud Asgeirs altes Boot mit ihren Habseligkeiten. Margret konnte die unverwechselbare purpurrötliche Farbe des Gunnarshofwadmals, in das sie gekleidet war, deutlich sehen.

Jetzt stiegen Birgitta, Gunnar, Kollgrim, Finn und zwei andere Knechte, die Gunnar in Dienst genommen hatte, in das Boot, das sie von Lavranshof mitgebracht hatten, und ruderten auf den Einarsfjord hinaus. Birgitta setzte sich so in das Boot, daß sie Kollgrim beim Rudern anschauen konnte, denn er war ein hübscher Junge, und sie hatte nichts von ihrer Zuneigung für ihn verloren, obgleich es stimmte, wie alle sagten, daß er viele Fehler hatte. Der einzige Mensch auf dem Hof, den er nicht unentwegt ärgerte, war Finn Thormodsson, und von Zeit zu Zeit überzeugten ihn die Prügel, die er sich von Gunnar einhandelte, wenn er ihn ärgerte, seinem Vater ein wenig aus dem Weg zu gehen, doch länger als sieben oder zehn Tage konnte er sich nicht zurückhalten, und dann fand Gunnar seine Pferde wieder mit Fußfesseln aneinandergebunden oder sein Pergament mit Linien bekritzelt, welche Schriftzeichen nachahmten, doch nichts bedeuteten, oder seine Nachbarn waren verärgert, weil jemand ihre Kühe ins seichte Wasser des Fjords getrieben hatte. Die einzige Ruhepause von diesem Unfug gab es, wenn Finn Kollgrim mitnahm, was er die meiste Zeit auch tat. Bis jetzt hatten diese Ausflüge noch keine üblen Folgen gehabt, obwohl Gunnar es voraussagte und Birgitta es heimlich befürchtete. Sie fragten Finn niemals, wo er und Kollgrim gewesen seien, und wenn sie zurückkamen, begrüßte man sie nur und bewunderte das Wild, das sie erlegt hatten.

Zwischen Gunnar und Birgitta hatte sich wegen der Kinder, Kollgrim und Johanna, eine Kluft gebildet, denn die beiden waren jeweils überzeugt von den Tugenden des einen Kindes und den Fehlern des anderen. Was Birgitta betraf, so führte sie die Namen von Gunnhild, Astrid und Maria ständig im Mund – Gunnhild war die schönste der Töchter gewesen, Astrid die lebhafteste und Maria die zärtlichste, wohingegen Johanna mit ihrem starren Blick nüchtern und zurückhaltend war, nicht häßlich, doch auch nicht schön, mit derselben unheimlichen Ausstrahlung, die Birgitta schon immer an ihr gespürt hatte. Es war zu Jul gewesen, als Johanna fünf Winter alt war, daß der berühmte erste Zahn sich gelokkert hatte und ausgefallen war, und Johanna hatte ihn Helga gebracht und ihr gezeigt, und als Johanna wieder weggelaufen war, hatte Birgitta, die gerade im Zimmer war, Helga zu sich herüber gerufen und nach dem Zahn verlangt. Doch sie konnte nichts an ihm entdecken. Es schien nur ein Zahn zu sein. Als sie darauf schlug, brach ein Stückchen ab, und es war nichts unter der Oberfläche als noch mehr Zahn, kein düsteres Gewimmel von Dämonen oder Würmern. Trotzdem hatte Birgitta den Zahn genommen und ihn weit entfernt von Haus und Feld vergraben. Sie hatte damit gerechnet, an Johanna eine Veränderung festzustellen, irgendeine Art Erleichterung, so als wenn sie eine Bürde verloren hätte, doch nichts dergleichen geschah, und Birgitta bemerkte, wie sie sich mehr denn je von Johanna abwandte. Wenn Birgitta zufällig sah, wie das Kind sich mit dem Vater oder der Schwester beschäftigte, mußte sie feststellen, daß Johannas Verhalten dann anders war als ihr gegenüber, doch gefiel es Birgitta auch so nicht besser, denn das Kind war ihr zu ruhig und aufmerksam, und zu verführerisch waren ihr die Blicke, mit denen die Kleine das Antlitz des Vaters erforschte. So schien es Birgitta jedenfalls. Manchmal zweifelte sie an sich und bedauerte die Gefühle, die sie für die jüngste Tochter entwickelt hatte.

Was Gunnar betraf, so sah er in Johanna den Wunsch, jenen zu gefallen, die an ihr Gefallen fanden, und dazu hatte sie ein von Natur aus ruhiges Gemüt, das vor lauten Worten und Wutausbrüchen zurückwich, wie sie Birgitta dem Kind gegenüber häufig zeigte. Wenn Birgitta sagte, das Kind sei mürrisch und verstockt, dann sagte er, daß es verschüchtert sei und Angst habe zu sprechen oder etwas zu tun. Mann und Frau konnten sich nicht über diese Dinge einigen und ohne Zorn über das Kind sprechen.

Doch solcher Zorn war gar nichts verglichen mit dem, was sie zum Thema Kollgrim zu sagen hatten, der gewiß niemals verschüchtert oder ängstlich war, sondern in der Tat unfähig zu sein schien, solche Dinge zu lernen, denn Prügel und andere Strafen und selbst die schlimmen Folgen, die er sich durch seine Taten einhandelte – wenn das Eis auf dem See unter ihm einbrach und er beinahe ertrank oder wenn er von einem der Pferde getreten wurde, so daß ihm Brust und Wange schwarz und blau anliefen –, all das rann durch den Jungen wie durch ein Sieb, und bald schon ärgerte er wieder die Pferde oder erprobte auf dem dünnsten Eise sein Gewicht. Die Hunde kamen ihm nicht nah, so oft hatte er ihnen in die Nasenlöcher geblasen oder ihnen die Hinterbeine zusammengeschnürt oder ihnen die Augen verbunden oder sie dazu verführt, etwas Verdorbenes zu fressen. Allerdings bereute er immer zutiefst, weinte und schmeichelte und schwor, keinen Unsinn mehr zu machen, und wenn Birgitta ihn anschaute, sah sie sein hübsches Gesicht und seine ehrliche Reue, und wenn Gunnar ihn anschaute, sah er eine trügerische Oberfläche, welche die verdorbenen Tiefen verdeckte. Und selbst wenn Kollgrim ruhig vor seinem Eßbrett saß und vergnügt und voller Liebreiz von seinen Heldentaten mit Finn erzählte oder kleinere Geschichten vom Tage, schien es Gunnar daher, daß der einzige Zweck darin bestand, jedermann hinters Licht zu führen, um freie Bahn für Dummheiten zu haben. Und Gunnar erkannte, daß er so für die Enttäuschung, die er Asgeir bereitet hatte, in der Tat bezahlen mußte, aber auch für die Fehleinschätzung, die ihm unterlaufen war, indem er den Jungen nicht als Ziehsohn fortgegeben hatte, denn auf einem Hof, wo die Leute von seinem hübschen Aussehen ungerührt blieben und keine Angst hätten, ihn so oft wie nötig zu verprügeln, hätte Kollgrim sicher ein besseres Benehmen gelernt. Statt dessen hatte Gunnar aus Trägheit den Jungen Finn Thormodsson anvertraut, und das Ergebnis war noch im Entstehen, aber es konnte nicht gut ausfallen, denn Finn war zwar ein treuer und geschickter Knecht, doch er war auch voller List und Tücke und lachte wahrscheinlich lieber über den Jungen, als daß er ihn in seine Schranken wies.

Doch täglich gewahrte Birgitta in dem Jungen Zeichen der Besserung und der wirklichen Anfänge des Erwachsenseins. Und bald kam es so, daß Birgitta und Gunnar nicht einmal über die einfachsten Dinge reden konnten, ohne über diese beiden Kinder zu reden, selbst wenn keiner der beiden Namen tatsächlich fiel. Von Helga ist wenig zu berichten; Helga war ein gutes und tugendhaftes Kind, pflichtbewußt, höflich zu jedermann und Kollgrim ganz ergeben.

Nun ruderten sie flink über das ruhige Wasser, und von Zeit zu Zeit schaute Birgitta Kollgrim an, und von Zeit zu Zeit schaute sie Gunnar an, und als sie eine Weile gerudert waren, sprach Birgitta. Sie sagte: »Mir scheint, es wird für Johanna das Beste sein, daß sie im nächsten Frühjahr, wenn sie im richtigen Alter ist, auf den Hof deines Vetters Thorkel Gellison geht, denn er ist ein wohlhabender Mann, und Jona Vigmundsdottir ist eine geschickte Hausfrau.«

Gunnar erwiderte: »Nie hat der Vogel solche Melodie für seine anderen Nestlinge gesungen.«

»Die Leute sagen, es ist besser für ein Mädchen, wenn es nicht zu sehr am Hofe der Eltern hängt, wie Helga es tut. Es wird mit ihr so gehen wie mit Margret Asgeirsdottir.«

Und da ließ Gunnar das Ruder los und schlug seiner Frau ins Gesicht, und Birgitta fiel gegen das Dollbord, und als Kollgrim das sah, wandte er sich mit einem Schrei seinem Vater zu, und nur das Eingreifen eines der Knechte hinderte ihn daran, auf Gunnar einzuschlagen. Das Boot geriet dadurch so sehr ins Schlingern, daß eine Menge Wasser hereinschwappte und die Bündel auf dem Boden durchnäßte, und da wurden die Leute für eine Weile still, der Knecht und Kollgrim tauschten die Plätze, und so ruderten sie weiter. Es wurden keine Schläge mehr ausgeteilt, doch als die Gruppe nach Lavranshof zurückkehrte, trug Birgitta ihre Sachen in die Bettnische ihres Vaters, und von diesem Zeitpunkt an hatten Gunnar und Birgitta viele Jahre lang wenig miteinander zu tun.

Der Winter, der diesem Thing folgte, brachte denkwürdig schlechtes Wetter – erst Eisstürme, dann Regenstürme, dann Frost, und so kam es in der Fastenzeit zu einer weiteren schlimmen Hungersnot, diesmal in der ganzen Siedlung und nicht nur in abgelegenen Bezirken, wie es bei der letzten Hungersnot der Fall gewesen war. Und jetzt erinnerten sich die Leute ungläubig an Bjorn Einarssons Glück, welches so groß gewesen war, daß es von ihm ausstrahlte, von Kambhofsfjord über Hvalseyfjord und Dyrnes nach Brattahlid, und je näher die Menschen ihm waren, desto besser waren ihre Heuernten, gesünder ihre Schafe und Kühe und größer ihre Vorräte an Seegras und Blaubeeren. So waren auch in jenen Jahren die Seehundjagd und die Rentierjagd besonders gut ausgefallen, und die Leute erinnerten sich, wie die Seehunde in den Kambhofsfjord geströmt waren und sogar bis auf die Sandebenen dort, und aus dem Norden waren die Rentiere in großen Herden gekommen und hatten sich unweit des Kambhoffjords gesammelt, so daß die Leute aus dem Bezirk sie nicht weit hatten schleppen müssen, um sie nach Haus zu bringen. Solcher Art waren die Gespräche, die während dieser Hungersnot hin und her gingen, und man redete auch über die Nordsetur und das Wetter in früheren Zeiten und die Größe der Schafe in den Tagen Eriks des Roten und die große Menge Saatgut, die Thorleif auf seinem Schiff mitgeführt hatte, und das gute Heu, welches dieses Saatgut erbracht hatte. Und über noch etwas machten die Leute Bemerkungen, nämlich wie man mit ganz besonderem Glück in diesen Tagen gerade durch den Winter kam, während das gewöhnliche Glück nur weniger oder mehr Hunger am Ende des Frühjahrs bedeutete. Ihre Väter, so erinnerten sich die Leute, hatten am Ende des Winters manchmal einen kleinen Schober Heu übrigbehalten, einen kleinen Hügel vor dem Kuhstall, an dem die Kühe herumkauen konnten. In den letzten Wintern war es am Ende so gewesen, daß Höfe, die einst zehn Kühe und fünf Pferde besessen hatten, jetzt noch drei von dem einen und zwei von dem anderen besaßen. Höfe mit einst fünf Kühen hatten keine mehr. Die Leute besaßen viel mehr Ziegen, und das hatte man in Grönland immer schon für ein Zeichen von schlechten Zeiten gehalten.

Es waren nicht so viele Leute gestorben, und es hieß, daß jene, die starben, vor Angst starben, denn wenn sie sahen, wie ihre Vorräte dahinschwanden und ihre Schafe hungerten, dann aßen sie wie die Wahnsinnigen alles auf, was sie hatten, selbst wenn sie davon krank wurden, und dann krochen sie zu den Nachbarn, die mit ihren Vorräten sparsamer umgegangen waren, doch es gab wenig oder gar nichts zu teilen, und sie wurden wieder fortgeschickt, und einige starben und einige nicht, jedenfalls brachten diese Vorfälle böses Blut in allen Bezirken. Und die Folge war auch, daß noch mehr Höfe verlassen wurden, denn dies war das Letzte, was die Leute ihren Nachbarn im Tausch für Nahrung und Leben anbieten konnten, und obwohl Sira Pall Hallvardsson und Sira Audun und Sira Isleif sich gegen diesen Handel aussprachen, waren die Leute, die über irgendeinen Überschuß an Nahrung verfügten, schnell bei der Hand, ein solches Geschäft abzuschließen. Auf diese Weise gelangte Vigdis von Gunnarshof in den Besitz von zwei weiteren großen Höfen, und nun war sie, mit Ketilshof und Gunnarshof, die mächtigste Bäuerin im Bezirk Vatna Hverfi, und Jon Andres, ihr Sohn, war ein Mann mit vielen Freunden.

Nach dieser Hungersnot vergingen drei Jahre, die weder

schlecht noch gut waren, und in dieser Zeit wurde Olaf Vebjarnarson, der Enkel von Ragnvald Einarsson, den Ragnvald auf der Flucht vor den Skraelingern in den Fjord geworfen hatte, heiliggesprochen, und zwar aufgrund von drei Heilungen und einer Erscheinung, bezeugt von Bjorn Bollason und seiner Frau, die jetzt seit fünf Jahren in Solarfell lebten, aber auch kraft seines Märtyrertodes. Am Strand, gleich neben der Stelle, an der das Kind ins Wasser gefallen war, errichtete man einen kleinen Schrein, und die Leute machten es sich zur Gewohnheit, dorthin zu pilgern, wenn sie um Genesung und andere Dinge Fürbitte erwirken wollten, denn der Ort war von keinem Bezirk weit entfernt, und Bjorn Bollason und seine Leute galten als recht gastfreundlich. Das Kind bekam den Namen St. Olaf der Grönländer, und dort, wo es ertränkt worden war, stieg oft ein heiliges Leuchten aus dem Wasser. Viele Leute sahen es. Und die Leute entdeckten, daß St. Olaf bei Problemen der Geburt ganz besonders erfolgreich war, und ausreichende Gebete zu ihm konnten bewirken, daß ein Kind sich von selbst aus der Steißlage drehte und den Kopf vorstreckte oder herausschießendes Blut sich zu einem Tröpfeln verlangsamte. Einige Leute in der Gegend von Solarfell, die zu Ragnvalds Zeiten dort gelebt hatten, konnten sich daran erinnern, daß sich das schreiende Kind vom Anblick eines Kruzifixes beruhigen ließ und dabei gelächelt und vor Vergnügen gegluckst hatte.

Sira Pall Hallvardsson kannte die Regeln für Heiligsprechungen nicht und hatte daher wenig zu sagen, als er die Kunde von den Heilungen vernahm und erfuhr, daß die Grönländer das Kind jetzt St. Olaf den Grönländer nannten. Wenn der neue Bischof käme, bemerkte Sira Pall dazu, würde er die Wunder prüfen und eine Entscheidung treffen. Unterdessen fanden die Leute, wenn selbst der Gesetzessprecher das Kind St. Olaf nannte, dann könnten andere das auch.

Doch es war nicht zu leugnen, daß St. Olaf der Grönländer keinen Einfluß auf das Wetter hatte, das Jahr für Jahr kühl und feucht und ohne Sonne war, so daß die Heuernte jedesmal armselig ausfiel. Kühe gab es immer weniger. Selbst in Gardar standen über den Winter nur dreißig Kühe in den Kuhställen, die für achtzig Tiere gebaut worden waren. Und jene Kühe, welche durchkamen, schienen nicht so kräftig und so gesund zu sein, wie es der Großteil des Viehs einst gewesen war. Da begannen die Leute, auf ihre Schafe und Ziegen zu achten und einen Stolz für sie zu entwickeln, den sie einst ihren Kühen vorbehalten hatten, und es sprach sich herum, daß die Schafböcke vom Lavranshof am Hvalseyfjord besonders groß und zeugungsfähig waren und ein Schaf, welches mit einem dieser Böcke gepaart wurde, fast immer zwei Lämmer warf und daß fast immer beide durchkamen. Und so gewöhnten sich die Leute im Laufe von ein oder zwei Jahren daran, ihre Schafe kurz nach Jul zum Hvalseyfjord zu bringen, wenn Birgitta vorzugsweise ihre Schafe paarte, damit sie bei gutem Wetter geboren wurden, und Lavranshof blühte auf. Als Johanna Gunnarsdottir im Alter von zehn Wintern nach Hesturhof in Vatna Hverfi ging, um bei Thorkel Gellison und Jona Vigmundsdottir zu leben, da nahm sie sehr feine Sachen in ihren Truhen mit, und als Jona Vigmundsdottir sich diese Sachen anschaute, da erkannte sie, daß der Vetter ihres Gatten doch kein solcher Unglücksmensch war, wie man es von ihm behauptete.

Jona Vigmundsdottir war ein lautes Weib mit rotem Gesicht und hitzigem Gemüt geworden, doch war sie freundlich, und die Leute sagten, sie passe gut zu Thorkel Gellison, der zwar kühler und meistens berechnender war, doch seiner Frau nicht unähnlich in der Art und Weise, wie er die Leute auf seinem Hof willkommen hieß und sich an dem Gewirr vieler Stimmen in seinem Hause erfreute. Wenn keine Besucher da waren, dann tratschten Jona und Thorkel mit dem Gesinde. Wenn das Gesinde arbeitete, dann gingen die beiden vor dem Haus auf und ab und hielten nach Reisenden oder Knechten Ausschau, die von Hof zu Hof zogen. Die Pferdezucht und seine großen, fruchtbaren Felder und der Zugang sowohl zum Bezirk Vatna Hverfi als auch zum Einarsfjord hatten Thorkel Gellison zu einem wohlhabenden Mann gemacht. Thorkel wurde in diesen harten Jahren reich, denn in der Tat werden zu allen Zeiten einige Leute reich, selbst wenn die meisten es nicht werden. Diese Familie hatte erwachsene Söhne, die mit ihren Frauen zu Hause lebten, und eine dieser Frauen hatte zwei kleine Kinder, eines einen Winter alt, das andere neugeboren. Es war Johanna Gunnarsdottirs Pflicht, sich mit um diese Kinder zu kümmern, hinter dem einen herzulaufen und das andere zu tragen, dem älteren das Fleisch vorzukauen, da es noch keine Zähne hatte, und sich in allem um ihr Wohlergehen zu sorgen.

Es war so, daß Johanna nicht einmal zu Jul nach Hvalseyfjord gehen sollte. Birgitta erklärte, solche Besuche hätten Gunnhild nur verwirrt. Doch der Weg von Lavranshof nach Hesturhof war kurz, eine Wanderung durch das Tal, welches Hvalseyfjord und Einarsfjord verband, dann an der schmalsten Stelle eine Fahrt über den Einarsfjord, die sommers und winters einfach war, und so kam es, daß Gunnar eine Menge Geschäfte fand, die er mit Thorkel Gellison zu erledigen hatte. Eines Tages, als Gunnar bei Thorkel übernachtet hatte und gerade aufstand, um sich für die Rückkehr nach Hvalseyfjord fertigzumachen, ging er ins Freie, da er sich in der Waschtonne waschen und nach dem Wetter schauen wollte, und als er aus dem Haus kam, sah er eine Gruppe von Männern zu Pferde, die in geringer Entfernung am Hof vorbeiritten; sie hatten in der Tat haltgemacht, um sich die Pferde in Thorkels runder Pferdekoppel anzuschauen, und brachen gerade wieder auf. Gunnar erkannte keinen von ihnen. Doch dann, als er sich wegdrehte, sah er noch einen anderen Reiter in etwas größerer Entfernung. Und dann sah er, daß dieser Reiter sein eigener Sohn Kollgrim war.

Kollgrim hatte wenig Übung im Reiten, und er saß ungeschickt auf dem Pferd. Er ritt zögernd zu Gunnar und grüßte ihn.

»Wer sind diese Männer?« fragte Gunnar.

»Einer ist Ofeig Thorkelson«, erwiderte Kollgrim. »Und ein anderer heißt, glaube ich, Mar. Die übrigen sind mir fremd.« Er redete so, als hätte er wenig an diese Leute gedacht, bevor er mit Gunnar über sie sprach. Gunnar war sehr erstaunt. Er sagte: »Wo ist denn Finn?«

Kollgrim zuckte lächelnd die Schultern und sagte: »Hinter Rentieren her, nehme ich an. Das hatte er jedenfalls vor.«

»Und wem gehört dieses Pferd?«

»Einem Mann im Norden. Aber es ist wirklich ein schlechtes Pferd, gar nicht wie Thorkel Gellisons Pferde.« Und bevor Gunnar fragen konnte, wie das Tier in Kollgrims Besitz gelangt war, gab der Junge dem Pferd einen harten Tritt, machte kehrt und galoppierte davon. Da ging Gunnar auch zur Koppel und wollte sich ein

Pferd ausborgen, doch die Koppel war voll von Stuten mit noch nicht entwöhnten Fohlen, und so mußte er weiter suchen, und so kam es, daß kein Reiter mehr irgendwo zu sehen war, auch Kollgrim nicht, als Gunnar endlich aufgesessen war. Gunnar ritt ein gutes Stück nach Norden und dann nach Süden, denn der Fjord lag hinter ihm und ein großer See vor ihm. Er ritt nach Hesturhof zurück, wo Thorkel und Jona vor dem Haus saßen und ihr Morgenfleisch verzehrten. Gunnar setzte sich zu ihnen. Er sagte: »Was gibt es Neues von deinem Sohn Ofeig?«

»Wenig«, sagte Thorkel, »und selbst das wenige ist nicht erfreulich.«

»Wo lebt er denn?«

»Er lebt bei Magnus Arnason als Ziehsohn, doch mir scheint, daß er dort wenig Zeit verbringt. Eine Gruppe von Jungen aus Vatna Hverfi treibt sich mit einem gewissen Jemand herum. Sie stellen einigen Unfug an, meistens bei den Mägden. Zu anderen Zeiten hätten sie Schiffe nach Norwegen gesteuert und Anstand von Fremden gelernt.« Thorkel zuckte die Schultern.

»Und von wem lernen sie heutzutage Anstand?«

Da meldete sich Jona zu Wort. »Von Jon Andres Erlendsson, denn er ist der Anführer der Bande. Erst wenn einer von ihnen durch ihren Unfug getötet oder geächtet wird, dann werden sie damit aufhören, und nicht eher. Skeggi und Ingolf und Ogmund waren nicht so wie sie.« Das waren ihre anderen Söhne. Gunnar stand auf und ging weg, bevor sie anfangen konnte, von der Kindheit dieser drei Jungen zu erzählen. Kurz danach trat er den Heimweg an, und jeden Menschen, dem er auf dem Weg begegnete, fragte er nach Finn und Kollgrim, doch die beiden waren seit vielen Tagen nicht gesehen worden. Gunnar hatte angenommen, daß Finns bevorzugte Jagdplätze im Norden wären, noch hinter Dyrnes und beinahe in dem jetzt verlassenen Teil der Siedlung, die man einst die mittlere Siedlung genannt hatte. In Einarsfjord und selbst in der Einöde gleich nördlich von Vatna Hverfi gab es wenig Wild zu holen.

Einige Tage vergingen bis zur Rückkehr von Finn Thormodsson und Kollgrim Gunnarsson. Sie brachten eine große Menge Wild mit, und Kollgrim beschrieb ohne das geringste Drängen oder Zögern seinerseits die Tage ihres Ausflugs, einschließlich eines Tages, an dem Finn sich bei einem Freund ausgeruht und Kollgrim eines der Pferde auf diesem Hof genommen habe und im Bezirk Vatna Hverfi herumgeritten sei, wo er den Reichtum an Weideland bewundert habe. Gunnar warf Finn einen Blick zu, um eine Bestätigung dieses Berichtes zu erhalten. Finn lächelte und nickte und erzählte, wie erschöpft er gewesen sei, nachdem er einen Wal gejagt, von dem er angenommen hätte, daß dieser zwischen den Buchten am Eingang des Einarsfjordes stranden würde, und dann habe er ein paar Rentiere gesehen, und so habe er drei Tage nicht geschlafen und so fort. Gunnar wußte, daß man diese Dinge nicht glauben durfte, doch sah er keinen Weg in dieses Lügengespinst, und so schwieg er. Auch erwähnte er niemandem gegenüber, was er auf Hesturhof gesehen hatte.

Bei einem anderen Besuch fragte er Jona und Thorkel, ob sie Ofeig jemals von Kollgrim Gunnarsson hatten sprechen hören, doch das hatten sie nicht, und im übrigen wollten sie Gunnar viel lieber erzählen, welche Zuneigung die Kinder für Johanna zeigten, denn tatsächlich zog das ältere Kind Johanna seiner eigenen Mutter vor und rief immer nach ihr, wenn Johanna sich aus seiner Sichtweite bewegte.

Es muß auch erwähnt werden, daß Gunnar in diesen Jahren nach der kleineren Hungersnot viel Zeit mit seiner Schreibarbeit verbrachte, im Sommer und im Winter; sein Stil wurde immer flüssiger, und eine von den Geschichten, über die er schrieb, war die Sache mit Sira Jon, dem verrückten Priester, der in Gardar umging. Er schrieb auf, was die Leute über den Priester erzählten, doch war die Wahrheit über den Fall nur schwer festzustellen, denn Sira Pall Hallvardsson hatte sich von seinen alten Freunden und Gefährten zurückgezogen und sprach jetzt nur noch sehr förmlich und gütig zu einem jeden und gab nichts weiter preis.

Nun kam, was als die große Hungersnot bekannt ist, und sie brach nicht unerwartet herein, denn die meisten Menschen wußten, daß das Leben in Grönland gefährlicher geworden war, da das Wetter schlechter wurde und die Anzahl der Menschen auf den Höfen sich verringerte, aber es war immer so gewesen, daß schlechtes Wetter für die Kühe gutes Wetter für Seehunde und

Rentiere bedeutete. Doch etwa acht Sommer nach der Abreise von Bjorn Einarsson begab es sich, daß die Grönländer im Frühjahr auszogen, um die Seehunde auf die Strände zu treiben und zu töten, damit es genügend Nahrung und Tran für den Sommer und den Winter geben würde, doch sie fanden keine Seehunde, nur einen oder zwei, wo es zuvor Dutzende gegeben hatte.

Über solch einen Vorfall wie diesen gab es einige Berichte aus früheren Zeiten. Damals hatte so etwas bedeutet, daß die meisten Männer der Siedlung den größten Teil des Sommers und einen Teil des Herbstes im Norden gejagt und viele Walrosse mitgebracht hatten, und im Frühjahr waren Männer mit Schiffen nach Island gefahren und hatten Schafe und Kühe mitgebracht, um die Herden, die man im Winter aufgegessen hatte, wieder zu ergänzen. Das waren die Maßnahmen, die jene Grönländer einst ergriffen hatten. Selbst wenn die Grönländer jetzt die Boote besessen hätten, um in die Nordsetur zu gelangen, oder einen Anlegeplatz in der Westsiedlung, um die Fahrt dorthin zu unterbrechen, so befand sich das Gebiet doch jetzt in den Händen der Skraelinger. Und seit der Abreise von Bjorn Einarsson war kein Schiff mehr nach Grönland gekommen. Einige Leute sagten, die Zeit sei nun reif für die Rückkehr von Bjorn oder die Ankunft des Bischofs. Andere machten Pläne für die Seehundjagd im Herbst und eine Rentierjagd auf Hreiney, die man seit vielen Jahren nicht mehr unternommen hatte. Doch es gab wenig zu essen für den Sommer, und immer, wenn Birgitta die Sauermilch auftrug, sagte sie: »Hier ist euer Käse für das St. Josephs-Fest«, oder »Die Fastenzeit wird uns dieses Jahr geradewegs in den Himmel tragen.«

Zur Zeit des Thing in diesem Jahr, welches nach der Berechnung von Sira Audun in Gardar das Jahr des Herrn 1397 war, sagte Gunnar zu Helga, es sei Zeit für sie, ihn zu den neuen Versammlungsfeldern in Brattahlid zu begleiten, und Helga wußte, daß es der Zweck dieser Reise war, unter den Männern der anderen Bezirke einen Ehemann für sie zu suchen, und so legte sie ihren feinsten Putz an und flocht ihr Haar auf kunstvolle Weise, so daß ein Teil sich golden und dicht über ihren Rücken ergoß und ein Teil ihren Kopf wie eine Haube bedeckte. Und am Tag, als Helga abreisen sollte, kam Birgitta zu ihr und sagte: »Mir scheint, du triffst deine

Vorbereitungen mit kühler Hand und freust dich nicht sehr auf diese Reise.«

»Es ist wahr, daß ich nur wenige Wünsche habe. Es ist viele Jahre her, daß man mich zum Thingfeld mitgenommen hat.«

»Denkst du denn nicht mit Freuden an das Leben, welches dir hierdurch ermöglicht wird? An die hausfraulichen Pflichten, die du in deinen eigenen vier Wänden haben wirst? An deine Kinder?«

»Nein. Ich denke überhaupt nicht daran.«

»Dann werden dich solche Gedanken überrumpeln und in Gefahr bringen, denn du hast ein leidenschaftliches Wesen.« Doch Helga schob diese Warnungen beiseite und ging zum Boot, wo ihr Vater auf sie wartete. Gunnar sah nur, daß sie sehr hübsch und kräftig aussah und eine Reihe von Anträgen bekommen würde. Auf der Reise beschäftigte er sich in Gedanken damit, wo Helga sich niederlassen sollte, wenn es nach ihm ginge, und mit welchen Leuten. In Brattahlid stellte er sein Zelt an einer gut sichtbaren Stelle auf, damit die Leute Helga viele Male täglich bei ihrer Arbeit beobachten konnten. Doch es lief darauf hinaus, daß Helga unverlobt zurückkehrte, denn jedesmal, wenn ein Mann zu Gunnar kam und ein Angebot machte, sagte Helga nur sanft und den Blick auf die Schuhe gerichtet: »Laß es geschehen, wie du wünschst, Vater«, und die Sache ging gar nicht so aus, wie Gunnar es wünschte.

Auf diesem Thing redete man viel über die mißlungene Seehundjagd und noch mehr darüber, wie erfolgreich die Herbstjagd sein würde und wie viele Rentiere es jetzt auf Hreiney geben müßte, nach so vielen Jahren – es mußten fünf oder sechs sein, seit die Bauern der Siedlung die Erlaubnis erhalten hatten, auf der Insel zu jagen. Am letzten Tag des Thing wurde ein merkwürdiger Vorfall von den wenigen, die noch dort verweilten, beobachtet. Einer der Bauern, der Land in Brattahlid besaß, trieb seine Schafe auf den Abhang über dem Thingfeld, und eine Rentierkuh mit ihrem Jungen rannte in die Herde und scheuchte sie auseinander. Das war sehr ungewöhnlich, denn in der Nähe der grönländischen Höfe wurden Rentiere nicht so häufig gesichtet, da sie sich meist in den unwirtlichen Gegenden aufhielten. Nun traf es sich, daß der Bauer nicht so weit von seinem Hof entfernt war, und er schickte seinen

Sohn zum Haus, damit er Bogen und Pfeile holte, und bevor das Wild außer Reichweite war, schoß der Bauer einen seiner Vogelpfeile ab, doch der Pfeil traf das Tier in der Flanke, und in großer Angst rannte es den Hang herunter auf das Thingfeld, wo die Leute noch ihre Zelte abbauten. Und als das Tier in die Menschenmenge hineinrannte, ergriffen einige ihre Waffen und versuchten, es niederzustrecken, so daß bald drei oder vier Pfeile in seinem Körper steckten, und einer war ihm tief in die Brust eingedrungen, und Blut strömte aus einer Herzwunde. Aber die Kuh rannte weiter, als würde das Blut wie durch einen Zauber immer wieder nachgefüllt, und sie rannte über das Feld und den Hang wieder hinauf, und dann verschwand sie und das Junge mit ihr, und niemand hatte je zuvor ein Rentier mit einer solchen Kraft gesehen. Da liefen die Bauern aus der Nachbarschaft, um ihre Hunde zu holen und die Spur des Tieres zu verfolgen, doch es wurde niemals gefunden, und die Blutspur endete in einem Dickicht von Weidengestrüpp. Und später erinnerten sich die Leute an dieses Rentier und wußten, daß es ein Zeichen für die Zukunft war, obwohl es ihnen damals nur wie ein seltsamer Vorfall erschien und man sich nur beiläufig daran erinnerte.

Eine Weile nach dem Thing, um das Fest des St. Christophorus, geschah noch ein weiteres Zeichen, und es kam als ein Traum zu Petur, dem Verwalter von Gardar. Petur hatte gerade mit den anderen sein Morgenfleisch gegessen und ging über das Gardarfeld zum Kuhstall, als Schläfrigkeit ihn übermannte und er darauf bestand, sich auf der Stelle hinzulegen, obwohl die Männer ihn für dieses merkwürdige Verhalten tadelten. Er sagte: »Nein, ich muß schlafen«, und er legte sich hin und schlief. Und das war sein Traum: Ein Mann ging auf einem grünen Feld, und das Gras auf dem Feld war dicht und grün und reichte dem Mann bis zur Hüfte, und er bewunderte es entzückt, als ein starker Wind aufkam, ein warmer Wind, wie er von der Eisdecke im Frühjahr bläst, und das hohe Gras bog sich im Wind, und als der Wind stärker wurde, legte es sich flach, und der Mann legte sich ins Gras und bedeckte sein Gesicht. Nach einer Weile legte sich der Wind, und der Mann richtete sich wieder auf, und als erstes sah er, daß der Wind seine Kleidung zerfetzt hatte, und als nächstes sah er, daß das Gras mit grauem Sand und kleinen scharfen Steinchen bedeckt war, so daß man es nirgends mehr sehen konnte, und das einzige Stückchen Gras auf dem ganzen Feld war das, welches er mit seinem Körper zugedeckt hatte. Alles war verwüstet, und der Mann weinte, und Petur der Verwalter erwachte weinend und erzählte sofort seinen Traum. Dann gingen die Männer weiter und taten ihre Arbeit, doch Kunde von diesem Traum ging von Hof zu Hof und war bis zum Fest des St. Njot in der ganzen Siedlung herum, und es gab viel Gerede darüber, was der Traum wohl bedeutete und ob er etwas bedeutete oder nicht, denn einerseits gab es keinen Grund, warum gerade Petur einen prophetischen Traum haben sollte, da er nicht für das zweite Gesicht bekannt war, doch andererseits galt die Art, wie der Schlaf ihn plötzlich übermannt hatte, als ein Zeichen für solche Dinge. Und bald war es Zeit für die herbstliche Seehundjagd.

Da versammelten sich in Herjolfnes Männer von allen Höfen, und sie hatten sich mit jedem einzelnen Speer und jedem Boot in der ganzen Siedlung ausgerüstet, und wie immer tauchten die Seehunde im Süden auf, und der Ozean wimmelte von unzähligen Tieren, so daß man mit den Booten kaum zwischen sie gelangte. Es war nun so, daß jedes Boot sein Äußerstes gab, und es wurden viele Seehunde ans Ufer getrieben und mit Keulen und Speeren getötet, sechs Tage lang ging das so, und die Seehunde wurden weiter nach Norden verfolgt als je zuvor, ein gutes Stück über die mittlere Siedlung hinaus, und die Männer hatten das Gefühl, daß ihre Jagd erfolgreich gewesen war. Doch als die erlegten Tiere gezählt und an die Jäger verteilt wurden, waren es weniger, als die Leute zum Lohn für ihre großen Mühen erwartet hatten. Da wurden einige des Diebstahls bezichtigt, und es brachen Kämpfe aus, doch mächtige Männer aus Herjolfnes und Brattahlid, darunter Bjorn Bollason, setzten Strafen dafür aus. Diese Männer erkannten offenbar, daß bei aller unternommenen Anstrengung in Wahrheit weniger Boote und weniger Männer an der Jagd teilgenommen hatten als je zuvor, und daher waren auch weniger Seehunde erlegt worden, und es schienen noch weniger zu sein, als man sie zu Hause gedörrt und in die Lagerräume gebracht hatte, da deren Wände und Böden leer waren und nicht schon zum Teil mit Seehundfleisch und -speck von der Frühjahrsjagd gefüllt. Und so machten sich die Männer für die Rentierjagd auf Hreiney bereit und waren voller Hoffnung, und alle Kirchen und Häuser hallten von Gebeten wider.

Eines der Boote, die nach Hreiney fuhren, wurde von Jon Andres Erlendsson, Ofeig Thorkelsson und einer Gruppe ihrer Freunde gerudert, und als sie auf der Insel landeten, traf es sich, daß sie am Strand Kollgrim Gunnarsson entdeckten. Nun war es so, daß Kollgrim diese Männer seit ein paar Jahren immer wieder verfolgt und sie belästigt hatte. Weder durch Drohungen noch durch gutes Zureden hatte er sich lange von ihnen fernhalten lassen. Einmal hatten sie ihm einen kleinen Streich gespielt, indem sie seine Kleider gestohlen und ihn in einem winzigen Zweimannboot im Einarsfjord ausgesetzt hatten, doch das schien ihn nur noch mehr angestachelt zu haben, sie zu verfolgen. Von Zeit zu Zeit war Jon Andres freundlich zu ihm, bot ihm zu essen an oder scherzte mit ihm in der Hoffnung, daß er Kollgrim dazu veranlassen könnte, ihn aus Wohlwollen in Ruhe zu lassen, doch diese Methode wirkte so wenig wie jede andere. Zweimal hatte Vigdis ihre Knechte und Hunde einen Eindringling vom Hof jagen lassen, und Jon Andres wußte, daß dieser Eindringling Kollgrim gewesen war. Nun kamen die fünf Männer an den Strand von Hreiney und sahen Kollgrim dort, allein und unbewaffnet, und sie beschlossen, ihm noch einen Streich zu spielen, einen, über den sie seit dem letzten Sommer immer wieder einmal gesprochen hatten. Sie taten, als sähen sie ihn nicht, und er tat so, als sähe er sie nicht, sondern wartete auf Freunde. Es war allerdings so, daß Kollgrim Gunnarsson außer Finn Thormodsson wenige Freunde hatte.

Bald kamen weitere Boote an und wurden auf den Strand gezogen, und die kleine Bucht füllte sich mit bewaffneten Männern. Finn Thormodsson, wo immer er gewesen war, kam zurück, und Kollgrim ging zu ihm hinüber. Er blieb den ganzen restlichen Vormittag bei ihm. Die Grönländer teilten sich nun in Gruppen auf, und diese schwärmten aus, um das Gelände zu erkunden, eine Gruppe machte sich zu den alten Rentierfallgruben auf, um sie zu untersuchen, und die anderen gingen in verschiedene Richtungen, um die größte Rentierherde zu suchen, und sie erwarteten, nicht sehr weit gehen zu müssen. Aber das war nicht der Fall, denn in der Nähe der Küste waren die Rentiere, wenn überhaupt, ziemlich spärlich, und die Männer erinnerten sich jetzt, wie das Wild auf Hreiney sich meist hier und dort gesammelt hatte, überall, nur da nicht, wo sie jetzt standen. Es war nicht zu leugnen, daß Futter auf der Insel karg war, so karg wie auf den ärmsten Höfen in der Ostsiedlung. Dann stellte man fest, daß die Fallgruben mehr als je zuvor mit Sand vollgeweht und nicht mehr zu gebrauchen waren, und es gab einiges Murren darüber, daß Sira Jon und Sira Pall Hallvardsson ihre Pflicht, die Gruben zu erhalten, vernachlässigt hätten, doch die Leute aus Gardar sagten, also wirklich, wie hätte man das von ihnen erwarten können und alles andere auch noch, denn dort war es so wie überall, zuviel Land und zu wenige Hände, die zupackten. Da zerschlugen sich allmählich die großen Hoffnungen der Grönländer, und einige Männer setzten sich entmutigt und fingen an, in ihren Proviantbeuteln herumzukramen.

Doch es ergab sich, daß zwei Gruppen, die besonders weit gelaufen und bis zu den Klippen über den offenen westlichen Ozean gelangt waren, doch noch Rentiere fanden. Keine wimmelnden Scharen, doch genug, um die Grönländer den Winter über zu ernähren, falls die Jäger mit List und Geschick vorgingen. Und die Männer, die sich schon damit abgefunden hatten, daß sie nichts finden würden, sprangen unter allgemeinem Geschrei auf und zogen dorthin, wo die Rentiere waren, und die Anführer der Jagd berieten sich darüber, wie man am besten verfahren könne, um große Mengen von Tieren zu erbeuten. Ihre Überlegungen gingen dahin, daß das Wild erst vor recht kurzer Zeit gejagt worden war und vor Menschen auf der Hut sein würde, daß die Gruben überhaupt nicht mehr verwendbar waren, daß sich das Wild jetzt auf der gegenüberliegenden Seite der Insel befand, von der Stelle aus gesehen, wo man es in der Vergangenheit ins Wasser getrieben hatte, daß die Klippen hier sehr hoch waren und unter Wasser liegende Felsen das Meer aufwühlten, so daß die Tiere, selbst wenn man sie ins Wasser trieb und mit den Booten auch in das Rudel hineingelangte, wahrscheinlich von der peitschenden Brandung zerschmettert würden. Da ging eine Gruppe von Männern, unter ihnen Finn und Kollgrim, an den Klippen entlang und suchte nach einer anderen Stelle, die nicht zu weit von dem Platz entfernt sein sollte, wo die Tiere sich befanden, und wenigstens einige Vorteile zu bieten hätte.

Es war nun so, daß Finn die Insel Hreiney ziemlich gut kannte, trotz der Tatsache, daß kein Jäger sie ohne Erlaubnis des Bischofssitzes betreten durfte, und außerdem war es so, daß der Geschmack von Hreineyfleisch den Gaumen der Lavranshofleute recht vertraut war, was sie vielleicht nicht wußten, denn in der Tat fragte Gunnar niemals zu genau nach den Quellen von Finns Beute. Aufgrund seiner Kenntnisse sah Finn nun zwei Dinge, die er Kollgrim flüsternd mitteilte, und das eine war, daß die Stelle auf der Nordseite der Insel, an der man die Tiere am besten ins Wasser jagen konnte, zu weit von der Hauptherde entfernt lag, und die Grönländer hätten die Tiere nicht dorthin treiben können, denn Rentiere sind keine Schafe, und man kann sie selbst mit vielen Hunden nur über kleine Strecken zusammenhalten, besonders wenn die Herde klein ist. Das andere war, daß die Herde von allein zu der Stelle ziehen würde, in der Nacht vielleicht und am nächsten Tag, denn das Gras dort war besser als anderswo. Doch Finn war ein Knecht und Kollgrim ein Junge, und so hielten sie den Mund verschlossen. Eine Weile später, nach vielem Hin und Her, kamen die anderen zu demselben Ergebnis und schlossen sich wieder der Hauptgruppe der Grönländer an. Dann zogen sich alle Männer mit den Hunden zurück, damit einerseits das Wild keinen Wind von ihnen bekäme und auch die Hunde keinen Wind vom Wild bekommen und Lärm schlagen würden. Alle richteten sich aufs Warten ein. Kurz nach der Dämmerung begann es zu regnen, es war einer dieser naßkalten Meeresregen, welche selbst ganz fest gewebte wollene Kleidung durchdringen und Schaffelle durchnässen. Gegen Morgen setzte sich das Wild in Bewegung, wie Finn vorausgesagt hatte, doch in dem Regen bewegte es sich nur langsam vorwärts. Noch eine Nacht und noch ein Tag vergingen, und alle Männer hatten ihre Vorräte aufgezehrt, und die Hunde jaulten vor Hunger.

Da ging die Sonne am dritten Tag über den Rentieren auf, und sie waren dem Ziel schon sehr nah, doch nicht nah genug, und die Männer, die Boote besaßen, gingen mit weiteren Männern fort, um die Boote zu holen und sie an die Stelle zu bringen, wo das Wild ins Wasser laufen würde. Die Männer, die Hunde besaßen, ließen sich nieder und beschlossen zu warten, doch bald kam die Nachricht, daß die Tiere, anstatt sich auf den Strand zuzubewegen, eher in Richtung Süden abzogen, ins Innere der Insel, auf die Jäger zu. Und nun drehte sich der Wind, und er trug den Geruch des Wildes zu den Hunden, die, zahlreich und hungrig wie sie waren, zu einem ohrenbetäubenden Geheul ansetzten. Das Wild stob auseinander und lief davon, und so begann die Jagd, obwohl der Wachposten, der nach den herannahenden Booten Ausschau halten sollte, noch kein Zeichen gegeben hatte. Männer und Hunde schwärmten in einem weiten Halbkreis aus, der sich zusammenzog, während er sich auf die Küste zubewegte, das Wild vor sich einschloß, und, ein Glücksfall, nur wenige Tiere wurden in Panik versetzt, liefen geradeaus und konnten um die sich schließende Flanke herum entkommen. Bald, zu bald, waren die beiden Flanken am Ufer, und es war an der Zeit, den Halbkreis auseinanderzuziehen und das Wild ins Wasser zu drängen. Aber es waren noch keine Boote zu sehen, und da liefen einige Männer, die um den Lohn ihrer Mühen fürchteten, mit Speeren zwischen die Rentiere, töteten ein paar und verschreckten die anderen, so daß einige Tiere die Kette aus Männern und Hunden durchbrachen und entkamen. Da hob ein großes Geschrei unter den Grönländern an, und die Männer gingen mit erhobenen Waffen aufeinander los, doch dann gab der Wachposten das Zeichen, und die ersten Boote tauchten in der stürmischen See auf. Der Halbkreis verflachte sich schnell, und die Rentiere liefen ins Meer, die Hunde auf ihren Fersen.

Die Männer in den Booten ruderten flink mitten in die Herde und begannen mit ihren Speeren wild um sich zu schlagen. Es ging darum, einem Tier den Speer in die Brust zu bohren, es mit einem einzigen Stoß zu töten, das Wild dann mit Hilfe des Speeres nahe ans Boot zu ziehen und am Geweih zu packen, damit man es am Dollbord festzurren konnte, doch die See war vom Regen der letzten beiden Tage so aufgewühlt, daß viele Tiere verlorengingen. Darüber hinaus gingen viele Speere und zwei Boote verloren, und zwei Männer ertranken, und als der Tag zu Ende ging, stellte man fest, daß jeder anwesende Hof nur drei Tiere bekommen würde, und es waren in der Tat recht armselige Tiere, denn sie hatten fast den ganzen Sommer lang von kärglichem Futter geäst.

Am vierten Tag verließen einige Männer unter der Führung von Finn Thormodsson die Hauptgruppe der Grönländer und spürten eine kleine Rentierherde auf, nicht mehr als drei Dutzend, die in einem verborgenen Bachbett grasten, und sie trieben die Tiere in einen Kessel, der von drei Felswänden gebildet wurde, und erlegten sie alle, selbst dürre halberwachsene Junge. Und das war das Ergebnis der Rentierjagd auf Hreiney, ein großer Aufwand an Mühen für geringen Lohn, und die Leute begannen von der Rentierkuh zu reden, die am letzten Tag des Thing über das Gardarfeld gelaufen war. Zu all dem kam auch noch, daß nicht wenige Männer durch die Feuchtigkeit auf der Jagd kränkelten und nun während der Herbstarbeit zeitweilig krank daniederlagen.

Und dies war der Streich, den Jon Andres Erlendsson und Ofeig Thorkelsson dem Kollgrim Gunnarsson spielten, am letzten Tag der Jagd, als Finn mit seiner Gruppe unterwegs war. Sie fielen über ihn her und packten ihn, als er bei den Lavranshofhunden saß, und trugen ihn von den anderen fort an eine Stelle über dem Wasser, und dort drehten sie ihm seine Kapuze herum, so daß sein Gesicht verdeckt war, und sie banden die Schulterteile zusammen, damit die Kapuze so hielt. Dann rissen sie unten einen Streifen von seinem Gewand rundherum ab und fesselten ihm damit die Hände auf dem Rücken, und dann rissen sie noch einen Streifen von seinem Gewand, so daß man seine Unterkleidung sehen konnte, fesselten ihm damit die Beine und verknüpften diesen Streifen auch mit dem Stoffstück, das seine Hände fesselte. Dann fuhren sie ihn in einem Boot hinaus, das sie irgendwo fanden, denn Jon Andres' Boot war mit den anderen Booten am Strand, und sie kippten Kollgrim mit der Bemerkung ins Wasser, daß diese Behandlung ihn vielleicht dazu bringen würde, sie in Ruhe zu lassen. Danach ruderten die Männer zu den anderen zurück und verkündeten, daß ein gewisser Mann vom Hvalseyfjord ins Wasser gefallen sei und Hilfe brauche, und einige Männer, gute Ruderer mit schnellen Booten, machten sich auf die Suche nach Kollgrim, denn es ist so, daß in den kalten Gewässern Grönlands kein Mensch lang überleben kann. Und Kollgrim war ohne Besinnung und wurde in diesem Zustand nach Hause getragen, und er blieb viele Tage bewußtlos und fand erst im Laufe des Herbstes allmählich wieder zu seinem alten Ich. Und auf diese Weise wurde Gunnar klar, daß die alte Feindschaft zwischen ihm und den Ketilshofleuten wieder aufgelebt war, und er fühlte sich hin- und hergerissen zwischen der Wut auf Jon Andres und Ofeig und der Wut auf Kollgrim, der die beiden herausgefordert hatte, und er saß schweigend auf Lavranshof und überlegte, welche Klage er beim Thing vorbringen könnte.

In diesem Jahr gab es zur Julzeit nur wenige Feste, denn die Leute waren entschlossen, ihre geringen Vorräte zu strecken. Bei den Grönländern gab es eine Redensart, daß Leute, die bis zum zweiten Fastensonntag Fleisch aßen, zu Ostern Käse haben würden, doch Käse am zweiten Fastensonntag bedeute Fasten zu Ostern, und so wurden die Fleischstücke immer dünner geschnitten, damit sie länger reichten. Finn Thormodsson und Gunnar und auch Kollgrim verbrachten, als sich der Winter dahinschleppte, ziemlich viel Zeit mit dem Schneehühnerfang, doch das war für jeden Hof nur eine Notlösung, und zudem hätte es auch mehr Schneehühner geben können, so wie zu jener Zeit, als Gunnar morgens aufstand und ein Dutzend Vögel am Dachvorsprung hängen sah. Und da sprachen die Leute über den Traum von Petur dem Verwalter und sagten, nichts würde nach einem solchen Zeichen ausreichen, nichts könne ausreichen, ehe Gott nicht ein anderes Zeichen geschickt habe und Sein Fluch von ihnen genommen sei.

Als die Fjorde zugefroren waren und Schnee das Land bedeckte, begab es sich, daß einige Leute regelmäßig zum Schrein von St. Olaf dem Grönländer in Solarfell wallfahrteten, und es nahmen mehr Menschen als je zuvor an diesen Wallfahrten teil, und am Schrein hinterließen sie kleine Figürchen, aus Speckstein geschnitzte Wale, denn ein jeder sehnte sich nach ein oder zwei gestrandeten Walen, die die Leute über den Winter bringen würden. Andere Leute pilgerten jetzt manchmal nach Gardar und beteten beim Fingerknochen von St. Olaf, den man jetzt den Norweger nannte. Sira Pall Hallvardsson gab Anweisung, daß ständig ein Bottich voll heißer Suppe mit Fleisch und Fett in der Küche stehen und jeder Pilger eine Schüssel von diesem Essen bekommen sollte, und er las auch eine Messe, wenn genügend Menschen versammelt waren. In Solarfell bekamen die Leute zur Suppe Stückchen von Dörrfleisch, doch es gab keine Messe, an der man teilnehmen konnte, da Sira Isleif im Winter zuvor auf den Hof seines Bruders zurückgekehrt war. Außer diesen Wallfahrten gab es in Gardar pro Tag noch eine zusätzliche Messe, die Sira Pall Hallvardsson las, allein damit die Zahl der Gebete um Linderung der Not der Grönländer vermehrt werde, doch jeder Tag verging wie der Tag zuvor, und es gab keine Linderung.

Es war Sira Pall Hallvardssons Gewohnheit, sich jeden Tag in die Zelle zu begeben, in der Sira Jon seine Zeit verbrachte, und mit dem anderen Priester ein Gespräch zu führen. Und er tat das jeden Tag, was immer es auch sonst zu tun gab, denn es war nicht seine Pflicht, sondern eine Art angstvolles Vergnügen. Oftmals fand er Sira Jon mit geschlossenen Augen sitzend oder hockend, und so verblieben sie, schweigend, während des ganzen Besuches. Andere Male wieder fand er den Priester betend, mit erregter, lauter Stimme und größerer Leidenschaft, als Sira Pall Hallvardsson sie je in seine eigenen Gebete gelegt hatte, und mit ganz finsterem Blick oder in Tränen, die ihm die Wangen herunterliefen. Dann wieder war Sira Jon zu Gesprächen aufgelegt und erzählte ihm Geschichten, über die er nachgesonnen hatte, oder fragte ihn nach Neuigkeiten von der Außenwelt, denn es war so, daß der wahnsinnige Priester aus Angst seine Zelle niemals verließ, und er sagte, daß die niedrige Decke und die festen Wände ihn zusammenhielten und daß er im Freien gewiß zerbersten werde. Einmal im Jahr, gegen Ende des Sommers, zwang man Sira Jon mit Gewalt zu einem Bad und nähte ihn in frische Kleider ein, deren Nähte sich auf dem Rücken befanden, wo er nicht herankam, und die aus derbem Wadmal fein zusammengesteppt waren, so daß man sie nicht mit Gewalt zerreißen konnte, und manchmal mußte man ihn während dieser Prozedur bewußtlos schlagen, um fortfahren zu können, denn er sehnte sich mit dem Sehnen eines Wahnsinnigen danach, unbekleidet zu sein, und er schmiedete ständig Pläne, wie er seine Gewänder loswerden könnte. Von seinem Essen nahm er wenig zu sich, und in diesem Herbst begann Sira Pall Hallvardsson, sein Eßbrett zu beobachten, und über jeden Tag, an dem Sira Jon nichts aß, freute sich Sira Pall Hallvardsson, denn er erkannte, daß ein Mensch von sehr wenig leben kann. Und so verging der Herbst in Gardar, und Jul kam heran und ging auch vorbei, und der Strom der Wallfahrer schwoll ein wenig an, in Solarfell wie in Gardar, und die Suppe wurde an beiden Orten ein wenig dünner, und aus dem Dörrfleisch in Solarfell wurde ein kleiner Bissen Käse, nicht mehr, und Signy ging zu ihrem Gatten und erklärte, daß die Pilger bald den Knechten und der Familie das Essen aus dem Munde nehmen würden, so wenig gebe es, und als er das erfuhr, machte Bjorn Bollason selbst eine Wallfahrt nach Gardar und zog sich mit Pall Hallvardsson einen Abend lang zurück. Und Bjorn Bollason sagte zu Pall Hallvardsson: »Mir scheint, auf diesem Bischofssitz haben sich so viele Vorräte angesammelt, daß sie uns über den Rest des Winters bis zur Seehundjagd bringen würden, denn es ist kein Geheimnis, daß die Scheunen von Gardar voll oder beinahe voll sind.«

»Die Leute meinen, es sei mehr da, als es gibt oder geben kann. Und außerdem gehört der Zehnte dem Erzbischof von Nidaros.«

»Und gewiß würde es der Erzbischof wünschen, daß den Menschen in Notzeiten Almosen gegeben werden.«

»Vielleicht wäre es aber sein Wunsch, daß man diese Almosen für spätere Zeiten aufhebt, wenn die Lage noch schlechter sein wird als jetzt. Jedenfalls kennen wir nur einen einzigen Grundsatz des Erzbischofs, und zwar, daß sein Eigentum ihm so bald wie möglich geschickt und bis dahin für ihn aufbewahrt werden soll.«

»Es kommt mir grausam vor, auf all diesen Vorräten zu sitzen, wenn unterdessen die Menschen sterben.«

»Wahrlich, ich habe nicht gehört, daß die Menschen jetzt sterben. Mir scheint es dumm, unsere Notlage verzweifelt zu nennen, bevor sie es ist. Ein Wal könnte im Süden stranden oder die Rentiere könnten vorbeiziehen, in der Tat gibt es viele Wege, auf denen der Herr uns helfen könnte, wenn Er wollte, bevor wir gezwungen sind, Ihm Sein Eigentum zu stehlen. Jetzt ist die Zeit zu beten, nicht Seine Scheunen zu plündern.«

»Der Wille des Herrn ist selbst dir ein Geheimnis.«

»Aber der Wille des Erzbischofs nicht.« Und so wurde Bjorn Bollason abgewiesen, und er kehrte für eine Weile nach Solarfell zurück.

Es geschah kurz vor der Fastenzeit, daß Sira Audun sich auf eine seiner Reisen in den Süden begab. Er hatte vor, in kleinen Wegstrecken nach Herjolfnes zu fahren, und wollte dann zurückkehren und die Ostermesse in der Undir Hofdi-Kirche halten. Er beabsichtigte auch, seinen Neffen Eindridi wieder zurückzuholen, der die Frau verloren hatte und nun Priester werden wollte. Sira Audun hatte Pall Hallvardsson davon überzeugt, daß Eindridis Lese- und Schreibkenntnisse sein Alter (etwa sechsundzwanzig Winter) und seine Erfahrung mit dem Stand der Ehe aufwogen. Außerdem hatte Eindridi einen Sohn, Andres, einen Jungen von etwa acht Wintern, und auch der Junge, so versprach Eindridi, würde zum Priester ausgebildet werden. Sira Audun und der Knecht Ingvald fuhren auf Skiern, und sie schafften es schnell bis zur Undir Hofdi-Kirche, wo sie sich einrichteten und die Menschen zu Gebet und Absolution empfingen, und diese kamen ununterbrochen bis spät in die Nacht, und einige von ihnen erklärten dem Priester, daß sie kaum Hoffnung hätten, den Winter zu überleben. Sira Audun erfuhr, daß einige Menschen auf zwei ärmeren Höfen gestorben waren, ein Mann und seine Frau und deren kleiner Sohn auf dem einen Hof und zwei junge Männer und deren Mutter auf dem anderen, und dies waren die ersten Tode im Bezirk Vatna Hverfi, an denen diese Hungersnot schuld war.

Nun bereiteten Sira Audun und der Knecht sich ein Lager im Priesterhaus und gingen schlafen, und es geschah in der Nacht, daß Diebe in das Haus eindrangen und fast das ganze Essen stahlen, das Sira Audun aus Gardar mitgebracht hatte, und am Morgen besaßen der Priester und der Knecht nichts mehr außer zwei Käselaiben.

Dieser Morgen war ein Sonntagmorgen, und Sira Audun bereitete sich auf die Messe vor, und der Knecht Ingvald sollte ihm bei der Messe als Ministrant zur Hand gehen. Nun kamen viele Leute zu dieser Messe, denn seit dem Tod von Sira Nikolaus waren die Gottesdienste von Sira Audun die einzigen im ganzen Bezirk. Und als die Leute versammelt waren und auf den Bänken saßen, die man hereingetragen hatte, trat Sira Audun vor sie hin und sagte kein Wort, und er setzte sich neben seinen Gehilfen und starrte lange Zeit nur vor sich hin. Bald wurde die Versammlung unruhig, und man begann, laut miteinander zu reden, und schließlich rief ein Mann namens Axel, der als ein ungehobelter Bursche galt: »Dieser Priester muß stumm sein! Hallo, Priester! Sprich lauter! Wir verstehen dich nicht!« und Sira Audun stand auf und wandte sich der Versammlung zu.

»Also!« brüllte er laut heraus. »Der Herr Jesus kam zu ihnen, und sie stahlen Ihm Seine Nahrung und nahmen Seine Schuhe und ließen Ihn ohne Seinen Mantel, und dann wandten sie sich gegen Ihn und klagten: Warum segnest Du uns nicht? Und der Herr antwortete ihnen: Warum habt ihr Mir Meine Sachen fortgenommen? Und sie sagten: Du bist Gott, Du brauchst nicht das Essen und die Kleidung der Menschen, Du kannst solche Dinge nach Deinem Willen herbeizaubern. Doch Jesus sagte: Nein, ihr seid durch Mich nur erlöst, weil Ich ein Mensch bin, und wenn ihr Mir Meine Schuhe stehlt, dann zerschneide Ich Mir die Füße auf der Straße, und wenn ihr Mir Meinen Mantel wegnehmt, dann zittere Ich in der Kälte, und wenn ihr Mir Mein Essen wegeßt, dann muß Ich hungern, und so erscheint Mein Vater Mir im Traum, und Er sagt: Wo sind diese Dinge, die Du zum Leben brauchst? Und Ich sage, daß Menschen sie Mir aus Gier genommen und sich darum gestritten haben, so daß der Mantel zerrissen ist und die Schuhe verloren sind und das Essen in den Staub gefallen ist, und Mein Vater ist voller Zorn, und Er sagt: Was sind diese Menschen, daß sie solches Übel wählen, warum sollten sie nicht vernichtet werden?« Sira Auduns Stimme erhob sich: »*Warum sollten sie nicht vernichtet werden!*« Und dann sprach er ruhiger. »Ihr werdet errettet, wenn Ich euch ein Bruder bin, und ihr werdet vernichtet, wenn ihr Mir Feind seid.« Und er setzte sich wieder hin und wartete. Die Anwesenden waren sehr verblüfft über diese Rede und schwiegen, wiewohl viele den Verdacht hegten, daß Sira Audun sich dieses Gleichnis selbst ausgedacht hatte. Und obgleich Sira Audun wütend über die Menge blickte, stand kein Mensch auf und gab zu, das Essen gestohlen zu haben. Nach einer Weile erhob sich Sira Audun, legte seine Meßgewänder ab und verließ die Kirche, und Magnus Arnason von Nes, der bei der Tür stand, erklärte er, daß er den Gottesdienst halten werde, sobald man ihm die Verpflegung für seine Reise zurückgegeben habe, und dann gingen er und sein Knecht in das Priesterhaus und schlossen die Tür.

Da suchten die Leute unter sich den Täter des Verbrechens, und sie entdeckten einen Burschen namens Vilhjalm, einen armen Mann aus dem südlichen Teil des Bezirks, und er gab zu, den Proviant nach seiner Beichte am Abend zuvor gestohlen zu haben, doch war er unter die Mitglieder seiner Familie verteilt worden und bereits ganz aufgegessen. Da führten ein paar von Magnus' Knechten Vilhjalm weg und verprügelten ihn, und die Leute im Bezirk fragten sich jetzt, wie sie wohl das verschwundene Essen ersetzen könnten, denn jeder wußte, daß Sira Audun soeben eine lange Reise angetreten hatte und man kaum von ihm erwarten konnte, sie mit zwei Käsen zu beenden. Dennoch konnte Magnus Arnason kein Essen erübrigen und auch Thorkel Gellison nicht und auch keiner der anderen großen Bauern im Bezirk, denn sie hatten wohl mehr Vorräte, doch sie mußten auch mehr Münder füttern. Aber da kam Vigdis daher, die Mutter von Jon Andres, schritt in großartiger Aufmachung den Weg von Gunnarshof herauf, und hinter ihr waren zwei Knechte, und jeder trug ein großes Bündel. Vigdis segelte an den versammelten Bauern vorbei zur Tür des Priesterhauses, die sich vor ihr öffnete, und kurze Zeit später erschien Sira Audun, und er ging in die Kirche, legte seine Meßgewänder an und hielt die Messe, und Vigdis, die nicht bei der früheren Messe gewesen war, saß auf dem Ehrenplatz direkt vor dem Priester. Und so wurde Vigdis sehr von ihren Nachbarn gelobt, weil durch sie der Gottesdienst fortgesetzt wurde und die vielen Beichten abgelegt und Gebete gesprochen und gehört werden konnten. Zwei Tage später machten sich Sira Audun und sein Gehilfe in den Süden auf, und sie kamen zu einem Nonnenkloster, wo ihnen kein Mißgeschick zustieß.

Doch das Essen war im Süden gar noch knapper, und Sira Audun schenkte das Essen aus einem der Bündel den Nonnen im Kloster, es waren sieben, und als die Leute in der Nähe hörten, daß die Nonnen etwas zu essen hatten, kamen sie und erbettelten etwas davon, und die Nonnen gaben alles her. Sira Audun hielt am Sonntag dort drei Messen und noch zwei weitere am Tage danach, und bei jeder Messe beteten alle inständig um Linderung. Am nächsten Tag unternahm Sira Audun den kurzen Abstecher zur Vagar-Kirche, und dort traf er seinen Neffen Eindridi und den Jungen Andres.

Und nun war der Abend vor dem zweiten Fastensonntag gekommen, und Sira Audun bereitete sich darauf vor, den Leuten in der Umgebung der Vagar-Kirche die Beichte abzunehmen, doch wenige kamen, und die kamen, schienen sich durch den Schnee zu schleppen und sprachen mit ganz schwacher Stimme, Männer wie Frauen. Da wandte sich Sira Audun an Eindridi und fragte, ob die Lage denn wirklich so schlimm sei, daß die Menschen sich nicht ohne Gefahr für ihr Leben zur Kirche begeben konnten, und Eindridi sagte, daß die Lage in Wirklichkeit noch schlimmer sei, da viele es nicht einmal aus ihren Bettnischen schafften, um in die Bettnischen ihrer Kinder und Eltern zu schauen, so schwach seien sie. Und so hielt Sira Audun eine eilige Messe am Morgen und ging dann zu den Höfen im Bezirk der Vagar-Kirche, besuchte die Leute, sprach Gebete und verteilte kleine Gaben von Essen aus dem zweiten Bündel, das Vigdis ihm gegeben hatte. In Herjolfnes würde es genug geben, da war Sira Audun sicher, und so schenkte er großzügig. Doch einige Leute im Bezirk waren schon gestorben, und andere waren bereits so geschwächt, daß kleine Stückchen Käse und Dörrfleisch ihnen auch nicht mehr helfen konnten und nur den Gaumen erfreuten. Und Sira Audun blieb länger bei der Vagas-Kirche, als er gedacht hatte, und am letzten Tag aß er selbst überhaupt nichts mehr, doch gab er Ingvald etwas. Schließlich machte er sich auf den Weg nach Herjolfnes, und unterwegs dorthin sprachen er und sein Gehilfe unentwegt und ausführlich über Mahlzeiten, die sie gegessen hatten, und Sira Audun dichtete den folgenden Vers:

Eine Speise aus Seehund und Hase, dazu einen Becher Milch
Und etwas Käse und Butter und ein wenig Dörrfleisch,
Jeden Bissen erinnert mein Herz, seit meine Mutter
das erste Fleisch für mich kaute.

Und so kamen sie nach Herjolfnes, und wie es so geht, war die Lage dort nur wenig besser als anderswo, doch die Hausfrau hatte zur Ankunft des Priesters ein Willkommensmahl beiseitegestellt, und Sira Audun und sein Gehilfe aßen mit Appetit und Dank.

Kurz nach der Abreise von Sira Audun stand Sira Pall Hallvardsson eines Morgens in Gardar auf und ging ins Freie, um sich zu waschen, wie er es immer tat, und dort vor ihm im Dunkeln standen Männer in einer Reihe, und er wußte sogleich, daß sie bewaffnet waren. Bjorn Bollason, der eine Armbrust trug, trat vor ihn hin und sagte in mildem Ton: »Wir sind gekommen, um dir bei der geordneten Verteilung der Vorräte des Bischofs zu helfen, denn die Grönländer warten in der Tat verzweifelt auf Nahrung, und weder Gott noch der Bischof kann weiterhin sein Gesicht abwenden.«

Da wurde es allmählich hell, und Pall Hallvardsson sah etwa drei Dutzend Männer, die einen Halbkreis bildeten, und sie alle waren Freunde von Bjorn Bollason, mächtige Männer aus Brattahlid und aus Dyrnes. Pall Hallvardsson sagte: »Aber die südlichen Bezirke sind nicht vertreten, und der Bischof muß gleichmäßig nach jedem schauen.«

Bjorn Bollason lächelte über den leichten Erfolg seines Planes, und er sprach zu bestimmten Männern, die sogleich zu den Gardarbooten liefen, welche an der Anlegestelle am Einarsfjord festgemacht waren. Am nächsten Tag tauchten nach und nach Boote mit mächtigen Männern aus allen Bezirken auf, sogar aus Herjolfnes, und an dem Tag ließ Pall Hallvardsson die Steine abtragen, welche die Lagerhäuser verschlossen, und er ließ die Lager aufbrechen, und es war so, daß Männer über das Wadmal und die Schaffelle trampelten, um an die Vorräte von Wild und Seehundfleisch zu gelangen und an den ausgelassenen Speck und an gedörrten Hammel und Rindfleisch und die vielen Käse, Ziegen- und Schafskäse und auch Kuhkäse. Nachdem das erste Lagerhaus leergeräumt war, wurden die Mauern des zweiten an zwei Seiten abgerissen, und auch dieses wurde geleert, und entgegen Bjorn Bollasons Versprechen verlief die Plünderung der Lagerhäuser höchst ungeordnet, in der Tat, Bjorn Bollason war in vorderster Linie bei diesem Überfall, denn nicht anders sah Pall Hallvardsson das ganze, obwohl er keinen Versuch zur Verteidigung unternahm und nur abseits stand, während die Vorräte von zehn Jahren ausgeräumt wurden.

Bjorn Bollason und seine Männer waren von dem Überfluß an Nahrung in Gardar sehr beeindruckt, und als alles ausgegeben und weggeschafft war, kam Bjorn Bollason zu Sira Pall Hallvardsson und sagte: »Ich hatte erwartet, für jeden einen Bissen zu finden, und statt dessen fand ich eine Woche von Festmahlen. Alle deine zusätzlichen Gebete haben den Grönländern nichts gebracht, verglichen mit unserer Tat. Die Männer gehen fort und danken der Wohltätigkeit des Bischofs, wofür der Bischof dankbar sein sollte.«

Pall Hallvardsson erwiderte nur: »Die Zeit wird zeigen, wo die Dankbarkeit zu Hause sein sollte«, und er wandte sich von Bjorn Bollason ab und ging in seine Kammer. Es war nicht zu leugnen, daß auch er von der Menge der Vorräte sehr überrascht war, doch in der Tat hatte er das Rätsel der Buchhaltung nach all diesen vielen Jahren von Sira Jons Wahnsinn noch immer nicht gelöst, und jeden Winter wurde die Zeit kürzer, die er über diese Bücher gebeugt verbrachte, entweder Sira Jons Handschrift entziffernd oder seine eigenen verwirrenden und unvollständigen Einträge niederschreibend. Er wußte nicht so viel über diese Dinge wie einst in Hvalseyfjord, wo er zumindest einmal täglich in die beiden Schränke geschaut und Sira Jon sich zweimal im Jahr seine Abgaben angeschaut hatte. In Gardar konnte er sich nicht einmal mit dem Gedanken unter Druck setzen, daß der Bischof kommen oder ein Schiff alle Pflichtvorräte nach Nidaros bringen würde, denn in der Tat, wer konnte nach so vielen Jahren wissen, was zu erwarten wäre oder wieviel der Zehnte ausmachen würde? Und so hatte er im letzten Winter vielleicht noch weniger Zeit über den Büchern verbracht als zuvor. Vielleicht hatte er auch gar keine Zeit damit verbracht, sondern nur zu Olof und Petur und allen anderen, die zu ihm hereinkamen, gesagt, daß sie tun sollten, was sie für das Beste hielten, und benutzen sollten, was nötig war, und vielleicht hatte er den Zehnten von allen Höfen entgegengenommen, ohne ihn sich genauer anzuschauen oder nach den Schafen oder der Seehundjagd zu fragen – jene drängenden Fragen, die Sira Jon so gut stellen konnte und deretwegen er die Grönländer verachtet hatte, die stets etwas zurückzuhalten schienen, selbst einen noch so kleinen Teil ihrer Abgaben. Vielleicht taten sie es wirklich, vielleicht aber schien es nur so, was Sira Pall dem anderen Priester gegenüber immer behauptet hatte. Doch welcher Mensch, der nicht das Auge Gottes besaß, konnte sehen, wieviel es gab und wieviel wirklich geschuldet wurde? In der Abtei, in der er aufgewachsen war, hatten zwei Dutzend Mönche ihre Tage damit verbracht, die Ländereien der Abtei zu bereisen und über die Tätigkeit eines jeden Bauern zu berichten, über jede Kuh, jedes Schwein, und wenn dann ein Bauer seine Pacht oder seinen Zehnten brachte, konnte der Abt sagen: »Es ist nichts dabei von jenem Gerstenfeld, das du am Rande des Waldes angelegt hast«, oder, weniger häufig: »Die Krankheit deines Weibes brachte Härte während der Ernte, und du hast hier zuviel gegeben.« Das war in Grönland nicht der Fall, wo der Priester nichts weiter über den Ertrag des Bauern wußte als das, was dieser ihm von sich aus erzählte. Doch alle Nachlässigkeit war in der Tat unwichtig gewesen, da es von allem so viel gegeben hatte. Vielleicht, dachte Sira Pall Hallvardsson, war es nicht nur ungezählt, sondern auch unzählbar.

Sira Pall Hallvardsson saß auf dem Hochsitz in der großen Halle und schaute in den schwach beleuchteten Raum und wußte, daß die Grönländer sich an seine Gebete und die Messen, die er gelesen hatte, erinnern würden und an die Suppe, die er hatte ausgeben lassen, und die Mahlzeiten, die er dem Gesinde und den Pilgern, die vorbeikamen, gegeben hatte, und sie würden das alles als Täuschung verstehen, ausgedacht, einen Berg von Vorräten zu verstecken, sowie als Gier, alles zu horten, und er wünschte sich, einen Moment lang nur, daß es weniger Überfluß gegeben oder man ihn anders gelagert hätte oder daß die Menschen bei diesem Anblick nicht ungläubig die Augen aufgerissen hätten.

Er stand auf und ging zur Tür von Sira Jons Zelle, legte sein Ohr daran und horchte. Er hörte ein Kratzen und Rascheln von drinnen, das er nicht deuten konnte, doch als er die Tür aufstieß, saß der geistesgestörte Priester so ruhig da wie immer und wartete auf ihn. Obwohl Sira Jon gerade so alt war wie Sira Pall Hallvardsson, erschien er jedermann älter, denn sein Bart und sein Haar waren fast ganz ergraut, und seine Brauen wuchsen in großen grauen Büscheln wie die alter Männer. Er hockte an der Wand, die Hände in den Ärmeln, doch jetzt hielt er seinen Finger zum Kuß hin, und

Sira Pall Hallvardsson küßte ihn. Sira Jon starrte ihn an und sagte dann: »Ich sehe, du mußt heute gebunden werden, denn du bist in dich gekehrt und düsterer Stimmung. Solche Tage sind deine schlimmsten.«

»Und deine Stimmung?«

»Heute hat er keine Stimmung. Er hat seit drei Tagen nichts gegessen. Er ist besonders brav.« Sira Jon sprach von seinem irdischen Körper immer so, als wäre er ein anderer Mensch, aufsässig und launenhaft. Sira Pall Hallvardsson hatte gehört, wie er diesen Körper ganz unverblümt verurteilt und ihm lebhaft das Höllenfeuer ausgemalt hatte, das ihn gewiß erwartete.

»Sicher hat er etwas Wasser getrunken?«

»Nur den allerkleinsten Schluck. Und dann hat er es gleich ausgepißt.«

»Darf ich seinen Arm fühlen?«

»Sein Arm ist wahrhaftig dünn, doch nicht zu dünn.« Sira Jons Augen weiteten sich, und er begann, schwer zu atmen. »Du darfst ihn nicht fühlen. Er ist nicht zu dünn. Ich beobachte ihn genau.« Sie schwiegen. Sira Jon gewann seine Haltung zurück, und nach einer Weile sagte er: »Ich sehe, die Grönländer haben dich hereingelegt, und du hast es zugelassen. Sie sind wirklich ein teuflisches Pack.«

Sira Pall Hallvardsson lächelte und sagte: »Wie haben sie mich denn hereingelegt?«

»Wie soll ich das wissen? Das kann man nie sagen. Du bist ein einfacher Bursche. Sie spielen mit deinen Empfindungen und haben selbst keine.«

»Sie hungern.« Dies war das erstemal, daß Pall Hallvardsson zu dem anderen Priester von der Hungersnot sprach.

»Wenn das wahr wäre, dann würde es ihnen guttun. Aber wenn sie dir davon erzählen, dann kann es nicht wahr sein.«

»Sie kriechen in die Kirche, und ihre Arme und Hände sind wie zusammengebundene Birkenzweige, und auch ihre Gesichter sind ohne Fleisch.«

»Diese Grönländer können mit ihrem Fleisch machen, was sie wollen. Es ist noch nicht so lange her, da habe ich mit eigenen Augen gesehen, wie sie sich in Teufel und Geistererscheinungen verwandelt haben. Sie mögen zu dir kommen, ganz honigweich und voller Gebete, aber wenn sie um die Ecke der Kathedrale gehen, dann richten sich die auf, welche gekrochen sind, und die ihre Wangen eingezogen haben, lassen sie wieder heraus. Ich habe es oft genug beobachtet. Ich muß nicht da sein, um zu wissen, was geschieht. Es erinnert mich an etwas, das Bischof Alf gesehen hat, als er noch ein Junge im Bezirk Stavanger war.«

Pall Hallvardsson setzte sich in Erwartung einer Geschichte, da die phantastischen Abenteuer von Bischof Alf häufig der Gegenstand von Sira Jons Erzählungen waren, obwohl Pall Hallvardsson zufällig wußte, daß der frühere Bischof ein sehr trockenes Leben am Schreibpult geführt hatte, bevor er nach Grönland gekommen war. Doch der verrückte Priester schwieg, dachte vielleicht über seine Geschichte nach, doch erzählte er sie nicht. Er sagte nichts mehr, und Sira Pall Hallvardsson ging eine Weile später hinaus.

Die Nahrungsvorräte des Bischofs strömten wie Balsam durch die Ostsiedlung, von Isafjord bis Herjolfnes. Einige Leute sprachen von der Großzügigkeit des Bischofssitzes, aber noch mehr Leute sprachen über Bjorn Bollason, wie er zugeschaut hatte, als die Männer die Vorräte herausschleppten, und dann sichergestellt hatte, daß die Männer aus jedem Bezirk einen Anteil bekamen, welcher der Anzahl der Menschen entsprach, die man in dem jeweiligen Bezirk noch am Leben vermutete, und als einige Männer aus Dyrnes, seinem eigenen Bezirk, versucht hatten, mehr für sich zu stehlen, hatte Bjorn Bollason selbst es ihnen weggenommen und der Gruppe vom Hvalseyfjord zugeteilt. Am Ende, als das Essen auf die Schlitten geladen war und die Leute ihre Skier festmachten und abfahren wollten, war Bjorn Bollason zu jedem Schlitten gegangen und hatte jeden Mann mit Namen gegrüßt, denn er hatte ein unerhörtes Namensgedächtnis, und er hatte jeden daran erinnert, daß man Gott und dem Bischofssitz Dank schulde, denn diese Vorräte gehörten Gott Selbst und seien daher ganz besonders labend, und die Leute hielten das für ein Zeichen von großem Feingefühl.

Während Eyvind und die Männer vom Isafjord in Gardar waren, starb Brenna Eyvindsdottir in ihrem Bett an der Hustenkrankheit, und Freydis und Margret trugen den Leichnam aus dem Haus und legten ihn in eine Schneewehe. Freydis war durch diesen Todesfall sehr niedergeschlagen, denn es schien ihr, daß Brenna hätte gerettet werden können, wäre Eyvind früher fortgegangen oder schneller zurückgekehrt, und Margret versicherte ihr vergeblich, daß Brenna an der Krankheit gestorben sei und nicht am Hunger. So kam es, daß Freydis Eyvind gegenüber sehr verbittert war, als er zurückkam, und ebenso verbittert über die Vorräte, die er mitbrachte, und als man sie auf den Tisch legte und die Familie mit dem Essen beginnen wollte, da fegte sie alles mit dem Arm auf den Boden und fing an zu schreien.

Nun war es so, daß Eyvind drei Tage lang, seit dem Aufbruch von Gardar, auf Skiern gestanden hatte, ein Weg, der im Winter gewöhnlich schnell zu schaffen war. Die Gruppen aus dem Norden waren vom Hunger geschwächt, hatten Schnee und schlechtes Wetter angetroffen und sich so zwischen Brattahlid und Isafjord verirrt. Als nun Freydis anfing zu kreischen, packte Eyvind sie an den Schultern und schüttelte sie, und als sie zu Boden fiel, trug er sie hinaus in den Kuhstall, wo die Schafe sich im warmen Dung zusammendrängten, und er ließ sie dort, denn er war sehr verärgert über sie. Danach kam er herein und setzte sich an seinen Platz und begann zu essen, und die anderen, Margret, Finna und die beiden Knechte mußten auch essen, und da sie sehr hungrig waren, brauchten sie wenig Ermunterung. Er sagte: »Freydis wird bald zu sich kommen und an der Tür kratzen.« Aber die Essenszeit ging vorbei, und die Leute gingen in ihre Bettnischen, doch Freydis kam nicht und kratzte nicht an der Tür, und da ging Finna zu ihrem Vater und bat ihn, zu dem Mädchen hinausgehen zu dürfen, doch er erlaubte es nicht, so sehr verabscheute er den Stolz und den Eigensinn des Kindes. Und alle, selbst Margret, die den Ausgang dieses Streites sehr fürchtete, dösten ein, wie es Menschen tun, wenn sie soeben zum ersten Mal seit vielen Tagen gut gegessen haben, und am Morgen war Freydis noch immer nicht hereingekommen, obwohl die Tür zum Haus in keiner Weise versperrt war.

Da stand Margret auf und sah, daß Eyvind sein Schaffell anlegte, und er lächelte sie an und sagte: »Sie wäre keine Eyvindsdottir, wenn ihr Stolz nicht dem meinen ebenbürtig wäre, aber ich habe den Verdacht, daß auch ihre Reue der meinen ebenbürtig sein wird«, und er ging hinaus und nahm etwas gedörrtes Walfleisch und einige Stückchen Käse mit, und er kam lange Zeit nicht zurück. Margret ging ihren Pflichten nach, und die anderen wurden allmählich munter, und Eyvind kam immer noch nicht herein, und so legte Margret ihren Umhang an und trat in den Hof hinaus. Eyvind und Freydis waren nicht zu sehen, doch sie hörte lautes Geschrei von den Schafen im Kuhstall. Margret ging langsam darauf zu. Die Tür stand einen Spalt breit auf. Sie öffnete sie ein wenig mehr, und da schien es ihr, als gebe es einige Anblicke, auf die man sich nicht vorbereiten kann, und als sei dies einer von ihnen. Drinnen im Stall kauerte Eyvind im warmen Schafsdung. Über ihm, im Halbdunkel des warmen, sodengepolsterten Stalles hing Freydis von einem Balken, und sie war tot. Da fing Eyvind so mächtig an zu schreien und zu weinen, wie sie es nie zuvor erlebt hatte. Er zerriß sich die Kleider und hämmerte mit dem Kopf gegen die Steine der Stallwände, und die Schafe liefen um seine Beine und machten großen Lärm. Er schrie heraus, daß sie seine Beste gewesen sei, seine Schneeammer, sein Liebling, sein Kindchen, und Margret sah, daß er Angst hatte, den Leichnam des Mädchens zu berühren. Und bei diesem Anblick traten Tränen in Margrets Augen, vielleicht, so dachte sie, zum erstenmal in ihrem Leben. Dann kamen die Knechte heraus, um mit ihrer Arbeit zu beginnen, und Finna folgte ihnen, doch niemand durfte sich Eyvind und Freydis nähern, so außer sich war Eyvind über den Tod der Tochter.

Die Leute in Isafjord neigten nicht dazu, Eyvind die Schuld an diesem Unglück zu geben, sie gaben vielmehr Freydis selbst die Schuld für ihre Schwermut und ihr hitziges Gemüt, denn beides kannte man an ihr sehr gut. Manche gaben auch dem Hunger die Schuld, der die Leute wahnsinnig oder zu Narren machte. Auf einem anderen Hof in Isafjord war ein alter Knecht vor wenigen Tagen hinausgegangen und hatte sich zwischen Haus und Kuhstall verirrt, ein Weg von etwa zwanzig Schritten, und dabei hatte er sich immer wieder im Kreis gedreht und war schließlich bewußtlos in den Schnee gefallen. Und ein anderer Mann vom Isafjord hatte sich auf seine Frau gestürzt und hatte sie und auch seine beiden Kinder geschlagen, so daß sie beinahe daran gestorben wären. Die Isafjorder neigten zu der Ansicht, das Leben in Isafjord sei härter und gnadenloser geworden als das Leben anderswo, und das schien Margret wahr zu sein. Dennoch gab Eyvind sich die meiste Schuld, und nach dem Tod seiner Töchter hatte er viele Anfälle unbändiger Trauer. Margret und Finna saßen beim Spinnen und Weben, und jede wußte, daß die andere auf das Schlimmste gefaßt war. Das Essen aus Gardar reichte bis Ostern, und dann wurde das Gras grün, die Lämmer wurden geboren, und es gab Schafsmilch zu trinken.

Der Tod hatte seine Hand schwer auf jeden Bezirk gelegt. Kinder wurden tot geboren, Mütter starben mit ihren Säuglingen an der Brust, Großväter gingen zu Bett und standen nicht wieder auf, Leute verirrten sich auf der Suche nach Nahrung, und ihre Familien waren zu schwach, um ihnen nachzugehen. Geschwächte Mägde und Knechte glitten aus, stürzten und waren nicht mehr imstande aufzustehen. Feuer erlosch, und die Anstrengung, es wieder anzufachen oder bei den Nachbarn etwas zu holen, ging über die Kräfte der Leute, so erfroren sie mit dem Essen auf dem Tisch, oder wahrscheinlicher, stopften sich voll mit dem, was sie hatten, als die Kälte sie überwältigte. Um Ostern herum ging Sira Audun mit Eindridi und dem Knaben Andres von Kirche zu Kirche, und er sprach Dankgebete, doch in diesem Jahr jubelte niemand wie nach dem letzten Hunger oder nach der Brechkrankheit. Kein Zeichen war gekommen, welches das Zeichen des Rentieres getilgt hätte oder auch das des Traumes von Petur dem Verwalter, Gottes Kämmerer. Es wurde nur davon geredet, daß der nächste Winter noch schlechter sein werde, nicht besser.

Dennoch gab es da diejenigen, welche, vielleicht durch Hexerei, scheinbar auf nichts hatten verzichten müssen, sondern über den Winter sogar augenscheinlich fett geworden waren, als hätten sie sich vom Fleische anderer ernährt. Am auffallendsten war das bei Vigdis vom Gunnarshof, deren üppiges Fleisch nicht um ein Quentchen weniger geworden war, während ihre Nachbarn alle um sie herum tot umgefallen waren. Statt dessen ging sie auseinander, Wangen rot und Haare glänzend. War es nicht auch verdächtig, daß ihr Haar auf dem siebzig Jahre alten Kopf so dunkel lag wie eh und je? Außerdem war sie hart und launenhaft geworden. An manchen Tagen verwöhnte und neckte sie Jon Andres mit Spielereien und Zärtlichkeiten, so daß er ihr nicht ausweichen konnte, und er verschwand dann mit seinen Freunden, um ihr aus dem Weg zu gehen. An anderen Tagen wieder fing sie an, dem Jungen die Bettdecken wegzuziehen und ihn auf den Kopf zu schlagen und zu ohrfeigen, dann gab sie ihm Fleischabfälle zum Morgenmahl, und an solchen Tagen lief sie hinter ihm her, schimpfte und beschuldigte ihn, daß er ihre Sachen verstecke oder stehle oder das Vieh töte, den Jagdhunden Gift gebe oder in ihre Vorräte einbreche und sie wegschenke. Wenn sie Bettdecken aus seiner Bettnische warf, rief sie immer nach den Mägden und wollte wissen, wo er sie verstecke. Auch konnte sie sich nicht mehr an Dinge erinnern wie früher, sondern nannte ihre Dienstboten bei den falschen Namen, und selbst Jon Andres nannte sie »Erlend«, obwohl er überhaupt nicht aussah, wie Erlend, selbst in seiner Jugend, ausgesehen hatte.

So wußten die Leute, daß bei Vigdis das Übel eingekehrt war. Mehr als ein Nachbar erinnerte sich nun, was für ein Klatschmaul sie gewesen war. Sie war hochmütig und bildete sich viel auf ihr Aussehen und ihre Kleidung ein. Sie hatte Gunnarshof begehrt und Erlend dazu aufgehetzt, Gunnar um seinen Hof zu betrügen. Sie hatte wenig um ihre Söhne getrauert, und über ihren Pflegling Ketil den Unglücklichen hatte sie beim Anblick seines Leichnams sogar gesagt: »Das hier ist eine Sorge, die uns jetzt nicht mehr belasten wird.« Es ist nicht zu leugnen, daß solche Sünden Dämonen anlocken, wie faulendes Fleisch Hunde anlockt. Solche Geschichten waren in der Nachbarschaft über Vigdis Markusdottir im Umlauf. Jon Andres zog mit einigen jüngeren Dienstboten nach Ketilshof, und Ofeig und Mar und die anderen Mitglieder seiner Bande, die Kollgrim ins Meer geworfen hatten, steckten dort immer mit ihm zusammen.

Nun kam die Zeit für die Frühjahrsjagd, und in diesem Jahr fuhr Gunnar Asgeirsson mit, doch Kollgrim Gunnarsson blieb zurück, denn der Junge litt seit seinem Fall ins eisige Wasser noch immer unter Anfällen von Bewußtlosigkeit und Verwirrung. Als alle

Grönländer in Herjolfnes versammelt waren und darauf warteten, daß die Seehunde auftauchten, nannte Gunnar Zeugen und brachte seine Klage gegen Jon Andres Erlendsson, Ofeig Thorkelsson und Mar Marsson vor, der vorgeschriebenen Verfahrensweise entsprechend, und da die drei jungen Männer sich in der Nähe befanden sowie alle Zeugen vom Hvalseyfjord und aus dem Bezirk Vatna Hverfi, mußte Jon Andres zugeben, daß er ordnungsgemäß vorgeladen sei. Es stellte sich heraus, daß einer von Gunnars Verbündeten gegen die drei Männer Thorkel Gellison war, Ofeigs eigener Vater, und darüber gab es viel Gerede.

Nach der Vorladung saßen die Männer drei Tage in Herjolfnes und warteten auf die Seehunde, und nicht wenige waren entmutigt und erinnerten sich daran, daß die Seehunde auch im Jahr zuvor ausgeblieben waren. Am dritten Tag aber kamen die Seehunde wie immer, vielleicht nicht ganz so zahlreich, doch zahlreich genug. Die Männer fuhren in ihren Booten mitten in die Beuteschar hinein, und es waren wohl Seehunde, doch es schienen in der Tat verzauberte Wesen zu sein, so schwer waren sie zu fassen. Sie schienen die Jäger mit Menschenaugen anzuschauen, so als wären diese spät gekommenen Seehunde nicht die üblichen Seehunde des Frühjahrs, sondern die Seelen Ertrunkener, die zurückgekehrt waren, um sich an den Lebenden zu rächen. Jedenfalls ließen sich die Seehunde nicht an den Strand treiben, und die wenigen, die man im Wasser verfolgte, wichen jeder Art von Waffe aus. Speere, die man ihnen in die Kehle stieß, drehten sich herum und glitten ihnen, ohne Schaden anzurichten, den Rücken herunter. Keulen, die man ihnen auf den Kopf schlug, prallten vom Eis ab. Pfeile flogen über sie hinweg ins Eis. Den fähigsten Jägern, wie Finn Thormodsson, ging es ebenso wie den unerfahrensten. Und die Seehunde schwammen schnell, schneller, als ein Mann mit einem Boot rudern konnte, so daß die Männer am Ende eines jeden Tages erschöpft und geschwächt waren, und die Hauptherde der Seehunde war immer weiter entfernt von ihnen. Die Jagd dauerte an, bis sie den Kambhofsfjord erreicht hatten, und dann konnten sie nicht mehr weiter. Die Jäger hatten nicht die Kraft. Darüber hinaus waren drei Boote zertrümmert und verloren sowie unzählige Speere und Pfeile. Zwei Männer waren ertrunken, als sie versucht hatten, von ihrem Boot aus einen Seehund mit dem Speer zu durchbohren.

Es war auch so, daß Ofeig Thorkelsson sich mit seinem Boot in der Nähe von Gunnars und Finns Boot aufhielt und sie mit finsterem Blick anstarrte, und dazu bedrohte er sie auf merkwürdige Art mit seinen Waffen, indem er so tat, als würde er mit seinen Pfeilen auf sie zielen oder die Stöße seines Speeres auf ihr Boot richten, wenn es ihm gelang, nahe genug heranzurudern. Auch spottete und fluchte er unentwegt, und das ließ nicht nach, wenn andere in der Nähe waren, ja selbst wenn Thorkel in der Nähe war, obwohl sich alles nur gegen Gunnar richtete. Am ersten Abend, als Ofeig nicht weggehen wollte, rief Gunnar ihm zu, daß er seiner Sache schaden würde, wenn er versuchte, weiterhin Streit herauszufordern, doch das brachte Ofeig nicht zum Schweigen, und so bemühte sich Gunnar, ihn nicht zu beachten. Am nächsten Tag bat Gunnar Magnus Arnason, Ofeigs Ziehvater, mit Jon Andres Erlendsson zu reden, doch falls Jon Andres seinerseits irgendeinen Versuch machte, seinen Freund in die Schranken zu weisen, dann war auch das ergebnislos. Ofeigs Gespött ließ nicht nach. Da ging Thorkel selbst zu seinem Sohn, und er war über Ofeigs Verhalten so wütend, daß die beiden aneinandergerieten. Thorkel war für sein Alter ein kräftiger Mann, allerdings war er doppelt so alt wie Ofeig, und während Thorkel drahtig und nicht sehr groß war, war Ofeig sowohl groß als auch dick, aber zugleich prall und fest, mit großen Fäusten und furchteinflößender Kraft. Thorkel ging mit erhobener Hand auf ihn los, wie ein Vater auf ein Kind losgeht und es züchtigt, und Ofeig schien nicht zu wissen, wer vor ihm stand, sondern griff seinen Vater an, als wäre er sein erbittertster Feind, stieß ihn um und trat ihn und trampelte auf ihm herum. Und als Thorkel auf die Beine kam, senkte Ofeig den Kopf und rannte auf den älteren Mann los, und die Umstehenden sahen, daß Ofeig nicht davor haltmachen würde, seinen Vater zu töten. Da griffen vier oder fünf Männer Ofeig an und hielten ihn fest, und er war so groß und stark, daß das keine leichte Aufgabe war. Thorkel wurde bewußtlos weggetragen, doch es stellte sich später heraus, daß er keine ernsthaften Verletzungen hatte außer einer gebrochenen Nase. Ofeig schien nicht zu wissen, was er getan hatte oder wer es war, mit dem er gekämpft hatte, und er wetterte weiterhin gegen Gunnar Asgeirsson und störte ihn beim Jagen. Nun meinten einige, daß dieser Bann, unter dem Ofeig zu sein schien, von den verzauberten Seehunden kam, obwohl es keinen Hinweis darauf gab, daß er mehr von deren Fleisch gegessen hatte als andere Männer. Einige andere Bauern erklärten, daß der Zauber genau andersherum wirke, daß nämlich die Feindschaft zwischen Gunnar und Jon Andres die gesunden Seehunde vertrieben und diese verzauberten angelockt habe. Als die Jagd zu den Inseln am Eingang des Einarsfjords kam, verließen Ofeig und seine Freunde die Gruppe, doch war die Sache ohnehin verdorben. Niedergeschlagen verteilten die Männer das wenige vorhandene Fleisch und kehrten auf ihre Höfe zurück, um auf das Thing zu warten.

Nun waren in diesem Jahr die Vorräte so gering, und soviel Feldarbeit lastete auf dem Rücken derjenigen, die noch da waren, um sie zu tun, daß es einiges Murren über die Verlegung des Thing nach Brattahlid gab, denn Gardar lag mehr in der Mitte und war für die Leute im Süden leichter erreichbar. Aus diesem Grund war die Versammlung sehr schwach besucht und dauerte nur drei Tage und nicht vier. Außerdem war mehr als die Hälfte der Richter aus den südlichen Bezirken entweder im Winter gestorben oder konnte nicht teilnehmen, und es wurde ständig darüber gestritten, ob die Entscheidung irgendwelcher Fälle rechtsgültig sein werde. Ein Fall wurde vorgetragen, der Fall eines Isafjorders, der seine Frau und seine Kinder geschlagen hatte, und der wurde von Männern aus Dyrnes, Isafjord und Brattahlid entschieden. Danach murrten nicht wenige, sie hätten ebensogut zu Hause bleiben und den Fall unter sich entscheiden können. Inmitten all dieses Unmuts ging Bjorn Bollason, der Gesetzessprecher, zwischen den Zelten herum, grüßte einen jeden und fragte, wie es ihm gehe und was in seinem Bezirk geschehe. Er führte viele kleine Gespräche, und die Leute erinnerten sich jetzt daran, wie Bjorn Bollason die Vorräte aus Gardar geholt und die Grönländer vor dem Verhungern bewahrt hatte und daß er schließlich gute Gründe gehabt hatte, das Thing zurück nach Brattahlid, in die alten Gefilde Eriks des Roten zu bringen. Und am Ende dieses Tages, welcher der zweite war, führte Bjorn Bollason eine neue Art von Richter ein, die man freie Richter nannte und die vom Gesetzessprecher zu Beisitzern bestellt wurden, falls ordentliche Richter nicht beim Thing erschienen, und diese neuen Richter sollten aus der Reihe der wohlhabendsten Bauern, welche keine anhängigen Verfahren hatten, beim Thing gewählt werden, und sie sollten freie Richter bleiben, bis sie einen Fall vor dem Thing hätten, was sie für das betreffende Jahr sowie zwei Jahre danach ausschließen würde. Und obwohl die meisten Bauern von solch einem Verfahren nie gehört hatten, versicherte Sira Isleif jene, die zu ihm kamen, daß es sich um ein rechtmäßiges Verfahren handele, wenn man die Notlage in Betracht ziehe, in der die Grönländer sich jetzt befanden. Und so bestellte Bjorn Bollason sechs weitere Richter, und alle waren aus Brattahlid, denn die Brattahlider waren in Abwesenheit der Bauern aus dem Süden die reichsten.

Am dritten Tag brachte Gunnar seinen Fall vor diese neuen Richter. Er rief Zeugen auf und berichtete, daß diese drei Männer, also Jon Andres Erlendsson vom Gunnarshof in Vatna Hverfi, Ofeig Thorkelsson vom Hesturhof in Vatna Hverfi und Mar Marsson vom Vatnahof in demselben Bezirk, seinem Sohn Kollgrim, jetzt etwa zwanzig Winter alt und ein geschickter Jäger, einen bösartigen Streich gespielt hatten und dieser dadurch zeitweise unzurechnungsfähig sei. Und er beschrieb, wie die Männer seinen Sohn überfallen hätten, als er bei seinen Hunden saß, wie sie seine Kleidung zerrissen und ihn gefesselt hätten, damit er sich nicht wehren konnte, ihn dann in ein Boot gezerrt hätten, ein gutes Stück auf den westlichen Ozean hinausgerudert seien, um ihn schließlich dort über Bord zu werfen. Und das alles habe sich am Ende der Seehundjagd im Herbst zugetragen, nicht lange bevor das Eis aus dem Süden heraufkommt, und so sei das Wasser kalt genug gewesen, um ihn in sehr kurzer Zeit bewußtlos zu machen, und seitdem habe er unter zahlreichen Anfällen von Bewußtlosigkeit und Narrheit gelitten, obwohl das jetzt seltener geschehe, als es anfangs der Fall gewesen sei.

Ob der Junge allein essen könne, fragten die Richter, könne er sich allein anziehen und wie gewöhnlich sprechen, Arbeit auf dem Hof verrichten und jagen? Ja, antwortete Gunnar, er könne diese Dinge die meiste Zeit tun, aber dennoch sei er nicht mehr er selbst.

Er benötige wiederholte Anweisungen. Seine Gedanken schweiften ab, an manchen Tagen mehr als an anderen. Wo er sei, fragten die Richter. In Hvalseyfjord, sagte Gunnar. Und die Richter berieten untereinander, fragten Gunnar, warum er den Jungen zu Hause gelassen habe, wenn doch seine Verletzungen der Gegenstand der Klage seien. Schließlich fragten sie, welches Urteil wünschte Gunnar gegen die drei Täter zu empfangen? Leichte Ächtung, sagte Gunnar, denn das Gesetz bestimme, daß schwere Ächtung für eine solche Rechtsverletzung keine angemessene Strafe sei.

Nun war Jon Andres an der Reihe, sich zu verteidigen, und die Leute redeten mit leiser Stimme über Erlend Ketilsson, seinen Vater, der sehr gern Klagen vor das Thing gebracht hatte und der viele Gesetze gekannt hatte, die selbst der Gesetzessprecher schon fast vergessen hatte. Jon Andres trat in den Kreis, wo die Männer gewöhnlich ihre Fälle vortrugen, und er schaute die Richter an und die anderen Grönländer. Er hatte Erlends dunkle Hautfarbe, doch den offenen Blick von Vigdis, oder für jene, die sich daran erinnerten, sogar noch stärker den von Thordis, Vigdis' Tochter. Er war bei weitem der bestaussehende der Erlendssons, ein Zeichen dafür, sagten die Leute zueinander, daß die Kreuzung zwischen dem übellaunigen Bock und dem herrischen Schaf kein so großer Fehler gewesen sei. Er war so groß wie Gunnar, der zu den größten der Grönländer gehörte, doch breiter, und im Vergleich wirkte er nicht so eckig und steif. Die Blicke der Richter und der umstehenden Bauern verweilten mit Vergnügen auf ihm, allerdings war es nicht zu leugnen, daß sie aus dem Norden kamen und mit den Untaten, die Jon Andres, Ofeig und deren Freunde in der Umgebung von Vatna Hverfi in den letzten Jahren angestellt hatten, nicht so vertraut waren. Jon Andres lächelte, und sein Lächeln war jäh und hell, wie das Lächeln eines kleinen Kindes. Es kam und ging, und es wirkte so, daß die Leute es immer wieder sehen wollten. Gunnar war ein sehr bekannter Mann, zumindest sehr bekannt für sein Pech, und er war recht liebenswürdig in seiner gemächlichen Art, doch es war so, daß Blicke und Gedanken, die zu anderen Dingen abgeschweift waren, während er gesprochen hatte, sich jetzt aufmerksam dem jungen Mann im Kreis zuwandten und dort verweilten. Gunnar wußte das schon, bevor Jon Andres zu sprechen begann. Und zumindest die sechs neuen Richter waren so unerfahren, daß sie den Plädierenden anstarrten, während ältere und weisere Männer dies nicht tun würden, sondern die meiste Zeit ihre Augen abwenden und nur den Worten genau zuhören würden. Da schaute Gunnar Bjorn Bollason an und sah, daß Bjorn Bollason von dem jungen Mann beeindruckt war, und wirklich war da etwas an dem einen, das dem anderen ähnlich war. Gunnar lächelte. Es war leicht zu sehen, daß der Fall sich nicht so entwickeln würde, wie er es wünschte.

Da begann Jon Andres zu sprechen. »Hohes Gericht«, wandte er sich an die Richter, »und verehrter Gesetzessprecher, es ist mir bis jetzt nicht widerfahren, daß ich einen Fall vor dem Thing vertreten mußte. Im Bezirk Vatna Hverfi reden wir miteinander und schlichten unsere Streitfälle, und in der Tat müssen wohl viele meiner Nachbarn der Meinung sein, daß dies genüge, denn sie sind in diesem Jahr nicht zum Thing gekommen. Ihr müßt mir also verzeihen, daß ich ohne Förmlichkeiten spreche, so als sprächen wir einfach nur unter uns, denn so bin ich es gewohnt, und nur so kenne ich es.« Sein Lächeln blitzte wieder auf. »Es ist eine ernste Beschuldigung, daß meine Gefährten und ich diesem Jungen Kollgrim Gunnarsson willentlich eine Verletzung zugefügt haben, und sie wird noch ernster durch etwas anderes, das ich offen zugebe, nämlich die Geschichte der Feindschaft zwischen Kollgrims Familie und der meinen. Meine Mutter lebt in der Tat auf Gunnarshof. Ich lebe natürlich jetzt auf Ketilshof, ihr versteht also, daß Gunnar Asgeirssons Klage eine Schwachstelle hat, weil er nämlich einen Mann vorgeladen hat, den es nicht gibt, Jon Andres Erlendsson vom Gunnarshof. Dennoch bin ich vorgeladen, ich verstehe den Ernst der Beschuldigung, und darüber hinaus gebe ich offen zu, daß ich die Tat begangen habe, und ich bereue wirklich sehr, wie sich die Dinge entwickelt haben. Die Leute haben mir gesagt, daß Kollgrim ein guter Jäger war und daß er auch andere gute Eigenschaften hatte, aber er ist doch nicht tot, oder? Er ist nicht einmal hier. Vielleicht jagt er sogar jetzt irgendwo?

Ich wünschte mir, die Feindschaft zwischen unseren Familien bestünde nicht, aber sie besteht, und nicht meine Mutter hat mich davon in Kenntnis gesetzt, sondern Kollgrim selbst, der während der letzten sechs Sommer und Winter vor mir aufgetaucht ist, wie eine Erscheinung es wohl tun würde, ohne etwas zu sagen, ohne mir etwas anzubieten, ohne viel Unfug zu machen, aber doch etwas, denn er band zum Beispiel die Kühe an den Schwänzen zusammen oder leerte auf Gunnarshof die Zisterne, die Wasser vom Dachvorsprung auffängt, oder er lungerte vielleicht nur in der Nähe herum und starrte mich an, während ich meiner Arbeit nachging, oder folgte mir und meinen Freunden, wenn wir ausritten, um Nachbarn zu besuchen. Als das anfing, war Kollgrim Gunnarsson noch ein Kind. Dennoch war seine Aufmerksamkeit ein wenig ermüdend, und sie nahm zu, als er älter wurde. Und so taten wir dies – wir sagten ihm, er solle weggehen, und er hörte nicht auf uns. Wir drohten ihm, doch er beachtete uns nicht. Wir vertrieben ihn, doch er kam zurück. Wir beachteten ihn nicht, doch er kam näher und ärgerte uns noch mehr. Kein Ort war frei von ihm. Als guter Jäger war er nie in Hvalseyfjord, doch welches Wild es in Vatna Hverfi geben soll, muß ich erst noch herausfinden. Und so geschah es, daß eines Tages, als wir ihn sahen, der teuflische Drang uns überkam, ihn wirklich ein für allemal zu vertreiben, und es waren nicht nur wir drei, die wir in diesem Fall vorgeladen sind, sondern wir waren sechs, noch eine kleine Schwachstelle in Gunnar Asgeirssons Fall, daß er nur die Hälfte der Täter vorgeladen hat. Nun sollen sie alle vortreten, nicht nur Ofeig Thorkelsson und Mar Masson, sondern auch Einar Marsson und Andres Bjartsson und Halldor Bessason, und wir geben alle zu, daß jeder von uns bei dieser Tat Hand angelegt hat, und ich kann für uns alle sagen, doch besonders für Ofeig und mich, daß wir es sehr bereut haben und auch andere unserer Taten, die wir in unserer Jugend begangen haben.« Da traten die fünf jungen Männer, Ofeig als erster, in den Kreis und schauten sich um, aber verstohlen, als wären sie wirklich beschämt. Selbst Ofeig war besänftigt und stand so demütig da wie die anderen. Thorkel, der nicht weit von Gunnar entfernt stand, lief rot an und ballte die Fäuste, und Gunnar sah es, und er sah, daß auch Jon Andres es sah. Und Jon Andres fuhr fort: »Aber ich will nicht behaupten, daß uns die Reue leichtgefallen ist, denn einige unter uns waren zorniger als andere und haben ein von Natur aus schwieriges Wesen. Doch in der Tat spreche ich für alle, und ich biete Gunnar Asgeirsson in diesem Fall volles Selbsturteil, sowie auch meine Entschuldigung und die meiner Freunde.«

Diese Erklärung wurde von der Versammlung der Bauern mit Zustimmung aufgenommen, ebenso von den Richtern, die mit Erleichterung feststellten, daß sie in diesem schwierigen Fall kein Urteil fällen mußten. Da entfernte sich Gunnar rasch mit Thorkel und kehrte zu seinem Zelt zurück, denn es ist Gesetz in Grönland, daß Ankläger, die Selbsturteil erhalten, bis zur nächsten Mahlzeit ihre Forderungen überdenken können, und die Richter dürfen ihr Fleisch nicht einnehmen, bis die Bedingungen des Urteils vorgeschlagen und angenommen sind. Zunächst war Gunnar über den Ausgang sehr erfreut und erklärte, daß man viele Güter von den sechs Angeklagten fordern könne sowie leichte Ächtung, oder man könne sie als Jäger für die Lavranshofleute arbeiten lassen oder einige Stück Vieh verlangen. Thorkel sagte nichts, sondern saß nur eine Zeitlang ruhig im Zelt. Endlich sagte er zu Gunnar: »Siehst du nicht die List, mit der er uns hereingelegt hat, und die Beredsamkeit, mit der er die Richter hinters Licht geführt hat? Und selbst jene, die ihn und seine Bande kennen? Nur wir sind auf seine Reue und seine Liebenswürdigkeit nicht hereingefallen.« Gunnar wußte sofort, daß dies zutraf. Er sagte: »Ja, mein Freund, es ist nicht zu leugnen, daß die Leute harte Worte für uns finden werden, wenn wir diese Männer so bestrafen, wie sie es verdienen. Wir werden ihnen vorkommen wie Väter, die auf die liebevollen Worte ihrer Kinder mit Schlägen antworten. Und in der Tat, wo wir von Kindern sprechen, wer sollte besser wissen als ich, daß Kollgrim in dieser Geschichte nicht gänzlich schuldlos war? Hat dieser Drang, ihn ein für allemal wegzuschicken, dieser Drang, nicht geärgert zu werden, etwas Ruhe zu haben, mich nicht ebenso überkommen wie diese jungen Männer? Welche Verbündeten haben wir denn in Vatna Hverfi und Hvalseyfjord, die Kollgrim und seine Art nicht kennen, die nicht selbst schon die Schwänze ihrer Kühe entknotet oder ihre Käsebottiche auf dem Dach des Kuhstalls gefunden haben? Nein, wir werden von diesen Jungen etwas Heu bekommen, ein oder zwei Schafe, doch Jon Andres soll nicht den Stachel der Strafe oder Schande spüren. Selbst jene, die Kollgrim aus dem Wasser gezogen und ihn bewußtlos nach Lavranshof geschleppt haben, sind eher geblendet von dem, was sie vor sich sehen, als von dem, was ihre Erinnerung ihnen sagt, die ein halbes Jahr alt ist. Aber das ist nicht das Ende meiner Beziehungen zu Ketilshof, und mir scheint, in Zukunft werden sie nicht einmal so gut verlaufen wie jetzt.« Und so trat Gunnar kurz vor der Zeit des Abendfleisches vor die Richter und verlangte, daß die Hälfte des Wildes, welches die sechs Männer den Sommer über bis zum Zeitpunkt der Seehundjagd im Herbst fangen würden, in gutem Zustand nach Lavranshof in Hvalseyfjord gebracht und seiner Familie zur Verfügung gestellt werden sollte. Und dann gingen die Richter zum Essen. Am nächsten Tag gab es noch drei weitere Fälle, und dann löste sich das Thing auf, und die Geschichte, die durch alle Bezirke ging, war die, daß Gunnar Asgeirssons Klage ihm wenig Ehre gemacht hatte, und die Leute, die nicht zum Thing gegangen waren, staunten darüber, denn sie erinnerten sich an die Boshaftigkeit von Jon Andres und seinen Freunden und an die schwere Körperverletzung, die sie dem Jungen zugefügt hatten.

Im Laufe des Sommers kam Jon Andres von Zeit zu Zeit persönlich nach Lavranshof und brachte Wild, und man kann nicht behaupten, daß er sehr viel brachte, denn diese Männer aus Vatna Hverfi waren weder mit Bogen oder Speer oder Schlinge allzu geschickt, noch wußten sie, wo die guten Jagdgründe waren. In der Mitte des Sommers brachte Jon Andres einige Schafe mit Lämmern. Diese Tiere waren fett und groß, verglichen mit den Hvalseyfjordschafen, doch als Jon Andres sie zu Birgittas Herde trieb, war er voll des Lobes über ihre Schafe. Die Lavranshofschafe seien wunderbare Tiere, vollkommen an Gestalt, mit dichter, langer, fettiger Wolle und so fort. Seine eigenen Schafe waren so deutlich besser, daß das Lob Gunnar verwirrte und ihn mißtrauisch machte. Später sagte Gunnar zu Olaf, er solle achtgeben, wenn der Mann aus Vatna Hverfi käme, da er selbst ihm nicht wieder begegnen wolle.

In diesem Sommer gab es kein Zeichen, welches das Ende der Hungersnot ankündigte. Auf der Suche nach Futter streunten die Schafe in die Berge, aber sie fanden nur wenig. Das Gras auf den Hoffeldern grünte spät und wuchs langsam, denn es gab wenig

Sonne. Die Leute redeten jetzt darüber, wie man Hasen fängt und die kleinen Fische, die sich um das Fest von St. Petur und St. Pall herum in Schwärmen in den Fjorden tümmelten. Birgitta machte die Milch zu Käse und gab der Familie Wasser zu trinken, doch andere Frauen trafen die andere Wahl, sie brachten ihre Familien mit Milch durch den Sommer und ließen den Winter auf sich zukommen. Die Menschen staunten darüber, daß zehn Kühe nicht mehr von demselben Land leben konnten, welches einst beinahe hundert ernährt hatte.

Eines Tages, kurz nachdem Jon Andres die Schafe zum Hvalseyfjord gebracht hatte, saß Birgitta an ihrer Weberei und schaute aus der Tür des Hauses zum Wasser des Fjords hinunter, und sie sah dieses Zeichen: Ein Boot kam zur Anlegestelle, und zwei Seehunde glitten heraus und begannen, den Hang hinaufzuklettern, und als sie sich dem Hause näherten, verwandelten sie sich in Menschen. In dem Moment kam Gunnar von der Milchstube, begrüßte die Männer und sprach mit ihnen. Bald gingen sie zu ihrem Boot zurück und ruderten zu einem anderen Hof, und Gunnar kam lächelnd ins Haus. Birgitta und Gunnar waren es nicht gewohnt, viel miteinander zu reden, denn sie hatten sich seit Jahren auseinandergelebt, doch jetzt erzählte er ihr, daß ein Wal in der Nähe von Herjolfnes gestrandet sei, ein riesiger Wal wie ein Berg aus Fleisch, und daß er und Kollgrim und Olaf an dem Tag noch fortgehen würden, um etwas Fleisch zu holen. Birgitta erinnerte sich an das Zeichen, das sie gesehen hatte, schlug die Augen nieder und sagte: »Mir scheint, daß es nicht der Segen ist, als der es erscheint.« Doch Gunnar blickte finster drein, da seine Kunde so übelgelaunt aufgenommen wurde, und sagte nichts. Etwas später fuhren die Männer davon.

Gegen Abend hörte es auf zu regnen, und die Wolken zogen aufs Meer hinaus. Der nächste Tag war der erste helle, klare Tag des Sommers, und gegen Mittag war das Gras auf dem Hang so trocken, daß Birgitta und Helga das Bettzeug aus dem Haus holten und ausbreiteten, denn es war feucht und muffig vom nassen Wetter. Danach begannen sie, die Kleidertruhen auszuräumen, und Helga tat fröhlich ihre Arbeit, doch Birgittas Schritt war schwer, und ihre Stimmung hob sich nicht, denn es schien ihr, daß diese

Hitze nichts Gutes bedeutete. Aber als es dämmerte, waren alle Sachen trocken und dufteten frisch, und Helga und Birgitta machten sich daran, die Betten neu zu richten. Als Birgitta gerade damit fertig war, das weiße Bärenfell auf Gunnars Bettnische auszubreiten, überkam sie plötzlich ein Weinkrampf, so daß sie nicht mehr stehen konnte, sondern neben der Bettnische zu Boden fiel. Helga, die mit Bettzeug und unvernähtem Wadmal im Arm ins Haus kam, legte ihr Bündel an der Tür ab, lief zu ihrer Mutter und nahm Birgittas Gesicht in ihre Hände. Da weinte Birgitta lange, und als sie sich beruhigt hatte, sagte sie zu Helga: »Als ich meine Hände in Gunnars Bärenfell legte, meinte ich mich als Kind in derselben Bettnische zu sehen, meine Mutter war noch nicht gestorben, und ich dachte auch noch nicht daran, sondern nur, daß meine kindlichen Vergnügungen immer weitergehen sollten, und ich erinnerte mich an dieses eine, an das ich seit fünfunddreißig oder vierzig Jahren nicht gedacht habe, an das Gefühl, ihr Haar zu flechten, ihre schweren Strähnen zu heben und ineinanderzudrehen, nicht so, wie ich es jetzt tue, ohne zu denken, sondern wie ich es damals tat, gewissenhaft und eifrig, denn ich wollte unbedingt die Flechtmuster lernen. Und das Gewebe ihres Kleides und die bräunliche Farbe des Wadmals und auch ihre abfallenden Schultern und der Anblick ihres Nackens schienen sich mir aufzudrängen, und es kam mir vor, als hörte ich den Klang ihrer Stimme, denn sie sprach mit einem vollen, leisen Ton, nicht so wie ich oder wie du, und so ist ihre Stimme verloren. Und mir schien, daß ich ein leichtgläubiges Dummerchen war wie alle Kinder und bin es noch immer, wie ich so von einem Tag zum anderen mit meinen Plänen und Erwartungen lebe. Es scheint mir, daß wir ans Ende der Welt gelangt sind, denn in Grönland muß die Welt, wenn es so weitergeht, durch Hunger und Sturm und Frost enden, obwohl sie anderswo anders enden mag.« Da schaute sie Helga ins Gesicht und fand dort Zuneigung, doch kein Verständnis.

Der nächste Tag war klar und sonnig und der Tag danach auch und der nächste Tag wieder, und am fünften Tag kamen Kollgrim, Olaf und Gunnar mit dem Walfleisch aus Herjolfnes zurück, das sie im kalten Wasser in einem Netz neben dem Boot herzogen, und Birgitta beeilte sich, es zu dörren und zu sieden, denn Walfleisch verdirbt schneller als anderes Fleisch, und dann kann man es nicht mehr essen, ohne ganz sicher krank zu werden. Birgitta blieb für sich; ihre Stimmung besserte sich nicht, und den ganzen Sommer hindurch trug Gunnar es ihr nach.

Eines Tages kamen Finn und Kollgrim mit einem Paar schöner, großer Seehunde von einem Jagdausflug zurück, obwohl die Zeit der Seehundjagd schon vorüber war, und Finn gab zu, daß er sie am Eingang des Isafjordes von einigen Skraelingern im Tausch gegen einen Satz geschickt gearbeiteter Pfeile bekommen hatte, welche er selbst entworfen hatte. Gunnar war über das Fleisch und die Häute erfreut, allerdings war der Preis sehr hoch, denn man brauchte fast einen ganzen Winter, um einen Satz solcher Pfeile herzustellen, die in Einzelteilen geschnitzt und zusammengesetzt wurden, so daß man sie im Vogelkörper auseinandernehmen und herausziehen konnte, ohne das Fleisch des Vogels zu verletzen. Die Skraelinger, sagte Finn, hätten viele Seehunde bei sich gehabt und seien übrigens dick und gut gekleidet gewesen, doch von Finns gesamter Ausrüstung waren diese Pfeile das einzige, das die Skraelinger gern eingetauscht hätten, und das hatte bedeutet, dies oder gar nichts.

Nun kam die herbstliche Seehundjagd heran, und nachdem die Männer weg waren, gingen Birgitta und Helga in die Scheune, um die Wintervorräte zu zählen, damit Birgitta überschlagen konnte, wie viele Schafe man schlachten mußte. Das Walfleisch hatte ihnen gerade soviel Erleichterung verschafft, daß die Lavranshofleute mit den beiden von den Skraelingern eingetauschten Seehunden und einem einigermaßen guten Ergebnis der herbstlichen Seehundjagd das Osterfest mit Käse im Mund und Schafen im Stall begehen würden, doch Birgitta wußte, daß dies bei einigen ihrer Nachbarn nicht der Fall sein würde. Dann ging sie hinaus und zählte die Schafe und die herangewachsenen Lämmer, obwohl sie sie in der Tat im Laufe des Jahres immer wieder gezählt hatte und jederzeit ganz genau wußte, wie viele sie besaß und wo die Tiere gerade waren. Dennoch ging sie jetzt zum Pferch und erblickte sogleich die größeren Vatna Hverfi-Schafe, denn diese stachen aus der Herde hervor wie große Fleischstücke in einem Eintopf. Darüber hinaus ergatterten diese Schafe immer die besten Grasbüschel und verjagten die anderen Tiere. Da rief Birgitta ihren Schafhirten zu sich und befahl ihm, die größeren Schafe auszusondern und sie zu Hakon Haroldsons Hof zu bringen, der nicht weit entfernt war, und die Tiere der jungen Bauersfrau Ragnhild zu schenken, denn sie hatte zwei Kleinkinder zu Hause und erwartete vor Jul ein drittes Kind, und die Familie würde mit ihrer Herde sicher nicht über den Winter kommen. Osvif brach auf, und Birgitta ging auf und ab, beobachtete die Schafe und spann. Helga kam zu ihr hinaus, und sie sagte: »Nun haben wir unser Vertrauen in den Himmel gesetzt, und wir müssen zum Herrn beten, daß er uns zurückgebe, was wir freizügig anderen gegeben haben. Mir scheint, daß Sira Pall Hallvardsson und Gunnar früher manchmal an den Abenden darüber gesprochen haben, wie Jehova einst den Glauben der Juden durch allerlei Härten prüfte. Nun werden wir die Gnade des Herrn prüfen.«

»Sira Pall Hallvardsson würde sagen, daß es dem Herrn nicht sehr gefällt, wenn man Ihn prüft.«

»Und ich würde sagen, daß es den Grönländern nicht sehr gefällt, wenn man sie verhungern läßt. Was haben wir denn getan, das wir bereuen müßten, außer daß wir all unsere Güter aufgaben, dann unser ganzes Land, dann alle unsere Kinder, dann unsere ganze Gemeinschaft?«

»Dennoch«, antwortete Helga, »würde Sira Pall Hallvardsson sagen, daß wir tief von der Sünde durchdrungen sind und gar nicht genug büßen oder aufgeben können, um unsere Seelen zu reinigen.«

»Nein, Helga.« Birgitta lächelte. »Sira Pall Hallvardsson würde so etwas nicht sagen, Sira Jon würde es sagen. Aber mein Entschluß steht fest, und bald wird Ragnhild der Gnade des Herrn danken, welcher mein Herz gerührt hat, daß ich ihr diese Schafe schickte. Und so wird das Lob sich zu Ihm aufschwingen, dem das Lob gefällt und der doch wenig dafür gibt.« Da fühlte sich Helga ein wenig unwohl, und Birgittas Lächeln wurde breiter, und einen Moment später sagte Birgitta: »Damit du dir nicht angewöhnst, solche Dinge zu hören, solltest du, glaube ich, einen Korb nehmen und am Ufer Seegras suchen. Ich werde bei den Schafen bleiben, bis Osvif zurückkommt.« Helga ging, und Birgitta beobachtete sie, und es schien ihr, daß es ihrem Mädchen nicht bestimmt sei, in der Hungersnot zu sterben, wie sie es im letzten Jahr befürchtet hatte, sondern daß es ein längeres und seltsameres Leben führen werde, denn selbst jetzt, als Helga zum Strand herunterlief, schien sie auf etwas Unsichtbares zuzueilen, und es schien Birgitta auch, daß dieses Unsichtbare ihr bald offenbart werde.

Einige Tage später kamen die Männer von der Seehundjagd zurück, und Birgitta sah, daß sie wenig erlegt hatten. Gunnar erklärte, es gebe jetzt so wenige Boote und so wenige erfahrene Männer, daß die Seehunde ihnen leicht entkommen könnten. Außerdem hätten einige Männer, die nach Hreiney gefahren seien und sich dort umgesehen hätten, nichts gefunden, kein Wild, wenig Futter. An dem Abend machte sich Finn daran, einen weiteren Satz seiner Vogelpfeile anzufertigen, denn er war zuversichtlich, daß er später im Herbst wieder Skraelingergruppen begegnen würde. Und so vergingen die Tage und wurden kürzer, und am Ende des Sommerhalbjahres schlachteten die meisten Bauern mehr als die Hälfte ihrer Schafe und einige ihrer Kühe und Ziegen, und von allen Höfen pilgerten Leute nach Gardar und Solarfell und beteten für die Seelen der Grönländer und dafür, daß ein großer Wal an der Öffnung eines jeden Fjordes stranden möge.

In diesem Herbst verließen auch Eyvind und seine Tochter Finna ihren Hof, sowie zwei weitere Bauern in Isafjord. Eyvind ging nach Dyrnes auf den Hof seiner Tochter Anna, und Finna ging mit ihm. Man muß sagen, daß Eyvinds Schwiegersohn nicht sehr erfreut war, ihn zu sehen, denn sein Hof war klein und letztendlich nicht viel besser, als es Eyvinds gewesen war. Zudem litt Eyvind immer noch unter Anfällen unbändiger Trauer, er weinte dann viel und konnte es nicht unterdrücken. Dennoch blieb Eyvind dort und auch Finna, aber Margret und die beiden Knechte mußten sich einen anderen Platz suchen, und außerdem war die Lage auf Eyvinds Hof so schlecht gewesen, daß man im Laufe des Sommers alle Schafe gegessen hatte, und so konnte Margret demjenigen, der bereit war, sie aufzunehmen, nur einige Stücke ihrer Weberei anbieten. In den Jahren am Isafjord hatte sie weder Sigurd Kollsson noch Quimiak je gesehen, obwohl sie glaubte, einmal eine seiner Frauen mit einem anderen Skraelinger gesehen zu haben. Aus diesem Grund machte es ihr nichts aus, nach Dyrnes zu gehen, denn es gab auch dort ziemlich viele Skraelinger. Nun, da sie eine alte Frau war, gab es nur eine einzige Sehnsucht, die sie manchmal ergriff, die Sehnsucht nach dem Anblick dieses kleinen Jungen. Es geschah nur selten, doch immer mit einem atemlosen, erstickenden Druck, welcher wie die Umarmung eines Eisbären war, die sie sich immer vorgestellt hatte, als sie noch ein Kind war und Onkel Hauk ihr Geschichten von der Nordsetur erzählte. Der Verlust Sigurds war etwas, das sie nicht verwunden hatte, und aus diesem Grunde sah sie wenig Hoffnung für Eyvind, den sie immer mehr gemocht hatte.

In Dyrnes hatte nur ein einziger Hof einen Platz für sie, ein mittelgroßer Hof, auf dem die Frau vier kleine Kinder versorgen mußte und keine Magd hatte, und diese Frau namens Freya zwang Margret einzuwilligen, daß sie die Hälfte ihres Fleisches den Kindern überlassen werde, wenn der Hunger es verlange, und daß sie jederzeit gehen werde, wenn man sie dazu auffordere, und zwar ohne Fleisch und ohne Sicherheit für einen anderen Platz, sondern nur mit den gewebten Stoffstückchen, die sie mitgebracht hatte, oder mit ähnlichen Stücken, falls man die ihren in der Zwischenzeit für Kleidung verwendet hätte. Da der Winter schon fortgeschritten war, wollte Margret in der Kälte nicht mehr weiterreisen, und sie willigte in diese Bedingungen ein und nahm sie Freya auch nicht übel, denn sie sah, daß Freya aus Angst vor dem nahenden Tod wie von Sinnen war. Die Kinder saßen um die Mutter herum und beobachteten sie, denn deren Angst hatte sie angesteckt, und wenn die Mutter die Augen zumachte oder aufschaute oder ihr Gesichtsausdruck sich irgendwie veränderte, dann schrie das älteste Kind auf: »Was ist los, Mama!«, und das zweitälteste erschauerte und zitterte, und das jüngste fing an zu weinen, und so versuchte Freya immer noch stiller zu sitzen oder die Kinder in die Bettnische zu schicken, doch sie wollten sich nicht von ihr trennen. Angstvoll erwarteten sie die Heimkehr des Vaters, nicht weil er ein herzloser Mann gewesen wäre, sondern weil auch er von düsterem Gemüt war, und wenn er von der Arbeit oder von der Jagd auf den Hof kam, hatte er stets Unheilprophezeiungen auf den Lippen.

Tatsächlich hatten sie, wie Margret sehen konnte, beim Füllen der Scheune im Sommer gute Arbeit geleistet und besaßen mehr Vorräte, als Eyvind je besessen hatte, selbst in den besseren Jahren. Doch Eyvind war ein zuversichtlicher Bursche gewesen, und das konnte man von Freya und Gudleif, ihrem Gatten, nicht behaupten. Jeden Abend beteten sie inständig darum, daß sie heil bis zum Morgen kämen, und jeden Morgen beteten sie inständig darum, daß sie heil bis zum Abend kämen. Margret empfand das Haus als bedrückend. Gudleifs Hirte, dessen junger Gehilfe und die beiden anderen Knechte blieben freiwillig mit den Schafen im Stall. Manchmal traf Margret Eyvind und Finna zu einem kleinen Gespräch, doch mit fortschreitendem Winter hörten diese Treffen auf, denn Finna litt sehr an der Gelenkkrankheit und konnte nicht im Schnee laufen, auch wenn er noch so niedrig lag, und Eyvind wollte bei ihr bleiben.

Die winterlichen Spiele und Vergnügungen, an die Margret gewöhnt war und von denen sie annahm, daß alle Grönländer daran gewöhnt waren, fehlten auf diesem düsteren Hofe völlig. Gudleif schnitzte weder Kreisel noch Spielmarken für die Kinder und erzählte auch keine Geschichten zur Unterhaltung. Niemand klatschte über die Nachbarn oder machte sich Gedanken darüber, wie die Leute im Süden lebten oder in Jerusalem oder wie das Leben im Himmel war, so wie es Eyvind und seine Töchter getan hatten. Freya seufzte beim Weben und Spinnen und auch beim Kochen, und sie und Gudleif maßen beim Essen die Anteile der Kinder mit strenger Genauigkeit und sagten ihnen, sie sollten dankbar sein für das, was sie hätten, ganz so als wäre es dünn und nicht schmackhaft, selbst dann, wenn es herzhaft und köstlich war, so daß die Kinder sich nicht an ihren Mahlzeiten freuten, sondern nur sorgsam alles aufaßen. Manchmal kamen Besucher, meist waren es Gudleifs Vater und Mutter, die beide noch lebten und noch nicht sehr alt waren, und dann starrten auch diese beiden auf die Eßbretter der Kinder und sprachen grimmig über den kommenden Winter, und Margret wußte, daß diese Menschen schon vor den Hungerszeiten in solche Gewohnheiten verfallen waren, ja, daß sie schon immer so gewesen waren. Gudleifs Vater, Finnleif, sprach so, als wären alle seine schrecklichsten Prophezeiungen jetzt wahr geworden. Außerdem wußte er stets, welches Jahr gerade war, denn er hatte immer einen genauen, ausführlichen Kalender geführt. Es würde zu diesem Neujahr 1399 sein. Dachte Margret denn, daß diese Hungersnot zufällig 1399 kam? Nichts war zufällig. Nicht viele würden das neue Jahrhundert erleben, sagte Finnleif.

Die Kirche von Dyrnes lag in einem schönen weiten Tal, das sich ein gutes Stück in die Berge zog, und die meisten Höfe lagen auf einer Insel, von der Kirche aus gesehen auf der anderen Seite des Sunds. Um die Kirche herum gab es das beste Land, und in der Vergangenheit war der Priester von Dyrnes immer ein reicher Mann gewesen, aber jetzt kam nur noch Sira Audun, vier- oder fünfmal im Jahr, und so ließen die Bauern von Dyrnes ihre Schafe im Tal auf dem Kirchenland weiden, und sie fuhren zu ihnen auf dem Sund hin und her, was manchmal nicht ganz ungefährlich war. Aber der Bezirk lag nicht in einer so eisigen Gegend wie Isafjord, und die Leute waren hier ein wenig wohlhabender. Sie konnten alle gut rudern und Boote bauen und hatten für Pferde nicht viel übrig. Margret hörte, wie sie oft über Bjorn Bollason, den Gesetzessprecher, und seinen Ziehvater Hoskuld miteinander sprachen, denn die beiden kamen aus Dyrnes, und man bemerkte, wie wichtig die Stellung sei, zu der sie es gebracht hatten, trotz der Leute aus Brattahlid und der Leute aus Gardar und der Leute aus Vatna Hverfi; die Schlußfolgerung dieser Gespräche war häufig, daß die Bewohner von Dyrnes nicht so wohlhabend sein mochten wie die Leute aus gewissen anderen Bezirken, doch das verhältnismäßig harte Leben habe sie klüger und aufmerksamer werden lassen. Auf Margret waren sie ziemlich neugierig, anders als die Isafjorder, welche zwar oft ihre Meinung zu Dingen äußerten, aber niemals Fragen stellten. Gudleifs Mutter, deren Name Bryndis war, wollte ganz besonders viel wissen, so auch, warum Margret bei Eyvind gewesen sei und ob sie mit ihm wie sein Weib gelebt habe und warum sie nicht mit ihm zum Hof seiner Tochter gegangen sei, war die Tochter vielleicht eifersüchtig? Hier schaute sie Freya kurz an. Und warum war sie mit so wenigen Habseligkeiten zu Freya gekommen und hatte ihre Dienste angeboten? Und wo hatte sie gelebt, bevor sie nach Isafjord gekommen war, und wo davor? Und warum hatte sie nie geheiratet, und warum sprach sie nicht wie eine Magd, und wie alt war sie, und wenn sie nicht so alt an Jahren war, warum war denn ihr Haar so weiß und ihre Haut so runzelig, und vor allem, wer war ihre Familie, und wo lebte sie? Asgeir sei vor vielen Jahren gestorben, erwiderte Margret, als er in einem Januarschneesturm Schafe gesucht, nachdem er einen Teil seines Hofes in einem Streit mit einem Nachbarn verloren hatte, und dann stand sie auf und schaute nach den Kindern. Nach dem ersten oder zweiten Besuch sorgte Margret dafür, daß sie in der Milchstube oder bei einer schwierigen Arbeit war, wenn Bryndis zu Besuch kam.

Freyas Mutter und Bruder kamen auch zu Besuch, doch sie waren sehr unterwürfig, und wenn beide Seiten der Familie zur gleichen Zeit kamen, was häufig genug geschah, dann reichten Freyas Mutter und Bruder wie selbstverständlich die Stärkungen herum, als wären sie Dienstboten, und sie nahmen auch die Ansichten von Finnleif und Bryndis mit zustimmendem Schweigen auf. Freyas Mutter sprach niemals zu Margret und schien ihren Namen nicht zu kennen. Margret selbst war die meiste Zeit mit ihrer Stellung recht zufrieden, obwohl sie manchmal die Knechte beneidete, die zwar bei den Schafen schliefen, doch zumindest ein wenig Gesellschaft hatten. Nun kam Jul heran, und Margret bemerkte, daß Freya jeden Tag leicht stöhnend in die Scheune ging.

Eines Tages saß Margret da und nähte Schlafsäcke aus Schaffellen für die beiden kleineren Kinder, denn diese beiden, die bei ihr schliefen, waren oft unruhig und strampelten ihre Decken weg. Freya war am Webstuhl und webte Wadmal, und Margret sah, daß ihr Schiffchen mit jedem Wurf langsamer lief. Das älteste Kind hatte aufgehört zu spinnen und schaute in sprachloser Angst zu, doch die anderen, die unter einer Decke in der Bettnische lagen, hatten es nicht bemerkt. Da ließ Freya das Schiffchen fallen und legte die Hand an den Kopf, und nach dem jähen kleinen Geräusch lugten drei Köpfe aus der Bettnische, und im Handumdrehen weinten alle drei Kinder. Da stand Margret auf, suchte ein Stück Wadmal und tauchte es in einen Bottich mit ausgelassenem Seehundspeck. Dann half sie Freya in ihre Bettnische und legte ihr das Tuch auf die Stirn. Ein großes Geschrei hub an. Da öffnete Margret die Tür und hielt nach Gudleif Ausschau, doch er war nirgends zu sehen. Dann setzte sie sich an ihr Nähzeug und erzählte die folgende Geschichte:

Es war vor vielen Jahren in Norwegen, noch vor der Zeit Harald Schönhaars, als es in jedem Bezirk viele Könige gab, da lebte eine Prinzessin, deren Name war – Margret schaute das zweite Kind an und sagte »Thorunn«, denn der Name des Kindes war Thorunn, und Margret konnte sich an den wirklichen Namen der Prinzessin nicht erinnern, so viele Jahre war es her, daß sie die Geschichte gehört hatte. Die kleine Thorunn lächelte scheu. Und sie war eine Prinzessin in Hordaland. Sie verliebte sich in einen Prinzen, dessen Vater in Hardanger lebte, und die beiden liebten einander sehr, und ihre Heirat war in der Tat wünschenswert, da die Familien bereits weitläufig verwandt waren, doch dem Vater dieser Prinzessin, einem berühmten Wikinger namens Orm, lag es sehr am Herzen, daß Prinzessin Thorunn einen der beiden Männer heiratete, die in seinen Diensten standen, und er sagte es ihr. Doch Prinzessin Thorunn war eine echte Wikingerprinzessin, und sie hob das Kinn und sagte, sie werde es nicht tun. Da sagte Orm, er würde sie in einen dunklen Turm sperren, aber er wollte ihr nur drohen, denn er liebte sie sehr, doch sie sagte mit kühler Stimme: »Du magst es tun, wenn es sein muß«, und da wurde er zornig und ließ einen Turm aus großen roten Steinblöcken bauen, rundherum mit Soden beschichtet, so daß kein Fünkchen Licht hindurchdrang, und da hinein sperrte er Prinzessin Thorunn und ihre Magd, und er gab der Magd einen Stab und befahl ihr, mit dem Stab dreimal auf den hölzernen Boden des Turms zu klopfen, wenn Prinzessin Thorunn ihre Meinung ändern sollte, und dann würde er sie freilassen, andernfalls müßten sie sieben Jahre dort drinnen bleiben, über Jul und Ostern und den wunderschönen Sommer. Doch die Magd gab die drei Klopfzeichen nicht, denn in der Tat war es für Prinzessin Thorunn gar nichts, ihrer Liebe sieben Jahre lang treu zu sein.

Nun wurde das Essen knapp, und da wußte die Prinzessin, daß die sieben Jahre zu Ende gingen, und trotz ihres Stolzes war sie froh darüber. Doch es kam immer noch niemand, um sie zu befreien, und Prinzessin Thorunn wandte sich an ihre Magd und sagte: »Wir werden hier wahrhaftig eines unglücklichen Todes sterben, wenn wir uns nicht selbst helfen«, und sie nahm ihre Spindel und schabte an dem Mörtel zwischen den roten Steinen, und sie schabte einen ganzen Vormittag, und dann schabte die Magd einen Nachmittag, und dann schabte die Prinzessin den ganzen Abend, und nach einer Weile bekamen sie einen Stein heraus, und dann zwei, und dann drei, und dann nahm die Prinzessin ihr kleines Messer, dessen silberner Griff über und über ziseliert war, und sie begann, die Soden wegzuschneiden, und das ging so den ganzen nächsten Tag weiter, bis das Licht hereinfiel, und das Licht bewirkte, daß ihre Herzen höher schlugen, und sie verdoppelten ihre Anstrengungen, obwohl sie sehr müde und entmutigt waren, und die frische Luft drang herein, dann der Anblick des blauen Himmels und der Vögel, die umherflogen, und der Anblick der Berge mit dem blendend weißen Schnee auf den Gipfeln und den glitzernden Bächen, die an den Hängen heruntersprudelten, und die beiden arbeiteten noch härter, und bald sahen sie die grünen Wiesen, und sie waren sehr froh, doch als das Loch groß genug war, daß die Mädchen hinaussteigen konnten, da waren sie nicht mehr so froh, denn sie sahen keine Schafe oder Kühe oder Milchmägde, das Schloß lag in Trümmern, die Pferde waren davongelaufen, und alles war öde, denn einer von Orms Feinden aus dem Bezirk Stavanger war gekommen und hatte Krieg gegen ihn geführt. So besaßen die beiden Frauen nur die Kleider, die sie am Leibe hatten, und sie machten sich auf, um jemanden zu suchen, der sie aufnehmen würde.

Sie wanderten nach Norden und dann nach Osten und dann nach Süden, doch nirgends fanden sie jemanden, der sie aufnahm, denn das Land war in den Klauen einer großen Hungersnot. Sie aßen alle möglichen armseligen Speisen, wie Gras und Birkenblätter am Wegesrand, doch endlich fanden sie ein Schloß, und dort schaute der Koch sie von oben bis unten an und sagte, sie würden wohl zu Spülmägden taugen, da der König gerade Hochzeit feiern wolle, und es werde viel Geschirr zu waschen sein.

Nun konnte Margret sich nicht mehr erinnern, was als nächstes geschah, und sie überlegte, ob sie mit der Geschichte aufhören sollte, doch sie sah, daß die vier Kinder genau zuhörten, und so stand sie auf und holte sich ein wenig Wasser zu trinken. In der Tat war es die Geschichte von dem Turm, die sie als Kind immer angezogen hatte, und sie erinnerte sich jetzt, daß ihre Aufmerksamkeit während der übrigen Geschichte stets abgeschweift war. Sie trank ein paar Schlucke Wasser, und die Kinder schauten sie erwartungsvoll an. »Nun«, sagte sie, und da kam aus der Bettnische Freyas Stimme, die sagte: »Die Braut. Die Braut war so häßlich, daß sie es nicht ertrug, sich im Spiegel anzuschauen.« Und da erinnerte sich Margret, also fuhr sie fort.

Dieses Schloß war nämlich das Schloß des Prinzen, der einst Prinzessin Thorunn geliebt hatte, doch er dachte, sie sei inzwischen tot, und so hatte er es zugelassen, daß sein Vater ihn mit einer anderen Prinzessin aus Deutschland verlobte, die so häßlich war, daß sie es nicht ertragen konnte, sich im Spiegel anzuschauen. Sie war sehr reich, doch ihr Vater ließ sie von niemandem anschauen, und so kam sie mit Seidentüchern tief verschleiert zum Hardangerfjord. Nun war der Hochzeitstag gekommen, und Thorunn, die nur eine Dienstmagd war, brachte der Braut das Morgenfleisch hinauf. Die Braut sah sie und sagte: »Thorunn, du bist wirklich eine hübsche Jungfrau. Dies ist meine Angst, daß die Menschen mich auslachen und Dinge nach mir werfen werden, wenn wir in der Prozession zur Kirche gehen, denn ich bin in der Tat sehr häßlich. Ich wünsche, daß du meine Brautkleider trägst und an meiner Stelle gehst.« Doch Thorunn sagte, das wäre eine Sünde und sie könne es nicht tun. Da wurde die häßliche Prinzessin sehr zornig und schwor, sie würde Thorunn den Kopf abschlagen lassen, wenn sie ihr nicht gehorche, und so legte Thorunn die Brautkleider an und ging hinunter und nahm ihren Platz in der Prozession ein.

Als der Prinz sie sah, war er freudig überrascht und dachte, seine Ehe werde vielleicht doch nicht so schlecht sein, da diese deutsche Prinzessin seiner lieben Thorunn so ähnlich sah. Und so begann die Prozession, und sie war nicht so schlicht wie die Prozessionen in Grönland, denn die Kirche war sehr groß, und der Weg verlief zwischen zwei Gruppen von Leuten, die alle sehen wollten, wie die künftige Königin aussah, und alle hatten farbenprächtige Kleider an, und alles war sehr schön, doch das Herz der Magd Thorunn war schwer, und sie sprach einige Verse. Als sie an einer Birke vorbeikam, sagte sie: »Kleine Birke, kleine Birke, was tust du hier allein? Einst aß ich deine Blätter, ungekocht und ungebraten.« Und der Prinz schaute sie an und sagte: »Was?« und sie sagte: »Nichts. Ich habe nur an die Prinzessin Thorunn gedacht.« Und er war ein wenig erstaunt, denn er hatte seit sieben Jahren niemanden von dieser Prinzessin sprechen hören.

Da kamen sie zu einem Steg, und das Mädchen hatte große Angst, und es sagte: »Steg, Steg, zerbreche nicht unter meinem Schritt, ich bin die falsche Braut, und es tut mir von Herzen leid.« Doch als der Prinz sie fragte, was sie da sagte, da erwiderte sie nur: »Nichts. Ich habe an die Prinzessin Thorunn gedacht.« Da kamen sie zur Kirchentür, und die Prinzessin war aus Angst über ihre Lüge einer Ohnmacht nahe, und so sagte sie: »Kirchentür, Kirchendach, brecht nicht entzwei. Ich bin die falsche Braut, doch es tut mir von Herzen leid.« Der Prinz sagte nichts, und sie wurden vom Erzbischof von Nidaros vermählt.

Da brach die Nacht herein, und die richtige Prinzessin kam verschleiert in die Kammer des Prinzen, und als sie ihre Schleier abnahm, da war er sehr entsetzt, und er sagte: »Du bist nicht die, der ich angetraut bin.«

»Ich bin in der Tat deine anverlobte Braut«, sagte die Prinzessin.

»Was war es dann, das du zur Birke sagtest, als wir heute morgen daran vorbeigingen?«

»Ich spreche nicht zu Birken«, sagte die Prinzessin. »Ich bin vielleicht häßlich, aber ich bin immer noch eine Prinzessin.«

»Was hast du dann zum Steg gesagt?«

»Mir scheint, daß du verrückt bist. Ich habe zu keinem Steg gesprochen.«

»Was hast du denn zu Kirchentür und Kirchendach gesagt? Wenn du es mir nicht sagen kannst, dann bist du nicht meine Frau.«

Da besann sich die Prinzessin und sagte: »Ich muß gehen und mit meiner Magd sprechen, denn sie behält meine Gedanken für mich.« Und sie lief in die Küche und suchte Thorunn und fragte sie, was sie zur Kirchentür gesagt hätte, und Thorunn sagte es ihr, und sie lief zum Prinzen zurück, und sie sagte mit lauter Stimme:

»Kirchentür, Kirchendach, brecht nicht entzwei. Ich bin die falsche Braut, doch es tut mir von Herzen leid.«

Da sprang der Prinz auf und sagte: »Warum hast du das gesagt? Wahrlich, du mußt mir alles sagen, oder ich werde dir den Kopf abschlagen lassen.« Und die Prinzessin erzählte ihm von ihren Ängsten und sagte, sie habe ihre Küchenmagd an ihrer Statt geschickt. Da bestand der Prinz darauf, daß sie die Küchenmagd zu ihm bringe, und sie lief hinunter in die Küche, doch anstatt die Magd Thorunn zum Prinzen zu bringen, wie er ihr befohlen hatte, fing sie an, das Mädchen zu beschuldigen, und sie rief nach ihren Männern, die kommen und der Magd den Kopf abschlagen sollten. Thorunn lief hinaus in den Hof und begann zu rufen und zu schreien, denn sie war nicht eine, die demütig in einen solchen Tod gehen würde. Der Prinz hörte das Schreien und kam aus seiner Kammer und rettete die Prinzessin Thorunn, und als sich die Dinge beruhigt hatten, fragte er: »Als wir zur Kirche gingen, da sprachst du von Prinzessin Thorunn. Hast du Kunde von ihr?« Und sie sagte: »Wahrlich, ich bin Prinzessin Thorunn, obwohl unglückliche Ereignisse mich mittellos in der Welt gelassen haben.« Da drückte der Prinz sie an sein Herz, und sie lebten glücklich auf dem Schloß, und die häßliche Prinzessin ging nach Deutschland zurück und heiratete einen häßlichen Prinzen, der sie sehr mochte, und sie hatten sieben häßliche Kinder, die aber sehr reich waren, und den Rest ihres Lebens waren sie mit sich ganz zufrieden.

Die Kinder lachten jetzt, und Freya richtete sich auf und sagte: »Das ist nicht dasselbe Ende, welches ich gehört habe.«

»Aber ein solches Ende paßte zu meiner Amme Ingrid, denn sie hatte von den Gebräuchen der Menschen, die nicht genauso waren wie wir, eine Menge zu erzählen.«

Die Kinder freuten sich über diese Geschichte, doch sie wünschten sich nicht, daß Margret noch eine weitere erzählte, denn sie waren es nicht gewohnt, um irgend etwas zu bitten. Aber am nächsten Tag sagte das Kind Thorunn, das in Margrets Nähe saß: »Was ist denn ein König?« Und Margret erwiderte, daß ein König eine hochgestellte Persönlichkeit sei, so hoch, daß es keine Könige in Grönland gebe, doch wenn man sich einen Körper vorstellte, dann entspräche der König dem Kopf dieses Körpers. Das Kind nickte und schwieg, doch danach geschah es nicht selten, daß Thorunn oder Oddny, das älteste Kind, mit einer Frage zu Margret kam: Welche Farbe hatte Thorunns Haar, oder wie war der Name des Prinzen, oder was war Deutschland, und Margret achtete darauf, daß sie die Fragen ebenso ernsthaft beantwortete, wie sie gestellt wurden. Manchmal sprachen sie darüber, was die Prinzessin und die Magd sieben Jahre lang in dem dunklen Turm gemacht, wie sie Jul gefeiert und wie sie ihre Arbeit beleuchtet hatten, worüber sie geredet und was sie getan hatten, wenn das Feuer ausgegangen war. Andere Male versuchten sie sich auszumalen, wie häßlich die häßliche Prinzessin wirklich gewesen war, und Margret fand ein wenig Vergnügen an diesen Gesprächen, obwohl sie sah, daß Freya sich nicht darüber freute, sondern recht eifersüchtig war. Gudleif wußte nichts von diesen Dingen. Nach Jul mußte Margret ihr Fleisch aufteilen und die Hälfte den Kindern geben, und die Lage wurde ziemlich ernst.

Nun war es so, daß Bjorn Bollason nach Jul seine Skier anlegte und nach Gardar fuhr und Sira Pall Hallvardsson fragte, was noch in den Lagerhäusern sei, und Sira Pall Hallvardsson nahm ihn mit und zeigte ihm jedes einzelne Lagerhaus und auch die Küche des Bischofshauses, und Bjorn Bollason sah, daß überhaupt nichts mehr übrig war, denn er und seine Männer hatten im Jahr zuvor alles verteilt, so zuversichtlich waren sie gewesen, daß ein solches Jahr sich nicht wiederholen könnte. Doch in diesem Winter war die Notlage der Grönländer so groß, daß sie nur neidvoll des vergangenen Jahres gedachten.

Kurz nach Jul verließ Finn Thormodsson Lavranshof, und mit seinen Pfeilen machte er sich auf die Suche nach Skraelingern. Nach etwa vier Tagen auf Skiern traf er eine große Gruppe dieser Dämonen, dick und warm gekleidet und wohlgenährt, und er bot ihnen einen Satz Pfeile an. Die Pfeile gefielen ihnen sehr, und sie lachten herzlich vor Vergnügen, wie sie es häufig tun, und nach einigen Augenblicken zogen sie ihre eigenen Pfeile von derselben Art hervor, und Finn erkannte, daß die Skraelinger, denen er im Sommer seine Pfeile im Tausch gegeben hatte, inzwischen gelernt hatten, diese Pfeile selbst herzustellen, und allen anderen den Kniff beigebracht hatten, und so waren die Skraelinger zwar bereit, ihm seine Pfeile abzunehmen, wollten ihm jedoch nur einen kleinen Seehund dafür geben.

In der Tat sind jene Seehunde, welche die Skraelinger im Winter erlegen und die nur von den Skraelingern erlegt werden können und niemals von Menschen, selbst für Skraelinger schwer zu erlegen. Finn blieb zwei Tage bei den Skraelingern, denn sie sind gastfreundliche Wesen, und er schaute zwei Männern beim Jagen zu, und sie machen es so. Ein Mann steht da, seinen Speer hält er über dem Kopf, und er beobachtet ein Seehundloch im Eis und wartet, ohne sich zu bewegen oder zu atmen, einen ganzen Tag lang oder auch zwei. Die stärksten Winde und verheerendsten Stürme bewegen ihn nicht, denn er ist von einem Bann verzaubert, der ihn zu Stein werden läßt. Dann kommt ein Seehund an das Loch und holt Luft, und der Speer fliegt wie durch einen Zauber nach unten, in das Maul und den Kopf des Seehundes, und dann wird derselbe Speer benutzt, um den Seehund aus dem Eis zu ziehen, denn irgendwie bleibt er in dem Fleisch des Seehundes stecken. Finn bewunderte dieses Können sehr, doch ist es, als bewunderte man das Können des Teufels, denn sobald ein Mensch seinen Glauben an Gott erklärt und sich in die Hände des Herrn begibt, verliert er die Macht, auf Skraelingerart zu jagen, denn der Mensch muß zwischen dieser und der nächsten Welt wählen und nicht tun wie Esau, der Sohn Isaaks, als er sein Erstgeburtsrecht für eine Schale Suppe verkaufte.

Es war so, daß die Skraelinger überall in diesem Jahr des Hungers dick und fröhlich schienen, und die meisten Leute meinten, daß sie für die Grönländer eine Prüfung ihres Glaubens seien, und es gab Menschen, die wurden geprüft und ertrugen es nicht, denn ein Mann am Kambhofsfjord zum Beispiel nahm seine Frau und sein Kind und ging mit den Skraelingern und ward danach viele Jahre nicht gesehen. Sein Name war Osvif, seine Frau hieß Marta, und ihr Sohn hieß Jon, doch einige Zeit später hieß es, sie hätten ihre Namen in Skraelingernamen geändert und Osvif habe sich eine zweite Frau genommen, eine Skraelingerfrau, die fast keine Haare auf dem Kopf hatte.

Nun kam die Zeit für Sira Audun, sich auf seine jährliche Reise in den Süden zu begeben, und einige Tage vor seiner Abreise kam

Sira Pall Hallvardsson zu ihm und bat ihn, nicht zu fahren, denn es gebe nicht genügend Vorräte, um zwei Männer auf einer solchen Fahrt zu ernähren, Sira Audun und einen Knecht. »In der Tat«, sagte Sira Pall Hallvardsson, »haben wir nicht einmal für dich allein genug, das du in den Süden von Vatna Hverfi mitnehmen könntest. Wenn du mit wenig kommst, wird es nicht ausreichen, nur einen einzigen Menschen zu retten, und doch wird es ihnen viel erscheinen, und wenn du ihnen nichts mitbringst, dann werden sie sich verpflichtet fühlen, dich mit ihren eigenen Vorräten zu ernähren.«

»Das mag so sein«, erwiderte Sira Audun, »doch einige dieser Menschen haben in der Tat seit einem Jahr weder einen Priester gesehen oder gebeichtet, noch die heilige Kommunion empfangen, nämlich jene, die ich im Herbst nicht besucht habe. Es würde eine große Sünde für sie bedeuten, wenn man es ihnen verweigerte.«

»Es schien mir stets so, daß der Herr unsere Lage besser kennt, als es die Kirchenväter tun, und daß Er uns in unseren Übertretungen gnädig ist, zumindest in solchen wie diesen.«

»Doch die Menschen werden auf mich warten und niedergeschlagen sein, wenn ich nicht komme.«

Da lächelte Sira Pall Hallvardsson und sagte: »Dies sind dieselben Leute, über die du dich beklagst und die sich über dich beklagen. Sie tun recht wenig, um dich zu verdienen, das hast du mir einst unter vier Augen gesagt. In jeder Gemeinde zwischen hier und Herjolfnes wird einmal gestritten und dort noch zweimal, so macht Sira Audun seine Reisen. Das ist es, was sie von dir erzählen.«

»Willst du damit sagen, daß die Menschen nicht auch ein bißchen Streit suchen, um sich den langen Winter zu verkürzen? Die Grönländer halten Christus für einen kämpferischen Mann, und sie sind enttäuscht, wenn Seine Stellvertreter sie nicht tadeln und ein wenig mit ihnen streiten.«

»Dennoch …« Aber Sira Pall Hallvardsson sprach nicht weiter, denn es schien ihm unmöglich, daß Sira Audun reisen könnte, und er spürte kein Verlangen, noch mehr zu sagen. Doch einige Tage darauf erschien Sira Audun nicht wie gewöhnlich zu seinem täglichen Mahl. Es war nämlich so, daß die Leute in Gardar wie auch auf allen anderen Höfen in Grönland jetzt nur noch einmal aßen, anstatt zwei Mahlzeiten am Tag einzunehmen. Nach dem Essen begab sich Sira Pall Hallvardsson zur Kammer des anderen Priesters und sah, daß die Kammer zwar höchst aufgeräumt und sogar gemütlicher und besser ausgestattet war denn je, doch es war niemand darin. Er trat zurück und wollte gerade die Tür schließen, da drängte es ihn hineinzugehen und sich auf Sira Auduns Schemel zu setzen. Auf dem Tisch lag keine Nachricht, doch als wäre es so gewesen, wußte Sira Pall Hallvardsson beim Anblick des Schreibtischs ganz sicher, daß Sira Audun in den Süden abgereist war.

Zur selben Zeit, als Sira Pall Hallvardsson in Sira Auduns Zimmer saß, fuhr Sira Audun auf Skiern über die gefrorene Fläche des Einarsfjords, und er kam sehr gut voran, denn er trug nur die Last seiner Gewänder und hatte keine Bündel mit Essen bei sich. Das Wetter war schön und klar, und das Eis des Fjordes war von einer dicken, glatten Pulverschneeschicht bedeckt, so daß seine Skier einsanken und glitten und ihn in großen Streichen drei oder vier Schritte vorwärtstrugen. Sein Gesicht war hinter einer Maske aus zwei Lagen Wadmal versteckt, die als Schutz gegen die Schneeblindheit nur die winzigsten Sehschlitze hatte. Es schien Sira Audun, daß die vergangenen zwanzig Jahre seines Lebens in diesem einen Gefühl zusammenliefen, dem Gefühl, sich in den Süden aufzumachen, inmitten des Winters, im Dienste des Herrn. Nur hatte er niemals zuvor dem Herrn wirklich vertraut und war niemals allein aufgebrochen, ohne die Sicherheit durch einen großen Vorrat an Essen und zusätzlichen Gütern. Nie zuvor hatte er sein gemeines Ich in dieser Weise abgeschüttelt, obwohl er es hätte tun können, in jedem einzelnen dieser zwanzig Jahre, es war so einfach. Dieses Mal fühlte er ein solches Vertrauen in das, was kommen würde, und hätte er schneller skifahren können oder seine Skier wegwerfen und darauf zulaufen können oder hätte er vielleicht sein Menschsein abwerfen und wie ein Vogel darauf zufliegen können, dann hätte er es getan. Gegen Abend erblickte er die Sandebenen und das Flußtal, das nahe der Undir Hofdi-Kirche in den Fjord mündet, und schon bald stand er in der Kirche und entzündete eine kleine Lampe.

Das Licht flackerte und breitete sich in dem kleinen Raum aus und beleuchtete das hölzerne Antlitz des Herrn über dem Altar, und das Gesicht des Herrn schien in dem Lichtschein einen anderen Ausdruck anzunehmen, als das Licht darauf fiel, und Sira Audun in dieser kalten und verlassenen Kirche willkommen zu heißen, und in dem Augenblick wußte Sira Audun, daß er das Richtige getan hatte, was immer daraus werden würde, denn es schien ihm, daß der Herr ihn vermißt hätte, wäre er nicht zu Ihm gekommen. Sira Audun kniete auf dem kalten Boden und sprach ein erhabenes Gebet der Liebe und Freude, und nach einer Weile zog das Licht in der Kirche die Menschen aus der Nachbarschaft an, die nach ihrem Priester Ausschau gehalten und auf ihn gewartet hatten, um ihm zu beichten. Sira Audun stand auf und ging zum Beichtstuhl, und er hätte vor Hunger auf der Stelle ohnmächtig werden können, doch es schien ihm, daß der Herr ihn aufrecht hielte und ihm zum Beichtstuhl helfe. Nun kamen die Leute zu ihm herein, und sie waren in diesem Jahr ein armseliges Häuflein, noch armseliger als im Jahr zuvor, und anstatt ihre Sünden zu beichten, schweiften sie in Geschichten vom Hunger ab und zählten die auf, welche gestorben waren, und jene, die bald sterben würden, und sie baten Sira Audun und den Herrn um ein wenig Erbarmen mit den Grönländern. Sira Audun lenkte diese Abschweifungen nicht in die richtigen Bahnen zurück, sondern erteilte diesen Menschen die Absolution und versicherte sie in solch ausdrucksvoller Rede der Gnade Christi, daß sie in dem Glauben fortgingen, er müsse von etwas wissen, von irgendeinem Nahrungsversteck oder einem gestrandeten Wal, von dem sie nichts wußten.

Das Beichten dauerte fast die ganze Nacht. Die letzte, die kam, war Vigdis von Gunnarshof. Sie legte ihre Beichte in gewohnter Weise ab und hieß den Priester willkommen, und als sie gegangen war, trat Sira Audun aus der Zelle, und da lag ein großer Käse für ihn, ein durch und durch salziger, würziger Ziegenkäse, weiß und schmelzend, der köstlichste Ziegenkäse, den er je gekostet hatte. Er schnitt ihn auf und verteilte zur Kommunion kleine Stücke davon anstelle der harten Oblaten aus Rotalge, die die Grönländer gewöhnlich bekamen. Nach der Messe schnitt er den Käse in große Stücke und verteilte sie an die ärmsten Familien, und als er in die

Kirche ging, sah er, daß der Herr mit einem flackernden, heimlichen Blick der Freude auf ihn herabschaute.

In dem Moment gab es draußen eine Unruhe, welche durch die geöffnete Tür rasch in die Kirche übergriff. Sira Audun drehte sich um, da er feststellen wollte, woher die Rufe kamen, und er sah, wie ein armer Mann, Thorstein Steinthorsson, der in diesem Winter schon zwei seiner Kinder im Schnee begraben hatte, rückwärts durch die Kirchentür hereinstolperte und sein Päckchen mit Käse an sich drückte. Ihm folgte Ofeig Thorkelsson, fluchend und nach dem Käse schnappend. Da stieß Thorstein an die Steinmauer der Kirche, dort wo eine geschnitzte Specksteinfigur von Johannes dem Täufer hing, und mit seiner freien Hand ergriff Thorstein diese Figur, riß sie von der Mauer und versuchte, sie gegen Ofeig zu schwingen, doch er war vom Hunger so geschwächt, und die Figur war so schwer, daß sie ihm aus der Hand fiel, und Ofeig bückte sich, um sie aufzuheben. Doch Sira Audun war vor ihm zur Stelle, und einige von Ofeigs Freunden waren in demselben Moment bei ihm und hielten ihn zurück.

Sira Audun, der ebenso groß war wie Ofeig, trat vor ihn hin, schlug ihm fest ins Gesicht und sagte: »Ofeig Thorkelsson, bist du so tief von Sünde durchdrungen, daß du einem Menschen das Essen stehlen und ihn auch noch töten würdest? Was machst du hier? Es kann nicht sein, daß du gekommen bist, um zu beten, da du seit fünf oder sechs Wintern nicht gebeichtet hast, und deine Seele ist gerade jetzt in tödlicher Gefahr.« Es war Ofeig nicht anzumerken, ob er den Priester gehört hatte, und seine Freunde wollten ihn gerade wegzerren, als Sira Audun ihnen Einhalt gebot, denn es schien ihm, daß Ofeig gerührt werden könnte, wenn man ihn nur vor das erleuchtende und traurige hölzerne Antlitz über dem Altar bringen würde. Er bedeutete ihnen, Ofeigs Arme loszulassen, und sie taten es widerstrebend, denn sie kannten sein Verhalten besser als der Priester. Da führte Sira Audun Ofeig zum Altar, und Ofeig schien ihm willig zu folgen. Sie kamen zum Altar, und Sira Audun befahl Ofeig niederzuknien, und Ofeig gehorchte. Dann begann Sira Audun zu beten: »Herr, erfülle diesen Sünder nicht mit Furcht, sondern mit Freude, so wie Du mich in letzter Zeit erfüllt hast, denn ich war um nichts besser als er, nur Deine Gnade half mir. Herr, sein Herz mag so verhärtet sein, daß er nicht einmal weiß, ob es da ist, aber Du kannst es finden und es erwärmen. Herr, die Dämonen, so zahlreich auf der Erde wie die Stechmücken im Sommer, mögen sich vielleicht ein glückliches Heim in diesem Manne geschaffen haben, aber Du kannst sie austreiben und seine Seele wieder rein machen. Kein Mensch, der atmet, ist für Dich verloren, Herr. Er hat Böses getan, aber wenn Du über ihn kommst, wird er bereuen und der Sünde entsagen.«

Da schaute Ofeig auf und sah sich um. Die Leute, die hinten in der Kirche standen, flüsterten erwartungsvoll. Sira Audun fuhr fort: »Herr, in Deiner Unerforschlichkeit hat es Dir gefallen, daß wir dem Tod ins Auge schauen mußten, und doch wissen einige unter uns nicht, was sie sehen. Öffne uns die Augen, wir beten zu Dir.« In diesem Moment hob Ofeig die Faust, und ein verschlagenes Grinsen flog ihm übers Gesicht. Doch plötzlich lag er auf dem Rücken am Boden, und Sira Audun saß auf seiner Brust. Ofeig schrie vor Schmerz, denn Sira Audun hatte den Kopf in Ofeigs Bauch gerammt. Sira Auduns Stimme wurde lauter: »Herr, höre die Dämonen schreien. Wie sie es hassen, wenn man sie austreibt!« Und er fuhr fort, mit lauter Stimme zu beten, bis Ofeig ruhig war, und dann stand er auf und half Ofeig auf die Beine. Ofeig wankte davon, und Sira Audun sagte: »Gehe denn, und sündige nicht mehr«, doch er hätte nicht sagen können, ob Ofeig ihn hörte oder nicht.

Als die Kirche leer war, kniete Sira Audun nieder und dankte dem Herrn, der ihn mit solcher Kraft gegen Ofeigs Dämonen erfüllt hatte, und er betete eine Weile, bevor er die Kirche verließ und sich an die Aufgabe machte, die Höfe des Bezirkes zu besuchen.

Das war nun in der Tat eine bedrückende Aufgabe, denn auf jedem Hof hatte er für einen oder zwei Verstorbene die Begräbnisriten zu vollziehen und einem oder zwei anderen Menschen, deren Schicksal besiegelt schien, die Sterbesakramente zu spenden. Und es traf auch zu, daß ihm in jedem Hause Stärkung angeboten wurde, selbst wenn es nur ein paar getrocknete Beeren waren. Zuerst sagte er nur, er sei nicht hungrig, doch er merkte, daß die Leute enttäuscht waren, wenn er verschmähte, was sie anzubieten hatten, und so sagte er ihnen nun die Wahrheit, nämlich daß der Herr ihn mit wunderbarer Kraft erfüllt habe und ihn mit einer Art unsichtbarer Nahrung speise, die ihn stark und tüchtig mache. Und so konnte er die Leute auf den Höfen überreden, die ihm zugedachten Stärkungen selbst zu essen.

Schließlich kam er am Ende des zweiten Tages auch nach Gunnarshof, und er freute sich darauf, Vigdis zu besuchen, nachdem er ihre Nachbarn besucht hatte, denn in der Tat waren solche Bilder, wie er sie in Vatna Hverfi gesehen hatte, selbst für einen Menschen in einem solchen Zustand der Verzückung wie dem seinen, zermürbend und furchterregend. Doch Vigdis' Stimmung hatte sich geändert, jedenfalls sagten das die Bediensteten, die ihn empfingen, als er sich dem Hof näherte. Sie sei ausfallend und zornig gegen jedermann und lasse Flüche auf die Köpfe der Abwesenden prasseln, Erlend Ketilsson und Ketil der Unglückliche und Gunnar Asgeirsson, als wäre der Schaden, den man ihr zugefügt hatte, noch ganz frisch. Am besten solle er warten, sagten die Bediensteten, denn ihre Stimmung würde sich im Laufe eines Abends oder eines Tages wieder ändern. Doch Sira Audun war von der Kraft des Herrn erfüllt, und er schritt kühn auf den Hof zu und stieß die Tür auf.

Drinnen stand Vigdis, ihre Kleider waren in Unordnung, ihr dunkles Haar fiel in Strähnen aus dem Kopfputz, und sie war gerade dabei, am Tisch etwas Dörrfleisch zu schneiden, doch das Geräusch der sich öffnenden Tür lenkte sie ab. Sira Audun schaute sich in dem Raum um, und der war in der Tat voll von Eßbarem. Bottiche mit Sauermilch und in Molke eingelegtem Seehundfleisch und Speck, Käselaibe, von der Decke hängendes Geflügel. Und Vigdis war ungeheuer dick, dicker, als sie je gewesen war, so daß ihre Brüste bis an die Taille herunterhingen und ihre Kinnfalten den Hals gänzlich verdeckten. Sira Audun wußte sofort, daß der Hunger in der Siedlung bei ihr unentwegtes Essen und wieder Essen hervorgerufen hatte. Selbst jetzt, während er zuschaute, stopfte sie sich etwas von dem Fleisch in den Mund und war schon wieder dabei, etwas abzuschneiden. Doch dann hielt sie inne, legte das Messer hin und begann, ihn anzuschreien, so daß ihr das Essen aus dem Mund fiel. »Also jetzt kommt sogar der Priester, um mich zu bestehlen, hm? Du hast deinen Käse gehabt, und einen schönen Käse dazu, den besten im Haus. Doch ich sehe, daß du nicht zufrieden bist und danach gierst, mich von Haus und Hof zu fressen! Aber ich werde dich schon vertreiben! Meine Knechte sollen dich mit den Hunden verjagen. Sie sind ziemlich hungrig, die Hunde, das laß dir gesagt sein!« Sie schwang das Messer, dessen Klinge, so viele Male geschärft, zu einer Halbmondform abgeschliffen war. Sira Audun trat vor, er spürte die Kraft des Herrn in der Brust.

»Der Herr stiehlt nichts, sondern gibt nur Gnade und ewiges Leben. Weib, deine Seele ist in Gefahr! Du schneidest dir mit deinem eigenen Messer den Weg in die Hölle, denn wahrlich, die Völlerei ist eine Todsünde in guten Zeiten, doch in Zeiten wie diesen ist solche Völlerei so gut wie Mord! Deine Nachbarn um dich herum werden immer schwächer, weil es ihnen an einem Stückchen Fleisch oder einer Schüssel Suppe fehlt. Heute habe ich sieben Kinder beerdigt, die aus Mangel an Nahrung gestorben sind, so einem bißchen Essen, wie es jetzt gerade aus deinem Mund gefallen ist und den Mund eines kleinen Kindes füllen könnte; mir kommen die Tränen, wenn ich es erzähle, ihre kleinen Gesichter waren so mager, nur noch Stirn, und ihre Mütter weinten über ihren Gräbern im Schnee und konnten sich nicht mehr allein aufrichten, um in die Wärme des Hauses zu gehen.«

Vigdis hörte dem schweigend zu, doch in der Tat schien sie, so sie nicht sprach, überhaupt nicht anwesend zu sein, und als Sira Audun schwieg, sagte sie: »Ich kann nicht jede Nacht aufbleiben, wie sehr ich es auch versuche. Der Mensch muß schlafen, und das ist die Wahrheit, aber manche Menschen sind keine Menschen und schlafen keinen einzigen Moment, sondern warten, bis man weg ist, und dann nehmen sie sich die besten Stücke. Sie glauben, ich kann es nicht sehen, diese Teufel, aber ein Bissen hier und ein Bissen da, die besten Bissen, und dann die nächstbesten Bissen, die süßesten, zartesten Stückchen. Sie glauben, ich sehe es nicht, aber ich sehe es doch. Manchmal tue ich nur so, als ob ich schliefe, und das ist die Wahrheit. Ich sehe sie herumgehen und hier abbeißen und dort abbeißen, selbst wenn es aufgehängt ist!«

»Weib!« Sira Audun schrie jetzt, als wäre Vigdis schwerhörig. »Du mußt mir zuhören! Satan harret deiner, und die Tür steht weit offen, und deine Füße sind auf dem direkten Wege dorthin! Du bist alt, und die Zeit ist kurz. Satan selbst lächelt bereits sein wissendes Lächeln. Doch der Herr kann ihn in diesem letzten Moment noch überlisten! Gib diese Dämonen auf!« Er kniete neben der Tür nieder.

Vigdis fuhr fort: »Ist das nicht widerlich? Es erstaunt mich, wozu man die Leute heutzutage bringen kann, doch ich weiß, was ich tue, und ich sehe alles, in der Tat, und diese Leute sollen von den Hunden vertrieben werden, glaube mir, für jeden Bissen, den sie genommen haben, sollen sie in die Seite gebissen und in die Waden gezwickt werden, sie sollen es zu spüren bekommen, und das ist die Wahrheit!«

»Der Herr bittet dich inständig, wirf ab diese Bürde der Völlerei, gib das Essen deinen Nachbarn zum Almosen. Was in dir verdirbt, soll sie nähren! Was in deiner Hand zu Ungeziefer verkommt, wird nahrhaft, wenn deine Nachbarn ihre hungernden Kinder damit füttern. In der Tat, dies mag der Fluch sein, der den Zorn des Herrn auf uns bringt. Was du hergibst, soll dir tausendfach erstattet werden, wenn die Rentiere über dein Feld laufen und die Seehunde im Wasser des Fjordes wimmeln. Mir scheint, das kannst du für uns alle tun, wenn du dich von der Sünde abwendest, wie es der Herr von dir wünscht!«

Doch Vigdis beachtete ihn nicht und murmelte jetzt und zerrte mit den Fingern an dem Fleisch auf dem Tisch. Sira Audun keuchte, und er spürte, wie er erschlaffte, als hätte die Kraft des Herrn ihn verlassen, und so rief er aus: »Herr, sei mit mir, denn ich befinde mich im Angesichte der Sünde, und wir Sünder schreien zu Dir, daß Du uns Deine Gnade erweisest!« Doch er wurde nicht gestärkt, sondern schwankte statt dessen, vor Schwindel und Hunger und auch vor Übelkeit durch den Geruch des herumliegenden Essens. Er stand auf, als bedürfe es seiner letzten Kraft, ging aus dem Haus und setzte sich in den Schnee.

Nach einer Weile kam ein Knecht und ließ sich neben ihm nieder. Er war ein Bursche namens Gizur, sein Haar war grau, und seine Hände waren sehr gekrümmt von der Gelenkkrankheit. Er setzte sich stöhnend. Er sagte: »Nun, Priester, sie war also zuviel für dich, hm? Naja, du bist nicht der erste. Sie ist für jeden zuviel gewesen, wahrhaftig, das kannst du mir glauben. Sie ist meine Base zweiten Grades, das kannst du mir glauben, und sie ist eine reiche Frau und die Herrin des Hofes, und ich muß mein Leben lang im Kuhstall schlafen. Nun ja, so ein Aufstieg hinterläßt seine Spuren, auch bei ihr. Sie hat ihre schlechten Tage.«

»Das ganze Haus hängt voller Essen!«

»Oh, ja, das ist so ihre Art. Wenn es ums Essen geht, kann sie zaubern, da gibt es nichts, vielleicht wie Jesus mit den Broten und den Fischen. Nicht ein Tag ohne zwei Mahlzeiten auf Ketilshof und auch Gunnarshof, seit sie hier ist. Wiegt eine Menge Sachen auf, immer schon, obwohl sie uns ja nicht mehr mit dem Riemen auspeitscht, dafür ist sie zu alt.«

»Im Bezirk sterben alle an Hunger!«

»Tatsächlich? Naja, das kann ich nicht wissen, und die Leute wissen auch nicht viel über Gunnarshof, das kannst du mir glauben. Wir bleiben für uns, das haben wir immer schon getan, und ich nehme an, das ist das Beste für alle.« Der alte Mann legte seine krumme Hand auf Sira Auduns Arm. »Das ist das Beste. Glaubst du nicht auch? Aber fürwahr, du bist der Priester, und du siehst ein bißchen schwach aus, also laß mich dort drüben in die Scheune gehen.« Gizur kam kriechend mit zwei Käselaiben zurück und ließ sie in Sira Auduns Beutel gleiten, dann führten er und ein anderer Knecht ihn zur Hofgrenze und zeigten ihm den Weg zur Undir Hofdi-Kirche. Sira Audun war erst ein kurzes Stück auf seinen Skiern gelaufen, als er anhielt und die Käse aus dem Beutel zog, und sie waren in der Tat so schön, daß er nicht widerstehen konnte und sie auseinanderbrach und etwa ein Viertel davon aß.

Nun hatte Sira Audun eine schlechte Nacht, denn er konnte nicht vergessen, daß der Herr ihn gerade im entscheidenden Augenblick verlassen hatte, und er verbrachte einen großen Teil der Nacht im Gebet und prüfte seine Seele und suchte nach der Sünde, die den Herrn veranlaßt haben könnte, ihn aufzugeben oder sich abzuwenden. Er fand nichts und alles. Er suchte in seinen gewohnten Gebeten Zuflucht, und am Morgen fühlte er sich etwas besser. Tatsächlich schien es ihm, als wäre er wieder er selbst. Sira Audun, derselbe Mann, der er sein ganzes Leben lang gewesen war, selbstgefällig, leicht erregbar, zufrieden mit seinen eigenen

Vorstellungen und weit entfernt vom Herrn, weiter entfernt, als er es je von sich gewußt hatte. Er zerteilte den Käse in viele Stücke, aß eines mit etwas Wasser und trug dann die anderen im Bezirk herum, und wenn die Leute verwundert fragten, woher er sie habe, dann erzählte er einfach und bescheiden, er habe den Herrn gerufen, er möge das Herz von Vigdis auf Gunnarshof erweichen, doch der Herr habe ihn verlassen. Am nächsten Tag brach er nach dem Süden auf, es ging langsam voran, und sein Weg war mühselig. Er bemerkte, daß seine Arme sichtbar dünner waren, und seine Knie schienen bei jedem Streich seiner Skier zu zittern.

Die Leute in Vatna Hverfi fingen nun an, über Sira Auduns drei Käse zu reden, über den einen, den er in der Kirche verteilt hatte, und die zwei, die er zu den Höfen getragen hatte, und das Gespräch kreiste zunächst darum, wie wunderbar gut diese Käse gewesen seien – weich, salzig, nicht verschimmelt, offenbar im Sommer zuvor gemacht, aber schließlich habe Vigdis riesige Schaf- und Ziegenherden und einige Kühe, denn so kümmerlich wie die Heuernte auch gewesen sein mochte, Vigdis besitze ja noch mehr Höfe als nur Gunnarshof und Ketilshof und auch die Männer, die sich darum kümmerten, oder? Nachdem man einige Tage so geredet hatte, denn hungrige Leute kauen immer wieder auf den Berichten vom Essen, als wären es die leckersten Bissen, gingen ein paar Männer eines Nachts zum Gunnarshof und schauten sich dort um, ungeachtet der Hunde, denn einer der Männer kannte Zaubersprüche und belegte die Hunde mit einem Zauberbann, damit sie nicht angreifen und nicht einmal bellen würden. Und diese Männer sahen, daß Vigdis eine Menge Heu hinten im Kuhstall versteckt hatte und daß Vorräte im Lagerhaus waren, obwohl man schwer sagen konnte, wie viele. Die Kühe in dem dunklen Stall fühlten sich warm und glatt an. Und hatte nicht der Priester Magnus Arnason selbst erzählt, daß der Hof mit Essen vollgestopft sei? Nach einer Weile wurden Vigdis' Hunde unruhig, und die Männer schlichen davon.

Nun ist es so, daß Menschen, die sich entschlossen haben, ergeben auf den Tod zu warten und die Gnade des Himmels für sich und ihre Kinder erhoffen, sich leicht ablenken lassen, wenn sie von Nahrungsvorräten in der Nachbarschaft erfahren, und ihr Los scheint ihnen weniger erträglich, wenn sie an diese Vorräte denken. So erging es Vigdis' Nachbarn. Den Leuten fiel ein, wie dick sie war, wie stolz, obgleich nur die Tochter eines Kuhhirten, und wie geizig. Junge Dienstboten waren geschlagen worden, weil sie ein wenig Honig genommen hatten, und Nachbarn waren unter dem Verdacht des Heu- oder Schafdiebstahls vor das Thing geladen worden, wo doch jeder sehen konnte, daß das Heu einfach nur aufgebraucht worden war und die Schafe sich in den Bergen hinter dem Hof verirrt hatten. Außerdem hatte jeder im Bezirk eine von Vigdis' Beschimpfungen zu hören bekommen, und in den Tagen von Ketil dem Unglücklichen war eine ganze Reihe von Leuten mit Versen verspottet und der Lächerlichkeit preisgegeben worden. Als die Leute über Vigdis' gehortete Eßvorräte redeten, fielen ihnen auch diese Dinge ein, und wie es häufig geschieht, empfanden sie diese Kränkungen nun um so frischer, da sie so viele Jahre nicht daran gedacht hatten.

Unter denen, die über diese Dinge redeten, waren Ofeig Thorkelsson und Mar Marsson nicht gerade die zurückhaltendsten, selbst in Gegenwart von Jon Andres Erlendsson. Tatsächlich hatte in der letzten Zeit niemand solche Kränkungen von Vigdis erfahren wie ihr Sohn, denn sein Anblick schien in ihrer Vorstellung alle Übel zusammenzufassen, die man ihr je angetan hatte, und sie ließ sich häufig dazu hinreißen, ihn anzugreifen und zu ohrfeigen. Dennoch schloß sich Jon Andres niemals den Gesprächen seiner Freunde über seine Mutter an, und wenn Ofeig den Mund aufmachte, stand Jon Andres immer auf und ging hinaus.

Es war so, daß der Hunger auf Ketilshof nicht so arg war wie auf anderen Höfen. Zum einen schickten Bedienstete von Gunnarshof manchmal Essen zu ihren Verwandten auf Ketilshof. Zum anderen war der Schafhirte vom Ketilshof ein begabter Bursche und hatte eine große Herde angesammelt, so daß man im Herbst viele Schafe geschlachtet hatte, das Fleisch für den Winter gedörrt, die Köpfe für Svid abgesengt, das Hirn zu Wurst gemacht und die Füße zu Suppe verkocht. Doch Jon Andres und seine Freunde hatten von sparsamer Haushaltsführung wenig Ahnung, und bis Jul waren viele dieser Vorräte aufgebraucht oder vertan, und Ofeig und Mar und die anderen beunruhigte die Aussicht auf kleinere Mahlzeiten und die Notwendigkeit, das Essen zu strecken, wie es die Nachbarn taten. Besonders Mar konnte nicht aufhören, darüber zu reden, was es auf Gunnarshof alles zu essen gebe, und er drängte Jon Andres, etwas davon bei seiner Mutter zu holen. Doch Jon Andres beachtete ihn nicht. Seit dem Streit in der Kirche hatte Jon Andres seine Freunde gemieden, und eines Abends sagte er zu Ofeig, es sei ermüdend für ihn, die Jungen weiterhin um sich zu haben. »Fürwahr«, sagte er, »sie sind keine Jungen mehr, sondern Männer, die nichts tun und nicht daran denken, zu den Höfen ihrer Väter zurückzukehren, wo man sie vielleicht zwingen würde, etwas zu arbeiten«, und das stimmte. Einige Jahre lang hatte sich Jon Andres eingebildet, daß seine Bande so etwas wie eine Wikingerbande sei, »Harald Schönhaar und seine Gefolgsmänner« hatte man sie in der Nachbarschaft genannt, und Jon Andres störte dieser Spitzname nicht, doch seit dem Vorfall in der Kirche war er unruhig und sprach zu seinen Freunden nur mit scharfen Worten, wenn überhaupt.

Eines Tages kam er hinzu, als sie sich auf den Bänken des Hauses lümmelten, und er sagte, es sei sein Wunsch, sie fortzuschicken, zurück zu ihren Vätern, denn das Leben, das er geführt habe, bedrücke ihn, und er wolle es ändern. Als Abschiedsgeschenk würde er jeden von ihnen einkleiden, jedem das Pferd geben, das er geritten habe, und dazu etwas Dörrfleisch, welches sie zu den Höfen ihrer Väter mitnehmen könnten.

Ofeig Thorkelsson war nicht der einzige dieser Männer, der mit seinem Vater auf schlechtem Fuße stand. Mar und Einar, die Brüder waren, hatten mit ihrem Vater, der im südlichen Teil des Bezirks lebte, weder gesprochen noch seit dem Sommer Kunde von ihm erhalten, und sie befürchteten, daß er mit dem größten Teil seines Hausstandes während der Hungersnot gestorben war, denn der Hof war nicht reich. Dennoch blieb Jon Andres dabei, daß sie einen anderen Platz zum Leben finden müßten, denn sein Entschluß stand fest, und er wollte sie bis zum Abend oder spätestens bis zum nächsten Morgen los sein. Andres Bjartsson und Halldor Bessason standen nun auf und begannen ihre Sachen zusammenzusuchen, und es schien Jon Andres, als wäre Halldor in der Tat erleichtert und erfreut zu gehen, während Andres sich fügte, denn er hatte zu Jul Nachricht von seinem Vater erhalten, und zu dem Zeitpunkt war auf dem Hof seines Vaters alles in Ordnung gewesen.

Mar und Einar fingen an zu murren. Jon Andres sagte: »Nach diesen Jahren der Freundschaft würde es mir mißfallen, wenn ich euch hinauswerfen müßte oder wenn wir im Groll auseinandergingen. Doch die Zeiten sind jetzt anders als früher, und solche Banden wie die unsere wiegen nicht in Kameradschaft auf, was sie an vergeudeten Vorräten und Ärger mit den Nachbarn kosten, denn ich will nicht verhehlen, daß die Leute in diesem Bezirk wegen des Schadens, den wir alle angerichtet haben, wütend auf mich sind, und sie reden gegen mich und behaupten, ich hätte euch verführt. Arnkel Thorbergsson ist besonders wütend über die Verführung seiner Tochter und droht mit einer Klage gegen mich, und er wird seine Drohung wahr machen, sollten er und sie nicht zufällig vor dem Thing verhungern. Doch ich wußte nichts von dieser Verführung, bis er mir davon erzählte.« Und Jon Andres starrte Einar Marsson böse an, denn er war in dieser Angelegenheit der Schuldige.

Ofeig lehnte sich gegen die Mauer, und Jon Andres wandte sich an ihn. »Du mußt nicht glauben, Ofeig, daß ich dich von dieser Regelung ausschließe. Wir sind wohl seit der Knabenzeit Gefährten, doch vergnügen mich deine Possen nicht mehr. Ich denke, es würde dir guttun, wenn du dein Wesen ändern und deinen Vater um Vergebung bitten würdest, denn nach heute abend wird es auf Ketilshof für dich nichts mehr geben.« Er hielt inne, dann fuhr er fort. »Als ich vor nicht langer Zeit vernahm, wie der Priester über dir betete, da wurden mir die Augen geöffnet, dir jedoch nicht. Es kam mir in diesen letzten Tagen so vor, als schaute ich der Verdammnis ins Gesicht und wäre zu unwissend, um zu erkennen, aber wenn ich erkennen würde, dann wäre mein Entsetzen wohl hundertmal größer, als es jetzt ist, und es ist schon jetzt groß genug.« Jon Andres sah, daß Halldor in seiner Ecke ein wenig nickte, als seien ihm ähnliche Gedanken durch den Kopf gegangen, und er fuhr fort: »Die Leute im Bezirk werden sagen, daß ich es war, der euch vom rechten Weg abgebracht hat, und fürwahr, ich will diese Schuld auf mich nehmen, wenn es in den Augen eurer Väter für euch spricht. Schaue ich zurück, dann sehe ich, daß ich voll überschäumender Abneigungen und Sehnsüchte war, über die ich nicht sprechen konnte, so gemischt waren sie. Doch ich sehe, daß ihr euch nichts von dem merkt, was ich sage, also werde ich nicht fortfahren und will nur noch eines sagen, von dem ich erwarte, daß ihr es euch merkt: bei Morgengrauen müßt ihr von Ketilshof fort sein.«

Und für den Rest des Tages und am Abend blieb Jon Andres auf und schaute sich wachsam um, denn es schien ihm, daß Ofeig und vielleicht auch Mar und Einar ihn überfallen und versuchen könnten, ihn zu töten, aber das taten sie nicht. Ruhig fuhren sie auf Skiern mit Andres und Halldor davon, ihre Pferde führten sie in einer Reihe hinter sich. Nachdem sie fort waren, schlief Jon Andres, und nur drei Knechte bewachten den Hof, und als er erwachte, stand er auf und lief ganz ziellos auf dem Hof herum und wünschte sich Gesellschaft, denn seit seinem zwölften Winter hatte er immer ein paar dieser Jungen bei sich gehabt.

Nachdem sie Ketilshof verlassen hatten, trennten sich Halldor und Andres von den anderen und brachten ihre Pferde und Güter in den Süden, und was sie dort fanden, war nicht besser, aber auch nicht schlechter als auf jedem anderen Hof im Bezirk, das heißt, es waren einige Leute gestorben und einige nicht, und es gab wenig zu essen. Einar und Mar beschlossen, zum Hof ihres Onkels zu gehen, dem Bruder ihrer Mutter, einem Mann namens Ari, und sie trennten sich von Ofeig und begaben sich nach Yfirfosshof, wo Ari lebte, doch sie blieben nur zwei Tage dort, denn Ari konnte ihnen nichts geben. Ofeig nahm sich vor, in der Nähe der Undir Hofdi-Kirche herumzustreichen und sich im Priesterhaus auszubreiten, denn er wußte, daß Sira Audun erst in einigen Wochen zurückkommen würde. Es schien ihm, Thorkel Gellison würde ihn, wenn er ihn fände, eher töten als wieder bei sich aufnehmen.

Einar und Mar verließen Yfirfoss und zogen zum Hof eines anderen Onkels namens Bengt, welcher der Mann der Schwester ihrer Mutter war, und sie verließen diesen Hof nach vier Tagen. Dann gingen sie zum Hof eines Vetters namens Ingvald. Dort blieben sie zwei Tage, bevor sie wieder fortgingen. Auf jedem dieser Höfe war das eine, worüber sie sprachen, wieviel Essen Vigdis vom Gunnarshof überall in ihrem Haus gelagert hatte, und es dauerte nicht lange, bis diese Nachricht auf jeden Hof im Bezirk gedrungen war und die Menschen darüber sprachen, was für ein Verbrechen es sei, daß diese alte Frau soviel Essen ganz für sich allein hätte. Manchmal sprachen Mar und Einar auf ihren Reisen auch über eine Idee, die ihnen gekommen war, die Idee, etwas von Vigdis' Essen zu holen und sich mit diesem Einsatz einen festen Platz auf einem Hof zu erwerben. Jedesmal, wenn sie die Sache erwähnten, als etwas, das man tun sollte oder das man leicht tun könnte, schaute der eine oder andere Mann auf jedem Hof sie mit lebhaftem Interesse an.

Nicht lange, nachdem sie Ingvalds kleinen Hof verlassen hatten, liefen sie Ofeig über den Weg, der ihnen erzählte, daß er sich im Priesterhaus bei der Kirche aufhalte, und sie gingen dorthin und schlossen sich ihm an. Ofeig hatte kein Essen mehr übrig, und in jener Nacht fingen sie wie immer an, über Vigdis zu reden, und am nächsten Morgen verließen alle drei Männer das Kirchenhaus und gingen in verschiedene Richtungen davon, und zwei Tage später waren alle drei wieder zurück, und zwölf andere Männer waren mit ihnen, und diese Männer hielten sich den ganzen Tag über beim Kirchenhaus auf, und dann, am Abend, machten sie sich alle gemeinsam in Richtung Gunnarshof auf.

Bei den Grönländern gab es das Sprichwort »Nicht jeder Brocken im Eintopf ist Hammel«, und dies galt auch für Ofeigs Bande. Manche Männer schließen sich jedem Unternehmen an, nur um zu sehen, was passieren wird, andere haben gar noch unbestimmtere Beweggründe. Sie laufen jeder Bewegung hinterher, vielleicht nur deshalb, weil mitten im Winter alles, was sich bewegt, interessant ist. Einige Männer, wie etwa Bengt, der Onkel der Marssons, hatten von Vigdis' großen Nahrungsvorräten gehört und wollten sie unbedingt sehen, nur um die Wahrheit an dieser Geschichte zu prüfen. Mar und Einar dachten daran, sich ihren Teil zu stehlen. Andere dachten vielleicht auch daran, denn nicht wenige von ihnen waren Männer mit Familien und Gesinde. Einer oder zwei von diesen Männern hegten einen frischen Groll gegen Vigdis oder auch ältere Feindschaft aus den Tagen Erlends und seiner Söhne.

Wie immer auch ihre Gefühle waren, als sie das Priesterhaus

verließen, es ist nicht zu leugnen, daß der schnelle Gang durch den Schnee in der kühlen Dunkelheit ihre Eßlust wundersam entwikkelte, eine Eßlust, wie Menschen sie haben, wenn sie schon zwei Winter lang nicht gestillt wurde und auch nicht in dem Sommer dazwischen. Sie kamen zu dem Hof, wie Männer zu einem Festmahl kommen oder Bären sich an die erste Beute des Frühjahrs machen. Die Hofgebäude lagen im Mondlicht vor ihnen, so ordentlich mit Soden beschichtet wie in den Tagen von Asgeir Gunnarsson oder dessen Vater, denn Vigdis liebte es, wenn die Dinge in gutem Zustand waren. Die Scheune befand sich in der Nähe des Wohnhauses, der Kuhstall lag dahinter, und die Schafspferche waren nach Süden hin offen. Eine weitere Ansammlung von Gebäuden, darunter eine Schmiede und ein Badehaus, lagen abseits des Weges, der von der Kirche herführte, ein gutes Stück vor dem Wohnhaus, und hier machte die Bande halt und horchte auf das Bellen der Hunde. Es kam nicht, denn die Hunde schliefen mit den Kuhhirten in den Kammern neben dem Kuhstall, und der Wind blies von ihnen her den Eindringlingen ins Gesicht. Alles war still. Einar und Mar gingen zur Scheune und brachen die Tür auf.

Der vermischte Geruch von Fleisch und Molke zog wie ein heißer Windstoß durch die Tür ins Freie und entflammte Einar so sehr, daß er in die Scheune stolperte und mit den Händen in das Dunkel langte und alles packte, was er berührte. Da waren Würste und große Stücke von gedörrtem oder geräuchertem Fleisch, Käselaibe und Käseringe, die an Riemen hingen, Butterklumpen, an der Wand gestapelt. Einar stöhnte so sehr über diese unermeßlichen Vorräte, daß Mar und ein anderer Mann ihn im Dunkeln hinwegstießen und in ihrer Hast über ihn trampelten, um rasch hinein zu gelangen. Der Türgang war niedrig und schmal wie bei allen Scheunen, und die Männer drängten sich davor und atmeten die köstlichen Gerüche ein.

Wenn Menschen aus großen Entfernungen zu einem Festmahl kommen, dann müssen die Hausfrau und die Mägde ihnen so schnell, wie es sich schickt, zu essen geben, denn je länger sie warten, desto streitsüchtiger werden sie, und um so mehr starren sie auf die Schüsseln und Eßbretter, die man ihren Nachbarn reicht, und um so mehr fühlen sie sich bei ihrem eigenen Anteil benachteiligt. Nun war es so, daß Einar durch seinen Sturz den Eingang der Scheune versperrte, und in der Dunkelheit konnten die Männer nicht sehen, wie sie ihn aus dem Weg bekommen oder um ihn herumgehen konnten, sie hörten nur, wie Mar und der andere Mann die Vorräte von Haken und Regalen rissen, und man konnte in der Tat das Mahlen der Kiefer und die leisen Grunzer des Wohlgefallens hören, denn mit dem Menschen ist es wie mit dem Hund – hungrige Ohren hören gut. Die Männer am Eingang begannen sich gegenseitig anzubrüllen und wegzuschubsen und befürchteten, daß andere Männer mehr zu essen bekommen und wegtragen würden als sie selbst. Da sagte Ofeig: »Schluß jetzt. Im Wohnhaus ist mehr zu holen.« Und er rannte durch den Schnee zur Tür des Wohnhauses, und mit einem schweren Stoß seiner Schulter drückte er sie ein.

Da fing ein Hund an zu bellen, und bald bellten noch ein paar andere, und Männer liefen jetzt von der Scheune zum Wohnhaus. Im Haus saß Vigdis aufrecht in ihrer Bettnische und hielt eine Seehundtranlampe in die Höhe, und man hörte sie sagen: »Nun ist es soweit, daß Satan und seine Handlanger endlich über mich herfallen.« Zwei ältere Knechte kamen mit erhobenen Knüppeln aus einer anderen Kammer des Hauses herein, und der Schlag des einen prallte von Ofeigs Schulter ab und erzürnte diesen so sehr, daß er mit seiner riesigen Faust dem Burschen ins Genick schlug. Der Mann stürzte zu Boden. Vielleicht hatte die Bande nur vorgehabt, etwas Eßbares zu holen und wieder zu gehen, und nicht, jemanden zu verletzen, doch nach diesem Hieb schien das Zufügen von Verletzungen ganz einfach und natürlich, etwas, das man, wie die Dinge liefen, nicht vermeiden konnte. Andere Knechte kamen aus dem Kuhstall gelaufen, alles alte Männer, und auch sie trugen Knüppel und schrien etwas von Teufelswerk, und die Hunde kamen mit ihnen und bellten und heulten aus voller Kehle, so daß es ein großes Durcheinander gab.

Ein Mann namens Thorvald, ein Freund von Bengt, der einmal an Vigdis' Platz in der Kirche gesessen und dafür eine demütigende Schelte bezogen hatte, zog die Frau aus der Bettnische, so daß sie schreiend und fluchend zu Boden fiel. Sie schlief nackt, in Pelze gewickelt, um es warm zu haben, und der Anblick ihres bloßen Fleisches war für Thorvald und Bengt und alle Anwesenden bestürzend, denn es glänzte vor Fett. Mehr als ein Mann war erzürnt über den Gegensatz zwischen diesem Fleisch und dem seiner Frau, mit der er gerade zusammen gewesen war, oder den Knochen des Kindes, das er erst kürzlich begraben hatte, und so war es ganz leicht, der alten Frau einen Tritt zu versetzen oder sie auf ihre fetten Wangen zu schlagen oder in ihre hängenden Brüste zu kneifen, bis rote Kreise wie Brandmale auf der Haut hervortraten. »Herr!« schrie Vigdis. »Sie beißen mich, sie beißen mir bis auf die Knochen! Ihr Übel verschlingt mich!« Und sie kreischte vor Schmerz, auch wenn niemand sie berührte. Damit sie aufhörte zu kreischen, trat ihr Ofeig kräftig ans Kinn, und danach brachte sie kein Wort mehr heraus, doch hörte sie nicht auf zu schreien, und dadurch wurden die Männer zu Taten gereizt, an die sie zuvor nicht gedacht hatten, und die Stücke von Rind- und Rentierfleisch, die an den Wänden hingen, wurden in ihren Händen zu Waffen. Mar Marsson stolperte über ein kleines Honiggefäß, und die Flüssigkeit sickerte in den Tisch, und er nahm das Specksteingefäß und schlug es einem von Vigdis' Knechten auf den Kopf, so daß dessen Schädel barst und Blut und Hirn herausspritzten.

Ofeig und ein anderer Mann zogen Vigdis unter dem Tisch hervor, wohin sie gerollt war, und traten und schlugen sie mit Fäusten, bis sie still wurde. Da trat der andere Mann zur Seite, doch Ofeig, der Vigdis' halbmondförmiges Messer auf dem Tisch erblickte, schnappte es sich und sagte: »Laßt uns diesen alten Bären ausnehmen und mal sehen, an welchen christlichen Kindern sie sich gütlich getan hat«, und er schlitzte sie von der Kehle bis zum Bauch auf und öffnete ihren Magen, wie ein Jäger es mit einem Rentier tun würde, und die dabei waren, sahen, daß seine Augen vor Vergnügen strahlten und nicht stumpf und tot waren wie gewöhnlich. In dem Handgemenge war nicht klar, wann genau Vigdis ihren letzten Atemzug getan hatte, ob es während des Prügelns war oder erst, als sie aufgeschlitzt wurde, denn die Luft macht Geräusche, wenn sie den Körper verläßt, und es sind die Geräusche des Todes, nicht die des Lebens.

Als nun Vigdis und zwei ihrer Knechte tot und die anderen Knechte bezwungen waren, verfiel Ofeigs Bande in einen großen

Freßtaumel, der bis zur Dämmerung andauerte, und dann, nachdem sie alle erbrochen hatten, fielen sie einfach um und schliefen ein. Was sie vorfanden, als sie am hellen Nachmittag erwachten, war ein Schauplatz, den sie nicht wiedererkannten, und die Ereignisse des Abends zuvor kamen ihnen nur bruchstückhaft in die Erinnerung zurück, wenn überhaupt, gleich Fetzen von Träumen oder Geschichten aus anderen Zeiten. Als Einar Marsson in den Hof hinausging, um wieder zu erbrechen, erblickte er dort Jon Andres Erlendsson und eine Gruppe von etwa dreißig Männern, die in einem Kreis um das Wohnhaus standen, und sie waren voll bewaffnet. Da kam Ofeig heraus und sah sie auch, und er sagte: »Wir hätten lieber alle Knechte töten sollen, und das ist eine Tatsache.«

Ofeig drehte sich um und ging wieder ins Haus, doch Einar war vom Erbrechen schwindelig, und er stand nur da und schaute die Gruppe der Rächer an, bis Jon Andres die Hand hob und ein anderer Mann namens Axel Josteinsson, der eine Armbrust hatte, einen Pfeil fliegen ließ, der sich in Einars Brust bohrte, und der Mann fiel nach Luft schnappend in den Schnee. Die Männer im Haus waren unbewaffnet, während Jon Andres' Männer eine Auswahl von Waffen hatten, welche die Grönländer zu dieser Zeit auftreiben konnten, in der Hauptsache Äxte und Keulen und Bogen und Pfeile, auch drei alte Armbrüste aus der Zeit des Königs Sverri, aber keine edlen Waffen, wie sie die Männer in früheren Zeiten getragen hatten, nämlich Schwerter. Jon Andres rief den Männern im Hause zu, daß sie Ofeig herausschicken müßten, damit er seine Strafe empfange, doch als einziges Zeichen dafür, daß man diese Worte gehört hatte, öffnete sich die Tür, und der Leichnam von Vigdis' Knecht Karl wurde in den Schnee hinausgeworfen.

Im Innern des Hauses war alles voll von Blut und Fett und Erbrochenem, und einige der Männer dort glaubten, sie müßten von diesem Gestank sterben, und im Lichte des hellen Tages erkannten sie, daß sie den Gestank der Hölle vor sich hatten. Einige verfielen ins Beten, und andere wimmerten, und Ofeig kümmerte sich nicht darum, doch wenn einer in die Nähe der Tür kam, packte Ofeig ihn bei den Armen und brach sie ihm oder schleuderte den Mann nach hinten ins Haus zurück, als handelte es sich um Walfleisch, denn

Ofeig schien aus dem Schauplatz seiner Verderbtheit Kraft und neues Leben zu beziehen. Er schaute sich mit einem zufrieden strahlenden Gesicht um. Einmal nahm er den Leichnam von Vigdis hoch und rollte ihn in die Bettnische, und danach drohte er denen, welche ihn ärgerten, sie »in die Umarmung der alten Bärin« einzuschließen. Und so ging es einige Zeit weiter, mit nur einer Veränderung, daß nämlich die Männer zunehmend von ihren Eingeweiden geplagt wurden, denn das nahrhafte Fleisch, das sie in der Nacht gegessen hatten, zeigte seine Wirkung, und so waren sie gezwungen, sich auf dem Boden zu erleichtern, da es ihnen verwehrt war, den Abort aufzusuchen oder auch nur in die anderen Kammern des Hauses zu gehen. Ofeig wußte, daß noch andere Ausgänge ins Freie führten, mehr als er bewachen konnte. Nur Ofeig selbst war frei von diesen Schmerzen, und während er weiter aß, lachte er laut über das Stöhnen der anderen.

Draußen verging der Tag, und Jon Andres wurde langsam ungeduldig, und er und einige seiner Freunde sprachen davon, Ofeig aus dem Haus zu räuchern, doch die Soden waren frisch vom letzten Sommer und weitgehend mit Schnee bedeckt. Das Haus selbst war mehr aus Stein denn aus Holz gebaut, und die Steine waren für grönländische Verhältnisse besonders fest gefügt und ließen keinen flammenden Pfeil eindringen. Ein Mann könnte zur Tür laufen und eine in Seehundtran getauchte Fackel ins Haus werfen, doch Ofeig würde es bemerken und sie löschen, bevor irgendein Schaden angerichtet war. So schien es keine andere Möglichkeit zu geben, als abzuwarten, bis Ofeig aufgab, doch Jon Andres war darüber so sehr verärgert, daß er große Schwierigkeiten hatte, sich zusammenzunehmen, und er ging wütend vor seinen Männern auf und ab. Sein einziger Trost war, daß beim Licht des Mondes im Schnee niemand durch irgendeinen Eingang des Hauses entkommen konnte, wenn seine Männer wachsam genug waren. Es wurde Nacht. Zehn Männer gingen zum Schlafen in den Kuhstall, wo die Kühe, die letzten Kühe im Bezirk Vatna Hverfi, in der friedlichen Dunkelheit muhten.

Auch im Hause wurde es Nacht, und die Männer kämpften gegen den Schlaf an, damit sie Ofeig beobachten und entkommen konnten, wenn der Schlaf ihn übermannte, denn in der Tat hatte

Ofeig etwas uralten Met gefunden, das in einem tiefen Schrank eingeschlossen war, und er tat sich daran gütlich. Obwohl er es in großen Zügen trank, hob es seine Stimmung nur noch mehr, und er begann, sich in der Stube umzuschauen und die anderen zu verspotten, und einmal hob er eine schwere Bank auf, die an der Wand stand, und zerbrach sie über dem Knie. Ein Teufel schien in ihm zu stecken, der stärker als fünf Männer war oder gar zehn.

Und das sagen einige Priester vom Satan, er ist ein großer Schlund, der alles an Tieren und Menschen verschlingt und in sich zu den Tiefen der Hölle trägt, wo er sie herausscheißt, und es war die große Sünde der Grönländer, das einige von ihnen angesichts der Prüfung ihres Glaubens durch Gott aus einem Teufel wie Ofeig einen Gebieter machten und sich von ihm in diesen Hof der Hölle führen ließen, und wie sein Herr und Meister schlief Ofeig nicht und bewachte die Tür und verhinderte, daß auch nur einer seiner Gefolgsleute entkommen konnte. So wie die Seelen in der Hölle stöhnten diese Grönländer über die Qualen in ihren Eingeweiden und beschmutzten sich und waren ihren Gefährten abstoßend, so daß nicht zwei von ihnen einen Pakt schließen und ihren Gebieter stürzen konnten. Sie waren von Furcht tief durchdrungen.

Draußen wurde die Nacht heller, und die, welche in der friedlichen Wärme des Stalles geschlafen hatten, erhoben sich und traten heraus in die Dämmerung. Jon Andres lud sie ein, von den Vorräten in der Scheune mitzuessen, und sie taten es mit Maßen, denn große Eßlust ist eine Tücke und eine Falle, die den Menschen in die Qualen der Hölle lockt. Als die Männer gestärkt waren, gingen sie auf dem Hof des Hauses herum. Sie konnten die gedämpfte Ruhe von drinnen vernehmen, wie Menschen manchmal die gedämpften Schreie der Dämonen vernehmen können, die in Steinen gefangen sind. Jon Andres sagte: »Nicht mehr lange nun, und sie werden herauskommen, um ihre Strafe zu empfangen«, und er lächelte ein grimmiges und zorniges Lächeln, denn sein Zorn hatte sich seit dem Tage zuvor in der Tat nicht verringert. Die Sonne erhob sich über den verschneiten Wiesen und gefrorenen Seen von Vatna Hverfi.

Da öffnete sich gegen Mittag die Tür des Hauses, und Männer kamen heraus, stolpernd und mit schamvollen Gesichtern. Einige fielen in den Schnee und wälzten sich herum, während andere nur wie ohnmächtig dalagen. Ofeig war nicht unter ihnen, und als alle herausgekommen waren, rannten Jon Andres und drei seiner Männer ins Haus, doch in der Tat war Ofeig nirgends zu finden, in keiner der vielen Kammern, und Jon Andres' Männer hatten den Schnee so plattgetrampelt, daß ihnen keine Spur die Richtung seines Entkommens entdeckte, falls in der Tat, so murmelten einige Männer, diese Richtung nicht geradewegs nach unten führte, denn es ist wohlbekannt, daß Satan auf einige Menschen, die er ganz besonders schätzt, nicht warten kann, sondern sie sich mitten aus dem Leben schnappt.

Liebe

Eines Tages im späten Winter kamen Thorkel Gellison und zwei seiner Knechte auf Skiern nach Hvalseyfjord, und als es dunkel wurde, schlugen sie an die Türen von Lavranshof, doch sie bekamen keine Antwort. Thorkel und einer der Knechte schauten sich im Schafstall um und sahen, daß die Schafe in schlechtem Zustand waren. In der hinteren Ecke waren ein paar bereits eingegangen, die anderen waren nicht nur dürr und schwach, sie liefen auch im Stall und auf dem Hof frei herum, und es konnte passieren, daß sie in blindem Schrecken oder in einer merkwürdigen Anwandlung, wie Schafe sie manchmal haben, zum Fjord hinunterliefen und ertranken oder sich in den rauhen Hügeln über Hvalseyfjord verirrten. Es schien Thorkel, daß Gunnar und Birgitta den Hof verlassen haben mußten, und er wollte gerade einige ihrer Nachbarn aufsuchen, um Neues zu erfahren, als einer der Knechte mit der Schulter gegen die Tür stieß und diese aufsprang. Im Innern des Hauses war es bitterkalt, und Thorkel scheute sich, über die Schwelle zu treten, doch dann hörte er ein leises Stöhnen und ging hinein.

Er fand alle Lavranshofleute außer Finn in ihren Bettnischen liegend. Helga, Kollgrim und zwei der Mägde lagen in der Bettnische, die der Tür am nächsten war, und es war Helga gewesen, die gestöhnt hatte. Diese vier waren imstande, die Augen zu öffnen und zu sprechen. Kollgrim sagte mit leiser Stimme: »Finn ist zurückgekommen.« In der Stube hinten lag Gunnar unter seinem Eisbärfell, mit dem Gesicht nach unten, und er schlief oder war besinnungslos. Unter ihm, tief im Stroh, lag Birgitta. Thorkel dachte, sie sei gewiß tot. In einer anderen Bettnische lagen der Schafhirt und sein junger Gehilfe, und als Thorkel sich ihnen näherte, setzte der Junge sich auf und bat um Essen. In der letzten Bettnische lag Olaf Finnbogason, verhungert, Thorkel sah, daß er als schmächtiger

Mann gestorben war. Zunächst sagte Thorkel nichts von Olaf und ging zum Gehilfen des Schafhirten zurück, der aus der Tür seiner Bettnische spähte. »Fürwahr«, sagte Thorkel zu ihm, »ich habe Käse und Dörrfleisch mitgebracht, und Johannes hier wird ein paar Stückchen für dich abschneiden«, und als der Schafhirt das hörte, war auch er in der Lage, sich aufzurichten. Der andere Knecht von Hesturhof machte sich daran, ein Feuer anzufachen und einige Lampen anzuzünden.

Als das Feuer in der Feuerstelle brannte, suchte der Knecht einen Bottich und machte aus dem Dörrfleisch etwas Suppe, denn Suppe ist die beste Nahrung, die Menschen zu sich nehmen können, welche dem Hungertod nahe sind, da sie für ihre Bäuche nicht zu belastend ist. Der Geruch des Essens weckte alle auf außer Gunnar und Birgitta und natürlich Olaf. Die Geschichte, die Kollgrim und der Schafhirt erzählten, war genauso wie jede andere Geschichte in Grönland – das Essen war zu Ende gegangen, Finn war fortgezogen, um Schneehühner zu fangen oder etwas anderes Eßbares zu suchen, und war noch nicht zurückgekommen. Er war vier Tage zuvor aufgebrochen, vielleicht auch fünf oder sechs, doch war er selbst nicht sehr kräftig gewesen und war jetzt vermutlich tot. Zwei Tage zuvor hatten sie sich in ihre Betten gelegt, denn es ging über ihre Kräfte, das Feuer in Gang zu halten, und wenn Thorkel nicht gekommen wäre, dann wäre Lavranshof sehr schnell ihr Grab geworden. Thorkel ließ jeden eine Weile in Ruhe essen und reden, bevor er sich wieder Gunnars Bettnische zuwandte, denn er fürchtete sich doch davor, und während der Moment näherkam, in dem er Gunnars Tod würde feststellen müssen, da ging ihm durch den Sinn, daß sein Vetter ihm seit vielen Jahren ein enger Freund und Verbündeter war wie einst Asgeir, seit der Zeit, da Thorkel ein junger Mann gewesen war. Und es schien ihm, daß jeder Freund, den man in einer Zeit des Hungers oder in einer Zeit der Krankheit begraben muß, den Menschen immer wieder wie eine frische Wunde schmerzt.

Doch es war so, daß Gunnar sich aufrichten konnte, wiewohl es ihm Mühe machte, und Thorkel konnte ihm etwas Suppe einflößen. Mehr noch, der Leichnam von Birgitta war kein Leichnam, sondern warm und lebendig, gerade noch lebendig. Ihre Augen flackerten, und ihre Lippen bewegten sich, als Thorkel sie aus dem Stroh hob, und auch sie war imstande, ein wenig Suppe zu schlukken. Und so kam es, daß gegen Ende des großen Hungers fast alle Lavranshofleute durch das Glück in der Gestalt von Thorkel Gellison gerettet wurden, doch Finn Thormodsson kehrte nie wieder zurück und wurde niemals gefunden, und er war, wie Olaf, ein großer Verlust für den Haushalt. Olaf wurde auf dem kleinen Kirchhof der St. Birgitta-Kirche begraben.

Am dritten Tag konnte Gunnar aufrecht sitzen und die Neuigkeiten aus Vatna Hverfi anhören, und Thorkel erzählte ihm von den zwei großen Ereignissen, dem Mord auf Gunnarshof und dem Tod von Sira Audun zwischen Petursvik und Herjolfnes. Thorkel war über Ofeig äußerst verbittert und fragte sich, wie ein solcher Teufel in seine Familie gekommen sei, und sagte, daß er und seine Frau Jona eine Menge Streitereien über die Abkunft des Jungen gehabt hätten und die Dinge zwischen ihnen nicht so gut stünden. Er sei selbst zu Jon Andres Erlendsson gegangen und habe dem jungen Mann Selbsturteil angeboten, und Jon Andres habe nicht Hesturhof verlangt, wie er es nach dem Gesetz hätte tun können, sondern nur das Versprechen auf ein Paar guter Pferde seiner eigenen Wahl verlangt, nicht weil er Vigdis' Tod, wie er sagte, für eine geringfügige Angelegenheit halte, sondern weil er die Bußzahlung von Ofeig selbst einzufordern wünsche, denn er sei nicht der Ansicht, daß Ofeig von seinem höllischen Herrn geholt worden sei, und man werde den Burschen bald genug finden, da sei er ganz sicher.

Außerdem habe Jon Andres seinen Entschluß verkündet, Gunnarshof aufzugeben und ihn von Rechts wegen für verlassen zu erklären, denn es sei ein Hof voller Unglück. Er habe zu Thorkel gesagt, er bezweifle, daß irgend jemand nun dort leben oder auch nur die Felder bestellen wolle, aus Angst vor Vigdis' Geist. Es gebe jedoch Gerede darüber, daß Bjorn Bollason, der Gesetzessprecher, keine Abneigung gegen mögliche Geister habe und daß er und Hoskuld, sein Wohltäter, sich schon darauf eingestellt hätten, den Hof zu übernehmen. Auf diese Kunde erwiderte Gunnar nichts.

Was Sira Audun betraf, so sei zu berichten, daß er vier Wochen von der Luft gelebt habe, und kurz bevor er Petursvik auf seinen

Skiern verlassen habe, solle er etwas Suppe abgelehnt haben, die eine der Frauen dort für ihn gemacht hatte, mit der Begründung, er habe sein eigenes Essen dabei. Doch bei dem Leichnam sei kein Essen gefunden worden, und seine Muskeln seien so abgezehrt gewesen, daß seine Knie und Ellbogen das größte an ihm waren. Dennoch sei er lächelnd gestorben, mit offenen Augen, so daß man sie nicht habe zumachen können.

Nun fragte Gunnar, wie es käme, daß Thorkel Nahrung besitze, die er ihnen mitbringen konnte, ob denn die Lage in Vatna Hverfi so viel besser sei und die Lavranshofleute damit rechnen könnten, Johanna Gunnarsdottir wiederzusehen? Denn sie hatten diese Hoffnung mit allen anderen aufgegeben. Thorkel sagte, die Lage sei keineswegs günstig gewesen, bis man die Scheunen von Gunnarshof geöffnet und festgestellt habe, daß Vigdis seit zehn Sommern oder länger Nahrung gehortet hatte – so lang, daß bestimmte Dinge sich in Staub aufgelöst hätten, doch der Rest sei zu allen Höfen in der Nachbarschaft gebracht worden, und das alles, zusammen mit den eigenen Vorräten, werde den Bezirk bis Ostern durchbringen.

Und am nächsten Tag erwachte Birgitta und richtete sich auf, man erzählte ihr die Neuigkeiten, und sie hörte aufmerksam zu, und dann sagte sie: »Es gibt doch immer noch einen Streich, den man den Grönländern spielen kann.« Und nun endete die Hungersnot, denn zwei Wale wurden angetrieben, einer am Kambhofsfjord und einer am Siglufjord, und danach schmolz der Schnee, und das Gras wurde grün, und das Eis brach und wurde vom Wind aus den Fjorden getrieben, und eines Tages im späten Frühling standen die Leute auf und gingen nach draußen und fanden Scharen von Rentieren, die über ihre Höfe liefen, Rentiere in solcher Zahl, wie es die Grönländer nie zuvor erlebt, sondern nur in Geschichten von der Westsiedlung gehört hatten. Sira Pall Hallvardsson verbrachte drei Tage, ohne zu schlafen, auf Knien betend in der Kathedrale von St. Nikolaus, zum Dank für die Mildtätigkeit des Herrn.

Sira Pall Hallvardsson war über den Tod von Sira Audun sehr bedrückt, bedrückter, als er es für angemessen hielt, denn ein solcher Schmerz, wie er ihn verspürte, war wohl mehr ein Zeugnis seiner

Eigenliebe denn seiner Liebe zu Sira Auduns Seele. Jeden Tag überkam ihn eine große Sehnsucht, in Sira Auduns Kammer zu gehen, ebenso sehr hatte er sich einst nach anderen sündigen Taten gesehnt, ebenso sehr hatte er sich nämlich einst nach der Gegenwart von Gunnhild Gunnarsdottir gesehnt. Man konnte nicht behaupten, daß die beiden Priester bewußt vertraut miteinander geworden seien. Sie hatten nie mit jener Offenheit zueinander gesprochen wie Pall Hallvardsson und Jon, und Sira Audun hatte seine gewohnte schroffe Ungeduld beibehalten. Es war zum Beispiel seine Art gewesen, die Tür zu seiner Kammer, wenn jemand daran klopfte, nur einen Spalt breit zu öffnen und hinauszuspähen. So manches Mal trat er einen Schritt zurück und bat Pall Hallvardsson hinein, doch genauso viele Male tat er es nicht, und Pall Hallvardsson wurde im Gang stehengelassen. Dieses waren die Zeiten, zu denen er, wie er sagte, an seinen Schriften arbeitete. Das mochte in der Tat zutreffen, doch wußte Pall Hallvardsson von dieser Arbeit nichts. Die Verse und Gebete, die daraus hervorgingen, bewunderte Sira Pall Hallvardsson, soweit er dazu in der Lage war. Er fand in ihnen dieselbe schroffe Ungeduld, wiewohl sie von der für die Grönländer eigentümlichen »ironia« verborgen wurde. Was Sira Pall Hallvardsson von Sira Audun wußte und in Erinnerung hatte, selbst nach vielen Jahren der Bekanntschaft, reimte sich nicht mit der Trostlosigkeit, die ihm nun der Tod des anderen Priesters bereitete, und Sira Pall Hallvardsson fürchtete sich vor der Heftigkeit seines Kummers. Es war allgemein bekannt, daß solcher Schmerz den Menschen für den Wahnsinn empfänglich machen konnte.

Es war Eindridi Andresson, Sira Auduns Neffe, der die Kammer des verstorbenen Priesters für sich haben wollte, und seine Gründe waren nicht von der Hand zu weisen. Wir sollten, so sagte er, uns nicht davor scheuen, die Wege des Herrn anzunehmen, und als Eindridi ihn anschaute, wußte Pall Hallvardsson, daß Eindridi wußte, daß der andere Priester sich in der Tat davor scheute, und ihn aus diesem Grunde geringer achtete. Doch Pall Hallvardsson seinerseits hielt Eindridi für einen jener praktisch veranlagten, zähen Männer aus dem Süden, deren schweres Leben ihnen jegliche Weichheit ausgetrieben hatte. Als sie zum Beispiel ihr neues

Leben in Gardar aufnahmen, hatten sich Eindridi und sein Sohn Andres so weit voneinander entfernt, wie es unter Schülern hätte sein können, die sich frisch kennengelernt haben, und diesen Abstand wahrten sie seit ihrer Ankunft ein Jahr zuvor. Eindridi sagte, es sei besser für den Jungen, seinen irdischen Vater abzustoßen, damit er um so mehr bereit sei, seinen Himmlischen Vater ins Herz zu schließen und mit größerem Eifer zu Ihm zu gehen, wenn die Zeit gekommen sei. In Grönland, so sagte Eindridi, müsse die Zeit früh kommen, oder gar noch früher. In den Anfangstagen, wenn der Junge mit Klagen oder Schmerz zu seinem Vater gelaufen kam, hatte Eindridi ihn kühl und bestimmt zum Gebet geschickt und ihm keine tröstende Hand aufgelegt, kein freundliches Wort gesagt. Jetzt war der Junge mit ungefähr neun Wintern so kühl wie sein Vater und ebenso bereit, andere beten zu heißen.

In ihren Studien waren sie aufgeweckt und fleißig, wie es sich für Verwandte Sira Auduns wohl geziemte, und Andres war besonders flink, doch zogen es beide vor, niemals eine Frage zu stellen, und es war für sie eine große Schande, wenn man sie bei einem Irrtum ertappte. Es fiel Pall Hallvardsson zu, die beiden zu unterweisen, so gut er konnte, doch empfand er diese Aufgabe als merkwürdig unangenehm, und auch davor scheute er sich und sah, daß Eindridi seine Scheu bemerkte. Kurz gesagt, war von diesen beiden keine Befriedigung zu erlangen, und als wäre es ein böser Scherz, sah Eindridi in bestimmten Momenten Sira Audun recht ähnlich, gewöhnlich in solchen Momenten, wenn er ganz besonders unangenehm war.

Es war nicht zu leugnen, daß die meisten Dinge in Gardar nicht mehr so angenehm waren wie einst, denn der Hunger hatte hier mit derselben Stärke zugeschlagen wie überall in Grönland, Olaf und Petur, der Verwalter, waren tot und all jene, denen sich Sira Pall Hallvardsson verbunden gefühlt hatte. Außerdem sagten die Leute, er wisse nicht, wie man Anordnungen traf und die Leute so einarbeitete, daß sie die Stellen übernehmen konnten, und er mußte zugeben, daß es stimmte. In diesen Dingen gab es für ihn nur eine Zuflucht, und die war das Gebet, doch bislang hatte der Herr ihn noch nicht mit neuen Erkenntnissen bedacht, und auch die Versuche der Köchin blieben so erfolglos, daß ihm das Gesinde bittere Worte über schlechten Lohn und harte Arbeit ins Gesicht sagte.

Sira Pall Hallvardsson hätte nicht sagen können, ob der andere Priester noch wahnsinnig war. Es schien ihm zuweilen, als hätte Sira Jon eine Reihe von unangenehmen Gewohnheiten gegen eine Reihe von angenehmen eingetauscht. Ganz gewiß tat er jetzt und seit den letzten acht Jahren schon genau das, was ihm beliebte. Er hatte allein in der kleinsten Kammer gewohnt, die er finden konnte, und manchmal nach einer kleineren geschrien. Die Tür zu seiner Kammer blieb unverriegelt, und gelegentlich ging sie auf, ohne daß der Mann in der Kammer es bemerkte. Er hatte aufgehört, irgendeinen Verkehr mit den Grönländern zu pflegen, und war daher von jeglicher Abneigung gegen sie befreit, ja vielleicht sogar von jeglicher Kenntnis ihres Daseins. Er verbrachte seine Tage im Zwiegespräch mit dem Herrn oder mit sich selbst oder, von Zeit zu Zeit, mit Sira Pall Hallvardsson. Sira Pall Hallvardsson hatte von Einsiedlern gehört, die in die Wüste gingen, um dasselbe zu tun, und von Einsiedlerinnen, die sich in der Nähe von Nonnenklöstern in kleine Zellen einmauern ließen, welche Sira Jons Zelle nicht unähnlich waren. Solche Gebräuche waren wohl nicht mehr ganz so beliebt wie einst. Gewisse Denker, von denen Sira Pall Hallvardsson wußte, sprachen sich gegen sie aus, da man nun die Arbeit in der Welt für den besseren Weg hielt, doch jedes Zaumzeug paßt nicht jedem Pferd, wie die Grönländer sagen würden.

Sira Jon hatte die Hungersnot sehr gut überstanden, falls man sagen konnte, daß er sie überhaupt bemerkt hatte. Das armselige Leben, welches er führte, war ihm jedoch deutlich anzusehen, und er war von der Gelenkkrankheit sehr gebeugt. Wenn er seine Hände um etwas schloß, dann berührten sich die Fingerspitzen nicht genug, um einen Löffel greifen zu können, und vor Schmerz konnte er nichts heben, was schwerer als ein Stückchen Käse war. Sira Pall Hallvardsson selbst fütterte den anderen Priester und sorgte dafür, daß man ihm seinen Anteil an allem Eßbaren anbot, was es gab, auch wenn er es vielleicht nicht essen würde. Die Köchin stammte aus Brattahlid. Sie hatte Sira Jon nie gesehen oder mit ihm gesprochen und kannte ihn nur als »den Wahnsinnigen«.

Aber Sira Jon war der einzige auf dem Hof, der sich nicht über ihre Kochkenntnisse beklagte. Wenn Sira Pall Hallvardsson ihm das Eßbrett brachte, wie er es jetzt tat, dann wußte er, daß Sira Jon es mit derselben Gleichgültigkeit in Empfang nehmen würde, wie er es immer in Empfang genommen hatte.

Sira Jon kauerte an der Wand. Beim Geräusch des Tabletts, das auf den Boden gestellt wurde, streckte er den Finger zum Kusse aus, doch er drehte sich nicht um und schaute Sira Pall Hallvardsson auch nicht an. Sira Pall Hallvardsson beugte mit Mühe das Knie und küßte den dargereichten Finger, dann kniete er sich hin und wartete, daß der andere Priester sprechen würde. Sira Jon war so gekrümmt und dürr, und seine Haut und sein Haar waren so farblos, daß die Grönländer bei seinem Anblick gewiß vermutet hätten, er wäre ein anderer als der, den sie in Erinnerung hatten. Sie hätten jedoch die hochmütigen Blicke erkannt, die über sein Gesicht huschten, und daß er der Neffe des Bischofs war, wäre für sie schließlich ebenso unverkennbar gewesen wie für Sira Pall Hallvardsson, den Waisenknaben und Abkömmling flämischer Kaufleute.

Nach einer Weile sagte Sira Jon: »Was für Lügen sie erzählen.«

Sira Pall wartete. Er wußte, daß noch keine Antwort von ihm erwartet wurde.

Sira Jon warf einen verstohlenen Blick auf das Tablett mit dem Essen, dann sagte er: »Es war alles nur diesem Dummkopf zuliebe. Vielleicht ist er jetzt tot, vielleicht sind sie es alle. Sie nehmen das Vieh in ihre Häuser und betrachten es mit der Zuneigung, die andere Leute ihren Kindern vorbehalten, aber das liegt daran, daß sie selbst halbe Tiere sind.«

Sira Pall Hallvardsson sprach noch immer nicht. Zum Teil, weil er nicht sicher war, worauf Sira Jon anspielte, ob es sich tatsächlich um etwas handelte, von dem sie beide wußten, und zum Teil, weil er die üblichen Anspielungen auf das Vieh und die Haustiere abwarten wollte, über die der alte Priester stets plauderte, wenn er den ersten Blick auf sein Essen warf. Man hatte ihm durch jahrelange Zwangsspeisung beigebracht, langsam und ruhig ein wenig zu essen, so wie man ihm auch durch jahrelanges Zwangsbaden und -ankleiden beigebracht hatte, seine Nacktheit zu bedecken, so daß er in diesen Dingen jetzt folgsam, wenn auch voller Verachtung war.

»Fürwahr, dieses ewige Fleischerne, das wir kauen und ohne Brot oder Wein hinunterwürgen müssen, es scheint das tierische Wesen durch den Mund in den Menschen hineinzutragen. Und was hast du mir vor einer Weile gebracht, das gleichzeitig nach Verdorbenem und nach Salz schmeckte? Was war das?«

»Sira Jon, du weißt, daß es Walfleisch war, und die Menschen waren froh darüber.«

»Sie nennen es Fisch, um des Fastens willen, doch es schmeckt nicht wie ein Fisch, der je geschwommen ist, und das Fleisch ist rot, so rot wie das Fleisch eines alten Bullen. Sehnst du dich nicht nach einem Kohlkopf? Mir scheint, wenn ich ein bißchen Kohl haben könnte, ginge es mir wieder gut. Ein bißchen Kohl und einen Laib Brot, um mein dreißigjähriges Fasten zu brechen. Sind es dreißig Jahre?«

»Einunddreißig, nach meiner Rechnung. Du scheinst heute nachdenklich. Wir sprechen nicht oft über diese Dinge.«

»Vielleicht sterbe ich bald. Wenn ich mich in einem unbeschwerten Zustand befinde, dann scheint es mir oft ein Zeichen zu sein, daß ich im Begriffe bin zu sterben. Aber jedesmal werde ich enttäuscht. Es ist eine Sünde, verdünnte Milch und Seegras als Sakrament auszuteilen.«

»Der Herr sieht, wozu wir gezwungen sind.«

»Es ist wahr, du hast immer darauf vertraut, was der Herr alles sieht. Hast du gewußt, daß ich den glücklichsten Tag meines Lebens in Grönland erlebt habe? Ich dachte mir, du würdest überrascht sein, das zu hören, doch ich denke oft darüber nach. Nicht darüber, was sie mir erzählt haben, denn das war eine List, ein Betrug, den sie erdacht hatten, um ihre eigenen Absichten durchzusetzen, sondern darüber, wie ich zu dem Wissen über ihre Rede kam.«

»Willst du mir die Geschichte dieses Tages erzählen?«

»Ich brauche dir diese Geschichte nicht zu erzählen, da du selbst dabei warst und mit ihnen gemeinsame Sache machtest.«

»Dann erzähle mir, was ich nicht von diesen Dingen weiß.«

»Vielleicht werde ich das.« Er warf wieder einen Blick auf das

Tablett und zog es zu sich heran. Darauf standen eine kleine Schale Sauermilch und eine kleine Schale Suppe, die besonders übelriechend war, da die Köchin sie hatte anbrennen lassen. Er bedeutete Pall Hallvardsson, ihm eine Kostprobe der Suppe zu geben und dann von der Sauermilch, und die Suppe war nicht so übelriechend, daß er sie nicht aufaß. So sehr wie sich Sira Pall Hallvardsson auch bemühte, vorsichtig zu sein, ein wenig Suppe floß doch in den Bart des anderen Priesters, aber die Sauermilch klebte besser am Löffel. Als er die Kleinigkeit gegessen, die man ihm vorgesetzt hatte, wandte er sich ab und bat nicht um mehr. Er sagte: »Du weißt, daß der Bischof in seiner Jugend viel gereist ist, immer auf der Landstraße, daß eine Nacht unter freiem Himmel ihm nichts ausgemacht hat, so sicher war er sich des Herrn Schutz. Es war so, daß ich vom Haus meiner Mutter im Bezirk Stavanger zu ihm kam, als ich etwa vierzehn Winter alt war, und nachdem ich ein oder zwei Monate bei ihm verbracht hatte, schickte er mich mit einer Botschaft über die Berge zum nächsten Fjord. Der Weg verlief durch dichte Wälder, und ich kam vom Weg ab, so daß ich erst eine ganze Weile nach Einbruch der Dämmerung zu dem Hof gelangte, den ich suchte, doch stieß mir unterwegs nichts Böses zu. Als es jedoch am nächsten Morgen Zeit wurde, zum Haus meines Onkels zurückzukehren, da wurde ich von solcher Furcht gepackt, daß ich nicht ohne Begleitung aufbrechen wollte. Mein Pferd hätte den Weg nach Hause allein finden können, doch ich hatte keine Angst, mich zu verirren. Ich hatte ganz einfach Angst, und beim nächsten Mal, als ich einen Auftrag bekam, der bedeutete, daß ich weggeschickt würde, da fiel ich ohnmächtig um. Mein Onkel war sehr unzufrieden mit mir und auch mit meiner Schwester, weil sie so nachgiebig mit mir war. Er rügte mich und sagte, ich sei ihm wenig nützlich, wenn ich nicht einmal eine Botschaft überbringen könne, und so ließ er mich jedesmal schlagen, wenn ich bei einer neuen Aufgabe ohnmächtig wurde, doch er konnte mich nicht dazu bringen, ihn zu verlassen, und von dem Tage an blieb ich bei ihm, und bald genug gab er es auf, denn ist es nicht so, daß ein Kind alles aushalten wird, wenn es stur genug ist?

Und so kam es, daß ich von der Zeit an bis zu unserer Ankunft in Grönland und auch danach von meinem Onkel niemals weiter weg war, als die Entfernung vom einen Ende eines Feldes zum anderen mißt. Als er dich und Petur beauftragte, von Kirche zu Kirche zu gehen, da tat er das einesteils, weil er wußte, daß ich es einfach nicht tun konnte. Aber dann wurde dieser gemeine Bursche, Olaf Finnbogason, von diesem Ort im Bezirk Vatna Hverfi zurückgerufen, an dem man ihn versteckt hatte, und er erzählte diese Lügengeschichte, nämlich daß er dieser Hure versprochen sei, und ohne mit der Wimper zu zucken, sandte mein Onkel uns aus, um herauszufinden, ob das rechtens sei. In der Tat sah er mit seinem durchdringenden Blick, daß ich schreckliche Angst hatte, und während du fort warst, um das Boot zu bestellen, kam er zu mir und befahl mir, mein Entsetzen zu überwinden, und drohte mir, mich sonst nach Herjolfnes zu verbannen, und seine Grausamkeit war die Härte und Weisheit des Herrn, der sieht, was vonnöten ist. Ich erinnere mich, daß wir aufbrachen, und ich saß hinter dir am Bug des Bootes. Wir machten gute Fahrt und ruderten, daß das Boot von allein übers Wasser zu fliegen schien, und wir sprachen über dieses und jenes. Obwohl es Herbst war, wurde uns warm von der Bewegung, und unsere Stimmung war angeregt. Nichts schreckte mich, weder die Eisberge im Fjord – erinnere dich, wie wir sie mit unseren Ruderblättern wegstießen –, noch ein böiger Wind, der Schaumkronen auf dem Wasser bildete; nicht einmal die Trennung von meinem Onkel machte mir Angst. Als wir ankamen, sprangen wir aus dem Boot und schleppten es auf den Strand, ohne unser Gespräch zu unterbrechen, und dann empfing uns diese alte Frau, die Sira Nikolaus' Konkubine war, und fragte uns, was wir zum Abendfleisch wünschten, und wir sagten es ihr, und beinahe rannten wir dann über die Hügel nach Gunnarshof und redeten den ganzen Weg. Ich hatte niemals ein solches Gefühl von Freiheit und sinnlichem Vergnügen erwartet. Kein Fädchen zog mich zurück nach Gardar. Vielleicht habe ich zweimal an meinen Onkel gedacht.

Und dann begrüßten sie uns mit der Geschichte von der Jungfrau und dem Kind, die über das Gras gewandelt waren. Ich weiß jetzt, daß es eine erfundene Geschichte war, die uns von unserem Vorhaben abbringen sollte, aber damals schien sie so einfach und wunderbar, das himmlische Kind kräftig und verspielt und nur mit einem weißen Hemdchen bekleidet, die Mutter so voller Freude an Ihm, und Beide lachend inmitten der Blumen. Mir schien, alle meine Zweifel darüber, ob ich meinen Onkel verlassen könnte, Zweifel an den Grönländern, jede Art von Zweifel, die ich zu der Zeit auch immer gehabt haben mochte, die dummen Zweifel eines jungen Mannes über die Natur der irdischen Dinge, wollen wir einmal sagen, sie alle wurden gelöst, und was dieses Mädchen von ihrer Vision erzählte, ging in mein Gedächtnis wie eine unauslöschliche Erscheinung der Freude ein, als hätte ich sie selbst gesehen. Und als ich dann genügend verzückt war, wurde unser Anliegen zu ihrer Zufriedenheit erledigt, und wir machten uns auf, wiederum beinahe im Laufschritt, mit einem solchen Bärenhunger, daß wir unser Essen in der Undir-Hofdi-Kirche genußvoll verschlangen, und dann zogen wir das Boot ins Wasser hinunter und sprangen hinein und kamen in der Dunkelheit nach Gardar zurück, wo der Bischof schon schlief, und als ich selbst beinahe auf der Stelle einschlief, träumte ich immer und immer wieder von diesen Beiden, die im Grase wandelten, und als die Glocken zur Abendandacht läuteten, da ging ich zum Gebet wie zur allergrößten Freude, ohne die geringste Spur von Müdigkeit oder Stolz oder Pflichtgefühl. Es war, als wäre ich ganz weich geworden, und die Liebe Gottes stieg von mir auf wie ein Wohlgeruch.« Er lächelte. »Diese Gedanken gehen mir in letzter Zeit durch den Kopf, doch wie immer verlassen sie mich, und andere schleichen sich ein, die nicht so angenehm sind. Mein Kopf ist wie ein Raum, in dem die Türen frei im Winde schwingen, und viele Besucher kommen und gehen und bleiben und verschwinden, ganz wie sie wollen.«

Als Sira Pall Hallvardsson fortging, um sich anderen Aufgaben zu widmen, schien es ihm, daß Sira Jon in diesem Zustand des Friedens sterben müßte, doch vertraute er nicht auf ein solches Ende. Er selbst hatte nie diese Freude empfunden, wie sie der andere Priester beschrieben hatte, doch er neidete sie ihm nicht. Er wußte, er war ein Mann, der für diese Welt geschaffen war. Er hatte sich niemals mit Vorstellungen vom Himmel getröstet und sich auch nicht mit Vorstellungen von der Hölle erschreckt. Selbst als Junge in seinem Kloster war seine Aufmerksamkeit abgeschweift, wenn solche Dinge ausgemalt wurden, und er hatte niemals eine überzeugende Predigt über irgendeine Welt gehalten außer dieser, in der er mit beiden Beinen stand. Solche Gedanken bedrückten ihn, denn es ist die Pflicht der Priester, daß sie die Menschen anregen, über den himmlischen Lohn nachzudenken. Er kam in die große Gardar-Halle und grüßte Bjorn Bollason, den Gesetzessprecher, der sich mit dem größten Teil seines Haushaltes dort aufhielt. Pall Hallvardsson sah, daß sich unter ihnen die alte Frau Margret Asgeirsdottir befand.

Die Leute, die in Solarfell lebten, hatten sich angewöhnt, Amulette um den Hals zu tragen, die wie kleine Gesichter aussahen und aus Bein geschnitzt waren. In diesen weißen Stückchen war auf der Rückseite »O.G.N.S.« eingeritzt, was »Olaf der Grönländer beschützt uns« bedeutete. Bjorn Bollasons Frau Signy und seine Tochter Sigrid trugen sehr große Amulette, die an kunstvoll gewebten Bändern um den Hals gewunden waren. Sira Pall Hallvardsson fand sie nicht nur protzig, er glaubte auch, daß sie gegen die Lehre der Kirche verstießen, doch hatte er noch nie etwas dagegen geäußert, und er sagte auch jetzt nichts. Bjorn Bollason ging sogleich auf ihn zu und erkundigte sich freundlich nach seiner Gesundheit, dann holte er Signy und Sigrid herbei, und sie knieten nieder und küßten seinen Finger, und dann verbeugten sich die Jungen und sprachen voller Hochachtung von ihm. Seitdem die Wale gestrandet waren, hatten der Gesetzessprecher und einige Knechte schon einmal auf Skiern die Reise nach Gardar gemacht, und so kannte Sira Pall Hallvardsson die Neuigkeiten von damals, wußte, daß die Vorräte gerade zu Ende gingen, als man die Wale entdeckte, und so hatten alle, sogar der alte Hoskuld, sogar der geringste der Knechte, die Hungersnot überlebt. Aber keiner von ihnen war dick, das konnte Pall Hallvardsson sehen. Alle, Männer wie Frauen, sahen genauso aus, wie sie sollten. Pall Hallvardsson begrub seinen Verdacht und ging zum Hochsitz. Er saß nicht gern im Hochsitz, außer wenn er Bjorn Bollason bewirtete.

Bjorn Bollason folgte ihm und sagte: »Du siehst, wir haben deine alte Freundin Margret Asgeirsdottir bei uns. Wir haben eine hohe Meinung von ihr. Sigrid mag sie besonders gern. Sie ist eine liebenswürdige Person, und es ist kaum zu glauben, daß sie wirklich an den Orten gelebt hat, die viele Jahre lang ihr Zuhause waren. Du willst gewiß später mit ihr sprechen.«

»Ich habe auf eine Gelegenheit gehofft.«

»Jetzt, da wir sie bei uns haben, denn so denken wir von ihr, daß sie unser Gast ist, obwohl sie kam und sich als Magd verdingen wollte, und sie läßt keinen Tag vergehen, ohne beim Kochen oder Weben Hand anzulegen, jetzt bedaure ich den Tod von Sira Isleif sehr, denn auch sie waren Freunde und hätten beim Feuer sitzend angenehme Gespräche führen können.«

»Ja, ich bin sicher...«

»Was nicht heißen soll, daß sie ununterbrochen plaudert. Dazu ist sie viel zu höflich, sie spricht nur, wenn sie muß, und Sigrid nimmt sie sich in allen diesen Dingen zum Vorbild.«

»Aber das wird nicht der Grund sein, der dich mit deinem ganzen Anhang nach Gardar gebracht hat?«

»Nein, in der Tat, sondern es ist zum einen eine Vergnügungsreise, zum anderen eine Wallfahrt zu den Reliquien, die ihr hier habt, und zum Teil auch eine Geschäftsreise, und dazu will ich gleich sagen, daß, wenn ihr ein Erntedankfest halten wollt, es Hoskuld, Signy und mir ein guter Gedanke zu sein scheint, das Fest nicht in Gardar, sondern in Solarfell auszurichten, auf dem Feld über unserem Schrein von St. Olaf dem Grönländer. Denn ihm schreiben wir die Errettung der Grönländer zu.«

Da schickte Sira Pall Hallvardsson ein kleines Gebet zum Himmel, damit er den Mut fände, Bjorn Bollason zu widersprechen und die Wahrheit über »St. Olaf den Grönländer« zu sagen, nämlich daß man ihn nicht einen Heiligen nennen dürfe, bevor sein Fall in Rom erörtert worden sei und man viele unbestreitbare Wunder als sein Werk beobachtet habe. Außerdem war es eine große Sünde, wenn man auf der »Heiligkeit« dieses unglücklichen Kindes ritt wie auf einem Pferd, welches einen dorthin trug, wohin man in dieser Welt gelangen wollte. Doch während noch sein Zorn wuchs, erfüllte seine Brust ein ebenso starkes Mitleid mit Bjorn Bollasons kümmerlichem Kampf gegen die Schranken der Welt, in der er lebte, und da schaute Sira Pall zu Signy und ihrer Tochter hinüber, beide fein gekleidet und voll hochmütigem Stolz, der wie ein kleines, flackerndes Lämpchen einen winzigen Strahl in die

Dunkelheit des westlichen Ozeans schickte. Die sorgfältigen Gewänder und der Kopfputz, den viele Frauen inzwischen aufgegeben hatten, vermittelten ihm das Gefühl, noch weiter von Europa entfernt zu sein, als er es je in seinem Leben empfunden hatte, vielleicht noch weiter, als man tatsächlich von Europa entfernt sein konnte, wenn man es nur an der Reisezeit maß. Und so sagte er wiederum kein Wort. Er hatte ohnehin nicht an irgendwelche Feierlichkeiten gedacht. Bjorn Bollasons Plan schien so gut wie jeder andere. Sira Pall zuckte die Schultern und nickte, und Bjorn Bollason lächelte erfreut. Pall Hallvardsson sagte: »Sicher war euer Weg so mühsam, daß ein wenig Stärkung nottut?« und er rief nach Andres Eindridason und wies ihn an, einige Stärkungen bei der Köchin zu bestellen, so etwas wie Sauermilch, die man nicht aufs Feuer stellen mußte. Dann vertraute er Bjorn Bollason an, die Kochkunst sei auf einen so niedrigen Stand gesunken, daß das Gesinde sich lautstark darüber beklage.

Nach diesem Mahl gingen die Solarfeller in die Kathedrale und beteten. Es gab zwar keine vorschriftsmäßige Messe, doch Eindridi Andresson gefiel es sehr, sie bei einem Te Deum und anderen erhebenden Dankgebeten anzuleiten. Eindridi bewunderte Bjorn Bollason, und Bjorn Bollason war sehr zufrieden mit Eindridi. Diese Gebete dauerten eine lange Zeit, denn Sigrid war eine begeisterte Beterin, und so kam es, daß Pall Hallvardsson erst, als es dämmerte und als es schon Zeit für die Abreise wurde, mit Margret Asgeirsdottir sprechen konnte. Er fragte, ob er mit ihr über den Hügel zur Anlegestelle am Eriksfjord gehen und auf dem Weg mit ihr sprechen könne, und das taten sie, um Bjorn Bollason nicht aufzuhalten und Gefahr zu laufen, daß die ganze Gruppe die Nacht in Gardar verbringen müßte.

»So hast du also einen guten Platz gefunden«, sagte er, als die Gruppe sich verstreut und sie allein gelassen hatte.

»Es schien mir damals, ich hätte den einzigen Platz im ganzen Norden gefunden, an dem ein klein wenig zu essen für einen weiteren Mund übrig war. Ich hoffe, daß ich solche Prüfungen, wie sie die Leute in Dyrnes ertrugen, niemals wieder mitansehen muß. An meinem letzten Platz stimmte ich zu, daß ich den Kindern niemals Essen vom Munde nehmen würde, doch als die Fastenzeit voranschritt, träumte mir, ich könnte sie mit meinem eigenen Fleische füttern. Doch stand mir ein so trefflicher Ausweg nicht zu Gebote, und so mußte ich sie verlassen. Dennoch starben die beiden Kleinen, und ihre Mutter Freya, die Frau von Gudleif Finnleifsson, ist sehr niedergeschlagen, es heißt, sie sei fast wahnsinnig. Und andere sind ebenfalls gestorben, Finna Eyvindsdottir und viele andere. Doch in Solarfell niemand, obwohl die Suppe am Ende ziemlich dünn war. Man muß sagen, daß Bjorn Bollason und Signy alles getan haben, was ihnen die Pflicht gebot, und vielleicht alles, was in ihrer Macht stand. Sie haben mich lächelnd willkommen geheißen, obgleich ich außer einem Stückchen Stoff nichts in meinen Dienst mitbrachte.«

»Es ist wahr, sie sind großzügig, und der Lohn, den sie zu empfangen hoffen, ist nicht größer, als man ihn jedem Menschen geben sollte, der einem wohltätig ist.«

»Über Bjorn Bollason weiß ich zwar wenig, doch für Signy scheint auch zu gelten, daß sie mit jeglichem Lohn, den sie bekommt, ganz zufrieden ist, und sie begehrt nicht neidvoll, was sie nicht bekommt. Dennoch . . .«

»Dennoch was?«

»Sie machen viel Aufhebens um mich, und es ist anstrengend, bei ihnen zu sein. Sie hätten es gern, wenn man viel Aufhebens um sie machte, darum glauben sie, es sei jedermanns Wunsch.« Sie ging ein Stück weiter, und es fiel Pall Hallvardsson schwer, Schritt zu halten, denn sie hatte immer noch diesen offenen, schwingenden Gang und den geraden Rücken. Von der Gelenkkrankheit, das sah er, war sie verschont geblieben. Sie sagte: »Ich hoffe, man vergibt mir diese unvernünftigen Klagen. Wahrlich, als ich zu ihrem Hofe gekrochen kam und um einen Platz bat, hat Signy mich persönlich empfangen und mich gebeten, auf der Bank zu sitzen, hat mir trockene Socken angeboten und mir erst Fragen gestellt, nachdem ich geschlafen hatte.«

»Ich wünschte, du wärest nach Gardar gekommen.«

»Ich habe auch von Olaf und Petur gehört. Ihr seid gewiß in großer Bedrängnis ohne Olaf?«

»Mir scheint, ich bin wie ein Mensch, der die Straße entlang geht und Schritte von Räubern hinter sich hört. Er hat Angst, sich umzuschauen oder stehenzubleiben, und dankt nur dem Herrn, daß sie noch nicht über ihn hergefallen sind.«

Sie warf ihm einen kurzen Blick zu und schaute dann weg, ihr Gesicht weiß in der späten Abenddämmerung. Er sagte: »Den Leuten auf Lavranshof geht es gut, jedenfalls sagt das Thorkel Gellison. Olaf ist gestorben.« Margret nickte. Nun kamen sie oben auf dem Hügel an, und von dort hatte man einen Blick über den Eriksfjord, und Pall Hallvardsson blieb stehen und gab Margret die Hand. Am Fuße des Hügels schoben die jüngeren Leute das Boot vom Strand, und hinter ihnen rief Sigrid irgendwelche Namen und mahnte zur Eile. Margret sagte: »Ich denke in diesen Tagen oft an Olaf. Es war eine große Sünde, daß wir Olaf immer als Werkzeug benutzten und ihn übersahen, wenn er uns gerade entgegenkam. Ich wünschte, er wäre hier, um Petur zu ersetzen und sich um die Gardarküche zu kümmern.« Sie wandte sich ab und begann, den Hang hinunterzusteigen, dann drehte sie sich noch einmal um und rief: »Es gibt ein liebliches Tal hinter Solarfell, von dem es heißt, daß es dort nördliche und südliche Kräuter im Überfluß gibt. Ich werde im Sommer welche für die Gardarvorräte bringen!« Sie winkte, dann eilte sie den Hang hinunter. Bjorn Bollason, mit dem ihm eigenen Lächeln, half ihr persönlich ins Boot. Pall Hallvardsson wußte, daß er den Steilhang oberhalb von Gardar nicht vor der Dunkelheit erreichen würde.

Es schien Margret, daß Solarfell ihr letztes Zuhause sein müßte, und ihre letzte Prüfung mochte wohl sein, daß Sigrid sie unentwegt beobachtete und nachahmte, ja sogar Signy tat das, denn sie hatte die Angewohnheit, Margret bei der Arbeit anzustarren, wobei sie den Kopf auf die Seite legte oder mit der Hand eine Geste machte, wie Margret es tun mochte. Ständig ermahnte sie ihre Tochter, stolz und aufrecht zu stehen, indem sie sie kniff und in Margrets Richtung nickte. Margret war diese Aufmerksamkeit aus mehr als einem Grunde unangenehm. Es schien ihr, daß kein Grönländer ohne Kenntnis von ihrem Ehebruch mit Skuli, dem Norweger, sein könnte, doch tatsächlich war Signy zu der Zeit erst ein Kind von vierzehn Jahren gewesen, und Bjorn Bollason selbst war damals erst neun. Hoskuld war wohl auf dem Thing gewesen, auf dem Gunnar Kollbein Sigurdsson mit List um das Selbsturteil gebracht hatte, doch auch Hoskuld schien sich nicht an sie zu erinnern oder sie wiederzuerkennen. Vielleicht war er auch nur ein alter Mann mit seinem eigenen uralten Hader, über den er nachgrübeln mußte. Oder vielleicht waren diese Dinge den Menschen gleichgültiger als früher. Bjorn Bollason und Signy hatten zum Beispiel eine Reihe von Freunden, sowohl in Brattahlid als auch in Dyrnes, die ihre Familien in dem einen oder anderen Jahr der Hungersnot verlassen hatten oder schon vor der Hochzeit mit Gefährten zusammenlebten. Und die meisten Leute, so hieß es, seien jetzt ohnehin zu arm für Hochzeiten. Zu arm, um nach dem Priester zu schicken, zu arm, um ein Festmahl auszurichten, zu arm, um dem Brautpaar Geschenke zu bringen, zu arm, um für solche Vergnügungen die Arbeit auf dem Hof liegenzulassen. Aber selbst wenn es keine Hochzeiten gab, so mußte es doch Kinder geben, oder etwa nicht? Die Kinder hatten in der Hungersnot von allen am meisten gelitten und abgenommen. Vielleicht, dachte Margret, als sie die kurze Strecke über den Fjord nach Solarfell ruderten, war den Leuten die Geschichte damals auch gleichgültig gewesen. Vielleicht war sie nur ihr und Gunnar so wichtig gewesen.

Immer wenn die Solarfeller den Hang zu ihrem Hof hinaufstiegen, machten sie am Schrein des St. Olaf halt und sprachen ein Gebet oder suchten nach Beweisen für ein Wunder, und Margret blieb dann immer ein wenig zurück, damit es niemandem auffiel, daß sie sich nicht anschloß. Diesmal jedoch bemerkte es Sigrid, ungeachtet der Dunkelheit, und sie kam zu ihr, nahm ihre Hand und sagte: »Liebst du nicht St. Olaf für seine Unschuld?«

»Er war gewiß ein braver kleiner Junge, und seine Familie hat ihn sehr geliebt, doch kenne ich die Wahrheit über sein heiliges Wesen nicht.«

»Aber mein Vater sagt, er habe uns von der Hungersnot errettet, und es sei unser großes Glück, daß wir so nahe bei dem Schrein wohnten.«

»Ich würde ihm nicht widersprechen, wenn Sira Pall Hallvardsson es nicht tut.«

Nun schwieg Sigrid, doch sie hielt Margrets Hand noch immer, als sie das Haus betraten. Sie war ein hübsches Kind mit auffallend dunklem Haar und leuchtend blauen Augen, und es hieß in der Tat, daß einige Iren zur Zeit des Königs Sverri auf einem isländischen Boot nach Grönland gekommen seien und ihre Spuren in einigen Familien von Dyrnes hinterlassen hätten. Jedenfalls hielten Bjorn Bollason und auch Signy große Stücke auf das Mädchen, mehr vielleicht als auf jeden einzelnen ihrer vier Söhne, obwohl Bjorn Bollason die Jungen stets gemeinsam förderte und ihnen befahl, die Füße genau so und so zu setzen und die Schultern gerade zu halten und den Leuten in die Augen zu sehen und so weiter. Die Beachtung der Eltern hatte Sigrids Wesen jedoch nicht verdorben, und sie besaß die offene Art eines Menschen, der etwas auf sich hält, gleichzeitig aber weiß, daß Stolz eine Sünde ist.

Margrets Hauptaufgabe in Solarfell war es, feines Wadmal für Sigrids Aussteuer zu weben, da das Mädchen nun etwa sechzehn Winter alt war und in den nächsten vier bis fünf Wintern mit einer Vermählung zu rechnen war. Diese Weberei bereitete Margret Freude, denn der Solarfellhof war einer von den Orten in Grönland, der sich für die Schafzucht am besten eignete, mit seinen weiten, feuchten Südhangweiden für das Heu und dem seenüberzogenen Hochland dahinter, das als Sommerweide diente. Die Wolle der Schafe war lang und weich, und das seidige Außenfell unterschied sich sehr von dem wolligen Unterfell. Wenn sie ihren Faden nur aus der oberen Wolle spann, dann war das Tuch, das sie webte, dünn und fließend und brachte hübsch deutlich ihre Muster zur Geltung. Wenn sie die beiden Fäden zusammenspann, dann war das Wadmal dick, doch leicht und federnd im Griff. Signy war voll des Lobes über ihre Arbeit und so begierig darauf, daß sie sie nicht mehr vom Webstuhl wegholte. Wenn Margret das Schiffchen warf und sich die Stoffe ausdachte, dann erinnerte sie sich an Kristin und Marta und Ingrid und die anderen, die sie das Weben gelehrt hatten und die jetzt alle schon tot waren, gestorben an hohem Alter oder Krankheit, und diese Menschen erinnerten sie wiederum an Asta und Hauk Gunnarsson und Asgeir und Skuli und Jonas und Olaf und Gunnar als Kind, und sie saß an ihrem Webstuhl, tief in Gedanken versunken, Tag für Tag. Diese ausschweifenden Überlegungen waren für sie ein weiteres Zeichen, welches ihr Gefühl verstärkte, daß Solarfell ihr letztes Zuhause und dieses Jahr oder das nächste oder das übernächste ihr letztes Jahr sein werde.

Nun geschah es, daß die gefürchtete Jahrhundertwende kam und vorüberging, und drei weitere Jahre dazu, und obwohl Finnleif Thorolfssons Prophezeiung bestätigt wurde, daß nur wenige da sein würden, um das neue Zeitalter zu begrüßen, fanden die Leute, es seien so wenige nicht, daß man es als ein Zeichen für irgend etwas deuten könnte. Hunger und Krankheit waren schon zuvor gekommen und gegangen, und nun, da die große Hungersnot vorüber war, erkannten die Menschen, daß dies der natürliche Lauf der Dinge war, denn von Natur her ist die Welt aus dem Paradiese gefallen, und der Herr hat nicht versprochen, daß Er sie zur Freude des Menschen bessern werde, sondern Er fordert von den Menschen, daß sie die Welt zum Werkzeug machen, um ihre eigenen Seelen zu bessern.

Es gab viele verlassene Höfe, und der größte von diesen war Gunnarshof, doch gab es auch andere große Höfe in Brattahlid und im südlichen Teil von Vatna Hverfi. Jeder Mann in Isafjord hätte sich einen neuen Hof nehmen können, aber es gab in Isafjord keine Männer mehr, und das Gebiet blieb den Skraelingern überlassen.

Nun schien es den Leuten, daß sie etwas Neues gelernt hätten. Es schien einigen, daß sie gelernt hätten, wie wichtig die äußere Erscheinung der Dinge war, wie zum Beispiel wenige Kleidungsstücke, die hübsch gemacht und sorgfältig verziert waren, mehr Freude bereiteten als viele einfache Kleider, oder daß eine kleine Menge Nahrung, die man langsam aß und wobei man den Löffel selbst für die Krumen benutzte, die man zuvor vielleicht mit den Fingern aufgenommen hätte, genauso lange vorhielt und einen fast ebenso satt machte wie eine große Menge. Es schien anderen, daß sie gelernt hätten, wie unwichtig äußere Erscheinungen waren, denn der Tod kam zu allen Menschen, was immer sie trugen und wo immer sie schliefen, ob im Haus oder im Stall, und ein robuster, kräftiger kleiner Junge war ein Wunder, ob nun der Priester irgend etwas mit den Eltern zu tun gehabt hatte oder nicht. Wieder andere dachten darüber nach, wie schnell einem Manne das Essen vom

Tisch gerissen werden konnte oder das Kind von der Mutterbrust oder die Frau aus der Bettnische ihres Mannes, so daß kein noch so fester Griff diese Güter am Platz halten konnte. Und andere dachten bei sich, wie süß diese Güter doch waren, und sie wußten, das verlorene Glück jedes Augenblicks war auf ewig verloren. Einige Leute lernten, daß die Natur Gottes gnädig war, weil Er einen Ehemann oder etwas Vieh verschont hatte, und daß Er streng war, da Er harte Strafen für kleine Sünden austeilte, daß Er aufmerksam war, da Er schon früh Zeichen der Hungersnot geschickt hatte, daß Er gerecht war, denn Er hatte wohl zunächst den Hunger gesandt, am Ende aber doch die Wale und die Scharen von Rentieren geschickt. Einige Leute lernten, daß man Ihn in der Welt finden konnte – im Reichtum des Grases und der schimmernden Schönheit des Himmels –, und andere lernten, daß man Ihn nicht in der Welt finden konnte, denn die Welt ist immer unzulänglich, und Gott ist die Vollendung. Einige behaupteten, sie hätten gelernt, das Glück eines Mannes und seine Macht seien sein einziger Gott, wie es die Menschen einst in alten Zeiten gedacht hatten. War denn Erik der Rote so unglücklich gewesen, oder waren es die Männer um ihn, die niemals die Lehren der Kirche über den Weißen Christus angenommen hatten? Alte Erzählungen erwähnten nicht, daß es ihnen so schlecht gegangen sei wie den Grönländern jetzt, wo es doch Kirchen und Heiligenschreine in ihrem Lande gab und die Leute sie bezahlten und darin beteten. Einige Leute, darunter auch Birgitta vom Lavranshof, meinten, es gebe doch immer einen Streich, den man den Grönländern spielen könne.

Gunnarshof blieb in diesen drei Jahren leer, und jedes Jahr kam Thorkel Gellison und versuchte, Gunnar zur Rückkehr auf den Hof zu überreden, doch jedes Jahr zuckte Gunnar die Schultern und behauptete, er habe nicht darüber nachgedacht. In Wirklichkeit war es so, und das wußte er, daß Birgitta sehr gegen einen solchen Umzug war, und obwohl er sich selbst danach sehnte, zögerte er, sie zu zwingen. Es war nicht zu leugnen, daß ihre Kraft und ihre Gemütsverfassung sich von dem Hunger nicht so gut erholten, wie es bei den anderen der Fall war. Sie konnte kaum das Licht und das Spiel der Winde draußen vor dem Hause ertragen, und so verbrachte sie die meiste Zeit in ihrer Bettnische, und ihre Glieder gewannen nie mehr die Rundlichkeit oder die Kraft zurück, die sie einst besessen hatten. Dennoch machte sie jetzt in ihrer Bettnische für Gunnar Platz und empfing ihn jede Nacht freundlich, mit Liebkosungen und Fragen nach seiner Arbeit. Wie sie einst die Hände ihrer Kinder oder ihre Zehen oder Knie gehalten und angeschaut hatte, so erfreute sie sich jetzt an Gunnars Stärke und der Festigkeit seines Fleisches und besonders an der Wärme, die er ausstrahlte, denn es war diese Wärme, welche den Tod von ihr ferngehalten hatte, als er am Ende der Hungersnot gekommen war, um sie zu holen. Es schien ihr, als hätte sie ihn selbst gesehen, und er war kein großer Mann mit einem weißen Gesicht gewesen, schwarzgekleidet, wie ihn die Wandteppiche in der Kathedrale zeigten, er war ihr als ein weißer, struppiger, bärenhafter Bursche erschienen, mit riesigen Händen wie Tatzen und mit Nägeln wie gebogene Klauen, die einem die Kleider, die Haut, das Leben wegrissen. Tatsächlich schien es Birgitta, als hätte sie wie andere Menschen auch etwas gelernt, nämlich daß der Tod in der grönländischen Einöde sein Zuhause hatte, und da er es nicht weit hatte, war er um so mehr bereit, zu den Grönländern zu kommen. Dem Anblick seiner Klauen, wie sie um Gunnar herum langten und nach ihr tasteten, konnte sie nicht entfliehen, und es schien ihr gar nicht so, als könnte dieses Ungetüm sie in die angenehmen Gefilde des ewigen Lebens mitnehmen, wie die Priester behaupteten. Übrigens behauptete der neue Priester Eindridi Andresson, der die St. Birgitta-Kirche zu den festgesetzten Zeiten besuchte und angeblich ein Neffe von Sira Audun war, daß die Hölle siebenmal größer sei als der Himmel, denn für jede Seele, die Gott zu sich nehme, hole der Teufel sich sieben. Eindridi Andresson sagte auch, es sei seine Absicht, die Grönländer unter Qualen in die Erkenntnis Gottes einzuführen, und keineswegs mit Schmeicheleien. Gott sei nicht wie eine Mutter, die dem Kinde ein Stück vorgekautes Fleisch hinhält, damit es sich vom offenen Feuer wegtrollt, sondern wie ein Vater, der das Kind mit Schlägen züchtigt, damit es versteht, daß das Feuer schmerzt. Eindridi Andresson war kein tröstender Priester, doch die meisten Leute sagten, man habe sie schon zu lange getröstet, vielleicht in ihrem sündhaften Zustand gewiegt, und deshalb seien sie bestraft worden. Andere stimmten mit dieser Ansicht nicht überein.

Es war Helga, die von ihrer Mutter das Interesse an Schafen übernahm, denn sie war Birgitta in ihrer Art nicht unähnlich, obwohl sie äußerlich Gunnar näher war. Außerdem kehrte Johanna vom Hesturhof zurück, und der größte Teil der Hausarbeit fiel ihr zu. Gunnar hatte gehofft, daß Johanna und Helga einander Freundinnen und Gefährtinnen sein würden, aber die beiden waren so verschieden in ihrem Wesen und ihren Neigungen, daß es beinahe so schien, als wären sie gar nicht verwandt. Sie wußten nicht einmal genug voneinander, um sich zu streiten, sondern waren einander vollkommen gleichgültig.

Gunnar hatte sich inzwischen wohl an Helgas Schalten und Walten auf dem Hofe gewöhnt, denn es war wie Birgittas, doch mit Johanna wußte er kaum etwas anzufangen. Sie ging hinter ihm her, hob seine Werkzeuge auf und ordnete sie, hob seine Strümpfe auf und faltete sie zusammen, nahm alles aus dem Weg, bevor es noch im Weg war. Wenn er mit dem Essen fertig war, zog sie ihm geschwind das Eßbrett fort oder die Schale, bevor er diese von sich schieben konnte, und er hatte oft das Gefühl, es könnte noch etwas drin gewesen sein, obwohl das niemals der Fall war, wenn er sie zurückforderte. Das war Jonas' Schule, denn Jona hatte den Ruf einer sehr sauberen und ordentlichen Hausfrau.

Johanna neigte immer noch zu einem betrachtenden Denken, und Gunnar bemerkte oft, wie sie ihn anstarrte. Sie schaute auch nicht verwirrt weg, wenn er ihren Blick erwiderte, sondern lächelte nur und ging ihrer Arbeit nach, als hätte sie ihn nun genug angeschaut. Sie zog niemanden vor, was dieses unentwegt forschende Starren betraf, hatte es für jeden, Kollgrim, Helga, Gunnar, den Schafhirten, die Schafe, Besucher, Nachbarn, das Wasser im Fjord, den Himmel, das Gras, die Trockengestelle mit ihrer Last aus Rentier- und Walfleisch. Sie starrte so gebannt auf Gunnars Schreiben, daß er annahm, sie müsse zu lesen gelernt haben, obwohl die Leute auf Hesturhof nicht zu den lesenden Menschen gehörten. Er fragte sie, ob sie denn verstehe, was das Geschriebene bedeute. Sie lächelte und schüttelte den Kopf und sagte nur, daß die Muster der

Linien sie zum Nachdenken anregten. Gunnar las laut vor, was er geschrieben hatte:

»In diesen Jahren wurden die Herjolfnesbauern von den übrigen Grönländern immer mehr abgeschnitten, doch Snaebjorn Bjarnason und die anderen großen Grundbesitzer des Bezirkes weigerten sich, ihre Höfe zu verlassen und verfügbare Höfe weiter im Norden zu übernehmen.«

»Du schreibst also über die Grönländer«, sagte Johanna. »Mir schien, du schriebest Geschichten nieder, wie du sie uns an den Abenden erzählst.«

»Ich würde das sehr gern tun, doch die Feder gleitet in der Tat so langsam, daß ich zuerst den Faden der Geschichte verliere, während ich die Wörter bilde, und dann verliere ich die Freude am Erzählen. Vielleicht muß man diese Geschichten mündlich erzählen, während man diese langweiligeren Dinge niederschreiben soll.«

»Das muß wie das Käsemachen sein. Was in einem Tag gemacht wird, ist in einem Moment gegessen.«

Solche Beobachtungen empfand Gunnar als geistesverwandt und sogar vergnüglich, doch nur er wußte, wie man ihnen zuhörte. Fast immer, wenn Johanna so etwas sagte, machten Helga und auch Kollgrim, wenn er in der Nähe war, verwirrte Gesichter und sagten nichts. Kollgrim hatte Finns Platz als Stellvertreter des Haushaltes auf den jährlichen Jagden eingenommen, und darüber hinaus ging er oft allein fort und fing Vögel oder Hasen oder Füchse, und er zeigte darin ein recht großes Geschick. Die Leute lobten es und sagten, Kollgrim habe sich von dem unfreiwilligen Eintauchen gut erholt und auch von dem seltsamen Verhalten, das er als Kind gezeigt hatte. Dennoch sah Gunnar, daß manchmal Verwirrung seinen Sohn übermannte, was eine Folge des Eintauchens war, und zuweilen schaute immer noch ein Kobold aus seinen Augen, als berechne er die Möglichkeiten des Unheilstiftens. Doch was immer Kollgrim gelernt hatte und wie sehr die Familie auch von ihm abhängig war, was Wild und Walfleisch betraf, für Gunnar stand es doch außer Zweifel, daß Kollgrim noch nicht der Jäger war wie einst Hauk Gunnarsson oder auch Finn Thormodsson. Es gab keinen Grönländer mehr, der es war, auch besaß kein Grönländer mehr den Verstand, die Geschichten niederzuschreiben, die die Leute kannten, so wie man einst in Versen die Geschichte von Atli oder die Geschichte von Einar Sokkason und Bischof Arnald niedergeschrieben hatte. Wenn er diese Dinge vorschlug, lächelten Helga und Kollgrim, als wäre er nur ein alter Mann, der alle Tugenden den Leuten aus seiner Jugend zuschrieb, doch Birgitta wußte, daß er nicht unrecht hatte, und meinte zudem, es sei für die Grönländer gut, wenn sie sich des Niederganges nicht voll bewußt wären, den die Dinge seit den Tagen ihrer Urgroßväter erfahren hatten, als die Menschen mit genügend Zeit und Freuden eine solche Kirche bauen konnten wie etwa St. Birgitta mit ihren Bogenfenstern und dem feinen Glas aus Bergen.

Es war schwierig, Helga nicht zu mögen und sich ihrer Gesellschaft nicht zu erfreuen, denn sie war liebevoll und fröhlich und nur auf einem Gebiet störrisch, und das war die Ehe. Jedes Jahr nahm Gunnar sie zum Thing mit, und jedes Jahr war es so, als würde sie dann ein anderer Mensch. Sie hielt die Augen gesenkt und antwortete stets nüchtern und gehorsam. Er ging zu den anderen Zelten und suchte nach möglichen Ehemännern, und wenn er einen Mann erblickte, der recht gut aussah, und dann herausfand, daß dieser einen guten Hof besaß und noch einige Kühe und ein Boot dazu, dann brachte er den Burschen und seine Sippe zu seinem Zelt. Dort fand er Helga, die ernsthaft ihrer Arbeit nachging, er stellte ihr den Burschen vor, und Helga pflegte dann den Blick zu heben und ihn einen langen Moment lang direkt anzuschauen – und dann senkte sie wie immer die Augen und sagte zum zehnten oder hundertsten Mal, daß sie tun werde, was er wünsche. Und er schaute sich den Burschen noch einmal an, und der Bursche selbst war stets wie verwandelt. Gunnar bemerkte dann immer, daß er schräg abfallende Schultern hatte oder auf einem Auge schielte, oder wenn er recht anziehend war, dann sah sein nächster Verwandter gemein und grausam oder einfältig aus. Und so fand er Entschuldigungen für Helga, die nun ein weiteres Jahr unverheiratet sein würde. Sie war siebenundzwanzig Winter alt, sieben oder acht Winter älter als die meisten frisch verheirateten Frauen, älter als Margret zu der Zeit, als sie Olaf heiratete. Ein gefährliches Alter, wagte Birgitta zu sagen. Birgitta wagte jetzt viele Dinge zu sagen, und Gunnar kümmerte das wenig, denn er war sehr froh, sie gerettet zu haben, und es schien ihm, daß nichts ihn je dieser Freude wieder berauben könnte. Sie seien jetzt alte Leute und würden bald sterben, sagte er ihr. Kein bißchen zu früh, war ihre Antwort. Doch sie meinte nicht, was sie sagte, und wollte sich von ganzem Herzen so lange wie möglich vor den pelzigen Klauen des Todes verstecken. Während nun ringsum Leute jeden Alters sich beeilten, die verlorenen Gefährten oder die verlorenen Kinder zu ersetzen, ob nun mit dem Segen des Priesters oder nicht, blickte Helga jedenfalls nur kühlen Sinnes auf diese Vorgänge.

Da begab es sich eines Tages, daß Kollgrim plante, in den Hügeln über Vatna Hverfi Schneehühner zu fangen, und er kam zu Helga und fragte sie, ob sie mit ihm gehen möge, denn er wolle ihr etwas zeigen. Gelegentlich begleitete sie ihn, denn sie hatte schmale Hände und konnte sehr gut Schlingen knüpfen, und die beiden, altersmäßig nicht so verschieden, waren gute Freunde. Sie willigte ein, und sie machten sich früh am nächsten Morgen auf, durchwanderten das Tal, welches gegenüber Hesturhof auf den Einarsfjord stieß, dann stiegen sie in das Boot, das Kollgrim dort vertäut hielt, und ruderten zu den Sandebenen um die Undir-Hofdi-Kirche. Hier stiegen sie aus und zogen das Boot an den Strand. Helga hatte an den Bezirk Vatna Hverfi keine Erinnerung, und sie war von dem schönen Anblick sehr entzückt, denn das Land dort ist grüner als anderswo in Grönland, und die Wiesen und Felder sind weiter und fruchtbarer. Sie gingen in die Berge über der Kirche und fingen viele Vögel, doch nach einer Weile brach die Dämmerung herein, und Kollgrim führte Helga an der Kirche vorbei und um den Hügel herum nach Gunnarshof.

Der Hof war immer noch in gutem Zustand, denn Vigdis hatte die Soden im Sommer vor ihrem Tode erneuern lassen. Kollgrim stieß die Tür auf, und sie traten in den großen, angenehmen Hauptraum des Hofes. Helga fragte, wo sie seien. »Es ist ein verlassener Hof. Ich werde dir morgen früh davon erzählen, wenn ich nicht so müde bin.« Mit diesen Worten stieg er in eine der Bettnischen, und Helga stieg hinterher, und sie lagen dort die ganze Nacht. Helga schlief schnell ein und wachte nur einmal in der Nacht auf, doch als sie erwachte, fiel ihr auf, daß Kollgrim trotz der

Klagen über seine Müdigkeit unruhig war und mit offenen Augen dalag. Dann schlief sie wieder ein. Am Morgen briet sie zwei Schneehühner über dem Feuer, das er auf der Feuerstelle gemacht hatte, und bemerkte, wie angenehm der Hof sei und wie wenig die Feuerstelle qualme. Da sagte Kollgrim: »Dieser Hof ist unser Hof, und nur die Halsstarrigkeit unseres Vaters hindert uns, Anspruch darauf zu erheben. Vielleicht wünscht er in der Tat, Birgitta auf Lavranshof zu lassen, wo sie sich mit Freuden an ihre Mutter und ihren Vater erinnert, doch wir beide könnten hier als Bruder und Schwester leben, wie es unser Vater und die Schwester unseres Vaters vor vielen Jahren getan haben.«

»Hast du zu ihm darüber gesprochen?«

»Ich wollte erst feststellen, ob wir hier gut schlafen können.«

»Mir schien, daß ich hier besser schlief als du in der letzten Nacht.«

»Du hast also nichts gehört? Nichts gespürt?«

»Nein. Ich habe sehr gut geschlafen.«

»Dann kann es sein, daß Vigdis anderswo ist oder daß ihr Geist diesen Hof nicht besetzt hat, denn hier war es, wo sie von Ofeig gemordet wurde.«

»Du hast mir einen schlechten Dienst erwiesen, daß du meine Seele in solche Gefahr brachtest«, sagte Helga.

»Aber es hat sich als ungefährlich herausgestellt. Außerdem habe ich jetzt schon siebenmal hier geschlafen, und nie habe ich einen Ton gehört oder irgend etwas gespürt. Jedenfalls heißt es, daß ihr Sohn kurz danach Priester herkommen ließ und daß sie die Geister ausgetrieben haben.« Und so schauten sie sich den Hof an, die Gebäude und die Einrichtung und die Stallungen, und sie sahen, daß alle diese Dinge viel schöner und viel zweckmäßiger waren als auf Lavranshof, und Kollgrim sah, daß in Helga die Gier nach einem Leben erwachte, das man auf einem solchen Hof führen könnte, so wie sie in Kollgrim erwacht war. Helga spürte, daß es ihr widerstrebte fortzugehen, obwohl es immer später wurde. Die beiden standen im Kuhstall und sprachen gerade über die Anzahl der Kühe, die einst hier überwintert hatten, als eine Gestalt im Türgang auftauchte und sie erschreckte.

Kollgrim blickte auf und schaute weg und stand wie versteinert da. Helga legte ihm die Hand auf die Schulter und spürte, daß er zitterte, doch dann schüttelte er sie ab und schien zu sich zu kommen. Er rief aus: »Wir schauen uns nur den verlassenen Hof an. Wir haben nichts gestohlen und haben nichts Böses im Sinn.« Die Gestalt trat aus dem Türgang und verschwand, und Helga sagte: »Ich fürchte mich wirklich hinauszugehen und diesem Geist gegenüberzustehen. Es heißt, solche Dinge seien so entsetzlich, daß sie einem nachher auf immer im Traum erscheinen.«

»Nein, das ist kein Geist, aber es ist dennoch ein Feind. Es ist Jon Andres Erlendsson. Wir dürfen nicht umherschleichen, sondern müssen kühn vortreten, wenn wir vorhaben, seine Nachbarn zu werden.«

»Vielleicht ist solche Feindschaft ein guter Grund, nicht Nachbarn zu werden. Wenn er dir solche Verwirrung und Furcht einjagt...«

Kollgrim brauste auf: »Sprich nicht mehr davon! Jon Andres Erlendsson ist nur ein Mann, und er ist nicht einmal so groß oder breit, wie ich es bin. Ohne Ofeig und seine anderen Mittäter ist er nichts.«

»Was hindert uns dann hinauszugehen?«

»Nichts.« Doch er zögerte noch einen Moment, bevor er ihre Hand nahm und sie zum Eingang zog.

Jon Andres saß mit dem Rücken zu ihnen auf dem Hang vor dem Stall und beobachtete sein Pferd, wie es ein Stück weiter entfernt auf dem Hoffeld graste. Er drehte sich um und schaute die beiden an, und Helga, wie jeder, der ihn je gesehen hatte, bemerkte sein gutes Aussehen und seine anmutige Haltung. Er sagte: »Ich ging vorbei und sah eure Sachen vor dem Haus. Der Hof ist in der Tat verlassen und geht mich daher nichts mehr an, doch möchte ich nicht, daß die Einrichtung zerstört oder gestohlen wird. Ihr könnt euch umschauen, soviel ihr wollt.«

Helga erwiderte: »Ich bin Helga Gunnarsdottir, und obwohl ich hier geboren wurde, ist mir alles ganz neu und von großem Reiz für mich.«

»Ich weiß, wer du bist. Ich habe dich von weitem gesehen, als ich vor einigen Jahren Wild und Schafe zum Hof deines Vaters brachte.«

Kollgrim errötete ärgerlich und packte Helgas Hand so fest, daß es ihr wehtat, doch er sagte nichts. Helga sagte: »Wir hatten vor, heute abend noch nach Lavranshof zurückzukehren, und da es ein langer Weg ist, sollten wir uns wohl aufmachen.«

»Wollt ihr mit mir auf Ketilshof das Abendfleisch essen? Es ist nicht weit dorthin.«

Kollgrim packte ihre Hand jetzt so fest, daß sie Mühe hatte, nicht aufzuschreien. »Nein«, sagte sie, »wir dürfen uns nicht soviel Zeit nehmen, doch es ist sehr freundlich von dir, uns einzuladen.« Jon Andres nickte, rief sein Pferd zu sich und saß auf. Erst als er fortgeritten war, lockerte Kollgrim endlich seinen Griff. Helga wandte sich ihm zu. »Jetzt hast du mir beinahe die Hand gebrochen!« rief sie zornig aus. »Und seine Höflichkeit mit grobem Schweigen beantwortet! Wenn du so groß und so breit bist und so furchtlos, warum hast du dann eine Frau für dich sprechen lassen?«

Aber auch Kollgrim war zornig. »Ich sehe, daß deine Augen ziemlich schnell zu den seinen geflogen sind, und deine Wangen erröteten, als du zu ihm sprachst! Er ist mein erbitterter Feind, und für die Verletzung, die er mir zugefügt hat, bezahlte er eine Buße, die beleidigend klein war!«

»Du warst es, der mich hergebracht hat! Wenn er dein erbitterter Feind ist, dann wäre es das beste, wenn du nicht Wange an Wange mit ihm lebtest. Doch ich sehe es in deinen Augen, daß gerade diese Nähe einen Teil der Anziehung ausmacht, die dieser Hof für dich hat! Noch nie warst du imstande, einfach nicht hinzuschauen, wenn du dadurch Scherereien vermeiden könntest. Du würdest sie lieber herbeilocken. Ich werde dir nicht dabei helfen, den Vater zu überreden, daß er Anspruch auf diesen Hof erhebt.«

»Wirst du gegen mich sprechen?«

Sie hatte ihm nie etwas abgeschlagen, seit sie gerade laufen konnte und er sich noch in den Fellen der Bettnische ihrer Mutter wiegte. Sie gingen zum Boot, schoben es vom Strand und stiegen ein. Er ruderte kraftvoll und mit geübten, leichten Bewegungen. Sie schaute ihn an und sagte endlich: »Nein, ich werde nicht gegen dich sprechen, aber ich werde gegen dich beten.«

Kollgrim lächelte.

Gunnar brachte gegen diesen Plan viele unwiderlegbare Einwände vor. Man konnte weder auf Gesinde noch auf Schafe für einen weiteren Hof verzichten. Auf Kollgrim, der Wild auf den Tisch brachte, konnte man nicht verzichten. Auf Helga, die sich um die Schafe und die Milchstube kümmerte, konnte man nicht verzichten. Es geziemte sich nicht für eine unverheiratete Frau, vor der Hochzeit fortzugehen und allein zu leben, wie es häufig der Fall sein würde, wenn Kollgrim auf der Jagd war. Auf dem Hof selbst lag eine Bürde aus schlechtem Ruf und Unglück. Sie würden sich einen guten Dienst erweisen, wenn sie ihm fernblieben und ihn Bjorn Bollason, dem Gesetzessprecher, überließen, wiewohl Gerüchte über Bjorn Bollasons Interesse an dem Hof verstummt waren. Höfe würden auch in Hvalseyfjord verlassen, wenn Kollgrim unbedingt Schafe züchten wolle. Doch Kollgrim wollte nicht unbedingt Schafe züchten, er wollte nur unbedingt den einen ganz bestimmten Hof haben. Und an diesem Punkt wurde Gunnar besonders wütend und beschuldigte Kollgrim, daß er mit Lavranshof und dem Leben dort unzufrieden sei. Nach diesen Streitigkeiten gab es zwischen Vater und Sohn eine lange Zeit der Verbitterung, denn Kollgrim verkündete lauthals seine Klagen über Gunnars Ungerechtigkeit. Helga schob jede Hoffnung auf den anderen Hof beiseite, doch es fiel ihr nicht leicht. Alles auf Lavranshof erschien ihr jetzt armselig und unbequem.

Eines Tages begab es sich, daß Thorkel Gellison mit zweien seiner Knechte auftauchte und berichtete, seine Frau Jona sei krank und wünsche, Johanna für ein paar Tage bei sich zu haben, doch nachdem Thorkel und Gunnar eine Weile miteinander geredet hatten, stellte sich heraus, daß es Jona nicht besonders schlecht ging und daß sie noch immer sehr wohl in der Lage war, auf dem Hof umherzugehen und ihre Arbeit zu verrichten. Tatsächlich war sie früher im Sommer kränklicher gewesen und hatte doch nicht daran gedacht, Johanna rufen zu lassen. Nun wollte Gunnar den wirklichen Grund von Thorkels Besuch erfahren, und Thorkel gab zu, er wolle Gunnar überreden, daß er zumindest Kollgrim, wenn nicht gar Kollgrim und Helga, die Erlaubnis gab, den verlassenen Hof zu übernehmen, denn, so sagte er, Kollgrim sei inzwischen viel gefestigter, als er es einst gewesen, und es bedürfe nur noch ein wenig zusätzlicher Verantwortung, damit er zu einem richtigen

Manne geformt werde. Solch eine Wirkung hatte sich an Gunnar selbst gezeigt, im Jahr der Brechkrankheit, und Kollgrim war jetzt bereits fünf oder sechs Winter älter als Gunnar damals. Der Junge, sagten die Leute, lebe zu nahe bei Vater und Mutter, und sie paßten auf ihn auf, auch das sagten die Leute, als wäre er noch ein Kind. Zudem wären viele Leute im Bezirk Vatna Hverfi erleichtert, wenn der Hof bewohnt würde, vornehmlich von Vatna Hverfi-Leuten und nicht von Fremden aus dem Norden. Leute, die Bjorn Bollason und Signy kannten, hielten sie wohl für gut genug, und Bjorn Bollason schien als Gesetzessprecher auch tatkräftig zu sein, ob er nun alle Gesetze kannte oder nicht, doch er und Signy waren aufdringlich und hellhörig auf jene nördliche Art, keine besonders angenehme Gesellschaft, obwohl sie immer dieses und jenes anboten oder Einladungen gaben. Wenn sie Gunnarshof bekämen, das war nicht zu leugnen, würden sie sich soviel darauf einbilden, daß sie unerträglich wären. Da lachte Gunnar und sagte, an einem so abgeschiedenen Ort wie Hvalseyfjord denke man nicht über solche Dinge nach, und Thorkel lachte auch und sagte, daß die Hvalseyfjorder schon immer stolz auf ihre Bescheidenheit gewesen seien, das sei sicher, und das Gespräch verlief sich.

In Wirklichkeit war Gunnar sehr verärgert darüber, daß Kollgrim Thorkel in seinen Plan eingeweiht hatte, jedenfalls schien es Gunnar, daß sein Sohn wie immer die Oberhand gewonnen hatte, denn er schuldete Thorkel soviel, daß er keinen seiner Wünsche einfach beiseite schieben konnte; zudem war Thorkel jetzt ein älterer Mann, und Gunnar sah seinem Tod angstvoll entgegen. Dennoch fand er, daß Kollgrims Plan nicht gerade von Weisheit zeugte, ob er nun große Feindschaft für Jon Andres Erlendsson empfand oder nicht, und es war schwer, Kollgrims wirkliche Gefühle in dieser Hinsicht zu durchschauen. Einerseits konnte ein Mann wohl mit Nachbarn leben, die seine Feinde waren. Viele hatten das getan, und durch alle Generationen, die in Grönland gelebt hatten, war jede Familie mit den Nachbarn im Streit gelegen und hatte sogar das eine oder andere Mal die Nachbarn getötet. Zudem waren Ofeig und die anderen Mitglieder der unheilstiftenden Bande schon lang verschwunden, und tatsächlich wußte niemand genau, wo Ofeig sich aufhielt. Manche Leute sagten, daß er sich als Geächteter auf einigen verlassenen Höfen in Alptafjord niedergelassen hätte. Andererseits flog Kollgrim auf Schwierigkeiten, wie Funken nach oben fliegen, und Gunnar hatte wenig Vertrauen in die Wirkung neuer Verantwortung auf sein Wesen. Es war wohl ein Unterschied, ob man fortging, um mit einer nachsichtigen älteren Schwester zu leben, oder ob man eine kindliche und abhängige Ehefrau auf einen Hof brachte, wo es bereits einen Bauern wie Olaf und eine Haushälterin wie Margret gab. Dennoch wußte Gunnar nicht, wie er gegen Thorkel auftreten konnte, es sei denn, er behauptete, daß er sein Vieh und sein Gesinde nicht aufteilen könne und Gunnarshof viel zu groß sei, als daß zwei Leute wie Kollgrim und Helga ihn übernehmen könnten. Und Thorkel sagte nichts mehr, meinte nur, daß er selbst ein Paar Pferde zum Hof hinüberschicken würde, wenn man einen Weg fände, diese Schwierigkeiten zu überwinden. Damit endete das Gespräch über diesen Plan, Kollgrim schien wieder mit dem Vater versöhnt, und der Herbst kam. Kollgrim ging auf die Seehundjagd und brachte eine Menge Fleisch mit, und die Dinge waren den Winter über ruhig. Gunnar vermutete jedoch, daß er bezüglich Gunnarshof noch nicht alle Vorschläge gehört hätte, und er sah dem Frühjahr mit einigen Befürchtungen entgegen.

Zu Ostern kam einer von Gunnars Nachbarn, Thorolf, mit zwei Töchtern und drei Söhnen zu Gunnar und sagte, er habe vor, von seinem Hof wegzugehen und sich zu verdingen, denn sein ältester Sohn wolle den Hof übernehmen. Der Hof sei viel kleiner geworden und könne nicht so viele Leute ernähren wie einst. Daher wolle er selbst sich verdingen, mit einem seiner Söhne und seinen beiden Töchtern, und Gunnar nahm sie mit schwerem Herzen auf.

Nun kam kurz danach, zu der Zeit, in der das Eis bricht und aus den Fjorden treibt, ein anderer Nachbarn von Gunnar nach Lavranshof. Das war Hakon Haraldsson, und er trieb etwa zwanzig Schafe und Lämmer vor sich her, schöne Tiere allesamt, und er ließ sie in der Obhut seines kleinen Sohnes, damit sie vor dem Haus herumlaufen konnten, während er nach Gunnar suchte. »Nun, Nachbar«, sagte er, »ich bin gekommen, um bei dir und Birgitta Lavrandsdottir meine Schulden zu begleichen. Ich bringe die Tiere zurück, die ihr einst auf meinen Hof geschickt habt, als wir in Not waren und nur auf einen langsamen und qualvollen Tod warteten. Doch haben sich jetzt die Dinge geändert, und wir besitzen viele schöne Tiere und genug Weideland für alle, und so mußt du sie annehmen und darfst sie nicht ablehnen, wie du es vor zwei Sommern getan hast.« Und Hakon war sehr stolz auf die Tiere und auf die Großzügigkeit, die er mit seinem Geschenk bewies, und Gunnar konnte die Gabe daher nicht ablehnen, doch sein Herz wurde noch schwerer. So kam es, daß Kollgrim und Helga die Erlaubnis erhielten, ihren Plan auszuführen und ihren Anspruch auf den von Rechts wegen verlassenen, altehrwürdigen Hof Gunnarshof im Bezirk Vatna Hverfi anzumelden.

Nun begab es sich in der Nacht, bevor sie ihre Schafe und ihren Hausstand mit dem großen Boot um die Landzunge von Hvalseyfjord den Einarsfjord hinaufbringen sollten, so wie es Birgitta und Gunnar dreiunddreißig Sommer zuvor getan hatten, daß Helga die ganze Nacht aufblieb und betete, denn sie konnte gar keinen Schlaf finden, doch sie wußte nicht, ob sie für die Übersiedelung betete oder dagegen, so verwirrt war sie plötzlich. Sie hatte beide Versprechen an Kollgrim viele Monate lang pflichtgetreu gehalten. Sie hatte kein Wort gegen seinen Plan geäußert, obwohl sie wußte, daß Gunnar es wünschte, doch hatte sie jede Nacht dagegen gebetet oder andernfalls für ein Zeichen, daß der Plan günstig sei. Doch es kam keines, außer vielleicht in der Gestalt des alten Thorolf, der zu Ostern aus eigenem Antrieb zu ihnen gekommen war, und dann hatte Hakon die Schafe aus eigenem Antrieb gebracht, also schienen die Zeichen dafür zu sprechen. Dagegen sprach jedoch Kollgrims Verhalten, denn es gab keinen Zweifel daran, daß er sehr aufgewühlt war und weniger an den Hof dachte, den er übernehmen sollte, als an den Nachbarn, neben dem er würde leben müssen.

In ihrem Herzen dachte Helga auch oft an Jon Andres Erlendsson, denn sein Anblick gefiel ihr ganz ausnehmend gut, und das konnte sie nicht mit den Dingen, die sie über sein bösartiges Wesen gehört hatte, zusammenbringen. Sie erinnerte sich daran, was die Leute darüber sagen, wie er lächelnd unter die Menschen tritt, doch ein solches Lächeln wie das Lächeln von Jon Andres war nicht das, was sie sich ihr ganzes Leben lang unter dem Lächeln des Teufels vorgestellt hatte. Da ging sie in der Nacht vor ihrer Abreise zu Gunnar und sagte: »Ich fürchte mich sehr vor unserem Nachbarn.«

»Es ist unwahrscheinlich, daß er euch jetzt Böses antun wird, da er seine zügellosen Gefährten aufgegeben hat. Es kann sein, daß ihr ihn ein übers andere Jahr gar nicht zu Gesicht bekommen werdet, wenn ihr auf eurem eigenen Hof bleibt und euren Pflichten nachgeht. Die Höfe liegen nicht so nah beieinander, daß ihr euch gegenseitig in die Ställe schauen müßt«, erwiderte Gunnar. Hinter ihm raschelte Birgitta in der Bettnische herum.

»Ich hatte nicht daran gedacht, daß er nach Gunnarshof kommen und uns Böses antun würde. Doch ich habe Angst vor seiner Nähe. Ich bin sicher, daß ich nur zitternd in dem Teil unseres Hofes umhergehen werde, der neben dem seinen liegt.«

Da lachte Gunnar kurz auf. »Fürwahr, meine Helga, er ist nur ein Mann. Man erzählt sich nicht, daß er mit Hexerei im Bunde steht. Wenn du gewillt bist, die Luft dieses unglückseligen Hofes zu atmen, dann wirst du gewiß alles ertragen, was immer an Strömungen von Ketilshof herüberweht. Meine Befürchtung ist, daß Kollgrim immer wieder nach Feindseligkeit von dort schielen wird, und bald genug muß er sie finden. Da liegt die Gefahr für euch, und du kannst mir aus deiner Freundschaft mit deinem Bruder berichten, ob meine Angst wohlbegründet ist.«

Da stieg die Erinnerung an Kollgrims Griff um ihre Hand in Helgas Gedächtnis hoch, und sie war nahe daran, diesen Vorfall zu berichten, als Kollgrim die Tür des Hauses aufstieß und den Raum betrat. Er kam mit gewichtigem Schritt herein, die Schultern breit und den Rücken gerade, und er sprach Gunnar in ruhigem und männlichem Ton auf den neuen Knecht Thorolf Bessason an, ohne eine Spur der Ablehnung, die sein Verhalten gegenüber Gunnar stets gefärbt hatte, solange Helga ihn kannte. Als er wieder hinausging, schwieg Helga. Man sagt oft, daß Fremde in einem Menschen mehr sehen als die Familie, und viele Grönländer sind einst in andere Länder gegangen und haben es zu etwas gebracht, und so dachte Helga an Thorkel und an das Zeichen von Hakons Schafen und ging wieder in ihre Kammer, ohne Gunnars Zweifel zu bestärken.

Später, als Gunnar in die Bettnische stieg, sagte Birgitta: »Ihr Schicksal gehört ihnen, so wie Gunnhild, Astrid und Maria ihr eigenes hatten. Es schien mir einst, daß ich einen frühen Tod für sie sah, doch sie sind erwachsen und stark und haben überlebt, was andere nicht überlebt haben. Vielleicht war das, was ich sah, ein ebenso falsches Versprechen wie die Vision von der Jungfrau und dem Kind, die ich einst hatte. In jedem Falle spüre ich keine Sorge um sie, obwohl ich dachte, daß es so sein würde.« Und Gunnar fühlte sich durch diese Kunde getröstet. Der Morgen dämmerte klar und ruhig, und Kollgrim, Helga, Thorolf und seine Tochter Elisabet machten sich in dem großen Lavranshofboot mit zwölf Mutterschafen und ihren Lämmern auf den Weg.

Im Bezirk Brattahlid gab es einen Mann, der behauptete, von Erik dem Roten über dessen Sohn Thorstein und eine Konkubine namens Thorunn abzustammen. Dieser Mann besaß erst seit dem Ende der Hungersnot einen eigenen Hof, er hatte zuvor als Knecht bei Ragnleif Isleifsson gelebt und war als Aufschneider bekannt. Er hatte keine Frau, und sein Name war Larus Thorvaldsson. Nach der Hungersnot hatte Larus, der trotz seiner unangenehmen Art doch kein schlechter Bauer war, einen kleinen Hof übernommen und zudem einer Witwe namens Ashild, die ein Kind hatte und ein wenig Vieh besaß, einen Heiratsantrag gemacht. Eines Tages in dem Sommer, in dem Kollgrim nach Gunnarshof zog, besuchte Larus Thorvaldsson Ragnleifs Hof, und er redete viel darüber, was Gott der Herr verlangte und was er geißelte. Larus behauptete nämlich, Gott Selbst sei ihm auf Larushof in drei aufeinanderfolgenden Nächten erschienen, um Ostern herum, und habe deutlich über viele Dinge zu ihm gesprochen. Unter anderem darüber, daß der alte Priester, der in Gardar gepflegt wurde, der Teufel selbst sei, und daß das Gesinde dort und die anderen Priester ihm huldigten. Die Leute lachten darüber, doch bei anderen Dingen hörten sie aufmerksamer zu, daß nämlich in drei Jahren laut Larus ein Schiff nach Grönland kommen sollte, auf dem viele Isländer darauf sein würden, und außerdem sollte Gott sowohl den römischen wie auch den französischen Papst mit Schmähungen bedacht und niemanden in den Himmel gelassen haben, der seit Beginn des Schismas gestorben war, denn der echte Papst verberge sich in Jerusalem und werde bald in solchem Glanze hervorbrechen, daß selbst die Grönländer es sehen und erkennen würden. Er sagte noch vieles mehr in dieser Art, und manche Leute lachten über ihn und manche nicht. Nach ein paar Tagen auf Ragnleifs Hof ging er wieder heim. Doch es wurde in Brattahlid den ganzen Sommer lang viel über ihn geredet.

Es war die Pflicht und das Recht eines jeden Hofes, wenigstens einen Mann mit Pfeilen oder einigen anderen Waffen zu den Seehundjagden im Frühjahr und Herbst zu entsenden, und jene Höfe, die brauchbare Boote besaßen, mußten diese ebenfalls mitschikken. So schrieb es ein neues Gesetz vor, das vom Thing kurz nach der Hungersnot verfaßt worden war. Was einst Brauch gewesen, war jetzt Zwang, denn es gab jetzt nur wenige Männer in Grönland und noch weniger Boote, und alle wurden gebraucht, wenn die Leute genügend Fleisch für den Winter haben sollten. Dieser Herbst war der erste, den Larus Thorvaldsson auf dem eigenen Hof verbrachte, und da er der einzige Mann dort war, mußte er an der Jagd teilnehmen, wiewohl er es nie zuvor getan hatte. Es begab sich nun, daß Larus diese Jagd zum Anlaß nahm, die Ansichten Gottes über die Bräuche der Grönländer und ihre Zukunft zu erläutern. Es sei nicht so, sagte Larus, daß die Päpste von Rom und Avignon einem neuen Bischof für den Sitz in Gardar nicht zustimmen könnten oder wollten oder daß etwa der Erzbischof von Nidaros sie vernachlässige, sondern daß die Kirche selbst in Europa umgestürzt werde, eben in diesem Moment, da die Grönländer darüber sprachen, und Priester und Nonnen und Bischöfe und Erzbischöfe würden aus den Abgründen der Verderbtheit geschleudert und ihres sündigen Reichtums beraubt. Wenn das angekündigte Schiff eintreffen sollte, dann werde es Kunde von einem neuen Zeitalter mit sich bringen. Kein Priester werde dann zwischen dem Papst von Jerusalem und dem gläubigen Volke stehen. Jeder Mann werde sich selbst und seiner Familie das Fleisch der Kommunion spenden. So sprach Larus und lief zwischen den Seehundjägern umher, wenn sie des Abends nach der Arbeit beieinander saßen, und wiewohl es keine Eigenart der Grönländer ist, der Furcht Tür und Tor zu öffnen, rutschten doch einige auf ihren Plätzen hin und her und blickten um sich, denn sie hatten Angst.

Larus Thorvaldsson war nicht von seiner Geschichte abzubringen, daß Gott auf seinen Hof gekommen sei und zu ihm gesprochen habe. Mit Larus und Ashild und der kleinen Tota habe Er auf der Bank gesessen und mit ihnen von ihrer Sauermilch und ihrem frischen Ziegenkäse gegessen. Er habe Larus' Bettnische mit Seinem Glanz erfüllt. Er habe verdorbenes Fleisch wieder zu frischem gemacht; die Leute mochten nur zu ihm auf den Hof kommen und das Fleisch mit eigenen Augen sehen. Gott habe mit leiser, wundervoller Stimme gesprochen. Als Larus Ihn gefragt habe, warum Er zu ihm, Larus, gekommen sei und nicht zu einem anderen, da habe Er gelacht und gesagt, daß Larus doch so gut wie jeder andere sei, oder etwa nicht? Vor Gott seien alle Seelen gleich, denn Er sehe nicht den Schild des Selbst, welchen die Menschen in der Welt tragen. Und obwohl einige Leute Larus über diese Einzelheiten befragten und einwendeten, daß er den Ruf eines großen Lügners habe, so hielt er doch an seinem Bericht fest, und selbst Leute aus Brattahlid, die besonders gern lachten, hielten sich zurück. Später im Herbst, lange nach der Seehundjagd, kamen drei Knechte nach Larushof und brachten Larus, Ashild und Tota nach Solarfell, denn Bjorn Bollason, der nicht selbst an der Seehundjagd teilgenommen, sondern einige seiner Knechte geschickt hatte, war sehr neugierig auf die Geschichten, die Larus zu erzählen hatte.

Nun wurde Larus ins Haus geführt und in eine kleine Kammer gebracht, und dort ließ man ihn warten. Ashild und Tota bekamen einen Bissen zu essen und wurden in eine andere kleine Kammer gebracht, in der ein Lämpchen für Licht und Wärme sorgte. Nach einiger Zeit kam Sira Eindridi Andresson, der strengste Mann, den Gardar in jenen Tagen aufzubieten hatte, zu Larus hinein und sprach mit ihm und entlockte ihm seine Geschichte und erklärte dann, solche Erzählungen seien ketzerische Lügen, und dann malte er in farbigen Bildern das Schicksal der Seelen aus, die der Ketzerei überführt waren, wie sie zu kleinen Stücken zermahlen und im Höllenfeuer gebraten und durchbohrt und durchstoßen und zerschnitten und zerquetscht würden in alle Ewigkeit, was so lang war, daß alle Generationen der Menschen seit Erik dem Roten dagegen wie ein Blinken des Auges in einem ganzen Leben wären.

Doch Larus weinte zwar und schrie, ließ aber von seiner Geschichte nicht ab.

Nun wurde Larus in die größte Stube des Hofes gebracht, Bjorn Bollason hatte den Hochsitz eingenommen, und Sira Eindridi war neben ihm, und Bjorn Bollason begann nun selbst, Larus zu befragen, und erklärte ihm, was das Gesetz von den Menschen fordere, die sich meineidig machen vor dem Herrn. Es fordere ihren Besitz, bis hin zum letzten Lumpen auf ihrem Rücken, zum letzten zerbrochenen Löffel in ihren Taschen. Es fordere, daß man sie ächtet und in die eisigen Einöden über der Siedlung schickt. Es fordere das Niederbrennen ihrer Höfe, auf daß niemand mehr diesen Ort des Bösen betreten könne. Es fordere, daß man Salzwasser aus dem Fjord heraufschleppe und auf das Hoffeld schütte. Es fordere, daß ihre Frauen andere Männer nehmen und ihre Kinder die Namen von Bastarden tragen. Da bettelte Larus, man möge diese Strafen nicht auf ihn anwenden, denn es sei nicht sein Wunsch oder seine Schuld, daß der Herr gerade ihm erscheine und ihm irgend etwas mitteilte. »Denn«, so sagte er, »wenn die Großen dir irgend etwas mitteilen, dann geben sie dir nachher die Schuld dafür.«

Nun holte man Ashild, und auch ihr sagte man, was das Gesetz von ketzerischen Lügnern fordere, und auch sie brachte man dazu, um Larus' Leben zu betteln. Doch in der Tat konnte man sie nicht von ihrer Geschichte abbringen, daß sie drei Tage lang zweimal täglich Sauermilch für den Herrn Selbst geschöpft und Seinen Löffel abgewaschen und ihn in Sein Löffelkästchen gelegt habe, ein gewöhnlicher Löffel sei es gewesen, aus schlichtem Horn, wie der Löffel von irgend jemandem.

Nun wurde die kleine Tota geholt, die erst fünf Winter alt war, und sie mußte sich auf die Bank setzen, und man fragte sie, was der Besucher getan habe, als Er bei ihnen gewesen sei, und sie antwortete, Er habe sie auf Sein Knie gesetzt und Er habe auch das Fleisch, welches sie nicht mochte, wieder gut gemacht. Danach brachte man die drei wieder in ihre beiden Kammern, und Bjorn Bollason und Sira Eindridi berieten sich.

Nun war es so, daß Bjorn Bollason Sira Isleifs Tod bedauerte, denn er hatte zwar mit großem Nachdruck zu Larus gesprochen, doch war er sich nicht wirklich sicher, was das Gesetz in diesen

Dingen vorschrieb und wieweit er die Drohungen wahrmachen sollte, welche er gegen diesen Burschen ausgestoßen hatte, der so gefestigt in seinen Überzeugungen war. In Wahrheit widerstrebte es Bjorn Bollason ein wenig, Larus zu bestrafen, und er wünschte, er hätte den Mann nicht nach Solarfell holen lassen, sondern hätte die Voraussagen nicht beachtet. Sira Eindridi meinte, man könnte den Burschen foltern und ihn zum Geständnis seiner Lügen zwingen, doch natürlich sei das Bjorn Bollasons Aufgabe und nicht die von Gardar, denn die Kirche beteiligt sich nicht an der Folter der Seelen, die sich in ihrer Obhut befinden. Nun dachte Bjorn Bollason nach und versuchte, sich so viel wie möglich von den Gesetzen in Erinnerung zu rufen, und nach einer Weile sagte er, daß das Thing seines Wissens niemals die Folter angeordnet habe, sondern daß Leute, die gefoltert werden sollten, sich in der Gewalt des Stellvertreters des norwegischen Königs befunden hätten. Sigurd Kollbeinsson, so hieß es, habe einen Burschen foltern lassen. Einige heiße Eisen habe man wohl auf seine Handflächen gehalten. An die Art des Verbrechens konnte sich Bjorn Bollason nicht erinnern. Natürlich waren sie beide, er und Sira Eindridi, zu Kollbein Sigurdssons Zeiten noch Kinder gewesen. Nun rief Bjorn Bollason einen seiner Söhne zu sich und befahl ihm, seinen Ziehvater Hoskuld um ein Gespräch zu bitten.

Hoskuld begab sich unter Mühen zu den Männern, denn er litt sehr unter der Gelenkkrankheit. Zu Larus hatte er wenig zu sagen, außer daß der Bursche ein Ärgernis sei. Er konnte sich nicht an Folter zu Kollbein Sigurdssons Zeit erinnern. Dann begann er über Schmerzen in den Hüften zu klagen, die er vom Sitzen bekam, und man brachte ihn in seine Bettnische zurück. Bjorn Bollason und Eindridi blieben eine Weile nachdenklich sitzen, dann gab Bjorn Bollason zu bedenken, daß sie die Frau und das Kind auch foltern müßten, wenn sie den Mann foltern wollten, da ja beide sich fest an ihre Geschichten hielten. Nun sagte Bjorn Bollason, daß es solche wilden Gesellen wie diesen Larus und auch den Ofeig Thorkelsson aus Vatna Hverfi anscheinend jetzt häufiger gebe als zuvor, und die Männer schwiegen wieder. Danach schlug Sira Eindridi vor, daß sie eine Weile über dieser Frage beten sollten, und das taten sie auch, bis es fast dämmerte und es Zeit für das Abendfleisch wurde, doch Bjorn Bollason wollte, daß niemand auf dem Hof etwas aß, bis eine Entscheidung getroffen war, so wie es auf dem Thing üblich war.

Schließlich ließ man Larus holen, und er mußte vor Bjorn Bollason, dem Gesetzessprecher, und Sira Eindridi stehen. Die Frau und das Kind saßen in der Nähe und starrten Bjorn Bollason an und dann Larus, und sie hatten große Angst. Bjorn Bollason richtete sich zu seiner ganzen eindrucksvollen Größe auf und sagte: »Larus Thorvaldsson, es ist der Fall, daß unserer Siedlung das Unglück widerfuhr, eine Zeitlang den schützenden Arm des Königs zu verlieren, dessen Aufgabe es wäre, die Wahrheit deiner Geschichten mit gewaltsamen Mitteln zu erkunden, denn es mag sein, daß du ein verstockter Lügner bist, dessen Seele gründlich gereinigt werden muß. Der Teufel klebt fest an denen, welche er eingefangen hat. Es mag jedoch sein, daß ein Engel des Herrn dich wahrhaftig besuchte, wie der Engel Gabriel Unserer Lieben Frau erschien und zweimal auch dem Daniel. Die Seelen der Grönländer sind dem Herrn so nah wie die Seelen überall auf der Welt, und der Herr kann unter uns wandeln, wenn Er es denn will. Aus diesem Grunde wollen wir dir erlauben, mit deiner Frau und dem Kind deiner Frau auf deinen Hof zurückzukehren.« Nun schaute Bjorn Bollason mit finsterem Blick auf Larus und fuhr fort: »Aber wir gebieten dir zu schwören, daß du diese Geschichten drei Winter lang nicht erzählst, bis das Schiff, welches du ankündigst, wirklich kommt oder nicht kommt. Wenn es in der Tat nicht kommt, dann wird dir dein Besitz genommen werden und dein Leben und jegliche Gnade, welche die Kirche deiner Seele gewähren mag.« Und so wurde Larus entlassen und ohne Essen nach Hause geschickt, doch Signy gab der Frau einige Stückchen Käse mit auf den Weg. Und Bjorn Bollason meinte zu Sira Eindridi, das sei sicherlich das Letzte, was sie von Larus Thorvaldsson hören würden, und alles in allem seien sie nicht so schlecht mit ihm fertiggeworden. Am nächsten Tag ging Sira Eindridi nach Gardar zurück und berichtete Sira Pall Hallvardsson alles, was vorgefallen war, und Sira Pall Hallvardsson war nicht der Ansicht, daß sie von Larus Thorvaldsson nichts mehr hören würden, »aber«, so sagte er, »die Dinge werden ihren Lauf nehmen, wie immer in Grönland.«

Nachdem die Sache mit Larus Thorvaldsson vorüber war, wurde Bjorn Bollason fröhlicher, und auch den anderen Leuten in Solarfell ging es so. Margret war aufgefallen, daß die Solarfeller beinahe immer fröhlich waren, denn in der Tat lief beinahe alles in ihrem Sinne, so daß sie Wohlstand erwarteten, und ihre Erwartungen bestätigten sich fast immer. Zu diesem Zeitpunkt hatte Margret bereits eine große Menge Stoff für Sigrid Bjornsdottir gewebt, aber es war kein Ehemann für sie zu finden, so wohlhabend war ihre Familie und so freundlich und hübsch war sie selbst. Die jungen Männer, die auf den besten Höfen noch übrig waren, hätten besser aussehen können, und in vielen Fällen waren sie ungebildet, so daß Sigrid sie mit ihrem flinken Verstand und ihren umfangreichen Kenntnissen beschämte. Zweimal nahm Bjorn Bollason sein Boot und fuhr nach Herjolfnes, denn die Familie dort war wohlhabend und stolz, doch der älteste Sohn war gerade erst zwölf Winter alt, ganze sechs Winter jünger als Sigrid. Sigrid selbst lag nicht sehr viel daran, nach Herjolfnes zu gehen, denn von den Herjolfnesern hörte man über lange Zeiten nichts, außerdem hing sie sehr an ihrem Vater und ihrer Mutter und den Brüdern und an ihrer Stellung als verhätschelter Mittelpunkt der Familie.

Eines Tages im Herbst, nach der Befragung von Larus Thorvaldsson, noch bevor der Eriksfjord zugefroren war, begab es sich, daß die Leute vom Hof unten am Strand waren und Seegras für das Winterfutter sammelten, als ein Mann in einem kleinen Boot vorbeiruderte, und in dem Boot lagen die Felle von einigen blauen Füchsen. Sigrid konnte sie oben vom Strand aus sehen, und sie rief dem Burschen zu, er solle an Land rudern. Als der Besitzer des Bootes ihre schöne Kleidung sah und ihr freundliches Lächeln, machte er kehrt und rief ihr zu: »Hast du denn auch etwas für mich?«

»Nein.« Sigrid lachte. »Du bist es, der etwas für mich hat!«

Der Mann stieg aus dem Boot. »Und was soll das denn sein?«

»Deine Fuchsfelle. Es sind die wunderschönsten Fuchsfelle, die ich je gesehen habe, nicht schwarz, nicht blau, nicht weiß, sondern alles drei. Ich könnte daraus eine schmeichelnde Kapuze machen.«

»Für wen?«

»Aber für mich natürlich.«

»Es sind in der Tat sehr schöne Felle, denn sie kommen von dem Gletscher östlich Brattahlids, und dort findet man die schönsten Füchse der Ostsiedlung. Ich hatte daran gedacht, sie meiner Schwester zu schenken, aber es mag ja sein, daß du etwas zum Tausch anzubieten hast.«

»Ich habe in der Tat nichts zum Tauschen«, sagte Sigrid und lachte fröhlich. »Ich dachte, du könntest sie mir schenken.«

Da mußte der Jäger ob der Sinnlosigkeit dieser Vorstellung doch lächeln. »Warum sollte ich sie dir denn schenken, ohne etwas dafür zu bekommen?«

»Das sind die Gründe«, sagte Sigrid. »Weil ich sie haben möchte, und weil es den Leuten häufig gefällt, mir Dinge zu schenken. Das ist mir aufgefallen. Aber wenn du sie mir nicht schenkst, sind sie dennoch wunderschön, und ich bin froh, daß ich sie gesehen und mit dir gesprochen habe, denn ich begegne nicht oft Fremden.«

»Ich bin Kollgrim Gunnarsson, und da dies hier Solarfell ist, scheint mir, daß du Sigrid sein mußt, die Tochter des Gesetzessprechers.«

»Das bin ich tatsächlich.«

»Ihr lebt ein großartiges Leben hier.«

»So?«

»Die Leute sagen es.«

»Mir scheint, daß die Leute im Bezirk Vatna Hverfi großartiger leben, denn ich habe gehört, daß die Weiden dort weit und fruchtbar sind und daß die Schafe doppelt so groß wie die Schafe anderer Leute sind und daß die Leute dort jeden Tag bunte Kleider tragen.« Sie lachte wieder, und Kollgrim erkannte, daß sie ihn neckte. Er sagte: »Wenn ich wieder dort bin, dann werde ich mich umschauen und sehen, ob das zutrifft.« Nun wandte er sich ab und ging den Strand hinunter zu seinem Boot, und Sigrid rief vergnügt aus: »Du willst mir also deine Felle nicht schenken?«

Kollgrim drehte sich um. »Nein, das will ich nicht, denn diese sind meiner Schwester versprochen, und auch sie wird gut darin aussehen. Doch ich werde mit ähnlichen Fellen wieder herkommen, vielleicht sogar mit besseren, noch weißeren, wenn der Winter voranschreitet, und du wirst etwas zu tauschen haben, etwas

Kleines, und dann werde ich dir so viele geben, wie du haben willst.«

»Ich werde nach dir ausschauen!« rief Sigrid. Dann ging sie den Strand hinauf zu ihren Brüdern und erzählte von ihrer Begegnung, und die Brüder sagten, das sei allerdings ein großartiges Versprechen, denn Kollgrim Gunnarsson habe den Ruf eines guten Jägers, und außerdem sei er der Neffe von Margret Asgeirsdottir. Danach überlegte Sigrid, welches kleine Ding sie Kollgrim für die Felle geben könnte. Weder Signy voch Bjorn Bollason hatten etwas gegen dieses Geschäft einzuwenden, denn sowohl Signy als auch Bjorn Bollason suchten immer das Beste aus jeder Gelegenheit zu ziehen.

Auf Gunnarshof kam der Winter früh, doch war er mild und schneereich, und da es keine Schafe zu schlachten gab und nur die zwölf Tiere mit dem wenigen Heu, das das Hoffeld hergegeben hatte, über den Winter gebracht werden mußten, war die Lage beengt, doch nicht düster. In den Hügeln oberhalb des Hofes, zwischen Gunnarshof und dem Fjord und auf dem Hof selbst gab es Hasen im Überfluß, die Helga kochte und briet und kochte und wieder briet. Wenigstens war es kein Walfleisch, die tägliche Winterkost am Hvalseyfjord, und es schien Helga, daß sie dieses Fleisches nicht so bald überdrüssig werden könnte, da es nun zu ihrem neuen Leben auf diesem schönen Hof gehörte, an dessen Bettnischen fein geschnitzte Figuren waren, Vögel und Bären und Füchse und Männer und Frauen und Kinder, dessen Lagerhaus Regale aus Holzbrettern hatte, Bretter, aus dem Holz geschnitten, das man einst aus Markland mitgebracht hatte, dessen Schafstall sich nach Süden öffnete und dessen Kuhstall so stabil wie das Haus war und dessen Badehaus sehr vorteilhaft ein kleiner Bach durchfloß.

Die bösen Taten, die in diesem Haus begangen worden waren, schienen ihr mit den Männern und Frauen, welche sie begangen hatten, verschwunden zu sein, und offenbar hatten sie nichts von ihrem Geiste zurückgelassen, doch den Geist anderer Begebenheiten schien Helga zu spüren, die Vision ihrer Mutter von der Jungfrau und dem Kinde auf dem Hoffeld, die eigene Geburt und die der Schwester Gunnhild, derer sie sich mit Zuneigung erinnerte, vielleicht die Liebe zwischen Margret Asgeirsdottir und dem Norweger, worüber sie durch den Klatsch von Thorkels Frau Jona recht gut Bescheid wußte. Jona hatte den Norweger als einen gutaussehenden und angenehmen Mann dargestellt, sehr geschickt mit den Händen und so tapfer wie nur einer, als die Zeit für seinen Todesstoß gekommen war. Es sei schade gewesen, sagte Jona, daß man Margret zur Ehe mit Olaf überlistet habe, und das war nicht zu leugnen, denn Olaf war mehr wie ein Nutztier gewesen als ein Mensch, immer schon. Helga war neben Olaf aufgewachsen, mit seinem Geruch und seinem ungehobelten Benehmen, und es hatte ihr nicht viel ausgemacht, als er schließlich starb, nach Jahren des Klagens. Daß Gunnar selbst den Norweger getötet hatte, ließ sowohl den Norweger als auch Gunnar in Helgas Vorstellung glitzern, so wie die Menschen in Gunnars Geschichten nach einem Abend voller Erzählungen in ihren Träumen immer glitzerten. Sie konnte sich nicht erinnern, wann man je über einen dieser Menschen auf Lavranshof gesprochen hatte, Margret, groß und schön und mit so hellem Haar wie Gunnhilds, und Skuli, breitschultrig und gutaussehend und ein Mitglied des Hofes von Königin Margarethe, aber das bedeutete nicht, daß sie keinen Platz in Helgas Herz hatten. Andere Leute redeten bereitwillig genug über sie.

Was Kollgrim betraf, so kam sie in dieser Zeit recht gut mit ihm aus. Wenn er von seinen Jagdausflügen nach Hause kam, plauderte er eifrig über dieses und jenes, das er gesehen hatte, wessen Haus gepflegt und wohlhabend aussah und wessen nicht, mit welchen Listen er diese Vögel gefangen hatte und wie ihm jene Füchse beinahe entwischt waren, wie er auf eine neue Idee für eine Falle gekommen war, die die Füchse besser festhalten würde, ohne das Fell so stark zu beschädigen. Als er heimkam und erzählte, er habe mit Sigrid Bjornsdottir gesprochen, da dachte sie sich nicht viel dabei, denn ihr Bruder war immer bereit, mit jedem, dem er begegnete, zu reden, und wie so viele, die oft auf die Jagd gingen, kannte er ein wenig von der Sprache der Skraelinger und redete sogar mit ihnen. Jedenfalls hörte sie ohnehin nicht viel von dem, was er sagte, so hingerissen war sie von den Fuchsfellen, die er ihr mitgebracht hatte. Noch an demselben Abend begab sie sich daran, die

Felle zu schaben und weich zu machen, damit sie sich zu Jul eine Kapuze machen konnte, denn Thorkel Gellison hatte Boten ausgesandt, die ein großes Julfest auf Hesturhof ankündigten, und Helga und Kollgrim sollten die Ehrengäste sein. Die Magd Elisabet Thorolfsdottir sagte, sie habe noch nie solche Felle gesehen, von so ungewöhnlicher Farbe, und es schien Helga, daß jedermann sie bewundern müsse und sie großes Vergnügen an diesem Fest haben würde.

Von Jon Andres Erlendsson hatten sie nichts mehr gesehen, seit sie nach Gunnarshof gekommen waren, und Helgas Furcht vor ihm nahm in dem Maße ab, wie ihr die Nähe von Ketilshof vertraut wurde. Eines Tages jedoch, kurz nach dem ersten Schnee, ging sie am Morgen hinaus, um nach den Schafen zu schauen, und sah, daß ein fremdes Pferd, ein sehr schönes Tier, neben den beiden Pferden stand, die Thorkel Gellison ihnen geschenkt hatte. Es war schwarz, mit weißer Stirn, und etwas größer als ihre beiden Pferde. Nachdem sie sich um die Schafe gekümmert hatte, ging sie ins Haus und sagte zu Thorolf, der bei seinem Morgenfleisch saß: »Thorolf, auf dem Feld steht ein fremdes Pferd neben unseren beiden Tieren. Wenn du mit dem Essen fertig bist, mußt du es fangen und um den Hügel nach Ketilshof führen, und dann übergibst du es Jon Andres Erlendsson persönlich und sagst ihm, daß die Leute von Gunnarshof das entlaufene Pferd so rasch wie möglich zurückgeben und ihre nachbarlichen Grüße senden.« Auf diese Weise hoffte sie, jeglichem Auftreten von Mißtönen zwischen den beiden Höfen entgegenzuwirken und dabei das neue Pferd so schnell wie möglich loszuwerden.

Zu Mittag kam Thorolf zurück, und Helga, die nach ihm Ausschau gehalten hatte, ging sogleich auf ihn zu und fragte: »Hast du das Pferd dem Hofherrn selbst übergeben?«

»Ja.«

»Und was war seine Antwort?«

»Er sagte: ›Danke. Wie heißt denn du?‹ und ich habe gesagt: ›Thorolf Bessason vom Hvalseyfjord.‹«

»Und was hat er darauf gesagt?«

»Er sagte: ›Auf Wiedersehen.‹«

»Das war alles?«

»Ja, in der Tat.«

»Und du bist sicher, daß es der Herr war, mit dem du gesprochen hast?«

»Einer der Knechte hat mir gesagt, daß er es sei, als ich ihm das Pferd nicht geben wollte.«

»Und das war alles, was er gesagt hat?«

»Ja.«

Helga wandte sich ab und wußte nicht, was sie denken sollte, weder über Jon Andres Erlendsson noch über sich selbst.

Nun nahte die Zeit für Thorkels Fest, und Johanna Gunnarsdottir verließ Lavranshof auf Skiern und nahm einige Käselaibe mit, die Birgitta gemacht hatte, und wollte Jona ihre Hilfe bei den Vorbereitungen anbieten, und Gunnar begleitete sie. Als er auf Hesturhof ankam, sah Gunnar, daß die Vorbereitungen in vollem Gange waren, denn auch von den anderen Höfen waren Leute gekommen, um mitzuhelfen. Jona rechnete damit, daß sie achtzig Gäste und mehr unterbringen müßte, Kinder und Gesinde eingeschlossen. Seit der Zeit von Bjorn Einarsson Jorsalfari hatte in Grönland niemand mehr ein solches Fest veranstaltet. Jona war vor lauter Geschäftigkeit ganz aus dem Häuschen und sehr zufrieden mit sich, doch Gunnar sah, daß Thorkel irgendwie bedrückt war, und sagte: »Manche Leute auf Hesturhof scheinen nicht so guter Stimmung zu sein wie andere.«

Da erwiderte Thorkel: »Manche Leute haben schlechte Nachrichten zu bedenken.«

Sie saßen eine Weile schweigend da. Dann sagte Thorkel: »Der Bruder meiner Frau hat vor kurzem mit Ofeig gesprochen, doch er hat niemandem davon erzählt, nicht einmal seiner eigenen Frau. Ofeig gedenkt, mit ihm auf Hrolfshof zu leben, ob er willkommen ist oder nicht. Andernfalls muß Hrolf ihm einen verlassenen Hof suchen und ihn mit Fleisch und anderer Nahrung für den Winter versorgen.«

»Ich dachte, Ofeig wäre in Alptafjord zufrieden. Man muß eine Ächtungsklage gegen ihn erheben.«

»Ob man ihn ächtet oder nicht, er begnügt sich nicht mehr damit, wie ein Geächteter zu leben.«

»Wenn er geächtet wird, dann muß er wie ein Geächteter leben, denn wenn er in die Bezirke der Menschen kommt, dann können sie ihn ungestraft töten.«

»Sie dürfen wohl, doch können sie es auch? Was für Waffen haben denn die Grönländer jetzt noch gegen einen Bären wie Ofeig? Es ist genauso wie vor zwanzig Wintern, als Ofeig noch ein Kind war. Man konnte ihn nicht züchtigen, und Schlägen widersetzte er sich, so daß die Leute versucht waren, ihn immer fester zu schlagen, um sicherzugehen, daß er die Schläge auch spürte. Wir haben den Unfug nur mit den schärfsten Mitteln verhindern können, und das auch nur so lange, wie unsere Stärke größer war als die seine.«

»Jedenfalls muß man eine Klage vorbringen, und du mußt den Herrn von Ketilshof zu dieser Anklage überreden und dann jemanden suchen, der Ofeigs Seite vertritt, damit alles dem Gesetz entspricht. Danach wird man einen Weg finden, das Unheil, welches der Junge stiftet, einzudämmen.«

»Vielleicht wird geschehen, was du sagst, und vielleicht wird Jon Andres Erlendsson Zeugen gegen Ofeig vorladen, wiewohl er es bis jetzt nicht getan hat, und vielleicht werden Einar Marssons Verwandte nicht darauf bestehen, daß Jon Andres Erlendsson sie entschädigt, doch bis zum Beginn des Thing liegt noch ein halbes Jahr vor uns, und Ofeig wird nicht ruhig auf uns warten oder sich dorthin begeben, wo wir ihn gerne hätten. In der Tat, mir scheint, man kann damit rechnen, daß er eine Menge Lärm machen und sich dorthin begeben wird, wo man ihn am allerwenigsten haben will.«

»Wenn wir bereits besiegt sind, bevor er noch zu uns kommt, dann können wir ihm ebensogut alles überlassen und selbst als Geächtete in die Einöde ziehen.«

»Es ist nicht zu leugnen, daß ich ein alter Mann bin und er mich in der Tat besiegt hat. Er hat sich unter meinen Söhnen erhoben wie ein Eisbär, der mit den Schafen weidet. Der Schafhirt weiß, daß er bleiben sollte, aber er sehnt sich danach, zum Haus zurückzulaufen.«

»Aber du wirst viele reiche Bauern zum Julfest hier haben, und nicht wenige unter ihnen könnten Jon Andres Erlendsson in ein Gespräch über Vigdis und Ofeig verwickeln. Erlend war ein klagebesessener Mann, und Vigdis wußte über das Gesetz mehr als jede andere Frau. Kratzt man den Sohn, so muß er das Blut des Vaters bluten.«

»Wenn die Leute über Ofeig reden, verurteilen sie mich auch so?« fragte Thorkel Gellison. Dann fuhr Gunnar auf Skiern nach Lavranshof zurück, und Thorkel suchte nach Hrolf, und er gab Hrolf zusätzliche Vorräte mit, die für Ofeig bestimmt waren, denn Hrolf war kein reicher Mann, und er war auch nicht besonders kräftig oder im Kampfe geübt.

Auf Lavranshof wollte Gunnar Birgitta überreden, mit ihm und Johanna zum Julfest zu gehen. Als sie meinte, sie sei zu schwach, versprach er ihr, daß man sie auf einem Schlitten ziehen würde. Als sie meinte, sie habe es zu Hause bequemer, da sagte er, daß diese Bequemlichkeit den Tod für sie bedeute. Als sie meinte, ihre An- oder Abwesenheit sei für niemanden von Bedeutung, da sagte er, daß Jona und alle, die ihr halfen, sich gewünscht hätten, Birgitta bei sich zu haben. Als sie meinte, ihre Gewänder seien alt und in schlechtem Zustand und nicht festlich genug, da sagte er, das gelte in diesen Zeiten für alle Grönländer, und vielleicht würde er sich selbst daran machen, ihr ein Stück Wadmal zu weben. Diese Fertigkeit hatte er nicht verlernt. Aus seinen Antworten entnahm Birgitta, daß sie Gunnar zu dem Fest begleiten mußte, und sie entschied sich mitzugehen, denn andernfalls würde er sie nicht in Ruhe lassen.

Danach schlich sie herum, schaute in Truhen, zog Gewänder heraus und trug sie ans Licht. Einmal sagte sie zu ihm: »Es ist einfacher, eine alte Frau zu sein in der Dunkelheit der eigenen Bettnische, als im Lichte vieler Blicke zu stehen. Die Leute werden mich anschauen und Kollgrim für meinen Enkel und dich für meinen Sohn halten. Wie bin ich nur so klein und krumm geworden? Ich traue mich nicht, in die Regentonne zu schauen. Wenn ich mein Haar geflochten habe, mußt du mir sagen, ob es ordentlich ist oder nicht, denn alte Leute müssen sauber und gepflegt aussehen, sonst heißt es, daß sie nicht mehr allein für sich sorgen können.«

Als sie erst einmal ein tragbares Gewand gefunden und es mit ein wenig farbiger Brettchenweberei am Saum und an den Ärmeln geschmückt hatte, fing sie an, Gunnar auszufragen, was Jona für das Fest vorbereitet hatte, welche Eintöpfe und Pökelgerichte zum

Beispiel? Und nachdem er ihr erzählt hatte, was er gesehen hatte, und das war nicht viel, ging sie in die Scheune und holte einiges Geflügel, das Kollgrim für sie gefangen hatte, und dazu etwas Seehundfett und ein wenig Thymian und Blaubeeren und Kräuter, die in Hvalseyfjord wuchsen, und sie sott das Geflügel, bis sich das Fleisch von den Knochen löste, dann ließ sie das Seehundfett aus und mischte es mit dem Geflügelfett, und dann schichtete sie Fleisch und Fett und Kräuter lagenweise in einen Bottich, bedeckte alles noch einmal mit Fett und verzierte die Oberfläche mit einem Muster aus weißem Käse, den sie fein geschnitten in das kalte dunkle Fett einlegte, daß es aussah wie ein Vogel im Flug. Die Speise war sehr hübsch, und Birgitta war damit zufrieden, so zufrieden, daß sie einen ganzen Vormittag im Lagerhaus verbrachte und inmitten der Vorräte saß und abzählte, was sie brauchten, um über den Winter zu kommen. In den Tagen danach gab es eine Menge zu reinigen und herzurichten, so daß sie täglich fast immer von früh bis spät aus der Bettnische heraus war.

Nun kam Jul heran und damit die Zeit für das Fest, und Gunnar und Birgitta machten sich bereit, nach Hesturhof zu reisen. Birgitta war immer noch zu schwach, um aus eigener Kraft gehen zu können, also sollten Gunnar und zwei Knechte sie auf einem Schlitten ziehen, und sie hielten das für eine ziemlich leichte Aufgabe, denn der Schnee war verharscht und glatt. Birgitta dachte, sie könnte vielleicht auf Gleitern über den Fjord laufen, denn das bereitet wenig Mühe und viel Freude. Ein Pferdeschlitten sollte sie bei der Anlegestelle erwarten und Birgitta nach Hesturhof bringen. Und so kam es, daß alle Vorkehrungen getroffen waren; alles lag bereit, die Kleider, die Speisen, welche Birgitta zubereitet hatte, und auch ihr Geschenk für Jona, eine Bahn von gestreiftem Wadmal, grün und weiß, welche Thorolfs zweite Tochter, Thurid, im Herbst gewebt hatte. Doch es geschah, daß Birgitta am Morgen des Tages vor ihrer Abreise in ihre Bettnische kroch und sich dort für den Rest des Tages versteckte, bis Gunnar nach seinem Abendfleisch zu ihr kam. Er sah, daß sie sehr niedergeschlagen war, schlimmer gar, als er sie zu Beginn des Herbstes gesehen hatte, und er sagte: »Mein Weib, wir haben gute Vorkehrungen für die kommenden Tage getroffen, und ich freue mich auf den Morgen.«

»Ich habe die Tage gezählt, seit ich aufstand und nach einem Gewand suchte, und es waren zehn Tage. In weniger als der Hälfte dieser Zeit wird das Fest vorbei sein, und wir werden wieder auf Lavranshof sein, nur mit der Hoffnung auf eine hungrige Fastenzeit. Mir scheint, ich bin in diesen letzten zehn Tagen wie ein Mensch, der sich im frühen Winter über den Fjord schleppt, wenn das Eis klar und dünn ist und das Wasser darunter schwarz. Nur ein Narr würde sich auf eine solche Reise begeben.«

»Es sind immer Narren, die sich auf Reisen begeben. Es sind immer Narren, die nach irgend etwas trachten. Doch in ihrem närrischen Lachen erscheinen die Narren mir kühn und mutig, wie sie nach der Freude suchen. Mein Weib, in der letzten Zeit kam mir die Erinnerung daran, wie ich dich von diesem Hofe nach Gunnarshof brachte, und wie bereitwillig du dich aufmachtest, wie du die Dinge dort in die Hand nahmst, obwohl du noch ein Kind warst, und wie du mich aus dem Bett holtest, wenn ich bewegungslos unter diesem Bärenfell hier lag. Winter auf Winter. Es schmerzt mich, daß ich nicht das gleiche für dich tun kann.«

»Jenes Mädchen von damals kommt mir wie eine meiner Töchter vor. Wenn ich daran denke, verwechsle ich es mit Astrid oder Maria. Es war nicht so klein, wie ich es bin, und hatte nicht soviel Angst vor dem Bären. Ich erinnere mich, daß mein Vater einmal einen Bären hatte, bevor ich geboren wurde. Er hielt ihn hier im Kuhstall, und die Kühe blieben über den Winter im Schafstall, und die Schafe liefen auf dem Hof herum. Es hieß, daß er die Hälfte seiner Kühe durch den Bären verlor, und die Leute hielten ihn für einen Narren. Ich träume oft, daß jener Bär noch im Kuhstall ist, und mein Vater ist ein junger Mann, der immer wieder hingeht und sich den Bären anschaut und vom Anschauen nicht genug bekommen kann. Unserem Kuhhirten Ivar hat der Bär ein großes Stück Fleisch aus dem Arm gerissen. Ich möchte nicht nach Hesturhof gehen.«

»Dennoch mußt du gehen.«

»Du kannst mich nicht aus dem Wasser ziehen, falls das Eis brechen sollte.«

»Das Eis im Fjord ist dick und weiß und schneebedeckt, und die Sonne glitzert darauf.«

»Du hast mich nicht verstanden.«

»Ich habe dich in der Tat verstanden. Ist es denn wahr, daß du zu mir stehst, wie eine Frau zu ihrem Manne stehen sollte, mit Hochachtung und Vertrauen?«

»Ja«, sagte Birgitta. »Das ist wahr.«

»Dann werde ich dich in meinen Armen über den Fjord tragen, und wir werden wie die Narren sein und lachen und die Freude suchen, gespannt auf das Wiedersehen mit unseren Töchtern und unserem Sohn und mit unserem Vetter Thorkel und unseren anderen Freunden auch, begierig, unsere Geschichten zu erzählen und die Neuigkeiten aus allen Bezirken zu hören. Du mußt so tun, als wäre es so, ganz egal, wie du dich fühlst. Willst du mir das versprechen?«

»Ja«, sagte Birgitta. Und in jener Nacht träumte sie von Margret Asgeirsdottir als junger Frau, so groß und schön, die sich zu ihr in die Bettnische beugte und ihr etwas Brühe anbot, und die Brühe schien ihr zwischen die Lippen zu fließen und ihr die Kehle zu erwärmen und die Brust und den Bauch, so daß sie nicht genug von dieser salzigen und köstlichen Brühe bekommen konnte, und als sie um etwas mehr bat, lächelte Margret, und Birgitta erwachte, und es schien ihr, als erinnerte sie sich zum ersten Mal seit Jahren an Margret Asgeirsdottirs seltenes und strahlendes Lächeln. Das schien ihr ein gutes Zeichen, und als Gunnar erwachte, erzählte sie ihm von dem Traum, und dann war es Zeit aufzubrechen.

Zur selben Zeit erwachten Leute aus Brattahlid und Solarfell in Gardar, wo sie die Nacht verbracht hatten, und sie machten sich bereit, auf Skiern zum Bezirk Vatna Hverfi zu fahren. Sira Pall Hallvardsson gab dem neuen Verwalter, Haflidi, und der Köchin, die Bjorn Bollason ihm geschickt hatte, letzte Anweisungen. Sira Eindridi und sein Sohn Andres brachten die Bündel mit Meßgewändern und Vorräten und Geschenken, die sie auf dem Rücken ins Mondlicht hinaustragen würden, und sie prüften alles, um zu sehen, ob man nichts vergessen hatte.

Auf Ketilshof faltete Jon Andres Erlendsson einige Schaffelle zusammen, die sein Geschenk für Jona waren, und einer seiner jungen Bediensteten kam zu ihm gelaufen und sagte: »Jetzt gehen sie gerade weg, und es sind nur der Herr und seine Schwester. Das

Gesinde bleibt zurück.« Er hatte Gunnarshof beobachtet, wo weder Kollgrim noch Helga ihn bemerkt hatten.

Helga trug einen dicken, weißen, mit fein gewebtem Purpurrot eingefaßten Umhang und eine auffallende Kapuze aus blauen Fuchsfellen, die ihr Gesicht eng umrahmte und dann über den Umhang fast bis zur Taille herabfiel. In seinem Bündel trug Kollgrim ein weiteres Dutzend Fuchsfelle, fast weiß mit nur einer Spur Blau darinnen, der Farbe des Zwielichtes. Sigrid Bjornsdottir, das wußte er, würde auf dem Fest sein.

Helga hatte ihre Schlittschuhe dabei, denn der direkte Weg von Gunnarshof nach Hesturhof ging über zwei vereiste Seen in Vatna Hverfi. Nun geschah es, daß die Sonne aufging und Helga sich an das Eis des Geweihsees setzte. Kollgrim war nicht weit von ihr entfernt, er stand auf der Eisdecke des Sees und hielt nach verräterisch dunklen Stellen Ausschau, die schwaches oder schmelzendes Eis anzeigten. Kollgrim rief ihr zu, das Eis sehe für ihn sicher aus, und Helga band sich recht erleichtert die Schlittschuhe unter, denn der andere Weg nach Hesturhof, der über einige Hügel führte, war im Winter ohne Pferde viel schwieriger zu begehen als im Sommer. Gerade da geschah es, daß sie in der Nähe eine Gestalt erblickte, aus dem Augenwinkel, eben da, wo der Teufel erscheint, und zuerst hatte sie Angst hinzuschauen, denn sie befürchtete, die Gestalt könnte verschwinden und sie würde wissen, daß es der Teufel war, den sie gesehen hatte, doch in dem Moment fluchte Kollgrim und rief etwas aus, und Helga schaute auf, und sie sah, daß die Gestalt nicht der Teufel persönlich war, sondern Jon Andres Erlendsson. Kollgrim sagte: »Es kann nicht sein, daß auch er zu Thorkels Fest geht.«

»Mir scheint, Thorkel kann kaum ein Fest geben, ohne den größten Bauern im Bezirk einzuladen. Vor allem würden die Leute sagen, daß ein solches Übersehen ein Zeichen von Feindseligkeit wäre.«

»Aber ...«

»Wahrhaftig, mein Bruder, du mußt dich von ihm abwenden und so tun, als hättest du ihn nicht gesehen. Ich bin fertig, und wir müssen über den See laufen.« Er kam zu ihr herüber und half ihr auf die Beine, und sie fuhren über den See, ohne noch irgend etwas zu sagen, doch es schien Helga, als käme der andere Mann ihnen immer näher, als spürte sie Wärmewellen, während er sich näherte, ja, als fühlte sie das Eis unter ihren Füßen erzittern, wenn er mit seinem Knecht darauftrat. Sie überlegte, wie sie ihn begrüßen würde, ob sie überrascht tun oder vielleicht kühl und abweisend sein sollte, wissend, daß er wußte, daß sie ihn gesehen hatte. Es schien unmöglich, ihm herzlich zu begegnen, und doch, als sie stolperte und Kollgrim ihren Arm packte, um sie ins Gleichgewicht zu bringen, spürte sie an Kollgrims hartem, zitterndem Griff, daß er sehr zornig war, und da schien es ihr sogleich unmöglich, ihm nicht herzlich zu begegnen. Sie entwand ihren Ellbogen Kollgrims Griff, und sie glitten weiter, ein Stück weiter voneinander entfernt. Helga sah, daß Kollgrim sie anschaute, und so wagte sie nicht, sich umzudrehen, um zu sehen, wo Jon Andres Erlendsson sein könnte. Sie nahm sich vor, ihn auf dem Fest zu treffen.

Und tatsächlich tat sie das auch, denn Thorkel machte viel Aufhebens um ihn, und er trat überall in Erscheinung. Zwar rührte, für jedermann ersichtlich, Thorkels Achtung zum Teil daher, daß Jon Andres Erlendsson sich von Ofeig getrennt hatte, doch Jon Andres war auch ein angenehmer Mann, ganz reizend selbst für Leute, die es hätten besser wissen müssen, da sie durch seine Untaten gelitten oder durch Erlends und Vigdis' listige rechtliche Schachzüge Klagen verloren hatten. Kollgrim sagte: »Wie dieser Teufel die List beherrscht, sich den Leuten verlockend zu machen.« Kollgrim beherrschte diese List nicht, das wußte Helga sehr gut. »Dennoch«, sagte sie, »täte es dir gut, deine Neugier vor unserem Vater zu verbergen, denn er sucht nach einem Grund, uns nach Hvalseyfjord zurückzuholen, und ich sehe, daß er gerade auf uns zukommt.« Doch in der Tat beherrschte Kollgrim auch die List des Verbergens nicht, und seine aufgeregte Stimmung war für Gunnar und Birgitta ebenso deutlich sichtbar wie für Helga.

Nun begrüßte Birgitta freudig ihre Kinder und kniff sie in die Arme, wie Mütter es im Winter tun, um zu sehen, ob sie Fleisch auf den Knochen haben, und sie schaute ihnen ins Gesicht, und sie starrte erst Kollgrim an und dann Helga, als könnte sie die beiden nicht lang genug anschauen. »In der Tat«, sagte sie, »ich hätte es nicht gern, wenn andere Leute mir zuhören würden, doch ich hatte wahrhaftig vergessen, wie sie leuchten, diese Kinder vom

Stamme des Asgeir. Ich muß meinen Stolz unterdrücken, wie die Leute ihre hungrigen Hunde mit einem Stock verscheuchen.«

Nun kam die Gruppe von Gardar und Solarfell herein. Bjorn Bollason ging herum und grüßte einen jeden, und es gab weder einen Namen, den er nicht kannte, noch ein Gesicht, an das er sich nicht erinnerte. Nach ihm kam Signy, und nach ihr Sigrid, und die beiden waren sehr kostbar gekleidet, in Wadmal von verschiedenen Grüntönen, reich verziert mit blau-weißer Brettchenweberei. Sigrids dunkles Haar fiel ihr in verschwenderischen Locken beinahe bis zur Taille, und ihr Gesicht war voller fröhlicher Aufregung. Helga sah, wie Jon Andres Erlendsson in seiner Rede innehielt, um Sigrid anzusehen, und in der Tat waren sie vom selben Schlage, zwei dunkle Köpfe in einem Raum von hellen Menschen, und man mußte ihnen einfach hinterherstarren. Jona trat vor und geleitete die beiden Frauen aus Solarfell zur oberen Bank im Hauptraum und bot ihnen nach der Reise etwas zur Stärkung an, und Sira Pall Hallvardsson geleitete sie zum Hochsitz und gab auch ihm etwas zur Stärkung.

Hesturhof war ein großer Hof mit vierzehn geräumigen Stuben und vielen kleineren, und von diesen hatte Thorkel fünf oder sechs in der Blütezeit seiner Pferdezucht selbst angebaut. Als es dämmerte, schien es Helga, daß in jedem Raum Leute waren, mehr Leute, als sie je an einem Ort versammelt gesehen hatte, mehr Leute, als auf den Bänken in der Halle des Hauses Platz hatten, und so waren Bänke und Tische in vier Räumen aufgestellt worden, und Helga sollte in einem der Räume auf dem Hochsitz Platz nehmen und Kollgrim in einem anderen, Bjorn Bollason im dritten und Thorkel selbst im vierten. Es war keine alltägliche Sache, daß eine Frau auf einem Hochsitz saß, und was das betrifft, so war Helga ein wenig schüchtern, aber Thorkel wollte sie nicht verzichten lassen und sagte: »Die Grönländer achten nicht mehr so sehr auf alte Gebräuche.« Immer noch zögerte Helga, doch dann sagte Thorkel: »Es ist mein Wunsch, doch du kannst Gunnar neben dir haben, wenn du es willst«, und so saßen sie nebeneinander und hatten Gelegenheit, ohne Birgitta und Kollgrim miteinander zu reden.

Nachdem sie ein wenig gegessen und Neuigkeiten über Gesinde

und Vieh und Nachbarn ausgetauscht hatten, sagte Gunnar: »Was für Unglück ist euch auf diesem Hof widerfahren?«

»Wahrhaftig, mein Vater«, antwortete Helga und legte ihren Löffel beiseite, »es gibt weder ein Zeichen von Vigdis oder von einem ihrer Knechte, die getötet worden sind, noch gibt es in den Hügeln irgendein Zeichen der anderen, die an dem Ort zu Tode kamen. Die Dinge sind so ruhig, als wäre dort niemals etwas geschehen. Tatsächlich erscheint mir die Luft auf dem Hof frisch und warm und angenehm.«

»Das denkst du, weil du in Hvalseyfjord gelebt hast, wo der Wind vom offenen Meer hereinweht.«

»Ohne Zweifel hast du darin recht, Vater, dennoch hat unser Umzug für mich viel Freude bedeutet und nur den Schmerz der Sehnsucht nach Mutter und Vater und die Frage, wie sie es von einem Tag zum anderen Tag schaffen.«

»Und dein Bruder? Was hat der Umzug ihm bedeutet?«

»Er bringt eine Menge Wild nach Hause und ist sehr fleißig auf dem Hof.«

»Und ist er auch ruhigen Gemütes, was diesen Ort angeht?«

»Man könnte sagen, daß er es im allgemeinen wohl ist. Ein- oder zweimal ist er in seinen alten Zustand der Bestürzung und Verwirrung und des Weinens verfallen, doch ist er offen und großzügig und möchte gut zu uns sein.« Helga senkte den Blick und sagte mit leiser, doch tapferer Stimme: »Mir scheint, diese Zustände sind seltener geworden, weil wir nicht in seinem Gesicht und seinen Taten suchen und denken, daß wir etwas an ihm finden könnten, was nicht in Ordnung ist.«

Gunnar lächelte. »Du magst meine Wachsamkeit tadeln. Birgitta tut das oft genug. Treibt er sich denn auf Ketilshof herum?«

»Nein, Vater, er meidet den Ort, und er meidet den Mann.«

»Ist das ein besseres Zeichen? Ich bin nicht so sicher. Es zeigt, worüber er nachdenkt.«

»Es zeigt, daß er auch über sich nachdenkt und sich beherrscht.«

»Meine Tochter, glaubst du denn, daß ich immer noch den Mann oder den Hof lenken kann? Der Pfeil ist abgeschossen. Sollte er sein Ziel verfehlen, dann ist es das Beste, wenn man es weiß.«

»Er hat sein Ziel nicht verfehlt, Vater. Es geht uns gut, wir werden satt und sind sehr zufrieden auf Gunnarshof.« Helga lächelte Gunnar an, der zurücklächelte. »Ich sage dir die Wahrheit. Und du mußt mir auch die Wahrheit über meine Mutter erzählen.«

»Es mag sein, daß sie sich nach dir und Kollgrim sehnt. Mir scheint, sie hat sehr viel Angst, doch nicht mehr als seit dem Ende der Hungersnot. Wenigstens ist sie zu diesem Fest gekommen, und die Leute machen viel Aufhebens um sie.« Nun wurde den beiden wieder Fleisch aufgelegt, und sie wandten sich aus Höflichkeit an die Leute, neben denen sie saßen, und sprachen mit ihnen.

Eine Weile später war das Mahl beendet, und die Leute begannen die Bänke und Tische abzubauen und gingen von einem Raum zum anderen und lobten das Essen. Kollgrim rührte sich nicht von seinem Hochsitz, gab nur sein Eßbrett einer der Mägde und blieb bei Birgitta sitzen und ließ seinen Blick über die Leute schweifen, die in ihrem Raum gegessen hatten. Nun glitt seine Hand über die Bank, und er legte sie auf die Hand seiner Mutter. Birgitta sagte: »Du hast einen großartigen Ruf als Jäger. In diesem Herbst ist das Lob deiner Geschicklichkeit aus drei verschiedenen Quellen zu uns gedrungen.«

»Daran sehen wir, daß sich die Geschicklichkeit der Grönländer in den letzten Jahren verschlechtert hat. Ich weiß, daß ich nur einen Teil von dem gelernt habe, was Finn zu lehren hatte. Es gab viel Wild, und meine Geschicklichkeit erscheint größer, als sie ist. Ich beobachte heimlich die Skraelinger, wie Finn es getan hat. Sie kennen viele Listen.«

»Teuflische Listen, sagen die Leute.«

»Das denke ich auch, wenn ich sie nicht nachmachen kann.«

»Du hast Helga wunderschöne Fuchsfelle gebracht. Ihre Kapuze zieht aller Augen auf sich.«

»Ich habe noch andere, die ich dir gerne schenken möchte, meine Mutter. Sie sind von reinstem Weiß mit nur einem Schatten von Blau.«

»Nein, weißer Fuchs ist zu leuchtend für alte Frauen. Die Leute würden schlecht von mir reden.«

»Laß sie mich dir zeigen. Ich habe sie bei mir.«

»Kollgrim, es schmerzt zu begehren, was man nicht haben kann.

Versprich mir ein paar passende Seehundfelle oder vielleicht sogar ein paar dunkle Fuchsfelle im nächsten Sommer.«

Kollgrim drückte ihr die Hand. Birgitta fuhr fort: »Mir scheint jetzt, daß die Leute von Raum zu Raum schlendern, und sie müssen sich fragen, warum wir hier sitzen bleiben und miteinander klatschen und unsere Nachbarn meiden.«

»So? Mir scheint, daß die Leute sich wenig darum scheren, was man tut, so oder so.«

»Und doch hat jeder immer eine Meinung über dich gehabt, Kollgrim, und ich rüge dich nicht, wenn ich dir rate, daran zu denken. Es gefällt mir, wenn ich Lob über dich höre.«

»Nach Jahren der Beschuldigung?« Kollgrim lachte. »Vielleicht wünsche ich mir nur, daß die Leute sich so oder so nicht darum scherten. Da kommen mein Vater und Johanna, und sie suchen nach dir.« Kollgrim deutete durch den Raum, und Gunnar kam näher.

Ein Fehler von Hesturhof war, daß die Erbauer nicht viel darüber gewußt hatten, wie die Luft sich durch die Räume bewegt, so daß viele Menschen und viel Essen und viele Seehundtranlampen das Haus schwül und rauchig machten, und die Leute begaben sich allmählich nach draußen in den Schnee, um frische Luft zu schnappen. Der Himmel war klar und voller Sterne, und der verharschte Schnee warf das Sternenlicht zurück, so daß man gut sehen konnte, obwohl der Mond nur eine schmale Sichel war. Man plauderte darüber, wie schön es jetzt wäre, mit Schlittschuhen auf den Fjord hinauszulaufen oder Seehundfelle zu holen und damit die verharschten, glatten Hügel über dem Hof herunterzurodeln, und eine Anführerin in dieser fröhlichen Runde war Sigrid Bjornsdottir. Thorkel, der sah, daß sein Fest gut lief, schloß sich sofort diesen Plänen an und ging in seine Lagerräume und holte acht oder zehn Seehundfelle und ein paar alte Schlittschuhe für die Leute, die ihre eigenen nicht mitgebracht hatten. Bald gab es Wettrennen und andere Spiele, und viel Gelächter und Gejohle, so daß diejenigen, die drinnen geblieben waren, doch ihre Umhänge anlegten und herauskamen und auf dem Hang im Sternenlicht saßen und redeten und die Teilnehmer an den Spielen beobachteten. Es war windstill und nicht besonders kalt.

Da kam Johanna zu Helga und bat sie darum, ihr die Schlittschuhe zu borgen, denn sie war den ganzen Tag im Haus gewesen und hatte bei dem Fest geholfen, und, so sagte sie, ihre Knochen brannten auf etwas Bewegung, und Helga gab sie ihrer Schwester, doch mit einem kleinen Stich des Bedauerns, denn sie sah, daß Jon Andres Erlendsson und Kollgrim und all die jüngeren Leute draußen auf dem Eis waren, und nur die älteren Leute saßen herum. Dennoch setzte sie sich zwischen Gunnar und Birgitta und schob ihre Arme durch die Arme der beiden. Helga hörte zu, wie Gunnar und seine Nachbarn über dieses und jenes sprachen, und sie mußte wohl eingenickt sein, denn als sie erwachte, sah sie, daß die Leute zu Bett gegangen waren, und sie war allein, an die Sodenwand des Hauses gelehnt, in ein warmes Gewand aus Rentierfellen eingewickelt, das sie nicht erkannte.

Der Mond stand jetzt tiefer, der Schatten des Hauses lag nun vor ihr, und das Eis des Fjordes leuchtete blaß und hell. Wo die Schlittschuhläufer es glattgefegt hatten, fing sich das Licht in den Kerben, die sie mit ihren Schlittschuhen gemacht hatten. Helga streckte die steifen Beine vor sich aus und begann sie zu massieren, als zwei Gestalten um die Ecke des Hauses traten. Im Mondlicht konnte man erkennen, daß es Kollgrim und Sigrid Bjornsdottir waren.

»Mein Bruder!« sagte Helga. »Bitte . . .« Aber die beiden drehten sich nicht zu ihr um und hörten sie nicht, obwohl Helga ihrerseits die beiden recht gut verstehen konnte. »Nein, Kollgrim Gunnarsson«, rief Sigrid lachend aus, »wenn es nur sechs davon geben sollte, dann will ich gar keines haben, denn ich habe mir in den Kopf gesetzt, eine Kapuze wie die deiner Schwester zu haben, und ich weiß, daß man für eine solche Kapuze zehn oder noch mehr Felle braucht.« Sie hielt inne und fuhr dann fort: »Du siehst, ich habe mein Versprechen gehalten. Ich wollte dir keinen Käse zum Tausch anbieten und auch kein Dörrfleisch. Ich habe meine Schere mitgebracht, die in England hergestellt und meiner Großmutter zur Zeit von Thorleifs Schiff geschenkt wurde, und sie ist entlang der Klingen damasziert. Am Licht kannst du es sehen.«

Nun hielt sie hoch, was in ihrer Hand lag, und Kollgrim lachte. »Wahrhaftig, was sollte ich wohl mit deiner Schere anfangen?«

»Das kümmert mich nicht. Du kannst sie deiner Schwester geben oder sie einschmelzen, denn die Griffe sind aus reinem Silber. Doch ich will die Felle haben, die du mir versprochen hast.«

»Und womit wirst du deine Fäden abschneiden, wenn du keine Schere hast?«

»Ich werde sie abbeißen, wie es die Skraelingerfrauen tun. Außerdem wirst du doch den Haushalt des Gesetzessprechers nicht für so arm halten, daß er nur eine einzige Schere besitzt?« Es schien Helga, als fließe Sigrids Stimme wie ein sanft plätscherndes Bächlein ins Mondlicht. Kollgrim wich lachend zurück, und Sigrid lief hinter ihm her. Helga sah sofort, daß die Tochter des Gesetzessprechers es auf ihn abgesehen hatte, doch er selbst sah es nicht. Er stolperte im Schnee und warf lachend die Hände in die Höhe. »Dann nimm sie alle«, sagte er. »Ich habe zwölf oder dreizehn in meinem Bündel. Du sollst nicht denken, ich wäre mit der Absicht gekommen, dich übers Ohr zu hauen. Vielmehr dachte ich in diesem Tausch mehr zu geben, als ich bekommen würde. Wahrlich, die Leute sagen von dir, daß du ein hartnäckiges Kind bist!«

»Sagen sie denn, daß ich ein Kind bin?«

»Ich weiß wirklich nicht, was sie sagen, denn ich genieße nicht jedermanns Vertrauen, aber falls sie es nicht sagen, dann sollten sie es tun, denn ich bin noch niemand anderem begegnet, der es an Unnachgiebigkeit mit dir aufnehmen kann.«

»Dann ist der Tausch also beschlossen, und wir müssen ihn sogleich in die Tat umsetzen, solange er frisch ist.« Sie drückte ihm die Schere in die Hand. »Jetzt gehört sie dir. Ich würde sie nicht wieder anrühren.« Ihre Hand legte sich auf seinen Ärmel und hielt ihn ganz fest, und danach gingen die beiden weg. Ein Weilchen später stand Helga auf und klopfte ihr Kleid aus, und Gunnar kam um die Ecke des Hauses. »Du bist also aufgewacht«, sagte er. »Deine Mutter hat gerade in Johannas Bettnische ein paar Felle für dich ausgebreitet. Ich dachte, ich müßte dich dorthin tragen, wie ich es immer getan habe, als du ein Kind warst. Johanna schläft schon.« Und er erzählte ihr, welche Großtaten sie beim Schlittschuhlaufen und Geschichtenerzählen verpaßt hatte, doch sie erzählte ihm nichts von Kollgrim und Sigrid Bjornsdottir. Während des nächsten Tages konnte sie kaum an etwas anderes denken als an das Begehren in Sigrid Bjornsdottirs Blick und an die Kraft ihres Griffes, als sie die Hand auf Kollgrims Ärmel gelegt hatte, und diese Gedanken beschämten Helga, wenn Jon Andres Erlendsson in der Nähe war, und so mied sie ihn während des ganzes Festes, und das war bis zum Morgen des dritten Tages.

Auf Gunnarshof war es für Helga deutlich sichtbar, daß Kollgrim die Schere wenig kümmerte, denn er ließ sie gedankenlos herumliegen, und schließlich warf er sie in eine der Truhen, als wäre sie ihm im Weg. Das schien Helga eine Schande für Sigrid Bjornsdottir, obwohl nur Helga davon wußte. Nach dem Fest ging Kollgrim häufig auf die Jagd, damit er Hasen und Schneehühner auf den Tisch bringen konnte. Er war fast jeden Tag fort und auch viele Nächte. Er ging jetzt manchmal zur Bettnische von Elisabet Thorolfsdottir, und die Magd bewirkte, daß er sehr fröhlich war.

Eines Tages während der Fastenzeit kam ein Knecht von Ketilshof mit einigen Käselaiben nach Gunnarshof und gab sie Helga und sagte, daß Helgas und Kollgrims späte Ankunft sie um die Sommermilch gebracht haben müßte. Der Bursche fühlte sich nicht sehr wohl in seiner Haut und war nicht geübt, die richtigen Worte zu finden. Helga dankte ihm, und er ging fort. Nun setzte sich Helga allein ins Haus und starrte die Käse an. Sie waren mißlungen, und Birgitta hätte gefunden, daß sie sehr schlecht gemacht waren. Helga schaute sie lange Zeit an, als wären sie ein Omen, dessen Bedeutung sie erraten könnte.

Als Bjorn Bollason und seine Familie nach Solarfell zurückkehrten, ging Sigrid sogleich zu Margret Asgeirdottir, die zu Hause geblieben war, und zeigte ihr die Fuchsfelle und sagte: »Die hat mir Kollgrim Gunnarsson gebracht, dein Neffe, der mir ein feiner Bursche zu sein scheint, mit einem großen Hof und dem Ruf großer Geschicklichkeit. Sein Vater soll ein Mann sein, der schreiben und lesen kann wie ein Priester, seine Schwester ist mit dem Ziehsohn des größten Mannes verheiratet, der je nach Grönland kam, und seine andere Schwester ist eine hübsche und gutgekleidete Frau, die nicht verdrießlich sein soll. Mir scheint, ein solcher Mann wäre der Richtige für mich, besser, als es irgendein Bursche aus Herjolfnes sein könnte.«

Am nächsten Tag, als die beiden mit ihrer Näharbeit beschäftigt waren, brachte Sigrid das Gespräch wieder auf diese Dinge, und Margret sagte: »Wäre es nicht besser, wenn du mit Bjorn Bollason über diese Angelegenheit sprechen würdest? Er hat dir mehr von Wert darüber zu sagen als ich, und er weiß auch mehr über die zu sagen, an welche du denkst, denn ich kann dir in der Tat nicht helfen.«

»Mein Vater wird nicht gern hören wollen, wie die Augen von diesem Kollgrim zwinkern oder wie er laut auflacht, wenn ich lache, wie groß er ist, oder wie schnell er die Knoten seines Bündels auflösen kann. Mein Vater würde es gern hören, wenn ich ihm erzählte, daß Kollgrim wie andere Männer auftritt, nur mit noch größerer Gewichtigkeit.« Sie lachte fröhlich. »Doch er ist in der Tat nicht so wie andere Männer, und sie halten sich lieber fern von ihm und er sich von ihnen.«

»Mir scheint, Sigrid, deine Tage werden die glücklichsten sein, wenn du einen wohlhabenden, heiteren und tatkräftigen Burschen findest, mit weiten Feldern, einer Menge Vieh und zahlreichen Freunden, die viel von ihm halten.«

»Wie viele Grönländer gibt es heutzutage, auf die diese Beschreibung zutrifft? Keine, die mein Vater gefunden hätte, außer ihm selbst. Sogar meine Brüder scheinen in Bjorn Bollasons Gegenwart mit offenem Munde dazustehen, und an ihnen ist mehr als an anderen Leuten. Dieser Kollgrim hebt sich von den Grönländern ab wie du selbst. Du bist eine alte Frau, aber du stehst so gerade und bewegst dich so flink wie ein junges Mädchen. Gunnar Asgeirsson sieht aus wie der Sohn seiner eigenen Frau und der Bruder seines eigenen Sohnes.«

»Aber die Dinge in der Welt sehen nicht so aus, wie sie sind. Auch sieht der unzuverlässige Ehemann nicht aus wie der hübsche Freier, obwohl die beiden ein und derselbe Mann sind.« Da legte Sigrid Bjornsdottir ihr Nähzeug in den Schoß und schaute Margret mit zusammengepreßten Lippen an, und Margret sah, daß der Entschluß des Mädchens feststand. Sie sagte: »Wir Gunnarshofleute sind eine vom Pech verfolgte Sippe.«

Sigrid warf ihre Locken herum und lachte. »Und wir Solarfeller könnten nicht glücklicher sein.« Und das war alles, was sie zunächst einmal über die Angelegenheit sprachen. Sigrid machte sich eine sehr lange Kapuze, die ihr über die Schultern herabfiel und fast bis zum Saum ihres Kleides reichte, und diese Kapuze schmeichelte ihr sehr und war so geschickt genäht, daß die bläuliche Tönung in den Fuchsfellen ein Zickzackmuster über ihren Schultern und um ihr Gesicht formte.

Nun kam der Frühling, das Eis brach in den Fjorden, und die Zeit für die Seehundjagd nahte, und auf der Seehundjagd verkündete Larus der Prophet, wie die Leute ihn spöttisch nannten, daß er einen Traum gehabt habe, in dem St. Nikolaus selbst verkündete, daß Bjorn Bollason, der Gesetzessprecher, zum König von Grönland gemacht werde, denn der König von Norwegen, so habe St. Nikolaus gesagt, sei mit allen seinen Nachkommen von einem großen Feuer verzehrt worden. Er werde mit einer aus Walroßzahn geschnitzten Krone gekrönt, und gesalbt werde er von dem neuen Bischof, dem bischöflichen Stellvertreter des Papstes von Jerusalem, der bald mit dem langersehnten Schiff auftauchen werde. Die Menschen hielten Larus den Propheten in der Tat für einen merkwürdigen Burschen, denn er wollte nicht von diesen Reden lassen, obwohl man ihn bedrohte und dann schlug, doch er holte nur einmal Luft und begann wieder von neuem, und immer hatte er ein wenig mehr zu sagen. Die Seehundjagd war nicht erfolgreich wie in den vergangenen Jahren, und die Männer waren erzürnt und verstört und schoben es auf Larus' wirres Gerde.

Nach der Seehundjagd berichtete man Bjorn Bollason von diesen Dingen, und er ging nach Gardar und besprach sich ausführlich mit Sira Eindridi Andresson, seinem Freund, doch auch danach hatte er wenig über diese Angelegenheit zu sagen, vielleicht weil die frühere Begegnung mit Larus für ihn so schlecht ausgegangen war. Jedenfalls hinderte Larus jetzt nichts daran zu sprechen, und er verbreitete seine Geschichten den ganzen Sommer lang im Bezirk Brattahlid. Das Schiff, so sagte er voraus, werde in einem Sommer eintreffen und sowohl Männer als Frauen mitbringen, insgesamt dreißig.

In diesem Sommer geschah es auch, daß Eyvind Eyvindsson in den Hügeln über der Kirche von Dyrnes stürzte und sich das Bein brach, und er war drei Tage lang draußen in den Hügeln und erfror. Als Anna Eyvindsdottir Margret diese Kunde brachte, war Margret sehr niedergeschlagen, denn Eyvind hatte sich zur Gewohnheit gemacht, sie in Solarfell zu besuchen, wann er konnte. Zwar hatte die Gelenkkrankheit seine Schultern und Hände sehr gekrümmt, doch war er immer noch ein lebhafter Mann gewesen, der seine Schmerzen und Behinderungen mißachtete und immer viel zu erzählen hatte. Es schien Margret, daß alle ihn völlig übersehen hatten, einschließlich vielleicht sie selbst. Und nun kam das Thing, und die Leute in Solarfell bereiteten sich auf einen großen Auftritt vor.

In diesem Jahr nahm Gunnar ein neues Zelt zum Thingfeld nach Brattahlid mit, denn die weißen Rentierhäute waren ganz zerfetzt, obwohl er sie sorgfältig gehütet hatte. Die neuen Rentierhäute waren mit Wadmal zusammengefügt, und das Zelt war nicht so schön, wie Gunnar gehofft hatte. Doch in der Tat, wenn er sich umschaute, dann sah er, daß es mit den Zelten der Grönländer ebenso ging wie mit ihrer Kleidung – die meisten Leute konnten sich nicht mehr so herrichten wie einst, sondern begnügten sich mit ein wenig Borte hier und etwas Farbe dort. Als nun Gunnar im Zelt seine Vorräte ordnete, kam Thorkel Gellison mit einem seiner Söhne zu ihm. Als Gunnar sich umdrehte, um seinen Vetter zu begrüßen, da sah er, daß Thorkels Gesicht grau war und er sehr gealtert schien, selbst seit dem Julfest. Gunnar sagte: »Du hast keine guten Nachrichten für mich, das sehe ich dir an.«

»Nein«, sagte Thorkel, »aber sie sind nicht schlimmer als jene, die ich dir zuvor brachte, denn die hätten schon nicht schlimmer sein können.«

»Ofeig ist also bei den Leuten in Vatna Hverfi aufgetaucht. Wenn er Helga etwas Böses angetan hat, dann mußt du es mir geradeaus sagen.«

»Nein. Er ist näher bei Hesturhof. Er hat einen Mann gezwungen, ihn aufzunehmen und zu versorgen. Erinnerst du dich an Arnkel Thorgrimsson und seine Frau Alfdis? Wenig Gutes wird bei seinem Besuch dort herauskommen.«

»Ich bin diesen Leuten begegnet.«

»Sie haben nichts, womit sie sich gegen einen Burschen wie Ofeig verteidigen könnten. Zum einen macht er sich die Frau zu

Willen. Und die Nachbarn sind kleine Leute und können nichts tun.«

»Hast du diese Nachricht von Arnkel persönlich?«

»Nein, von seinem Vetter, der seinen Knecht vor einer Weile dorthin geschickt hat. Seine Kunde war, daß sie aus Furcht gute Miene zum bösen Spiel machten. Sein Vetter selbst ist zu ängstlich, um in die Nähe des Hofes zu gehen.«

»Ich habe dir schon einmal gesagt, daß Ofeig auf die eine oder andere Weise geächtet werden muß, und in der Tat sollte das recht bald geschehen. Bei aller Hochachtung und Zuneigung muß ich sagen, daß du deine Pflicht versäumtest, indem du Jon Andres Erlendsson nicht zu einer Klage brachtest. Er möchte von jedermann geachtet werden, sagen die Leute.«

»Ich habe mit ihm gesprochen, doch er sieht Ofeig anders. Er zögert. Er hat keine andere Antwort als die, daß er keine Klage erheben kann, doch er ist dabei recht höflich.«

»Dann müssen auf dem Thing viele Bauern zu ihm gehen, und man muß ihm zeigen, wie ein achtbarer Mann seine Geschäfte führt und gegenüber den Nachbarn seine Verpflichtungen einhält. Ich werde nicht mit dir gehen, doch ich werde mit anderen reden. Du mußt zu Bjorn Bollason gehen und zu Ragnleif Isleifsson, dem wichtigsten Bauern in Brattahlid.« Und so machten sie sich daran, Unterstützung zu suchen, und das dauerte fast den ganzen ersten Tag.

Die Unterstützung war nicht so leicht zu finden, wie Gunnar angenommen hatte, denn ein Übel kann noch so sichtbar sein, und die Menschen zögern doch vor der Last der Aufgabe, dies Übel zu beseitigen, und viele Hindernisse stehen der Handlung im Wege, und das größte Hindernis ist, daß die Menschen nicht gerne tun, was sie nicht gewohnt sind. Am Morgen des zweiten Tages gingen zwölf Männer mit Thorkel zu Jon Andres Erlendsson, und dies waren die Männer: Bolli Bjornsson, der älteste Sohn des Gesetzessprechers, der kurz zuvor Hoskulds Hof in Dyrnes übernommen hatte, Arni Magnusson, ein reicher Bauer aus Vatna Hverfi und Thorkels Freund und Nachbar; Ozur Osmundsson, Stiefsohn von Ragnleif Isleifsson und Sohn von Osmund Thordarson, dem früheren Gesetzessprecher; Ragnleif selbst, obwohl er alt und von der Gelenkkrankheit gezeichnet war; Bardi Helgason, ein Nachbar von Arnkel; sein Bruder Eyolf Helgason; Thorkels Sohn Skeggi; und Jonas Bruder Hrolf. Vier Männer aus Hvalseyfjord gingen ebenfalls mit, darunter Hakon Haraldsson, Gunnars nächster Nachbar.

Jon Andres Erlendssons Zelt war groß und zweckmäßig eingerichtet, und er lud alle Männer ein hereinzukommen und bot ihnen etwas zur Stärkung an. Als sie dies ablehnten, sagte er: »Es muß so sein, daß ihr zu mir gekommen seid, um mit mir über Ofeig zu sprechen, denn das ist in der Tat das einzige, worüber Thorkel mit mir je zu sprechen wünschte.« Er lächelte.

Ragnleif Isleifsson sagte: »Es ist wahr, daß Ofeig einen Teil unseres Anliegens bildet, doch wir haben auch allgemeinere Dinge zu sagen. Ein Mann, der sich nicht verteidigen will, wenn ihm eine Verletzung zugefügt wird, der zeigt, daß er wenig auf sich hält.«

»Ich halte nicht wenig auf mich und, in der Tat, auf meine Mutter, doch mir scheint, daß ich an ihrem Tod große Schuld mittrage.«

»Du warst bereit, Ofeig gefangenzunehmen und sogar zu töten, als du deine Männer in Gunnarshof aufstelltest und Einar Marsson getötet wurde.«

»In der Hitze der Ereignisse sind die Menschen oft bereit zu tun, was sie später bereuen. Ich bedaure den Tod von Einar, der mein Gefährte und Freund war. Ich bedaure eine Menge Unheil, an dem ich viele Jahre teilhatte, obwohl es zu der Zeit ein Vergnügen schien. Ich bedaure, daß Menschen durch meine und meiner Freunde Hände verletzt worden sind. Ich habe mich vom Unrechttun nun abgewendet.«

»Aber Ofeig ist bei diesen anderen Leuten aufgetaucht, die nur schwerlich etwas für ihn erübrigen können, und die Leute sagen, er beschimpfe sie und mache sich die Frau zu Willen.«

»Das mag so sein oder auch nicht. Mir scheint, Ofeig ist schlecht erzogen und hat ein schlechtes Benehmen, aber es ist auch so, daß er von irgend etwas leben muß. Vielleicht mag sein eigener Vater ihn aufnehmen oder ihm einen verlassenen Hof in der Nachbarschaft besorgen. Mir scheint nicht, daß der Fall so schwer wiegt, wie ihr ihn hinstellt. Ich weiß nicht, was mich dazu bringen könnte, Ofeig vorzuladen und Klage gegen ihn zu erheben. Mein

Vater war ein klagesüchtiger Mann und hat dafür fast nichts außer Abneigung geerntet. Mir scheint, daß früher oder später alle Fälle beim Thing in Kampf und Tötung enden und immer so geendet haben.«

Da sagte Ragnleif : »Es gab eine Zeit, da hätte sich der Ombudsmann des Königs um diese Angelegenheiten gekümmert, doch jetzt müssen wir uns auf den Willen der Leute selbst verlassen.«

Jon Andres erwiderte: »Ich sehe diese Dinge anders als ihr«, und Bolli Bjornsson wurde rot vor Zorn und sagte: »Es gibt keinen Raum in diesen Dingen, auf daß jedermann sie auf seine eigene Weise sehen könnte. Sira Pall Hallvardsson würde sagen, die Grönländer seien eigensinniger, als für sie gut sei.«

Da sagte Thorkel: »Mir scheint, das Ergebnis dieser Gespräche und dieses Zauderns wird nicht gut sein, und wir werden reumütig daran zurückdenken. Doch ich sehe, daß der Herr von Ketilshof sich für einen großartigen Burschen hält und stolz auf seine Meinung ist. Nichts, was wir sagen könnten, wird ihn rühren.« Da standen die Männer auf und verließen Jon Andres' Zelt, und sie sprachen darüber, ob man sich mit Ofeig abgeben sollte, falls man ihm nichts nachweisen könnte, doch alle zögerten, so vorzugehen oder wenigstens andere wissen zu lassen, daß sie so vorzugehen wünschten.

Thorkel ging zu Gunnars Zelt zurück und berichtete, der Fuchs habe sich in ein Lamm verwandelt, und er, Thorkel, habe schon fast erwartet, daß ein Heiligenschein auf dem Kopf des Burschen auftauche oder eines von diesen Amuletten mit der Inschrift O.G.N.S. um seinen Hals erscheine. »Kurz gesagt«, schloß er, »einer, der auf Ketilshof lebt, hat sich geweigert, eine Klage vorzubringen, und wir können wohl bald damit rechnen, daß in Gardar Weintrauben wachsen.« Er war sehr verärgert. Und als er gegangen war, geschah etwas Überraschendes: Jon Andres Erlendsson tauchte nämlich mit einigen Männern, die er kannte, vor Gunnars Zelt auf und bat um die Hand von Helga Gunnarsdottir.

Da lud Gunnar die Männer in sein Zelt ein und bat sie, sich zu setzen, und die Männer, einschließlich Jon Andres sieben an der Zahl, waren sämtlich Männer, welche Gunnar in Vatna Hverfi gekannt hatte, oder deren Söhne. Es waren Männer, deren Neid auf

Asgeir sich in Freude über die List verwandelt hatte, die Gunnar um seinen Hof gebracht hatte, so schien es jedenfalls Gunnar. Obwohl sie lächelnd herumsaßen, wie die Leute es tun, wenn von Heirat die Rede ist, schien ihr Lächeln Gunnar böse und falsch zu sein und weckte in ihm das schmerzliche Gefühl der Schande, das er seit seinem Umzug nach Hvalseyfjord nicht besonders stark empfunden hatte. Dies waren die Männer, die sich damit vergnügt hatten, die Verse von Ketil dem Unglücklichen gegen Margret Asgeirsdottir nachzusingen, die in jedem Fall gegen Gunnar und fest zu Erlend Ketilsson gehalten und über die Gunnarshofleute geklatscht hatten, wann immer sie konnten. Da sagte einer von ihnen zu Gunnar: »Mein Freund, es ist für einen Mann nicht üblich, daß er schweigt, wenn der Herr über einen solchen Hof wie Ketilshof mit allen Höfen, die dazu gehören, einen solchen Antrag macht.«

Gunnar sagte: »Wahrhaftig, ich muß meine Gedanken zusammenhalten, wenn ich mir einen Reim darauf machen will. Ich hatte keine Ahnung davon.«

»Doch die Jungfrau ist über das richtige Heiratsalter schon weit hinaus. Wie viele verschiedene Gedanken kann es in dieser Sache wohl geben?«

Da sagte Jon Andres Erlendsson: »Ein Mann muß auf seine eigene Weise zu einer Antwort kommen, und es scheint mir klug, ihn das tun zu lassen, anstatt ihn abzulenken und seinen Ärger herauszufordern.« Und so saßen alle noch eine Weile länger herum. Gunnar schaute den Burschen an, und er sah, daß dieser etwas Bestimmtes nicht verloren hatte, das er einst besessen, als er sich gegen die Klage des Untertauchens von Kollgrim verteidigt hatte, nämlich eine Art Geschmeidigkeit und Liebenswürdigkeit, die man einfach mit etwas Leuchtendem vergleichen mußte – einem Feuer oder einem Stern. Sollte Helgas Blick an ihm etwas Unansehnliches entdecken, so konnte Gunnar sich nicht vorstellen, was das wohl sein könnte. Und Jon Andres' Freunde schauten in allen Dingen auf ihn, das sah man gleich. Gunnar schaute von ihm weg und erinnerte sich an die Verletzungen, die dieser Mann und Erlend ihm und seinem Vater zugefügt hatten, und selbst Ketil, wenn man alten Geschichten glauben durfte. Jon Andres sagte: »Alter Mann, du schaust finster drein und denkst daran, was früher geschehen ist, doch mir scheint, daß diese Dinge jetzt begraben werden könnten, denn die Sünden meines Vaters und meine eigenen tun mir von Herzen leid.« Die anderen Männer lächelten und nickten bei diesen Worten zustimmend.

»Nein«, sagte Gunnar, »ich denke daran, was kommen wird, denn es bleibt eine Sache unerledigt, die viele Leute gefährdet, und mir scheint es kein Zeichen von Weisheit, sie in der Schwebe zu lassen.«

»Ich habe oftmals über Ofeig gesprochen, bis ich von der Ermüdung darüber einschlief.« Und gegen seinen Willen wurde er rot vor Zorn, obwohl er mit sanfter Stimme sprach, und als Gunnar diesen Zorn sah, wurde auch er zornig und wandte sich von den Männern ab und sagte: »Ich bin es gewohnt, diese Angelegenheit mit der Frau selbst zu besprechen, doch in diesem Fall zögere ich nicht, den Antrag abzulehnen.« Und so standen die Männer auf und gingen fort, und Kunde von diesem Antrag und der Antwort machten auf dem Thing die Runde. In dieser Sache, so hieß es, habe sich Gunnar als der Pechvogel gezeigt, der er immer gewesen sei. Und an jenem Abend löste sich das Thing auf, und die Leute gingen in ihre Heimatbezirke zurück.

Später in dem Sommer trug es sich zu, daß Kollgrim mit einigen Männern auf der Jagd war, und man zog ihn mit dem mißglückten Heiratsantrag für Helga auf, und Kollgrim sagte: »Für eine Jungfrau ist es ein Unglück, von einem reichen Hof auf einen armen zu heiraten«, doch in Wirklichkeit wußte er nichts von diesem Antrag. Die anderen lachten, und einer von ihnen sagte: »Also das ist das erste Mal, daß ich höre, wie Ketilshof ein armer Hof genannt wird.« Kollgrim gab keine Antwort, und bald darauf teilten die Männer das Wild, das sie erlegt hatten, und gingen zu ihren Höfen zurück. Als Kollgrim nach Gunnarshof zurückkam, war er still und finster und begrüßte Helga nicht mit der gewohnten Herzlichkeit. Helga setzte ihm zum Fleisch eine Schale nahrhafter Suppe vor, doch nach ein paar Bissen stieß er sie von sich weg und verschüttete ein wenig auf das Eßbrett. Da setzte sich Helga neben ihn auf die Bank und legte ihm die Finger leicht auf sein Haar. Sie sagte: »Es scheint mir, du bist bedrückt, mein Bruder, doch die Dinge sind für uns in diesem Sommer besonders gut gewesen. Unser Vater kann nicht darüber klagen, wie wir uns hier zurechtfinden.«

»Ich denke nicht an unseren Vater.«

»Vielleicht denkst du an unsere Mutter. Sie ...«

»Nein, ich denke nicht an unsere Mutter.« Nun stand Kollgrim auf und ging aus dem Haus, und als Helga ihm eine Weile später nachging, sah sie, daß er am Zaun des Hoffeldes stand und in die Ferne starrte. Sie bekam allmählich Angst und glaubte, daß sie sich auf einen seiner Anfälle von Verwirrung und Schmerz vorbereiten müßten, und sie betete, wie sie es während dieser Anfälle immer tat, daß er wieder zu sich finden möge, daß er in seinem Schmerz niemandem wehtun möge und ganz besonders sich selbst nicht, daß sie die Kraft haben möge, es auszuhalten, wenn dieser Anfall lang andauern würde. Nun ging sie in die Milchstube und rief nach Elisabet Thorolfsdottir und sagte: »Mir scheint, daß dieser Ausflug, von dem er zurückgekommen ist, unseren Kollgrim unzufrieden gemacht hat. Wir dürfen keine Angst haben, sondern müssen streng mit ihm umgehen, wenn es notwendig ist. Du solltest zu deiner Bettnische gehen und das Bettzeug ausschütteln und einige lindernde Kräuter hineingeben und auch dein Haar kämmen und dich ein wenig schmücken. Solche Dinge werden ihn vielleicht ablenken.«

Da tat Elisabet, worum Helga sie gebeten hatte, und sie sah sehr hübsch aus, dachte Helga, und so gab sie ihr ein Eßbrett mit einigen Stücken Dörrfleisch darauf und schickte sie zu Kollgrim, doch er lehnte das Essen ab und schien die Lieblichkeit des Mädchens nicht zu bemerken, und Helga ängstigte sich noch mehr. Einige Zeit darauf gingen Helga und Elisabet und die Knechte in ihre Bettnischen, und Helga lag lange Zeit wach, doch sie hörte Kollgrim nicht ins Haus kommen, und so schlief sie ein. Nun dauerte dieser Zustand noch zwei Tage an, doch er führte nicht zu den Weinkrämpfen, die Helga erwartet hatte, und am dritten Tag bei seinem Morgenfleisch saß Kollgrim an seinem Platze am Tisch und blickte zu seiner Schwester herüber und sagte: »Der Bauer vom Ketilshof hat unserem Vater ein Heiratsangebot für dich gemacht.« Und er schaute sie genau an, und Helga ließ den Löffel fallen, den sie in der Hand hielt. Kollgrim fuhr fort: »Mir scheint, du läßt es zu, daß er dich wegstiehlt, obwohl die Dinge an jenem Hof nicht besser für dich sein können als hier. Doch Frauen sind trügerisch und schwach, und wir machen einen Fehler, wenn wir unser Vertrauen in sie setzen.«

Helga erwiderte: »Dieses Angebot bedeutet mir nichts, und ich höre zum ersten Mal davon. Wenn unser Vater es ausgeschlagen hat, dann, scheint mir, hast du wenig Grund zur Sorge.«

»Du hast also keine Gespräche mit dem Burschen geführt, während ich auf meinen Jagdausflügen war?«

»Wenn du auf deinen Jagdausflügen bist, dann gibt es wenig Zeit für Gespräche, selbst mit dem Gesinde.«

»Aber du denkst genug an den Burschen.«

»Nein, Kollgrim, du verkennst mich sehr.«

»Du wärest sicher gern verheiratet, um dich decken und bespringen zu lassen wie die Stuten.«

Helga schwieg, erstaunt, denn Kollgrim hatte nie zuvor in dieser Weise zu ihr gesprochen, und es verschlug ihr den Atem. Er sagte: »Siehst du, ich habe ausgesprochen, was du denkst. Du kannst mich nicht so täuschen, wie du es vielleicht versuchst.«

»Mein Kollgrim, ich bin solche Grausamkeiten von dir nicht sehr gewohnt.«

»Aber du denkst daran, mich zu verlassen.«

»Seit zehn Sommern denkt mein Vater daran, mich zum Thing mitzunehmen und einen Ehemann für mich zu suchen. Eine Frau muß immer daran denken, ihr Zuhause zu verlassen.«

»Ich sehe, daß du mich mit Wortklaubereien ablenken willst, aber wenn du meine Freundin bist, dann sagst du mir, was dir im Kopf herumging.«

»Nein, Kollgrim, ich werde dir gar nichts mehr sagen.« Und danach weigerte sich Helga sechs Tage lang, mit ihrem Bruder zu reden. Am siebten Tag kam ein Sturm auf und warf einige Trockengestelle für das Fleisch um, so daß alle Leute vom Hof hinausliefen und sich daranmachten, sie wieder aufzurichten, und während dieser Arbeit wechselten Helga und Kollgrim einige Worte, und so tat Helga ihre Hartherzigkeit leid, und sie sagte: »Jeder Tag, an dem ich nicht mit dir spreche, mein Bruder, ist ein trauriger Tag für mich.«

»Dann sage, was du gedacht hast, und gestehe, welche Ermutigung du dem Herrn von Ketilshof gegeben hast.« Und Helga sah, daß sein Zorn auf sie nicht abgenommen hatte, und sie schloß ihre Lippen fest. Etwa einen Tag später ging Kollgrim wieder fort, da die Zeit für die herbstliche Seehundjagd bevorstand. Und nun, da sie damit beschäftigt war, die Lagerräume für Fleisch und Speck, die Kollgrim nach Hause bringen würde, zu reinigen und vorzubereiten, kamen ihr doch die Gedanken an Jon Andres Erlendsson, so stark, daß sie nicht imstande war, sie fernzuhalten. Sie konnte sich ganz genau an sein Aussehen erinnern, obwohl sie ihn nur ein paarmal gesehen hatte, und was das letzte Mal betraf, so hatte sie sich gefürchtet, ihn anzuschauen, doch sie mußte ihn irgendwie gesehen haben, denn sie erinnerte sich an seinen langen roten Umhang und an das Muster, das seitlich an seinen Stiefeln hochlief. Sie erinnerte sich an sein Gesicht, das schmaler und spitzer war als die Gesichter in ihrer Familie, es verbreiterte sich nach oben hin zu einer hohen, glatten Stirn, die üppige dunkle Locken krönten. Wenn er ernst war, dann nahm sein Gesicht die eine Form an und war ganz Stirn, doch wenn er plötzlich lächelte, dann veränderte es sich zu einem ausgeglichenen Ganzen, denn sein Lächeln war offen und hell. Daß sie sich an diese Einzelheiten so deutlich erinnerte, vergrößerte den Schmerz, den Kollgrims Zorn ihr bereitete, und sie schämte sich. Während der ganzen Zeit der Seehundjagd war sie sehr unglücklich, und zum ersten Mal in ihrem Leben war ihr die Arbeit so anstrengend, daß sie versucht war, sie zu vernachlässigen. Elisabet Thorolfsdottir schien auch niedergeschlagen, denn Kollgrim hatte sie vor seiner Abreise zwei- oder dreimal grob behandelt. Die Tage waren sehr lang.

Die Seehundjagd war erfolgreich, doch nicht sehr angenehm, denn jeden Tag gab es schwere Regenfälle, und als Folge davon wurden die Männer ärgerlich aufeinander. Eine weitere Plage war Larus der Prophet. Es schien, als könnte jetzt nichts mehr seinen Mund schließen, und die Feindseligkeit der Männer spornte ihn nur noch an, denn, sagte er, so sei es auch mit unserem Herrn Jesus Christus, gerade Seine Güte treibe die Menschen dazu, Ihm Schmerz zuzufügen, und das Ausmaß Seiner Schmerzen sei ein Zeichen für das Ausmaß Seiner Güte. Obwohl Bjorn Bollason mit auf der Jagd war, hielt er sich von Larus fern und Larus sich von ihm, obwohl er den Namen des Gesetzessprechers und dessen Schicksal als König von Grönland ständig im Munde führte. Dies waren einige seiner Prophezeiungen: Die Leute von dem Schiff mit dem Bischof und den dreißig Isländern würden einen Teufel ausfindig machen, der unter den Grönländern lebte und so aussah wie einer der ihren, sie jedoch zum Bösen verführte, und sie würden ihn vernichten. Dieser Mann würde sterben, indem man ihn auf dem Scheiterhaufen verbrannte, eine Strafe, die man in Grönland seit den Tagen von König Sverri nicht mehr angewendet hatte. Die Frauen auf dem Schiff würden von überirdischer Schönheit und Frömmigkeit sein, und sie würden die Grönländer zur Frömmigkeit leiten. Briefe, die der Bischof vom Papst in Jerusalem bei sich führte, würden in Gold auf Schriftrollen von scharlachrotem Pergament geschrieben sein, und sie würden so geschrieben sein, daß ein jeder sie lesen könnte, nicht nur jene wenigen, die im Lesen unterrichtet worden waren und auch Übung darin hatten. Diese Kunde, sagte Larus, sei ihm von einer gewissen Heiligen überbracht worden, St. Katherina von Xanderberg, die ihm eines Abends im Sommer nach seinem Abendfleisch auf einem großen Lichtrad sich drehend erschienen sei. Die meisten Leute hatten nichts von dieser Heiligen gehört, und viele sagten, die Worte von weiblichen Heiligen seien unzuverlässig, doch andere beeindruckte die immer größer werdende Menge an Einzelheiten, die Larus zu berichten wußte. Es schien vielen einfachen Leuten, daß Larus in der Tat großartige Gesellschaft pflegte. Vor der Ankunft des Schiffes, behauptete Larus, würde es keine weitere Seehundjagd geben wie diese, an der sie im Augenblick teilnahmen.

Gunnar nahm auch an dieser Seehundjagd teil, und es war sein Plan, einigen anderen Männern aus Hvalseyfjord sein Boot zu leihen und mit Kollgrim in dessen Boot zu fahren. Es schien Gunnar, daß der Regen Kollgrim sehr verärgert hatte, denn er sprach wenig, und wenn, dann nur heftig. Die Leute waren der Meinung, es sei eine von Gunnars unglücklichen Eigenschaften als Vater, daß er den Zorn seines Sohnes ertrug, ohne ihn zurechtzuweisen, und das sei immer schon so gewesen. Gunnar hatte für einen Mann seines Alters mit der Seehundjagd wenig Erfahrung, doch das Gesetz schrieb vor, daß jeder Hof teilnehmen mußte, und sein Sohn hatte jetzt seinen eigenen Hof. Kollgrim schnaubte oft verächtlich über Gunnars Unfähigkeit, und als dieser einen von Kollgrims Speeren losließ und der verlorenging, brüllte der Sohn heraus, sein Vater sei ein Narr. Gunnar sagte zu dem Zeitpunkt wenig dazu, doch beim Abendfleisch nahm er Kollgrim am Ellbogen und zog ihn von den anderen fort. Er war noch immer ein starker Mann, nicht von der Gelenkkrankheit gezeichnet, und einen halben Kopf größer als sein Sohn. Er sagte: »Den Leuten hat es lange Jahre Vergnügen bereitet, schlecht über uns zu reden, und sie haben alle möglichen Ansichten darüber, daß ich an der Aufgabe, dich ins Mannesalter zu geleiten, gescheitert bin. Doch nun sehe ich, wie die Leute sich darüber ärgern, daß wir unsere Auseinandersetzungen in ihre Arbeit hineintragen. Dies rate ich dir, mein Sohn, daß du dich für die Dauer der Jagd beherrschst, und wenn du mich dann bekämpfen willst, werden wir dafür sorgen, daß du deine Gelegenheit bekommst. Doch jetzt geben wir Anlaß zu Gerede und immer mehr Gerede, das uns wenig zur Ehre gereicht.« Und er hielt Kollgrims Ellbogen so fest, daß es Kollgrim schwerfiel, nicht vor Schmerz aufzuschreien. Er sagte: »Es scheint mir, daß du nun endlich meine Schwester unserem Feinde geben wirst.«

»Ich habe das Angebot ausgeschlagen, beinahe ohne darüber nachzudenken, und ich bereue nicht, es getan zu haben.«

»Dennoch wird dein Sinn sich ändern, wie immer ich auch fühlen mag, denn du hast immer danach gestrebt, mir einen Strich durch die Rechnung zu machen.«

»Nein, mein Kollgrim, ich habe danach gestrebt, mit möglichst wenig Behinderung meinen Umgang mit dir zu finden. Wenn du weniger überreizt bist, wirst du dich eines Besseren besinnen.«

»Warum konnten die Heiratspläne meiner Schwester allgemeines Gespräch werden, bevor ich davon erfahre?«

»Warst du auf dem Thing, als der Antrag gemacht wurde? Habe ich dich seitdem gesehen? Du rennst uns mit deinen gewohnten Besuchen nicht gerade die Tür unseres Hauses ein.«

»Die Männer haben über meine Unwissenheit gelacht und mich beschämt.«

»Das ist die Lieblingsbeschäftigung der Grönländer, sich gegenseitig auslachen und dann darüber streiten.«

»Meine Schwester paßt gut auf meinen Hof, und sie ist glücklich dort.«

»Dennoch werde ich, wenn ich ein angemessenes Angebot erhalte, tun, was ich zu tun gewohnt bin, und sie nach ihren Wünschen fragen.« Mit diesen Worten begaben sie sich zu ihrem Fleisch zurück, und es war böses Blut zwischen ihnen, doch für die anderen Jäger war es nicht so offenbar.

Nun schritt der Herbst voran, und die Leute gingen ihrer Arbeit nach, und obwohl die Dinge zwischen Kollgrim und Helga nicht zum Besten standen wie früher, konnten sie doch höflich miteinander sprechen, zumindest vor dem Gesinde. Eines Tages, der erste Schneefall lag schon eine Weile zurück, und der Schnee auf dem Boden war hart und verharscht, entdeckte Helga, daß sie zwei schöne Schafe aus dem Pferch vermißte, und sie fürchtete, daß die Tiere verloren wären. Da Kollgrim auf Schneehuhnfang war, nahm sie Elisabet Thorolfsdottir mit, die sie sehr mochte, und die beiden fuhren auf Skiern in die Berge. Es war ein klarer Tag, kalt und windstill, und Helga freute sich über die Abwechslung im Vergleich zum Hausinneren, denn dort war es von den brennenden Lampen schwül und rauchig. Es schien ihr auch, daß Elisabet Thorolfsdottir milde doch schwermütig gestimmt war und der Kräftigung dringend bedurfte, und sie wollte mit ihr reden und ihr einige Antworten entlocken. Nirgends gab es irgendeine Spur von den Schafen, und Helga begann zu fürchten, daß man sie gestohlen hatte, und bedauerte es schon, denn es waren schöne und gesunde große Mutterschafe. Nachdem sie eine Weile gesucht hatten, hielt Helga inne, nahm ihren Eßbeutel heraus und breitete ihren Umhang im Schnee aus. Die Sonne auf dem Schnee war warm und hell, und sie setzte sich, einen Schal um die Schultern. Elisabet legte das Essen zwischen ihnen auf und begann, über ein Webmuster zu plaudern, mit dem sie sich am Tag zuvor beschäftigt hatte. »Mir scheint, daß es niemals richtig herauskommen wird«, sagte sie, »denn wie sorgfältig ich auch zähle, immer bleiben mir zusätzliche Fäden am Ende der Reihe übrig. Aber die Schwester meiner Mutter in Hvalseyfjord hat ein Gewand aus diesem Stoff, und es fällt sehr weit. Wenn sie es trägt, sieht sie sehr wohlhabend und eindrucksvoll aus, obwohl das Färbemittel, das sie dort verwenden, nicht langweiliger sein könnte, lauter Braun- und schmutzige Grüntöne. Ich frage mich, ob sie Augen im Kopf hat.«

Helga sagte: »Es wäre schön, wenn ich ein gutes Rot irgendwo finden könnte, doch Gunnarshofleute haben niemals Rot getragen. Meine Mutter sagt, solche Dinge seien Brattahlidleuten vorbehalten, die sich wenig darum kümmern, wer sie sieht, wenn sie ihren Geschäften nachgehen.«

»Es gab einige Leute am Hvalseyfjord, die eine hübsche blaue Farbe hatten, doch es war fast nicht der Mühe wert, denn es machte soviel zusätzliche Arbeit. Die Leute sagten, daß sie es aus Muschelschalen hatten. Dennoch sehne ich mich manchmal nach einem hübschen Blau. So eine Farbe paßt gut zu blondem Haar wie deinem und meinem.«

Da sagte Helga: »Denkst du auch an andere Menschen an anderen Orten, die jeden Tag helle Kleider tragen? Ich denke an meine Schwester Gunnhild, die mit Bjorn Einarsson und seinem Ziehsohn Einar fortgegangen ist. Das Kleid, welches sie ihr zur Abreise schenkten, war so gelb wie die Butterblumen.«

»Warum sollten Menschen an anderen Orten hellere Kleidung haben als die Grönländer? Ich habe noch nichts davon gehört. Glaubst du, daß sie so etwas jeden Tag trägt?«

»Manchmal trägt sie Purpurrot, manchmal Grün, manchmal ein Blau wie die Farbe des Taghimmels, manchmal ein Blau wie die Farbe des Nachthimmels, manchmal Rot oder Gelb oder Gold, und manchmal ist ihr Gewand voll von all diesen Farben auf einmal. So erscheint sie mir in meinen Träumen.«

»Solche Dinge werden über Unsere Liebe Frau erzählt.«

Da nahm Helga ihr Fleisch, den Kopf voller Gedanken an Gunnhild, und sie war so mit ihnen beschäftigt, daß sie nicht bemerkte, wie ein paar andere Skier sich näherten, bis sie gerade neben ihr waren. Plötzlich hielt sie vor Überraschung den Atem an, und sie wußte einen Augenblick, bevor sie zu ihm aufschaute, daß die Gestalt hinter ihr Jon Andres Erlendsson war.

Er sagte: »Es gefällt mir gar nicht zu sehen, daß ihr euch auf dem

Abhang ausruht, und aus diesem Grund – es heißt, daß Ofeig unter uns weilt.«

»Wir suchen nach Schafen, die aus unserem Pferch verschwunden sind«, sagte Helga.

»Du wirst sie nicht in den Hügeln finden«, sagte Jon Andres. Helga sah, daß er bewaffnet war, mit einer kurzen Axt, einer Armbrust und einem kleinen Messer. Zwei seiner Männer hatten Keulen, und einer trug ebenfalls eine Axt. Als sie ihn anschaute, bemerkte sie erleichtert, daß er sie nicht anschauen wollte. Seine Wangen über dem Bart waren rot von dem grellen Licht, das der Schnee zurückwarf. Sie hielt sich die Hände an die Wangen. Sie sagte: »Ofeig Thorkelsson ist im Süden des Bezirks gewesen.«

»Er ist nicht mehr dort, aber er hat Beweise seines Aufenthaltes hinterlassen.« Und er sprach mit so düsterer Stimme, daß Helga nicht wenig Angst hatte, ihn zu fragen, was für welche es sein könnten. Jon Andres schaute sie an. Sie fragte: »Beweise?«

»Den Leichnam von Arnkel Thorgrimsson, auf dem Leichnam seiner Frau Alfdis liegend, in einer unzüchtigen Stellung, denn das ist Ofeigs Vergnügen, nicht nur zu töten, sondern auch zu schänden.« Seine Augen hielten die ihren fest, bis sie ihn nicht mehr anschauen konnte, und trotz ihrer Furcht und Verwirrung über Ofeig sah sie die Form und Farbe seiner Augen so klar, daß sie sie später nicht mehr aus dem Kopf bekam. Er half ihr auf die Beine und schüttelte ihren Umhang für sie aus, und dann gingen die Männer mit ihnen nach Gunnarshof, und Jon Andres sprach mit den Knechten und beließ einen seiner Männer dort, der solange bleiben sollte, bis Kollgrim zurückkehrte.

Mit Kollgrim war es so, daß er mit seinen Waffen loszog, auf Skiern oder in seinem Boot, und jeden Tag schien es ihm, daß er weiter hinausfahren müßte, denn er gehörte zu diesen Menschen, von denen es heißt, daß sie von den Augen geleitet werden und nicht vom Verstand. So kam es, daß er Helga niemals sagte, wann sie seine Rückkehr erwarten solle, denn er selbst wußte nicht, wann es soweit sein würde. Nun geschah es, daß er auf Skiern in der Umgebung vom Einarsfjord hierhin und dorthin fuhr, in den Hügeln, die sich über Gardar erheben, wo die Menschen keine Höfe haben. Er fing viele Schneehühner mit Schlingen und trug sie in einem großen Ledersack bei sich. Die Gedanken an Helga als Frau seines Feindes lenkten ihn sehr ab, und sie lockten das Unheil an, denn auf einer steilen Felsenklippe über dem Eriksfjord rutschte er aus, und wie er sich vor einem tiefen Sturz schützte, verlor er seinen Sack mit der gesamten Beute. Nun war er durch viel Übung im Skilaufen recht gewandt, so daß er den Halt nicht verlor, doch der Hang war in der Tat sehr steil, und Kollgrim sah, wie der Sack beim Hinunterrollen aufplatzte und die Vögel herumwirbelten und herausflogen, als wären sie noch lebendig. »Nun«, sagte er laut zu sich, »die Kunde von diesem Vorfall würde meiner Mutter nicht gefallen, so scheint mir, denn sie würde darin ein Zeichen für das sehen, was verlorengehen wird, und so erscheint es auch mir.« Nun lenkte er seine Schritte hoch über die Klippe, und als es dämmerte, fuhr er auf Skiern hinunter in das Tal, welches den nördlichen Teil der bischöflichen Ländereien von Gardar bildete, und er verbrachte dort die Nacht in einer Schafhirtenhütte.

Der nächste Tag war klar und sonnig, und so setzte Kollgrim seine dunkle Kapuze auf, die zum Schutz vor der Schneeblindheit nur Sehschlitze hatte, und er bahnte sich seinen Weg auf Skiern über den Einarsfjord. Es schien ihm, daß er in den Hügeln zwischen Eriksfjord und Isafjord rascher und in größeren Mengen Vögel finden könnte, und das würde die Mühe des längeren Weges lohnen. Zwischen der Halbinsel Gardar und der Solarfeller Anlegestelle hatten die Leute schon einen Weg ausgefahren, und er folgte ihm auf seinen Skiern.

Nun gab es zufällig einen Zeugen, der Kollgrim beobachtete, wie er sich Solarfell näherte, und das war Sigrid Bjornsdottir. Obwohl Kollgrims Gesicht von seiner Schneekapuze bedeckt war, erkannte Sigrid seine Gestalt, und sie ging zu ihrer Truhe und legte die Kapuze aus Fuchsfellen an, die sie für sich gemacht hatte. Danach ging sie zum Lagerhaus und wählte die schönsten Leckerbissen aus, die sie finden konnte, und legte sie auf einen silbernen Teller. Nun ging sie wieder hinaus und blickte auf den Fjord hinunter, und sie sah, daß er näherkam, und sie stand bewegungslos und wartete auf sein Kommen. Sie sah, wie er sich umschaute und dann hinaufblickte, so daß sein Blick auf sie fallen mußte, doch in seiner Bewegung und in seiner Haltung war nichts, das Schreck oder Neugier verriet. Er ging nur immer weiter vorwärts. Da wandte sich Sigrid dem Hause zu und trug den Teller hinein. Eine Magd stand neben dem Feuer, und Sigrid sagte zu ihr: »Dort kommt ein Mann über den Fjord. Er wird eine Stärkung wünschen. Er mag sich an diesen Bissen laben, wenn du deinen Umhang anlegst und sie ihm bringst.« Und sie ging zu ihrer Bettnische und lag dort in Umhang und Kapuze.

Nun liegt Solarfell in einer weniger nebligen Gegend als andere Teile von Grönland, und aus diesem Grunde ist es nach der Sonne benannt. Das Land dort liegt an einem Südhang, der Ausblick ist freundlich, und der Hof war immer sehr begehrenswert gewesen. So schien es auch Kollgrim, als er sich auf Skiern näherte. Schafe zierten die Hänge, und ihr schwaches Blöken war angenehme Musik in der kristallklaren Luft. Nun schien es Kollgrim, als hätte er einen rasenden Hunger, denn er hatte nichts zu beißen gehabt, seit er seinen Sack mit Wild verloren hatte, und gerade als er daran dachte, sah er eine Frau, die an dem kleinen Schrein von St. Olaf dem Grönländer vorbeiging und zum Strand herabstieg. Er folgte den Skispuren, bis er auf sie traf, und als wäre sie ein Engel, trug sie einen glänzenden Silberteller, und auf diesem Teller lagen Stückchen von Schafskäse und gesottenem und gebratenem Fleisch mit Butter und Ziegenkäse, wie sie den Menschen in dieser gefallenen Welt nicht häufig gewährt werden, so kam es Kollgrim jedenfalls vor. Und auch das erschien ihm als ein Zeichen, und so sagte er nur, daß dem Spender dieser Geschenke Dank gebühre, und er griff in seine Tasche und zog einen Walroßzahn hervor, der so geschnitzt war, daß er aussah wie ein Wal, rund und glatt, und er legte die Figur auf den Teller, machte auf seinen Skiern kehrt und fuhr weiter. Vier Tage später kehrte er nach Vatna Hverfi zurück und fand einen von Jon Andres Erlendssons Männern auf Gunnarshof vor. Mit Ofeig war es so, daß die Menschen ihn zwar nicht zu Gesicht bekamen, doch von Jul an durch die Fastenzeit und in das Frühjahr hinein Beweise seiner Gegenwart fanden. Als die Leute hörten, was er mit Arnkel angerichtet hatte, versuchten manche, ihn zu besänftigen, indem sie Sachen, die sie entbehren konnten, draußen liegen ließen – ein paar Schuhe, gewebte Strümpfe, eine Kapuze, um ihn vom Schafstall abzulenken. Andere Leute blieben Tag und Nacht wach und paßten auf ihre Höfe auf und warteten, daß er kommen würde. Wieder andere Leute sagten, ob er zu ihnen käme oder nicht, das läge in den Händen des Herrn, und es schicke sich nicht für die Menschen, die Wege des Herrn voraussehen zu wollen. Er sei der größte Mann in Grönland, hieß es, und an Umfang wie zwei Männer. Seine Füße waren angeblich so groß, daß er über verharschten Schnee gehen konnte, ohne einzubrechen, doch trotz all seiner Größe sollte er ein behender Bursche sein und in einen Hof eintreten oder ihn verlassen können, ohne daß die schlafenden Leute etwas davon wüßten. Er war nicht zu sehen, obwohl einige Männer gründlich nach ihm suchten. Dies hielt man für eine Offenbarung von Ofeigs teuflischer Natur, und einige Leute behaupteten, eingedenk der Worte von Larus dem Propheten, daß die Menschen von dem Schiff, das bald eintreffen werde, Ofeig ohne seinen Schutz der Unsichtbarkeit sehen könnten, welche ihn vor anderen Leuten versteckte, und sie würden die Grönländer von dieser Last befreien. Larus selbst sagte nichts über Ofeig, weder zu Jul noch während der Fastenzeit, als er auf Skiern zu verschiedenen Höfen fuhr und erzählte, was er im Herbst von St. Olaf dem Norweger erfahren hatte, der, wie jeder weiß, ein ruhmreicher Krieger war und mit einem Mann gekämpft hatte, welcher gegen Christus aufgestanden war, und der dem Mann mit einem großen Kruzifix den Todesstoß versetzt hatte, obwohl dieser mit einem Schwert und einer Axt bewaffnet war.

Gegen Ostern kam schon der Frühling, die Winde vom Gletscher zogen herauf, und bald brach das Eis in den Fjorden und trieb in den Ozean hinaus, und zu Ostern verkündete Bjorn Bollason, er habe ein Verlobungsangebot von Ari Snaebjornsson aus Herjolfnes für eine Heirat zwischen Sigrid und Aris ältestem Sohn Njal angenommen, unter der Bedingung, daß das Paar einen großen Hof im Norden erhalten würde, der ihm von Hoskuld, Bjorns Ziehvater, übergeben werden sollte, und die beiden würden einen Teil des Jahres auf diesem Hof leben und genügend Gesinde für die Arbeit auf beiden Höfen haben. Als ihr dies eröffnet wurde, fiel Sigrid an ihrem Platz neben dem Tisch in Ohnmacht, und als man sie wiederbelebt hatte, verlor sie sich in einer Flut von Tränen.

Bjorn sagte: »Es ist zwar ganz richtig, daß Njal noch ein Junge ist, an die vierzehn Winter alt, doch er ist gut gewachsen und schon einen halben Kopf größer als die Braut. Von den Herjolfnesleuten heißt es, daß sie spät zunehmen, doch sie sind in der Tat kräftige Männer.« Aber als er das sagte, schaute er wie verwirrt über die Versammlung. Da ging seine Frau Signy zu Sigrid und befahl ihr, sie solle aufhören zu weinen, denn ein solches Verhalten zeige nur, daß man sie nicht früh genug verheiratet habe, und es bestärke sie, Signy, in ihrer Entschlossenheit, dafür zu sorgen, daß die Hochzeit so rasch wie möglich stattfinden sollte. Doch Sigrid konnte in der Tat mit dem Weinen oder Lachen nicht aufhören, und weder Schütteln noch Vorhaltungen konnten sie von dem Anfall befreien. Man trug sie in ihre Bettnische und ließ sie dort, damit sie wieder zu sich fände, und später am Abend begann sie schreckliche Schreie auszustoßen, als würde sie von glühendheißen Zangen gezwickt oder von Teufeln gebissen. Bjorn Bollason war sehr erregt und lehnte sowohl Signys und auch Hoskulds Rat ab, daß man das Mädchen zum Schweigen prügeln müsse.

Nun kam die Zeit zum Schlafengehen, und Margret Asgeirsdottir legte ihr Nachtgewand an und ging zur Bettnische, die sie gewöhnlich mit Sigrid teilte. Sigrid war in krächzendes Wehklagen verfallen, und Margret stieg in die Bettnische und nahm das Mädchen auf ihren Schoß. Sie sagte: »Meine Sigrid, ich werde dir jetzt eine Geschichte erzählen, wenn du dich beruhigst und wenn du dir vornimmst, harten Worten zuzuhören, obwohl du darin nicht geübt bist.«

»Heute abend habe ich harte Worte gehört, oder nicht?« sagte Sigrid.

»Keine härteren, als andere Mädchen zu hören bekommen. Vielleicht weniger harte, denn dein Vater hat sich zum Vorsatz gemacht, deinen Wunsch zu erfüllen und dich in der Nähe von Solarfell zu lassen.« Sigrid lag still da. Margret fuhr fort: »Diese Geschichte, die ich zu erzählen habe, ereignete sich in den Tagen von König Sverri, denn die Leute in Grönland waren damals sehr wohlhabend und dachten nur daran, welche schönen Dinge sie sich aus Norwegen oder Island oder England oder sogar aus Frankreich wünschten. Spitzentücher und den einen oder anderen Stoff aus Frankreich, das war zu dieser Zeit nicht unbekannt, und die Leute von Herjolfnes hatten immer alles, was man haben konnte, denn sie sind große Seefahrer, und man kann gut mit ihnen leben. Das Schicksal der Grönländer gleicht nicht immer dem Schicksal der Herjolfnesleute, und das ist wirklich so. Jedenfalls lebte zur Zeit dieser Geschichte ein junges Mädchen im Bezirk Vatna Hverfi, das keine Mutter hatte, denn die Mutter war bei der Geburt des Bruders gestorben. Der Name des Mädchens war Marta, sagen wir, und sie war sehr daran gewöhnt, ihren eigenen Willen durchzusetzen. Sie hatte die Erziehung ihres Bruders ganz in der Hand, denn ihr Vater kümmerte sich nicht besonders um den Jungen. Es war ihre Freude, dieses Kind zu beobachten und seinen Blick auf sich zu ziehen, dann sein Lächeln hervorzulocken, und diese Freude nahm für sie niemals ab und verschwand nicht, weder als er ein Säugling war, noch als er ein kleines Kind war, und auch nicht, als er ein junger Mann geworden war. Die Leute im Bezirk erklärten, er sei das lieblichste Kind, das sie je gesehen hätten, und die Menschen sagen so etwas oft, doch es schien Marta, daß sie es bei diesem Kinde, welches Gudmund hieß, auch so meinten. Ein anderes Vergnügen, das sie seit ihren frühesten Kindesjahren kannte, bestand darin, das Gewicht dieses Kindes auf ihrem Rükken zu spüren, denn sie trug es immer in einer Schlinge herum, in die Hügel hinaus oder am Fjord entlang. Das Kind war soviel mit Marta zusammen, daß es schließlich nicht dazu neigte, seine Zeit mit den Männern auf dem Hof zu verbringen und die Arbeit zu verrichten, zu der es geboren war, denn kein Grönländer ist je so wohlhabend gewesen, daß er sein Land nicht mehr mit den eigenen Händen zu bearbeiten brauchte. Doch dieser Gudmund war eine große Enttäuschung, denn er verachtete jegliche Art von Arbeit und wollte nur bei Marta sein. Er war eine große Enttäuschung für alle außer für Marta selbst, denn ihre Sehnsucht, bei ihm zu sein, seinem Geplapper zu lauschen, ihn zu füttern und sein Lächeln auf sich zu ziehen, ruhte niemals und wurde niemals befriedigt. Er wuchs zu einem hübschen Taugenichts heran, nicht unfreundlich oder lieblos, doch nichtsnutzig. Dennoch liebte Marta ihn abgöttisch, und das tat auch ihre alte Amme, die um diese Zeit starb.

Nun geschah es, daß der Vater starb, und durch irgendein Mißgeschick ging ein Teil des Hofes verloren – nicht der beste, doch der befriedigendste Teil, jener, der den Hof von den Höfen der Nachbarn abhob und seit vielen Generationen der Stolz der Bauern dort war. Nun war Gudmund der Herr des Hofes, doch er besaß wenige Fertigkeiten und noch weniger Interesse an dem Hof, und es gab nur einen einzigen Weg, auf dem die Arbeit getan wurde, nämlich durch einen Ziehsohn, einen einfachen Burschen, der Marta besonders teuer, aber auch besonders abstoßend war. Sein Name war Odd. Er hatte viele Jahre auf dem Hofe gelebt, und wenn Odd in einen Raum trat, hatte Marta immer schon den Wunsch verspürt hinauszugehen. Wegen dieses Widerwillens betete Marta täglich und geißelte sich, denn dieses Gefühl hatte nur mit niederen, körperlichen Dingen zu tun, und die Priester erzählen uns, daß diese Dinge wie Kleider sind, die wir für die Dauer unseres Lebens anziehen, und wenn wir uns im Tode niederlegen, dann werden wir sie wieder ausziehen, und unsere Seelen wird man nicht unterscheiden können. Wenn Odd im Raume war, zwang sich Marta, über diese Wahrheit nachzudenken, doch das hatte wenig Wirkung, denn er schien die Stube mit seinen Gerüchen und seinem Atem zu füllen, und ihr selbst schien es, als müßte sie ersticken.

Nun stand Gudmund eines Tages aus seinem Bett auf und zog seine Kleider an und verkündete, er würde zum Thing gehen, denn das war die Pflicht der Männer. Und als er in seinem alten Boot davonfuhr, mit dem Zelt seines Vaters, schenkte er Marta ein Lächeln voll von solch strahlender Liebe und Zuneigung, daß sie sich und ihn für den Rest ihres Lebens ruhig auf ihrem Hofe leben sah, so arm wie er auch sein mochte, und das schien ihr genug, schien sie vollkommen zu erfüllen. Doch es begab sich, daß er vom Thing mit der Nachricht von seiner Verlobung zurückkehrte, und die Vermählung sollte im Herbst stattfinden.

Nun kam es Marta vor, als wäre sie von einer Schwermut erfüllt, wie der Dunst, den die Leute gegen Ende des Winters in ihren Häusern haben, aus all den Feuern angesammelt, die über den Winter gemacht, und all den Essen, die gekocht wurden, und all dem Atem, der geschöpft wurde. Diese Schwermut erfüllte und umgab sie, vernebelte ihre Gedanken und verlangsamte ihr Tun und trennte sie von Gudmund, und es schien ihr, als wäre das letzte, was sie deutlich gesehen hatte, jenes Lächeln bei seiner Abreise gewesen, so klar wie das Wasser in manchen hohen Bergseen über Solarfell. Nun kam der Herbst, und Gudmund ging, um zu heiraten, und kehrte mit einer Frau nach Vatna Hverfi zurück, die noch ein Kind war, klein und schmächtig und ohne Fertigkeiten, aber dennoch sehr eigensinnig und klarsichtig, und Marta sagte dem Mädchen nicht, daß es als seine Frau in die Bettnische ihres Mannes gehen müsse, sondern hielt das Mädchen in Unwissenheit und schlief neben ihr in ihrer eigenen Bettnische, und am Tage beschäftigte sie das Mädchen mit diesem und jenem, so daß Ehemann und Ehefrau wenig miteinander redeten. Aber es war auch so, daß Gudmund seine neue Verantwortung sehr verwirrte, und nur Odd sorgte dafür, daß es auf dem Hof weiterging, und als Odd eines Tages weggerufen wurde, wußte Marta, daß sie alle sterben würden. An jenem Tag, als man Odd wegrief, ging Marta in die Berge und suchte nach Pflanzen, wie sie es immer tat, und sie fiel in einen Schlaf und hatte einen kleinen Traum, und der Traum handelte von zwei Dingen, nämlich, daß ein großes Eisbärfell auf ihr lag und sie am Atmen hinderte, doch gleichzeitig wurde sie mit köstlichen Bissen von Rentierfleisch gefüttert und auch mit den süßesten Blaubeeren. Und dieser Traum bedeutete, daß es ihre Aufgabe war, Odd zu heiraten und ihn auf dem Hof zu halten, damit Gudmund so leben konnte, wie er wollte, denn es war Martas einziger Wunsch, daß Gudmund alles so haben sollte, wie er es sich wünschte. Ein paar Tage später, als es so schien, daß Odd zurückkommen könnte, wenn Marta nur einwilligen würde, ihn zu heiraten, da willigte Marta ein, ohne mit der Wimper zu zucken, und ihre Absicht war, Gudmund zu retten, aber auch ihn zu verletzen. Und so wurden sie und Odd vermählt. Und sie lebten einige Jahre ohne Mißstimmigkeiten.

Nun geschah es, daß ein Schiff aus Norwegen kam, das einige Männer brachte, die von König Sverri geschickt waren, um sich in Grönland der Angelegenheiten des Königs anzunehmen, und auf diesem Schiff war ein Mann, der schon zuvor in Grönland gewesen war und sich mit Martas Vater angefreundet hatte, und dies war das erste, was ihn ihr empfahl. Sein Name war Sigurd. Sigurd sah überhaupt nicht wie ein Grönländer aus, denn er trug helle Kleider, und er ging umher, als wollte er es so, und nicht, weil es seine Arbeit war. An seinem ganzen Tun und an seiner Art gab es etwas Besonderes, etwas, das ohne einen Gedanken verschenkt wurde. Die Grönländer betrachteten ihn genau, denn Grönländer sind gewohnheitsliebende Leute, die an dem festhalten, was sie haben, ob es nun Worte oder Schafe oder Soden an den Häusern sind. Dennoch war er ein beliebter Mann, und bald schon hatte er es sich zur Gewohnheit gemacht, in fast allen Bezirken Leute zu besuchen, und überall, wohin er auch kam, war er willkommen. Er kam oft zu Martas Hof, und wenn er dort war, spürte Marta, wie diese Schwermut aus ihr herausfloß und von ihr fortzog, und sie war entschlossen, an überhaupt nichts anderes zu denken, als ihm nahe zu sein und mit ihm zu sprechen und sein Lächeln auf sich zu ziehen, wie sie einst Gudmunds Lächeln auf sich gezogen hatte, und ihr Wille wurde von dem seinen ebenso stark erwidert, und sie verfielen ohne Reue der Sünde. Das kurze Ende der Geschichte war, daß Gudmund und Odd ihre Pflicht taten und Sigurd töteten, als er unbewaffnet war, und das lange Ende der Geschichte war, daß Marta ihres Gudmunds für den Rest ihres Lebens beraubt war.

Und das sind nun die harten Worte, die ich dir zu sagen habe: Der Herr im Himmel hat eine stattliche Menge Seiner Strafen den Frauen vorbehalten, die ihrem eigenen Willen gehorchen. Wenn sie sich in den Kopf setzen, zur Täuschung zu heiraten, dann ist es ihre Strafe, ewig erstickt und erdrückt zu werden von der Gegenwart des ungeliebten Ehemannes, dessen unschuldiges Tun immer ungeheuerlich und abstoßend erscheint, der nicht bei seinem Fleische sitzen kann, ohne daß der Frau Erbrochenes im Mund hochsteigt oder noch schlimmer, bitterer Vorwurf. Und das eine herunterzuschlucken ist nicht weniger schwierig als das andere herunterzuschlucken. Wenn jedoch Frauen sich in den Kopf setzen, den zu haben, den sie in ihrer Schwäche begehren, dann ist die Strafe sogar noch größer, denn alles ist verloren – der Geliebte, die Tröstungen der Familie, die Nachkommenschaft einer Verbindung, so es eine geben sollte, und die Frau wird zu einem Stein abgewetzt und ist zudem noch der ewigen Verdammnis sicher.

Daher sage ich dir, Sigrid, du darfst keine Wünsche und keinen Willen haben, denn sie können nicht dem Wunsche des Herrn zuwiderlaufen. Der Schmerz, der im Herzen liegt, wird niemals ausgeleert, sondern er ist immer wieder neu und bitter, und gerade jener Anblick, der einst Freude hervorrief, verkehrt sich in sein Gegenteil und ruft dann Qualen hervor.«

Da lag Sigrid lange Zeit still, doch Margret wußte, daß sie nicht schlief, obwohl von den anderen Bettnischen das Schnarchen und Rascheln des Schlafes zu hören war. Nach einer ganzen Weile sagte sie krächzend: »Es scheint mir, daß ich ihn haben muß.«

Margret lächelte und sagte: »Es ist keine schlechte Sache. Die Herjolfnesleute sollen...«

»Nicht dieses Kind aus Herjolfnes, sondern Kollgrim Gunnarsson.«

»Kann es sein, daß du nichts von dem hörtest, was ich dir erzählte?«

»Aber der Makel an deiner Geschichte ist, daß Sigurd zu spät kam. Wenn Marta ihn geheiratet hätte anstelle dieses einfachen Burschen, dann hätte es keine Strafen gegeben.«

»Nein, es ist der Wille selbst, der eine Frau in die Sünde führt.«

»Nein, das stimmt nicht, Männer und Frauen lenken ihren Willen, ohne zu denken oder zu planen.« Und es schien Margret, als wäre dies aus dem Munde von Bjorn Bollason persönlich gekommen. Und sie nahm Sigrid in die Arme und lag neben ihr, bis sie schlief, doch Margret schlief nicht.

Als Kollgrim nach Gunnarshof zurückkehrte und an seinem Tische einen von Jon Andres Erlendssons Männern fand, der das Wild aß, welches er, Kollgrim, gefangen hatte, da wurde er äußerst zornig und schickte ihn mit schrecklichen Drohungen fort. Zu Beginn des Frühjahrs kam Jon Andres Erlendsson selbst nach Gunnarshof, und er kam zu Fuß und unbewaffnet und trug nur ein dünnes Gewand und keine Kapuze, damit zu sehen war, daß er nicht einmal das kleinste Messer irgendwo verstecken konnte. Und Jon Andres ging kühn auf Kollgrim zu, ohne zu warten, daß es ihm bedeutet wurde, und er sagte: »Kollgrim Gunnarsson, du magst dir wünschen, mich zu töten, und dafür hast du womöglich einen recht guten Grund oder auch nicht. Mir scheint, daß Unheil nicht immer ohne Herausforderung geschieht, und als unser Fall beim Thing verhandelt wurde, da haben andere Männer mir darin zugestimmt.«

Kollgrim starrte den Mann an und sagte dann: »Das hast du ihnen eingeredet, denn du redest listig daher, ebenso wie du jetzt durch eine List hilflos aussiehst, doch bist du es nicht.«

»Wahrhaftig, du bist ein waffengeübter Mann, und du hast einige Äxte bei der Hand. Ich werde weder rennen, noch meinen Arm gegen dich erheben.«

»Warum ärgerst du mich und forderst mich in dieser Weise heraus?«

»Das ist nicht meine Absicht.« Jon Andres Erlendsson sprach mit milder Stimme.

»Dann sprich deine Absicht aus, wie es einem Manne geziemt, und verlasse diesen Hof.«

»Es ist meine Absicht, die Geschichte der Feindschaft, die zwischen diesen beiden Höfen besteht, zu brechen, wie das Eis im Fjord im Frühling bricht und ins Meer hinaustreibt. Ich überlasse es dir zu entscheiden, wie dies geschehen soll.«

»Nein, dies ist in der Tat die größte List von allen, denn bald genug wirst du wieder um die Hand meiner Schwester bitten, und sie wird mir gestohlen werden.«

»In der Tat, das ist mein Plan für die Thingversammlung in diesem Jahr, ich will dich darin nicht täuschen. Aber Männer sollten sich nicht von ihren Schwestern das ganze Leben lang den Haushalt führen lassen. Ist es nicht besser für eine Schwester, daß sie auf die andere Seite des Hügels heiratet, als daß sie in einen anderen Bezirk ginge?«

»Sie wird hier gut ernährt und hat genügend Arbeit, um nicht in Schwierigkeiten zu geraten.«

»Das mag sein, und doch werde ich in meinen Bemühungen nicht nachlassen, sie von dir wegzuholen. Wir können dennoch Freunde sein. Der Bruder der Ehefrau ist in einem Kampf so gut wie ein Bruder, und du und ich, wir haben keine Brüder.«

»Welche Kämpfe könnten wir beide wohl gemeinsam führen?«

»Es ist dir nicht unbekannt, daß Ofeig in der Gegend ist.«

Kollgrims Gesicht verdüsterte sich. Jon Andres fuhr fort: »Mir scheint, das Knäuel der Verletzungen zwischen uns ist so verwirrt, daß jedes Wort Schaden anrichtet, ob Schaden nun beabsichtigt ist oder nicht. Doch ich bin überzeugt, daß Ofeig vorhat, im Bezirk Unheil zu stiften, und er wiegt mit seiner Kraft und Tücke mehr als ein Mann.«

»Die Leute in anderen Bezirken sagen, daß er ein Teufel unter uns ist.«

»Die Leute haben schon oft gesagt, daß ein Teufel in ihm steckt. Doch man kann ihn jagen, wie man einen Bären jagt.«

Kollgrim lächelte. »Bären werden nicht mehr gejagt, oder? So tief sind die Grönländer gesunken, daß ihr Bärenfellbettzeug rattenzerfressen ist und zerschlissen. Ich habe niemals einen Bären erlegt, doch der Onkel meines Vaters hat viele erlegt.«

»Aber wir könnten diesen Bären erlegen, wenn wir unsere Feindseligkeit beiseite schöben.«

»Mir scheint, du bist in beidem zu zuversichtlich, doch ich werde dich heute nicht töten, da du unbewaffnet bist.« Und Kollgrim wandte sich ab und ging ins Haus, und tatsächlich schob er seine Fehde mit dem anderen Manne beiseite, obwohl dies mit einem Beigeschmack großer Bitterkeit geschah. Und während des Frühlings suchten die Männer von Vatna Hverfi im Bezirk nach Ofeig. Es stellte sich heraus, daß er sich einige Zeit im Priesterhaus der Undir Hofdi-Kirche aufgehalten und ein Durcheinander an dem Ort hinterlassen hatte, aber kein Mensch hatte ihn dort gesehen. Jon Andres zögerte, ihn zu töten, bevor er vom Thing geächtet war. Jon Andres traf nicht mit Helga zusammen, doch über das Frühjahr, wenn Kollgrim auf der Jagd war oder auf Schneehuhnfang, blieben zwei von Jon Andres' Männern bewaffnet auf Gunnarshof, und sie waren rauh aber höflich und halfen auf dem Hof, bei der Geburt der Lämmer und beim Verteilen des Dungs zu Frühjahrsbeginn. Nun rückte die Zeit für das Thing heran.

Dies war der Sommer des Jahres 1406, wie die Menschen nach ihren Runenkalendern berechneten, und von allen diesen war der von Finnleif Gudleifsson der genaueste, und so stellten die Menschen fest, daß seit der großen Hungersnot acht Jahre vergangen waren, und Grönland war voll von Kinderstimmen, doch es schien den Leuten, daß sie diese Stimmen nicht ohne Schmerz und Furcht vernehmen könnten, denn die Menschen wissen nie, wann die schwere Hand des Herrn auf sie fallen wird, und der Herr bestimmt, welche Sünden Er bestraft und welche nicht, und es liegt in Seiner Macht, besser als die Menschen zu wissen, was Ihm gefällt. Trotz allem schien es den Grönländern, daß ihre Kinder ein großer Schatz für sie seien und sie von diesem Schatz nicht genug bekommen könnten. Auf manchen Höfen folgten vier oder mehr Kinder aufeinander, Jahr für Jahr, und die Hausfrau und alle Mägde waren stets aufs neue guter Hoffnung.

Auf diesem Thing trug Bjorn Bollason, der Gesetzessprecher, alle Gesetze, die er kannte, an einem Tag vor, doch zur Zeit von Osmund Thordarson hatte das immer drei Tage gedauert. Anschließend wurden Klagen behandelt, und Ofeig Thorkelsson wurde geächtet, und es gab lediglich die vorgeschriebenen Verteidigungen durch Hrolf, den Bruder seiner Mutter. Männer kamen aus allen Bezirken zusammen, aber auch der Priester Eindridi Andresson kam, und die Männer wollten besprechen, wie man den Geächteten fangen und töten könnte, der Priester, was man tun müsse, wenn Ofeig tatsächlich ein Teufel wäre. Dieser Priester war ein strenger Mann, der kein Blatt vor den Mund nahm, doch er war nicht Sira Audun, und die Leute erinnerten sich verwundert daran, wie Sira Audun Ofeig zu Boden geworfen und sich auf seine Brust gesetzt und mit lauter Stimme den Herrn angerufen hatte. Sira Eindridi käme wohl in große Bedrängnis, wenn er so etwas tun sollte, hieß es.

Auf diesem Thing bat auch Jon Andres Erlendsson wieder um die Hand von Helga Gunnarsdottir, und Gunnar Asgeirsson tat das, von dem die Leute sagten, er hätte es schon im Jahr zuvor tun sollen, und gab seine Zustimmung zu der Ehe. Kollgrim Gunnarsson lief auf dem Versammlungsfeld von Brattahlid herum und schaute finster und schlechtgelaunt drein, doch in der Tat sagte er nichts und bedrohte auch niemanden. Und am letzten Tag des Thing trug sich eine merkwürdige Geschichte zu, und das war so.

Bjorn Bollason hatte ein großes neues Zelt, wie es dem Gesetzessprecher gebührte, und seine Frau Signy und seine Tochter Sigrid richteten es ansprechend ein und bewirteten die Leute, die in der

Nähe waren, sehr gastfreundlich, und so kam es, daß nicht wenige Leute dafür sorgten, daß sie in der Nähe waren. Aber es war nie ein Hvalseyfjorder darunter, denn die Hvalseyfjorder waren weder besonders interessant für die Leute von Solarfell, noch waren sie ihrerseits an ihnen interessiert. Doch jedesmal, wenn jemand zum Zelt kam, fragte Bjorn Bollason jetzt nach den Hvalseyfjordern, und ungefähr jedes vierte Mal brachte er den Namen Gunnar Asgeirsson ins Spiel: War Gunnar auf dem Thing? wo war sein Zelt? hatte er jemand von seinen Leuten mitgebracht? war Kollgrim Gunnarsson mit ihm gekommen oder besaß er ein eigenes Zelt? standen Vater und Sohn auf gutem Fuß miteinander oder waren sie sich fremd geworden, wie manche Leute behaupteten? traf es zu, daß man die Tochter mit einem Feind der Familie verlobt hatte, und zwar auf diesem Thing hier? gehörte Gunnarshof Gunnar oder Kollgrim? was für ein Hof war es, war er noch so wohlhabend wie einst oder war er ärmer geworden? war er noch vollständig, mit zwei großen Feldern, oder hatte er nur das eine? was würde in dieser Sache geschehen, falls die Heirat zwischen Helga und Jon Andres stattfände? Kurz, Bjorn Bollasons Neugier auf Gunnars Angelegenheiten war nicht zu befriedigen, und Kunde davon erreichte auch Gunnar, der draußen vor seinem Zelt saß und vor sich hinlächelte, denn er glaubte, Bjorn denke sicherlich daran, im Namen eines seiner Söhne um Johanna anzuhalten, und die Leute sagten zwar, daß man die Söhne überhaupt nicht voneinander unterscheiden könnte, doch Gunnar meinte, für Johanna würde es ein guter Haushalt sein, und es kam ihm in den Sinn, daß seine Töchter sich nicht über ihn beklagen konnten, so wie die Dinge sich entwickelt hatten. Doch obwohl viele Leute Gunnar berichteten, daß Bjorn Bollason seinen Namen ständig im Munde führte, tauchte der Gesetzessprecher selbst doch niemals auf, und Gunnar wurde allmählich ärgerlich und beschloß, sein Zelt abzubauen und ein wenig früher einzupacken – am Morgen des vierten Tages und nicht erst gegen Abend. Und so packte er seine Sachen, als ein Junge, der einer der Söhne sein mußte, zu ihm trat und höflich doch bestimmt sagte: »Gunnar Asgeirsson, Bjorn Bollason, der Gesetzessprecher, wünscht dich unter vier

Augen in seinem Zelt zu sprechen.« Das war nicht das höfliche Verfahren für eine Verlobung, also nahm Gunnar sich Zeit, seine Arbeit zu beenden und seine Kleidung in Ordnung zu bringen und zum Zelt des Gesetzessprechers hinüberzugehen.

Der Gesetzessprecher war in den Jahren seit der großen Hungersnot beleibt geworden, denn in Solarfell waren in der Tat die Vorräte nicht beschränkt. Er war auch vornehm gekleidet, und der Stoff seines Gewandes zog Gunnars Blick an, so fließend weich war die Weberei und so kunstvoll das Muster. Der Stoff war gar nicht gefärbt, denn der Gesetzessprecher hatte, das war bekannt, eine Vorliebe für möglichst weiße Kleidung. Sobald Gunnar das Zelt betrat, eilte Bjorn geschäftig hin und her, um ihn zum Hochsitz zu bringen und ihm Stärkung vorzusetzen. Dann wandte er sich an alle Anwesenden im Zelt und schickte sie fort, selbst Signy, seine Frau, und Bolli, seinen ältesten Sohn. Es schien Gunnar, daß er ein wenig gekränkt gewesen wäre, wäre das Verfahren nicht so ungewöhnlich gewesen. Nun setzte sich Gunnar mit seiner Schale Sauermilch, und Bjorn beobachtete ihn, wie er kostete, und nickte dazu und lächelte, als wünschte er, daß Gunnar besonders schätzen möge, wie glatt und wie dick die Sauermilch war. Gunnar sagte nichts und blickte unerschrocken um sich. Das Zelt war kostbar, teils aus Rentierhäuten und teils aus Fuchsfellen gemacht, die Innenwände mit verziertem Wadmal behängt. Endlich begann Bjorn so: »Es scheint mir, daß die Vermählung unserer Kinder doch mehr Sorgfalt und Mühe erfordert, als sie sollten. Warum kann man sie nicht einfach verbinden, wie es in den Augen eines Vaters richtig wäre? Statt dessen wird eine Willensprobe veranstaltet und eine Menge Lärm gemacht.«

»Kein Vater würde dem widersprechen, was du sagst.«

»Und doch sind zwei deiner Töchter großartige Verbindungen eingegangen.«

»Die Leute sagen das.«

»Mir scheint, daß es für dich anders sein muß als für mich, da du viele Töchter hast, und ich habe viele Söhne. Söhne sollen wilder und schwieriger sein, doch alle meine Söhne zusammen verursachen mir weniger Schmerz als meine eine Tochter.«

Gunnar lächelte. »Die Leute würden dasselbe über meinen

einen Sohn sagen. Die Leute würden sagen, die Schwierigkeiten liegen in seiner Natur.«

»In der Tat, es tut mir nicht wenig leid, diese Worte von dir zu hören, denn meine schwierige Tochter hat ihr Herz an deinen schwierigen Sohn gehängt und ist nicht davon abzubringen, daß sie nach Gunnarshof verheiratet werden will.«

»Ich hätte nie daran gedacht, daß Kollgrim jemals heiraten würde.«

»Er ist ein hübscher und geschickter Bursche, auf der Jagd der beste von allen Grönländern, sagen die Leute.«

»Dennoch ist er wie der Bruder meines Vaters, Hauk Gunnarsson. Er besitzt nicht die Fähigkeit, mit einer Ehefrau zu leben. Die Sorgen der Frauen sind ihm so fremd, daß er gar nicht an sie denkt. Mir scheint, es würde ihn überraschen, wenn er erführe, daß es solche Sorgen gibt.« Gunnar schwieg, in Gedanken versunken, dann fuhr er fort: »Aber vielleicht spreche ich von meinem Onkel und nicht von meinem Sohn, denn Kollgrim hängt sehr an seiner Schwester, und ihre Vermählung schmerzt ihn mehr, als es einen Bruder schmerzen sollte.«

»Behandelt er sie gut oder schlecht?«

»Gut, sagt sie, aber sie hat sich ihm ganz gewidmet, seit er ein Wickelkind in der Bettnische war.«

»Doch nun geht sie fort.«

»Schwestern gehen fort, das ist der Lauf der Dinge.« Da schwiegen die beiden Männer und sahen einander vorsichtig an. Nach einem Weilchen sagte Bjorn Bollason: »Die Leute müssen dir erzählt haben, wo Margret Asgeirsdottir sich aufhält.«

Gunnar errötete. »Die Leute sind nicht so dumm, daß sie mir von ihr erzählen.«

»Dennoch, sollte dieses Gespräch, das wir führen, irgendwelche Folgen haben...«

»Es scheint mir besser für deine Tochter zu sein, wenn es keine Folgen hätte. Vor vielen Jahren wurde Kollgrim ein Streich gespielt, und er wurde in den Ozean getaucht. Der Vorfall hat seine Spuren hinterlassen. Es ist nichts für die behütete einzige Tochter des Gesetzessprechers, dies auf sich zu nehmen. Als ich sie sah, zum Beispiel auf Thorkel Gellisons Fest, da sah ich auch, daß sie fröhlich ist, sehr keck, und viel zu erzählen hat. Mir scheint, Kollgrim würde sie verwirren, und sie würde auch Kollgrim verwirren.«

Da saß Bjorn Bollason lange in Gedanken versunken, und Gunnar konnte sehen, daß er mit dem Ergebnis dieses Gespräches unzufrieden war. Schließlich sagte er: »Wäre es nicht besser, wenn die beiden ihre Dummheit auf ihre eigene Weise entdeckten?«

»Aber Kollgrim hat niemals von Sigrid Bjornsdottir gesprochen. Und meine Helga erzählt mir, daß eine Magd auf Gunnarshof ein Kind erwartet. Diese Sache scheint mir nicht unter einem günstigen Stern zu stehen. Kollgrim ist nahezu dreißig Winter alt. Ich ziehe eine frühe Heirat vor, da ich selbst erst neunzehn war und meine Birgitta erst vierzehn, als ich sie auf dem Thing von Lavrans Kollgrimsson für mich gewann.«

»Ich werde ihr also sagen, daß es nicht sein kann.« Und er lächelte schüchtern, und Gunnar beneidete ihn gar nicht darum, diese Kunde zu überbringen. Dann sagte Bjorn: »Doch laß uns als Freunde auseinandergehen, denn du hast dein Bestes getan, um meine Leute vor Schaden zu bewahren. Wenn dir Unbill widerfahren sollte, aus welcher Richtung es auch kommen mag, dann sollst du sagen, daß der Gesetzessprecher dir wie ein Bruder ist und dir auf jede Weise beistehen wird.«

»Die Leute sagen, daß ich ein Pechvogel bin, und so bete ich, daß du es nicht erleben wirst, solch großmütige Worte bereuen zu müssen.« Und die beiden Männer standen auf und trennten sich, und es schien ihnen, daß sie die Angelegenheit entschieden hatten, und sie waren beide sehr zufrieden.

Nun geschah es ebenfalls am letzten Tag des Thing, daß Kollgrim draußen vor seinem Zelt stand, und er hatte sich gerade in einem Wassergefäß gewaschen, als Sigrid Bjornsdottir vorbeischlenderte. Sie war sehr kostbar gekleidet, und Kollgrim sah, daß sie sich aus den Fuchsfellen, die er ihr gegeben, eine feine Kapuze gemacht hatte. Sie ging an ihm vorbei, ohne aufzuschauen oder etwas zu sagen, und er ließ sie weitergehen, bis sie ein gutes Stück an ihm vorbei war. Dann rief er aus:

»Wahrhaftig, Sigrid Bjornsdottir, es stünde dir wohl an, mir für diese Fuchsfelle zu danken, auf die du dir soviel einbildest.«

Sie sprach, ohne sich umzudrehen. »Habe ich nicht meinen Tausch gemacht und ihren vollen Wert bezahlt? Könnte es noch mehr geben, was du von mir willst?«

Da ging Kollgrim ihr nach und trat vor sie hin und sagte: »Du hast ein fröhliches Lächeln. Es zu sehen, wäre ein schöner Dank, nur könnte es vielleicht sein, daß ich nach der einen mir noch mehr Bezahlung wünschen möchte.«

Sigrid lachte. Kollgrim sagte: »In der Tat, ich wünsche mir wahrhaftig noch mehr.«

»Männer dürfen solche Dinge nicht wünschen. Es ist unhöflich.«

Da lachte Kollgrim. »Ich bin ein Hvalseyfjorder. Es ist nicht an mir zu wissen, was unhöflich ist, da die Tochter des Gesetzessprechers es ja selbst weiß.«

»Aber die Leute sagen, du bist aus Vatna Hverfi.«

»Und die Leute sagen, du lebst in Solarfell, doch ich weiß zufällig, daß du woanders geboren bist, in Dyrnes.«

»Wir haben also etwas gemeinsam.« Sie lächelte strahlend, und Kollgrim schaute sie von oben bis unten an. Sie war ganz anders als Helga, klein und schmuck und lebhaft, mit diesen Locken, die aus ihrer Kapuze quollen und ihr ins Gesicht fielen. Er sagte: »Mir scheint, daß wir noch mehr Dinge teilen könnten, wenn die Dinge sich in einer bestimmten Weise entwickeln.«

»Aber die Leute wissen nichts von dem, was kommen wird. Jedenfalls löst sich das Thing heute auf, und wenn unsere Knechte das Zelt abgebaut haben, dann müssen wir abreisen. Es ist allerdings ein großes Zelt, und mein Vater hat eine Menge Dinge mitgebracht. Andererseits gibt es auch eine Menge Knechte.« Als Sigrid dies gesagt hatte, begann sie, den Hang hinaufzusteigen, und Kollgrim folgte ihr, und sie redeten weiter miteinander. Oben auf dem Hügel bog Kollgrim ab und ging zu Gunnars Zelt, das ganz in der Nähe war. Gunnar wollte gerade anfangen, die Rentierhäute voneinander zu trennen, als Kollgrim das Zelt betrat. Er sagte: »Mein Vater, ich will ganz offen mit dir reden. Es ist meine Absicht, Sigrid Bjornsdottir von Solarfell zu heiraten«, und diese Rede kam für Gunnar so unerwartet, daß er einen lauten Schrei ausstieß, halb Keuchen und halb Stöhnen. Da fuhr Kollgrim fort und sagte: »Ich sehe, es ist dein Wunsch, mir auch in dieser Sache einen Strich durch die Rechnung zu machen.«

»Mir scheint, diese Vermählung steht unter einem schlechten Stern, besonders da wir von Helga wissen, daß Elisabet Thorolfsdottir ein Kind erwartet. Eine Ehefrau und eine Konkubine auf demselben Hof, das bringt immer Schwierigkeiten, und die Söhne werden nicht wissen, wie sie zueinander stehen.«

»Elisabet Thorolfsdottir mag nach Lavranshof zurückkehren. Was immer aus der Geburt wird, für das Kind wird es auf dem einen oder dem anderen Hof Platz geben. Doch es steht einer Magd nicht an, einer guten Verbindung im Weg zu sein. Helga verläßt mich, und ich möchte gern eine Frau auf dem Hof haben.«

»Sigrid Bjornsdottir kommt mir eher wie ein Mädchen vor.«

»Sie ist eine ganze Reihe von Wintern älter als Birgitta Lavransdottir zu dem Zeitpunkt war, da du sie nach Gunnarshof brachtest. Solarfell ist ein gut ausgestatteter Hof. Ich bezweifle, daß es ihr an Ausbildung gefehlt hat.«

»Aber die Leute von Solarfell sind Gutes gewöhnt, und niemand mehr als die einzige Tochter. Ich bin nicht sehr zuversichtlich.« Da schaute Gunnar Kollgrim genau an und sagte: »Doch ich werde dieser Verlobung nicht im Wege stehen, mein Kollgrim, denn dein Schicksal ist dein eigenes, wie es bei allen Menschen der Fall ist, entgegen den Ansichten der Väter. Wenn ich dich in dieser Sache unterstütze, wirst du vielleicht wissen, daß ich dein Freund bin.«

»Meine Mutter wird sich über die Neuigkeit freuen.«

»Ja, und noch mehr würde sie sich freuen, wenn du nach Lavranshof kämest, um es ihr selbst mitzuteilen.«

»Nun mußt du Thorkel und Arni Magnusson suchen und mit mir zum Zelt des Gesetzessprechers gehen. Mir scheint, daß der Empfang uns nicht enttäuschen wird.« Und sie machten sich auf. Nachdem man sich über die Verlobung geeinigt hatte, löste sich das Thing auf, und die Leute gingen in ihre Heimatbezirke zurück und hatten viel zu erzählen. Gunnar sah, daß Bjorn Bollason in der Tat ein unbeschwerter Bursche war, denn er äußerte nicht den geringsten Einwand gegen Sigrids Pläne. Und er sah, daß er selbst ebenso unbeschwert war wie Bjorn Bollason, nur war er vielleicht nicht so zuversichtlich.

Nach dem Thing wurde beschlossen, daß die Hochzeit von Jon Andres Erlendsson und Helga Gunnarsdotttir kurz vor der Seehundjagd im Herbst stattfinden sollte, also zum Fest des St. Bartholomäus, oder jedenfalls an dem nächsten Tag, auf den sich die Kalenderbesitzer einigen konnten. Und nun kam Birgitta aus ihrer Bettnische und machte sich allein mit einer Menge Sachen, die ihr gehörten, nach Gunnarshof auf, um die Vorbereitungen beaufsichtigen zu können. Die Hochzeit selbst sollte auf Ketilshof stattfinden, denn man hält es nicht für schicklich, daß eine Frau von ihrem eigenen Hof aus verheiratet wird, es sei denn, sie wäre verwitwet. Und so kam es, daß Birgitta häufig in die Gesellschaft von Jon Andres Erlendsson geriet, und zuerst beunruhigten diese Begegnungen sie sehr, denn sie wurde dadurch an den Sommer ihrer Schwangerschaft mit Gunnhild erinnert, als es ihr schien, daß Vigdis den bösen Blick auf sie werfe. Obwohl die Leute sagten, es sei erstaunlich (oder schlimmer), wie wenig Jon Andres seinen Eltern in Aussehen und Verhalten glich, sah Birgitta dennoch die Augen seiner Mutter, die sie unter diesen dunklen Brauen anstarrten, und es fiel ihr schwer, das Gespräch in Gang zu halten. Aber er war ganz schrecklich besorgt um sie und schickte ihr immer eines seiner schönsten Pferde zum Reiten, dazu einen hübschen Knecht, der es führte, oder er kam gleich selbst nach Gunnarshof, und sie sprachen ausführlich über Käse und Dörrfleisch und Eintöpfe und gebratene Schneehühner, auch über Wandteppiche, die man ausbessern könnte, und Bänke und Tische und die Namen der Gäste.

Es schien ihr, daß die Nebengebäude von Gunnarshof so friedlich in den weiten, sonnigen Feldern ruhten wie Eisberge, die zu Mittsommer im blauen Fjord trieben. Sie sagte zu Helga: »Ich hatte den angenehmen Anblick dieses Hauses ganz vergessen. Der Wind bläst hier niemals so stark, daß er mehr als das Fell der Schafe zerzaust. Ketilshof sieht nicht so anmutig aus.«

»Mir scheint er anmutig genug. Dies hier wird gut für Sigrid Bjornsdottir sein. Sie ist an eine angenehme Umgebung gewöhnt.«

»Das Gesinde dort ist wohlwollend, doch nicht gut ausgebildet.«

»Wenn es wohlwollend ist, dann kann man es auch gut ausbilden.«

»Helga, hast du denn gar keine Ängste? Jede Braut geht zu ihrem Gatten wie zu einem großen Rätsel, in der Hoffnung, daß sich nicht zu viel Schlechtes entdecken läßt, doch in diesem Fall scheint mir, daß das Rätsel unlösbar ist und daß Jon Andres Erlendsson Tag für Tag eine große Quelle der Überraschung für dich sein wird.«

»Ich habe keine Ängste.« Und Birgitta sah, daß dies zutraf. Doch es schien ihr ohnehin, daß Helga verloren war, und dies empfand sie wie eine große Gewißheit, doch aus dieser Gewißheit gewann sie eine besondere Ruhe und wußte, daß es fruchtlos ist, mit jungen Mädchen über die erwählten Gatten zu streiten.

Nun kam die Zeit der Vermählung heran, und Gunnar und Johanna und viele Knechte und Mägde auf Lavranshof legten ihre Arbeit beiseite und kamen nach Vatna Hverfi, doch Gunnar hielt sich weit von Gunnarshof fern. Das Wetter blieb warm und ruhig. Sira Pall Hallvardsson kam zur Undir Hofdi-Kirche und öffnete das Priesterhaus und lebte drei Wochen lang dort, und jede Woche hielt er die Gottesdienste und verkündete das Aufgebot. Das Priesterhaus war in großer Unordnung, doch Ofeig war offenbar in einen anderen Bezirk im Süden gegangen, denn er war während des ganzen Sommers im Bezirk Vatna Hverfi nirgends zu sehen. Sira Pall Hallvardsson war jetzt so alt, daß er an einer Krücke ging, doch die Leute mochten ihn noch immer lieber als Sira Eindridi Andresson oder den Knabenpriester, Sira Andres Eindridason, der wenig zu wissen und doch viel von sich zu halten schien. Von Sira Jon, der immer noch lebte, sprach niemand. Es erinnerte sich nicht einmal jemand an ihn, man erzählte sich nur, daß es einmal einen wahnsinnigen Priester in Gardar gegeben habe, dessen Arme zu Beginn seines Wahnsinns in den Gelenken geschlenkert hätten.

Nun geschah es, daß an dem Tag, bevor die Hochzeit stattfinden sollte, ein großes Schiff den Einarsfjord heraufsegelte, und es war voll von Isländern, zweiunddreißig insgesamt, Männer und Frauen, und das Schiff war auf dem Weg von Norwegen nach Island vom Kurs abgetrieben worden, und die Leute auf dem Schiff litten an Hunger und Unterkühlung, denn es war schon spät im Jahr, um nach Grönland zu kommen, und das Eis trieb schon von Kap Farvel herauf und sammelte sich an den Eingängen der Fjorde. Als die Leute diese Neuigkeit hörten, bemerkten sie, daß

Larus der Prophet mit seinen Prophezeiungen tatsächlich recht gehabt hatte. Und so kam es, daß diese zweiunddreißig Isländer, oder wengistens die, welche die Kraft dazu hatten, zur Hochzeit auf Ketilshof eingeladen waren, und sie brachten eine große Menge Neuigkeiten und einige schöne Geschenke mit, darunter vier getriebene silberne Kelche, ein fein geschnitztes Elfenbeinkruzifix und zwölf neue Münzen von Königin Margarethe, glänzende silberne Kronen, wunderschön, doch nicht so schwer wie die alten Münzen aus der Zeit des Königs Sverri.

Eine Neuigkeit war, daß der Gegenpapst immer noch für die Franzosen in Avignon hofhielt. Eine weitere war, daß Königin Margarethe die Vereinigung von Norwegen, Schweden und Dänemark in einem Hause erreicht hatte, nicht nur durch Kämpfe, sondern auch durch Vermählungen und Verträge, und Deutsche und Dänen überschwemmten alles im Norden – kein Nordmann tat etwas anderes, als auf seinem Hof zu sitzen und Pläne gegen die Königin zu schmieden, doch in der Tat hatte der Schwarze Tod die Höfe so geleert, daß alles, wozu die Männer in der Lage waren, das Pläneschmieden war, denn man konnte keine Heere aufstellen – alle Bauern waren auf den Feldern, bestellten und säten und mähten, so viel sie nur konnten – und forderten hohen Lohn dafür. Was mit dem Papst von Jerusalem sei, fragten die Grönländer. Die Isländer hörten das mit Verwunderung – waren zwei Päpste denn nicht genug? Doch wahrhaftig, da hatte es einen großen Eroberer im Osten gegeben, und sein Name war Timur der Lahme. Wenn er große Städte in die Knie gezwungen hatte, Städte wie Damaskus, wo St. Paul den Herrn empfangen hatte, und Bagdad, dann band dieser Unhold hundert schöne Jungfrauen vor seinen goldenen Streitwagen und peitschte ihnen die Kleider vom Leib, so daß sie ihn zogen, bis sie tot umfielen. Und das war noch die geringste der entsetzlichen Schreckenstaten, die er beging. Aber es gab keinen Papst in Jerusalem. Und die Leute sagten, daß dieser Timur vor nicht so langer Zeit gestorben sei. Es schien Jon Andres Erlendsson eine großartige Sache, diese Isländer auf seiner Hochzeit zu haben, ein gutes Zeichen für das, was kommen würde. Er legte ihre Geschenke gleich neben jene, die er Helga gegeben hatte, und jene, die sie ihm gegeben hatte.

Nun wurde es Zeit für die Prozession zur Kirche, und man brachte Helga aus einer der kleineren Stuben des Hofes, und sie trug nur dies, ein schlichtes Gewand aus kostbarer Weberei, von grüner Farbe, verziert mit weißer Brettchenweberei, und einen silbernen Reif um den Kopf, der die Brautkrone der Ketilshofsippe war, und Gunnar hielt sie am Arm, und als sie Jon Andres Erlendsson nahekamen, spürte er, wie sie sich von ihm losriß, ohne es zu wollen, nur durch die Gegenwart des Gatten, den sie nun nehmen würde, dazu aufgerufen, und diese Bewegung erfüllte Gunnar mit Freude. Nun schritten Braut und Bräutigam nebeneinander durch das Tal zur Kirche, und alle Leute, die zum Fest geladen waren, gingen hinter ihnen her. Die Luft war still, und die Sonne schien strahlend auf das späte Sommergrün der Felder, und als Gunnar diese beiden Köpfe vor sich betrachtete, seine Tochter und seinen früheren Feind, da schien es ihm, als habe er die Fähigkeit zur Feindschaft abgeworfen und sei für immer vor Rachetaten geschützt. Der Bräutigam wandte seinen Lockenkopf der Braut zu und lächelte sie an, und sie wandte sich ihm zu und lächelte zurück, und Gunnar flüsterte Birgitta zu: »Dies kann kein Sproß vom Ketilshofstamm sein, er muß von den Engeln kommen, denn er hat das größte Vergnügen der Grönländer abgeworfen, und das ist, denen zu schaden, welche dir geschadet haben.«

Birgitta beugte sich zu ihm und legte die Hand hinter ihr Ohr, und er sagte nur: »Alle Zeichen scheinen mir günstig zu stehen.« Und bald war das Brautpaar an der Kirchentür, wo es niederkniete und Sira Pall Hallvardssons Segen empfing, und dann ging man zur Messe und zum Hochzeitsgottesdienst hinein. Jon Andres' Gesinde hatte die Kirche mit Birkenzweigen und Weidengebüsch geschmückt, und viele Seehundtranlampen brannten hell an den Wänden. Anschließend begaben sie sich zum Festmahl, und die Leute staunten über die Vielfalt der Köstlichkeiten, es war wohl mehr, als die meisten Leute in einem ganzen Jahr zu sehen bekamen, und das war Birgitta Lavransdottirs Werk, alt und krumm wie sie war. Nachdem die Braut zu Bett gebracht war, dauerte das Festmahl noch zwei Tage, und dann kam die Zeit für die Seehundjagd, und das Fest stand im Mittelpunkt vieler Gespräche auf der Seehundjagd, das Fest und die Ankunft der

Isländer, von denen jedermann einen Blick erhaschen und etwas hören wollte.

Der Kapitän dieses Schiffes war ein Mann namens Snorri Torfason, und er war schmächtig im Vergleich zu den Grönländern, drahtig und fast kahl, obwohl die Leute sagten, er sei noch ein junger Mann, erst fünfunddreißig Winter alt. Er spreche ruhig, fast mürrisch, sagten die Leute, aber sein Schiff sei groß und gut gerüstet. Die er bei sich hatte, waren aufmerksam, wenn er sprach, und schauten in allen Dingen zu ihm auf. Es waren sechs Frauen auf dem Schiff, zwei von ihnen Schwestern, und diese beiden waren recht eindrucksvolle Frauen. Ihre Namen waren Thorunn und Steinunn, und sie waren die Töchter eines wichtigen Mannes drüben in Island, dessen Name Hrafn war. Sie waren mit zwei Vettern verheiratet. Thorunn war mit Onund Sigmundsson verheiratet, der Snorris besonderer Freund war, und von den beiden Frauen war Thorunn freimütiger, und sie war kostbarer gekleidet. Steinunn war mit Thorgrim Solvason verheiratet, ein vielversprechender junger Mann von gutem Aussehen. Alle Grönländer waren von ihm sehr beeindruckt. Diese Steinunn war zurückhaltender als ihre Schwester und stand immer ein Stückchen hinter den anderen Isländern. Sie hatte breite Schultern und volle Brüste und war überhaupt eine sehr schöne Frau. Es gab jedoch keine unverheirateten Frauen oder Nonnen auf dem Schiff, wie Larus prophezeit hatte, und es schien den Grönländern nicht, daß diese sechs Frauen sie sehr bald auf den Weg der Frömmigkeit führen würden.

Bjorn Bollason war von den Isländern sehr beeindruckt und holte Snorri und einige der anderen nach Solarfell, damit sie dort bei ihm wohnten, und er zeigte ihnen den Schrein von St. Olaf dem Grönländer und erzählte ihnen die Geschichte von Ragnvald und dem Märtyrertod von St. Olaf. Andere Isländer lebten verstreut in der Ostsiedlung, einige in Gardar, ein paar in Brattahlid, und einer wohnte bei Thorkel Gellison. Einige der Matrosen übernahmen zwei nebeneinanderliegende verlassene Höfe im Bezirk Vatna Hverfi, und die Grönländer gaben ihnen einige Schafe und etwas Rentierfleisch. Nun ging die Zeit der Seehund- und der Rentierjagd vorbei, und der Herbst kam ins Land, und die Bauern machten sich daran, ihre Schafe für den Winter zu schlachten. Eines Tages, als der Boden und die Fjorde schon gefroren waren, doch noch vor dem tiefen Schnee, ging Gunnar zu Fuß und mit Schlittschuhen hinauf nach Gardar, wo er mit Sira Pall Hallvardsson sprechen wollte, und statt dessen fand er Bjorn Bollason und seine Familie und die Isländer vor, die dort zu Besuch weilten und beteten.

Nun kam Gunnar ins Bischofshaus, und dort sah er Sigrid Bjornsdottir, und er sprach freundlich mit ihr und umarmte sie, denn die Hochzeit zwischen ihr und Kollgrim war für Jul festgesetzt, und die Vorbereitungen begannen schon, und es schien Gunnar, daß es vielleicht doch eine gute Sache wäre, denn die Braut war in der Tat hübsch und gefällig, und alles, was sie in die Hand nahm, machte sie gut. Außerdem sagte sie so fröhliche und witzige Dinge, eines nach dem anderen, daß Gunnar von ihr recht eingenommen war. Er sagte: »Wie geht es denn wohl meinem Kollgrim?«

»Er scheint wie immer zu sein, ruhig und zurückhaltend, und sehr in sich gekehrt, doch es scheint mir, daß er mit den Dingen, wie sie stehen, zufrieden ist.«

»Ich bin nicht dein Vater, Sigrid, doch bald wird meine Zuneigung zu dir wie die eines Vaters sein. Dieses im Sinn bitte ich dich, daß du großherzig zu meinem Jungen sein wirst, denn er weiß nicht, was er tut, doch sein Herz ist warm, und seine Absichten sind edel. Mir scheint, daß er dich liebt, wie ein Mann seine Frau lieben sollte, doch du mußt ihn lehren, wie man es weiß und wie er es dich wissen lassen kann.«

»Das beängstigt mich nicht.« Und Gunnar lächelte über die Furchtlosigkeit der Frauen. Dann suchte er Snorri Torfasun und fand ihn aus einer Schale Sauermilch essend. Bjorn und die anderen waren in die Kathedrale gegangen. Snorri legte seinen Löffel hin und grüßte Gunnar freundlich, und Gunnar bat ihn, er solle weiteressen. »Denn ich störe dich nur in der Hoffnung, daß du Kunde von Menschen haben magst, die uns teuer sind, und das sind Bjorn Einarsson Jorsalfari und sein Ziehsohn Einar, der mit meiner Tochter Gunnhild verheiratet ist.«

»Das sind Leute vom Borgarfjord und mir nicht gut bekannt, denn wir kommen aus dem Süden von Island, nahe Hlidarendi, doch in der Tat, wer hat nicht schon einmal mit Neid von Bjorn Einarsson Jorsalfari gesprochen, der ein Mann von großem Glück ist.«

»Lebt denn Bjorn noch? Man hat von ihm in diesen siebzehn Wintern nichts gehört, seit meine Tochter als Kind fortging und unverheiratet dazu, denn sie war erst fünfzehn Winter alt.«

»Mir scheint, daß Bjorn nicht mehr lebt, doch in der Tat bin ich seit vier Wintern nicht in Island gewesen, sondern habe in Sunnfjord gelebt. Von Einar weiß ich nichts, doch es kann sein, daß andere von der Schiffsbesatzung etwas wissen, da einige aus den westlichen Bezirken in der Nähe von Borgarfjord kommen.«

»Ich hoffe, gute Nachricht von Gunnhild zu erhalten, doch jeder Vater muß sich dazu durchdringen, von den Übeln der Geburt zu erfahren, und so bin auch ich dazu bereit. Doch trotz allem bin ich froh, daß sie in Island ist, da sich die Lage der Grönländer in den letzten Jahren so ungünstig entwickelt hat.«

Da richtete sich Snorri auf und knurrte und schaute Gunnar von oben bis unten an. »Mir scheint«, sagte er, »daß es den Grönländern nicht so übel geht. Das Land ist so reich an Wild, daß Seehunde und Rentiere zum Trocknen auf jedem Hof hängen, und Schafe gibt es viele und keine Seuchen.«

»Doch wir haben nur noch wenige Kühe und recht wenige Pferde. Unsere Hänge sind voll von Ziegen. Nicht viele Leute schätzen ihre Ziegen.«

»Dennoch behält der Herr sich, so scheint es mir, besondere Strafen für die Isländer vor. Dieses Mädchen, Steinunn, und ihre Schwester, Thorunn, die wir bei uns haben – ihr Hof wurde vor sechzehn Wintern zerstört, und sie wurden nur dadurch gerettet, daß sie als kleine Kinder auf einem anderen Hof aufgezogen wurden.«

»Wie zerstört?«

»So starke Ausbrüche vom Vulkan Hekla, daß sie selbst in den entferntesten Bezirken der Westfjorde zu hören waren, und dazu schoß es wie Höllenfeuer in den Himmel, nicht nur aus dem Gipfel des Berges, sondern auch aus den umgebenden Wäldern, wo die Bäume versengt wurden, und das ging zwei Tage und zwei Nächte so, und dann folgten zwei Tage so schwarz wie die Mitternacht, und die Luft war so voller Asche, daß die Menschen glaubten, die

Erde habe sich erhoben und bedecke sie. Als das nachließ, sahen die Leute, daß eine große Lawine den ganzen Hof von Langahlid zugedeckt hatte, und Dutzende von Menschen kamen hinaus und suchten nach Hrafn Bodulfsson, doch von ihm fand man nichts, aber seine Frau wurde ausgegraben, und man bestattete sie. Auch einige Knechte fand man tot im Stall. Diese Mädchen, Steinunn und Thorunn, waren mit der Mutter ihrer Mutter auf einem anderen Hof.«

»Das ist in der Tat eine außergewöhnliche Strafe, aber die Isländer haben Schiffe und können nach Norwegen oder nach Deutschland fahren, um Waren zu holen. Die Grönländer sitzen müßig auf ihren Höfen und hoffen auf Leben oder Tod, was immer ihnen gerade besonders wünschenswert erscheint.«

»Haben denn die Norweger viel für uns Isländer? Die Ansichten der Leute darüber gehen auseinander. Die meisten Leute sagen, daß die Deutschen alles gestohlen haben. Sie sind ein böses Volk, werden aber dennoch von der Königin sehr bevorzugt. Jedenfalls können ein Dutzend Schiffe im Hafen nicht all das verlorene Vieh oder die Schafe oder das Weideland oder die Höfe ersetzen. Und wenn diese Schiffe kommen, dann bringen sie Waren, aber fürwahr, sie nehmen auch die Steuern der Königin mit. Man überläßt die Menschen besser sich selbst. Das ist meine Meinung.«

»Ihr habt einen Bischof, die Menschen werden gesegnet und verheiratet und beerdigt und daran gehindert, aus Unwissenheit vom Herrn abzufallen.«

»Das mögt ihr wohl sagen.«

»Wir Grönländer haben in der Tat seit fast dreißig Wintern keinen Bischof gehabt, und von unseren alten Priestern siecht der am besten ausgebildete als Wahnsinniger in einer winzigen Kammer hier in Gardar dahin.«

»Wir hatten in der Tat Bischöfe, doch entweder sind sie Kämpfer oder Narren gewesen. Es geht uns besser ohne sie. Die Leute wollen den Herrn nicht durch solche Burschen reden hören. Und da ist noch etwas. Ich habe in diesem Sommer von Schiffen in Bergen gehört, daß der Schwarze Tod unter den Isländern gewütet habe und viele Menschen dahingerafft worden seien, obwohl sich in der letzten Zeit dieser schwarze Dunst sonst nirgends erhoben hat, weder in Norwegen, noch in Deutschland oder gar in England, wo die Bestechlichkeit der Menschen sie besonders anfällig für dieses Übel macht.«

Und auf diese Reden hatte Gunnar keine Antwort außer der üblichen Bemerkung, daß die Priester sagten, die Menschen wären recht gut in der Lage, ihre Bürde zu tragen, und Snorri brummte etwas dazu und machte sich dann wieder an sein Morgenfleisch, und Gunnar trat aus dem Bischofshaus.

Nun kam der Winter heran, und die Leute trafen ihre Vorbereitungen, und es geschah, daß etwas Svid von einem Hof in Vatna Hverfi gestohlen wurde und danach etwas Rentierfleisch und etwas Seehundfleisch, und daran erkannten die Leute, daß Ofeig in den Bezirk zurückgekehrt war. Nun versammelten sich Männer und waren einig, daß jeder Geächtete gefangen und getötet werden könnte, wenn die Verfolger nur entschlossen genug waren, und so nahmen Jon Andres Erlendsson, Arni Magnusson und Hrolf, der Schwager von Thorkel Gellison, sich vor, Ofeig zu suchen und ihn zu töten. Manchmal schloß Kollgrim Gunnarsson sich ihnen an, und sein Wissen über Zeichen und Fährten war besonders wertvoll, und die Leute sagten, es sei ein Gottesgeschenk, daß nicht alle Menschen besitzen könnten, wie aufmerksam sie auch immer wären.

In diesem Winter wurde Ofeig bei drei Gelegenheiten gesehen, und zweimal davon schien es Jon Andres, daß sie ihn fangen könnten. Das erste Mal geschah es kurz nach den ersten Winternächten. Früh eines Morgens, lange vor Sonnenaufgang, lag Jon Andres mit Helga in ihrer Bettnische, als ein Junge ins Haus kam und behauptete, daß ein Bär im Stall auf Mosfellhof sei und daß die Leute sich erhoben hätten, als ihnen klargeworden sei, daß Ofeig sich im Stall befand, und sie hätten Steinblöcke vor die Tür geschoben, doch in der Tat seien neben anderen Gütern einige Schafe und Ziegen in dem Stall, und wenn Ofeig aufwachen sollte, dann würde er diese sicher töten. Da sprang Jon Andres aus dem Bett, holte seine Axt und seine Armbrust und versammelte seine Männer, und sie ritten über den gefrorenen Boden zu diesem Hof, welcher nicht so nah war, wie Jon Andres es sich gewünscht hätte.

Mosfellhof lag auf einer Landenge zwischen zwei Teichen, die aus dem Breiten See gespeist wurden, welcher der zweitgrößte See in Vatna Hverfi war. Der Hof lag auf einem Hügel und schaute auf den See herab, und der Stall lag tiefer, so daß vom Hof aus gesehen die Soden auf seinem Dach mit dem Hang zu verschmelzen schienen. Die Herrin des Hofes war eine Frau, die drei Söhne hatte und deren Mann in der Hungersnot gestorben war, und diese Frau mit Namen Ulfhild war es gewesen, die daran gedacht hatte, Steine vor die Stalltüre zu rollen. Als Jon Andres und seine Männer zu dem Hof hinaufritten, standen Ulfhild und ihre Söhne und deren Kinder vor dem Haus und schauten zum Stall herunter, und das Blöken der Schafe und das Meckern der Ziegen kam aus dem Stall, durch die Soden gedämpft. Ulfhild sagte zu Jon Andres: »Nun, mein Herr, müßt ihr diesen Teufel töten, denn eine arme Frau liebt ihre Schafe mehr als ihre Kinder, denn das eine bringt das Essen in ihren Mund, und das andere nimmt es heraus, und ich kann die Stimmen meiner Schönen erkennen, wie sie da unten schreien.«

Doch der älteste Sohn war damit unzufrieden und begann zu zanken und sagte, Ofeigs Aufenthaltsort gehe sie nichts an und es wäre besser gewesen, wenn sie den Burschen hätten ausschlafen und dann aufstehen und weggehen lassen.

Ulfhild preßte die Lippen zusammen. »Und wer kann sagen, du Narr, daß er nicht den Hügel hinauf zu unserem Haus gekommen wäre und darin herumgestöbert hätte? Mir scheint, daß du an gar nichts denkst und deinen Mund lieber zu- als aufmachen solltest.« Und Jon Andres und seine Männer saßen ab und banden ihre Pferde an das Birkengestrüpp auf dem Hof. Jon Andres ging den Hügel hinunter zur Stalltür und rief: »Die Leute sagen, daß die Bären nach Grönland zurückgekommen sind.« Es kam keine Antwort. Da fuhr Jon Andres fort: »Die Leute sagen, daß es früher zehn Männer brauchte, um einen Bären zu fangen, doch nur sechs, um ihn zu töten. Wir haben zehn Männer hier und würden äußerst ungern nur sechs von ihnen gebrauchen, denn alle sind zum Kämpfen bereit.« Immer noch kam kein menschlicher Laut, nur das Schreien der Tiere. Doch plötzlich gab es ein riesiges Krachen an der Tür, und die Tür erbebte. Es krachte noch einmal, und die Tür bebte wieder, und Jon Andres trat einen Schritt zurück und bedeutete zweien seiner Männer, zu ihm zu kommen, und dies war ihr Plan, schnell und leise die Steine zurückzurollen, damit Ofeig aus der Tür stürzen und vornüber vor ihre Füße fallen würde, und dann wollten sie und die anderen ihre Waffen gegen ihn richten und ihn fangen oder ihn töten. Die anderen sieben Männer bildeten einen engen Kreis einige Schritte unterhalb der Tür, und die ersten drei begannen die Steine zurückzurollen, doch als einer der Männer gerade einen ziemlich großen Stein rollte, da warf sich Ofeig krachend gegen die Tür, die gegen diesen Burschen stieß und ihn umwarf, und dann barst sie und öffnete sich etwas. Anstatt vor ihre Füße zu stolpern, sprang Ofeig aus dem Stall und über den gestürzten Mann und rannte den Hang hinunter, und als er zu dem Kreis der Männer kam, duckte er sich und rollte zwischen ihnen hindurch, dann kam er wieder auf die Füße und rannte weiter den Hang hinunter. Ein Pferd graste am Fuße des Hanges, das einzige Pferd der Witwe, und Ofeig sprang auf und fing an, es zu schlagen, und als Jon Andres und seine Männer den Hügel hinauf zu ihren angebundenen Pferden geklettert und aufgesessen waren, da war er schon weit weg auf der anderen Seite des Sees, und obwohl sie ihn verfolgten, bekamen sie ihn nicht wieder zu sehen.

Als sie später an dem Tag zu dem Hof zurückkehrten, sahen sie, daß die Trennwände im Stall niedergerissen waren, und einigen Schafen war das Genick gebrochen worden. Außerdem war das Pferd verloren, und so sagte Ulfhild: »Es scheint mir, daß ihr Männer in dieser Sache von wenig Nutzen seid.« Jon Andres versprach ihr zwei Schafe und ein anderes Pferd, und sie kehrten nach Ketilshof zurück und saßen dort eine Weile ruhig da.

Nun ging Helga jeden Tag von Ketilshof auf die andere Seite des Hanges nach Gunnarshof und bereitete ein Mahl für Kollgrim und setzte es ihm vor. Auch sprach sie jeden Tag mit Elisabet Thorolfsdottir, deren Bauch von Kollgrims Kind immer größer wurde, und die Geburt dieses Kindes erwartete man vor Jul. Helga meinte, Elisabet solle nach Lavranshof zurückkehren oder daß man sie zumindest vor der Niederkunft nach Ketilshof bringen müsse, bevor Sigrid Bjornsdottir nach der Hochzeit eintreffen würde. Doch Elisabet Thorolfsdottir wollte nichts davon wissen, und wann immer Helga sie darauf ansprach, saß sie da und tätschelte ihren großen Bauch und weinte. Sie weinte schamlos und ununterbrochen und durchnäßte die Vorderseite ihres Gewandes mit Tränen, doch das Weinen schien sie gar nicht zu erleichtern oder ihr Kraft zu geben, daß sie hätte aufstehen und sich auf dem Hof bewegen, auch nur Essen zubereiten oder ein Feuer machen können. Tatsächlich war auch in den Tränen keine Kraft, sie flossen einfach aus dem Mädchen heraus, wie Wasser aus der Mündung eines Flusses in den Fjord fließt. Helga war abwechselnd kummervoll, ärgerlich und belustigt, doch nichts, was Helga sagte oder tat, hatte irgendeine Wirkung auf dieses Weinen. Kollgrim kam und ging. Er war liebevoll und freundlich zu Helga, mehr als er es seit einem Jahr gewesen war, und er schenkte Elisabet Thorolfsdottir überhaupt keine Beachtung.

Dieser Schmerz warf einen Schatten auf Helgas Gemüt, so daß sie sich besonders fürchtete, wenn Jon Andres auf einen seiner Erkundungsausflüge ging, um Ofeig zu suchen, und die ganze Zeit, während er fort war, fürchtete sie seine Rückkehr, denn es schien ihr sicher, daß er verletzt oder getötet zum Hof zurückkommen würde, wie es bei den Grönländern häufig geschieht. Gegen Jul begab es sich, daß Ofeig wieder gesehen wurde, dieses Mal bei der Undir Hofdi-Kirche, im Priesterhaus, und alle Männer vom Ketilshof und vom Gunnarshof und dazu einige andere aus der Umgebung machten sich mitten in der Nacht auf, um ihn zu fangen. Helga mußte mit ihnen aufstehen und den Männern Schalen mit Sauermilch herumreichen, ihrem Bruder und ihrem Gatten. Sie standen im Mondlicht und redeten, ihre Waffen im Schnee zu ihren Füßen, einer groß, gerade und blond, so in sich gekehrt, daß er den Blick nicht von seinen Füßen erhob, selbst wenn er befahl, wie etwas getan werden sollte. Der andere, ebenso groß, war geschmeidig und dunkel, ließ seine Augen zum Horizont schweifen, hinüber zu den anderen Männern, zu Kollgrim, immer abschätzend, eines mit dem anderen vergleichend. Als Helga ihm seine Schale mit Sauermilch reichte, fiel sein Blick auf sie, und er betrachtete sie mit Freude, und dieser Blick, in einem solchen Moment, versengte sie bis zu den Stiefeln, doch sie lächelte nur zurück und schlug die Augen nieder, so wie die Priester immer sagen, daß es sich für eine Frau gehöre. Da saßen die Männer auf und ritten davon.

Die ersten Schneefälle der Jahreszeit bedeckten den Boden dick und pulvrig, und die Pferde wirbelten große weiße Federwolken auf, als sie in Richtung der Undir Hofdi-Kirche trabten und galoppierten. Nach nicht langer Zeit waren Pferde und Männer von der Kapuze bis zu den Hufen silbrig weiß. Der Plan war der, daß sie beim Priesterhaus ankommen und es umstellen, doch nichts tun und kein Geräusch machen, sondern nur darauf warten wollten, daß Ofeig aufstehen und nach draußen kommen würde, um sich im Schnee zu erleichtern, und dann würden einige Männer ihn mit ihren Äxten umzingeln. Sollte er diesen Männern entkommen, dann würden andere ihn mit ihren Armbrüsten angreifen, während er davonrannte. Kein unbewaffneter Mann sollte ihm nahekommen, denn solch ein unglücklicher Bursche würde sich gewiß den Tod holen, für so stark hielt man Ofeig.

Sie näherten sich im Mondlicht dem dunklen Umriß der Kirche, und sie saßen ab und führten die Pferde in die Kirche hinein, so daß jegliches Geräusch, welches die Tiere vielleicht von sich geben mochten, von den Soden um die Mauern gedämpft würde. Der Hof war dunkel und still. Kollgrim schätzte, daß es bis zur Dämmerung noch eine Zeit dauern würde, denn die Tage waren jetzt beinahe die kürzesten. Die Männer setzten sich in den Schnee, in ihre Umhänge und Pelze gehüllt, und sie paßten auf und warteten, daß die Tür des Hauses sich öffnen würde. Kollgrim hatte jegliches Reden verboten.

Jon Andres saß mit gekreuzten Beinen, warm in seinen Pelzen, und richtete sich darauf ein, die Haustür zu beobachten. Kollgrim war neben ihm zur Linken, und ein Knecht, Karl, der besonders gut die Armbrust bediente, neben ihm zur Rechten. Er ließ den Blick über die Köpfe aller Männer schweifen und zurück zur Haustür und fragte sich, ob Ofeig wirklich drinnen war, oder ob sie mit großer Mühe schweigend das Ende des Schweigens abwarteten, während Ofeig zu einem anderen Hof entschlüpfte, um noch mehr Essen zu stehlen und noch mehr Schafe zu töten. Die Leute im Bezirk nannten Ofeig jetzt gewöhnlich »diesen Teufel«, und nicht wenige warteten darauf, daß die Isländer etwas gegen ihn unternähmen, gemäß den Voraussagen des Burschen Larus. Jon Andres hatte Ofeig so lange selbst nicht gesehen, daß auch er, als er vom Tod des Burschen Arnkel und seiner Frau Aldis erfuhr, etwas Teuflisches darin gesehen hatte. Jetzt jedoch war es nicht das Teuflische an Ofeig, das in Jon Andres den Wunsch erweckte, ihn zu töten, sondern das Wissen, daß Ofeig ein Mensch war wie jeder andere. Wenn irgend etwas Jon Andres dieses Wissen vermittelt hatte, dann war es der Anblick des Burschen, wie er den langen Abhang in Mosfell heruntergerannt und gerollt war, in Kleidern, die schlecht saßen und zu klein waren, mit Stiefeln, die nicht zueinander paßten, in einem fadenscheinigen Umhang. Und er hatte Ofeigs Gesicht und Hände gesehen, gesehen, wie er sich benahm. Er war Ofeig, welche Verderbtheit auch immer in ihm brodelte.

Nun kam es Jon Andres vor, daß viel Zeit vergangen war, seit sie sich gesetzt hatten, obwohl der Himmel noch nicht heller war, selbst im Osten, und es war ihm immer noch warm in seinen Pelzen. Er schaute zu den anderen Männern. Sie saßen da, wie von einem Zauber gebannt, einem solchen Zauber, wie ihn die Skraelinger kannten, der einen Menschen an einem Seehundloch im Eis tagelang bewegungslos machen konnte. Nur Kollgrim hatte seine Stellung geändert, jedoch lautlos, ohne auch nur ein Rascheln der Kleider. Er schaute zur Kirche hinüber, und als Jon Andres seinem Blick folgte, hörte auch er jetzt ein stoßweise auftretendes Geräusch, als hätte eines der Pferde sich losgerissen und bewegte sich zwischen den anderen. Kollgrim drehte sich um und fing seinen Blick, legte den Kopf schräg und zuckte die Schultern. Jon Andres war erleichtert. Das Geräusch war allerdings leise und würde für Ofeigs Ohren unter den Soden des Priesterhauses doppelt gedämpft sein. Kollgrim wandte sich wieder der Haustür zu und beobachtete sie genau. Er hatte die gespannte Aufmerksamkeit eines Raubtieres oder eines Skraelingers. Jon Andres wußte nicht, was er vom Bruder seiner Frau halten sollte, außer daß Kollgrim die Feindschaft zwischen ihnen nicht wirklich beiseite geschoben hatte, sondern nur zum Schein. Er würde sie, dachte Jon Andres, niemals beiseite schieben, obwohl er vielleicht Jon Andres' Leben retten würde oder Jon Andres das seine. Es schien ihm, als forme Feindseligkeit das Rückgrat des anderen Mannes, Feindseligkeit und Schwermut. Doch wie sehr diese grönländische Eigenart Jon Andres auch mißfallen mochte, er liebte Kollgrim dafür eher, als daß er ihn haßte. Helga hatte dazu nichts zu sagen. Die Ergebenheit für Kollgrim war ihr in Fleisch und Blut übergegangen.

Doch die Dunkelheit lichtete sich immer noch nicht, und nicht eine Bewegung belebte den nächtlichen Schauplatz, und nun spürte Jon Andres, wie der Zauber sich auch auf ihn legte, doch er wagte nicht, sich zu rühren oder die Stellung zu ändern, denn er besaß nicht die Gabe der lautlosen Bewegung. Eine starke Erinnerung überkam ihn, an Ofeig, wie er als Kind manchmal mit Magnus Arnason, seinem Ziehvater, nach Ketilshof gekommen war, die Erinnerung an Ofeig, der über seinem Eßbrett saß und seinen Löffel in die Suppe tauchte, denn er tat es immer auf die gleiche Weise, er drückte die Kelle seines Löffels so langsam in die dampfende Flüssigkeit, als wolle er das Vergnügen des Füllens strecken, als wäre jeder Schluck beinahe unerträglich köstlich, und Jon Andres, dem das Fleisch gleichgültig war, beobachtete jeden Löffel, der in Ofeigs Mund verschwand, ebenso wie es Ofeig tat. Wie er jetzt, in der Dunkelheit, auf die Tür des Hauses starrte, erwartete Jon Andres fast, daß sie sich öffnen und das Kind Ofeig freigeben werde, den Löffel in der Faust. Und da schien es ihm, daß der Zauber ihn noch tiefer bannte, und nur Kollgrims Wachsamkeit ließ ihn auf Erlösung hoffen. Er begann sich zu fürchten, obwohl er von Natur aus kein ängstlicher Mensch war.

Nun hob Jon Andres den Blick von der Haustür, und selbst die Bewegung seiner Augen schien ihm ein Geräusch zu verursachen. Er ließ den Blick an der Kirche vorbeiwandern, weiter zum vereisten Fjord und weiter zur schwarzen Masse der Berge. Es schien ihm, wenn er seinen Kopf drehen und nach Ketilshof zurückschauen würde, daß er Helga dort sehen müsse, die ihm ihr ernstes Gesicht zuwendete, wie sie es morgens immer tat, ihre Lider langsam hob und ihn offen anschaute. Es war ihm niemals in den Sinn gekommen zu heiraten, bevor er Helga gesehen hatte, und nachdem er sie gesehen hatte, war ihm niemals in den Sinn gekommen, eine andere zu heiraten. Dies war noch ein Grund, Ofeig zu töten, denn Ofeig haßte ihn und war klug genug, den entsetzlichsten Weg zu kennen, auf dem er ihm schaden konnte. Jon Andres drehte den Kopf nicht, sondern senkte den Blick wieder, als Kollgrim eine jähe Bewegung machte. Die Tür des Hauses stand offen, und Ofeig beugte den Kopf herunter, um ins Freie zu treten, als er die weißen Gestalten im weißen Schnee erblickte. Er stieß ein lautes Heulen aus, und sie waren auf den Beinen. Nun standen alle einen Augenblick still und starrten sich gegenseitig an, außer Karl, der einen seiner Pfeile fliegen ließ. Der bohrte sich in die Soden neben der Tür.

Ofeig drehte sich um und rannte auf zwei Gunnarshofknechte los, die nicht weit von Kollgrim die seitliche Stellung hielten. Die Burschen, das wußte Jon Andres, waren kaum mehr als Jungen, doch einer von ihnen hatte eine gute Axt. Ofeig hob die Arme, immer noch heulend, und warf sich auf die beiden. Kollgrim legte einen seiner Vogelpfeile auf die Kerbe. Die Jungen hielten zuerst stand, dann stolperte einer von ihnen hintüber, und Ofeig fiel über den Burschen her und fällte ihn mit einem Schlag seiner eigenen Axt. Kollgrims Pfeil flog und traf sein Ziel nicht. Noch einer von Karls Pfeilen flog und bohrte sich in den Schnee. Jon Andres rannte um Kollgrim herum, und Ofeig schien ihm greifbar nahe zu sein. Wenn er nur etwas schneller laufen und rascher zulangen könnte, dann würde er den Burschen haben. Doch er konnte es nicht, und er fing an zu rufen: »Ofeig! Ofeig! Ofeig!« ein Befehl, eine Bitte, ein Echo von Spielen der Kindheit. Ofeig schaute sich einmal schnell um, vielleicht beim Ton dieser Stimme, und einer von Kollgrims Pfeilen bohrte sich in seine Schulter. Immer noch laufend packte Ofeig den Pfeil und riß ihn sich aus dem Fleisch und warf ihn zu Boden. Dann heulte er wieder und rannte vorwärts, zum Fjord, zum Fluß und zu den Bergen. Sie konnten ihn nicht fangen, und bei Tageslicht war er verschwunden. Sie gingen zur Kirche zurück und hoben den Leichnam des Gunnarshofjungen auf und holten ihre Pferde aus der Kirche, und sie waren von den Ereignissen sehr bedrückt.

Wenige Tage später kehrte Helga von Gunnarshof nach Ketilshof mit der Kunde zurück, daß die Hochzeit zwischen Kollgrim und Sigrid aus verschiedenen Gründen, auf die Braut und Bräutigam sich geeinigt hätten, auf Ostern verschoben sei, Gunnarshof sei nämlich noch nicht bereit, die Braut zu empfangen (Elisabet Thorolfsdottir war immer noch dort), und Solarfell sei noch nicht bereit, sie aufzugeben. Solche Dinge waren nicht ungewöhnlich, und Helga dachte sich nichts dabei, sie war nur sehr verärgert über Elisabet Thorolfsdottir und wußte nicht, was sie mit ihr anfangen sollte. Kurz vor Jul gebar Elisabet einen Jungen, doch sie zeigte wenig Interesse an ihm und hatte nicht einmal Lust, ihn zu säugen, als ihre Brüste schon überflossen und die Milch ihr Gewand bis zur Taille durchnäßte. Das Kind wurde Egil genannt.

Auf den Julfesten in Gardar und Solarfell wie auch in Brattahlid und auf dem Hof Arni Magnussons in Vatna Hverfi standen die Isländer im Mittelpunkt, denn es war so, daß sie immer wieder eine Menge Neuigkeiten zu erzählen hatten. Einige von ihnen konnten auch lange Geschichten erzählen, wie es in Island Mode war. Es waren übermütige Reime, und manchmal wurden sie gesprochen, doch oft gesungen, und die Frauen – Steinunn, ihre Schwester und die anderen – tanzten sehr gern dazu. Die Grönländer hielten das für eine großartige Unterhaltung. Einer dieser Reimeschmiede war ein Mann namens Thorstein Olafsson, und er war ein Vetter von Snorri, dem Schiffsherrn, aus dem Südosten von Island, und es hieß, er habe dort einen großen Hof mit fünfzig Kühen und Hunderten von Schafen, den er mit seinem Bruder teilte. Er war etwa fünfundzwanzig Winter alt, und er hatte eine laute, dröhnende Stimme, die er sehr wirksam einsetzte, wenn er seine Reime vortrug. Er besaß auch die Fähigkeit, sich Verse im Moment auszudenken, über solche Dinge wie das Abendfleisch oder den Anblick der Wolken über dem Fjord, und er konnte die Verse entweder in der alten Art machen oder in der neuen Art, streng, wie es die Leute nannten, oder locker. Die Grönländer hielten viel von ihm, und er wohnte bei den Priestern in Gardar, doch den ganzen Winter über war ein Kommen und gehen zwischen Gardar und Solarfell.

Snorri, der Schiffsherr, und Bjorn Bollason, der Gesetzessprecher, wurden in diesem Winter sehr gute Freunde, und man kam überein, daß Bolli Bjornsson mit den Isländern wegfahren sollte, wenn sie abreisten, doch Snorri mochte sich noch nicht entscheiden, wann das stattfinden sollte. Er sei recht zufrieden in Grönland, sagte er, vor allem da er nicht wisse, was er vorfinden würde, wenn er zu seinem Hof zurückkehrte. Die Geschichten vom Schwarzen Tod in Island waren schlimm, das war nicht zu leugnen. Er nahm an, es sei zu erwarten, daß die Grönländer dringend Neuigkeiten von anderen Orten hören wollten, doch Neuigkeiten, wie sie Snorri brachte, würde er selbst nicht unbedingt hören wollen, wäre er ein Grönländer, denn es seien nur schlechte. Snorri begnügte sich in diesem Winter damit, von der Bettnische zum Tisch und zum Südhang vor dem Hof und zurück zur Bettnische zu gehen, wo er unter den Fellen lag und die Leute zu sich rief, die gerade da waren, damit sie kommen und mit ihm reden würden. Die Grönländer fanden dieses Benehmen sehr merkwürdig für einen Schiffsherren von gutem Leumund, doch Thorstein Olafsson lachte nur und sagte, das sei Snorris Natur – er wisse an Land nicht, was er mit sich anfangen solle, und darum überlasse er seinen Hof auch seiner Frau. Thorstein sagte, sie sei froh, ihn los zu sein, da er niemals auch nur einen Handschlag tat. Doch er sei in der Tat ein guter Schiffsherr und habe niemals Fracht verloren, geschweige denn Leute oder gar ein Schiff. An Bord sei er so leichtfüßig und geschäftig wie eine Ziege, renne hierhin und dorthin und sehe Schwierigkeiten, bevor sie noch auftauchten. Die Leute reisten gern mit ihm, wenn sie schon reisen mußten.

Bjorn Bollason schien es nichts auszumachen, daß Snorri ihn als Mittelpunkt des Haushaltes in Solarfell verdrängt hatte. Er verbrachte selbst genug Zeit damit, an der Öffnung zur Bettnische zu sitzen und nach diesem und jenem zu fragen – meistens danach, was die Leute in Norwegen und Island so taten. Snorri mochte Sigrid wegen ihrer Späße und ihres Frohsinns besonders gern, und sie machte es sich zur Gewohnheit, jeden Tag in seiner Nähe zu sitzen, und er neckte sie auf diese Weise:

»Mir scheint, daß du eine ziemlich schlechte Ehefrau sein wirst.«

»Nein, fürwahr, ich werde eine gute Ehefrau sein, eine Ehefrau, wie sie viele Männer wünschen, doch nicht alle Männer verdienen.«

»Und was für Ehefrauen verdienen die meisten Männer?«

»Kleine, unterwürfige Dinger, die die Sauermilch mit einem Löffel und einem Winseln auftragen.«

»Es ist wahr, daß eine Ehefrau die Augen vor ihrem Ehemann niederschlagen muß.«

»So wie Männer ihre Augen im Angesicht Gottes niederschlagen. Ja, die Leute sagen das, doch Ehefrauen, die den Blick auf den Boden heften, sehen nichts als ihre eigenen Füße.«

»Und welche Art Ehefrauen wünschen sich die meisten Männer?«

»Jemand, der ihnen sagt, was sie tun könnten, aber nicht, was sie tun müssen.«

»Und welche Art Ehemänner wünschen sich die meisten Frauen?«

»Jemand, der ihnen sagt, was sie tun müssen, der sie aber dennoch tun läßt, was ihnen gefällt.«

»In der Tat, du wirst eine schlechte Ehefrau sein.«

»Nein, mein Verlobter ist ein großartiger Jäger und ein kühner Mann. Er wird seine Freude haben, wenn er zu mir nach Hause kommt, und ich werde meine Freude haben, seine Angelegenheiten für ihn zu regeln.«

»Was gibt es sonst noch über ihn zu erfahren?«

»Er ist ein gutaussehender Bursche. Er ist der Sohn des Bruders von Margret Asgeirsdottir, die du kennst.«

»Die alte Frau, die wenig spricht?«

»Sie spricht, wenn sie etwas von Wert zu sagen hat oder jemanden, den sie für wert hält, es ihm zu sagen.«

»Du heiratest den Sohn des Bruders einer Dienstmagd?«

Da errötete Sigrid und schwieg, und Snorri sah, daß sie verärgert über ihn war. Sie sagte: »Fremde bringen Kunde von weither, doch sie wissen gar nichts über zu Hause. Du bist in Vatna Hverfi gewesen, also mußt du wissen, daß es der reichste von allen Bezirken ist, und mein Kollgrim ist im Besitz eines der größten Höfe dort, und seine Schwester ist mit dem Besitzer des größten Hofes sowie der meisten anderen Ländereien verheiratet. Margret Asgeirsdottirs Geschichte gehört ihr allein, und du wärest ein glücklicher Mann, wenn sie sie dir erzählen würde, denn sie hat sie noch niemals jemandem erzählt.« Sie hielt inne und sagte dann: »Margret geht aus eigenem Willen als Dienstmagd, doch für meinen Vater und meine Mutter ist sie ein Gast, und die Weberei, die sie für uns tut, ist wie ein Geschenk für uns.«

Snorri lächelte neckend und sagte: »Es ist kein Platz für Zorn in einer guten Ehefrau.«

»Dann ist in der Tat auch kein Platz für Ehre und Tugend, so scheint mir. Ich bin dieses Gespräches müde und habe viele Dinge zu tun.« Und so stand sie auf, doch am nächsten Tag kam sie wieder zurück, denn Snorri war kein übellauniger Mann, und seine Neckereien gefielen ihr. Nach diesem Gespräch jedoch bemühte sich Snorri, mit Margret Asgeirsdottir zu sprechen, doch sie hatte ihm nichts zu sagen, was auch immer er ihr sagen mochte.

Ein anderer, der gern mit Sigrid Bjornsdottir redete, war Thorstein Olafsson, und wann immer er von Gardar herüberkam, legte er Wert darauf, sie abzupassen und sie mit den neuen Versen zu unterhalten, die er gemacht hatte, und es geschah, als er eines Tages mit ein paar anderen Leuten aus Gardar auftauchte, daß sie zu ihm trat und folgendes sagte:

Wer für Fleisch zahlt mit Gesang
Muß kauen kurz, doch singen den ganzen Abend lang.

Thorstein gefiel dies sehr, und er sagte folgendes:

Doch während sie singen, dürfen sie schauen
In der Stube das blühende Lächeln der Frauen.

Von Zeit zu Zeit kam Kollgrim auf Skiern nach Solarfell und brachte Wild, für den Tisch oder wegen der Felle, und auch er fühlte sich sehr zu den Isländern hingezogen. Zwar sprach er wenig zu ihnen, doch er beobachtete sie, und sie fühlten sich unwohl dabei. Eines Tages sagte Snorri zu Sigrid: »Dein Verlobter hat mehr Augen als Zunge.«

»Es gilt bei den meisten Leuten als eine Tugend, wenn sie sich umschauen, doch die Dummheit für sich behalten. Du magst das Ergebnis seiner Natur an den Fellen sehen, die er mir bringt, und in der Suppe, die du so eifrig löffelst.«

»Dieser Bursche scheint mir der vollkommene Grönländer zu sein, halb Mensch und halb Bär.«

»Ich sehe nichts davon in ihm.«

»Er schaut die Leute an, als wolle er sie gleich auffressen.«

»Und es gibt andere, die schauen die Leute an, als wünschten sie, daß die ihre Geschäfte für sie erledigten. Mein Kollgrim wird niemanden auffressen, doch andere Leute werden es dazu bringen, daß man ihre Arbeit für sie erledigt.«

»Diese scharfe Zunge schickt sich nicht für eine gute Ehefrau.«

»Da du deine eigene Frau seit fünf Wintern nicht gesehen hast, so kann es sein, daß du vergessen hast, was sich für eine gute Ehefrau schickt. Doch sie hat es gewiß nicht, da sie deine Geschäfte auch ohne dich weitergeführt hat.« Und so ging ihr Gespräch weiter, und Snorri lobte das Mädchen bei Bjorn Bollason, doch niemals lobte er Sigrid selbst, und Sigrid ging jeden Tag zu Snorris Bettnische, doch tat sie so, als könnte sie es nicht vermeiden. Dennoch hielten die Isländer weiterhin keine großen Stücke auf Kollgrim und meinten unter sich, daß das fröhliche Mädchen an einen solchen Burschen verschwendet wäre. Und durch Kollgrim und seine ruhige Art fühlte sich Thorstein Olafsson angespornt, immer häufiger mit Sigrid zu sprechen und sie mit Reimen zu betören, von denen viele über sie selbst waren und alle sie zum Lachen brachten.

Und es geschah, daß auch Kollgrim sich mit der Schwester seines Vaters anfreundete, und manchmal saß er nahe bei ihr, während sie webte, und spann ein wenig Wolle für sie, denn er besaß wie Gunnar dieses besondere Geschick dafür, doch sie wechselten kaum je ein Wort und sprachen niemals von Gunnar. Es schien Margret Asgeirsdottir von Zeit zu Zeit, als säße Gunnar selbst neben ihr, doch meistens schien es ihr nicht so. Eines Tages begab es sich, daß Margret an ihrem Webstuhl saß, als Kollgrim mit einem Dutzend Hasen auftauchte und sich dann neben sie setzte und ohne ein Wort auf ihre Arbeit schaute. Sigrid war nicht auf dem Hof. Margret warf das Schiffchen flink und gleichmäßig und hielt kaum einmal inne, um die Fäden zu zählen. Sie webte Wadmal für eines von Sigrids Unterhemden, und es war die purpurrötliche Farbe, an der man die Gunnarshofleute erkannte. Eine kleine Weile verging, dann sagte Margret: »Es scheint mir, mein Kollgrim, daß wir hier in Solarfell zwei Stockfische inmitten einer plappernden Herde sind.«

»Diese Isländer machen eine Menge Lärm.«

Nun saßen sie wieder schweigend da und lauschten dem Klikken des Schiffchens. Dann sagte Margret: »Doch jene, die plappern, haben immer Bedenken gegen jene, die schweigen.«

»Das mag sein. Ich habe wenig darüber nachgedacht.«

»Asgeir Gunnarsson pflegte immer von Hauk, seinem Bruder, zu sagen, daß sich bei ihm das Erlegen eines Bären so leicht anhörte wie ein Tag beim Buttern.«

»Nicht alle besitzen die Gabe des Geschichtenerzählens.«

Da drehte sich Margret von ihrem Webstuhl und schaute Kollgrim in die Augen, und sie sah, daß er sie sah und ihr zuhörte, und sie sagte mit leiser Stimme: »Doch einige besitzen sie.« Und wieder schwiegen sie eine Weile. Dann sagte sie: »Es ist kein so guter Brauch, immer die Einöde aufzusuchen.«

»Es muß Fleisch auf dem Tisch sein.«

»Und Kräuter und Grünzeug. Aber es müssen auch Leute auf dem Hof sein. Der Bruder meines Vaters nahm sich keine Frau, und keine Frau machte ihm Kummer, und er machte keiner Frau Kummer.«

»Es ist schwer für einen Mann mit festen Gewohnheiten, solche Dinge zu hören. Ich bin an meine Schwester Helga gewöhnt, und nun ist sie mir gestohlen worden, und die Leute zucken nur mit den Schultern und sagen, es sei eben die Bestimmung von Schwestern, daß sie fortgehen.«

»Sie ist nicht weit gegangen.«

»Weit genug. Sie denkt nur noch wenig an mich. Ihr Herz ist voll von ihm.«

»Du sprichst wie ein Kind, mein Kollgrim.« Doch sie sagte das mit so freundlicher, leiser Stimme, daß er nicht gekränkt war und nur ruhig dasaß, als sie sich wieder dem Schiffchen zuwandte. Gleich danach kam Sigrid ins Haus, und ihr Blick fiel auf die beiden, die da beieinander saßen, und sie freute sich sehr. Zu Kollgrim war sie niemals streng, denn sie hatte ein wenig Angst vor ihm. Nun trat sie zu ihm und sagte: »Mein Kollgrim, du siehst aus, als brauchtest du eine Stärkung«, und er legte ihr die Hand leicht auf den Ärmel, denn sie war wirklich ein hübsches Vögelchen, und es hob seine Stimmung ein wenig, wenn er sie anschaute. Sie wandte sich ab und lief geschäftig im Haus herum, und bald stand das Essen vor ihm, und sie schaute ihn an, während er aß.

Eines Tages, als Helga mit Elisabet Thorolfsdottir und dem Knaben Egil auf Gunnarshof war, kam Kollgrim ins Haus, obwohl man ihn erst in zwei oder drei Tagen erwartet hatte. Er legte seine Waffen nieder und warf seine Pelze ab und setzte sich ohne ein Wort an den Tisch. Elisabet Thorolfsdottir saß auch am Tisch und hielt das Kind viel zu locker im Arm, so schien es Helga jedenfalls. Egil schrie nicht. Er hatte das teilnahmslose Verhalten seiner Mutter. »Willkommen zurück, mein Kollgrim«, sagte Helga. »Du hast deinen Ausflug verkürzt.« Sie setzte ihm eine Schale mit Sauermilch vor, die sie für sich geschöpft hatte.

»Es schien mir, daß ich diesen Knaben hier sehen wollte.« Er langte hinüber und nahm Egil in seine Hände und starrte ihn an.

»Er ist ein hübsches Kind«, brachte Helga vor. »Nicht viele Kinder in seinem Alter haben soviel Haar auf dem Kopf.«

Kollgrim sagte eine Weile nichts, schaute nur das Kind an, doch dann sagte er: »Es scheint mir, daß er aussieht wie der Tod, wie ein vorzeitig geborenes Lamm.« Er nahm die Finger des Knaben und bog sie mit seinem Daumen über seinen Zeigefinger. Sie waren lang, dünn und bläulich. »Alle Teile sind da, doch wenig hält sie zusammen.«

Der Knabe war auch Helga so vorgekommen, doch sie sagte: »Fürwahr, du suchst nach Übel, und ich bete, daß du es nicht findest. Der Knabe lebt und atmet, und es steht uns nicht an, in sein Schicksal zu schauen.«

»Ich darf jedoch in mein eigenes Schicksal schauen, und ich sehe, daß Elisabet Thorolfsdottir und Egil Kollgrimsson mein Schicksal sind und nicht die plappernden Vögel von Solarfell, und das ist mir nur recht.« Und auf diese Weise erfuhr Helga, daß die Verlobung zwischen Kollgrim Gunnarsson und Sigrid Bjornsdottir gelöst war. Die Gerüchte sagten nicht, wer oder was die Trennung ausgelöst hatte, denn Sigrid und Kollgrim sprachen zu niemandem darüber. Die beiden hielten sich fern voneinander, wie es sich gehörte, doch beide schienen den Menschen in ihrer Umgebung nicht sehr zu trauern, und eines Tages traf Bjorn Bollason in Gardar auf Gunnar Asgeirsson, wo Sira Pall Hallvardsson sein Ostermahl hielt, und er sagte zu ihm: »Die Dinge sind gut für uns ausgegangen.«

»Es scheint, daß dies so ist. Doch mit Kollgrim ist noch niemals etwas so glatt gegangen wie dies hier.«

»Auch nicht mit meiner Sigrid, doch kann es sein, daß die beiden jetzt mit den Augen von Erwachsenen sehen, anstatt mit den Augen eigensinniger Kinder. Ich bin für den Augenblick zuversichtlich.«

»In der Tat, Gesetzessprecher, du bist immer zuversichtlich.« Und so blieb Gunnars Freundschaft mit Bjorn fest und ungeprüft.

Nun saßen die Leute den Sommer über ruhig auf ihren Höfen, und es war nicht so ein ertragreicher Sommer, wie es viele in der letzten Zeit gewesen waren. Nun war es so, daß die Leute erwarteten, die Isländer würden viel Aufhebens um Larus, den Propheten machen, oder wenigstens erwarteten sie von ihm, daß er viel Aufhebens um die Isländer machen würde, doch in diesem Sommer begann er von anderen Dingen zu reden, neben dem Schiff und dem Papst von Jerusalem. In diesem Falle, sagte er, sei seine Quelle die Jungfrau selbst, die drei Nächte hintereinander zu ihm gekommen sei und ihn an ihren Brüsten habe saugen lassen, und diese seien voller Milch gewesen, die so süß wie der süßeste Honig geschmeckt habe und geflossen sei wie Wasser in den Fjord. Und es sei ihm auch vorgekommen, als habe sie ihn auf Ihren Bauch gelegt wie ein neugeborenes Kind und ihn dort gewiegt. Und dies habe sie ihm erzählt, daß ein großer Teufel unter den Grönländern lebe, jemand, der wie ein Mann dahergehe, doch auch das Geschlecht einer Frau besitze und die Füße eines Bären. Dieser Teufel, habe sie gesagt, locke die Leute vom Guten weg, und kein Mensch habe irgendein Mittel gegen ihn. Wenn er dir zu essen gebe, dann vergifte das Essen dich und wende deine Gedanken zum Bösen. Wenn er zu dir spreche, dann drängen seine Worte in deine Ohren ein und summten in deinem Kopfe herum wie Bienen und Spinnen. Wenn er dir Wasser gebe, dann sei das Wasser wie Feuer und brenne das Göttliche aus dir heraus. Wenn er auf deinem Hoffeld oder mit deinen Schafen arbeite, dann verderbe seine Berührung sie bis zur Ankunft des Herrn, wie es geschrieben stehe. Einfache Erdklumpen verwandelten sich in wimmelnde Verderbtheit, Würmer kröchen aus den Nasenlöchern der Schafe, Fleisch von diesen Tieren verfaule in deinem Mund, Milch werde sauer, doch sie verströme den Geruch des Todes und nicht den von Sauermilch. Die Augen der Jungfrau, sagte Larus, seien drehende Kreise von eisigem Blau gewesen, und ihre Umarmung sei so fest wie die Umklammerung eines Walrosses, die dem Menschen das Leben herausquetscht.

Nun war es so, daß Larus eine gewisse Anhängerschaft gewonnen hatte, meistens Frauen, das ist wahr, und diese Frauen kamen nach Larushof und saßen mit Ashild und der kleinen Tota herum und hörten zu, wie Larus seine Geschichten ausschmückte, und zuerst taten sie nichts, das man als Anbeten bezeichnen konnte, denn sie fürchteten sich vor einer solchen Sünde wie dem Niederknien außerhalb der Kirche. In der Tat hatten sie viele Tage ihres Lebens gekniet, um Ave Marias oder Vaterunser zu beten oder die Gebete, in denen die Priester sie unterwiesen, doch nun schreckte der Gedanke sie doch, auf Larushof niederzuknien, die Ohren voll von Larus' Visionen, und doch konnte keine dieser Frauen oder der wenigen Männer, die mit ihnen kamen, sich dazu bringen, dem Hofe fernzubleiben. Ashild war ihnen ein Vorbild, und auch die kleine Tota, die eine ein unschuldiges Kind, das sein Eßbrett zum Stiefvater trug und sich vor ihm verbeugte, und die andere die wahre Gestalt der Güte, die Larus bediente, doch ihn auch zu lenken schien. »Laßt uns nun unsere Stärkung einnehmen«, pflegte sie zu sagen, oder »Larus muß eine Weile in seiner Bettnische ruhen.« Larus sagte, der Herr und seine Heiligen hätten ihr die vollkommene Natur einer Ehefrau verliehen, denn sie hätten ihr alle Unzufriedenheit genommen, doch auch alle Angst.

Und so geschah es irgendwie, durch die Winter, als die Priester es sich in Gardar bequem machten, daß einige von Larus' Nachbarn sich daran gewöhnten, zu bestimmten Zeiten nach Larushof zu gehen, wenn das Fleisch auf dem Tisch stand, an zwölf Plätzen aufgelegt, und Larus trug dann ein besonderes Gewand, das eine der Frauen für ihn gewebt hatte, und die Leute saßen am Tisch und aßen gemeinsam von dem gedörrten Seehundfleisch und der Suppe, und Larus sprach von seinen Visionen – in Wirklichkeit erzählte er immer nur von einem Teil einer Vision, doch alles in der richtigen Reihenfolge, vom ersten bis zum letzten. Zu einem anderen Zeitpunkt während des Mahles sprach er dann immer von seiner Verfolgung durch die Grönländer, von seiner Verhandlung und seinem Sieg in den Händen von Bjorn Bollason und Eindridi Andresson, von den Verspottungen durch die Bauern während der Seehundjagden und den Empfängen auf diesem und auf jenem großen Hof.

Als nun die Ostern des Jahres 1407 kamen und ein Priester in der Thjodhildskirche war, da schien es einigen dieser Leute, daß sie gesündigt und den Herrn verraten hätten, denn während des Gottesdienstes von Sira Eindridi Andresson rutschten sie unruhig auf ihren Stühlen hin und her, und das Blut prickelte in ihren Adern, und einige dieser Leute schworen sich, von Larus fernzubleiben. Andere jedoch sahen die Mängel in Sira Eindridis Gottesdienst, wie er das Lateinische heruntermurmelte, ohne es gut zu kennen, und wie er sogar Teile des Gottesdienstes ausließ, an die sie sich zu erinnern glaubten, und wie er versuchte, diese Dinge wettzumachen, indem er eine lange Predigt voller schrecklicher Drohungen und harter Worte anstimmte. Diese Leute dachten mit Wohlgefallen an die einfachen Mahlzeiten auf Larushof und die gefällige Art, mit der Larus seine Geschichten erzählte, so wie eine Großmutter ihre Geschichten erzählte, die ein jeder schon kannte, mit ihrer eigenen Stimme, doch auch mit der Stimme vieler, die ihr vorausgegangen waren. Welche Begabung hatte Larus für diese Dinge gezeigt, als er noch Knecht in Brattahlid war? Keine, die erwähnenswert gewesen wäre. War nicht das allein schon Beweis genug, daß die Heiligen und der Herr und die Jungfrau wirklich zu ihm sprachen, wie er es behauptete? Jedenfalls fielen nach Ostern einige der Frauen ab und kamen nicht nach Larushof zurück, doch andere kamen so oft, wie sie konnten, und brachten andere Leute mit, Verwandte und Nachbarn. Es begab sich, daß Gudrunn, die Frau von Ragnleif Isleifsson und frühere Frau von Osmund Thordarson, eines Tages vorbeischaute, und obwohl sie nicht lange blieb, sagte Larus zu Ashild, daß dies ein großer Sieg für sie sei, und Ashild stimmte dem zu.

Kunde von diesen Vorgängen erreichte Bjorn Bollason, denn Larushof war in der Tat nicht so weit entfernt von Solarfell, und Bjorn Bollason wußte nicht, was er denken sollte, und er sprach mit den Isländern darüber und erzählte Snorri, wie Larus die Ankunft des Schiffes immer wieder vorausgesagt hatte, obwohl andere Einzelheiten der Voraussagen falsch gewesen waren. Doch immerhin hatte er das Schiff gesehen und die Frauen darauf, und Bjorn war verwirrt von dieser Mischung aus Wahrheit und Irrtum. Und so richtete sich Snorri in seiner Bettnische auf und schob sein Eßbrett mit Fleisch von sich weg und erzählte Bjorn die folgende Geschichte:

Einst, als Snorri ein junger Mann auf dem Schiff seines Onkels war, das gedörrten Kabeljau nach England brachte, geschah es, daß das Schiff auf der Überfahrt zwischen England und Frankreich vom Kurs abgetrieben wurde, und ein großer Sturm kam auf, und sie nahmen Zuflucht in einer gewissen Stadt in Frankreich namens Calais, und dies war eine bedeutende Hafenstadt, aber auch ein bedeutender Kriegsschauplatz, manchmal englisch und manchmal französisch, so daß die Leute dort die Sprache von Frankreich ebenso wie die Sprache von England beherrschten. Es war kein Ort, wie er Snorri gefiel – beengt und voll von rauhbeinigem Gesindel. Nun hatte man zwar die Fracht des Schiffes retten können, das Schiff selbst bedurfte jedoch einiger Ausbesserungen, und so blieben Snorri und seine Gefährten einige Wochen in Calais, und die ganze Zeit beklagten sie das Verstreichen des guten Segelwetters und die Ankunft des Winters, denn sie waren von dem Gedanken nicht sehr begeistert, bis zum Frühjahr in Calais bleiben zu müssen.

Nun geschah es eines Tages, daß Snorri und ein anderer junger Mann draußen in den Straßen der Stadt waren, und sie sahen, wie die Menschen auf einen großen Platz strömten, und so wurden die beiden von dem Strom mitgerissen, und bald kamen sie zu einem Platz, wo ein Gerüst aufgebaut war, und viele Menschen trieben sich herum und aßen und tranken aus Krügen Ale oder Wein. Recht bald schon kletterte ein gewisser Priester auf das Gerüst, ein großer, starker Bursche mit langen Armen und einem großen Kopf, und er begann den Menschen mit flammender Rede merkwürdige Geschichten vom Teufel und dem Herrn und dem nahenden Ende der Welt zu erzählen. Seine Stimme erhob sich, so schien es Snorri, wie ein starker Wind und brauste durch die Menge, schien sie in diese und in jene Richtung zu biegen, bis die Menschen nicht mehr wußten, was sie taten und wohin sie gingen, und nur noch zu dem Gerüst drängten, auf dem der Priester stand, so daß einige Leute auf den Boden fielen und nicht mehr aufstehen konnten und unter den Füßen der anderen zerquetscht wurden. Und die Stimme des Burschen schien immer lauter zu werden, wie ohne jede Anstrengung, und die Leute hörten auf zu reden und zu essen und zu trinken und lauschten nur noch, und Snorri und sein Gefährte ebenfalls. Menschen begannen zu weinen, und nicht nur Frauen, von denen viele dort waren. Und nachdem sie zu weinen begonnen hatten, fingen sie bald an zu jammern, ja, zu schreien, so daß ein großer Lärm auf dem Platz war. Aber der Priester wurde auch immer lauter, und Snorri hörte jedes Wort, das er sagte, und das schien daran zu liegen, daß dieser Priester zu Snorri selbst sprach, wie geradewegs in sein Ohr hinein. Snorri hätte nicht sagen können, wie lange das Predigen dauerte.

Der Nachmittag schien, als wolle er niemals enden, doch plötzlich geschah noch etwas, denn einige Männer auf Pferden, einige Magistratsbeamte und Ritter, galoppierten in die Menge, kletterten auf das Gerüst und zerrten den Priester herunter, und er verschwand zwischen den Pferden und den umherlaufenden Leuten. Doch obwohl man ihn nicht sehen konnte, drangen seine Worte, so wie die Predigt, in jedermanns Ohr, er schien die Stimme zu erheben und den Herrn um Hilfe anzurufen, und die Menge bedrängte jetzt die Magistratsbeamten, und Kämpfe brachen aus, so daß weitere berittene Männer, die sich am Rande der Menge hielten, waffenschwingend unter die Leute galoppierten, und die Menschen gerieten unter die Pferdehufe, doch andere zogen ihre Messer heraus und durchschnitten den Pferden die Sehnen, so daß diese auf die Pflastersteine stürzten, und dann fielen die Leute über die Reiter her und verprügelten sie.

Snorri und sein Gefährte berieten sich und stimmten überein, daß diese französischen Engländer von besonders reizbarem Gemüte waren, denn die Predigt hatte sie wirklich mächtig angeheizt. Die beiden Isländer versuchten, sich aus der Menge zu befreien. Zahlreiche Schläge prasselten wahllos auf sie nieder, und sie gelangten an den Rand des Platzes. Nun hatten große Glocken überall in der Stadt zu läuten begonnen, und die Straßen hallten wider von ihrem Lärm, und weitere berittene Männer galoppierten zum Schauplatz, und andere kamen zu Fuß, und am Ende lagen bei Anbruch der Nacht viele Leute verwundet und sogar tot auf dem Platz, und ein Aufruf machte in der Stadt bekannt, daß diejenigen auf dem Platz, deren Kleidung ihren niederen Stand verriet, nicht berührt werden durften, weder aus christlicher Nächstenliebe, zum Begräbnis oder zur Gewährung der Sterbesakramente, noch zur Heilung. Und der Lärm der Glocken währte die ganze Nacht, und am Morgen wurde bekanntgemacht, daß dieser Priester, der selbst ein verkappter Teufel war, von den Händen der Magistratsbeamten gefoltert und hingerichtet worden sei und daß das Volk ihn nicht länger fürchten müsse. Und dann hob man den Bann auf, das Verbot, sich um die Leute auf dem Platz zu kümmern, und diese Männer und Frauen und Kinder wurden in ihre Häuser oder Gräber getragen, je nach Notwendigkeit.

Nun gab es nach diesem Vorfall große Streitgespräche über die Natur dieses Priesters – woher war er gekommen, wie war das Gerüst auf den Platz gelangt, wie kam es, daß seine Stimme gleichzeitig lauter und leiser wurde, so daß sie sich einerseits über den Lärm der Menge erhob und einem doch ins Ohr zu flüstern schien, wo lag die Wahrheit und wo die Sünde in seinen Worten, wie lange hatte er gepredigt – den ganzen Nachmittag, nur eine kurze Zeit? Und man konnte sich in keiner dieser Fragen einigen. Einige sagten, daß dieser Bursche ein echter Prophet sei, aus Paris, und andere sagten, er sei der Teufel, ohne ein irdisches Zuhause, und einige sagten, daß Menschen das Gerüst in der Nacht gebaut hätten, und wieder andere sagten, daß Teufel es dorthin getragen hätten, und noch andere sagten, daß Engel es dorthin getragen hätten, und einige sagten, daß diejenigen, die auf dem Platz gestorben seien, Märtyrer seien, und andere sagten, daß sie verdammte Sünder seien, und es gab keine Autorität, die alle in der Stadt von irgendeiner dieser Meinungen hätte überzeugen können. Dann kam für die Isländer die Zeit der Abreise, und Snorri war darüber ziemlich froh, doch seit der Zeit hatte er über dieses Erlebnis manches Mal nachgedacht, und die Wahrheit schien ihm darin zu liegen, daß die Predigt, ob wahr oder falsch, das Volk entflammt und großes Übel bewirkt hatte. Jeder Isländer weiß von den Übeln in der Welt, besondern von jenen, gegen die kein Mensch etwas ausrichten kann – wie Krankheiten des Viehs und Ausbrüche der Vulkane und die Heimsuchung durch den Schwarzen Tod – doch dies war ein Übel, auf das die Menschen sich stürzten und das nicht von selbst zu ihnen kam.

Da schaute Bjorn Bollason Snorri schweigend an, und dann sagte er: »Scheint es dir, daß dieser Bursche Larus solch ein Übel bewirken wird?«

Snorri zuckte die Schultern.

»Wir haben schon einmal versucht, dieses Predigen zu beenden, ich selbst und Sira Eindridi. Doch es scheint mir, daß unsere Bemühungen ihm nur noch mehr Kraft gegeben haben.«

»Ihr könntet den Burschen töten.«

»Ich habe daran gedacht.«

»Aber in Island ist es geschehen, daß Abbot Thorlak von Thykkvabaer verjagt wurde, und obwohl er ein schlechter Mensch war, verehrten ihn die Leute, nachdem man ihn verprügelt hatte, und die letzten beiden Winter seines Lebens verbrachte er hochgeachtet. Mir scheint, das Übel hat hier mit dem Burschen Larus begonnen, und die Ereignisse nehmen wie immer ihren Lauf.« Und in der Tat nickte Bjorn Bollason, denn er hatte keine Ahnung, was er tun sollte.

Nun nahte die Zeit der herbstlichen Seehundjagd, und einige Isländer fragten, ob sie mitkommen und helfen oder zuschauen könnten, und Bjorn Bollason schickte einige in seinem großen Boot, und er überredete einen anderen Bauern in Brattahlid, ein paar Isländer in seinem Boot mitzunehmen. Es gab Gemurre unter den Grönländern, diese Leute würden bestenfalls Unannehmlichkeiten machen und im schlechtesten Fall Unglück bringen, hieß es, doch wie die Leute sagten: »Der Gesetzessprecher würde seinen Kopf verkaufen, um ein Isländer zu werden. Seine Augen und Ohren gehören ihnen schon.« Und diese Spöttereien machten die Runde, und den Grönländern gefiel das sehr. Zwei der Isländer stellten sich als recht hilfreich bei der Jagd heraus – Thorgrim Solvason, Gatte von Steinunn, und der Geschichtenerzähler Thorstein Olafsson. Thorgrim trug eine große Axt mit einem geschärften stählernen Blatt und erlegte viele Seehunde damit, und Thorstein trug ein Schwert. Diese beiden Isländer fanden, das sei die beste Jagd, die sie je gesehen hätten. Die anderen Isländer jedoch verkrafteten das Töten und das viele Blut nicht und waren meist nur zum Rudern in ruhigem Gewässer zu gebrauchen.

Es begab sich auch auf dieser Jagd, daß Kollgrim eine große Tat vollbrachte und einen Mann aus seinem Bezirk, dessen Boot umgekippt und unter Wasser geraten war, vorm Ertrinken bewahrte, ja, dieser holte sich kaum mehr als nasse Beine, denn Kollgrim erkannte die Gefahr, in welcher der Mann schwebte, an dem Aufruhr in einer Herde von Seehunden, und er lenkte sein Boot nah an den Burschen heran, und als das andere Boot sich auf die Seite legte, schoß Kollgrim vor und packte den Mann unter den Armen und zog ihn in sein Boot, wobei es hätte kentern können, doch Kollgrim war bekannt dafür, daß er einen unglaublichen Gleichgewichtssinn besaß. Die Männer machten viel Aufhebens um die Sache, doch Kollgrim sagte nur, es tue ihm leid, daß die Taue und Speere und Ruder verlorengegangen seien, und auch das Boot, denn es war voller Wasser, und man konnte es nicht retten.

Nach der Seehundjagd kam der Herbst, und das Schlachten der Schafe begann, und Sira Pall Hallvardsson schickte Boten herum, die die Leute zu einem großen Fest zu Ehren des Erzengel St. Michael riefen, doch einige Zeit nach dem eigentlichen Festtag. Alle Grönländer wußten, daß die Isländer kommen würden und daß sie ganz viele Geschichten und Verse vortragen würden, und obwohl die Grönländer so taten, als scheuten sie die Unbequemlichkeit des langen Weges, besonders im Herbst, bevor man sicher sein konnte, daß die Fjorde zugefroren waren, unternahmen sie alle doch große Anstrengungen, um dorthin zu gelangen, und jene, die bettlägerig waren oder aus anderen Gründen nicht zu der Reise imstande waren, riefen ihre Leute zusammen und verpflichteten sie, soviel wie möglich von diesen fremdartigen Versen, die sie dort hören würden, in Erinnerung zu behalten.

Jon Andres, Helga, Kollgrim, Elisabet und Egil wollten auch zu diesem Fest gehen, obwohl Helga mit ihrem ersten Kinde hochschwanger war. Eines Tages stand Helga am Feuer, auf dem die Knechte die Schafsköpfe angebraten hatten, um Svid zu machen, und als sie gerade die Holzstückchen schürte, damit die Asche für das Kochen von Seife ganz herunterbrennen konnte, da kam ihr in den Sinn, daß sie auf die andere Seite des Hügels nach Gunnarshof gehen müsse, doch schien es ihr auch eine große Anstrengung zu bedeuten, da ihre Fußgelenke und Beine von den Körpersäften des wachsenden Kindes stark angeschwollen waren. Dennoch ging der Gedanke, Kollgrim zu sehen, ihr nicht aus dem Kopf, und sie rief einen Knecht zu sich und schickte ihn, Jon Andres zu suchen, der sich irgendwo auf dem Hofe befand. Doch der Knecht kam zurück und sagte, Jon Andres sei fortgegangen, um nach einigen Pferden zu schauen, die man in den Hügeln über der Undir Hofdi-Kirche festgemacht hatte, und man könne ihn nicht finden, und dann dachte Helga daran, den Knecht zu Kollgrim zu schicken, und sie begann, ihm die folgende Botschaft aufzutragen: Ihr sei das Wissen zuteil geworden, daß er nicht zum Gardarfest gehen dürfe. Sie wußte sofort, daß der Mann sich nicht zum Übermittler eignete, und als er die Worte für sie wiederholte, da wußte sie, daß die Botschaft aus seinem Munde nicht überzeugend klang und keine Wirkung auf Kollgrim haben würde – in der Tat würde er sich nicht einmal daran erinnern, sobald der Mann fort war, und so trat sie ein paar Schritte vom Feuer weg und überlegte, ob sie am Ende doch selbst nach Gunnarshof gehen könnte, aber diese wenigen Schritte verursachten ihr solch brennende Schmerzen oben in den Beinen, daß sie sich auf den Boden setzen mußte und schließlich doch den Knecht schickte. Und es schien Helga, daß ihr eigenes Kind den Tod ihres Bruders bedeuten würde. Und sie dachte noch etwas, nämlich daß die Menschen schon Kollgrims ganzes Leben lang auf seinen Tod durch einen Unglücksfall gewartet hatten, und er lief immer noch herum. Und so kam es, daß die Botschaft überbracht, doch nicht gehört wurde, und alle Ketilshofleute und die Gunnarshofleute fuhren gemeinsam in dem großen Gunnarshofboot nach Gardar, und es war so spät in der Jahreszeit, daß zwei Knechte mit Axtstielen die Eisschollen wegstoßen mußten.

Sira Pall Hallvardsson war von der Gelenkkrankheit sehr gekrümmt und ging jetzt an zwei Stöcken herum. Seine Knie und Hüften waren ganz unförmig, und er war nicht imstande, beim Gebet niederzuknien, doch fürwahr, so sagte er zu Gunnar, wenn der Herr keine Augen im Kopf habe, um die Bürden seines Volkes zu sehen, dann habe niemand solche Augen. Was immer die Menschen sähen, der Herr sehe mit unendlich viel größerer Klarheit. Sira Jon, sagte er, lebe wirklich noch, und er bat Gunnar, doch bitte in die Kammer des Mannes zu gehen und mit ihm zu sprechen, denn es war so, daß Jon von Zeit zu Zeit von Gunnar sprach. »Mein Freund«, sagte Sira Pall, »es mag seine Sinne vielleicht nicht besänftigen, dich zu sehen, doch es wird seiner ewigen Seele helfen.« Und Gunnar folgte Sira Pall Hallvardsson mit einiger Beklommenheit zur Kammer des anderen Priesters.

Sira Jon war so klein wie eine Handvoll zusammengebundener Zweige, und er lag mit einem Stück Wadmal bedeckt auf geflochtenen Binsenmatten. Der Raum war stickig und feucht, klein genug, daß der Atem des Mannes ihn erwärmte. Gunnar stand gebückt unter der niedrigen Decke. Sira Jons Hände lagen auf der Wadmaldecke. Die Finger waren von der Gelenkkrankheit so angegriffen, daß sie verbogen waren, und die Arme des Mannes waren bis auf die Knochen abgemagert. Sira Pall Hallvardsson sagte: »Mein Bruder, hier ist eine Seele, die Tröstung bei dir sucht.«

»Er ist ein Grönländer, das sehe ich an seinen Muskeln.« Er sprach voller Bitterkeit.

Gunnar schaute Sira Pall Hallvardsson an und dann Sira Jon und sagte: »Alle Menschen suchen die Vergebung des Herrn für ihre Sünden. Auch ich.«

»Es mag sein, daß der Herr ihnen vergibt, es mag sein, daß er es nicht tut. Solche Dinge kann ein Priester nicht wissen, das ist der Kern der Geschichte, die ich zu erzählen habe. Suche nichts bei mir, Gunnar Asgeirsson.«

»In der Tat, ich weiß nicht, was ich suche, außer der Güte zwischen den Menschen.«

»Dem Herrn liegt nichts an der Güte von Menschen.«

»Doch den Menschen liegt daran.«

»Mir liegt nicht daran. Du und deine Schwester, ihr wart wie reife Feigen, geschwollen von Stolz auf eure Schönheit und die Süße eures Eigensinns.«

»Ich erinnere mich nicht daran.«

»Es geschah, daß deiner Frau eine Vision erschien, eine Vision von der Jungfrau und dem Kinde, und in eurer Unbekümmertheit verdientet ihr es nicht.«

»Wahrhaftig, Sira Jon, ich sah es nicht, denn ich schlief. Nur das Mädchen sah es. Du mußt ihr vergeben, meiner Birgitta, denn sie hat unter ihren Visionen gelitten und niemals Freude daran gehabt.«

»Grönländer wissen wenig über das Leiden.«

»Mir scheint, daß jeder Mensch vom Leiden des anderen weiß durch das Leiden, das er selbst fühlt. Wenn du mir sagst, daß Grönländer wenig über das Leiden anderer wissen, dann muß ich antworten, daß du es bist, der wenig über das Leiden weiß.«

»Ihr Grönländer habt mein Amt immer gering geachtet. Ich bin nicht überrascht, solche Reden von dir zu hören.«

Die ganze Zeit über hatte sich Sira Pall Hallvardsson halb gegen die Wand gelehnt und halb auf seine beiden Stöcke gestützt. Nun strauchelte er, und Gunnar streckte den Arm aus und half ihm hoch und sagte dann: »Mir scheint, daß wir alte Männer sind, die wie junge Männer zanken. Am Tage der Vermählung meiner Helga gab ich den Zeitvertreib der Grönländer auf, Feindschaft zu pflegen. Ich suche die Vergebung beim Herrn und die Güte der Menschen bei dir, Sira Jon.«

»Nein, Gunnar Asgeirsson, diese Güter kann ich dir nicht geben. Suche woanders und nicht in diesem Sarg. Mach dich jetzt fort, ich will nicht, daß du noch länger hier herumstehst.« Und er schloß die Augen. Gunnar half Sira Pall Hallvardsson durch die Tür und folgte ihm hinaus. Sira Pall Hallvardsson lächelte Gunnar traurig an und sagte: »Dies ist der Bruder, der mir gegeben wurde. Sein Fleisch kenne ich so gut wie mein eigenes, seine Worte fließen in meine Ohren. Ich bin sein Beichtvater, seine Amme und sein einziger Gefährte, denn die anderen fürchten ihn. Er nähert sich dem Tode, und ich kann ihm nichts mit auf die Reise geben.«

»Genauso denke ich von meinem Sohne Kollgrim. Mir scheint, es gibt Menschen, deren Weg durch das Leben so einsam ist, daß sie selbst die Gnade Gottes meiden.«

»Jeder Mensch kann im letzten Augenblick seines Lebens gerettet werden.«

»Wollen es denn alle Menschen?«

»Es heißt, daß sie es tun.«

»Dann muß es so sein. Wir sind alte Männer, die es bald an sich selbst erfahren werden.«

»Sira Audun hat einmal ein Gebet für mich gemacht, um mich damit zu necken. Es geht so: ›Herr unser, ich bin es, Pall Hallvardsson, weit draußen im westlichen Ozean. Ich bin der Priester an diesem Ort, und ich halte viel von Dir.‹«

Gunnar lachte. Sira Pall Hallvardsson sagte: »Das ist mein täglich Gebet.« Und sie gingen aus der Halle hinaus und auf das Feld, wo viele Leute herumschlenderten und die Neuigkeiten des Herbstes austauschten.

Birgitta saß auf dem Hang zwischen Helga und Kollgrim, und sie hatte sich bei den beiden untergehakt. Auf dem Hang, ein wenig unterhalb von ihnen saß Elisabet Thorolfsdottir mit dem kleinen Egil an der Brust, und obwohl sich Birgitta fest an Helga und Kollgrim drückte, war es Elisabet, zu der sie sprach. Sie sagte: »Mein Kind, du mußt aufrecht sitzen und den Jungen hochhalten und ihm die Brustwarze tief in seinen kleinen Mund geben, und dann kann er dich in der Tat nicht beißen. Er ist sogar noch zu klein, als daß man ihm sein Fleisch vorkauen könnte.«

Elisabet murmelte: »Ja, gut«, mit leiser Stimme, doch das Kind bewegte sich und rutschte wieder von der Brustwarze weg, und die Mutter bemühte sich nicht, es wieder hochzuheben. Es begann zu wimmern. Birgitta sagte, immer noch geduldig: »In der Tat, mein Kind, dein Junge ist hungrig und will saugen. Bereitet es deinen Ohren keinen Schmerz, dieses Schreien zu hören?« Und Elisabet kam zu sich und richtete sich höher auf. Birgitta wandte sich Helga zu und sagte, so daß Kollgrim es hören konnte: »Dieses Kind ist so klein wie ein junger Hund und brabbelt nicht, obwohl es fast einen Winter und einen Sommer gelebt hat.«

»Ja, meine Mutter«, sagte Helga.

»Jedes meiner Kinder konnte nach einer solchen Zeit, wie sie bei diesem hier vergangen ist, schon stehen und umherschauen. Mein Junge Kollgrim ist immer aus dem Haus gelaufen. Sie ist ein armseliger Stamm, diese Thorolfsippe. Ihr Blut ist von zuviel Fisch dünn geworden, so scheint mir. Sie sind wie die Priester. Thorolf ist auf dem Hof guten Willens, doch manchmal kommt er im Winter in der Tat nicht aus der Bettnische. Der Sohn wird genauso schlimm sein, wenn er ein paar Jahre weiter ist. Hast du Hoffnung für dieses Kind, Helga?«

»Ich hoffe am Morgen, daß ich ihn am Abend sehen werde, und am Abend hoffe ich, daß ich ihn am Morgen sehen werde, und meine Hoffnungen werden immer erfüllt.«

»Aber bald wirst du dein eigenes Kind haben und mußt die Besuche bei diesem aufgeben.«

»Wir können Elisabet vielleicht immer noch dazu überreden, das Kind nach Ketilshof zu bringen. Aber es ist in der Tat schwer, sie zu bewegen. Jon Andres behauptet, sie sehe aus wie ein Vogel, sei aber so schwer wie ein Wal.«

Da sagte Kollgrim: »Die Dinge sind auf Gunnarshof nicht schlecht für sie. Es gibt viel zu essen dort, und in den Bettnischen sind warme Felle.« Und danach redeten Birgitta und Helga nicht mehr über Elisabet und das Kind. Nun kam ein Zug von vornehm gekleideten Leuten den Hang herunter, und die Gruppe bestand aus Sigrid Bjornsdottir und einigen anderen Solarfellern und einigen Isländern, darunter Thorstein, der Verseschmied, Thorgrim, seine Frau Steinunn, deren Schwester Thorunn, Snorri, der Schiffsherr und einige andere Leute. Alle Grönländer verdrehten ihre Köpfe, um die Neuankömmlinge anzustarren, und Helga sah, daß auch Kollgrim starrte, als fielen ihm die Augen aus dem Kopf, und Helga hatte nicht gewußt, daß er sich soviel aus Sigrid machte. Sie bekam Angst und packte ihre Mutter fest am Arm. Nun ging die Gruppe an der Stelle vorbei, wo sie saßen, und Sigrids Blick fiel zuerst auf Helga und dann auf Kollgrim, und sie lächelte, doch ebensosehr aus dem Gefühl der Peinlichkeit wie aus Freude. Helga sah, daß ihre Augen einen Moment lang Kollgrims Gesicht durchforschten, bevor sie den Blick auf das Gras senkte. Helga drehte sich um und schaute Kollgrim an. Er schaute Sigrid gar nicht an, sondern jemand anderen in der Gruppe. Helga fand nicht heraus, wer das sein konnte, denn alle blieben eng zusammen und redeten fröhlich miteinander. Sigrid schloß sich ihnen an, beinahe ohne zu zögern, bis auf ihren flüchtigen Blick zu Kollgrim, dann zu Elisabet Thorolfsdottir, dann zu dem Kind. Der Zug bewegte sich weiter. Nun schaute Helga ihre Mutter an, und Birgitta schaute ihre Tochter an, und es schien Helga, als verbinde sie beide ein geheimes Wissen, und da bekam Helga große Angst, denn Birgitta war bekannt für ihre seherischen Fähigkeiten.

Auf diesem Gardarfest wurde tatsächlich zwei Tage lang gegessen, es gab vier Gottesdienste, denn in der Tat, wenn Menschen den Weg zur Kathedrale von St. Nikolaus auf sich nahmen, dann mußten sie sich mit Liturgie und Gebet vollstopfen, da sie über den Winter wenig genug davon zu hören bekommen würden, trotz der Bemühungen von Sira Eindridi und Sira Andres. Die Kathedrale war immer voll von Menschen, denn die Menschen beten gern in Gegenwart einer Reliquie, auch wenn es nur der letzte Fingerknochen des kleinsten Fingers ist. Viele Gaben wurden diesem St. Olaf dem Norweger dargebracht, und das tat den Leuten gut. Larus der Prophet verbrachte selbst eine Menge Zeit auf Knien vor dem Reliquienschrein, und die Leute machten Bemerkungen über die Regungslosigkeit seiner Haltung und die Länge seines Gebetes. Ashild stand mit der kleinen Tota in der Nähe und beobachtete ihn, und als er fertig war, half sie ihm auf die Beine, und er wankte an ihre Schulter gelehnt fort.

Nun wurden die Leute zum ersten Gottesdienst in die Kathedrale gerufen, und sie drängten sich so dicht hinein, daß sie auf den Bänken beinahe aufeinander saßen, und es gab zwar kein Feuer, doch genügend Wärme. Sira Eindridi las die Messe, und es schien einigen Leuten, daß er die Stellen, die er nicht kannte, mit Bruchstücken von Gebeten ausfüllte, an die er sich von anderswo erinnerte oder die er sich ausgedacht hatte. Wie gewöhnlich hielt er eine große, lange Predigt, voll von Verdammnis und Leid und schrecklichen Prophezeiungen der Hölle, wo, wie er sagte, das Feuer wie Eis brenne und die verdammten Seelen mit einem Stückchen verdorbenen Käse bis in die Ewigkeit auskommen müßten und ihre Bäuche niemals voll seien und immer von der Magenkrankheit gepeinigt würden, so daß sie sich mit Scheiße bedeckten, und weitere Prophezeiungen dieser Art, und während dieser Predigt begannen die Leute wie gewöhnlich leise miteinander zu reden, was den Priester sogar noch zorniger machte, so daß sein Gesicht rot wurde wie Beeren, und weil sein fliegender Atem ihn schüttelte, mußte er innehalten. Doch nun kam die Zeit des Abendmahls im Gottesdienst, und die Menschen wurden still und vertieften sich in ihr Gebet.

Nun dauerte Sira Eindridis Predigt so lang, und in der Kathedrale saßen die Leute so dicht aufeinander, daß einige von ihnen gegen Ende des Gottesdienstes an die Luft gehen mußten, und darunter war Steinunn Hrafnsdottir, die Isländerin. Sie glitt von der Seite ihrer Schwester Thorunn, und als sie ins Gras hinaustrat, sah sie, daß der Fjord unterhalb der Kathedrale vom roten und weißen Leuchten der untergehenden Sonne glühte, und so kam es ihr in den Sinn, hinunter zur Anlegestelle zu spazieren, wo man alle Boote auf den Strand gezogen hatte. Ihre Schwester Thorunn hatte ein bißchen Angst vor den Grönländern und bewegte sich nicht gern allein unter ihnen, doch Steinunn konnte das nicht verstehen. Diese Leute hatten ein ziemlich schlechtes Benehmen und starrten einen gern an und wußten nicht, wie man die richtige Form des Sprechens wählt. Doch nach Steinunns Ansicht waren sie auch nicht schlimmer als einige Isländer, die in abgelegenen Bezirken lebten. Das Feld vor der Kathedrale fiel sanft ab, und Steinunn sog einige Male tief die kühle Luft ein. Sie war recht froh, allein zu sein, denn ihr Gatte Thorgrim war in der Tat ein wachsamer Bursche, immer in ihrer Nähe und ständig mit den Händen an ihr. Nun lief sie zwischen den kleinen Booten umher und staunte sie an, denn sie waren alle irgendwie zusammengestükkelt, aus Resten und Teilen von Planken, und sie stanken durchdringend nach Seehundtran. Ganz Grönland stank durchdringend nach Seehundtran, hatte Steinunn entdeckt. Dennoch hatte sie keine Sehnsucht, nach Island zurückzukehren, eher schreckte es sie, obwohl Thorgrim dort ein mächtiger Mann war. Es schien ihr, daß Thorgrim gut daran täte, sich in Grönland niederzulassen, da er nicht entschieden hatte, sich in Norwegen niederzulassen. Es hieß, daß es bei den Grönländern viele gute verlassene Bauernhöfe gebe, und schließlich würde es nicht sehr schwer sein, nach Island oder Norwegen zu fahren und eine Ladung Schafe und Kühe zu holen. Snorris Schiff war dafür groß genug. Was immer Thorgrim tun würde, es schien Steinunn, daß sie nicht nach Island zurückkehren könnte, denn es hieß in der Tat, alle seien dort gestorben. Der Gedanke ließ ihr Herz flattern, und sie legte sich die Hand auf die Brust und blieb stehen, um den Atem anzuhalten.

Jetzt, in Grönland, sah sie, was für einen Fehler sie gemacht hatte, als sie Thorgrim ihr Jawort gab, eine Schwäche des Willens, und sie hatte schon damals erwartet, daß sie es bereuen würde, und jetzt bereute sie es. Doch ihre Tage bei den Norwegern waren unglücklich gewesen, und der einzige norwegische Bauer, der um ihre Hand angehalten hatte, war ein Bursche mit einem großen Kropf gewesen, der zwar sehr reich und mächtig war, doch sie hatte sofort gesehen, daß er niemals Glück bei den norwegischen Mädchen hatte und sie so gering schätzte, daß er ihres Jawortes sicher war. Eine Frau, die Ländereien in Island besaß, besonders solche, die zum Teil mit rauchender Lava bedeckt waren, bedeutete für einen Norweger keinen besonders guten Fang. Zwar war ihr Vater Gesetzessprecher gewesen, doch ihr Vater war bereits gestorben, und sein Tod in der Vulkanlawine war so merkwürdig, daß er Leute abstieß, es sei denn, sie waren Isländer.

Thorgrim war recht gutaussehend, und Steinunn hatte sich gefreut, mit ihm über Dinge zu sprechen, die sie beide kannten. Es schien ihr, als löste sich ihre Schwermut, wenn er da war, oder als verscheuchte sie sie um seinetwillen. Jetzt geschah das nur noch selten, außer wenn sie zu den Bergen von Grönland aufblickte und daran dachte, daß keiner von ihnen ein Vulkan war, daß ihre Form und Stille unveränderlich und ewig waren. Der Winter würde vorübergehen, und der Sommer würde kommen, und Snorri würde sich entschließen, nach Island zu fahren und nachzusehen, was seine Frau über die Jahre aus seinen Höfen gemacht hatte.

Die Sonne war untergegangen, und Dämmerung senkte sich über dem Gardarfeld. Nur die verschneiten Gipfel der Berge warfen ein wenig Licht in den Himmel. Steinunn wandte sich von den Booten ab und begann, den Hang wieder hinaufzusteigen, und sie war so in Gedanken versunken, daß sie beinahe über einen Mann stolperte, der zwischen zwei Booten in ihrem Wege kniete. Er sprang hoch und fing sie auf, damit sie nicht fiel, und sie sah, daß es der große Bursche war, der mit dem Mädchen Sigrid verlobt gewesen war, doch sie konnte sich nicht an seinen Namen erinnern. Sie hatte ihn erst ein- oder zweimal gesehen. »In der Tat«, sagte sie, »die Dunkelheit macht mich unvorsichtig«, und obwohl sie über den Mangel an Licht sprach, schien es ihr, daß sie ihre Gedanken meinte, und das entrang ihr einen tiefen und traurigen Seufzer.

»Du hast dich von der Gemeinde entfernt, die versammelt ist, um den Priester zu hören.«

»Und du auch.«

»Priesterrede interessiert mich nicht sehr.«

»Dieser Sira Eindridi zieht gern die Aufmerksamkeit auf sich.«

»Das kann sein. Ich weiß nichts darüber.«

»Warum bist du dann zu dem Fest gekommen?«

»Ich habe gehört, es würde isländische Geschichten geben. Ich dachte, sie würden die Mutter meines Sohnes zerstreuen.«

»Warum muß sie denn zerstreut werden?«

»Weil sie eine Frau ist, scheint mir. Ich weiß nicht, wozu sie sich entschlossen hat, Leben oder Tod. Geschichten sind für die meisten Leute unterhaltsam. Vielleicht werden sie ihre Gedanken ablenken, worüber sie jetzt auch immer nachdenken mag. Warum hast du dich von der Gemeinde entfernt?«

»Ich habe bei ihnen keine Luft mehr bekommen.«

»Ich habe dich schon einmal gesehen. Von denen, die plaudern, hast du am wenigsten zu sagen.«

»Ist das so?«

»So scheint es mir.«

Nun schwiegen beide, und er nahm ihre Hand und legte sie auf seinen Arm und führte sie zwischen den Booten zu einer weiter oben gelegenen Stelle, von wo aus sie einen freien Weg zur Kathedrale haben würde, doch als sie dort standen, wollte sie seinen Arm nicht lassen, und auch er ließ nicht von ihrer Hand. Sie standen ein Weilchen still da, schauten sich nicht an und schauten auch nicht weg voneinander, und es schien Steinunn, daß die Gegenwart des Burschen ihre bisherige Unruhe besänftigte. Nun ließ er sie frei und legte ihr ganz leicht die Hand auf die Schulter und schob sie von sich weg, und sie stieg den Hügel hinauf, und er ging zum Strand zurück und beschäftigte sich weiter mit dem, was immer er zuvor getan hatte. Als sie die Kathedrale erreichte, fiel Steinunn der Name des Burschen wieder ein, Kollgrim Gunnarsson, großartig geeignet für die Spötteleien der Grönländer wegen seiner Verlobung mit Sigrid Bjornsdottir.

Nun kam der Zeitpunkt für das Festessen des ersten Abends, und alle Leute strömten in die große Halle des Bischofshauses und setzten sich an die Bänke, und die Frauen und Mägde gingen herum mit Schüsseln von Schneehuhn, mit Seehundflossen, geschmort und mit Thymian gewürzt, und das galt als ein gutes Gericht, selbst bei den Isländern. Danach gab es Schalen von Sauermilch, dick und kalt, mit Blaubeeren gesüßt, und diese waren an drei verschiedenen Tagen in den Hügeln zwischen Gardar und Hvalseyfjord für das Fest gesammelt worden, und sie waren prall und saftig. Danach gab es Svid und gebratenen Hammel, und dieser Hammel war ein wenig zäh und zu alt, aber dennoch würzig, und die Leute fanden, sie hatten gut daran getan, zum Gardarfest zu kommen. Nun gab es noch eine andere Speise, und das war gedörrter Kapelin mit gesäuerter Butter, und das ist ein Gericht, welches die Grönländer sehr mögen, denn die kleinen Fische knacken und knuspern zwischen den Zähnen, und die Butter spitzt die Lippen. Die Isländer waren von dieser Speise nicht besonders angetan. Nun kam der Moment, wo die Leute begannen, von den Tischen wegzurücken, sich aber noch ein wenig umzuschauen, um noch ein allerletztes Bißchen zu kosten, bevor sie endgültig aufhörten. Und so kamen die Frauen und Mägde mit einer Speise, die die meisten Leute nie zuvor probiert hatten, Angelikastengel in Honig gesotten, und das war so köstlich und süß, daß den Leuten die Zähne vor Vergnügen daran schmerzten.

Danach wurden die Tische weggetragen, und die Leute schoben die Bänke zur Seite, und die Isländer begannen mit ihrer Unterhaltung, und es war so, daß die Isländer seit einem Jahr bei den Grönländern waren, lang genug für einige der Grönländer, insbesondere für die Solarfeller, Tanzschritte und Worte zu einigen ihrer Verslieder zu lernen. Und so standen acht Frauen auf, darunter

Sigrid Bjornsdottir, und acht Männer und tanzten, während Thorstein Olafsson laut sang. Und es war ein fremdartiges Verslied über einen Burschen namens Troilus, der ein Held aus früherer Zeit war, und seine Konkubine namens Cresida, die gesündigt hatte und schwer für ihre Sünden bestraft wurde. Eine Zeit verging mit dem Erzählen anderer, weniger schändlicher Geschichten, und dann rief man die Leute für den zweiten Gottesdienst wieder in die Kathedrale. Der erste, der die Kirche betrat, entdeckte Larus, den Propheten, das Gesicht auf den Steinen vor dem Kruzifix, und man mußte ihn aufheben und hinaustragen, denn er schien bewußtlos, und nachdem die Leute miteinander geredet hatten, wurde offenbar, daß Larus nicht an dem Festmahl teilgenommen, sondern die ganze Zeit betend in der Kathedrale verbracht hatte, mit Ashild und der kleinen Tota in seiner Nähe. Die beiden waren eingeschlafen und mußten zum Gottesdienst aufgeweckt werden.

Dieser Gottesdienst wurde von Sira Andres gehalten, der erst siebzehn Winter alt war, und obwohl seine Art gefälliger war als die seines Vaters, wußte er noch weniger von der Messe und murmelte noch viel mehr. Auch er hielt gerne Predigten über den Lohn der Sünde, doch der Lohn, den er vorhersagte, war weniger schrecklich als der von Sira Eindridi, und manchmal verlor er sich in seinem Text, was den Leuten eine kleine Erleichterung gewährte. Dieser Gottesdienst war kürzer als der vorherige, und danach gingen die Leute zu ihren Zelten und Kammern, um zu schlafen.

Nun war es so, daß Sira Pall Hallvardsson am zweiten Tag des Festes beide Messen lesen sollte, und die Leute freuten sich darüber, denn er kannte alle Gebete in der richtigen Reihenfolge und murmelte niemals, und die Kommunion, die er spendete, hielt man für heiliger als die Kommunion, die die beiden anderen spendeten, und so wurde den ganzen zweiten Tag viel gebeichtet und Absolution erteilt, und viele Leute gingen den ganzen Tag in der Kathedrale ein und aus. Die ersten, die lange vor der Dämmerung in die verdunkelte Kirche kamen, entdeckten Larus den Propheten vor dem Kruzifix, und er blieb den ganzen Tag dort, Gebete auf den Lippen, doch die Beichte wurde ihm nicht abgenommen.

An diesem Tag gab es eine Morgenmesse, gefolgt von einem Festmahl bei Tageslicht, worauf wiederum ein früher Abendgottesdienst folgte, und dann sollten die Leute, die in der Nähe wohnten, abreisen, und am nächsten Morgen würden die übrigen Leute abreisen. Es begab sich, daß die Isländerin Steinunn Hrafnsdottir vor der Morgenmesse aus der Gardarhalle trat, und sie ging ein wenig spazieren, nicht weit von dort, wo die Boote auf den Strand gezogen waren, und ihr Gatte Thorgrim Solvason ging ihr nach, und als er sie eingeholt hatte, begannen sie ein Gespräch. Thorgrim sagte: »Meine Steinunn, deine Schwester wünscht deine Gegenwart, denn sie braucht dich in der Tat, damit du ihren Kopfputz richtest.«

»Sie hat ihren Kopfputz schon viele Male des Morgens ohne meine Hilfe gerichtet.«

»Dennoch fragt sie nach dir. Und es ist auch nicht zu leugnen, daß es sich nicht für dich schickt, so herumzulaufen, denn es gibt viele Leute auf diesem Fest, die uns unbekannt sind.«

»Du und Thorunn, ihr denkt zu schlecht von diesen Grönländern.«

»Sie sind rauhe Menschen.«

»Nein, sie sehen nicht gut aus, und sie kleiden sich komisch, in Felle und ähnliches, doch sie sind nicht rauher als andere Leute, denen wir begegnen könnten, in Norwegen oder in Island.«

»Wie kamst du zu diesem Wissen?«

Da legte sie ihren Kopf schräg und schaute ihm in die Augen. »Mein Thorgrim, ich habe auch ein Jahr lang in Grönland gelebt, und auch ich habe mit Bjorn Bollason gesprochen und mit seinen Söhnen und anderen Leuten, die in Solarfell sind. Kann ich mir nicht mein eigenes Urteil in dieser Frage bilden?«

»Mir scheint, daß eine Frau in solchen Dingen von ihrem Gatten und ihrer Schwester geleitet werden muß.«

»Thorunn ist drei Winter jünger als ich.«

»Doch sie ist von einem anderen und mißtrauischeren Gemüte. Sie hat gesehen, wie du gestern abend aus dem Gottesdienst geschlichen bist und wie lange du dich ferngehalten hast.«

»Der Raum war in der Tat sehr stickig.«

»Wenn du mich gesucht hättest, dann hätte ich dich hinausgeführt, und wir wären gemeinsam spaziert, wie es sich für einen Mann und eine Frau gehört.«

»Wir können das jetzt tun, mein Thorgrim.« Und das taten sie, den Hügel hinunter und wieder hinauf, und bald schon war es Zeit für den Gottesdienst, und sie gingen in die Kathedrale und suchten sich einen Platz zum Sitzen.

Nun begann Sira Pall Hallvardsson zu beten, und dann hielt er eine Predigt zum Dank für die Gaben des Herrn in allen Dingen, und dies waren einige der Dinge, über die er sprach: die Kinder der Grönländer, deren Gesichter über jedem Bauernhause strahlen wie purpurroter Steinbrech zum Fest Johannes des Täufers, die Häuser der Grönländer, so dick mit Soden bedeckt, daß zwei oder drei Seehundtranlampen sie im Winter warmhalten; die Rentiere, die Fell und Fleisch und Knochen geben; die Seehunde, die Fett und Fell und Fleisch geben; der Winter, der Ruhe bringt; und der Sommer, der Arbeit und Sonnenlicht gibt; der jährliche Kreis des Pflanzens und Jagens und Melkens und Erntens und wieder Jagens, von Jul an, dem Fest, das die Menschen an das Hineingeborenwerden in die Welt erinnert, bis Ostern, das die Menschen an das Wiedergeborenwerden in den Himmel erinnert, bis zum Fest aller Heiligen, das die Menschen daran erinnert, wie man von einem zum anderen gelangt. Und die Leute wurden von dieser Rede sehr besänftigt und bedauerten, daß sie so schnell zu Ende ging, denn Sira Pall Hallvardsson konnte in der Tat nicht während einer langen Predigt stehen und besonders nicht zweimal an einem Tag. Nachdem der Gottesdienst vorüber war, gingen die Leute hinaus ins Helle. Es hatte in der Nacht über Gardar geschneit, doch der Südhang des Hügels war warm und angenehm in der Morgensonne. Und nun sprachen die Leute über den kommenden Winter, und alle waren zuversichtlich, was ihre Eßvorräte und die Gesundheit ihrer Herden betraf, und einige Leute, die mit den Isländern zu tun gehabt hatten, dachten bei sich, daß diese fremden Leute gut daran täten, ihr Schiff in Grönland zu lassen und einige der verlassenen Höfe zu übernehmen, die es in jedem Bezirk gab. Waren die Bedingungen nicht so wie zur Zeit Eriks des Roten, als es viel gutes Land gegeben hatte, das man sich nur nehmen mußte? Die Antwort war, daß die Bedingungen günstiger waren, denn das

Land war bereits erschlossen, und die Häuser und Ställe waren dem Wetter besser angepaßt als die, welche Erik und seine Gefährten nach alter Art gebaut hatten, mit den langgestreckten Hallen und den gefräßigen Feuern. Das war der Kern der Gespräche unter den Grönländern, als sie sich zum zweiten Festmahl setzten. Sie waren sehr zufrieden mit sich.

Als die Dämmerung nahte, begann Sira Pall mit dem zweiten Gottesdienst, und er sprach die Gebete mit tiefer, volltönender Stimme, die angenehm zu hören war. Die Kathedrale war voll von Menschen, so wie beim ersten Gottesdienst, denn in der Tat, selbst die Leute aus den Bezirken, die am weitesten entfernt waren, verpaßten sehr ungern auch nur einen einzigen von Sira Pall Hallvardssons Gottesdiensten, denn er war ein alter Mann, und wer konnte schon sagen, daß er den Winter überleben würde? Nicht jeder tat das.

Es geschah, als er das Kyrie beendete, daß Larus der Prophet seine Stimme erhob und auf Nordisch ausrief: »Der Herr ist bei mir! Hört mich sprechen!« und ein Bauer aus seinem Bezirk, der in seiner Nähe stand, sagte: »Larus, du sprichst in der Tat zur unrechten Zeit. Jetzt ist die Zeit, den Priester zu hören.« Einige andere Männer legten die Hände auf Larus' Schultern, doch er schüttelte sie ab. »Nein«, schrie er, »das Wort des Wahren Herrn kommt niemals zur unrechten Zeit, es ruft aus dem Munde der Kinder, fliegt mit dem Wind, der in den Bergen heult, wenn es sein muß. Dies ist, was ich euch sage: Rom hat euch verlassen! Der Papst denkt nicht an euch! Der Erzbischof von Nidaros schläft friedlich jede Nacht, unberührt von euren Sehnsüchten! Jene, die eure Seelen leiten, kümmert nicht, ob ihr gleich täglich der Sünde verfallet oder stündlich oder von Augenblick zu Augenblick! Sie geben nicht eine Krone, noch rühren sie einen Finger, um euch zur Erlösung zu verhelfen. Sie denken mehr an ihre Leibwäsche als an eure Seelen! Erst haben sie euch verboten, euch selbst zu erretten, und nun weigern sie sich, euch zu erretten. Habt ihr Oblaten? Habt ihr Wein? Glaubt ihr denn, daß das Blut des Herrn Wasser war und sein Fleisch Seegras? Es steht nicht so geschrieben. Wahrlich, Grönländer, ihr seid verflucht, nicht gesegnet, wie immer ihr auch eure Bäuche füllt, denn der Weg zur Erlösung ist euch verschlossen. Vielleicht spricht der Herr Selbst zum Erzbischof von Nidaros und heißt ihn, den Grönländern ein Schiff zu senden und einige Priester, die ordnungsgemäß geweiht sind, nicht wie diese falschen Grönländer, die sich selbst Sira nennen, doch nie geweiht worden sind, aber der Erzbischof von Nidaros verstopft sich die Ohren. Er hört nicht das Wort des Herrn, und er hört auch nicht die Schreie der Grönländer nach Erlösung. All diese Menschen, die hier gestorben sind, diese Frauen und Männer und Mütter und Väter und Brüder und Schwestern, die an der Brechkrankheit und an der Magenkrankheit gestorben und durch Unglücksfälle und Hunger und Erfrieren und Ertrinken zu Tode gekommen sind, denkt ihr denn, daß sie den Weg in den Himmel geschafft haben? Denkt ihr denn, daß sie zu Füßen des Herrn sitzen und jeden Tag dem Gesang der Engel zuhören? Nein, das ist nicht so. Sie schmoren in der Hölle, denn ihre Sünden sind nicht gebeichtet und vergeben, sie sind nicht dem Herrn verbunden, sie sind die Verlassenen der Erde, und Jesus Selbst hört nicht ihre Schreie. Dies ist es, was ich euch sage!« Und nachdem er gesprochen hatte, schaute Larus sich um, und den Grönländern fiel es schwer, etwas zu sagen, denn niemand hatte das Wissen in sich, um verneinen zu können, was Larus behauptet hatte.

Nun nahm Sira Pall Hallvardsson den Gottesdienst wieder auf, wo er ihn abgebrochen hatte, als hätte Larus nicht gesprochen, doch beinahe sogleich unterbrach das laute Geplapper der Grönländer seine Gebete, so daß er seine Stimme erheben mußte, damit man ihn hörte, und nun beruhigten sich die Grönländer, und Sira Pall Hallvardsson fuhr mit dem Gottesdienst fort bis zur Predigt, und da richteten sich die Leute auf und schauten ihn an, denn sie waren neugierig, ob er Larus ansprechen würde, und wenn ja, wie er das tun würde. Und dies ist, was er sagte: »Es begab sich eines Tages, daß der Herr Jesus Christus in eine Stadt namens Bethanien im Osten kam, und Er verbrachte die Nacht dort mit ein paar sehr armen Leuten, und als Er am Morgen aufstand, da sah Er, daß sie nur einen einzigen Laib Brot hatten, obwohl sie sieben waren, und so sagte Er, daß Er nicht hungrig sei, und Er verabschiedete sich, doch wahrlich, Er war ein Mensch wie alle Menschen, und Er hatte großen Hunger auf Sein Morgenfleisch. Es stand ein Feigenbaum an der Straße, und obwohl er mit Blättern und Blüten bedeckt war, konnte doch kein Mensch eine einzige Feige darauf finden, und mit dem Zorn, der alle Menschen erfaßt, wenn sie gehungert haben und zurückgewiesen wurden, sagte der Herr Jesus Christus in Seiner menschlichen Natur zu dem Baum: ›Sei verflucht von nun an, und du wirst niemals mehr Blätter hervorbringen und keine Blüten Früchte‹, und sogleich welkte der Baum und starb, vor den Augen der umstehenden Menschen.

»Nun verwunderten sich diese Leute über den Baum, und sie waren sehr erstaunt, doch unser Herr Jesus Christus dachte wenig an ihr Erstaunen, und dies ist, was Er ihnen sagte, und Er war sehr zornig: ›Wahrlich, ich sage euch, wenn ihr glaubt und nicht zweifelt, werdet ihr nicht nur tun, was dem Feigenbaum geschehen ist, sondern auch dieses: Wenn ihr dem Berg befehlt, der über euch droht und das Sonnenlicht stört, heb dich hinfort und sei in das Meer geworfen, das am Fuße des Hoffeldes tost, dann wird das auch geschehen. Denn dies ist die Wahrheit, die ich euch sage, und ihr müßt zuhören mit euren Ohren und Herzen, was immer ihr auch im Gebete verlangt, fest glaubend, es wird euch gewährt, denn ich höre euch, und ich bin der Herr, euer Gott, der mächtig ist über allem.‹« Und nun trat Sira Pall Hallvardsson wieder an den Altar und fuhr mit dem Gottesdienst fort und spendete allen, die vortraten, die Kommunion, aber die Menschen fanden, daß Larus keine gute Antwort bekommen hatte, und sie waren sehr niedergeschlagen. War es nicht so, daß Sira Pall es nicht gewagt hatte, den Berg anzuschauen und in das Meer zu befehlen?

Nun kam der Winter, und von Anfang an war das Wetter schlecht, warm und regnerisch oder trocken und windig, so daß der Sand in die Ställe eindrang, selbst nachdem man sie mit Steinen verschlossen hatte, und die Soden an den Häusern wurden durchnäßt von der Feuchtigkeit und bröckelten dann im Winde ab, doch in allen Bezirken gab es wenig Schnee, und das Wetter war ruhig, und so blieb es bis Jul. Es geschah auch nicht lange nach diesen Ereignissen in Gardar, daß Helga Gunnarsdottir ein Kind geboren wurde, und dieses Kind war ein Mädchen, das Gunnhild genannt wurde, doch Helga erholte sich von dieser Niederkunft nicht so schnell, wie es wünschenswert gewesen wäre, und zu Jul lag sie immer noch sehr geschwächt in ihrer Bettnische. Es geschah auch, daß dem Kind Egil Kollgrimsson ein großes Unglück zustieß, denn als es an der Seite seiner Mutter in der Bettnische schlief, während Kollgrim auf der Jagd war, rollte sich Elisabet Thorolfsdottir im Schlaf auf das Kind und erstickte es, und am Morgen fand man es leblos, und auch diese Nachricht bedrückte Helga sehr.

Dies war der zweite Winter in Grönland, den die Isländer in Solarfell verbrachten, Thorgrim und Steinunn sowie Snorri und Thorunn und ihr Gatte, und in diesem Winter sprachen die Isländer miteinander über eine Rückkehr nach Island, doch Snorri, der Schiffsherr, wollte diese Entscheidung nicht übereilen. Die Bedingungen bei den Grönländern waren recht angenehm, die Bedingungen in Island aber unbekannt, doch man hörte, daß sie schlecht seien. Snorri befragte Bjorn Bollason, doch Bjorn Bollasons Gier auf die Gesellschaft der Isländer war ungebrochen. Das Schiff war nicht in so gutem Zustand, und Snorri hatte keine Lust, sich die Mühe zu machen und es instandzusetzen. Kurz, das Winterwetter war nicht so schlecht, daß es Snorri vertrieben hätte, und so murmelten diejenigen, welche, wie Thorgrim, viel lieber abreisen wollten, ihre Unzufriedenheit in den Bart.

Steinunn teilte Snorris Unlust, und sie war recht zufrieden, daß er Thorgrim und die anderen hinhielt, doch sie war mit nicht viel anderem zufrieden, und das Heulen des trockenen Windes um die Ecken der Häuser ermüdete sie sehr. Sie konnte nicht am Webstuhl sitzen oder die Hände zum Spinnen zwingen, statt dessen saß sie immer wieder händeringend da, so daß Thorgrim sie ständig anschaute, als wolle er ihre Stimmung ergründen. Wahrhaftig, wenn er sie gefragt hätte, dann hätte sie nichts zu sagen gewußt, außer daß sie von der schwärzesten Schwermut ergriffen sei, einer Schwermut, die sie so verwirrte, daß sie weder sitzen noch schlafen noch Freude am Essen haben konnte. Nun wurde Thorunn sehr verärgert über sie, und zur Unzufriedenheit der Isländer kam zwischen den beiden Schwestern Feindseligkeit auf, und die Leute auf Solarfell waren etwas weniger fröhlich als im Winter zuvor.

Nun begab es sich, daß Bjorns Frau Signy eines Tages zu Thorunn kam und das folgende sagte: »Thorunn Hrafnsdottir, du bist mir während deiner Zeit bei den Grönländern eine gute Freundin gewesen.«

Thorunn lächelte. »Wer einer solch großzügigen Gastgeberin kein guter Freund ist, muß wahrhaftig ein schlechtes Benehmen haben, doch darüber hinaus scheint es mir, daß wir einige Dinge in der gleichen Weise betrachten und das Gespräch uns beiden angenehm war.«

»So scheint es mir auch. Doch nun müssen wir über unangenehme Dinge reden.«

»Du magst mir sagen, was du willst, meine Signy, und es wird unsere Freundschaft nicht schmälern.«

»Es ist in Grönland so, daß die Winter sehr lang sind und die Häuser sehr stickig, und die Leute stoßen selbst auf den größten Höfen, wie Solarfell, mit den Ellbogen aneinander.«

»Das ist überall im Norden so.« Thorunn lächelte. »Die Grönländer glauben, sie sind mit ihren Härten allein, das habe ich entdeckt.«

»Vielleicht. Ich kann das nicht beurteilen. Doch es scheint mir, daß die düstere Stimmung deiner Schwester sich auf uns alle senkt. Isländer wie Grönländer, und Jul ist kaum vorbei. Für die Grönländer ist der Winter erst zu Ende, wenn nach Ostern die Kühe aus dem Stall getragen werden.«

»Es ist wahr, daß meine Schwester keine heitere Natur ist, und sie neigte schon in der Vergangenheit zu solchem Trübsinn.«

»Sie, und auch Thorgrim, sollte er es wünschen, könnten nach Gardar gehen und bei den Priestern wohnen. Sira Pall ist bei den Grönländern sehr beliebt, und Sira Eindridi ist ein lebhafter Bursche. Doch es scheint mir in der Tat, daß ich nicht gastfreundlich bin, und meine eigenen Worte beschämen mich.«

»Menschen, die über ein Jahr lang bei anderen wohnen, können nicht nur nach den Geboten der Gastfreundschaft leben, und es scheint mir, daß eine solche Veränderung ihr gefallen würde, und wenn nicht, würde sie doch uns gefallen und ihr guttun.« Und nun wußten die beiden Frauen, daß sie in dieser Sache übereinstimmten, und sie lächelten beide und berieten, wie sie die Sache bei Thorgrim einfädeln sollten.

Und so kam es, daß man Steinunn Hrafnsdottir nach Gardar

brachte, und Thorgrim mit ihr, doch nach ein paar Tagen fand Thorgrim den Ort, verglichen mit Solarfell, düster und langweilig. Alle Isländer, die im Winter zuvor dort gewohnt hatten, waren auf andere Höfe gegangen, es gab wenig zu tun, und es wurde ziemlich schlecht gekocht. Nachdem Thorgrim nach Solarfell zurückgekehrt war, überredete Steinunn Sira Eindridi, ihr eine Außenkammer zu geben, eine, die nicht weit von der Tür zum Hoffeld und zur Kathedrale entfernt war, denn Steinunn erklärte, sie wolle ungehindert zum Gebete gehen, ohne das Leben im Priesterhaus zu stören, und das tat sie, und sie betete sehr viel und ging auch viel spazieren, denn es fiel wenig Schnee. Dann machte sich Sira Eindridi mit Sira Andres in den Süden auf, denn der Beginn der Fastenzeit stand vor der Tür.

Und so begab es sich eines Tages, daß Steinunn Hrafnsdottir Kollgrim Gunnarsson erblickte, der ein Bündel Felle aus den Hügeln über Gardar herunterbrachte, und danach traf sie ihn von Zeit zu Zeit, und diese Treffen hinterließen bei ihr ein Gefühl des Friedens, das stärker war als nach den Gebeten. Und eine kurze Zeit trafen die beiden sich so, und ihre Begegnungen taten ihnen beiden wohl, so daß sie allmählich unvorsichtig wurden und sich nicht darum kümmerten, wer sie wohl sah, denn in der Tat, wie Steinunn erklärte, wechselten sie nur Worte miteinander und die Berührungen, die einem Mann gegenüber einer Frau geziemen, zum Beispiel ihr über Steine und Bäche zu helfen und die Hänge hinauf und hinunter, wenn sie spazierengeht, oder ihr auf die Beine zu helfen, wenn sie sitzt und aufzustehen wünscht.

Nach einigen Tagen schien es Steinunn Hrafnsdottir, daß eine große Leidenschaft für Kollgrim Gunnarsson sie ergriffen habe, die er nicht erwiderte, obwohl er sie in der Tat so oft wie nur möglich aufsuchte, doch er war so zurückhaltend und verschlossen, und es schien ihr, als gehe er immer fast ohne Bedauern von ihr weg und ohne einen Gedanken an sie, während die Gedanken an ihn sie auffraßen und ihr keine Linderung brachten, bis sie ihn wiedersah. Er war ihr so immerwährend im Sinn, daß sie kaum wußte, wie er aussah, sondern nur, daß er über sie wachte und seine Gegenwart ihr wie Balsam und Stachel zugleich war. Nun begab es sich, daß sie vielleicht zwei Tage lang im Gebet ihr Herz ausschüttete und nur von ihrer Kammer zur Kathedrale ging, wo sie auf den Steinen vor dem Kruzifix lag und den Herrn bat, sie von ihren Sehnsüchten zu befreien, doch in der Tat mied sie alle Priester und beichtete ihre Sünde nicht, denn es war so, daß sie trotz der Gebete noch nicht bereit war, von ihr abzulassen. Es heißt zu Recht, daß der Herr viele Dinge hört, die nicht für Seine Ohren bestimmt sind.

Während dieser beiden Tage verließ Kollgrim Gunnarsson Gardar und begab sich nach Vatna Hverfi, wo er auf Ketilshof herumsaß, doch hatte er Jon Andres oder Helga wenig zu erzählen und schaute Gunnhild kaum an, obwohl sie ein schönes und lebhaftes Kind war und immerzu lächelte. Und Helga sah ihn fortgehen, und sie dachte nicht viel über seinen Besuch nach und glaubte nur, daß er über den Tod von Egil Kollgrimsson sehr traurig sein müsse. Kollgrim ging nach Gardar zurück, und es geschah, daß er Steinunn Hrafnsdottir an der Tür der Kathedrale begegnete, als sie gerade zu ihrer Kammer zurückging, und er nahm sie in die Arme und hielt sie ganz fest, und es schien ihr, daß ihre Gebete erhört und ihre Sehnsüchte für immer gestillt wären.

Nun begab es sich einige Tage später, daß Thorstein Olafsson, der Geschichtenerzähler, und ein anderer Isländer namens Bork, sowie einige Knechte von Magnus Arnason auf Skiern nach Gardar fuhren, um mit Sira Pall Hallvardsson zu reden und einige Habseligkeiten von Thorstein und Bork, die sie zurückgelassen hatten, zu Magnus' Hof zu bringen. Es gab nun gerade genug Schnee zum Skifahren, doch war es nicht einfach vorwärtszukommen, und es dauerte länger, als Thorstein und Bork erwartet hatten, und als sie ankamen, war es daher spät am Abend, und sie waren hungrig und sehr verärgert.

Das Gesinde in Gardar war schon zu Bett gegangen, und Thorstein und Bork, ein lauter, zügelloser Bursche, liefen in der Kathedrale und im Wohnhaus umher, riefen und klopften an die Türen, bis einer der Knechte aufstand und sie einließ. Dann verlangten sie zu essen, und so stand die Köchin auf, eine Frau namens Una, und machte sich daran, ein paar Sachen herzurichten. Während sie dies tat, ging Thorstein aus dem Haus, um auf dem Abort seine Notdurft zu verrichten, und zufällig ging er durch die Tür hinaus, die der Kammer von Steinunn Hrafnsdottir am nächsten lag, und er hörte Geräusche, die aus diesem Zimmer drangen, nämlich das Stöhnen und Schreien einer Frau, und er blieb stehen und horchte einen Augenblick an der Tür. Dann ging er ins Freie und erledigte sein Geschäft und kam zurück. Die Laute waren verstummt, und eine Weile dachte er nicht daran. Nach dem Essen gingen er und Bork und Magnus Arnasons Knechte zur Ruhe, und sie erwachten alle spät am Morgen, nachdem die Arbeit des Tages schon begonnen hatte.

Bork und Thorstein hatten es nicht eilig damit, ihre Rückreise nach Vatna Hverfi anzutreten, ganz einfach weil man nicht gut skifahren konnte, und so liefen sie auf den Gardarfeldern umher, nachdem sie ihr Morgenfleisch gegessen hatten, schoben ihre Besorgungen auf und plauderten über dieses und jenes. Nun war es so, daß sie unten am Hang einen Mann sahen, in dicke Pelze gehüllt, der sich bei den Booten zu schaffen machte, die man auf den Strand gezogen und für den Winter umgedreht hatte, und Thorstein erkannte in diesem Mann Kollgrim Gunnarsson, und er beobachtete ihn genau, denn es war so, daß Thorstein sehr viel von Sigrid Bjornsdottir hielt und sich oft über diesen Burschen Kollgrim wunderte, den das Mädchen unbedingt hatte heiraten wollen, bevor er, Thorstein, dahergekommen war.

Es war nicht zu leugnen, daß Thorstein nicht viel von Kollgrim hielt. Dieser Bursche war zwar recht groß und sah nicht schlecht aus, doch er besaß keine der Begabungen, die den Leuten gefallen, wenn sie im Winter in der Stube herumsitzen, und so schien er Thorstein ziemlich unnütz, doch es war auch nicht zu leugnen, daß er die Blicke der Leute auf sich zog und sie dazu brachte, über ihn nachzudenken, wenn sie lieber über etwas Angenehmeres nachdenken wollten, und so schaute Thorstein Kollgrim an und dachte über ihn nach, dieweil er lieber über etwas anderes nachgedacht hätte. Er fragte sich plötzlich, ob der Bursche das junge Fohlen in der Zeit ihrer Verlobung wohl besprungen hätte, denn Sigrid räumte man, wie alle Leute wußten, in ihrem Kommen und Gehen und auch in jeder anderen Weise sehr viel Freiheit ein, also wäre so etwas gewiß nicht unmöglich gewesen. Als Thorstein einmal auf diesen Gedanken gekommen war, ging er ihm nicht mehr aus dem

Sinn, und so starrte er Kollgrim an, bis Bork ihn rüttelte und ihn wegführte.

Nun schritt der Tag voran, und Steinunn Hrafnsdottir kam aus ihrem Zimmer und ging in die große Halle des Wohnhauses, und dort begegnete sie Thorstein Olafsson, der seine Abreise immer wieder aufschob, und er war ebenso überrascht, sie zu sehen, wie sie es war, ihn zu sehen, denn er hatte nicht gewußt, daß sie in Gardar war. Sie grüßte ihn freundlich und trat vor und nahm seine Hand, doch er sah, daß sie bis an die Haarwurzeln errötete und ihren Blick umherschweifen ließ, während sie ihn anschaute, und der Gedanke an Kollgrim Gunnarsson, wie er Sigrid Bjornsdottir besprang, kam ihm in den Sinn, und nachdem er einige Augenblicke mit Steinunn gesprochen hatte und sie weggegangen war, um ein wenig zu weben, lief er zu Bork und erklärte, daß sie noch eine Nacht bleiben und am nächsten Morgen früh abreisen würden.

Nun saß Steinunn bei ihrer Weberei, und sie konnte kaum die Hände heben, um das Schiffchen zu nehmen, denn sie wußte, daß Thorstein Olafssons Anwesenheit jede Begegnung mit Kollgrim aufschieben mußte, doch diese Begegnungen mit Kollgrim schienen ihr in der Tat so notwendig für ihren Seelenfrieden, daß es unerträglich sein würde, sie aufzuschieben, und während Steinunn an diese Dinge dachte, wuchs ihre Sehnsucht, die vor der Begegnung mit Thorstein recht besänftigt gewesen war, und quälte sie so sehr, daß es nicht reichte, ihn später am Nachmittag zu treffen, wie sie geplant hatte, sie mußte ihn gleich jetzt sehen und mit ihm sprechen und seinen Ärmel berühren, seinen Arm, den Kopf auf seine Brust legen, ihre Finger mit den seinen verflechten. Und sie ließ die Hände sinken und hielt sich an der Bank fest, um nicht aufstehen und dorthin laufen zu müssen, wo sie ihn wußte, nämlich unten am Strand, wo er seine Schlingen ordnete. Und so saß sie da, hielt sich an der Bank fest und starrte auf die unvollendete Weberei auf dem großen Gardarwebstuhl.

Nun kam es sie an, daß Thorstein das Zeichen der Sünde auf ihr gesehen hätte, denn man sagt, daß es für Männer von großer Scharfsichtigkeit leicht zu sehen ist, und Thorstein stand gewiß in diesem Rufe, und nun wollte Steinunn unbedingt wissen, wie sie aussah, und sie schaute an ihrem Gewand herunter und sah, daß es glatt über ihrem Bauch und ihren Brüsten lag. Und sie befühlte ihren Kopfputz und spürte, daß er sorgfältig geordnet war, und sie war ein wenig erleichtert und überzeugt, daß man alle Dinge im Innern verbergen konnte, wenigstens vor den Blicken der Männer. War Thorgrim nicht ihrer Freude an seinen Liebkosungen versichert, wo sie doch keine daran hatte? Aber nun erinnerte sie sich, wie ihr Gesicht heiß geworden war, als sie Thorstein erblickte, und wie ihre Hand gezittert hatte, nur ein wenig, als sie sie in die seine legte, und wie sie sich in der Gardarhalle umgeschaut hatte, anstatt ihm ins Gesicht zu schauen, und es war nicht leicht zu erraten, was er, wenn überhaupt, aus diesen Zeichen machen würde, oder was das Gesinde, das ihn vom letzten Winter her kannte, ihm erzählen würde. Bei diesem Gedanken nun erstarrte sie, und ihr wurde eiskalt, und der Atem versagte ihr, denn sie war gegenüber dem Gesinde nachlässig gewesen, und in Gardar waren die Leute überall. Tatsächlich hatte sie alles vernachlässigt, außer ihre Treffen mit Kollgrim, denn er hatte ihren Sinn ganz erfüllt und jeden anderen Gedanken vertrieben. Es schien ihr, daß er sie von den Folgen erretten könnte, die ihr nun durch den Kopf gingen, und sie konnte den Drang, zu ihm zu laufen, beinahe nicht unterdrücken, doch dann wieder schien es ihr, daß nichts sie davor retten könnte, und sie blieb bewegungslos auf ihrer Bank sitzen.

Da geschah es, daß Sira Pall Hallvardsson in die Halle kam und Steinunn fragte, ob es ihr warm genug sei, denn sie schien vor Kälte ganz bleich, und sie sagte: »Ich war mit meinen Gedanken beschäftigt, und ich habe die Kälte gar nicht bemerkt, aber nun, wo du davon sprichst, scheint mir kalt zu sein bis auf die Knochen.«

Er zog seinen Umhang aus, der aus Seehundfell war, und legte ihn ihr um die Schultern, und bei seiner Berührung begann sie zu zittern. Er setzte sich neben sie auf die Webbank und lächelte sie an, und sie umklammerte den Seehundumhang auf ihren Schultern, doch es schien ihr in der Tat, daß ihr nicht vom grönländischen Winter so kalt war, um den die Leute soviel Aufhebens machten, sondern vom Frost der Sünde, und diese Kälte saß ihr in den Knochen und floß aus ihr heraus und kühlte den Raum, die Halle, ja, die Welt selbst. Sira Pall Hallvardssons freundliches Lächeln bot ihr Wärme, wie die Sonne die grünen Hänge wärmt, und

Kunde von ihrer Sünde kam ihr auf die Zunge. Sie erkannte, daß Gebete keine Linderung gebracht hatten, statt dessen hatte sie ohne Unterlaß an ihr Begehren denken müssen. Es schien ihr eine klare und einfache Handlung, zu beichten, daß sie eine Ehebrecherin sei, und um Vergebung zu bitten und sich zu demütigen, vor dem Priester, vor Gott dem Herrn, vor den Isländern und den Grönländern. Die Worte, welche sie brauchte, waren ganz einfach zu formen, und er wartete darauf, rieb mit der Hand sein Knie, sie hatte bemerkt, daß er es häufig tat, und sein altes Haupt, das fast kahl war, hielt er fragend schief. Solche Kunde, wie sie ihm zu berichten hatte, ließ er wie ein Geschenk erscheinen, das er sehnlichst zu empfangen wünschte. Gewiß war es ein Geschenk, das sie sehnlichst hergeben wollte. Sie berührte seine Hand, die, welche das Knie rieb, doch am Ende konnte sie sich nicht von Kollgrim trennen. Wenn sie die Worte spräche, die ihr auf der Zunge lagen, dann, so wurde ihr klar, würde sie Kollgrim niemals wiedersehen oder mit ihm sprechen, nie mehr seine Gegenwart spüren und zittern, wenn seine Hand sie berührte, nie mehr die Bedeutung seines Blickes fühlen. Und vor allem anderen würde er ihr niemals wieder den Seelenfrieden bringen, nach dem sie sich verzehrte und den er ihr unfehlbar brachte. Und so geschah es, daß sie ihre Worte hinunterschluckte, die Hände in den Schoß legte und lächelte, wie es Frauen tun, wenn sie offen und frei von Täuschung sind. Sira Pall saß eine kleine Weile schweigend bei ihr, dann kam eine Magd mit einer Botschaft von der Köchin, das Fleisch für Sira Jon betreffend, und er ging fort. Und so kam es, daß alles verloren war.

Nun ging Thorstein zu einer der Mägde, mit der er sich im Winter zuvor angefreundet hatte, und er fragte sie, wo die Frau Steinunn wohl ihre Kammer hätte, und die Magd zeigte auf jene Kammer, an deren Tür Thorstein am Abend zuvor gelauscht hatte, und da sagte Thorstein: »Und wo hat der Bursche aus Vatna Hverfi, dieser Kollgrim Gunnarsson, seine Kammer?« Und das Mädchen blickte zu ihm auf und lächelte ein wenig und sagte: »Nein, Kollgrim Gunnarsson hat keine Kammer hier«, und da wußte Thorstein alles, was er wissen mußte, und als es dämmerte, ging er den Hang hinauf und nahm Bork mit, und es war sein Plan, Thorgrim

Solvason und Snorri Torfason aufzusuchen und mit ihnen nach Gardar zurückzukommen.

Als es dämmerte, verließ auch Kollgrim Gunnarsson Gardar in eine andere Richtung und ging um die Spitze des Fjords und den Hang eines hohen Berges hinauf, der Bischofsfell heißt und sich im Osten über Gardar erhebt. Er hatte vor, einige Schlingen für Schneehühner zu legen und sie am nächsten Morgen einzusammeln und zusammen mit ein wenig anderem Fleisch nach Gunnarshof zu bringen, denn er hatte doch Angst um Elisabet Thorolfsdottir. Es geschah jedoch, als er den Berg hochstieg, daß er von einer großen Müdigkeit ergriffen wurde und den Wunsch verspürte, sich hinzulegen, und der Schlaf übermannte ihn, und er träumte den folgenden Traum:

Ein Mann saß neben einem kleinen Zelt, das auf einer großen Eisfläche aufgeschlagen war, und er hatte einige Waffen bei sich – zwei oder drei feine Speere und einen Bogen mit einigen Vogelpfeilen. Er hatte auch eine Axt, doch diese Axt war in schlechtem Zustand, der Stiel war zerbrochen und das Blatt fast weggerostet. Der Mann saß ganz still und schaute hinaus in das Weiß, und er trug keine Kapuze gegen die Schneeblindheit. Nun geschah es in Kollgrims Traum, daß eine Gruppe von Seehunden aus dem Wasser kam und, wie es die Seehunde tun, mit viel Klatschen und Zischen, das über das Eis hallte, sich auf den Mann zubewegten. Der Mann setzte sich aufrecht hin und legte seine Waffen griffbereit in die Nähe seiner Hände, denn er hatte vor, einige Seehunde für das Winterfleisch zu erlegen. Die Seehunde kamen immer näher, in einer großen Gruppe, viele vorn und noch viel mehr dahinter, und der Mann dachte daran, wie leicht es sein würde, so viele zu töten, wie er haben wollte, und er war sehr zufrieden mit sich. Die Seehunde kamen näher. Als sie ihm ganz nah waren und er ihre Gesichter sehen konnte, da sah der Mann, daß die Seehunde das Lächeln von Menschen hatten, und daß sie keine Seehunde, sondern die Seelen Ertrunkener waren, und der Mann wußte, daß es großes Unglück bedeutete, solche Seehunde zu töten, und so schob er die Waffen von sich weg und schwor, keinem ein Leid zu tun. Doch die Seehunde liefen immer weiter und kamen ihm immer näher und wichen nicht aus, um ihn zu meiden, und so stand er auf und winkte ihnen mit den Armen, und nun änderte sich der Traum, und der Mann war unter den Seehunden, und sie fraßen das Fleisch von seinen Knochen, obwohl seine Arme und Beine umherschwenkten und zeigten, daß noch Leben in ihm war. Und nach diesem Traum wachte Kollgrim auf und schaute sich um und sah, daß es völlig dunkel war, nur das Licht der Sterne war am arktischen Himmel, und er dachte daran, seine Schlingen auszulegen, wie er es geplant hatte, denn in der Regel hielt er wenig von Träumen. Doch nach einem solchen Traum schien es ihm ungehörig, Wild zu erlegen, und so lief er den Berg wieder hinunter und suchte die Kammer von Steinunn Hrafnsdottir, und sie war sehr froh, ihn zu empfangen.

Es war immer eine Freude für Steinunn Hrafnsdottir, in Gegenwart von Kollgrim Gunnarsson einfach dazusitzen, denn Schweigen schien sein natürlicher Zustand zu sein, und dieses Schweigen floß wie ein Balsam über sie, besonders dann, wenn der Stachel der Begierde besänftigt war. Aber an diesem Abend lag in dem Schweigen noch etwas anderes, das Gefühl, etwas vorenthalten, nicht alles gegeben zu haben, und Steinunn merkte, daß sie hinter ihm her fieberte – seinen Arm häufiger berührte, als sie wollte, oder ihm mit der Hand durch das Haar fuhr, als wolle sie seine Aufmerksamkeit erregen, was sie nie zuvor hatte tun müssen, und das bedrückte sie sehr, denn sie sah, daß im Laufe dieses einen Tages alles, was sie durch Sünde und Täuschung für sich hatte retten wollen, ohnehin verloren war, und sie ging von ihm und setzte sich allein auf die Kante der Bettnische, und er folgte ihr nicht, sondern saß abwesend und in Gedanken versunken da. Da zog sie ihre Schuhe aus, schlüpfte in ihre Bettschuhe und stieg in die Bettnische, und da lag sie eine Zeit, ohne zu sprechen, und die kleine Seehundtranlampe, die die Kammer erleuchtet hatte, ging aus, und es wurde dunkel in der Kammer.

Eine Weile später hörte Steinunn, wie Kollgrim von seinem Schemel aufstand und sein Hemd und seine Rentierstiefel auszog. Dann hörte sie, wie sich seine Schritte auf den Steinen und Binsen des Bodens näherten, und dann spürte sie seine Gegenwart und fühlte seine Hand im Stroh und dann auf ihr, auf ihrer Schulter, und als er in die Bettnische zu ihr stieg, sagte er: »Meine Steinunn, ich hatte einen Traum, und ich möchte, daß du ihn für mich auslegst, denn ich verstehe wenig von diesen Dingen«, und er erzählte ihr den Traum, den er auf dem Berghang geträumt hatte, und sie lag eine lange Zeit danach still, und der Traum ging ihr durch den Kopf, und schließlich sagte sie: »Mein Kollgrim, es scheint mir, daß dieser Traum deinen Tod vorhersagt, und diese Geschöpfe waren keine Seehunde mit dem Lächeln von Menschen, sondern Menschen in der Gestalt von Seehunden. Du wirst nicht in der Einöde den Tod finden, sondern unter Menschen, und es scheint mir auch, du solltest jetzt sofort davoneilen und diese Kammer und diesen Hof verlassen und nach Gunnarshof gehen. So lege ich deinen Traum aus.« Doch Kollgrim sagte nichts darauf, und er gab auch die Frau, die er in seinen Armen hielt, nicht frei, sondern hielt sie nur noch fester und sie ihn, und so lagen sie in vollkommener Stille fast die ganze Nacht.

Es geschah, daß die Geräusche von Neuankömmlingen an Kollgrim Gunnarssons Ohr drangen, wie gewöhnlich das Schnuppern von Hasen im Schnee zu ihm drang, Geräusche, die andere nicht hören konnten, und so küßte er Steinunn Hrafnsdottir auf die Lippen, schlüpfte aus der Bettnische und zog sein langes Hemd an, dann nahm er seine Waffen und setzte sich auf den Schemel, der im Zimmer stand. Es war kein Licht zu sehen, man hörte nur den Lärm der sich nähernden Männer und dann das laute Klopfen an der Tür, die mit einem Krachen nach innen aufflog. Licht drang in den Raum und die Gesichter der Isländer, begierig zu sehen, was es zu sehen gab, und sie sahen, daß Kollgrim mit einer scharfen Axt und einem Dolch bewaffnet und kampfbereit war. Sein Bogen und ein Satz Pfeile für Vögel und Hasen und Füchse lagen neben einigen Speeren hinter ihm.

Thorstein trug ein Schwert und Thorgrim seine Axt. Sie blieben stehen und schauten sich in dem Raum um, und schließlich sagte Thorgrim: »Wo ist die Hure?«

»Steinunn Hrafnsdottir liegt in der Bettnische.«

»Das Gesetz erlaubt«, sagte Bjorn Bollason, »daß der Ehemann dich tötet, Kollgrim Gunnarsson.«

»Er kann es versuchen«, sagte Kollgrim. »Es steht nicht im Gesetz geschrieben, könnte ich schwören, daß ich nicht auch versuchen darf, ihn zu töten. Der Onkel meines Vaters, Hauk Gunnarsson, war ein großer Bärentöter in den Nordsetur, so heißt es. Ein Mensch ist kleiner als ein Bär. Ich habe niemals zuvor einen Menschen getötet, doch ich bin dazu bereit.«

»Wir sind sechs«, sagte Bjorn Bollason.

»Doch du bist meines Vaters Waffenbruder«, sagte Kollgrim. »Ich glaube nicht, daß du oder die meisten dieser Männer Lust haben, es zu tun, und ich glaube nicht, daß der Rest genügend Tapferkeit besitzt, um ungeschoren davonzukommen. Thorgrim Solvason, du hättest dich fragen sollen, ob es nicht besser wäre, Hörner aufgesetzt zu bekommen, anstatt getötet zu werden. Viele Leute meinen, daß es besser ist.« Er hob seine Axt auf. »Jedenfalls sollte Bolli den Priester holen, denn einigen von uns sollte man die Beichte abnehmen, und niemand kann sagen, wer das sein könnte.« Bolli schaute Bjorn an, doch Bjorn schaute ihn nicht an, denn in der Tat wußte er wie immer nicht genau, was er tun sollte. Nun meldete sich Snorri, der Schiffsherr, zu Wort. »Nicht alles läuft beim ersten Mal nach Plan, und dieser Plan scheint zum Scheitern verurteilt. Unser Blut ist nicht mehr so erhitzt wie auf dem Wege hierher, und Männer brauchen heißes Blut zum Kampf. Doch wenn das Blut erst abgekühlt ist, gibt es Wege, diejenigen zu strafen, die ohne Sorge sündigen. Mir scheint, daß es im Moment das Beste ist, diese Frau zu ihrer Schwester zu bringen und den Hahn in seinen eigenen Hühnerstall gehen zu lassen. Doch diese Angelegenheit ist noch nicht beendet.« Und so gingen Thorgrim und Bork zu der Bettnische, während Kollgrim auf seinem Schemel saß, und sie holten Steinunn Hrafnsdottir heraus, die gefügig und fast besinnungslos war und nicht stehen oder sitzen konnte und in den Armen ihres Gatten fortgetragen werden mußte; in der Tat konnte sie nicht einmal die Arme um seinen Hals legen. Als diese Leute fort waren, fuhr Kollgrim auf Skiern nach Vatna Hverfi und blieb den Rest des Winters fast bis Ostern dort.

Es schien Thorunn Hrafnsdottir, daß ihre Schwester verhext worden sei, denn sie konnte weder sprechen noch die Hände heben, sie lag nur mit halbgeschlossenen Augen in ihrer Bettnische. Die Suppe, die man ihr zwischen die Lippen löffelte, lief ihr aus den Mundwinkeln wieder heraus. Wenn man sie kniff oder schlug, jammerte sie nicht und zeigte keinen Schmerz. Weder Thorunn noch Signy hatten so etwas je gesehen, nur Thorunn hatte von einem Kind in Hordaland und einem Mann in Borgafjord in Island gehört, die von Hexen mit diesem Zauber belegt worden waren, und sie sprachen häufig von diesen Dingen – denn in der Tat, meinte Thorunn, befaßten sich die Priester in Norwegen viel mit Hexen und Hexerei und teuflischen Bräuchen. Indem sie miteinander redeten, überzeugten sich Signy und Thorunn davon, daß Steinunn verhext worden sei, denn anderntalls wäre ihr Verhalten unerklärlich, darin waren sie sich einig. Auch Thorstein stimmte ihnen halb zu, denn er war eine Reihe von Jahren bei den Norwegern gewesen und hatte selbst zahlreiche Geschichten über diese Art von Bräuchen gehört, die im Geheimen ausgeübt wurden. Außerdem, so sagte er zu den Frauen, wie sonst konnte ein Bursche wie Kollgrim Gunnarsson sich einer Frau wie Steinunn so anziehend machen, da ihr Gatte doch ein geachteter Mann sei, gutaussehend und gefällig, wohlhabend und von gutem Benehmen? Dem mußte Signy widersprechen, und sie blieb dabei, daß Kollgrim ein feiner grönländischer Mann sei, mit einem guten Hof und vielen Fertigkeiten, doch die anderen schoben ihre Ansicht beiseite, denn schließlich war sie doch für Sigrids Heirat mit dem Burschen gewesen? Sigrid selbst hatte man mit Margret Asgeirsdottir und den beiden jüngeren Söhnen nach Dyrnes geschickt, zum Hofe ihres Onkels, damit der Anblick von Steinunn Hrafnsdottir sich ihr nicht zu schwer auf das Gemüt legte.

Was Thorgrim betraf, so wußte er nicht, was er aus diesen Ereignissen machen sollte, denn seine Frau Steinunn hatte doch, so schien es ihm, keine Beschwerden gehabt. In der Tat, sie hatte ihn stets angelächelt und ihm die Hand entgegengestreckt und ihm gedient, wie es sich für eine Frau gehörte. Alle Züge ihres Verhaltens schienen ihm unerklärlich. Er konnte sich nicht erinnern, daß sie diesen grönländischen Burschen je angeschaut hatte, als er auf Solarfell gewesen war, auch hatte sie nie mit ihm gesprochen. Thorgrim konnte nicht verstehen, was der Bursche getan hatte, um ihren Blick auf sich zu ziehen, und als Thorstein erwähnte, es gebe derartige Zaubersprüche, da schien es Thorgrim, daß dies die einzige Erklärung für ihren Zustand sei. Tatsächlich schien es Thorgrim, daß es zwei Zaubersprüche gewesen sein mußten, einer, der ihren Blick und ihre Zuneigung dem Burschen zuwenden sollte, und ein anderer, der sie gefühllos wie einen Stein machen sollte, so wie sie es jetzt war. Das hatte der Bursche getan, so schien es Thorgrim, bevor er sich auf den Schemel gesetzt hatte, er hatte Steinunn verhext, damit sie nie mehr so sein würde, wie sie gewesen war. Thorgrim war sehr niedergeschlagen und suchte Tag und Nacht Thorsteins Gesellschaft, denn Thorstein war etwas älter und erfahrener als er.

Nun steckten Snorri und Thorstein und Bjorn Bollason die Köpfe zusammen und bereiteten sich darauf vor, eine Klage gegen Kollgrim vor das Thing zu bringen, und über den Inhalt der Klage hatten sie große Meinungsverschiedenheiten, denn Thorstein und Snorri wollten den Mann wegen Hexerei und Ehebruch verurteilt wissen, da für das eine die Strafe geringe Ächtung war, und das wäre für Kollgrim Gunnarsson überhaupt keine Strafe, so sehr war er an die Einöde gewöhnt, doch die Strafe für das andere war der Tod durch Verbrennen, zumindest in Norwegen und Island. Bjorn Bollason wußte nicht, welche Strafe in Grönland darauf stand, da er niemals von einem solchen Fall dort gehört hatte. Darauf antworteten Snorri und Thorstein, die Gesetze des einen Ortes im Norden seien fast genauso wie die eines anderen, da der König das Oberhaupt aller war. Da trug Bjorn Bollason gewisse Gesetze vor, die bei den Grönländern galten, besonders im Bereich des Handels, und die sich gegen die Gesetze des Königs richteten, doch in der Tat wußten die drei lange Zeit nicht, wie sie sich in dieser Frage einigen sollten, und so stritten sie jeden Tag, und der Zustand von Steinunn Hrafnsdottir besserte sich nicht, und es sah so aus, als würde sie sterben.

Nun geschah es, kurz nachdem Kollgrim auf Gunnarshof zurückgekehrt war, daß Helga auf die andere Seite des Berges ging, mit der kleinen Gunnhild im Arm, und sie hatte große Angst vor dem, was sie auf dem Hof ihres Bruders vorfinden würde, denn sie war lange Zeit nicht dort gewesen, das letzte Mal noch vor dem Tod des Egil Kollgrimsson. Doch als Helga die Tür zum Hof aufstieß, wurde sie zuversichtlich, denn in den Räumen war alles sauber und ordentlich, besser als seit vielen Jahren. Ein Feuer war aufgeschichtet, und ein Vogel briet am Spieß über dem Feuer, und Helga drehte den Spieß, dann ging sie wieder hinaus. Elisabet Thorolfsdottir war im Lagerhaus, als Helga sie fand, und sie schnitt Stückchen von einem Käse ab, den Helga im Sommer zuvor für die Gunnarshofleute gemacht hatte. Helga sah, daß noch vier große Käselaibe übrig waren, eine gute Zahl dafür, daß es so spät im Winter war, und sie sagte: »Mein Kind, du bist eine sparsame Hausfrau gewesen, da du jetzt noch so viele ganze Käse hast. Wir werden noch vor Ostern mit ausgestreckten Händen zu dir kommen.« Doch Elisabet schaute sich nicht um und lächelte nicht. Helga trat näher heran. »Ist Kollgrim denn zurück?«

»Ja. Er ist zurückgekommen aus einem anderen Bett, das ist es, was er getan hat.«

Helga lachte laut über die Unsinnigkeit eines solchen Gedankens, und Elisabet Thorolfsdottir schaute verbittert zu ihr auf. »Du kannst lachen, wenn du willst, doch er ist mit dieser isländischen Frau, Steinunn Hrafnsdottir, entdeckt worden, und er ist nur um ein Haar der Tötung durch einige Isländer entkommen. Es scheint mir, daß sie ihn lieber hätten töten sollen. Diesen Gedanken habe ich jeden Augenblick des Tages, denn er macht mir solche Freude. So armselig, wie auch der Hof meines Vaters Thorolf gewesen sein mag und wie kärglich das Fleisch, ich bedaure den Tag, an dem wir zu Asgeir Gunnarsson gezogen sind, denn an dem Tag, so scheint es mir, bin ich vernichtet worden.«

Helga hatte keine Antwort darauf, sondern drückte nur ihr Kind fest an die Brust und starrte die Magd an, die zurückstarrte. Endlich flüsterte Helga: »Ist mein Bruder in der Nähe?«

»Vielleicht ist er im Stall und tut irgend etwas. Ich weiß es nicht. Er sucht des Nachts meine Bettnische auf, nicht um sich zu mir zu legen, sondern um von meinem Egil zu sprechen. Er zieht alles über meinen Jungen aus mir heraus, und es scheint mir, daß er mich mit diesen Fragen wie mit einem Dolch durchbohrt, und mit meinen Antworten zieht er mir den Dolch wieder heraus, und doch kann ich ihn nicht fortschicken, denn in der Tat, Helga Gunnarsdottir, er leidet große Qualen.« Und Helga sah, daß die Augen der Frau sich mit Tränen füllten.

Nun hatte Helga große Angst, ihren Bruder zu sehen, und es

schien ihr, daß sie nach Ketilshof gehen und Jon Andres an ihrer Stelle schicken könnte, doch als sie bewegungslos dastand und überlegte, was sie tun sollte, tauchte Kollgrim hinter ihr auf und sagte: »Meine Schwester, du bist einen langen Weg gekommen, um wenig zu finden.«

Sie drehte sich um und sagte mit leiser Stimme, während sie das Kind die ganze Zeit fest an sich gedrückt hielt: »Mein Kollgrim, was finde ich hier?«

»Sterbliche, die sich auf ihr Schicksal vorbereiten.«

»In welche Schwierigkeiten hast du dich gebracht?«

»Einige Männer sind zornig auf mich. Mich kümmert das nicht. Doch ich bin von meiner Seele getrennt, und so ist wenig von mir übrig, womit ich dich hier unterhalten könnte.«

»Ist es wahr, daß du mit einer von diesen isländischen Frauen gewesen bist? Wenn du dich von ihr fernhältst, ist das kein so großes Verbrechen. Sie werden dich nicht töten können, und die Strafe vor dem Gesetz muß heutzutage gering sein, denn die Leute handeln freier, als sie es einst taten. Ich verstehe nicht, warum das eine so große Schwierigkeit ist, und doch...«

»Und doch, in der Tat. Gunnarshof scheint mir von Teufeln nach Norden versetzt, so dunkel ist es an diesem Ort.« Er lächelte. »Nimm dein Kind fort von hier, meine Helga. Dies ist das letzte, was ich dir sagen will: Mein ganzes Leben lang habe ich danach getrachtet, alles von dir zu nehmen, dich für mich zu haben, denn ich dachte, daß es mir gebühre, und wann immer du dich von mir abwandtest, selbst um mir etwas zu holen, haßte ich dich dafür und wollte noch mehr von dir. Oh, meine Helga, es tut mir von Herzen leid, und ich bitte dich um Vergebung, und so sehr, wie ich immer alles von dir begehrte, so sehr begehre ich jetzt, daß du fortbleibst und nicht zu mir hin und in meine Schwierigkeiten gezogen wirst, weder du noch dein Gatte, noch unser Vater, der mein ganzes Leben lang versucht hat, mich vor meinem Schicksal zu bewahren. Du mußt mir dies schwören.«

»Wie kann ich das?«

»Du mußt, oder ich werde dich am Arm halten und dich nicht gehen lassen, bis du es tust, so wie ich es schon einmal getan habe.«

»Ich werde nichts sagen, doch ich werde beten, wie ich es schon einmal getan habe.«

»Und es wird die gleiche Folge haben, die es schon einmal hatte, so glaube ich. Nun fort mit dir.« Und Helga drehte sich um und ging fort, und zwei Tage lang hielt sie ihren Schwur, nicht über diese Sache mit Jon Andres zu reden, doch dann kam er zu ihr mit eigenen Neuigkeiten, die er von anderen Leuten gehört hatte, und sie beantwortete die Fragen, die er ihr stellte.

Nun kam das Osterfest, und Bjorn Bollason hatte sich mit den Isländern geeinigt, daß man eine Klage wegen Verführung durch Hexerei vorbringen würde, falls sich bis Ostern am Zustand der Besinnungslosigkeit von Steinunn Hrafnsdottir nichts geändert haben sollte, und als Ostern nahte und die Frau immer tiefer versank, schickte er nach Sira Eindridi, denn er wollte mit dem Priester über Hexerei sprechen, und Sira Eindridi kam auf Skiern, so schnell er konnte, obwohl er andere Verpflichtungen hatte. Bjorn saß bei seinem Abendfleisch, als ein Knecht mit der Nachricht ins Haus kam, daß Sira Eindridi und ein anderer Mann im Anmarsch seien, und Bjorn sprang auf und trat aus der Haustür und spürte die Blicke der Isländer in seinem Rücken. Nun ging er den Hang hinunter und traf auf Sira Eindridi unterhalb des Schreines von St. Olaf dem Grönländer, und bevor der Priester auch nur seine Skier abgenommen hatte, lief Bjorn schon aufgeregt hin und her und sprudelte die Geschichte von Steinunn Hrafnsdottir heraus. »In der Tat«, sagte er, »zuerst Sigrid und dann Steinunn, mir scheint, diese Frauen sind unergründlich. Sobald sie einen Mann gepackt haben, wollen sie nicht mehr ihn, sondern einen anderen.«

»Begehren durchströmt sie wie die Winde, das ist alles, was wir von ihnen wissen«, sagte Eindridi.

»Nun hat Thorunn Hrafnsdottir Snorri und Thorstein überzeugt, daß der Bursche sich der Hexerei bedient hat, um ihre Schwester für sich zu gewinnen, und sie behaupten, sie hätten solche Dinge schon viele Male zuvor gesehen. In der Tat, in Norwegen und anderswo seien sie so gewöhnlich wie die Fliegen.«

»So etwas würde mich nicht überraschen. Der Teufel ist bei uns am Werk, und er hat seine Handlanger. Dieser Bursche Kollgrim verbringt seine ganze Zeit in der Einöde, wo der Teufel herrscht. Und er geht allein dorthin, nicht mit anderen Männern. Wie schwer würde es dem Teufel sein, zu ihm zu gehen und heimlich in sein Ohr zu flüstern? Wie schwer wäre es dem Teufel, die Gestalt eines Hasen oder eines Fuchses oder eines Seehundes anzunehmen und zu ihm zu sprechen und ihn zu versuchen? Und wie schwer wäre es für so einen Mann zu widerstehen? Die Gunnarshofleute waren immer eigensinnig, selbst für Grönländer. Geht diese Frau Margret Asgeirsdottir zur Kommunion oder zur Beichte? Nein, sie gehorcht ihrem eigenen Rat, nicht wahr?«

»Du sprichst so streng wie die Isländer.«

»Wir kennen einander schon seit vielen Wintern, Bjorn Bollason, und sicher wirst du inzwischen wissen, daß ich sage, was ich denke. Sira Pall Hallvardsson hat den Grönländern einen schlechten Dienst erwiesen, indem er so schwach und freundlich gegen sie war. Sie glauben, die Sünde sei eine Kleinigkeit und Gott der Herr sei ihre Mutter, die ihnen den Kopf tätschelt und sie fortschickt, damit sie sich ein neues Vergnügen suchen, wenn sie ihr eigenes Spielzeug zerstört haben.«

»Aber wie lauten die Gesetze über die Hexerei? Kennst du diejenigen der Kirche? Ich möchte schwören, du weißt darüber so wenig wie ich.«

»Was wir nicht dem Buchstaben nach wissen, das wissen wir im Geiste. Dieser Snorri steckt voller Beobachtungen. Ich vermute, daß er mehr von diesen Dingen weiß, als er sagt. Und die Gesetze der meisten Orte sind in bezug auf die meisten schweren Verbrechen die gleichen.«

»Das sagen auch die Isländer.«

»Wenn es einen Teufel unter uns gibt, dann ist es eine größere Sünde, ihn laufenzulassen, als einen Unschuldigen zu bestrafen, denn sobald ein Unschuldiger seinen Tod empfängt, wird ihm in den Augen des Herrn vergeben, und er wird für die Ungerechtigkeit seiner Strafe um so glühender im Himmel aufgenommen. Doch ein Teufel, der frei herumläuft, bringt andere vom Wege des Herrn ab und führt sie in das Reich des Satans, oder etwa nicht?«

Und Bjorn hatte keine Antwort darauf, und es schien ihm unter diesen Bedingungen richtig und angemessen, seine Urteilsgewalt

Sira Eindridi zu übergeben, der als Priester mehr von solchen Dingen wissen mußte.

In Hvalseyfjord war das Winterwetter etwas kälter, und es schneite mehr als in jenen Bezirken, die weiter im Landesinneren lagen, und es schien Gunnar, daß er und sein Haushalt es in diesem Jahr schwer hatten, denn er sah in der Tat, daß alle jetzt alt waren und mehr oder weniger unter der Gelenkkrankheit oder unter anderen Krankheiten litten. Nur Johanna und Thorolfs Sohn Egil konnte man nicht alt nennen, doch Johanna war langsam aus dem Heiratsalter heraus, ohne einen passenden Antrag bekommen zu haben, und Gunnar war langsam aus dem Alter heraus, in dem man jedes Jahr noch die Kraft findet, zum Thing zu gehen und über einen Ehemann für die Tochter zu verhandeln. Es war nicht zu leugnen, daß ihre Tugenden solche waren, die man erst nach langer Bekanntschaft erkennt – auf den ersten Blick mochte sie einem oberflächlichen jungen Mann recht abstoßend und unschön vorkommen, denn obwohl sie die Gunnarshofzüge hatte, waren sie nicht durch Birgittas Seite gemildert, und ruhend sah ihr Gesicht aus wie in Stein gemeißelt. Daß aus diesem steinernen Mund oft Bemerkungen von solcher Schärfe kamen, über die Gunnar sich tagelang begeisterte, war keine gefragte Eigenschaft für eine Ehefrau. Darüber hinaus schien sie recht zufrieden mit ihrer Lage, und wie Helga vor ihr betrachtete sie es mehr wie eine Pflicht als ein Vergnügen, einen Mann zu finden. Gunnar hatte beinahe schon entschieden, dieses Jahr nicht zum Thing zu gehen, obwohl er die Versammlung in seinem erwachsenen Leben niemals verpaßt hatte, selbst wenn die meisten Bauern der Siedlung ihr fernblieben.

Doch es war so, daß Birgitta nicht imstande sein würde, die Reise zu machen, und Gunnar lag nicht daran, von ihr wegzugehen. Zu dieser Zeit litt sie sehr unter der Gelenkkrankheit, sie hatte sie in den Fingern und den Schultern und den Hüften, so daß sie der Schmerzen wegen nur wenig tun konnte, was sie hätte ertragen können. Die Feuchtigkeit des Winters half ihr auch nicht dabei, sondern verstärkte noch die Schmerzen und die roten Schwellungen an den Fingergelenken, so daß Gunnar ihre Hände in die seinen nehmen mußte, um sie oft lange sanft zu reiben, und er mußte sie auch füttern und herumtragen, denn er selbst litt fast gar nicht an der Gelenkkrankheit und stand so gerade wie ein junger Mann. Während er bei ihr war und sie herumtrug, versuchte er auch, sie von einem Umzug nach Gunnarshof zu überzeugen, denn dort könne sie bei Kollgrim und dem Mädchen Elisabet sein, die gewiß eine lenkende Hand brauche, und auch in Helgas Nähe, und außerdem würde sie der Feuchtigkeit von Hvalseyfjord entkommen. Doch in ihrem Widerstand dagegen war sie seltsam hartnäkkig. Ihr einziger Einwand war ihr Alter – sie sei zu alt und dem Tode zu nahe für ein neues Leben, sie würde die Schauplätze ihrer Kindheit vermissen, Gunnarshof sei immer zu großartig für sie gewesen. Sie gestand Gunnar sogar zu, daß ihre Gründe auch in ihren eigenen Augen schwach seien, trotz allem blieb sie in ihrer Abneigung fest. Es war nicht zu schaffen.

Und so wurde es ein Spiel zwischen ihnen. Wenn er sie am Abend beim Schachspiel besiegte, dann würden sie am nächsten Tag nach Gunnarshof gehen. Wenn ein Löffel zu Boden fiele und mit dem Schöpfteil nach oben aufkäme, dann würden sie auf Lavranshof bleiben, doch wenn er mit dem Schöpfteil nach unten aufkäme, dann würden sie nach Gunnarshof gehen. Wenn ein schwarzes Lamm geboren würde, dann müßten sie gehen, ein weißes Lamm würde sie dort festhalten, wo sie waren. Wenn Birgitta die Antwort auf ein Rätsel, das Gunnar sich ausgedacht hatte, erraten könnte, dann würden sie bleiben, wenn nicht, dann würden sie gehen. Eines Tages sagte Gunnar zu Birgitta: »Es schien mir bis jetzt nicht so zu sein, daß die Welt voller Zeichen wäre.«

»Mir scheint es so zu sein, daß alle diese Zeichen nur in eine Richtung weisen.«

»Und welche ist das?«

»Daß Gunnar und Birgitta alte, närrische Leute sind, die ihre Zeit irgendwie ausfüllen müssen.« Doch sie lächelte dann und sagte: »Dort kommt ein Bursche auf Skiern. Meine Augen sind immer noch scharf genug, um jeden zu sehen, der kommt, bevor er selbst noch weiß, daß er kommt. Wenn es ein Fremder ist, dann werden wir hier bleiben, und wenn er ein Freund ist, dann werden wir nach Gunnarshof gehen.«

»Also abgemacht.« Und sie beobachteten den Skifahrer eine lange Zeit, und dann stand Gunnar von seinem Platz auf und ging dem Burschen entgegen, um ihn zu begrüßen, und er sah, daß es Jon Andres Erlendsson war, und er wußte, daß dieser schlechte Nachrichten bringen würde.

Jon Andres begrüßte die Mutter seiner Frau mit einem wunderbaren Lächeln und einer herzlichen Umarmung, und dann setzte er sich neben sie und sprach ausführlich von dem Kind Gunnhild, wie groß und lebhaft es sei und wie liebevoll Helga sich um die Kleine kümmere, und wieviel Milch Helga habe, es wäre genug für zwei, wenn es Zwillinge gewesen wären, und tatsächlich könne es so kommen, denn sie erwarte wieder ein Kind und habe einige Tage zuvor gespürt, wie es sich regte, und sie erwarte die Geburt wieder im Herbst, eine gute Zeit für eine weitere Geburt, und sie halte sich selbst dieses Mal für sehr viel stärker, und alle auf Ketilshof seien zuversichtlich. Da sagte Birgitta zu ihm: »Aber Jon Andres, ich sehe in deiner Haltung, daß diese gute Nachricht nicht die Nachricht ist, die du uns bringst.«

»Wahrhaftig, da ist eine Sache, die ich mit Gunnar besprechen müßte.«

Birgitta sah ihn scharf an. »Das ist keine so kleine Sache, wie du es hinstellen möchtest.«

»Ich weiß selbst nicht, was ich davon halten soll.« Und nun saß Jon Andres schweigend da, denn er wußte nicht, wie er über Kollgrim zu dessen Mutter sprechen sollte, und er hoffte, daß Gunnar sie wegbringen würde. Aber es schien, als käme es Gunnar nicht in den Sinn, so etwas zu tun, denn Gunnar starrte auf das Eis im Fjord. Birgitta folgte einen Moment lang seinem Blick, den Hang hinunter zum Strand und zum nebeligen Weiß der Eisdecke, und dann sagte sie: »Mein Junge, ich habe alle diese Dinge schon vor langer Zeit gesehen. Als ich Johanna in mir trug, da schaute ich über den Strand, genau an die Stelle, wohin wir jetzt schauen, und ich sah alle meine fünf Kinder vor meinen Augen verschwinden, und nun sehe ich an deinem Kommen, daß das Schicksal, welches ich abwenden wollte, sich erfüllen wird.«

Gunnar schwieg immer noch, und so sagte Birgitta: »Mein Junge, du mußt sagen, was du weißt. Kein Mann berichtet, daß es seiner Frau gut geht, wenn es nicht so ist, und so müssen die Schwierigkeiten also von Kollgrim kommen.«

»Er ist mit dieser isländischen Frau, Steinunn Hrafnsdottir, zusammen gewesen, als sie von ihrem Gatten getrennt bei der Kathedrale wohnte, und man hat die beiden entdeckt. Nun bereiten diese Leute eine Klage gegen Kollgrim vor, aber es ist mir nicht gelungen, etwas über den Inhalt dieser Klage in Erfahrung zu bringen. Es scheint mir nicht, daß sie sich mit geringer Ächtung zufriedengeben werden oder mit irgend etwas anderem als dem Tod, wenn es ihnen gelingt.«

Nun sprach Gunnar. »Hat Bjorn Bollason, der Gesetzessprecher, mit dieser Klage zu tun?«

»Der Gatte und der Schiffsherr waren auf Solarfell, und jetzt sind auch noch einige andere Isländer dort. Die Frau und ihre Schwester sind auch dort.«

»Bjorn Bollason ist mein Waffenbruder. Mir scheint, wir können uns auf ihn verlassen.«

»Wenn wir ihn so lange von den Isländern trennen könnten, um uns mit ihm zu besprechen, dann vielleicht. Aber es heißt, daß er noch fester an ihnen klebt als früher.«

»Das mag nach außen hin so aussehen. Ein Grönländer muß wissen, wo er lebt, oder nicht? Und was ist mit Kollgrim? Ist er sich der Schwere seiner Notlage bewußt?«

»Helga sagt, daß er nur an die Frau denkt und sich nicht darum kümmert, was mit ihm geschieht.«

Da schaute Gunnar den anderen Mann an und sagte: »Doch es scheint mir, daß ihm wenig geschehen kann, denn die Leute finden nicht so viel an dieser Sünde wie einst, und wenn die Isländer ihn bis jetzt noch nicht getötet haben, dann werden sie nicht mehr an ihn herankommen. Selbst wenn er geächtet wird und eine Weile in die Einöde gehen muß, was macht das? Sein wirkliches Zuhause liegt ohnehin dort.«

»Doch Helga ist, obwohl sie all das weiß, seinetwegen sehr niedergeschlagen. Der Fall stimmt nicht mit den Tatsachen überein, so scheint es mir. Wir müssen zu unseren Freunden und Nachbarn gehen und sie auf diesen Fall vorbereiten, denn mir scheint, die Isländer haben einen Plan. Vielleicht wird es auf dem Thing einen

Kampf geben, denn sie sind mit Eisenwaffen gut ausgerüstet, und die Isländer weichen immer auf den Kampf aus, wenn sie können, besonders wenn sie einen Vorteil wie diese Waffen haben.«

»Das ist ihr Ruf. Als du ein Kind warst, waren einige Isländer mit einem beschädigten Schiff in Grönland, und sie stritten zwei Winter lang mit den Grönländern über die Strandgutrechte, und am Ende verbrannten sie das Schiff lieber bis zur Wasserlinie, als es den Grönländern ohne ausreichende Bezahlung zu überlassen. Sie sind ein hartes Volk.«

»Dann müssen wir ihrer Härte mit unserer eigenen begegnen.« Doch es war nicht zu leugnen, daß keiner der beiden Männer wußte, wie man das anstellen sollte.

Nun fuhren Bjorn Bollason und Bolli Bjornsson jeden Tag auf Skiern zu Höfen im Bezirk Brattahlid, wo Bjorn viele Freunde hatte, doch Gunnar Asgeirsson und Jon Andres Erlendsson nicht so bekannt waren, und auf jedem Hof machte Bjorn Bollason Geschenke und warb um die Freundschaft eines jeden, und alle erinnerten sich, wie er während der großen Hungersnot Nahrungsmittel verteilt hatte und wie er das Thing zusammengehalten hatte, als die meisten Richter weggestorben waren, und alle Bauern schworen ihm Freundschaft, ohne jedoch den Inhalt der Klage zu kennen, die man vorbereitete, denn Thorstein und Snorri hatten auf Geheimhaltung bestanden. Es geschah auch, daß Bork und Thorstein nach Nes im südlichen Teil von Vatna Hverfi zurückfuhren, wo sie gewohnt hatten, und dort heimlich mit den anderen Isländern sprachen, doch da dies Jon Andres Erlendssons und Kollgrim Gunnarssons Bezirk war, sprachen die Isländer nicht mit ihren Gastgebern über diese Angelegenheiten, sondern hockten zusammen und bewahrten Stillschweigen.

Gunnar ging nun zu seinem Vetter Thorkel und legte ihm die Klage dar, und Thorkel hätte nicht zuversichtlicher sein können. In der Tat verstand niemand, mit dem Gunnar oder Jon Andres über die Klage sprachen, wie die Sache für Kollgrim schlecht laufen könnte. Die größte Strafe für ein solches Verbrechen war geringe Ächtung, und er war schließlich mit einer isländischen Frau zusammengewesen und nicht mit einer Grönländerin. Und keiner der Richter war mit der Frau verwandt, oder? Immerhin hatte sie ihren Gatten verlassen, um allein bei den Priestern zu leben, oder? Hebt ein Mann, der ein Schmuckstück im Gras vor sich liegen sieht, es nicht auf? Und so machten Gunnar und Jon Andres die Runde im Bezirk Vatna Hverfi, sowohl im südlichen wie im nördlichen Teil, und sie sammelten eine Menge Unterstützung, und auf jedem Hof erzählten sie, was sie vermuteten, daß nämlich die Isländer versuchen würden, das Thing durch einen Kampf zu unterbrechen, und die Männer versprachen, alle Waffen, die sie besaßen, zu den Versammlungsfeldern mitzubringen, Speere und Bogen und Pfeile und Knochenäxte und so weiter. Und nachdem Jon Andres in Vatna Hverfi herumgegangen war, fuhr er weiter nach Süden, wo er andere Höfe besaß, und er sicherte sich dort jede mögliche Unterstützung, und Gunnar ging in Hvalseyfjord herum und über die Hügel nach Kambhofsfjord. Immer noch war es so, daß die Isländer Kollgrim nicht vorgeladen hatten, und obwohl alle Leute von der drohenden Klage wußten, gab es kein Gerede darüber und auch kein Gerede über die Frau, nur soviel, daß erzählt wurde, sie sei krank, und das seit Beginn der Fastenzeit.

Nun lief Larus der Prophet zu Beginn des Frühlings herum und erzählte von neuen Visionen, dieses Mal vom Engel Gabriel, der, wie er sagte, ihn bei den schönsten Kosenamen gerufen habe, zum Beispiel, mein Kind, mein Bruder, mein Junge, und Gabriel sei in englische Gewänder gekleidet gewesen, die man nicht so sehr sehen als fühlen könne, denn es schien Larus, als wären seine Finger zu Augen geworden und seine Augen zu Fingern, und auf diese Weise habe er die englischen Gewänder sehen können, den Heiligenschein und die großen Flügel, die sich ausbreiteten wie die Schwingen eines Adlers, der zum Angriff herabstürzt, jede seiner Federn lichtbekränzt. So, sagte Larus, sei der Engel Gabriel, und dies sei seine Botschaft, daß ein neues Zeitalter bevorstehe, und das Zeichen dieses neuen Zeitalters sei die Gefangennahme eines gewissen Teufels, der lange unter den Grönländern gelebt habe, und die Leute, besonders jene im Süden, wußten, daß damit Ofeig Thorkelsson gemeint war, denn seine Sünden und Plünderungen nahmen jährlich zu, und die Leute im Süden fühlten sich von ihm sehr bedrängt. Wenn dieser Bursche gefangengenommen werde, so habe der Engel Gabriel gesagt, dann würden die Menschen als

Zeichen des neuen Zeitalters Stücke von Holz und Planken und Möbeln bringen und die Strände absuchen und alles Brennbare sammeln, das sie finden könnten, und sie würden einen großen Scheiterhaufen aufschichten, und der Bursche werde auf den Scheiterhaufen gebunden und verbrannt werden, und der Teufel werde sich die Seele des Burschen nehmen, und alle anderen Menschen seien gerettet. Doch die Männer und ihre Familien, so habe der Engel gesagt, müßten des Lichtes und der Wärme entbehren, damit sie diesen Scheiterhaufen aufschichten könnten, sonst würden sie nicht gerettet werden, und dies sollten die Belohnungen sein, die sie nach Vollendung der Verbrennung vorfinden würden: ein Schiff würde kommen, mit Schnitzereien reich geschmückt, mit Purpur bemalt und verziert, und darauf werde der langersehnte Bischof sein, ein junger Mann in purpurroten Gewändern, dazu ein halbes Dutzend ausgebildeter Priester, die gleich dort am Strand unter die Grönländer gehen und ihnen die Beichte abnehmen und ihnen die wahren Oblaten von Weizen reichen würden und den wahren Trunk von Wein, der aus Trauben bereitet sei. Diese Leute würden die Botschaft bringen, daß die beiden Päpste gestorben seien und ein einziger Papst, der Papst von Jerusalem, sich erhoben und seine Kirche zur Heiligkeit zurückgeführt habe, und sie würden auch neue Gegenstände für die Kathedrale bringen – Wandbehänge aus Seide mit Goldfäden genäht, Krüge und Meßkelche aus Gold mit Silber ziseliert, Altardecken von weither aus dem Osten, auch von Seide gemacht, neues Glas, in vielen Farben, für das Fenster der Kathedrale, und weitere Glocken, damit die Ohren der Grönländer vom Auf und Ab der Töne vieler Glocken erzittern würden, nicht nur vom Dröhnen der einen, die jetzt im Glockenturm hänge. Und der neue Bischof werde auch die Heiligkeit von Larus anerkennen und ein Haus für ihn einrichten, in dem er und seine Nachbarn ihre schlichten Versammlungen abhalten könnten. Solcherart waren Larus' Vorhersagen, und weil sie nichts Besseres zu tun hatten, redeten die meisten Leute darüber, so wie sie über seine anderen Vorhersagen geredet hatten. Larus ging von Hof zu Hof, und es gab immer etwas Besonderes für ihn zu essen und etwas, das er Ashild und der kleinen Tota mit nach Hause nehmen konnte.

Das Frühjahrswetter war ebenso wie das Winterwetter, das heißt, es gab viel Wind und wenig Regen, und der Sand drang überall ein, und die Leute hatten wenig Hoffnung für den Sommer, denn solche Winde wie diese ziehen die Feuchtigkeit aus dem Gras, und nur jene Höfe mit einem weiten Netz von Bächen und Gräben schaffen es, durchzukommen und Heu für den Winter übrig zu haben. Aber die Seehundjagd war erfolgreich, und es gab viele große und kleine Seehunde für jeden Hof. Nach der Seehundjagd brachte Thorgrim Solvason seine Klage gegen Kollgrim Gunnarsson vor und nannte seine Zeugen und verkündete, daß man die Klage auf dem Thing verhandeln werde. Und immer noch war es Gunnar Asgeirsson nicht gelungen, unter vier Augen mit Bjorn Bollason zu sprechen, doch er war in der Sache recht zuversichtlich und meinte, daß die Strafe geringe Ächtung sein würde, das heißt, so gut wie nichts für einen Mann wie Kollgrim, es sei denn, die Isländer würden Kollgrim in einer offenen Schlacht auf dem Thing töten.

Gunnar und Jon Andres planten derweil insgeheim, wie sie sich in einer offenen Schlacht verteidigen sollten, und ihr Plan war der, daß sie und die Thorkelssons und einige andere Männer aus Vatna Hverfi früh am Morgen auf den Versammlungsfeldern ankommen und die Waffen ablegen würden, die sie gewöhnlich bei sich hatten, wie die Männer es nach dem Gesetz zu Beginn des Things tun mußten, doch sie würden andere Waffen bei sich in den Zelten behalten. Ihre Zelte würden sie auf der Anhöhe aufschlagen, oberhalb der Stelle, wo das Gericht gewöhnlich abgehalten wurde, vier oder fünf Zelte in einer Reihe über den Hügel verteilt, und ständig sollten Männer in diesen Zelten sein, so daß sie, wenn die Isländer sich anschicken sollten, das Gericht zu unterbrechen und zu kämpfen, schnell den Hügel herunterlaufen und mit ihren Waffen über sie herfallen könnten.

Einige Zeit vor dem Thing gingen Jon Andres und Gunnar nach Gunnarshof, um Kollgrim diese Vorsichtsmaßnahmen darzulegen und auch ihn für seine eigenen Belange zu gewinnen, denn er hatte das ganze Frühjahr über nichts von seinen Plänen für das Thing erwähnt. Das Gesetz schrieb vor, daß jeder Angeklagte anwesend sein mußte, um sowohl die Klage gegen sich als auch seine

Verteidigung anzuhören, falls er diese nicht selbst übernehmen wollte. Gunnar ging zuerst nach Ketilshof und verbrachte die Nacht dort und redete mit Helga und Jon Andres über Kollgrim, doch die beiden wußten nicht, wie er die Pläne aufnehmen würde, denn Helga schien es, als wäre er sehr verwirrt, so wie er es Jahre zuvor oft gewesen sei, nach dem Vorfall des Untertauchens. Wenn er spreche, so sagte sie, dann nur über sein Schicksal und seine Sterblichkeit. Elisabet Thorolfsdottir sei ihm keine Hilfe, sagte Helga, denn sie sei sehr wütend auf ihn, weil er mit der Isländerin gegangen sei, und sie könne die bitteren Worte nicht herunterschlucken, die ihr auf der Zunge lägen. Dennoch bleibe Kollgrim auf dem Hof und lasse das Mädchen ausreden, doch es schien ihn nicht zu kümmern, was sie sagte.

Es war so, daß Gunnar seit seiner Übersiedelung nach Lavranshof Gunnarshof tatsächlich nicht mehr betreten hatte – das heißt, Kollgrims ganzes Leben lang, etwa dreißig Winter –, und als er und Jon Andres und die Knechte auf ihren Pferden um den Hügel herum kamen und die weiten Felder von Gunnarshof mit ihren friedlichen Gebäuden ausgebreitet vor ihnen lagen, da blieb er stehen, und sein Blick wurde starr, und er wußte nicht, was er sagen sollte, denn der Hof bot in der Tat einen weiten und erfreulichen Anblick. Das Blau der Seen, die die Felder sprenkelten, warf das Blau des Himmels zurück, und das uralte Bewässerungsnetz zog sich durch das dichte Gras und glitzerte hier und da. Der weite Hang, wo er mit Margret Blaubeeren gesammelt und wo er später Skuli Gudmundsson getötet hatte, erhob sich, hell und erhaben, im Westen, von der Sonne beschienen. Nun gab er seinem Pferd einen kleinen Tritt, und das Tier trabte auf den Schauplatz, den Gunnar soeben angestarrt hatte, und es schien ihm, als wäre er in der Tat ein Unglücksmensch und als hätte das Unglück immer diese liebliche Gestalt angenommen, so daß er es noch an die Brust preßte, während es ihn zerstörte.

Kollgrim interessierte sich nicht für ihre Pläne zu seiner Verteidigung, und sie erhielten von ihm keine allzugroße Zufriedenstellung, und obwohl sie sich den ganzen Tag dort aufhielten, kamen sie schließlich gegen Abend überein, daß in dieser Sache nichts mehr zu sagen sei. Gunnar und Jon Andres kehrten für die Nacht nach Ketilshof zurück. Und nach dem Abendfleisch, als Helga und das Kind Gunnhild in die Bettnische gegangen waren und auch alle Bediensteten sich zur Ruhe begeben hatten, setzten sich Gunnar und Jon Andres auf den Hang, wo man vom Haus hinunter auf den See schauen konnte.

Gunnar sagte: »Es scheint mir, daß ich dir noch nie eine Geschichte erzählt habe, obwohl es meine Gewohnheit ist, Geschichten zu erzählen, die ich kenne.«

Jon Andres schaute ihn erfreut an und sagte: »Es würde mir gefallen, eine Geschichte zu hören, die du vielleicht meiner Helga erzählt hast, als sie ein Kind war.«

»Dann werde ich diese erzählen. Die Leute sagen, daß es vor etwa fünfundsiebzig Wintern, als mein Vater Asgeir ein Junge war und auf den Höfen in der Westsiedlung noch Menschen lebten, einen gewissen Mann namens Kari dort gegeben habe, der in einem Frühjahr hinausgegangen sei und eine große Bärin erlegt habe, die größte, die jemals in Grönland erlegt worden sei. Diese Bärin maß etwa zehn Ellen von der Nase zum Schwanz und war, wenn sie auf den Hinterbeinen stand, so groß wie zwei Männer. Doch ihr Junges, das Kari erst sah, nachdem er sie getötet hatte, war so klein wie ein junges Hündchen, und Kari, der schließlich doch ein weichherziger Bursche war, tötete es nicht und nahm es mit nach Hause. Doch anstatt es in den Stall zu bringen, nahm er es mit ins Haus. Nun hatte Karis Frau, deren Name Hjordis war, ein Neugeborenes an der Brust, und Kari stellte sie vor die folgende Wahl, sie könne entweder den Bären und das Kind gemeinsam säugen, oder sie könne sich Milch abnehmen und den Bären durch eine Adlerfeder füttern, so wie es die Leute tun, wenn ein Kind nicht saugen kann. Die Frau Hjordis war eine träge und nicht sehr heikle Person, und sie entschied sich dafür, den Bären und das Kind gemeinsam zu säugen.«

Gunnars Stimme war jetzt beinahe ein Flüstern, als spräche er zu Kindern, die sich in einer Bettnische zusammendrängten, und Jon Andres rückte näher heran und schloß die Augen, denn in der Tat hatte er als Kind Geschichten geliebt, doch bei Vigdis und Erlend waren mehr Klatsch und Tratsch als Geschichten die Regel gewesen.

»Nun wuchsen das Kind und das Bärenjunge rasch, und jedes schaute das andere an, während sie saugten, und jedes dachte, das andere wäre sein Bruder, und die beiden begannen miteinander zu plappern, Bär und Knabe. Kari gefiel das recht gut und auch Hjordis, doch dem Priester der Gemeinde gefiel es weniger, denn die Menschen müssen nach oben zu den Engeln schauen und nicht nach unten zu den Tieren. Doch Kari und Hjordis kümmerten sich wenig um den Priester. Sie nannten den Bären Bjorn, und der Name des Jungen war Ulf. Es geschah, daß Hjordis nach der Ankunft des Bären keine Kinder mehr bekam, und so betrachtete das Ehepaar diese beiden als seine Kinder.

Der Junge, so stellte sich heraus, war nicht besonders hübsch, denn er schielte und hatte einen Buckel. Doch der Bär war ein schöner Bär mit langem, seidigem weißen Fell, das im Licht und im Dunkel glänzte, und er hatte eine glänzende, schwarze Nase und große, glänzende braune Augen, und sie waren nicht die Augen eines wilden Tieres, die den Menschen nichts mitteilen, denn es ist ein Schleier zwischen ihnen, den Gott Selbst dort hingetan hat. Bjorns Augen waren die Augen eines Hundes oder eines Pferdes, wenn sie den Menschen sehnsüchtig anschauen und es so aussieht, als wollten sie gleich sprechen.

Da nun der Bär vier oder fünf Winter alt war, was für einen Bären etwa ein erwachsenes Alter ist, besann sich Kari und sagte zu Hjordis: ›Mir scheint, wir können unseren Bjorn nicht mehr länger bei uns behalten, denn er ist zu groß für seine Bettnische, und er ißt unser ganzes Fleisch, und es gefällt ihm nicht mehr, bei seinen Mahlzeiten auf der Bank zu sitzen. Es scheint mir, daß er in die Einöde gehen und so leben muß wie andere Bären, obwohl er in der Tat der kleinste Bär ist, den ich je gesehen habe.‹ Und so wurde Karis Herz bei dem Gedanken an seinen kleinen Bjorn in der Einöde wieder zu Mitleid gerührt. Sie taten also nichts, und wieder sprachen sie einige Winter lang nicht davon, ihn fortzuschicken.

Als der kleine Bär schließlich ungefähr zehn Winter alt war, faßte Kari den Entschluß und band seine Skier um und nahm den kleinen Bjorn bei der Tatze und fuhr mit ihm in die Einöde. Sie verbrachten die Nacht in einem Unterstand, den die Männer aus dem

Westen für ihre Jagdausflüge gebaut hatten, und am Morgen teilte Kari sein Fleisch mit dem Bären und sagte: ›Nun, mein Bjorn, müssen wir uns trennen, und du mußt gehen wie ein Bär, und ich muß gehen wie ein Mensch.‹ Und er legte die Hände in das dichte Fell des Bären und schaute ihm voller Sehnsucht in die Augen, denn Kari war, wie ich schon sagte, ein weichherziger Bursche und mochte seinen Bärensohn sehr. Und der Bär schaute voller Sehnsucht Kari an. Doch danach ließ er sich auf alle Viere nieder und trabte fort in die Berge. Als Kari zu seinem Hof zurückkam, erklärte Hjordis, daß man Ulf nirgends finden könne, und obwohl sie überall nach ihm suchten und die Nachbarn zur Hilfe holten, fanden sie ihn nicht, und sie waren sehr niedergeschlagen, denn sie hatten zwei Kinder gehabt, und nun hatten sie keines. Und so verbrachten sie den Winter.

Im Frühjahr hielt Kari es nicht mehr aus, und er ging wieder in die Einöde, dorthin, wo er Bjorn verlassen hatte, und er begann, nach dem Bären zu rufen. Er blieb dort drei Tage lang, rief und schaute umher, und er erkannte, daß sein Ausflug vergebens war, und als er gerade zurückkehren wollte, hörte er seinen Namen im Wind: ›Kari! Kari!‹ In dem Moment tauchte in der Nähe ein riesiger Bär auf, und Kari sah, daß es Bjorn war, nur war er in seinem Winter in der Einöde zu einem richtigen Bären herangewachsen. Und Bjorn schaute Kari an, und er machte den Mund auf, und er sagte mit brummender und bärenhafter, doch freundlicher Stimme: ›Ich grüße dich, Kari.‹ Und Kari rief aus: ›Mein Sohn! Mein Sohn! Wir sehnen uns jeden Tag nach dir. Bitte komm wieder zu uns als unser Bjorn!‹ Doch Bjorn war ein erwachsener Bär, der mit der Pranke Fische aus dem Ozean geholt hatte und weit herumgezogen und im Winter mit erwachsenen Bärinnen zusammengewesen war. Er wollte nicht mehr gern auf einer Bank sitzen oder in einer Bettnische schlafen. Es schien ihm jedoch, daß er eines gern lernen würde, und so sagte er zu Karl: ›Ich werde mit dir kommen, wenn du mir versprichst, den Priester zu überreden, daß er mir das Lesen beibringt.‹ Und Kari, der nichts mehr wünschte, als seinen Bjorn wieder zu haben, gab ihm das Versprechen.

Doch dies war in der Tat ein Versprechen, das schwer zu halten war, denn der Priester war ein hartnäckiger Bursche, und Kari wußte, der Mann hatte es niemals gutgeheißen, daß man einen Bären großzog, und er würde das Sprechen des Bären für Teufelswerk halten, und so machte Hjordis dem Bären ein weites Gewand mit einer enganliegenden Kapuze, und als der Bär es anzog, war alles, was man sehen konnte, seine schönen braunen Augen. Nun ging Kari zu dem Priester und sagte: ›Mein Sohn ist ganz verwandelt zu uns zurückgekehrt, denn er ist bei den Leuten in der Ostsiedlung gewesen, in Herjolfnes. Doch obwohl er viele merkwürdige Vorstellungen hat, möchte er, daß man ihm das Lesen beibringt, und so bitten wir dich, dies für ihn zu tun, denn niemand weiß, was sein Schicksal sein wird.‹ Und so kam der Priester mit seinen Büchern, aus Mitleid für Ulf und weil Kari ihm viele schöne Geschenke gab, und er brachte dem Bären das Lesen bei, und er sagte zu Kari: ›Dein Sohn hat eine sehr merkwürdige Stimme. Sie ist beinahe ein Brummen, doch nicht unangenehm.‹ Und Kari sagte: ›Wußtest du das nicht? Es ist der Tonfall, den sie in Herjolfnes pflegen.‹

Jeden Abend während dieser Zeit verlangte der Bär eine große Menge Fleisch, so daß alle Seehunde, die Kari auf der Seehundjagd bekommen hatte, bis zur Mitte des Sommers aufgegessen waren. Und eines Tages sagte er dann: ›Fürwahr, mein Vater, deine Bettnische, in der du mit meiner Mutter schläfst, ist größer als meine, und ich würde mich gern ausstrecken. Ich fürchte, wenn du mir nicht deine Bettnische gibst, dann werde ich in die Berge gehen müssen, denn das Leben in einem Bauernhaus ist sehr beengt.‹

Aber sein Fell war so weich, und seine Augen waren so schön, und er war schwer und bärenhaft, aber dennoch so anmutig, daß Kari es nicht ertragen konnte, ihn zu lassen, und so gaben er und Hjordis ihre Bettnische auf, und Bjorn stieg hinein, und er lag dort, manchmal den ganzen Tag, und las jedes Buch, das man ihm beschaffen konnte.

Nun geschah es, daß Kari eines Nachts sah, wie Bjorn aus seiner Bettnische rollte und aus dem Haus ging, und Kari folgte ihm. Der Bär ging im Mondlicht hinaus zum Schafspferch und kletterte auf die Mauer. Die Schafe waren an den Bärengeruch gewöhnt, sowohl von Bjorn wie von Kari, dessen Hände nach Bär rochen, wenn er mit Bjorn zusammen gewesen war, und daher erschraken sie nicht, sondern schliefen weiter oder grasten, doch Bjorn langte herunter, wie Bären es beim Fischfang tun, und schnappte sich eines unter den Arm und brach ihm das Genick mit den Zähnen und riß es auf und fraß es. Dann ging er zurück ins Haus.

Am Morgen ging Kari zu Bjorn und sagte: ›Mein Bjorn, draußen vor der Tür liegt das Gerippe von einem Schaf, einem meiner besten Mutterschafe. Weißt du etwas davon?‹

›Ja, in der Tat‹, sagte der Bär. ›Dieses Schaf war ein Leckerbissen für mich, als ich mitten in der Nacht hungrig aufwachte.‹

›Aber Bjorn‹, sagte Kari, ›du darfst meine Schafe nicht aufessen, denn sie sind mein Reichtum und meine Sicherheit.‹

Und der Bär schaute ihn lange Zeit an, und er schaute ihn mit den Augen eines wilden Tiers an und sagte schließlich: ›Aber mein Vater, ich war hungrig.‹ Das war alles, was sie darüber sprachen, doch am nächsten Morgen fand Kari wieder ein Gerippe vor der Tür, und er sagte zu dem Bären: ›Bjorn, wir haben schon einmal darüber gesprochen. Ich bin ernsthaft böse.‹ Und Bjorn sagte: ›Aber mein Vater, ich war hungrig.‹ Und so ging es weiter, noch drei Tage lang. Schließlich sagte Kari zu Bjorn, daß er unter keinen Umständen wagen dürfe, noch eines der Schafe zu essen, doch Bjorn sagte nur zu ihm: ›Heißt es nicht in den alten Büchern, daß jene, die hungrig sind, gespeist werden müssen?‹ Da wußte Kari nicht, was er darauf antworten sollte, denn er verstand nichts von alten Büchern.

An dem Nachmittag belud er sich mit Geschenken und wertvollen Dingen, und er ging zum Priester, und er gab ihm die Geschenke und sagte ihm die Wahrheit über die Sache, und die beiden steckten fast den ganzen Nachmittag die Köpfe zusammen. Und nachdem Kari mit dem Priester gesprochen hatte, erkannte er, daß die Dinge nicht so sein konnten, wie er es gehofft hatte, denn ein Bär kann sich seinen Weg nicht in die Erkenntnis dessen, was für den Menschen recht und was unrecht ist, hineinreden oder -lesen. Er wird ein Bär sein in der Einöde, und er wird ein Bär sein auf dem Hof. In jedem Fall wird er immer ein Bär sein. Als Kari vom Haus des Priesters zurückkehrte, sah er, daß noch drei seiner besten Schafe getötet und aufgefressen worden waren, und er war sehr zornig, doch als er ins Haus kam und den schönen weißen

Bären sah, mit seinem seidigen Fell und den schönen braunen Augen, da sagte er nichts.

Hjordis und Kari und Bjorn setzten sich zu ihrem Abendfleisch, und Kari schaute sich in seinem Haus um. Da gab es nichts auf den Brettern, die rings um die Wände liefen, außer zwei kleinen Seehundtranlampen, obwohl Kari einst ein wohlhabender Mann gewesen war, einer der reichsten in der Westsiedlung. Der Priester hatte jetzt alles, alle Wandbehänge und die Tücher mit den Borten aus Brettchenweberei, und das Schachspiel aus Walroßzahn, und die Silberbecher aus England, und all die anderen Dinge, die Kari einst um sich gehabt hatte. Die drei aßen von Eßbrettern – einige Stücke gedörrtes Rentierfleisch und etwas Sauermilch und etwas gedörrtes Seehundfleisch mit Butter bestrichen, und recht bald schon schaute sich Bjorn um, denn er war noch immer hungrig, doch es gab nichts mehr im Haus und draußen im Schafspferch nur ein paar alte, zähe, fleischlose Schafe, und immer noch schaute Bjorn sich um, denn das Fleisch, das sie gegessen hatten, hatte nur seine Eßlust angeregt. Kari war mit seinem Fleisch fertig, und so hatte er nichts, was er seinem Bärensohn anbieten konnte, doch Hjordis schob das, was von ihm übrig war, zu ihm hinüber, und er aß auch das, doch er war immer noch hungrig, noch hungriger, schien es Kari, und der Mann schaute in die schönen Augen des Bären, und der Bär schaute in die seinen, und er sah in den Augen des Bären nur Hunger, und er erinnerte sich, wie der Bär mit solch tierischer Unschuld gesagt hatte: ›Aber Vater, ich war hungrig‹, und sein Herz zerfloß für den Bären wie immer, und da zog er den Ärmel seines Gewandes hoch, und er hielt seinen Arm dem Bären hin, und der Bär nahm ihn in seine großen Pranken und umschloß ihn mit den Klauen, und er biß einmal ab, und die Knochen krachten, und Kari war überrascht, sowohl den Schmerz als auch die Freude dabei zu entdecken. Doch er wußte, daß der Bär sich niemals mit nur einem Arm zufriedengeben würde und daß er ihn am Ende auffressen müßte.«

Nun schwieg Gunnar, und Jon Andres starrte ihn an, und schließlich sagte Gunnar: »Wenn ich Helga diese Geschichte erzählt habe, war das Ende immer anders als dieses, doch ich werde in der Tat alt, und ich kann mich nicht an jenes Ende erinnern.«

Danach gingen sie in ihre Bettnischen, und früh am nächsten Morgen machte sich Gunnar auf den Weg nach Hvalseyfjord und verhielt sich dort still, bis es Zeit für das Thing war.

Nun taten Jon Andres und Gunnar und ihre Freunde, wie sie geplant hatten, und trugen ihre Zelte zum Thingfeld nach Brattahlid und ebenso alle Waffen, die sie finden konnten, und sie kamen früh und schlugen ihre Zelte weit oben am Hang auf, oberhalb der Stelle, wo die Richter zusammentreffen und die Klagen anhören würden, und sie saßen zwei Tage lang ruhig in ihren Zelten, während die Richter einige Fälle von Schafdiebstahl und Tötung in Herjolfnes anhörten. Bjorn Bollason hielt sich weit von Gunnar entfernt und sprach zu kaum jemandem, der mit ihm zu tun hatte, und gab sich den Anschein, als hätte er sehr viel zu tun und müßte Tag und Nacht von einem Ort zum anderen laufen. Kollgrim blieb die ganze Zeit ruhig in Gunnars Zelt. Er brachte keine Waffen mit zum Thing. Birgitta blieb zu Hause, denn Gunnar wollte in der Tat nicht, daß sie mitansehen müßte, was geschehen könnte. Helga blieb mit Gunnhild auf Ketilshof.

Spät am zweiten Tag des Thing erschienen die Isländer mit Bolli Bjornsson und den anderen drei Bjornssons, und sie marschierten in großer Zahl geradewegs den Hügel hinauf, denn sie waren vierundzwanzig, und sie bildeten eine eindrucksvolle Gesellschaft. Sie legten ihre Waffen an der vereinbarten Stelle nieder, und die Leute konnten gut sehen, was sie hatten, es waren vier Schwerter darunter, einige Dolche und eine Menge Äxte. Nun trat Thorgrim in den Kreis, wo die Richter saßen, und er sagte das folgende: »Ich erhebe meine Klage gegen Kollgrim Gunnarsson vom Gunnarshof im Bezirk Vatna Hverfi, denn dieser Mann hat mir durch meine Frau schweren Schaden zugefügt, und dieser Schaden besteht aus zwei Teilen, und das sind diese. Der erste Teil ist, daß er mir ihre Liebe durch Verführung entzog, obwohl sie in unserer ganzen Ehe, welche bis dahin etwa zwei Jahre gedauert hatte, treu und aufmerksam zu mir war und mich behandelte, wie die besten Ehefrauen ihre Männer behandeln, das heißt, sie bedienen ihn und wenden sich nicht ab, und sie machen die Belange des Ehemannes zu ihren eigenen. Und als Zeugen für dieses Verhalten rufe ich meine Gefährten Snorri Torfason und Thorstein Olafsson und Bork

Snaebjornsson, die bei mir waren, als ich um die Hand der Frau warb und als wir uns verheirateten. Und ich sage auch dies, daß ich diese Frau immer angemessen behandelte, ihr gute Kleidung und andere Dinge von Wert gab, und daß ich sie niemals schlug oder ihr mehr Zorn zeigte, als es ein Mann tun muß, um sich ihres guten Benehmens zu versichern.« Nun hielt er inne und schaute sich um und holte ein paarmal tief Luft, denn er hatte nie zuvor eine solche Klage wie diese erhoben, doch das Gesetz verlangt, daß der geschädigte Ehemann seine Klage persönlich beim Thing vorbringen muß. Er fuhr fort:

»Nun ist es der Fall, und ich benenne dieselben Zeugen, die dies bestätigen, daß der Bursche Kollgrim Gunnarsson einst ein häufiger Gast auf dem Hofe namens Solarfell war, wo er mit der Tochter des Hauses, deren Name Sigrid Bjornsdottir ist, verlobt war, und zu der Zeit war es so, daß die Frau Steinunn Hrafnsdottir, welche meine Gattin ist, nicht ein einziges Mal diesen Mann auch nur anschaute oder mit ihm ein Gespräch führte, und auch sonst zeigte sie keine Kenntnis von seiner Anwesenheit, und das trifft für den ganzen Winter zu, den sie auf dem Hof lebte, bevor das Verlöbnis auf Geheiß der Frau Sigrid Bjornsdottir gelöst wurde, und der Grund war, daß der Mann eine Konkubine und ein Kind auf seinem Hof hatte, und diese Konkubine konnte man nicht dazu bringen, den Hof vor der Hochzeit zu verlassen.« Er schaute Thorstein an, der nicht weit entfernt stand, und Thorstein nickte zustimmend.

»Nun geschah es, daß meine Gemahlin, Steinunn Hrafnsdottir, auf dem Hof Solarfell Zeichen von Wintertrübsinn zeigte, denn in der Tat sagen die Leute, dies sei ein ungewöhnlicher Winter gewesen, hart für Menschen, die nicht daran gewöhnt sind, und so begab sie sich nach Gardar und wohnte bei den Priestern und ging jeden Tag zu langen Gebeten in die Kathedrale, und als einen Zeugen dafür habe ich Sira Eindridi Andresson. Und es ist so, daß meine Frau Steinunn den frommen Dingen sehr zugeneigt war, und so kam ihr Wunsch, beim Bischofssitz zu sein, wo die Reliquie sich befindet, für mich oder jeden anderen, der sie kennt, nicht überraschend. Doch so geschah es, daß sie ganz plötzlich begann, mit diesem Grönländer zu gehen, wo sie doch nie zuvor erkennen ließ, daß sie ihn kannte. Und dafür, daß sie ihn kannte, sind die Zeugen Thorstein Solvason und Bork Snaebjornsson und ich selbst und Snorri Torfason, denn wir alle überraschten die beiden, als sie zusammen waren. Und dieses Verhalten war nur auf eine Weise erklärlich: sie wurde durch Hexerei verführt, Hexerei, die dieser Bursche, der nicht wie andere Menschen umhergeht, in der Einöde vom Teufel selbst erlernte. Und dies ist noch ein Zeichen für die Verzauberung, daß sie nämlich, nachdem man sie von ihm fortgetragen hatte, in einen Zustand der Erstarrung verfiel, der ihr immer noch anhaftet, so daß sie weder stehen noch sitzen noch sprechen kann und auch nicht viel essen, und die Suppe rinnt zwischen ihren Lippen wieder heraus, und das Fleisch bleibt ungekaut in ihrem Munde. Es scheint mir, daß sie daran sterben wird, und andere stimmen mir zu. Und so gründen wir unsere Klage nicht auf den Tatbestand der Verführung, sondern auf die Hexerei, und wir verlangen darum, daß der Mann auf dem Scheiterhaufen verbrannt werde, so wie es mit jenen, die der Hexerei überführt werden, in Norwegen und Island und anderswo im Norden geschieht.« Und nun streckte Thorgrim die Hände aus, Handflächen nach oben, und zeigte, daß er keine Waffen bei sich hatte, und da schaute Gunnar, der in der Nähe stand, zu den Isländern hin, doch sie bewegten sich nicht zu ihren Waffen, und Gunnar erkannte, daß er sich auf die falsche Strategie vorbereitet hatte und die Isländer nicht beabsichtigten, das Thing mit Kämpfen zu unterbrechen. Nun setzte sich Thorgrim, und Bjorn Bollason hieß Sira Eindridi Andresson aufstehen und in den Kreis treten, und dies sagte Sira Eindridi:

»Alle Menschen müssen wissen, daß der Teufel selbst immer unter uns weilt, daß seine Handlanger über die Erde schwärmen wie Stechmücken im Sommer, daß sie uns in die Augen und in die Ohren und in die Münder geraten, ohne daß wir von ihnen wissen, und sie tragen ihre bösen Absichten in unsere Herzen. Die Einöde ist das Zuhause dieser Teufel, denn sie finden wenig Ruhe unter christlichen Menschen. Sehen wir Grönländer nicht ihre Geschöpfe überall um uns herum, in der Gestalt der Skraelinger, die in ihren kleinen Booten bösen Zauber vollführen? Die die Seehunde verzaubern und sich selbst, so daß sie die Tiere den ganzen

Winter an deren Luftlöchern fangen können? Glaubt ihr, daß auch nur ein Mensch sicher vor diesem Übel ist, wenn er sich nicht mit all seiner Kraft dagegen wehrt? Ich sage euch, daß er es nicht ist, und wenn es einmal in ihm ist, bringt er es mit sich zu den anderen, wie eine große ansteckende Seuche, die die Menschen dazu verdammt, in alle Ewigkeit unter Teufeln zu leben.« Und das ist alles, was Sira Eindridi sagte, und er trat aus dem Kreis heraus, und der Schiffsherr Snorri Torfason trat in den Kreis und beschrieb noch einmal den Zustand der Frau und erzählte, wie andere Menschen, die er an anderen Orten gesehen habe und die die Opfer von Hexen gewesen seien, in denselben Zustand verfallen und manchmal gestorben seien und manchmal nicht, und er trug vier Fälle vor, zwei aus Island und zwei aus Norwegen, genau dieselbe Geschichte, kein Unterschied in den Einzelheiten. Und er sprach bedacht und nüchtern, und jene, die herumstanden, waren von seiner Erzählung sehr gerührt, und die Frau schien in der Tat verzaubert, denn schließlich sei nichts dergleichen je bei den Grönländern geschehen, nicht wahr?

Nun gab es eine lange Unterbrechung, während Bjorn Bollason und die Richter miteinander sprachen, und dann riefen sie Kollgrim Gunnarsson in den Kreis und mußten lange auf sein Erscheinen warten.

Gunnar stieg den Hügel zu seinem Zelt hinauf, und drinnen schlief Kollgrim, und er ließ sich nur schwer aufwecken, obwohl Gunnar ihn rief und ihn schüttelte und ihn schließlich an den Haaren zog. Nun richtete Kollgrim sich auf, und Gunnar sagte: »Mein Sohn, hattest du einen Traum? Denn ein solcher Schlaf, von dem ich dich eben weckte, ist verhängnisvoll.« Doch Kollgrim behauptete, daß er nichts geträumt habe, und er stand auf und schaute sich um. Es war niemand sonst in dem Zelt. Gunnar sagte: »Junge, sie haben ihre Klage gegen dich auf Hexerei gegründet und sich nicht für den Kampf entschieden, wie wir es erwartet hatten. Statt dessen sagen sie, daß du durch böse Künste den Blick dieser Frau auf dich gezogen hast. Du mußt dich gegen diese Klage verteidigen, und du hast viel Hoffnung in dieser Sache, denn es ist eine törichte Klage, und den Richtern kann nicht daran gelegen sein, ihr Glauben zu schenken.« Immer noch schaute Kollgrim sich um, als wäre er nicht sicher, wo er sich befand. Da fuhr Gunnar fort: »Mein Kollgrim, du mußt deinen Verstand zusammennehmen, denn dein Leben hängt an deiner Verteidigung, und in solch einem Fall kann niemand sie dir abnehmen.« Da wandte Kollgrim das Gesicht seinem Vater zu, und es schien Gunnar, daß sein Junge ihn nicht sah, obwohl seine Augen so unersättlich waren wie eh und je. Kollgrim sagte: »Was haben sie von ihr gesagt?«

»Ich will dir nicht verbergen, daß sie krank und erstarrt ist, und ihr Zustand hat sich nicht verändert, seit du sie das letzte Mal sahst.«

»Wird sie sterben?«

»Sie sagen es. Menschen können diese Dinge nicht voraussagen.«

Nun begann Kollgrim, seine Kleidung und sein Haar zu ordnen, und während er dies tat, ging er unruhig im Zelt hin und her, dann stand er still und starrte auf den Boden. Die Türklappe des Zeltes bewegte sich und wurde geöffnet. Es war Jon Andres. Er sagte: »Der Angeklagte muß sich verteidigen oder er ist verloren. So will es das Gesetz.« Und die beiden Männer geleiteten Kollgrim den Hang hinunter, einer an jedem Arm, und Gunnar erschien Kollgrims Arm hart und dick wie ein Stück Treibholz, gar nicht wie der Arm eines Menschen. Die Gesichter der Männer unten am Hang wandten sich um und schauten zu ihnen auf.

Nun trat Kollgrim in den Kreis, und die Richter starrten ihn an, und endlich sagte einer: »Wie kam es, daß du die Frau Steinunn Hrafnsdottir verführtest?«

Die Leute, die umherstanden, traten näher an die Mitte des Kreises heran und horchten begierig auf das, was Kollgrim zu sagen hatte. Und schließlich sagte er: »Ich weiß es nicht.«

»Zogst du ihre Zuneigung auf dich, indem du solch schwarze Künste zur Hilfe nahmst, wie sie der Teufel die Menschen lehrt?«

»Ich weiß es nicht.«

»Lerntest du solche Künste wie diese in der Einöde, von den Skraelingern oder von anderem seltsamem Volk, wie man es weitab von den Wohnstätten des Herrn antrifft?«

»Ich weiß es nicht.«

»Wie kam es, daß du diese Frau zum ersten Mal trafst?«

»Ich weiß nichts von diesen Dingen. Es mag sein, wie ihr sagt, wenn sie stirbt. Es mag sein, daß die Macht des Teufels durch mich wirkt. Ich weiß nicht.«

Und nun schwiegen die Richter und schauten auf den Mann, der vor ihnen stand. Schließlich sprach Bjorn Bollason und sagte: »Kollgrim Gunnarsson, die Isländer verlangen eine grausame Strafe für dieses Verbrechen, denn das Verbrechen ist nicht Verführung, sondern Hexerei. Du mußt dich gegen diese Anklage verteidigen, oder du mußt kraft des Gesetzes der nördlichen Länder auf dem Scheiterhaufen verbrannt werden.«

»Ich weiß nichts von diesen Dingen. Ist es nicht Sache der Richter zu entscheiden?«

Nun sprachen die Richter unter sich, und die Männer standen herum und warteten darauf, daß sie einen Entschluß faßten. Nach einer Weile riefen sie Sira Eindridi zu sich, und er kam. Die vierundzwanzig Isländer standen in einer Gruppe zusammen, und ihre Kleidung war hell. Sie zogen aller Augen auf sich, auch die von Bjorn Bollason, der von ihnen zu den Richtern und zu Sira Eindridi schaute und wieder zu ihnen zurück, und Gunnar schien es, als spräche er, ohne zuzuhören, und als schaute er, ohne zu sehen. Sira Eindridi sprach ausführlich und mit Nachdruck. Die Richter betrachteten ihn ernst und nickten mit den Köpfen. Einer nach dem anderen warfen auch die Richter Blicke auf die Isländer und auf Bjorn Bollason, dem die meisten ihre Ämter verdankten, denn er hatte nach der großen Hungersnot viele Brattahlider auf diese Richterstühle gesetzt. Doch in der Tat schaute niemand Kollgrim an, der mit gesenktem Blick dastand, so unbeweglich wie ein Skraelinger vor einem Seehundloch. Doch obwohl alle die Isländer anschauten, schauten diese niemanden an, sondern starrten entschlossen hinaus auf den Fjord und zu den Wolken, die über den Bergen hingen.

Nun senkte sich langsam die Sonne am Himmel, und Bjorn Bollason stand auf und ging in die Mitte des Kreises und räusperte sich und verkündete das Urteil der Richter, welches lautete, daß Kollgrim Gunnarsson für das Verbrechen, die Isländerin Steinunn Hrafnsdottir durch schwarze Kunst verführt zu haben, von den Isländern gefangengenommen und am letzten Tag des Thing auf dem Scheiterhaufen verbrannt werden sollte, denn es wäre in der

Tat eine große Sünde, dem Burschen zu erlauben, daß er länger als nötig unter tugendhaften Menschen umherginge, da der Teufel bei seinem letzten verzweifelten Atemzug das Zehnfache seiner eigentlichen Kraft gewinnt und die Seelen von zehnmal soviel Menschen mit sich herabzieht. Und so, bemerkten die Leute, war Larus' Prophezeiung erfüllt, und ein Teufel würde auf dem Scheiterhaufen verbrannt werden, und die Männer redeten jetzt darüber, welche Befreiung diese Geschichte den Grönländern bringen würde, von ihrem langen Warten auf den Bischof, auf Nachricht aus Rom oder Avignon, vielleicht sogar vom Papst von Jerusalem. Die Isländer lächelten unter sich.

Und die Grönländer machten sich daran, Kollgrim Gunnarsson vom Gunnarshof in Vatna Hverfi zu verbrennen, und das ging so. Sie liefen hinunter zum Fjord und am Ufer entlang und sammelten alles Treibholz, das sie finden konnten, und ein oder zwei alte Boote wurden mit Äxten auseinandergehauen, und Männer fuhren über den Fjord und gingen in die Birkenwälder, die immer noch in den Klüften hinter Steinstraumhof standen, und sie schlugen von dieser Birke, obwohl sie grün und vom Sommer feucht war. Dann gingen die Leute aus Brattahlid und Umgebung in ihre Häuser und suchten Schemel und Möbel, die zerbrochen waren oder in schlechtem Zustand, und sie trugen alles zu dem Platz. Zwei Männer gingen zu ihren Höfen und holten zerbrochene Balken aus zerfallenen Gebäuden, und auch diese wurden zu dem Platz getragen, so daß der Scheiterhaufen größer wurde, doch Thorstein Olafsson und Snorri Torfason waren sich einig, daß es schwierig sei, einen Menschen zu verbrennen. Nicht so schwierig, sagte Bjorn Bollason, wenn man ihn zuerst in Seehundtran tränke, seine Kleidung und sein Haar, und sie beschlossen also, auch das zu tun, denn es sah nicht so aus, als werde der Mann sich dagegen wehren.

Die Tatkraft vieler Menschen macht aus vielen Aufgaben eine rasche Angelegenheit, und hier war es nicht anders, denn der Scheiterhaufen wuchs über Nacht und war am nächsten Tag fertig, und viele Leute spazierten herum und schauten ihn an, denn sie hatten niemals so ein Ding gesehen, doch eingedenk der Voraussagen von Larus steuerten sie alle eine Kleinigkeit bei, wenn nicht

Holz, dann Knochen, denn es ist wohlbekannt in Grönland, daß Knochen recht gut brennt und wenn nicht Licht, so doch Wärme gibt, falls man nichts anderes hat. Und dieser Stapel von Sachen zog die Leute so stark an, daß sie darüber ihr Morgenfleisch und alles andere vergaßen, um ihn nur anzustarren. Alle anderen Geschäfte des Thing wurden abgeschlossen, recht übereilt, sagten manche Leute, und die Richter kamen zum Verbrennungsplatz und standen herum. Die Isländer brachten Kollgrim Gunnarsson herbei, der ihr Gefangener war, und Sira Eindridi war bei ihm, und er hatte dem Mann die Beichte abgenommen und ihm die Sterbesakramente gespendet, und er führte ihn zum Scheiterhaufen, und Kollgrim sah für Gunnar so leer und tot aus, wie er ihn nie gesehen hatte, bis er den Stapel von Sachen und Holz sah, und bei dem Anblick traten ihm die Augen aus dem Kopf, und er beschleunigte seinen Schritt. Die Isländer hielten ihn jedoch an, um Seehundtran über seine Kleidung zu gießen, und der Gestank von Seehundtran erhob sich in die Luft.

Nun stieg Kollgrim auf den Scheiterhaufen und umfing den Balken, der in der Mitte stand, und Thorstein band ihm die Handgelenke mit einem Seil aus Seehunddarm zusammen, und Gunnar schien es, daß die Arme des Jungen fast aus den Gelenken gerissen wurden. Nun trat Gunnar nah an den Scheiterhaufen, um Kollgrims Blick zu suchen, doch Kollgrim schaute ihn nicht an. Thorgrim Solvason stieg mit einer Fackel, die blaß im Sonnenlicht brannte, hinter Kollgrim und hielt sie an den mit Seehundtran getränkten Scheiterhaufen, und dann trat er zurück. Das Feuer kroch eine Weile zwischen all dem Zeug hin und her, und Gunnar sah, wie Kollgrim die Augen schloß und sie danach nicht wieder öffnete. Von einigen Leuten, die herumstanden, kam Gerede und Gestöhne, doch Kollgrim gab keinen Laut von sich.

Schon bald hing Kollgrim von dem Balken herunter, mitten in einer großen, bleichen Feuersbrunst, die ihn qualmend und heulend umschloß, seine Kleidung fraß, seine Haut schwärzte, seine Finger verzehrte und seine Augenbrauen und sein Haar. Dichter Qualm, der stark nach Seehundtran roch, hing in der Luft. Nun brach der Balken zusammen, und die Flammen loderten durch die frische Nahrung noch höher, und dann schien es Gunnar, daß Kollgrims Fleisch und Knochen brannten, denn der Gestank hatte sich geändert und vertrieb die Leute, die wie gebannt dagestanden hatten, doch in der Tat gab es nicht mehr viel zu sehen, und der Qualm hätte nicht dichter sein können, so daß den Leuten die Augen tränten, und sie dachten allmählich an andere Geschäfte, die sie zu erledigen hatten.

Nun ist es gewöhnlich so, daß die Leute noch auf dem Thingfeld verweilen, wenn sie ihre Zelte abbauen und die Vorbereitungen für die Rückkehr in ihre Bezirke treffen, denn in der Tat schätzen sie die Gelegenheit sehr, Leuten zu begegnen und Neuigkeiten auszutauschen, und es besteht immer die Möglichkeit, daß noch in letzter Minute ein Geschäft abgeschlossen wird. Doch in diesem Jahr sammelten die Leute ihre Habseligkeiten ein und trugen alles fort, und vieles wurde in der Eile zurückgelassen. Als endlich der Scheiterhaufen in Asche und Überreste zerfallen war, standen nur noch Gunnar, Jon Andres, die Thorkelssons und Sira Eindridi herum, und Gunnar sah, daß Sira Eindridi einmal nicht wußte, was er tun sollte, sondern immer wieder zu ihm hin und wieder weg schaute, doch in der Tat wußte Gunnar selbst nicht, was er tun sollte, noch wie er seine Kräfte dafür hätte sammeln sollen, und so verweilten sie dort bis in die späte Dämmerung.

Endlich sprach Jon Andres und sagte: »Es scheint mir, daß wir Wasser auf die Asche gießen und dann alle Knochen unseres Bruders aufsammeln sollten, die wir finden können, und dann müssen wir sie beerdigen, wo es sich nach den Gesetzen der Kirche und der nördlichen Länder schickt.« Und er schaute Sira Eindridi an. Sira Eindridi blickte über den Fjord, zu den uralten Ruinen der Thjodhildskirche, die einst Erik der Rote in den Anfangstagen der Siedlung für seine Frau gebaut hatte, und er sagte: »Hier in Brattahlid sind Menschen begraben, die Christus niemals angenommen haben. Die Asche mag dort beigesetzt werden.« Und so gingen die Thorkelssons zu einem Hof in der Nähe und holten einige Spaten und machten sich daran, auf der Nordseite der kleinen Kirche ein Grab auszuheben. Und weil die Spaten klein waren und der Tag lang gewesen war, gruben sie fast die ganze Nacht. Gunnar und Jon Andres sammelten alles ein, was anscheinend Stücke von Knochen waren, und legten sie zum Abkühlen ins feuchte Gras.

Nach einer kurzen Dunkelheit begannen die Vögel wieder zu zwitschern, und dann wurde der Himmel hell, und Sira Eindridi und die Thorkelssons gingen in ihre Zelte und legten sich für kurze Zeit zum Schlafen nieder, und Gunnar und Jon Andres setzten sich auf den Hang und begannen zu reden. Jon Andres sagte: »Es drängt mich nicht sehr, Helga diese Nachricht zu bringen, denn wir waren recht zuversichtlich, bevor wir zum Thingfeld kamen.«

»Dennoch scheint es mir, daß sie kaum überrascht sein wird, und meine Birgitta wird es noch weniger sein. Doch es gibt in der Tat Zeiten, in denen ein Mensch nicht weiß, was er vom Willen des Herrn halten soll, und eine solche Zeit ist für mich gekommen.«

»Dies ist nicht der Wille des Herrn, sondern der Wille von Menschen.«

»Der Wille von Thorgrim vielleicht, der so tief verletzt wurde.«

»Siehst du denn nicht, daß Thorgrim auf die anderen hereingefallen ist? Im Winter könnten Männer vielleicht zu den Richtern gehen und ein bißchen über die Klage reden«, sagte Jon Andres. »Sicherlich wird sie allen auf der Zunge liegen, und es wird leicht sein, sie auf jedermanns Lippen zu bringen. Ich bin sehr neugierig darauf, wer was gesagt hat und zu wem, geht es dir nicht so?«

»Nein, mein Sohn. Ich bin gar nicht neugierig.«

»Böses ist hier geschehen. Wir könnten zumindest eine Klage vorbringen.«

»Gegen wen?«

»Das ist es, was wir durch sorgfältig gelenkten Klatsch herausfinden werden.«

»Dies scheint mir ein schlechter Weg zu sein. Ich habe vor den Gerichten niemals Glück gehabt.«

»Aber ich.«

Gunnar sagte: »Ich werde dir erzählen, was Grönländer sich stets gegenseitig sagen, nämlich daß du in dieser Sache wie in allem anderen tun wirst, was dir gefällt.« Nun saßen sie eine Weile ruhig da, bis die Frau von einem Hof in der Nähe ihnen zum Morgenfleisch etwas zu essen brachte, und dann standen die Thorkelssons und Sira Eindridi auf, und die Knochenreste waren erkaltet, und man legte sie in einen Beutel aus Seehundfell und begrub sie bei den sterblichen Überresten der Ungetauften nahe der Thjodhildskirche, und den Ort der Verbrennung ließ man den Sommer über unberührt, denn niemand mochte sich ihm nähern oder die Asche auslesen.

Nun fuhren Gunnar und die anderen im Gardarboot zur Anlegestelle, die an der Eriksfjordseite der Gardarenge liegt, und sie liefen über den Hügel, und dann stiegen Gunnar und Jon Andres und die Thorkelssons in das Boot der Thorkelssons und fuhren den Einarsfjord hinunter, und das Wetter war ruhig und klar. Keiner der Männer redete viel, man erwähnte nur die Eisberge, die in der Nähe trieben, oder irgendwelche geschäftlichen Dinge, die niemand hören wollte. Nun war es so, daß das Bild, welches Gunnar gesehen hatte, in seinem Kopf wieder auftauchte und zugleich auch wieder nicht. Die gewohnten verschneiten Gipfel und grauen Hänge mit ihren gleitenden schwarzen Schatten zogen auf beiden Seiten des Fjords im feierlichen Aufzug vorüber, weit weg von der Mühe der Ruderer, die vor Gunnar saßen und ächzten und schwitzten. Es fiel Gunnar ein, daß ein solches Geschehen, wie es Kollgrim ereilt hatte, im Angesicht dieser Hänge sich noch niemals zugetragen hatte, trotz aller Gefahren der Jagd und trotz allen Vergnügens, das die Grönländer am Kampf und am gegenseitigen Töten hatten, und aus diesem Grunde schien es ihm in Wirklichkeit gar nicht geschehen zu sein. Gewiß empfand er wenig Trauer und noch weniger Zorn. Die Strafe war dem Verbrechen großartig angepaßt, wie das Gewand eines riesigen Mannes einem winzigen Kind. Gunnar wußte nicht, was er darüber denken sollte, und im übrigen auch nicht, wie er zu Birgitta darüber sprechen sollte. Diese nutzlosen Gedanken gingen ihm durch den Kopf, während das Boot der Anlegestelle von Ketilshof immer näher kam. Und es schien ihm, als empfinde er die Trennung von seinem Schwiegersohn und früheren Feind schmerzlicher als die Trennung von seinem Sohn, denn in der Tat traten ihm Tränen in die Augen, als er sah, wie diese geschmeidige Gestalt mit dem vertrauten Lockenkopf sich vom Boot abwandte und den Grashang zum Hof heraufstieg.

Nun nahm Gunnar seinen Platz am Ruder ein, und die Berge, die sich mit hereinbrechender Nacht verdunkelten, entzogen sich seinem Blick und verschwanden, und es blieb nur die Helligkeit des Wassers und das Leuchten der Eisberge, die hier und da im Fjord trieben. Skeggi Thorkelsson sagte: »Gunnar, der lange Tag geht zu Ende, und mein Vater Thorkel wird sich freuen, wenn wir dich für den Rest der Nacht nach Hesturhof bringen.« Doch Gunnar lehnte dieses Angebot ab, und etwas später setzten sie ihn an der Anlegestelle ab, von wo aus die Leute, die nicht um die breite Landzunge rudern wollen, die sich um Hvalsey legt, ihren Weg durch das Tal antreten, das nach Lavranshof führt. Und als sie ihn dort absetzten, war der Himmel so dunkel, wie er zu Mittsommer werden kann, doch hell genug, daß er seinen Weg finden konnte.

Er war ein alter Mann, etwa sechsundfünfzig Winter alt, und er hatte jeden Schritt, den er machte, unzählige Male zuvor getan, und doch war er wie ein Kind in ein neues Leben hineingeboren, und jeder Schritt nach Lavranshof wurde für ihn unsicher und beängstigend. Jeder Blick nach vorn in die Nacht war ein Versuch, in die Zukunft zu sehen, welche die Menschen nicht sehen können, obwohl sie bei sich denken, daß sie aus den Formen vor ihnen gewohnte Umgebungen zimmern könnten. Er blieb stehen und schaute sich um. Ein gewaltiger Sturm der Trauer erwartete ihn in seinem Haus, dem er sich entgegenstemmen mußte, wie man sich dem Winde entgegenstemmt und die Augen vor dem Eise schließt, das einem ins Gesicht weht. So ruhig wie die Nacht für ihn war, als er seinen Weg durch die Berge suchte, die sich auf beiden Seiten erhoben, so heftig würde der Sturm in seinem Hause sein, und der würde ihn hochheben und ihm den Atem aus dem Körper saugen und ihn an einen anderen Platz stellen, als einen anderen Menschen, und obwohl er tüchtig ausschritt, zitterte er auch vor diesem Sturm. Er wußte, Trauer würde das Geschenk sein, welches Birgitta ihm geben würde, so wie sie als Mädchen erst sich selbst ihm gegeben hatte, dann sein eigenes Leben ihm geschenkt, dann seine Kinder und dann noch einmal sich selbst als alte Frau. Und so mußte er die Hände ausstrecken und dieses Geschenk mit der gleichen Begierde empfangen wie jedes andere Geschenk. Sein Weg brachte ihn zum Hang oberhalb des Hofes, und er sah, daß die Sonne bereits über Hreiney aufging. Nun blieb er einen Augenblick stehen, dann ging er weiter und erreichte den Hof.

Vor dem Fest des St. Lavrans nahm die alte Frau Birgitta Lavransdottir vom Lavranshof ein langes Messer aus geschärftem Knochen und öffnete eine große Wunde in ihrem Bauch, doch die Leute waren sehr überrascht, daß sie gemessen an ihrem Alter und ihrer Gebrechlichkeit die Kraft dazu hatte. Sie verlor viel Blut und wurde nach dem Vorfall sehr krank, doch sie siechte dahin, ohne zu sterben, und dann gewann sie etwas von ihrer Kraft zurück. Manche Leute glaubten, sie habe diese Tat aus Trauer über den Tod von Kollgrim Gunnarsson vollbracht, und manche glaubten, sie habe es aus Scham über sein Verbrechen und seine Hinrichtung getan. Im Herbst gelangte sie in den Besitz eines Vogelpfeiles, und sie schaffte es, sich den Pfeil in die Brust zu stechen, so daß er ihr Herz durchbohrte, und sie starb daran. Die Leute glaubten, so wie sie es zu tun pflegen, dies wäre vielleicht am Ende das Beste, wenn ihre Trauer so groß gewesen sei, obwohl der Selbstmord natürlich eine Sünde und eine Beleidigung des Herrn sei und die Seele der Hoffnung auf den Himmel beraube.

Nun kam der Winter, und er war ganz anders als der vorangegangene, denn in allen Bezirken schneite es viel. Es wurden zwischen den Höfen und zwischen den Bezirken viele Besuche gemacht, denn die schönen Tage waren windstill und angenehm zum Skifahren. Nach Jul packten Gunnar Asgeirsson und Johanna Gunnarsdottir alle ihre Sachen auf einen großen Schlitten, den man durchs Tal ziehen konnte, welches zum Einarsfjord führt, und sie und einige ihrer Knechte zogen diese Sachen hinter sich her. An der Anlegestelle beim Einarsfjord, der zugefroren war, kam ihnen Skeggi Thorkelsson mit drei Pferden entgegen, und die Pferde zogen den Schlitten den Rest des Weges nach Gunnarshof, denn Gunnar hatte beschlossen, sich dorthin zu begeben, und so kam es, daß zu Beginn der Fastenzeit, etwa zweiunddreißig Winter nach seinem Fortgehen, Gunnar auf den Hof seiner Väter in Vatna Hverfi zurückkehrte. Obwohl seine Tochter und sein Gesinde bei ihm waren und seine andere Tochter und deren Kinder auf der anderen Seite des Hügels auf Ketilshof lebten, und obwohl Gepäck und Essen, die sie bei sich hatten, viel Ärger und Mühe verursachten, schien es ihm doch, daß er als völlig mittelloser Bursche auf seinen Hof zurückkehrte und sich gleichsam dem fügte und erwartete, daß er in dem Moment, wenn er die uralte Holztür aus markländischer Tanne öffnete und eintrat, sogleich verschwinden würde. Doch natürlich geschah das nicht. Er zündete nur eine Seehundtranlampe an und schaute sich um, dann legte er sich sein Pergament zurecht, um etwas niederschreiben zu können, wenn es ihm einfiele.

Jon Andres Erlendsson reiste im Laufe des Winters nach der Verbrennung viel in der Siedlung herum, und es schien den Leuten, als wollte er sich bei jedermann in jedem Bezirk einschmeicheln. Manche Leute behaupteten, daß die Verbrennung eine große Schande für ihn sei, doch andere wußten nicht, was sie von seinen Handlungen halten sollten, von seinem Lächeln, seinem Geplauder über Schafe und Kühe und Boote und alles andere, was die Grönländer beschäftigte, mit Ausnahme der Verbrennung. Doch am Ende sprachen sie alle darüber, denn in der Tat wollte jeder wissen, was die Gunnarshofleute und die Ketilshofleute dachten, was man mit der Asche getan habe, was gesagt worden sei, was man vorhabe. Und die Menschen schworen zwar, nicht über die Sache zu reden, doch Jon Andres ging so liebenswürdig und freundlich darauf ein, und so sprachen sie schließlich doch darüber, und sie stellten Vermutungen an, wie es gekommen sei, daß ein Mann für eine solche Kleinigkeit verbrannt worden war. Welcher Mann war nicht mit der Frau eines anderen zusammen gewesen? Oder wenigstens mit der Tochter oder Schwester eines anderen? Wenn solche Dinge auf diese Weise bestraft werden sollten, na, dann würden in Grönland jedenfalls bald keine Männer mehr übrig sein. Jon Andres nickte und lächelte. Er gab Geschenke, Käse, gedörrtes Seehundfleisch. Er gab Ratschläge. Er bot seine Böcke und seinen Bullen zur Paarung an. Er war ein wohlhabender Bauer und ein bekannter Mann. Die Leute waren von seiner Aufmerksamkeit geschmeichelt. Er kam nach Gunnarshof zurück und sagte zu Gunnar: »Es war Bjorn Bollason, der vorschlug, unseren Bruder in Seehundtran zu tauchen. Wenn sie das nicht getan hätten, dann hätte das Holz nicht ausgereicht, um die Verbrennung durchzuführen.«

»Wer hat das erzählt?«

»Die Leute sprechen überall davon.«

»Aber vielleicht nur jene, die etwas gegen Bjorn Bollason haben?«

»Nein, sie loben ihn dafür, wenngleich in meiner Gegenwart recht beschämt. Sie finden, daß er ein bißchen Verstand gezeigt habe, so wie während der Hungersnot, als er die Vorräte, die in Gardar lagerten, beschlagnahmte. Die Leute reden von ihm als einem findigen Burschen, der auf seine Art so gut wie die Isländer ist.« Jon Andres lächelte bitter.

Es schien Gunnar, als sähe er durch dieses Gespräch Kollgrims Todeskampf lebhafter und vollständiger vor sich als in dem Moment, da er selbst dort gestanden und alles mitangesehen hatte, ja, die Bilder waren so lebhaft, daß sie ihm den Atem nahmen, und er spürte gleichsam den beißenden Rauch in den Augen, den Kollgrim gespürt haben mußte, und sein eigenes Fleisch zog sich zusammen, so wie Kollgrims Fleisch sich wohl in der Hitze zusammengezogen hatte, und jetzt spürte er auch eine kleine Flamme in seinen Eingeweiden, und das war der Wunsch, Bjorn Bollason zu vernichten. Und dieser Wunsch überfiel ihn mit ebensolchem Drang wie jeder andere in seinem Leben – der Wunsch, Birgitta zu heiraten, der Wunsch, seine Kinder zu betrachten, der Wunsch, Kollgrim vor seinem Los zu bewahren. Er sagte: »Ich habe zweimal in meinem Leben getötet, und das eine Mal waren die Männer, die den Tod fanden, deine Brüder. Wir hoben diese Grube aus und legten die Falle für sie, und es war ernst und eine Posse zugleich. Es war eine große Jagd um einen tödlichen Einsatz, doch unsere Herzen waren voll von List und Jagd und den Heimlichkeiten der Nacht, und es hätte auch geschehen können, daß sie uns gefangen hätten, und der Wettkampf wäre anders ausgegangen. Als ein anderer Mann starb, der Norweger Skuli Gudmundsson, da gingen mein Ziehbruder Olaf und ich schweren Herzens zu der Tötung, mit größerem Zorn auf die Heimtücke der Frauen als auf den Burschen selbst. Jetzt spüre ich etwas anderes in meiner Brust, das mir Angst macht, und das ist mein Wille, daß Bjorn Bollason leiden soll und leiden und leiden. Ihm solche Qualen zu bereiten, die kein Mensch je erfahren sollte, ihm die Absolution zu verweigern, ihm das Fleisch Stück für Stück vom Leibe zu reißen. Und wie könnte mir eine Wollust wie diese je vergeben werden?«

Jon Andres schaute Gunnar ins Gesicht, und Gunnar erkannte, daß der Mann seiner Tochter, ein friedfertiger Mensch, denselben

Wunsch in seinem Herzen hatte. Der jüngere Mann zuckte die Schultern, und so blieben sie eine Weile schweigend sitzen.

Nun sprach es sich bei den Grönländern herum, daß Larus der Prophet und Sira Eindridi Andresson in diesen Tagen sehr häufig zusammen gesehen wurden, wobei Larus mit dem kleinen Gardarboot immer wieder nach Gardar und zurück fuhr und Sira Eindridi nach Larushof kam und draußen stehenblieb und hineinschaute, wenn Larus eine seiner kleinen Andachten hielt. Sira Eindridi äußerte sich nicht dazu, weder sprach er dafür noch dagegen, und das ermutigte einige Leute dazu, den Andachten beizuwohnen. Larus tat, als wäre es ihm so oder so einerlei, und er fuhr fort, stets mit tiefer, volltönender Stimme, immer streute er diese oder jene Einzelheit aus seinen Visionen ein, stets aß er anschließend eine Kleinigkeit. Wenn zuvor bei den Besuchern des Gottesdienstes gewöhnlich drei Frauen auf einen Mann kamen, waren es jetzt beinahe so viele Männer wie Frauen, und die Leute sprachen ganz offen darüber, selbst wenn sie mit anderen zusammen waren, die nicht daran teilnahmen. Larus und Ashild und die kleine Tota kleideten sich möglichst schlicht, alle drei in die gleichen Gewänder, welche von einigen Frauen, die zu den Gottesdiensten kamen, gewebt und zusammengesteppt worden waren. Die drei gingen barhäuptig, sie trugen weder Kapuze noch Kopfputz, und in der Tat hätten sie, wie die Leute sagten, nicht anspruchsloser sein können. Nach der Verbrennung warteten alle begierig auf die Ankunft des Schiffes mit dem Bischof. Larus und Sira Eindridi waren sich ihrer Sache ganz sicher, so sicher, daß sie überhaupt nicht danach Ausschau hielten, sondern ihren Geschäften nachgingen, als würde es niemals kommen.

Der alte wahnsinnige Priester starb in diesem Winter nach der Verbrennung, und er wurde, in ein feines Seidentuch gewickelt, hinausgetragen, und er war so klein wie ein Kind. Die Frauen, die ihn aufgebahrt hatten, sagten unter sich, daß sein Haar bis zur Taille gewachsen sei und die Augenbrauen ihm in die Augen hingen und sein Bart auf der Brust verfilzt sei, und alles in allem sei ihre Aufgabe nicht angenehm gewesen, denn die Läuse seien so munter von ihm gehüpft, wie im Sommer die Kapelane in die Netze sprangen. In seiner kleinen Kammer hing ein starker Geruch, der in die Steine selbst eingedrungen war, und die Köchin, die in der Regel keine anspruchsvolle Natur war, sagte, daß man nichts Eßbares dort unterbringen könne, und so verschloß man die Tür zu der Kammer nun ebenso fest wie zu Lebzeiten des Alten, und die meisten Leute vergaßen, daß er gestorben war, und zwei- oder dreimal bereitete die Köchin sein Abendessen, wie sie es gewohnt war, und ließ es aus Gewohnheit für Sira Pall Hallvardsson stehen, daß er es ihm bringe.

Sira Pall Hallvardsson war jetzt stark behindert, er hatte einen Knaben, der für ihn herumlief, und während er die Messen in der Kathedrale las, saß oder stand er die ganze Zeit über.

Es begab sich auch, daß Sira Pall Hallvardsson nach dem Tod von Sira Jon sein Essen so zuwider wurde, daß es ihn fast erstickte, wenn er davon aß, obwohl er bis dahin immer einen guten Appetit gehabt hatte. Es war ein Leitsatz seiner Predigt, daß alles nahrhaft sei, was der Herr den Menschen zu essen gebe, und es sei gut für sie, sich satt zu essen, es sei denn, sie hätten sich als eine besondere Buße eine kurze Fastenzeit auferlegt. Auch hatte er schon früh eine Vorliebe für das Essen der Grönländer entwickelt, so sauer und scharf, wie es auch sein mochte. Doch nun liefen ihm allein von den Gerüchen des Fleisches ekelhafte Säfte in den Mund, oder sein Mund wurde so trocken, daß er nicht kauen konnte, was er zwischen die Zähne nahm. Die um ihn waren, drängten ihn zu essen, so wie er stets Sira Jon gedrängt hatte, und er ertappte sich dabei, wie er mit dem Fleisch herumspielte, genauso wie Sira Jon es immer getan hatte.

Er bedauerte Sira Jons Tod nicht, denn es ist eine Sünde, das zu tun, wenn ein Mensch gebeichtet hat und mit dem Herrn versöhnt ist und seine Freunde darauf vertrauen können, daß er seinen größten Lohn erhalten hat. Aber es war auch nicht zu leugnen, daß es sehr viele Stunden am Tag zu füllen galt, die zuvor mit irgend etwas gefüllt waren – ihm das Essen bringen oder reden oder in seiner Nähe sitzen oder was immer. In diesen Tagen konnte Sira Pall sich nicht mehr erinnern, womit sie zuvor angefüllt waren, doch in diesen Tagen saß er auch viel auf dem Hochsitz der großen Gardarhalle und schaute sich um oder lag in den Stunden der Dunkelheit schlaflos in seinem Bett, oder er saß in der Kathedrale und betete, manchmal voller Kraft, manchmal müßig, doch immer mit dem Gefühl, daß zwar Dinge getan werden müßten, er sie aber nicht tun könne.

Wenn er in der Halle saß und sich umschaute, erinnerte er sich gewöhnlich daran, wie die Kathedrale einmal gewesen war, unter der Obhut von Bischof Alf oder selbst unter der Obhut von Sira Jon, ein angenehmer und gepflegter Ort, an dem die Leute ein frommes Vergnügen hatten, wenn sie kamen. Das war nicht mehr so. Der Boden war eine verfilzte Masse von alten und frischen Binsen und Blättern, die einen verfaulten, modernden Geruch verbreiteten. Die Wandteppiche hingen geschwärzt in Fetzen herunter, und niemand wagte, sie anzurühren, denn der leiseste Druck trennte Faden von Faden, und sie fielen in Stücken zu Boden. Die Altargegenstände hätten nicht schwärzer sein können und waren verbeult und verbogen. Der Hochsitz selbst wackelte, denn die Verbindungsstellen fielen allmählich auseinander, und das Kruzifix hatte jetzt einen großen Sprung, der von der Inschrift über Seinem Kopf bis über Seine Wange verlief und herunter zur rechten Seite Seines Rumpfes und zu Seinem Bein, so daß das Bein vom Körper getrennt war, und dann weiter durch den unteren Balken des Kreuzes. Manchmal kam ein Traum zu Sira Pall, in dem er auf dem Boden vor dem Kruzifix lag und mit großer Inbrunst betete, so wie er es schon seit Jahren nicht mehr konnte, und allein der Druck seines Gebetes spaltete das Kruzifix in zwei Teile, so daß es, als er hinaufschaute, auseinanderfiel und auf den Boden stürzte.

In der Küche und den übrigen Räumen des Wohnhauses war alles in ebenso schlechtem Zustand wie in der Kathedrale oder in noch schlechterem. Die Köchin und das übrige Gesinde beklagten sich immer wieder darüber, daß sie sich irgendwie behelfen müßten, daß sie wenig zu essen oder anzuziehen hätten, daß ihnen kalt sei, daß ihre Kammern feucht seien. Und die Lagerräume waren fast leer. Hier und dort waren ein paar Vorräte, die für etwa einen Tag reichten, in einer Ecke gestapelt. Und es war eine Tatsache, daß man vom Zehnten nichts mehr einsammelte. Während der Hungersnot hatten es sich die Grönländer abgewöhnt, ihre Abgaben zu bringen, und als die Zeiten besser wurden, hatte Sira Pall weder die Geduld noch das Herz, sie einzufordern. Nun erwarteten die

Leute, daß Gardar, welches ohnehin die größten und besten Felder besaß, sich selbst versorgte. Sira Pall glaubte, daß dies möglich gewesen wäre, wenn ein Mann mit mehr praktischer Veranlagung die Dinge verwaltet hätte, doch das war nicht so. Es versorgte sich ganz und gar nicht selbst. An diese Dinge dachte er, während er auf dem Hochsitz in der Halle saß.

Im Dunkel der Nacht lag er wach im Bett und dachte nicht selten an Steinunn Hrafnsdottir, die noch immer dem Tode nahe auf Solarfell lag, geschwächt und schweigend, doch lebendig. Welche Art von Mensch hätte sie retten können und den Jungen Kollgrim Gunnarsson? Ein strengerer Mann wie Sira Eindridi, der ihr die Sünden ausgetrieben hätte? Jetzt wußte er, hatte es sofort gewußt, als die Isländer eindrangen, daß sie kurz davor war, ihm zu beichten, an jenem Tag am Webstuhl, als er ihr den Umhang um die Schultern gelegt hatte. Aber woran hatte er damals gedacht? An Sira Jon zweifellos, der seine Gedanken ständig beschäftigte. Es war der Grundsatz des Herrn, daß die Menschen in diesen Dingen wählen konnten, und Steinunn hatte diese Wahl auch gehabt. Sie hätte ihm ihr Herz öffnen können, und sie hatte falsch gewählt, mit schwachem Urteilsvermögen, und ihre Sünde im Busen verschlossen und nicht auf die Gnade des Herrn vertraut. Es war schwer zu sagen. Es war bei den Frauen immer und ewig schwer zu sagen, warum sie sich dies wählten und nicht jenes. Doch es war auch ein Grundsatz des Herrn, daß Sein Verwalter auf Erden sehen und hören muß und so handeln, daß die Sünde nicht fortschreitet und zu weiterer Sünde führt, und diese kleine Sünde des Ehebruchs war fortgeschritten und zu der großen Sünde des unrechten Todes erblüht, jedenfalls dachte das Sira Pall im Gegensatz zu Sira Eindridi, der seine Zustimmung zu den Maßnahmen, die man gegen die Mächte der Finsternis ergriffen hatte, laut und vernehmlich hören ließ, und im Gegensatz auch zu Bjorn Bollason, der zwar weniger laut und vernehmlich war, doch keineswegs mehr Zweifel hegte. Während Sira Pall auf seinem Lager grübelte, dachte er auch an Kollgrim, einen Mann von altem Schlage, voller Verhängnis, so verloren, als hätte er die alten Götter angebetet und nicht den Wahren Gott. Es ging ihm durch den Kopf, daß es eine Sprache geben müßte, in der man zu solchen Menschen sprechen könnte, einen

Schatz an Worten, den sie verstehen könnten und dem sie zuhören würden.

Doch in der Tat hatte er ihn nicht rechtzeitig gefunden, oder? Er hatte ihn nicht rechtzeitig gefunden, um den Sohn oder auch die Mutter zu retten, und den allergrößten Schmerz bereiteten ihm die Gedanken an Birgitta Lavransdottir, denn sie hatte ihm den Blick stets mit Freundschaft und Teilnahme zugewendet, hatte so schnell lesen gelernt, in jenen Anfangstagen, hatte Wörter und Sätze gesammelt, als wären es kleine Steine, die man aufbewahrt, hatte ihn stets mit ihren Ansichten von Dingen verwirrt, die andere gar nicht sahen, hatte ihm Essen und kleine Webereien nach Hvalseyfjord gebracht, sich vergewissert, daß er es auch bequem hätte und sich mit ein paar kleinen Vergnügen die Zeit vertreiben könnte, hatte ihn immer wieder aufgesucht und ihn mit Meinungen bestürmt, über den Herrn, über ihn selbst, über die Grönländer, über ihre eigene Familie und ihre eigenen Gedanken, Meinungen, die ihn anzogen, obwohl man weiß, daß die Ansichten von Frauen wertlos und falsch sind. Er hatte sich ihrer Freundschaft versichert, ihr von den besten Dingen erzählt, die er kannte, zu ihr ausführlich über die Pflichten der Menschen auf Erden gesprochen, sorgfältig über sie gewacht, wie ein Hirte nur ein einziges seiner Schafe bewachen konnte, doch dann war auch sie von ihm gewichen, durch den Tod ihrer Kinder zum Tode hingezogen, und nun war sie eine Selbstmörderin, ohne Beichte und ohne Vergebung.

Wie kam es, dachte Sira Pall manchmal in der Dunkelheit seiner Kammer, wenn die Seehundtranlampe verloschen war, daß der Herr diese Menschen an einem Ort für einen Augenblick versammelte, der gerade lang genug war, daß sie einander lieben und gehören konnten, und sie dann auf ewig auseinanderriß, einige in die ewige Verdammnis kamen, einige in den Himmel und einige ihre Zeit im Fegefeuer absitzen mußten? Und wie könnte die Seele immerwährende Trennung ertragen, wenn selbst die kleinen Trennungen zwischen den Toden kaum zu ertragen waren? Und es war auch so, daß er die Antwort auf diese Fragen kannte, daß nämlich der Mensch den Herrn über allem lieben muß, daß diese anderen Lieben in diesem Feuer der Liebe zum Herrn verbrennen müssen, einem Feuer, das so heiß brennen muß, daß nicht einmal Asche übrigbleibt. Doch obwohl er die Anwort auf diese Fragen kannte, wußte er nicht, wie er die Antwort zu einem Teil seiner selbst machen könnte.

Wenn er auf einer Bank in der Kirche saß und betete, dann betete er und dachte an Sira Jon. Was diesen seinen Bruder anging, bemühte er sich, keinen Kummer zu empfinden, denn der Mann hatte gebeichtet und war gesegnet worden und hatte alle die Worte gesagt, die notwendig waren, um ihn seines himmlischen Lohnes zu versichern. Wie beim Tod von Sira Audun sah Sira Pall Hallvardsson, daß er selbst es war, gegen den er sich abmühen mußte, gegen seinen eigenen Schmerz und seine Einsamkeit mehr als gegen den Gram um die entschwundene Seele. Es war immer eine Sünde, sich um die entschwundene Seele zu grämen, denn das offenbarte keine wirkliche Kenntnis der Gnade Gottes. Doch wenn er da saß und betete oder nur auf das gespaltene Gesicht auf dem Kruzifix starrte, dann schien ihm sein Herz eine Grube zu sein, in der diese tröstenden Gedanken spurlos verschwanden, eine Grube, aus der Gram und Verzweiflung stiegen, wie Dämpfe aus der Erde steigen, an solchen Orten wie Island zum Beispiel. Der Tod von Sira Jon war in Wirklichkeit etwas anderes, als er nach außen hin schien, und wenn Sira Pall Hallvardsson das sehen konnte, müßte dann nicht der Herr Selbst dieses Zeichen und jenen Hinweis viel schneller und ohne Mühe verstehen?

Denn es war nicht zu leugnen, daß Sira Jon zwar niemals gesprochen hatte, ohne die richtigen Worte zu wählen, Worte, die er zu Füßen seines Onkels und in der Schule gelernt, Worte, die er in den vierundsechzig Wintern seines Lebens ständig wiederholt hatte, doch diese Worte wurden in einer Weise abgewandelt, daß Zweifel sich auf alles legte, was er sagte. »Vater Unser, der Du bist im Himmel.« Wie viele Male hatte Jon das gesagt? Und wie viele Male hatte ein Heben der Stimme Verdacht auf das eine oder andere Wort geworfen, hatte in Sira Palls eigene Gedanken den Verdacht geschleust, daß einige von uns keinen Vater hätten oder daß es keinen Vater gebe oder daß solche Väter, die es gibt, nicht im Himmel wohnten. Wie viele Male hatten die Blicke der beiden Priester einander flackernd getroffen, wenn solche Worte gesprochen wurden, und was hatten sie sich dann mitgeteilt, wenn nicht ein Gefühl von

Verschwörung, doch von Verschwörung, der Sira Pall nicht angehörte und die er kaum verstand. Er gab bereitwillig zu, daß er im Vergleich zu Sira Jon ein schwerfälliger Bursche war, kaum imstande, den Peterspfennig vom Zehnten zu trennen und in verschiedene Truhen zu werfen, wie er es in den Zeiten am Hvalseyfjord getan hatte. Und er war immer ein schwerfälliger Bursche gewesen, der in den Zeiten von Sira Jons Wahnsinn niemals gewußt hatte, was er tun sollte, der hinter ihm hergelaufen war, wenn er raste, und kaum mehr getan hatte als das Gesinde, welches mit offenem Munde zuschaute. Als später sein Bruder sich nur weigerte zu essen oder sich zu waschen oder anzuziehen, wußte er es noch viel weniger, manchmal dachte er, es sei besser, ihn zu zwingen, manchmal dachte er, es sei besser, ihn in Ruhe zu lassen, manchmal suchte er die Antworten zu diesen Fragen in des Mannes eigenen Worten und Handlungen, manchmal übersah er diese Worte und Handlungen völlig. Oh, er war in der Tat ein schwerfälliger Bursche, und er saß auf einer Bank in der Kathedrale und wandte den Blick von Seinem Gesicht ab und verfluchte seine eigene Schwerfälligkeit. Er war ein schwerfälliger Bursche, der mit ausgestreckten Händen da stand, und was er sich wünschte, daß es in seine Hände fiele, davon hatte er keine Vorstellung.

Dies war noch eine seiner Sünden, daß er sich danach sehnte, immer noch für Sira Jon zu sorgen; daß er das Leiden des anderen Mannes zurückgeholt hätte, wenn er sein Leben hätte zurückholen können, denn er wollte ihm sein Fleisch bringen können und den Arm unter den Kopf des anderen legen und ihm die Suppe in den Mund löffeln und das Wadmal, das über sein Lager gebreitet war, glattstreichen und ihn zum Nachtgeschirr tragen und ihm all die anderen Dienst erweisen, die so viele Jahre seine Tage gefüllt hatten; er wollte überzeugender mit ihm beten und die Worte des anderen Mannes von den zweifelnden Tönen befreien, an die er jetzt ununterbrochen dachte, wenn er auf der Bank in der Kathedrale saß und jene Gebete selbst wiederholte.

Manchmal, wenn er im Freien war und das schwarze Antlitz der Berge sah, die sich drohend über den blauen Fjorden erhoben, und die grünen Weiden, dann dachte er an Erik den Roten, der bis zum Tod seinen Glauben an die alten Götter festgehalten hatte, und es schien ihm, daß die Geschehnisse, wie sie den Grönländern zugestoßen waren, Erik kaum überrascht hätten. Finsternis, Finsternis. Das hatte Erik erwartet: Odin bezahlte mit seinem Auge für ein wenig Erkenntnis, und das Maß der Kraft, das er hergab, war das Maß, wie klein er sein würde, als Fenrir seine Kette sprengte und die Mächte des Bösen hervorkamen, um mit den Aesir zu kämpfen. Alte Geschichten. Sira Pall Hallvardsson wußte wenig von ihnen und mochte nicht darüber nachdenken.

Nun kam der Junge mit der Botschaft zu ihm, daß die Köchin nach ihm suche, und Sira Pall Hallvardsson erhob sich vorsichtig mit Hilfe des Jungen, und er nahm seine Stöcke und machte sich auf den Weg in die Küche. So schwer es ihm manchmal fiel, sich zu bewegen, ließ doch gerade seine Langsamkeit auch die Zeit vergehen, und die Aufmerksamkeit, welche er auf seine Bewegungen verwenden mußte, um die Schmerzen zu lindern, beanspruchte seine Gedanken.

Als er aus der Kathedrale trat, sah Sira Pall Hallvardsson, daß Bjorn Bollason und Larus der Prophet gekommen und mit Sira Eindridi in ein Gespräch vertieft waren, doch nicht so vertieft, daß Bjorn Bollason es nicht sofort unterbrochen hätte, um über die Wiese auf Sira Pall Hallvardsson zuzugehen. Das war Bjorn Bollasons Art, immer zeigte er Achtung und Teilnahme, und es war Sira Pall Hallvardssons Art, sich stets von dem Benehmen dieses Burschen bestricken zu lassen, trotz des Mißtrauens, das er gegen den Gesetzessprecher hegte. Nun kam Bjorn Bollason schnell auf ihn zu, ein breites Lächeln im Gesicht, und er sagte: »Das trifft sich gut, Sira Pall Hallvardson. Ich bin gekommen, um die Verlobung meiner Tochter Sigrid zu verkünden, und in der Tat wird dies, so hoffe ich, die letzte Verkündigung dieser Art sein, die ich machen muß. Der Bursche scheint genügend entschlossen für beide zu sein, und er hat sie mit Späßen und Versen und Fröhlichkeit bezwungen, so daß sie nicht weiß, was sie denken soll, oder wenigstens, was sie sagen soll.«

»Das ist ein guter Zustand für eine Ehefrau, so sagt man.«

»Doch nur wenige kennen ihn. Aber Signy freut sich über diese Verlobung. Der Mann ist Thorstein Olafsson, der Isländer.«

»Ich kann nicht sagen, daß diese Nachricht mich überrascht.«

Sira Pall Halvardsson sah, daß Bjorn außer sich vor Freude über diese Neuigkeit war, und in der Tat war von allen Isländern nur Snorri, der Schiffsherr, mächtiger und höher geachtet. Es war eine Vermählung, die jedermann gefiel, besonders nachdem der Tod des Mannes Kollgrim einen Schatten auf Sigrids Heiratsaussichten geworfen hatte, obwohl jenes Verlöbnis bereits lange gelöst war, bevor das Verbrechen begangen wurde. Sira Pall lächelte und sagte: »Nach vielen Stürmen läuft das kleine Schiff doch manchmal in den Hafen ein.«

»Und da ist noch etwas. Mein Sohn Bolli hat vor, sich mit den Isländern einzuschiffen und sein Glück auf See zu suchen. Es gibt keinen Grund, warum er nicht von Snorri Torfason lernen sollte, was es zu erfahren gibt, und dann könnte er ein Schiff nach Grönland bringen. In den letzten Jahren sind die Grönländer wenig unternehmungslustig gewesen, verglichen damit, wie sie früher waren.«

»Snorri scheint sich auf See ein Leben in Wohlstand geschaffen zu haben, und ich bin sicher, er hat den Jungen gern, denn Bolli ist ein guter Junge.«

»Ja, das ist er, ich habe vier gute Jungen.« Bjorn sagte das mit dem üblichen freimütigen Selbstlob, und Sira Pall lächelte. Doch in der Tat, welche Umstände hatten je Bjorn Bollasons Meinung von sich selbst oder sein Glück beeinflußt?

»Die Dinge gestalten sich gut für dich, Bjorn Bollason.«

»Es scheint mir, daß es ein Augenblick großen Glücks für mich war, als ich Snorris Schiff das erste Mal im Fjord erblickte, und das ist die Wahrheit.« Und so holte er ein paarmal tief Luft, und seine Brust schwoll vor Stolz, und er trennte sich von Sira Pall und ging zurück zu Sira Eindridi und Larus, die immer noch miteinander sprachen.

Es fesselte Sira Pall zu beobachten, wie Sira Eindridi und Larus sich angefreundet hatten, wo sie einst doch so mißtrauisch wie zwei Rüden gewesen waren. Larus schien Sira Pall ein verschlagener Kerl zu sein, mit seiner leisen Stimme und den geschickt erzählten Geschichten. Sira Audun hätte ihn zu schätzen gewußt, dachte Sira Pall. Man konnte jetzt kaum glauben, daß Larus vor der Hungersnot sein ganzes Leben lang ein Knecht gewesen war: Er sprach über alles so sanft und flüssig, von der Jungfrau bis zu den Löffeln vor ihm auf dem Tisch. Er hatte diese Art von Stimme, die nicht sogleich wirkt, sondern erst nach einer Weile ans Ohr dringt und es festhält, sinkt und sinkt zu einem fesselnden Flüstern, und die Leute waren in der Tat von den Geschichten gefesselt, die er erzählte. Sira Pall selbst wußte nicht, was er von ihnen halten sollte, wußte nicht, ob der Mann ein echter Mystiker war oder nur ein findiger Bursche. Alles war schließlich möglich, und er besaß nicht den Scharfblick, um solche Dinge zu durchschauen. Sira Eindridi war wohlmeinend, doch streng, selbst von einiger Flüssigkeit der Rede, doch von ziemlich schwülstiger Art, und das fesselte niemanden außer Sira Eindridi selbst. Es war in diesem Fall schwer festzustellen, wer wen umworben hatte, doch in diesen Tagen waren Larus und Sira Eindridi häufig zusammen, und obwohl Sira Eindridi immer das meiste zu sagen hatte und lauter sprach und den anderen Mann herumführte, glaubte Sira Pall nicht sehr, daß der Priester der Leithammel war. Nun drehten sich beide um und kamen zu ihm herüber und sprachen zu ihm mit der seinem Alter gebührenden Achtung, erkundigten sich nach seiner Gesundheit und nach seiner Seele und seinen Geschäften, und kurz gesagt lief es darauf hinaus, daß Sira Pall Hallvardsson nach einigen Augenblicken dieses Gespräches ein großes Verlangen überkam, in seine Kammer zu gehen und wie ein alter Mann zu schlafen.

Die Nachricht von Birgitta Lavransdottirs Selbstmord kam kurz nach Jul mit den Leuten nach Dyrnes, die von Solarfell zurückkehrten, wo sie mit den Isländern gefeiert hatten. Margret Asgeirsdottir war auf dem Hof von Signys Bruder in Dyrnes geblieben, nachdem Sigrid nach Solarfell zurückgegangen war, denn zum einen lag ihr nicht viel an einer Rückkehr, und zum anderen war sie dort auch nicht sehr willkommen. Bjorn Bollason und Signy waren sich einig, daß es recht peinlich sei, wie sie die Frau nach der großen Hungersnot aufgenommen hatten, wenn man bedachte, wie die Dinge sich entwickelt hatten, doch es war nicht die Art von Leuten ihre Schlages, Margret fortzuschicken. Darüber hinaus war es Signys Mutter ganz recht, Margret in Dyrnes zu behalten, da sie ruhig war und sich nützlich machte. Margret war durch die Nachricht von Birgittas Tod sehr bedrückt, und sie blieb ganz für sich.

Während der Fastenzeit fiel ihr ein, daß sie nun etwa vierundsechzig Winter alt sein mußte, so alt wie die Amme Ingrid im Jahre ihres Todes. Immer noch litt sie wenig unter der Gelenkkrankheit. Nur ihre Fingergelenke und die Gelenke ihrer großen Zehen pochten bei feuchtem Wetter. Sie dachte oft an Eyvind Eyvindsson und weniger oft an Skuli Gudmundsson.

Doch am meisten dachte sie an Gunnar und Kollgrim und vermischte sie in ihrem Gedächtnis. Sie erinnerte sich an Dinge, die sie zu dem einen gesagt hatte, als hätte sie sie zu dem anderen gesagt. Sie erinnerte sich an Kollgrims Fellkleidung, doch in ihrer Vorstellung sah sie die Kleider an der Gestalt von Gunnar, der niemals Fellkleidung getragen hatte. Sie erinnerte sich an Gunnar in seiner Bettnische, immer noch unter dem Bärenfell, doch sein Gesicht war Kollgrims Gesicht. Das Kind Gunnar, das sie auf dem Rücken herumgetragen hatte, erinnerte sie als Kollgrim. Die starrenden blauen Augen Kollgrims schauten sie in ihren Träumen aus den Augenhöhlen Gunnars an. Der Mund öffnete sich und sprach in Gunnars Tonfall, doch es kamen Kollgrims Worte heraus: »Die Leute sagen, daß man Schwestern aufgeben muß.« Als sie ein Gespräch von Leuten auf dem Hof mitanhörte, die die Verbrennung beschrieben, da war es Gunnars Gesicht, das sie aus dem Rauch hervorspähen, seine seltsam gestreifte Kleidung, die sie in Flammen aufgehen sah. Vielen Leuten kam es gar nicht in den Sinn, diese Gespräche zu meiden, wenn sie dabei war. Margret war immer so schweigsam gewesen, und man dachte fast nie daran, daß sie da war.

Als der Frühling kam und das Eis im Eriksfjord aufbrach und die Leute wieder mit Booten herumfuhren, packte Margret einige ihrer Wadmalstücke zusammen, dieselbe Anzahl, die sie in der großen Hungersnot nach Solarfell mitgebracht hatte, und dazu Kleidung zum Wechseln, und sie ging zu Signys Bruder, der ein Boot besaß, und bat darum, daß man sie nach Kambhofsfjord bringe, von wo aus sie den Weg nach Hvalseyfjord antreten könnte, denn in der Tat sehnte sie sich danach, ihren Bruder Gunnar wiederzusehen, mit jener verzweifelten Sehnsucht alter Menschen, die aus Mangel an Kraft und Zeit nicht auf Erfüllung hoffen kann. Da ging Signys Bruder zu Signys Mutter und sprach mit ihr darüber, denn es schien ihm, daß die Frau zu alt sei, um einen solchen Weg zu schaffen, doch Signys Mutter sagte nur: »Es muß so sein, daß sie weiß, was sie will, und es ist nicht an uns, sie zurückzuhalten.« Und so ruderte der Mann sie den langen Weg in den Kambhofsfjord, und er setzte sie bei der Anlegestelle ab, von wo die Leute den Weg hinüber nach Hvalseyfjord antreten, welcher kurz und leicht ist, denn es ist mühsam und langwierig, am Ufer entlang um den Fjord herumzugehen.

Gegen Abend kam Margret zur Tür des Hauses und sah, daß der Hof verlassen war. Sie stieß die Tür auf und ging hinein, denn sie wollte die Nacht dort verbringen. Sie war von dem langen Weg sehr müde und ließ sich schwer auf die Bank und gegen die Hauswand sinken. Sie hatte sich ganz darauf verlassen, daß er hier sein würde, sie hatte sich auf ihrem Weg ein Bild von ihm gemacht, wie er in der Tür stehen und dann heraustreten würde, um sie zu grüßen, ein Bild in solch lebhaften Farben, daß sie nicht an die Möglichkeit gedacht hatte, ihn zu verpassen. Es war, als wäre er ihr gegeben und von neuem wieder genommen worden. Sie ließ den Blick an den Wänden entlang schweifen, zu den zerbrochenen und wertlosen Dingen, die man auf den Brettern zurückgelassen oder zwischen den Binsen auf dem Boden verloren hatte, und dann legte sie die Arme auf den Tisch und den Kopf auf die Arme und überließ sich einem Tränenstrom, wie sie nie zuvor einen durchlitten hatte, und so reichlich wie die Tränen flossen, schienen sie doch aus ihr herausgepreßt zu werden, wie wohl Wasser aus Steinen gepreßt wird, von der höchsten und erdrückendsten Macht, welche vielleicht die Macht Gottes Selbst war, von dem sie sich stets abgewendet hatte.

Ein wenig später kroch Margret in eine der Bettnischen, und dort lag sie. Nun kam ihr, was sie getan hatte, töricht und undurchführbar vor, und sie dachte sehnsüchtig an die täglichen Arbeiten, die sie in Dyrnes und Solarfell zu tun gewöhnt war. Gunnars Gesicht kam immer wieder zu ihr, nicht wie zuvor, sondern so, wie sie es erinnerte, als er sie bitter und voller Ablehnung am Ufer von Steinstraumhof zurückgelassen hatte, seine blauen Augen so kühl wie das Wasser und so fern wie das Himmelsgewölbe. Sie erkannte jetzt, in seiner Bettnische liegend, so wie sie es nie zuvor erkannt hatte, daß er ihr unversöhnlicher Feind war. Zuvor hatte sie stets an ihre eigene Liebe zu ihm, dem Kind, gedacht oder an ihre Verärgerung über ihn, nachdem Asgeir gestorben war, oder an ihre Eifersucht auf Birgitta. Niemals hatte sie an die Gefühle gedacht, die er ihr entgegenbrachte, doch nun, als sie dort lag, wo er so viele Nächte gelegen hatte, schienen seine Gedanken in sie zu sickern, und es war nicht so, daß er voller Feindseligkeit an sie dachte, es war einfach so, daß er überhaupt nicht an sie dachte. Er wich den Gedanken an sie aus. War Kollgrim bei ihrem ersten Zusammentreffen nicht überrascht gewesen, als man ihm erzählte, sie sei die Schwester seines Vaters? Er hatte nicht einmal ihren Namen auf dem Hof gehört, so als wäre sie gestorben. Es war Kollgrims Art, solche Dinge hinzunehmen und nicht neugierig zu sein, und Margret hatte sich bei seiner Überraschung damals wenig gedacht, besonders da sie sich so freute, ihn kennenzulernen, doch nun überwältigte sie die Bedeutung dieser Unkenntnis, und sie scheute davor zurück. Nicht davor, daß sie den Weg nach Vatna Hverfi nicht hätte schaffen können, sondern davor, daß er bei ihrer Ankunft den gleichen leeren Blick auf sie richten würde. War sie auf ihre Art nicht ebenso unversöhnlich? Konnte sie nicht in ihr eigenes Herz schauen und sich erinnern, wie sie alles mit der Kraft ihres Willens vertrieben hatte – Trauer, Begehren, Hoffnung –, wie sie zu einem Stein geworden war? Wenn das so war, wie konnte sie von Gunnar auch nur etwas weniger erwarten?

Nun besann sie sich und überlegte, was zu tun sei, denn sie konnte in der Tat nicht nach Dyrnes zurückgehen. Dort war man recht froh, sie los zu sein. Am Hvalseyfjord würde es Höfe geben, auf denen es für sie etwas zu tun gab, doch der Bezirk war arm und wurde immer ärmer. Sie konnte auf Lavranshof bleiben, denn ihre Sehnsucht nach Einsamkeit war größer als ihre Furcht davor, doch in der Tat gab es dort nichts, womit sie hätte anfangen können. Sie besaß nur das Essen, das Signys Mutter ihr gegeben hatte, und Gunnar hatte alle seine Vorräte mitgenommen. Es gab auch keine Schafe. Nun dachte sie daran, einige Tage lang ruhig in der Bettnische zu liegen und sich vom Hunger dahinraffen zu lassen. Gewiß hatten genügend Menschen das in früheren Zeiten getan, und aus ihren Tagen mit Eyvind Eyvindsson in Isafjord wußte sie, daß es nicht so schwer war. Bald schon wurde der Körper schwächer, so daß nicht einmal der Wunsch da war, etwas Eßbares zu suchen, und die Gedanken schweiften dann zu Dingen ab, die seit vielen Wintern nicht mehr aufgetaucht waren. Das war sogar sehr angenehm, oder konnte es sein, wenn das Ende wünschenswert und nicht beängstigend war. Mit diesen Gedanken kam der Schlaf, und sie schlief bis spät in den Morgen hinein.

Doch dann stand sie auf und zog Strümpfe und Schuhe an und legte sich ihren Umhang um die Schultern, suchte ihre Sachen zusammen und ging aus dem Haus. Ganz in der Nähe war ein Junge mit ein paar Schafen, der die Weiden von Lavranshof benutzte, als gehörten sie ihm, und als sie aus dem Haus trat, rief er seine Schafe, als wolle er sie wegführen, doch sie hielt ihn zurück und fragte ihn, wohin die Leute gegangen seien, und er sagte, er wisse es nicht, aber sein Vater Harald Hakonarson wisse es, und dann lief er weg und ließ sie mit den sieben Schafen und vier Lämmern stehen. Schon bald kam dieser Harald und hielt nach ihr Ausschau, und als er ihre Fragen beantwortete und sagte, daß Gunnar alles nach Gunnarshof in Vatna Hverfi gebracht habe, da schaute er sie freimütig von oben bis unten an und sagte schließlich: »Alte Frau, warum fragst du nach diesen Leuten? Woher kommst du? Bist du einmal ihre Magd gewesen?«

»Ja, in der Tat, ihre Amme. Und durch einen Todesfall habe ich meinen Platz in Dyrnes verloren, und so kam ich auf meiner Suche nach Hvalseyfjord.«

»Du mußt auf deiner Suche nicht bis nach Vatna Hverfi gehen, denn wir brauchen auf der anderen Seite des Hügels eine Amme. Meine Gudny hat außer diesem Jungen hier noch vier Kleine, und unser Tisch ist für die Verhältnisse in Hvalseyfjord recht gut gedeckt.«

»Aber ich möchte diese Leute dringend sehen, denn sie waren mir die Liebsten.«

»Doch der Weg in den Norden von Vatna Hverfi ist weit, und wie willst du über den Einarsfjord kommen?«

»Es wird Männer mit Booten dort geben, da bin ich sicher.«

»Nein, alte Frau. Es schickt sich nicht für dich, so herumzulaufen und hier und dort nach Hilfe zu suchen. Ich habe nicht übel Lust, dich auf meinen Hof mitzunehmen, damit du sehen kannst, wie glücklich du sein würdest, denn meine Gudny ist eine heitere Seele, und ihre Jungen und Mädchen springen mit großer Lebhaftigkeit herum.«

»Dennoch …«

»Diese Lavranshofleute sind ein unglückliches Volk. Du mußt gehört haben, daß die alte Frau sich umgebracht hat, und ich behaupte in der Tat nicht, daß ich den Sachverhalt in dem Falle kenne. Die Leute sagen, daß mehr hinter dieser Geschichte steckt. Aber ich weiß genau, daß sie alle alt und unglücklich sind, und Alter muß nicht mit dem Alter gehen, sondern es sollte mit der Jugend und mit dem Glück gehen. Ich spreche von dir, alte Frau. Ich meine es gut mit dir.«

»In der Tat, Harald, ich sehe, daß du das tust, und sicher ist dein Hof ein angenehmer.«

»Du könntest gleich mit mir gehen, wenn du magst.«

Und es schien Margret, daß sie mochte. Der Junge war aufgeweckt und starrte zu ihr herauf, und Harald selbst war einer von diesen rundlichen Burschen mit rotem Bart, die zu allem eine Menge zu sagen haben. Sie sagte: »Doch ich muß meine Pflegekinder sehen, bevor ich sterbe.« Und sie trat von ihm weg und begann sich umzuschauen, und so seufzte er schließlich und sagte: »Du gehst hier am Fjord entlang und dann hoch und durch das Tal, und dann kommst du recht bald zum Einarsfjord. Doch deine Reise, so schwer sie auch sein mag, wird angenehmer sein als die Ankunft.«

Aber ihre Reise war schließlich doch angenehm, denn der Weg durch das Tal war leicht, hell von der Sonne und dem frischen, grünen Gras. Obwohl sie wie in der Nacht zuvor immer noch von Gunnars Kälte überzeugt war, schien es ihr doch, daß sie neues Leben in sich fühlte und daß sie ihre Füße fest auf den Boden vor sich setzte, wiewohl sie den Weg nie zuvor in ihrem Leben gegangen war.

Die Sonne stand hoch am Himmel, als sie zu der Anlegestelle kam, und ein starkes Boot war auf den Strand gezogen, und noch ein weiteres, bemanntes lag ein gutes Stück draußen auf dem Fjord. Anstatt die Männer herbeizuwinken, setzte sie sich auf den

Hang und machte ihren Vorratsbeutel auf und aß etwas Käse, den sie bei sich hatte. Schon bald kam ein Mann zu der Stelle, wo sie saß, und fragte sie, wie es ihr gehe, und sie antwortete: »Es würde mir ganz gut gehen, wenn du oder einer von euch Burschen mich in seinem Boot über den Fjord bringen würde.«

»Du hast also in Vatna Hverfi zu tun?«

»Es geht um Leben und Tod.«

Er schaute sie von oben bis unten an, und sie strich sich die Krümel vom Gewand. »Du hast nichts bei dir.«

»Ich habe nichts außer ein paar Stückchen Weberei. Ich werde sie dir am Ende der Reise alle geben.«

»Mir wäre es lieber, wenn du mir erzähltest, was du zu tun hast.«

»Warum?«

»Wir haben jetzt tagelang nach Kapelanen gefischt, und uns ist der Gesprächsstoff ausgegangen. Wir schauen einander an und sagen ›na‹ und ›na‹ und wieder ›na‹. Wir sind vor Langeweile schon fast gestorben.«

»Wenn du mich mit deinem Boot fährst, werde ich dir eine Geschichte erzählen, die vielleicht meine Geschichte ist, vielleicht auch nicht.« Und so stiegen sie in das Boot, und Margret erzählte die Geschichte von Hauk Gunnarsson und wie er den Bären tötete, auf der Bäreninsel, welche mit dem Segelboot zwei Wochen von Herjolfnes entfernt in Richtung Markland liegt, und danach erzählte sie ihnen von Thorleif dem Herrlichen und seinem großen Schiff und dem Holz und den Fellen, die die Männer in einem einzigen Sommer aus Markland mitgebracht hatten, und die Männer hatten diese Geschichte noch nie gehört. Sie gefiel ihnen so, daß sie Margret ein großes Stück den Fjord hinauf brachten und sie an einer Anlegestelle absetzten, die nur ein Stück Weg über den Hügel von Gunnarshof entfernt war, und als sie sie absetzten, sagte der Bootsbesitzer: »Das ist eine schöne Geschichte, alte Frau, und kaum zu glauben, doch ich glaube sie trotzdem, denn du erzählst sie nicht mit der geübten Miene, mit der Leute reden, welche gewöhnt sind, Lügen zu erzählen. Es scheint mir, daß ich lange an diese Geschichte denken werde, denn was du von diesen fernen Orten sagst, entflammt meine Seele.«

»Mein Bruder Gunnar Asgeirsson kann den Leuten wohl immer

noch das Bärenfell zeigen, welches mein Onkel mitgebracht hat, das ist die Wahrheit.«

»Eines Tages hoffe ich es zu sehen, und das ist auch die Wahrheit.« Und der Mann erzählte Margret, er sei Harald Magnusson von Nes in Vatna Hverfi, und er nahm ihre Hand und half ihr aus dem Boot und ein Stück den Weg hinauf. Die Dämmerung nahte, und sie schaute sich um, und sie sah, daß sie genau wußte, wo sie war, und sie ging auf Gunnarshof zu, und als sie in Sichtweite war, in der bleichen Dunkelheit des Sommers, da setzte sie sich hin und wickelte sich in den Umhang und wartete auf das Licht und dann auf die Menschen, die sich um ihre Morgengeschäfte kümmern würden.

Auf Ketilshof erwachte die kleine Gunnhild bei Tagesanbruch, und Helga stand mit ihr auf, leise, damit Jon Andres und das Gesinde weiterschlafen konnten. Gunnhild schlief zu dieser Zeit wenig, denn sie lernte, auf ihren eigenen zwei Füßen zu laufen, und konnte von dieser Tätigkeit nicht einmal lassen, um zu essen oder zu schlafen. Helga steckte sich einige Stücke Käse in die Tasche und folgte dem Kind aus dem Haus. Gunnhilds Gang war so, wie es Helga bei einem Kind noch nie gesehen hatte, schon halb Gehen und halb Rennen, auf unebenem Boden so sicher wie auf den Böden des Hauses. Sie war das Abbild ihres Vaters, dunkel und drahtig. Es machte Helga viel Freude, hinter ihr herzulaufen und zu beobachten, daß die Kleine, so jung wie sie war, ein Jahr und einen Winter, doch niemals zurückschaute.

Gunnhild lenkte ihre Schritte zu dem Pfad nach Gunnarshof, und Helga hielt sie nicht auf, denn sie hatte stets Sehnsucht, ihren Vater zu sehen, und selbst ihre Schwester, obwohl Johanna sich so kühl gab, daß Helga sich ihrer Begrüßung unsicher war. Sie ließ das Kind gleichsam als Gabe vor sich hergehen, da Gunnhild es Johanna angetan hatte. Helga vermißte Elisabet Thorolfsdottir, die man leider nach Hvalseyfjord zurückgeschickt hatte, damit sie dort für andere Leute arbeite. Selbst in Trauer hatte Elisabet Thorolfsdottir sich mit Geplauder über das Kleiderzuschneiden und die Brettchenweberei aufgemuntert, und sie war sehr hübsch gewesen, durch alles Schlimme hindurch. Da fiel Gunnhild hin und fing an zu wimmern, und Helga hob sie auf und trug sie den Pfad entlang. Schon bald begann sie zu strampeln und wollte wieder herunter. Helga nahm ein paar Käsestückchen aus der Tasche und begann zu essen. Der Nebel hatte sich gelichtet; der Morgen war prächtig. Die kleine Unn, die im Herbst geboren war, schlief sicher, doch Jon Andres stand jetzt auf. Helga spürte den flüchtigen Wunsch, dort bei ihm zu sein, ihre Hand seinen Rücken hinuntergleiten zu lassen, während er sein Hemd anzog.

Auf Gunnarshof rührte sich noch niemand, und so wußte Helga, daß Gunnhild gar noch früher als gewöhnlich aufgestanden war, und sie fing an zu gähnen. Sie blieb stehen und überlegte, ob sie das Kind nach Ketilshof zurückbringen sollte, doch es schien keinen Grund dafür zu geben. Tatsächlich schien es keinen Grund für irgend etwas zu geben, außer dem Kind im Sonnenlicht hierhin und dorthin zu folgen, an nichts zu denken, keine Verpflichtungen zu spüren. Es schien Helga, daß Gunnhild, wohin sie auch trat, mit ihren Füßen den Boden segnete und sich zwischen den weniger glücklichen Geistern, in deren Fußstapfen sie trat, einen Weg bahnte. Kollgrim! Kollgrim! Von Tränen geschüttelt blieb Helga stehen, um ihr Gleichgewicht wiederzufinden, denn sie konnte durch das wäßrige Glitzern nichts sehen.

Auf dem Hang richtete Margret sich auf und warf ihren Umhang ab, denn die Sonne schien bereits warm auf sie herab. Weiter unten sah sie eine Frau und ein Kind mitten auf dem Hoffeld, das Kind in einem weißen Hemdchen, es stolperte und rannte vorwärts, warf die Arme fröhlich in die Luft. Sein Glucksen trug der Wind hoch, und es flog direkt in Margrets Ohr. Dahinter die Mutter, auch in Weiß, schwankte aufmerksam folgend, einmal lächelnd, dann lachend über die Possen des Kindes. Das Kind stolperte in ein Rund von Blumen und fiel hin. Die Mutter trat vor und nahm es mit Schwung in die Arme und bedeckte seinen Hals mit Küssen, direkt unter dem Ohr, so daß das Kind fröhlich aufjuchzte. Nun stellte die Mutter das Kind auf die Beine und hob ihre Ärmel zum Gesicht und wischte sich die Augen. Dann warf sie den Kopf zurück, und sie sah Margret und blieb schlagartig stehen. Margret stand auf.

Aus der Entfernung hätte Helga nicht sagen können, wer die Frau auf dem Hang sein mochte. Ihr Haar war von so blassem

Gelb, daß es auch weiß sein konnte, und es hing in Flechten vor ihren Schultern, was Helga denken ließ, daß sie eine alte Frau sein müsse. Doch sie bewegte sich mit solch sicherer Anmut, daß Helga auch dachte, sie müsse eine junge Frau sein, und dieses Aussehen, von Jugend und Alter zugleich, fesselte Helga, und daher starrte sie unhöflich und blieb stehen, anstatt vorwärts zu gehen, wie es sich gehörte. Doch natürlich lief Gunnhild vorwärts, nicht zu der Frau, sondern zu ein paar Blumen, die ihre Blicke anzogen, und Helga mußte ihr folgen.

Nun waren sie sich nah genug, um zu sprechen, doch Helga wußte nicht, was sie sagen sollte und warum sie dieses Zögern verspürte.

Margret streckte plötzlich die Hand aus und sagte: »Du mußt Helga sein. Wie heißt das Kind?« Sie kniete sich hin und schaute das Kind an, doch sie starrte nicht und hielt ihre Hände bei sich, was Gunnhild ermutigte, einen Schritt näherzukommen.

»Sie ist meine Tochter Gunnhild. Ich habe noch eine, Unn, doch diese hier steht in letzter Zeit mit der Sonne auf.«

»Weißt du, wer ich bin?«

»Nein, ich weiß es nicht, doch es scheint mir, daß ich es wissen sollte.«

»Ich bin die Schwester deines Vaters.«

»Ich weiß von dir, obwohl mein Vater nie von dir gesprochen hat. Mein Bruder Kollgrim hat einmal gesagt, daß du seltsamerweise bei diesen Leuten in Solarfell lebst.« Ihr Gesicht wurde weiß, dann rot, und sie senkte den Blick.

»Bei euren Feinden, denkst du.«

»Nein, ich weiß nicht, was ich von ihnen denken soll. Sie sind nicht aus unserem Bezirk und denken nicht so wie wir. Vielleicht sind sie von diesen Isländern verhext worden, die so schnell von Hexerei reden.« Doch nun war sie aufgeregt, warf den Kopf herum und rang die Hände, und so sagte Margret: »Es ist schlecht, von ihnen zu sprechen. Wir sollten statt dessen von Kollgrim reden.«

Helgas Brust hob und senkte sich. »Darin ist keine Freude, denn er war eine verlorene Seele.«

»Dann laß uns von meinem Bruder Gunnar sprechen, denn ich bin sehr begierig, etwas über ihn zu erfahren, doch nicht so begierig zu sehen, wie er mich nach so vielen Jahren anschauen wird. Ist sein Haar weiß? Kriecht er herum, von der Gelenkkrankheit geplagt? Kann er sehen und hören? Erinnert er sich an das, was von Tag zu Tag geschieht?«

»Er steht aufrecht, und er leidet nur an der Trauer um meine Mutter. Er sitzt jeden Tag mit seiner Lampe über seinem Pergament und macht seine Zeichen, doch er geht kaum aus dem Haus. Es geht ihm recht gut. Darf ich dich ins Haus bringen? Meine Schwester Johanna ist auch dort. Sie ähnelt dir im Gesicht, das sehe ich jetzt.«

»Nein, ich würde lieber auf dem Hang sitzen und vielleicht die Leute anschauen, wie sie aus dem Haus kommen. Du mußt deiner Wege gehen und nicht auf mich achten, denn nun, da der Augenblick gekommen ist, kann ich es kaum ertragen. Später werden wir vielleicht am Webstuhl sitzen und miteinander reden.«

Nicht lange danach kam Gunnar aus dem Haus, um sich an der Zisterne zu waschen, und sein weißes Haar stand ihm vom Kopf ab, und er trug ein merkwürdig buntes Hemd, und für Margret sah er genauso aus, wie er als vierjähriges Kind ausgesehen hatte, mit dem gleichen halb unzufriedenen, halb schläfrigen Ausdruck im Gesicht wie damals. Er hustete und schniefte, und der Wind trug die Laute ganz deutlich zu ihr. Nun rieb er sich die Augen und begutachtete das Wetter, und er sah sie, und sein Blick hielt inne und schweifte weiter und kam zu ihr zurück, und nun schien es ihr, daß seine blauen Augen sich niemals mehr von den ihren abwenden würden.

Er hatte vergessen, wie groß sie war, wie anmutig sie sich erhob und wie sie vorwärtsschritt, mit wiegendem Gang. Ihre Flechten, das sah er, waren so dick wie eh und je und hingen ihr bis auf die Hüften. Ihr Blick traf den seinen, so ernst, und schreckte ihn ein wenig, wie er es immer getan hatte. Sie war so wenig gealtert, obwohl sie zwölf Jahre älter als Birgitta war, daß sie wie ein Gespenst aus seiner Jugend auf ihn zukam. Als sie sich näherte, sah er jedoch die Runzeln in ihrem Gesicht und das Alter ihrer Hände – Handgelenke und Knöchel von der Arbeit geschwollen. Bei diesem Anblick erinnerte er sich, wieviel Leid er ihr angetan hatte, und es schien ihm, daß die Zeit ihrer Rache gekommen sei. Er kannte keine Freundlichkeit. Er legte die Hand auf sein Haar und spürte, daß es abstand, und er schaute an seinem Hemd herunter. Er hatte es vor Tagen angezogen. Als er aufschaute und ihre Blicke sich trafen, sagte sie: »Mein Bruder, hast du dieses Hemd selbst gemacht?«

»Es war im Haus, in einer alten Truhe.« Und das waren die ersten Worte, die sie nach vierunddreißig Wintern miteinander sprachen.

In Solarfell hätten die Leute nicht heiterer sein können, und die Bewirtung und die Verlobungsfeierlichkeiten dauerten viele Tage an. In der Tat hatte Thorstein in seinem Glück so viele Geschichten und Reime und Einfälle, daß er ganz allein den Trübsinn zu vertreiben schien, der seit fast einem Jahr auf diesem Ort gelegen hatte. Thorgrim hatte Thorsteins Platz in Nes eingenommen, und Steinunn lag in ihrer schweigenden Starre, noch abgezehrter und dem Tode näher als zuvor, und die Leute sprachen ganz offen von der Hoffnung, daß sie vor der Hochzeit noch sterben würde. Ihre eigene Schwester Thorunn führte diese Gespräche an, denn die Pflege der Wahnsinnigen war ihr zugefallen, und sie hatte wenig Freude daran, da es mühsam war und noch weniger als gar keine Wirkung auf Steinunns Zustand hatte. Es wäre besser, wenn sie sterben und ihren Lohn empfangen würde, was immer das sein mochte, anstatt dahinzusiechen, eine Last für alle und eine stete Erinnerung an die Schwäche der Frauen. Das war es, was Thorunn sagte, der Herr stelle sicher, daß die Sünde zuviel für die Leute sei, und wenn der Herr das sicherstelle, dann stehe es den Leuten nicht zu, gegen Seinen Willen zu handeln. Wann immer Sira Eindridi in der Nähe war, gab er der Frau die Absolution und segnete sie, und die Leute bemerkten dann, daß dies vielleicht die letzte Gelegenheit für ihn gewesen sei. Und wirklich starb sie in dem Sommer jenes Jahres, und die Hochzeit wurde auf den frühen Herbst festgelegt, wenn es nach der Seehundjagd viel Fleisch für das Fest geben würde. Und Sigrid setzte sich auch in den Kopf, ihre Hochzeit in der St. Birgitta-Kirche am Hvalseyfjord zu feiern, denn es war die hübscheste Kirche in Grönland, hübscher als die Kathedrale jetzt, denn sie war neuer, und die Hvalseyfjorder hatten sie gut gepflegt.

Die Umstände von Steinunn Hrafnsdottirs Tod gingen nicht unbeachtet vorüber, und es war so gewesen: Eines Tages im Sommer, als die Leute draußen ihrer Arbeit nachgingen, wurde der lebende Leichnam der Frau von einer Seite der Bettnische auf die andere bewegt, und eines ihrer Beine und eine ihrer Hände wurden über die Kante geworfen. Doch als die Leute zu ihrem Abendfleisch hereinkamen, war sie so reglos wie immer, und die Bewegungen schienen unerklärlich, außer daß sie vielleicht bewiesen, daß die Frau noch immer von Dämonen besessen war, die sie ihrem Verderben zugeführt hatten. Thorunn ging mit der Suppe zu ihr und hielt ihr den Kopf hoch und tat, was sie konnte, um etwas Nahrung in die Frau zu bekommen, und diese Bemühungen waren so fruchtlos wie immer. Am nächsten Tag war sie wieder bewegt worden; dieses Mal war sie einen Viertelkreis zur geraden Linie der Bettnische gedreht worden, und da ging Bjorn Bollason zu seinen Söhnen und zum Gesinde und fragte, wer sich auf Kosten der armen Frau einen Scherz erlaubt habe, aber niemand wollte so etwas zugeben. Und an den drei folgenden Tagen gab es keine Bewegung, und die Leute vergaßen es. Am vierten Tag nun geschah es, daß die Frau laut sprach, wie in einem Traum, und sie sagte ganz deutlich: »Nein, es kommt in diesen Tagen nicht so.« Ihre Worte wurden von zwei oder drei Leuten gehört, darunter Signy, Bjorn Bollasons Frau. Nun begannen die Leute untereinander zu plappern und beobachteten Steinunn, um zu sehen, ob sie sich erhole und ihre Gesundheit zurückgewinne, aber dies geschah nicht. Hingegen stieß sie einen Tag später ein lautes Stöhnen aus, das sich wie ein Messer in die Herzen aller bohrte, die in der Nähe waren, denn es war so voller Qualen, und als Thorunn zu ihrer Bettnische lief, sah sie, daß Steinunns Augen zum erstenmal seit vielen vielen Monaten geöffnet waren, und sie sagte: »Meine Schwester, du bist wieder bei uns.« Steinunns Augen füllten sich mit Tränen. Doch danach wand sich ihr Körper vor Schmerzen, und bald darauf starb sie.

Und als die Frauen sie aufbahrten, da sahen sie, daß Steinunn so ausgezehrt war wie die Menschen in der Hungersnot – mit Brüsten, die nicht der Rede wert waren, und die Hüftknochen staken wie Löffel hervor, und alle ihre Rippen waren zu sehen, und ihre

Knie waren größer als ihre Oberschenkel, und die Leute sagten, sie sei verhungert, als gäbe es in der Tat gar nichts zu essen. Vor ihrer Verführung war sie eine Frau wie Thorunn gewesen, breit und kräftig. Sie wurde auf dem Friedhof von Solarfell begraben, der nahe dem Schrein von St. Olaf dem Grönländer liegt, und so fanden die Leute, sie sei im Tode gesegneter, als sie es in ihrem Leben gewesen sei, denn zu ihren Lebzeiten habe sie zwischen dem Feuer der Vulkane und dem Feuer der bösen Verführung keinen Frieden gefunden, und wie die Dinge lägen, müsse sie, so gut sie könne, ihren himmlischen Lohn erhoffen.

Es schien Bjorn Bollason, daß er unter diesen Umständen alles getan habe, was er konnte, und daß alles recht gut ausgegangen sei, wenn man bedachte, was hätte geschehen können, auf dem Thing hätte nämlich eine offene Schlacht ausbrechen können, in der viele Grönländer verletzt oder getötet worden wären, auch hätte Gunnar Asgeirsson Rache suchen können, wie er es schon in der Vergangenheit getan hatte, oder die Isländer hätten ihn, Bjorn Bollason, irgendwie für die Umstände der Verführung und des Todes der Frau verantwortlich machen können. Doch Snorri Torfason war nur zu bereit, Bolli Bjornsson mitzunehmen, und Thorstein Olafsson war ein so glühender Verehrer, wie ein Mann nur sein konnte, und obwohl Sigrid nun noch viel weiter entfernt sein würde als nur in Herjolfnes, hatte Thorstein sie so verwirrt und gezähmt, daß sie nicht klagte, selbst wenn sie daran dachte. Zu Hause in Island, hieß es, sei Thorstein ein bekannter Mann aus einer mächtigen Familie, und er könne eines Tages wohl Gesetzessprecher werden. Wie viele Kühe und Schafe und Pferde auf Thorsteins drei Höfen herumliefen, könne man gar nicht sagen, und was prächtige Einrichtung angehe, also da gebe es dort Dinge von so weither wie Damaskus und Rom, auch von Norwegen und England und Deutschland und Schweden. Die Tochter des Bruders von Thorsteins eigener Mutter sei eine Kammerzofe am Hofe der Königin Margarethe, sei es zumindest vor einigen Jahren gewesen, doch vielleicht sei sie inzwischen mit einem großen dänischen Lord verheiratet. Und Thorstein hatte diese isländische Art zu reden, die ihm alle Türen öffnen würde, zu jedem Erfolg, wie es bei den großen Dichtern der Vergangenheit, zum Beispiel bei Egil

Skallagrimsson, gewesen sei. Alles in allem hatte Bjorn Bollason niemals mit solch heiterem Herzen in die Zukunft gesehen, und nicht die geringste seiner Freuden war es, daß er die schwierige Sigrid los war und in der Obhut ihres Ehemannes wußte.

Was Sigrid betraf, so war es ihr Geheimnis, daß sie manchmal einen merkwürdigen Traum hatte, und es war immer derselbe. Darin stand sie in der Tür des Hauses in Solarfell und schaute den Hang hinunter zum Strand. Das Gras war grün, doch der Fjord war weiß von Eis, und der Himmel über den Bergen war voller Wolken. Diese schillerten in allen Farben von Rot und Gold und Pupur und sahen nicht so aus, wie der grönländische Himmel je aussah, sondern so, wie die Leute es vom Himmel selbst erzählten. Im ersten Teil ihres Traumes stand sie nur da und hielt ein Eßbrett in der Hand und schaute auf dieses Bild. Danach tauchte dann immer ein Mann auf, ein Fremder, und er kam über das Eis zu ihr, und sie schwebte den Hang hinunter und ihm entgegen, das Eßbrett wie eine Gabe in den ausgestreckten Händen. Doch obwohl sie ihm entgegenschwebte, hatte sie große Angst vor ihm und davor, wie er sie empfangen würde. Dennoch konnte sie nicht innehalten oder den Hügel wieder hinaufgehen. Er kam auf Skiern, doch nicht mit den ausholenden, mühevollen Bewegungen eines Skifahrers. Auch er schwebte. Und als er näher kam, wurde er ihr doch nicht vertrauter. Er blieb immer ein Fremder. Dennoch nahm er sie in seine Arme und hielt sie, als sie sich begegneten, und das Glück durchströmte sie wie ein starker Wind, und ihr Körper preßte sich ganz wie von selbst an den seinen, und dann war der Traum zu Ende, und sie erwachte. Und sie erwachte auch immer hochgestimmt aus dem Traum und nicht verzagt, und es schien ihr, daß dieser Traum immer wieder zu ihr zurückkehren würde, solange sie ihn insgeheim in ihrem Busen verschloß.

Sie war über ihre Vermählung mit Thorstein nicht unzufrieden. Es schien ihr, als hätte er sie fest in seiner Gewalt, als wäre sie mit ihm außer Gefahr. Darüber hinaus würde ihre Hochzeit in der wunderschönsten Kirche Grönlands stattfinden, und ihre Hochzeitsgewänder waren so herrlich, wie Hände sie machen konnten – ihre eigenen, die Hände von Margret Asgeirsdottir, die Hände all der Frauen ringsum. Zuerst würde die Hochzeit stattfinden, dann eine kleine Bootsfahrt nach Island, dann würde es große Bauernhöfe mit vielen Schafen und Kühen und Pferden und viel Gesinde geben, und dann Kinder, wie ihre Brüder es waren, gehorsame, starke, glückliche kleine Jungen, vier oder fünf oder sechs. Snorri Torfason sagte manchmal, daß die Lage in Island sie alle nur überraschen könnte, aber besaßen die Isländer nicht viele schöne Dinge? Sprachen sie nicht in einer Weise, die dem Ohr schmeichelte? Wußten sie nicht mehr von der Welt und von den Zerstreuungen der Welt als jeder Grönländer? Und hielten sie nicht sehr viel von ihr, Sigrid Bjornsdottir, obwohl sie nur ein grönländisches Mädchen war?

Sie haßte Kollgrim Gunnarsson nicht, obwohl die Leute dachten, daß es so sein müsse. Sie wußte nicht ganz genau, warum sie sich getrennt hatten, wußte nur, daß es ihr Schicksal war, es zu tun. Eines Tages war er nach Solarfell gekommen und hatte sie im Haus gefunden, wo sie mit ihrer Brettchenweberei beschäftigt war, während die anderen draußen oder in anderen Kammern waren, und er hatte sich ganz nah zu ihr gesetzt, ohne sie zu berühren, er hatte ihr nur ins Gesicht gesehen, und sie hatte die Weberei aus den Händen gleiten lassen, obwohl sich dadurch die Fäden verwirrten, und ohne Worte hatte sie verstanden, daß sie getrennt waren, daß ihre Heirat nicht sein konnte, und sie hatte ganz deutlich gewußt, daß trotz ihrer beider Willen und Begehren etwas sie hinderte, und sie hatte nicht einmal Trauer verspürt, sondern nur eine Art Erleichterung, daß größere Trauer durch diese Trennung vermieden würde. Sie sah, daß auch er es wußte und daß sie als Freunde schieden. Das war im Herbst gewesen, und im Winter hatten sich ihre Ängste durch die Verführung der Isländerin erfüllt. Was sollte man darüber denken? Trotz der Dinge, die sie ihr erzählten, Thorstein und Bjorn Bollason und Thorunn, hielt sich Sigrid ganz fest an ihr Unverständnis und bewahrte es in der Brust, nächst ihrem heimlichen Traum.

Und so kam es, daß sie durch den Sommer und die Vorbereitungen für ihre Hochzeit und das Festmahl ging, als wäre sie unter einem Bann. Manchmal tauchte Thorstein schemenhaft in ihrer Nähe auf, manchmal berührte er sie, und manchmal war er weit weg, und sie konnte hören, wie seine Stimme sich hob und senkte und wie das Gelächter der Leute ihm überallhin folgte. Ihre Hände taten die Arbeit von ganz allein – machten Käse, webten, nähten mit feinsten Stichen. Sie waren geschäftig und vertraut miteinander. Ihre Lippen öffneten sich und formten Worte, auch wie von selbst, zu jeder Gelegenheit passend, und die Tage flossen dahin wie ein Strom. Es ist so, sagte ihr die Mutter, daß junge Mädchen vom Gedanken an ihre Hochzeit und an ihr neues Leben verwirrt würden. Ganz gewiß sei sie selbst sehr ungeschickt gewesen, bevor sie Bjorn Bollasen geheiratet habe, alles habe sie fallengelassen und alles verloren, bis ihre eigene Mutter fast geschrien habe. Und sicherlich gebe es für Sigrid noch mehr Grund, verwirrt zu sein, als für die meisten anderen Mädchen, denn schließlich bereite sie sich auf die Abreise vor – Signy wußte nicht so recht, was sie davon halten sollte, daß ihre einzige Tochter fortging, um vielleicht niemals zurückzukehren, um sicher niemals zurückzukehren, und ihr Junge Bolli auch. Signy ließ den Löffel fallen, den sie in der Hand hielt, und führte ihren Ärmel an die Augen, und Sigrid wandte sich zu ihr, langsam, nur mit Mühe die Bedeutung dieser Handlungen erfassend. Doch nun streckte sich ihr Arm aus, wie es sich für den Arm einer Tochter gehört, und legte sich um die Schultern der Mutter, und sie gab die passenden Laute von sich, und als ihre Mutter wieder gelächelt, sich von ihr abgewandt, den Löffel aufgehoben und sich an ihre Arbeit gemacht hatte, vergaß Sigrid alles, was geschehen war, obwohl sie nicht hätte sagen können, wohin ihre Gedanken zurückkehrten.

Und so kam der Tag der Hochzeit, und die Familie und die Isländer erwachten im Priesterhaus von Hvalseyfjord, und Sira Eindridi und Sira Pall Hallvardsson tauchten schemenhaft vor Sigrid auf, die sich in ihrem Hochzeitskleid fand, mit dem Hochzeitskranz von Solarfell auf dem Kopf und vielen Schmuckstücken, die Thorstein ihr gegeben hatte, an den Händen und Armen und am Hals. Nun faßten die Leute sie an den Händen und Armen und geleiteten sie über das Gras zur Kirche, und da erhaschte sie durch die Tür, ganz kurz, einen Blick auf Thorstein, den ihr bestimmten Ehemann, und es schien ihr, daß sie nur für einen Augenblick aus ihrem Banne erwachte, der sie den ganzen Sommer über festgehalten hatte, und sie sah die Form seines Hemdes und seine vollen

Wangen und die Art, wie sein Bart an ihnen hochwuchs, und dann sah sie, wie sich seine Augen ihr zuwandten und sie billigend abschätzten, doch er sah ihr nicht wirklich in die Augen, und sie erinnerte sich nur für einen Augenblick daran, wie Kollgrim Gunnarsson ihrem Blick mit dem seinen begegnet war, und dann, wiederum nur für einen Augenblick, kam ihr der Gedanke, daß Thorsteins Augen nun immer dieses Bild von Kollgrims Blick in ihr wachrufen müßten, von jetzt an, bis daß der Tod sie von beiden scheiden würde, und dann hatte sie, wiederum nur für einen Augenblick, das Gefühl einer großen Angst, und jene, die sie führten, zogen sie vorwärts, und sie verfiel wieder in diesen Bann des Sommers und ging in die Kirche, und der Gottesdienst wurde abgehalten, und sie wurde wieder hinausgeleitet, diesmal von Thorstein, und sie fragte sich, ob sie nun endlich eine glückliche Frau sei oder für immer eine unglückliche Frau, und dann sprach jemand zu ihr, und ihre Lippen formten einen fröhlichen Scherz, und alle gingen ins Priesterhaus zum Festmahl, das für sie und etwa fünfzig Gäste und mehr aufgetragen war, und sie saßen an den Tischen und aßen sich satt, denn Bjorn Bollason, der Gesetzessprecher, war ein wohlhabender und glücklicher Mann.

Nun kam der Winter, und der erste starke Schneefall, dicht und feucht, bedeckte den Boden, bevor noch das Vieh auf den meisten Höfen im Stall eingeschlossen und das Seehundfleisch von der Herbstjagd gründlich getrocknet war. Kurz nach diesem Schneefall erhob sich ein starker, für die Jahreszeit ungewöhnlicher Wind und trug eine Menge Sand auf die Schneedecke, so daß sie in der Sonne schmolz und verharschte, und die Männer mußten mit ihren Knochenäxten umherlaufen und bis zum Gras herunterhacken, das in der Tat noch grün war, denn das Wetter war bis zu den Schneefällen recht warm gewesen. Nun beeilten sich die Leute, ihre Schafe von den höhergelegenen Weiden hereinzuholen und die zu schlachten, deren Fleisch man im Winter benötigte, und die Kühe in den Stall zu bringen, und die Jahreszeit war voller geschäftiger Arbeit und ungewöhnlich feucht und unangenehm durch den Schnee. Es begab sich auch, daß Helga ungefähr um diese Zeit spürte, wie sich wieder ein Kind in ihrem Bauch regte, und sie hatte das seit einiger Zeit vermutet, denn ihr war während des Sommers immer wieder übel gewesen. Die Schwangerschaft schien ihr überhaupt nicht zu bekommen, und von der ersten Regung an schien das Kind in ihrem Bauch wie ein kleines Ruderboot im Sturm herumzurollen. Einige Zeit darauf fühlte sie sich dann jeden Tag so schlecht, daß sie eine der Frauen vom Gunnarshof bat, bei ihr zu bleiben, denn in der Tat hatte sie wenig Kraft, im Hause zu arbeiten und hinter Unn und Gunnhild herzulaufen. Es geschah, daß Johanna kam, und Helga wußte, daß sie beide endlich lernen müßten, miteinander zu leben.

Als nun Johanna ihre Habseligkeiten auf die andere Seite des Hügels gebracht hatte, warf sie als erstes an dem Morgen alles Stroh aus ihrer Bettnische und besorgte sich frischeres Stroh. Dann rollte sie die Decken und Felle aus der Bettnische zusammen und legte sie draußen vor die Tür, und dann legte sie ihre eigenen Decken und Felle auf das frische Stroh, und sie verbrachte nicht wenig Zeit damit, bis Helga sich auf die Zunge beißen mußte, um keine Bemerkung darüber zu machen. Johanna erledigte diese Arbeiten, beinahe ohne ein Wort zu sprechen, und als Helga sie nach ihrem Vater fragte oder nach der Schwester ihres Vaters oder den anderen auf dem Hof, sagte Johanna nur: »Es geht ihm recht gut«, und »Sie ist ruhig im Haus.« Nachdem sie ihr Bett gemacht hatte, nahm Johanna das zusammengerollte Bettzeug und rollte es auseinander und nahm jedes Stück und trug es ans Licht zur Tür und fuhr mit den Fingern durch die Felle, und einige Sachen warf sie auf den Boden, und einige schüttelte sie nur aus und legte sie dann auf einen Stapel neben der Tür. Helga saß in der Bettnische und ließ die Beine heraushängen, und es schien ihr, daß die Eingeweide ihr in die Kehle stiegen, doch sie schluckte schwer, und endlich sagte sie: »Was hast du mit diesen Sachen da vor?« Johanna gab ihnen einen Tritt und sagte nichts. Nun kam Gunnhild ins Haus, und ihre Füße und Strümpfe waren voller Schnee, und Johanna nahm sie bei den Schultern, drehte sie um und schob sie ohne ein Wort wieder hinaus, und dann ging sie hinter ihr her nach draußen und strich ihr den sandigen Schnee von den Füßen. Helga stand auf und ging zur Tür und sah, daß ihre Schwester das Kind mit festem Griff an den Schultern hielt, als hielte sie ein Schaf, und mit energischen Streichen den Schnee von ihr fegte, und als Gunnhild sich ihrem Griff entwand, schoß ihre Hand vor und umklammerte das Kind, nicht grob, aber auch nicht sanft. Und nun stiegen Helgas Eingeweide ihr wirklich in den Mund hoch, und sie schwankte aus der Tür und um die Ecke des Hauses zum Misthaufen und übergab sich das zweite Mal an jenem Tag.

Später schien es Helga, als könne sie eine Weile am Webstuhl sitzen, und während sie dies tat, trat Johanna hinter sie und stand einige Augenblicke schweigend da. Dann schniefte sie wortlos und wandte sich ab, und bald danach schien es Helga, als wäre das Muster, welches sie ausgewählt hatte, doch nicht so schön, obwohl sie es zuvor gemocht hatte, und sie erhob sich vom Webstuhl und setzte sich auf die Bank neben dem Tisch. Alle Eßbretter und Schalen und Becher und andere Gebrauchsgegenstände, die gewöhnlich ein wenig unordentlich herumlagen, waren nur zu ordentlich gestapelt. Alle Kanten und Griffe auf den Brettern an der Wand bildeten eine Linie, und ein Stück Wadmal war geschnitten, gesäumt und über das untere Regal gehängt worden, um die Töpfe und Bottiche darauf zu verbergen. Alles war sehr ordentlich, doch Helga gefiel das nicht. Nun kam Johanna vom Lagerhaus herein und wischte sich die Hände am Gewand ab, als wäre das Lagerhaus sehr schmutzig. Als sie Helga sah, lächelte sie ihr bedächtiges Lächeln und fragte: »Meine Schwester, bist du mit deiner Weberei schon fertig?«

»Meine Schwester, bist du schon damit fertig, Ketilshof nach deinem Gutdünken zu verändern?«

Johanna antwortete milde: »In der Tat gibt es noch andere Dinge, die getan werden müssen. Aber es kann sein, daß es dir lieber wäre, ich täte sie nicht. Wenn die Leute damit anfangen, es anderen recht zu machen, fangen sie vielleicht in Wirklichkeit damit an, es sich selbst recht zu machen.« Sie lächelte wieder ihr bedächtiges Lächeln.

»Ich weiß nicht, was du meinst, aber ich sehe, daß unsere Gewohnheiten hier nicht den deinen entsprechen.«

»Daran habe ich nicht gedacht. Aber auch ich habe bestimmte

Gewohnheiten, denn schließlich habe ich lange Zeit auf Hesturhof gelebt, und Jonas Ruf war allen bekannt. Ich möchte nur tun, was dir recht ist.«

Da lehnte sich Helga zurück und schaute ihre Schwester lange an, und dann lächelte sie und sagte: »In der Tat, ich weiß eigentlich gar nicht, was mir recht ist, nur daß ich mich wieder wie ich selbst fühlen möchte.« Dann seufzte sie und schaute sich um, und das war der erste Tag, den die beiden miteinander verbrachten, und es dauerte lange, bis sie sich nicht mehr unwohl miteinander fühlten, denn sie hatten nicht nur unterschiedliche Gewohnheiten, sondern auch Sorgen, und Helgas Kinder behandelte Johanna nicht so, wie Helga es selbst getan hätte, sondern mit weniger Zärtlichkeit und Nachsicht.

Es begab sich, daß Helga ihre Wehen gleich nach Jul spürte, obwohl sie sie vor Anfang der Fastenzeit nicht erwartet hatte, doch sie kamen und dauerten länger als einen Tag, und am Morgen des zweiten Tages wurde sie von einem Jungen entbunden, und gegen Abend desselben Tages wurde sie von einem weiteren Jungen entbunden, und der erste war schon winzig, aber der zweite war noch winziger, und keiner von beiden überlebte die Nacht. Helga selbst verlor viel Blut und andere Säfte und lag sehr geschwächt viele Tage lang darnieder, so geschwächt, daß sie kaum sprechen oder die Lippen öffnen konnte, um zu essen, doch Margret kam täglich über den Hügel nach Ketilshof und bereitete dem Mädchen einen stärkenden Trunk aus Kräutern, die sie im Sommer zuvor gesammelt hatte. Durch diese Pflege waren die Frauen sehr eng beisammen, und eines Tages, als Helga ein wenig sitzen konnte, sagte Margret mit leiser Stimme zu ihr: »Meine Helga, es scheint mir, wenn ich an diese Niederkunft denke und an das, was die Leute über deine Niederkunft mit Gunnhild erzählen, daß du für das Gebären nicht gemacht bist. Darin ähnelst du Helga Ingvadottir, deiner Namensvetterin und meiner Mutter, und du mußt darauf bedacht sein, dein Leben zu schützen.«

Helga flüsterte: »Es ist immer ein Unglück und eine Gefahr, wenn man Zwillinge bekommt.«

»Bei den meisten Leuten besteht die Gefahr für die Kinder und nicht so sehr für die Mutter.«

»Dennoch.« Sie hielt lange inne. »Dennoch ist es das Los der Ehefrauen, oder nicht?«

»Sie können sich von ihren Ehemännern fernhalten.«

Da wandte Helga den Kopf ab, und Margret schwieg, und diese Worte standen den Rest des Morgens zwischen ihnen.

Es schien Helga, daß Margret es für ihre Pflicht halten könnte, mit Jon Andres über diese Angelegenheit zu reden, und wenn die beiden zur gleichen Zeit auf dem Hofe waren, behielt sie sie im Auge, um zu sehen, ob sie miteinander redeten, aber sie schienen nicht mehr als freundliche Begrüßungen zu wechseln, und die Schwester ihres Vaters war in der Tat so schweigsam, wie man es von ihr sagte. Dennoch war Helga nach diesem Gespräch über das Kindergebären darauf bedacht, die ältere Frau vom Hofe zu haben, und so zwang sie sich, zu sitzen und zu lächeln und die Füße über die Bettkante hängen zu lassen und dann zu stehen, obwohl die Farbe aus ihrem Gesicht wich und sie sich mit einem Ruck wieder setzen mußte. Auch zwang sie alles an Getränken und Speisen, was man ihr anbot, die Kehle hinunter, ob sie ihre Eßlust reizten oder nicht. Die Folge war, daß ihre Kräfte anscheinend zurückkehrten, gleichsam durch ihre Willenskraft, und in der zweiten Woche der Fastenzeit lief sie schon wieder herum, und Margret kam nicht mehr so oft über den Hügel, und selbst Johanna sprach einmal davon, wieder nach Gunnarshof zu gehen.

Helga sah, daß Jon Andres, ob nun jemand mit ihm gesprochen hatte oder nicht, sehr verschlossen war. Den ganzen Winter, vor Jul und nachdem er sicher war, daß Helga nicht mehr in Todesgefahr schwebte, war er viele Tage und Nächte fort gewesen, und er sagte nur, daß es mit einem bestimmten Geschäft zu tun habe, welches Gunnar Asgeirsson und er gemeinsam verfolgten. Er hatte den beiden kleinen Jungen Namen gegeben, obwohl sie nur eine ganz kurze Zeit gelebt hatten und nicht getauft waren, und den größeren dieser Jungen hatte er Erlend genannt, wie es sich gehörte, und den kleineren Kollgrim, und er sprach einige Male mit Namen von ihnen. Wenn er auf dem Hof war, hielt er sich von Helga fern und hatte ihr wenig zu sagen, doch er war auch so lieb zu ihr, wie er konnte. Und Helga fragte sich, was sie getrennt haben mochte, nach all ihrer Vorsicht. Eines Tages geschah es, daß sie in der Bettnische erwachte und spürte, daß er wach neben ihr lag, obwohl es sehr früh am Morgen war, noch vor der Dämmerung. Sie blieb still liegen, so als schlafe sie noch, atmete tief und langsam und ließ ihre Hüfte in seine Seite sinken. Da stieß er ein leises, beinahe geräuschloses Stöhnen aus, welches Helga voll von Schmerzen schien, und sie mußte sich zu ihm drehen, doch sogleich erstarrte er in ihren Armen und setzte sich auf, stieg in seinem Hemd aus der Bettnische und zog seine Beinkleider an und ging aus dem Haus, und so dachte Helga, daß Margret doch mit ihm gesprochen haben müßte, im Freien oder in einem Augenblick, als Helga geschlafen hatte, und sie war bitter enttäuscht und böse auf die Schwester ihres Vaters, denn sie wußte genau, daß sie, was immer die Folgen sein mochten, nicht von ihrem Manne getrennt sein könnte, solange sie noch Atem in ihrem Körper hatte.

Margret hatte nicht mit Jon Andres gesprochen, doch er war so sehr von der Sache mit Kollgrim Gunnarsson beansprucht, daß er Angst hatte, er würde mit Helga darüber sprechen, ob er wollte oder nicht, wenn er wie gewöhnlich mit ihr redete, und er und Gunnar waren übereingekommen, daß diese Sache geheim bleiben sollte, selbst, oder ganz besonders, vor den Frauen im Haus. Gunnar hätte nicht sagen können, woher sein Drang zur Geheimhaltung rührte, doch er schien ihm wie ein Zwilling seiner Feindschaft für Bjorn Bollason und die Sicherheit, daß sein Entschluß nicht wanken würde, wie lange auch immer die Isländer sich in Solarfell aufhielten. Denn auch Jon Andres war entschlossen, und sein Entschluß war der, allen Maßnahmen zu entsagen, bis die Isländer abreisten und ihre Schwerter und Äxte und andere Eisenwaffen mitnahmen. Dieser Entschluß war nicht schwer auszuführen, doch sein Versprechen an Gunnar, niemals mit Helga über diese Sache zu reden, stellte ihn jeden Tag auf die Probe, jeden Augenblick eines jeden Tages. Was er ganz besonders schwer ertragen konnte, war das langsame Drehen ihres Kopfes in seine Richtung und das langsame Heben ihrer Augenlider, so daß ihr Blick voller Freude und Traurigkeit auf ihn fiel. Dann schien seine Zunge ihm im Munde lebendig zu werden und gegen seine Zähne zu schlagen, und es schien ihm, daß der Strom der Worte bereits halb aus ihm heraus war. Doch Gunnar hatte ihm diese Geheimhaltung so fest eingeprägt, daß er nicht sprechen konnte. Er konnte nur träumen, wie er es so oft tat, daß er gesprochen hätte, ohne es zu wollen, und in diesen Träumen versengte ihn der Zorn von den Füßen bis zum Haaransatz. Und so floh er Helga und sehnte sich zugleich nach ihr. Doch es ist bekannt, daß die Frauen in solchen Dingen wie Ehre und Vergeltung die Beharrlichkeit des Mannes mit ihren vorsichtigen Ratschlägen schwächen oder ihn mit Spott zu überstürztem Handeln anstacheln, und so ist es für einen Mann besser, seine Pläne im Dunkeln zu halten.

Wenn er zu anderen Höfen ging, war es so wie im Jahr zuvor. Er redete ganz freimütig über dieses und jenes. Er ließ es sich gefallen, daß man ihn mit den feinsten Köstlichkeiten bewirtete. Er sprach von Helga und nach Jul über die traurige Geschichte seiner Zwillingssöhne. Er war einer der mächtigsten und reichsten Männer im Bezirk, kleidete sich mit ausgesuchter Pracht, hatte immer zwei hübsche Knechte bei sich, und wenn wenig Schnee lag, dann ritt er auf seinem schönsten Zuchthengst, und wenn zuviel Schnee lag, dann fuhr er auf geschnitzten Skiern. Als erstes ließ er sich von den Leuten beschenken und Versprechen geben, ließ sie über ihre Geschäfte reden. Als nächstes machte er einige Bemerkungen über ihre Geschäfte, immer hilfreich, immer klug, was die Belange der Höfe oder Schafe oder Kühe oder Menschen betraf. Als drittes schlichtete er kleine Streitigkeiten, jedoch mit Bedacht, so daß beide Seiten das Gefühl hatten, es sei das Bestmögliche für sie erreicht worden. Er ging von Hof zu Hof, angefangen bei den Höfen, auf denen er nicht sehr bekannt war oder nur aus Gesprächen. Dann ging er zu Höfen, die er schon früher besucht hatte oder deren Bewohner ihm ein wenig verpflichtet waren. Dann ging er zu seinen eigenen Höfen, deren Bewohner seine Pächter waren. Dann ging er zu den Höfen, deren Bewohner beinahe so wohlhabend und mächtig waren wie er selbst, Männer, die sich für seine treuen Freunde hielten, und auf jedem Hof zählte er die Söhne und Brüder und merkte sich, was man als Waffen benutzen könnte, und auf jedem Hof schaute er genau an, was man ihm auftischte, und maß die Beständigkeit der Freundschaft, die ihm der Bauer entgegenbrachte. Er wog Wärme gegen Eigennutz ab, Großzügigkeit gegen Verläßlichkeit. Nicht ein einziges Mal erwähnte er den Namen von Gunnar Asgeirsson. Er war sein eigener Herr, Jon Andres Erlendsson vom Ketilshof in Vatna Hverfi, und allem Anschein nach stärkte er ganz einfach seine Stellung im Bezirk, wie Männer es von Zeit zu Zeit tun müssen.

Es begab sich, daß er nach Mosfell ging, dem Hof, der von Ulfhild, der Witwe, bewirtschaftet wurde, wo einst er und andere Männer Ofeig beinahe gefangen hatten, und Ulfhild und ihre Söhne hießen ihn willkommen, wie alle Leute im Bezirk es getan hatten. Ulfhild setzte ihm ihre besten Stärkungen vor, und als er sich sattgegessen hatte, nahm sie ihn mit hinaus zum Stall und zeigte ihm die Schafe, die er ihr gegeben hatte, und auch das Pferd, welches er als Ersatz für das von Ofeig gestohlene Pferd geschickt hatte. Das neue Pferd war eine Stute, und sie hatte ein recht hübsches Zuchtfohlen geworfen, das jetzt ein Einjähriges war. Jon Andres strich mit der Hand über den Rücken des Fohlens und an den Beinen hinunter, und er wußte, daß man mit dem Tier sorgsam umgegangen war, denn es zuckte nicht vor seiner Berührung zurück. Er sagte: »Er ist schon ein großer Bursche, so groß wie ein Zweijähriger, und er hat ein dichtes Fell.« Jon Andres lächelte. »Ich hätte es mir noch einmal überlegen sollen, ehe ich dir die Stute Flosi gab. Sie wird sich als das Beste herausstellen, was ich je hatte. Sie stammt in der Tat aus dem Hesturhofstall, und das ist die Wahrheit.«

Ulfhilds Worte klangen säuerlich: »Und welcher meiner Söhne wird das Tier reiten, wenn es ganz ausgewachsen ist? Wirst du mir noch eines geben, damit sie beide das gleiche haben?«

»Du scheinst den kleinen Burschen zu mögen, obwohl du boshaft sprichst. Die beiden müssen doch das Tier nicht gleichzeitig reiten. Ein Junge muß auf dem Hof bleiben, um zu arbeiten.«

»Warum dann und nicht jetzt?«

Da lachte Jon Andres. »Du bist voller Klagen, alte Frau«, sagte er, »doch dein Hof sieht so wohlhabend aus wie immer, seit ich dich und deinen Ehemann kenne.«

»Das mag sein oder auch nicht. Solche Dinge hängen nicht zuletzt von dir oder deinesgleichen ab. Die mächtigen Männer im

Bezirk sind in den letzten Jahren ziemlich still. Etwas wird ausgebrütet, scheint mir.«

»Was könnte das sein?«

»Es ist an dir, es mir zu erzählen. Du bist nicht hergekommen, um an meinem Tische zu essen. Wenn dein eigener nicht besser gedeckt ist, dann ist deine Frau ein armseliges Ding. Auch bist du nicht gekommen, um dir diese Stute anzusehen oder über diesen Einjährigen zu seufzen. Du bist gekommen, dich umzuschauen und zu sehen, wie groß meine Söhne sind und wie groß ihre Tapferkeit. Dies ist auch nicht der erste Hof, den du besuchst. Zwar gehst du allein herum, doch du darfst nicht glauben, daß dir kein Gerede folgte, mein Herr.«

»Grönländer reden immer, besonders im Winter. Sie wissen nicht immer, wovon sie reden.«

»Es ist wahr, daß sie mit Hochachtung von dir sprechen, so ein ehrenwerter Bursche, so offen und hilfsbereit, nicht so wie Erlend, aber auch nicht wie Vigdis, vielleicht von einer anderen Linie.«

»Die ganze Zeit sagen die Leute das von mir. Es mag zutreffen, doch zu diesem Zeitpunkt gibt es wenig zu sagen.«

»Trotz allem bist du von echtem Ketilshofblut, denn als ich ein Mädchen war, zog dein Vater Erlend genauso herum wie du, und was er suchte, war Unterstützung für seine Klage gegen Asgeir Gunnarsson. Und es scheint mir auch, daß Gunnar Asgeirsson in deinem Kommen und Gehen irgendwie eine Rolle spielen muß, da du seine Tochter geheiratet hast.«

»Es muß wohl so sein, alte Frau, daß du keine eigenen Sorgen hast, da du die meinen so sorgsam bedenkst.«

»Ich sorge mich um die Erhaltung meiner Söhne, bis sie stark genug sind, um sich auf dem Hof nützlich zu machen. Darum sorge ich mich. Die Großen werden uns am Ende vernichten, und das ist eine Tatsache.«

»Nein, alte Frau, das ist keine Tatsache. Nichts, was noch nicht stattgefunden hat, ist eine Tatsache.«

»Es ist eine Tatsache, daß Männer gern kämpfen und für dieses Vergnügen mit ein paar Toten oder tödlichen Verletzungen bezahlen, und es ist eine Tatsache, daß Frauen ziemlich wenig dagegen tun können. Wenn es meinen Söhnen in den Sinn kommt zu kämpfen, dann werden ihre Herzen so schnell darauf fliegen wie die Herzen aller anderen Männer, obwohl sie in allen anderen Dingen ziemlich träge sind.«

»Niemand kämpft gern.« Und da lächelte die alte Frau nur und führte Jon Andres den Hügel hinauf zum Haus zurück, wo sie ihm weitere Stärkungen anbot, obwohl er erst kurze Zeit vorher gegessen hatte. Nach der Dämmerung, als der Mond aufgegangen war, bestieg er sein Pferd und machte sich über den verharschten Schnee auf den Weg und fragte sich, was im Bezirk geredet werden mochte und ob seine Pläne wohl für jedermann so offen lägen wie für ihn selbst. Danach blieb er eine Weile auf Ketilshof und sah, daß Helgas Schwangerschaft sie irgendwie nach innen gekehrt hatte, so daß sie ihm wenig zu sagen wußte, und er kam sich wie ein ausgenutzter und einsamer Mensch vor.

Nun kam der Frühling, und das Eis brach in den Fjorden, und die Leute waren recht froh, nach dem harten und schneereichen Winter essen zu dürfen, was sich noch an Resten in ihren Lagerhäusern und Schränken fand, und zu Ostern dankten sie für das, was es an Bedankenswertem gab, und ansonsten beteten sie für bessere Zeiten. Die Isländer und Sigrid Bjornsdottir und Bolli Bjornsson bereiteten sich auf die Abreise vor, doch in letzter Minute überlegte es sich Snorri Torfason, der Schiffsherr, wieder anders und verschob die Abreise um eine weitere Jahreszeit, was einige seiner Leute sehr verärgerte, besonders Thorstein Olafsson. Er war zwar ein kleiner, träger Mann, doch es war in der Tat so, daß Snorri nicht mehr ändern wollte oder konnte, was er sich einmal in den Kopf gesetzt hatte, und er hatte sich in den Kopf gesetzt, noch ein Jahr bei Bjorn Bollason zu bleiben, denn das Leben, so nahm er an, werde dort leichter sein als zu Hause in Island, selbst wenn seine Frau Gudrun noch lebte, was er, nach acht Wintern, doch ein wenig bezweifelte. Bjorn Bollason war ganz froh, Snorri und Thorstein und Sigrid und Thorunn bei sich zu haben, denn seine Begeisterung für sie ließ niemals nach, doch Signy, seine Frau, konnte man von Zeit zu Zeit murren hören, denn sie und Thorunn waren nicht mehr so gute Freundinnen und waren dennoch gezwungen, wie Schwestern zu leben.

Thorstein und ein paar andere Isländer hatten es sich zur Gewohnheit gemacht, jeden Frühling und Herbst mit auf die Seehundjagd zu gehen, und sie hielten sich nicht so schlecht, wenn ein Grönländer mit einiger Erfahrung auf sie achtgab. Dennoch waren die meisten Grönländer der Ansicht, daß es ein schlechtes Geschäft gewesen sei, diese Isländer, selbst mitsamt ihren Waffen, gegen einen solchen Jäger wie Kollgrim einzutauschen, besonders da in den zwei Jahren seit der Verbrennung kein Schiff eingelaufen und kein Bischof zu den Menschen am Strand gekommen war, um sie mit echten Weizenoblaten und dem wahren Wein zu segnen. In der Tat gab es kein Jagdtreffen, auf dem die Männer nicht bestätigen mußten, was sie an Kollgrim Gunnarsson verloren hatten. War nicht der Anteil jedes einzelnen jetzt kleiner? Und er war ein verschlossener Bursche gewesen, so daß er anderen nie viel beigebracht hatte, so verschlossen, daß es niemandem eingefallen wäre, von ihm etwas lernen zu wollen. Einige Leute hatten ihn nicht einmal sprechen hören. Doch jetzt war er nicht mehr da, und die Leute sagten unter sich, daß seine Verbrennung unverständlich sei, und die Begleitumstände dieser Geschichte vernebelten sich in ihrer Erinnerung. Gunnar ging nun auf jede Jagd, und es war auch bemerkenswert, daß der Vater so wenig Begabung für etwas zeigte, worin der Sohn so geschickt gewesen war. Doch es hieß, der Vater schreibe Dinge nieder, wie es ein Priester tut, und die Leute meinten, eine solche Fertigkeit sei wie ein tiefes Loch, in das andere Fertigkeiten hineinfielen und verlorengingen, ob der Schreibende es nun wollte oder nicht. Auch Jon Andres ging auf jede Jagd, und er war so gut wie die meisten Männer.

Helga war nicht sehr froh, den Sommer kommen zu sehen, die Jahreszeit mit der Seehundjagd und dem Thing und vielen anderen Reisen. Dieser merkwürdige Zustand der Nicht-Freundschaft zwischen ihr und Jon Andres dauerte das ganze Frühjahr an, so lange, bis sie aufhörte, sich nach den Gründen zu fragen, und begann, es Jon Andres übelzunehmen, daß er ihn verlängerte, und dann wandte sie sich selbst von ihm ab. Was immer der Grund für den Anfang gewesen war, die Entfremdung selbst wurde zum Grund für ihre Fortdauer. Dennoch sah Helga ihn nicht gern gehen, aus Angst, daß er getötet und nie mehr zurückkehren würde. Die Gewißheit, daß er in alle Ewigkeit von ihr genommen würde, und die ihrer Trauer um ihn, peinigten sie jeden Augenblick, von dem Augenblick an, da er erwähnte, daß er bald fortgehen werde, bis zu dem Augenblick, da er zurückkehrte und wieder starr in ihrer Bettnische lag, und diese Furcht entfernte sie noch mehr von ihm. Es war, als könne sie ihn nicht einmal rufen, wie die Leute über die Felder rufen, und er war doch neben ihr.

Sie ließ ihn nicht gern fortgehen, doch Männer gehen fort, was immer die Frauen auf dem Hof dazu sagen. Es gibt Geschäfte, die müssen erledigt werden, und so ging Jon Andres auf die Seehundjagd und leistete seinen Beitrag, und die Seehundjagd dauerte fünf Tage, eingeschlossen die eineinhalb Tage für den Weg dorthin und der eine Tag für die Rückreise. Und an dem dritten dieser Tage gingen Johanna und Helga hinaus auf den Hof neben dem Haus und legten das Bettzeug aus, um es zu klopfen und zu lüften. Man konnte nicht sagen, daß die beiden sich miteinander wohlfühlten, doch Johanna hatte Ketilshof nicht verlassen, obwohl sie ab und zu davon sprach. Der Himmel war heiter und sonnig, und nur eine ganz feine Schicht blasser Wolken erstreckte sich hier und da. Das Gras war in den letzten vierzehn Tagen grün geworden, und es war trocken und dicht. Das Birken- und Weidengebüsch schlug schon aus, und die Angelikasträucher an den Wasserläufen breiteten ihre saftigen Äste aus. Trotz ihres Unglücks war Helga für diese Zeichen nicht unempfänglich, und sie schaute sich um und erblickte ihre Kinder, die am Rande des Hoffeldes spielten, und empfand eine gewisse Freude und Hoffnung für die Zukunft. Jon Andres war ein Mann von etwa sechsunddreißig Wintern, und er war auf unzähligen Seehundjagden gewesen und jedesmal unversehrt heimgekehrt, oder etwa nicht? Johanna ging wie immer ein und aus, ohne zu lächeln, doch es schien Helga, daß auch ihre Schwester leichteren Schrittes ging, und sie spürte ein Ende des Unglücks.

Nun war es so, daß dieser lange Sommertag verging, wie es solche Tage tun, wenn die Leute ihrer Arbeit nachgehen und in Gedanken versunken sind, so daß sie nur ab und zu aufschauen und feststellen, daß die Zeit für das Morgenfleisch schon vorüber ist oder daß einige Stücke Wäsche bereits getrocknet sind oder daß die Sonne ihren höchsten Stand schon überschritten hat, obwohl es schien, als hätte der Morgen erst begonnen. Und es begab sich, daß Thormod, der Schafhirte, und sein Bruder Thorodd, die Jon Andres zurückgelassen hatte, damit sie sich um die Arbeit auf dem Hof kümmerten, zu Helga kamen und die Erlaubnis erhielten, eine Schafherde nach Gunnarshof zu bringen und die Nacht über dort zu bleiben.

Beim Abendfleisch waren alle besonders schläfrig, da sie soviel warme Luft geatmet hatten. Gunnhild konnte kaum ihren Löffel heben, und Unn konnte kaum das Fleisch schlucken, das Helga für sie kaute. Selbst Johanna saß ermattet an ihrem Platz, und die Mägde, Thormods Frau Oddny und die beiden anderen, hatten recht wenig zu sagen, obwohl sie gewöhnlich beim Essen plauderten. Helga scheuchte sie in ihre Bettnischen, sobald das Essen beendet war, und sie stieg mit Unn in ihre eigene, doch dann lag sie lange Zeit wach, in der späten Abenddämmerung, und dachte mit brennendem Verlangen an Jon Andres, und so wälzte sie sich in den Decken und Fellen hin und her, bis sich ihr Gewand ganz um sie herumgewickelt hatte, und dann noch einmal. Inzwischen war es dunkel geworden, und jetzt fiel ihr ein, was sie alles hätte tun können – nähen oder weben oder spinnen –, als es noch hell war, anstatt sich einfach sinnlos herumzuwerfen. Doch es widerstrebte ihr, aufzustehen oder die Seehundtranlampe anzuzünden.

Während sie nun darüber nachdachte, was sie tun könnte, hörte sie deutlich ein Zischen und einen Aufprall, so deutlich, daß sie es nicht abtun konnte, doch in der Tat wußte sie kaum, wo es herkommen konnte, denn es schien nicht aus dem Hause zu sein. Sie rührte sich nicht. Da drehte sich Johanna in ihrer Bettnische um und schlug mit dem Knie oder dem Ellbogen an die Kante, und es schien Helga, als könnte das andere Geräusch auch das eines Schlafenden gewesen sein wie dieses, nur war Johanna gleich dort drüben, auf der anderen Seite des Raumes links, und dieses andere Geräusch war nicht in der Weise zu orten. Sie horchte wieder in die Stille und dachte an die fünf Frauen und die beiden kleinen Mädchen auf dem Hof, und nachdem sie einige Augenblicke überlegt hatte, richtete sie sich sogleich auf und legte ihre Decken über Unn, so daß die Kleine darunter ganz versteckt war. Dann kroch sie aus der Bettnische und ertastete sich den Weg zu Oddnys Bettnische, in der Gunnhild schlief, und wollte dort das gleiche tun, doch in dem Moment gab es ganz viele Geräusche – dumpfe Schläge und Rascheln, und sie wußte sofort, daß sie vom Dach des Hauses kamen und daß jemand versuchte, durch die Soden über ihnen ins Haus zu gelangen. Da streckte sie die Hand im Dunkeln aus und legte sie auf das Gitter von Johannas Bettnische und dann auf die Schulter der Schwester, welche sie schüttelte, dann auf deren Mund, um die Frau am Schreien zu hindern, wenn sie aufwachte. Nun drehte sie sich um und beugte sich in die Bettnische und flüsterte: »Wir sind in großer Bedrängnis, denn ein Bär oder ein anderes Tier versucht, in dieses Frauennest einzudringen, und wir haben in der Tat keine Waffen, denn alles ist mit auf die Jagd genommen worden, und ich weiß nicht, was ich tun soll.«

Da richtete sich Johanna auf, und ihr Gesicht war blaß in der Finsternis, und sie horchte auf die Geräusche, die mit kleinen Erdkrumen von den Soden herunterregneten. Sie sagte: »Das ist es, was die Dämonen in den alten Geschichten tun, sie reiten auf dem Dachbalken, bis das Haus unter ihrem Gewicht erzittert.«

»Also, das Haus zittert noch nicht, und alte Geschichten erzählen uns nicht, was wir in diesem Fall tun können.«

Johanna drehte sich um und hängte die Füße über die Bettkante und sagte: »Mir scheint, wir sollten alle aufwecken und sie in eine der anderen Kammern bringen.«

»Aber dieser Hof ist nicht wie Gunnarshof. Es gibt nur die eine Tür hier. Die anderen Räume sind zugemauert, wegen der Wärme.«

»Kann man nicht vom Haus in den Kuhstall gelangen?«

»Vigdis hat diesen Zugang verschlossen, wegen des Geruchs und Drecks, den die Knechte beim Hin- und Hergehen gemacht haben.«

»Aber wir können ihn wieder öffnen, wenn wir müssen. Wenigstens ein Loch, durch das man kriechen kann.« Nun wurde der Lärm lauter, und Helga schaute angstvoll nach oben. Johanna stand auf und ging zu den Bettnischen und weckte die Mägde. Oddny stand auf, mit Gunnhild im Arm, und Helga hörte, wie Unn sich mit gedämpften Schreien unter dem Bettzeug bewegte, und in ihrem wachsenden Entsetzen schien es ihr, daß das Kind ersticken müßte, und so schnappte sie es aus der Bettnische und hielt es fest in den Armen. Nun konnte sie sich nicht mehr erinnern, was Johanna und sie hatten tun wollen, und sie starrte ihre jüngere Schwester lange an, und Johanna starrte zurück, doch dann sagte sie: »Von welchem Zimmer aus führt der Gang in den Kuhstall?« Und Helga nahm sich zusammen und legte ihren Arm um Oddny und sagte: »Dieses da, hier...«, doch in dem Moment wurde sie unterbrochen, denn die Gestalt eines Mannes fiel durch das Dach und auf den Tisch. Der Tisch zerbrach, und der Mann landete auf den Füßen. Sie sah im Mondlicht, welches durch das Loch im Dach hereinströmte, daß der Bursche Ofeig Thorkelsson war.

Er war nicht mehr so fett wie einst, und tatsächlich war das Fleisch über seiner langen Gestalt ausgezehrt wie das Fleisch einer Kuh am Ende des Winters. Fetzen von Kleidern hingen an ihm, ohne Ordnung, mit anderen Stücken zusammengewickelt und befestigt, um etwas Wärme zu halten. Seine Kapuze war zerrissen und ungeschickt geflickt, und er stand mit hängenden Schultern da. Sein Bart hing ihm in dünnen Locken bis zur Mitte der Brust. Er grinste, und er war mit einer Axt und einem kleinen Messer bewaffnet. Helga sah, daß seine Augen, die an das helle Mondlicht draußen gewöhnt waren, seine Umgebung noch nicht ausmachen konnten, und sie trat ins Dunkle zurück und setzte Unn wieder in die Bettnische. Doch es blieb bei einem kurzen Zögern. Im nächsten Moment packte er Johannas Arm und drehte ihn ihr auf den Rücken, und es gab ein leises deutliches Krachen. Johanna schnappte überrascht nach Luft und stand so still wie ein Fels. »Nun, mein Mädchen«, sagte Ofeig, »es würde mir nicht schlecht gefallen, ihn noch einmal zu brechen oder, in der Tat, den anderen zu brechen, doch ich bin ein hungriger Bursche, und mich verlangt nach einem bißchen von dem guten, weichen Ketilshofkäse, mit dem ich mir vor vielen Jahren immer den Bauch gefüllt habe. Also will ich hier bei dir stehenbleiben, und die anderen werden mir bringen, was sie können.«

Helga trat ein paar Schritte vor, und aus dem Augenwinkel sah sie Oddny und Gunnhild in Johannas Bettnische verschwinden. Sie wußte nicht, ob Ofeig es sah, und so sagte sie: »Ofeig, es ist erst der Anfang des Sommers, und die Käse, die wir haben, sind alt und hart, aber ich werde dir ein Eßbrett herrichten.«

»Du kannst darauf tun, was du willst, solange es viel und gut ist. Ich will keinen Abfall, wie angenagte Knochen oder Innereien, und wenn du mir so etwas gibst, werde ich es dieser Kleinen hier in den Hals stecken, denn sie ist in der Tat jetzt in meiner Gewalt, und alles, was mir mißfällt, wird ihr Unbehagen verursachen.« Er riß an Johannas Arm, und sie schnappte wieder nach Luft, aber sie schrie nicht auf. Da drehte Ofeig sie um, damit er sie ansehen konnte. »Bist du eine Magd, oder was? Sag mir deinen Namen.«

»Johanna Gunnarsdottir.« Ihre Stimme war fest und kühl, doch Helgas hatte gezittert, als sie sprach. Helga hob ein Eßbrett vom Boden auf, wo es hingefallen war, als der Tisch zerbarst, und sie lief umher und suchte alles, was es an Eßbarem gab. Johanna sagte: »Meine Helga, es gibt nahrhaftes gedörrtes Seehundfleisch in dieser Truhe dort«, als sprächen sie von ihrem Abendfleisch. Helga hob mit zitternden Fingern den Deckel der Truhe und raffte fast das ganze Fleisch auf das Eßbrett. Dann schnitt sie einige Käsestücke ab und hielt Ofeig das Eßbrett hin, der sagte: »Bleib da stehen und halt es fest, während ich esse. Jetzt wo ich die Kleine hier gefangen habe, denke ich nicht daran, sie loszulassen.« Und er riß wieder an ihrem Arm. Und Johanna sagte: »Wenn du Ofeig Thorkelsson bist, dann sagen die Leute, daß du der Teufel selbst bist, und dann sind Gebete unsere einzige Hoffnung.« Und sie fing mit fester Stimme an zu beten: »Gegrüßest seist du Maria, Mutter Gottes.« Er riß wieder an ihrem Arm, noch stärker, und sagte: »Mir gefällt diese Beterei wenig«, doch Johanna fuhr fort »Gebenedeit bist du unter den Weibern...« bis Helga selbst Johanna die Hand auf den Mund legte und sie daran hinderte. Ofeig sagte: »Der Teufel ist ein mächtiger Bursche, habe ich gehört, und er geht nicht von Hof zu Hof wie ich und begnügt sich mit ein wenig von diesem und jenem. Ich werde euch etwas sagen, die Grönländer sind eine geizige Bande, und ich hasse sie so wie der Teufel. Es ist in der Tat eine arme Gegend der Erde, wo wir leben, bitterkalt und öde, und der Wind beißt einem ins Fleisch wie ein Hund. Gib mir noch was von dem da.« Und Helga nahm das Eßbrett und schaute sich nach anderen Dingen um, die sie ihm vorsetzen konnte. Johanna sagte so kühl wie zuvor: »Im Lagerraum nebenan gibt es Sauermilch, ein großes Faß voll, und etwas gesalzenen Speck und auch etwas Svid.« Er riß wieder an ihrem Arm, doch diesmal war sie darauf vorbereitet und gab gar keinen Laut von sich. Er fuhr fort: »Und ich sage euch noch etwas: Ich hasse diese Gunnarshofleute. Ich habe gehört, daß sie den einen verbrannt haben, den, der immer gestarrt hat und uns überallhin gefolgt ist. Das hat mich wahrhaftig gefreut. Doch du mußt seine Schwester sein. Ich sehe etwas von diesem starren Blick an dir, jetzt, wo ich etwas gegessen habe und mich umschauen kann. Warum zündet ihr keine Lampe hier an? Ich möchte gern sehen, was es hier gibt. Wahrhaftig, ich hasse diesen Hof. Ich hasse jeden Ort, an dem ich je in diesem gottverdammten Land gewesen bin, das schwöre ich.«

Helga sagte: »Ich habe keinen Feuerstein. An diesen langen Tagen zünden wir die Lampen nicht an.« Sie befühlte den Feuerstein in ihrer Tasche und betete, daß Unn hinter ihr keinen Laut von sich geben würde. Es schien ihr, als wäre die Dunkelheit ihre einzige Rettung und als müsse sie ihre Schwester opfern, um ihre Töchter zu retten, und ihr Herz wurde schwer, so daß sie sich kaum auf den Beinen halten konnte. Johanna schien zwei Menschen für sie zu sein – dieses verlorene, blasse Geschöpf, das regungslos im fließenden Mondlicht stand, und auch die sonnenbeschienene Gestalt mit ruhiger Miene und sicherem Schritt, die sie den ganzen Morgen im Haus hatte ein- und ausgehen sehen. Und so kam es, daß sie von ganzem Herzen den Verdruß bereute, den sie im Winter und im Frühjahr empfunden hatte, und sie erkannte, daß Johanna, was immer ihr an Weichheit fehlen mochte, dafür ein doppeltes Maß an Güte und Barmherzigkeit besaß. Nun sagte Johanna mit ihrer klaren, festen Stimme: »Bist du fertig mit dem Essen, Ofeig Thorkelsson? Denn ich erinnere mich in der Tat an noch etwas, das dir schmecken könnte, und das sind getrocknete Kapelane mit einigen Stücken gesäuerter Butter.«

»Jetzt weiß ich, daß diese Kleine hier es mir wirklich recht machen will. Es scheint mir, als hätte ich einen solchen Hunger, daß ich euch von eurem Hofe fressen könnte, und es ist schon ganz schön lange her, daß ich so geschmaust habe.«

Und Johanna sagte zu Helga: »Hinten im Lagerraum. Du

kannst mit den Händen fühlen, wo die Butter und das gedörrte Seehundfleisch sind. Und da sind auch noch andere Sachen. Etwas gedörrtes Rentierfleisch und etwas Hammel und ein Käselaib.« Und Helga ging hinaus, zitternd, und tastete mit ungeschickten Fingern in dem dunklen Lagerraum herum und kam mit dem zurück, was sie gefunden hatte, und dann stand sie wieder neben Ofeig und hielt das Eßbrett, während er davon aß. Nun setzte er sich auf die Bank, mit Johanna auf dem Schoß, den Arm hatte er ihr immer noch auf den Rücken gedreht, und er ließ zwei mächtige Rülpser los, und dann fing er an, seine Hand auf Johannas Bauch und Brüste zu legen, und Helga sah, wie ihre Schwester die Augen zumachte und die Lippen im Gebet bewegte. Helga sagte: »Du hast eine Menge gewürzter Speisen gegessen, Ofeig Thorkelsson. Hast du nicht auch Durst?«

»Bring mir die Milch von heute, denn ich bin ziemlich durstig, jetzt wo du es sagst.«

Da öffnete Helga die Haustür und langte nach dem Bottich mit Schafsmilch vom Abendmelken, denn es war so, daß alle von des Tages Arbeit so erschöpft gewesen waren, daß man die Bottiche nicht zur Milchstube getragen hatte, und sie brachte ihn ins Haus und schöpfte zwei Becher voll für Ofeig. Er nahm die Hand von Johannas Brust und trank die Becher aus, und dann noch zwei, und dann ließ er noch einen Rülpser los und legte sich die Hand auf den Bauch. Und es schien Helga, als hätte er eine ungeheure Menge gegessen, mehr als drei Männer zusammen. Und da kam ein Wimmern von Unn, ein Wimmern von einem Schrei gefolgt, und Helga trat jäh zurück und legte die Hand in die Bettnische. Ofeig stand langsam auf, Johanna immer noch neben sich, und er machte den Mund auf, um zu sprechen, doch plötzlich umklammerte er seinen Bauch mit beiden Händen und krümmte sich auf der Bank. Er stieß ein Stöhnen aus, und jetzt fing er an, alles Essen zu erbrechen, mit dem er sich vollgestopft hatte, und es spritzte überallhin, über Johanna und den zerbrochenen Tisch und den Boden und ein wenig auf den Saum von Helgas Kleid, und Johanna, die den Arm frei hatte, sprang zur Seite und packte die Axt und das Messer, welche er hingelegt hatte, um zu essen und sie zu betatschen. Und sie sagte: »Ofeig Thorkelsson, du bist wahrhaftig der

Teufel, und das zeigt sich in deinem Haß und deiner Völlerei, und nun bist du niedergeschmettert, durch die Gnade Gottes und die Fürbitte unserer Gebete.«

Und nun wälzte sich Ofeig vor Schmerzen, die ein großes Essen nach langem Fasten bringt, wovor jeder Grönländer sich hütet, und die Mägde kamen aus den Bettnischen heraus, in denen sie sich versteckt hatten, und fingen an, mit Eßbrettern und anderen Gegenständen auf Ofeig einzuschlagen, auf seinen Kopf und die Schultern. Johanna erhob sogar die Axt, doch er hatte in der Tat mehr Kraft, als sie angenommen hatten, denn plötzlich hievte er sich auf die Beine und stürzte aus der Tür, und das Letzte, was sie von ihm sahen, war, wie er im Mondlicht davonrannte.

Durch das zerbrochene Dach sah Helga, daß sich der Himmel in der Morgendämmerung erhellte. Sie setzte sich auf die Bank und schaute die anderen an, die um sie versammelt waren. Gunnhild saß auf Oddnys Schoß, und Unn saß auf Thordis' Schoß, und Johanna saß da mit einem Lächeln im Gesicht, und ihr Arm hing ihr schlaff an der Seite herunter, und Helga sagte: »Dein Arm muß dir ziemlich viel Schmerzen bereiten, denn ich fürchte, daß dieser Dämon ihn dir gebrochen hat.«

»Nach dem Morgenfleisch werden wir nach Gunnarshof hinübergehen, und Margret Asgeirsdottir wird ihn mir richten.« Und das war alles, was sie darüber zu sagen hatte. Und Ofeig wurde nicht mehr in diesem Bezirk gesehen, obwohl Helga jede Nacht nach ihm Ausschau hielt, bis Jon Andres und die anderen Männer zurückkamen. Doch Johanna tat das nicht und ging jeden Abend in Treu und Glauben zu Bett.

Nun begab es sich, daß das Ende des siebten Tages kam, und Jon Andres kehrte nicht zurück, und das Ende des achten Tages kam, und auch Gunnar Asgeirsson blieb fort, obwohl alle Knechte nach Gunnarshof zurückkehrten, und so kam es, daß am neunten Tag, als Jon Andres schließlich sehr schmutzig und ermüdet von der Jagd heimkehrte, Helga die Geschichte, welche sie aus ihrem Abenteuer mit Ofeig hatte machen wollen, im Halse steckenblieb, und der Wunsch, den sie verspürt hatte, erst darüber zu sprechen und dann von anderen Dingen, die ihrem Herzen näher lagen, blieb unerfüllt, und das Schweigen zwischen ihr und ihrem Mann dauerte unverändert an. Jon Andres bekam die Geschichte von Oddny zu hören und fragte Johanna darüber aus. Er war sehr beunruhigt, doch Helga erwähnte die Sache nicht, obwohl er ihr mehr als einmal die Gelegenheit dazu gab. Dann schwor er sich, nicht mit Helga darüber zu sprechen, wenn sie von sich aus nichts zu ihm sagen wollte, und so blieben die Dinge zwischen ihnen für den Rest des Sommers, und Margrets Verbot wurde erfüllt, und Helga hatte nichts mit ihrem Ehemann zu tun, was ihr Leben in Gefahr bringen konnte. Im Sommer zog Johanna zurück nach Gunnarshof, und Helga war sehr bedrückt, sie gehen zu sehen, und sie sah in Johanna ihre enge Freundin, obwohl die beiden Frauen niemals darüber sprachen.

Auf Gunnarshof fand Johanna alles weitgehend so vor, wie es seit vielen Jahren gewesen war; es war, so schien es ihr nun, sehr ältlich. Auf Ketilshof hatte sie eine Zuneigung zu Gunnhild und Unn entwickelt, die sie zuvor nicht empfunden hatte. Es schien ihr, daß Kinder an einen wachsen müssen, daß ein bißchen Zusammensein mit ihnen mehr als genug sei, doch ständiges Zusammensein mit ihnen weniger als genug. Sie war etwa vierundzwanzig Winter alt, für ein Gunnarshofmädchen nicht so weit über das Heiratsalter hinaus, und es kam ihr in den Sinn, daß ihr Vater sie dieses Jahr zum Thing mitnehmen oder allein gehen könnte, um einen Ehemann für sie zu suchen, doch als sie darüber nachdachte, da war es nicht irgendein Ehemann oder irgendein Haushalt, für den sie dieses bißchen Sehnsucht empfand, sondern das, was es auf Ketilshof gab, und so verhielt sie sich still. Gunnar und Margret waren freundlich zu ihr, und ihre Schritte im Haus und ihr Innehalten, wenn sie die Arbeit der beiden betrachtete, die eine an ihrem Webstuhl und der andere über seinem Pergament, waren erfrischend und hatten ihnen lange gefehlt. Gunnar erkannte, daß sie sein Lieblingskind war, so ungetrübt für ihn und so rein wie das Wasser kleiner Seen hoch oben in den Bergen, und es schien ihm auch seit ihrem Sieg über Ofeig, daß sie ihn überleben müßte, wofür er eine schlichte Dankbarkeit verspürte.

Bei der Seehundjagd im Frühjahr hatten Gunnar und Jon Andres vielen Männern zugehört, vielen Klagen über die Abwesenheit von Kollgrim Gunnarsson, die über die Lippen von Männern kamen, welche selbst einige hölzerne Kleinigkeiten auf den Scheiterhaufen geworfen hatten, welcher ihn verbrannte. Gunnar und Jon Andres hatten genickt, hatten ab und zu daran erinnert, daß Kollgrim einmal zweiundvierzig Seehunde an einem Nachmittag erlegt habe, daß er in seinem Boot so schnell und geschickt wie ein Skraelinger gerudert sei, wie er das Leben von Hrafnkel Snaefelsson gerettet habe, als sein Boot kenterte, und dieser kaum nasse Füße bekommen habe. In der Tat hatten sie in Hrafnkel selbst einen Verbündeten, ein ziemlicher Angeber, der immer bereit war, die Geschichte von seinem beinah geschehenen Ertrinken zu erzählen, wie er sich ganz plötzlich verloren und dann gerettet gefühlt habe, durch Kollgrims Arm »wie ein Dachbalken, so groß und hart, um meine Arme und meine Brust«. Wenn die Isländer in der Nähe waren, legte sich ein Schweigen über die Grönländer, ein Schweigen, in dem die fröhlichen Laute von Bjorn Bollason und seinen Söhnen wie Glocken klangen. Die Seehundjagd war nicht so erfolgreich gewesen wie einige zuvor und auch nicht so mager wie einige andere. Kein Boot war verlorengegangen und kein Mann getötet worden. Danach kam das Thing und dann das Ende des Sommers, und die Leute verrichteten ihre Arbeit wie immer in Grönland, und es schien, daß sie sie immer tun würden.

Eines Tages, kurz nach dem folgenden Julfest, stieg Snorri Torfason aus der Bettnische, in der er die meiste Zeit der letzten vier Jahre verbracht hatte, und er sagte, daß er seine Höfe in Island gern wiedersehen würde, und nachdem er das gesagt hatte, wurde er zu einem Dämon an Tatkraft. An demselben Tag nahm er einige seiner Männer und fuhr auf Skiern nach Gardar, wo ihr Schiff auf Rollen heraufgezogen war, und zog die Deckplanen herunter, die man darüber gebreitet hatte, und begutachtete die Schäden, die ausgebessert werden mußten. Es gab einige eingedrückte Latten und ein paar faule Stellen entlang des Kiels, und die Stufen zum Mast waren zersplittert. Als Snorri nicht wirklich nach Island zurückkehren wollte, war das Ausbessern dieser Dinge zu mühsam erschienen, nun war das anscheinend unwichtig. Snorri ging schnurstracks zu Sira Eindridi und fragte ihn noch an dem Abend darüber aus, wo er sich für die Instandsetzung seines Schiffes umsehen könne. Anschließend fuhren die Isländer auf Skiern herum und tauschten soviel Holz, wie sie benötigten, und Seehundtran, der nicht so gut wie Pech ist, um damit die Außenwand eines Schiffes einzuschmieren, der jedoch genügen muß, wenn man kein Pech bekommen kann. Kurz gesagt war die Geschichte so, daß die Isländer nach dem Fest des St. Erik, sobald das Eis gebrochen und aus dem Einarsfjord getrieben war, mit Sigrid Bjornsdottir und Bolli Bjornsson verschwanden. Und einen Tag nach dieser Abreise gingen Gunnar Asgeirsson und Jon Andres Erlendsson in den Bezirken Vatna Hverfi und Hvalseyfjord herum und riefen Zeugen, die anhören sollten, daß die beiden auf dem Thing die Klage gegen Bjorn Bollason, den Gesetzessprecher, vorbringen würden, den vorzeitigen Tod von Kollgrim Gunnarsson verursacht zu haben. Und die meisten Grönländer, die auch nur ein ganz klein wenig vom Gesetz verstanden, sagten, daß sie niemals von einer solchen Klage gegen den Gesetzessprecher persönlich gehört hätten, doch in der Tat dürfen die Leute jede Klage vorbringen, die sie wollen, wenn sie die Richter dazu bringen, sie anzuhören.

Bjorn Bollason wußte nicht so recht, was er dagegen tun sollte. Er ging zu seinen Freunden im Bezirk Brattahlid und zu Sira Eindridi und sprach mit allen darüber, doch sie sagten, er sei der Gesetzessprecher und daher lägen ihm die Gesetze auf der Zunge, und er müsse seine eigene Verteidigung abfassen, was in der Tat nicht so schwierig zu sein schien. Und Gunnar Asgeirsson hatte nie in seinem Leben eine Klage auf dem Thing gewonnen, und Jon Andres war kein klagebesessener Mann, hatte sich nur einmal selbst verteidigen müssen und niemals eine Klage vorgebracht. Dennoch war der Gesetzessprecher beunruhigt und erschreckt, denn die Isländer waren fort, und er erkannte, daß jene Freunde unter den Grönländern, die er einst gehabt hatte, etwas zurückhaltender waren als in seiner Erinnerung, und er bedauerte, daß er seine Stellung in den letzten Jahren nicht eifriger gepflegt hatte. Nachdem er in Brattahlid gewesen war, ging er nach Dyrnes und sprach dort mit den Leuten, doch Hoskuld, sein Ziehvater, war im Jahr zuvor gestorben, und Hoskulds leibliche Söhne, welche mächtige Männer waren, soweit man das von Dyrnesleuten sagen kann, waren auch ein wenig zurückhaltend, da sie, wie sie sagten, eigene Probleme hätten. Bjorn Bollason erkannte, daß sie in der Tat in einem gewissen Sinne seine Feinde waren, denn obwohl sie aufgrund ihrer langen Bekanntschaft nicht die Hand gegen ihn erheben würden, so würden sie die Hand doch auch nicht für ihn erheben, denn Hoskuld hatte in der Vergangenheit vielleicht zu oft die Hand erhoben, um Bjorn Bollason zu helfen, auf Kosten der eigenen Söhne. Um das zu wissen, mußte man ihnen nur beim Abendfleisch gegenübersitzen und beobachten, wie sie aus der Tür starrten oder durch den Raum, wann immer Bjorn Bollason ihnen ins Gesicht schaute. Und so kam er nach Solarfell zurück, was im übrigen nicht wirklich in einem bestimmten Bezirk lag, sondern abseits gelegen war, und er war ziemlich niedergeschlagen.

Nun kam das Thing, und es war stark besucht, denn ein jeder aus den umliegenden Bezirken wollte sehen, wie diese Männer ihre Sache machen würden. Alle dachten gut von Gunnar Asgeirsson, doch meinten sie, er habe immer ziemliches Pech gehabt. Bjorn Bollason hielt man für den geringeren Mann mit dem größeren Glück, und es hieß, daß solche Unterscheidungen zwischen den beiden wohl niemals gemacht worden wären, wenn diese Klage nicht aufgetaucht wäre, denn in solchen Auseinandersetzungen geschieht es, daß der Wert der Männer von ihren Nachbarn gemessen wird. Und darum plaudern die Grönländer immerzu über die Sorgen der anderen, denn es liegt in der Natur der Menschen, sich selbst und den Herrn zu befragen, wie jeder Mensch zu beurteilen sei. Und wenn es so wenige Männer und Frauen gibt wie in Grönland, dann wird jeder einzelne häufiger gesehen, doch der Reichtum an Meinungen ist so vielfältig, daß kein Mensch im ganzen gesehen wird oder, in der Tat, so wie er es wünscht.

Jon Andres Erlendsson stellte sein Zelt, das sehr kostbar war, genau in der Mitte des Thingfeldes auf, und um sein Zelt standen in einem großen Kreis zwölf weitere Zelte, größere und kleinere, aus den Bezirken Vatna Hverfi und Hvalseyfjord. Zelte aus den anderen Bezirken waren ringsherum verstreut, so daß die Männer an diesen vorbeigehen mußten, um zu den anderen zu gelangen. Die Türklappen dieser Zelte waren immer geöffnet, und Männer und Jungen, von denen einige noch nicht oft oder noch gar nicht auf dem Thing gewesen waren, trieben sich ständig dort herum.

Und wenn sie nicht viel Verpflegung dabei hatten, dann gab es bei Jon Andres etwas zu essen für sie, so wie Bjorn Bollason in den Anfangstagen, als er gerade Gesetzessprecher geworden war, immer alle bewirtet hatte, die vorbeikamen. Gunnar Asgeirsson baute sein Zelt an der üblichen Stelle auf, ein kleines Stück oberhalb des Thingfeldes, und er hatte überhaupt nichts zu sagen.

Nun begann Bjorn Bollason am ersten Morgen des Thing, die Gesetze vorzutragen, und das dauerte fast bis zum Ende des Tages, mit einigen Wiederholungen und Verwechslungen, doch in der Tat waren nur recht wenige ältere Leute imstande, ein oder zwei davon zu berichtigen. Sechs Klagen waren zu entscheiden, einschließlich der Klage gegen Bjorn Bollason, und es waren die folgenden: Ein Mann in Herjolfnes beanspruchte Treibgutrechte über etwas Holz, das erst an seinen Strand und dann in der Nacht an den Strand seines Nachbarn getrieben war, und er hatte einen Knecht seines Nachbarn geschlagen, als der Knecht begonnen hatte, das Holz wegzuschleppen, so daß der Knecht einen Arm und eine Schulter nicht mehr gebrauchen konnte und daher von geringerem Wert für seinen Nachbarn war. Zwei Fischer, die Brüder waren, hatten gemeinsam ein Boot gebaut und sich dann zerstritten, und beide beanspruchten das Boot. Ein Mann aus Dyrnes hatte begonnen, seine Frau zu schlagen, und am Ende hatte er sie getötet, anstatt sie zu strafen. Zwei Jungen aus dem südlichen Teil von Vatna Hverfi hatten aus verschiedenen Lagerhäusern gestohlen und ungefähr sechsunddreißig ganze Käselaibe angehäuft, und anstatt sie zu essen, hatten sie sie auseinandergebrochen und im Geweihsee verfaulen lassen. Ein Mann und seine Frau aus Brattahlid beanspruchten einen Hof, der von ihrem Bruder verlassen worden war, obwohl der Bruder selbst ihn seiner Konkubine geschenkt hatte. Das waren die Fälle, die in diesem Jahr das Thing beschäftigten, und wie gewöhnlich klagten viele darüber, daß man die meisten dieser Streitigkeiten in den Haushalten oder Bezirken hätte schlichten können. In dieser Weise beklagten sich die Grönländer gewöhnlich über ihre langen Reisen und die Mühe, die es ihnen machte, ihre Zelte aufzuschlagen.

Am Nachmittag des zweiten Thingtages war Jon Andres an der Reihe, seine Klage gegen Bjorn Bollason vorzubringen, und er trat in den Kreis unter die Richter, wo die Klagen vorgebracht wurden, und seine zahlreichen Anhänger drängten sich rundherum, darunter auch Gunnar. Und es war so, daß Jon Andres in den vielen Jahren, seit er sich gegen Gunnar Asgeirsson verteidigt hatte, nichts von seiner Redegewandtheit oder seiner Anmut verloren hatte, eher hatte er eine gewisse Sicherheit im Verhalten dazugewonnen, wie sie Männer haben und Jungen nicht, und so waren wiederum, wie einst, aller Augen auf ihn geheftet. Sein Lächeln blitzte, und dann wurde sein Gesicht ganz nüchtern, und er sprach das folgende:

»Welcher Mann unter uns hat nicht einen Bruder oder einen Sohn oder einen Vetter, der tut, was ihm gefällt, ob die Leute nun seine Art mögen oder nicht? In der Tat, welcher Mann verhält sich in jedem Augenblick seines Lebens so, wie er es nach bestem Wissen müßte? Welcher Mann wird nicht von Verlangen oder Furcht zum Straucheln verleitet? Wenn er hungert, bückt er sich nicht, um ein paar Beeren zu pflücken, die am Wege wachsen, obwohl der Weg vielleicht durch des Nachbarn Feld führt? Und wenn der Priester in die Kirche seines Bezirks kommt, dann beichtet der Mann seine Sünde, und der Priester erlegt ihm die Buße auf, und die Sünde wird ihm vergeben. Wenn er sagt, daß er seine Hand nach den Beeren ausgestreckt hat, dann mögen andere Menschen seine Handlung verstehen, denn jeder Mann hat in der Tat zu seiner Zeit selbst so etwas getan, und so lernen wir durch unsere eigenen Sünden den Sünder verstehen. Denn sagt nicht der Herr Selbst, daß du den Sünder lieben mußt, obwohl du die Sünde haßt?

Nun wissen alle Menschen, daß es andere Sünden gibt, die nicht so geringfügig sind wie das Essen von ein paar Beeren. Eine davon ist, das Lamm eines anderen zu stehlen oder die Zuneigung seiner Frau, und solche Sünden müssen auch gebeichtet werden, und die Buße ist größer, doch auch für all diese Sünden gibt es Vergebung, oder nicht? Denn wenn es sie nicht gäbe, dann würden wir sicherlich alle zur Hölle verdammt und hätten keine Hoffnung auf Erlösung, und wer unter uns hier kann sagen, daß er keine Hoffnung auf die Erlösung hätte? Die Grönländer sind doch große Kämpfer? Und manchmal geschieht es, daß ein Mann im Kampf getötet wird, und die, welche ihn getötet haben, müssen ihre Sünde erkennen und büßen, aber sind sie für ihre Tat wirklich von aller Hoffnung auf Erlösung ausgeschlossen? Nun«, sagte Jon Andres, »es ist so, daß niemand die Antwort auf die Frage kennt, wem der Himmel verschlossen ist und wem nicht, denn Christus ist doch nicht zu uns gekommen, um die Schafe von den Ziegen zu trennen?« Und von all diesen Dingen sprach er in gleichmäßig ruhigem Ton, daß die Männer sich sehr anstrengten, um ihn zu hören. Alles, was er sagte, schien recht und wahr.

Nun sagte er: »Ich hatte auch einen Bruder, der nicht so war wie ich. Einst handelte ich gegen diesen Mann, als wäre er mein Feind, und ich fügte ihm eine große Verletzung zu, und jene, die ihn vor und nach der Verletzung kannten, sagen, daß er nie wieder ganz er selbst geworden sei, sondern sein Geist habe sich verwirrt, und das habe sich nach der Verletzung nie mehr geändert, und als ich diesen Mann als meinen Bruder kennenlernte, bereute ich dieses Unrecht, das ich ihm zugefügt hatte, von ganzem Herzen, um so mehr, als ich erkannte, daß er mir tief drinnen niemals wirklich vergab, obwohl er in allen Dingen wie ein Bruder zu mir war. Und so geschah es, daß ich den liebte, der einst mein Feind gewesen, und ich empfand tiefes Mitleid für ihn in seiner Geistesverwirrung, denn ich sah, daß das Leben zuviel für ihn war und daß er oftmals nicht wußte, wie er seine Schritte auf die beste Weise lenken sollte. Der unberechenbare Eigensinn war so stark in ihm, daß er jeden Rat stets ins Gegenteil verkehrte. Doch er war ein starker und nützlicher Bursche mit gewissen Begabungen, wie sie kein anderer Grönländer für sich beanspruchen kann, und dieser Mann war Kollgrim Gunnarsson von Gunnarshof im Bezirk Vatna Hverfi. Aber wer unter uns hat nicht einen Bruder oder einen Vetter oder einen Sohn, dem man scheinbar nicht helfen kann, das Richtige zu tun, und der sich immer seinen eigenen Weg durch das dichteste Unterholz suchen muß, obwohl es einen freien Weg in der Nähe gibt? Wer von uns ist nicht manchmal zornig und manchmal bitter und manchmal traurig über das Verhalten solcher Menschen?

Nun geschah es, daß mein Bruder strauchelte, und es kam dazu, daß er eine Frau begehrte, die mit einem Isländer verheiratet war, doch eine Zeitlang allein lebte. Man kann von dieser Frau sagen, daß auch sie von ungewöhnlichem und schwermütigem Wesen war, denn wenn andere lachten, dann lächelte sie vielleicht nur, und wenn andere lächelten, dann betrachtete sie vielleicht ihre Hände im Schoß, und wenn andere zuhörten, dann war sie vielleicht in ihre eigenen Gedanken versunken. War es so ungewöhnlich, daß diese beiden schwermütigen Menschen, die sich von anderen abschlossen, sich in einer Gemeinsamkeit trafen, welche für andere Menschen nicht so leicht erkennbar ist? Denn es ist auch nicht zu leugnen, daß die Wege, auf denen ein Mann und eine Frau zueinander finden, mannigfaltig und für andere Leute sogar lächerlich sind.

Jedenfalls fanden die beiden nicht für lange Zeit zueinander, denn sie wurden recht bald vom Ehemann und seinen Freunden entdeckt, und dann wurden sie getrennt, und es gab einige Trauer auf beiden Seiten. Vielleicht kann man sagen, daß die Trauer über die Trennung nicht gering war, denn sie gehörten zu diesen Menschen, die trauern. Und es geschah, daß der Ehemann eine Klage wegen Ehebruchs gegen meinen Bruder Kollgrim vorbrachte, und alle Grönländer lachten insgeheim darüber, denn wenn man jeden Mann wegen Ehebruchs vor das Thing bringen würde, dann wären wir in der Tat jeden Sommer vierzehn Tage lang hier.

Doch die Isländer erhoben eine merkwürdige Klage, die mit Bräuchen zu tun hat, von denen die Grönländer wenig wußten, obwohl natürlich alle Christenmenschen wissen, wie der Teufel in der Welt wirkt, und alle Menschen seine Macht fürchten. Und es geschah, daß mein Bruder, den niemand mit Waffen übertreffen konnte, in diesen Kreis hier gebracht wurde, in großer Geistesverwirrung und voller Schwermut und Eigensinn, und er wußte so wenig von dieser Sache, die man ihm vorwarf – also von der Hexerei –, daß er nicht wußte, wie er die Fragen beantworten sollte, die man ihm stellte, und er sagte sogar, wenn die Richter auf bestimmte Weise von diesen Dingen sprächen, dann müßten sie so sein. Hören sich diese Worte an wie die des Teufels? Kann ein Mensch so voller Tücke sein, daß er sich durch Vorspielen von Unwissenheit selbst ins Feuer liefert? Ich war selbst dort und habe zugeschaut, und was ich sah, war kein Teufel und keine Hexe und nicht einmal ein Mensch, sondern ein stummes Tier, ein zu Tode verwundeter Bär, der stolpert und blind um sich schaut und den Kopf vor Schmerzen hin- und herwirft, ohne zu wissen, was er sucht, denn er ist ja nur ein stummes Tier. Und verlangt der Herr nicht von uns, daß wir denen gnädig sind, die schwächer sind als wir? Hätten nicht die Richter, wenn schon nicht die Isländer, den Schmerz und die Verwirrung in seiner Haltung sehen und meinem Bruder gnädig sein können? Vielleicht hätten sie es können. Es schien mir damals, wie es mir jetzt auch scheint, daß sie es hätten tun können.« Hier hielt Jon Andres inne und holte tief Luft und schloß für einen Moment die Augen.

Nun fuhr er fort: »Nach den Gesetzen von Grönland, in Abwesenheit eines königlichen Stellvertreters, werden Männer geächtet und in die Wildnis geschickt, und dort können ihre Feinde sie zur Strecke bringen und ihnen soviel Schaden wie möglich zufügen. Aber es war so, daß auf diese Weise niemand meinem Bruder Schaden zufügen konnte, denn die Wildnis war sein natürliches Zuhause und Tapferkeit seine natürliche Begabung. Wessen Tisch war nicht nach den Seehund- und Rentierjagden seit der Tötung von Kollgrim Gunnarsson ein wenig leerer? Und wer kann sagen, ob diese Jagden nicht in Zukunft noch härter und weniger erfolgreich sein werden? Sie sind es in der Vergangenheit gewesen. Wer hat nicht ein Kind, das eines Tages vielleicht durch ein wenig Fleisch, wie es Kollgrim Gunnarsson beigesteuert hätte, leben oder sterben kann? Nicht ein einziges Mal hat mein Bruder mehr als ein Viertel seiner Beute als seinen Anteil genommen. Ist der Reichtum der Grönländer so groß, daß sie sich leisten können, ein Boot zu verlieren, einige Pfeile und Speere, oder einen Mann? Nein, in der Tat, die Grönländer sind wie sechs Mann in einem Viererboot, die sehen, daß die See bereits einen Fingerbreit unterm Dollbord steht, die im nächsten Moment sinken oder treiben können, abhängig von diesem Fingerbreit an Freibord.

Aber diese Männer hielten sich nicht an die Gesetze von Grönland. Wer kann wissen, an welche Gesetze sie sich hielten? Gesetze, die an anderen Orten im Norden gelten sollen, doch nur sie haben das behauptet. Wir Grönländer haben wenig Möglichkeiten, die Gesetze anderer Orte zu kennen. Dennoch wurde mein Bruder schnurstracks zu diesem Teil des Feldes da drüben gezerrt«

– er winkte mit der Hand in die Richtung, wo der Scheiterhaufen gestanden hatte – »und durch Verbrennen hingerichtet. Kein Grönländer ist je zuvor durch Verbrennen hingerichtet worden. Es scheint mir, daß jene, die Zeugen seines Todes waren, hoffen müßten, daß kein Grönländer je wieder dasselbe Schicksal erleiden muß.

Ich selbst würde mir aussuchen, zu erfrieren oder zu verhungern oder einen Schlag mit der Axt auf den Kopf zu bekommen, anstatt diesen Tod zu sterben. Aber wir wissen noch etwas anderes. Wir wissen, daß man in letzter Minute Gnade hätte zeigen können, da es so aussah, als wären die Grönländer nicht in der Lage, genügend Holz für eine Verbrennung zu sammeln. Der Mut hätte sie genau in diesem Augenblick ihres teuflischen Unterfangens verlassen können. Mein Bruder wäre dann vielleicht geächtet worden. Doch eine gewisse Person, das Ziel dieser Klage, sagte zu seinen Verbündeten: ›Tränkt ihn mit Seehundtran.‹ Und das taten sie auch, und als der Seehundtran an ihm in riesigen Flammen abgebrannt war, da war er tot.« Jon Andres schaute mit finster drohendem Blick in die Richtung des Gesetzessprechers. »Darum sage ich zu euch, daß der Gesetzessprecher selbst der Mörder meines Bruders war und für dieses Verbrechen die Ächtung und den Verlust seines Besitzes erleiden sollte, so ungewöhnlich das auch sein mag. Was wäre, wenn der Gesetzessprecher sich in der Nacht an meinen Bruder angeschlichen und ihm mit der Axt den Todesstoß versetzt hätte? Dies hier ist nichts anderes. Ein Mann kann einen anderen mit der Kraft seines Armes töten, oder er kann einen anderen mit der Kraft seiner Klugheit töten. Er kann ihn als ein einfacher Mann oder in der Verkleidung des Gesetzessprechers töten, doch der Mann, der getötet wird, ist in jedem Falle tot und wird ebenso betrauert und ist für die Menschen, die von ihm abhängen, ebenso verloren. Und nun verlange ich für Bjorn Bollason das Urteil der schweren Ächtung und der Enteignung seines Besitzes, Verbannung in die Einöde, Verlust seiner Stellung als Gesetzessprecher und jede andere Strafe, die das Selbsturteil uns zugestehen würde.« Und er hörte auf zu sprechen und schaute sich achtsam im Kreise um, sah jeden seiner Anhänger und jeden einzelnen Zuschauer und jeden einzelnen Richter und schaute zuletzt

Bjorn Bollason selbst an, und während er starrte, rührten die Leute sich nicht.

Nun schritt Bjorn Bollason in den Kreis, und er war sehr kostbar gekleidet, in mehrere Lagen von weißem Wadmal, und ein großes Siegel von St. Olaf dem Grönländer baumelte auf seiner Brust. Er trug eine Reihe von Schmuckstücken, die die Isländer ihm geschenkt hatten, und er sah stolz und beeindruckend aus. Und er schaute niemanden an, weder diejenigen, die herumstanden, noch Jon Andres oder die Richter, sondern er schaute nur einmal über den Fjord hinaus und dann einmal hoch zu den Bergen. Und dann begann er mit stolzer Stimme zu sprechen, und er sagte: »Ich, Bjorn Bollason, bin viele Sommer lang der Gesetzessprecher der Grönländer gewesen, und davor besaß Hoskuld, mein Ziehvater, große Kenntnis von den Gesetzen. Solange die Menschen sich erinnern können, ist niemals solch eine Klage vor das Thing gebracht worden, in der ein Mann, der ein Richter ist, mit der Ächtung bedroht wurde, weil er die Gesetze ausführte, die man beschlossen hatte. Dieses Verfahren ist im besten Falle unsinnig und im schlimmsten Falle gefährlich, denn auf diese Weise kann jede Entscheidung der Richter angefochten werden, wann immer und solange wie die Menschen es wünschen, und das ist alles, was ich in der Sache zu sagen habe.« Und nun wurde es Zeit für das Abendfleisch, und so zogen sich die Richter zurück, um ihre Entscheidung zu treffen, und was sie beschlossen, kam für niemanden unerwartet, auch nicht für Gunnar und Jon Andres. Die Leute sammelten sich und drängten sich um den kleinen Kreis, und der Höchste Richter nach Bjorn Bollason, ein Mann aus Brattahlid namens Bessi Hallsteinsson, verkündete, daß die Klage nicht erhoben werden könne und der Gesetzessprecher kein Verbrechen begangen habe, er hätte im Gegenteil ein Verbrechen begangen, wenn er nicht alles in seinen Kräften Stehende getan hätte, um die Strafe zu vollstrecken, die man beschlossen hatte.

Nun erhob sich ein großes Geschrei, und einige Männer drängten aus dem Kreis, wo die Richter ihre Plätze hatten, nach hinten, und andere begannen nach vorn zu drängen, von dort her, wo die Zelte aufgebaut waren, und die Leute sahen jetzt, daß die Männer aus Hvalseyfjord und Vatna Hverfi viel zahlreicher waren, als es zuvor ausgesehen hatte, und daß sie ganz plötzlich mit Äxten und Keulen und Bogen und Pfeilen bewaffnet waren. Die Männer aus Brattahlid und Dyrnes, die Bjorn Bollasons Anhänger waren, und auch Bjorn selbst und seine Söhne, rannten vom Thingfeld zu der Stelle, wo man am ersten Tag des Thing die Waffen abgelegt hatte, und sie ergriffen alles, was sie finden konnten, ob es ihnen gehörte oder nicht, und sie drehten sich um und stellten sich auf, denn die Männer aus Vatna Hverfi fielen fast sogleich über sie her.

Es erschien Gunnar Asgeirsson, als erhebe sich das Geschrei über das Urteil rings um ihn her, doch dann begriff er, daß sein eigener Mund aufgerissen war und aus seiner eigenen Kehle sich Flüche ergossen, auf die Köpfe von Bjorn Bollason und seiner handverlesenen Richter. Hätte jemand ihm gesagt, seine Haare stünden in Flammen, wäre er nicht überrascht gewesen, das zu hören, so heiß brannten Zorn und Haß in ihm. Bjorn Bollason hatte sich nicht dazu herabgelassen, die versammelten Leute anzuschauen, so stolz war er, so protzig in Weiß gekleidet, und gerade dies, dieses Drehen des Kopfes, wie er vom Eriksfjord zu den Bergen hinter sich schaute, sog all den Zorn aus Gunnar, wie Schmelzwasser, das im Frühjahr vom Gletscher fließt. Als die Vatna Hverfi-Männer hinter ihn traten, wie man es für den Fall eines solchen Urteils vorgesehen hatte, nahm Gunnar seine Axt entgegen, doch er hätte nicht sagen können, wer sie ihm gegeben hatte, denn seine Augen waren nur für Bjorn Bollason da, der sich umgedreht hatte und wankte und jetzt auf den Stapel von Waffen zulief, und Gunnar rannte hinter ihm her. In der Menge, trotz all der Leute vor ihm und hinter ihm, verlor er Bjorn Bollason nicht einen einzigen Moment aus den Augen und spürte auch nicht für den Bruchteil eines Momentes, daß sein Zorn sich verringerte. In der Tat war der Zorn, den er in einem Moment spürte, gar nichts verglichen mit dem, was er im nächsten spürte, und es war seine feste Absicht, Bjorn Bollason nicht nur zu töten, sondern ihn jeden Schmerz und jede Qual in den Knochen spüren zu lassen, die Kollgrim gespürt hatte, und auch die, die er, Gunnar Asgeirsson, in der Zeit seit dessen Tod gespürt hatte, jeden Moment von Wut und Trauer. Konnte er diesen Mann mit Schlägen bestrafen für den Anblick von Birgitta Lavransdottir, wie ihre Eingeweide durch die Wunden, die sie sich selbst beigebracht hatte, beinahe zu sehen waren, und dann für den Anblick ihres leblosen Körpers, wie er gegen einen Stein neben dem Haus gerollt war, der Vogelpfeil blutig aus ihrer Brust ragend? Könnte er dem Gesetzessprecher die Schreie und das Weinen hörbar machen, die nach seiner Rückkehr vom Thingfeld sein Haus und seine Ohren viele Tage ohne Unterlaß erfüllt hatten? Sie hatte niemanden gebraucht, der ihr die Nachricht erzählte, denn sie war ihr durch das zweite Gesicht gekommen oder durch den Körper der Mutter, die Nachricht von Kollgrims Tod, und sie hatte ihn an der Tür seines Hauses begrüßt wie eine Wahnsinnige, vor Trauer aufgelöst, verkrümmt von der Gelenkkrankheit, doch stehend, starr vor Pein, ihn zu empfangen. Da waren auch die anderen gewesen, nicht zuletzt Elisabet Thorolfsdottir, die sich die Haare vom Kopf riß, und Helga, die einfach stöhnte und ihr Kind an die Brust preßte, und Jon Andres, dieser Mann des Friedens, der kühl und Schritt für bewußten Schritt jeden Zug auf diesen Augenblick hin geplant hatte, den Augenblick der Zerschmetterung und Vernichtung Bjorn Bollasons und seiner Söhne. Mit dieser stolzen Drehung des Kopfes sah und hörte Gunnar Bjorn Bollason sagen, was er gesagt haben mußte: »Man könnte ihn in Seehundtran tränken«, und es schien ihm, daß das Feuer in seinem Inneren immer heißer brennen müßte, bis endlich Bjorn Bollason reglos auf dem Boden liegen würde, unkenntlich, in einzelne blutige Stücke gerissen.

Die Brattahlidmänner stellten sich mit erhobenen Waffen in einer gezackten Linie auf, und die Vatna Hverfi-Männer fielen mit der ganzen Wucht ihres Anlaufs über sie her, so daß einige Männer die Linie überrannten und sich hinter ihren Gegnern wiederfanden, während andere durch die Kraft des Feindes in ihrem Lauf aufgehalten wurden. Die Brattahlider waren an Zahl weit unterlegen, doch tatsächlich waren sie besser bewaffnet, denn die anderen Männer hatten einige Waffen auf dem Stapel gelassen, um den Schein zu wahren. Nun hörte man Grunzen und Schnaufen und den Aufprall von Schlägen und die Schreie der Verletzten, als die Männer nun wirklich den Kampf aufnahmen.

Zunächst blieb Bjorn Bollason zurück, irgendwie überrascht. In der Tat wußte er nicht recht, wie sich die Dinge so hatten entwikkeln können und was er dagegen tun sollte. Und sein Bauch war von dem guten Solarfeller Fleisch so dick geworden, daß ihn von dem Lauf aus dem Richterkreis zu dem Stapel von Waffen schon ziemlich schwindelte. Und dann geschah es, daß er auf die Knie gestoßen wurde und an den Kopf getreten, so daß er vornüber aufs Gesicht fiel, und das überraschte ihn so sehr, daß er gar nicht daran dachte, wie tot liegenzubleiben, sondern sich bemühte, wieder aufzustehen und sich umzudrehen, um seinen Angreifer anzuschauen, denn es überraschte ihn in der Tat, daß er, ein so beliebter und glücklicher Mann, überhaupt angegriffen wurde. Aber sobald er wieder auf den Knien war, streifte ihn ein Keulenschlag, zuerst an der Schulter und dann am Rücken, und ein brennender Schmerz durchfuhr ihn, so daß es ihm doch besser erschien, sich hinzulegen, aber immer noch versuchte er sich umzudrehen, weil er sehen wollte, wer ihn denn so heimsuchte, doch er war in der Tat nicht dazu imstande, bis eine Hand ihn am Haar packte und ihn auf den Rücken zerrte, und er sah das Gesicht von Jon Andres Erlendsson und dahinter das Gesicht von Gunnar Asgeirsson, und das war das Letzte, was er sah, denn jeder der beiden versetzte ihm jetzt einen Schlag mit der Axt auf den Kopf, und einer von diesen war der Todesstoß, obwohl man nicht genau sagen konnte, welcher von beiden, und auch das war ein Teil von Jon Andres Erlendssons Plan.

Und das war die Zahl der Todesopfer nach dieser Schlacht: außer Bjorn Bollason wurden seine beiden Söhne Sigurd und Hoskuld auf dem Felde getötet, und der dritte, Arni, wurde mit einer tödlichen Verwundung fortgetragen. Ein weiterer Mann auf der Seite der Brattahlider wurde von einem Pfeil getötet, und einem Mann aus Dyrnes wurde ein Auge ausgestochen. Von den Männern aus Vatna Hverfi wurde einer, Karl, der zweite Sohn der Witwe Ulfhild auf der Stelle getötet, und einem anderen Mann steckte eine Axt so tief im Oberschenkel, daß er zu Jul darauf starb. Es gab eine Menge Quetschungen und Schnittwunden und andere schmerzhafte Verletzungen, und viele der Kämpfer hatten nach der Schlacht ihre Mühe, wieder auf die Beine zu kommen. Das Thing wurde aufgelöst, ohne daß man weitere Klagen entschied, und die Richter gingen nach Hause auf ihre Höfe, als wären sie auf der Flucht. In der Tat ging jeder nach Hause, als wäre er auf der Flucht, denn niemand wußte, wie man wieder zu den alltäglichen Dingen zurückkehren könnte, die in diesen Ereignissen untergegangen waren.

Gunnar und Jon Andres entkamen ohne Verletzung und kehrten nach Vatna Hverfi zurück, und man stimmte allgemein überein, daß sie in dieser Sache sehr gereizt worden seien und man ihnen für das, was geschehen war, nicht allzuviel Schuld geben könnte, denn Männer müssen sich für die Verletzungen rächen, die ihnen zugefügt werden, wenn sie stark genug dafür sind. Und wenn diejenigen, an denen sie sich rächen, ihrerseits nicht stark genug sind, um von ihnen Entschädigung einzufordern, dann ist der Gerechtigkeit Genüge getan.

Nun saß Sira Pall Hallvardsson am Abend dieser Schlacht an seinem gewohnten Platz in der Kathedrale und schaute auf das gespaltene Antlitz des Herrn, das über dem Altar hing, und niemand hatte bis jetzt die Seehundtranlampen hereingebracht, und so war der Ort recht finster. Wie er so dasaß, wurde die Tür zur Halle aufgestoßen, und Sira Eindridi und Larus der Prophet eilten in großer Aufregung in die Kathedrale. Und sie blieben in der Finsternis stehen und schauten sich um, bis Sira Pall sich bemerkbar machte, und dann kam Sira Eindridi keuchend zu ihm und brachte ihm die Nachricht von der Schlacht in Brattahlid, und Sira Pall hörte schweigend zu und sagte dann ruhig: »Das ist in der Tat schlimme Kunde, und ich muß mich erheben und in meine Kammer gehen und darüber nachdenken«, und er streckte den Arm aus, damit Sira Eindridi ihn hochheben und ihm zu seinen Stöcken verhelfen konnte, aber genau in dem Augenblick stieß der alte Priester ein lautes Stöhnen aus und fiel vornüber, und Sira Eindridi hatte nicht die Kraft, ihn vor dem Fall zu bewahren, und als er fiel, schlug er mit dem Kopf auf der Bank auf. Und kurz danach entdeckte man, daß Sira Pall Hallvardsson tot war, und obwohl Sira Eindridi ihm nicht die Sterbesakramente gespendet hatte, nahm man doch an, daß er des Eingangs in den Himmel versichert sei, denn er hatte zur Zeit seines Todes gebetet. Das war die Ansicht von Larus dem Propheten. Später nannten die Leute Sira Pall ein Opfer der Brattahlid-Schlacht so wie alle anderen, denn sie sagten, sein Herz sei bei der Nachricht gebrochen, und niemand konnte beweisen, daß es nicht so war.

Eines Tages in diesem Sommer saß Gunnar auf dem schönen Hang vor dem Haus von Gunnarshof, und vor ihm ging Margret mit ihrer Spindel auf und ab. Er schaute ihr zu, wie sie die Spindel herumwirbeln und fallen ließ, während sie in die eine Richtung ging, dann schaute er ihr zu, wie sie das Garn aufwickelte, während sie in die andere Richtung ging, und es schien ihm, als schlügen ihn die Spindel und der sich dehnende Faden in einen Bann und als ließe dieser Bann ihn so sprechen, wie er nie zuvor gesprochen hatte. Er sagte: »Wie finden die Menschen den Weg aus der Leidenschaft?« Er schaute zu ihr auf, und es war, als wäre er wieder ein Kind und sie seine ältere Schwester und er hätte nur gefragt, wie man Butter macht oder woher der Herr weiß, wer gut ist und wer nicht – solche Unschuld spürte er hinter seiner Frage, nach einem langen und sündigen Leben, und Margret hielt inne und schaute zu ihm herab, und sie sagte: »Mir scheint, daß die meisten es nicht tun.« Und Gunnar wußte sofort, daß es so war, doch er sagte: »Was wird als nächstes geschehen?« Und Margret hielt wieder inne und schaute wieder zu ihm herab und sagte: »Gewiß werden wir sterben, doch vielleicht werden nicht wir es sein, die an dieser Leidenschaft sterben.«

Da sagte Gunnar: »Hast du jemals an die Reisen deines Vaters Asgeir nach England und Island gedacht? Die Menschen anderswo müssen anders leben als die Grönländer.«

»Als ich bei den Isländern lebte, sagte Snorri Torfason immer, die Grönländer sündigten in dem Stolz zu glauben, es gehe ihnen am schlechtesten, bis sie von anderen Menschen hörten, und dann sündigten sie in dem Stolz zu glauben, sie seien die Besten.«

»Als ich Bjorn Bollason den Todesstoß versetzte, schien mir dies eine Kleinigkeit, denn es war in einem Augenblick vorüber. Meine Leidenschaft raste darüber hinweg und blieb unerfüllt. Nun scheint es mir immer noch eine Kleinigkeit, eine Kleinigkeit wie ein Aststumpf, an dem sich mein Gewand verfing. Doch anstatt mich von dieser Kleinigkeit, diesem Aststumpf zu lösen, verfange ich mich durch jeden Gedanken und jede Bewegung immer mehr, so daß ich früher oder später daran erdrosselt werde.«

»Die Anhänger des Gesetzessprechers werden froh sein, das zu hören, denn das wird sie von der Bürde der Vergeltung befreien.« Und Margret ging wieder auf und ab, so nachdenklich wie zuvor, und sie ging eine Weile so weiter, und die Spindel wirbelte herum, und der Faden wurde länger, und Gunnar schaute ihr zu, wie er es zuvor getan hatte, und die Sonne schien hell auf das Hoffeld, wie sie es seit fast einem halben Jahrtausend getan hatte, seit der Zeit von Erik dem Roten und dem ersten Gunnar, der diesen Hof bewirtschaftet, als erster das Hoffeld umzäunt und es mit dem Mist seiner Kühe und Schafe und Pferde gedüngt hatte. Dann sagte er: »Meine Schwester, was ist es, das du in der Welt suchst?« Und Margret sagte: »Es schien mir immer, daß ich wie ein Stein sein wollte, und als ich eine junge Frau war, schien es mir, als müsse die Reise zum Tod so sein – eine Verhärtung, welche nach und nach das Fleisch befällt, bis der Körper in der Bettnische liegt oder in den Schnee hinausgeworfen wird, um auf das Begräbnis im Frühjahr zu warten. Nun scheint es mir, als zittere das Fleisch und würde von Jahr zu Jahr immer noch lebendiger, und als würde ich niemals erreichen, was ich suche. Ich fürchte in der Tat, daß der Tod nicht der Tod ist, sondern letzten Endes doch ewiges Leben.« Und sie ging wieder hin und her und nahm das Spinnen wieder auf, und etwas später kam Johanna zu ihnen und sagte, daß das Abendfleisch auf dem Tisch sei.

Während der Seehundjagd und dem ganzen Herbst redeten und stritten die Grönländer darüber, wer der neue Gesetzessprecher sein werde oder ob es überhaupt einen neuen Gesetzessprecher geben werde, und es war so, daß Bjorn Bollason sich nicht bemüht hatte, irgend jemanden die Gesetzessammlung zu lehren, außer vielleicht Sigurd Bjornsson, der mit seinem Vater in Brattahlid gestorben war, und das konnten sich die Leute nur mit der Vermutung erklären, daß Bjorn Bollason sich für einen solchen Glücksmenschen gehalten hatte, der niemals sterben würde wie andere Menschen. Oder vielleicht, so sagten die Leute, sei er einfach noch nicht dazu gekommen, denn es gab viele andere Dinge, die Bjorn Bollason weitaus mehr gefesselt hatten, als sich hinzusetzen und die Gesetze durchzugehen. Zerstreuungen, wie sie in Solarfell die Regel gewesen seien, als die Isländer dort lebten, müßten den Gesetzessprecher schließlich eine Menge Zeit gekostet haben. Auch konnte man von Bjorn Bollason sagen, daß er selbst die Gesetze nicht besonders gut gelernt hatte, denn zu seiner Zeit war der Gesetzesvortrag von einem Drei-Tage-Zyklus zu einem kaum noch Ein-Tages-Zyklus geschrumpft.

Und dazu sagten die Leute, was mache es schon? Die Klagen, die vor das Thing gekommen seien, entscheide man lieber in den Bezirken oder zwischen den Leuten, die die Hauptbeteiligten in den Fällen waren, und wenn man sie ab und zu mit Schlägen entscheide, wäre das so verschieden von dem, was mit Bjorn Bollason selbst geschehen sei? Der Fall war zu seinen Gunsten entschieden worden, und doch war er tot, und es gab niemanden, der seinen Tod rächte, denn die Ziehbrüder in Dyrnes hatten den ganzen Sommer lang kein Wort darüber verloren, obwohl Signy jetzt bei ihnen lebte. Zum Thing zu gehen, besonders da es in Brattahlid stattfand, bedeutete heutzutage eine erhebliche Last, wo es so wenige Männer auf jedem Hof gab, die sich weiter um die Arbeit kümmern konnten. Es habe eine Zeit gegeben, da habe das Thing sieben Tage oder länger gedauert, durch die vielen Gesetze und Klagen, doch nun habe ein Mann kaum sein Zelt aufgestellt, da müsse er es schon wieder abbauen, und so sprachen die Leute den ganzen Herbst und den ganzen Winter darüber, und nichts wurde unternommen, weder von Sira Eindridi noch von jemand anderem, um den Gesetzessprecher zu ersetzen. Obwohl niemand alle Gesetze kannte, wußte nicht jeder, im großen und ganzen, was man voneinander zu erwarten hatte? Und wenn nicht, dann könnte man Sira Eindridi zu Rate ziehen, da die Leute ohnehin nach Gardar gehen müßten. Und nun erinnerten sich einige ältere Leute an die Zeit des Bischofs und Sira Jons, als kaum jemand überhaupt zum Thing gegangen war. Solche Zeiten kommen und gehen, sagten sie. Die Menschen fänden immer einen Weg, sich selbst zu regieren. Und so ging der Winter vorbei, und der Frühling kam und mit ihm die Frühjahrsjagd, und nichts wurde entschieden, nur das Thing sollte, wenn es wieder zusammenkäme, nicht in Brattahlid, sondern in Gardar stattfinden wie zuvor, doch in diesem Jahr fand kein Thing statt, aber zu der üblichen Thingzeit tauchten ein paar Männer in Gardar auf und sprachen mit Sira Eindridi Andresson über ihre Belange, und er gab ihnen Rat und besprach sich auch mit Larus dem Propheten, der sich von Ashild und der kleinen Tota losgemacht hatte und zölibatär in Gardar lebte und die Kammer bewohnte, die Sira Audun einst für sich gehabt hatte.

Und so kam es, daß für die meisten Grönländer in dem Jahr nach der großen Schlacht auf dem Brattahlid-Thing eine Art Frieden einkehrte, denn die Jagden waren ziemlich erfolgreich und der Winter schneereich und kalt, so daß man leicht reisen konnte, und der Sommer, der recht warm und feucht war, sorgte für eine gute Heuernte auf fast allen Hoffeldern. Die Schafe kamen von der oberen Weide auf die untere Weide und die Kühe vom Feld in den Stall, und die Leute gingen vom Tisch zur Bettnische und auf das Feld, vom Haus zum Lagerhaus, vom Webstuhl in die Milchstube, vom Schneehuhnfang zum Schafeschlachten, und die Dinge hatten sich weder durch die Verbrennung von Kollgrim Gunnarsson noch durch die Tötung von Bjorn Bollason geändert.

Nur Larus dem Propheten schienen sie verändert, und zwar zum Besseren, wenn man nach einem Weg suchte, die Welt vom Bösen zu befreien und die Menschen auf die baldige Begegnung mit dem Herrn vorzubereiten. Es geschah am Tage des St. Nikolaus, daß Larus in der Kathedrale stand und an wenig anderes dachte als an seine Füße, die auf dem Steinboden langsam kalt wurden. Und genau in diesem Moment spürte er, wie die Kälte der Steine ihm durch die Füße und die Waden und Schenkel in den Rumpf hochstieg, und er wußte, daß hinter ihm eine Erscheinung war, wie sie nur er unter den Grönländern empfangen konnte, und er begann auf der Stelle zu zittern, doch er konnte sich nicht umdrehen, bis man es ihm befahl. Nun durchschauerte die Kälte ihn ganz und gar, und er hob den Blick zu dem gespaltenen Kruzifix und formte mit den Lippen: »Herr, laß mich nicht vor Dir davonrennen«, was er stets in solchen Augenblicken sagte, und dann ließ er sich auf den Steinboden fallen, wie es ebenfalls seine Gewohnheit war.

Nun trat ein bescheidener Mann nah zu ihm, und sein Gewand war aus dunklem, grob gewebtem Wadmal, und sein Gesicht war im Schatten, so daß Larus sein Antlitz nicht erkennen konnte, und der Mann sagte: »Ich bin es, Lazarus, der sich von den Toten erhoben hat und an diesem Ort vor dich tritt, und ich komme, um dir nicht Licht, sondern Finsternis zu bringen, denn wahrlich, Larus, eine Finsternis breitet sich über dieses Land, wie kein Mensch sie in der tiefsten Winternacht je kannte, selbst bei den Kühen im zugemauerten Stall. Solche Finsternis ist blendendes Licht gegenüber der Finsternis, welche ich dir bringe.« Und dieser Lazarus legte die Hand auf Larus' Stirn, und ein tiefschwarzer Strom schien in ihn zu fließen und jeden Winkel seines Daseins zu erfüllen.

Es war gleich nach dem Morgenfleisch, daß diese Dinge über Larus kamen, und danach lag er besinnungslos auf dem Boden der Kathedrale, beinahe den ganzen Tag, bis zwei Knechte, die nach ihm suchten, ihn dort fanden und näherkamen, um zu sehen, was ihn niedergestreckt hatte. Als sie sich näherten, wachte er auf und setzte sich. Er legte sich die Hände vor das Gesicht, und sein Fleisch fühlte sich wächsern und blutleer an. Er sagte zu den Männern: »Fürwahr, meine Kinder, heute habe ich mich verloren«, doch er lächelte ihnen zu, wie er es immer tat, denn sein Verhalten war stets milde und herzlich, und dafür mochten ihn die Leute, trotz seines merkwürdigen Geredes. Nun kniete er nieder und sagte: »Wir müssen beten«, und die Knechte knieten ebenfalls, und alle drei beteten nun in der gewohnten Weise eine kurze Zeit, und dann gingen die Männer weg, und Larus suchte Sira Eindridi auf, denn die Männer waren gekommen, um ihm mitzuteilen, daß Sira Eindridi auf der Pferdeweide sei und Larus zu ihm kommen solle.

Nun war es natürlich so, daß Larus, bevor er ein Prophet wurde, als Kuhhirt in Brattahlid recht bekannt für seine Kenntnisse von Tieren gewesen war, und dieses Wissen war es auch, das es ihm ermöglicht hatte, nach der Hungersnot den Dienst bei anderen Menschen aufzugeben und seinen eigenen Hof zu beanspruchen. Als er zum Propheten wurde, hatte er dieses Wissen nicht verloren, und so fand ihn Sira Eindridi auf dem Hof recht nützlich, denn er selbst besaß keine Fähigkeiten dieser Art. Tatsächlich meinte Sira Eindridi, daß er es mit Larus rundherum gut getroffen hätte. Ohne den Burschen zum Priester zu machen, hatte er ihn zu einem Verbündeten der Kirche gemacht, und solche Scheltreden, wie er sie in Sira Pall Hallvardssons berühmtem Gottesdienst gehalten hatte, waren jetzt Vergangenheit. Sira Eindridi hatte keine Angst, unterbrochen zu werden. Außerdem war es mit diesen Andachten, die Larus gewöhnlich zu Hause um seinen Tisch herum gehalten hatte, ebenfalls vorbei. Leute suchten ihn auf, doch sie kamen dafür nach Gardar, und wenn sie dort waren, dann schauten die Kathedrale und das Antlitz des Herrn und die Reliquien von St. Olaf auf sie herab, was immer sie unter vier Augen mit Larus beredeten, und ihre Gedanken konnten nicht so weit auf gefährliche Bahnen geraten. Sira Eindridi war sich dessen sicher. War es nicht so, daß heilige Orte ein unsichtbares Strahlen abgaben, welches die Gedanken der Menschen von den Eigenheiten, zu denen sie neigten, zu dem wahren Glauben zurückrief, wie ihn die Gemeinschaft der Seelen vorschrieb? Jemand hatte ihm von dieser Kraft erzählt, vielleicht Sira Pall Hallvardsson, vielleicht auch nicht. Es war jedenfalls sehr beruhigend, daß man Larus rufen konnte, damit er sich ein Pferd ansah, das lahmte, und daß Larus dann sofort herauskam und gleich wußte, daß das Pferd in einem Kampf auf der Wiese einen Tritt bekommen, aber keine Knochen gebrochen habe. Weder sogleich noch später an dem Tag erwähnte Larus, wie Lazarus zu ihm gekommen war oder welche Folgerungen man aus dieser Vision zu ziehen hatte. Es schien ihm, daß dieser Lazarus so oft zu ihm kommen würde, wie er es ertragen konnte, und daß er in der Tat ein gestrenger Herr sein würde.

Kurz danach, vor Jul, kam aus Vatna Hverfi die Kunde, daß man den Leichnam von Ofeig Thorkelsson auf einem verlassenen Hof in Alptafjord gefunden habe. Allem äußeren Anschein nach war dieser Teufel schon einige Zeit tot gewesen, vielleicht verhungert, denn sein Fleisch war ausgezehrt und mager und kaum noch das Fleisch eines Menschen zu nennen, denn es war lederig und trokken und spannte über den Knochen. Vielleicht, so sagten die Leute und erinnerten sich an seine enorme Größe, habe Satan ihm das Leben ausgesaugt und nur die Hülle eines Menschen übriggelassen. Er war tot, und es gab nichts mehr von ihm zu befürchten oder jedenfalls dann nicht, wenn man die nötigen Vorkehrungen traf. Skeggi Thorkelsson, der die Nachricht schickte, bat Sira Eindridi Andresson oder Sira Andres Eindridason ehrerbietig darum, die Reise nach Hesturhof zu unternehmen und die notwendigen Riten zu vollziehen, damit der Geist und seine möglichen Opfer auf dem

Hof und im Bezirk des Friedens versichert seien. Und nach dem Epiphaniasfest fuhr Sira Andres mit einigen Knechten auf Skiern hinaus und kam nach Hesturhof.

Sira Andres war ein gutaussehender junger Mann, groß und blond, mit lebhafter Miene, und er war sich seiner Wirkung auf junge Mädchen durchaus bewußt, da sie es stets vorzogen, ihre Beichten bei ihm abzulegen, mit ihm zu sprechen, ein kleines Stück des Weges mit ihm zu gehen, ihn sogar am Ärmel zu berühren. Einige Leute lachten und sagten, er sei ein Priester der alten Schule, wie Sira Nikolaus, dessen »Frau« sechzig oder hundert Winter mit ihm bei der Undir Hofdi-Kirche gelebt hätte und der er über die Jahre nicht gleichbleibend treu gewesen sei. Doch auch solche Priester haben ihren Nutzen, und so waren die Leute der Meinung, daß Sira Andres mit seiner Art, die nicht dem strengen Glauben entsprach, keinen besonderen Schaden anrichte.

Obwohl Thorkel Gellison ein sehr alter Mann war, von der Gelenkkrankheit arg gekrümmt und vollkommen taub und die meiste Zeit an seine Bettnische gebunden, war Hesturhof immer noch ein bedeutender Hof, groß genug, daß Skeggi, Ingolf und Ogmund, Thorkels Söhne, gemeinsam mit ihren Frauen und Kindern dort leben konnten, und unter diesen Kindern war eine Reihe von Töchtern, so daß Sira Andres sich am Ziel seiner Reise recht wohl fühlte. Man hatte ihn herzlich und festlich empfangen und viel gegessen und geredet, und am Morgen nach seiner Ankunft stand Skeggi Thorkelsson auf und weckte Sira Andres und sagte: »Nun, Priester, mußt du deines Amtes walten und diesen Mann beerdigen, aber du mußt ihn in der Tat so beerdigen, daß er nicht wieder aufsteht, denn wenn je ein Mensch nach dem Tode umgehen sollte, dann ist unser Bruder Ofeig so ein Mensch.«

Der geschrumpfte Körper von Ofeig war in Wadmal gewickelt und in einem leeren Lagerhaus aufbewahrt worden, und da der Boden gefroren war, hatte man beschlossen, ihn in ein Hügelgrab zu legen, anstatt ihn für ein Frühjahrsbegräbnis aufzubewahren, und dieses Hügelgrab war zum größten Teil schon gebaut. Sira Andres mußte nur noch die passenden Formeln sprechen, und dann würde man den Leichnam in das Hügelgrab legen und dieses mit besonders schweren Steinen vollenden, damit selbst Ofeig nicht imstande wäre, sie wegzuschieben. Nun legte Sira Andres seine Amtskleidung an, Chorrock und Meßgewand und die anderen Gewänder, und er ging hinaus und hielt mit finsterer Miene die gewohnten Begräbnisriten. Als er geendet hatte, schaute er in die Runde und wartete, daß die Leute mit der Vollendung des Hügelgrabs beginnen würden, doch alle, die da versammelt waren, schauten ihn an. Skeggi nickte, als wolle er ihn ermuntern, noch etwas zu sagen, und Sira Andres erkannte, daß man etwas Besonderes von ihm erwartete, doch er wußte in der Tat nicht, was das sein konnte. Er lächelte sein lebhaftes Lächeln, und Skeggi schaute ihn an und runzelte die Stirn, und nach einem Moment sagte er: »Wirst du nicht auch den bösen Geist bannen? Wir haben große Angst davor, daß die Seele unseres Bruders Ofeig die Erde nicht verlassen und die Menschen auf dem Hof quälen wird. Du mußt die Worte sagen, die das verhindern werden.« Sira Andres lächelte weiter, denn er wußte in der Tat nicht, was er sonst tun sollte. Nun wandte sich Skeggi an Ingolf und sagte ziemlich leise: »Es scheint mir, daß der Junge nicht weiß, was er sagen soll, und daß dieser Besuch vergeblich ist.« Und Ingolf beugte sich zu ihm und flüsterte etwas, und dann ging er zum Haus.

Nun standen die Leute um das Hügelgrab herum und warteten, und Sira Andres begann, sich ein wenig unwohl zu fühlen. Nach kurzer Zeit kam Ingolf mit einer alten Frau am Arm zurück, und er führte sie, denn sie war blind und krumm, und als er sie in den Kreis brachte, sagte er zu Sira Andres: »Dies ist unsere Base, die Base unserer Mutter, und sie heißt Borghild, und ihre Stimme ist alt und heiser, doch wenn du genau zuhörst, wirst du die Worte vernehmen, welche du sprechen mußt, und wenn du sie nachsprichst, dann wird die Tat vollbracht sein.« Und diese Borghild trat ganz nah zu Sira Andres, und seine Nase verzog sich, denn sie war in der Tat sehr alt und unsauber. Sie schnaufte beim Sprechen, und Sira Andres hörte zu, so gut er konnte, und sprach ihr nach: »Herr, erhöre unsere Bitte in dieser Angelegenheit. Wir übergeben Deiner Obhut unseren Sohn Ofeig, der oft in seinem Leben gesündigt hat. Seine Verbrechen sind ohne Zahl, und er hat sich den Günstlingen des Teufels zur Heimstatt gemacht. Wir bitten Dich, ihn nun und für immer von uns zu nehmen, und behüte uns davor, daß er unter uns wandelt, denn wir sind Deine treuen Diener. Und dies erbitten wir von Dir: Lege Du die Erde auf ihn und die Steine der Erde und die Wasser der Erde und all dies in so großer Menge, daß nur Du in Deiner unendlichen Weisheit ihn finden kannst.« Und so sprach Sira Andres all diese Dinge. Nun reichte Skeggi dem Priester eine Handvoll Erde, und Sira Andres warf sie auf den Leichnam, dann reichte Skeggi ihm einen Stein, und Sira Andres warf diesen auf den Leichnam, und nun reichte ihm Skeggi eine Schöpfkelle voll Wasser, und Sira Andres goß dieses auf den Leichnam, und dann schlugen alle das Kreuzzeichen, und die Thorkelssons begannen, die Steine auf den Leichnam zu häufen, und die anderen wandten sich ab und gingen zum Haus zurück.

Sira Andres machte sich danach nicht mehr viel Gedanken über diese Zeremonie, und er blieb noch zwei Nächte und empfand die Thorkelssons als eine sehr angenehme Gesellschaft und willigte ein, irgendwann in der Fastenzeit, auf seiner Reise zu den südlichen Gemeinden, in kirchlichen Angelegenheiten wiederzukommen. Doch als er nach Gardar zurückkam, begab es sich, daß er mit seinem Vater und Larus dem Propheten beim Abendfleisch saß, und es kam ihm in den Sinn, ihnen zur Unterhaltung zu erzählen, was die alte Frau ihm gesagt hatte und was er mit der Erde getan hatte und mit dem Stein und dem Wasser. Und Sira Eindridi sagte wenig und aß nur weiter sein Fleisch, doch Larus der Prophet schaute plötzlich auf und sah dann weg, und nach einigen Augenblicken bat er Sira Andres zu wiederholen, was er gesagt hatte, Wort für Wort, und Sira Andres tat es. Danach schwieg Larus und sagte den ganzen Abend lang nichts mehr.

Einige Zeit danach, im Laufe des Frühjahrs, geschah im Süden von Vatna Hverfi noch etwas anderes, das Larus zu Ohren kam, und das war folgendes. Eine Kuh, die auf Hesturhof vom Hesturhofbullen gedeckt und dann ihrem Besitzer zurückgegeben worden war, hatte ein Kalb geboren, das fünf Beine hatte und, in der Tat, einen Teil eines zweiten Kopfes, welcher aus dem ersten wuchs. Und dieses Kalb lebte einige Tage, wohl wie ein normales Kalb, bis der Bauer zu glauben begann, daß es ihm Unglück bringen würde, und so schlachtete er es. Doch in der Tat brachte die Geburt dieses unheimlichen Tieres der Kuh Unglück, denn sie wurde krank und starb nicht lange, nachdem das Kalb geschlachtet war, und der Bauer war ziemlich verärgert darüber, daß er beide Tiere verloren hatte, denn die Kuh war eine seiner besten Milchkühe gewesen, und nun begannen die Leute darüber zu schwätzen, ob ihre eigenen Kühe vielleicht das gleiche Schicksal erleiden würden, wenn man sie vom Hesturhofbullen decken ließe, der ein feiner Bulle war, doch eben erst die Reife erreicht und noch nicht viele Kälber außer diesem einen gezeugt hatte. Man könnte zum Ketilshofbullen gehen oder zu einem der anderen Bullen in Vatna Hverfi, oder man könnte seine Kühe in der Tat auch mit einem Boot nach Gardar bringen und mit den Gardarbullen paaren lassen, die die besten in Grönland waren. Das Gerede machte die Runde, und als die Paarungszeit kam, konnten die Männer sich nicht entscheiden, was sie tun sollten. Die Thorkelssons machten eine Menge Witze über den Bullen, zum Beispiel daß er in seinem ersten Jahr eineinhalb Kälber pro Kuh gezeugt habe, also würde jede Kuh diesmal zwei Kälber werfen, und jeder Bauer würde noch reicher sein, und dann verstummte das Gerede, und alle Bauern trafen ihre eigene Entscheidung darüber, mit welchen Bullen sie ihre Kühe paaren wollten.

Etwa zu dieser Zeit fand man Larus wieder besinnungslos auf, dieses Mal auf dem Rasen vor der Kathedrale, und als er das Bewußtsein wiedererlangt hatte, da sprach er endlich unter vier Augen zu Sira Eindridi von diesem Heiligen, Lazarus, der zu ihm komme und zu ihm spreche und ihn, wie er sagte, mit der Finsternis der Sünde erfülle, die unter den Grönländern herrsche, und bis tief in die Nacht redeten Sira Eindridi und Larus ausführlich über diese Kälbergeschichte in Vatna Hverfi und über die mögliche Bedeutung dieser Zeichen, und am Morgen riefen sie Sira Andres wieder zu sich und fragten ihn nach den Worten, die die alte Frau ihm gesagt hatte und was er mit der Erde und dem Stein und dem Wasser und dem Leichnam von Ofeig Thorkelsson getan habe. Und die beiden, Sira Eindridi und Larus der Prophet, entschieden, der Heilige Lazarus leite sie zu der Erkenntnis, daß diese Frau Borghild Finnkelsdottir eine Hexe sei, denn es heiße, sie sei die Amme des Ofeig Thorkelsson gewesen und habe diese alten Formeln gesprochen, ohne zu stocken, und die Hesturhofleute seien mit den Gunnarshofleuten verschwägert, welche den bekannten Hexer hervorgebracht hatten, Kollgrim Gunnarsson, und nun sei der Hesturhofbulle selbst verflucht.

Und ihre Unterredung ging so vor sich, daß Larus die Beweise in seiner gewohnten Milde vor Sira Eindridi ausbreitete, so wie er ihm in der Vergangenheit oft den Inhalt seiner Visionen beschrieben hatte. Und Sira Eindridi schaute ihn an und sagte endlich: »Männer Gottes müssen in diesen Dingen ohne Zaudern handeln, und man kennt mich als einen strengen und offenen Menschen. Es ist immer besser zu handeln, denn der Herr wird für die Strafen sorgen.« Und so schickten sie einen Boten nach Hesturhof mit der Forderung, die Frau Borghild Finnkelsdottir solle sich in Gardar einstellen, und auf diese Botschaft antwortete Skeggi Thorkelsson, er könne nicht glauben, daß man zu dieser Jahreszeit so etwas verlange, wenn die Fjorde gerade zufrören und besonders heimtückisch seien. Und danach würde die Frau nicht imstande sein zu kommen, denn sie sei zu alt, um auf Skiern zu fahren, und Skeggi und seine Brüder sähen keinen Grund, sie mit dem Schlitten zu bringen. Skeggi endete damit, daß er die Frau selbst in dem Hesturhofboot bringen werde, wenn das Eis im Frühjahr gebrochen sei.

Da wurde Sira Eindridi von großem Zorn geplagt, denn er entdeckte einen verächtlichen Unterton in Skeggis Botschaft, und er schickte eine weitere Botschaft zurück, daß die Frau in der Tat kommen müsse, denn ihre Seele sei in Gefahr, und Skeggi selbst müsse sie bringen. Skeggi nahm diese Botschaft in Empfang und schickte den Boten ohne Antwort zurück, und so erwartete Sira Eindridi ihn täglich, doch der Winter verging, und Skeggi kam doch nicht, und Sira Eindridi war zutiefst erzürnt, denn er erkannte, daß all diese Leute, alle aus Vatna Hverfi, doch besonders jene, die mit Gunnar vom Gunnarshof und Jon Andres vom Ketilshof verbunden waren, sehr eigensinnig waren und ihre Seelen in großer Gefahr schwebten. Und es ist allen Menschen wohlbekannt, daß die Seele gerettet werden muß, selbst durch die Zerstörung des Fleisches, denn die Seele gehört dem Herrn dort oben, und er wacht eifersüchtig über seinen Besitz.

Es geschah, daß Larus der Prophet im Laufe des Winters noch

zweimal durch den Heiligen Lazarus heimgesucht wurde, und jedesmal prägte sich ihm die Erkenntnis deutlicher und schmerzhafter ein, daß eine riesige Finsternis drohend über den Grönländern hing und man ihr Schicksal nur durch die strengsten Maßnahmen abwenden konnte, und in dem Frühjahr nach diesen Visionen, vier waren es jetzt, sprach er darüber insgeheim mit einigen Frauen und Männern, die nach Gardar kamen, um ihn zu sehen, und während man in den vergangenen Jahren über seine Visionen von Jesus und der Jungfrau und dem Engel Gabriel freimütig geredet hatte, waren die Leute ein wenig ängstlich, über die Dinge zu reden, die sie nun von ihm hörten, und man hätte nicht sagen können, daß sie nichts über die Thorkelssons und Borghild Finnkelsdottir zu hören bekamen. Sie hörten von ihr im Vertrauen, das ist wahr, doch wie die Grönländer sagen, solange die Menschen atmen, reden sie über das, was sie denken.

Am Ende des Winters, gegen St. Joseph, starb die Frau, und Skeggi benachrichtigte Sira Eindridi in einer Botschaft mit der weiteren Nachricht, es sei seine Überzeugung, daß dies das Ende der Geschichte sein sollte. Darauf schickte Sira Eindridi eine Botschaft zu Skeggi zurück, des Inhalts, daß der Mann eine sehr anmaßende Haltung gegenüber dem Herrn einnehme, und es sei wohl möglich, daß er und die anderen dies noch bereuen würden. Und Skeggi schickte den Boten mit dem Bescheid zurück, daß es viele Waffen auf Hesturhof gebe und viele Männer, die sie führen könnten. Und so standen die Dinge zwischen Hesturhof und Gardar sehr schlecht.

Auf Ketilshof bereitete sich Helga Gunnarsdottir auf eine weitere Niederkunft vor, denn in der Tat hatte der Kampf auf dem Thing drei Jahre zuvor ihr die Erkenntnis eingeprägt, daß Frauen den Stolz ihrer Feindschaft aufgeben und sich dem Willen ihrer Ehemänner fügen müssen, denn in Grönland ist es immer so, daß der Ehemann als Toter ins Haus zurückkehren kann. Auch für Jon Andres war es eine Erleichterung, daß er seine Geheimnisse ausplaudern konnte, und als Helga ihm wieder ihren bedächtigen Blick schenkte, da schenkte er ihr wieder seinen lebhaften Blick, und drei Jahre lang waren sie sehr zufrieden miteinander. Die Schwangerschaft verlief nicht schlechter, doch auch nicht besser als die anderen, und Margret Asgeirsdottir kam jeden Tag mit nahrhaftem Essen und stärkendem Trunk zum Hof, und Johanna kümmerte sich um die Arbeit im Haus und um Gunnhild und die kleine Unn. Es schien Helga, daß das Kind ein Junge sein würde, und sie war sehr glücklich.

Eines Tages, als Helga in ihrer Bettnische lag und die anderen draußen waren oder in den anderen Kammern des Hauses, da hörte sie die Schritte eines Mannes in der Kammer vor der Bettnische. Da sie wußte, daß es Jon Andres sein würde, an den sie gerade gedacht hatte, richtete sie sich auf und schaute aus der Öffnung. Und in der Tat war da eine männliche Gestalt im Haus, den Rücken ihr zugekehrt, aber sie trug nicht Jon Andres' Schaffellwams, sondern kostbare Felle aus Blaufuchs. Als der Mann sich umdrehte, um sie anzuschauen, da sah sie, daß es Kollgrim war, und er strahlte sie mit dem gleichen schwermütigen Lächeln an, das er in den alten Zeiten stets für sie gehabt hatte, als sie noch gemeinsam auf Gunnarshof lebten, bevor sie ihn als verheiratete Frau verlassen hatte. Und es schien ihr, daß sie schließlich doch ihm gehörte, ihm allein, nur für eine kurze Zeit den anderen geborgt. Und als Margret Asgeirsdottir etwas später hereinkam, um mit ihr zu sprechen, da erzählte ihr Helga von dem Traum, und Margret sagte nichts, doch sie beide wußten, wie er auszulegen sei, und so geschah es, daß Helga Gunnarsdottir im Kindbett starb, und das Kind, dessen Name Kollgrim war, starb auch, eine kurze Zeit nach seiner Mutter. Und Helga wurde bei der Nordmauer der Undir-Hofdi-Kirche begraben, in der Nähe des Grabes von Helga Ingvadottir und unweit der Gräber von Hauk Gunnarsson und Asgeir Gunnarsson und all den anderen Leuten ihrer Sippe. Sie war achtunddreißig Winter alt. Nach Helgas Tod blieb Johanna auf Ketilshof und sorgte für Gunnhild und Unn, und obwohl sie eher streng als sanft mit ihnen umging, gewöhnten sich die beiden Mädchen an sie.

In diesem Jahr wurde wiederum kein Thing abgehalten, obwohl es während der Seehundjagd im Frühjahr einiges Gerede darüber gab, ob man es wieder einsetzen sollte, doch die Grönländer hätten eine ganz neue Gesetzessammlung aufstellen müssen, die ein neuer Gesetzessprecher lernen müßte, und diese Aufgabe schien sowohl unerfüllbar als auch unnötig, da fast alle sich darüber einig waren, welche Handlungen die richtigen und welche die falschen seien. Und da waren immer noch Sira Eindridi und Larus der Prophet, mit denen man sprechen konnte, und es war bequemer, nach Gardar zu gehen als nach Brattahlid, und die Leute mußten ohnehin dorthin gehen, um ihre Schafe mit den Gardarböcken zu paaren oder ihre Kühe mit den Gardarbullen. Auf dieser Seehundjagd gab es einiges Gerede über Skeggi Thorkelsson und über die Schwierigkeiten, die Sira Eindridi mit ihm hatte, und manche Leute fanden, Skeggi sei sehr gereizt worden, und manche Leute fanden, er sei immer schon ein halsstarriger Bursche gewesen, stolz auf den wohlhabenden Hof seines Vaters und selbstgefällig in seinen Beziehungen zu den anderen Bauern im Bezirk.

In dem Sommer nach dieser Seehundjagd, kurz vor dem Fest der St. Margret, empfing Larus den Heiligen Lazarus wieder, und er war einen ganzen Tag und eine ganze Nacht besinnungslos, und man konnte ihn überhaupt nicht wecken. Er war in der Küche umgefallen, als er gerade mit der Köchin sprach, und er blieb die ganze Zeit über dort, denn das Gesinde und Sira Eindridi hatten Angst, ihn zu bewegen. Er lag da, als wäre er tot, und von Zeit zu Zeit machte die Köchin ihren Finger naß und hielt ihn ihm unter die Nase, um festzustellen, ob er noch atmete. Als er schließlich erwachte, sahen die Leute, daß er von seinem Banne sehr geschwächt war, stärker als in der Vergangenheit, und noch einen Tag später konnte er sich kaum von einem Ort zum anderen schleppen, und sein Gesicht war so weiß wie ein frischgewaschenes Schaffell. Als Sira Eindridi ihn über diese Dinge befragte, konnte er kaum so darüber sprechen, daß man ihn verstand, und schließlich sagte Sira Eindridi zu ihm: »Larus, mein Freund, ich sehe, daß dieser Lazarus schwer auf dir lastet, doch das ist das Zeichen, daß du und nur du die Kraft hast, seinem Druck standzuhalten.« Und Larus nickte, denn er hatte dies auch bedacht.

Nun kam gerade einen Tag, nachdem Sira Eindridi diese Worte geäußert hatte, eine Frau aus Brattahlid nach Gardar, und ihr Name war Gunndis, und sie war eine von Larus' ersten Anhängerinnen gewesen. Sie hatte Gewänder für ihn genäht und war viele Male an seinem Tische gewesen, und sie kannte viele seiner Visionen ebensogut wie er selbst und in nahezu den gleichen Worten. Er empfing sie mit Freuden, und sie sprach lange mit ihm, und die Folge dieser Unterredung war, daß er die Prophezeiung vom Tage zuvor, »der Norden werde so sein wie der Süden und der Osten wie der Westen und das Böse werde überall sich erheben wie die Wellen um ein winziges Boot«, als erfüllt ansah.

In Brattahlid, hatte Gunndis erzählt, verzauberten ein Mann und eine Frau ihre Nachbarn, so daß die Kühe und Schafe überall um ihren Hof herum krank würden, nur die eigenen nicht, und der Grund für diesen Zauber sei der folgende – dieser Mann und diese Frau stritten mit ihren Nachbarn über die Größe ihrer Ländereien, und sie hätten schon mit anderen Mitteln versucht, mehr Weideland zu gewinnen, und nun versuchten sie es auf diese Weise. Gunndis selbst lebte weit entfernt von dem Paar, doch die Tochter ihres Vetters lebte auf einem der heimgesuchten Höfe und wüßte keinen Ausweg aus dieser Plage, nur Larus der Prophet könne, wie Gunndis vorgeschlagen hatte, durch seinen Eingriff helfen. Larus hatte ihr gesagt, er habe etwas in dieser Art erwartet, und unter dem Siegel der Verschwiegenheit erzählte er ihr dann von den Heimsuchungen durch Lazarus, den Heiligen, und schickte sie wieder fort, und man konnte nicht sagen, daß sie alles für sich behielt, als sie nach Brattahlid zurückkam, doch sie bat jeden, dem sie diese Dinge erzählte, sie als Geheimnisse in der Brust zu bewahren.

In diesem Sommer bekam Larus der Prophet auch die Nachricht, daß ein großer Sturm über den südlichen Teil von Vatna Hverfi gefegt war, und in diesem Sturm war der Hesturhofbulle, der auf dem Feld gestanden hatte, von einem Blitz getroffen worden. Es schien Larus, daß dieser Vorfall für sich selbst spreche und er nicht darüber sprechen müsse, außer zu Skeggi Thorkelsson, und so schickte er ihm die folgende Nachricht: »Dein Stolz wird dich zu Fall bringen, und die Zunge in deinem Munde wird gegen sich selbst sprechen.« Skeggi schickte auf diese Botschaft keine Antwort, und alles lief ruhig für den Rest des Sommers, nur der Mann und die Frau aus Brattahlid, die Krankheit über die Schafe und Kühe ihrer Nachbarn gebracht hatten, wurden nach Gardar gerufen, wo sie sich demütigten und wieder nach Hause geschickt wurden, doch sie zeigten in der Tat keine Einsicht in ihr Böses, denn die Kühe der Nachbarn starben unvermindert weiter. Larus und Sira Eindridi hatten einige Gespräche darüber, wie sie nun weiter verfahren sollten, und sie blieben unentschlossen. Über diese Dinge wurde auf der Seehundjagd im Herbst viel geredet.

Gegen Ende des Sommerhalbjahres kam Ashild mit der kleinen Tota, welche nun etwa siebzehn Winter alt war und noch immer die kleine Tota genannt wurde, nach Gardar. Ashild hatte mit einem Manne namens Gerd, mit dem sie nicht verheiratet war, auf Larushof gelebt, der zwischen Brattahlid und Solarfell lag. Larus war recht erfreut, sie zu sehen, und gab ihr auf beide Wangen einen Kuß, der, wie er sagte, der Kuß der Ewigen Tugend sei. Er erzählte ihr, daß er sich zwar niemals nach ihr sehne, wie Fleisch sich nach dem Fleische sehnt, doch gebe es Zeiten, wo er sich danach sehne, ihrem geläuterten Wesen nahe zu sein, und sie sagte, dies treffe auch auf sie zu, und sie waren sich einig, daß die frühen Tage auf Larushof, als die Leute nach den ersten Visionen gerade begannen, zu ihnen zu kommen, mit ihnen zu essen und zu hören, was Larus zu sagen hatte, zufriedene und friedliche Zeiten gewesen seien. Ashild schlug vor, sie könne als Pilgerin nach Gardar kommen und dort die niedrigsten Arbeiten verrichten und Larus vielleicht von Zeit zu Zeit sehen, doch Larus sagte, daß sie nicht daran denken dürfe. Und so kamen sie zu dem eigentlichen Grund ihres Besuches.

Ashild sagte von sich, daß sie große Angst habe und sich oft nach dem Trost von Larus' Gegenwart sehne, denn es wirkten böse Kräfte überall in der Welt, und diese seien vielleicht bei der Verbrennung von Kollgrim Gunnarsson entfesselt worden. Man könne nicht sagen, unterbrach Larus, wo die Teufel sich versteckten, welche den brennenden Mann geflohen seien, und viele hätten der Verbrennung zugeschaut. Ashild nickte. Sie selbst habe in jener Nacht ein Zeichen gesehen, ein glühendes Brodeln im Eriksfjord, weiter unten in Richtung Solarfell, ein Stückchen zur Brattahlidseite des Schreins von St. Olaf dem Grönländer, doch sie habe damals nicht gewußt, was es bedeute, und habe nicht viel darüber nachgedacht. Aber seitdem sei es ihr immer wieder eingefallen, als wolle die Bedeutung sich ihren Gedanken trotz ihrer Unwissenheit aufdrängen. Larus nickte. Seit der Zeit habe Ashild die Augen aufgehalten und viele Dinge bemerkt. Und es sei auch nicht zu leugnen, daß die Leute sie wegen ihrer langen Verbindung zu Larus mit Wohlgefallen betrachteten und oft um Rat zu ihr kamen, welchen sie so zu geben versuchte, wie es Larus getan hätte. Larus nickte. Doch in der Tat, fuhr Ashild fort, der Teufel halte sich gut verborgen, und nur die schärfsten Augen könnten die Spitze seines Hornes oder den Abdruck seines Pferdefußes auf der Erde entdecken.

Eine Magd sei am Ende des Winters unter einen Bann gefallen und habe mit groben Worten in einer anderen Zunge und mit einer anderen Stimme gesprochen, und obwohl die Herrin sie dafür schlug, habe sie geschworen, daß sie sich nicht erinnern könne, was sie gesagt und getan hätte. Ashild habe ihr geglaubt. Das habe sich im Hause von Ragnleif Isleifsson zugetragen, wo auch Margret Asgeirsdottir einmal Magd gewesen sei. Das sei die eine Geschichte. Ein Junge auf einem anderen Hof sei unerklärlicherweise des Nachts aufgewacht und aus seiner Bettnische geklettert, obwohl es mitten im Winter war, und er sei aus dem Haus gelaufen, wo er, wie er sagte, ein Kreuz von feurigen Sternen am Himmel gesehen habe, und Blut sei von ihnen geflossen. Und man habe ihn von den Einzelheiten seiner Geschichte nicht abbringen können. Er sei etwa zwölf Winter alt, schätzte Ashild. Alt genug, um zu sagen, was er gesehen habe. Das sei eine andere Geschichte. Und die dritte Geschichte sei diese: Eine gewisse Frau namens Asta Bjartsdottir sei dreimal zu Ashild gekommen, und jedesmal habe sie ihr unter vier Augen von einer Vision erzählt, die ihr gekommen sei. Denn, so habe die alte Frau erzählt, Ashild habe von allen Leuten im Bezirk am längsten mit Larus dem Propheten gelebt, und Larus habe die meisten Visionen gehabt, und wenn Ashild in ihrer gemeinsamen Zeit daraus nichts gelernt hätte, dann müsse sie eine Närrin sein. Die erste Vision war von Männern auf schönen Pferden, solchen Tieren, wie man sie nur auf Hesturhof finde, und sie hätten unter den Hufen ihrer Pferde einige Kinder zu Tode getrampelt und die ganze Zeit über gelacht. Die zweite Vision sei von Kollgrim Gunnarsson, den die Frau zur Zeit der Gerichtsverhandlung und der Verbrennung gesehen habe, und er habe mit dunkel gekleideten Männern zusammengesessen, die auch gelacht hätten, und es sei ein rotes Glühen hinter ihnen gewesen. Und die dritte Vision sei von Larus dem Propheten selbst gewesen, und er habe auf einem Hang gestanden, in einem weißen Gewand, und eine Herde von Rentieren sei auf ihn zugaloppiert, und vor den Augen der Frau hätten sich diese Tiere zunächst in einen Wasserschwall verwandelt, dann in eine Lawine und dann in eine wütende Feuersbrunst, und das Feuer habe Larus scheinbar auf der Stelle verbrannt. Und da habe die Frau große Angst bekommen und Ashild gebeten, daß sie nicht vergesse, Larus von dieser Vision zu berichten.

Nun fühlte sich Larus selbst von dieser Nachricht erregt, und er nahm Ashilds Hände in die seinen und erzählte ihr die ganze Geschichte von Lazarus und alles, was Lazarus ihm über das Schicksal erzählt hatte, welches die Grönländer aufgrund ihrer sündigen Natur und ihrer Uneinsichtigkeit erwarte. Und ein entsetzliches Schicksal sei es, denn Höfe würden zerbrechen und Häuser und Ställe verfallen und Schafe und Kühe in der Wildnis verstreut werden, und Gras würde überall wachsen, und Sand würde herbeifliegen und alles bedecken, und die Menschen würden vom Angesicht der Erde verschwinden und nur Reste von Werkzeugen und zerbrochenes Spielzeug und Splitter von Knochen hinterlassen, und das Land wäre so verflucht, daß selbst die verfluchten Skraelinger die Orte der Grönländer meiden würden. Die Visionen, die alle Leute in Brattahlid sähen, seien Andeutungen dieses Schicksals und auch eine Warnung des Herrn an die Menschen, sich zu ändern und sich aus der Finsternis führen zu lassen. Denn Larus könne die Grönländer retten, so sagte er zu Ashild, wenn sich die Grönländer retten ließen.

Ashild fragte, wie das geschehen könne, und Larus richtete sich begierig auf und schaute ihr ins Gesicht und sagte: »Skeggi Thorkelsson muß auf dem Scheiterhaufen verbrannt werden wie Kollgrim Gunnarsson, und diese beiden uneinsichtigen Hexer in Brattahlid müssen ebenfalls auf dem Scheiterhaufen verbrannt werden, und die Leute in Vatna Hverfi müssen überhaupt ihren Stolz aufgeben und viel von ihrem Reichtum an Gardar abtreten, denn ihr Reichtum ist die Frucht ihres sündhaften Eigensinns. Alle Haushalte, egal wie weit weg sie sind, müssen Pilger zu Fuß nach

Gardar und Solarfell entsenden, daß sie vor den Reliquien des St. Olaf knien. Und außerdem müssen alle Grönländer den Willen des Herrn annehmen, wie er durch Lazarus, den Heiligen, zu Larus dem Propheten kommt. Und jene, die es nicht tun, müssen getötet werden. Und auch die kirchlichen Gottesdienste müssen geändert werden, denn der Papst von Jerusalem ist nah.« Diese Worte ergossen sich wie ein Strom aus Larus, und Ashild fühlte sich von ihnen ganz aufgerichtet, und nachdem sie noch eine Weile geredet hatten, ging sie zu ihrem Hof zurück, und sie verbreitete diese Geschichte so emsig, wie sie konnte, im ganzen Bezirk. Und obwohl Larus ihr diese Dinge im Vertrauen gesagt hatte und darunter einiges war, das er noch niemandem zuvor erzählt hatte, machte es ihm nicht soviel aus, daß sie nun heraus waren, denn Lazarus bedrängte ihn sehr, und so war es Zeit für ihn, die Grönländer zu bedrängen.

Den ganzen Winter über sprachen die Leute in Brattahlid von diesen Dingen und verglichen sie mit anderen, die Larus gesagt hatte. Gegen Ende der Fastenzeit geschah es, daß einige Männer in das Haus jenes Mannes und jener Frau einbrachen, denen man vorgeworfen hatte, Krankheit über die Tiere ihrer Nachbarn zu bringen, und sie wurden auf der Stelle totgeknüppelt, und das Merkwürdige daran war, daß die Männer, die die Tötung durchführten, diese niemals verkündeten, wie es in Grönland üblich ist, und wie Jon Andres Erlendsson und Gunnar Asgeirsson wurden auch diese Männer niemals bestraft oder geächtet. In der Tat trat das Thing nicht mehr zusammen, und niemand kannte die Gesetze, und so war es nicht möglich, die Männer zu ächten. Als diese Nachricht sich bei der Seehundjagd im Frühjahr verbreitete, wußten die Leute aus anderen Bezirken nicht, was sie davon halten sollten, und so sagten sie nur, daß die Brattahlider immer ihre eigenen Wege gegangen seien, seit der Zeit Eriks des Roten. Als Skeggi Thorkelsson hörte, daß Larus der Prophet in seinem Falle die Verbrennung auf dem Scheiterhaufen verordnet hatte, da konnte er gar nicht aufhören zu lachen.

Doch die Seehundjagd verlief schlecht. Zwei Boote gingen verloren, und drei Männer kamen um, wenige Seehunde wurden erlegt, und die Männer beschuldigten sich gegenseitig, und alle erwarteten einen hungrigen Sommer. Einer der Männer, die umkamen, war Skeggi Thorkelsson. Später nannte Larus die Woge, welche das Hesturhofboot versenkt hatte, die Strafende Woge des Gerechten Herrn. Und nach der Seehundjagd hatten viele Leute in vielen Bezirken Angst und sprachen nicht mehr mit offenem Spott über viele Dinge, wie es die Grönländer einst getan hatten. In jenem Sommer erlaubte Sira Eindridi Larus dem Propheten, die Messe leicht abzuändern, in Übereinstimmung mit den Formeln, die Lazarus ihm eingegeben hatte, und Larus lehrte sie Sira Eindridi und Sira Andres.

In dem Sommer, nachdem sich alle diese Vorfälle ereignet hatten, ritt Gunnar Asgeirsson eines Tages nach Hesturhof, um Thorkel Gellison zu besuchen, denn es schien ihm, daß der alte Mann bald sterben würde. Gunnar war auch sehr bedrückt durch den Tod von Skeggi Thorkelsson und die Geschichten, die sich darum rankten. Als er nach Hesturhof kam, sah er, daß Thorkel in der Tat ein sterbender Mann war und sein Leben vielleicht eine Sache von Tagen, doch nicht mehr, und eine Weile saß er neben Thorkels Bettnische, während er schlief. Dann wachte Thorkel auf, und Gunnar sagte: »Ich bin es, Gunnar Asgeirsson, und ich bin gekommen, um ein letztes Mal Rat von dir zu holen.« Und Thorkel sagte nichts, so daß Gunnar dachte, er könne ihn vielleicht nicht verstehen, dennoch redete er weiter über Schafe und Kühe und die Jagd und das Wetter und andere Dinge, von denen Grönländer gern reden, doch plötzlich sprach Thorkel und sagte mit klarer Stimme: »Gunnar Asgeirsson, du hast dein Unglück über ganz Grönland verbreitet«, und er schwieg wieder. Da wußte Gunnar nicht, was er sagen sollte, denn was Thorkel sagte, schien ihm wahr zu sein, und so blieb er eine Weile schweigend sitzen. Und Thorkel sprach wieder und sagte: »Dennoch bist du auf Hesturhof immer willkommen, denn die Menschen suchen sich ihre Freunde nicht nach ihrem Glück aus, und sie verraten sie auch nicht in ihrem Unglück. Hierin wie in allen Dingen sind die Menschen recht töricht.« Und er war durch diese Reden sehr geschwächt und schlief bald wieder ein. Gunnar blieb zwei Tage und sprach noch zweimal mit Thorkel und kehrte dann nach Gunnarshof zurück, und einige Tage später erreichte ihn die Nachricht von Thorkels Tod.

Nun geschah in diesem Sommer, welcher nach den meisten Kalendern der Sommer des Jahres 1415 war, noch etwas anderes, das der Rede wert war. Einige Männer, die ein großes Boot besaßen, groß genug für zwanzig Ruderer, verkündeten nämlich ihre Absicht, Grönland zu verlassen und Markland und Vinland anzusteuern. Es waren zumeist Männer aus Brattahlid und Dyrnes, und einer von ihnen war der Bursche Harald Magnusson, der Margret über den Einarsfjord gebracht hatte, als sie auf dem Weg nach Gunnarshof war. Das Boot würde, so hieß es, fünfzehn Männer und fünf Frauen aufnehmen, sowie notwendige Haushaltsgegenstände und Lämmer und Kälber, die schon entwöhnt waren, und diese Leute hatten nicht vor, nach Grönland zurückzukehren, und das war das Unerklärliche daran. Man stellte lange Zeit Vermutungen darüber an, ob Harald und seine Freunde ihre prahlerische Behauptung ausführen würden, und sie taten es wirklich, und als sie fort waren, warteten die Leute den ganzen Sommer, daß sie zurückkehren oder Teile ihres Bootes an irgendeinem Strand angeschwemmt würden, aber das geschah nicht, und so erfuhren die Leute niemals, was aus Harald Magnusson und seinem kleinen Boot wurde, außer in ihren Träumen, die sie von Zeit zu Zeit hatten. Die Geschichten, an die die Leute sich erinnerten, von Erik dem Roten und seinem Sohn Leif dem Glücklichen, von Bischof Erik und Thorleif dem Herrlichen und Hauk Gunnarsson und von anderen, die im Laufe der Jahre die Reise nach Markland gemacht hatten, wurden hervorgekramt und wieder belebt, und sie machten die Leute unruhig, denn Vinland ist in der Tat ein großes Paradies der Wälder und Reben und des selbstsäenden Weizens, wo die Menschen sich ab und zu von ihren Mühen ausruhen können, und alle Menschen sehnen sich nach so einem Ort, wenn sie Anlaß haben, daran zu denken.

Man kann sagen, daß nun alles einige Jahre lang ruhig verlief. Larus der Prophet war Herr in Gardar, und Sira Eindridi und Sira Andres waren seine Diener, nicht mehr als das, und obwohl diese beiden weiterhin im Winter zu den Kirchen hinausfuhren, wie die Priester es immer getan hatten, neigten die Leute weniger dazu, die Gottesdienste zu besuchen, die ganz anders waren als zuvor. Viele sagten, daß es nun keine Hoffnung mehr auf Erlösung gebe, denn ganz gleich, was ein Mensch tue, er könne im Unrecht sein. Man könne es nicht sagen. Es sei besser, man bleibe auf dem Hof und kümmere sich um die Kühe, sei zufrieden mit den Tagen, die einem noch blieben, und frage sich nicht mehr nach dem ewigen Leben. Wenn es Streitigkeiten gebe, dann müßten die Menschen sie schlichten oder kämpfen, und wenn Menschen in diesen Kämpfen getötet würden, dann seien die Streitigkeiten eben auf diese Weise beigelegt. Manche Leute blieben sogar den Seehundjagden fern, wenn ihnen danach war, weil man nicht sagen konnte, ob die Seehundjagden erfolgreich sein würden oder nicht. Die Brattahlider brachten jetzt stets das Unglück ihrer Auseinandersetzungen um die Hexerei mit sich, und es schien vielen, daß sie die Seehunde verhexten oder die Boote oder die anderen Männer, so daß immer irgend etwas verlorenging. Es war besser, sein Boot zu Hause zu lassen. Es gab schließlich ohnehin wenig Boote. Doch es war nicht zu leugnen, daß ein Hof, wenn er nicht an der Seehundjagd teilnahm, um so mehr Hunger litt, jede Fastenzeit um so länger, die Not jeder Familie um so größer war.

Die Leute auf Gunnarshof wurden älter. Jon Andres Erlendsson heiratete Johanna Gunnarsdottir, und sie gebar zwei Kinder. Es schien Gunnar, daß die Menschen heutzutage dünn gesät waren, und er dachte allmählich, daß Birgitta Lavransdottir doch recht behalten habe und das Ende der Welt zumindest den Grönländern bevorstehe. Vielleicht stand es jedem Land und jedem Volk bevor, aber es gab in der Tat keine Möglichkeit, das herauszufinden, außer in den Träumen, die die Menschen hatten. In Brattahlid waren die Leute in Auseinandersetzungen und Tötungen verwickelt, und das traf bis zu einem gewissen Grad auch auf Dyrnes zu. Die Leute aus Vatna Hverfi wichen der Begegnung mit diesen anderen aus.

In Vatna Hverfi war alles friedlich. Die Sonne ging jeden Morgen auf und beschien die üppigen Blumen, die um die Misthaufen herum wuchsen und das Hoffeld überwucherten. Sie machte die Fjorde grün und die Seen blau, und ein Mensch konnte an ihren Ufern stehen und sehen, wie das schimmernde Kupfer des Grundes aus den Tiefen heraufglühte. Das Gras wuchs dicht und lang und bog sich im Winde hin und her, denn es geht immer ein leichter Wind in Grönland. Die schwarzen Berge mit ihren glänzenden Gipfeln veränderten im Licht ihre Form und waren doch unveränderlich. Jeden Sommer sproß das Angelikakraut über Nacht und breitete seine Äste aus, gleich den Menschen, wenn sie die Hände flehend erheben. Zwischen seinen Wurzeln war das leise, stete Rauschen von Wasser. Männer und Frauen standen auf, gingen auf ihren Höfen ein und aus, blickten sich um und legten sich wieder schlafen.

Es schien Gunnar, vielleicht weil er jetzt ein alter Mann war, daß die Jahre wie in einem Banne vergingen. Margret wurde sehr alt, das sah er, doch sie ging jeden Tag, so weit sie konnte, in die Berge. Sie suchte nichts, und sie brachte auch nichts zurück. Sie konnte es einfach nicht ertragen, den Tag im Haus zu verbringen. An einem dieser Tage kam sie zurück und lächelte ein wenig, und er fragte sie nach ihrer Neuigkeit, und sie sagte: »Es waren in der Tat Skraelinger auf dem Einarsfjord, eine große Zahl in ihren Fellbooten, und sie waren dick und wohlhabend, und es scheint mir, daß ich Sigurd Kollson bei ihnen sah, und er war groß und kräftig und hatte zwei Frauen.« Gunnar selbst saß über seinem Pergament. Seine Augen waren gut, und seine Finger litten nicht unter der Gelenkkrankheit, und manchmal schrieb er ein oder zwei Sätze. Nachricht traf ein: Sira Eindridi sei an der Magenkrankheit gestorben. Weitere Nachricht traf ein: zwei Schiffe seien gesichtet worden, als sie in den Einarsfjord einliefen. Sie seien ganz anders als andere Schiffe, die die Grönländer je gesehen hatten. Die Leute liefen neugierig zum Strand hinunter. Die Schiffe bewegten sich langsam den Fjord herauf. Sie waren breit und sahen schwer aus und hatten viele Segel. Plump, doch außerordentlich groß, als trügen sie eine riesige Fracht. Die Gesichter von Männern, merkwürdig verformt und silbrig, starrten über das Dollbord.

Die Schiffe segelten weiter, an den starrenden Grönländern vorbei, und dies geschah, als sie nach Gardar kamen. Die Männer auf den Schiffen stürzten von Bord und rannten durch das Wasser und den Strand herauf, und sie trugen Plattenpanzer aus Metall und Helme und verschiedene Eisenwaffen, nicht Schwerter, sondern Schilder und Spieße und Hellebarden, und sie machten sich sogleich daran, alle Tiere zu schlachten, die sie im Gehege der Kathedrale sahen, und als der Verwalter, dessen Name Odd war, zu ihnen kam und ihnen sagte, daß sie sich auf Kirchengrund befänden, da töteten sie ihn. Dann kam anderes Gesinde heraus, und alle standen da, und natürlich kamen auch Larus der Prophet und Sira Andres. Und diese Matrosen schickten sich sogleich an, die geschlachteten Tiere zu kochen und zu essen, denn es ist immer so, daß Leute, die nach Grönland reisen, hungrig dort ankommen. Doch es gab wenig oder gar kein Holz, außer etwas Treibholz und ein wenig Vorrat in der Gardarküche, und die Männer waren so wütend darüber, daß sie begannen, willkürlich das Gesinde zu töten oder zu verprügeln und die Frauen zu vergewaltigen und dann zu verprügeln.

Da näherte sich ihnen Larus der Prophet mit ausgestreckten Händen, um zu zeigen, daß er nicht bewaffnet sei, und er begann in seiner gewohnten Art, ihnen Vorhaltungen zu machen, indem er die Heiligen und andere fromme Menschen rief, die seine Freunde waren, damit sie bezeugten, daß diese Taten von großem Übel seien und der Herr diese Teufel ihrer gerechten Strafe zuführen werde. Zufällig sprach einer dieser Matrosen von seinen Reisen nach Norwegen und Dänemark ein wenig Nordisch, und er verstand etwas von dem, was Larus sagte, und so rief er inmitten des Aufruhrs auf Nordisch: »Wie heißt du denn?«, und Larus rief: »Ich bin Larus der Prophet!«, und als der Matrose dies hörte, fing er an zu lachen, und Larus war sehr verärgert und wiederholte seine Worte über die Strafe des Herrn. Der Matrose sagte: »Dann soll der Herr uns finden, wenn er kann!«

Da sagte Larus: »Was für Menschen sind dies, oh Herr, daß sie uns ohne Gnade ausplündern?«

»Wir sind Männer aus Bristol!« rief der Matrose. »Und wir sind nicht gerade froh darüber, daß wir uns so spät im Jahr in Grönland befinden, da kannst du sicher sein!«

Larus wußte nicht, was Männer aus Bristol waren, aber es war für jedermann offensichtlich, daß sie Räuber sein mußten, wie sie den Leuten nie zuvor begegnet waren, denn nachdem sie sämtliche Kühe und Pferde geschlachtet hatten, die sie finden konnten, verfolgten sie die Grönländer in die Kathedrale, wohin diese sich geflüchtet hatten, und dort stahlen sie alles, was es gab, und schlugen und töteten jeden, der sie daran zu hindern suchte, und einer von denen, die sie töteten, war Larus selbst, und das geschah so. Larus rannte, so schnell er konnte, in die Kathedrale, um die Altargegenstände wegzuschaffen. Einige der Matrosen liefen hinter ihm her und ertappten ihn dabei, wie er das Kruzifix herunternahm, das über dem Altar hing. Er stand dabei auf dem Altar. Als er es herunternahm, brach es in zwei Stücke, und eines davon fiel auf den Boden, was Larus zu einem lauten Stöhnen veranlaßte, und dann waren die Matrosen um ihn herum und zogen ihn auf, wie er da auf dem Altar stand, und er preßte das größere Stück des Kruzifixes an die Brust und fing an zu brüllen: »Herr! Herr! Laß Feuer und Finsternis auf diese Teufel regnen! Zerbreche sie und zerreiße sie auf scharfen Rädern, Rädern mit eisernen Dornen, denn sie sind wie eine Horde von Räubern über uns gekommen, und sie richten uns zugrunde und empören Dich in Deinem geheiligten Hause!«, und einer der Matrosen streckte den Arm aus und ritzte ihn mit seinem Spieß, stark genug, daß er blutete, und Larus erhob das zerbrochene Kruzifix wie eine Waffe über dem Kopf und ließ es mit einiger Kraft auf des Mannes behelmten Kopf niedersausen, so daß dieser trotz seines Helmes auf die Steine neben dem Altar fiel. Da fing Larus an zu schreien, der Sieg des Herrn sei der seine, und in dem Moment wurde er vom Altar gestoßen und von den anderen, die herumstanden, zu Tode gespießt, gehackt und gestochen. Und das war das Ende von Larus dem Propheten.

Es schien, daß diese Männer aus Bristol von einer Raserei besessen waren, denn sie wüteten durch alle Gebäude von Gardar, stahlen alles, was schön war, und zerbrachen alles, was sie nicht interessierte. Aus der Kathedrale holten sie die hölzernen Bänke, trugen sie ins Freie, machten ein paar Feuer damit und begannen Fleisch auf diesen Feuern zu kochen, und zum Fleisch tranken sie Wein und Ale und andere berauschende Getränke, die sie bei sich hatten, und nach diesem Festessen zogen sie wieder mit Fackeln durch die Gebäude und suchten, Gott Selbst weiß nicht, was noch. Jene Grönländer, die entkamen, verstreuten sich mit dieser Nachricht in alle Richtungen, aber viele entkamen nicht. Acht Männer und vier Frauen wurden auf der Stelle getötet, und vier weitere

Männer und zwei Frauen, darunter die Gardarköchin, erlagen einige Tage später ihren Verletzungen. Und es muß gesagt werden, daß die Männer aus Bristol an diesen Tagen, als die Verletzten mit ihren Wunden herumlagen, sich nicht um ihre Schreie nach Wasser oder Gnade oder Hilfe scherten, sondern nur ihr Fleisch aßen und ihre Getränke tranken und den benommenen Schlaf der Berauschten schliefen.

Schon bald gab es in Gardar nichts mehr zu holen, und die Männer aus Bristol gingen wieder auf ihre Schiffe und segelten aus dem Einarsfjord, und auf dieser Fahrt hielten sie an vielen Stellen am Strand, wo es Höfe auf den Hängen gab, und sie überfielen auch diese, und einer von diesen Höfen war Ketilshof. Alle Tiere wurden gestohlen und die Einrichtung geraubt oder zerstört, die Soden wurden von den Hauswänden gerissen und die Vorräte aus den Scheunen geholt oder beschmutzt oder aus den Bottichen geschüttet. Jon Andres hatte nicht gehofft, den Hof verteidigen zu können, denn er hatte weder Waffen noch Männer dazu, doch er stand in den Hügeln und schaute auf die Verwüstung herab und staunte über die Grausamkeit der Männer aus Bristol. Und obwohl es so war, daß Ketilshof seit der Zeit Eriks des Roten immer seiner Familie gehört hatte, beobachtete er die Zerstörung recht kühl, und es schien ihm, daß Helgas Tod seine Seele verhärtet und ihn vorbereitet hatte, jeden anderen Verlust zu ertragen.

Gunnarshof, wohin Johanna und das Gesinde mit den Kindern gegangen waren, lag weit genug vom Fjord entfernt, daß er den Blick oder die Neugier der Männer aus Bristol nicht anzog, und daher blieb er ungeschoren, doch es geschah dieses Unglück. An jenem Tag, als die Männer aus Bristol Ketilshof plünderten, war Margret Asgeirsdottir aus dem Haus zu ihrem gewohnten Ausflug in die Berge aufgebrochen, und niemand hatte daran gedacht, sie aufzuhalten, denn in der Tat war durch die Kinder und das Gesinde vom Ketilshof alles in einem großen Durcheinander. Als Jon Andres nach Gunnarshof zurückkehrte und berichtete, was auf seinem Hof gestohlen oder zerstört worden sei, war die Bestürzung groß, so daß Gunnar erst bei Einbruch der Nacht daran dachte, Margret in den Hügeln zu suchen, und selbst dann dachte er nicht viel darüber nach, denn es ist schwer, die Gefahr zu sehen, wenn sie ganz nah ist. Doch jetzt, in der langen, blauen Dämmerung, legte er sein Wams an und ging mit einem der Knechte in die Richtung, welche Margret immer nahm, und sobald er den Fuß auf diesen Pfad setzte, erkannte er, daß ihr Weg sie leicht zum Strand und zu den Ketilshoffeldern geführt haben könnte, und er bekam schreckliche Angst und fing an zu rennen.

Nun suchten er und der Knecht verzweifelt zwischen dem Birken- und Weidengebüsch, und sie hielten von Zeit zu Zeit inne und horchten auf Schreie oder Stöhnen, doch zuerst sahen und hörten sie nichts. Schon bald erblickten sie den Fjord, wo die weißen Eisberge still im dunklen Wasser trieben, und dann die Ruinen von Ketilshof, und immer noch sahen sie nichts, und Gunnar war versucht zu hoffen, und er schickte den Knecht zurück nach Gunnarshof, damit er nachsehe, ob Margret inzwischen zurückgekehrt sei. Aber nein, dort lag ihr Umhang, dunkel in der heraufziehenden Dämmerung und darunter ihr Leichnam, und er war ganz zerstochen und zerhackt. Doch ihr Kopf saß noch auf den Schultern, und ihr Gesicht war heil und erkenntlich, und ihre langen Flechten wanden sich im Gras um sie. Da kniete er nieder im Gras und Weidengebüsch, und er weinte, wie nur Menschen weinen, die keine Hoffnung mehr haben.

Und es war so, daß er im Weinen die Herzen der Bristolmänner verfluchte, die ihnen ermöglichten, solches Leid zuzufügen. Und dann verfluchte er sein eigenes Herz, denn auch er hatte seine Gedanken und seine Kraft solchen Tötungen wie diesen zugewandt. Acht Männer waren von seiner Hand und durch seine Feindschaft gefallen, und er zwang sich, genau an ihre Namen zu denken: Skuli Gudmundsson, Ketil der Unglückliche, Hallvard Erlendsson, Kollbein Erlendsson, Bjorn Bollason, Sigurd Bjornsson, Hoskuld Bjornsson und Arni Bjornsson, und dann fiel er mit dem Gesicht vornüber ins Gras, und er weinte für diese acht Männer, jeder von ihnen sein Feind, jeder von ihnen hatte ihm Leid zugefügt, doch jeder von ihnen ein Mensch. Und dann erkannte er, was er war, ein alter Mann, bereit zu sterben, an die grönländische Erde gedrückt, so klein wie eine Eschenbeere im Antlitz der Berge, und er tat nur das eine, was Menschen tun können, wenn sie sich selbst erkennen, und das ist weinen und weinen und weinen.

Epilog

Nach der Zerstörung Gardars und der meisten anderen Höfe mit Blick auf die Fjorde im Süden reisten die Nachrichten zwischen den Höfen langsam, und jeder Bezirk blieb mehr für sich. Kühe und Schafe, die schon zuvor nicht zahlreich gewesen, waren jetzt noch weniger geworden, und das gleiche galt für Männer und Boote. Einige Dinge erzählte man: daß die Frauen und Kinder am Hvalseyfjord völlig ohne Männer zurückgeblieben und mit den Skraelingern gegangen seien; daß die Auseinandersetzungen in Brattahlid sich nach der Heimsuchung durch die Bristolmänner verstärkt hätten und alle Familien sich in einem Aufruhr aus Beschuldigungen und Rachezügen befänden; daß wenige Haushalte überleben würden, wenn der nächste Winter hart wäre, doch das sagte man in der Tat jedes Jahr, und niemand konnte im voraus beurteilen, ob es so sein würde oder nicht.

Margret Asgeirsdottir wurde beerdigt, mit den Begräbnisriten, die Jon Andres und Gunnar gemeinsam erinnern konnten, und man begrub sie neben Helga Gunnarsdottir im Schutze der Undir Hofdi-Kirche, obwohl es dort seit sechs oder acht Wintern keinen Gottesdienst mehr gegeben hatte. Jon Andres und Johanna und ihre Kinder und das Gesinde holten sich von Ketilshof soviel von ihrem Hab und Gut, wie sie konnten, und zogen nach Gunnarshof. Die Leute hielten es nicht mehr für günstig, in Sichtweite der Fjorde zu wohnen, da die Bristolmänner zurückkehren konnten. Gunnarshof gedieh recht gut. Die Felder waren weit, windgeschützt und gut bewässert, doch die Leute waren jetzt allein, ohne Unterstützung aus Gardar und mit wenigen Nachbarn. Im Hause trat man sich gegenseitig auf die Füße, wie es nun einmal ist, wenn viele Leute auf einem Hofe leben. Gunnar war nicht sehr zuversichtlich. Irgendein Winter würde sie gewiß alle töten. Auf sein Pergament schrieb er alle Sätze, die ihm einfielen.

Im Winter war, wie stets in Grönland, ein Tag wie der andere und eine Nacht wie die andere. Um die Dachvorsprünge heulte der Schneesturm, durch die Soden gedämpft. Schnee häufte sich vor der Tür und drückte sie zu, so daß zwei oder drei Männer sie am Morgen aufdrücken mußten. Die Kinder saßen beim Schein der Seehundtranlampe in der Bettnische und spielten, oder sie schliefen. Johanna und Jon Andres saßen über das Schachbrett gebeugt, denn die Menschen können nicht immer über ihr Schicksal nachdenken und müssen auch spielen und arbeiten. Der große Webstuhl, auf dem Margret Asgeirsdottir ihre Bahnen von Wadmal gewebt hatte, und vor ihr Helga Ingvadottir und vor dieser Maria Steinsdottir und davor Asta Palssdottir und viele Generationen von Frauen vor ihnen, warf seinen schwarzen Schatten an die Wand. Vor Gunnar auf dem Tisch flackerte die kleine Seehundtranlampe, die er benutzte, und einen Augenblick brannte sie trüber und einen Augenblick heller. Er dachte daran, in seine Bettnische zu gehen und unter das alte Bärenfell zu kriechen, das sein Onkel Hauk Gunnarsson ihm hinterlassen hatte, doch da schaute Johanna von ihrem Spiel auf und sagte mit ihrer kühlen und ernsten Miene: »Mein Vater, es ist sehr still, nur der Wind ist zu hören. Du könntest uns mit einer Geschichte aufmuntern.« Und die Kinder spähten aus der Bettnische, und Gunnar erzählte seine Geschichte.

Inhalt